Diogenes Taschenbuch 21412

de
te
be

W0219107

Der Goldene Gelbe

Eric Ambler
Die Maske des Dimitrios

Patricia Highsmith
Zwei Fremde im Zug

Raymond Chandler
Der große Schlaf

Diogenes

Titel der Originalausgaben:
›The Mask of Dimitrios‹
Copyright © 1939 by Eric Ambler
›Strangers on a Train‹
Copyright © 1950 by Patricia Highsmith
›The Big Sleep‹
Copyright © 1939 by Helga Greene Literary Agency

Alle deutschen Rechte vorbehalten
Copyright © 1974, 1986 by
Diogenes Verlag AG Zürich
1000/86/8/1
ISBN 3 257 21412 X

Eric Ambler

Die Maske des Dimitrios

Roman

Aus dem Englischen von Mary Brand und Walter Hertenstein

»Die Nacht der Zeit löscht blind und ungerecht das Andenken an die Menschen und läßt selbst jene, die Anspruch auf Ewigkeit hätten, der Vergessenheit anheimfallen ... Ohne das Buch vom Ewigen Leben bliebe der erste Mensch so unbekannt wie der letzte, und das lange Leben Methusalems wäre seine einzige Chronik gewesen.«

Sir Thomas Brown, ›Hydriotaphia‹

1

Ursprung einer Zwangsidee

Ein Franzose namens Chamfort, der es hätte besser wissen müssen, sagte einmal, Zufall sei nur ein anderes Wort für Vorsehung. Dies ist einer der bequemen Aphorismen, die als bewiesen annehmen, was sie zu beweisen hätten. Man prägt sie, um die unbequeme Wahrheit zu verunglimpfen, daß der Zufall eine, wenn nicht die Hauptrolle im menschlichen Leben spielt. Freilich ist der Aphorismus entschuldbar, denn manchmal operiert der Zufall mit so wirren Zusammenhängen, daß man ihn leicht mit einer zielbewußten Vorsehung verwechseln kann.

Ein Beispiel dafür ist die Geschichte des Dimitrios Makropoulos. Erfährt ein Mann wie Latimer überhaupt etwas von der Existenz eines Mannes wie Dimitrios und bekommt er dazu noch seine Leiche zu Gesicht, so ist das schon sonderbar genug. Wenn er dann noch kostbare Zeit damit vergeudet, den düsteren Werdegang dieses Mannes zu erhellen, und sich dadurch in eine Lage bringt, in der er sein Leben nur der ausgefallenen Wohnungseinrichtung eines Verbrechers verdankt, so ist das völlig absurd.

Betrachtet man daneben die übrigen Tatsachen des Falles, so müßte man eigentlich abergläubisch werden. Ihre Absurdität schließt *Zufall* und *Koinzidenz* aus. Dem Skeptiker bleibt nur ein Trost: Wenn es wirklich so etwas wie ein geistiges Gesetz gibt, dann wird es geistlos angewendet. Nur ein Idiot hätte *Latimer* zum Werkzeug dieses Gesetzes machen können.

Im Verlaufe der fünfzehn Jahre seiner beruflichen Karriere war Charles Latimer Dozent für Nationalökonomie an einer kleinen englischen Universität geworden. Mit 35 hatte er außerdem drei Bücher verfaßt: Das erste war eine Studie über den Einfluß Proudhons auf das politische Denken Italiens im neunzehnten Jahrhundert; das zweite hieß DAS GOTHAER PROGRAMM VON 1875, und das dritte war eine Darstellung der wirtschaftlichen Begleiterscheinungen von Alfred Rosenbergs DER MYTHOS DES 20. JAHRHUNDERTS.

Kurz nach der Korrektur der zahllosen Druckfahnen dieses Werkes schrieb er seinen ersten Kriminalroman. Er hoffte damit die schwere Depression zu kurieren, die eine Nachwirkung der zeitweiligen Beschäftigung mit der nationalsozialistischen Philosophie und ihrem Propheten Dr. Rosenberg war.

EINE BLUTIGE SCHAUFEL hatte sogleich Erfolg. Kurz darauf schrieb er »ICH«, SAGTE DIE FLIEGE und MORDWAFFEN. Bald tauchte er aus dem großen Heer von Universitätsprofessoren, die in ihrer Freizeit Kriminalromane schreiben, auf als einer der verschämten Wenigen, die aus diesem Zeitvertreib Geld machen können. So war es wohl unvermeidlich, daß er früher oder später nicht nur dem Namen nach, sondern auch in Wirklichkeit Schriftsteller wurde. Drei Umstände beschleunigten den Berufswechsel: Eine Meinungsverschiedenheit mit der Hochschulbehörde über eine Frage prinzipiellen Charakters, eine Krankheit und drittens die Tatsache, daß er zufällig unverheiratet war. Kurz nach der Publikation von ER IST NOCH GANZ LEBENDIG schrieb er ohne großes Bedauern sein Rücktrittsgesuch und ging, noch sehr geschwächt von seiner Krankheit, außer Landes. In der griechischen Sonne beendete er seinen fünften Kriminalroman und schrieb seinen sechsten.

Kaum hatte er ihn fertig, fuhr er in die Türkei. Er war über ein Jahr in Athen und Umgebung gewesen und brauchte Tapetenwechsel. Seine Gesundheit war wieder hergestellt, aber der englische Herbst reizte ihn nicht. Auf Vorschlag eines griechischen Freundes nahm er den Dampfer vom Piräus nach Istanbul.

Durch Oberst Haki hörte er dort zum ersten Mal von Dimitrios.

Auf Empfehlungsbriefe ist kein Verlaß. Meist ist der Empfohlene eine Zufallsbekanntschaft des Verfassers, der vielleicht den Adressaten auch nur flüchtig kennt. Die Aussicht, daß ein solcher Brief alle drei zufriedenstellt, ist gering.

Unter den Empfehlungsschreiben, die Latimer bei sich trug, war eines an Madame Chavez gerichtet. Drei Tage nach seiner Ankunft schrieb ihr Latimer und erhielt als Antwort eine Einladung zu einem viertägigen Fest in ihrer Villa am Bosporus. Trotz eines gewissen Unbehagens sagte er zu.

Für Madame Chavez war der Weg von der Türkei nach Buenos Aires ebenso mit Gold gepflastert gewesen, wie der Weg zurück. Sie war eine sehr schöne Türkin, die sich einen reichen argentinischen Fleischkönig geangelt hatte. Nach ihrer Scheidung hatte sie mit einem Bruchteil des Gewinns aus diesem Geschäft einen kleinen Palast, in dem früher ein türkischer Prinz lebte, gekauft. Er stand abgelegen und schwer erreichbar über einer Bucht von fantastischer Schönheit und war prachtvoll ausgestattet. Nur die Wasserversorgung reichte kaum für eines der neun Badezimmer aus. Latimer, dem solch pompöse Unbequemlichkeit etwas Neues war, hätte sich sehr gut unterhalten, wenn nicht Gäste und Hausherrin dem türkischen Brauch gefrönt hätten, beim geringsten Ärger mit den Dienstboten diese ins Gesicht zu schlagen.

Die anderen Gäste waren ein paar sehr laute Marseillaner, drei Italiener, zwei junge türkische Marineoffiziere mit ihren derzeitigen ›Bräuten‹, und eine Anzahl Istanbuler Geschäftsleute mit ihren Frauen. Die meiste Zeit verbrachte man damit, Madame Chavez' anscheinend unerschöpflichen Vorrat an holländischem Gin zu trinken und nach den Klängen eines Grammophons zu tanzen, das ein Diener unermüdlich mit Platten versah, auch wenn die Gäste nicht tanzten. Unter dem Vorwande einer Unpäßlichkeit konnte sich Latimer von vielen Drinks und noch mehr Tänzen drücken und blieb im allgemeinen ziemlich unbeachtet.

Am Spätnachmittag seines letzten Tages in der Villa saß er am Ende einer rebenumrankten Terrasse – wo er das Grammophon nicht hören konnte –, als er einen großen Tourenwagen mit Chauffeur die lange staubige Auffahrt heraufkommen sah. Bevor der lärmende Wagen unten im Hofe angehalten hatte, stieß der Mann im Fond die Tür auf und sprang hinaus.

Der Mann war großgewachsen, mit hageren, muskulösen Wangen, deren mattes Braun sich schön von dem grauen Haar abhob, das nach preußischer Art geschnitten war. Ein schmales Stirnbein, eine lange Hakennase und dünne Lippen gaben ihm ein raubvogelartiges Aussehen. Latimer taxierte ihn auf mindestens fünfzig und studierte aufmerksam die Taille unter der gutgeschnittenen Offiziersuniform, in der Hoffnung, ein Korsett zu entdecken.

Der schlanke Offizier zog ein seidenes Taschentuch aus dem Ärmel, schnippte ein paar unsichtbare Stäubchen von seinen untadeligen lackledernen Reitstiefeln, drückte seine Kappe in feschem Winkel aufs Ohr und verschwand mit langen Schritten. Irgendwo in der Villa schlug eine Klingel an.

Oberst Haki – so hieß der Offizier – brachte mit einem Schlag Leben in die Gesellschaft. Eine Viertelstunde nach seiner Ankunft führte ihn Madame Chavez auf die Terrasse und stellte ihn vor – sie deutete ihren Gästen mit scheuer Verwirrung an, der Oberst habe sie durch seinen unerwarteten Besuch hoffnungslos kompromittiert. Ganz Lächeln und Galanterie schlug er die Hacken zusammen, küßte den Damen die Hände, verbeugte sich, gab den höflichen Gruß der Marineoffiziere zurück und liebäugelte mit den Frauen der Geschäftsleute. Dieses kleine Theater faszinierte Latimer derart, daß er, als an ihn die Reihe kam, vorgestellt zu werden, beim Klange seines eigenen Namens hochsprang. Der Oberst begrüßte ihn überschwänglich.

»Donnerwetter – wirklich ein Vergnügen, Sie kennenzulernen, alter Junge!« sagte er auf englisch.

»Monsieur le Colonel parle bien anglais«, erklärte Madame Chavez.

»Quelques mots«, meinte Haki bescheiden.

Latimer sah freundlich in ein Paar blaßgrauer Augen. »Wie geht es Ihnen?«

»Cheerio – sehr gut!« erwiderte Oberst Haki mit förmlicher Höflichkeit und ging weiter, um einem kräftigen Mädchen im Badeanzug die Hand zu küssen, wobei er seine Augen wohlgefällig über es hingleiten ließ.

Erst ziemlich spät am Abend sprach Latimer wieder mit dem Oberst. Haki hatte Leben in die Gesellschaft gebracht; er hatte Witze gerissen, laut gelacht, den verheirateten Damen offen und frech grinsend den Hof gemacht und den unverheirateten mehr verstohlen. Von Zeit zu Zeit begegnete er Latimers Blick, und dann bat sein Lächeln um Nachsicht. »Ich muß hier den Narren spielen – das ist meine Rolle«, sagte sein Blick, »aber sie freut mich nicht!« Und endlich, lange nach Tisch, als die Gäste allmählich das Interesse am Tanzen verloren und sich einem gemeinsamen Strip Poker hingaben, nahm der Oberst ihn beim Arm und ging mit ihm auf die Terrasse.

»Sie müssen entschuldigen, Herr Latimer«, sagte er auf französisch, »ich würde so gerne ein wenig mit Ihnen sprechen! Diese Frauen – puh!« Er hielt eine Zigarettendose unter Latimers Nase. »Eine Zigarette?«

»Danke sehr.«

Oberst Haki blickte über seine Schulter. »Auf der anderen Seite der Terrasse ist es ruhiger«, sagte er, und als sie hinübergingen, fuhr er fort: »Sie müssen wissen, ich bin heute eigens zu dem Zweck hergekommen, Sie kennenzulernen. Madame sagte mir, Sie seien hier – und da konnte ich der Versuchung nicht widerstehen, mit dem Autor zu plaudern, dessen Werke ich so sehr bewundere.«

Latimer murmelte eine nichtssagende Bemerkung. Er war in Verlegenheit, da er nicht wußte, ob der Oberst von Nationalökonomie oder von Detektivgeschichten sprach. Einmal nämlich hatte er einen freundlichen alten Dozenten, der sich für sein ›letztes Buch‹ interessiert hatte, sehr durch die Frage verwirrt, ob er die Leichen erschossen oder erschlagen vorzöge. Und zu fragen, von welcher Gattung Bücher der Oberst spreche, wäre ihm affektiert erschienen.

Oberst Haki wartete nicht, bis er gefragt wurde. »Ich bekomme immer die neuesten *romans policiers* aus Paris«, fuhr er fort. »Ich lese nichts anderes als *romans policiers*. Ich würde Ihnen gern meine Sammlung zeigen. Die englischen und amerikanischen liebe ich besonders. Die besten werden ins Französische übersetzt. Die französischen Autoren finde ich nicht sympathisch. Die französische Kultur ist unfähig, einen erstklassigen *roman policier* hervorzubringen. Ich habe übrigens meine Bibliothek gerade um UNE PELLE ENSANGLANTÉE bereichert. Fabelhaft! Aber ich kann den Titel nicht recht verstehen.«

Latimer erklärte umständlich auf französisch die Bedeutung von »to call a spade a bloody shovel« und versuchte das Wortspiel zu übersetzen, das dem aufmerksamen Leser schon im Titel die Identität des Mörders verriet. Oberst Haki lauschte andächtig, nickte mit dem Kopf und meinte, ehe Latimer mit der Erklärung fertig war: »Jetzt verstehe ich. Jetzt sehe ich die Sache ganz klar.«

»Monsieur«, fuhr er fort, als Latimer aufgegeben hatte, »es wäre mir eine Ehre, wenn Sie diese Woche einmal mit mir speisen würden. Ich glaube«, fügte er etwas mysteriös hinzu, »ich kann Ihnen von Nutzen sein.«

Latimer sah nicht, inwiefern ihm Oberst Haki nützen konnte, antwortete aber, daß er gerne mit ihm essen würde. Sie verabredeten sich auf drei Tage später im Hotel Palace in Pera.

Erst am Vorabend fiel Latimer die Einladung wieder ein. Er saß mit dem Manager der Istanbuler Zweigstelle seiner Bank in der Hotelhalle.

Collinson war ein ganz netter Kerl, aber ein langweiliger Gesellschafter. Seine Unterhaltung bestand fast nur aus Klatsch über die Ereignisse in der englischen und amerikanischen Kolonie Istanbuls. »Kennen Sie die Fitzwilliams«, pflegte er zu sagen, »nein? Oh, wie schade! Sie würden Ihnen gefallen! Denken Sie nur, vor ein paar Tagen ...« Jedoch als Informationsquelle über Kemal Atatürks Wirtschaftsreformen hatte er versagt.

»Übrigens«, sagte Latimer, nachdem er sich einen Bericht über das Treiben der türkischen Frau eines amerikanischen Autohändlers angehört hatte, »kennen Sie einen Mann namens Haki – Oberst Haki?«

»Haki? Wie kommen Sie auf den?«

»Er hat mich für morgen zu Tisch geladen.«

Collinson war erstaunt. »Er hat Sie zum Essen eingeladen? Donnerwetter!« Er kratzte sich am Kinn. »Hmmm ... ich kenne ihn nicht selbst, aber ich weiß natürlich, wer er ist.« Er zögerte. »Haki ist einer der Menschen, über die man hier viel hört, von denen man aber nichts Genaues weiß. Einer der Männer hinter den Kulissen, wenn Sie wissen, was ich meine. Er hat mehr Macht und Einfluß als viele Leute, von denen man glaubt, daß sie in Ankara das Heft in der Hand halten. 1919 war er eine der ersten Kräfte des Ghazis in Anatolien, ein Deputierter der provisorischen Regierung. Da hat man allerlei von ihm gehört. Ein blutdürstiger Teufel, das sagten alle. Es liefen Gerüchte um über Folterungen von Gefangenen. Aber schließlich blieben sich da beide Parteien nichts schuldig, und ich glaube, daß die Leute des Sultans damit angefangen haben. Ich hörte auch, daß er ein paar Flaschen Whisky auf einen Sitz austrinken kann und dabei stocknüchtern bleibt. Aber das glaub ich nicht recht. Wie sind Sie zu ihm gekommen?«

Latimer erklärte es. »Und womit verdient er seinen Lebensunterhalt?« fügte er hinzu. »Ich kann nämlich aus diesen Uniformen nicht klug werden.«
Collinson zuckte die Achseln. »Tja ... ich habe aus sicherer Quelle *gehört*, daß er der Chef der Geheimpolizei ist, aber vielleicht ist das auch eine der üblichen Geschichten. Das ist nämlich das Schlimmste hierzulande. Man kann kein Wort von all dem Zeug glauben, das im Klub geredet wird. Denken Sie nur, erst vor ein paar Tagen ...«
Erheblich neugieriger als vor dieser Unterhaltung ging Latimer am nächsten Tage zu seiner Verabredung. Er hatte Oberst Haki für eine Art Räuberhauptmann gehalten, und Collinsons vage Auskunft war dazu angetan, diese Ansicht zu bestätigen. Der Oberst erschien, von Entschuldigungen übersprudelnd, zwanzig Minuten zu spät und zog seinen Gast schnell in das Restaurant. »Wir müssen sofort einen Whisky trinken«, sagte er und rief laut nach einer Flasche JOHNNIE.
Fast während der ganzen Mahlzeit sprach er von den Kriminalromanen, die er gelesen und dem Eindruck, den sie ihm gemacht hatten, kritisierte die Figuren und offenbarte eine Vorliebe für Mörder, die ihre Opfer erschossen. Als endlich eine ziemlich leere Flasche neben ihm und eine Portion Erdbeereis vor ihm stand, lehnte er sich über den Tisch. »Ich glaube, Herr Latimer«, sagte er wieder, »ich kann Ihnen von Nutzen sein.«
Latimer war so verdutzt, daß er einen Augenblick überlegte, ob Haki ihm einen Posten bei der türkischen Geheimpolizei anbieten wolle; aber er sagte: »Wie liebenswürdig von Ihnen.«
»Ich habe immer davon geträumt«, fuhr Oberst Haki fort, »einmal selbst einen guten *roman policier* zu schreiben. Ich denke, ich hätte das *Zeug* dazu – wenn ich nur auch die *Zeit* dazu hätte. Das ist das Malheur. Die Zeit. Das habe ich einsehen müssen. Aber ...« Er machte eine bedeutungsvolle Pause.
Latimer wartete. Er traf Leute, die überzeugt waren, sie könnten einen guten Kriminalroman schreiben, wenn sie nur die nötige Zeit hätten.
»Aber«, wiederholte der Oberst, »ich habe den Entwurf fertig – und diesen Entwurf möchte ich Ihnen zum Geschenk machen!«

Latimer sagte, das sei wirklich sehr freundlich.
Der Oberst tat den Dank mit einer Handbewegung ab. »Ihre Bücher haben mir so angenehme Stunden bereitet, Herr Latimer, daß ich glücklich bin, Ihnen die Idee zu einem neuen schenken zu dürfen. Ich habe keine Zeit, sie selbst auszunützen, und in jedem Falle«, fügte er großmütig hinzu, »werden Sie davon besser Gebrauch machen können als ich.«
Latimer murmelte etwas Unverständliches.
»Die Szene der Handlung«, fuhr sein Gastgeber fort, »ist ein englisches Landhaus, das dem reichen Lord Robinson gehört. Zum Weekend ist eine Gesellschaft eingeladen. Man entdeckt Lord Robinson in seiner Bibliothek, an seinem Schreibtisch sitzend ... durch die Schläfe geschossen. Die Wundränder sind versengt. Auf dem Schreibtisch hat sich eine Blutlache gebildet, und das Blut ist in ein Schriftstück gesickert. Dieses Schriftstück ist ein neues Testament, das der Lord gerade unterzeichnen wollte. Nach seinem früheren Testament fiel sein Geld zu gleichen Teilen an sechs Personen – Verwandte des Lords, die alle anwesend sind. Das neue Testament, das zu unterzeichnen die Kugel des Mörders ihn hinderte, vermacht alles einem dieser Verwandten. Infolgedessen –«, anklagend hob er seinen Eiscremelöffel – »ist einer der fünf anderen Verwandten der Schuldige. Das ist logisch, nicht wahr?«
Latimer öffnete den Mund, schloß ihn aber wieder und nickte. Oberst Haki grinste triumphierend. »Sehen Sie – das ist der Trick.«
»Der Trick?«
»Jawohl! Der Lord wurde nämlich von keinem der Verdächtigen ermordet, sondern von seinem Diener, dessen Frau er verführt hatte! Was sagen Sie dazu?«
»Sehr raffiniert!«
Befriedigt lehnte sich sein Gastgeber zurück und strich ein Fältchen aus seinem Waffenrock. »O nein – es ist nur ein Trick, aber ich freue mich, daß er Ihnen gefällt. Natürlich habe ich den ganzen Entwurf bereits in allen Einzelheiten ausgearbeitet. Der *Flic* ist Kommissar von Scotland Yard. Er verführt eine der Verdächtigen, eine bildschöne Frau, und ihretwegen löst er das Rätsel. Es ist sehr künstlerisch. Nun, wie gesagt, ich habe alles genau aufgeschrieben.«

»Es würde mich sehr interessieren«, sagte Latimer aufrichtig, »Ihre Notizen zu lesen.«

»Ich hoffte, daß Sie das sagen würden. Aber Sie sind heute wohl in Eile?«

»Nicht im geringsten!«

»Dann lassen Sie uns in mein Büro zurückfahren – dort kann ich Ihnen gleich den Entwurf zeigen. Er ist französisch geschrieben.«

Latimer zögerte nur einen Augenblick. Er hatte nichts Besseres zu tun, und vielleicht war es ganz interessant, Oberst Hakis Arbeitszimmer zu sehen.

»O ja, ich komme sehr gerne mit.«

Das Büro des Oberst lag im Obergeschoß eines großen Hauses in Galata, das wahrscheinlich früher einmal ein billiges Hotel gewesen, jetzt aber unverkennbar ein Regierungsgebäude war. Es war ein großer Raum am Ende eines Korridors. Als sie eintraten, stand ein uniformierter Schreiber über ein Pult gebeugt. Er sprang auf, schlug die Hacken zusammen, stand stramm und sagte etwas auf türkisch. Der Oberst antwortete ihm und entließ ihn mit einem Kopfnicken.

Latimer sah sich um. Außer dem Schreibtisch waren ein paar kleine Sessel und eine amerikanische Maschine zur Bereitung von Eiswasser im Zimmer. Die Wände waren kahl, der Boden mit einer Kokosmatte bedeckt. Lange grüne Jalousien, die außen am Fenster angebracht waren, hielten fast das ganze Licht ab. Es war sehr kühl nach der Hitze im Auto, das sie hergebracht hatte.

Der Oberst bot ihm einen Stuhl und eine Zigarette an und begann, in einer Schublade herumzukramen. Endlich zog er ein paar Blätter hervor, die mit Schreibmaschinenschrift bedeckt waren, und reichte sie Latimer.

»Da haben Sie den Entwurf, Herr Latimer«, sagte er.

»Das blutbefleckte Testament als Verräter habe ich es genannt – aber ich bin durchaus nicht sicher, ob sich nicht noch ein besserer Titel findet; alle guten Titel wurden leider schon verwendet. Trotzdem – ich will nachdenken, vielleicht fällt mir doch noch etwas ein. Lesen Sie es, und genieren Sie sich nicht, mir ganz offen zu sagen, was Sie davon halten! Sollten Nebensächlichkeiten korrigiert werden müssen, so werde ich das tun.«

Latimer nahm die Bogen und las, während der Oberst sich auf die Ecke seines Schreibtisches setzte und mit den langen Beinen wippte, die in glänzenden Lackstiefeln steckten.

Latimer las den Entwurf zweimal durch, dann legte er ihn nieder. Er schämte sich, weil er ein paarmal am liebsten laut gelacht hätte. Er hätte niemals mitkommen dürfen. Da er aber gekommen war, blieb ihm nur eins übrig – so schnell wie möglich wieder zu gehen.

»Im Augenblick kann ich Ihnen keine Verbesserungen vorschlagen«, sagte er langsam, »aber natürlich will das gründlich überlegt sein. Bei solchen Sachen kann man nämlich leicht Fehler machen. Es gibt so vieles, was man genau beachten muß. Fragen des englischen Gerichtsverfahrens zum Beispiel.«

»Ja, ja, natürlich.« Oberst Haki glitt von seinem Schreibtisch und setzte sich in seinen Sessel. »Aber meinen Sie, daß Sie es verwenden können?«

»Ich bin Ihnen aufrichtig dankbar für Ihre Großzügigkeit«, sagte Latimer ausweichend.

»Aber ich bitte Sie – das ist nicht der Rede wert. Dafür schicken Sie mir ein Gratis-Exemplar des Buches, sobald es erscheint.« Er drehte sich im Stuhl um und griff nach dem Telefon. »Ich werde Ihnen eine Kopie anfertigen lassen, die Sie mitnehmen können.«

Latimer setzte sich wieder. Nun ja – das ließ sich nicht ändern ... schließlich konnte es nicht lange dauern, bis die Abschrift fertig war. Er hörte zu, wie der Oberst mit jemandem telefonierte, und sah ihn die Stirn runzeln. Dann legte Haki das Telefon auf und wandte sich zu Latimer.

»Würden Sie mich entschuldigen, wenn ich inzwischen eine Kleinigkeit erledige?«

»Selbstverständlich, Herr Oberst.«

Haki zog einen dicken Aktenordner aus Manilapapier aus dem Schreibtisch und fing an, die einzelnen Blätter zu überfliegen. Dann wählte er eins aus und las es durch. Währenddessen klopfte der uniformierte Schreiber an die Tür und trat ein, unter dem Arm einen dünnen gelben Aktendeckel. Der Oberst nahm ihn entgegen und legte ihn vor sich auf den Schreibtisch; dann reichte er mit ein paar erklärenden Worten dem Schreiber DAS BLUTBEFLECKTE TESTAMENT ALS VERRÄTER; der Mann schlug die Hacken zusammen und ging hinaus. Im Raum herrschte Schweigen.

Latimer tat, als sei er völlig von seiner Zigarette in Anspruch genommen, und blickte unauffällig über den Schreibtisch. Oberst Haki wandte langsam die Seiten in dem gelben Aktendeckel um, und auf seinem Gesicht lag ein Ausdruck, den Latimer vorher nicht wahrgenommen hatte. Es war auf einmal das Gesicht eines Experten, der seiner Arbeit nachging, die er vollkommen beherrschte. Eine Art wachsamer Ruhe lag in diesem Gesicht, die Latimer an eine sehr alte und erfahrene Katze erinnerte, die eine sehr junge und unerfahrene Maus beobachtet. In diesem Augenblick revidierte Latimer seine Ansicht über Oberst Haki. Eben noch hatte er ihm ein bißchen leid getan – wie einem jemand leid tut, der sich unbewußt zum Narren gemacht hat. Jetzt sah er, daß der Oberst keine Rücksichtnahme brauchte. Während die langen, gelblichen Finger Blatt um Blatt umwandten, erinnerte sich Latimer an einen Satz von Collinson. »Es liefen Gerüchte um über Folterungen von Gefangenen ...« Er wußte plötzlich, daß er den wirklichen Oberst Haki zum ersten Male sah. Dann blickte der Oberst auf, und seine blassen Augen ruhten nachdenklich auf Latimers Schlips. Einen Moment lang hatte Latimer das unbehagliche Gefühl, daß der Mann auf der anderen Seite des Schreibtisches, der anscheinend auf seinen Schlips blickte, tatsächlich in seinen Gedanken las. Gleich darauf hob der Oberst die Augen und grinste ein wenig ... es war ein Lächeln, bei dem sich Latimer vorkam, als wäre er soeben bei einem Diebstahl ertappt worden. Oberst Haki sagte: »Ich überlege, ob Sie sich wohl auch für *echte* Mörder interessieren, Herr Latimer.«

II

Das Dossier Dimitrios

Latimer fühlte, daß er rot wurde. Er sah sich plötzlich aus einem leutseligen Könner in einen lächerlichen Amateur verwandelt, und das brachte ihn ein wenig aus der Fassung.

»Gewiß ... ja ...«, sagte er langsam, »ich glaube schon ...«

Oberst Haki preßte die Lippen zusammen. »Wissen Sie, Herr Latimer«, sagte er, »ich finde den Mörder in einem *roman policier* bedeutend sympathischer als einen wirklichen Mörder. In einem *roman policier* gibt es eine Leiche, mehrere Verdächtige, einen Detektiv und einen Galgen. Das ist künstlerisch. Der wirkliche Mörder hat gar nichts Künstlerisches. Als Polizist muß ich Ihnen das ganz offen sagen.« Er tippte auf den Aktendeckel, der vor ihm lag. »Hier ist ein wirklicher Mörder. Wir wissen seit fast 20 Jahren von seiner Existenz. Hier sind seine Akten. Wir wissen von einem Mord, den er vielleicht begangen hat. Zweifellos gibt es noch mehrere Morde, von denen wir nichts wissen. Dieser Mann ist typisch. Ein schmutziger Typ, gemein, feige – Abschaum. Mord, Spionage, Rauschgifte – das ist die Geschichte. Auch zwei Attentate sind dabei.«

»Attentate? Das beweist einen gewissen Mut, nicht wahr?«

Der Oberst lachte – es war kein sympathisches Lachen. »Mein lieber Freund – Dimitrios hatte bestimmt nicht selbst geschossen. Nein! Leute wie er riskieren bei so etwas nicht Kopf und Kragen. Sie bleiben im Dunkeln. Sie sind die Professionellen, die *Entrepreneurs*, die Mittler zwischen den Geschäftsleuten, den Politikern, die zwar den Zweck wollen, aber die Mittel scheuen, und den Fanatikern, den Idealisten, die bereit sind, für ihre Überzeugung zu sterben. Das Wichtigste, was wir über einen solchen Mord oder Mordversuch wissen müssen, ist nicht, wer den Schuß abfeuerte, sondern wer die Kugel bezahlte. Und das können einem am besten solche Schurken wie Dimitrios erzählen. Sie sind immer bereit zu sprechen – um sich die Unbequemlichkeit einer Gefängniszelle zu ersparen. Dimitrios wird kaum besser gewesen sein als die andern. Mut!« Er lachte wieder. »Dimitrios war ein wenig klüger als die meisten andern. Das kann ich Ihnen zugestehen. Soviel ich weiß, hat keine Regierung ihn jemals fassen können, und bei seinen Akten befindet sich keine Fotografie. Aber wir kannten ihn recht gut, und in Sofia, Belgrad, Athen und Paris kannten sie ihn auch. Er war ein eifriger Reisender, unser Dimitrios.«

»Das klingt ja, als ob er tot wäre?«

»Ja, er ist tot.« Der Oberst zog die Winkel seines schmalen Mundes verächtlich herab. »Ein Fischer hat letzte Nacht seine Leiche aus dem Bosporus gezogen. Man nimmt an, daß er erstochen und von einem Schiff über Bord geworfen wurde. Er trieb oben – Abschaum, wie er war.«

»Schließlich starb er aber eines gewaltsamen Todes«, sagte Latimer. »Das ist ausgleichende Gerechtigkeit.«

»Ach!« Der Oberst beugte sich vor. »Da spricht der Schriftsteller. Alles muß ordentlich und künstlerisch sein – wie ein *roman policier*. Recht so!« Er zog das Dossier zu sich heran und schlug es auf. »Hören Sie einmal zu, Herr Latimer. Und sagen Sie mir dann, ob das künstlerisch ist.«

Er begann zu lesen.

»Dimitrios Makropoulos.« Er hielt inne und sah auf. »Wir haben niemals feststellen können, ob dies der Name der Familie war, die ihn adoptiert hatte, oder ein Pseudonym. Man kannte ihn gewöhnlich unter dem Namen Dimitrios.« Er las weiter im Dossier. »Dimitrios Makropoulos. Geboren 1889 in Larissa, Griechenland. Findelkind. Eltern unbekannt. Mutter vermutlich Rumänin. Registriert als griechischer Untertan, von einer griechischen Familie adoptiert. Strafakten bei griechischen Behörden. Einzelheiten nicht festzustellen.« Er blickte wieder hinüber zu Latimer. »Das war, ehe wir von ihm erfuhren. Wir hörten zum ersten Mal 1922 in Izmir etwas über ihn, wenige Tage, nachdem unsere Truppen die Stadt besetzt hatten. Ein DEUNME – das ist ein Jude, der zum Islam übergetreten ist – namens Scholem wurde mit durchgeschnittener Kehle in seinem Zimmer aufgefunden. Er war Geldverleiher und bewahrte sein Geld unter den Brettern des Fußbodens auf. Diese Bretter waren aufgerissen, und das Geld war gestohlen worden. Um diese Zeit gab es viel Mord und Totschlag in Izmir, und die Militärbehörden hätten sich wenig darum gekümmert – die Tat konnte von einem unserer Soldaten begangen worden sein. Aber dann lenkte ein anderer Jude, ein Verwandter Scholems, die Aufmerksamkeit des Militärs auf einen Neger namens Dhris Mohammed, der in den Cafés viel Geld ausgegeben und dabei geprahlt hatte, er hätte es von einem Juden ohne Zinsen geliehen bekommen. Es wurden Nachforschungen angestellt und Dhris wurde festgenommen. Seine Antworten vor dem Kriegsgericht entlasteten ihn nicht, und er wurde zum Tode verurteilt. Da legte er ein Geständnis ab. Er war Feigenpacker. Er sagte, einer seiner Arbeitskameraden, den er Dimitrios nannte, hätte ihm von Scholem und dem Reichtum unter dem Fußboden seines Zimmers erzählt. Gemeinsam hätten sie den Raub geplant und seien nachts in Scholems Zimmer gekommen, wo Dimitrios den Juden getötet hatte. Er war der Ansicht, Dimitrios, der die griechische Staatsangehörigkeit besaß, sei entkommen und habe sich eine Karte auf einem der Schiffe besorgt, die an verborgenen Orten längs der Küste auf die Flüchtlinge warteten.«

Er zuckte die Achseln. »Nun, die Behörden glaubten seine Geschichte nicht. Wir lagen mit Griechenland im Krieg, und das alles klang genau wie die Ausreden, die jeder Schuldige erfinden würde, um seinen Kopf zu retten. Man stellte zwar fest, daß es einen Feigenpacker namens Dimitrios gegeben hatte, daß seine Arbeitskameraden ihn nicht leiden konnten und daß er verschwunden war.« Der Oberst grinste. »Eine ganze Menge Griechen namens Dimitrios verschwanden um diese Zeit ... man sah ihre Leichen in den Straßen herumliegen und im Hafen treiben. Der Neger konnte seine Geschichte nicht beweisen. Er wurde gehängt.«

Er machte eine Pause. Während seiner Erzählung hatte er kein einziges Mal im Dossier nachgesehen.

»Sie haben ein außerordentlich gutes Gedächtnis für Tatsachen«, bemerkte Latimer.

Der Oberst grinste wieder. »Ich war der Präsident dieses Kriegsgerichtes. Und dadurch war ich in der Lage, Dimitrios' Weg zu verfolgen. Ein Jahr später wurde ich zur Geheimpolizei versetzt. 1924 entdeckte man eine Verschwörung zur Beseitigung des Ghazi. Es war in dem Jahr, als er das Kalifat aufhob, und von außen gesehen war die Verschwörung das Werk einer Gruppe religiöser Fanatiker. Die Hintermänner jedoch waren tatsächlich Agenten einiger Leute, die bei einer befreundeten Nachbarregierung sehr in Gunst standen. Sie hatten ihre Gründe, den Ghazi fortzuwünschen ... Nun, die Verschwörung wurde entdeckt. Die Einzelheiten sind uninteressant. Aber einer der Agenten, die entkamen, war ein Mann namens Dimitrios.« Haki schob Latimer die Zigaretten hin. »Bitte, rauchen Sie.«

Latimer schüttelte den Kopf. »War es derselbe Dimitrios?«

»Jawohl. Nun, sagen Sie mir ehrlich, Herr Latimer: finden Sie dabei etwas Künstlerisches? Können Sie daraus einen guten Kriminalroman machen? Ist etwas daran, was für einen Schriftsteller auch nur von geringstem Interesse wäre?«

»Nun – mich interessiert die Arbeit der Polizei ganz besonders. Das ist doch natürlich. Aber was geschah mit Dimitrios? Wie endete die Geschichte?«

Oberst Haki schnippte mit den Fingern. »Ich habe diese Frage erwartet. Und meine Antwort lautet: Sie endete überhaupt nicht!«

»Was geschah weiter?«

»Das will ich Ihnen erzählen. Das erste Problem war, den Dimitrios von Izmir mit dem Dimitrios von Edirné – Sie sagen Adrianopel – zu identifizieren. Also griffen wir die Affäre Scholem wieder auf, beantragten einen Haftbefehl wegen Mordes gegen einen griechischen Feigenpacker namens Dimitrios und baten die ausländischen Behörden unter diesem Vorwand um ihren Beistand. Wir erfuhren nicht sehr viel, aber immerhin genug. Dimitrios war in den Mordversuch an Stambulisky in Bulgarien verwickelt, der dem Putsch der mazedonischen Offiziere anno 1923 vorausging. Die Polizei von Sofia wußte nur, daß er als ein Grieche aus Izmir bekannt sei. Eine Frau, mit der er in Sofia gelebt hatte, wurde vernommen. Sie sagte aus, sie habe kürzlich einen Brief von ihm bekommen. Aber er hatte keine Adresse angegeben; da sie jedoch aus dringenden Gründen mit ihm in Verbindung kommen wollte, hatte sie sich die Briefmarke angesehen – der Stempel war von Edirné. Die Polizei von Sofia verschaffte uns eine oberfläch-

liche Beschreibung von Dimitrios, die zu der Schilderung paßte, welche der Neger in Izmir von ihm gegeben hatte. Die griechische Polizei bestätigte, daß er vor 1922 in ihren Strafakten geführt wurde, und sie gab uns auch die Einzelheiten über seine Herkunft. Der Haftbefehl besteht wahrscheinlich noch heute – aber Dimitrios konnten wir durch ihn nicht fassen.
Erst zwei Jahre später hörten wir wieder etwas von ihm; wir erhielten von der jugoslawischen Regierung eine Anfrage wegen eines türkischen Untertanen namens Dimitrios Talat. Er wurde wegen Raubes gesucht; aber einer unserer Agenten in Belgrad berichtete, dieser Raub sei der Diebstahl eines geheimen Marinedokumentes, und die Jugoslawen hofften, den Dieb der Spionage für Frankreich zu überführen. Der Vorname und die Beschreibung, die uns Belgrad gegeben hatte, ließen uns vermuten, daß dieser Talat unser Dimitrios aus Izmir sei. Um dieselbe Zeit verlängerte unser Konsul in der Schweiz den anscheinend in Ankara ausgestellten Paß eines Mannes namens Talat. Talat ist ein sehr häufiger türkischer Name; als aber die Verlängerung in das Register eingetragen werden sollte, ersah man aus der Nummer des Passes, daß er niemals ausgestellt worden war – er war gefälscht.« Haki breitete die Hände aus. »Nun, sehen Sie, Herr Latimer? Da haben Sie Ihre Geschichte. Unvollständig. Unkünstlerisch. Keine Entlarvung, keine Verdächtigen, keine verborgenen Motive – nichts als eine schmutzige Sache.«
»Aber interessant – trotz alledem«, widersprach Latimer. »Und was wurde aus der Angelegenheit Talat?«
»Sie suchen immer noch das Ende Ihrer Geschichte, Herr Latimer? Also gut, hören Sie weiter. In Sachen Talat geschah gar nichts. Es war bloß ein Name. Wir haben ihn nie wieder gehört. Wir wissen nicht, ob er den Paß benutzt hatte. Es ist auch unwichtig. Wir haben Dimitrios. Als Leiche, zugegeben – aber wir haben ihn. Wir werden wahrscheinlich niemals erfahren, wer ihn umgebracht hat. Die Polizei wird zweifellos Nachforschungen anstellen und uns dann berichten, daß sie keinerlei Hoffnung hat, den Mörder zu finden. Dieses Dossier kommt ins Archiv. Als einer von vielen ähnlichen Fällen.«
»Sie sagten doch etwas von Rauschgift?«
Oberst Haki sah ein wenig gelangweilt drein. »Ach so, ja. Di-

mitrios muß eine schöne Menge Geld verdient haben, vermute ich. Auch so eine Geschichte ohne Schluß. Etwa drei Jahre nach der Belgrader Sache hörten wir wieder von ihm. Nichts, was eigentlich mit uns zu tun hatte – aber wie üblich kamen auch diese Schriftstücke zu Dimitrios' Akten.« Er blätterte darin. »Im Jahre 1929 bekam die vom Völkerbund ernannte Gutachterkommission für illegalen Rauschgifthandel von der französischen Regierung einen Bericht über die Beschlagnahme einer großen Menge Heroin an der Schweizer Grenze. Es war in der Matratze eines Schlafwagens verborgen, der aus Sofia kam. Es stellte sich heraus, daß einer der Schaffner dieses Wagens für den Schmuggel verantwortlich war, aber er konnte oder wollte der Polizei nichts weiter verraten, als daß das Rauschgift in Paris von einem Mann abgeholt werden sollte, der an der Endstation arbeitete. Den Namen dieses Mannes wußte er nicht, hatte auch niemals mit ihm gesprochen; aber er konnte ihn beschreiben. Daraufhin wurde der Mann verhaftet; er gab beim Verhör seine Schuld zu, behauptete jedoch, nichts vom Bestimmungsort des Heroins zu wissen. Er empfing allmonatlich ein solches Paket, das er einem dritten Mann zu übergeben hatte. Die Polizei stellte diesem eine Falle, faßte ihn und mußte feststellen, daß es einen vierten Mittelsmann gab. Alles in allem wurden sechs Leute im Zusammenhang mit dieser Sache festgenommen, jedoch fand sich nur eine brauchbare Spur. Sie bewies, daß der Mann an der Spitze dieser Organisation unter dem Namen Dimitrios bekannt war. Durch das Komitee erfuhren wir, daß die bulgarische Regierung in Radomir ein verbotenes Heroin-Laboratorium gefunden und zweihundertdreißig Kilo Heroin beschlagnahmt hatte, das zur Ablieferung bereitgestellt war. Der Name des Adressaten war Dimitrios. Im Laufe des nächsten Jahres gelang es den Franzosen, mehrere große Heroinlieferungen zu beschlagnahmen, die für Dimitrios bestimmt waren. Unserm Freund Dimitrios selbst aber kamen auch sie nicht näher. Es gab da gewisse Schwierigkeiten. Der Stoff nahm anscheinend nie zweimal denselben Weg, und am Ende des Jahres – es war 1930 – hatten die Franzosen an Verhaftungen nichts weiter aufzuweisen als eine Reihe von Schmugglern und einige unbedeutende Zwischenhändler. Nach den gefundenen Heroinmengen zu urteilen, muß Dimitrios ungeheure Summen verdient haben. Ungefähr ein Jahr später machte er ganz plötzlich Schluß mit dem Rauschgifthandel. Die erste Nachricht, welche die Polizei hierüber erhielt, war ein anonymer Brief mit den Namen aller Hauptmitglieder der Bande, ihren Lebensgeschichten und genauen Angaben, wie man jedem einzelnen seine Schuld nachweisen könne. Damals hatte die französische Polizei eine Theorie. Sie meinte, Dimitrios sei selbst dem Heroin verfallen. Ob dies zutraf oder nicht, Tatsache war, daß im Dezember die ganze Bande ausgehoben wurde. Ein Mitglied, eine Frau, wurde bereits wegen Unterschlagung gesucht. Einige von ihnen drohten, Dimitrios umzubringen, sobald sie ihre Strafe verbüßt hätten, aber keiner konnte der Polizei mehr berichten, als daß sein Familienname Makropoulos war, und daß er eine Etagenwohnung im siebzehnten Arrondissement bewohne. Die Polizei fand weder die Wohnung noch Dimitrios.«

Inzwischen war der Schreiber eingetreten und stand wartend neben dem Pult.

»Oh«, sagte der Oberst, »hier ist Ihre Kopie.«

Latimer nahm sie und dankte ziemlich geistesabwesend. »Und das war das letzte, was Sie von Dimitrios hörten?« fügte er hinzu.

»Aber nein. Ungefähr ein Jahr später hörten wir nochmals von ihm. Ein Kroate versuchte in Zagreb einen jugoslawischen Politiker zu ermorden. In dem Geständnis, das er der Polizei ablegte, sagte er aus: Die Pistole, die er benutzt habe, hätten seine Freunde von einem Mann namens Dimitrios in Rom erhalten. Wenn es Dimitrios von Izmir war, so mußte er zu seinem alten Beruf zurückgekehrt sein. Ein schmutziger Typ. Aber es gibt noch mehr von der Sorte, die besser als Leichen im Bosporus treiben würden.«

»Sie sagen, daß Sie nie eine Fotografie von ihm hatten. Wie konnten Sie die Leiche dann identifizieren?«

»Im Futter seines Rockes war eine französische *Carte d'Identité* eingenäht. Sie war vor etwa einem Jahr in Lyon für Dimitrios Makropoulos ausgestellt worden. Es ist die *Carte* für Ausländer und enthält den Vermerk ›ohne Beschäftigung‹. Das kann vielerlei bedeuten. In dieser *Carte* war natürlich eine Fotografie. Wir haben sie den Franzosen vorgelegt; sie behaupten, sie sei echt.« Haki schob das Dossier beiseite und stand auf. »Morgen ist amtliche Voruntersuchung. Ich muß jetzt hinübergehen in die Leichenhalle der Polizei und einen Blick auf Dimitrios werfen ... Das ist etwas, womit Sie sich in Ihren Büchern nicht abzuplagen brauchen, Herr Latimer – die Liste der Dienstvorschriften. Ein Mann wird im Bosporus treibend gefunden. Klipp und klar eine Polizeiangelegenheit. Aber weil ich ihn auch bei meinen Akten habe, muß meine Organisation sich damit befassen. Mein Wagen wartet draußen – kann ich Sie ein Stück mitnehmen?«

»Wenn mein Hotel nicht zu weit von Ihrem Weg abliegt, wäre ich Ihnen sehr dankbar.«

»Selbstverständlich. Haben Sie den Entwurf für Ihr neues Buch? Gut. Dann können wir gehen.«

Im Wagen schwelgte der Oberst in den Vorzügen des BLUTBEFLECKTEN TESTAMENTES ALS VERRÄTER. Latimer versprach, mit ihm in Verbindung zu bleiben und ihn über den Fortschritt der Arbeit zu informieren. Der Wagen fuhr am Hotel vor. Sie hatten sich bereits voneinander verabschiedet, und Latimer wollte eben aussteigen, als er plötzlich zögerte und sich wieder auf seinen Sitz fallen ließ.

»Hören Sie zu, Oberst«, sagte er, »ich möchte Sie um etwas bitten ... was Ihnen wahrscheinlich sehr sonderbar vorkommen wird.«

Der Oberst machte eine übertriebene Geste: »Was in meiner Macht steht, Herr Latimer ...«

»Ich würde mir die Leiche dieses Mannes Dimitrios ganz gern ansehen. Ich weiß nicht, ob es Ihnen möglich ist, mich mitzunehmen ...«

Der Oberst runzelte ein wenig die Stirn und zuckte die Achseln. »Wenn Sie mitkommen wollen, selbstverständlich. Aber ich verstehe nicht ganz ...«

»Ich habe so etwas noch nie gesehen«, log Latimer schnell, »weder eine Leiche noch eine Leichenhalle. Und ich bin der Meinung, ein Verfasser von Detektivgeschichten muß solche Dinge gesehen haben.«

Das Gesicht des Oberst klärte sich auf. »Mein lieber Freund, da haben Sie recht. Natürlich. Man kann nicht über etwas schreiben, was man nie gesehen hat.« Er gab dem Chauffeur ein Zei-

chen. »Vielleicht könnten wir Ihrem neuen Buch eine Szene in einer Leichenhalle hinzufügen«, sagte er, als sie weiterfuhren.
»Ich werde darüber nachdenken.«
Die Leichenhalle war ein kleines Wellblechgebäude im Hofe einer Polizeistation bei der Moschee des Nouri Osmanich. Der Polizist, den der Oberst *en route* mitgenommen hatte, führte sie über den Hof, der die Halle vom Hauptgebäude trennte. Die Luft über dem Beton zitterte in der Nachmittagssonne, und Latimer wünschte bald, er wäre nicht hergekommen. Es war kein Wetter für einen Besuch in einer Leichenhalle aus Wellblech . . .
Der Beamte sperrte auf und öffnete die Tür. Ein Schwall heißer, karbolgeschwängerter Luft entwich, wie aus einem Ofen. Latimer nahm den Hut ab und folgte dem Oberst in den Raum.
Dieser hatte keine Fenster, alles Licht kam von einer starken Glühbirne in einem Emailreflektor. Auf beiden Seiten des Mittelganges waren vier hohe Holzschragen. Bis auf drei waren alle leer. Die drei waren mit steifen, schweren Planen bedeckt, die sich leicht bauschten. Die Hitze war zum Ersticken, und Latimer fühlte, wie der Schweiß sein Hemd durchnäßte und ihm an den Beinen heruntertröpfelte.
»Es ist sehr heiß«, sagte er.
Der Oberst zuckte die Achseln und wies mit dem Kopf auf die Schragen. »Die Bewohner beklagen sich nicht . . .«
Der Beamte ging zum ersten Tisch, lehnte sich darüber und zog die Plane zurück. Der Oberst ging hinüber und sah sich die Leiche an. Latimer zwang sich, ihm zu folgen.
Der Körper, der vor ihnen lag, war der eines ziemlich kleinen, breitschultrigen Mannes von ungefähr fünfzig Jahren. Latimer stand am Fußende und konnte nur wenig von dem Gesicht sehen, nur einen Ausschnitt wächsernen Fleisches und eine Strähne wirren grauen Haars. Der Körper war in eine wasserdichte Decke gehüllt. Bei den Füßen lag ein kleines ordentliches Häufchen zerknitterter Kleidungsstücke: etwas Unterwäsche, ein Hemd, Socken, ein geblümter Schlips und ein blauer Serge-Anzug, von Meerwasser grauschwarz und fleckig. Neben diesem Bündel stand ein Paar schmaler, spitzer Schuhe, deren Sohlen sich beim Trocknen gekrümmt hatten.

Latimer trat einen Schritt näher – er wollte das Gesicht sehen. Niemand hatte sich die Mühe genommen, dem Toten die Augen zu schließen, und das Weiße starrte aufwärts zum Licht. Der Unterkiefer war leicht heruntergesunken. Es war nicht ganz das Gesicht, das Latimer sich vorgestellt hatte; es war runder und hatte dicke Lippen – keine schmalen, wie er erwartet hatte –, ein Gesicht, das bei jeder Gefühlsregung arbeiten und zucken würde. Die Wangen waren locker und tief gefurcht.

Aber es war jetzt zu spät, um sich ein Urteil über den Geist zu bilden, der einst hinter diesem Gesicht gewohnt hatte. Der Geist war fort.

Der Beamte hatte mit dem Oberst gesprochen. Jetzt hielt er inne.

»Der Arzt stellte fest: durch einen Messerstich in den Bauch getötet«, übersetzte der Oberst. »Schon tot, ehe er ins Wasser kam.«

»Woher stammen seine Kleider?«

»Aus Lyon, bis auf den Anzug und die Schuhe, die aus Griechenland sind. Armseliges Zeug.«

Er fuhr in seinem Gespräch mit dem Beamten fort.

Latimer starrte auf den Toten. Das also war Dimitrios. Das war der Mann, der wahrscheinlich Scholem die Kehle aufgeschlitzt hatte – Scholem, dem Juden, der Moslem geworden war. Das war der Mann, der Meuchelmorde unterstützt, der für Frankreich spioniert hatte. Das war der Mann, der mit Drogen gehandelt hatte, der einem kroatischen Terroristen eine Pistole geliefert hatte und der endlich selbst eines gewaltsamen Todes gestorben war. Diese aschfarbene Masse war das Ende einer Odyssee. Dimitrios war schließlich in das Land heimgekehrt, von dem er vor so vielen Jahren ausgezogen war ...

Vor so vielen Jahren. Das gequälte Europa hatte durch seine Schmerzen hindurch eine neue Glorie gesehen und war dann wieder zurückgesunken, um sich weiter in der Agonie von Krieg und Furcht dahinzuwälzen. Regierungen waren zur Macht gelangt und wieder gestürzt worden. Männer und Frauen hatten gearbeitet, gehungert, Reden gehalten, gekämpft, waren gemartert worden und gestorben. Die Hoffnung war gekommen und wieder geschwunden – ein Flüchtling am parfümierten Busen der Illusion. Die Menschen hatten gelernt, sich mit berauschenden Träumen zu begnügen und inzwischen untätig zu warten, während die Maschinen Kanonen zu ihrer Vernichtung schmiedeten. Und in all diesen Jahren hatte Dimitrios gelebt und geatmet und seinen seltsamen Göttern gedient. Er war ein gefährlicher Mensch gewesen. Jetzt, in der Einsamkeit des Todes, neben dem schmutzigen Kleiderbündel, das sein ganzer Reichtum war, war er bemitleidenswert.

Latimer sah die beiden Männer an; sie sprachen über das Ausfüllen eines Formulars, das der Beamte mitgebracht hatte. Dann wandten sie sich den Kleidern zu und machten ein Verzeichnis davon.

Aber es gab doch eine Zeit, in der Dimitrios Geld verdient hatte – sehr viel Geld? Was war damit geschehen? Hatte er es verbraucht, oder hatte er es verloren? »Wie gewonnen, so zerronnen«, sagte man. War aber Dimitrios der Mann gewesen, der so leicht vom Gelde ließ – wie immer er es auch erworben hatte? Sie wußten so wenig von ihm! Ein paar merkwürdige Tatsachen über ein paar merkwürdige Geschehnisse in seinem Leben – mehr besagte das Dossier nicht! Immerhin sagte es *etwas*. Es sagte, daß er skrupellos, verräterisch und grausam, daß seine ganze Lebensweise verbrecherisch war. Aber es verriet nichts, was einem den lebendigen Menschen zeigte, der Scholems Kehle durchschnitt, der in der Pariser Etagenwohnung im 17. Arrondissement lebte. Und zu jedem der Verbrechen, von denen die Akten berichteten, gehörten andere, vielleicht sogar schwerere. Was hatte sich in diesen Zwischenräumen von zwei und drei Jahren ereignet, über die der Bericht so leicht hinwegglitt? Und was hatte sich zuletzt abgespielt, seit er vor einem Jahr in Lyon gewesen war? Welche Straße hatte er befahren, um sein Rendezvous mit der Nemesis nicht zu versäumen?

Das waren keine Fragen, die Oberst Haki stellen, geschweige denn beantworten würde. Er tat hier seine Amtspflicht und befaßte sich nur mit der nüchternen Aufgabe, einen verwesenden Körper loszuwerden. Es mußte jedoch Leute geben, die Dimitrios gekannt hatten und etwas über ihn wußten, seine Freunde (wenn er Freunde hatte), seine Feinde, Menschen in Smyrna, in Sofia, in Belgrad, in Adrianopel, in Paris, Athen, Lyon, in ganz Europa, die solche Fragen beantworten *konnten.* Wenn man diese Menschen finden und ihre Antworten hören könnte ... dann hätte man das Material für die seltsamste aller Biographien.

Latimers Herz setzte einen Schlag lang aus. Es wäre natürlich ein verrücktes Unterfangen. Gar nicht auszudenken. Aber wenn man es doch versuchte ... nun, man müßte, sagen wir, in Smyrna beginnen und den Weg dieses Menschen Schritt für Schritt verfolgen – das Dossier könnte man als Richtschnur benutzen.

Das wäre ein echtes Experiment, eine praktische Detektivarbeit. Zweifellos würde es nicht gelingen, etwas wirklich Neues zu entdecken. Aber sogar aus Fehlschlägen konnten sich wertvolle Erkenntnisse ergeben.

All die Kleinarbeit und die Nachforschungen, über die man in Romanen so elegant hinwegglitt, müßte man einmal selbst erledigen. Natürlich würde kein Mensch, der bei Sinnen war, solchen Hirngespinsten nachjagen – Gott behüte! Aber es war amüsant, mit dem Gedanken zu spielen, und wenn man sich zudem in Istanbul etwas langweilte ...

Er sah auf und begegnete dem Blick des Oberst.

Der Oberst machte eine Grimasse, die sich auf die Hitze im Raume bezog. Er und der Beamte waren mit den Formalitäten fertig. »Nun – haben Sie gesehen, was Sie zu sehen wünschten?«

Latimer nickte.

Oberst Haki wandte sich um und sah auf den Toten, als sei dieser etwas, was er mit eigener Hand erschaffen hatte und von dem er jetzt Abschied nahm. Ein paar Sekunden stand er regungslos. Dann streckte er den rechten Arm aus, griff in das Haar des Toten und hob den Kopf so, daß die blinden Augen in die seinen starrten.

»Ein widerlicher Kerl, nicht wahr?« sagte er. »Das Leben ist sehr seltsam. Nun kenne ich ihn fast zwanzig Jahre – und zum ersten Male sehe ich ihn jetzt von Angesicht zu Angesicht. Diese Augen haben manches gesehen, was ich gern wissen möchte. Es ist ein Jammer, daß der Mund nicht mehr darüber sprechen kann.«

Er ließ den Kopf los, der mit einem dumpfen Laut auf den

Tisch schlug. Dann zog er sein seidenes Taschentuch heraus und wischte sich sorgfältig die Finger ab. »Je eher er in seinen Sarg kommt, um so besser«, setzte er hinzu, während sie hinausgingen.

Neunzehnhundertzweiundzwanzig

In den ersten Morgenstunden, an einem Augusttage des Jahres 1922, griffen die türkischen nationalistischen Streitkräfte unter dem Kommando Mustafa Kemal Paschas die Hauptmacht des griechischen Heeres an, die bei Dumlupinar, auf dem Plateau zweihundert Meilen östlich von Smyrna, lag. Am folgenden Morgen war die griechische Armee geschlagen und zog sich überstürzt nach Smyrna und der Küste zurück. Wenige Tage darauf war aus dem Rückzug eine kopflose Flucht geworden. Da sie der türkischen Armee nichts anhaben konnten, fielen die fliehenden Griechen auf ihrem Rückzug mit wilder Grausamkeit über die türkische Bevölkerung her. Kein Dorf zwischen Alascher und Smyrna blieb von Feuer und Schwert verschont. Unter den rauchenden Trümmern fand die verfolgende türkische Armee die Leichen der Dorfbewohner. Unterstützt von den wenigen Anatoliern, die mit dem Leben davongekommen und halbverrückt vor Wut waren, nahmen sie Rache an den Griechen, die sie überholten. Neben den Leichen der türkischen Frauen und Kinder häuften sich die verstümmelten Kadaver der versprengten Griechen. Jedoch der Hauptteil der griechischen Armee war auf dem Seeweg entflohen. Die Türken aber, deren Durst nach dem Blute der Ungläubigen noch nicht gestillt war, drangen weiter vor bis nach Smyrna. Am neunten September besetzten sie die Stadt.

Zwei Wochen lang waren die Flüchtlinge vor den nachstoßenden Türken her in die Stadt geströmt und hatten die ohnedies zahlreiche griechische und armenische Bevölkerung noch vermehrt. Sie hatten geglaubt, die griechische Armee würde umkehren und Smyrna verteidigen. Aber die Griechen waren geflohen. Nun saßen die Flüchtlinge in der Falle. Das Gemetzel begann.

Die Liste der armenischen Verteidigungsliga für Klein-Asien war in die Hände der türkischen Truppen gelangt, und in der Nacht des zehnten September drangen Streifen in die armenischen Stadtteile ein, um alle die zu finden und zu töten, deren Namen in dieser Liste eingetragen waren. Die Armenier leisteten Widerstand, und die Türken griffen in wilder Wut an. Das Massaker, das nun folgte, wirkte wie ein Signal. Von ihren Offizieren ermutigt, warfen sich die türkischen Truppen am nächsten Tage auf die nicht-türkischen Stadtviertel und begannen systematisch alles Lebendige zu töten. Männer, Frauen und Kinder wurden aus ihren Häusern und Verstecken gezerrt und auf den Straßen niedergemetzelt, die bald mit verstümmelten Leichen übersät waren. Die hölzernen Wände der mit Flüchtlingen vollgestopften Kirchen wurden mit Benzin getränkt und in Brand gesteckt. Wer nicht lebendigen Leibes verbrannte, wurde bei dem Versuch zu entkommen, von Bajonetten durchbohrt. Allerorts wurden die geplünderten Häuser in Brand gesteckt – und nun begann das Feuer sich unaufhaltsam auszubreiten.

Zuerst machten die Türken einige Versuche, den Brand einzudämmen. Dann schlug der Wind um und hinderte das Feuer, auf die türkischen Viertel überzuspringen. Die Truppen legten nun neue Brände. Bald war die ganze Stadt mit Ausnahme des türkischen Viertels und einiger Häuser bei der Kassamba-Eisenbahnstation ein Feuermeer. Das Massaker wurde mit unverminderter Grausamkeit fortgesetzt. Man zog einen Truppenkordon um Smyrna, um jede Flucht aus der brennenden Stadt zu vereiteln. Die Ströme entsetzter Flüchtlinge wurden erbarmungslos niedergeschossen oder in das Inferno zurückgetrieben. Die schmalen, ausgebrannten Straßen lagen bald so voller Leichen, daß sie unpassierbar waren – selbst wenn die wenigen gutwilligen Retter den stechenden Verwesungsgeruch, der sich schnell verbreitete, hätten ertragen können. Smyrna war aus einer Stadt in ein Schlachthaus verwandelt. Viele Flüchtlinge hatten versucht, die Schiffe im inneren Hafen zu erreichen. Jetzt trieben ihre Leichen gräßlich im blutgefärbten Wasser – erschossen, ertrunken, von den Schiffsschrauben zerstückelt. Doch noch immer drängten sich auf den Kais verzweifelte Menschen, die versuchten, den brennenden Gebäuden im Hafenviertel, die wenige Meter hinter ihnen zusammenstürzten, zu entkommen. Später sagte man, die Schreie dieser Menschen seien noch eine Meile draußen auf See zu hören gewesen.

Giaur Izmir – das ungläubige Smyrna ... hatte für seine Sünden gebüßt.
Als der Morgen des 15. September anbrach, waren über hundertzwanzigtausend Menschen umgebracht worden. Doch Dimitrios hatte alle diese Schrecknisse überlebt.
Als – 16 Jahre später – sein Zug in Smyrna einfuhr, kam Latimer zu der Einsicht, daß er ein Narr sei. Diese Einsicht war kein übereilter Schluß, und Latimer hatte jedes Für und Wider aufs sorgfältigste erwogen. Es war eine Einsicht, die ihm größtes Unbehagen bereitete. Aber zwei unumstößliche Tatsachen konnte er nicht übersehen. Erstens hätte er Oberst Haki bitten müssen, ihm Einblick in die Akten jenes Kriegsgerichtes und in das Geständnis des Dhris Mohammed zu gewähren – aber er war nicht imstande gewesen, sich einen glaubwürdigen Vorwand für diese Bitte auszudenken. Zweitens konnte er so wenig Türkisch, daß er die Akten gar nicht hätte lesen können, selbst wenn es ihm gelang, ohne Hakis Hilfe an sie heranzukommen. Es war ja schon dumm genug, daß er sich überhaupt auf diese groteske und etwas unwürdige Jagd nach Hirngespinsten begeben hatte. Aber daß er sozusagen ohne Gewehr und Munition ausgezogen war, um Beute zu machen, das war eine grobe Torheit. Er hätte am liebsten sein Experiment, die Verbrechensaufklärung in der Praxis, abgebrochen und wäre umgehend nach Istanbul zurückgekehrt – aber schon eine Stunde nach seiner Ankunft saß er in einem feinen Hotel, sein Zimmer hatte ein bequemes Bett und eine schöne Aussicht über den Golf auf die braunen, sonnenbeschienenen Berge; der französische Hotelbesitzer hatte ihn mit einem vorzüglichen Dry Martini begrüßt ... nun denn, Dimitrios oder nicht Dimitrios – nachdem er einmal da war, konnte er sich auf alle Fälle Smyrna ansehen. Und so begann er seinen Koffer auszupacken.
Wir haben schon erwähnt, daß Latimer eine gewisse geistige Beharrlichkeit besaß. Genauer gesagt, war er nicht der glückliche Besitzer eines geistigen Luftschleusensystems, das Probleme einfach durch Vergessen löst. Vergeblich versuchte er sich auszureden, was er sich eingeredet hatte. Vergeblich hielt er sich vor, wie sinnlos und müßig das Problem sei und daß es gar keine Rolle spiele, ob es gelöst werde oder nicht. Er mußte es anpacken. Latimer konnte sein Problem wohl vorübergehend

aus seinen Gedanken verbannen, aber bald tauchte es wieder auf und nagte heimlich an seinem Bewußtsein. Er hatte dann das unbehagliche Gefühl, das einen befällt, wenn man etwas verlegt hat und nicht genau weiß, was es eigentlich ist. Seine Gedanken lösten sich von seiner momentanen Beschäftigung, und er starrte blind ins Leere, bis plötzlich sein altes Problem wieder da war. An seinem zweiten Morgen in Smyrna zuckte er gereizt die Achseln, begab sich zum Hotelbesitzer und bat ihn, ihm einen guten Dolmetscher zu besorgen.

Fedor Muishkin war ein wichtigtuerischer kleiner Russe von etwa sechzig Jahren, mit einer dicken, hängenden Unterlippe, die beim Sprechen zitterte. Er hatte ein Büro im Hafenviertel und verdiente seinen Lebensunterhalt, indem er Dokumente und Geschäftspapiere übersetzte und für die Kapitäne und Zahlmeister der ausländischen Frachter, die den Hafen anliefen, dolmetschte. Er war im Jahre 1919 als Menschewik aus Odessa geflohen, und obwohl er jetzt behauptete, mit den Sowjets zu sympathisieren, zog er es doch vor (wie der Hotelbesitzer spöttisch erklärte), diese Sympathie aus der Ferne zu pflegen. Ein Aufschneider, sicherlich, aber auch ein guter Dolmetscher. Wer einen Dolmetscher brauchte, war mit Muishkin gut bedient.

Das behauptete auch Muishkin selbst. Er hatte eine hohe, heisere Stimme und kratzte sich nicht wenig. Sein Englisch war korrekt, aber gespickt mit Slangausdrücken, die nicht in den Zusammenhang paßten. Er sagte: »Wenn ich irgend etwas für Sie tun kann – Anruf genügt. Klingeln Sie an, ich bin Ihr Mann!«

Latimer erklärte: »Ich suche das Strafregister eines Griechen, der im September 1922 von Smyrna wegging.«

Der andere zog die Augenbrauen hoch. »1922 sagten Sie? Ein Grieche, der 1922 hier wegging?« Er kicherte kurzatmig. »Mein Gott, da gingen viele ... hier weg!« Er spuckte auf seinen Zeigefinger und fuhr sich damit über die Kehle. »So ›gingen sie weg‹ ... Das war die verdammt gräßliche Methode der Türken, die Griechen ›weggehen‹ zu lassen. Verdammt blutdürstig!«

»Dieser Mann entkam tatsächlich auf einem Flüchtlingsschiff. Sein Name war Dimitrios. Man nahm an, er habe zusammen mit einem Neger namens Dhris Mohammed geplant, einen

Geldverleiher namens Scholem zu ermorden. Der Neger wurde vors Kriegsgericht gestellt und gehängt. Dimitrios entkam. Ich möchte, wenn irgend möglich, das Protokoll der Gerichtsverhandlung einsehen, ebenso das Geständnis des Negers und was die Nachforschungen über Dimitrios ergaben.«

Muishkin machte große Augen. »Dimitrios?«

»Ja.«

»Neunzehnhundertzweiundzwanzig?«

»Ja!« Latimers Herz schlug schneller. »Warum? Haben Sie ihn zufällig gekannt?«

Der Russe schien etwas sagen zu wollen, besann sich aber anders. Er schüttelte den Kopf. »Nein. Ich dachte nur, es sei ein sehr gewöhnlicher Name. Haben Sie Erlaubnis, die Polizei-Archive einzusehen?«

»Nein. Ich hoffte, Sie könnten mir einen Rat geben, wie ich diese Erlaubnis am besten bekommen kann. Ich weiß natürlich, daß sich Ihre eigentliche Arbeit darauf beschränkt, Übersetzungen zu machen, aber wenn Sie mir in dieser Sache behilflich sein könnten, wäre ich Ihnen sehr dankbar!«

Muishkin nagte nachdenklich an seiner Unterlippe.

»Vielleicht gehen Sie zum britischen Vizekonsul und bitten ihn, daß er Ihnen die Erlaubnis besorgt?« Er brach ab. »Aber entschuldigen Sie – wozu brauchen Sie diese Protokolle?« fuhr er dann fort. »Ich frage nicht, weil ich meine Nase in fremde Angelegenheiten stecken will, aber es ist möglich, daß die Polizei diese Frage stellt. Nun ...«, er sprach jetzt sehr langsam –, »wenn es eine *legale* Sache ist, ganz sauber ... ich habe einen einflußreichen Freund, der die Angelegenheit billig arrangieren könnte.«

Latimer fühlte, wie er rot wurde. »Zufälligerweise«, sagte er so obenhin wie möglich, »IST es eine legale Sache. Ich könnte natürlich zum Konsul gehen – aber wenn Sie bereit sind, es mit Hilfe Ihres Freundes zu erledigen, so könnte ich mir die Mühe sparen.«

»Mit Vergnügen. Ich werde noch heute mit meinem Freund sprechen. Die Polizei, verstehen Sie, ist immer die Pest, und wenn ich selbst hingehe, wird es verdammt schrecklich teuer. Und vor so etwas schütze ich meine Klienten gern.«

»Sehr freundlich von Ihnen!«

»Nicht der Rede wert.« Ein abwesender Blick kam in seine Augen. »Ich mag Euch Briten gern, müssen Sie wissen. Ihr versteht es, Geschäfte abzuschließen. Ihr schachert nicht wie diese verdammten Griechen. Wenn ein Brite sagt: ›Geld bei Ablieferung‹, dann bekommt man sein Geld bei Ablieferung ... Eine Anzahlung? Okay. Die Briten sind für *fair play*. Gegenseitiges Vertrauen zwischen allen Beteiligten. Unter solchen Bedingungen läßt sich's leben – läßt sich's arbeiten. Man fühlt –«

»Wieviel?« unterbrach ihn Latimer.

»Fünfhundert Piaster?« Er sagte es zögernd. Seine Augen waren voll Trauer. Er war ein Künstler, der kein Selbstvertrauen hatte, ein Kind in geschäftlichen Dingen, nur in seiner Arbeit glücklich ...

Latimer überlegte einen Augenblick. Fünfhundert Piaster waren weniger als ein englisches Pfund. Billig genug. Dann sah er einen Funken in den kummervollen Augen.

»Zweihundertfünfzig«, sagte er fest.

Verzweifelt warf Muishkin die Hände in die Luft. Er mußte leben. Und sein Freund war auch noch da. Er hatte großen Einfluß.

Bald darauf ging Latimer. Er hatte hundertfünfzig Piaster angezahlt, bei einem endgültigen Preis von dreihundert Piastern, einschließlich der fünfzig Piaster für den Freund. Sie hatten abgemacht, daß er am nächsten Tage vorbeikommen sollte, um das Resultat der Verhandlungen mit dem Freund zu erfahren. Nicht unzufrieden mit dem, was er erreicht hatte, ging Latimer längs des Kais zurück. Zugegeben, er hätte die Protokolle gern selbst eingesehen und bei der Übersetzung zugeschaut. Dann wäre er sich mehr wie ein Forscher vorgekommen und weniger wie ein neugieriger Tourist; aber man mußte die Dinge nehmen, wie sie waren. Übrigens war es immer noch möglich, daß Muishkin mit den 150 Piastern verschwand – aber das war unwahrscheinlich. Latimer verließ sich auf den ersten Eindruck, und der Russe schien ihm, im Wesen, wenn auch nicht an der Oberfläche, ein ehrlicher Mann zu sein. Und mit gefälschten Übersetzungen war Latimer nicht hereinzulegen – Oberst Haki hatte ihm zu viel von dem Kriegsgerichtsverfahren gegen Dhris Mohammed erzählt, als daß er nicht jeden Betrug durchschaut hätte. Das einzige, was schiefgehen konnte, war, daß der Freund vielleicht seine fünfzig Piaster nicht wert war.

Als er am nächsten Tag kam, war Muishkins Büro geschlossen, und der Dolmetscher erschien nicht, obwohl Latimer eine Stunde auf der schmutzigen Holzveranda wartete. Ein zweiter Besuch später am Tage war ebenso fruchtlos. Latimer zuckte die Achseln. Es war unwahrscheinlich, daß der Mann sich die Mühe nehmen sollte, den Gegenwert von fünf Shilling in türkischen Piastern zu veruntreuen. Aber Latimer wurde doch ein wenig unsicher.

Eine Notiz, die ihn bei seiner Rückkehr ins Hotel erwartete, stellte sein Vertrauen wieder her. In unordentlicher Handschrift stand da, daß der Schreiber aus seinem Büro gerufen worden sei, um ein Verhör der Dockpolizei mit einem rumänischen zweiten Steuermann zu verdolmetschen – ein griechischer Güterpacker war mit einem Brecheisen erschlagen worden –, und er möchte sich jeden Fingernagel einzeln ausreißen bei dem Gedanken, Herrn Latimer vergebliche Mühe verursacht zu haben; sein Freund habe übrigens alles gut arrangiert, und er selbst würde die Übersetzung am nächsten Abend abliefern.

Muishkin erschien, schweißnaß, wenige Minuten vor dem Abendessen, als Latimer gerade seinen Aperitif trank. Der Dolmetscher kam auf ihn zu, verwarf die Arme und rollte die Augen, ließ sich mit der Miene hoffnungsloser Verzweiflung in einen Armsessel fallen und stieß einen lauten Seufzer der Erschöpfung aus.

»Was für ein Tag! Was für eine Hitze!« sagte er.

»Haben Sie die Übersetzung?«

Muishkin nickte müde, mit geschlossenen Augen. Es kostete ihn offenbar unendliche Mühe, mit der Hand in die Innentasche seines Rockes zu fahren und ein Bündel Papiere herauszuholen, das mit einer Drahtklammer zusammengehalten war. Er preßte es in Latimers Hand – ein sterbender Kurier, der seine letzte Depesche abliefert.

»Möchten Sie etwas trinken?« fragte Latimer.

Der Russe schlug blinzelnd die Augen auf und blickte um sich, als käme er langsam wieder zu sich. Er sagte: »Wenn Sie befehlen ... ich möchte bitte einen Absinth. *Avec de la Glace.*«

Der Kellner nahm die Bestellung entgegen, und Latimer lehnte sich zurück, um seine Beute zu betrachten.

Die Übersetzung war handgeschrieben und nahm zwölf große

Bogen ein. Latimer prüfte die ersten paar Seiten. Zweifellos war alles echt. Er fing an, sorgfältig zu lesen.

TÜRKISCHE NATIONALREGIERUNG
UNABHÄNGIGER GERICHTSHOF

AUF BEFEHL DES KOMMANDIERENDEN OFFIZIERS DER GARNISON VON IZMIR KRAFT DER NOTVERORDNUNG, DIE ZU ANKARA AM ACHTZEHNTEN TAGE DES SECHSTEN MONATS DES JAHRES 1922 NEUER ZEITRECHNUNG ERLASSEN WURDE.

DIE GESAMTE BEWEISAUFNAHME ERFOLGTE IN ANWESENHEIT DES STELLVERTRETENDEN GERICHTSPRÄSIDENTEN, BRIGADE-GENERAL ZIA HAKI, AM SECHSTEN TAG DES ZEHNTEN MONATS DES JAHRES 1922 NEUER ZEITRECHNUNG.

»Der Jude Zakari klagt den Neger Dhris Mohammed, Feigenpacker von Buja, an, seinen Vetter Scholem ermordet zu haben. In der letzten Woche entdeckte eine Patrouille des sechzehnten Regiments in seinem Zimmer (in einer Straße ohne Namen nahe der alten Moschee) die Leiche des Geldverleihers Scholem, eines Deunme. Seine Kehle war durchschnitten. Obwohl dieser Mann kein Rechtgläubiger war und sich keines guten Rufes erfreute, stellte unsere wachsame Polizei Nachforschungen an und entdeckte, daß er seines Geldes beraubt worden war.

Mehrere Tage später unterrichtete der Kläger Zakari den Polizeikommandanten davon, daß er in einem Café den Mann Dhris gesehen hatte, der ganze Hände voll griechischen Geldes herumzeigte. Er kannte Dhris als armen Mann und war sehr erstaunt. Später, als Dhris betrunken war, hörte er ihn sich damit brüsten, Scholem habe ihm dieses Geld zinslos geliehen. Damals wußte Zakari noch nichts vom Tode Scholems, aber als er es von seinen Verwandten erfuhr, erinnerte er sich an das, was er gesehen und gehört hatte.

Als Zeuge sagte Abdul Hakk, der Besitzer der Bar Cristal aus, Dhris habe das griechische Geld herumgezeigt, und zwar mehrere hundert Drachmen, und sich gerühmt, es zinslos von dem Juden Scholem erhalten zu haben. Er hatte sich darüber gewundert, denn er kannte Scholem als harten Mann.

Ein Dockarbeiter namens Ismail sagte ebenfalls unter Eid aus, daß er dies gehört habe.

Auf die Frage, wie er in den Besitz des Geldes gekommen sei, leugnete der Mörder zunächst, daß er das Geld gehabt und daß

er Scholem gekannt hatte und behauptete, er sei als Rechtgläubiger dem Kläger, dem Juden Zakari, einfach verhaßt. Auch Ismail und Abdul Hakk hätten gelogen.
Auf strenge Befragung durch den stellvertretenden Präsidenten des Militärgerichtshofs gab er zu, im Besitz des Geldes gewesen zu sein; Scholem habe es ihm für einen erwiesenen Dienst gegeben. Er konnte aber nicht erklären, was für ein Dienst das gewesen war, und wurde bei der Aussage verwirrt und aufgeregt. Er leugnete, Scholem getötet zu haben, und rief in gotteslästerlicher Art den Wahren Gott an, seine Unschuld zu bezeugen.
Der stellvertretende Präsident des Militärgerichtshofs verurteilte hierauf den Gefangenen zum Tod durch den Strang; die anderen Mitglieder des Gerichtshofs bestätigten dieses Urteil als richtig und gerecht.«
Latimer war gerade mit einer Seite fertig, blickte auf und sah Muishkin an. Der Russe hatte seinen Absinth getrunken und musterte das leere Glas. Er fing Latimers Blick auf. »Absinth ist wirklich gut«, sagte er. »So erfrischend.«
»Möchten Sie noch einen?«
»Wenn Sie befehlen.« Er lächelte und wies auf das Papier in Latimers Hand. »So ist es recht, nicht wahr?«
»O ja, es scheint in Ordnung zu sein. Aber sie sind ein bißchen ungenau mit ihren Daten, finden Sie nicht? Und es liegt kein ärztlicher Befund bei; es ist auch kein Versuch gemacht worden, die Zeit des Mordes ungefähr festzustellen. Was das Beweismaterial anbelangt, so kommt es mir sehr dürftig vor. Es wurde ja tatsächlich nichts bewiesen.«
Muishkin sah überrascht aus. »Warum soll man sich die Mühe machen, etwas zu beweisen? Der Neger war offensichtlich schuldig. Man konnte nichts Besseres tun, als ihn hängen.«
»So, so – ich verstehe. Nun, wenn Sie erlauben, möchte ich weiterlesen.«
Muishkin zuckte die Achseln, streckte sich genießerisch aus und winkte dem Kellner. Latimer blätterte um und las weiter.
Aussage des Mörders Dhris Mohammed, in Gegenwart des Wachkommandanten der Kaserne von Izmir und anderer glaubwürdiger Zeugen.
»Es steht im Koran geschrieben, daß der nicht gedeihen soll, der lügt, und ich mache meine Aussage, um meine Unschuld zu

beweisen und mich vor dem Galgen zu retten. Ich habe gelogen, jetzt sage ich die Wahrheit. Ich bin ein Rechtgläubiger. Es gibt nur einen Gott.
Ich habe Scholem nicht getötet. Ich sage, daß ich ihn nicht getötet habe. Warum sollte ich jetzt lügen? Ja, ich will es erklären. Nicht ich beging die Tat, sondern Dimitrios tötete Scholem.
Ich werde euch von Dimitrios erzählen, und dann werdet ihr mir glauben. Dimitrios ist ein Grieche. Für die Griechen ist er ein Grieche, aber zu den Rechtgläubigen sagt er, daß er auch ein Rechtgläubiger und nur für die Behörden ein Grieche sei, wegen einiger Papiere, die seine Pflegeeltern unterschrieben hatten.
Dimitrios arbeitete mit uns zusammen in den Packschuppen und war allgemein verhaßt wegen seiner Gewalttätigkeit und seiner scharfen Zunge. Ich aber bin ein Mann, der die anderen Menschen als seine Brüder liebt, und so sprach ich während der Arbeit auch manchmal mit Dimitrios und erzählte ihm etwas über die Wahre Religion und Gott, und er hörte zu.
Als dann die Griechen vor der siegreichen Armee der Rechtgläubigen flohen, kam Dimitrios in mein Haus und bat mich, ihn vor den blutdürstigen Griechen zu verbergen. Er sagte, er sei ein Rechtgläubiger. So verbarg ich ihn. Dann kam uns unsere glorreiche Armee zu Hilfe. Aber Dimitrios wollte nicht weg, da er durch die Papiere seiner Pflegeeltern Grieche war und für sein Leben fürchtete. So blieb er in meinem Haus, und wenn er ausging, kleidete er sich wie ein Türke. Eines Tages sagte er gewisse Dinge zu mir. Da sei ein Jude Scholem, sagte er, der viel Geld, griechische Münzen und Gold, unter dem Fußboden seines Zimmers versteckt habe. Nun sei es an der Zeit, sagte er, Rache zu nehmen an denen, die den Wahren Gott und seinen Propheten beleidigt hätten. Es sei Unrecht, sagte er, daß ein Judenschwein Geld habe, das rechtmäßig den Wahren Gläubigen gehöre. Er schlug vor, wir sollten heimlich zu Scholem gehen, ihn binden und ihm das Geld wegnehmen.
Zuerst hatte ich Angst, aber er machte mir Mut und mahnte mich an den Koran, in dem geschrieben steht, wer für Gottes Religion kämpfe, ob er nun siegt oder geschlagen wird, bekomme sicherlich seinen Lohn. Jetzt bekomme ich meinen Lohn: wie ein Hund gehängt zu werden.

Ja, ich will fortfahren: abends nach der Polizeistunde gingen wir zu dem Haus, wo Scholem lebte, und schlichen die Treppen hinauf zu seinem Zimmer. Die Tür war verriegelt. Da klopfte Dimitrios und rief, es sei eine Patrouille, die das Haus durchsuchen müsse; und Scholem öffnete die Tür. Er war schon im Bett gewesen und brummte, weil man ihn aus dem Schlaf geweckt hatte. Als er uns sah, rief er Gott an und versuchte, die Tür zu schließen. Aber Dimitrios ergriff ihn und hielt ihn fest, während ich hineinging, wie wir verabredet hatten, und das lose Brett suchte, unter dem das Geld verborgen war. Dimitrios zog den Alten auf das Bett und hielt ihn mit seinem Knie nieder.

Bald fand ich das lose Brett und drehte mich voll Freude um, um es Dimitrios zu sagen. Er hatte mir den Rücken zugekehrt und erstickte Scholems Schreie mit einer Decke. Er hatte gesagt, er würde ihn mit dem Seil festbinden, das wir mitgebracht hatten. Nun sah ich, wie er sein Messer zog. Ich dachte, er wolle aus irgendeinem Grunde das Seil durchschneiden, und sagte nichts. Dann, ehe ich sprechen konnte, stieß er es dem alten Juden in den Hals und schlitzte ihm die Kehle auf.

Ich sah das Blut herausspritzen wie aus einem Springbrunnen, und Scholem rollte vornüber. Dimitrios stand einen Augenblick beiseite und beobachtete ihn, dann sah er mich an. Ich fragte ihn, was er getan habe, und er antwortete, es sei notwendig gewesen, Scholem zu töten, damit er uns nicht der Polizei anzeigen könne. Scholem bewegte sich noch immer auf seinem Bett, und das Blut quoll noch heraus, aber Dimitrios meinte, er sei bestimmt schon tot.

Dann sagte Dimitrios, es sei besser, wenn wir nicht zusammen weggingen, jeder solle sein Teil nehmen, und wir sollten einzeln gehen. So hatten wir es ausgemacht.

Nun hatte ich Angst, denn Dimitrios hatte ein Messer, und ich hatte keines, und ich dachte, er wolle mich ermorden. Ich verstand nicht, warum er mir etwas von dem Gelde erzählt hatte. Er hatte gesagt, er brauche einen Helfer, der das Geld suche, während er den Alten festhielt. Aber ich merkte wohl, daß er von Anfang an beabsichtigt hatte, Scholem umzubringen. Warum also hatte er mich hergebracht? Er hätte das Geld allein herausholen können, nachdem er Scholem getötet hatte. Aber wir teilten das Geld in zwei gleiche Teile, und er lächelte und versuchte nicht, mich zu töten. Wir verließen einzeln das Haus. Am Tage vorher hatte er mir erzählt, daß griechische Schiffe bei Smyrna vor der Küste lagen; er hatte gehört, daß ein Mann sagte, die Kapitäne nähmen Flüchtlinge mit, wenn sie zahlen könnten. Ich glaube, er entkam auf einem dieser Schiffe. Jetzt weiß ich, daß ich der dümmste aller Narren war, und daß er recht hatte, über mich zu lächeln. Er wußte genau: wenn mein Geldbeutel voll wird, wird mein Kopf leer. Der Fluch Gottes treffe ihn! Er wußte, wenn ich anfange durch Trunk zu sündigen, kann ich nicht den Mund halten. Ich habe Scholem nicht getötet. Dimitrios, der Grieche, hat ihn getötet. Dimitrios . . .« *(hier folgt ein Strom von Unflätigkeiten, die sich nicht niederschreiben lassen)*. »Meine Worte sind die lautere Wahrheit. So wahr Gott Gott und Mohammed sein Prophet ist, schwöre ich, daß ich die Wahrheit gesagt habe. Um Gottes Barmherzigkeit willen, habt Mitleid mit mir.«

Darunter stand eine Notiz, die besagte, die Aussage sei mit einem Daumenabdruck gezeichnet und von Zeugen bestätigt.

Der Bericht fuhr fort:

»Der Mörder wurde ersucht, eine Beschreibung dieses Dimitrios zu geben und sagte:

›Er sieht aus wie ein Grieche, aber ich glaube nicht, daß er einer ist, weil er seine eigenen Landsleute haßt. Er ist kleiner gewachsen als ich, und sein Haar ist lang und glatt. Sein Gesicht ist unbeweglich, und er spricht wenig. Seine Augen sind braun, und sie sehen immer müde aus. Die meisten haben Angst vor ihm, aber das verstehe ich nicht, da er nicht stark ist und ich ihn mit meinen Händen zerbrechen könnte.‹

NB: Der Mann ist 185 cm groß.

In den Packschuppen wurden Nachforschungen nach diesem Dimitrios angestellt. Er ist bekannt und verhaßt. Seit mehreren Wochen hat man nichts von ihm gehört, und man nimmt an, daß er bei dem Feuer umgekommen ist. Das ist wahrscheinlich.

Der Mörder wurde am neunten Tage des zehnten Monats neunzehnhundertzweiundzwanzig neuer Zeitrechnung hingerichtet.«

Latimer griff noch mal nach der Aussage und prüfte sie nachdenklich. Sie klang echt. Daran war nicht zu zweifeln. Sie war fast ein Indizienbeweis. Dieser Neger Dhris war offenbar ein sehr dummer Mensch gewesen. Konnte er sich die Einzelheiten der Szene in Scholems Zimmer ausgedacht haben? Ein Schuldiger, der eine Geschichte erfindet, schmückt sie sicherlich anders aus. Und dann seine Angst, Dimitrios würde ihn umbringen. Wenn er selbst an dem Morde schuldig war, so wäre er nicht auf so etwas verfallen. Oberst Haki meinte, es sei die typische Geschichte eines Schuldigen, der seinen Hals retten will ... Nun ja, die Furcht regt selbst die trägste Fantasie an – aber kaum auf diese Art. Die Behörden hatten sich offenbar nicht viel darum gekümmert, ob die Geschichte stimmte oder nicht. Ihre Nachforschungen waren erbärmlich nachlässig; dennoch hatten selbst sie die Geschichte des Negers bestätigt. Man nahm an, daß Dimitrios im Feuer umgekommen sei. Es lag kein Beweis vor, der diese Annahme unterstützte. Es war zweifellos viel einfacher gewesen, Dhris Mohammed zu hängen, als inmitten der schrecklichen Wirrnisse dieser Oktobertage die Suche nach einem hypothetischen Griechen namens Dimitrios durchzuführen. Damit hatte Dimitrios selbstverständlich gerechnet. Man hätte ihn niemals mit dieser Sache in Verbindung gebracht, wenn nicht der Oberst zufälligerweise zur Geheimpolizei versetzt worden wäre.

Ein Freund Latimers, ein Zoologe, hatte einmal aus dem Splitter eines versteinerten Knochens das vollständige Skelett eines prähistorischen Tieres rekonstruiert. Der Mann hatte fast zwei Jahre auf diese Aufgabe verwendet, und der Nationalökonom Latimer hatte sich über den unerschöpflichen Enthusiasmus seines Freundes gewundert. Jetzt verstand er ihn. Denn er hatte ein verbogenes Stück von Dimitrios' Geist gefunden und wollte nun dessen Struktur kennenlernen. Das Fragment war klein genug – aber es war wesentlich. Der arme Dhris hatte nie eine Chance gehabt. Dimitrios hatte die Dummheit des Negers ausgenützt und sich seines religiösen Fanatismus, seiner Einfachheit, seiner Habgier mit einer Geschicklichkeit bedient, die geradezu erschreckend war. ›Wir teilten das Geld in zwei gleiche Teile, und er lächelte und versuchte nicht, mich zu töten ...‹ Dimitrios hatte gelächelt. Und der Neger war so benommen gewesen durch seine Angst vor diesem Mann, den er mit seinen beiden Händen hätte zerbrechen können, daß er nicht über dieses Lächeln nachdenken konnte – bis es zu spät war. Die braunen, müden Augen hatten Dhris Mohammed beobachtet und restlos durchschaut.

Latimer faltete die Papiere zusammen, steckte sie in die Tasche und wandte sich an Muishkin.

»Nun schulde ich Ihnen noch hundertfünfzig Piaster.«

»Stimmt«, sagte Muishkin in sein Glas hinein. Er hatte nachbestellt und beendete jetzt seinen dritten Absinth. Er stellte das Glas hin und nahm das Geld von Latimer entgegen. »Sie gefallen mir«, sagte er ernsthaft. »Sie sind kein Snob. Darf ich Sie jetzt zu einem Glas einladen?«

Latimer sah auf die Uhr. Es wurde spät, und er hatte noch nicht gegessen. »Gerne«, sagte er, »aber wie wär's, wenn Sie zuerst mit mir speisten?«

»Gut!« Muishkin sprang geschäftig auf die Füße. »Gut!« wiederholte er, und Latimer sah, daß seine Augen unnatürlich glänzten.

Auf Vorschlag des Russen gingen sie in ein Restaurant – ein Lokal mit gedämpftem Licht, rotem Plüsch, Vergoldung, fleckigen Spiegeln und französischer Küche. Der Raum war voll und rauchgeschwängert. Viele Männer waren Schiffsoffiziere, aber die Mehrzahl trug Armee-Uniform. Auch ein paar unangenehm aussehende Zivilisten waren da, aber nur sehr wenige Frauen. In einer Ecke quälte sich ein Orchester von drei Mann mit einem Foxtrott ab. Ein verärgerter Kellner fand einen Tisch für sie, und sie setzten sich in gepolsterte Stühle, aus denen ein abgestandener Geruch aufstieg.

»Ton!« sagte Muishkin und blickte sich um. Er nahm das Menu und wählte nach sorgfältiger Überlegung das teuerste Gericht. Sie tranken zum Essen einen dickflüssigen harzhaltigen Smyrnawein. Muishkin fing an, von seinem Leben zu erzählen. Odessa – neunzehnhundertachtzehn. Stambul, neunzehnhundertneunzehn. Smyrna, neunzehnhunderteinundzwanzig. Bolschewiken. Wrangel-Armee. Kiew. Eine Frau, die man ›die Schlächterin‹ nannte. Das Schlachthaus diente als Gefängnis, weil das Gefängnis ein Schlachthaus geworden war. Gräßliche, verdammenswerte Grausamkeiten. Alliierte Okkupationsarmee. Die Engländer sportlich. Amerikanische Hilfe. Wanzen.

Typhus. Vickers-Gewehre. Die Griechen – o Gott, diese Griechen! Vermögen lagen auf der Straße und warteten nur darauf, daß man sich bückte ... Kemalisten. Seine Stimme klang eintönig weiter, während draußen hinter dem roten Plüsch, der Vergoldung und den weißen Tischtüchern die violette Dämmerung sich in Nacht verwandelte.
Der Kellner brachte noch eine Flasche des dickflüssigen Weines. Latimer fing an, schläfrig zu werden.
»Und nach all diesem Wahnsinn – wo sind wir jetzt?« fragte Muishkin. Sein Englisch wurde immer schlechter. Seine Unterlippe war naß und zitterte von Erregung, und er fixierte Latimer mit dem stieren Blick des Betrunkenen, der zu philosophieren beginnt. »Wo jetzt?« wiederholte er und schlug auf den Tisch.
»In Smyrna«, sagte Latimer und merkte auf einmal, daß er zuviel Wein getrunken hatte.
Muishkin schüttelte gereizt den Kopf. »Wir sausen schnell in die Hölle!« erklärte er. »Sind Sie Marxist?«
»Nein.«
Muishkin lehnte sich vertraulich über den Tisch. »Ich auch nicht.« Er zupfte Latimer am Ärmel. Seine Lippe zitterte heftig. »Ich bin ein Betrüger.«
»So?«
»Ja.« Seine Augen schwammen in Tränen. »Ich habe Sie verdammt schrecklich betrogen.«
»Wirklich?«
»Wirklich.« Er kramte in seinen Taschen. »Sie sind kein Snob. Sie müssen fünfzig Piaster zurücknehmen.«
»Warum denn?«
»Nehmen Sie sie zurück.« Die Tränen rollten ihm über die Wangen und mischten sich mit dem Schweiß, der sich an seinem Kinn sammelte. »Ich habe Sie betrogen, Herr Latimer. Ich brauchte gar keinen verdammtschrecklichen Freund zu bezahlen, keine Benutzungsgebühr, gar nichts!«
»Wollen Sie damit sagen, daß Sie diese Berichte selbst verfaßt haben?«
Muishkin setzte sich kerzengerade auf. *»Je ne suis pas un faussaire«*, versicherte er. Er schwenkte den Zeigefinger vor Latimers Gesicht. »Dieser Typ kam vor drei Monaten zu mir.« Er

stach mit dem Finger heftig Löcher in die Luft. »Durch die Zahlung hoher Bestechungsgelder ... hoher Bestechungsgelder hatte er die Erlaubnis bekommen, die Archive nach dem Dossier über den Mord an Scholem abzusuchen. Das Dossier war in alter arabischer Schrift gehalten, und er brachte mir die Fotografien der Blätter zum Übersetzen. Er nahm die Fotografien wieder mit, aber ich behielt eine Kopie der Übersetzung. Sehen Sie? Ich habe Sie betrogen. Sie haben fünfzig Piaster zuviel gezahlt. Pfui!« Er schnippte mit den Fingern. »Ich hätte Sie um fünfhundert Piaster betrügen können, und Sie hätten gezahlt. Ich bin zu gut.«

»Wozu brauchte er die Information?«

Muishkin machte ein mürrisches Gesicht. »Ich werde meine eigene Nase hüten – in diesem verdammtschrecklichen Geschäft.«

»Wie sah er denn aus?«

»Wie ein Franzose.«

»Was für ein Franzose?«

Aber Muishkins Kopf war vornübergesunken, und er gab keine Antwort. Nach ein paar Sekunden hob er den Kopf und stierte Latimer mit leerem Blick an. Sein Gesicht war fahl, und Latimer sah, daß ihm gleich schrecklich übel werden würde. Seine Lippen bewegten sich.

»Je ne suis pas un Faussaire«, murmelte er. »Dreihundert Piaster, billig wie Dreck!« Er stand plötzlich auf, stieß ein kurzes *»Excuse-moi«* hervor und verschwand sehr schnell in Richtung der Toiletten.

Latimer wartete eine Zeitlang, dann zahlte er die Rechnung und ging nachsehen. Die Toilette hatte eine zweite Tür, und Muishkin war weggegangen. Latimer begab sich zurück in sein Hotel.

Vom Balkon vor seinem Zimmer konnte er jenseits der Bucht die Berge sehen. Der Mond war aufgegangen, und sein Licht schimmerte durch das Gewirr der Kräne längs des Kais, wo die Frachter anlegten. Die Suchlichter eines türkischen Kreuzers, der an der Reede außerhalb des Innenhafens vor Anker lag, fuhren herum wie lange weiße Finger, streiften die Gipfel der Berge und erloschen. Winzige Lichter, nicht größer als Stecknadelköpfe, blinkten draußen im Hafen und an den Berghängen über der Stadt. Vom Meer her kam ein leichter warmer Wind und bewegte die Blätter eines Gummibaums unter dem Fenster. In einem Zimmer des Hotels lachte eine Frau. Irgendwo in der Ferne spielte ein Grammophon einen Tango. Die Scheibe drehte sich offenbar zu schnell, und der Ton klang schrill und verzerrt.

Latimer steckte sich eine letzte Zigarette an und grübelte zum hundertsten Male, was dieser Mann, der wie ein Franzose aussah, wohl mit dem Dossier des Scholem-Mordes gewollt hatte. Schließlich warf er die Zigarette weg und zuckte die Achseln. Eins war sicher: er konnte sich unmöglich für Dimitrios interessiert haben.

IV

Zwei Tage später reiste Latimer aus Smyrna ab. Er hatte Muishkin nicht wiedergesehen.

Es ist immer faszinierend, die Situation eines Menschen zu beobachten, der sich in dem Gedanken wiegt, Herr seines Schicksals und seiner Entschlüsse zu sein, tatsächlich aber nur der Spielball von Umständen ist, die er nicht im mindesten beherrscht. Dies ist das wesentliche Element guter Theaterstücke – vom *Ödipus* des Sophokles bis zu *East Lynne*. Ist man aber zufälligerweise selbst dieser Mensch, und betrachtet man die Situation rückschauend, so wird die Faszination ein wenig krankhaft. Wenn Latimer später an diese beiden Tage in Smyrna dachte, war er weniger erschüttert über die Ahnungslosigkeit, mit der er seine Rolle gespielt hatte, als über seine Begeisterung, die mit dieser Ahnungslosigkeit Hand in Hand ging. Er war, wie er geglaubt hatte, sehend an diesen Fall herangegangen. Tatsächlich aber war er blind gewesen. Daran war zweifellos auch damals nichts zu ändern. Was ihn wurmte, war, daß er so lange nicht imstande gewesen war, es zu erkennen. Natürlich wurde er sich hier nicht ganz gerecht – aber seine Selbstachtung hatte ein Loch bekommen; ohne sein Wissen war er aus der Rolle des unpersönlichen Sachverständigen in die eines intellektuell-distanzierten Mitspielers, dem mitgespielt wurde, versetzt worden.

Von dieser Gefahr, in einem Melodrama gedemütigt zu werden, ahnte er nichts, als er am Tag nach der Begegnung mit Muishkin sich mit Bleistift und Notizbuch hinsetzte, um das Material für seine praktische Detektivarbeit zu ordnen.

An einem der ersten Oktobertage neunzehnhundertzweiundzwanzig hatte Dimitrios Smyrna verlassen. Er hatte Geld gehabt und sich wahrscheinlich eine Karte für einen griechischen Dampfer gekauft. Als Oberst Haki das nächste Mal etwas von ihm hörte, war er in Adrianopel gewesen – zwei Jahre später. In der Zwischenzeit aber hatte sich die bulgarische Polizei in

Sofia mit ihm befaßt, und zwar im Zusammenhang mit dem Mordversuch an Stambulisky.
Da Latimer sich über die genauen Daten nicht im klaren war, entwarf er eine chronologische Tabelle.

Zeit:	Ort:	Bemerkungen:	Herkunft der Information:
1922 (Okt.)	Smyrna	Scholem	Polizei Archiv
1923 (Anfang)	Sofia	Stambulisky	Oberst Haki
1924	Adrianopel	Kemal ›Versuch‹	Oberst Haki
1926	Belgrad	Spionage für Frankreich	Oberst Haki
1926	Schweiz	Talat Pass	Oberst Haki
1929–31 ?	Paris	Rauschgift	Oberst Haki
1932	Zagreb	Kroat. Mord	Oberst Haki
1937	Lyon	carte d'ident.	Oberst Haki
1938	Istanbul	Ermordet	Oberst Haki

Das Rätsel war fürs erste einmal gelöst. Im Verlaufe der sechs Monate nach dem Mord an Scholem war Dimitrios aus Smyrna entflohen und nach Sofia gegangen, wo er etwas mit dem geplanten Mord an dem bulgarischen Premierminister zu tun gehabt hatte; Latimer vermochte die Zeit, die nötig ist, um in eine Verschwörung gegen das Leben eines Premierministers verwickelt zu werden, nicht genau zu schätzen, aber man konnte mit ziemlicher Sicherheit annehmen, daß Dimitrios bald nach seiner Flucht aus Smyrna in Sofia angekommen sein mußte. War er tatsächlich auf einem griechischen Dampfer entflohen, so mußte er zuerst nach dem Piräus und nach Athen gekommen sein. Von Athen aus konnte er über Land nach Sofia gelangt sein, und zwar über Saloniki, oder aber auf dem Seeweg über die Dardanellen und das Goldene Horn nach Bourgaz oder Varna, dem Schwarzmeerhafen von Bulgarien. Damals war Istanbul in der Hand der Alliierten, von denen er nichts zu fürchten hatte. Die Frage war die: was hatte ihn veranlaßt, nach Sofia zu reisen?
Jedenfalls mußte Latimer jetzt logischerweise nach Athen gehen und dort die Aufgabe in Angriff nehmen, Dimitrios' Spur zu finden. Das war gewiß nicht leicht. Selbst wenn man damals den Versuch gemacht hatte, jeden von Zehntausenden von Flüchtlingen zu registrieren, so waren diese Listen, wenn sie

überhaupt noch existierten, wahrscheinlich unvollständig. Immerhin war das kein Grund, ein Mißlingen vorauszusetzen. Er hatte einige einflußreiche Freunde in Athen, und wenn noch eine Liste da war, so bestand für ihn die berechtigte Aussicht, Einblick zu bekommen. Er schloß sein Notizbuch.
Als am nächsten Tag das Schiff, das einmal pro Woche von Smyrna zum Piräus fuhr, den Hafen verließ, war Latimer unter den Passagieren.

Während der Monate, die in Smyrna auf die türkische Okkupation folgten, kehrten mehr als achthunderttausend Griechen in ihre Heimat zurück. Sie kamen, eine Schiffsladung nach der anderen, auf die Decks gepackt, im Frachtraum verstaut. Viele von ihnen waren nackt und halbverhungert. Manche trugen noch die toten Kinder, die sie nicht mehr hatten begraben können, in ihren Armen. Es kamen mit ihnen Typhus und Pocken. Kriegsmüde und zerstört empfing sie ihr Vaterland; es herrschte bittere Not. Lebensmittel und Medikamente waren fast gar nicht vorhanden. In den schnell aufgeschlagenen Flüchtlingslagern starben die Leute wie die Fliegen. Außerhalb von Athen, im Piräus, in Saloniki verfaulten Menschenmengen in der Kälte des griechischen Winters. Dann bewilligte die vierte Versammlung des Völkerbundes, der in Genf tagte, einhunderttausend Goldfrancs für die Nansen-Hilfsorganisation zur sofortigen Verwendung in Griechenland. Das Rettungswerk begann. Es wurden große Flüchtlingskolonien organisiert, man schaffte Lebensmittel und Kleidung und Medikamente heran, die Epidemien wurden eingedämmt, und die Überlebenden begannen, sich zu neuen Gemeinschaften zusammenzuschließen. Zum ersten Mal in der Geschichte wurde ein Elend großen Ausmaßes durch guten Willen und Vernunft zum Stillstand gebracht. Es war, als entdeckte das menschliche Tier zum ersten Mal ein Gewissen, als würde es sich endlich seiner Menschlichkeit bewußt.
All das und noch mehr hörte Latimer von einem Freund, einem gewissen Siantos, in Athen. Als er aber zu seiner Bitte kam, spitzte Siantos den Mund.
»Eine vollständige Liste der Flüchtlinge, die nach Smyrna kamen? Das ist viel verlangt. Wenn Sie gesehen hätten, wie sie ankamen ... So viele, und in einem Zustand ...« Und dann

folgte die unvermeidliche Frage: »Warum interessieren Sie sich dafür?«
Latimer hatte sich klargemacht, daß diese Frage immer wieder auftauchen würde. Er hatte dementsprechend eine Erklärung zur Hand. Die Wahrheit zu sagen, einfach zu erklären, daß er aus rein akademischen Gründen den Werdegang eines toten Verbrechers namens Dimitrios aufspüren wollte – nein, das wäre eine zu langwierige und unsichere Angelegenheit gewesen. Er war auch gar nicht erpicht darauf, eine fremde Meinung über seine Erfolgs-Chancen zu hören – seine eigene war deprimierend genug. Was ihm in der türkischen Leichenhalle als eine glänzende Idee erschienen war, sah in dem hellen, warmen Licht des griechischen Herbstes nur absurd aus. Es war einfacher, von seiner Absicht nichts verlauten zu lassen.
Er antwortete: »Es hängt mit dem neuen Buch zusammen, das ich schreibe. Details, die genau sein müssen. Ich möchte sehen, ob es möglich ist, nach so langer Zeit die Spur eines einzelnen Flüchtlings aufzufinden.«
»Ich verstehe, ich verstehe«, sagte Siantos, und Latimer grinste beschämt für sich. Die Tatsache, daß man Schriftsteller war, genügte, um die verrücktesten Extravaganzen zu erklären.
Er war zu Siantos gekommen, weil er wußte, daß dieser einen ziemlich wichtigen Posten bei der Athener Regierung bekleidete. Aber schon wartete die erste Enttäuschung auf ihn. Die Woche verging, und als einziges Resultat konnte ihm Siantos schließlich sagen, daß eine Liste vorhanden sei, die sich bei den städtischen Behörden in Verwahrung befand, aber nur von Amtspersonen eingesehen werden durfte. Die Erlaubnis müsse man sich erst besorgen. Eine zweite Woche verstrich darüber, eine Woche des Wartens. Latimer saß in allen möglichen *Kafenios* herum, um durstigen Herren vorgestellt zu werden, die Verbindungen zur Stadtverwaltung hatten. Endlich jedoch bekam er die Erlaubnis, und am nächsten Tag begab er sich in das Büro, in dem die Listen aufbewahrt wurden. Das Auskunftsbüro war ein kahler Raum mit Fliesen und einem Schalter auf einer Seite, hinter dem der diensttuende Beamte saß. Er zuckte die Achseln, als Latimer ihm seine Wünsche mitteilte. Ein Feigenpacker namens Dimitrios? Oktober 1922? Das war unmöglich. Die Liste war alphabetisch nach den Familiennamen angelegt.

Latimers Herz sank. Also war all seine Mühe vergebens gewesen. Er dankte dem Beamten und wandte sich zum Gehen, als ihm eine Idee kam. Es war zwar nur eine kleine Chance ...

Er kam zurück. »Der Familienname«, sagte er, »war, glaube ich, Makropoulos.«

Während er das sagte, nahm er undeutlich wahr, daß ein Mann hinter ihm durch die Tür, die zur Straße führte, das Auskunftsbüro betreten hatte. Die Sonne schien schräg in den Raum, und einen Augenblick fiel ein langer, verzerrter Schatten über die Fliesen des Fußbodens, als der Neuankömmling am Fenster vorbeiging.

»Dimitrios Makropoulos?« fragte der Beamte. »Das ist schon besser. Wenn wir eine Person dieses Namens in unserm Register führen, so werden wir sie auch finden. Es ist eine Frage der Geduld und der Organisation. Bitte, folgen Sie mir.«

Er hob die Schalterschranke und ließ Latimer durchgehen. Dabei blickte er über Latimers Schulter.

»Weggegangen!« rief er aus. »Ich habe keine Hilfe bei meiner Organisationsarbeit hier. Die ganze Bürde liegt auf meinen Schultern. Und doch haben die Leute keine Geduld. Ich bin momentan beschäftigt. Aber niemand kann warten.« Er zuckte die Achseln. »Nun ja, das ist ihre Sache. Ich tue meine Pflicht. Wenn Sie mir folgen wollen – bitte.«

Latimer folgte ihm eine Steintreppe hinunter in einen geräumigen Keller, in dem Reihe um Reihe Stahlschränke standen.

»Organisation«, kommentierte der Beamte. »Das ist das Geheimnis der modernen Staatskunst. Die Organisation wird Griechenland größer machen. Ein neues Reich wird entstehen. Aber man muß Geduld haben.« Er führte Latimer zu ein paar kleineren Schränken in einer Ecke des Raums, zog eine der Schubladen heraus und begann mit dem Fingernagel rasch über einen Stoß Karten zu fahren. Endlich hielt er bei einer Karte inne und prüfte sie sorgsam, ehe er die Schublade schloß. »Makropoulos. Wenn der Mann hier in unseren Listen steht, so finden wir ihn im Schubfach Nummer 16 Das ist Organisation.«

Das Schubfach Nummer 16 war jedoch eine Enttäuschung. Der Beamte warf die Hände verzweifelt hoch und suchte nochmals – wieder ohne Erfolg. Da kam Latimer eine Erleuchtung.

»Versuchen Sie es unter dem Namen Talat«, sagte er.
»Aber das ist ein türkischer Name.«
»Ich weiß – aber bitte, versuchen Sie es.«
Der Beamte zuckte die Achseln. Er sah wieder die Karten durch. Wieder ein Hinweis auf das Hauptregister. »Schubfach Nummer siebenundzwanzig«, sagte er ein wenig ungeduldig. »Sind Sie sicher, daß dieser Mann nach Athen kam? Viele gingen nach Saloniki. Warum nicht auch dieser Feigenpacker?«
Es war genau dieselbe Frage, die sich Latimer schon gestellt hatte. Er sagte nichts, beobachtete nur, wie der Finger des Beamten über die Karten glitt. Plötzlich hielt er inne.
»Haben Sie es gefunden?« fragte Latimer schnell.
Der Beamte zog eine Karte heraus. »Hier ist einer«, sagte er. »Ein Feigenpacker, aber der Name ist Dimitrios Tala*Dis*.«
»Lassen Sie mich sehen.« Latimer nahm die Karte. Dimitrios Taladis! Da stand es schwarz auf weiß. Er hatte etwas gefunden, was Oberst Haki nicht wußte. Dimitrios hatte also den Namen Talat schon vor 1926 geführt! Zweifellos *war* es Dimitrios. Er hatte dem Namen nur eine griechische Endung angehängt. Latimer starrte auf die Karte. Es gab hier also noch andere Dinge, die Oberst Haki nicht wußte ...
Er blickte auf zu dem freudestrahlenden Beamten. »Darf ich mir dies abschreiben?«
»Natürlich! Geduld und Organisation, nicht wahr? Meine Organisation ist zum Gebrauch. Aber ich darf das Dokument nicht aus den Augen lassen. Das ist Vorschrift.«
Unter dem jetzt doch etwas betroffenen Blick des Apostels der Organisation und Geduld fing Latimer an, den Wortlaut der Karte in sein Notizbuch zu schreiben, und zwar gleich in englischer Übersetzung.

»NUMMER T. 53 462
NATIONALE HILFS-ORGANISATION
ABTEILUNG: FLÜCHTLINGE AUS ATHEN

»Geschlecht: männlich. Name: Dimitrios Taladis. Geboren: Saloniki 1889. Beschäftigung: Feigenpacker. Eltern: vermutlich tot. Identitätspapiere oder Paß: Kennkarte verloren. Angeblich in Smyrna ausgestellt. Nationalität: griechisch. Angekommen: 1. Oktober 1922. Aus: Smyrna. Medizinische Untersu-

chung: kerngesund. Keine Krankheiten. Mittellos. Eingewiesen: in das Lager bei Tabouria. Provisorische Kennkarte ausgestellt. Anmerkung: Verließ Tabouria aus eigener Initiative am 29. November 1922. Haftbefehl; Beschuldigung: Raub und Mordversuch, ausgestellt in Athen am 30. November 1922. Vermutlich per Schiff entflohen.«

Ja, das war wirklich und wahrhaftig Dimitrios. Das Datum seiner Geburt war das gleiche, das die griechische Polizei Oberst Haki angegeben hatte und das auf Nachforschungen *vor* 1922 beruhte. Jedoch der Geburtsort war ein anderer. Nach dem türkischen Dossier war es Larissa. Warum hatte Dimitrios sich die Mühe genommen, ihn zu ändern? Wenn er einen falschen Namen angab, mußte er doch wissen, daß die Möglichkeit der Entdeckung einer solchen Fälschung durch Hinweis auf die Personenregister in Saloniki ebenso groß war wie in Larissa.

Saloniki 1889. Warum Saloniki? Dann erinnerte sich Latimer. Natürlich. Es war ganz einfach. 1889 war Saloniki in türkischem Besitz, ein Teil des Osmanischen Reiches. Die Geburtenregister aus dieser Zeit würden aller Wahrscheinlichkeit nach den griechischen Behörden nicht zur Verfügung stehen. Dimitrios war kein Tor gewesen. Warum aber hatte er den Namen Taladis angenommen? Warum hatte er nicht einen typisch griechischen Namen gewählt? Das türkische ›Talat‹ mußte eine besondere Bedeutung für ihn haben. Die Kennkarte, die ihm in Smyrna ausgestellt worden war, hatte er natürlich inzwischen ›verloren‹, da sie wahrscheinlich auf den Namen Makropoulos gelautet hatte, welcher der griechischen Polizei bereits bekannt war.

Das Datum seiner Ankunft stimmte ungefähr mit den Daten des Kriegsgerichtes überein. Im Gegensatz zu seinen meisten Leidensgenossen war er körperlich kräftig und ohne Krankheiten, als er ankam. Natürlich. Dank Scholems griechischem Geld hatte er sich eine Schiffskarte nach dem Piräus kaufen und verhältnismäßig komfortabel reisen können, statt mit vielen tausend anderen auf ein Flüchtlingsschiff gepackt zu werden. Dimitrios hatte es verstanden, sich das Leben angenehm zu machen. Der Feigenpacker hatte genug Feigen verpackt. Dimitrios, der Mann, war aus der Verpuppung aufgestiegen. Zweifellos besaß er noch einen beträchtlichen Teil von Scholems Geld, als er im Piräus ankam. Doch gegenüber der Hilfsorganisation hatte er sich als ›mittellos‹ ausgegeben. Auch das war sehr vernünftig gewesen von ihm. Sonst hätte man ihn zwingen können, für Leute, die törichter waren als er, Nahrung und Kleidung zu kaufen. Warum hatten sie nicht selbst für ihre Zukunft gesorgt, wie er? Seine Unkosten waren ohnedies hoch genug. So hoch, daß er wieder einen Scholem brauchte. Zweifellos bedauerte er sehr, Dhris Mohammed seinen Anteil gegeben zu haben.

›Vermutlich per Schiff entflohen.‹ Mit dem Ertrag seines zweiten Raubüberfalles und dem Rest vom ersten hätte er bestimmt seine Reise nach Bourgaz bezahlen können. Offenbar wäre es zu riskant für ihn gewesen, den Landweg einzuschlagen. Er hatte nur eine provisorische Kennkarte und hätte an der Grenze angehalten werden können, während in Bourgaz die gleichen Papiere, durch ein internationales Hilfskomitee von bestem Ruf ausgestellt, ihm die Möglichkeit gaben, durchzukommen.

Die von ihm selbst so hochgepriesene Geduld des Beamten schien sich ihrem Ende zu nähern. Latimer gab ihm die Karte zurück, stattete ihm in angemessener Weise seinen Dank ab und kehrte nachdenklich in sein Hotel zurück.

Er war mit sich zufrieden. Er hatte neue Dinge über Dimitrios entdeckt – und zwar aus eigener Kraft. Es war freilich nur ein einfaches Stück Routinearbeit gewesen, aber in bester Scotland-Yard-Tradition hatte sie Geduld und Beharrlichkeit erfordert ... Nebenbei, wäre ihm die Sache mit dem Namen Talat nicht eingefallen ... Er hätte am liebsten einen Bericht über seine Nachforschungen an Oberst Haki geschickt, aber das kam gar nicht in Frage. Oberst Haki würde wahrscheinlich gar nicht verstehen, in welchem Geiste er dieses Experiment, diese Verbrechensaufklärung praktizierte. Denn schließlich vermoderte Dimitrios um diese Zeit in der Erde, sein Dossier lag versiegelt und vergessen in den Archiven der türkischen Geheimpolizei. Die Hauptsache war jetzt, die Sache in Sofia in Angriff zu nehmen.

Er versuchte sich der bulgarischen Nachkriegs-Politik zu erinnern und kam schnell zum Schluß, daß er sehr wenig davon wußte. Im Jahre 1923 war Stambulisky das Haupt einer Regierung mit liberalen Tendenzen gewesen; wie weit die Liberalität dieser Tendenzen ging, wußte er freilich nicht. Dann hatte es einen Mordversuch gegeben, und später einen militärischen *coup d'état* auf Anstiften – wenn nicht unter der Führerschaft – der I.M.R.O., der internationalen mazedonischen revolutionären Organisation. Stambulisky war aus Sofia geflohen, hatte versucht, eine Gegenrevolution zu organisieren und war dabei getötet worden. Das war das Wesentliche, dachte Latimer. Wer aber von den darin verwickelten politischen Mächten im Recht und im Unrecht war (wenn eine solche Unterscheidung überhaupt möglich war) – wußte er nicht. Er mußte sich neu orientieren, und der Ort, der dafür in Frage kam, war natürlich Sofia.

An diesem Abend lud er Siantos zu Tisch. Latimer kannte ihn als einen etwas eitlen, aber großzügigen Menschen, der gern die Angelegenheiten seiner Freunde diskutierte und sich geschmeichelt fühlte, wenn er ihnen dank seiner gehobenen Stellung – in kluger Weise – behilflich sein konnte. Nachdem Latimer ihm für seine Hilfe in der Sache mit dem städtischen Register gedankt hatte, brachte er das Gespräch auf Sofia.

»Ich möchte Ihre Liebenswürdigkeit noch weiter mißbrauchen, mein lieber Siantos«, sagte er lächelnd.

»Je mehr, desto besser!«

»Kennen Sie jemanden in Sofia? Ich möchte gern einen Empfehlungsbrief an einen klugen Zeitungsmann haben – einen, der mir über die bulgarische Politik des Jahres 1923 etwas Insideinformation geben kann.«

Siantos strich sich über das schimmernd weiße Haar und lächelte bewundernd. »Ihr Schriftsteller habt seltsame Einfälle. Nun ja, das läßt sich sicher machen. Soll es ein Grieche oder ein Bulgare sein?«

»Ein Grieche wäre besser. Ich spreche nicht bulgarisch.«

Siantos überlegte einen Augenblick. »Da wäre in Sofia ein Mann namens Marukakis«, sagte er endlich. »Er ist Korrespondent einer französischen Nachrichtenagentur. Ich kenne ihn nicht persönlich, aber es wäre möglich, durch einen Freund den gewünschten Empfehlungsbrief zu bekommen.« Sie saßen in einem Restaurant, und nun sah sich Siantos verstohlen um und dämpfte seine Stimme. »Eins ist freilich zu überlegen – von Ihrem Gesichtspunkte aus. Ich weiß zufällig, daß er ...« Seine Stimme wurde noch leiser; Latimer machte sich darauf gefaßt, daß der Mann mindestens Aussatz hatte. »... daß er kommunistische Tendenzen hat«, schloß Siantos flüsternd.

Latimer zog die Augenbrauen hoch. »Ich betrachte das keineswegs als einen Fehler«, sagte er. »Alle Kommunisten, die ich bisher getroffen habe, waren hochintelligent.«

Siantos sah schockiert aus. »Wie kann das sein? Es ist gefährlich, solche Dinge zu sagen, mein Freund. Der marxistische Gedanke ist in Griechenland verboten.«

»Wann könnte ich den Brief bekommen?«

Siantos seufzte. »Bizarr!« murmelte er. »Nun, ich will sehen, daß Sie ihn morgen haben können. Ihr Schriftsteller!«

Es dauerte eine Woche, bis Latimer den Brief bekam. Er hatte sich inzwischen die griechischen Ausreise- und die bulgarischen Einreisepapiere besorgt und bestieg nun den Nachtzug nach Sofia.

Der Zug war nicht sehr besetzt, und er hatte gehofft, ein Schlafwagenabteil für sich allein zu bekommen. Aber fünf Minuten vor der Abfahrt wurde Gepäck hereingebracht und auf das leere Bett gelegt. Bald darauf folgte der Besitzer.

»Ich muß Sie um Entschuldigung bitten, daß ich hier eindringe«, sagte er auf englisch zu Latimer.

Er war ein dicker, ungesund aussehender Mann von etwa fünfundfünfzig.

Er hatte sich zu dem Träger gewandt und ihm ein Trinkgeld gegeben, ehe er sprach, und das erste, was Latimer an ihm beeindruckte, waren seine Hosen, die hinten viel zu weit waren, so daß sein Gang an den der Hinterbeine eines Elefanten erinnerte. Dann sah Latimer das Gesicht, und er vergaß darüber die Hosen. Es hatte diese fahle Formlosigkeit, die eine Folge von zu viel Essen und zu wenig Schlaf ist. Hinter zwei dicken fleischigen Backentaschen blinzelten blaßblaue blutunterlaufene Augen hervor, die ständig zu weinen schienen. Die Nase war wie aus Gummi und ohne Form. Es war der Mund, der dem Gesicht seinen Ausdruck gab. Die Lippen waren bleich und ungeformt, sie sahen dicker aus, als sie wirklich waren. Über un-

natürlich weißen und regelmäßigen falschen Zähnen zusammengepreßt lächelten sie andauernd süßlich. Zusammen mit den weinenden Augen erweckten sie den Eindruck von freundlicher Geduld in Widerwärtigkeiten, der in seiner Intensität geradezu verblüffend war. Sie schienen zu sagen: ›Hier ist ein Mann, der gelitten hat, der von einem teuflisch feindlichen Schicksal geschlagen wurde wie kein anderer Sterblicher und dennoch seinen schlichten Glauben an alles wahrhaft Gute im Menschen behalten hat. Hier ist ein Märtyrer, der in den Flammen lächelt – lächelt, obwohl er über das Elend der andern weinen muß während er lächelt.‹ Er erinnerte Latimer an einen hohen kirchlichen Würdenträger in England, den er gekannt hatte, und der wegen Unterschlagung von Kirchengeldern um Amt und Würde gekommen war.
»Das Bett war nicht belegt«, antwortete Latimer. »Es kann also von Eindringen gar nicht die Rede sein.« Er bemerkte innerlich seufzend, daß der Mann sehr schwer und geräuschvoll durch sichtlich verstopfte Nasenlöcher atmete. Wahrscheinlich schnarchte er.
Der Ankömmling setzte sich auf sein Bett und schüttelte langsam den Kopf.
»Wie freundlich von Ihnen, es so aufzufassen! Denn heutzutage gibt es so wenig Freundlichkeit in der Welt! Kein Mensch denkt an den andern!« Die blutunterlaufenen Augen begegneten denen Latimers. »Darf ich Sie fragen, wie weit Sie fahren?«
»Nach Sofia.«
»Nach Sofia, so? Eine schöne Stadt – wirklich schön. Ich muß weiter bis Bukarest. Ich hoffe, wir haben eine angenehme Reise zusammen.«
Latimer sagte, das hoffe er auch. Das Englisch des Dicken war sehr korrekt, aber er sprach es mit einem scheußlichen Akzent, den Latimer nicht unterbringen konnte. Es klang undeutlich und etwas guttural, als spräche er mit dem Mund voll Kuchen. Gelegentlich ging ihm sein korrektes Englisch mitten in einem schwierigen Satz aus, und dann ersetzte er es durch fließendes Französisch oder Deutsch. Latimer hatte den Eindruck, der Fremde habe Englisch aus Büchern gelernt.
Der Dicke wandte sich um und begann einen kleinen Attaché-

koffer auszupacken, der ein wollenes Pyjama, Bettsocken und ein Taschenbuch mit Eselsohren enthielt. Es gelang Latimer, den Titel des Buches zu erhaschen. Es hieß PERLEN DER ALLTAGSWEISHEIT und war französisch geschrieben. Der Besitzer arrangierte diese Dinge sorgfältig auf dem Regal und zog dann ein Paket dünner griechischer Zigarren hervor.

»Erlauben Sie, daß ich rauche?« sagte er, das Paket anbietend.

»Bitte, rauchen Sie nur. Ich möchte im Augenblick nicht, vielen Dank.«

Der Zug fuhr jetzt schneller, und der Schaffner kam, um die Betten aufzuschlagen. Als er gegangen war, entkleidete sich Latimer halb und legte sich auf sein Bett.

Der Dicke griff zu seinem Buch, klappte es aber wieder zu.

»Wissen Sie«, sagte er, »als mir der Schaffner mitteilte, es sei ein Engländer im Zuge, wußte ich sofort, daß eine angenehme Reise vor mir lag.« Er ließ sein Lächeln spielen – es war süß und voller Anteilnahme. Latimer fühlte sich geistig auf den Kopf getätschelt.

»Wie liebenswürdig.«

»Nein, nein – ich sage nur, was ich wirklich fühle.« Seine Augen blinzelten, da der Rauch sie irritierte. Er betupfte sie mit einer Bettsocke. »Es ist so dumm von mir, zu rauchen«, sagte er traurig. »Ich habe etwas schwache Augen. Dem Allmächtigen hat es in seiner Weisheit gefallen, mir schwache Augen zu geben. Zweifellos hatte ER eine Absicht dabei. Vielleicht wollte ER, daß ich um so intensiver die Schönheit SEINER Werke bewundere – die Mutter Natur in ihrem köstlichen Kleid, die Bäume, die Blumen, die Wolken, den Himmel, die schneebedeckten Berge, die schönen Aussichten und den Sonnenuntergang in all seiner goldenen Pracht.«

»Sie sollten eine Brille tragen.«

Der Dicke schüttelte den Kopf. »Wenn ich eine Brille brauchte«, sagte er feierlich, »würde Gott selbst mich ausschicken, eine zu suchen.« Er lehnte sich nach vorn und sagte ernst: »Fühlen Sie nicht auch, mein Freund, daß es eine Macht gibt – über uns, um uns, in uns – eine Bestimmung, die uns befiehlt, die Dinge zu tun, die wir tun sollen?«

»Hmm ... das ist eine kühne Frage ...«

»Aber nur, weil wir nicht schlicht genug sind, nicht demütig ge-

nug, um ... zu verstehen. Der Mensch braucht keine große Ausbildung, um Philosoph zu sein. Er muß nur schlicht sein – und demütig.« Er sah Latimer schlicht und demütig an. »Leben und leben lassen – das ist das Geheimnis des Glücks. Überlassen wir es ruhig dem Allmächtigen, die Fragen zu beantworten, die über unsern armen Verstand hinausgehen. Man kann nicht gegen sein Schicksal kämpfen. Und will der Allmächtige, daß wir widrige Dinge tun, so können wir uns darauf verlassen, daß Er dabei eine Absicht hat – auch wenn uns diese nicht immer ersichtlich ist. Wenn es des Allmächtigen Wille ist, daß die einen reich sein sollen und andere arm, müssen wir eben Seinen Willen hinnehmen.« Er rülpste leise und sah auf die Koffer über Latimers Kopf. Sein Lächeln wurde etwas wunderlich. »Ich denke oft«, sagte er, »wieviel Gelegenheit zum Nachdenken es doch in einem Zug gibt. Nehmen Sie beispielsweise ein Gepäckstück. Wie ähnelt es doch einem menschlichen Wesen! Auf seiner Reise durch das Leben sammelt es viele bunte Etiketten. Aber die Etiketten sind bloß das äußere Kleid – das Gesicht, das es der Welt zeigt. Wichtig ist nur, was *innen* ist! Und wie oft –«, er schüttelte mutlos den Kopf –, »wie oft ist der Koffer leer – arm an wirklich *schönen Dingen*. Stimmen Sie mir da nicht zu?«
Das war zum Erbrechen. Latimer gab einen unverbindlichen Laut von sich. »Sie sprechen recht gut Englisch«, fügte er hinzu.
»Englisch ist die schönste aller Sprachen, finde ich. Shakespeare, H. G. Wells – oh, Sie haben viele große Dichter. Aber ich kann nicht alle meine Gedanken auf englisch ausdrücken. Sie bemerkten es vielleicht – viel besser geht's auf französisch.«
»Aber Ihre eigene Sprache?«
Der Dicke breitete seine großen, weichen Hände aus; auf einer funkelte ein ziemlich dreckiger Brillantring. »Ich bin Weltbürger«, sagte er. »Für mich sind alle Länder, alle Sprachen schön. Wenn die Menschen doch als Brüder leben könnten, ohne Haß – wenn sie nur das Schöne und Gute sehen könnten. Aber nein! Immer gibt es Kommunisten und so weiter. Auch das ist zweifellos der Wille des Allmächtigen.«
Latimer sagte: »Ich glaube, ich werde jetzt schlafen.«
»Schlafen!« wiederholte sein Gefährte in Verzückung. »Die

große Gnade, die der Allmächtige uns armen Sterblichen zuteil werden ließ. Mein Name«, fügte er etwas zusammenhanglos hinzu, »ist Herr Peters.«
»Es war mir ein Vergnügen, Sie kennenzulernen, Herr Peters«, entgegnete Latimer förmlich. »Wir kommen so früh in Sofia an, daß ich mich erst gar nicht ausziehe.«
Er knipste die Hauptbeleuchtung im Abteil aus und ließ nur die dunkle Notbeleuchtung und die kleinen Leselampen über den Betten brennen. Dann zog er eine Decke von seinem Lager und wickelte sich hinein.
Herr Peters beobachtete diese Vorbereitungen in wehmütigem Schweigen. Dann begann er sich auszuziehen, gewandt das Schütteln des Zuges ausbalancierend, während er in sein Pyjama schlüpfte. Endlich kletterte er ins Bett und lag eine Weile ruhig. Bloß sein Atem pfiff durch die Nase. Dann drehte er sich auf die Seite, griff nach seinem Buch und fing an zu lesen. Latimer machte seine Leselampe aus. Ein paar Minuten später war er eingeschlafen.
Der Zug erreichte in den frühen Morgenstunden die Grenze, und Latimer wurde vom Schaffner geweckt, der um seine Papiere bat. Herr Peters las immer noch. Seine Papiere waren bereits draußen im Korridor durch die griechischen und bulgarischen Beamten kontrolliert worden, und so hatte Latimer keine Gelegenheit, die Nationalität des Weltbürgers herauszufinden. Ein bulgarischer Zollbeamter steckte seinen Kopf in das Abteil, sah stirnrunzelnd die Koffer an und zog sich wieder zurück. Bald fuhr der Zug über die Grenze. Unruhig schlafend sah Latimer ab und zu die dünnen Streifen des Himmels zwischen den Jalousien – sie wurden erst dunkelblau, dann grau. Der Zug sollte um sieben in Sofia sein. Als er endlich aufstand, um sich anzukleiden und seine Sachen einzupacken, sah er, daß Herr Peters die Leselampe ausgemacht und die Augen geschlossen hatte. Als der Zug über das Weichennetz vor Sofia ratterte, öffnete er leise die Tür.
Herr Peters rührte sich und schlug die Augen auf.
»Oh, das tut mir leid«, sagte Latimer. »Ich wollte Sie nicht wecken.«
Im Halbdunkel des Coupés sah das Lächeln des Dicken wie die Grimasse eines Clowns aus. »Bitte machen Sie sich darüber kei-

ne Gedanken«, sagte er, »ich habe nicht geschlafen. Ich wollte Ihnen nämlich noch das angenehmste Hotel in Sofia nennen – Sie steigen am besten im Slavianska Besseda ab.«
»Vielen Dank, Sie sind sehr freundlich. Aber ich habe mir bereits telegrafisch von Athen aus ein Zimmer im Grand Palace reservieren lassen. Es wurde mir empfohlen. Kennen Sie es?«
»Ja. Und ich glaube, es ist sehr gut.« Der Zug begann, die Fahrt zu verlangsamen. »Auf Wiedersehen, Herr Latimer.«
»Auf Wiedersehen!«
Latimer hatte es eilig, zu seinem Bad und einem guten Frühstück zu kommen. Darüber vergaß er, sich zu wundern, daß Herr Peters seinen Namen herausgefunden hatte.

V

Neunzehnhundertdreiundzwanzig

Latimer hatte lange über das Problem nachgedacht, das ihn in Sofia erwartete.

In Smyrna und Athen hatte es sich einfach darum gehandelt, Einsicht in Dokumente zu bekommen. Jeder gute Privatdetektiv hätte ebensoviel erfahren können. Hier aber lagen die Dinge anders. Auch in Sofia hatte Dimitrios bestimmt ein Strafregister; doch wußte nach den Angaben Oberst Hakis die bulgarische Polizei tatsächlich wenig über ihn. Sie hatte ihn offenbar nicht sehr wichtig gefunden – das zeigte die Tatsache, daß sie sich erst auf die Anfrage des Oberst hin bemühte, von der Frau, mit der er gelebt hatte, eine Beschreibung seiner Person zu bekommen. Sicher war das, was *nicht* in den Polizeiberichten stand – nicht die paar Notizen, die die Polizei besaß – das Interessante und Wissenswerte. Der Oberst hatte es sehr gut ausgedrückt: bei einem Mord war es nebensächlich, wer den Schuß abgefeuert, wichtig jedoch, wer die Kugel bezahlt hatte. Die Informationen, welche die Polizei besaß, würden fraglos ganz nützlich sein; aber diese befaßt sich von Berufs wegen mehr mit dem Schützen als mit seinem Auftraggeber. Zuerst mußte er herausfinden, wer durch Stambuliskys Tod gewonnen oder zu gewinnen gehofft hatte. Ehe er das nicht wußte, war es müßig, über Dimitrios' Rolle dabei zu spekulieren. Daß aber die Auskunft – selbst wenn er sie bekam – für gar nichts anderes als für ein kommunistisches Pamphlet verwendet werden könnte, war eine Möglichkeit, die er im Augenblick nicht erwägen wollte. Er fing an, sein Experiment zu lieben, und war durchaus nicht gewillt, es leichthin aufzugeben. Wenn er scheitern sollte, dann erst ganz am Schluß.

Am Nachmittag suchte er Marukakis im Büro der französischen Nachrichtenagentur auf und überreichte seinen Empfehlungsbrief.

Der Grieche war ein dunkler, hagerer Mann in mittleren Jahren, mit intelligenten, etwas hervorstehenden Augen; beim

Sprechen hatte er die Gewohnheit, am Ende eines jeden Satzes die Lippen zusammenzupressen, als sei er selbst erstaunt über seinen Mangel an Diskretion. Er begrüßte Latimer mit der argwöhnischen Höflichkeit des Unterhändlers einer bewaffneten Macht. Er sprach französisch.

»Welche Information brauchen Sie, Monsieur?«

»Jede, die Sie mir über die Stambulisky-Affäre 1923 geben können!«

Marukakis zog die Brauen hoch. »Oh, das ist lange her! Da muß ich mein Gedächtnis auffrischen. Aber nein, es macht mir durchaus keine Mühe, ich will Ihnen gerne helfen. Wann paßt es Ihnen?«

»Es würde mich freuen, wenn Sie heute abend mit mir in meinem Hotel essen würden.«

»Wo wohnen Sie?«

»Im Grand Palace.«

»Wir können viel billiger etwas Besseres bekommen. Wenn es Ihnen recht ist, werde ich Sie um acht Uhr abholen und in ein Restaurant führen. Einverstanden?«

»Selbstverständlich.«

»Gut, also um acht Uhr. *Au 'voir.*«

Er erschien pünktlich um acht und führte Latimer schweigend über den Boulevard Maria-Louise und die Rue Alabinska hinauf bis zu einer schmalen Seitenstraße. Ein paar Häuser weiter war ein Kolonialwarenladen, vor dem Marukakis stehenblieb. Er wurde plötzlich verlegen. »Es macht keinen besonderen Eindruck«, meinte er zweifelnd, »aber das Essen ist manchmal sehr gut. Wollen Sie lieber in ein besseres Lokal gehen?«

»O nein – ich verlaß mich auf Sie.«

Marukakis sah erleichtert aus. »Nun, ich dachte, ich frage Sie lieber«, sagte er und machte die Ladentür auf. Die Türglocke klingelte melodisch.

Das Innere des Ladens war so voller Waren, daß es kaum größer erschien als eine Telefonzelle. Auf allen Seiten stiegen gescheuerte Kiefernholzregale empor, unordentlich mit Flaschen und seltsam aussehenden Lebensmitteln vollgestopft. Würste jeder Größe und Farbe schmückten wie Girlanden die Gestelle und hingen, üppigen Tropenfrüchten gleich, in Kaskaden von der Decke. In der Mitte des Ganzen stand eine dicke Frau und stillte ein Baby; sie hatte sich an einen Wall von Mehlsäcken hinter dem Ladentisch gelehnt. Sie lachte und sagte etwas zu Marukakis, der antwortete und Latimer winkte, ihm zu folgen; er umging ein paar Steintöpfe mit Gurken, tauchte unter einer Schnur mit aufgereihten Ziegenkäsen durch und öffnete schließlich eine Tür, die in einen Gang führte. Am Ende des Ganges war das Restaurant.

Es war nicht viel größer als der Laden, aber durch irgendwelche Zauberkünste hatten fünf Tische darin Platz gefunden. Zwei waren mit einer Gruppe von Männern und Frauen besetzt, die geräuschvoll ihre Suppe aßen. Latimer und Marukakis setzten sich an den dritten. Ein schnurrbärtiger Mann in Hemdsärmeln und grüner Flanellschürze kam zu ihnen herüber und fragte sie in fließendem Bulgarisch, was sie wünschten.

»Ich glaube, es ist besser, wenn Sie bestellen«, sagte Latimer.

Marukakis sprach ein paar Worte mit dem Kellner, der seinen Schnurrbart zwirbelte und zu einer dunklen Öffnung in der Wand schlenderte, die wie ein Kellereingang aussah. Man hörte eine Stimme von ferne den Auftrag wiederholen. Der Mann kam mit einer Flasche und drei Gläsern wieder.

»Ich habe Wodka bestellt«, sagte Marukakis, »ich hoffe, Sie trinken ihn gern.«

»Ja, sehr gern.« – »So – das ist gut.«

Der Kellner füllte die drei Gläser, nahm eins für sich selbst, nickte Latimer zu, warf den Kopf zurück und goß den Wodka hinunter. Dann schlenderte er weg.

»A Vortre Santé«, sagte Marukakis höflich. »Nun«, fuhr er fort, als sie ihre Gläser absetzten, »nachdem wir zusammen getrunken haben und Kameraden sind, kann ich offen zu Ihnen sein.« Er preßte die Lippen zusammen und runzelte die Stirn. »Ich kann es nicht vertragen«, platzte er los, »wenn jemand nicht offen zu mir ist. Ich bin ein Grieche – und jeder Grieche riecht eine Lüge schon von weitem. Deshalb sind die griechischen Geschäftsleute in England und Frankreich so erfolgreich. Sobald ich den Brief las, den Sie mir überbrachten, roch ich eine Lüge. Mehr als eine Lüge; es ist eine Beleidigung für einen intelligenten Menschen, ihm vorzumachen, die Auskunft, die Sie haben wollen, könne einem Verfasser von *Romans Policiers* irgend etwas nützen.«

»Das bedaure ich«, sagte Latimer und fühlte sich sehr unbehaglich, »der wahre Grund, warum ich diese Auskunft von Ihnen haben möchte, ist so seltsam, daß ich mich nicht entschließen konnte, ihn anzugeben.«

»Der letzte, dem ich eine Auskunft der gleichen Art gegeben habe«, sagte Marukakis verdrossen, »schrieb einen leichtverständlichen Führer durch die europäische Politik – *à l'américaine*. Als ich ihn zu lesen bekam, war ich eine Woche krank. Krank, verstehen Sie – nicht körperlich, aber geistig! Ich habe Respekt vor Tatsachen, und dieses Buch war sehr schmerzlich für mich.«

»Ich schreibe kein Buch.«

Marukakis lächelte. »Ihr Engländer seid alle so reserviert – hören Sie: ich werde einen Handel mit Ihnen machen; ich gebe Ihnen die gewünschte Auskunft – und dann nennen Sie mir Ihren wahren Grund. Einverstanden?«

»Einverstanden.«

»Also gut.« Die Suppe wurde aufgetragen. Sie war dick und scharf gewürzt, mit saurem Rahm angerührt. Während sie aßen, begann Marukakis zu sprechen.

In einer sterbenden Zivilisation hat nicht der beste Diagnostiker politisches Prestige, sondern der taktvollste Arzt. Es ist der Orden, den die Unwissenheit der Mittelmäßigkeit verleiht. Dennoch gibt es immer noch eine Art politischen Prestiges, das mit einer gewissen pathetischen Würde getragen werden kann; man zollt es dem liberalgesinnten Führer einer Partei von doktrinären Extremisten, die einander bekämpfen. Seine Würde ist die aller Verdammten; denn gleichviel, ob die beiden Extreme sich gegenseitig zerstören, oder ob eins davon siegt – er ist verurteilt, entweder den Haß des Volkes zu ertragen oder als Märtyrer zu sterben.

So ging es Monsieur Stambulisky, dem Führer der bulgarischen Bauernagrarpartei, der Premierminister und Außenminister war. Die Bauernpartei, die sich der organisierten Reaktion gegenübersah, war wie gelähmt und ging am inneren Hader zugrunde. Sie starb, ohne einen einzigen Schuß zu ihrer Verteidigung abgegeben zu haben. Das Ende begann bald nachdem Stambulisky Anfang Januar 1923 von der Lausanner Konferenz nach Sofia zurückgekehrt war.

Am dreiundzwanzigsten Januar überreichte die jugoslawische (damals serbische) Regierung Sofia einen offiziellen Protest gegen eine Reihe bewaffneter Überfälle bulgarischer *Komitadschi* auf jugoslawisches Gebiet. Wenige Tage später, am fünften Februar, wurde während einer Feier zur Gründung des Nationaltheaters in Sofia (bei welcher der König und die Prinzessinnen zugegen waren) eine Bombe geworfen. Sie explodierte in der Loge, in der einige Minister der Regierung saßen. Mehrere Personen wurden verletzt.

Es war klar, wem diese Anschläge galten und wer sie inszeniert hatte.

Stambuliskys Politik der jugoslawischen Regierung gegenüber war von Anbeginn eine friedliche und verbindliche gewesen. Die Beziehungen zwischen den beiden Ländern hatten sich zusehends gebessert. Aber diese Verbesserung stieß auf Widerstand, und zwar von seiten der mazedonischen Autonomisten, vertreten durch das berüchtigte mazedonische Revolutions-Komitee, das sowohl in Jugoslawien wie in Bulgarien arbeitete. Aus Furcht, freundliche Beziehungen zwischen den Ländern könnten zu einer vereinten Aktion gegenüber ihnen führen, gingen die Mazedonier systematisch daran, diese Beziehungen zu vergiften und ihren Feind Stambulisky zu vernichten. Die Angriffe der *Komitadschi* und der Zwischenfall im Theater leiteten eine Periode organisierten Terrors ein.

Am achten März spielte Stambulisky seinen Trumpf aus, indem er verkündete, daß die Narodno Sobranie am dreizehnten März aufgelöst werde und im April neue Wahlen stattfinden sollten.

Das war eine Katastrophe für die reaktionären Parteien. Bulgarien blühte unter der Bauernregierung auf. Die Bauern standen geschlossen hinter Stambulisky. Eine Wahl hätte seine Position gefestigt. Doch plötzlich schwollen die Fonds des mazedonischen Revolutions-Komitees an.

Fast unmittelbar darauf wurde ein Versuch gemacht, Stambulisky und seinen Eisenbahnminister Atanasoff bei Haskovo an der thrazischen Grenze zu ermorden. Er wurde im allerletzten Augenblick vereitelt. Mehrere Polizeibeamte, die für die Unterdrückung der Aktivitäten der Komitadschi verantwortlich waren (einschließlich des Präfekten von Petrich), wurden mit dem Tode bedroht. Angesichts dieser Drohungen verschob man die Wahlen.

Am vierten Juni entdeckte die Polizei von Sofia eine Verschwörung zur Ermordung Stambuliskys, des Kriegsministers Muravieff und des Innenministers Stoyanoff. Ein junger Armeeoffizier, der vermutlich den Auftrag übernommen hatte, Stoyanoff zu ermorden, wurde von der Polizei in einer Schießerei getötet. Man erfuhr, daß auch andere junge Offiziere, gleichfalls auf Befehl des terroristischen Komitees, in Sofia angekommen waren, und ging daran, sie zu suchen. Allmählich verlor die Polizei die Herrschaft über die Situation.

Jetzt wäre es für die Führer der Bauernpartei an der Zeit gewesen, zu handeln, ihre Mitglieder zu bewaffnen – aber nichts dergleichen geschah. Sie amüsierten sich mit parteiinternen Machtkämpfen. Für sie war das mazedonische Revolutions-Komitee nur eine kleine terroristische Organisation, eine Gangsterbande, die niemals imstande wäre, eine Regierung zu vertreiben, hinter der Hunderttausende ländlicher Wähler standen. Sie erkannten nicht, daß die Aktivität des Komitees lediglich eine künstliche Nebelwand war, hinter der die reaktionären Parteien ungestört ihre Offensive vorbereiteten. Für diese fehlende Einsicht mußte sie bald genug bezahlen.

Um Mitternacht des achten Juni war alles ruhig. Um vier Uhr morgens, am neunten also, waren die Mitglieder der Stambulisky-Regierung bis auf ihn selbst im Gefängnis, und das Kriegsrecht war verkündet worden. Die Führer dieses *coup d'état* waren die Reaktionäre Zankoff und Rouseff; keiner von ihnen hatte mit dem mazedonischen Komitee in Verbindung gestanden.

Zu spät versuchte Stambulisky seine Bauern zur Verteidigung zu sammeln. Ein paar Wochen darauf wurde er mit einigen seiner Gefolgsmänner in einem Landhaus – mehrere hundert Meilen von Sofia – gefangengenommen und bald darauf unter immer noch ungeklärten Umständen erschossen.

So legte sich Latimer, während Marukakis sprach, die Geschehnisse zurecht. Der Grieche erzählte gut, schweifte aber gern von den Tatsachen zu revolutionären Theorien ab. Latimer war bei seinem dritten Glas Tee, als Marukakis seine Erzählung beendete.

Ein paar Sekunden schwieg er. Endlich sagte er: »Wissen Sie, wer das Geld für das Komitee gegeben hat?«

Marukakis grinste. »Es kamen sehr schnell Gerüchte darüber in Umlauf. Man hatte vielerlei Erklärungen; aber meiner Meinung nach ist die glaubwürdigste und zufälligerweise auch die einzige, für die ich Beweise gefunden habe, folgende: das Geld wurde von der Bank vorgestreckt, bei der die Fonds des Komitees lag. Es war die Eurasische Kredit-Trust.«

»Und Sie meinen, die Bank streckte das Geld auf Veranlassung einer dritten Partei vor?«

»O nein, das meine ich nicht. Die Bank streckte das Geld von sich aus vor. Ich habe – wieder durch Zufall – entdeckt, daß sie durch den steigenden Kurs des *Lev* unter Stambuliskys Regierung schwere Rückschläge hatte. Anfang 1923, ehe die ernsten Unruhen anfingen, war der Kurs des *Lev* in zwei Monaten um das Doppelte gestiegen. Das Pfund Sterling hatte etwa achthundert *Lev* gekostet, und nun stand es auf vierhundert. Wenn es Sie interessiert, kann ich die genauen Zahlen nachschlagen. Jeder, der den *Lev* auf drei Monate Ziel verkauft hatte, da er mit dem Fallen des Kurses rechnete, mußte schwere Verluste einstecken. Die Eurasische Kredit-Trust gehörte nicht zu den Instituten, die einen solchen Verlust untätig hinnehmen würden.«

»Was für eine Bank ist sie?«

»Sie wurde in Monaco registriert – das bedeutet, daß sie nicht nur in den Ländern, in denen sie arbeitet, keine Steuern zahlt, sondern auch, daß ihre Bilanzen nicht veröffentlicht werden, und daß es praktisch unmöglich ist, sie irgendwie zu kontrollieren. Es gibt eine ganze Menge solcher Unternehmungen in Europa. Das Hauptbüro ist in Paris, aber sie operiert auf dem Balkan. Unter anderem finanziert sie in Bulgarien auch die verbotene Heroin-Herstellung für den illegalen Export.«

»Und glauben Sie, daß sie den Zankoffschen *Coup d'état* finanzierte?«

»Möglich ist es. Auf jeden Fall schuf sie die Voraussetzungen, die den *coup d'état* überhaupt ermöglichten. Es war ein offenes Geheimnis, daß der mißglückte Anschlag auf Stambulisky und Atanasoff in Haskovo das Werk bezahlter ausländischer Scharfschützen war, die jemand eigens zu diesem Zwecke hatte herkommen lassen. Sehr viele Leute behaupteten auch, daß trotz des Geredes und der Drohungen die Unruhen sich gelegt hätten – wenn nicht fremde *Agents Provocateurs* am Werk gewesen wären.«

Das war mehr als Latimer gehofft hatte.

»Gibt es eine Möglichkeit, nähere Einzelheiten über die Affäre in Haskovo zu erfahren?«

Marukakis zuckte die Achseln. »Es ist fünfzehn Jahre her. Vielleicht verrät Ihnen die Polizei etwas – aber ich glaube es nicht. Wenn ich wüßte, was Sie erfahren möchten ...«

Latimer hatte seinen Entschluß gefaßt. »Nun gut – ich versprach, Ihnen zu erzählen, weshalb ich die Auskunft brauche –, also will ich es tun.« Rasch fuhr er fort: »Als ich vor einigen Wochen in Stambul war, traf ich zufällig einen Mann, der Chef der türkischen Geheimpolizei ist. Er interessierte sich für Detektivromane und schenkte mir einen Entwurf, den er sich hatte einfallen lassen, zur Ausarbeitung. Wir diskutierten die respektiven Meriten des wirklichen und des fiktiven Mörders, und er zeigte mir, um seine Ansicht zu veranschaulichen, das Dossier eines Mannes namens Dimitrios Makropoulos oder Dimitrios Talat. Dieser Mensch war ein Schurke und Halsabschneider schlimmster Art gewesen. Er hatte einen Juden in Smyrna ermordet und es so eingerichtet, daß ein anderer für ihn gehängt wurde. Er war in drei Mordversuche – einschließlich den auf Stambulisky – verwickelt. Er war französischer Spion gewesen und hatte in Paris eine Rauschgifthändlerbande organisiert. Am Tag bevor ich etwas von ihm hörte, war er, tot im Bosporus treibend, aufgefunden worden. Mit einem Messerstich im Leib. Aus irgendwelchen Gründen wurde ich neugierig – ich wollte ihn gern sehen und bat den Polizeichef, mich mit in die Leichenhalle zu nehmen. Dimitrios lag auf einem Tisch – neben ihm, auf einem Häufchen, seine Kleider.

Vielleicht hatte ich nur zu gut gegessen – ich fühlte mich benommen; aber plötzlich packte mich ein seltsames Verlangen, mehr von Dimitrios zu erfahren. Wie Sie wissen, schreibe ich Detektivromane. Deshalb sagte ich mir, ich müßte selbst einmal versuchen, etwas Detektivarbeit zu tun, statt immer nur zu beschreiben, wie andere Leute so etwas anstellen. Vielleicht würde ich interessante Resultate erzielen. Meine Idee war, die Lücken des Dossiers ein wenig auszufüllen. Aber das war nur ein Vorwand. Ich wollte mir selbst nicht eingestehen, daß mein Interesse nichts mit Detektivarbeit zu tun hatte. Wie soll ich es Ihnen erklären ... nun, jetzt weiß ich, daß mein Interesse an Dimitrios mehr das eines Biographen als das eines Detektivs war. Es war auch ein gefühlsmäßiges Element dabei. Ich wollte Dimitrios erklären, wollte ihn irgendwie rechtfertigen, wollte sein Herz verstehen. Ihn einfach mißbilligen, sozusagen mit einem Etikett versehen – das genügte mir nicht. Ich sah ihn nicht als Toten in einer Leichenhalle, sondern als Menschen; nicht als einen Einzelgänger, ein Phänomen, sondern als den Teil eines sich zersetzenden sozialen Systems.«

Er machte eine Pause. »So, nun wissen Sie es, Marukakis! Nun wissen Sie, warum ich in Sofia bin, warum ich Ihre Zeit mit Fragen nach Dingen verschwende, die fünfzehn Jahre zurückliegen. Ich sammle Material für eine Biographie, die niemals geschrieben werden wird, während ich an einem Detektivroman schreiben müßte. Es klingt mir selbst etwas unwahrscheinlich. Ihnen muß es fantastisch klingen. Aber es ist meine Erklärung.«

Er lehnte sich zurück und kam sich sehr töricht vor. Es wäre viel besser gewesen, er hätte sich eine plausible Lüge ausgedacht.

Marukakis hatte in seinen Tee gestarrt. Jetzt blickte er auf.

»Und welches ist Ihre eigene – ganz private Erklärung für Ihr Interesse an diesem Dimitrios?«

»Nun, das habe ich Ihnen doch gerade gesagt.«

»Nein ... das glaube ich nicht. Sie betrügen sich selbst. Sie hoffen *Au Fond*, Sie könnten, wenn Sie Dimitrios rational erklären und verstehen, zugleich dieses sich zersetzende soziale System erklären, von dem Sie sprachen.«

»Sehr sinnig – wenn ich das sagen darf, ohne Sie zu verletzen – aber Sie vereinfachen das Ganze doch allzusehr. Ich glaube nicht, daß ich das akzeptieren kann.«

Marukakis zuckte die Achseln. »Nun, es ist meine Ansicht.«

»Jedenfalls ist es sehr gütig von Ihnen, mir überhaupt zu glauben.«

»Warum sollte ich Ihnen nicht glauben? Das Ganze ist zu ausgefallen, um eine Lüge zu sein. Was wissen Sie über Dimitrios' Zeit in Bulgarien?«

»Sehr wenig. Er war angeblich Mittelsmann bei dem Attentat auf Stambulisky. Das heißt, es gibt keinen Beweis dafür, daß er jemals selbst geschossen hat oder zu schießen beabsichtigte. Er verließ Athen und wurde von der Polizei wegen Raub und Mordversuch verfolgt. Das war Ende November 1922. Soviel habe ich selbst entdeckt. Ferner glaube ich, daß er per Schiff nach Bulgarien kam. Er war der Polizei in Sofia bekannt. Das weiß ich, weil die türkische Geheimpolizei im Jahre 1924 im Zusammenhang mit einer andern Sache Nachforschungen über ihn anstellte. Die hiesige Polizei befragte eine Frau, mit der er zusammengelebt hat.«

»Wenn sie noch hier lebte, wäre es interessant für Sie, mit ihr zu sprechen.«

»Ja, das wäre es. Ich habe Dimitrios' Fährte in Smyrna entdeckt, ebenso in Athen, wo er sich Taladis nannte, aber ich habe bisher noch mit niemandem gesprochen, der ihn lebend gesehen hat. Unglücklicherweise kenne ich nicht einmal den Namen der Frau.«

»Der müßte im Protokoll der Polizei zu finden sein. Wenn Ihnen daran liegt, werde ich mich erkundigen.«

»Oh, ich kann kaum verlangen, daß Sie sich so viel Mühe machen. Wenn ich selbst so töricht bin, meine Zeit mit dem Lesen von Strafregistern zu verbringen, kann mich niemand daran hindern – aber ich kann kaum verantworten, auch noch Ihre Zeit zu verschwenden.«

»Es gibt vieles, was Sie daran hindern kann, Ihre Zeit mit dem Lesen von Strafregistern zu verschwenden. Erstens können Sie gar nicht Bulgarisch lesen, und zweitens würde Ihnen die Polizei Schwierigkeiten machen. Ich bin (Gott helfe mir!) akkreditierter Journalist, der für eine französische Agentur arbeitet. Ich erfreue mich gewisser Privilegien. Nebenbei« ... (er grinste) ... »so absurd es klingt – Ihre Detektivarbeit schlägt mich in Bann. Das Barocke in den menschlichen Angelegenheiten ist immer interessant – finden Sie nicht?« Er sah sich um Das Restaurant hatte sich geleert. Der Kellner saß da und schlief, die Füße auf einem Tisch. Marukakis seufzte. »Wir müssen den armen Teufel wecken, damit wir zahlen können.«

Latimer war drei Tage in Sofia, als er einen Brief von Marukakis bekam.
Die Zeit war rasch und angenehm vergangen. Er hatte sich Bildergalerien und die Statue Alexander des Zweiten angesehen, war in Cafés herumgesessen, durch die Straßen gewandert und auf den Vitocha, den Berg Sofias, gestiegen, hatte ein Theater und ein Kino besucht und einen deutschen Film mit bulgarischen Untertiteln gesehen. Er hatte sich bemüht, nicht an Dimitrios zu denken – dafür aber um so mehr an das nächste Buch, das er schreiben wollte. Freilich hatte es ihn ein wenig irritiert, daß der erste Vorsatz sich schwerer ausführen ließ als der zweite. Marukakis' Brief fegte nun jeden Gedanken an das neue Buch aus seinem Kopf. Er lautete:

Mein lieber Herr Latimer, (er schrieb französisch) *hier haben Sie, wie versprochen, eine Zusammenfassung aller Informationen, die ich von der Polizei über Dimitrios bekommen konnte. Sie sind durchaus nicht vollständig, wie Sie sehen werden. Interessant, nicht wahr? Ob die Frau aufzufinden ist oder nicht, kann ich nicht sagen, ehe ich mich nicht weiter mit Polizisten angefreundet habe. Vielleicht können wir uns morgen treffen. Mit der Versicherung meiner Hochachtung*

Ihr ergebener N. Marukakis

An den Brief war folgender Auszug geheftet:

Polizei-Archive, Sofia, 1922–1924
Dimitrios Makropoulos. Staatsangehörigkeit: Griechisch. Geburtsort: Saloniki. Datum: 1889. Beruf: Angeblich Feigenpacker. Grenzübertritt: Varna, 22. Dezember 1922, mit dem italienischen Dampfer ›Isola Bella‹. Paß oder Kennkarte: Kennkarte der Hilfskommission Nr. T 53 462.
War bei Polizei-Inspektion der Papiere im Café Spetzi, Rue Perotska, Sofia, am 6. Juni 1923, in Gesellschaft einer Frau namens Irana Preveza, Bulgarin griechischer Herkunft. D. M. bekannt als Genosse ausländischer Verbrecher. Am 7. Juni 1923 auf der Deportationsliste. Auf Verlangen und Bürgschaft des A. Vazoff am 7. Juni 1923 entlassen.
Im September 1924 Anfrage der türkischen Regierung betreffs

eines Feigenpackers namens Dimitrios, der wegen Mordes gesucht wurde. Obenstende Information einen Monat später unterbreitet. Irana Preveza erklärte auf Befragen, daß sie von Makropoulos einen Brief aus Adrianopel erhalten hat. Sie gab folgende Beschreibung: Größe: 182 cm. Augen: braun. Haut: dunkel, glattrasiert. Haar: dunkel und glatt. Besondere Kennzeichen: keine.

Unter diesen Auszug hatte Marukakis eine handschriftliche Anmerkung gemacht.

NB: Dies ist nur das gewöhnliche Polizei-Dossier. Es wurde hingewiesen auf ein zweites Dossier im Geheimarchiv, aber die Einsicht ist verboten. N. M.

Latimer seufzte. Das zweite Aktenstück enthielt zweifellos alle Einzelheiten über die Rolle, die Dimitrios bei den Ereignissen des Jahres 1923 gespielt hatte. Die bulgarischen Behörden hatten offenbar mehr von ihm gewußt, als sie der türkischen Polizei anvertrauen wollten. Es war geradezu aufreizend, zu wissen, daß diese interessanten Akten vorhanden waren, und daß man keine Möglichkeit hatte, an sie heranzukommen.

Allerdings boten die vorhandenen Auskünfte genügend Nahrung für Latimers Geist, vor allem der Leckerbissen, daß die Kennkarte No. 53 462 des Hilfskomitees bereits an Bord der *Isola Bella* am 22. Dezember, zwischen dem Piräus und Varna, im Schwarzen Meer, einer Veränderung unterzogen worden war ... aus ›Dimitrios Taladis‹ war ›Dimitrios Makropoulos‹ geworden. Hatte Dimitrios selbst sein Talent zum Fälschen entdeckt, oder hatte er jemanden mit einem solchen Talent kennengelernt und beigezogen?

Irana Preveza! Das war eine echte Spur – und zwar eine Spur, die man sehr gründlich verfolgen mußte. Wenn sie noch lebte, gab es Mittel und Wege, sie zu finden. Augenblicklich war es freilich besser, diese Aufgabe Marukakis zu überlassen. Übrigens war die Tatsache, daß sie griechischer Herkunft war, ein Wink – Dimitrios hatte wahrscheinlich nicht bulgarisch gesprochen.

»... bekannt als Genosse ausländischer Verbrecher ...«, das war ziemlich unbestimmt. Welcher Sorte von Verbrechern? Welcher fremden Nationalität? Und in welchem Ausmaße war er ihr Genosse? Warum hatte man den Versuch, ihn zu deportieren, gerade zwei Tage vor Zankoffs *coup d'état* gemacht? War Dimitrios einer der verdächtigten Attentäter, nach denen die bulgarische Polizei in den kritischen Wochen suchte? Oberst Haki hatte über die Idee gelacht, daß Dimitrios überhaupt ein Attentäter sein könnte. ›Leute wie er riskieren nicht Kopf und Kragen bei so etwas.‹ Aber Oberst Haki hatte durchaus nicht alles über Dimitrios gewußt. Und wer in aller Welt war der gefällige A. Vazoff, der so prompt und wirkungsvoll zu Dimitrios' Gunsten intervenierte? Die Antworten auf diese Fragen fanden sich zweifellos im Geheim-Dossier – ärgerlich!

Die Beschreibung – nun, die Beschreibung hätte (wie die meisten solcher Beschreibungen) auf zehntausend Männer passen können. Bei den meisten Menschen beruht das Erkennungsvermögen – selbst wenn sie die zu beschreibende Person intim kennen – auf der Wahrnehmung undeutlicher, halbbeobachteter Einzelheiten, die zusammen ein Zerrbild ergeben, das mehr aussagt über den Beobachter als über den Beobachteten. Ein kleingewachsener Mann, der sich seines Mangels bewußt ist, wird einen Mann mittlerer Größe als ›groß‹ bezeichnen. Für den Normalmenschen mit seiner Liebe und seinem Haß und seinem Bestreben, möglichst ohne Ungelegenheiten von der Wiege bis zur Bahre zu gelangen, sind solche Karikaturen ganz ausreichend. Hier aber ... Latimer brauchte mehr. Er brauchte ein Porträt von einem Künstler, eine Komposition von Strichen, an der durch Zauberkraft etwas vom Geiste des Modells haftete. Und wenn ein solches Porträt nicht zu bekommen war, so mußte er sich selbst das Bild des Dimitrios aus den groben Skizzen der Polizei-Dossiers zusammentragen – vielleicht, indem er mehrere aufeinanderlegte, in der vagen Hoffnung, daß aus den zwei Dimensionen einmal drei werden könnten. Der Neger in seiner Angst hatte eine Beschreibung gegeben, die nicht ohne markante Züge war. Doch die Beschreibung der Frau fügte diesen wenigen ungenauen Pinselstrichen nichts hinzu. Wahrscheinlich hatte die Polizei sie eingeschüchtert. ›Jetzt keine Lügen! Beschreiben Sie ihn. Wie groß war er? Augenfarbe? Haar? Nun, Sie kannten ihn doch gut genug. Das wissen wir. Sagen Sie die Wahrheit, das ist besser für Sie ...‹ und so weiter und so weiter.

Dennoch war es sonderbar, daß die Polizei trotz des zweiten Dossiers im Geheimarchiv weder eine eigene Beschreibung noch ein Bild besaß. Dimitrios war in Haft gewesen – wahrscheinlich mehrere Stunden –, ehe A. Vazoff ihm zu Hilfe kam. Und noch etwas war sonderbar. Woher wußte die Frau so genau auf den Zentimeter seine Größe. Gewöhnlich weiß man so etwas auch von seinen besten Freunden nicht. Oft nicht einmal von sich selbst.

In Latimers Hirn dämmerte ein Gedanke. Gesetzt den Fall, Oberst Hakis kleiner Trick, eine Auskunft über Dimitrios (und damit über die Verschwörung gegen Kemal) zu bekommen, ohne sich dabei in die Karten sehen zu lassen, war nicht ganz so erfolgreich gewesen, wie er geglaubt hatte? Gesetzt den Fall, die bulgarischen Behörden hatten diesen Trick durchschaut? Nach Oberst Haki wußte die Polizei in Sofia sehr wenig über Dimitrios. Dennoch bewies das Vorhandensein eines zweiten Dossiers, daß sie mehr wußte ... und daß sie nicht gesonnen war, es dem Oberst mitzuteilen.

Warum hatte man ihm dann überhaupt Auskunft gegeben? Es gab ein Dutzend Möglichkeiten, sich solcher Anfragen zu entledigen. Die einfachste wäre die Erklärung gewesen, Dimitrios sei leider unbekannt. Dann erinnerte sich Latimer eines Satzes, den Oberst Haki gebraucht hatte: ›Tatsächlich waren die Hintermänner Agenten einiger Leute, die bei einer befreundeten Nachbarregierung sehr in Gunst standen.‹ Konnte die ›befreundete Nachbarregierung‹ nicht sehr darauf bedacht gewesen sein, sich unter solchen Umständen hilfreich zu zeigen? Das war nicht von der Hand zu weisen. Und die ›Leute, die sehr in Gunst standen ...‹ (wenn man hier einmal die Namen Eurasische Kredit-Trust und A. Vazoff einsetzte) – ja, so begann die Sache schon interessanter auszusehen. Vielleicht waren es dieselben Leute, die den Tod Stambuliskys wollten und zugleich ›gute Gründe hatten, den Ghazi aus dem Wege zu wünschen ...‹ Vielleicht war es Dimitrios ... Latimer zuckte die Achseln. Das war alles wildeste Fantasie. Es gab keinen Weg, es konnte gar keinen Weg geben, der zu einem Beweis führte, wenn man nicht Zugang zu dem zweiten unzugänglichen Dossier bekam. Zögernd kehrte er zu seinem neuen Buch zurück.

Er schrieb ein paar Zeilen an Marukakis, der ihn am nächsten Morgen anrief. Sie verabredeten sich zum Abendessen.

»Haben Sie in Ihren Kontakten mit der Polizei Fortschritte gemacht?«

»Ja. Das erzähle ich Ihnen alles heute abend. Auf Wiedersehen!«

Als der Abend herankam, war Latimer ähnlich zumute wie früher, wenn er auf das Resultat eines Examens wartete: ein wenig aufgeregt, ein wenig erwartungsvoll, und sehr nervös durch die formelle Verzögerung einer Entscheidung, die schon vor Tagen gefallen war. Er lächelte Marukakis etwas verlegen zu. »Es war wirklich äußerst liebenswürdig, daß Sie sich so viel Mühe gemacht haben.«

Marukakis schwenkte die Hand. »Unsinn, mein lieber Freund. Ich sagte Ihnen doch – es interessierte mich selbst. Wollen wir wieder in dasselbe Lokal gehen? Dort kann man ungestört sprechen.«

Während des ganzen Essens redete er unaufhörlich über die Lage der skandinavischen Länder im Falle eines europäischen Krieges. Latimer begann sich so unglücklich zu fühlen wie die Mörder in seinen Romanen.

»Und nun zu Ihrem Dimitrios«, sagte der Grieche endlich, »ich schlage vor, wir machen heute einen kleinen Ausflug.«

»Wie meinen Sie das?«

»Ich sagte Ihnen doch, daß ich mich noch mit einigen Polizisten anfreunden wollte – nun, ich habe es getan. Das Resultat: ich weiß jetzt, wo Irana Preveza wohnt. Es war nicht sehr schwierig. Es zeigte sich, daß sie sehr bekannt ist – wenigstens bei der Polizei.«

Latimer fühlte sein Herz rascher schlagen. »Wo ist sie?«

»Etwa fünf Minuten von hier. Sie ist Besitzerin eines Dancings – es heißt *La Vierge Ste. Marie.*«

»Eines Dancings?«

Er grinste. »Nun, in England sagt man wohl Nachtklub.«

»Ach so.«

»Sie hatte nicht immer ihr eigenes Haus. Jahrelang arbeitete sie entweder auf eigene Rechnung oder für andere Häuser. Aber allmählich wurde sie zu alt. Sie hatte Geld gespart, und so fing sie ihren eigenen Betrieb an. Sie muß rund fünfzig sein, sieht aber jünger aus. Die Polizei hat geradezu eine Schwäche für sie. Sie steht niemals vor zehn Uhr abends auf, wir müssen also noch warten, bis wir unser Glück bei ihr versuchen können. Haben Sie ihre Beschreibung von Dimitrios gelesen? Keine besonderen Kennzeichen! Daß ich nicht lache!«

»Ist es Ihnen aufgefallen, daß sie seine Größe so auf den Zentimeter genau wußte? Hundertzweiundachtzig Zentimeter!«

Marukakis runzelte die Stirn. »Nein – wieso ist das auffallend?«

»Die meisten Leute wissen nicht einmal ihre eigene Größe genau.«

»Und was denken Sie sich dabei?«

»Nun, ich glaube, die Beschreibung stammte aus dem zweiten Dossier, das Sie erwähnten – nicht von der Frau.«

»Was folgt daraus?«

»Einen Augenblick. Wissen Sie, wer A. Vazoff ist?«

»Das wollte ich Ihnen erzählen. Ich stellte dieselbe Frage. Nun, er war Rechtsanwalt.«

»War?«

»Er starb vor drei Jahren und hinterließ viel Geld. Als Erbe meldete sich ein Neffe aus Bukarest. Hier hatte er keine Verwandten. Was halten Sie davon?«

Latimer brachte seine Theorie ein wenig unsicher vor.

Marukakis runzelte darüber wieder die Stirn. »Vielleicht haben Sie recht«, sagte er, als Latimer geendet hatte. »Ich weiß es nicht. Sie sagen selbst, es gibt keinen Beweis dafür. Kemal war immer gegen die Bankiers, besonders gegen die internationalen. Er mißtraute ihnen, und mit Recht. Jahrelang wollte er nichts von fremden Anleihen wissen, und für einen Bankier ist das ein Schlag ins Gesicht. Sie brauchen nicht so ängstlich zu sein mit Ihrer Idee, mein Freund – sie ist gut. Das internationale Großkapital hat schon öfter als einmal Revolutionen angezettelt, um seine eigenen Interessen zu wahren. Früher inszenierte man sie so wie Necker die französische Revolution, im Namen von Freiheit, Gleichheit und Brüderlichkeit. Jetzt, da es den Sozialismus zu bekämpfen gilt, macht man sie im Namen von Gesetz und Ordnung und gesunden Finanzen. Attentate? Nun, wenn ein Attentat zur Belebung der Geschäfte nötig ist, so wird eben ein Attentat inszeniert. Natürlich nicht in Paris,

London oder New York. Lieber Gott, nein! Und der Attentäter wird nicht direkt von einer Vorstandssitzung kommen. Die Methode ist einfach. ›Welch ein Segen‹, sagt irgend jemand, ›wenn dieser So-und-So, dieser Lump, mit seinem zersetzenden Einfluß, der Frieden und Sicherheit bedroht, von der Bildfläche verschwinden würde.‹ Das ist alles. Man drückt einen Wunsch aus. Aber, mein Freund – es geschieht in Hörweite eines Mannes, dessen Sache es ist, solche Wünsche zu hören und zur Kenntnis zu nehmen, daraufhin Instruktionen zu erteilen, die Verantwortung zu übernehmen und endlich den Zweck zu erreichen, ohne jemals von den Mitteln zu sprechen. Der internationale Financier braucht Glück, und wenn das Schicksal etwas vergeßlich ist, muß man ihm einen Schubs geben.«

»Und das überließ man Dimitrios?«

»O nein, das glaube ich nicht. Der Mann, der den Schubs gibt, ist sehr wichtig. Er kennt die besten Leute. Er ist ein äußerst manierlicher Mann mit einer schönen Frau und einem Einkommen, das sich auf die solidesten Papiere stützt. Von Zeit zu Zeit muß er verreisen – er hat geschäftlich zu tun ... und seine Freunde sind zu wohlerzogen, um viel danach zu fragen. Er hat auch ein paar ausländische Orden, die er bei den sehr nützlichen diplomatischen Empfängen trägt.« Seine Stimme kratzte plötzlich. »Aber er kennt auch Männer wie Dimitrios, die gefährliche Klasse, die politischen Schmarotzer, die Schieber und die Spitzel, den sozialen Abschaum, diese untätige, verfaulende, von den niedrigsten Schichten einer alten Gesellschaft abgestoßene Masse. Dieser Typ hat keine politischen Überzeugungen. Für ihn gibt es keine Bindung zwischen Mensch und Mensch als nackte Selbstsucht. Er glaubt an das Überleben des Tüchtigsten, an das Evangelium von Zahn und Klaue, denn er verdient sein Geld, indem er dafür sorgt, daß die Schwachen sterben, ehe sie stark werden, und daß das Gesetz des Dschungels in allen Angelegenheiten dieser Erde das höchste Gesetz bleibt. Und er ist überall. Jede Stadt auf der ganzen Welt kennt ihn. Er ist da, weil sein Herr, das Großkapital, ihn braucht. Das internationale Großkapital mag seine Transaktionen auf Papierfetzen machen – die Tinte, die es dazu verwendet, ist Menschen*Blut*!« Als er das letzte Wort aussprach, ließ er seine Faust krachend auf den Tisch fallen. Latimer, der als Engländer seine Abneig gegen anderer Leute Rhetorik nie ganz überwinden nnte, hatte auf seinen Teller geblickt. Jetzt hob er den Kopf. nen Augenblick dachte er daran, Marukakis darauf aufmerksam zu machen, daß er ein paar Sätze aus dem Kommunistischen Manifest wiedererkannt hatte, aber er ließ es bleiben. Denn schließlich war ihm der Grieche sehr behilflich gewesen. »Das ist eine Glanzstelle«, bemerkte er. »Meinen Sie nicht, daß es doch ein wenig übertrieben ist?«

Einen Augenblick sah ihn Marukakis starr an, dann grinste er plötzlich verschmitzt. »Natürlich ist es übertrieben. Aber es ist manchmal erholend, in Grundfarben zu sprechen – wenn man gewöhnlich Grau in Grau zu denken hat. Übrigens habe ich nicht so sehr übertrieben, wie Sie vielleicht denken. Es gibt solche Leute.«

»Wirklich?«

»Ja! Und einer von ihnen saß im Aufsichtsrat der Eurasischen Kredit-Trust. Er hieß Anton Vazoff.«

»Vazoff!«

Der Grieche kicherte entzückt. »Ich wollte es mir eigentlich für später aufsparen – es sollte eine kleine Überraschung für Sie sein ... aber Sie können es auch jetzt erfahren. Ich fand es in den Akten. Die Eurasische Kredit-Trust wurde nämlich erst im Jahre 1926 in Monaco registriert. Die Liste der Direktoren bis zu diesem Termin ist noch vorhanden und kann eingesehen werden – wenn man weiß, wo sie zu finden ist.«

»Aber das ist ja das Allerwichtigste«, sprudelte Latimer heraus. »Sehen Sie denn nicht selbst, was ...«

Marukakis unterbrach ihn, indem er sich die Rechnung kommen ließ. Dann blickte er Latimer verschmitzt an. »Wissen Sie, lieber Freund«, sagte er, »Ihr Engländer seid unvergleichlich ... Ihr seid die einzige Nation auf Erden, die sich einbildet, ein Monopol auf den gewöhnlichen gesunden Menschenverstand zu haben.«

VI

Carte Postale

La Vierge Ste. Marie lag (eine etwas zweideutige Logik) in einer Häuserreihe hinter der Kirche von *Sveta Nedelja.* Die Straße war schmal, abschüssig und schlecht beleuchtet. Zuerst schien sie unnatürlich still. Aber hinter dieser Stille tönten gedämpft Musik und Gelächter, wurden plötzlich laut, wenn eine Tür sich öffnete, und wieder leise, wenn sie sich schloß. Vor Latimer und Marukakis kamen zwei Männer aus einem Haus, zündeten sich Zigaretten an und gingen rasch weiter. Dann näherten sich die Schritte eines anderen Fußgängers, sie verklangen, als er in eines der Häuser trat.

»Jetzt sind noch nicht viele Leute hier«, sagte Marukakis. »Es ist noch zu früh.«

Die meisten Haustüren hatten bunte Glasfenster, durch die mattes Licht schimmerte. Auf manchen Scheiben war die Hausnummer gemalt – sorgfältiger, als es für normale Zwecke nötig war. Über anderen Türen standen Namen – WUNDER-BAR, OKAY-BAR, JIMMIES BAR, STAMBUL, TORQUEMADA, VITOCHA, LE VIOL DE LUCRÈCE – und weiter oben die VIERGE STE. MARIE.

Einen Augenblick blieben sie draußen stehen. Die Tür sah weniger schäbig aus als die anderen. Latimer vergewisserte sich, daß seine Brieftasche genügend fest in der Tasche steckte, während Marukakis die Tür aufstieß und voranging.

Irgendwo im Lokal spielte eine Akkordeonband einen *Pasodoble.* Sie kamen in einen schmalen Durchgang, die Wände waren ungleichmäßig mit roter Wasserfarbe gemalt, der Boden mit Teppichen belegt, und am Ende des Ganges war eine kleine *Vestiaire.* Als sie eintraten, war sie bis auf ein paar Mäntel und Hüte leer. Doch nun nahm ein blasser, junger Mann dahinter Platz und begrüßte sie lächelnd. Er sagte ›*Bon Soir*, MESSIEURS‹, nahm ihre Hüte und Mäntel und deutete mit eleganter Handbewegung nach rechts, wo eine Treppe hinunter zur Musik führte. Auf einem Schild stand BAR – TANZ – KABARETT.

Sie betraten einen Raum von etwa neun Quadratmetern mit niedriger Decke. An den hellblauen Wänden waren in gleichen Abständen ovale Spiegel, von Cherubim aus Papiermaché getragen. Zwischen den Spiegeln befanden sich konventionelle Malereien, direkt auf die Wand gemalt – Männer mit Monokel und strohgelbem Haar und nacktem Oberkörper, Frauen in klassischen Tailleurs mit durchbrochenen Strümpfen. In einer Ecke des Raumes war eine winzige Bar, in der entgegengesetzten auf einem Podium die Kapelle – vier verdrossene Neger in weißen ›argentinischen‹ Blusen. In ihrer Nähe befand sich eine Tür mit einem blauen Plüschvorhang. Die übrige Wand war in kleine Nischen eingeteilt, die bis zur Schulterhöhe der sitzenden Gäste reichten; dort standen Tische, und andere Tische verengten noch die kleine Tanzfläche in der Mitte.

Als sie hereinkamen, saßen vielleicht zehn oder zwölf Leute in den Nischen. Die Kapelle spielte noch, und zwei Mädchen, die aussahen, als sollten sie gleich als Kabarettnummer auftreten, tanzten feierlich miteinander.

»Zu früh«, sagte Marukakis enttäuscht. »Aber es wird bald lustiger.«

Ein Kellner schob sie zu einer Nische, eilte weg und war sofort mit einer Flasche Champagner wieder da.

»Haben Sie viel Geld mit?« murmelte Marukakis. »Wir werden mindestens zweihundert Leva für dieses Gift zahlen müssen.«

Latimer nickte. Zweihundert Levas waren ungefähr zehn Schilling.

Die Kapelle schwieg. Die beiden Mädchen hörten auf zu tanzen und lenkten Latimers Aufmerksamkeit auf sich. Sie kamen herüber zur Nische und lächelten. Marukakis sagte etwas, und immer noch lächelnd, zuckten sie die Achseln und gingen weg. Marukakis sah Latimer zweifelnd an.

»Ich sagte ihnen, wir hätten geschäftlich zu sprechen«, meinte er, »aber wir würden sie später einladen. Natürlich, wenn Sie nicht von ihnen belästigt sein wollen ...«

»Nein, das will ich nicht«, sagte Latimer in bestimmtem Ton; er schauderte, als er einen Schluck von dem Champagner trank. Marukakis seufzte. »Schade. Da wir den Champagner ja doch zahlen müssen, könnte ihn auch jemand trinken.«

»Wo ist La Preveza?«
»Sie muß jetzt jeden Augenblick herunterkommen, glaube ich. Natürlich ...«, er wurde nachdenklich –, »wir könnten auch zu ihr hinaufgehen.« Er warf einen bedeutungsvollen Blick zur Decke. »Dieses Lokal ist ganz raffiniert. Alles scheint so diskret zu sein.«
»Wenn sie bald herunterkommt, hat es keinen Sinn, daß wir zu ihr hinaufgehen.« Er kam sich wie ein Tugendbold vor und wünschte, der Champagner wäre trinkbar gewesen.
»Gewiß, Sie haben recht«, sagte Marukakis düster.
Es verstrich jedoch mehr als eine Stunde, ehe die Eigentümerin der *Vierge Ste. Marie* in Erscheinung trat. Während dieser Zeit war es wirklich lustiger geworden. Es kamen immer mehr Leute, meistens Männer, obwohl auch ein paar sonderbar aussehende Frauen dabei waren. Ein topfnüchterner Zuhälter erschien mit ein paar stockbetrunkenen Deutschen, die wie Berliner Handlungsreisende aussahen. Einige finster blickende junge Leute setzten sich und bestellten Vichywasser. Durch die plüschverhangene Tür war ein reges Kommen und Gehen. Alle Nischen waren besetzt, auf die Tanzfläche hatte man noch ein paar Tische gestellt, und bald drängte sich dort eine enggepackte Masse schwankender, schwitzender Paare. Doch plötzlich wurde die Tanzfläche freigemacht, und eine Anzahl Mädchen, die kurz zuvor verschwunden waren, um ihre Kleider mit einigen Sträußen künstlicher Primeln und viel hellbraunem Puder zu vertauschen, führten einen kurzen Tanz auf. Ihnen folgte ein als Frau verkleideter junger Mann, der deutsche Schlager sang. Dann tanzten die Mädchen wieder, diesmal ohne Primeln. Damit war das Kabarettprogramm beendet, und das Publikum flutete zurück auf die Tanzfläche. Die Luft war schlecht, und es wurde immer heißer.
Latimer musterte mit schmerzenden Augen träge die finster blickenden jungen Männer; einer bot dem andern gerade eine Prise an, sicher nicht Schnupftabak; Latimer überlegte, ob er wohl noch einmal versuchen sollte, seinen Durst mit dem schlechten Champagner zu stillen, als Marukakis plötzlich seinen Ärmel berührte.
»Das muß sie sein«, sagte er.
Latimer sah in der angedeuteten Richtung. Eine Sekunde ver-

sperrte ihm ein Paar am äußersten Rand der Tanzfläche die Aussicht, aber als es sich weiterbewegte, sah er die Frau regungslos neben der verhängten Tür stehen, durch die sie eingetreten war.

Sie gehörte zu dem schlampigen Typ, den weder gute Kleidung, noch eine sorgsame Frisur, noch ein geschicktes Make-up verbergen können. Sie war von schönem, üppigem Wuchs und hatte eine gute Haltung. Ihr Kleid war offensichtlich teuer, ihr dichtes schwarzes Haar sah aus, als habe sie die letzten zwei Stunden unter den Händen einer Friseuse verbracht – und dennoch war sie, unverkennbar und ein für allemal, ein lockeres Frauenzimmer. Im Augenblick sah sie starr aus, fast als sei sie scheintot. Bald aber würde ihr Haar herabhängen, ihr Kleid nachlässig über die weiße, weiche Schulter rutschen, ihre Hand mit dem traubenförmigen Diamantring, die jetzt los herunterhing, nach dem rosa-seidenen Träger greifen und an dem dunklen Haar zupfen. Man sah es in ihren dunklen Augen. Der Mund saß fest und beinahe gutmütig in dem weichen starkgeschminkten Gesicht. Aber ihre Augen waren schläfrig feucht und hatten die Gleichgültigkeit des Schlafes. Sie erinnerten einen an längstvergessene Dinge, an billig vergoldete Hotelzimmer, an Stühle mit darübergeworfenen Kleidern, an das Morgengrauen, das schräg durch geschlossene Jalousien schien, an Rosenessenz und den muffigen Geruch schwerer Gardinen an Messingringen, an das Geräusch des warmen, langsamen Atmens einer Schlafenden und das Ticken einer Uhr in der Dunkelheit. Jetzt aber waren ihre Augen offen und liefen wachsam hin und her, während der Mund mal hier, mal dort lächelnd grüßte. Latimer beobachtete sie, wie sie sich plötzlich umwandte und zur Bar ging.

Marukakis winkte dem Kellner und sprach ein paar Worte zu ihm. Der Mann zögerte, dann nickte er. Latimer sah, daß er sich durch das Publikum zu Madame Preveza drängte; sie sprach gerade mit einem dicken Mann, der den Arm um eines der Kabarettmädchen geschlungen hatte. Der Kellner flüsterte ihr etwas zu. Madame Preveza hörte auf zu reden und sah ihn an. Er wies auf Latimer und Marukakis, und eine Sekunde lang ruhten ihre Augen gleichgültig auf den beiden Männern. Dann wandte sie sich ab, sagte ein Wort zu dem Kellner und nahm ihr Gespräch wieder auf.

»Sie wird gleich kommen«, sagte Marukakis.
Bald darauf verabschiedete sie sich von dem Dicken und machte weiter ihre Begrüßungstour durch den Raum – sie nickte und lächelte gnädig; endlich kam sie an den Tisch. Unwillkürlich stand Latimer auf. Die Augen prüften sein Gesicht.
»Sie wünschten mich zu sprechen, Messieurs?« Ihre Stimme war heiser und ein wenig hart, sie sprach Französisch mit starkem Akzent.
»Es wäre uns eine Ehre, wenn Sie einen Augenblick an unserem Tisch Platz nehmen würden«, sagte Marukakis.
»Natürlich.« Sie setzte sich zu ihnen. Sofort kam der Kellner. Sie winkte ihm ab und sah Latimer an. »Sie habe ich bisher noch nicht gesehen, Monsieur. Ihren Freund kenne ich vom Sehen – aber hier in meinem Lokal war er auch noch nicht.« Sie warf einen schrägen Blick auf Marukakis. »Wollen Sie etwas über mich in den Pariser Blättern bringen, Monsieur? Dann müssen Sie aber das ganze Programm sehen – Sie und Ihr Freund!«
Marukakis lächelte. »Nein, Madame. Wir mißbrauchen Ihre Gastfreundlichkeit, weil wir Sie um eine Auskunft bitten wollen.«
»Eine Auskunft?« Ein leerer Blick kam in die dunklen Augen. »Oh, ich weiß nichts, was irgend jemanden interessieren könnte.«
»Ihre Diskretion ist berühmt, Madame. Aber was wir wissen wollen, betrifft einen Mann, den Sie vor fünfzehn Jahren kannten – er ist jetzt tot und begraben.«
Sie lachte kurz auf, und Latimer sah ihre schlechten Zähne. Sie lachte wieder, und zwar so unbändig, daß es ihren ganzen Körper schüttelte. Es war ein häßlicher Ton, der ihre schläfrige Würde zerstörte – sie war jetzt einfach alt. Sie hustete ein wenig, als sie zu lachen aufhörte. »Sie machen die zartesten Komplimente, Monsieur«, sagte sie, nach Atem ringend, »fünfzehn Jahre – glauben Sie wirklich, daß ich mich so lange an einen Mann erinnere? Heilige Mutter Gottes, ich glaube, jetzt müssen Sie mir doch noch ein Glas offerieren.«
Latimer winkte einem Kellner. »Und was wünschen Sie, Madame?«
»Champagner. Nicht diesen Dreck. Der Kellner weiß schon. Fünfzehn Jahre!« Sie lachte wieder.

»Wir wagten kaum zu hoffen, daß Sie sich noch erinnern würden, Madame!« sagte Marukakis etwas kühl. »Aber wenn ein Name Ihnen irgend etwas bedeutet ... es war Dimitrios – Dimitrios Makropoulos.«

Sie hatte sich eine Zigarette angezündet; nun hielt sie inne, das brennende Streichholz noch in den Fingern. Ihre Augen waren auf das Ende der Zigarette gerichtet. Ein paar Sekunden lang war die einzige Bewegung, die Latimer in ihrem Gesicht sah, ein langsames Herabziehen der Mundwinkel. Es war ihm, als sei der Lärm um sie herum auf einmal in weite Ferne entwichen, als habe er Watte in den Ohren.

Dann drehte sie langsam das Streichholz zwischen ihren Fingern und ließ es auf einen Teller fallen, der vor ihr stand. Ihre Augen bewegten sich nicht. Endlich sagte sie ruhig: »Ich will Sie hier nicht sehen. Raus mit Ihnen!«

»Aber ...«

»Gehen Sie!« Sie bewegte den Kopf nicht und sprach immer noch leise.

Marukakis sah hinüber zu Latimer, zuckte die Achseln und stand auf. Latimer folgte seinem Beispiel. Auf einmal starrte Madame Preveza sie unfreundlich an. »Setzen Sie sich«, fuhr sie sie an, »glauben Sie, ich will hier eine Szene?«

Sie setzten sich wieder. »Wenn Sie uns erklären würden, Madame«, sagte Marukakis spöttisch, »wie wir weggehen sollen, ohne aufzustehen, so wären wir Ihnen sehr verbunden.«

Die Finger ihrer rechten Hand schossen vorwärts und umklammerten den Stiel eines Glases. Eine Sekunde glaubte Latimer, sie würde es dem Griechen ins Gesicht werfen. Dann lösten sich die Finger, und sie sagte etwas auf griechisch – aber so rasch, daß Latimer es nicht verstehen konnte.

Marukakis schüttelte den Kopf.

»Nein, mit der Polizei hat es gar nichts zu tun«, hörte Latimer ihn antworten. »Er ist Schriftsteller – und sucht ein paar Informationen.«

»Warum?«

»Er ist neugierig. Vor ein oder zwei Monaten sah er in Stambul die Leiche des Dimitrios Makropoulos, und nun möchte er gern etwas über ihn wissen.«

Sie sah Latimer an und faßte ihn hastig beim Ärmel. »Ist er

tot? Sind Sie sicher, daß er tot ist? Haben Sie wirklich seine Leiche gesehen?«
Er nickte. Ihr Benehmen hatte ihn seltsam berührt, er kam sich hilflos vor, wie ein Arzt, der die Treppe herabkommt, um anzukündigen, daß alles vorbei sei ... »Er wurde erstochen und ins Meer geworfen«, fügte er hinzu und verwünschte sich selbst, weil er es so tölpelhaft vorbrachte. In ihren Augen lag eine Erregung, die er nicht recht zu deuten wußte. Vielleicht hatte sie ihn auf ihre Art geliebt. So ist das Leben! Kamen jetzt Tränen?
Aber es kamen keine Tränen. Sie fragte:
»Hatte er Geld bei sich?«
Langsam und verständnislos schüttelte Latimer den Kopf.
»MERDE!« sagte sie gehässig. »Dieser Sohn eines verreckten Kamels schuldete mir noch tausend Francs. Jetzt werde ich sie nie wiedersehen. Salaud! Und jetzt raus mit euch beiden! Verschwindet, bevor ich euch hinauswerfen lasse!«
Aber es war beinahe halb vier, als Latimer und Marukakis die *Vierge Ste. Marie* verließen.
Sie hatten zwei Stunden in Madame Prevezas Privatbüro zugebracht, einem Zimmer, das mit Blumen und Möbeln vollgestopft war: ein großes Klavier aus Walnußholz, mit einem weißen Seidenschal drapiert, der mit Fransen und buntgeschwänzten Vögeln verziert war; kleine Tische, mit Nippes überladen, viele Stühle und Sessel, eine verwelkende Palme in einem Bambusständer, eine Chaiselongue und ein großes Rollpult aus spanischer Eiche. Sie waren unter Madames Führung dorthin gelangt, durch die verhängte Tür, über eine Treppe, durch einen matt beleuchteten Gang mit numerierten Türen rechts und links, und einem Geruch, der Latimer an die Besuchsstunden in einer teuren Privatklinik erinnerte.
Diese Einladung hatte er wahrhaftig nicht erwartet. Sie folgte mit dem letzten ›raus mit euch beiden‹ dicht auf dem Fuß; Madame wurde wehmütig, entschuldigte sich – schließlich, tausend Francs waren tausend Francs, nicht wahr? Und nun waren sie endgültig verloren. Dabei hatten ihre Augen voll Tränen gestanden. Sie war Latimer überspannt vorgekommen. Das Geld schuldete ihr Dimitrios seit 1923. Sie konnte nicht ernstlich fünfzehn Jahre lang auf die Rückzahlung gewartet haben.

Vielleicht hatte sie irgendwo in ihrer Vorstellung die romantische Illusion gehegt, Dimitrios würde eines Tages zur Tür hereinkommen und Tausend-Francs-Noten auf sie streuen, wie Blätter. Die Geste aus dem Märchenbuch. Latimers Mitteilung hatte nun diese Illusion zerstört, und als ihr erster Ärger vorbei war, fühlte sie sich trostbedürftig. Sie hatte vergessen, daß Latimer eine Auskunft über Dimitrios haben wollte. Die Überbringer der traurigen Nachricht mußten erfahren, wie traurig diese Nachricht tatsächlich war. Sie hatte einem Traum Lebewohl gesagt, und dazu brauchte sie Publikum – ein Publikum, das Verständnis dafür hatte, was für eine törichte, großzügige Frau sie war. Und um Salz in ihre Wunden zu reiben, hatte sie erklärt, alle Getränke gingen zu Lasten des Hauses.

Latimer und Marukakis saßen Seite an Seite auf der Chaiselongue, während sie in dem Rollfach des Schreibtisches kramte. Aus einem der vielen kleinen Fächer zog sie schließlich ein Notizbüchlein mit Eselsohren hervor. Die Seiten raschelten zwischen ihren Fingern.

»Am fünfzehnten Februar, neunzehnhundertdreiundzwanzig«, sagte sie plötzlich. Sie klappte das Büchlein zu und hob die Augen zum Himmel, der ihr die Genauigkeit des Datums bezeugen sollte. »Ja, das war der Tag, an dem ich das Geld bekommen sollte. Er hatte mir hoch und heilig versprochen, das Geld zu zahlen. Er schuldete es – es war fällig, und er hatte es erhalten. Ich wollte keine große Szene – ich hasse Szenen – und so sagte ich einfach, ich würde es ihm stunden. Und er sagte, er wolle es wiedergeben – es sei nur eine Frage von Wochen, bis er sehr viel Geld bekomme. Und wirklich, er bekam das Geld – aber mir zahlte er meine tausend Francs nicht zurück. Nach allem, was ich für ihn getan hatte!

Ich habe diesen Mann buchstäblich auf der Straße aufgelesen. Das war im Dezember. Lieber Himmel, war es kalt. In den Ostprovinzen starben die Menschen schneller, als wenn man sie mit dem Maschinengewehr umgelegt hätte. Und ich habe gesehen, wie man Menschen mit dem Maschinengewehr umlegt. Damals hatte ich kein Lokal wie heute, müssen Sie wissen. Ich war damals ein junges Mädchen und wurde oft gebeten, für Fotografien Modell zu stehen. Dies war meine Lieblingspose: ich war eingehüllt in weißen Chiffon, den eine Kordel an der

Taille zusammenhielt. Auf dem Kopf trug ich eine weiße Blumenkrone. In meiner rechten Hand – sie ruhte –, sehen Sie, so ... auf einer schönen weißen Säule – hielt ich eine einzelne rote Rose. Das Bild kam auf Postkarten, *Pour Les Amoureux*, der Fotograf kolorierte die Rose, und darunter stand ein hübscher kleiner Vers.« Die dunklen Lider senkten sich über die tränenfeuchten Augen, und sie rezitierte leise:

»Je veux que mon cœur vous serve d'oreiller,
Et à votre bonheur je saurai veiller.«

»Schön, nicht wahr?« Der Schatten eines Lächeln machte ihre Lippen schmal. »Ich habe alle meine Fotografien vor ein paar Jahren verbrannt. Manchmal tut es mir leid – aber ich glaube, es war doch richtig. Es ist schlecht, immer an die Vergangenheit erinnert zu werden. Und deshalb, Messieurs, wurde ich vorhin so böse, als Sie von Dimitrios sprachen – denn er gehört der Vergangenheit an. Man muß an die Gegenwart und an die Zukunft denken ...

Aber Dimitrios war nicht der Mann, den man schnell vergißt. Ich habe in meinem Leben viele Männer gekannt – aber gefürchtet habe ich nur zwei. Der eine war der Mann, den ich heiratete, der andere war Dimitrios. Man betrügt sich selbst, wissen Sie ... Man denkt, man will verstanden werden ... und dabei will man nur halb verstanden werden. Denn wenn ein Mensch einen wirklich versteht, so fürchtet man ihn. Mein Mann verstand mich, weil er mich liebte, und deshalb fürchtete ich ihn. Als er meiner überdrüssig wurde, konnte ich über ihn lachen, aber ich fürchtete ihn nicht mehr. Doch mit Dimitrios war es ganz anders. Dimitrios verstand mich besser, als ich mich selbst verstand; aber er liebte mich nicht. Ich glaube nicht, daß er überhaupt lieben konnte. Ich dachte, eines Tages würde ich auch über ihn lachen können, doch dieser Tag kam nie. Über Dimitrios konnte man nicht lachen. Das wurde mir bald klar. Als er mich verließ, haßte ich ihn, und ich machte mir vor, es sei wegen der tausend Francs, die er mir schuldete. Ich schrieb es mir in mein Buch – als Beweis. Aber ich belog mich selbst. Er schuldete mir viel mehr als die tausend Francs. Er hatte mich in Geldsachen immer betrogen. Ich haßte ihn, weil ich ihn fürchtete, und weil ich ihn nicht verstehen konnte, wie er mich verstand.

Ich lebte damals in einem Hotel. Eine schmutzige Höhle, voller Abschaum. Der *Patron* war ein widerlicher Kerl, stand aber mit der Polizei auf gutem Fuß. Und solange man für sein Zimmer bezahlte, war man bei ihm in Sicherheit, auch wenn die Papiere nicht in Ordnung waren.

Eines Nachmittags, als ich mich ausruhte, hörte ich, wie der *Patron* im Nebenzimmer jemanden anschrie. Die Wände waren dünn, ich konnte alles hören. Zuerst achtete ich nicht darauf, denn er schrie immer mit jemandem herum, aber nach einer Weile fing ich an zuzuhören, weil er Griechisch sprach und ich Griechisch verstand.

Der *Patron* drohte, er wolle die Polizei holen, wenn das Zimmer nicht bezahlt würde. Ich hörte die Antwort nicht, denn der andere Mann sprach leise. Schließlich ging der *Patron* hinaus, und es wurde still. Ich war halb eingeschlafen, als ich hörte, wie sich jemand an meiner Türklinke zu schaffen machte. Die Tür war verriegelt. Ich beobachtete, wie die Klinke langsam herabgedrückt wurde und wieder hoch ging. Dann klopfte es.

Ich fragte, wer da sei – aber ich bekam keine Antwort ... Ich dachte, es sei vielleicht einer meiner Freunde, der meine Frage nicht gehört hatte, ging zur Tür und riegelte auf. Draußen stand Dimitrios.

Er fragte auf griechisch, ob er hereinkommen dürfe. Ich fragte, was er wünsche – und er antwortete, er wolle mit mir sprechen. Ich fragte ihn, woher er wisse, daß ich Griechisch spreche, aber er antwortete nicht. Nun wußte ich, daß er der Mann aus dem Nebenzimmer sein mußte. Ich war ihm ein paarmal auf der Treppe begegnet, und er war immer sehr höflich und sehr schüchtern, wenn er beiseite trat und mich vorbei ließ. Jetzt aber war er nicht schüchtern. Ich sagte ihm, daß ich schlafen wolle, und er könne später kommen, wenn er mich zu sprechen wünsche. Aber er lächelte, stieß die Tür auf, kam herein und lehnte sich gegen die Wand.

Ich sagte, er solle hinausgehen, sonst würde ich den *Patron* rufen; aber er lächelte nur und blieb, wo er war. Er fragte mich, ob ich gehört hätte, was der *Patron* zu ihm gesagt hatte, und ich sagte nein, ich hätte nichts gehört. In der Schublade meines Tisches war eine Pistole, und ich ging auf den Tisch zu; aber er schien zu erraten, was ich dachte, denn er ging auch durchs Zimmer und lehnte sich wie zufällig an den Tisch, als wäre er hier zu Hause. Und dann bat er mich, ihm etwas Geld zu leihen. Dumm war ich nie. Ich hatte etwa tausend Leva ganz oben in meiner Gardine versteckt, in meiner Handtasche hatte ich nur ein paar Münzen. Ich sagte ihm also, daß ich kein Geld hätte. Er schien davon überhaupt nicht Notiz zu nehmen und fing an, mir zu erzählen, er habe seit gestern nichts gegessen, er habe kein Geld und fühle sich schlecht. Aber während er sprach, wanderten seine Augen im Zimmer herum. Ich sehe ihn heute noch. Sein Gesicht war glatt und oval und blaß, und er hatte sehr braune, besorgte Augen – Augen, die einen an die Augen eines Arztes erinnerten, wenn er einem etwas tun will, was schmerzt. Ich hatte Angst vor ihm. Aber ich sagte noch einmal, daß ich kein Geld hätte, doch wenn er Brot wolle – Brot könne ich ihm geben. Er sagte: ›Nun gut, geben Sie mir Brot.‹

Ich holte das Brot aus der Kommode und gab es ihm. Er aß es langsam, immer noch an den Tisch gelehnt. Als er fertig war, bat er um eine Zigarette. Ich gab ihm eine. Und dann sagte er, daß ich einen Beschützer brauche. Da wußte ich, auf was er aus war. Ich sagte, ich würde sehr gut selbst mit meinen Angelegenheiten fertig, aber er meinte, ich sei sehr töricht, und er könne es mir beweisen. Wenn ich täte, was er sagte, so würde er fünftausend Leva bekommen und mir die Hälfte davon abgeben. Ich fragte, was ich denn tun müßte. Er sagte, er würde mir einen Brief diktieren. Dieser war an einen mir unbekannten Mann gerichtet, von dem 5000 Leva verlangt wurden. Ich dachte, Dimitrios müsse verrückt sein, und um ihn loszuwerden schrieb ich den Brief und unterzeichnete mit ›Irana‹. Er sagte, wir sollten uns abends im Café treffen.

Ich nahm mir gar nicht die Mühe, die Verabredung einzuhalten. Am nächsten Morgen kam er an meine Zimmertür. Ich wollte ihn nicht hereinlassen, und er wurde sehr ärgerlich und sagte, er habe zweitausendfünfhundert Leva für mich. Ich glaubte ihm natürlich nicht, und da schob er einen Tausend-Leva-Schein unter der Tür durch und sagte, den Rest bekäme ich, wenn ich ihn hereinließe. Nun ließ ich ihn natürlich herein, und er gab mir sofort die anderen fünfzehnhundert Leva. Ich fragte ihn, woher er das Geld habe, und er erzählte, er habe

den Brief selbst abgegeben, und der Mann habe ihm das Geld sofort ausbezahlt.
Nun, ich bin immer diskret gewesen. Ich interessiere mich nicht für die wirklichen Namen meiner Freunde. Dimitrios war einem davon bis zu seinem Haus gefolgt, hatte seinen richtigen Namen in Erfahrung gebracht und festgestellt, daß er eine wichtige Persönlichkeit war. Dann war er mit meinem Brief in der Hand zu ihm gegangen und hatte gedroht, der Frau und den Töchtern alles über uns zu erzählen, wenn er nicht zahle. Ich war sehr böse. Ich sagte, nun hätte ich wegen zweitausendfünfhundert Leva einen guten Freund verloren. Dimitrios aber meinte, er könne mir reichere Freunde verschaffen. Er sagte auch, er habe mir das Geld gegeben, damit ich sähe, wie ernst er es meine – er hätte den Brief ja auch selber schreiben und zu meinem Freund gehen können, ohne mir etwas davon zu erzählen.
Ich sah ein, daß er recht hatte. Ich wußte auch, daß er zu meinen anderen Freunden gehen würde, wenn ich mich nicht mit ihm einigte. So wurde Dimitrios mein Beschützer, und er verschaffte mir wirklich reichere Freunde. Er kaufte sich sehr elegante Kleider und ging manchmal in die besten Cafés.
Aber bald erzählte mir ein Bekannter, Dimitrios hätte sich in politische Dinge eingelassen und verkehre in bestimmten Cafés, die von der Polizei beobachtet wurden. Ich sagte ihm, er sei ein Narr, aber er hörte nicht auf mich. Er meinte, bald würde er eine Menge Geld verdienen. Und plötzlich wurde er wütend und schrie, er wolle hinter niemandem zurückstehen und habe es satt, arm zu sein – und als ich ihn daran erinnerte, daß er es mir verdanke, wenn er nicht hungere, kehrte er sich gegen mich.
›Du‹, sagte er, › bildest du dir ein, daß du Geld für mich verdienst? Es gibt Tausende wie dich. Ich habe dich ausgesucht, weil du zwar sanft und gefühlvoll aussiehst, aber gerissen bist und nicht den Kopf verlierst. Als ich damals in dein Zimmer kam, erriet ich, daß du Geld in der Gardine versteckt hattest – deine Sorte versteckt immer Geld in der Gardine. Das ist ein alter Trick. Aber du blicktest immerzu ängstlich auf deine Handtasche. Da wußte ich, daß du Verstand hast. Aber du hast keine Fantasie. Du verstehst nicht, was Geld ist. Du

kannst dir kaufen, wozu du Lust hast, und in den Restaurants sehen sich die Leute nach dir um. Und nur die Menschen ohne Fantasie bleiben arm. Wenn man reich ist, ist es den Leuten ganz egal, was man tut. Man hat die Macht – und das ist für einen Mann das einzig Wichtige!‹ Und dann fing er an, mir von reichen Leuten zu erzählen, die er in Smyrna gesehen hatte – Männer, die Schiffe und Feigenplantagen besaßen und in wunderschönen Häusern auf den Hügeln vor der Stadt lebten. Damals vergaß ich einen Augenblick meine Furcht vor Dimitrios – denn wenn Männer sentimental werden und mir ihre Wunschträume erzählen, verachte ich sie. Und wie er da saß in seinem schicken Anzug und mir in die Augen sah, schien er mir einfach albern. Ich lachte.

Er war immer blaß – aber jetzt wich alles Blut aus seinem Gesicht, und plötzlich war ich starr vor Angst. Ich dachte, er würde mich umbringen. Er hatte ein Glas in der Hand. Er hob es langsam hoch und zerschmetterte es an der Tischkante. Dann stand er auf und kam mit der zerbrochenen Hälfte in der Hand auf mich zu. Ich schrie auf. Er stand still, dann ließ er das Glas zu Boden fallen. Es sei zu dumm, auf mich zornig zu sein, sagte er. Aber ich wußte, warum er eingehalten hatte. Er hatte sich überlegt, daß ich ihm mit einem zerschnittenen Gesicht nicht mehr nützen könnte.

Danach sah ich ihn seltener. Oft verließ er Sofia auf mehrere Tage. Er sagte mir nicht, wohin er ging, und ich fragte ihn nicht. Aber ich wußte, daß er sich mit wichtigen Leuten angefreundet hatte. Denn einmal, als die Polizei ihm Schwierigkeiten wegen seiner Papiere machen wollte, lachte er bloß und sagte, ich brauche mir wegen der Polizei kein Kopfzerbrechen zu machen. Sie würde niemals wagen, ihn anzurühren.

Aber eines Morgens kam er sehr aufgeregt zu mir. Er sah aus, als sei er die ganze Nacht unterwegs gewesen und hätte sich seit Tagen nicht rasiert. Ich hatte ihn niemals so nervös gesehen. Er faßte mich bei den Handgelenken und sagte: wenn ich gefragt würde, solle ich sagen, daß er die letzten drei Tage bei mir gewesen sei. Ich hatte ihn länger als eine Woche nicht gesehen, aber ich mußte es ihm versprechen, und er legte sich in meinem Zimmer schlafen.

Niemand fragte mich nach ihm. Aber später am Tage las ich in der Zeitung, daß ein Attentat auf Stambulisky gemacht worden sei, in Haskovo, und nun konnte ich erraten, wo Dimitrios gewesen war.

Ich fürchtete mich sehr. Ein alter Freund von mir – ich hatte ihn vor Dimitrios gekannt – bot mir eine eigene Wohnung an. Als Dimitrios ausgeschlafen hatte und wegging, lief ich zu meinem Freund und sagte ihm, ich würde die Wohnung gerne nehmen.

Ich hatte Angst, als ich das getan hatte – aber noch am Abend traf ich Dimitrios und sagte es ihm. Ich hatte einen Wutanfall erwartet, aber er blieb ganz ruhig und meinte, es sei wohl so am besten für mich. Man wußte nie, was er dachte – denn sein Blick blieb sich immer gleich – immer wie ein Arzt, der einem weh tun muß. Ich faßte Mut und sagte, wir hätten noch ein paar Geldsachen in Ordnung zu bringen. Er stimmte zu und versprach, mich drei Tage später zu treffen und mir dann das ganze Geld zu geben, das mir noch zustand.«

Sie machte eine Pause und blickte von Latimer zu Marukakis, mit einem dünnen, gepreßten Lächeln auf den Lippen. Es lag etwas Entschuldigendes in diesem Lächeln. Dann zuckte sie leicht die Achseln.

»Sie finden es sicher seltsam, daß ich Dimitrios traute. Sie denken, ich sei eine Närrin gewesen. Aber ich wollte Dimitrios trauen, weil ich ihn fürchtete. Ihm zu mißtrauen, hieß zugeben, daß ich Angst hatte. Alle Männer können gefährlich sein. Wie zahme Tiere im Zirkus gefährlich werden, wenn sie sich an zu vieles erinnern. Aber Dimitrios war anders. Er sah aus, als sei er zahm; aber in seinen braunen Augen sah man, daß er nichts von den Gefühlen hatte, die Männer gewöhnlich zahm machen. Er war immer gefährlich. Ich traute ihm, weil mir nichts anderes übrigblieb. Aber ich haßte ihn auch.

Drei Tage später wartete ich im Café auf ihn, doch er kam nicht. Einige Wochen später begegnete ich ihm, und er sagte, er sei fortgewesen, aber wenn ich ihn am nächsten Tag treffen könne, so würde er mir das Geld bezahlen, das er mir schulde. Als Treffpunkt vereinbarten wir das Café in der Rue Perotska – ein ordinäres Lokal, das ich nicht leiden konnte.

Diesmal kam er, wie versprochen. Er sagte, er sei gerade in Geldschwierigkeiten, er erwarte eine große Summe, und in ein paar Wochen würde ich mein Geld haben.

Ich wunderte mich – hatte er unsere Verabredung eingehalten, bloß um mir das mitzuteilen? Aber später verstand ich. Er war gekommen, mich um eine Gefälligkeit zu bitten. Er sollte gewisse Briefe bekommen, und zwar durch jemanden, dem er trauen konnte. Es waren nicht seine Briefe, sondern die eines Freundes, eines Türken namens Talat. Falls dieser Freund die Adresse meiner Wohnung benutzen dürfte, so würde Dimitrios selbst die Briefe abholen, wenn er mir das Geld brachte.
Ich stimmte zu. Was blieb mir anders übrig? Es bedeutete doch, daß Dimitrios mir mein Geld bezahlen mußte, wenn er sich diese Briefe abholen kam. Aber in meinem Herzen wußte ich – und er wußte es auch –, daß er sich die Briefe genausogut holen konnte, ohne einen Sou zu zahlen – und daß ich dann auch nichts hätte tun können.
Wir saßen zusammen und tranken Kaffee – denn Dimitrios war in Lokalen sehr geizig –, als die Polizei hereinkam, um die Papiere zu kontrollieren. Das war damals etwas sehr Alltägliches – aber es war nicht gut, in diesem Lokal angetroffen zu werden, denn es hatte einen schlechten Ruf. Die Papiere von Dimitrios waren in Ordnung, aber weil er Ausländer war, notierten sie seine Adresse, und meine auch, weil ich in seiner Gesellschaft war. Als die Polizei wegging, war Dimitrios sehr ärgerlich – aber ich glaube nicht, weil sie seinen Namen aufgeschrieben hatten, sondern vielmehr, weil sie meine Adresse notiert hatten, da ich mit ihm zusammen war. Er geriet ganz aus der Fassung und sagte, ich brauchte mich wegen der Briefe nicht zu bemühen, er würde sie an eine andere Adresse schicken lassen. Wir verließen das Café – und das war das letzte Mal, daß ich ihn gesehen habe.«
Vor ihr stand ein Mandarinen-Curaçao, den sie jetzt durstig hinunterleerte. Latimer hatte sich geräuspert.
»Und war es auch das letzte Mal, daß Sie von ihm hörten?«
Einen Augenblick flackerte der Argwohn in ihren Augen auf. Da sagte Latimer: »Dimitrios ist tot, Madame. Fünfzehn Jahre sind inzwischen vergangen. Die Zeiten haben sich geändert in Sofia.«
Das eigenartige gepreßte Lächeln geisterte wieder um ihre Lippen.
»Sie sagen ›Dimitrios ist tot, Madame ...‹ – das klingt sehr

seltsam für mich. Es ist schwer, sich Dimitrios tot vorzustellen ... Wie hat er ausgesehen?«

»Sein Haar war grau. Er trug Kleider, die in Griechenland und Frankreich gekauft waren. Armseliges Zeug.« Unbewußt hatte er Oberst Hakis Satz wiederholt.

»Er ist also nicht reich geworden?«

»O ja, einmal in Paris war er sehr reich – aber er hat sein Geld verloren.«

Sie lachte. »Das muß ihm nahegegangen sein.« Und dann wieder argwöhnisch: »Sie wissen sehr viel über Dimitrios, Monsieur. Wenn er tot ist ... ich verstehe nicht recht –«

»Mein Freund ist Schriftsteller«, warf Marukakis ein. »Er hat natürlich Interesse für die menschliche Natur.«

»Was schreiben Sie denn?«

»Detektivgeschichten.«

Sie zuckte die Achseln. »Nun, dazu brauchen Sie nichts über die menschliche Natur zu wissen. Die muß man nur kennen, wenn man Liebesgeschichten und Abenteuerromane schreibt. *Romans Policiers* sind häßlich. FOLLE FARINE ist schön – eine entzückende Geschichte. Lieben Sie es?«

»Ja, sehr.«

»Ich habe es siebzehnmal gelesen. Es ist das beste Buch von Ouida, und ich habe alle gelesen. Eines Tages werde ich meine Memoiren schreiben. Ich habe allerlei von der ›menschlichen Natur‹ gesehen, müssen Sie wissen.« Ihr Lächeln war jetzt etwas kokett, sie seufzte und fingerte an ihrer Diamantbrosche herum.

»Aber Sie wollen noch mehr über ihn wissen. Nun gut. Ich hörte ein Jahr später wieder von Dimitrios. Eines Tages bekam ich einen Brief von ihm, aus Adrianopel. Er gab eine postlagernde Adresse an. Er fragte mich, ob ich Post für diesen Talat bekommen hatte. Wenn ja, so solle ich ihm schreiben, die Post aber behalten. Und ich solle niemandem sagen, daß ich etwas von ihm gehört hatte. Er versprach mir wieder, das Geld zurückzuzahlen, das er mir schuldete. Ich hatte aber keine Briefe für Talat bekommen – das schrieb ich ihm. Ich schrieb ihm auch, daß ich das Geld dringend brauche, denn ich hätte alle meine Freunde verloren, nachdem er fortgegangen sei. Das war eine Lüge – aber ich wollte ihm schmeicheln, denn ich dachte, so käme ich vielleicht zu meinem Geld. Ich hätte Dimitrios besser kennen sollen. Er antwortete nicht einmal.

Ein paar Wochen später kam ein Mann, der mich sprechen wollte. Er war der Typ des *Fonctionnaire,* sehr streng und nüchtern. Seine Kleidung sah teuer aus. Er sagte, wahrscheinlich würde die Polizei zu mir kommen und mich über Dimitrios befragen.

Ich erschrak darüber, aber er meinte, ich brauche nichts zu fürchten. Ich müsse nur vorsichtig sein mit dem, was ich der Polizei sage. Er erklärte mir auch, was ich sagen sollte, wie ich Dimitrios beschreiben müßte, damit die Polizei sich zufrieden gäbe. Ich zeigte ihm den Brief aus Adrianopel, der ihn offenbar amüsierte. Er riet mir, der Polizei ruhig zu sagen, daß ich einen Brief aus Adrianopel bekommen hätte – aber den Namen Talat solle ich nicht erwähnen. Er sagte, der Brief sei zu gefährlich um ihn aufzuheben, und verbrannte ihn. Darüber wurde ich ärgerlich, aber er gab mir eine Tausend-Leva-Note und fragte mich, ob ich Dimitrios gern habe, ob ich wirklich ein Freund sei. Ich sagte, daß ich Dimitrios hasse. Aber er meinte, Freundschaft sei etwas sehr Großes, und er würde mir noch fünftausend Leva geben, wenn ich der Polizei das sagen würde, was er mir erzählt hatte.«

Sie zuckte wieder die Achseln. »So etwas ist ernst, Messieurs. Fünftausend Leva! Als die Polizei kam, sagte ich genau, was ich sagen sollte, und am folgenden Tag brachte mir die Post einen Briefumschlag mit den fünftausend Leva. Sonst war nichts darin, keine Zeile. Und das war gut so. Aber hören Sie: zwei Jahre später sah ich diesen Mann auf der Straße. Ich ging zu ihm hin, aber der *Salaud* tat, als hätte er mich noch nie gesehen, und rief die Polizei. Ja, ja – Freundschaft ist etwas Großes.«

Sie hatte das Notizbuch aufgenommen und legte es zurück in den Schreibtisch.

»Wenn Sie mich jetzt entschuldigen wollen, Messieurs – es ist Zeit, daß ich wieder zu meinen Gästen gehe. Ich glaube, ich habe zu viel geschwatzt. Sie sehen, ich weiß nichts wirklich Interessantes über Dimitrios.«

»Oh, es war alles außerordentlich interessant, Madame.«

Sie lächelte. »Wenn Sie es nicht eilig haben, Messieurs, kann ich

Ihnen interessantere Dinge zeigen als Dimitrios. Ich habe zwei sehr amüsante Mädchen, die...«

»Pardon, Madame – wir haben es ein wenig eilig. Wir kommen gerne an einem anderen Abend, es wird uns ein Vergnügen sein. Vielleicht würden Sie uns erlauben, zu bezahlen, was wir hier getrunken haben.«

Sie lächelte wieder. »Nun, wie Sie wünschen, Messieurs – aber es war mir ein Vergnügen, mich mit Ihnen zu unterhalten. Aber nein, nein – hier auf keinen Fall! Ich bin da abergläubisch – ich will kein Geld in meinem Privatbüro sehen. Bitte arrangieren Sie es mit dem Kellner an Ihrem Tisch. Sie entschuldigen mich, wenn ich Sie nicht begleite? Ich habe noch etwas Geschäftliches zu erledigen. *Au'Voir, Monsieur – Au'Voir, Monsieur. A Bientot!«*

Zärtlich ruhten die feuchten, dunklen Augen auf ihnen. Latimer fühlte sich lächerlich bedrückt bei diesem Abschied.

Es war ein *Gérant,* den sie um die Rechnung baten; er hatte eine frische, muntere Art.

»Elfhundert Leva, Messieurs.«

»Wie bitte?«

»Der Preis, den Sie mit Madame vereinbart hatten, Messieurs.«

»Wissen Sie«, bemerkte Marukakis, als sie auf das Wechselgeld warteten, »ich glaube, wir dürfen nicht zu schlecht von Dimitrios denken! Er hatte seine Meriten.«

»Dimitrios war bei Vazoff beschäftigt, und zwar sollte er für die Eurasische Kredit-Trust arbeiten, als es galt, Stambulisky zu beseitigen. Es wäre interessant zu erfahren, wie sie ihn angeworben haben – aber das gehört wohl zu den Dingen, die wir nie erfahren werden. Jedenfalls müssen sie mit ihm zufrieden gewesen sein, denn sie setzten ihn in Adrianopel in ähnlicher Mission ein. Vermutlich arbeitete er dort unter dem Namen Talat.«

»Das wußte die türkische Polizei nicht. Sie kannte ihn nur als ›Dimitrios‹«, warf Latimer ein. »Aber ich verstehe nicht, warum Vazoff (denn zweifellos war es Vazoff, der 1924 Madame Preveza besuchte) ihr den Wink gab, der Polizei zu erzählen, daß Sie diesen Brief aus Adrianopel bekommen hatte.«

»Aus einem einzigen Grund. Weil Dimitrios nicht mehr in Adrianopel war.« Marukakis unterdrückte ein Gähnen. »Es war ein merkwürdiger Abend.«

Sie standen vor Latimers Hotel. Die Nachtluft war kalt. »Ich glaube, ich gehe hinein«, sagte er.
»Werden Sie Sofia verlassen?«
»Ja, ich will nach Belgrad.«
»Sie interessieren sich also noch immer für Dimitrios?«
»Freilich.« Latimer zögerte. »Ich kann Ihnen gar nicht sagen, wie dankbar ich Ihnen für Ihre Hilfe bin. Sie haben eine schändliche Menge Zeit an mich verschwendet.«
Marukakis lachte – dann grinste er entschuldigend. Er sagte: »Ich habe eben über mich selbst gelacht, weil ich Sie um Ihren Dimitrios beneide. Wenn Sie in Belgrad mehr über ihn erfahren, würde ich mich freuen, wenn Sie mir darüber schreiben. Würden Sie das wohl tun?«
»Aber selbstverständlich!«
Jedoch Latimer sollte nicht nach Belgrad kommen.
Er dankte Marukakis nochmals, und sie schüttelten sich die Hand. Dann ging er ins Hotel. Sein Zimmer war im zweiten Stock. Den Schlüssel in der Hand stieg er die Treppen empor. Seine Schritte waren auf dem schweren Teppich des Korridors nicht zu hören. Er steckte den Schlüssel ins Schlüsselloch, drehte ihn um und öffnete die Tür.
Er hatte ein dunkles Zimmer erwartet – aber die Lampen brannten. Er war ein wenig verdutzt. Der Gedanke fuhr ihm durch den Kopf, er könnte sich in der Zimmernummer geirrt haben; aber gleich darauf sah er etwas, was diese Vermutung zunichte machte. Das ›Etwas‹ war ein Chaos.
Der Inhalt seiner Koffer war in wildester Unordnung über den ganzen Fußboden verstreut. Die Bettüberzüge waren achtlos über einen Stuhl geworfen. Auf der Matratze lagen, aus ihren Einbänden gerissen, die paar englischen Bücher, die er sich aus Athen mitgebracht hatte. Das Zimmer sah aus, als hätte man darin eine Schimpansenhorde losgelassen. Verwirrt trat Latimer zwei Schritte ins Zimmer hinein. Dann ließ ihn ein leises Geräusch zu seiner Rechten den Kopf wenden. Im nächsten Augenblick schlug sein Herz so stark, daß ihm fast schlecht wurde.
Die Tür, die ins Badezimmer führte, war offen. Und mitten im Badezimmer stand, eine aufgeschlitzte Tube Zahnpasta in der einen, eine schwere Lugerpistole locker in der anderen Hand und auf den Lippen ein süßes, wehmütiges Lächeln ... Herr Peters.

VII

Eine halbe Million Francs

Nur in einem seiner Bücher – *Mordwaffen* – hatte Latimer eine Situation geschildert, in der eine der Personen von einem Mörder mit einer Pistole bedroht wurde. Die Aufgabe hatte ihm keine Freude gemacht, und wenn der Vorfall nicht notwendig gewesen wäre und sich nicht im vorletzten Kapitel abgespielt hätte (wo solche Melodramatik manchmal entschuldbar ist), so hätte er sich bemüht, ihn zu vermeiden. Wie die Dinge aber lagen, hatte er versucht, sich in die Situation zu versetzen. Was, so fragte er sich, hätte er selbst wohl unter solchen Umständen empfunden? Er war zum Schluß gekommen, daß er vor Schreck sprachlos gewesen wäre.

Nun war er aber weder erschrocken noch sprachlos. Vielleicht lag es daran, daß die Umstände anders waren. Man konnte Herrn Peters' Haltung – er hielt die schwere Pistole in der Hand wie einen nassen Fisch – kaum als drohend bezeichnen. Latimer wußte auch genau, daß Herr Peters kein Mörder war. Er hatte ihn bereits vorher kennengelernt, und zwar als langweiligen Schwätzer. Und in dieser Tatsache lag unlogischerweise etwas Beruhigendes.

Obwohl er im Augenblick weder erschrocken noch sprachlos war, war er doch etwas verwirrt. Infolgedessen versäumte er, das nonchalante ›Guten Abend‹ und das muntere ›Sieh mal an – welche Überraschung‹ anzubringen, das der Gelegenheit angemessen gewesen wäre. Statt dessen stieß er eine dumme Silbe aus – und sagte: »Oh!« Und dann, in dem feigen, aber unwillkürlichen Versuch, eine verwirrende Situation zu erleichtern: »Nanu, was ist denn hier passiert?«

Herr Peters faßte seine Pistole fester.

»Würden Sie so gut sein«, sagte er freundlich, »die Tür hinter sich zuzumachen? Ich glaube, wenn Sie den rechten Arm ausstrecken, geht es ganz gut, auch ohne daß Sie die Füße bewegen.« Jetzt zielte die Pistole genau auf Latimer.

Er gehorchte. Und nun hatte er wirklich Angst – viel mehr

Angst, als der Held in seinem Buch. Er hatte Angst, daß er verwundet werden könnte – er fühlte schon die Sonde des Arztes, die nach der Kugel sucht (O nein, er würde auf Narkose bestehen!). Er fürchtete, daß Herr Peters wenig Übung mit einer Pistole hatte und versehentlich schießen könnte. Er hatte Angst, seine Hand zu rasch zu bewegen – wie leicht konnte eine plötzliche Bewegung falsch ausgelegt werden. Die Tür schloß sich. Er fing an, von oben bis unten zu zittern, und wußte selbst nicht, ob Wut, Angst oder Schreck die Ursache war. Auf einmal entschloß er sich, etwas zu sagen.

»Was, zum Teufel, soll das heißen?« fragte er gereizt, und dann fluchte er. Er hatte was ganz anderes sagen wollen, und er gehörte zu den Leuten, die selten fluchen. Jetzt wußte er bestimmt, daß er vor Wut zitterte. Er starrte finster in Herrn Peters' feuchte Augen.

Der Dicke ließ die Pistole sinken und setzte sich auf den Rand der Matratze.

»Es ist sehr ärgerlich«, sagte er, »ich hatte Sie nicht so bald zurückerwartet. ihr *Maison Close* muß Sie enttäuscht haben. Natürlich, die unvermeidlichen armenischen Mädchen. Für kurze Zeit ganz anregend – aber dann schrecklich langweilig. Ich denke oft, diese unsere große Welt wäre besser und schöner, wenn ...« Er brach ab. »Nun, darüber können wir ein andermal sprechen.« Sorgfältig legte er die ausgedrückte Zahnpastatube auf den Nachttisch. »Ich hatte gehofft, ich könnte noch ein bißchen aufräumen, ehe ich wegging«, fügte er hinzu.

Latimer beschloß, Zeit zu gewinnen. »Und die Bücher, Herr Peters? Die Einbände?«

»Ach ja, die Bücher!« Er schüttelte bedauernd den Kopf. »Ein Akt des Vandalismus. Ein Buch ist ein lieblich Ding, ein Zauberteppich, auf welchem man in unbekannte Zonen fliegen kann, ein Garten voll köstlicher Blumen. Es tut mir leid. Aber es war nötig.«

»Was war nötig? Von was reden Sie überhaupt?«

Herr Peters lächelte ein wehmütiges, geduldiges Lächeln. »Ein wenig Offenheit, Herr Latimer, *bitte*. Es gibt nur einen Grund, Ihr Zimmer zu durchsuchen, und den kennen Sie ebensogut wie ich. Ich erkenne natürlich die Schwierigkeit Ihrer Lage an. Sie möchten gern genau wissen, wo ich stehe. Nun, wenn das ein kleiner Trost für Sie ist, kann ich Ihnen offen sagen: *Meine* Schwierigkeit liegt darin, daß ich gern genau wissen möchte, wo SIE stehen.«

Das war unglaublich. In seiner Erbitterung vergaß Latimer seine Befürchtungen. Er holte tief Atem.

»Hören Sie zu, Herr Peters, oder wie Sie sonst heißen mögen: ich bin müde und will zu Bett gehen. Wenn ich mich recht erinnere, fuhr ich vor einigen Tagen mit Ihnen im gleichen Zug von Athen weg. Sie wollten, glaube ich, nach Bukarest. Ich meinerseits stieg hier in Sofia aus. Ich bin heute mit einem Freund ausgegangen. Ich komme nach Hause und finde mein Hotelzimmer in schauderhafter Unordnung, meine Bücher zerstört, und Sie fuchteln mir mit einer Pistole vor dem Gesicht herum. Folglich sind Sie entweder ein Gelegenheitsdieb oder ein Betrunkener. Hätten Sie nicht die Pistole, die ich zugegebenermaßen fürchte, so hätte ich längst um Hilfe geklingelt. Wenn ich es mir überlege, dann treffen Diebe gewöhnlich ihre Opfer nicht in Schlafwagen erster Klasse und reißen keine Bücher in Stücke. Auch betrunken scheinen Sie nicht zu sein. Demnach bliebe zu überlegen, ob Sie verrückt sind. Trifft das zu, kann ich nur nachgeben und das Beste hoffen. Sind Sie aber verhältnismäßig normal, so muß ich Sie nochmals um eine Erklärung bitten. Ich wiederhole, Herr Peters: Was, zum Teufel, soll das bedeuten?«

Herr Peters' tränenvolle Augen waren halb geschlossen.

»Fabelhaft!« sagte er entzückt, »wirklich fabelhaft! Nein, nein, Herr Latimer, bleiben Sie weg von der Klingel – bitte – es ist besser. Wissen Sie, einen Augenblick war ich beinahe von Ihrer Aufrichtigkeit überzeugt. Beinahe. Aber natürlich nicht ganz. Es ist wirklich nicht nett von Ihnen, daß Sie mich zu betrügen versuchen. Nicht nett, nicht klug und außerdem solche Zeitvergeudung.«

Latimer trat einen Schritt vor. »Nun hören Sie mal ...«

Die Luger drohte. Das Lächeln verschwand aus Herrn Peters' Gesicht, und seine schlaffen Lippen teilten sich ein wenig. Er sah krankhaft und sehr gefährlich aus. Latimer trat rasch zurück. Das Lächeln kehrte langsam wieder.

»Seien Sie vernünftig, Herr Latimer. Ein wenig Offenheit – bitte. Ich habe die besten Absichten Ihnen gegenüber. Ich habe diese Unterredung nicht gesucht. Da Sie aber so unerwartet zurückkehrten und ich Ihnen nicht mehr auf einer Basis – sagen wir ruhig – uninteressierter Freundschaft begegnen kann, lassen Sie uns offen zueinander sein.« Er lehnte sich ein wenig vorwärts. »Warum interessieren Sie sich so sehr für Dimitrios?«

»Dimitrios?«

»Jawohl, lieber Herr Latimer, Dimitrios. Sie kommen von der Levante. Von dort kam auch Dimitrios. In Athen haben Sie sehr gründlich in den Archiven des Hilfskomitees nach seinen Personalien gesucht. Hier in Sofia haben Sie einen Agenten beauftragt, sein Strafregister aufzuspüren. Warum? Warten Sie, antworten Sie noch nicht. Ich habe keinerlei Antipathie gegen Sie. Ich will Ihnen nichts Böses. Darüber wollen wir uns klar sein. Aber der Zufall fügte es, daß auch ich mich für Dimitrios interessiere – und deshalb interessiere ich mich für Sie. Nun, lieber Herr Latimer, sagen Sie mir offen, wo Sie stehen. Welches Spiel – verzeihen Sie den Ausdruck –, welches Spiel spielen Sie?«

Latimer schwieg einen Augenblick. Er versuchte, rasch zu denken, aber es gelang ihm nicht. Er war verwirrt. Alles hatte sich so entwickelt, daß er Dimitrios als sein Privateigentum betrachtete – ein rein akademisches Problem wie etwa das der Autorschaft anonymer Gedichte aus dem sechzehnten Jahrhundert. Und nun war hier plötzlich dieser widerliche Herr Peters, mit seinem schäbigen Allmächtigen, seinem Lächeln und seiner Lugerpistole – und tat so, als sei er der Sachverständige für dieses Problem und Latimer ein lästiger Eindringling. Freilich war das kein Grund, überrascht zu sein. Dimitrios war vermutlich vielen Menschen bekannt. Aber Latimer hatte ganz einfach geglaubt, sie seien alle mit Dimitrios gestorben. Lächerlich, fraglos ... aber ...

»Nun, Herr Latimer.« Das Lächeln des Dicken hatte nichts von seiner Süße verloren, aber in seiner heiseren Stimme war eine gewisse Schärfe, die Latimer an einen kleinen Jungen erinnerte, der den Fliegen die Beine ausreißt.

»Ich glaube«, sagte er langsam, »wenn ich Fragen beantworten soll, darf ich auch welche stellen. Mit anderen Worten, Herr Peters, wenn Sie mir sagen, auf was *Sie* aus sind, so werde ich

Ihnen auch sagen, auf was ich aus bin. Ich habe nichts zu verbergen – ich möchte nur meine Neugierde befriedigen. Es ist unpassend, daß Sie so vielsagend mit Ihrer Pistole wedeln. Die ist kein Argument mehr. Sie ist großkalibrig und macht vermutlich beträchtlichen Lärm, wenn sie abgefeuert wird. Im übrigen gewinnen Sie nichts, wenn Sie mich erschießen. Solange ich dachte, Sie könnten schießen, um sich vor einer Verhaftung zu schützen, war die Pistole zweifellos recht nützlich. Aber jetzt können Sie sie ebensogut in die Tasche stecken.«

Herr Peters lächelte weiter. »Sehr akkurat und charmant gesagt, Herr Latimer. Trotzdem halte ich es für besser, meine Pistole einstweilen noch nicht einzustecken.«

»Wie es Ihnen beliebt. Aber vielleicht haben Sie nichts dagegen, mir zu sagen, was Sie hier zu finden hofften – in der Tube mit Zahnpasta und den Einbänden meiner Bücher?«

»Ich suchte die Antwort auf meine Frage, Herr Latimer. Aber alles, was ich gefunden habe, ist das hier.« Er hielt einen Bogen Papier hoch. Es war die chronologische Tabelle, die Latimer in Smyrna entworfen hatte.

Soweit er sich erinnerte, hatte er sie zusammengefaltet in dem Buch gelassen, das er gerade las. »Sehen Sie, Herr Latimer, ich hatte das Gefühl, wenn Sie Papiere zwischen den Blättern verstecken, könnten Sie auch interessantere Dokumente in den Einbänden verborgen haben.«

»Ich hatte gar nicht die Absicht, diesen Bogen zu verstecken.«

Herr Peters beachtete den Einwurf nicht. Er hielt das Papier zwischen Daumen und Zeigefinger – wie ein Schulmeister, der den Aufsatz eines Schuljungen begutachten will. Er schüttelte den Kopf. »Ist das alles, was Sie von Dimitrios wissen, Herr Latimer?«

»Nein.«

»Ach!« Er blickte gespannt auf Latimers Schlips. »Nun, sagen Sie mir bloß, wer dieser Oberst Haki ist, der so gut informiert und so neugierig zu sein scheint? Der Name ist türkisch. Und der arme Dimitrios wurde uns doch in Istanbul geraubt, nicht wahr? Und wenn ich nicht irre, kamen Sie direkt aus Istanbul?«

Unwillkürlich nickte Latimer – gleich darauf hätte er sich ohrfeigen können, denn Herrn Peters' Lächeln wurde breiter.

»Danke, Herr Latimer. Jetzt sehe ich, daß Sie gewillt sind, mir zu helfen. Nun lassen Sie uns einmal näher an die Sache herangehen. Sie waren in Istanbul – und in Istanbul waren auch Dimitrios und Oberst Haki. Hier ist eine Notiz über einen Paß auf den Namen Talat. Wieder ein türkischer Name. Und dann steht da: ›Adrianopel – Kemal Versuch‹. Versuch ... ach ja, ich möchte gern wissen, ob das eine wörtliche Übersetzung des französischen *attentat* ist. Wollen Sie mir das nicht sagen? Schon gut, schon gut. Ich glaube, ich kann das als selbstverständlich annehmen. Wissen Sie, es sieht fast aus, als hätten Sie ein türkisches Polizei-Dossier gelesen. Nicht wahr?«

Latimer kam sich lächerlich vor. Er sagte: »Ich glaube *nicht*, daß Sie mit dieser Methode sehr weit kommen. Sie vergessen, daß Sie für jede Frage, die Sie stellen, auch eine zu beantworten haben. So möchte ich zum Beispiel sehr gern erfahren, ob Sie Dimitrios tatsächlich gekannt haben.«

Herr Peters dachte einen Augenblick stillschweigend nach. Dann sagte er langsam: »Ich glaube, daß Sie auf ziemlich unsicherem Boden stehen, Herr Latimer. Ich könnte Ihnen mehr erzählen, als Sie mir.« Er steckte die Luger in seine Manteltasche und stand auf. »Ich muß jetzt gehen«, setzte er hinzu.

Das war durchaus nicht das Resultat, das Latimer erwartet oder gewünscht hatte, doch er sagte ganz gelassen: »Gute Nacht.«

Der Dicke ging zur Tür, wo er stehenblieb. Latimer hörte ihn nachdenklich murmeln: »Istanbul. Smyrna 1922. Athen ebenfalls. Sofia 1923. Adrianopel – nein, denn er kommt aus der Türkei.« Er wandte sich rasch um. »Nun, ich überlege ...«, er machte eine Pause und schien dann einen Entschluß zu fassen. »Ich überlege, ob es falsch wäre anzunehmen, daß Sie nächstens nach Belgrad fahren? Was meinen Sie, Herr Latimer?«

Latimer war verdutzt, und obwohl er sofort sehr energisch sagte, eine solche Annahme sei töricht, erkannte er aus dem triumphierenden Lächeln, daß seine Verblüffung wohl bemerkt und richtig ausgelegt worden war.

»Oh, Belgrad wird Ihnen gefallen«, fuhr Herr Peters glückstrahlend fort. »Eine schöne Stadt. Die Aussicht von der Terazija und dem Kalemegdan! Einfach herrlich! Und Sie müssen auf jeden Fall nach Avala hinausfahren. Aber vielleicht kennen Sie das alles besser als ich. Oh, ich wünsche, ich könnte Sie begleiten! Es gibt wunderschöne Mädchen dort! Mit runden Wangen – und so anmutig. Für junge Männer wie Sie dürften sie sehr zugänglich sein. Mich interessieren solche Dinge natürlich nicht. Ich bin eine schlichte Seele – und ich werde alt. Mir bleiben nur meine Erinnerungen. Jedoch ich mißbillige die Jugend nicht. Ich mißbillige überhaupt nichts. Man ist nur einmal jung, und es war sicherlich die Absicht des Allmächtigen, daß wir uns so viel Glück verschaffen sollen wie möglich. Das Leben muß doch weitergehen, nicht wahr?«

Latimer zog die Bettüberzüge vom Sessel, setzte sich hin und sah Peters an.

Er war hart daran, die Geduld zu verlieren, und sein Hirn begann zu arbeiten.

»Herr Peters«, sagte er, »in Smyrna hatte ich die Gelegenheit, einen fünfzehn Jahre alten Polizeibericht einzusehen. Später brachte ich in Erfahrung, daß der gleiche Polizeibericht drei Monate früher von jemand anderem nachgeprüft worden war. Wollen Sie nicht zugeben, daß Sie dieser Jemand waren?«

Aber die Augen des Dicken starrten ins Leere. Er runzelte die Stirn. Dann sagte er, als habe er den Tonfall in Latimers Stimme falsch interpretiert: »Würde es Ihnen etwas ausmachen, diese Frage noch einmal zu wiederholen?«

Latimer wiederholte die Frage.

Eine neue Pause entstand. Dann schüttelte Herr Peters entschieden den Kopf. »Nein, Herr Latimer – das war ich nicht.«

»Aber Sie haben selbst in Athen Nachforschungen über Dimitrios angestellt, nicht wahr, Herr Peters? Sie waren der Mann, der in das Büro kam, während ich mich nach Dimitrios erkundigte, nicht wahr? Sie gingen ziemlich rasch fort, wenn ich mich recht erinnere. Unglücklicherweise sah ich es nicht selbst, aber der Beamte machte eine Bemerkung darüber. Und es war Absicht, nicht Zufall, was Sie in Sofia in den Zug führte, den ich benutzte. Nicht wahr? Und Sie versuchten auch – zugegeben: sehr geschickt – herauszubekommen, in welchem Hotel ich absteigen würde – noch im letzten Augenblick, ehe ich ausstieg. Das stimmt doch alles, nicht wahr?«

Herr Peters lächelte wieder sonnig. Er nickte.

»Ja, Herr Latimer, das stimmt alles. Ich weiß genau, was Sie getan haben, seitdem Sie das Büro in Athen verließen. Ich sagte Ihnen ja schon, daß ich mich für jeden interessiere, der sich für Dimitrios interessiert. Sie haben in Smyrna natürlich alles über den Mann herausbekommen, der vor Ihnen dort war?«
Der letzte Satz war ein wenig zu beiläufig hingeworfen. Latimer sagte: »Nein, Herr Peters – das gelang mir nicht.«
»Aber sicher hätten Sie es gern gewußt?«
»O nein – es interessiert mich nicht sehr.«
Der Dicke seufzte. »Ich glaube nicht, daß Sie ganz offen zu mir sind. Wieviel besser wäre es auf der Welt, wenn ...«
»Hören Sie einmal zu!« unterbrach ihn Latimer grob. »Ich werde offen sein. Sie tun, weiß der Himmel, Ihr Bestes, mich auszuhorchen. Aber ich lasse mich nicht aushorchen. Darüber müssen Sie sich klar sein. Ich habe Ihnen ein Angebot gemacht. Sie beantworten meine Fragen, und ich beantworte die Ihren. Die einzigen Fragen, die Sie mir bis jetzt beantwortet haben, waren jene, bei denen ich die Antwort bereits erraten hatte. Ich möchte immer noch wissen, weshalb Sie sich für diesen toten Dimitrios interessieren. Sie sagten, Sie könnten mir mehr erzählen, als ich Ihnen. Das kann sein. Aber *ich* habe den Eindruck, Herr Peters, daß es für Sie wichtiger ist, meine Antworten zu hören, als für mich, die Ihren zu erfahren. Denn in ein Hotelzimmer einzubrechen und dort derart zu hausen, wie Sie hier – das gehört nicht zu den Dingen, die ein Mensch im Geiste müßiger Neugierde tut. Um ehrlich zu sein – ich kann mir um alles in der Welt keinen Grund für Ihr Interesse an dem toten Dimitrios denken. Mir ging schon der Gedanke durch den Kopf, daß Dimitrios etwas von dem Gelde behalten hat, das er in Paris verdiente ... Sie wissen doch Bescheid darüber, Herr Peters?« Und ein schwaches Kopfnicken von Herrn Peters beantwortend, fuhr er fort: »Ja, das dachte ich mir. Aber, wie gesagt, ich war schon auf die Idee gekommen, daß Dimitrios seinen Schatz verborgen hat, und daß Sie daran interessiert sind, ihn zu finden. Leider hat mich der Augenschein von der Irrigkeit dieser Annahme überzeugt. Dimitrios' sämtliche Habseligkeiten lagen auf dem Tisch in der Leichenhalle neben ihm, und es war nicht ein Penny dabei. Nur ein Bündel armseliger Kleider. Und daher ...«

Aber Herr Peters war einen Schritt vorgetreten und starrte mit einem merkwürdigen Ausdruck im Gesicht auf Latimer, der seinen angefangenen Satz unbeendet ließ. »Nun, was gibt es?« fragte er.

»Habe ich Sie recht verstanden?« sagte der Dicke langsam, »haben Sie tatsächlich den Körper des Dimitrios in der Leichenhalle gesehen?«

»Ja – und was weiter? Habe ich versehentlich wieder ein Stück wertvoller Information verraten?«

Aber Herr Peters antwortete nicht. Er hatte eine seiner dünnen schwarzen Zigarren hervorgezogen und zündete sie sorgsam an. Plötzlich stieß er heftig eine Rauchwolke aus und begann langsam im Zimmer auf und ab zu watscheln, mit den Augen blinzelnd, als hätte er starke Schmerzen. Dann fing er an zu sprechen.

»Herr Latimer, wir müssen zu einer Verständigung kommen. Wir müssen aufhören mit diesem Gezänk.« Er blieb stehen und blickte wieder herab auf Latimer. »Ich muß unbedingt wissen, hinter was Sie her sind. Nein, nein, bitte! Unterbrechen Sie mich nicht. Ich gebe zu, daß ich Ihre Antwort vielleicht notwendiger brauche als Sie die meine. Jedoch kann ich Ihnen im Augenblick keine Antwort geben. Ja, ja, ich habe gehört, was Sie sagten. Aber ich spreche ernsthaft. Bitte, hören Sie zu!

Sie interessieren sich für die Lebensgeschichte des Dimitrios. Sie beabsichtigen, nach Belgrad zu gehen, um mehr über ihn zu erfahren. Das können Sie nicht leugnen. Nun, wir wissen beide, daß Dimitrios 1926 in Belgrad war. Und ich kann Ihnen noch etwas sagen – nämlich, daß er nach 1926 *nicht* wieder in Belgrad war. Warum interessiert es Sie? Das wollen Sie mir nicht sagen. Gut so. Ich will Ihnen dafür noch etwas sagen. Wenn Sie nach Belgrad gehen, werden Sie nicht die geringste Spur von Dimitrios finden. Und noch etwas: Sie könnten dort mit den Behörden Schwierigkeiten haben, wenn Sie der Sache weiter nachgehen. Es gibt nur einen Mann, der Ihnen (unter gewissen Umständen) erzählen kann und vielleicht erzählen wird, was Sie wissen wollen. Er ist Pole und lebt in der Nähe von Genf. Also gut: Ich will Ihnen seinen Namen nennen und Ihnen einen Brief für ihn geben. Ich will das für Sie tun. Aber erst muß ich wissen, wozu Sie diese Auskunft brauchen. Ich dachte zunächst, daß Sie vielleicht mit der türkischen Polizei zusammenarbeiten – in den Polizeiabteilungen des Nahen Ostens gibt es heutzutage viele Engländer –, aber ich habe diese Möglichkeit fallen lassen. Ihr Paß bezeichnet Sie als ›Schriftsteller‹ – nun, das ist ein dehnbarer Begriff. Was wollen Sie, Herr Latimer – auf was sind Sie aus?«

Er machte eine erwartungsvolle Pause. Latimer starrte ihn wieder an – wie er hoffte, mit undurchdringlichem Gesicht. Herr Peters aber fuhr völlig unbeeindruckt fort:

»Freilich, wenn ich frage, auf was Sie aus sind, so gebrauche ich diesen Ausdruck in besonderem Sinne. Sie sind natürlich darauf aus, Geld zu bekommen. Jedoch das ist nicht die Antwort, die ich brauche. Sind Sie ein reicher Mann, Herr Latimer? Nein? Das vereinfacht das, was ich sagen möchte. Ich schlage Ihnen ein Bündnis vor, Herr Latimer – wir machen sozusagen gemeinsame Kasse, wir werfen unser Wissen in einen Topf. Mir sind gewisse Tatsachen bekannt, von denen ich im Augenblick nicht zu Ihnen sprechen kann. Sie Ihrerseits besitzen ein äußerst wertvolles Detail. Vielleicht wissen Sie gar nicht, wie wichtig dieses eine Detail ist, aber verlassen Sie sich darauf, es *ist* wichtig. Nun sind meine Tatsachen allein nicht sehr viel wert. Das Detail, das Sie kennen, ist völlig wertlos ohne meine Tatsachen. Beides zusammen aber ist mindestens –« er strich sich das Kinn – »mindestens fünftausend englische Pfund wert – eine Million französische Francs.« Er lächelte triumphierend. »Nun, und was sagen Sie jetzt?«

»Sie werden entschuldigen«, sagte Latimer kalt, »wenn ich sage, daß ich nicht verstehe, wovon Sie reden. Übrigens ist es mir egal, ob Sie es entschuldigen oder nicht. Ich bin nämlich müde, Herr Peter, *sehr* müde. Ich möchte endlich schlafen gehen.« Er stand auf, nahm das Bettzeug und machte sein Bett frisch. »Übrigens dürfen Sie ruhig wissen, warum ich mich für Dimitrios interessiere«, fuhr er fort, während er das Laken glättete. »Mein Motiv hat bestimmt nichts mit Geld zu tun. Ich schreibe nämlich Detektivgeschichten und verdiene damit meinen Lebensunterhalt. In Stambul hörte ich von einem Oberst Haki, der dort etwas mit der Polizei zu tun hat, allerlei über einen Verbrecher namens Dimitrios, den man gerade tot im Bosporus gefunden hatte. Teils zum Vergnügen (so wie man zum Zeitvertreib Kreuzworträtsel löst), teils weil ich mich einmal in der Praxis als Detektiv versuchen wollte, machte ich mich daran, den Werdegang dieses Mannes aufzuspüren. Das ist alles. Ich erwarte gar nicht, daß Sie es verstehen. Wahrscheinlich fragen Sie sich jetzt, warum ich mir nicht eine überzeugendere Geschichte ausgedacht habe. Es tut mir leid. Wenn Ihnen die Wahrheit nicht gefällt, können Sie's bleiben lassen.«

Herr Peters hatte schweigend gelauscht. Nun watschelte er zum Fenster, warf seine Zigarre hinaus und sah Latimer über das Bett hinweg an. »Detektivgeschichten! Nun, das ist äußerst interessant für mich, Herr Latimer. Ich liebe sie nämlich sehr. Vielleicht würden Sie mir die Titel von einigen Ihrer Bücher nennen.«

Latimer tat es.

»Und Ihr Verleger?«

»Welcher? Der englische, amerikanische, französische, schwedische, holländische oder ungarische?«

»Der ungarische, bitte.«

Latimer nannte ihn.

Herr Peters nickte langsam. »Eine gute Firma, glaube ich.« Er schien zu einem Entschluß zu kommen. »Haben Sie Tinte und Papier, Herr Latimer?«

Latimer nickte müde zum Schreibtisch hinüber. Der andere ging hin und setzte sich. Während er das Bett fertig machte und anfing, seine Sachen vom Fußboden aufzusammeln, hörte Latimer die Hotelfeder über einen Bogen Hotelbriefpapier kratzen. Herr Peters hielt Wort.

Endlich war er soweit, und der Stuhl krachte, als er aufstand. Latimer, der gerade ein Paar Schuhe wieder auf die Spanner zog, richtete sich auf. Herr Peters hatte sein Lächeln wiedergefunden. Der gute Wille troff von ihm wie Schweiß.

»Hier, Herr Latimer«, verkündete er, »hier haben Sie drei Schriftstücke. Auf dem ersten steht der Name des Mannes, von dem ich Ihnen sprach. Er heißt Grodek – Wladyslaw Grodek. Er lebt in der Nähe von Genf. Das zweite ist ein Brief an ihn. Wenn Sie ihm diesen Brief überreichen, wird er wissen, daß Sie ein Freund von mir sind, und daß er offen zu Ihnen sein kann. Er hat sich jetzt von seiner Tätigkeit zurückgezogen, deshalb kann ich Ihnen ohne Gefahr sagen, daß er einmal der erfolgreichste Berufsspion Europas war. Durch seine Hände gingen mehr geheime Militär- und Marine-Informationen als durch jede andere Hand ... Und was wichtiger ist – sie waren immer genau. Er hatte mit einer ganzen Anzahl von Regierungen zu tun. Sein Hauptquartier war Brüssel. Für einen Autor müßte er, glaube ich, außerordentlich interessant sein. Sie werden ihn mögen, vermute ich. Er ist ein großer Tierliebhaber. *Au fond* ein wunderbarer Charakter. Zufällig war er es, der 1926 Dimitrios beschäftigte.«

»Ich verstehe. Ich danke Ihnen sehr. Und was ist mit dem dritten Papier?«

Herr Peters zögerte. Sein Lächeln wurde ein wenig überheblich. »Wenn ich nicht irre, Herr Latimer, sagten Sie, Sie seien nicht reich.«

»Nein, reich bin ich nicht.«

»Eine halbe Million Francs – zweitausendfünfhundert englische Pfund – würden die Ihnen wohl gelegen kommen?«

»Nun, zweifellos.«

»Gut, dann hören Sie, Herr Latimer: wenn Sie genug von Genf haben, möchte ich, daß Sie – nun, wie sagt man doch ... zwei Fliegen mit einer Klappe schlagen.« Er holte Latimers chronologische Tabelle aus der Tasche. »Auf dieser Liste haben Sie noch andere Daten als 1926, die zu beachten sind, wenn Sie das wissen wollen, was über Dimitrios zu erfahren ist. Die Stadt, in der Sie nachfragen müssen, ist Paris. Das wäre das erste. Das zweite ist: wenn Sie nach Paris kommen, müssen Sie sich mit mir in Verbindung setzen; wenn Sie sich bis dahin entscheiden können, Ihr Wissen dem meinen hinzuzufügen und das Bündnis mit mir zu schließen, das ich Ihnen schon vorgeschlagen habe, so kann ich Ihnen definitiv garantieren, daß Sie in wenigen Tagen die Summe von mindestens zweitausendfünfhundert englischen Pfunden auf Ihr Bankkonto einzahlen können.«

»Ich wollte«, erwiderte Latimer ärgerlich, »Sie würden etwas deutlicher werden. Eine halbe Million Francs – wofür? Was soll ich dafür tun? Wer soll das Geld bezahlen? Sie sind wirklich zu rätselhaft, Herr Peters – viel zu rätselhaft, um ehrlich zu sein.«

Herrn Peters' Lächeln wurde gespannter. Er war wie ein

Christ, der geschmäht, doch ohne Erbitterung, standhaft darauf wartet, daß man die Löwen in die Arena läßt.
»Herr Latimer«, sagte er sanft, »ich weiß, daß Sie mir nicht trauen. Ich weiß es. Und das ist der Grund, warum ich Ihnen Grodeks Adresse gegeben habe und den Brief an ihn. Ich will damit einen konkreten Beweis meines guten Willens Ihnen gegenüber erbringen, will Ihnen zeigen, daß Sie meinem Worte trauen können. Und gleichzeitig will ich Ihnen beweisen, daß ich Ihnen traue, daß ich glaube, was Sie mir gesagt haben. Augenblicklich kann ich nicht mehr sagen. Aber wenn Sie mir glauben und vertrauen und wenn Sie nach Paris kommen, dann haben Sie hier, auf diesem Papier, eine Adresse. Sobald Sie ankommen, schreiben Sie mir einen *pneumatique*. Rufen Sie nicht an, gehen Sie nicht hin – denn es ist die Adresse eines Freundes. Wenn Sie nur einen *pneumatique* mit Ihrer Adresse schicken, werde ich in der Lage sein, Ihnen alles zu erklären. Es ist ganz einfach.«
Latimer fand, daß es höchste Zeit sei, Herrn Peters loszuwerden. »Na ja«, sagte er, »das ist alles ziemlich verwirrend. Mir scheint, Sie haben allerlei übereilte Schlüsse gezogen. Ich war noch nicht entschlossen, nach Belgrad zu fahren. Es ist durchaus nicht gesagt, daß ich Zeit habe, nach Genf zu reisen. Und Paris – nun, das ist etwas, woran ich momentan gar nicht denken kann. Ich habe nämlich eine Menge zu arbeiten, und ...«
Herr Peters knöpfte seinen Mantel zu. »Natürlich.« Und dann fügte er mit einer seltsamen Dringlichkeit in der Stimme hinzu: »Aber *wenn* Sie Zeit finden, nach Paris zu kommen, dann schicken Sie mir *bitte* den *pneumatique*. Ich habe Ihnen so viel Unannehmlichkeiten bereitet, die ich gerne auf praktischem Wege wiedergutmachen würde. Eine halbe Million Francs ist immerhin eine Überlegung wert, meinen Sie nicht? Und ich würde sie garantieren. Aber wir müssen einander trauen. Das ist wesentlich.« Er schüttelte verzagt den Kopf. »Man geht durchs Leben wie eine Blume, die ihr Gesicht der Sonne zukehrt, immer suchend, immer hoffend – immer in dem Wunsch, anderen trauen zu können – und dennoch wagt man es nicht! Wie viel besser wäre es, wenn wir einander vertrauten, wenn wir nur das Gute sähen, nur die schönen Eigenschaften unserer Mitmenschen! Und wie viel besser, wenn wir *offen* und *ehrlich*

wären, wenn wir ohne den Mantel der Heuchelei unseres Weges schritten, ohne das Lügengewebe, das wir jetzt tragen! Ja, Herr Latimer – Heuchelei und Lüge. Keiner von uns ist ohne Schuld. Ich bin ebenso schuldig wie die anderen. Und dabei verursacht das alles nur Unruhe und Kummer – und das ist schlecht für das Geschäft. Außerdem ist das Leben so kurz. Wir sind nur eine kleine Spanne auf diesem Erdenrund, ehe der Allmächtige uns wieder zu sich ruft.« Er seufzte tief und geräuschvoll. »Aber Sie sind Schriftsteller, Herr Latimer – Sie haben Verständnis für solche Dinge. Sie könnten sie viel besser ausdrücken als ich.« Er streckte die Hand aus. »Gute Nacht, Herr Latimer – ich möchte nicht sagen ›Leben Sie wohl‹.«

Latimer nahm die Hand. Sie war trocken und sehr weich.

»Gute Nacht.«

An der Tür drehte sich der Dicke nochmals um. »Eine halbe Million Francs, Herr Latimer – damit kann man viele Dinge kaufen. Ich hoffe sehr auf ein Wiedersehen in Paris. Gute Nacht.«

»Ich auch – Gute Nacht.«

Die Tür schloß sich – Herr Peters war gegangen; aber Latimers überreizter Fantasie schien es, als ob sein Lächeln wie das der Cheshire-Katze im Raum geblieben sei, in der Luft schwämme. Er lehnte sich gegen die Tür und überblickte die ausgeleerten Koffer.

Draußen begann es zu tagen. Er sah nach der Uhr. Fünf Uhr. Ach was, das Aufräumen konnte warten. Er zog sich aus und ging zu Bett.

Eine Weile lag er wach – er versuchte, seine Gedanken zu ordnen, sich eine Ansicht zu bilden, zu einem Urteil zu kommen. Aber sein Hirn schien wie benommen. Ihm war, als sei er aus dem Theater in eine dunkle Straße getreten, den Geist noch voller Bilder, voller Fragmente der Leidenschaft, die ihm noch in den Nerven saßen. Herr Peters war ganz einfach widerlich. Obwohl vielleicht weniger widerlich als dieser durch die Maschen des Gesetzes geschlüpfte Zuhälter Dimitrios. Aber Dimitrios kannte er nur vom Hörensagen. ›Wie die Augen eines Arztes, wenn er einem etwas tun will, was schmerzt.‹ Das war eine Welt des Grauens, Madame Prevezas eigene private Welt. Auf was war Peters aus? Das hätte man wissen müssen. Er mußte sehr gründlich darüber nachdenken. Es gab so vieles, über das er nachdenken mußte ... So vieles ... Eine halbe Million Francs ...

Fünf Minuten, nachdem er ins Bett gegangen war, schlief er tief und fest.

VIII

Grodek

Es war elf Uhr, als Latimer – er hatte schon ungefähr eine Viertelstunde wach gelegen – endlich die Augen aufschlug. Dort auf dem Nachttisch waren tatsächlich die drei Papiere, die ihm Peters gegeben hatte. Sie erinnerten ihn unliebsam daran, daß er nachdenken und eine Entscheidung treffen mußte. Ohne die Papiere und den Anblick seines Zimmers im Morgenlicht (es sah aus wie der Arbeitsraum eines Lumpensammlers) hätte er die Erinnerung an seinen Besucher als einen häßlichen Traum, der seinen Schlaf gestört hatte, abtun können. Er hätte ihn gerne so abgetan. Aber Herr Peters mit seinen dunklen Andeutungen, seinen lächerlichen Hinweisen auf eine halbe Million Francs, seinen Drohungen und seinen Winken, ließ sich nicht so leicht beiseite schieben. Er ...

Latimer setzte sich im Bett auf und griff nach den drei Bogen Papier.

Auf dem ersten stand, wie Peters gesagt hatte, eine Genfer Adresse:

Wladyslaw Grodek
Villa Acacias
Chambésy
(7 km von Genf entfernt)

Die Schrift war kritzelig, verschnörkelt und schwer zu lesen. Die Zahl sieben war mit einem dicken Strich in der Mitte geschrieben – nach französischer Art.

Erwartungsvoll las er den Brief. Er bestand aus nur sechs Zeilen und war in einer Sprache und einem Alphabet geschrieben, die er nicht kannte; vielleicht war es polnisch. Der Brief begann, so viel er sehen konnte, ohne irgendwelche Anrede wie *Lieber Grodek,* und endete mit einem unleserlichen Anfangsbuchstaben. Ungefähr in der Mitte der zweiten Zeile entdeckte er seinen Namen, aber mit einem »Y« statt einem »I« geschrieben. Er seufzte. Er konnte natürlich den Wisch in ein Büro bringen und dort übersetzen lassen – aber daran hatte zweifellos Herr Peters auch gedacht, und es war unwahrscheinlich, daß dies Antwort auf die Frage gab, die er, Latimer, so dringend beantwortet haben wollte – nämlich die Frage, wer und was Herr Peters eigentlich war.

Die Tatsache, daß Herr Peters mit einem Berufsspion a. D. auf freundschaftlichem Fuße stand, konnte eine ganz wichtige Spur sein, aber es war eine Spur, die in keine besondere Richtung führte. Zusammen mit dem erstaunlichen Betragen des Mannes war sie zweifellos vieldeutig. Einen Menschen, der Zimmer durchsuchte, mit Pistolen herumfuchtelte, mit Versprechungen von einer halben Million Francs Belohnung für nicht genannte Gefälligkeiten um sich warf und dann Empfehlungsbriefe an polnische Spione schrieb, konnte man mit Fug und Recht als verdächtig ansehen. Aber in welcher Beziehung verdächtig? Er wiederholte sich im Geiste ihre Unterhaltung – so weit er sich ihrer erinnerte; aber je mehr er sich erinnerte, um so ärgerlicher wurde er auf sich selbst. Er hatte sich wirklich töricht benommen. Er hatte es zugelassen, daß man ihn mit einer Pistole einschüchterte, deren Besitzer gar nicht zu schießen gewagt hätte (freilich kamen solche Gedanken einfacher, leichter, wenn Pistole und Besitzer nicht mehr zugegen waren); er hatte es zugelassen, daß der Mann, den er durch die Polizei hätte festnehmen lassen müssen, ihn in eine Diskussion verwickelte, und, was das Schlimmste war, er hatte sich so fertig machen lassen, daß er nicht nur seine eigene günstige Verhandlungsposition nicht ausgenützt, sondern sogar Herrn Peters erlaubt hatte zu verschwinden – unter Zurücklassung eines polnischen Briefes, zweier Adressen und eines ganzen Schwarmes unbeantworteter Fragen. Er hatte nicht einmal daran gedacht, den Mann zu fragen, wie er in sein Zimmer gelangt sei. Es war absurd. Er hätte den Mann einfach bei der Gurgel packen und zwingen müssen – *zwingen!* –, ihm alles zu erklären. Das waren die Nachteile eines akademisch geschulten Geistes. Man übersah immer die Möglichkeiten, die sich durch Gewaltanwendung boten – bis die Gewalt einem nichts mehr nützte. Er nahm die zweite Adresse zur Hand:

Mr. Peters
aux soins de Caillé
3, Impasse des Huit Anges, Paris 7

Sie brachte seine Gedanken zu ihrem Ausgangspunkt zurück. Warum um alles in der Welt wünschte Herr Peters so sehr, daß er nach Paris kam? Was war das für eine Information, die so viel Geld wert war? Wer würde es bezahlen?
Er versuchte festzustellen, an welcher Stelle ihrer Unterhaltung Herr Peters seine Taktik so plötzlich geändert hatte. War es, als er erwähnte, daß er Dimitrios in der Leichenhalle gesehen hatte? Aber daran konnte nicht viel sein. Vielleicht bei seiner Andeutung, daß der ganze ›Schatz‹ des Dimitrios ein Bündel Kleider ...
Er schnippte mit den Fingern. Natürlich. Was war er für ein Esel, daß ihm das nicht früher eingefallen war! Er hatte eine wichtige Tatsache übersehen. Dimitrios war keines natürlichen Todes gestorben. *Dimitrios war ermordet worden.*
Oberst Hakis Zweifel an der Möglichkeit, den Mörder zu finden, und seine eigene Beschäftigung mit der Vergangenheit, hatten ihn verleitet, diese Tatsache aus den Augen zu lassen, oder wenigstens in ihr nichts anderes zu sehen als das folgerichtige Ende einer häßlichen Geschichte. Er hatte verabsäumt, die beiden sich daraus ergebenden Tatsachen in Rechnung zu stellen: daß der Mörder in Freiheit war und wahrscheinlich noch am Leben, und daß ein Motiv für den Mord vorhanden sein mußte.
Ein Mörder – und ein Motiv. Das Motiv mußte Geld sein. Aber was für Geld? Natürlich das Geld, das der Pariser Rauschgifthandel eingebracht hatte, das Geld, das merkwürdigerweise verschwunden war. Herrn Peters' Hinweise auf eine halbe Million Francs sahen nicht mehr so fantastisch aus, wenn man das Problem aus diesem Gesichtswinkel betrachtete. Und der Mörder ... warum nicht Peters? Man konnte ihn sich schon in dieser Rolle vorstellen. Was hatte er doch im Zug gesagt? »Und will der Allmächtige, daß wir widrige Dinge tun, so können wir uns darauf verlassen, daß ER dabei eine Absicht hat – auch wenn uns diese Absicht nicht immer klar ist.« Das war nichts anderes als ein Freibrief für Mord. Sonderbar ... ob es wohl seine Entschuldigung für den Mord an Dimitrios war? Man konnte sich seine feuchten Lippen vorstellen, wie sie sich bei diesen Worten bewegten, während er schoß.
Latimer runzelte die Stirn. Nein – es war kein Schuß gefallen –,

Dimitrios war erstochen worden. Er rekonstruierte die Szene, versuchte, sich auszumalen, wie Peters einen Menschen erstach. Nein, das Bild war schief. Peters, einen Dolch schwingend – unmöglich.
Diese Schwierigkeit veranlaßte ihn, von neuem zu grübeln. Es lag in Wirklichkeit gar kein Grund vor, Peters des Mordes zu verdächtigen. Und selbst wenn es einen Grund gab – ein von Peters des Geldes wegen an Dimitrios begangener Mord erklärte in keiner Weise die Verbindung (wenn es sie gab) zwischen diesem Geld und der halben Million Francs (wenn es sie gab). Nun, wie dem auch sein mochte – was war es für eine mysteriöse Information, in deren Besitz man ihn vermutete? Das Ganze glich einer Algebraaufgabe mit lauter Unbekannten, zu deren Lösung man nur eine Gleichung vierten Grades hatte. Wenn er die Lösung finden wollte ...
Warum wollte ihn übrigens Peters unbedingt in Paris haben? Sie hätten doch auch in Sofia gemeinsame Kasse machen können, ihr Wissen in einen Topf werfen, was immer das bedeuten mochte. Ach, der Teufel sollte Herrn Peters holen! Latimer stand auf und ging ins Bad. Als er in dem heißen, etwas rostigen Wasser saß, versuchte er seine eigentümliche Lage klar zu sehen. Er hatte die Wahl zwischen zwei Wegen.
Er konnte nach Athen zurückfahren, an seinem neuen Buch arbeiten und sich Dimitrios und Marukakis und Herrn Peters und diesen Grodek einfach aus dem Sinn schlagen. Oder er konnte nach Genf fahren, Grodek aufsuchen (wenn es ihn gab) und die Entscheidung über Herrn Peters' Vorschlag noch aufschieben.
Der erste Weg war unverkennbar der vernünftige. Schließlich war er ja in die Vergangenheit des toten Dimitrios eingedrungen, um einmal – nur als unpersönliches Experiment – Detektivarbeit in der Praxis zu leisten. Das Experiment durfte aber nicht zur fixen Idee werden. Er hatte allerlei Interessantes über diesen Mann entdeckt. Seinem Ehrgeiz war Genüge getan. Und es war höchste Zeit, daß er mit seinem Buch weiter kam. Er mußte sich seinen Lebensunterhalt verdienen – und was er auch über Dimitrios oder Herrn Peters oder sonst jemanden in Erfahrung brachte, entschädigte ihn nicht für ein mageres Bankkonto in naher Zukunft. Und die halbe Million Francs – mein

Gott, so etwas war nicht ernst zu nehmen. Also erledigt – er würde sofort nach Athen zurückfahren.
Andererseits konnte er die peinliche Überlegung nicht unterdrücken, daß er ohne Herrn Peters' Intervention jetzt bereits auf dem Wege nach Belgrad wäre, um, wenn möglich, weitere Informationen über Dimitrios auszugraben. Schließlich war ja nichts anderes passiert, als daß ein mysteriöser Mensch namens Peters ihm vorgeschlagen hatte, in der Schweiz statt in Belgrad weiterzuforschen. Die Tatsache, daß Herr Peters durch diesen Vorschlag ein zusätzliches Problem geschaffen hatte, änderte ja am ursprünglichen Vorhaben nichts. Übrigens hegte er selbst leise Zweifel daran, daß es so einfach sein würde, sich Dimitrios und Herrn Peters aus dem Sinn zu schlagen. War dem Ehrgeiz wirklich Genüge getan? Keineswegs. Was er sich da von unpersönlichem Experiment und von Verbrechensaufklärung eingeredet hatte, war Unsinn. Was hatte er denn aufgeklärt? Nichts. Sein Interesse für Dimitrios war schon längst zur Zwangsvorstellung geworden. ›Zwangsvorstellung‹ – das tönte häßlich. Es beschwor Visionen von blanken, dummen Augen herauf – von Beweisen, daß die Welt flach sei. Dennoch, dieser Fall Dimitrios faszinierte ihn – faszinierte ihn auf unerklärliche Art. Würde er denn in Ruhe an seinem Buch arbeiten können, solange er wußte, daß ein Mann namens Grodek existierte, der ihm die Dinge erzählen konnte, die er gerne erfahren hätte? Und wenn die Antwort »nein« lautete – wäre es dann nicht Zeitvergeudung, nach Athen zurückzufahren? Es wäre Zeitvergeudung! Und würde sein Bankkonto tatsächlich in einigen Monaten so mager sein, wenn sein neues Buch ein paar Wochen später fertig wurde? Nein, auch das nicht.
Er stieg aus dem Bad und fing an, sich abzutrocknen.
Auch die Sache mit Herrn Peters mußte schließlich noch geklärt werden. Niemand konnte ihm vernünftigerweise zumuten, die Dinge liegenzulassen, wie sie waren, und sich in einen neuen Detektivroman zu stürzen. Das war einfach zuviel verlangt. Nebenbei, hier war einmal ein Mord, kein ausgeklügelter Mord auf dem Papier, mit Leiche, Spuren, Verdächtigen und dem Henker, sondern ein Mord, über den ein Polizeichef die Achseln zuckte, seine Hände wusch und rasch einen Sarg für das stinkende Opfer holen ließ. Ja, das war es. Hier war

Wirklichkeit. Dimitrios war wirklich, oder war wirklich gewesen. Hier waren keine wichtigtuerischen Papierfiguren, sondern lebende Menschen, die man im Geiste beschwören konnte, so wirklich wie Rosa Luxemburg oder Montesquieu oder Proudhon.

Die Welten, in die man flüchtete, die Fantasien, die man sich zum eigenen Behagen schuf, waren ganz schön und gut, wenn man in ihnen leben konnte; zerriß jedoch der Schleier, der einen von der wirklichen Welt trennte, so schwanden die Fantasien dahin. Man war frei und lebendig – aber in einer Welt der Enttäuschungen ...

Latimer murmelte hörbar: »Bequem, äußerst bequem! Du willst gerne nach Genf. Du willst nicht arbeiten. Du bist faul, deine Neugier ist unersättlich. Denn auf keinen Fall hat der Autor von Detektivgeschichten etwas mit der Wirklichkeit zu schaffen, außer in rein technischen Fragen wie Ballistik, Medizin, Beweisrecht und Polizeiverfahren. Mach dir nichts vor. Schluß mit dem Unsinn.«

Er rasierte sich, zog sich an, sammelte seine Habseligkeiten vom Boden auf, packte und ging nach unten, um sich nach den Zügen nach Athen zu erkundigen. Der Hotelportier brachte ihm einen Fahrplan und schlug die Seite ›Athen‹ auf.

Schweigend starrte Latimer einen Augenblick auf die schwarzen Zahlen. Dann sagte er langsam:

»Und wenn ich von hier direkt nach Genf fahren will?«

Latimer war den zweiten Abend in Genf, als er einen Brief mit dem Stempel CHAMBESY bekam. Er war von Wladyslaw Grodek – die Antwort auf ein paar Zeilen, die Latimer an Grodek unter Beifügung des Briefes von Herrn Peters geschrieben hatte. Herr Grodek schrieb kurz und in französischer Sprache:

Villa Acacias
Chambésy, Freitag

Mein lieber Herr Latimer,
ich würde mich freuen, wenn Sie morgen zum Mittagessen in die Villa Acacias kämen. Wenn Sie mir nicht absagen, wird mein Chauffeur Sie um 11.30 Uhr in Ihrem Hotel abholen.
Mit der Versicherung vorzüglichster Hochachtung *Grodek*

Der Chauffeur erschien pünktlich, grüßte, komplimentierte Latimer in ein großes schokoladenbraunes *coupé de ville* und brauste ab, als fliehe er vom Schauplatz eines Verbrechens.
Gelangweilt betrachtete Latimer das Innere des Wagens. Alles darin, vom Armaturenbrett aus eingelegtem Holz bis zu den Elfenbeingriffen und der luxuriösen Polsterung, zeugte von Geld, von sehr viel Geld. Geld, das (wenn man Peters glauben konnte) durch Spionage verdient worden war. Törichterweise fand er es ungereimt, daß nichts in dem Wagen auf die düstere Quelle des Kaufpreises deutete.
Er war neugierig, wie Herr Grodek wohl aussehen mochte. Vielleicht trug er einen weißen Spitzbart. Peters hatte gesagt, er sei Pole, großer Tierliebhaber und *au fond* ein wertvoller Charakter. Bedeutete das, daß er oberflächlich gesehen einen häßlichen Charakter hatte? Was die angebliche Tierliebe anbelangte – nun, das wollte nicht viel heißen. Gerade große Tierfreunde waren manchmal leidenschaftliche Menschenfeinde. Konnte ein Berufsspion, den keinerlei patriotischen Motive leiteten, die Welt hassen, in der er arbeitete? Eine törichte Frage.
Eine Zeitlang fuhren sie am Nordufer des Sees entlang; aber bei Prégny bogen sie nach links ab und fuhren einen langgezogenen Hügel hinauf. Etwa nach einem Kilometer schwenkte der Wagen in einen schmalen Weg, der durch einen Kiefernwald führte. Sie hielten vor einem großen eisernen Tor, und der Chauffeur stieg aus, um es zu öffnen. Dann kam eine steile Auffahrt, auf halbem Weg eine scharfe Kurve nach rechts, und schließlich hielten sie vor einem großen, häßlichen Chalet.
Der Wald davor war gelichtet, und durch das leise Schneetreiben, das in Regen überging, sah Latimer auf einem Hang weiter unten das kleine Dorf mit seiner weißen Kirche, die einen hölzernen Turm hatte. Unterhalb des Dorfes lag der See, der ohne Sonne grau und leblos war. Ein Dampfer fuhr, einen weißen Streifen hinter sich lassend, nach Genf. Für Latimer, der den See im Sommer gesehen hatte, war es ein trostloser Anblick – trostlos, wie ein Theater, in dem die Sperrsitze verhängt sind, der Vorhang aufgezogen ist, und die Bühne im blassen Schein einer einzigen Gaslampe ihren Zauber verloren hat.
Der Chauffeur machte den Wagenschlag auf, Latimer stieg aus

und ging auf die Haustüre zu. Noch ehe er sie erreicht hatte, wurde sie von einer behäbigen, freundlichen Frau geöffnet, die vermutlich die Haushälterin war. Er trat ein.
Er befand sich in einem kleinen Vestibül, nicht größer als zwei Meter im Quadrat. Auf einer Seite war eine Garderobe, an der Damen- und Herrenhüte, ein Kletterseil und ein seltsam aussehender Skistock durcheinanderhingen. An der gegenüberliegenden Wand lehnten drei Paar gutgewachste Skier.
Die Haushälterin nahm ihm Hut und Mantel ab, und er trat durch das Vestibül in einen großen Raum.
Er war fast wie ein Gasthaus gebaut, mit Stufen, die zu einer Galerie führten, welche an zwei Seiten des Zimmers entlanglief, und einem großen Cheminée mit einer Haube, in dem ein gewaltiges Holzfeuer brannte. Der Parkettboden war mit dicken Teppichen bedeckt. Es war sehr warm und sehr sauber. Die Haushälterin versicherte lächelnd, Herr Grodek werde sofort herunterkommen, und zog sich zurück. Vor dem Cheminée standen ein paar Armsessel, und Latimer ging darauf zu. Dabei hörte er etwas rascheln, und eine siamesische Katze sprang schnell auf die Lehne des nächsten Sessels und musterte ihn mit feindseligen blauen Augen. Eine zweite folgte ihr. Latimer näherte sich ihnen, aber sie zogen sich mit krummem Buckel zurück. Latimer machte einen weiten Bogen um sie und ging zum Feuer. Die Katzen beobachteten ihn mißtrauisch. Das Feuer prasselte im Kamin. Einen Augenblick herrschte Schweigen; dann kam Herr Grodek die Treppe herunter.
Latimer bemerkte es, weil die Katzen plötzlich die Köpfe hoben, über seine Schulter blickten und leichtfüßig auf den Boden sprangen. Er drehte sich um. Der Mann war bereits am Fuß der Treppe. Nun wandte er sich um und kam Latimer mit ausgestreckter Hand und ein paar entschuldigenden Worten entgegen.
Er war groß und breitschultrig, vielleicht sechzig Jahre; in seinem dünn werdenden Haar waren noch Spuren vom ursprünglichen Gelbblond, das zu den frischen, sauber rasierten Wangen und den blaugrauen Augen paßte. Sein Gesicht war birnenförmig und lief konisch von der breiten Stirn über einen kleinen schmallippigen Mund zum Kinn, das fast im Halse verschwand. Man hätte ihn für einen Engländer oder Dänen von

überdurchschnittlicher Intelligenz halten können – etwa für einen Consulting Engineer im Ruhestand. In den leichten Hausschuhen und dem dicken weiten Tweedanzug und mit seinen knappen, sicheren Bewegungen sah er aus wie ein Mann, der sich der wohlverdienten Früchte einer untadeligen und erfolgreichen Laufbahn erfreut.
Er sagte: »Entschuldigen Sie mich bitte, Monsieur! Ich hörte den Wagen nicht vorfahren.« Er sprach gut französisch, aber mit einem seltsamen Akzent. Latimer fand, daß Englisch besser zu dem schmalen Mund gepaßt hätte.
»Es ist sehr liebenswürdig von Ihnen, Herr Grodek, mich so gastfreundlich aufzunehmen. Ich weiß nicht, was Peters Ihnen geschrieben hat, weil ...«
»Weil«, unterbrach ihn der große Mann herzlich, »Sie sich nie die Mühe genommen haben, polnisch zu lernen – was sehr weise von Ihnen ist. Ich kann das durchaus verstehen. Es ist eine fürchterliche Sprache. Ah, ich sehe, Sie haben sich schon mit Anton und Simone bekannt gemacht.« Er wies auf die Katzen. »Ich bin überzeugt, sie nehmen es mir sehr übel, daß ich nicht siamesisch spreche. Lieben Sie Katzen? Anton und Simone besitzen kritische Intelligenz, davon bin ich überzeugt. Sie sind ganz anders als gewöhnliche Katzen, nicht wahr, *mes enfants*?« Er hob eine Katze auf und hielt sie Latimer zur genauen Betrachtung hin. »Ah, Simone – *chérie, comme tu es mignonne! Comme tu es belle*!« Er ließ sie frei, so daß sie mit den Pfoten auf seinen Handflächen stand. *»Allez vite! Va promener avec ton vrai amant, ton cher Anton!«* Die Katze sprang zu Boden und stolzierte entrüstet davon. Grodek wischte sich die Hände ab. »Schön – finden Sie nicht? Und so menschlich. Sie werden übellaunig, wenn schlechtes Wetter ist. Ich wünschte, wir hätten einen recht schönen Tag für Ihren Besuch gehabt, Monsieur. Wenn die Sonne scheint, hat man von hier eine herrliche Aussicht.«
Latimer sagte, nach dem, was er gesehen habe, könne er sich das vorstellen. Er war etwas verlegen. Sowohl sein Gastgeber wie die Aufnahme, die er hier fand, waren so ganz anders, als er erwartet hatte. Grodek sah vielleicht wie ein Consulting Engineer im Ruhestand aus, aber ein Wesenszug ließ den Vergleich lächerlich erscheinen. Es war die Eigenschaft, die aus dem

Kontrast von äußerer Erscheinung und den raschen, sicheren Gesten, der Eindringlichkeit seines schmalen Mundes stammte. Man konnte ihn sich mühelos in der Rolle des Liebhabers vorstellen – und das war etwas, fand Latimer, was man von wenigen Männern von sechzig, und auch von wenigen unter sechzig, behaupten konnte. Was für eine Frau war es wohl, deren Sachen er im Vestibül gesehen hatte? Er sagte, nur um etwas zu sagen: »Es muß im Sommer sehr angenehm sein, hier zu wohnen.«

Grodek nickte. Er hatte ein Schränkchen neben dem Kamin geöffnet. »O ja, es ist angenehm. Was wollen Sie trinken? Englischen Whisky?«

»Danke, sehr gerne.«

»Gut, ich trinke ihn auch lieber als Apéritif.«

Er goß Whisky in zwei Gläser. »Im Sommer arbeite ich draußen. Das ist für mich sehr gut – aber für meine Arbeit weniger, fürchte ich. Können Sie im Freien arbeiten?«

»Nein, eigentlich nicht. Die Fliegen ...«

»Sehen Sie, so geht es mir auch. Die Fliegen! Ich schreibe ein Buch, müssen Sie wissen.«

»Ach, wirklich? Ihre Memoiren?«

Grodek blickte auf von der Sodawasserflasche, die er gerade öffnete, und Latimer sah einen Schimmer von Belustigung in seinen Augen, als er den Kopf schüttelte. »Nein, Monsieur, eine Biographie des heiligen Franziskus. Ich hoffe, daß ich sterbe, ehe sie fertig ist.«

»Das wird sicher eine ausführliche Studie werden.«

»Freilich.« Er reichte Latimer das eine Glas. »Sehen Sie, von meinem Gesichtspunkt aus hat der heilige Franziskus den großen Vorteil, daß schon so unendlich viel über ihn geschrieben worden ist. Deshalb kann ich mir das Quellenstudium ersparen. Daher erfüllt das Werk voll und ganz seinen Zweck – es erlaubt mir, hier in Faulheit und doch mit gutem Gewissen zu leben. Beim leisesten Anzeichen von Langeweile, von geistigem Unbehagen, blättere ich flüchtig in meiner Bibliothek von Standard-Werken über St. Franziskus und stelle wieder tausend Worte für mein Buch zusammen. Sobald ich mich dann selbst von der Nützlichkeit meiner Arbeit überzeugt habe, höre ich auf. Ich gestehe offen, daß ich ziemlich viel Sabatier zitiere. Seine Bücher über den Gegenstand sind ungemein langatmig und helfen mir sehr, die Seiten schön zu füllen. Zu meinem Vergnügen lese ich dann deutsche Monatszeitschriften.« Er hob sein Glas. *»A votre santé, Monsieur!«*

»A la votre!« Latimer begann zu überlegen, ob sein Gastgeber nicht doch bloß ein affektierter Esel sei. Er trank ein wenig von seinem Whisky. »Ich wüßte gern«, sagte er, »ob Peters in dem Brief, den ich von Sofia mitbrachte, den Zweck meines Kommens erwähnt hat.«

»Nein, Monsieur, das hat er nicht. Aber gestern bekam ich einen Brief von ihm, und darin erwähnt er ihn.« Er stellte sein Glas hin und sah Latimer von der Seite an, während er hinzufügte: »Es interessierte mich sehr.« Und dann: »Kennen Sie Peters schon lange?«

Vor dem Namen ›Peters‹ hatte er unverkennbar etwas gezögert. Latimer erriet, daß ihm ein anderer Name auf der Zunge gelegen hatte.

»Ich habe ihn nur zweimal getroffen. Einmal in der Bahn, einmal in meinem Hotel. Und Sie, Monsieur – Sie müssen ihn gewiß sehr gut kennen?«

Grodek zog die Augenbrauen hoch. »Weshalb sind Sie dessen so sicher, Monsieur?«

Latimer lächelte unbefangen, weil er sich befangen fühlte. Er hatte eine Indiskretion begangen, das merkte er. »Oh, wenn er nicht sehr gut mit Ihnen bekannt wäre, hätte er mir doch keinen Empfehlungsbrief an Sie geben, geschweige denn Sie bitten können, mir eine Auskunft so vertraulicher Art zu geben.« Seine Antwort gefiel ihm.

Grodek betrachtete ihn nachdenklich, und Latimer wunderte sich, daß er so dumm hatte sein können, diesen Mann mit einem Consulting Engineer im Ruhestand zu vergleichen. Aus irgendeinem unerklärlichen Grunde wünschte er plötzlich, er hätte Herrn Peters' Luger in der Hand. Nicht etwa, weil in der Haltung des anderen etwas Drohendes gewesen wäre – sondern nur, weil ...

»Monsieur«, sagte Herr Grodek, »was würden Sie wohl sagen, wenn ich Ihnen eine impertinente Frage stellte; wenn ich Sie beispielsweise bitten würde, mir offen zu sagen, ob Ihr literarisches Interesse für menschliche Schwächen der einzige Grund war, der Sie zu mir führte?«

Latimer fühlte, daß er rot wurde. »Ich kann Ihnen versichern, daß ...« fing er an.

Grodek unterbrach ihn freundlich. »Ich zweifle nicht, daß Sie das können. Aber – verzeihen Sie – was sind Ihre Versicherungen wert?«

»Ich kann Ihnen nur mein Wort darauf geben, Monsieur, jede Ihrer Informationen streng vertraulich zu behandeln«, entgegnete Latimer steif.

Der andere seufzte. »Ich fürchte, ich habe mich undeutlich ausgedrückt«, sagte er vorsichtig. »Die Information an sich ist wertlos. Was im Jahre 1926 in Belgrad vorgegangen ist, hat heute keinerlei Bedeutung. Es ist meine eigene Lage, an die ich denke. Um ganz offen zu sein, unser Freund Peters war ein wenig unvorsichtig, als er Sie zu mir schickte. Er gibt das selbst zu – aber er bittet mich um Nachsicht und um die Gefälligkeit (er betont dabei, daß ich ihm ein wenig verpflichtet sei), Ihnen die benötigte Auskunft über Dimitrios Talat zu geben. Er schreibt, daß Sie Schriftsteller und lediglich als solcher interessiert seien. Nun gut. Immerhin bleibt mir etwas an der Sache unerklärlich.« Er machte eine Pause, hob sein Glas und leerte es. »Wenn Sie die menschliche Natur studieren, Monsieur«, fuhr er fort, »müssen Sie bemerkt haben, daß bei den meisten Leuten hinter den Handlungen ein bestimmter Antrieb steckt, der dazu neigt, alle anderen zu beherrschen. Bei manchen ist es die Eitelkeit, bei manchen die Sinnlichkeit, bei manchen die Geldgier, und so weiter.«

Wieder wollte er einen anderen Namen sagen, verbesserte sich aber rasch und sagte: »Hmm – Peters ist zufällig einer von denen, deren Geldgier außerordentlich stark entwickelt ist. Ohne unfreundlich über ihn zu urteilen, darf ich Ihnen, glaube ich, ruhig sagen, daß er wie ein Geizhals das Geld um des Geldes willen liebt. Bitte, mißverstehen Sie mich nicht. Ich will nicht behaupten, daß er nur aus Geldgier handelt. Ich meine nur, wie ich Peters kenne, kann ich mir nicht vorstellen, daß er sich die Mühe nimmt, Sie hierher zu schicken und mir so zu schreiben, wie er geschrieben hat – einzig und allein im Interesse des englischen Kriminalromans. Verstehen Sie, was ich meine? Ich bin ein wenig mißtrauisch, Monsieur. Ich habe noch Feinde auf der Welt. Wie wäre es daher, wenn Sie mir ganz einfach erzählten, welches Ihre Beziehungen zu unserem Freunde ... Peters sind? Wäre es Ihnen unangenehm?«

»Ich wäre sehr froh, wenn ich es tun könnte. Unglücklicherweise kann ich es aber nicht. Und zwar aus dem sehr einfachen Grunde, weil ich diese Beziehungen selbst nicht kenne.« Grodeks Augen wurden hart. »Ich habe nicht gescherzt, Monsieur.«

»Ich ebensowenig. Ich bin der Lebensgeschichte dieses Dimitrios nachgegangen. Während ich das tat, begegnete ich Herrn Peters. Aus einem Grunde, der mir unbekannt ist, interessiert auch er sich für Dimitrios. Er belauschte mich, als ich in dem Archiv des Hilfskomitees nachfragte. Dann folgte er mir nach Sofia und trat an mich heran – mit der Pistole in der Hand, muß ich hinzufügen – und forderte eine Erklärung für mein Interesse an Dimitrios, der, nebenbei, vor einigen Wochen, und zwar ehe ich je von ihm gehört hatte, ermordet worden war. Dieser Aufforderung ließ er ein Angebot folgen. Er sagte, wenn ich ihn in Paris treffen und bei einem Plan, den er im Kopfe habe, mit ihm zusammenarbeiten würde, würde jeder von uns dabei eine halbe Million Francs profitieren. Er behauptete, ich besäße eine bestimmte Information, die, obwohl an sich wertlos, in Verbindung mit den Informationen, die ER besitze, von außerordentlich großem Wert sei. Ich glaubte ihm kein Wort und lehnte es ab, auch nur das geringste mit seinem Plan zu tun zu haben. Daraufhin gab er mir als Anreiz und zugleich als Beweis seines guten Willens den Brief an Sie. Ich hatte ihm erzählt, müssen Sie wissen, daß mein Interesse lediglich schriftstellerischer Natur sei, und gab zu, daß ich im Begriff stünde, nach Belgrad zu fahren, um dort, wenn irgend möglich, mehr Material zu sammeln. Er sagte mir, das sei sinnlos – der einzige Mensch, der mir die nötigen Auskünfte geben könnte, seien Sie, Monsieur.«

Grodek runzelte die Stirn. »Ich möchte nicht neugierig erscheinen, Monsieur, aber ich würde gern erfahren, woher Sie wußten, daß Dimitrios Talat 1926 in Belgrad war.«

»Das erzählte mir ein türkischer Beamter, den ich in Istanbul näher kennenlernte. Er berichtete mir die Lebensgeschichte dieses Mannes, das heißt, soweit sie in Istanbul bekannt war.«

»Ach so. Und welches ist, wenn ich fragen darf, Ihre wertvolle Information?«

»Ich weiß es nicht.«
Grodek runzelte die Stirn. »Aber nicht doch, Monsieur! Sie verlangen von mir meine Geheimnisse. Das mindeste, was Sie tun können, ist, mir die Ihren zu offenbaren.«
»Ich sage Ihnen die Wahrheit. Ich weiß es nicht. Ich habe ziemlich deutlich mit Peters gesprochen. Und plötzlich, an einem gewissen Punkte der Unterhaltung, wurde er sehr aufgeregt.«
»Was für ein Punkt war das?«
»Ich erklärte ihm, glaube ich, wieso ich wußte, daß Dimitrios kein Geld hatte, als er starb. Nachdem ich das gesagt hatte, fing er mit dem Geschwätz über die halbe Million Francs an.«
»Nun, und *wieso* wußten Sie es?«
»Als ich ihn auf dem Tisch der Leichenhalle sah, lag alles, was er bei sich gehabt hatte, neben ihm. Alles – das heißt mit Ausnahme seiner *Carte d'Identite,* die man aus dem Futter seines Rockes getrennt und den französischen Behörden zugestellt hatte. Geld war nicht dabei. Nicht ein Penny.«
Ein paar Sekunden starrte ihn Grodek an. Dann ging er hinüber zu dem Schränkchen mit den Getränken. »Noch einen Whisky, Monsieur?«
Schweigend schenkte er die Gläser voll, reichte das eine Latimer und hob das andere feierlich: »Einen Toast, Monsieur. Auf den englischen Detektivroman!«
Belustigt führte Latimer sein Glas zum Munde. Sein Gastgeber ebenfalls. Plötzlich aber verschluckte er sich, zog ein Taschentuch aus der Tasche und stellte sein Glas nieder. Zu seiner Überraschung sah Latimer, daß Herr Grodek lachte.
»Verzeihen Sie, Monsieur«, – er schnappte nach Luft –, »mir ging ein Gedanke durch den Kopf, über den ich lachen mußte. Es war ...«, er zögerte ein wenig –, »es war die Vorstellung, wie unser Freund Peters Ihnen mit einer Pistole gegenübertrat. Er hat eine panische Angst vor Feuerwaffen.«
»Nun, er wußte diese Angst recht geschickt zu verbergen«, sagte Latimer etwas gereizt. Es kam ihm der Verdacht, daß da noch ein Witz sei, dessen Pointe er nicht kapiert hatte.
»Ein schlauer Bursche, unser Peters.« Grodek kicherte und klopfte Latimer freundlich auf die Schulter. Er schien plötzlich in allerbester Laune zu sein. »Lieber Freund, *bitte* sagen Sie nicht, daß ich Sie beleidigt habe. Wissen Sie, wir werden gleich

essen. Ich hoffe, es wird Ihnen schmecken. Haben Sie Hunger? Greta ist wirklich eine ausgezeichnete Köchin, und meine Weine sind völlig unschweizerisch. Und nachher will ich Ihnen von Dimitrios erzählen und von den Ungelegenheiten, die er mir machte, und von Belgrad, und von 1926. Sind Sie damit einverstanden?«

»Es ist sehr freundlich von Ihnen, sich meinetwegen so viel Mühe zu machen, Monsieur.«

Er dachte, der Pole würde gleich wieder lachen, aber Grodek schien seinen Sinn geändert zu haben. Er wurde statt dessen auf einmal recht feierlich. »Es ist mir ein Vergnügen, Monsieur. Peters ist ein recht guter Freund von mir. Übrigens gefallen Sie mir ausgezeichnet, und wir haben hier so selten Gäste.« Er zögerte. »Würden Sie mir erlauben, Ihnen einen freundschaftlichen Rat zu geben, Monsieur?«

»Ich bitte darum.«

»Nun ... wenn ich an Ihrer Stelle wäre, Monsieur, so würde ich unseren Freund Peters beim Wort nehmen und nach Paris fahren.«

Latimer war verdutzt. »Ich weiß nicht ...«, begann er langsam. Aber Greta, die Haushälterin, war ins Zimmer gekommen.

»Oh – bitte zu Tisch!« rief Grodek befriedigt.

Später hatte Latimer zwar Gelegenheit, Grodek zu bitten, ihm den ›freundschaftlichen Rat‹ näher zu erläutern, aber er vergaß es. Denn da hatte er über andere Dinge nachzudenken.

IX

Belgrad 1926

Die Menschen haben gelernt, ihrer Fantasie zu mißtrauen. Es kommt ihnen daher sonderbar vor, wenn sie zufällig entdecken, daß eine Welt, die sie sich in ihrer Fantasie geschaffen haben, ohne sie selbst zu erleben, tatsächlich existiert. In diesem Sinne erschien Latimer später der Nachmittag, den er – Wladyslaw Grodeks Erzählung lauschend – in der Villa Acacias verlebte, als einer der merkwürdigsten seines ganzen Lebens. In einem französisch geschriebenen Brief an den Griechen Marukakis erstattete er darüber Bericht. Er begann noch am selben Abend, solange alles frisch in seiner Erinnerung war. Am nächsten Tag, einem Sonntag, beendete er den Brief.

Genf
Sonnabend

Mein lieber Marukakis,
ich löse mein Versprechen ein und schreibe Ihnen, was ich Neues über Dimitrios herausgefunden habe. Sie werden wohl ebenso erstaunt sein wie ich, daß ich tatsächlich etwas entdeckte. Ich hätte Ihnen natürlich auch sonst geschrieben, um Ihnen nochmals für Ihre Hilfe in Sofia zu danken.
Als wir uns dort voneinander verabschiedeten, wollte ich, wie Sie vielleicht noch wissen, nach Belgrad. Warum schreibe ich dann aus Genf?
Mein lieber Freund, ich habe diese Frage erwartet, und ich wollte, ich könnte sie beantworten. Ich kann es nur teilweise.
Der Mann, ein Berufsspion, der im Jahre 1926 unseren Dimitrios in Belgrad beschäftigte, lebt bei Genf. Ich habe ihn heute kennengelernt und mit ihm über Dimitrios gesprochen. Ich kann sogar erklären, wie ich mit ihm in Berührung kam – durch einen Empfehlungsbrief. Warum ich aber diesen Empfehlungsbrief bekam und was der Mann, der ihn mir gab, dabei herauszuschlagen hofft – das ist mir ein Rätsel. Ich werde hoffentlich eines Tages dahinterkommen. Inzwischen kann ich

nur sagen: wenn Sie dieses Rätsel schwierig finden – nun, mir geht es nicht anders. Und jetzt will ich Ihnen von Dimitrios berichten.

Ist Ihnen wohl jemals der Gedanke gekommen, daß es ›Spionemeister‹ gibt? Mir bis heute nicht. Jetzt weiß ich es aber. Aus dem einfachen Grunde, weil ich den größten Teil des heutigen Tages im Gespräch mit einem solchen zugebracht habe. Ich kann Ihnen seinen Namen nicht nennen – also bezeichnen wir ihn kurzweg (in bewährter Spionagegeschichtentradition) mit ›G‹.

G. war Spionemeister (er lebt jetzt im Ruhestand) im gleichen Sinne, wie der Drucker, den mein Verleger beschäftigt, Druckermeister ist. Er war sozusagen Unternehmer in der Spionagebranche. Seine Arbeit hatte hauptsächlich (wenn auch nicht ausschließlich) einen administrativen Charakter.

Nun weiß ich natürlich, daß eine Menge Unsinn über Spione und Spionage geredet und geschrieben wird – aber lassen Sie mich Ihnen die Sache so auseinandersetzen, wie G. sie mir erklärte.

Er begann damit, Napoleon zu zitieren – und zwar seine Worte, daß im Krieg das Überraschungsmoment Grundlage jeder erfolgreichen Strategie sei.

G. zitiert bei jeder Gelegenheit Napoleon. Zweifellos hat Napoleon einmal etwas Ähnliches gesagt. Ich bin überzeugt, er war nicht der erste militärische Führer, der so etwas sagte. Alexander, Cäsar, Dschingis Khan und Friedrich der Große dürften derselben Ansicht gewesen sein. Auch Foch hat vermutlich 1918 so gedacht. Doch kehren wir zu G. zurück.

G. sagt nämlich, »die Erfahrungen des Konfliktes 1914 bis 1918« hätten gezeigt, daß in einem künftigen Krieg (wie hübsch entfernt das klingt, nicht wahr?) die Mobilität und Schlagkraft der modernen Armeen und Flotten zusammen mit den Luftstreitkräften dieses Überraschungsmoment wichtiger machen würden denn je zuvor; um genau zu sein, so wichtig, daß das Volk, das zuerst überraschend angreife, den Krieg gewinnen könne. Daher sei es notwendiger denn je, sich vor solchen Überraschungen zu schützen, und zwar *ehe* der Krieg begonnen habe.

Es gibt nun rund siebenundzwanzig unabhängige Staaten in

Europa. Jeder hat eine Armee und eine Luftwaffe, und fast jeder auch eine Flotte. Um ihrer eigenen Sicherheit willen muß nun jede dieser Armeen, Flotten und Luftstreitkräfte wissen, was jede der entsprechenden Waffengattungen der anderen sechsundzwanzig Länder tut – ihre Stärke, ihre Kapazität und ihre geheimen Vorbereitungen kennen. Das bedeutet Spionage – und ein Heer von Spionen.

Ich muß gestehen, ich fand das Ganze ziemlich absurd. Es konnte kein wirklichkeitsgetreues Bild sein. Benehmen sich denn Regierungen, die aus erwachsenen Männern und Frauen bestehen, wie Kinder beim Indianerspiel? Offenbar ja! G. sprach über ›seine Branche‹ mit der redseligen Begeisterung eines jungen Geschäftsreisenden in einer Hotelbar, und da ihn mein Skeptizismus ein wenig reizte, brachte er ein Argument vor, das (wie ich zugeben mußte) außerordentlich überzeugend war. Er erinnerte mich daran, daß Spionage in den meisten europäischen Ländern das einzige Verbrechen außer Mord und Hochverrat ist, auf dem Todesstrafe steht, und daß sie in den übrigen Ländern durch schwerste Freiheitsstrafen geahndet wird; diese Gesetze sind in Friedenszeiten erlassen worden, und wenn manche Regierungen die Strafen für Spionage seither noch erheblich verschärft haben, so sei das bestimmt nicht für nichts und wieder nichts geschehen. Er ging daran, dieses Thema noch weiter auszuspinnen. Es sei ganz klar, behauptete er, daß infolge der eben geschilderten Sachlage die theoretisch geringste Zahl von Spionen, die jede europäische Regierung notgedrungen beschäftigen müsse, ungefähr siebzig sei, das heißt drei für die Länder mit Heer, Marine und Luftwaffe und zwei für die, welche keine Flotte haben. Damit hätte Europa fast zweitausend Spione. Ich nannte diese Schlußfolgerung widersinnig, und er stimmte mir zu, denn, so meinte er, ein einzelner Spion genüge nicht, um eine große britische Flottenbasis zu überwachen, geschweige denn die britische Flottenaktivität als Ganzes. Spanien, gab er zu, würde wahrscheinlich keine systematische Flottenspionage in Britannien treiben, denn es könnte jede beliebige Auskunft von Italien haben. Andererseits aber würde Italien niemals ausreichend Informationen über die britische Flotte besitzen, wenn es nur einen einzigen Spion auf den britischen Inseln beschäftigte – dazu brauchte es mindestens zwanzig, ganz zu schweigen von den zahlreichen Hilfsagenten, die je nach Erfolg bezahlt würden. Es käme auch oft in die Verlegenheit, Spezialagenten, wie G. selbst, die sich keiner bestimmten Regierung verpflichteten, einzusetzen. Ferner dürfe man nicht von der Voraussetzung ausgehen, daß zwei miteinander verbündete Nationen sich gegenseitig nicht ausspionierten. Erstens sei es notwendig, den Wert eines Verbündeten genau zu kennen, mindestens ebensogut wie den eines Feindes. Verbündete seien durchaus nicht immer Aktiva; sie seien selten offen zueinander. Und zweitens seien sie vielleicht schon morgen nicht mehr Verbündete.

Alle diese Ausführungen sollten mir einen Begriff von dem Umfang der Spionage geben, wie sie in Friedenszeiten für die Erkundung von Armee- und Flottengeheimnissen erforderlich ist. Nach G.'s Angaben werden alljährlich allein in Europa für Spionage Millionen und aber Millionen Francs, Mark, Lire, Zloty, Rubel, Gulden, Pfunde und andere europäische Währungen ausgegeben – von Dollars ganz zu schweigen. Seiner Schätzung nach beträgt die Zahl der Personen, die gegenwärtig direkt und indirekt für Spionagezwecke eingesetzt wird, mehr als fünfzigtausend. In dieser Zahl sind die Gegenspione (das heißt die Spionage-Abwehr) nicht eingerechnet.

Also wieder einmal ein überfüllter Beruf, werden Sie denken. O nein, keineswegs, mein lieber Marukakis. Anscheinend gibt es heutzutage keine tüchtigen Spione, die nicht beschäftigt wären. Natürlich wird immer eine kleine Zahl unfähiger Vertreter dieses Berufes ›arbeitslos‹ sein. Aber die Spionage hat seit Anfang der zwanziger Jahre nicht nachgelassen. Der Völkerbund bedeutete in seinen Anfängen eine schlechte Konjunktur. Jedoch bald war die Geschäftslage wieder normal, und heute ist sie besser denn je, sagt Herr G.

Aber die Bedingungen haben sich geändert. In der guten alten Zeit vor 1914 konnte sich ein Mann mit dem Ertrag vom Verkauf einer gestohlenen Giftgasformel oder der Werkzeichnungen eines neuen Maschinengewehrs zur Ruhe setzen. Heute jedoch sieht kein Mensch solches Zeug auch nur an. Jedermann besitzt selbst die tödlichsten Gase. Und was die Maschinengewehre anbetrifft – wenn ein Erfinder eins konstruiert, das wirklich so viel besser ist als dasjenige, welches man selber hat, so kann man ihm die Lizenz zur Fabrikation abkaufen. Ein Land besitzt ein Fliegerabwehrgeschütz, das zugleich warnt, ortet und schießt, und das alle anderen Länder gar zu gerne kennen würden; ein anderes Land sieht die übrigen höhnisch über die Achsel an, weil es eine besonders wirksame Preßluftbombe besitzt, und ein drittes hat eine unfreundliche kleine Überraschung für U-Bootkommandanten in petto. Die Gewinne sind fraglos geringer geworden, die Umsätze aber beträchtlich größer. Auch die Methoden haben sich geändert. Die schönen Tage, als schwarzbärtige Anarchisten Bomben warfen, sind vorbei. Die Arbeitgeber sind kritischer. Eine Auszeichnung auf wissenschaftlichem Gebiet führt schneller zum Erfolg als ein Paar verführerische Hüften; doch es gibt immer noch Möglichkeiten für den Kriminellen von Format und für Männer und Frauen, welche die rechte Art von ›Persönlichkeit‹ haben. Für echte Begabung gibt es keinen Ersatz.

Und was hat das alles mit 1926, Belgrad und Dimitrios zu tun? Dimitrios besaß keinen wissenschaftlichen Grad. Er war auch, so viel wir wissen, kein geschickter Dieb. Er war ein Mörder, ein Zuhälter, ein Erpresser. Er war ein Werkzeug der Eurasischen Kredit-Trust in Bulgarien und der Türkei gewesen. Wie kam G. dazu, ihn zu beschäftigen? Und in welcher Eigenschaft?

Ehe wir diese Fragen beantworten können, müssen wir G.'s Position richtig begreifen.

Seinen eigenen Worten nach ist die einzige Macht von irgendwelcher Bedeutung in Europa, für und gegen die er niemals gearbeitet hat, sein Heimatland Polen. Ich muß sagen, ich war etwas überrascht von diesen patriotischen Skrupeln. Da es aber die einzigen Skrupeln sind, die er hat (ich glaube, Sie werden mir später zustimmen), dürfen wir sie kaum belächeln. Übrigens ist er bei alledem – ich fühle mich verpflichtet, das zu betonen – ein äußerst sympathischer Gastgeber. Wirklich erstklassige Spione sind ebenso selten wie wirklich erstklassige Musiker. Kein Land hat so viele, wie es gern haben möchte, und beide sind international. Derselbe Spion arbeitet umsichtig für mehrere Länder, manchmal auch für zwei Länder gleichzeitig. G. mißbilligt diese Praktik allerdings, aber seine Einwände sind mehr praktischer als ethischer Art – es ist nämlich zu gefährlich.

Im Jahre 1926 arbeitete G. für Italien. Und im Frühling des gleichen Jahres ließ er sich in Belgrad nieder.
Damals waren die Beziehungen zwischen Italien und Jugoslawien gespannt. Die Jugoslawen hatten es in frischer Erinnerung, daß Italien Fiume in Besitz genommen und Korfu bombardiert hatte. Auch liefen Gerüchte um (nicht unbegründet, wie sich später im Jahre herausstellte), daß Mussolini plane, sich Albaniens zu bemächtigen.
Italien seinerseits war mißtrauisch gegen Jugoslawien. Fiume lag im Bereich jugoslawischer Geschütze. Ein jugoslawisches Albanien längs der Straße von Otranto war eine undenkbare Zumutung. Ein unabhängiges Albanien war nur so lange tragbar, als es unter italienischem Einfluß stand. Gewißheit war wünschenswert. Was aber, wenn die Jugoslawen kämpfen würden? Die italienischen Spione berichteten aus Belgrad, daß Jugoslawien im Kriegsfalle seine Küste schützen wolle, indem es sich in der Adria durch Minenfelder knapp nördlich der Straße von Otranto absicherte.
Ich verstehe nicht viel von diesen Dingen, aber es ist einleuchtend, daß man nicht Hunderte von Kilometern zu verminen braucht, um eine dreihundert Kilometer breite Meerenge unpassierbar zu machen. Zu diesem Zweck legt man ein oder zwei ganz kleine Felder, ohne daß der Feind weiß, wo sie liegen. Dadurch entsteht für ihn die Notwendigkeit, die Positionen dieser Minenfelder zu finden.
Und das war G.'s Aufgabe in Belgrad. Die italienischen Agenten hatten Wind von den Minenfeldern bekommen. G., der Meisterspion, wurde beauftragt, die effektive Arbeit zu tun, nämlich herauszubekommen, wo die Minen gelegt werden sollten, ohne daß die Jugoslawen (und das war der wichtigste Punkt) etwas davon merkten. Denn sobald sie auch nur etwas ahnten, würden sie die Positionen sofort ändern.
Dieser letzte und wichtigste Teil der Aufgabe ging schief. Der Grund dafür war Dimitrios.
Ich war schon immer der Ansicht, daß die Aufgabe eines Spions außerordentlich schwierig ist. Ich meine das so: wenn ich zum Beispiel von der britischen Regierung nach Belgrad geschickt würde, mit dem Auftrag, die Einzelheiten eines geheimen Planes für die Verminung der Straße von Otranto festzu-

stellen, so wüßte ich nicht einmal, wo ich anfangen sollte. Gesetzt den Fall, ich wüßte – wie G. es wußte –, daß die Einzelheiten auf einer Navigationskarte dieser Straße eingezeichnet sind. Gut. Wie viele Kopien dieser Karte sind vorhanden? Wo werden sie aufbewahrt? Ich hätte keine Ahnung. Natürlich könnte ich annehmen, daß sich mindestens eine Karte irgendwo im Marineministerium befindet; aber das Marineministerium ist ein großes Haus. Außerdem dürfte die Karte vermutlich unter Verschluß sein. Wenn ich nun schon (was höchst unwahrscheinlich ist) imstande wäre, den Raum zu entdecken, wo sie aufbewahrt wird, und wüßte, wie ich mir Zutritt zu ihm verschaffen könnte – wie sollte ich es anstellen, eine Kopie zu bekommen, ohne daß die Jugoslawen es merkten?

Nun, G. hatte einen Monat nach seiner Ankunft in Belgrad nicht nur herausgefunden, wo eine Kopie der Karte war, sondern auch schon einen Plan gemacht, diese Kopie zu kopieren, *ohne daß die Jugoslawen es merkten.* Daraus sehen Sie, daß er sich selbst nicht zu Unrecht als Könner bezeichnet.

Wie stellte er das an? Durch was für eine geniale Kriegslist, mit was für einem raffinierten Trick gelang das? Ich will versuchen, es Ihnen schonend mitzuteilen.

Er gab sich als Deutscher aus, und zwar als Vertreter einer Dresdener Firma für optische Instrumente; in dieser Rolle schloß er Bekanntschaft mit einem Schreiber von der U-Bootabwehrabteilung des Marineministeriums, zu deren Belangen U-Bootnetze, Hafensperren, Minenlegen und Minensuchen gehörten.

Beschämend einfach, nicht wahr? Das Erstaunliche ist, daß er es selbst als eine sehr raffinierte List betrachtet. Sein Sinn für Humor reagiert bei so etwas nicht. Als ich ihn fragte, ob er denn niemals Spionagegeschichten gelesen habe, sagte er nein, sie seien ihm immer zu naiv vorgekommen. Aber hören Sie nur, es wird noch schlimmer.

Er schloß diese Bekanntschaft, indem er ins Ministerium ging und den Portier nach der Nachschub- und Ausrüstungsabteilung fragte. Das ist eine unverdächtige Frage, die jeder stellen kann, der nicht Bescheid weiß. Kaum am Portier vorbei, fragte er im Korridor, unter dem Vorwand, sich verlaufen zu haben, jemanden nach der U-Bootabwehrabteilung. Als er in der

U-Bootabwehrabteilung angelangt war, fragte er, ob er hier in der Nachschub- und Ausrüstungsabteilung sei. Man verneinte die Frage, und er ging wieder hinaus. Er war nicht länger als eine Minute in dem Raum gewesen, aber er hatte in dieser Zeit einen raschen Blick auf die Beamten der Abteilung geworfen – das heißt auf die paar, die er sehen konnte. Drei davon wählte er aus. Am Abend wartete er vor dem Ministerium, bis der erste herauskam, und folgte ihm nach Hause. Nachdem er seine Adresse und einige Einzelheiten über ihn erfahren hatte, wiederholte er an den nächsten Abenden das Manöver mit den beiden anderen. Dann traf er seine Wahl. Sie fiel auf einen Mann namens Bulic.

Geben wir zu: G.'s Methode ermangelte der Subtilität, aber die Art, wie er sie anwandte, war außerordentlich geschickt. Übrigens hat er dafür absolut kein Unterscheidungsvermögen. Er ist nicht der erste erfolgreiche Mann, der die Gründe seines Erfolges völlig mißversteht.

G.'s erstes Meisterstück war die Wahl dieses Bulic als Werkzeug.

Bulic war ein unangenehmer, eingebildeter Bursche zwischen vierzig und fünfzig, älter als die meisten seiner Kollegen und bei ihnen äußerst unbeliebt.

Seine Frau war zehn Jahre jünger als er, unzufrieden und hübsch. Er litt an chronischem Katarrh. Es war seine Gewohnheit, abends, wenn er nach dem Dienst das Ministerium verließ, in ein Café zu gehen und ein Glas zu trinken, und in diesem Café machte G. seine Bekanntschaft, indem er ihn um Feuer bat, mit ihm ins Gespräch kam, ihm eine Zigarette offerierte und ihn zu einem Glas Wein einlud.

Sie können sich vorstellen, daß der Schreiber einer Regierungsstelle, die streng vertrauliche Dinge behandelt, dazu neigt, mißtrauisch gegen Cafébekanntschaften zu sein, die ihn über seine Arbeit auszufragen versuchen. G. verstand, dieses Mißtrauen zu zerstreuen, ehe es entstehen konnte.

Die Bekanntschaft wurde intimer. G. saß bereits jeden Abend, ehe Bulic eintrat, in dem Café, und sie führten allerlei oberflächliche Unterhaltungen. G., der in Belgrad fremd war, fragte Bulic über dieses und jenes um Rat. Er bezahlte Bulics Zeche. Er ließ sich von Bulic herablassend behandeln. Manchmal spielten sie eine Partie Schach. Bulic gewann. Manchmal spielten sie mit anderen Cafégästen eine Partie *Bézique* zu viert. Endlich eines Abends erzählte G. Bulic eine Geschichte.

Er habe von einem gemeinsamen Bekannten gehört, sagte er, daß Bulic einen wichtigen Posten im Marineministerium bekleide.

Der »gemeinsame Bekannte« konnte für Bulic einer der Cafégäste sein, mit denen sie gelegentlich Karten spielten, Meinungen austauschten, und die ahnten, daß er im Ministerium arbeitete. Er runzelte die Stirn und öffnete den Mund – wahrscheinlich um eine spöttisch-bescheidene Korrektur des Wortes ›wichtig‹ vorzunehmen. Aber G. ließ ihn nicht zu Worte kommen. Als Generalvertreter einer sehr angesehenen Firma für optische Instrumente war er hergeschickt worden, um einen Auftrag des Marineministeriums für Ferngläser hereinzubringen. Er hatte sein Angebot bereits unterbreitet, und er hoffte auch, den Auftrag zu bekommen. Aber ... nun ja, Bulic wußte das ja selbst – es ging bei solchen Dingen nichts über einen einflußreichen Fürsprecher. Wenn es daher dem guten und einflußreichen Bulic gelänge, etwas Druck auszuüben, damit die Dresdener Firma den Auftrag bekäme, so würde er dabei 20 000 Dinar verdienen.

Bitte, betrachten Sie dieses Angebot von Bulics Gesichtspunkt. Hier saß er, ein unbedeutender Schreiber – und der Vertreter einer großen deutschen Firma machte ihm Komplimente und versprach ihm zwanzigtausend Dinar. Das war so viel, wie er in sechs Monaten verdiente, und war sozusagen auf der Straße gefundenes Geld. War das Angebot bereits unterbreitet, so brauchte man dabei nichts weiter zu tun – es würde wohl den Vergleich mit anderen Offerten aushalten. Bekam die Dresdener Firma den Auftrag, so hatte er seine zwanzigtausend Dinar in der Tasche, ohne sich im mindesten kompromittiert zu haben. Bekam sie ihn nicht, so verlor ER nichts anderes als die Hochachtung dieses dummen und schlechtunterrichteten Deutschen.

G. gibt zu, daß Bulic einen schwachen Ansatz zeigte, ehrlich zu sein. Er murmelte etwas ... er sei nicht sicher, ob sein Einfluß helfen könne. Das betrachtete G. als Versuch, die Bestechungssumme hinaufzutreiben. Bulic protestierte – ein solcher Gedanke sei ihm gar nicht in den Sinn gekommen. Er war verloren. Binnen fünf Minuten hatte er zugestimmt.

In den folgenden Tagen wurden G. und Bulic dicke Freunde. G. lief dabei kein Risiko. Bulic konnte nicht wissen, daß die Dresdener Firma gar kein Angebot gemacht hatte, denn alle Offerten, die die Nachschub- und Ausrüstungsabteilung erhielt, wurden vertraulich behandelt, bis sie entschieden waren. Wenn er neugierig genug war, um Erkundigungen einzuziehen, so mußte er entdecken (wie es G. durch einen kürzlichen Hinweis im AMTSBLATT entdeckt hatte), daß die Nachschub- und Ausrüstungsabteilung tatsächlich Offerten über Ferngläser angefordert hatte.

Nun machte sich G. ans Werk.

Bulic – das dürfen Sie nicht vergessen – mußte die Rolle spielen, die ihm G. übertragen hatte, nämlich die Rolle des einflußreichen Beamten. G. tat ein Weiteres: er machte sich beliebt, indem er Bulic und seine hübsche, aber dumme Frau in teure Restaurants und Nachtklubs einlud. Das Ehepaar reagierte wie durstige Pflanzen auf den Regen. Konnte Bulic noch vorsichtig sein, wenn er fast eine ganze Flasche süßen Champagners getrunken hatte und sich in ein Gespräch über Italiens überwältigende Seemacht und die Bedrohung der jugoslawischen Küste verwickelt sah? Das war unwahrscheinlich. Er war ein wenig betrunken. Seine Frau war zugegen. Zum erstenmal in seinem trübseligen Leben wurde sein Urteil mit der gebührenden Hochachtung aufgenommen. Außerdem hatte er seine Rolle zu spielen. Es ging nicht an, daß er in bezug auf die Vorgänge hinter der Szene unwissend schien. Er fing an zu prahlen. Er hatte mit eigenen Augen die Pläne gesehen, die im Ernstfall Italiens Adriaflotte unwirksam machen würden. Natürlich mußte er schweigen, aber ...

Am Ende dieses Abends wußte G., daß Bulic Zugang zu einer Kopie der betreffenden Karte hatte. Und er war entschlossen – Bulic mußte ihm diese Karte beschaffen.

Sehr vorsichtig machte er seine Pläne. Dann hielt er Ausschau nach einem passenden Mann, der sie auszuführen hatte. Er brauchte einen Mittelsmann. Er fand Dimitrios.

Auf welchem Wege G. etwas von Dimitrios erfuhr, ist nicht klar. Ich glaube, G. war darauf bedacht, keinen seiner alten

Mitarbeiter zu kompromittieren. Diese Zurückhaltung wäre verständlich. Nun, jedenfalls wurde Dimitrios ihm irgendwie empfohlen. Ich fragte, welche Tätigkeit der Mann ausübte, der ihn empfahl. Ich gebe zu, ich hoffte, auf diese Art ein Verbindungsglied zur Eurasischen Kredit-Trust-Episode zu finden. Aber G. wich aus. Es war schon so lange her. Aber er erinnerte sich des mündlichen Zeugnisses, welches diese Empfehlung begleitet hatte.

Dimitrios Talat war ein griechischsprechender Türke mit »gültigem« Paß und dem Ruf, »tüchtig« und zugleich diskret zu sein. Es hieß auch, er habe Erfahrung in »finanziellen Angelegenheiten vertraulicher Art«.

Wenn man nicht wußte, auf welchem Gebiet er »tüchtig« war, und wenn man die Natur der »finanziellen Angelegenheit vertraulicher Art« nicht kannte, hätte man meinen können, der so empfohlene Mann sei Buchhalter oder Revisor gewesen. Es scheint auch in diesen Kreisen eine Fachsprache zu geben. G. verstand sie, und er entschied sogleich, daß Dimitrios der Mann für seinen Auftrag sei. Er schrieb ihm – und G. sprach von dieser Adresse, als sei sie eine Art American Express, Poste restante – c/o Eurasische Kredit-Trust, Bukarest.

Fünf Tage später kam Dimitrios in Belgrad an und stellte sich in G.'s Wohnung bei der Knez Miletina vor.

G. erinnert sich der Begegnung noch sehr genau. Dimitrios, so sagte er, war mittlerer Größe und konnte jedes Alter zwischen fünfunddreißig und fünfzig haben – er war tatsächlich siebenunddreißig. Er war elegant gekleidet und ... aber nein, ich zitiere hier besser G.'s Worte:

»Er war sehr schick und teuer angezogen, und sein Haar wurde an den Schläfen bereits grau. Er hatte ein glattes, zufriedenes und selbstbewußtes Wesen und etwas in den Augen, das ich sofort erkannte. Der Mann war ein Zuhälter. Das erkenne ich immer. Fragen Sie mich nicht, woran. Ich habe in solchen Sachen den Instinkt einer Frau.«

Ja, das sagte er. Dimitrios war also vorangekommen. Hatte er andere Irana Prevezas gefunden? Das werden wir nie erfahren. Auf alle Fälle erkannte G. sofort den Zuhälter in Dimitrios, und das paßte ihm recht gut. Bei einem Zuhälter kann man nämlich darauf zählen, daß er sich nicht zum Nachteil seiner Arbeit in Weibergeschichten verwickelt. Außerdem hatte Dimitrios angenehme Manieren. Ich zitiere wieder G.'s eigene Worte:

»Er verstand es, seine Kleider elegant zu tragen. Er sah auch intelligent aus. Das gefiel mir, denn ich beschäftigte nicht gerne Gesindel aus der Gosse. Manchmal war es notwendig, aber es war mir stets unangenehm. Sie verstanden nicht immer mein seltsames Naturell.«

Wie Sie sehen, war G. heikel.

Dimitrios hatte seine Zeit nicht vergeudet. Er hatte ziemlich gut Französisch und Deutsch gelernt. Er sagte:

»Sowie ich Ihren Brief erhielt, bin ich abgereist. Ich war zwar in Bukarest beschäftigt, aber ich freute mich über Ihr Schreiben – da ich schon von Ihnen gehört hatte.«

G. erklärte genau und sehr vorsichtig, was er von Dimitrios wollte (es tut nicht gut, einem zukünftigen Angestellten zu viel anzuvertrauen). Dimitrios lauschte unbewegt. Als G. geendet hatte, fragte er, wieviel er bekommen würde.

»Dreißigtausend Dinar«, sagte G.

»Fünfzigtausend«, entgegnete Dimitrios. »Und ich hätte es lieber in Schweizer Franken.«

Sie einigten sich auf vierzigtausend, zahlbar in Schweizer Franken. Dimitrios lächelte und gab mit einem Achselzucken seine Zustimmung.

Es war das Lächeln dieser Augen, sagte G. zu mir, das zuerst sein Mißtrauen gegen seinen neuen Angestellten weckte.

Ich fand das sonderbar. War es möglich, daß es auch unter Schurken so etwas wie Ehre gab, daß G. als der Mann, der er war, und der bis zu einem gewissen Grad wußte, wer Dimitrios war, bei einem Lächeln von Dimitrios mißtrauisch wurde? Unglaublich. Aber es war nicht zu bezweifeln: er erinnerte sich dieser Augen sehr lebhaft. Auch die Preveza erinnerte sich ihrer, nicht wahr? »Braune, besorgte Augen, die einen an die Augen eines Arztes erinnerten, wenn er einem etwas tun will, was schmerzt.« Das war es also, nicht wahr? Ich glaube, daß G. erst als Dimitrios lächelte, das Wesen des Mannes erkannte, dessen Dienste er sich erkauft hatte. »Er sah aus, als sei er zahm; aber in seinen braunen Augen sah man, daß er nichts von den Gefühlen hatte, die Männer gewöhnlich zahm machen. Er war immer gefährlich.« Wieder Madame Preveza. Fühlte G. etwas Ähnliches? Er mag es sich vielleicht nicht auf diese Art erklärt haben – er gehört nicht zu den Leuten, die viel Wert auf Gefühle legen – aber ich glaube, er fing an zu zweifeln, ob er gut daran getan hatte, Dimitrios seinen Auftrag zu geben. Ihre Charaktere waren nicht allzu verschieden – und solche Wölfe jagen am liebsten allein. Auf jeden Fall beschloß G., ein wachsames Auge auf Dimitrios zu haben. Inzwischen lebte Bulic sein Leben angenehmer als je zuvor. Man lud ihn in teure Lokale ein. Seine Frau wurde ganz warm bei dem ungewohnten Luxus, und er sah nicht länger Verachtung und Abscheu in ihren Augen. Für das Geld, das sie dank den Mahlzeiten sparten, zu denen der dumme Deutsche sie einlud, konnte sie ihren Lieblingskognak trinken. Und wenn sie trank, wurde sie freundlich und angenehm. Und dazu kam, daß er vielleicht schon in einer Woche glücklicher Besitzer von zwanzigtausend Dinar sein würde. Das war sehr wohl möglich. Es gehe ihm endlich einmal gut, sagte er eines Abends, und fügte hinzu, daß billige Nahrung schlecht für seinen Katarrh sei. Damals war er nahe daran, seine Rolle zu vergessen.

Eine tschechische Firma bekam den Auftrag für die Ferngläser. Das Amtsblatt, das die Meldung brachte, erschien mittags. Eine Minute nach zwölf hatte G. ein Exemplar der Zeitung und war auf dem Wege zu einem Graveur, auf dessen Arbeitstisch eine halbfertige Kupfermatrize lag. Gegen sechs Uhr wartete er gegenüber dem Eingang zum Ministerium. Bald nach sechs erschien Bulic. Er hatte das AMTSBLATT gesehen. Er trug ein Exemplar unter dem Arm. Seine Niedergeschlagenheit war schon von weitem erkennbar. G. folgte ihm vorsichtig.

Gewöhnlich überquerte Bulic die Straße nach wenigen Minuten, um zu seinem Café zu kommen. Heute zögerte er und ging dann geradeaus weiter. Er brannte offenbar nicht darauf, den Mann aus Dresden zu treffen. G. bog in eine Seitenstraße und winkte sich ein Taxi heran. In zwei Minuten hatte sein Taxi einen Umweg gemacht und kam jetzt Bulic entgegen. Plötzlich gab G. dem Fahrer ein Zeichen zu halten, sprang hinaus und umarmte Bulic freudig. Ehe der verwirrte Schreiber Einwendungen machen konnte, war er in dem Taxi verstaut, und G. überschüttete ihn mit Dank und Glückwünschen und drückte ihm einen Scheck auf zwanzigtausend Dinar in die Hand.

»Aber ich dachte, der Auftrag sei Ihnen durch die Lappen gegangen«, murmelte Bulic endlich.

G. lachte wie über einen großartigen Witz. »Durch die Lappen gegangen!« Und dann ›versteht‹ er. »Ach – natürlich! Ich vergaß ganz, es Ihnen zu sagen. Unsere Offerte lief über die tschechische Filiale unserer Firma. Da, sehen Sie, nun werden Sie es begreifen.« Und er drückte eine der frischgedruckten Karten in Bulics Hand. »Ich benutze diese Geschäftskarten nicht oft. Die meisten Leute wissen, daß diese tschechische Firma unserm Konzern in Dresden gehört.« Er wischte die Angelegenheit mit einer Handbewegung weg. »Aber nun müssen wir sofort etwas trinken. Chauffeur!«

An diesem Abend feierten sie. Nachdem seine erste Verblüffung vorbei war, nutzte Bulic alle Vorteile der Situation aus. Als er betrunken war, begann er mit seiner Stellung und seinem Einfluß im Ministerium zu prahlen, bis sogar G., der alle Ursache hatte, zufrieden zu sein, nur noch mit Mühe höflich bleiben konnte.

Jedoch gegen Ende des Abends zog er Bulic beiseite. Es waren Kostenvorschläge für Entfernungsmesser angefordert worden – konnte er, Bulic, G. wohl auch hier behilflich sein? Natürlich konnte er. Und nun wurde Bulic berechnend: nachdem der Wert seiner Mitarbeit erwiesen war, hatte er Recht auf eine kleine Anzahlung.

Das hatte G. freilich nicht erwartet, aber, heimlich belustigt, stimmte er sofort zu. Bulic bekam einen zweiten Scheck. Diesmal auf zehntausend Dinar. Es wurde abgemacht, daß er weitere zehntausend bekommen sollte, wenn die Order an G.'s Firma vergeben wurde.

So reich war Bulic noch nie gewesen. Er besaß dreißigtausend Dinar. Zwei Tage später stellte ihn G. im Speisesaal eines eleganten Hotels einem Freiherrn von Kiessling vor. Es erübrigt sich zu sagen, daß der Freiherr von Kiessling mit seinem wirklichen Namen Dimitrios hieß.

»Man hätte glauben können«, sagte G., »daß Dimitrios sein Leben in solcher Umgebung verbracht hatte. Vielleicht war dies auch der Fall. Sein Auftreten war vollkommen. Als ich ihm

Bulic als einen hohen Beamten aus dem Marineministerium vorstellte, spielte er großartig den Leutseligen. Mit Madame Bulic war er unübertrefflich – eine Prinzessin hätte er auch nicht anders begrüßen können. Aber ich sah, wie seine Finger beim Handkuß die Innenseite ihrer Hand streichelten.
Dimitrios hatte sich schon im Speisesaal entsprechend zur Schau gestellt, so daß G. Zeit gehabt hatte, den Boden für die Bekanntschaft zu bereiten. G. lenkte die Aufmerksamkeit der Bulics auf Dimitrios und erzählte ihnen, der ›Freiherr‹ sei ein äußerst bedeutender Mann. Nun ja, vielleicht etwas exzentrisch; aber ein überaus wichtiger Faktor im großen internationalen Geschäft. Er war enorm reich und sollte die Aktienmehrheit von nicht weniger als siebenundzwanzig Gesellschaften haben. Es konnte vielleicht recht nützlich sein, ihn zu kennen.
Die Bulics waren entzückt, ihm vorgestellt zu werden. Als der ›Freiherr‹ an ihrem Tisch ein Glas Champagner mit ihnen trank, fühlten sie sich unendlich geehrt. In ihrem schlechten Deutsch versuchten sie, sich angenehm zu machen. Dies war – so mußte es Bulic empfinden – die Gelegenheit, auf die er sein Leben lang gewartet hatte. Endlich war er in Berührung gekommen mit den Leuten, auf die es ankam, den richtigen Leuten, den Leuten, die Menschen groß machten und ruinierten, den Leuten, die auch ihn groß machen konnten. Vielleicht sah er sich schon als Direktor einer der Gesellschaften des ›Freiherrn‹, mit einem schönen Haus und umgeben von Menschen, die von ihm abhängig waren, ergebenen Dienern, die ihn sowohl als Menschen wie als Herrn respektieren würden. Als er am nächsten Morgen zu seinem Büroschemel im Ministerium ging, muß helle Freude in seinem Herzen gewesen sein – eine Freude, die nur noch süßer wurde durch leichte Befürchtungen, durch kleine Gewissensbisse, die sich so schnell beruhigen ließen. Schließlich hatte G. etwas für sein Geld bekommen. Er, Bulic, hatte nichts zu verlieren. Außerdem weiß man nie, was aus allem werden kann ... Oft schon waren Menschen auf noch seltsameren Pfaden zu Reichtum gelangt.
Der ›Freiherr‹ hatte liebenswürdigerweise Herrn G. und seine beiden charmanten Freunde zwei Tage später zum Abendessen eingeladen.
Hier stellte ich G. eine Frage. Wäre es nicht besser gewesen,

das Eisen zu schmieden, solange es heiß war? Zwei Tage gaben Bulic Zeit, nachzudenken. »Ganz recht«, lautete G.'s Antwort, das war es ja! Zeit, um an die guten Dinge zu denken, die kommen sollten, Zeit, um sich auf das Fest vorzubereiten – zu träumen. Er wurde bei dieser Vorstellung ungeheuer feierlich, dann schmunzelte er plötzlich und zitierte Goethe: *»Ach, warum, Ihr Götter, ist alles, alles unendlich, endlich nur unser Glück?«* G. erhebt, wie Sie sehen, Anspruch auf Sinn für Humor.

Dieses Abendessen war für ihn der entscheidende Augenblick. Dimitrios fing an, Madame zu bearbeiten. Es war ein seltenes Vergnügen, so reizende Menschen kennenzulernen, wie Madame ... und natürlich auch Madames Gatten. Sie ... und natürlich auch ihr Gatte ... mußten unbedingt im nächsten Monat mit ihm nach Bayern fahren. Er zog sein Schlößchen dort seinem Pariser Haus bei weitem vor – und Cannes war manchmal im Frühling noch recht kühl. Madame würde Bayern bestimmt lieben ... ihr Gatte natürlich auch ... Das heißt, wenn er im Ministerium so lange entbehrlich war.

Primitive Angeberei zweifellos. Aber die Bulics waren primitive Leute. Madame schlürfte den Unsinn mit dem süßen Champagner, während Bulic verdrießlich wurde. Und dann kam der große Augenblick.

Das Blumenmädchen blieb mit seinem Orchideenkorb am Tisch stehen. Dimitrios wandte sich ihm zu, wählte die größte und teuerste Blüte und reichte sie mit einer kleinen Verbeugung Madame Bulic, mit der Bitte, sie als Zeichen seiner Verehrung anzunehmen. Madame nahm an. Dimitrios zog seine Brieftasche, um zu zahlen. Im nächsten Augenblick fiel ein dickes Paket Tausend-Dinar-Noten aus seiner Brusttasche auf den Tisch. Mit einem Wort der Entschuldigung steckte Dimitrios das Geld wieder ein. G. nahm sein Stichwort wahr und bemerkte, das sei ziemlich viel Geld, um es in der Tasche herumzutragen, und fragte, ob der ›Freiherr‹ immer so viel bei sich habe. Aber nein, selbstverständlich nicht. Er hatte das Geld etwas früher am Abend bei Alessandro gewonnen und vergessen, es oben in seinem Zimmer zu lassen. Kannte Madame Alessandro? Nein? Die beiden Bulics waren schweigsam geworden, während der ›Freiherr‹ weiterplauderte; sie hatten noch nie so viel Geld gesehen. Der ›Freiherr‹ meinte, Alessandro habe den reellsten Spielklub in ganz Belgrad. Dort kam es wirklich auf das eigene Glück an – nicht auf die Geschicklichkeit der Croupiers. Übrigens habe er heute abend eine richtige Glückssträhne gehabt (dabei machte er Sammetaugen zu Madame) und mehr als gewöhnlich gewonnen. Nach einem kleinen Zögern fuhr er fort: »Da Sie Alessandros Klub noch nicht kennen, wäre es mir ein Vergnügen, wenn Sie mich nachher als meine Gäste begleiten würden.«

Natürlich gingen sie mit. Und natürlich wurden sie dort erwartet, und alle Vorbereitungen waren getroffen. Dimitrios hatte alles arrangiert. Kein Roulette – es ist schwierig, beim Roulette zu betrügen –, aber *Trente et Quarante*. Der kleinste Einsatz war zweihundertfünfzig Dinar.

Sie tranken etwas und sahen dem Spiel eine Weile zu. Nun entschloß sich G., mitzuspielen. Sie sahen, wie er zweimal gewann. Dann fragte der ›Freiherr‹ Madame, ob sie nicht auch spielen möchte. Sie sah ihren Gatten an. Er sagte entschuldigend, er habe nicht viel Geld bei sich. Darauf war Dimitrios vorbereitet. Aber das macht doch nichts, Herr Bulic! Er war persönlich mit Alessandro gut bekannt. Jedem seiner Freunde würde ein Gefallen erwiesen werden. Und sollte er zufällig ein paar Dinar verlieren, so würde Alessandro bestimmt einen Scheck oder einen Schuldschein akzeptieren.

Die Farce ging weiter. Alessandro wurde gerufen und vorgestellt. Man erklärte ihm die Situation. Er hob protestierend die Hände. Ein Freund des ›Freiherrn‹ brauchte doch wegen einer solchen Lappalie nicht erst zu fragen. Übrigens hatte er ja noch gar nicht gespielt. Sollte er wirklich ein wenig Pech haben, so konnte man immer noch darüber reden.

Die beiden würden nach G.'s Meinung nicht gespielt haben, wenn Dimitrios sie auch nur einen Augenblick hätte miteinander reden lassen.

Der Mindesteinsatz war zweihundertfünfzig Dinar – und auch der Besitz von dreißigtausend vermochte nicht, sie den Gegenwert von zweihundertfünfzig Dinar in Lebensmitteln oder Miete vergessen zu machen. Jedoch Dimitrios gab ihnen keine Gelegenheit, ihre Befürchtungen voreinander zu äußern. Statt dessen flüsterte er, als sie am Tisch hinter G.'s Stuhl warteten,

Bulic zu, daß er gern etwas Geschäftliches mit ihm besprechen würde, wenn Bulic an irgendeinem Tage der nächsten Woche Zeit hätte, mit ihm zu essen.

Das rechte Wort zur rechten Zeit. Für Bulic konnte diese Einladung sicher nur eins bedeuten: »Mein lieber Bulic, es liegt wirklich kein Grund vor, sich Sorgen über die Kleinigkeit von ein paar hundert Dinar zu machen. Ich interessiere mich für Sie, und das heißt, daß Ihr Glück gemacht ist. Bitte enttäuschen Sie mich nicht, indem Sie spießbürgerlicher sind als Sie jetzt scheinen.«

Madame Bulic fing an zu spielen.

Ihre ersten zweihundertfünfzig Dinar verlor sie auf *Couleur*. Die zweiten gewannen auf *Inverse*. Dann riet ihr Dimitrios, zu größerer Vorsicht mahnend, auf CHEVAL zu spielen. Es gab ein REFAIT und ein zweites *Refait*. Schließlich verlor sie wieder.

Nach einer Stunde hatte sie für fünftausend Dinar Jetons verspielt. Dimitrios, voller Mitleid mit ihrer ›Pechsträhne‹, schob ihr von einem Haufen, der vor ihm lag, fünfhundert Dinar in Jetons zu und bat sie, damit zu spielen – es seien Glücksbringer.

Der unglückliche Bulic schien zu denken, es sei ein Geschenk, denn er protestierte nur sehr schwach. Aber er sollte schnell entdecken, daß es alles andere als ein Geschenk war. Madame Bulic war jämmerlich zumute und sie sah mitgenommen aus, aber sie spielte weiter. Sie gewann ein wenig, sie verlor mehr. Um halb zwei unterzeichnete Bulic einen Wechsel über zwölftausend Dinar, zahlbar an Alessandro. G. bestellte ihnen einen Whisky.

Man kann sich leicht die Szene zwischen den beiden Bulics ausmalen, als sie endlich allein waren, die gegenseitigen Beschuldigungen, die Tränen, die endlosen Argumente. Dennoch, so schlimm die Sache aussah, ein Lichtblick war geblieben: Bulic sollte am nächsten Tage mit dem ›Freiherrn‹ speisen. Und sie wollten geschäftliche Dinge besprechen.

Nun, sie besprachen geschäftliche Dinge. Dimitrios hatte die Weisung bekommen, recht ermutigend zu Bulic zu sein. Er war es, ganz fraglos. Andeutungen von großen Transaktionen, die fällig waren, von günstigen Gelegenheiten, fabelhafte Summen zu verdienen, wenn man nur rechtzeitig davon erfuhr, Hinweise auf Schlösser in Bayern – nichts fehlte, Bulic brauchte bloß zuzuhören, und sein Herz schlug rascher. Was machte da schon die Kleinigkeit von zwölftausend Dinar? Man mußte in Millionen denken ...

Trotzdem war es Dimitrios, der die Frage der Schulden seines Gastes bei Alessandro anschnitt. Er nahm an, Bulic würde die Sache noch am selben Abend in Ordnung bringen. Er persönlich würde wieder spielen. Man konnte schließlich nicht derartige Summen gewinnen, ohne Alessandro die Chance zu geben, noch etwas mehr zu verlieren ... Wie wäre es, wenn sie zusammen hingingen, sie beide allein? Frauen waren schlechte Spieler.

Sie trafen sich am Abend, und Bulic hatte fast fünfunddreißigtausend Dinar in der Tasche. Das Geld von G. und vermutlich seine sämtlichen Ersparnisse. Als Dimitrios in den frühen Morgenstunden des nächsten Tages Bericht erstattete, erzählte er G., Bulic habe trotz Alessandros Protest darauf bestanden, seinen Wechsel einzulösen, ehe er anfing zu spielen. »Ich bezahle meine Schulden«, hatte er stolz zu Dimitrios gesagt. Den Rest des Geldes legte er mit großer Geste in Jetons zu je fünfhundert Dinar an. Heute wollte er den großen Coup machen. Er lehnte dankend jedes Getränk ab – er wollte einen kühlen Kopf behalten.

G. grinste, als er mir das erzählte – und vielleicht war das weise. Mitleid ist eine unbequeme Sache; und ich finde Bulic bemitleidenswert. Sie können sagen, er sei ein Schwächling und ein Narr gewesen. Natürlich war er das. Aber die Vorsehung ist niemals so berechnend, wie G. und Dimitrios es waren. Sie schlägt einen Mann wohl mit einem Keulenschlag zu Boden – aber sie tastet seine Rippen nicht mit dem Messer ab. Bulic hatte keine Chance. Sie verstanden ihn und nutzten dies sehr geschickt aus. Wer weiß – in einem so abgekarteten Spiel würde ich wahrscheinlich nicht weniger schwach, nicht weniger närrisch sein. Es ist mir ein Trost, mein lieber Marukakis, daß ich vermutlich nicht in eine solche Verlegenheit kommen werde.

Nun, Bulic verlor zwangsläufig. Er fing mit etwa vierzig Jetons zu spielen an. Er brauchte zwei Stunden mit Gewinnen und Verlieren, um sie loszuwerden. Dann nahm er sehr ruhig weitere zwanzig Jetons auf Kredit. Er behauptete, das Glück

müsse sich wenden. Der arme Esel ahnte nicht einmal, daß er betrogen wurde. Warum sollte er einen Verdacht haben? Der ›Freiherr‹ verlor noch mehr als er. Er verdoppelte seine Einsätze und hielt sich damit vierzig Minuten. Er borgte noch einmal und verlor wieder. Schließlich hatte er achtunddreißigtausend Dinar Schulden und, bleich und verschwitzt, beschloß er, aufzuhören.
Nun hatte Dimitrios leichtes Spiel. Am folgenden Abend kam Bulic wieder. Sie ließen ihn dreißigtausend zurückgewinnen. In der folgenden Nacht verlor er wieder vierzehntausend, in der vierten, als er rund fünfundzwanzigtausend Schulden hatte, verlangte Alessandro sein Geld zurück. Bulic versprach, seine Wechsel binnen einer Woche einzulösen. Der erste, bei dem er Hilfe suchte, war G.
G. war verständnisvoll. Fünfundzwanzigtausend war eine Menge Geld, nicht wahr? Natürlich gehörte alles Geld, das er im Zusammenhang mit den erteilten Aufträgen brauchte, seiner Firma, und er war nicht berechtigt, damit zu tun, was ihm beliebte. Er selbst konnte auf ein paar Tage zweihundertfünfzig entbehren, und vielleicht war das eine kleine Hilfe. Er hätte gern mehr getan, aber ... Bulic nahm die zweihundertfünfzig. Dazu gab ihm G. einen guten Rat. Der ›Freiherr‹ war der Mann, der ihm aus seinen Nöten helfen konnte. Er verlieh zwar niemals Geld – vermutlich war das bei ihm eine prinzipielle Frage –, aber er genoß den Ruf, seinen Freunden zu helfen, indem er sie in die Lage versetzte, beträchtliche Summen zu verdienen. Warum sich nicht an ihn wenden?
Die ›Unterredung‹ zwischen Bulic und Dimitrios fand im Hotel nach einem Abendessen statt, das Bulic bezahlte. Es wurde im Salon des ›Freiherrn‹ eingenommen. G. lauschte heimlich im Schlafzimmer nebenan.
Als Bulic endlich zur Sache kam, fragte er nach Alessandro. Würde er auf seinem Geld bestehen? Was würde passieren, wenn Bulic nicht zahlen konnte?
Dimitrios heuchelte Überraschung. Es kam doch wohl gar nicht in Frage, hoffte er, daß Alessandro nicht bezahlt würde ... Schließlich hatte er den Kredit auf des ›Freiherrn‹ persönliche Empfehlung eingeräumt. Es wäre sehr peinlich, wenn da Unannehmlichkeiten entstünden. Unannehmlichkeiten welcher Art,

bitte? Nun, Alessandro hatte die Schuldscheine in der Hand und konnte die Sache der Polizei übergeben. Er hoffe aufrichtig, daß es nicht dazu käme.
Das hoffte freilich auch Bulic. Er konnte jetzt um alles kommen, einschließlich seines Postens im Marineministerium. Es konnte sogar aufkommen, daß er Geld von G. angenommen hatte. Und das bedeutete möglicherweise Gefängnis. Würde man ihm glauben, daß er für dreißigtausend Dinar keinen Gegendienst geleistet hatte? Es war verrückt, das anzunehmen. Seine einzige Möglichkeit war, das Geld vom ›Freiherrn‹ zu bekommen ... irgendwie.
Zu dieser Bitte schüttelte Dimitrios bedauernd den Kopf. Nein. Das würde alles nur noch schlimmer machen, denn dann würde Bulic das Geld einem Freund schulden und nicht einem Feind; übrigens sei es bei ihm eine Sache des Prinzips. Selbstverständlich wolle er aber gerne helfen. Es gab nur einen Ausweg – aber wie würde Herr Bulic sich dazu stellen? Das war die Frage. Er erwähne die Angelegenheit nur ungern – aber da Herr Bulic so dränge ... nun, er kenne gewisse Leute, die sehr daran interessiert wären, einige Informationen aus dem Marineministerium zu bekommen, die auf dem gebräuchlichen Wege nicht erhältlich seien. Diese Leute würden vielleicht – wenn man geschickt verhandelte – fünfzigtausend Dinar für die gewünschte Auskunft zahlen, wenn sie sich auf ihre Genauigkeit verlassen könnten.
G. meinte, der Erfolg dieses Planes sei zum großen Teil auf die sorgfältige Dosierung der Geldbeträge zurückzuführen gewesen. (Er scheint vom Erfolg denselben Begriff zu haben wie ein Arzt, der von Erfolg spricht, wenn der Patient den Operationssaal lebend verläßt.) Jede Summe, von den ersten zwanzigtausend Dinar über die jeweiligen Wechsel an Alessandro, der ein italienischer Spion war, bis zu den letzten fünfzigtausend Dinar, die Dimitrios anbot, war im Hinblick auf ihre psychologische Wirkung genau kalkuliert. Gerade die letzten fünfzigtausend – sie hatten doppelten Reiz für Bulic. Er konnte damit seine Schulden bezahlen und behielt immer noch fast soviel, wie er besessen hatte, ehe er den ›Freiherrn‹ kennengelernt hatte. Zum Ansporn der Angst kam noch die Gier.
Jedoch Bulic willigte nicht sofort ein. Als er hörte, um welche

Auskunft es sich handelte, erschrak er und wurde wütend. Mit der Wut wurde Dimitrios sehr leicht fertig. Wenn in Bulic schon gewisse Zweifel an der Ehrlichkeit des ›Freiherrn‹ erwacht waren, so wurden sie jetzt zur Gewißheit; denn als er wütend ›dreckiger Spitzel‹ brüllte, war es aus mit dem liebenswürdigen Charme des ›Freiherrn‹. Dimitrios gab Bulic einen Tritt in den Magen, und als er sich vornüberkrümmte, einen zweiten Tritt ins Gesicht. Nach Luft ringend, mit blutendem Mund und argen Schmerzen, wurde er in einen Sessel geschleudert, und Dimitrios erklärte ihm kalt, die einzige Gefahr für ihn sei, nicht zu tun, was man von ihm verlange.

Seine Befehle waren einfach; Bulic sollte sich eine Kopie der Karte verschaffen und sie am nächsten Abend ins Hotel bringen, wenn er vom Ministerium nach Hause ging. Eine Stunde später würde er die Karte zurückbekommen, und am Morgen konnte er sie wieder an Ort und Stelle legen. Das war alles. Er würde sein Geld erhalten, wenn er die Karte ablieferte. Dimitrios warnte ihn davor, die Polizei zu informieren, und erinnerte ihn an die 50 000 Dinar, die auf ihn warteten. Damit war er entlassen.

Folgsam erschien er am nächsten Abend mit der zusammengefalteten Karte unter seinem Mantel. Dimitrios trug die Karte in G.'s Zimmer und kam wieder, um Bulic zu bewachen, während sie fotografiert und das Negativ entwickelt wurde. Anscheinend hatte Bulic nichts zu sagen. Als G. fertig war, nahm Bulic wortlos das Geld und die Karte von Dimitrios entgegen und ging weg.

G. sagte, er sei sehr mit sich zufrieden gewesen, als er das Negativ gegen das Licht hielt und hörte, wie sich im Nebenzimmer die Tür hinter Bulic schloß. Wenig Spesen, keine vergebliche Mühe, keine Verzögerungen. Jedermann, sogar Bulic, war bei dem Geschäft gut gefahren. Wenn jetzt Bulic die Karte wieder an ihren Ort legte – und warum sollte er das nicht tun? – würde alles in bester Ordnung sein.

Und dann trat Dimitrios ins Zimmer.

In diesem Augenblick wurde es G. klar, daß er EINEN Fehler gemacht hatte.

»Meinen Lohn«, sagte Dimitrios und hielt die Hand auf.

G.'s Augen begegneten dem Blick seines Angestellten, und er

nickte. Er brauchte eine Pistole und hatte keine. »Wir gehen zu meiner Wohnung«, sagte er und wollte zur Tür.
Aber Dimitrios schüttelte bedächtig den Kopf. »Mein Lohn ist in Ihrer Tasche«, sagte er.
»Nein, Ihr Lohn nicht – nur mein eigener.«
Dimitrios zog einen Revolver hervor. Ein Lächeln spielte um seine Lippen. »O nein – das, was ich haben will, ist in Ihrer Tasche, *Monsieur*. Hände hoch!«
G. gehorchte. Dimitrios kam auf ihn zu. G. sah fest in die braunen Augen und wußte, daß er in Gefahr war. Einen Schritt vor ihm blieb Dimitrios stehen. »Bitte seien Sie vorsichtig, *Monsieur*.«
Das Lächeln verschwand. Dimitrios trat plötzlich vor, stieß den Revolver in G.'s Magen und riß mit der freien Hand das Negativ aus G.'s Tasche. Ebenso schnell trat er zurück. »Sie können gehen«, sagte er.
G. ging. Dimitrios hatte nun auch einen Fehler gemacht.
Die ganze Nacht hindurch suchten Männer, hastig aus den Verbrecherkneipen zusammengeholt, Belgrad nach Dimitrios ab. Er war verschwunden. G. hat ihn niemals wiedergesehen.
Und was wurde aus dem Negativ?
Lassen Sie mich wieder G.'s eigene Worte brauchen:
»Als der Morgen kam und meine Leute ihn nicht gefunden hatten, wußte ich, was ich tun mußte. Ich war voller Bitterkeit. Aber was blieb mir übrig? Ich wußte schon seit einer Woche, daß Dimitrios mit einem französischen Spion Fühlung genommen hatte. Jetzt war das Negativ bestimmt in dessen Händen. Ich hatte wirklich keine Wahl. Ein Freund in der deutschen Botschaft war in der Lage, mir behilflich zu sein. Die Deutschen waren damals sehr darauf bedacht, sich Belgrad gefällig zu erweisen. Was war natürlicher, als daß sie eine kurze informierende Nachricht weitergaben, die für die jugoslawische Regierung interessant war?«
»Meinen Sie etwa«, fragte ich, »daß Sie nun vorsätzlich alles so arrangierten? Daß die jugoslawischen Regierungsstellen von dem Diebstahl der Karte und der Tatsache, daß sie fotografiert wurde, Wind bekamen?«
»Leider war das ja das einzige, was ich tun konnte. Sehen Sie, ich mußte doch die Karte wertlos machen. Es war wirklich dumm

von Dimitrios, daß er mich laufen ließ. Nun ja, er war unerfahren. Er vermutete wahrscheinlich, ich würde Bulic nötigen, mir die Karte nochmals zu bringen. Mir war aber klar, daß ich nicht viel Geld für eine Information bekommen würde, die bereits in französischer Hand war. Und wie hätte mein Ruf gelitten. Wirklich, ich war erbittert über die ganze Sache. Das einzig Amüsante war, daß die Franzosen Dimitrios die Hälfte des vereinbarten Preises für die Karte bezahlt hatten, ehe sie entdeckten, daß sie durch meine kleine *Demarche* bereits wertlos war.«

»Und was wurde aus Bulic?«

G. zog eine Grimasse. »Ja, sehen Sie, er tat mir sehr leid – denn ich fühle mich immer etwas verantwortlich für Leute, die für mich arbeiten. Er wurde sofort verhaftet. Es bestand kein Zweifel darüber, welche von den Karten benutzt worden war. Sie wurden gerollt in den Metallzylindern aufbewahrt. Bulic hatte die seine zusammengefaltet, um sie aus dem Hause zu schmuggeln. Und es war nur eine Kopie vorhanden, die gefaltet worden war. Bulics Fingerabdrücke taten das übrige. Er war klug genug, den Behörden alles zu erzählen, was er über Dimitrios wußte. Dafür bekam er nur lebenslänglich Gefängnis – andernfalls hätte man ihn erschossen. Ich war gefaßt darauf, daß er mich erwähnen würde, aber er tat es nicht. Ich war ein wenig überrascht. Denn schließlich hatte ich ihn ja mit Dimitrios bekannt gemacht. Ich überlegte damals, ob er schwieg, weil er keine Lust hatte, noch eine zweite Anklage wegen Annahme von Bestechungsgeldern zu riskieren, oder ob er mir dankbar war, weil ich ihm die zweihundertfünfzig Dinar geliehen hatte. Wahrscheinlich brachte er mich überhaupt nicht mit der Kartensache in Verbindung. Auf jeden Fall war ich froh darüber. Ich hatte in Belgrad zu arbeiten, und wenn mich nun die Polizei gesucht hätte – auch unter einem andern Namen – so hätte das mein Leben kompliziert. Ich habe es niemals übers Herz gebracht, mich zu verkleiden.«

Ich stellte ihm noch eine Frage. Hier ist die Antwort:

»O ja, ich verschaffte mir die neuen Karten, sobald sie fertig waren. Natürlich auf ganz anderem Wege. Ich hatte so viel Geld in die Sache gesteckt, daß ich nicht mit leeren Händen zurückkehren konnte. Es ist immer das gleiche: immer gibt es diesen oder jenen Grund für Verzögerungen, für Vergeudung von Geld und Mühe. Sie werden vielleicht sagen, es sei von mir leichtsinnig gewesen, Dimitrios zu verwenden. Aber das wäre ungerecht. Ich hatte mich ein wenig geirrt, das war alles. Ich rechnete damit, daß er – genau wie alle anderen Narren in der Welt – zu gierig sei. Ich dachte, er würde warten, bis er die vierzigtausend Dinar von mir bekommen hatte, ehe er versuchen würde, sich auch noch die Fotografie zu verschaffen. Er hat mich überrumpelt. Und diese falsche Beurteilung kostete mich eine Menge Geld.«

»Nun, Bulic hat es die Freiheit gekostet.« Ich glaube, ich sagte es ziemlich vorwurfsvoll, denn er runzelte die Stirn.

»Mein lieber Herr Latimer«, sagte er steif. »Bulic war ein Verräter und ist so behandelt worden, wie er es verdient hat. Seinetwegen braucht man nicht sentimental zu werden. Im Kriege gibt es immer Verluste. Bulic hatte sogar Glück. Ich hätte ihn sicherlich wieder verwendet, und schließlich wäre er dann vielleicht doch noch erschossen worden. So kam er nur ins Gefängnis. Soviel ich weiß, ist er noch drin. Ich möchte nicht roh erscheinen, aber ich muß sagen: er ist dort besser dran. Seine Freiheit? Unsinn! Er hatte keine Freiheit, die er verlieren konnte.

Und seine Frau – nun, ich zweifle nicht, daß sie jetzt in viel besseren Verhältnissen lebt. Ich hatte immer den Eindruck, daß sie ihn recht gut entbehren konnte. Ich tadle sie deswegen nicht. Er war ein unangenehmer Bursche. Komisch, ich erinnere mich noch recht gut daran, daß er beim Essen manchmal sabberte. Und was noch schlimmer ist, er war sehr unkorrekt. Sie denken sicherlich, er sei, als er an jenem Abend Dimitrios verließ, direkt zu Alessandro gegangen, um seine Schulden zu bezahlen – nicht wahr? O nein. Als er am nächsten Abend verhaftet wurde, trug er die fünfzigtausend Dinar noch immer in der Tasche. Vergeudung, Vergeudung! Bei solchen Gelegenheiten, mein Freund, kann man wirklich froh sein um seinen Sinn für Humor.«

So, mein lieber Marukakis, das wäre alles. Es ist, glaube ich, mehr als genug. Für mich, der ich unter den Geistern alter Lügen umherwandere, ist der Gedanke tröstlich, daß Sie mir vielleicht schreiben und bestätigen werden, es habe sich gelohnt, das alles herauszufinden. Bitte, tun Sie es. Ich selbst fange nämlich an, zu zweifeln. Es ist im Grunde eine armselige Geschichte – oder? Kein Held, keine Heldin – nur Schurken und Narren. Oder überhaupt nur Narren?

Aber es ist noch zu früh am Nachmittag für solche Fragen. Zudem muß ich packen. In einigen Tagen bekommen Sie eine Postkarte mit meinem Namen und meiner neuen Adresse – in der Hoffnung, daß Sie Zeit finden werden, mir zu schreiben. Jedenfalls hoffe ich, wir werden einander bald wieder begegnen. *Croyez en mes meilleurs Souvenirs.*

Ihr Latimer

X

Die acht Engel

An einem grauen Novembertag kam Latimer in Paris an.

Als er in seinem Taxi über die Brücke zur Ile de la Cité fuhr, beobachtete er kurz das Wechselspiel tiefhängender, schwarzer Wolken, die im kalten, staubigen Novemberwind schnell dahintrieben. Die lange Fassade der Häuser am Quai de Corse war reglos und geheimnisvoll – man hatte das Gefühl, daß hinter jedem Fenster ein versteckter Wächter lauerte. Auf der Straße waren nur wenig Leute. Paris hatte an diesem spätherbstlichen Nachmittag die makabre Starrheit eines Stahlstiches.

Er fühlte sich bedrückt, und als er die Stufen seines Hotels am Quai Voltaire hinaufstieg, wünschte er inständig, er wäre nach Athen zurückgekehrt.

Sein Zimmer war kalt. Zu einem Apéritif war es noch zu früh, und da er seine Mahlzeit im Zug mit gutem Appetit verzehrt hatte, lockte ihn ein zeitiges Abendessen nicht. Er entschloß sich, die Außenseite des Hauses Nummer 3 der Impasse des Huit Anges in Augenschein zu nehmen. Nicht ohne Schwierigkeiten fand er die Sackgasse hinter einer Seitenstraße der Rue de Rennes.

Es war eine breite Passage, L-förmig und mit Kopfsteinen gepflastert, am Eingang durch ein hohes Gittertor abgeschlossen. Beide Flügel waren zurückgeschlagen und an den Mauern, die sie hielten, mit schweren Krampen festgelegt – man sah ihnen an, daß sie seit Jahren nicht zugemacht worden waren. Ein Zaun aus spitzen Eisenstäben trennte die eine Seite der Sackgasse von der fensterlosen Seitenwand des angrenzenden Häuserblocks. Gegenüber lag eine zweite kahle Zementmauer, zwar nicht durch einen Zaun unzugänglich gemacht, aber durch die verwaschene schwarze Inschrift *Défense d'Afficher, loi du 10 Avril* 1929 vor unbefugten Händen geschützt.

Die Sackgasse hatte nur drei Häuser. Sie waren so gruppiert, daß man sie von der Straße aus nicht sah, nämlich am Fuße des L, und blickten durch die schmale Lücke zwischen dem Gebäude, an dem Plakate ankleben verboten war, und der Rückwand eines Hotels, über dem sich die Regenrinnen wie Schlangen krümmten, auf eine weitere fensterlose Zementfläche. Das Leben in der Impasse des Huit Anges mußte so etwas wie eine Generalprobe für die Ewigkeit sein, dachte Latimer. Daß auch andere Leute vor ihm solche Gedanken gehegt hatten, ging daraus hervor, daß zwei der drei Häuser geschlossene Fensterläden hatte und unverkennbar leer standen, und vom dritten (Nummer 3) nur der vierte Stock und das Dachgeschoß bewohnt schienen.

Latimer kam sich vor wie jemand, der eine Gesetzeswidrigkeit begeht, während er langsam über die unregelmäßigen Kopfsteine zur Haustür von Nummer 3 ging.

Sie war offen. Er konnte durch einen fliesenbelegten Korridor auf einen schmalen, dunklen Hof hinter dem Haus sehen. Die Loge des Portiers rechts von der Haustür stand leer und sah nicht aus, als ob sie kürzlich bewohnt gewesen sei. Daneben war ein staubiges Brett an die Wand genagelt, auf das vier kleine Messingrahmen geschraubt waren; drei davon waren leer, im vierten steckte ein schmieriges Stück Papier, auf dem mit plumpen Druckbuchstaben in violetter Tinte der Name *Caillé* stand. Nun, daraus ließ sich nur schließen, was Latimer gar nicht bezweifelt hatte – nämlich daß Herrn Peters' Deckadresse existierte. Er kehrte um und ging zur Straße zurück. In der Rue de Rennes fand er ein Postamt, kaufte eine Rohrpostkarte, schrieb seinen Namen und die Adresse seines Hotels darauf, adressierte sie an Herrn Peters und warf sie in die Röhre. Auch Herrn Marukakis schickte er eine Postkarte. Was sich nur ereignen würde, hing ganz von Peters ab. Aber eines konnte und wollte er vorher noch tun – nämlich feststellen, ob und was die Pariser Zeitungen im Dezember 1931 über das Auffliegen einer Bande von Rauschgifthändlern zu sagen gehabt hatten.

Am nächsten Morgen um neun entschloß er sich, da er noch keine Nachricht von Peters hatte, den Vormittag dieser Zeitungslektüre zu widmen.

Das Blatt, das er schließlich zum Studium der Einzelheiten aussuchte, brachte mehrere Artikel über den Fall. Der erste datierte vom 29. November 1931. Die Überschrift lautete:

Dann hieß es: »Ein Mann und eine Frau wurden dabei ertappt, wie sie im Alésia-Viertel Rauschgift an Süchtige verkauften, und verhaftet. Sie gaben an, Mitglieder einer bekannten ausländischen Bande zu sein. Die Polizei erwartet innerhalb der nächsten Tage weitere Verhaftungen.«
Das war alles. Es tönte sonderbar, fand Latimer. Diese drei trockenen Sätze wirkten, als seien sie aus einem ausführlicheren Bericht herausgeschnitten worden. Und merkwürdig, daß kein Name genannt wurde. Nun, vielleicht war das Polizeizensur.
Der nächste Hinweis erschien am 4. Dezember unter der Überschrift:

RAUSCHGIFTHÄNDLERBANDE – 3 WEITERE VERHAFTUNGEN

»Drei Mitglieder einer verbrecherischen Organisation, die sich mit dem Vertrieb von Rauschgiften befaßt, wurden gestern nacht in einem Café in der Nähe der Porte d'Orléans verhaftet. Die *agents* waren gezwungen, beim Betreten des Cafés auf einen der Männer zu schießen, der bewaffnet war und einen verzweifelten Fluchtversuch machte. Er wurde leicht verletzt. Die anderen beiden – einer von ihnen war Ausländer – leisteten keinen Widerstand.
Damit steigt die Zahl der verhafteten Mitglieder der Rauschgifthändlerbande auf fünf, denn man vermutet, daß die in der Nacht arretierten zur gleichen Bande gehören wie der Mann und die Frau, welche vor einer Woche im Alésia-Viertel festgenommen wurden.
Die Polizei erklärt, daß weitere Verhaftungen bevorstehen, da die Hauptstelle zur Bekämpfung des Rauschgifthandels Beweise besitze, welche auf die wahren Drahtzieher der Bande hindeuten.
Herr Auguste Lafon, der Direktor dieses Büros, sagte: ›Wir wissen schon seit längerer Zeit von dieser Bande und haben sorgfältige Nachforschungen über ihre Tätigkeit angestellt. Wir hätten noch mehr Verhaftungen vornehmen können, aber wir hielten uns zurück, denn es sind die Anführer, die großen Verbrecher, die wir fassen wollen. Ohne Anführer und von den Nachschubquellen abgeschnitten, wird das ganze Heer der

Rauschgifthändler, das Paris verpestet, lahmgelegt und kann sein ruchloses Gewerbe nicht weiter betreiben. Wir haben die Absicht, diese Art Banden auszurotten.‹«
Am 11. Dezember berichtete die Zeitung weiter:

RAUSCHGIFTHÄNDLERBANDE VERNICHTET
NEUE VERHAFTUNGEN
»Jetzt haben wir sie alle«, sagt Lafon
DER RAT DER SIEBEN

»Sechs Männer und eine Frau sind infolge der Aktion, die Monsieur Lafon, der Leiter der Hauptstelle zur Bekämpfung des Rauschgifthandels, unternommen hat, nunmehr in Haft. Es handelt sich um eine berüchtigte Bande ausländischer Rauschgifthändler, die in Paris und Marseille arbeitete.
Die Aktion begann vor zwei Wochen mit der Verhaftung einer Frau und ihres Komplizen im Alésia-Viertel. Sie erreichte gestern in Marseille ihren Höhepunkt mit der Verhaftung zweier Männer, die vermutlich die letzten fehlenden Mitglieder des ›Rates der Sieben‹ sind; dieser dürfte für die Organisation des verbrecherischen Unternehmens verantwortlich sein.
Auf Ersuchen der Polizei haben wir bisher die Namen der Verhafteten verschwiegen, da wir ihre Komplizen nicht warnen wollten. Nun ist diese Einschränkung aufgehoben.
Die Frau, eine gewisse Lydia Prokofievna, ist Russin und vermutlich mit einem Nansen-Paß im Jahre 1924 aus der Türkei nach Frankreich gekommen. Sie ist in Verbrecherkreisen als ›die Großherzogin‹ bekannt. Der Mann, der zugleich mit ihr arretiert wurde, ist ein Holländer namens Manuel Visser. Er wurde wegen seiner Zusammenarbeit mit der Prokofievna manchmal auch ›Monsieur le Duc‹ genannt.
Die Namen der anderen fünf Verhafteten sind: Luis Galindo, ein naturalisierter Franzose mexikanischer Abstammung, der mit einer Kugel in der Hüfte zur Zeit im Spital liegt; Jean Baptiste Lenôtre, ein Franzose aus Bordeaux, und Jakob Werner, ein Belgier, die mit Galindo verhaftet wurden; Pierre Lamare, genannt ›Jojo‹, aus Nizza, und Frederick Petersen, ein Däne, die in Marseille festgenommen wurden.
In einer Presseerklärung sagte Monsieur Lafon gestern abend:

›Jetzt haben wir sie alle. Die Bande ist aufgeflogen. Wir haben die Köpfe und damit die Gehirne gefaßt – der Körper wird eines schnellen Todes sterben. Es ist geschafft.‹
Lamare und Petersen werden heute vom Untersuchungsrichter vernommen werden. Man nimmt an, daß alle Verhafteten gemeinsam in einem Prozeß abgeurteilt werden.«
»Siehe den Sonderartikel GEHEIMNISSE DER RAUSCHGIFTHÄNDLERBANDE auf Seite drei!«
In England würde sich Herr Lafon wahrscheinlich in ernstlichen Schwierigkeiten befunden haben, dachte Latimer. Es schien kaum der Mühe wert, die Angeklagten vor Gericht zu stellen, nachdem er und die Presse bereits das Urteil verkündet hatten. Nun ja, bei einem französischen Prozeß war praktisch der Angeklagte immer schuldig. Ihn vor Gericht zu stellen war nichts anderes als ihn noch einmal zu fragen, ob er etwas zu sagen hätte, ehe er verurteilt wurde.
Er blätterte um auf Seite 3 und las den Sonderbericht.
Der Verfasser – er nannte sich ›Veilleur‹ – führte aus, das als Morphium bekannte Rauschgift, sei ein Opiumderivat mit der Formel $C_{17}H_{19}NO_3 \cdot H_2O$, und seine gebräuchliche medizinische Form sei Morphium Hydrochlorid; die von den Rauschgiftsüchtigen bevorzugte Form aber sei ein anderes Opiumderivat, das Heroin (Diacetylmorphin $C_{21}H_{23}NO_5$), weil es schneller und stärker wirke und leichter zu nehmen sei; die dritte Art sei das Kokain, das man aus den Blättern des Kokastrauches herstelle, und das in der Form von Kokain Hydrochlorid (Formel $C_{17}H_{21}NO_4HCl$) genossen würde. Die Wirkung der drei Gifte sei ungefähr diesselbe: sie regten den Geschlechtstrieb an und putschten Geist und Körper auf. Der Süchtige aber würde körperlich und seelisch verfallen und geistige Torturen schlimmster Art zu erdulden haben. Der Handel mit diesen Rauschgiften (so erklärte der *Veilleur*) werden in geradezu gigantischem Ausmaße betrieben, jedermann könne sie in Paris und Marseille bekommen. In jedem europäischen Lande gebe es illegale Fabrikationsstätten. Die Weltproduktion dieser Drogen übersteige bei weitem den legitimen medizinischen Verbrauch. Es gebe Millionen von Rauschgiftsüchtigen in Westeuropa. Der Rauschgifthandel sei ein wohlorganisiertes Geschäft auf breitester Basis. Dann folgte eine Liste der kürzlich beschlagnahmten verbotenen

Drogen: sechzehn Kilo Heroin fand man in sechs Kisten mit Maschinenteilen, die von Amsterdam nach Paris gingen; fünfundzwanzig Kilo Kokain zwischen den doppelten Seitenwänden eines Ölfasses, auf der Route New York–Cherbourg; zehn Kilo Morphium im falschen Boden eines Kabinenkoffers, bei der Landung eines Schiffes in Marseille; zweihundert Kilo Morphium in einer unlizenzierten Fabrik in einer Garage bei Lyon. Die Banden, welche das Gift unter die Leute brachten, wurden von reichen und nach außen hin ehrbaren Männern angeführt. Dieses Geschmeiß habe sogar die Polizei bestochen. In Paris gebe es Bars und Tanzlokale (sie spreizten sich direkt unter den Augen der Polizei), in denen die ›Kleinhändler‹ ihr Unwesen trieben und die Polizei verlachten. Der *Veilleur* erstickte fast vor Entrüstung. Hätte er drei Jahre später geschrieben, so hätte er sicher auch noch Stavisky und die halbe Abgeordnetenkammer in die Sache verwickelt. Nun habe, fuhr er fort, die Polizei endlich einmal die Initiative ergriffen – und es sei nur zu hoffen, daß sie bald wieder zuschlagen werde. Denn inzwischen erduldeten Tausende von Franzosen – Franzosen und *Französinnen* – die Qualen der Verdammnis durch diesen teuflischen Handel, der die Kraft der Nation schwäche.

All das bewies, daß der *Veilleur* zwar das Herz auf dem rechten Fleck hatte, aber keins der Geheimnisse der Rauschgiftschmuggler kannte.

Mit der Verhaftung des ›Rates der Sieben‹ schien das Interesse an dem Fall abzuflauen. Die Tatsache, daß die ›Großherzogin‹ nach Nizza transportiert wurde, um sich dort für eine vor drei Jahren begangene Unterschlagung zu verantworten, sprach dabei wohl mit. Die Gerichtsverhandlung gegen die Männer wurde nur kurz behandelt. Alle wurden verurteilt. Galindo, Lenôtre und Werner zu Bußen von fünftausend Francs und drei Monaten Gefängnis; Lamare, Visser und Petersen zu Bußen von zweitausend Francs und einem Monat Gefängnis.

Latimer war verblüfft, wie geringfügig diese Strafen waren.

Veilleur, der wieder auftauchte, um über die Affäre zu berichten, war außer sich vor Wut, aber keineswegs erstaunt. Ohne diese veralteten und lachhaften Gesetze, so donnerte er, hätte man alle sechs zu lebenslänglichem Gefängnis verurteilt. Und welcher von ihnen war das Oberhaupt der Bande? Ah! Glaubte die Polizei wirklich, diese Lumpenkerle hätten eine Organisation finanziert, welche nach den bei Gericht vorliegenden Beweisen in einem einzigen Monat Heroin und Morphium im Werte von zwei und einer halben Million Francs aufgekauft und verteilt hatte? Das war lächerlich, einfach lächerlich. Die Polizei ...

Das war die einzige Stelle in der Presse, die sich mit der Tatsache befaßte, daß die Polizei Dimitrios nicht gefunden hatte. Nun, das war nicht überraschend. Die Polizei konnte der Presse nicht erzählen, daß die Verhaftungen nur durch ein Dossier möglich gemacht worden waren, das ihr freundlicherweise von einem anonymen ›Wohlgesinnten‹ zur Verfügung gestellt wurde, in dem sie das Oberhaupt der Bande vermutete. Immerhin, es war irritierend für Latimer, festzustellen, daß er mehr wußte als die Zeitungen – denn er hatte sich darauf verlassen, in den Zeitungen eine Antwort auf seine Fragen zu finden.

Er wollte gerade die Mappe mit der Zeitung verärgert zuklappen, als ein Bild sein Interesse weckte. Es war die schmierige Reproduktion einer Fotografie von drei der Verurteilten, die an Handschellen von Geheimpolizisten vom Gericht abgeführt wurden. Alle drei hatten ihre Gesichter von der Kamera abgewandt – aber der Umstand, daß sie Handschellen trugen, hinderte sie, sich einigermaßen wirksam zu verbergen.

Latimer verließ das Zeitungsbüro in erheblich besserer Laune, als er es betreten hatte.

In seinem Hotel erwartete ihn eine Nachricht. Falls er keinen *Pneumatique* schicke, der anders disponiere, würde Herr Peters um sechs Uhr abends vorbeikommen. Herr Peters erschien schon gegen 17.30 Uhr. Er begrüßte Latimer überschwenglich.

»Mein *lieber* Herr Latimer! Ich kann Ihnen gar nicht sagen, wie sehr ich mich freue, Sie zu sehen. Unsere letzte Begegnung fand unter so ungünstigen Umständen statt, daß ich wirklich kaum zu hoffen wagte. – Nun, lassen Sie uns von angenehmeren Dingen plaudern. Willkommen in Paris! Hatten Sie eine gute Reise? Sie sehen glänzend aus. Oh, Sie müssen mir gleich erzählen, was Sie über Grodek denken. Er schrieb mir und betonte, wie charmant und sympathisch Sie seien. Er ist ein netter Kerl, was? Und seine Katzen! Er betet sie geradezu an.«

»Er war sehr hilfsbereit. Bitte, setzen Sie sich.«
»Ich wußte, daß er Ihnen gefällig sein würde.«
Latimer empfand Herrn Peters' süßes Lächeln wie den Gruß eines alten unausstehlichen Bekannten. »Er tat übrigens auch geheimnisvoll. Er drängte mich dazu, nach Paris zu gehen und Sie aufzusuchen.«
»So? Tat er das?« Herr Peters schien nicht angenehm berührt. Sein Lächeln verblaßte ein wenig. »Und was sagte er sonst, Herr Latimer?«
»Er sagte, Sie seien ein kluger Mann. Und er schien etwas, was ich über Sie sagte, sehr lustig zu finden.«
Herr Peters setzte sich vorsichtig aufs Bett. Sein Lächeln war verschwunden. »So? Bitte, was haben Sie denn gesagt?«
»Er bestand darauf zu erfahren, was ich mit Ihnen zu tun hätte. Ich erzählte ihm alles. Da ich ja selbst nichts wußte«, fuhr Latimer hohnvoll fort, »dachte ich, daß ich ihm ruhig vertrauen könnte. Wenn Ihnen das unangenehm ist, tut es mir leid. Sie dürfen nicht vergessen, daß ich in bezug auf Ihren wunderbaren Plan immer noch völlig ahnungslos bin.«
»Hat Grodek es Ihnen nicht erklärt?«
»Nein; hätte er es erklären können?«
Das Lächeln setzte sich wieder auf den weichen Lippen fest. Es war, als ob eine häßliche Pflanze ihr Gesicht der Sonne zukehrte. »Ja, Herr Latimer – das hätte er. Was Sie mir sagen, erklärt den frechen Ton seines Briefes. Ich bin froh, daß Sie seine Neugier befriedigt haben. Die Reichen sind oft lüstern nach des Nächsten Hab und Gut ... so ist das auf dieser unserer Welt. Grodek ist ein lieber Freund von mir, aber es ist ganz gut, daß er nun weiß, daß wir keine Hilfe brauchen. Andernfalls wäre die Aussicht auf Gewinn vielleicht doch eine Versuchung für ihn gewesen.«
Latimer betrachtete ihn einen Augenblick nachdenklich. Dann fragte er:
»Haben Sie Ihre Pistole bei sich, Herr Peters?«
Der Dicke machte ein entsetztes Gesicht. »Aber, lieber Herr Latimer, was denken Sie. Warum sollte ich zu einem freundschaftlichen Besuch bei Ihnen dieses Ding mitbringen?«
»Gut«, sagte Latimer kurz. Er ging zur Tür, drehte den Schlüssel im Schloß um und steckte ihn in die Tasche. »Kurz und

gut«, fuhr er grimmig fort, »ich möchte kein unhöflicher Gastgeber sein – aber auch meine Geduld hat Grenzen. Ich bin einen weiten Weg gekommen, um Sie zu sprechen – und ich weiß immer noch nicht warum. Jetzt will ich es wissen.«

»Das sollen Sie auch.«

»Das haben Sie schon mehrmals gesagt«, antwortete Latimer scharf. »Also bitte – ehe Sie wieder anfangen, um die Sache herumzureden, will *ich* Ihnen einige Dinge sagen. Ich neige nicht zu Gewalttätigkeiten, Herr Peters. Um ganz ehrlich zu sein, ich fürchte Gewalttätigkeiten. Aber es gibt Situationen, wo das friedlichste Geschöpf darauf angewiesen ist. In so einer Situation bin ich jetzt. Ich bin jünger als Sie und, wie ich glaube, in erheblich besserer Verfassung. Wenn Sie weiterhin so geheimnisvoll tun, springe ich Ihnen an die Gurgel. Das ist das erste. Das zweite ist: ich weiß, wer Sie sind. Ihr Name ist nicht Peters, sondern Petersen. Sie waren ein Mitglied der Rauschgifthändlerbande, die Dimitrios organisiert hatte, und Sie wurden im Dezember 1931 verhaftet und zu zweitausend Francs Buße und einem Monat Gefängnis verurteilt.«

Herr Peters lächelte gequält. »Hat Grodek Ihnen das erzählt?« Er stellte die Frage leise und kummervoll. Statt ›Grodek‹ hätte er genausogut ›Judas‹ sagen können.

»Nein. Ich sah heute früh ein Bild von Ihnen in einer alten Zeitung.«

»In einer Zeitung. Ach ja! Ich konnte auch nicht glauben, daß mein Freund Grodek . . .«

»Sie leugnen es also nicht?«

»Aber nein. Es ist die Wahrheit.«

»Nun gut, Herr Petersen, ich . . .«

»Peters, Herr Latimer. Ich entschloß mich, meinen Namen zu ändern.«

»Meinetwegen – Herr Peters. Nun kommen wir zu meinem dritten Punkt. Als ich in Istanbul war, hörte ich ein paar sehr interessante Dinge über das Ende dieser Bande. Es hieß, daß Dimitrios die ganze Schar seiner Getreuen verraten habe – er schickte der Polizei anonym ein Dossier, das den ›Rat der Sieben‹ überführte. Ist das wahr?«

»Dimitrios hat sehr schlecht an uns allen gehandelt«, sagte Herr Peters dumpf.

»Es hieß ferner, daß Dimitrios selbst süchtig geworden sei. Stimmt das auch?«
»Unglücklicherweise – ja. Andernfalls hätte er uns doch wohl nicht verraten. Wir haben so viel Geld für ihn verdient.«
»Ich hörte auch, daß von Rache gesprochen wurde. Daß ihr alle gedroht hättet, Dimitrios umzubringen, sobald ihr wieder frei wäret.«
»Ich habe nicht gedroht«, verbesserte ihn Herr Peters. »Ein paar meiner Kameraden taten es, das ist wahr. Galindo zum Beispiel – er war immer ein Hitzkopf.«
»Ich verstehe – Sie haben nicht gedroht. Sie zogen es vor, zu handeln.«
»Jetzt verstehe ich Sie nicht, Herr Latimer.« Er sah aus, als ob er wirklich nicht verstünde.
»Nicht? Nun, ich will es Ihnen auseinandersetzen. Dimitrios wurde vor etwa zwei Monaten in der Nähe von Istanbul ermordet. Ziemlich bald nach dem vermutlichen Zeitpunkt des Mordes waren Sie in Athen. Das ist nicht weit entfernt von Istanbul, nicht wahr? Dimitrios, heißt es, starb als armer Mann. Halten Sie das für glaubhaft? Wie Sie soeben selbst betonten – verdiente die Bande im Jahre 1931 viel Geld für ihn. Nach allem, was ich von ihm gehört habe, war er nicht der Mann, der Geld zu verlieren pflegte. Wissen Sie, auf was ich hinaus will, Herr Peters? Ich überlege, ob es Hand und Fuß hat, wenn ich annehme, Sie hätten Dimitrios seines Geldes wegen getötet. Was haben Sie dazu zu sagen?«
Einen Augenblick antwortete Herr Peters nicht. Er betrachtete Latimer so sorgenvoll wie ein Seelenhirt, der dabei ist, ein sündiges Schaf zu ermahnen.
Dann sagte er: »Herr Latimer – ich glaube, Sie sind sehr unbesonnen.«
»So? Finden Sie?«
»Und Sie haben Glück! Stellen Sie sich vor, ich hätte, wie Sie vermuten, Dimitrios getötet. Bitte, überlegen Sie, wozu ich jetzt gezwungen wäre. Ich wäre doch gezwungen, Sie auch zu töten, nicht wahr?« Er fuhr mit der Hand in die Brusttasche und zog die Lugerpistole heraus. »Sehen Sie – ich habe Sie vorher belogen, ich gebe es zu. Ich wollte wissen, was Sie tun würden, wenn Sie mich für unbewaffnet hielten. Es wäre auch sehr

unhöflich gewesen, mit einer Pistole daherzukommen. Und ich hätte Ihnen schwerlich weismachen können, daß ich die Pistole nicht Ihretwegen mitgenommen hatte. Also log ich. Verstehen Sie meine Gefühle ein wenig? Mir liegt so viel daran, Ihr Vertrauen zu gewinnen.«

»Sehr geschickt! Besser konnten Sie sich gegen die Anschuldigung gar nicht verteidigen.«

Herr Peters steckte müde seine Pistole wieder weg. »Lieber Herr Latimer – wir sind hier nicht in einem Kriminalroman. Es ist nicht *notwendig*, so töricht zu sein. Wenn Sie schon nicht vorsichtig sein können, so gebrauchen Sie doch wenigstens Ihren Verstand. Ist es wahrscheinlich, daß Dimitrios ein Testament zu meinen Gunsten gemacht hat? Nein. Wie können Sie also denken, daß ich ihn seines Geldes wegen umgebracht hätte? Heutzutage hebt kein Mensch sein Geld in einer Schatztruhe auf. Also, Herr Latimer, bitte lassen Sie uns vernünftig sein. Wir wollen zusammen essen und dann das Geschäftliche besprechen. Ich schlage vor, daß wir nach Tisch in meiner Wohnung einen Mokka trinken – es ist dort behaglicher als in diesem Zimmer – aber falls Sie es vorziehen, in ein Café zu gehen, so habe ich dafür volles Verständnis. Sie lehnen mich wahrscheinlich ab. Nun, ich kann Sie nicht tadeln. Aber wir wollen doch tun, als ob wir Freunde wären.«

Ein paar Sekunden fühlte Latimer eine freundliche Regung für Herrn Peters. Freilich, im letzten Teil seiner Rede hatte sein Selbstmitleid fast sichtbar zugenommen. Aber er hatte wenigstens nicht gelächelt. Der Mann hatte es bereits fertiggebracht, daß er sich närrisch vorkam; es ginge zu weit, wenn er sich auch noch dünkelhaft vorkommen müßte. Dennoch ...

»Ich bin ebenso hungrig wie Sie«, sagte er, »und schließlich liegt kein Grund vor, daß ich ein Café Ihrer Wohnung vorziehen sollte. Gleichzeitig aber, Herr Peters – so gern ich entgegenkommend sein möchte –, muß ich Ihnen jetzt sagen: Bekomme ich nicht noch heute abend eine befriedigende Erklärung, warum Sie mich nach Paris kommen ließen, so fahre ich mit dem nächsten Zuge ab, halbe Million Francs hin oder her. Verstanden?«

Herrn Peters' Lächeln kehrte wieder. »Selbstverständlich, Herr Latimer – nichts könnte mir klarer sein. Und darf ich hinzufügen, wie hoch ich Ihre Offenheit zu schätzen weiß?« Das Lächeln wurde ranzig. »Wieviel besser wäre es, wenn wir immer so offen sein könnten, wenn wir unser Herz unseren Mitmenschen ohne Furcht öffnen könnten – ohne Furcht, mißverstanden, falsch ausgelegt zu werden! Wieviel leichter wäre dieses unser Leben dann! Aber wir sind so blind, so schrecklich blind. Wenn der Allmächtige uns beschieden hat, Dinge zu tun, die der Welt mißfallen, so sollten wir uns solcher Dinge nicht schämen. Denn schließlich, wir tun doch nur SEINEN Willen, und wie können wir SEINE Absichten verstehen? Wie?«

»Das weiß ich doch nicht.«

»Ah! Keiner von uns weiß es, Herr Latimer. Keiner von uns weiß es – ehe er im Jenseits ist.«

»So ist es. Wo wollen wir essen? Hier in der Nähe ist doch ein dänisches Restaurant, nicht wahr?«

Herr Peters fuhr nicht ohne Mühe in seinen Mantel.

»Nein, Herr Latimer, und Sie wissen auch recht gut, daß keins da ist.« Er seufzte kummervoll. »Es ist unfreundlich von Ihnen, sich über mich lustig zu machen. Und überhaupt ziehe ich die französische Küche vor.«

Herr Peters besaß eine bemerkenswerte Fähigkeit, dachte Latimer, als sie die Treppe hinuntergingen, ihm so zu antworten, daß er sich dumm vorkam.

Auf Herrn Peters' Vorschlag (und auf seine Kosten) aßen sie in einem billigen Restaurant an der Rue Jacob. Nachher gingen sie zur Impasse des Huit Anges.

»Nun, wie steht's mit Caillé?« fragte Latimer, als sie die staubigen Treppen hinaufkletterten.

»Er ist verreist. Ich wohne allein hier.«

»Aha. Ich verstehe.«

Herr Peters, der erheblich schnaufte, als sie auf dem zweiten Treppenabsatz ankamen, blieb stehen. »Sie haben vermutet, daß ich Caillé bin?«

»Ja.«

Herr Peters stieg weiter. Die Stufen krachten unter seinem Gewicht. Latimer, der zwei oder drei Schritte hinter ihm ging, mußte an einen Zirkuselefanten denken, der verdrießlich eine Pyramide aus bunten Klötzen erklettert, um einen Balanceakt auszuführen. Sie erreichten den vierten Stock. Herr Peters hielt

an und zog, schweratmend vor der abgenutzten Tür stehend, aus den Tiefen seiner Taschen einen Schlüsselbund. Einen Moment später stieß er die Tür auf, machte Licht und bedeutete Latimer einzutreten.
Das Zimmer reichte von der Vorderfront des Hauses bis zur Rückseite und war durch einen Vorhang links von der Tür in zwei Teile geteilt. Der Teil hinter dem Vorhang war größer als der vordere, in dem die Tür war, da er den Raum zwischen dem Ende des Treppenabsatzes, der Rückwand und dem nächsten Haus einschloß, der einen Alkoven bildete. An jedem Ende des Zimmers war ein hohes Flügelfenster.
Wenn es aber auch, der Bauart nach, ein Zimmer war, wie man es in einem französischen Hause dieses Typs und Alters erwarten konnte, so war es in jeder anderen Hinsicht außergewöhnlich.
Das erste, was Latimer sah, war der Vorhang, der den Raum teilte. Er war aus imitiertem Goldbrokat. Wände und Decke leuchteten in grellem Blau, mit fünfzackigen Goldsternen gesprenkelt. Der ganze Fußboden war mit billigen marokkanischen Teppichen bestreut. Es waren ihrer so viele, daß sie stellenweise mehrfach übereinander lagen und Hocker bildeten. An den Wänden standen drei riesige Diwane mit aufeinandergehäuften Kissen, ein paar Ottomanen aus gepunztem Leder und ein marokkanischer Tisch mit einem Messingtablett. Die eine Ecke füllte ein großer Messing-Gong. Laternen aus durchbrochenem Eichenholz spendeten Licht, und in der Mitte dieser Herrlichkeiten stand ein verchromter elektrischer Ofen. Das Ganze roch zum Ersticken nach Polstermöbeln und Staub.
»Daheim!« sagte Herr Peters. »Legen Sie ab, Herr Latimer. Würden Sie gern die anderen Räume sehen?«
»Gewiß, sehr gern.«
»Von außen ist es nichts weiter als eines dieser unbehaglichen, typisch französischen Häuser«, kommentierte Herr Peters, als er die nächste Treppe hinaufkeuchte, »und in Wirklichkeit ist es eine Oase in der Wüste der Ungemütlichkeit. Hier ist mein Schlafzimmer.«
Latimer sah wieder ein Stück billiges Saffianleder, mit einem Paar zerknüllter Flanellpyjamas verziert.

»Und das Badezimmer.«

Latimer blickte in das Badezimmer und stellte fest, daß sein Gastgeber ein zweites künstliches Gebiß hatte.

»Und nun«, sagte Herr Peters, »will ich Ihnen etwas Merkwürdiges zeigen.«

Er führte Latimer auf den Treppenabsatz hinaus. Sie standen vor einem riesigen Kleiderschrank. Er öffnete die Tür und zündete ein Streichholz an. An der Rückwand des Schrankes war eine Reihe metallener Kleiderhaken. Peters ergriff den mittleren, drehte ihn wie einen Türknopf und zog. Die Rückwand des Schrankes öffnete sich nach innen, und Latimer fühlte die kalte Nachtluft auf seinem Gesicht und hörte den Lärm der Stadt.

»Sehen Sie? Eine schmale eiserne Plattform läuft an der Außenwand bis zum nächsten Haus«, erklärte Herr Peters. »Und nebenan steht ein ebensolcher Schrank. Sie können nichts sehen, weil uns gegenüber nur leere Wände sind. Ebensowenig könnte uns jemand sehen, wenn wir Lust hätten, auf diesem Wege wegzugehen. Die Einrichtung stammt von Dimitrios.«

»Von Dimitrios?«

»Ja; diese drei Häuser gehörten Dimitrios. Aus Gründen der Geheimhaltung mußten die Häuser leer bleiben. Manchmal wurden sie als Lagerraum verwendet. Diese beiden Etagen dienten unseren Zusammenkünften. Genaugenommen gehören sie zweifellos noch Dimitrios. Zu meinem Glück hatte er sie vorsichtshalber auf meinen Namen gekauft. Ich führte auch die Verhandlungen. Die Polizei hat nie von diesem Quartier Wind bekommen. Daher war es mir möglich, hierher zu ziehen, als ich aus dem Gefängnis kam. Und für den Fall, daß Dimitrios sich jemals dafür interessieren sollte, was mit seinem Eigentum geschehen war, kaufte ich vorsorglich diese Häuser für mich, und zwar unter dem Namen Caillé. Trinken Sie gern algerischen Kaffee?«

»Ja.«

»Es dauert ein wenig länger, ihn zuzubereiten, aber ich ziehe ihn dem französischen vor. Wollen wir wieder hinuntergehen?«

Sie gingen nach unten. Nachdem er Latimer bequem in die Kissen gebettet hatte, verschwand Herr Peters im Alkoven.

Latimer befreite sich von einigen Kissen und blickte sich um.

Sonderbar, daß dieses Haus einst Dimitrios gehört hatte! Aber die Wohnungseinrichtung dieses lächerlichen Herrn Peters war noch viel sonderbarer. Über seinem Kopf war ein kleines (geschnitztes) Wandbrett mit Büchern in Papiereinband. Er ließ die Augen darüber gleiten: *Perlen der Alltagsweisheit* – ach ja, das war das Buch, das Peters im Zug von Athen nach Sofia gelesen hatte. Platos *Symposion,* französisch und unaufgeschnitten, eine Anthologie mit dem Titel *Poèmes érotiques* – ohne den Namen des Autors, aber *aufgeschnitten;* Aesops Fabeln auf englisch; *Robert Elsmere* von Mrs. Humphrey Ward auf französisch; ein deutsches geographisches Lexikon; und endlich mehrere Bücher eines Dr. Frank Crane in einer Sprache, die Latimer für Dänisch hielt.

Herr Peters kam zurück; er trug ein marokkanisches Tablett mit einer sonderbar aussehenden Kaffeemaschine, einer kleinen Spirituslampe, zwei Tassen und einem marokkanischen Zigarettenkästchen. Er zündete die Spirituslampe an und stellte sie unter die Kaffeemaschine. Die Zigaretten stellte er auf den Diwan neben Latimer. Dann griff er über Latimers Kopf, nahm eins der dänischen Bücher herunter und blätterte rasch ein paar Seiten um. Eine kleine Fotografie flatterte zu Boden. Er hob sie auf und reichte sie Latimer.

»Nun, Herr Latimer? Erkennen Sie ihn wieder?«

Es war das verblaßte Brustbild eines Mannes in mittleren Jahren. Latimer blickte auf. »Das ist Dimitrios!« rief er. »Wo haben Sie das her?«

Herr Peters nahm ihm das Bild aus der Hand. »Erkennen Sie es? Nun gut.« Er setzte sich auf eine der Ottomanen und regulierte das Spiritusflämmchen. Dann sah er zu Latimer hinüber. Wenn die nassen glanzlosen Augen von Herrn Peters überhaupt hätten funkeln können, so hätte Latimer gesagt, daß sie jetzt vor Vergnügen funkelten.

»Bitte, bedienen Sie sich mit Zigaretten, Herr Latimer«, sagte er. »Ich will Ihnen eine Geschichte erzählen.«

XI

Paris 1928 bis 1931

»Oft, wenn mein Tagewerk getan ist«, sagte Herr Peters sinnend, »sitze ich beim Feuer und grüble, ob mein Leben so erfolgreich war, wie es hätte sein können. Freilich, ich habe viel Geld verdient – ich habe Landbesitz, einige *rentes*, ein paar Aktien da und dort – aber ich denke dabei nicht an Geld und Gut. Geld ist nicht alles. Was habe ich in dieser unserer Welt aus meinem Leben gemacht? Ich denke manchmal, es wäre besser gewesen, wenn ich geheiratet und eine Familie gegründet hätte; aber ich war immer zu ruhelos, und diese unsere Welt als Ganzes hat mich zu sehr gefesselt. Vielleicht kommt es daher, daß ich nie recht wußte, was ich eigentlich vom Leben haben wollte. Wir armen Menschen – wie viele von uns sind ebenso! Wir eilen von einem Jahr zum andern, immer suchend, immer hoffend – und was suchen wir? Auf was hoffen wir? Wir wissen es nicht. Geld? Nein! Geld nur solange wir arm sind. Oft glaube ich, der Arme, der nur ein Stückchen Brot hat, ist glücklicher als ein Millionär. Denn der Mann mit dem Stück Brot weiß, was er will – nämlich zwei Stück Brot. Sein Leben ist nicht durch Besitz kompliziert. Ich weiß nur, daß es etwas gibt, was ich mir mehr als alles andere wünsche. Dennoch – wie kann ich wissen, was es ist? Ich habe« – er deutete mit seiner Hand auf das Bücherbrett – »in der Philosophie, in den schönen Künsten Trost gesucht. Plato, H. G. Wells; ja, ich habe viel gelesen. Diese Dinge sind zwar ein Trost – aber keine echte Befriedigung.« Er lächelte tapfer – das Opfer eines fast unerträglichen Weltschmerzes. »Wir müssen eben alle warten, bis der Allmächtige uns zu sich ruft.«

Latimer wartete auf die Fortsetzung und überlegte, ob er jemals in seinem Leben jemanden so unausstehlich gefunden hatte wie jetzt Herrn Peters. Es war unwahrscheinlich, daß er an seinen eigenen schwülstigen Unsinn glauben konnte. Und dennoch, er glaubte unverkennbar daran. Und gerade dieser Glaube machte den Kerl so widerlich. Hätte er ironisch gesprochen, so wäre er ein lächerlicher Mensch gewesen. Aber so war er alles andere als ein lächerlicher Mensch. Sein Geist war zu säuberlich in zwei Teile geteilt; mit der einen Hälfte handelte er mit Rauschgift, kaufte *rentes* und las *Poèmes érotique,* und die andere sonderte eine warme, Brechreiz erregende Flüssigkeit ab, um seine ekle Seele zu verbergen. Man konnte nicht anders – man mußte ihn verabscheuen.

Dann betrachtete Latimer den Gegenstand dieser Erwägungen, wie er sorgfältig, fast liebevoll die Kaffeemaschine bediente, und dachte, wie schwierig es doch sei, einen Mann zu verabscheuen, der gerade Mokka für einen zubereitet. Die kurzen, dicken Finger gaben dem Deckel einen zarten, glückwünschenden Klaps, und Herr Peters richtete sich auf und wandte sich mit einem Seufzer der Befriedigung wieder Latimer zu.

»Ja, Herr Latimer, wir gehen fast alle durch dieses Leben, ohne zu wissen, was wir haben wollen. Aber Dimitrios – sehen Sie, der war anders. Dimitrios wußte ganz genau, was er wollte. Er wollte Geld, und er wollte Macht. Nur diese zwei Dinge; und zwar von beiden so viel, wie er irgend erraffen konnte. Das Sonderbare daran ist, daß ich ihm half, sie zu bekommen.

Es war im Jahre 1928 – damals sah ich ihn zum ersten Mal. Hier in Paris. Ich führte zusammen mit einem Mann namens Giraud eine *Boite* in der Rue Blanche. Wir nannten sie *Le Kasbah Parisien* – es war ein sehr heiteres und gemütliches Lokal – Diwane und bernsteinfarbenes Licht und dicke Teppiche. Ich hatte Giraud in Marrakesch getroffen, und wir beschlossen, daß alles genauso sein sollte wie ein Lokal dort, das wir beide kannten. Alles – das heißt mit Ausnahme der Tanzkapelle, die südamerikanisch war.

Wir eröffneten unser Lokal 1926 – das war ein gutes Jahr für Paris. Die Amerikaner und Engländer – aber besonders die Amerikaner – hatten Geld, das sie für Champagner ausgaben, und auch die Franzosen pflegten zu kommen. Die meisten Franzosen sind sentimental, wenn sie das Wort Marokko hören – es sei denn, daß sie zufällig ihre Militärzeit dort absolviert haben. Und die KASBAH *war* Marokko. Wir hatten arabische und senegalesische Kellner, und der Champagner kam tatsächlich aus Meknes. Er war ein bißchen süß für die Amerikaner, aber immerhin ganz gut und recht billig.

Mit einer *Boite* ist es so, müssen Sie wissen: man braucht Zeit, um eine *clientèle* aufzubauen – und man muß Glück haben. Es ist merkwürdig, wie alle Leute plötzlich anfangen, in ein bestimmtes Lokal zu gehen – aus keinem anderen Grund, als daß man eben dorthin geht. Es gibt natürlich auch andere Wege, sich Publikum zu verschaffen. Die Touristenführer zum Beispiel bringen einem Gäste – aber man muß sie bezahlen, und das verringert den Gewinn. Oder man macht es so, daß das Lokal Treffpunkt gewisser Leute ist – aber es dauert lange, bis man für eine gewisse *clientèle* bekannt ist, und die Polizei steht dem nicht immer freundlich gegenüber, auch wenn man im Rahmen des Gesetzes bleibt. Das beste und billigste ist, Glück zu haben. Und Giraud und ich hatten Glück, als wir es brauchten. Natürlich mußten wir dafür arbeiten. Aber es kam. Wir hatten einen guten *Chasseur*, Valentino hatte den Tango populär gemacht, und unsere Südamerikaner lernten ihn bald so gut spielen, daß die Leute zu uns kamen, wenn sie tanzen wollten. Wenn es zu voll wurde, mußten wir mehr Tische aufstellen, und die Tanzfläche wurde kleiner. Aber das machte nichts. Es kamen immer noch Leute, um zu tanzen. Wir hatten gewöhnlich bis fünf Uhr morgens offen, und das Publikum strömte aus anderen Lokalen zu uns.

Zwei Jahre lang verdienten wir gut – und dann begann sich unsere *clientèle* zu verändern, wie das mit solchen Lokalen zu gehen pflegt. Wir hatten mehr Franzosen und weniger Amerikaner, mehr *Maquereaux* und weniger Gentlemen, mehr *Poules* und weniger schicke Damen. Wir machten immer noch Profit, aber er war nicht mehr so groß, und wir mußten schwerer dafür arbeiten. Es war Zeit, etwas Neues zu machen.

Es war Giraud, der Dimitrios in die *Kasbah* brachte.

Ich hatte Giraud in Marrakesch getroffen. Er war ein Halbblut, von einer arabischen Mutter und einem französischen Soldaten, war in Algier geboren und hatte einen französischen Paß.

Gewöhnlich merkte man gar nichts von seinem arabischen Blut. Nur wenn man ihn mit Arabern sah, wußte man Bescheid. Ihm waren die Araber unsympathisch. Und mir war er unsympathisch. Nicht, weil er mir mißtraute (das war etwas verletzend, aber nicht mehr), sondern weil ich ihm nicht trauen konnte.

Hätte ich genug Geld gehabt, die *Kasbah* selbst aufzuziehen, so hätte ich ihn nie zum Partner genommen. Er versuchte mich tatsächlich mit den Abrechnungen zu betrügen – und wenn es ihm auch nie gelang, ich mochte es nicht. Ich kann Unehrlichkeit nicht vertragen. Im Frühjahr des Jahres 1928 hatte ich Giraud herzlich satt.

Ich weiß nicht genau, wie er zu Dimitrios gekommen war. Ich glaube, er hatte ihn in einer Bar am anderen Ende der Rue Blanche getroffen; denn wir machten nie vor elf Uhr auf, und Giraud tanzte vorher gern in anderen Lokalen. Und eines Abends brachte er Dimitrios mit und zog mich beiseite. Er erklärte mir, daß wir, da die Profite kleiner wurden, selbst etwas Geld machen müßten, und wenn wir mit seinem Freunde Dimitrios in Geschäftsverbindung träten, so bestünden gewisse Möglichkeiten.

Als ich Dimitrios zum erstenmal sah, war ich nicht sehr von ihm beeindruckt. Ich hielt ihn für den Typ des *Maqereau,* den ich längst kannte. Sein Anzug saß sehr knapp, er hatte graumeliertes Haar und polierte Fingernägel, und er sah die Frauen mit einem Blick an, der denen, die in die *Kasbah* kamen, nur mißfallen hätte. Aber ich ging mit Giraud zu seinem Tisch, und wir schüttelten uns die Hand. Dann wies er auf den Stuhl neben sich und sagte, ich solle mich setzen. Man hätte meinen können, ich sei der Kellner und nicht der *patron.*«

Er richtete seine wässerigen Augen auf Latimer. »Vielleicht denken Sie, Herr Latimer, daß ich mich für einen Mann, den Dimitrios nicht beeindruckte, der Gelegenheit zu gut erinnere. Sie haben recht. Ich erinnere mich sehr genau. Sie müssen begreifen – ich kannte Dimitrios damals nicht so, wie ich ihn später kennenlernen sollte. Er machte Eindruck, ohne daß man es merkte. Damals ärgerte er mich. Ohne mich zu setzen, fragte ich ihn, was er wünsche.

Er sah mich einen Augenblick an. Er hatte sehr sanfte, braune Augen, müssen Sie wissen. Dann sagte er: ›Ich wünsche Champagner, mein Freund. Haben Sie etwas dagegen? Ich kann ihn bezahlen; wollen Sie höflich zu mir sein, oder soll ich mit meinen geschäftlichen Vorschlägen zu klügeren Leuten gehen?‹

Ich bin nicht leicht aus der Ruhe zu bringen. Ich mag keinen Krach. Ich denke so oft, wie viel angenehmer diese unsere Welt sein könnte, wenn die Menschen höflicher und freundlicher zueinander wären. Aber manchmal ist das schwierig. Ich sagte Dimitrios, daß mich nichts dazu brächte, höflich zu ihm zu sein, und daß er gehen könne, wohin er wolle.

Wäre Giraud nicht gewesen, so wäre Dimitrios weggegangen, und ich säße jetzt nicht hier und spräche mit Ihnen. Giraud setzte sich zu ihm an den Tisch und entschuldigte sich für mich. Dimitrios beobachtete mich, während Giraud redete, und ich konnte sehen, daß er über mich nachdachte.

Jetzt fühlte ich deutlich, daß ich keinerlei Geschäfte, egal welcher Art, mit diesem Dimitrios machen wollte. Doch Girauds wegen ließ ich mich herbei, zuzuhören; wir setzten uns zusammen an den Tisch, und Dimitrios machte uns seine Vorschläge. Er sprach sehr überzeugend, und zuletzt war ich mit allem einverstanden. Wir standen mehrere Monate mit Dimitrios in Verbindung, als eines Tages ...«

»O bitte, einen Augenblick«, unterbrach ihn Latimer; »welcher Art war diese Verbindung? War es der Anfang des Rauschgifthandels?«

Herr Peters zögerte und runzelte die Stirn. »Nein, Herr Latimer, das war es nicht.« Wieder zögerte er und brach dann auf Französisch los: »Nun gut, wenn Sie darauf bestehen, will ich Ihnen sagen, was unser Geschäft war. Aber es ist so schwierig, einem Menschen diese Dinge zu erklären, der das *milieu* nicht versteht, der nicht sympathisiert. Sie haben in diesen Sachen überhaupt keine Erfahrung.«

Latimers »Ach – wirklich?« klang etwas höhnisch.

»Sehen Sie, Herr Latimer, ich habe eins Ihrer Bücher gelesen. Es hat mich geradezu entsetzt. Es war voll von einer Atmosphäre der Intoleranz, des Vorurteils, der fanatischen moralischen Rechtschaffenheit, die mich einfach krank machte.«

»Wirklich?«

»Ich gehöre nicht zu den Leuten«, fuhr Herr Peters fort, »die etwas gegen die Idee der Todesstrafe einzuwenden haben. Sie dagegen gehören wahrscheinlich dazu. Die praktische Seite der Todesstrafe, der Strang, widert sie an. Dennoch, obwohl Sie sich vor Entsetzen über Ihre eigene Barbarei schütteln, hören Sie nicht auf, Ihren unglücklichen Mörder mit einer leidenschaftlichen Freude zu verfolgen, die für mich geradezu absto-

ßend ist. Ihre Haltung erinnert mich an die eines sentimentalen jungen Mannes, der dem Sarge seiner reichen Tante zum Friedhof folgt; seine Augen stehen voll Tränen, aber das Herz hüpft ihm vor Freude. Der Spanier zum Beispiel findet die Einstellung der Engländer zum Stierkampf äußerst sonderbar; dieser einfache Bursche kann es nicht begreifen, daß er verabsäumt hat, zu zeigen, daß es moralisch und rechtlich notwendig ist, Pferde und Stiere zu martern, und daß er es furchtbar ungern tut. Bitte, mißverstehen Sie mich nicht, Herr Latimer. Ich fürchte Ihr moralisches Urteil nicht, aber ich nehme Ihnen – freundlich aber entschieden – übel, daß Sie schockiert sind.«
»Da Sie mir noch nicht gesagt haben, worüber ich – wie Sie erwarten – schockiert sein werde«, sagte Latimer leicht verärgert, »ist es für mich etwas schwierig, Ihnen zu antworten.«
»Ja, ja, natürlich. Aber – verzeihen Sie, entspringt nicht Ihr Interesse für Dimitrios hauptsächlich der Tatsache, daß Sie über ihn schockiert sind?«
Latimer dachte einen Augenblick nach. »Ich glaube, das kann stimmen. Aber gerade weil ich über ihn schockiert bin, versuche ich, ihn zu verstehen, ihn mir zu erklären. Ich glaube nicht an den unmenschlichen Bösewicht aus Passion, von dem man in den Kriminalgeschichten immer liest. Und dennoch – alles, was ich von Dimitrios gehört habe, beweist, daß er unbeirrbar mit geradezu abstoßender Unmenschlichkeit handelte – nicht einoder zweimal, sondern ständig.«
»Ist denn der Wunsch nach Geld und Macht so unmenschlich? Mit Geld und Macht kann ein eitler Mensch so vieles anfangen, was ihm Vergnügen macht. Was mir zuerst an Dimitrios auffiel, war seine Eitelkeit. Sie machte sein Wesen aus und war viel gefährlicher als die radschlagende Pfaueneitelkeit der gewöhnlichen Leute. Na also, Herr Latimer, seien Sie einsichtig! Der Unterschied zwischen Dimitrios und dem sogenannten ehrbaren Typ des erfolgreichen Geschäftsmannes ist nur ein Unterschied zwischen legaler und illegaler Methode. Beide sind – jede in ihrer Art – gleich ruchlos.«
»Unsinn!«
»Zweifellos. Aber ist es nicht interessant, daß ich jetzt Dimitrios gegen die Angriffe der moralischen Rechtschaffenheit zu verteidigen suche? Er würde mir dafür durchaus nicht dankbar

sein, das weiß ich! Dimitrios war trotz seines scheinbaren *Savoir faire* hoffnungslos ungebildet. Das Wort ›moralische Rechtschaffenheit‹ hätte nicht die mindeste Bedeutung für ihn. Ah! Der Kaffee ist fertig.«

Schweigend schenkte er ihn ein, hob seine Tasse zur Nase und prüfte das Aroma. Dann stellte er die Tasse nieder.

»Dimitrios«, sagte er, »war damals tätig im ... nun, wie sagen Sie doch ... im ›Weißen-Sklaven-Handel‹. Das ist ein interessantes Schlagwort. Handel ... ein Wort voll furchtbarer Bedeutung. Weiße Sklaven ... bedenken Sie, was das Adjektiv alles bedeutet. Spricht jemand heutzutage vom *farbigen* Sklavenhandel? Ich glaube nicht. Dennoch sind die meisten Frauen, die darin verwickelt sind, farbig. Mir geht das Verständnis dafür ab, warum die Folgen dieses Handels für ein weißes Mädchen aus den Bukarester Slums irgendwie unangenehmer sein sollten als für ein Negermädchen aus Dakar oder eine Chinesin aus Charbin. Das Komitee des Völkerbundes ist vorurteilslos genug, diesen Aspekt des Problems anzuerkennen. Es ist auch intelligent genug, dem Wort ›Sklave‹ zu mißtrauen. Es spricht einfach vom ›Mädchenhandel‹.

Mir war dieses Geschäft immer unsympathisch. Es ist unmöglich, menschliche Wesen so zu behandeln, wie man gewöhnlich seelenlose Ware behandelt. Es wird stets Schwierigkeiten geben. Außerdem besteht immer die Möglichkeit, daß in Einzelfällen das Wort ›weiß‹ eine religiöse statt der rein rassischen Bedeutung hat. Meiner Erfahrung nach ist diese Möglichkeit ziemlich bescheiden. Aber sie ist vorhanden. Es mag unlogisch und sentimental erscheinen, aber ich möchte nicht mit so etwas in Verbindung gebracht werden. Zudem sind die Unkosten eines Händlers – wenn er korrekt ist – einfach enorm. Man muß immer falsche Geburts-, Heirats- und Sterbeurkunden beschaffen, dazu kommen die Reisekosten und die Bestechungsgelder, die zu zahlen sind, ganz abgesehen von dem Geld, das es kostet, mehrere Identitäten aufrechtzuerhalten. Sie haben ja keine Ahnung, was gefälschte Dokumente kosten, Herr Latimer. Es gibt drei bekannte Bezugsquellen dafür: eine in Zürich, eine in Amsterdam und eine in Brüssel. Lauter Neutrale! Sonderbar, nicht wahr? Früher konnte man einen gefälscht-echten dänischen Paß (das heißt, einen echten dänischen

Paß, der chemisch behandelt wird, um die Original-Eintragungen und die Fotografie zu entfernen, und der dann neu ausgefüllt wird) für, sagen wir, zweitausend Francs zum heutigen Kurs bekommen. Ein wirklich falscher (das heißt einer, der von A bis Z durch einen Agenten hergestellt wird) kostete, sagen wir, fünfzehnhundert Francs, war also etwas billiger. Heute muß man das Doppelte bezahlen. Ein großer Teil des Geschäftes wird jetzt hier in Paris erledigt. Natürlich, die vielen Emigranten. Der springende Punkt ist: der Mädchenhändler braucht sehr viel Kapital. Wenn er bekannt ist, findet er eine Menge Leute, die ihn gern bedienen – aber sie erwarten sehr hohe Gewinne. Es ist weit vorteilhafter, mit eigenem Kapital zu arbeiten.

Dimitrios hatte eigenes Kapital. Aber es war ihm auch fremdes Kapital zugänglich. Er vertrat gewisse sehr reiche Männer. Er war niemals knapp an Geld. Als er zu Giraud und mir kam, war er in einer ganz anders gearteten Schwierigkeit. Infolge der Tätigkeit des Völkerbundes waren die Gesetze in zahlreichen Ländern abgeändert und so streng geworden, daß es manchmal sehr schwierig war, Frauen von einem Ort an den anderen zu bringen. Das war natürlich sehr lobenswert, aber für Leute wie Dimitrios sehr ärgerlich. Es machte ihnen ihr Geschäft nicht gerade unmöglich, aber es komplizierte die Dinge und verteuerte sie.

Ehe Dimitrios zu uns kam, hatte er eine höchst einfache Methode. Er kannte Leute in Alexandria, die ihm mitteilten, was sie brauchten. Dann ging er beispielsweise nach Polen, besorgte sich dort die Frauen, nahm sie mit ihren eigenen Pässen nach Frankreich und verschiffte sie ab Marseille. Das war alles. Es genügte vollauf zu sagen, die Mädchen seien für ein Theater engagiert. Als die Gesetze verschärft wurden, war es nicht mehr so einfach. An dem Abend, als er zu uns kam, war er das erstemal in Schwierigkeiten. Er hatte zwölf Mädchen von einer *Madame* in Wilna erstanden, aber die Polen wollten sie nicht ohne Garantien hinauslassen – der Bestimmungsort und die Ehrbarkeit ihrer künftigen Beschäftigung mußten nachgewiesen werden. Ehrbarkeit! Nun, ja – das war das Gesetz.

Natürlich hatte Dimitrios den polnischen Behörden gesagt, daß er die erforderlichen Garantien beibringen würde. Es hätte

peinlich für ihn werden können, wenn er sie nicht beibrachte – denn das hätte ihn verdächtig gemacht. Irgendwie mußte er sich die Garantien verschaffen. Und da sollten Giraud und ich einspringen. Wir sollten bezeugen, daß wir die Mädchen als Kabarett-Tänzerinnen beschäftigten und sollten die polnischen Konsulatsbehörden abfertigen, welche vielleicht Nachforschungen anstellen würden. Solange die Mädchen mindestens eine Woche in Paris blieben, waren wir vollkommen sicher. Wenn spätere Nachfragen kamen, so wußten wir von nichts. Sie hatten ihren Kontrakt erfüllt und waren nicht mehr da. Wohin sie gegangen waren, das war nicht unsere Angelegenheit.
So stellte uns Dimitrios die Sache dar. Er sagte, er würde uns für unsere Mithilfe bei dem Geschäft fünftausend Francs bezahlen. Das war leicht verdientes Geld – aber ich zögerte; Giraud war es, der mich schließlich umstimmte. Aber ich sagte Dimitrios, daß sich meine Zustimmung auf diesen einen Fall beschränke, und daß ich gar nicht daran dächte, ihm weiterhin behilflich zu sein. Giraud brummte, nahm aber schließlich die Bedingung an.
Einen Monat später suchte uns Dimitrios wieder auf, zahlte uns die offenstehenden fünftausend Francs und sagte, er habe ein anderes Geschäft für uns. Ich machte Einwände. Giraud aber betonte gleich, daß wir bei der ersten Sache keinerlei Schwierigkeiten gehabt hätten, und mein Widerstand war nicht sehr energisch. Das Geld war so nützlich ... Wir konnten davon eine ganze Woche unsere Südamerikaner bezahlen.
Ich glaube jetzt, daß uns Dimitrios mit den ersten fünftausend Francs geködert hat. Ich glaube nicht, daß wir sie verdient hatten. Ich vermute, er gab sie uns einfach, um unser Vertrauen zu gewinnen. So etwas hätte ihm ähnlich gesehen. Jeder andere hätte versucht, uns durch Tricks seinen Wünschen gefügig zu machen. Dimitrios kaufte uns einfach. Und er kaufte uns billig. Er brachte bloß unsern gesunden Menschenverstand in Konflikt mit dem instinktiven Mißtrauen, das wir gegen ihn hatten.
Ich sagte schon, wir verdienten die ersten fünftausend Francs ohne jede Mühe. Die zweiten verursachten uns eine Menge Unannehmlichkeiten. Die polnischen Behörden machten einen großen Wirbel, wir hatten die Polizei auf dem Halse und wurden ausgefragt. Was schlimmer war, wir mußten die Frauen in der

Kasbah behalten, um die Behörden zu überzeugen, daß wir sie beschäftigten. Sie konnten natürlich nicht einen Schritt tanzen und waren uns eine schreckliche Last, und dabei mußten wir noch liebenswürdig zu ihnen sein, damit nicht etwa eine von ihnen zur Polizei lief und die Wahrheit sagte. Sie tranken die ganze Zeit Champagner, und hätte Dimitrios sich nicht bereit gefunden, ihn zu bezahlen – wir hätten wahrhaftig noch Geld zugesetzt.

Er entschuldigte sich natürlich sehr und sagte, da sei ein Fehler unterlaufen. Er zahlte uns zehntausend Francs für die Ungelegenheiten und versprach uns, wenn wir ihm weiterhin helfen würden, werde es keine polnischen Mädchen mehr geben und keine Ungelegenheiten. Nach langen Erörterungen waren wir einverstanden. Wir bekamen mehrere Monate lang unsere zehntausend Francs. In dieser Zeit kam die Polizei nur selten zu uns, und es gab keine Schwierigkeiten. Schließlich hatten wir aber doch wieder Ärger, diesmal mit den italienischen Behörden. Giraud und ich wurden vom Untersuchungsrichter vernommen und einen Tag im Distriktskommissariat festgehalten. Am Tag darauf bekam ich Streit mit Giraud.

Ich sage, ich bekam Streit. Genaugenommen nahm unser Streit nur offene Form an. Ich sagte schon, daß ich Giraud nicht leiden konnte. Er war grob und dumm und versuchte, wie ich schon erwähnte, mich übers Ohr zu hauen. Mißtrauisch war er auch – und zwar laut und dumm mißtrauisch, wie ein Tier. Dazu begünstigte er noch eine ganz falsche *clientèle*. Seine Freunde waren verabscheuenswert – Zuhälter, nichts als Zuhälter. Er pflegte unsere Gäste ›mon gars‹ zu nennen – er hätte sich besser zum *Patron* eines *Bistro* geeignet. Vermutlich ist er das jetzt auch. Aber ich halte es doch für wahrscheinlicher, daß er im Gefängnis sitzt. Er wurde oft tätlich, wenn er wütend war, und er hat ein paarmal Leute ziemlich schlimm verletzt.

Nun, am Tage nach unseren Schwierigkeiten mit der Polizei sagte ich, ich wolle nichts mehr zu tun haben mit diesem Mädchenhandel. Das ärgerte ihn. Er meinte, wir müßten ja närrisch sein, wegen ein paar Polizisten 10 000 Francs im Monat aufzugeben, und sagte, für seinen Geschmack sei ich zu ängstlich. Ich verstand seinen Gesichtspunkt. Er hatte sowohl in Marrakesch wie in Algier viel mit der Polizei zu tun gehabt und verachtete sie. Solange er Geld verdiente und nicht ins Gefängnis kam, war er zufrieden. Nun, ich habe natürlich nie so gedacht. Ich liebe es nicht, wenn sich die Polizei für mich interessiert, auch wenn sie mich nicht verhaften kann. Giraud hatte recht – ich war nervös. Aber, wenn ich seinen Gesichtspunkt auch verstand, so konnte ich ihm doch nicht beipflichten, und das sagte ich ihm. Und ich sagte ihm auch, wenn er Lust habe, könne er meinen Anteil an der *Kasbah Parisien* kaufen, und zwar für den Betrag, den ich seinerzeit hineingesteckt hatte.

Das war meinerseits ein Opfer, müssen Sie wissen – aber ich hatte Giraud satt und wollte ihn loswerden. Ich wurde ihn los. Er war sofort einverstanden. An diesem Abend kamen wir mit Dimitrios zusammen und erklärten ihm die Situation. Giraud war entzückt von seinem guten Kauf und amüsierte sich mit plumpen Späßen auf meine Kosten. Dimitrios lächelte zwar dazu, aber als Giraud uns einen Augenblick allein ließ, bat er mich, bald nach ihm wegzugehen und ihn in einem Café zu treffen – er habe mir etwas zu sagen.

Ich wäre beinahe nicht hingegangen. Nun, alles in allem war es ganz gut, daß ich doch ging. Ich habe durch meine Verbindung mit Dimitrios viel profitiert. Ich glaube, das können wenige behaupten, die mit Dimitrios gearbeitet haben. Aber ich hatte Glück. Nebenbei vermute ich, daß er meine Intelligenz respektierte. Meistens konnte er mich bluffen – aber nicht immer.

Er wartete im Café auf mich, und ich setzte mich zu ihm und fragte, was er von mir wolle. Ich war niemals höflich zu ihm. Er sagte: ›Ich glaube, es war sehr klug von Ihnen, Giraud aufzugeben. Das Geschäft mit den Frauen ist zu gefährlich geworden. Es war immer schwierig. Nun habe ich damit Schluß gemacht.‹

Ich fragte ihn, ob er beabsichtige, das auch Giraud zu erzählen, und er lächelte. ›Noch nicht‹, sagte er; ›nicht ehe Sie Ihr Geld von ihm bekommen haben.‹

Ich sagte mißtrauisch, daß ich das sehr freundlich fände, aber er schüttelte ungeduldig den Kopf. ›Giraud ist ein Esel‹, sagte er, ›und wenn Sie nicht mit ihm zusammen gewesen wären, so hätte ich andere Arrangements wegen der Mädchen getroffen. Jetzt biete ich Ihnen die Möglichkeit, mit mir zu arbeiten. Ich müßte schön dumm sein, Sie gleich am Anfang zu verärgern, indem ich Sie um Ihren Anteil an der *Kasbah* brächte.‹

Dann fragte er mich, ob ich etwas vom Heroingeschäft verstünde. Nun, ich kannte mich ein bißchen aus. Er meinte, er habe genügend Kapital, um monatlich zwanzig Kilogramm zu kaufen und den Vertrieb in Paris zu finanzieren, und fragte mich, ob ich Interesse daran hätte, für ihn zu arbeiten.
Herr Latimer – zwanzig Kilogramm Heroin sind eine seriöse Sache. Es ist eine Menge Geld wert. Ich fragte ihn, wie er es sich dächte, so viel unter die Leute zu bringen. Er antwortete, das sei vorderhand seine Sache. Ich sollte im Auslande die Einkäufe tätigen und Wege finden, um die Ware über die Grenze zu bringen. Wenn ich mit seinem Vorschlag einverstanden sei, sollte ich zunächst als sein Vertreter nach Bulgarien gehen, mit den Lieferanten verhandeln, die er dort kenne, und den Transport der Ware nach Paris arrangieren. Er bot mir zehn Prozent vom Werte eines jeden Kilos, das ich für ihn aufkaufte.
Ich sagte, ich wolle die Sache überlegen, aber innerlich war ich schon entschlossen. Ich wußte, daß ich bei dem damaligen Heroinpreis rund zwanzigtausend Francs monatlich verdienen würde. Ich wußte auch, daß er für sich erheblich mehr profitieren würde. Selbst wenn er mit meinen Prozenten und den Unkosten alles in allem fünfzehntausend Francs pro Kilo zahlen mußte, blieb es immer noch ein gutes Geschäft für ihn. Wenn man in Paris Heroin pro Gramm verkauft, verdient man fast 100 000 Francs pro Kilo. Nach Abzug aller Provisionen für die Verteiler verdiente er am Kilo immer noch mindestens 30 000 Francs. Das bedeutete für ihn eine halbe Million Francs monatlich. Kapital ist eine große Sache, Herr Latimer, wenn man weiß, wie man es anlegen muß, und ein kleines Risiko nicht scheut.
Im September 1928 ging ich für Dimitrios nach Bulgarien – mit der Weisung, per November die ersten zwanzig Kilo für ihn zu kaufen. Er hatte bereits die Verhandlungen mit Agenten und Kleinhändlern eingeleitet. Je eher ich die Ware brachte, um so besser. Dimitrios hatte mir die Adresse eines Mannes in Sofia gegeben, der mich mit den Herstellern in Verbindung bringen sollte. Das tat der Mann auch. Er traf auch die Arrangements für die Kredite, mit denen ich einkaufen sollte. Er ...«
Latimer hatte eine Idee. Er fragte plötzlich: »Wie hieß der Mann?«

Herr Peters runzelte bei der Unterbrechung die Stirn. »Ich finde es nicht korrekt, Herr Latimer, daß Sie mich das fragen.«

»War es Vazoff?«

Herrn Peters' wässerige Augen ruhten groß auf ihm. »Ja, er war es.«

»Und liefen die Kredite über die Eurasische Kredit-Trust?«

»Sie wissen unleugbar sehr viel mehr, als ich dachte.« Herr Peters war offensichtlich nicht entzückt über diese Tatsache. »Darf ich vielleicht fragen ...«

»Oh, ich habe geraten. Aber Sie brauchen keine Angst zu haben, Vazoff zu kompromittieren. Er starb vor drei Jahren.«

»Ich weiß. Haben Sie auch erraten, daß Vazoff tot ist? Und was haben Sie noch alles erraten, Herr Latimer?«

»Das ist alles. Bitte fahren Sie fort.«

»Offenheit ...«, begann Herr Peters, hielt dann aber inne und trank seinen Kaffee. »Kehren wir zu unserem Thema zurück«, sagte er schließlich. »Ja, Herr Latimer. Ich gebe zu, daß Sie recht haben. Durch Vazoff bekam ich die Ware, die Dimitrios brauchte, und bezahlte sie mit Wechseln auf die Eurasische Kredit-Trust in Sofia. Das war einfach. Die Schwierigkeit bestand darin, das Heroin nach Frankreich zu bringen. Ich entschied mich dafür, es per Bahn nach Saloniki zu schicken und von dort per Schiff nach Marseille.«

»Als Heroin?«

»Natürlich nicht. Ich muß gestehen, daß es nicht leicht war, es zu verstecken. Die einzigen Waren, die regulär aus Bulgarien nach Frankreich kommen, und die daher keiner besonderen Prüfung durch die französischen Zollbehörden unterliegen, sind Sachen wie Getreide oder Tabak oder Rosenöl. Dimitrios drängte auf Lieferung, und ich wußte nicht mehr, was ich tun sollte.« Er machte eine dramatische Pause.

»Nun, und wie *haben* Sie es herausgeschmuggelt?«

»In einem Sarg, Herr Latimer. Die Franzosen, so überlegte ich, sind eine Rasse, die große Ehrfurcht vor der Feierlichkeit des Todes empfindet. Haben Sie jemals ein französisches Begräbnis mitgemacht? *Pompe funèbre.* Höchst eindrucksvoll. Ich war überzeugt, kein Zollbeamter würde den Ghul spielen wollen. Ich erstand in Sofia einen Sarg. Ein schönes Stück, mit herrlicher Schnitzerei auf dem Deckel. Gleichzeitig kaufte ich mir eine komplette Trauerkleidung und begleitete den Sarg selbst. Ich bin ein Mensch, der allen Gefühlsmomenten sehr zugänglich ist – und ich war wirklich ergriffen von der schlichten Ehrfurcht und der Rücksicht auf meinen Kummer, welche die Dockarbeiter an den Tag legten, die mit dem Sarg zu tun hatten. Nicht einmal mein eigenes Gepäck wurde beim Zoll kontrolliert.

Ich hatte Dimitrios Nachricht gegeben, und ein Leichenwagen erwartete mich und den Sarg. Ich war sehr stolz auf meinen Erfolg, aber Dimitrios zuckte die Achseln. Ich könne nicht gut, bemerkte er zu Recht, jeden Monat mit einem Sarg in Frankreich ankommen. Ich glaube, er fand die ganze Sache nicht richtig geschäftsmäßig. Natürlich hatte er recht. Er machte jedoch einen Vorschlag. Es gab eine italienische Schiffahrtslinie, die monatlich einen Frachtdampfer von Varna nach Genua laufen ließ. Das Heroin konnte in kleinen Paketen nach Genua verschifft werden und als Spezialtabak deklariert nach Frankreich weitergehen. Dadurch würde die Kontrolle der italienischen Zollbehörden vermieden. In Nizza war ein Mann, der den Transport des Stoffs ab Genua arrangieren konnte, indem er die Beamten des Lagers für unverzollte Waren bestach, ihn aus dem Zollverschluß zu nehmen und dann per Landweg durchzuschmuggeln. Ich wollte wissen, wie sich das auf meinen finanziellen Gewinn bei der Sache auswirken würde. Dimitrios sagte, ich würde nichts verlieren, denn es gäbe noch andere Arbeit für mich.

Es war eigenartig, wie wir alle seine Führerschaft fast selbstverständlich hinnahmen. Gewiß, er hatte Geld; aber es steckte mehr dahinter. Er beherrschte uns, weil er ganz genau wußte, was er wollte, und er wußte genau, wie er es mit möglichst wenig Mühe und möglichst niedrigen Kosten bekommen konnte. Er verstand es auch, die richtigen Leute für die Arbeit zu finden, und wenn er sie gefunden hatte, verstand er sie zu behandeln.

Wir waren ein Stab von sieben, denen Dimitrios direkt seine Weisungen gab – und keiner von uns gehörte zu den Leuten, die sich ohne weiteres Anweisungen geben lassen. Zum Beispiel Visser, der Holländer – er hatte deutsche Maschinengewehre an die Chinesen verkauft, für die Japaner spioniert und im Zuchthaus gesessen, weil er in Batavia einen Kuli umgebracht hatte. Ein Mensch, mit dem man bestimmt nicht leicht fertig wurde. Er war es übrigens, der die Arrangements mit den Klubs und Bars traf, durch die wir an die Rauschgiftsüchtigen herankamen. Sehen Sie, das System des Kleinhandels war sehr sorgfältig organisiert. Lenôtre und Galindo hatten schon ein paar Jahre lang Narkotika verschoben, die sie von einem Mann kauften, der im Dienste eines französischen Engros-Rauschgiftherstellers stand. So etwas war vor den Verordnungen von 1931 ganz einfach. Diese beiden Männer wußten genau, wer die Ware brauchte und wo die Interessenten zu finden waren. Ehe Dimitrios die Szene betrat, hatten sie meistens mit Morphium und Kokain gehandelt, und sie waren nicht recht vorwärts gekommen, weil sie zu wenig Ware auftreiben konnten. Als Dimitrios ihnen nun unbeschränkte Heroinmengen anbot, waren sie gern bereit, den Engros-Fabrikanten aufzugeben und ihren Klienten fortab Heroin zu verkaufen.

Das war aber nur ein Teil des Geschäftes. Rauschgiftsüchtige sind, wie Sie wohl wissen, immer erpicht darauf, auch andere Leute süchtig zu machen. Infolgedessen wächst der Verbraucherkreis ständig. Nun können Sie sich vorstellen, wie wichtig es ist, den neuen Kunden anzusehen, ob es sich um Angehörige der *Brigade des Stupéfiants* oder andere unerwünschte Elemente handelt. An diesem Punkt wurde Visser eingesetzt. Der angebliche Kunde kam, sagen wir, zuerst zu Lenôtre – und zwar mit der Empfehlung eines regulären Kunden, den jener gut kannte. Wenn er nun aber um Rauschgift bat, so mußte Lenôtre erstaunt tun. Heroin? Er hatte keine Ahnung von Heroin. Er persönlich nahm es nicht. Wenn allerdings jemand es durchaus haben wollte ... nun ja, er hatte gehört, daß man in der So-und-So-Bar welches bekam. In der So-und-So-Bar, die auf Vissers Liste stand, bekam der potentielle Kunde eine ähnliche Antwort. Rauschgift? Nein. In der So-und-So-Bar gab es derartige Dinge nicht. Wenn aber der Kunde am nächsten Tage wiederkommen wolle, so sei vielleicht jemand da, der ihm behilflich sein könne. Und am nächsten Tage war die Großherzogin da.

Sie war eine seltsame Frau. Visser hatte sie in das Geschäft eingeführt – sie war, glaube ich, die einzige, die Dimitrios nicht

selbst entdeckt hatte. Sie war sehr gerissen. Ihr Talent, Fremde richtig einzuschätzen, war ganz außergewöhnlich. Da konnte sich ein Detektiv noch so gut verkleiden, sie erkannte ihn auf den ersten Blick. Ihre Aufgabe war es, die Leute zu prüfen, die kaufen wollten, und sie entschied, ob jemand den Stoff bekommen sollte oder nicht und was er dafür zu bezahlen hatte. Sie war für uns äußerst wertvoll.
Ein wichtiger Mann war auch Werner, der Belgier. Er hatte mit den Kleinhändlern zu tun. Früher war er Chemiker gewesen. Er pflegte das Heroin zu verdünnen (unter dem Vorwand, seine Unverfälschtheit nachzuprüfen). Von diesem Teil des Geschäftes sprach Dimitrios nie.
Es war bald notwendig geworden, den Stoff zu strecken. Sechs Monate, nachdem wir angefangen hatten, mußte ich den monatlichen Heroineinkauf auf fünfzig Kilo erhöhen. Und ich hatte noch andere Arbeit zu leisten. Lenôtre und Galindo hatten gleich zu Anfang gesagt, daß sie, um alle ihre Geschäftsverbindungen ausnützen zu können, auch Morphium und Kokain brauchten, das sie neben dem Heroin verkauften. Morphinisten machen sich nichts aus Heroin, und Kokainsüchtige lehnen Heroin ab, wenn sie anderswo Kokain bekommen können. Ich mußte daher auch Morphium und Kokain einkaufen. Das Morphiumproblem war höchst einfach – man konnte Morphium zugleich mit Heroin bei denselben Leuten kaufen; mit dem Kokain stand es anders. Das konnte man nur in Deutschland bekommen. Ich hatte alle Hände voll zu tun.
Es gab natürlich auch Schwierigkeiten, gewöhnlich in meinem Ressort. Als wir ungefähr ein Jahr gearbeitet hatten, war es mir gelungen, unsere Waren auf verschiedenen Wegen hereinzubringen. Lamare organisierte die Zufuhr von Heroin und Morphium via Genua, und ich hatte ein Abkommen mit einem Schlafwagenschaffner im Orient-Expreß getroffen. Er pflegte die Ware in Sofia in den Zug zu nehmen und in Paris abzuliefern, wenn der Zug aufs Nebengleis geschoben wurde. Das war natürlich keine sehr sichere Sache, und ich mußte mühselige Vorsichtsmaßnahmen treffen, um mich zu schützen, falls etwas schiefgehen sollte – aber es war der schnellste Weg. Das Kokain kam meist in Kisten mit Maschinenteilen aus Deutschland herein. Wir bekamen auch Heroinsendungen aus einer Fabrika-

tionsstelle in Istanbul, und zwar durch einen Frachter, der sie außerhalb des Marseiller Hafens in verankerten Behältern aussetzte, die Lamare bei Nacht hereinholte.
In der letzten Juniwoche 1929 hatten wir eine Pechsträhne. Zuerst wurden fünfzehn Kilo Heroin im Orient-Expreß beschlagnahmt, und die Polizei verhaftete sechs meiner Männer, einschließlich des Schlafwagenschaffners. Das war schlimm genug; aber in derselben Woche mußte Lamare bei Sospel eine Sendung von vierzig Kilo Heroin und Morphium im Stich lassen – er entkam zwar, aber wir gerieten in ernste Schwierigkeiten, denn der Verlust dieser fünfundfünfzig Kilo bedeutete, daß wir mit acht Kilo Lieferungsverpflichtungen von mehr als fünfzig Kilo zu erfüllen hatten. Auch von Istanbul war erst in ein paar Tagen etwas fällig. Wir waren verzweifelt. Lenôtre und Galindo und Werner wußten weder aus noch ein. Zwei von Galindos Kunden begingen Selbstmord, und in einer der Bars gab es eine Messerstecherei, bei der Werner am Kopf verletzt wurde.
Ich tat mein Bestes. Ich fuhr nach Sofia und brachte zehn Kilo in meinem Koffer zurück. Aber das war nicht genug. Ich muß zugeben, Dimitrios machte mir keine Vorwürfe – das wäre auch unfair gewesen. Aber er war wütend. Er beschloß, ein Reservelager im Haus einzurichten. Und bald nach dieser Unglückswoche kaufte er die Häuser hier. Bis dahin hatten wir uns immer in einem Zimmer über einem Café in der Rue d'Orléans getroffen. Jetzt bestimmte er diese Häuser zu unserm Hauptquartier. Wir wußten nicht, wo er wohnte, und konnten uns nicht mit ihm in Verbindung setzen, wenn es ihm nicht beliebte, einen von uns anzurufen. Später sollten wir merken, wie katastrophal es für uns war, seine Adresse nicht zu kennen. Aber es passierten noch andere Dinge, bevor wir es merkten.
Mir fiel die Aufgabe zu, Vorräte zu organisieren. Das war keineswegs leicht. Wollten wir uns einen Reservebestand schaffen und gleichzeitig unsere Lieferungen aufrechterhalten, so mußte ich den Nachschub verstärken. Das bedeutete natürlich auch ein größeres Risiko, gefaßt zu werden. Es bedeutete auch, daß ich neue Methoden finden mußte, um die Ware hereinzubringen. Inzwischen komplizierte sich die Lage noch, weil die bulgari-

sche Regierung die Fabrik in Radomir geschlossen hatte, die unser Hauptlieferant war. Sie wurde bald in einem andern Teil des Landes wieder eröffnet, aber es gab doch unvermeidliche Verzögerungen. Wir waren gezwungen, uns immer mehr auf Istanbul zu verlassen.

Es war eine schwere Zeit. In zwei Monaten verloren wir nicht weniger als neunzig Kilo Heroin, zwanzig Kilo Morphium und fünf Kilo Kokain. Es war ein Auf und Ab, doch wuchsen die Vorräte langsam, aber sicher. Ende 1930 hatten wir unter dem Fußboden im Haus nebenan einen Vorrat von zweihundertfünfzig Kilo Heroin, etwas über zweihundert Kilo Morphium, neunzig Kilo Kokain und ein wenig präpariertes türkisches Opium.«

Herr Peters goß den Rest des Kaffees in die Tassen und löschte die Spiritusflamme aus. Dann nahm er eine Zigarette, befeuchtete das Ende mit der Zunge und steckte sie an.

»Haben Sie jemals einen Rauschgiftsüchtigen gesehen, Herr Latimer?« fragte er plötzlich.

»Ich glaube nicht.«

»Ah, Sie *glauben* nicht? Genau wissen Sie es nicht. O ja, es ist einem Süchtigen durchaus möglich, seine kleine Schwäche eine Zeitlang geheimzuhalten. Aber er – und besonders *sie* – kann es nicht auf die Dauer. Der Verlauf ist in großen Zügen immer derselbe. Das Ganze beginnt als Versuch. Sie nehmen etwa ein halbes Gramm und schnupfen es. Beim ersten Mal wird Ihnen vielleicht übel – Sie versuchen es aber wieder, und das zweite Mal wirkt es schon, wie es soll. Eine köstliche Sensation, Wärme, Glanz, die Zeit steht still, aber der Geist bewegt sich in einem ungeheuren Tempo und – so scheint es Ihnen wenigstens – mit unglaublicher Leistungsfähigkeit. Sie waren dumm – auf einmal werden Sie sehr gescheit. Sie waren unglücklich – plötzlich werden Sie sorglos und froh. Sie vergessen alles Unliebsame, aber alles, was Ihnen angenehm ist, erleben Sie mit einer Intensität der Freude, die Sie sich nie hätten träumen lassen. Drei Stunden im Paradies. Und nachher ist es nicht allzu schlimm. Nicht halb so schlimm, als wenn Sie zu viel Champagner getrunken hätten. Sie wollen Ihre Ruhe; Sie fühlen sich nicht ganz wohl; das ist alles. Bald sind Sie wieder der Alte. Es ist nichts geschehen – Sie haben bloß einen erstaunlichen Genuß gehabt. Sie sagen sich jetzt, daß Sie das Gift ja nicht nehmen müssen, wenn Sie nicht wollen. Als vernünftiger Mensch stehen Sie über dem Stoff. Und gerade deshalb – nicht wahr? – liegt eigentlich kein Grund vor, daß Sie sich nicht wieder diesen Genuß verschaffen. Natürlich nicht. Und danach handeln Sie. Aber diesmal ist es ein wenig enttäuschend. Das halbe Gramm genügt nicht. Nun, mit Enttäuschungen muß man fertig werden. Sie wollen nur noch einmal im Paradiese wandeln, ehe Sie sich entschließen, die Sache fallenzulassen. Ein wenig mehr ... vielleicht ein knappes Gramm? Wieder Paradies – und noch immer fühlen Sie sich dadurch nicht schlechter. Und da Sie sich nicht schlechter fühlen – warum sollten Sie es eigentlich nicht wieder tun? Jedermann weiß, daß dieses Gift zu guter Letzt eine üble Wirkung auf Sie haben muß; nun: im Moment, wo Sie die schlechte Wirkung verspüren, können *Sie* ja aufhören. Nur Narren werden süchtig. Anderthalb Gramm. Endlich bietet das Leben etwas, auf das Sie sich freuen können. Noch vor drei Monaten sah alles so trübe aus. Aber jetzt ... Zwei Gramm. Natürlich, wenn man etwas mehr nimmt, muß man selbstverständlich darauf gefaßt sein, daß man sich nachher etwas krank und deprimiert fühlt. Jetzt nehmen Sie es schon vier Monate. Sie müssen bald aufhören. Zwei und ein halbes Gramm. Nase und Kehle werden Ihnen unangenehm trocken. Und Ihre Mitmenschen gehen Ihnen allmählich auf die Nerven. Vielleicht bloß, weil Sie schlecht schlafen. Sie machen so viel Lärm. Sie sprechen so laut. Und was sagen sie eigentlich? Ja, *was*? Dinge über *sie* – lauter Lügen. Sie lesen es in ihren Gesichtern. Drei Gramm. Und dann sind auch andere Dinge zu überlegen, andere Gefahren. Sie müssen vorsichtig sein. Jede Nahrung schmeckt abscheulich. Sie können sich nicht an die Dinge erinnern, die Sie tun müssen ... wichtige Dinge. Und selbst wenn Ihnen zufällig dies oder jenes einfallen sollte – Sie haben sich um viel Wichtigeres zu kümmern, als bloß um den widerlichen täglichen Kram. Zum Beispiel, Ihre Nase läuft ständig; das heißt, tatsächlich läuft sie nicht, aber Sie haben das Gefühl, sie liefe – und müssen immer hinfassen, um sich zu vergewissern. Noch etwas: andauernd belästigt Sie eine Fliege. Diese entsetzliche Fliege werden Sie niemals los – sie läßt Ihnen keine Ruhe. Bald ist sie auf Ihrem Gesicht, bald auf den

Händen, bald auf dem Hals. Sie müssen sich zusammenreißen. Drei und ein halbes Gramm ... Nun? Können Sie es sich ausmalen, Herr Latimer?«

»Sie scheinen den Genuß von Rauschgiften nicht zu billigen.«

»Billigen?« Herr Peters starrte Latimer entgeistert an. »Er ist schrecklich – *schrecklich!* Er ruiniert jede Existenz. Die armen Menschen verlieren die Kraft zu arbeiten, und dennoch müssen sie Geld finden, um ihr Gift zu bezahlen. Unter solchen Umständen werden sie desperat und sind fähig, Verbrechen zu begehen, um sich ihre Mittel zu verschaffen. Ich sehe, was Ihnen durch den Kopf geht, Herr Latimer. Sie denken, es sei merkwürdig, daß ich mit einer Sache verbunden war und soviel Geld daran verdiente, die ich so streng verurteile. Aber überlegen Sie: hätte *ich* nicht das Geld daran verdient, so hätte es jemand anderer getan. Nicht eins dieser unseligen Geschöpfe wäre besser dran gewesen, und ich hätte Geld verloren.«

»Und diese ständig zunehmende Kundschaft, von der Sie sprechen? Sie können nicht behaupten, daß jeder, der durch Ihre Organisation versorgt wurde, rauschgiftsüchtig war, ehe Sie ins Geschäft einstiegen.«

»Natürlich nicht. Aber diese Seite des Geschäftes war nicht *meine* Sache. Dafür waren Galindo und Lenôtre verantwortlich. Und ich darf Ihnen sagen, daß Lenôtre und Galindo und auch Werner selber süchtig waren. Sie nahmen Kokain. Kokain wirkt unangenehmer auf die Konstitution, aber während man in ein paar Monaten ein gefährlicher Heroinsüchtiger werden kann, braucht man mehrere Jahre, um sich mit Kokain umzubringen.«

»Und was nahm Dimitrios?«

»Heroin. Es war eine große Überraschung für uns, als wir es zum ersten Mal merkten. Gewöhnlich trafen wir ihn um sechs Uhr abends in diesem Zimmer. Und an einem Frühlingsabend 1931 erlebten wir eine solche Überraschung.

Dimitrios kam spät. Das war schon an sich ungewöhnlich; aber wir nahmen kaum Notiz davon. Normalerweise saß er bei diesen Zusammenkünften sehr still, mit halbgeschlossenen Augen, und sah ein wenig bekümmert aus, als hätte er Kopfschmerzen – so daß man ihn, auch wenn man ihn kannte, am liebsten jedesmal gefragt hätte, ob er sich nicht wohl fühle. Wenn ich ihn so beobachtete, war ich manchmal erstaunt über mich selbst – daß ich mich von ihm leiten ließ. Und dann sah ich, wie sich sein Gesicht veränderte, wenn er sich aufrichtete, um einem Einwand von Visser zu begegnen – immer war es Visser, der mit Einwänden kam –, und dann verstand ich es. Visser war ein Gewaltmensch, er war ebenso rasch wie listig; aber neben Dimitrios erschien er wie ein Kind. Als Dimitrios ihn einmal zum Narren gehalten hatte, zog Visser seine Pistole. Er war weiß vor Wut. Ich sah, wie er den Finger am Abzug bewegte. Wäre ich Dimitrios gewesen – ich hätte zu beten angefangen; aber Dimitrios lächelte bloß sein unverschämtes Lächeln, drehte Visser den Rücken und begann mit mir etwas Geschäftliches zu besprechen. So ruhig war Dimitrios immer, auch wenn er zornig wurde.

Und deshalb waren wir an diesem Abend so überrascht. Er kam spät, blieb in der Tür stehen und betrachtete uns wohl eine Minute lang. Dann ging er hinüber zu seinem Platz und setzte sich. Visser hatte Schwierigkeiten erwähnt, die der Patron eines Cafés gemacht hatte, und sprach nun weiter. Es war nichts Besonderes, was er sagte. Ich glaube, er riet Galindo, dieses Café auszuschalten, da es unsicher sei.

Plötzlich lehnte sich Dimitrios über den Tisch, brüllte: *Imbécile* und spuckte Visser ins Gesicht.

Visser war ebenso perplex wie wir anderen. Er machte den Mund auf, um etwas zu sagen, aber Dimitrios ließ ihm keine Zeit dazu. Bevor wir noch begriffen, was eigentlich vorging, beschuldigte er Visser der unerhörtesten Dinge. Er sprudelte die Worte nur so heraus und spuckte wieder wie ein Gassenjunge.

Visser wurde kalkweiß und sprang auf, die Hand in der Tasche, in der seine Pistole war. Aber Lenôtre, der neben ihm saß, erhob sich und flüsterte ihm etwas zu, worauf Visser die Hand wieder aus der Tasche zog. Lenôtre kannte die Leute gut, die Rauschgift nahmen, und er und Galindo und Werner hatten die Lage sofort erfaßt, als Dimitrios ins Zimmer trat. Aber nun hatte Dimitrios gesehen, daß Lenôtre etwas flüsterte, und wandte sich gegen ihn. Und nach Lenôtre kamen wir übrigen an die Reihe. Wir seien Narren, schrie er, wenn wir glaubten, er wisse nicht längst, daß wir uns gegen ihn verschworen hätten. Er beschimpfte uns auf Französisch und Griechisch mit

den unangenehmsten Ausdrücken. Dann begann er zu prahlen, er sei klüger als wir anderen alle zusammen; ohne ihn wären wir längst verhungert, ihm allein sei der ganze Erfolg zu verdanken (das stimmte, aber wir ließen es uns nicht gern vorhalten), und er könne mit uns tun, was er wolle. So ging es eine halbe Stunde weiter – bald prahlte er, bald beschimpfte er uns. Keiner entgegnete ein Wort. Plötzlich hielt er inne – ebenso plötzlich wie er angefangen hatte – stand auf und ging aus dem Zimmer.
Ich glaube, nach diesem Zwischenfall hätten wir auf seinen Verrat gefaßt sein müssen. Die Heroinsüchtigen sind für so etwas bekannt. Dennoch wurden wir überrascht. Ich vermute, es lag daran, daß wir von dem vielen Geld beeindruckt waren, das er verdiente. Ich erinnere mich nur, daß Galindo und Lenôtre lachten, als er weggegangen war, und Werner fragten, ob der Chef wenigstens das Heroin bezahlte, das er selber nahm. Sogar Visser grinste. Wie Sie sehen, zogen wir den Vorfall ins Lächerliche.
Als wir Dimitrios das nächste Mal trafen, war er ganz wie sonst, und niemand machte eine Anspielung auf seinen Wutanfall. Doch im Verlauf der nächsten Monate – er machte zwar keine Szenen mehr – wurde er übellaunig, und die geringste Schwierigkeit brachte ihn in Harnisch. Auch seine äußere Erscheinung veränderte sich. Er sah mager und krank aus, und seine Augen waren stumpf. Er kam nicht mehr regelmäßig zu unseren Zusammenkünften.
Dann kam die zweite Warnung.
Anfang September machte er plötzlich den Vorschlag, die Drogenzufuhr zu drosseln und die Vorräte aufzubrauchen. Das regte uns auf, und es gab Einwände und Bedenken. Ich machte die meisten. Sehen Sie, ich hatte so viel Mühe gehabt, den Vorrat anzulegen – ich wollte einfach nicht, daß er ohne Notwendigkeit verbraucht würde. Die anderen erinnerten Dimitrios an die Ungelegenheiten, die wir damals gehabt hatten, als uns die Ware ausgegangen war. Aber Dimitrios wollte nicht hören. Er sagte, er sei von einer bevorstehenden Polizeirazzia in Kenntnis gesetzt worden. Ein Riesenlager würde uns nicht nur schwer belasten, wenn es entdeckt würde, sondern die Beschlagnahme wäre auch ein zu großer finanzieller Verlust. Auch ihm

täte es leid, das Lager aufzulösen – aber es sei immer gut, auf ›sicher‹ zu setzen.

Ich glaube nicht, daß einem von uns der Verdacht kam, er wolle seinen Besitz liquidieren, ehe er ausstieg. Sie werden denken, für Menschen von unserer Erfahrung seien wir zu vertrauensvoll gewesen. Und damit haben Sie recht. Mit Ausnahme von Visser waren wir bei den Verhandlungen mit Dimitrios eigentlich immer in der Defensive. Selbst Lydia, die eine so gute Menschenkennerin war, versagte. Und was Visser anbetraf – er war so geblendet durch seine Eitelkeit, daß er sich einbildete, kein Mensch, nicht einmal ein Süchtiger, könne ihn verraten. Nebenbei, warum sollten wir einen Verdacht haben? Wir verdienten Geld, freilich – aber er verdiente mehr, viel mehr. Was gab es da für einen vernünftigen Grund, ihm zu mißtrauen? Wer hätte denn voraussehen können, daß er wie ein Irrer handeln würde?«

Herr Peters zuckte die Achseln. »Das übrige wissen Sie ja. Er wurde zum Angeber. Wir wurden alle verhaftet. Lamare und ich wurden in Marseille geschnappt. Die Polizei war sehr schlau. Sie beobachtete uns etwa eine Woche, ehe sie zugriff. Ich nehme an, sie wollte uns in flagranti ertappen. Zum Glück bemerkten wir es einen Tag, ehe wir eine große Sendung aus Istanbul in Empfang nehmen sollten. Lenôtre und Galindo und Werner waren schlechter dran. Sie hatten Rauschgift auf sich. Die Polizei versuchte natürlich, aus mir etwas über Dimitrios herauszukriegen – sie zeigte mir das Dossier, das sie von ihm bekommen hatte. Nun, sie hätten mich ebensogut über den Mond ausfragen können. Später entdeckte ich, daß Visser viel mehr wußte, als wir anderen, aber er sagte der Polizei nichts davon. Er hatte ganz andere Pläne. Er sagte der Polizei, Dimitrios hätte ein Appartement im siebzehnten Bezirk. Das war eine Lüge. Visser hoffte, ein milderes Urteil zu bekommen als wir anderen. Vergebens! Er starb vor kurzem – der arme Kerl.«

Herr Peters seufzte schwer und zog eine schwarze Zigarre hervor.

Latimer nippte an seiner zweiten Tasse Mokka. Sie war kalt geworden. Er nahm eine Zigarette und ließ sich von seinem Gastgeber Feuer reichen.

»Nun, und?« sagte er, als die schwarze Zigarre brannte. »Was dann? Ich warte noch immer darauf, zu erfahren, wie ich eine halbe Million Francs verdienen soll.«

Herr Peters lächelte, als präsidiere er das Festessen einer Sonntagsschule, und Latimer hätte um ein zweites Stück Kuchen gebeten. »Das, Herr Latimer, gehört zu einer ganz anderen Geschichte.«

»Zu was für einer anderen Geschichte?«

»Zu der Geschichte, was aus Dimitrios wurde, nachdem er von der Bildfläche verschwand.«

»Nun also – was *wurde* denn aus ihm, bitte?« fragte Latimer beharrlich.

Ohne zu antworten, hob Peters die kleine Fotografie auf, die auf dem Tisch lag, und gab sie Latimer nochmals.

Latimer sah sie an und runzelte die Stirn. »Ja. Das Bild habe ich schon gesehen; es ist Dimitrios. Was soll das?«

Herr Peters lächelte sehr süß und milde. »Das, mein lieber Herr Latimer, ist eine Fotografie von Manuel Visser.«

»Was soll das heißen?«

»Ich sagte Ihnen doch, Visser hatte andere Pläne, um die Kenntnisse zu verwerten, die er sich klugerweise über Dimitrios verschafft hatte. Was Sie in Istanbul auf dem Tische der Leichenhalle sahen, Herr Latimer, das war Visser – nachdem er versucht hatte, diese Pläne in die Praxis umzusetzen.«

»Aber es war doch Dimitrios! Ich sah doch . . .«

»Sie sahen den Körper Vissers, Herr Latimer, nachdem Dimitrios ihn getötet hatte. Dimitrios selber – ich bin glücklich, Ihnen dies mitteilen zu können – lebt und erfreut sich bester Gesundheit.«

XII

Monsieur C. K.

Latimer starrte Herrn Peters an. Sein Mund stand offen, und er wußte, daß er lächerlich aussah, und daß an dieser Tatsache nichts zu ändern war. Dimitrios lebte. Es kam ihm keinen Augenblick in den Sinn, diese Feststellung zu bezweifeln. Er wußte instinktiv, daß sie stimmte. Ihm war, als habe ihm ein Arzt mitgeteilt, daß er an einer schweren Krankheit leide, deren Symptome er bisher nur halb vermutet hatte. Er war maßlos erstaunt, wütend, neugierig und ein wenig erschrocken, während sein Geist fieberhaft begann, die neue und sonderbare Konstellation zu erfassen und zu verarbeiten. Er machte den Mund zu, öffnete ihn wieder und sagte leise: »Ich kann es nicht glauben.«

Herr Peters war offenkundig befriedigt von der Wirkung seiner Mitteilung.

»Ich wagte kaum zu hoffen«, sagte er, »daß Sie keine Ahnung von der Wahrheit hätten. Grodek verstand natürlich alles. Gewisse Fragen, die ich vor einiger Zeit an ihn richtete, hatten sein Interesse geweckt. Als Sie zu ihm kamen, wurde er noch neugieriger. Deshalb wollte er so gerne Bescheid wissen. Aber sobald Sie ihm erzählt hatten, daß Sie in Stambul Dimitrios' Leiche gesehen hatten, war er im Bilde. Er verstand sofort, was Sie, lieber Herr Latimer, für mich so unschätzbar machte, nämlich die Tatsache, daß Sie das Gesicht des Mannes gesehen hatten, der als Dimitrios begraben wurde. Es war eindeutig. Nicht für Sie, wahrscheinlich. Ich nehme an, wenn man einen ganz fremden Menschen auf dem Tisch einer Leichenhalle sieht, und die Polizei sagt einem, der Tote heiße Dimitrios, so setzt man (bei Ihrem Respekt vor der Polizei) voraus, daß alles in Ordnung ist. Ich *wußte*, daß der Mann, den Sie sahen, nicht Dimitrios war. Aber – ich konnte es nicht beweisen. Sie aber können es. *Sie* können Manuel Visser identifizieren.« Er machte eine vielsagende Pause und fügte hinzu, als Latimer schwieg: »Wie hat die Polizei ihn denn als Dimitrios identifiziert?«

»In die Innenseite seines Rockfutters war eine französische *Carte d'Identité* eingenäht, die vor einem Jahr in Lyon für Dimitrios Makropoulos ausgestellt wurde.« Latimer sprach mechanisch. Er dachte an Grodeks Toast auf den englischen Detektivroman und daran, wie Grodek das Lachen über seinen eigenen Witz nicht hatte unterdrücken können. Herrgott im Himmel! Für was für einen Esel mußte der Mann ihn gehalten haben!
»Eine französische *Carte d'Identité*!« wiederholte Peters. »Das finde ich amüsant, sehr amüsant.«
»Die französischen Behörden haben sie für echt erklärt – und es war eine Fotografie dabei.«
Herr Peters lächelte nachsichtig. »Ich könnte Ihnen ein Dutzend echter französischer *Cartes d'Identité* verschaffen, Herr Latimer, jede mit dem Namen Dimitrios Makropoulos und jede mit einer anderen Fotografie. Sehen Sie her!« Er zog einen grünen *Permis de Séjour* aus der Tasche, schlug ihn auf und zeigte Latimer die Fotografie, mit den Fingern die Eintragungen verdeckend. »Finden Sie, daß mir das sehr ähnlich ist, Herr Latimer?« Latimer schüttelte den Kopf.
»Und doch IST es eine echte Fotografie von mir«, erklärte Herr Peters, »die vor drei Jahren aufgenommen wurde. Ich habe mich nicht angestrengt, mich zu verstellen. Es liegt einzig daran, daß ich nicht *photogénique* bin – das ist alles. Nur wenige Menschen sind es. Die Kamera ist ein konsequenter Lügner. Dimitrios hätte Fotografien von allen möglichen Leuten benutzen können, die den gleichen Gesichtstyp hatten wie Visser. Die Fotografie, die ich Ihnen gezeigt habe, ähnelt Visser.«
»Wenn Dimitrios noch am Leben ist – wo ist er?«
»Hier in Paris.«
Herr Peters lehnte sich vor und klopfte Latimer aufs Knie. »Sie sind sehr verständig gewesen, Herr Latimer«, sagte er freundlich; »ich will Ihnen alles erzählen.«
»Zu liebenswürdig«, sagte Latimer bitter.
»Nein, nein! Sie haben das *Recht*, alles zu wissen«, sagte Herr Peters freundlich. Er schürzte die Lippen mit der Miene eines Menschen, der die Gerechtigkeit anerkennt, wenn er ihr begegnet. »Ich werde Ihnen alles erzählen«, sagte er nochmals und zündete seine Zigarre wieder an.
»Wie Sie sich vorstellen können«, fuhr er fort, »waren wir alle

sehr böse auf Dimitrios. Manche von uns schwuren ihm Rache. Ich aber, Herr Latimer, gehörte nie zu den Leuten, die mit dem Kopf gegen die Wand rennen. Dimitrios war verschwunden – und ich sah keinen Weg, wie ich ihn finden konnte. Die Demütigungen des Gefängnislebens wurden zur bloßen Erinnerung, ich reinigte mein Herz von Groll und ging ins Ausland, um meinen Sinn für Proportionen wiederzugewinnen. Ich wurde ein Wanderer, Herr Latimer. Hier und da ein kleines Geschäft, Reisen, Betrachtungen ... das war mein Leben. Ich konnte es mir leisten, mich, wenn ich Lust hatte, in ein Café zu setzen und diese unsere Welt an mir vorbeiziehen zu lassen; ich versuchte dabei, meine Mitmenschen zu verstehen. Wie wenig echtes Verstehen gibt es doch! Wenn ich so durch dieses unser Leben wandle, Herr Latimer, grüble ich manchmal, ob nicht alles nur ein Traum ist – ob wir nicht eines Tages erwachen werden, um zu entdecken, daß wir wie Kinder in einer Wiege geschlafen haben, die der Allmächtige geschaukelt hat. Das wird ein großer Tag sein. Ich weiß, ich habe Dinge getan, deren ich mich schämen mußte; aber der Allmächtige wird es verstehen. Ich stelle mir den Allmächtigen vor als jemanden, der versteht, daß es manchmal (aus Geschäftsgründen) nötig ist, widerliche Dinge zu tun, als jemanden, der einen besser versteht, als der Richter im Gerichtssaal«, fügte er ein wenig nachtragend hinzu, »nämlich wie ein *Freund.*«
Er wischte sich die Mundwinkel. »Sie werden denken, daß ich so etwas wie ein Mystiker bin, Herr Latimer – nun, vielleicht bin ich es wirklich. Ich glaube nicht an den Zufall. Will der Allmächtige, daß man einem Menschen begegnet, so begegnet man ihm eben. Daran ist gar nichts Merkwürdiges. Daher war ich auch nicht überrascht, als ich Visser traf. Das geschah vor nicht ganz zwei Jahren, und zwar in Rom.
Ich hatte ihn fünf Jahre lang nicht gesehen. Der arme Kerl! Es war ihm schlecht gegangen. Ein paar Monate nach seiner Entlassung aus dem Gefängnis war er in Geldverlegenheiten und fälschte einen Scheck. Er wurde wieder auf drei Jahre eingesperrt, und als er entlassen wurde, des Landes verwiesen. Er war total abgebrannt, und in Frankreich, wo er Leute kannte, die ihm hätten helfen können, konnte er nicht arbeiten. Ich tadle ihn nicht dafür, daß er voller Bitterkeit war.

Er bat mich, ihm Geld zu leihen. Wir hatten uns in einem Café getroffen, und er sagte mir, er müsse nach Zürich, um sich einen neuen Paß zu besorgen, aber er habe kein Geld. Sein holländischer Paß nützte ihm nichts, da er auf seinen richtigen Namen lautete. Ich hätte ihm gern geholfen, denn er tat mir leid, obwohl ich ihn nie recht leiden konnte. Aber ich zögerte. Allzu oft gerät man in Verlegenheit durch großzügige Regungen. Es wäre klüger gewesen, ihm sogleich zu sagen, daß ich ihm kein Geld borgen könne, aber ich zögerte – und da merkte er, daß ich Geld hatte. Damals dachte ich, ich hätte einen dummen Fehler begangen. Erst später wurde mir klar, daß mein großzügiger Instinkt zu meinem eigenen Besten gearbeitet hatte.
Er wurde sehr aufdringlich und schwor mir, daß er mir das Geld zurückgeben werde. Dieses unser Leben ist manchmal so schwierig, finden Sie nicht?
Da schwört ein Mensch, daß er geborgtes Geld zurückgeben will – und man weiß, daß er aufrichtig ist. Jedoch man weiß auch, daß er sich vielleicht schon morgen mit derselben Aufrichtigkeit beweist, das Geld gehöre infolge seiner Notlage ihm – er habe das Recht darauf, während man selbst es sich leisten könne, eine so unbedeutende Summe zu verlieren, und daß man seine noblen Regungen in jedem Falle bezahlen müsse. Und dann wird der Gläubiger dem Schuldner unangenehm, und man hat nicht nur sein Geld, sondern auch einen Freund verloren. Ich beschloß, ihm nichts zu geben. Meine Ablehnung machte ihn wütend und er warf mir vor, ich traue ihm nicht zu, eine Ehrenschuld zu bezahlen – in seinem Mund eine törichte Redensart. Dann fing er an zu bitten. Er könne mir beweisen, sagte er, daß er bald in der Lage sein werde, das Geld zurückzugeben, und dann fing er an, mir ein paar sehr interessante Dinge zu erzählen.
Wie ich vorhin schon sagte: Visser wußte ein wenig mehr über Dimitrios als wir anderen. Er hatte sich sehr viel Mühe gegeben, es herauszubekommen, und zwar bald nach dem Abend, an dem er die Pistole gezogen und Dimitrios ihm einfach lächelnd den Rücken gekehrt hatte. So hatte ihn noch nie jemand behandelt, und in ihm war der Wunsch erwacht, mehr von dem Mann zu erfahren, der ihn so gedemütigt hatte. So sehe ich den Zusammenhang. Er selbst behauptete aller-

dings, er habe geahnt, daß Dimitrios uns betrügen werde. Aber das halte ich für Unsinn. Nun, egal aus welchem Grunde – er beschloß, Dimitrios zu folgen, wenn er die Sackgasse verließ.

Am ersten Abend hatte er keinen Erfolg. Am Eingang der Gasse wartete eine große Limousine; und Dimitrios war weggefahren, ehe Visser ein Taxi fand, um ihm zu folgen. Am zweiten Abend mietete er sich rechtzeitig ein Taxi. Er kam nicht zu unserer Zusammenkunft, sondern erwartete Dimitrios in der Rue de Rennes. Als die große Limousine erschien, fuhr Visser hinter ihr her.

Vor einem großen Wohnhaus in der Rue de Wagram stieg Dimitrios aus und ging hinein, während der große Wagen wegfuhr. Visser merkte sich die Adresse, und eine Woche später begab er sich, während er Dimitrios hier im Hause wußte, zu dieser Wohnung und fragte nach Herrn Makropoulos. Natürlich kannte der Concierge niemanden dieses Namens, aber Visser gab ihm Geld, beschrieb ihm Dimitrios und bekam heraus, daß er ein Appartement auf den Namen Rougemont gemietet hatte.

Bei aller Eitelkeit war Visser kein Narr. Er wußte, daß Dimitrios Vorsorge getroffen hatte, falls er verfolgt würde, und daß das Rougemont-Appartement nicht sein einziges Quartier war. Also fing er an, Herrn Rougemonts Kommen und Gehen zu beobachten. Es dauerte nicht lange, bis er entdeckte, daß es einen zweiten Ausgang aus der Wohnung gab, und daß Dimitrios durch diesen zweiten Ausgang zu verschwinden pflegte.

Eines Abends folgte ihm Visser, als Dimitrios durch den Hintereingang das Haus verließ. Er brauchte nicht weit zu gehen. Es stellte sich heraus, daß Dimitrios in einem großen Haus in einer Seitenstraße der Avenue Hoche lebte. Es gehörte, wie er feststellte, einer eleganten Adeligen. Ich werde sie Madame la Comtesse nennen. Später sah Visser Dimitrios mit ihr zusammen weggehen – in die Oper. Dimitrios war *en grande tenue*, und sie fuhren in einem großen Hispano.

Hier verlor Visser das Interesse. Er wußte, wo Dimitrios wohnte. Er hatte wohl das Gefühl, sich durch diese Entdeckung irgendwie gerächt zu haben. Auch hatte er es vermutlich satt, auf den Straßen herumzustehen und zu warten. Seine Neugierde war befriedigt. Er hatte schließlich entdeckt, was er entdecken wollte. Dimitrios war ein Mann mit einem großen Einkommen. Er gab es aus, wie andere Männer mit großem Einkommen das zu tun pflegen.

Ich hörte, daß Visser sehr wenig über Dimitrios sagte, als er in Paris arretiert wurde. Aber er muß häßliche Hintergedanken gehabt haben, denn er war von Natur aus gewalttätig und sehr eitel. Es wäre für ihn auf jeden Fall aussichtslos gewesen, wenn er versucht hätte, Dimitrios verhaften zu lassen, denn er hätte die Polizei auch nur in das Appartement in der Rue de Wagram und in die Wohnung der Comtesse in einer Seitenstraße der Avenue Hoche schicken können – und er wußte, daß Dimitrios längst weg sein würde. Wie ich schon sagte, gedachte er seine Kenntnisse anders zu verwenden.

Ich glaube, anfangs wollte er Dimitrios umbringen, falls er ihn gefunden hätte. Als er aber immer knapper mit Geld wurde, wich sein Haß auf Dimitrios gewissen Vernunftsgründen. Er erinnerte sich wahrscheinlich an den Hispano und den Luxus im Hause der Madame la Comtesse. Wahrscheinlich wäre sie nicht entzückt zu hören, daß ihr Freund sein Geld durch Heroinhandel verdiente, und vielleicht wäre Dimitrios bereit, es sich einiges kosten zu lassen, um ihr den Kummer dieser Erfahrung zu ersparen. Aber es war leichter, an Dimitrios und sein Geld zu denken, als beide zu finden. Nach seiner Entlassung aus dem Gefängnis zu Beginn des Jahres 1932 suchte Visser mehrere Monate nach Dimitrios. Das Appartement in der Rue de Wagram stand leer. Das Haus der Madame la Comtesse war geschlossen, und der Concierge sagte, sie sei in Biarritz. Visser begab sich nach Biarritz. Madame la Comtesse war mit Freunden dort – aber Dimitrios war nicht darunter. Visser kehrte nach Paris zurück. Dann kam ihm eine Idee. Keine schlechte, wie ich meine. Ihm selbst gefiel sie auch. Unglücklicherweise kam er ein wenig zu spät darauf. Er erinnerte sich eines Tages daran, daß Dimitrios selbst heroinsüchtig war – nun, warum sollte er nicht getan haben, was so viele reiche Süchtige tun, wenn ihre Sucht ein vorgeschrittenes Stadium erreicht – warum sollte er nicht in ein Sanatorium gegangen sein, um sich kurieren zu lassen?

In der Nähe von Paris liegen fünf Privatsanatorien, deren Spezialität solche Kuren sind. Visser suchte sie der Reihe nach auf. Unter dem Vorwand, er wolle sich wegen eines (nur in seiner Fantasie existierenden) Bruders nach den Bedingungen erkundigen, erzählte er, er sei durch Freunde des Monsieur Rougemont empfohlen worden. Beim vierten Sanatorium erwies sich seine Idee als richtig. Der diensttuende Arzt fragte ihn nach dem Befinden des Herrn Rougemont.

Ich glaube, Visser verspürte eine Art billiger Befriedigung, als er erfuhr, Dimitrios habe sich einer Entziehungskur unterzogen. Diese Kur ist schrecklich, müssen Sie wissen. Der Doktor gibt dem Patienten zwar seine gewohnte Droge, verringert aber nach und nach die Dosis. Der Patient steht fast unerträgliche Qualen aus. Tagelang gähnt und schwitzt und fröstelt er, kann aber nicht schlafen und nichts essen. Er sehnt sich nach dem Tode und plappert von Selbstmord, hat aber nicht die Kraft, ihn auszuführen. Er giert und schreit nach seinem Gift – und es wird ihm vorenthalten. Er – aber ich will Sie nicht mit solchen Schreckbildern langweilen, Herr Latimer. Die Kur dauert drei Monate und kostet fünftausend Francs die Woche. Wenn sie vorbei ist, vergißt der Patient seine Leiden und nimmt wieder Rauschgift. Oder er wird gescheiter und vergißt das Paradies. Dimitrios, so scheint es, war gescheiter geworden. Er war vier Monate vor Vissers Besuch aus dem Sanatorium entlassen worden; also mußte Visser eine neue gute Idee haben. Er *hatte* eine – aber zur Ausführung hätte er wieder nach Biarritz fahren müssen, und er hatte kein Geld. Er fälschte also einen Scheck, kassierte ihn ein und machte sich auf den Weg. Er rechnete so: da Madame la Comtesse und Dimitrios Freunde waren, wußte sie vermutlich, wo er sich zur Zeit aufhielt. Aber Visser konnte nicht einfach zu ihr gehen und sie nach der Adresse fragen. Selbst wenn er einen Vorwand gefunden hätte, wußte er nicht, unter welchem Namen Dimitrios ihr bekannt war. Das waren allerlei Schwierigkeiten. Aber er fand einen Weg, sie zu überwinden. Er beobachtete mehrere Tage die Villa, in der sie wohnte. Als er das Nötige herausgefunden hatte, brach er eines Nachmittags, als das Haus bis auf zwei verschlafene Dienstboten leer war, in ihr Zimmer ein und durchsuchte ihr Gepäck. Er suchte nach Briefen.

Dimitrios hatte in unserem Geschäft nie Wert auf schriftliche Berichte gelegt, und er hatte nie mit einem von uns korrespondiert. Aber Visser erinnerte sich, daß er eines Tages eine Adresse auf ein Stück Papier gekritzelt hatte, das er Werner gab. Ich erinnere mich sogar selbst dieser Gelegenheit. Die Schrift war auffallend genug – ganz ungebildet, mit plumpen, schlechtgeformten Buchstaben und vielen Schnörkeln. Nach dieser Schrift sah sich Visser um. Er fand sie. Neun Briefe von Dimitrios' Hand waren da. Alle aus einem teuren Hotel in Rom. Entschuldigen Sie, Herr Latimer – sagten Sie etwas?«

»Ich kann Ihnen sagen, was er in Rom tat. Er organisierte die Ermordung eines jugoslawischen Politikers.«

Herr Peters war nicht überrascht. »Sehr glaubhaft«, sagte er gleichgültig; »er wäre nicht, wo er heute ist, ohne dieses besondere Organisationstalent. Wo war ich stehengeblieben? Ach ja, die Briefe.

Alle waren aus Rom, und alle waren mit Anfangsbuchstaben gezeichnet – sagen wir ›C. K.‹. Die Briefe waren nicht das, was Visser erwartet hatte. Sie waren sehr formell, hochtrabend und kurz. Die meisten besagten nicht mehr, als daß der Schreiber sich bei vorzüglicher Gesundheit befinde, die Geschäfte gut gingen, und daß er hoffe, seine liebe Freundin bald wiederzusehen. Keine Intimitäten. In einem Brief aber schrieb er, daß er eine angeheiratete Verwandte der italienischen Königsfamilie kennengelernt habe und daß er einem adeligen rumänischen Diplomaten vorgestellt worden sei. Er schien hochbefriedigt über solche Bekanntschaften; alles klang sehr snobistisch, und Visser war überzeugt, Dimitrios würde sich gern seine Freundschaft erkaufen. Er merkte sich den Namen des Hotels, ließ alles so zurück, wie er es vorgefunden hatte, und fuhr nach Paris, von wo er weiter nach Rom wollte. Er kam am nächsten Morgen in Paris an. Die Polizei erwartete ihn schon. Offensichtlich war er kein sehr geschickter Scheckfälscher.

Aber Sie können sich die Gefühle des armen Teufels vorstellen. Während der drei endlosen Jahre, die er im Gefängnis saß, dachte er an nichts anderes als an Dimitrios. Wie nah er ihm schon gewesen, und wie fern er ihm jetzt war. Er schien aus irgendeinem seltsamen Grunde Dimitrios die Schuld daran zu geben, daß er wieder im Gefängnis saß. Und diese Idee nährte seinen Haß und stärkte seinen Entschluß, Dimitrios dafür bezahlen zu lassen. Er war, glaube ich, ein bißchen verrückt. Sobald er frei war, verschaffte er sich in Holland etwas Geld und fuhr nach Rom. Er war über drei Jahre hinter Dimitrios zurück, aber entschlossen, ihn wieder einzuholen. Er ging zu dem Hotel, markierte einen holländischen Privatdetektiv und bat um Einsicht in die Liste der Gäste, die vor drei Jahren im Hotel logiert hatten. Die Anmeldungen waren natürlich zur Polizei geschickt worden, aber das Hotel besaß noch die Kopien der Rechnungen in dem fraglichen Zeitraum, und Visser besaß die Initialen. Auf diese Art war es ihm möglich, den Namen herauszufinden, den Dimitrios gebraucht hatte. Er hatte auch eine Adresse hinterlassen, wohin seine Post nachgeschickt werden sollte. Ein Poste restante in Paris.

Nun steckte Visser in einer neuen Schwierigkeit. Er wußte den Namen. Aber der nützte ihm nichts, wenn er nicht nach Frankreich konnte, um die Spur zu verfolgen. Schriftliche Geldforderungen wären nutzlos gewesen. Dimitrios würde nicht drei Jahre lang postlagernde Briefe abholen. Außerdem konnte Visser nicht nach Frankreich – man hätte ihn an der Grenze zurückgeschickt, oder er hätte eine neue Gefängnisstrafe riskiert. Er brauchte unbedingt einen neuen Namen und einen neuen Paß, und er hatte das notwendige Geld nicht.

Ich lieh ihm dreitausend Francs. Und ich muß Ihnen gestehen, Herr Latimer, ich kam mir sehr blöd dabei vor. Aber Visser tat mir leid. Er war nicht mehr der Mann, den ich aus Paris kannte. Das Gefängnis hatte ihn gebrochen. Früher hatten seine Leidenschaften in seinen Augen gelegen – jetzt sah man sie seinem Mund und seinen Wangen an. Man merkte, daß er alt wurde. Ich gab ihm das Geld aus Mitleid – und um ihn loszuwerden. Ich glaubte seine Geschichte nicht. Ich erwartete nicht, je wieder etwas von ihm zu hören. Sie können sich daher mein Erstaunen vorstellen, als ich hier vor einem Jahr einen Brief von ihm bekam, mit einem *Mandat* auf die dreitausend Francs. Der Brief war sehr kurz. Er lautete:

›Ich habe ihn gefunden, wie ich das vorhersagte. Hier ist mit aufrichtigem Dank das Geld, das Sie mir geliehen haben. Das mandat ist dreitausend Francs wert – ich glaube, Sie werden erstaunt sein.‹

Das war alles. Keine Unterschrift, keine Adresse. Das *mandat* hatte er in Nizza gekauft und dort aufgegeben.
Dieser Brief machte mir Kopfzerbrechen, Herr Latimer. Visser hatte seinen Eigendünkel wiedergefunden. Er konnte es sich leisten, seiner Eitelkeit dreitausend Francs zu opfern. Das bedeutete, daß er sehr viel Geld besaß. Eitle Leute träumen von solchen Gesten, führen sie aber selten aus. Dimitrios mußte gezahlt haben. Und da er kein Dummkopf war, mußte er gute Gründe haben, um zu zahlen ...
Ich war damals gelangweilt, Herr Latimer, gelangweilt und ein wenig ruhelos. Ich hatte zwar meine Bücher, das ist richtig – aber manchmal wird man der Bücher müde, sie sind doch nur Ideen, Empfindungen anderer Menschen. Es könnte interessant sein, dachte ich bei mir selbst, Dimitrios zu finden und an Vissers Glück ein wenig teilzuhaben. Es war nicht Geldgier, die mich dazu trieb, Herr Latimer. Ich möchte nicht, daß Sie so etwas denken. Es *interessierte* mich. Außerdem fühlte ich, daß mir Dimitrios etwas schuldete für die Unbequemlichkeiten und die unwürdige Lage, in die ich seinetwegen gekommen war. Zwei Tage lang spielte ich mit dem Gedanken. Am dritten hatte ich meinen Entschluß gefaßt. Ich brach auf nach Rom.
Sie können sich vorstellen, Herr Latimer, daß ich eine schwierige Zeit und viele Enttäuschungen erlebte. Ich hatte die Initialen, die mir Visser in seinem Eifer, mich zu überzeugen, verraten hatte – aber von dem Hotel wußte ich nichts, als daß es teuer war. Leider gibt es viele teure Hotels in Rom. Ich fing an, in einem nach dem anderen nachzuforschen; als man es aber im fünften Hotel aus irgendeinem Grunde ablehnte, mich die Rechnungen von 1932 einsehen zu lassen, gab ich den Versuch auf. Ich wandte mich statt dessen an einen Bekannten in einem Ministerium. Er konnte seinen Einfluß zu meinen Gunsten geltend machen, und nach vielen Umtrieben und Auslagen bekam ich die Erlaubnis, die Archive des Innenministeriums von 1932 durchzusehen. Ich fand den Namen heraus, den Dimitrios verwendet hatte, und noch etwas, das Visser entgangen war. Dimitrios hatte dasselbe getan wie ich anno 1932. Er hatte das Bürgerrecht einer gewissen südamerikanischen Republik erworben, die in solchen Dingen dem Besitzer einer dicken

Brieftasche sehr entgegenkommt. Dimitrios und ich waren Landsleute geworden.
Ich muß gestehen, Herr Latimer, daß ich mit einem Herzen voller Hoffnung nach Paris zurückfuhr. Aber ich sollte bitter enttäuscht werden. Unser Konsul war nicht hilfsbereit. Er sagte, er habe niemals etwas von einem Señor C. K. gehört – und wenn ich auch Señor C. K.'s ältester und liebster Freund wäre, so könnte er mir doch nicht sagen, wo er sei. Er war beleidigend, und das war mir peinlich. Auch merkte ich genau, daß er log, als er sagte, er wisse nichts von Dimitrios. Ich litt Qualen. Und dann erwartete mich noch eine andere Enttäuschung: das Haus der Madame la Comtesse an der Seitenstraße der Avenue Hoche stand seit zwei Jahren leer.
Man könnte glauben, es sei ein Leichtes, herauszubekommen, wo eine elegante und reiche Frau sich aufhält? Es war äußerst schwierig. Der *Bottin* gab keine Auskunft. Anscheinend hatte sie kein Haus in Paris. Ich muß bekennen, ich war drauf und dran, die Suche aufzugeben, als ich plötzlich die Lösung fand. Ich kombinierte, daß eine Frau von Welt wie Madame la Comtesse sicherlich die Wintersaison, die eben vorbei war, irgendwo verbracht hatte. Also beauftragte ich Hachette, mir ein Exemplar von jedem französischen, schweizerischen, deutschen und italienischen Sportjournal und Gesellschaftsmagazin der letzten drei Monate zu besorgen.
Es war der Strohhalm des Verzweifelten – aber er rettete mich. Sie machen sich keinen Begriff, Herr Latimer, wie viele solcher Magazine es gibt. Ich brauchte über eine Woche, sie sorgfältig durchzusehen, und ich kann Ihnen versichern, daß ich Mitte der Woche fast Sozialdemokrat geworden war. An ihrem Ende fand ich aber zu meinem Sinn für Humor zurück. Wenn Wiederholung schon Worte zu bloßem Unsinn macht – was meinen Sie, was für einen fantastischen Unsinn sie erst aus lächelnden Gesichtern macht, selbst wenn ihre Besitzer reich sind. Übrigens fand ich, was ich suchte. In einem der deutschen Magazine stand die kurze Notiz, Madame la Comtesse sei zum Wintersport nach St. Anton gefahren. In einem französischen Magazin war ein Modebild von ihr im Eislaufkostüm. Ich ging nach St. Anton. Dort gibt es nicht viele Hotels, und ich hatte bald festgestellt, daß Madame la Comtesse und Monsieur C. K.

zur gleichen Zeit dort gewesen waren. Er hatte eine Adresse in Cannes angegeben.
In Cannes fand ich heraus, daß Monsieur C. K. eine Villa am Estoril bewohnte, zur Zeit aber geschäftlich im Ausland war. Ich war nicht unzufrieden – Dimitrios mußte früher oder später wieder in seine Villa kommen. Inzwischen stellte ich mir die Aufgabe, etwas über Monsieur C. K. zu erfahren.
Ich habe immer gesagt, Herr Latimer, die Kunst, in diesem unserem Leben erfolgreich zu sein, ist die Kunst, zu erkennen, welche Menschen einem nützen können. Ich habe im Laufe der Zeit viele wichtige Leute kennengelernt und mit ihnen Geschäfte gemacht – Leute mit Weltkenntnis – und ich habe mich immer bemüht, ihnen gefällig zu sein. Das hat sich für mich gelohnt. Wenn zum Beispiel ein Mann beabsichtigt, der griechischen Regierung Feldgeschütze zu verkaufen, wird er wissen wollen, was der griechische Beamte, der die Sache behandelt, dabei für sich erhofft. Dieser Beamte seinerseits sieht es gern, wenn seine Wünsche schon bekannt sind, ohne daß er sich der Unwürdigkeit und der Gefahr aussetzen muß, sie direkt auszusprechen. Durch eine diskrete Vermittlung sichere ich mir die Dankbarkeit beider Parteien. Und dann bin ich in der Lage, sie gleichfalls um eine Gefälligkeit zu bitten.
Während also Visser auf der Suche nach seinen Informationen im Dunkeln auf Raub ausgehen mußte, konnte ich die meinen in aller Ruhe durch einen Freund beziehen. Es war leichter, als ich erwartet hatte, denn ich wußte bald, daß Dimitrios in gewissen Kreisen unter dem Namen Monsieur C. K. eine ziemlich wichtige Persönlichkeit geworden war. Tatsächlich war ich angenehm überrascht, als ich erfuhr, wie wichtig er geworden war. Es wurde mir klar, daß Visser von dem Gelde lebte, das er von Dimitrios bekam. Aber was wußte Visser? Nur, daß Dimitrios illegal mit Rauschgift gehandelt hatte; eine Tatsache, die ihm schwer nachzuweisen war. Er wußte nichts von seiner Beteiligung am Mädchenhandel. Ich wußte davon. Es mußte also, schloß ich, noch mehr Dinge geben, auf deren Veröffentlichung Dimitrios keinen Wert legte ... Wenn ich daher, ehe ich an Dimitrios herantrat, noch einige solche Dinge entdecken konnte, so würde das meine finanzielle Situation enorm stärken. Deshalb entschloß ich mich, weitere Freunde aufzusuchen.

Zwei von ihnen konnten mir behilflich sein. Der eine war Grodek. Der andere ein Rumäne. Sie wissen Bescheid über Grodeks Bekanntschaft mit Dimitrios alias Talat. Der rumänische Freund erzählte mir, daß Dimitrios 1925 sehr fragwürdige Geschäfte mit Codreanu getätigt hatte – dem verstorbenen Führer der rumänischen Eisernen Garde – und daß er der bulgarischen Polizei zwar bekannt war, aber von ihr nicht gesucht wurde. Nun, in diesen beiden Affären war nichts Strafbares. Ehrlich gesagt machte Grodeks Information mich etwas niedergeschlagen. Es war nicht anzunehmen, daß nach so vielen Jahren die jugoslawische Regierung auf Auslieferung bestehen würde; und die Franzosen konnten der Meinung sein, Dimitrios verdiene, da er 1926 der Republik so etwas wie einen Dienst erwiesen hatte, in Sachen des Mädchenhandels ein wenig Nachsicht. Ich beschloß also in Griechenland mein Glück zu versuchen. Eine Woche, nachdem ich in Athen ankam, und während ich mich noch ohne Erfolg bemühte, in den amtlichen Berichten eine Spur meines Dimitrios zu finden, las ich in den Athener Zeitungen die Notiz, die Istanbuler Polizei habe die Leiche eines Griechen aus Smyrna gefunden – eines gewissen Dimitrios Makropoulos.«

Er schaute Latimer an. »Verstehen Sie jetzt, Herr Latimer, warum ich mir Ihr Interesse für Dimitrios so schwer erklären konnte?« Und als Latimer nickte, fügte er hinzu: »Auch ich habe natürlich das Dossier des Hilfskomitees durchgesehen; aber ich folgte Ihnen nach Sofia, statt nach Smyrna zu fahren. Ob es Ihnen wohl etwas ausmachen würde, mir jetzt zu erzählen, was Sie in Smyrna in den Polizeiakten fanden?«

»Dimitrios war des Mordes an einem Geldverleiher namens Scholem in Smyrna verdächtig – 1922. Er floh nach Griechenland. Zwei Jahre später war er in ein mißglücktes Attentat auf Kemal verwickelt. Er entfloh wieder, aber die Türken benutzten den Mord als Vorwand, um einen Haftbefehl gegen ihn zu erlassen.«

»Ein Mord in Smyrna! Das erklärt vieles.« Herr Peters lächelte. »Ein wundervoller Mann, unser Dimitrios. Finden Sie nicht? Und so ökonomisch.«

»Ökonomisch? Wie meinen Sie das?«

»Lassen Sie mich meine Geschichte beenden, dann werden Sie

schon sehen. Sobald ich diesen Zeitungsartikel las, schickte ich einem Pariser Freund ein Telegramm, in dem ich ihn bat, mich über den Aufenthaltsort des Herrn C. K. zu informieren. Er antwortete zwei Tage später: Monsieur C. K. habe in Begleitung von Freunden auf einer griechischen Dieseljacht, die er vor zwei Monaten gechartert hatte, eine Kreuzfahrt in der Ägäis gemacht. Er sei soeben nach Cannes zurückgekehrt.
Begreifen Sie jetzt, was vorgefallen war, Herr Latimer? Sie sagen mir, seine *Carte D'Identité* sei ein Jahr alt gewesen, als man sie bei der Leiche fand. Das heißt, sie war ein paar Wochen vor dem Zeitpunkt ausgestellt, als mir Visser die dreitausend Francs schickte. Sehen Sie, von dem Augenblick an, als er Dimitrios entdeckt hatte, war Visser zum Tode verurteilt. Dimitrios muß damals sofort beschlossen haben, ihn umzubringen. Sie verstehen warum. Visser war gefährlich. Er war so ein eitler Narr. Er konnte jederzeit mit Indiskretionen herausplatzen – wenn er getrunken hatte und prahlen wollte. Er mußte getötet werden. Aber sehen Sie nur, wie klug Dimitrios war! Er hätte Visser ohne Zweifel sofort umlegen können. Er tat das jedoch nicht. Sein ökonomischer Geist entwarf einen besseren Plan. Wenn es schon notwendig war, Visser zu töten – konnte man sich dann nicht des Toten in nutzbringender Weise entledigen? Warum sollte die Leiche nicht dazu dienen, ihn vor den Folgen dieser alten peinlichen Sache in Smyrna zu schützen? Es war zwar unwahrscheinlich, daß sich noch Konsequenzen ergeben würden – aber hier war seine Chance, sich abzusichern. Die Leiche des Bösewichtes Dimitrios Makropoulos sollte in die Hände der türkischen Polizei kommen. Dimitrios, der Mörder, wäre dann tot – und Monsieur C. K. konnte leben bleiben und seinen Garten kultivieren. Er war aber hierfür bis zu einem gewissen Grade auf Vissers Mitarbeit angewiesen. Der Mann mußte in Sicherheit gewiegt werden. Also lächelte Dimitrios und zahlte und bemüht sich um die *Carte D'Identité*, die bei Vissers Leiche gefunden werden sollte. Neun Monate später, im Juni, lud er seinen alten Freund Visser ein, ihm bei einer Kreuzfahrt auf seiner Jacht Gesellschaft zu leisten.«
»Aber wie konnte er den Mord während der Kreuzfahrt begehen? Was sagte die Mannschaft? Was sagten die übrigen Passagiere?«

Herr Peters machte ein schlaues Gesicht. »Ich will Ihnen sagen, was ich an Dimitrios' Stelle getan hätte, Herr Latimer. Ich hätte zunächst eine griechische Jacht gechartert. Nicht ohne Grund eine griechische Jacht: ihr Heimathafen ist der Piräus. Dann hätte ich es so eingerichtet, daß meine Freunde einschließlich Visser in Neapel an Bord gekommen wären. Dann hätte ich sie mit auf die Reise genommen und wäre einen Monat später nach Neapel zurückgekehrt, wo – wie vereinbart – die Kreuzfahrt zu Ende gewesen wäre. Dort würden sie an Land gehen – ich aber würde an Bord bleiben und sagen, daß ich mit der Jacht zum Piräus wolle. Dann würde ich Visser beiseite nehmen und ihm anvertrauen, daß ich noch ein *sehr* geheimes Geschäft in Istanbul abzuschließen hätte; daß ich beabsichtige, mit der Jacht dorthin zu fahren; und daß ich mich über seine Gesellschaft freuen würde. Ich würde ihn auch bitten, den an Land gehenden Bekannten nichts davon zu sagen – sie würden es vielleicht übelnehmen, daß ich sie nicht auch eingeladen hatte – er aber solle auf die Jacht zurückkehren, wenn sie fort seien. Für den armen, eitlen Visser müßte eine solche Einladung unwiderstehlich sein.

Dem Kapitän würde ich sagen, Visser und ich beabsichtigten, die Jacht in Istanbul zu verlassen und über Land nach Paris weiterzufahren, wenn unser Geschäft abgeschlossen sei. Er würde also die Jacht zurück nach Piräus segeln. Der Mannschaft würde ich sagen, daß wir nach unserm Gepäck schicken würden, wenn wir uns entschlossen hätten, wo wir übernachten wollten. Dann hätte ich ihn in eine *Boîte* geführt, die ich kenne – in einer Seitenstraße der Grande Rue de Pera. Und ein wenig später in derselben Nacht würde ich um zehntausend Francs ärmer sein, und Visser läge auf dem Grunde des Bosporus, an einer Stelle, von wo ihn die Strömung nach Seraglio Point tragen würde, wenn sein Verwesungszustand ihn emportrieb. Dann würde ich mir in einem Hotel auf den Namen (und damit den Paß) von Visser ein Zimmer nehmen und einen Träger zur Jacht schicken, um mein und Vissers Gepäck zu holen. Am Morgen würde ich als Visser das Hotel verlassen und zum Bahnhof gehen. Das Gepäck, aus dem ich in der Nacht alle Spuren, die auf Visser hindeuteten, vernichtet hätte, ließe ich bei der Gepäck-Aufbewahrung – und dann nähme ich den

Zug nach Paris. Wenn sich jemand in Istanbul nach Visser erkundigen sollte – nun, er ist nach Paris abgereist. Aber wer könnte schon nach Visser fragen? Meine Freunde glauben, er habe in Neapel die Jacht verlassen. Der Kapitän und die Mannschaft der Jacht haben kein Interesse. Visser hat einen falschen Paß, er ist ein Verbrecher – ein solcher Mensch hat allen Grund, freiwillig zu verschwinden. Ende!«

Herr Peters breitete die Hände aus. »Sehen Sie, ich stelle mir vor, daß ich auf diese Art mit der Situation fertig würde. Vielleicht machte Dimitrios dieses und jenes ein wenig anders; aber es kann auch genauso gewesen sein. Etwas aber hat er ganz bestimmt getan, darauf würde ich Gift nehmen: Sie erinnern sich, daß Sie mir sagten, jemand habe einige Monate, ehe Sie in Smyrna ankamen, die gleichen Polizeiberichte nachgeprüft, die Sie dort prüften? Nun, das muß Dimitrios gewesen sein. Er war immer sehr vorsichtig. Ohne Zweifel war er begierig darauf, herauszubekommen, wieviel sie über sein Äußeres wußten – ehe er sie Vissers Leiche finden ließ.«

»Aber der Mann, von dem ich Ihnen erzählte, hat wie ein Franzose ausgesehen.«

Herr Peters lächelte vorwurfsvoll: »Dann waren Sie in Sofia *nicht* ganz aufrichtig zu mir, Herr Latimer. Sie *haben* sich also nach diesem mysteriösen Mann erkundigt.« Er zuckte die Achseln. »Dimitrios sieht jetzt wie ein Franzose aus. Er kleidet sich auch französisch.«

»Haben Sie ihn kürzlich gesehen?«

»Gestern. Er hat mich aber nicht gesehen.«

»Sie wissen also wirklich, wo er sich in Paris aufhält?«

»Ganz genau. Sobald ich seinen neuen Beruf herausbekommen hatte, wußte ich, wo er zu finden war.«

»Und nun – Sie haben ihn gefunden – was nun?«

Herr Peters runzelte die Stirn. »Aber, aber, Herr Latimer! Ich glaube nicht, daß Sie so beschränkt sind. Sie wissen und können beweisen, daß der Mann, der in Istanbul begraben wurde, nicht Dimitrios ist. Notwendigenfalls könnten Sie im Polizei-Archiv Vissers Fotografie identifizieren. Ich hingegen weiß, wie Dimitrios sich jetzt nennt und wo er zu finden ist. Dimitrios dürfte sich unser Schweigen einiges kosten lassen. Nachdem wir Vissers Schicksal kennen, wissen wir auch, wie die Sache zu handhaben ist. Wir werden eine Million Francs verlangen. Dimitrios wird sie zahlen und dabei denken, daß wir wiederkommen. Aber wir werden nicht solche Narren sein und unser Leben auf diese Art aufs Spiel setzen. Wir werden uns mit einer halben Million pro Kopf begnügen – das sind fast dreitausend Pfund Sterling für jeden von uns, Herr Latimer – und in aller Stille verschwinden.«

»Ich sehe – Erpressung auf Bargeld-Basis. Kein Kredit. Aber warum wollen Sie mich in den Handel verwickeln? Die türkische Polizei könnte Visser auch ohne meine Hilfe identifizieren.«

»So? Bitte, wie denn? Sie hat ihn als Dimitrios identifiziert, und begraben. Sie hat seit damals vielleicht ein Dutzend angeschwemmter Leichen gesehen. Es sind Wochen vergangen. Erinnert sie sich noch so gut an Vissers Gesicht, um die Einleitung eines kostspieligen Auslieferungsverfahrens gegen einen reichen Ausländer zu rechtfertigen, weil sie einen vierzehn Jahre alten Verdacht wegen eines sechzehn Jahre alten Mordes hat? Mein lieber Herr Latimer! Dimitrios würde mich einfach auslachen. Er würde genau dasselbe mit mir tun wie mit Visser: er würde mir ab und zu ein paar tausend Francs hinwerfen, um mich davon abzuhalten, ihn mit der französischen Polizei zu belästigen, und mich solange ruhig zu halten, bis er mich – um seiner Sicherheit willen – umlegen kann. Aber SIE haben Vissers Leiche gesehen und identifiziert. Sie haben die Polizeiberichte in Smyrna gelesen. Er weiß nichts von Ihnen. Also muß er zahlen – oder ein unbekanntes Risiko laufen. Dazu ist er zu vorsichtig. Hören Sie zu: Zunächst ist es wesentlich, daß Dimitrios nicht weiß, wer wir sind. Er kennt mich natürlich – aber meinen gegenwärtigen Namen kennt er nicht. Was Sie anbetrifft – für Sie werden wir einen Namen erfinden. Herr Smith vielleicht, da Sie ja Engländer sind. Ich werde unter dem Namen Petersen an Dimitrios herantreten, und wir werden ausmachen, ihn außerhalb von Paris an einem Orte unserer Wahl zu treffen, um unsere Million Francs in Empfang zu nehmen. Damit ist er uns los.«

Latimer lachte – aber nicht sehr herzlich. »Und glauben Sie tatsächlich, Herr Peters, daß ich mit diesem Plan einverstanden bin?«

»Lieber Herr Latimer, wenn Ihr geschulter Geist einen besseren ersinnen kann, werde ich mich glücklich schätzen, zu . . .«

»Mein geschulter Geist, Herr Peters, ist damit beschäftigt, zu überlegen, wie ich die Informationen, die Sie mir gegeben haben, am schnellsten der Polizei zukommen lasse!«

Herrn Peters' Lächeln wurde sehr schwach. »Der Polizei? Welche Informationen, Herr Latimer?« fragte er sanft.

»Nun, die Informationen, daß ...« begann Latimer ungeduldig, und brach dann stirnrunzelnd ab.

»Sehen Sie, das ist es«, nickte Herr Peters beifällig. »Sie wissen ja gar nichts Genaues. Wenn Sie zur türkischen Polizei gehen, so wird diese sich zweifelsohne wegen Vissers Fotografie mit der französischen Polizei in Verbindung setzen und protokollieren, daß Sie ihn identifiziert haben. Und was dann?

Man wird wissen, daß Dimitrios am Leben ist – das ist alles. Ich habe Ihnen – nicht wahr? – den Namen nicht gesagt, unter dem er jetzt lebt, nicht einmal die Anfangsbuchstaben. Es wäre Ihnen unmöglich, von Rom aus seine Spur zu verfolgen, wie Visser und ich es taten. Sie kennen auch nicht den Namen von Madame la Comtesse. Was die französische Polizei anbelangt, so hat sie kein Interesse an dem Schicksal eines ausgewiesenen holländischen Kriminellen, und es würde sie auch wenig aufregen, daß irgendwo in Frankreich ein Grieche unter falschem Namen lebt, der 1922 in Smyrna einen Menschen umgebracht hat. Sie sehen, Herr Latimer, Sie sind lahmgelegt ohne mich. Natürlich, wenn Dimitrios Schwierigkeiten machen sollte, wäre es vielleicht wünschenswert, die Polizei ins Vertrauen zu ziehen. Aber ich glaube nicht, daß Dimitrios schwierig sein wird ... Er ist sehr intelligent. Auf jeden Fall aber, Herr Latimer – warum dreitausend Pfund wegwerfen?«

Latimer überlegte ein paar Sekunden, dann sagte er: »Ist es Ihnen nie in den Sinn gekommen, daß ich gerade diese dreitausend Pfund nicht haben möchte? Ich glaube, mein Freund, Ihre ständige Verbindung mit Verbrechern macht es Ihnen schwer, gewissen anderen Gedankengängen zu folgen.«

»Die moralische Rechtschaffenheit ...«, begann Herr Peters müde. Dann aber besann er sich anders. Er räusperte sich. »Wenn Sie es wünschen«, sagte er mit der einstudierten *Bonhomie* eines Nüchternen, der mit einem betrunkenen Freund argumentiert, »könnten wir die Polizei unterrichten – natürlich *nachdem* wir unser Geld in Sicherheit gebracht haben. Selbst wenn Dimitrios in der Lage wäre, nachzuweisen, daß er uns Geld gezahlt hat, könnte er der Polizei – und wenn er uns noch so gern Unannehmlichkeiten bereiten wollte – weder unsere Namen angeben, noch wo wir zu finden sind. Ich glaube sogar, Herr Latimer, das wäre ein sehr geschickter Schachzug unsererseits. Dann wären wir sicher, daß Dimitrios nicht mehr gefährlich ist. Wir könnten der Polizei anonym ein Dossier zur Verfügung stellen, wie es Dimitrios 1931 tat. Das wäre eine gerechte Strafe.« Dann machte er ein langes Gesicht. »Ach nein. Es ist leider unmöglich. Ich fürchte, der Verdacht Ihrer türkischen Freunde würde auf Sie fallen, Herr Latimer. Und das könnten wir doch nicht riskieren.«

Aber Latimer hörte nur mit halbem Ohr zu. Er wußte, daß er entschlossen war, etwas sehr Törichtes zu sagen, und er versuchte, diese Torheit zu rechtfertigen. Peters hatte recht. Er besaß nichts, womit er Dimitrios vor Gericht bringen konnte. Ihm stand nur die Wahl offen: entweder zurückzufahren nach Athen und es Peters überlassen, aus seinem Handel mit Dimitrios das Beste herauszuholen, oder in Paris zu bleiben und sich den letzten Akt der grotesken Komödie anzusehen, in der er plötzlich eine Rolle spielte. Die erste Möglichkeit kam nicht in Frage, also blieb ihm nur die zweite. Er hatte tatsächlich keine Wahl. Um Zeit zu gewinnen hatte er eine Zigarette genommen und sie angezündet. Nun blickte er auf.

»Nun gut«, sagte er langsam. »Ich will tun, was Sie wünschen. Aber ich habe meine Bedingungen.«

»Bedingungen?« Herrn Peters' Lippen preßten sich zusammen. »Ich glaube, daß mein Vorschlag – halbe-halbe – mehr als fair ist. Denn sehen Sie, allein meine Mühe und meine Unkosten ...«

»Einen Augenblick. Ich sagte, daß ich meine Bedingungen habe, Herr Peters. Die erste ist für Sie leicht zu erfüllen. Sie lautet ganz einfach, daß Sie das Geld, das Sie aus Dimitrios herausquetschen können, für sich allein behalten. Die zweite ...« fuhr er fort, machte dann aber eine Pause. Er genoß das kurze Vergnügen, Herrn Peters außer Fassung zu sehen. Dann aber konnte er beobachten, wie sich die wässerigen Augen auffallend verengten. Die Worte, die sich jetzt Herrn Peters' Lippen entrangen, waren schwer von Argwohn und Mißtrauen.

»Ich verstehe Sie nicht ganz, Herr Latimer. Wenn das ein plumper Trick sein soll ...«

»Aber nein, Herr Peters, es ist kein Trick! Weder ein plumper noch ein geschickter. Moralische Rechtschaffenheit! – das war doch einer Ihrer Lieblingsausdrücke, nicht wahr? Nun ja, er paßt ganz gut für mich. Ich bin bereit, wie Sie sehen, bei der Erpressung eines Mannes behilflich zu sein, wenn dieser Mann Dimitrios ist; ich bin aber nicht bereit, den Gewinn zu teilen. Um so besser für Sie, natürlich – nicht wahr?«

Herr Peters nickte nachdenklich. »Ja, ich verstehe, daß Sie so denken. Um so besser für mich, wie Sie sagen. Und welches ist die andere Bedingung?«

»Ebenso harmlos. Sie haben dunkel angedeutet, daß Dimitrios eine wichtige Persönlichkeit geworden ist. Ich helfe Ihnen nur, zu Ihrer Million Francs zu kommen, wenn Sie mir ganz genau sagen, *was* er geworden ist.«

Herr Peters dachte einen Augenblick nach, dann zuckte er die Achseln. »Nun gut. Ich sehe keinen Grund, es Ihnen nicht zu sagen. Zufällig liegen die Dinge so, daß dieses Wissen Ihnen auch nicht dazu verhelfen kann, seine derzeitige Identität zu entdecken. Die Eurasische Kredit-Trust ist in Monaco registriert, und die Einzelheiten der Eintragung sind jeder Kontrolle entzogen. Nun, Dimitrios ist Mitglied des Verwaltungsrates.«

XIII

Ein Rendezvous

Es war zwei Uhr früh, als Latimer die Impasse des Huit Anges verließ und langsam Richtung Quai Voltaire ging.
Seine Augen brannten, sein Mund war trocken, und er gähnte wiederholt; aber sein Gehirn arbeitete mit der fieberhaften Klarheit, die der Genuß von zu viel starkem Kaffee erzeugt; eine Klarheit, die auch dem Unsinn Sinn zu verleihen vermag. Er würde nicht schlafen können, das wußte er. Seine unsinnigen Gedanken würden immer weitere Kreise ziehen, bis er aufstand und ein Glas Wasser trank. Dann würde er eine Weile lauschen, wie der Puls in seinem Kopfe pochte, und dann würde das Ganze von vorne anfangen. Da war es gescheiter, aufzubleiben.
Ein Café an der Ecke des Boulevard St. Germain war noch offen. Er ging hinein, und ein gelangweilt-stummer Kellner hinter der Theke servierte ihm ein Sandwich und ein Glas Bier. Als er das Sandwich gegessen und eine Zigarette geraucht hatte, sah er auf die Uhr. Zwanzig Minuten nach zwei – also noch drei Stunden bis Tagesanbruch. Ein Taxi kehrte zum Standplatz vor dem Café zurück. Latimer zögerte einen Augenblick, dann entschloß er sich. Er warf seine Zigarette weg, legte ein paar Münzen auf die Theke und ging hinaus zu dem Taxi.
An der Métrostation Trinité bezahlte er den Chauffeur und ging die Rue Blanche entlang. Richtig, da war immer noch die KASBAH – ein Stück den Berg hinauf. Er konnte ihre flackernden Neonlichter schon von weitem sehen.
In der Straße herrschte ein geschäftiges Treiben – sie war wie ein Gang in einer Fachmesse, nur hatte es statt zwei Reihen von Ständen zwei Reihen von Nachtklubs; statt der Verkäufer, die aus ihren gemieteten Armstühlen nach Besuchern Ausschau hielten, waren hier unrasierte Portiers in grellfarbenen, aber schlechtsitzenden Uniformen und *chasseurs* in schmutzigen Smokings, die neben ihm herliefen und rasch eindringlich-leise auf ihn einredeten.

Außen zumindest hatte sich die *Kasbah* wenig verändert – nach dem Bilde, das Herr Peters von ihr entworfen hatte. Der Negerportier trug eine gestreifte Dschibbah und einen Turban, der *chasseur*, ein Annamit, einen roten Fez zu einem Smoking. Der Annamit verehrte Brahma und Allah zugleich, indem er sich neben dem Fez noch mit einem Hindukastenzeichen schmückte. Diese Tatsache wurde mehr als wettgemacht durch das lebensgroße Bild einer *ouled nail*, einer marokkanischen Bauchtänzerin, das auf die Türe gemalt war und durch ihre Flügel schön in zwei Teile geteilt wurde. Das Innere der KASBAH hatte sich seit damals aber sehr verändert. Herrn Peters' Teppiche und Diwane und bernsteinfarbene Lampen waren durch Stühle und Tische aus Stahlrohr, einen Teppich mit Spiralmuster und indirekte Neonbeleuchtung ersetzt. Auch die Tango-Kapelle war verschwunden. Ihren Platz nahm ein Lautsprecher mit Verstärker ein, der, wenn er nicht gerade französische Tanzmusik spielte, schwache knackende Geräusche von sich gab, die an ein fernes Motorboot erinnerten. Es waren vielleicht zwanzig Gäste da, aber drei- oder viermal so viel Sitzgelegenheiten. Die *Consommation* betrug dreißig Francs. Latimer bestellte sich ein Bier und fragte, ob der *Patron* anwesend sei. Der Kellner, ein Italiener, sagte, er werde nachsehen, und ging weg. Dann hörte der Lautsprecher auf zu knacken und vier Paare standen auf, um zu tanzen.

Latimer lächelte – was würde Herr Peters wohl jetzt zu seiner *Kasbah* sagen? Sie war das Gegenteil von ›traulich‹. Er versuchte sich vorzustellen, wie sie wohl in ihrer guten Zeit ausgesehen hatte – mit den Diwanen und Teppichen und bernsteinfarbenen Lampen, mit dichtem Zigarettenrauch in der Luft, und der südamerikanischen Kapelle, die für Frauen mit kniefreien Röcken, bis zur Hüfte verlängerten Taillen und Glockenhüten auf dem kurzgeschnittenen Haar einen Tango spielte. Herr Peters hatte wahrscheinlich die meiste Zeit im Eingang neben der Garderobe gestanden, oder in dem kleinen Raum mit der Aufschrift *Direction* gegenüber der Tür gesessen, hatte englischen und amerikanischen Stimmen gelauscht, Bestellungen für mehr Meknes-Champagner ausgeschrieben und die Abrechnungen seines Partners nachgeprüft. Vielleicht hatte er dort gesessen – in jener Nacht vor zehn Jahren, als Giraud ihn mit Dimitrios zusammengebracht hatte. Vielleicht ...

Der *Patron* erschien. Er war groß und stark, mit kahlem Schädel und dem leeren Gesichtsausdruck eines Mannes, der daran gewöhnt ist, unbeliebt zu sein, und den alle Feindseligkeit gleichgültig läßt.

»Monsieur wünschten mich zu sprechen?«

»Oh, ja. Sagen Sie, haben Sie Herrn Giraud gekannt? Er war vor zehn Jahren Inhaber dieses Lokals.«

»Nein, ich kannte ihn nicht. Ich bin erst seit zwei Jahren hier. Warum möchten Sie es wissen?«

»Ich hatte keinen besonderen Grund. Ich wollte ihn nur gerne einmal wiedersehen – das ist alles.«

»Nein, ich kenne ihn leider nicht«, wiederholte der *Patron.* Dann fügte er mit einem raschen Blick auf Latimers Bier hinzu: »Wünschen Monsieur zu tanzen? Sie müssen nur ein wenig warten. Es werden bald viele hübsche Frauen hier sein – es ist noch zu früh.«

»Nein, vielen Dank.«

Der *Patron* zuckte die Achseln und ging weg. Latimer trank ein paar Schluck von seinem Bier und sah sich geistesabwesend um, wie ein Mensch, der sich vor dem Regen in ein Museum geflüchtet hat. Er wünschte, er wäre zu Bett gegangen, und ärgerte sich über sich selbst, weil er hergekommen war. Der Besuch der *Kasbah* war ein erbärmlich naiver Versuch, das Gefühl der Unwirklichkeit wegzuwischen, mit dem er Herrn Peters verlassen hatte; es hatte sich jetzt nur noch verstärkt. Er winkte dem Kellner, zahlte sein Bier und nahm sich ein Taxi zu seinem Hotel.

Er war müde. Natürlich, das war es. Ein Student, dem man vierundzwanzig Stunden gibt, um Comtes *Cours de la Philosophie Positive* zu lesen – alle sechs Bände – und sich damit auf sein Examen vorzubereiten, konnte sich bestimmt nicht hilfloser und verwirrter fühlen. Es waren so viele neue Gedanken, an die er sich gewöhnen, und so viele alte, die er vergessen mußte, es gab so viele Fragen zu stellen und so viele zu beantworten. Und über diesem ganzen verworrenen Zeug hing schwer und düster die Tatsache, daß Dimitrios, der Mörder Scholems und Vissers, Dimitrios der Rauschgifthändler, der Zuhälter, der

Dieb, der Spion, der Mädchenhändler, der Rohling, der Financier, Dimitrios, den nur die eine Tatsache rechtfertigen konnte, daß er eines gewaltsamen Todes gestorben war ... daß dieser Dimitrios lebte und in jeder Beziehung Erfolg hatte.

In seinem Zimmer angekommen, setzte sich Latimer ans Fenster und blickte über das schwarze Wasser auf die Lichter, die es widerspiegelte, und den schwachen Schimmer am Horizont über dem Louvre. Die Gespenster der Vergangenheit verfolgten ihn – das Geständnis des Negers Dhris, die Erinnerung an Irana Preveza, an die Tragödie des Ehepaars Bulic, an die Geschichte von dem weißen Pulver, das vom Osten her nach Paris kam, um den Feigenpacker Dimitrios aus Izmir reich zu machen. Drei menschliche Wesen waren eines schrecklichen Todes gestorben und zahllose andere hatten ein ebenso schreckliches Leben gelebt, damit Dimitrios ein leichtes Leben leben konnte. Wenn es so etwas gab wie ›das Böse‹, dann war dieser Mann ...

Nein, es war sinnlos, ihn mit den Begriffen ›Gut‹ und ›Schlecht‹ erklären zu wollen. Das waren nur barocke Abstraktionen. Die Elemente der neuen Theologie waren: gutes Geschäft und schlechtes Geschäft. Dimitrios war nicht schlecht. Er war nur konsequent. Nicht weniger konsequent in diesem europäischen Dschungel, als das Giftgas Lewisit und die zerrissenen Körper der Kinder, die durch einen Bombenangriff auf eine offene Stadt getötet wurden. Die Sprache von Michelangelos *David*, von Beethovens Quartetten und Einsteins Theorien war verdrängt durch das *Börsen-Jahrbuch* und Hitlers *Mein Kampf*.

Und dennoch, dachte Latimer – wenn man auch die Menschen nicht daran hindern konnte, Lewisit zu verkaufen und zu kaufen; wenn man auch die Schar ermordeter Kinder nur ›beklagen‹ konnte – so gab es doch Mittel, um zu verhindern, daß eine besondere Form dieses Prinzips gefährlicher Selbstsucht allzu großen Schaden anrichtete.

Die meisten internationalen Verbrecher standen außerhalb der von Menschen geschaffenen Gesetze, aber Dimitrios konnte von einem Paragraphen erwischt werden. Er hatte mindestens zwei Morde begangen und damit ebenso gegen das Gesetz verstoßen, wie wenn er als Hungernder einen Laib Brot gestohlen hätte.

Immerhin, es war leicht zu sagen, daß er sich in Reichweite des Gesetzes befand; schwerer war es schon, einen Weg zu finden, um dem Gesetz von dieser Tatsache Kenntnis zu geben. Wie Herr Peters so sorgfältig dargelegt hatte, besaß er, Latimer, keine Information, die er an die Polizei weiterleiten konnte. Aber war das wirklich ein ganz genaues Bild der Situation? Er *hatte* gewisse Informationen. Er wußte, daß Dimitrios am Leben, daß er einer der Direktoren der Eurasischen Kredit-Trusts war, daß er eine französische Gräfin kannte, die ein Haus in einer Seitenstraße der Avenue Hoche hatte, daß er oder sie einen Hispano Suiza besaß, daß beide in diesem Jahr in St. Anton zum Wintersport gewesen waren, daß er im Juni eine griechische Jacht gemietet hatte, daß ihm eine Villa am Estoril gehörte und daß er jetzt Bürger einer südamerikanischen Republik war. Sicherlich mußte es möglich sein, einen Mann zu finden, auf den dies alles zutraf. Selbst wenn die Namen der Direktoren des Trusts nicht öffentlich bekannt waren, mußte es möglich sein, die Namen der Männer festzustellen, die im Juni griechische Jachten gechartert hatten. Oder die Namen der reichen Südamerikaner mit Villen am Estoril und der südamerikanischen Wintersportgäste in St. Anton im Februar dieses Jahres. Wenn man sich die betreffenden Listen beschaffte, brauchte man nur noch nachzusehen, welche Namen (wenn es überhaupt mehr als einen Namen gab) auf allen drei Listen standen.

Wie aber sollte er sich die Listen beschaffen? Nebenbei, selbst wenn man die türkische Polizei dazu brachte, Visser zu exhumieren, und offiziell um die entsprechenden Auskünfte ersuchte – was für einen Beweis hätte er, daß der Mann, den er für Dimitrios hielt, tatsächlich Dimitrios war? Gesetzt den Fall, daß er Oberst Haki von der Wahrheit überzeugen konnte – hätte er Beweismaterial genug, daß den Franzosen die Auslieferung eines Direktors der mächtigen Eurasischen Kredit-Trusts gerechtfertigt erschiene? Wenn es zwölf Jahre gedauert hatte, um den Freispruch eines Dreyfus zu bewerkstelligen, so konnte es mindestens ebensolange dauern, bis Dimitrios verurteilt war. Es sah ganz so aus, als müsse er bei dem Peterschen Erpressungsmanöver mitmachen. Als er mit geschlossenen Augen in seinem bequemen Bett lag, fand er es nur noch sonderbar, daß er in wenigen Tagen, technisch gesprochen, ein Verbrecher schlimmster Art sein würde. Dennoch saß irgendwo in seinem Unterbewußtsein ein gewisses Unbehagen. Als ihm langsam die Ursache klar wurde, erschrak er. Die schlichte Wahrheit war: er hatte Angst vor Dimitrios. Dimitrios war ein gefährlicher Mann; viel gefährlicher, als er es in Smyrna und in Athen und in Sofia gewesen war – weil er jetzt mehr zu verlieren hatte. Visser hatte ihn erpreßt – jetzt war er tot. Und nun wollte er selber, Latimer, ihn erpressen ... Dimitrios hatte nie gezögert, einen Menschen zu töten, wenn es ihm notwendig schien. Und wenn es ihm schon im Falle eines Mannes, der ihn als Rauschgifthändler bloßzustellen drohte, notwendig erschienen war – würde er dann wohl zögern, wenn es sich um zwei Männer handelte, die ihn als Mörder entlarven konnten?

Nun, ob Dimitrios zauderte oder nicht – wichtig war, ihm gar keine Chance zu geben. Herr Peters hatte ausgeklügelte Vorsichtsmaßnahmen vorgeschlagen.

Der erste Kontakt mit Dimitrios sollte brieflich hergestellt werden. Latimer hatte den Entwurf dieses Briefes gelesen und fand in seinem Ton eine sympathische Ähnlichkeit mit einem Brief, den er einen Erpresser in einem seiner Romane hatte schreiben lassen. Er begann mit falscher Vertraulichkeit: in der Hoffnung, daß Monsieur C. K. nach so vielen Jahren den Schreiber dieses Briefes nicht vergessen habe und sich noch der angenehmen und einträglichen Zeit erinnere, die sie zusammen verlebt hatten ... Dann fuhr er fort, wie erfreulich es gewesen sei zu erfahren, daß Monsieur C. K. so erfolgreich sei, und daß der Schreiber aufrichtig und zuversichtlich hoffe, Monsieur C. K. würde es möglich machen, ihn am Donnerstag abend um neun Uhr im So-und-So-Hotel zu treffen. Der Schreiber schloß mit dem Ausdruck seiner *Plus Sincere Amitie* und einem bezeichnenden kleinen Postskriptum, das besagte: er habe zufällig jemanden getroffen, der ihren gemeinsamen Freund Visser recht gut gekannt habe, und diesem Jemand sei viel daran gelegen, Monsieur C. K. kennenzulernen – und es wäre sehr unangenehm, wenn Monsieur C. K. die Verabredung am Donnerstag abend nicht einhalten könnte.

Diesen Brief mußte Dimitrios Donnerstag früh bekommen. Und Donnerstag abend um 20.30 Uhr würden Herr Smith und

Herr Petersen in das Hotel gehen, das sie für die Unterredung ausgesucht hatten, und Herr Petersen würde ein Zimmer nehmen und dort das Erscheinen von Dimitrios abwarten. Man würde Dimitrios die Situation erklären und ihm mitteilen, daß er am nächsten Morgen genaue Anweisungen über die Zahlung der Million Francs bekäme – und dann konnte man ihn wegschicken. ›Herr Smith‹ und ›Herr Petersen‹ würden später weggehen.

Natürlich mußte Vorsorge getroffen werden, daß man ihnen nicht folgen und sie identifizieren konnte. Herr Peters hatte die Art seiner Vorsichtsmaßregeln nicht näher erklärt, aber versichert, daß es keine Schwierigkeiten geben würde.

Am gleichen Abend sollte dann ein zweiter Brief an Dimitrios abgehen, der ihm befahl, einen Boten mit der Million Francs in Tausendernoten an einen bestimmten Ort an der Chaussée hinter dem Friedhof von Neuilly zu schicken, und zwar pünktlich Freitag um elf Uhr nachts. Dort sollte ihn ein Mietwagen mit zwei Männern drin erwarten. Die beiden Männer für diesen Zweck würde Herr Peters aussuchen. Sie hatten die Aufgabe, den Boten mitzunehmen und dann den Quai National entlang zu fahren in Richtung Suresnes, bis sie überzeugt waren, daß niemand ihnen folgte; dann sollten sie zu einer Stelle an der Avenue de la Reine, nahe der Porte de St. Cloud, kommen, wo Herr Petersen und Herr Smith sie erwarteten, um das Geld in Empfang zu nehmen. Die beiden Männer würden den Boten nach Neuilly zurückbringen. Der Brief würde zur Bedingung machen, daß ›der Bote‹ eine Frau sei.

Latimer hatte sich über diese letzte Vorkehrung gewundert. Herr Peters aber hatte ihre Berechtigung nachgewiesen: wenn Dimitrios selbst käme, so bestand durchaus die Möglichkeit, daß er klüger war als die Männer im Wagen, und daß ›Herr Petersen‹ und ›Herr Smith‹ mit einer Kugel im Rücken in der Rue de la Reine ihr Ende finden könnten. Beschreibungen sind immer unzuverlässig, und die beiden Männer hatten keine Möglichkeit, sich zu vergewissern, ob der Mann, der sich ihnen im Dunkeln näherte, Dimitrios war oder nicht. Bei einer Frau konnten sie sich nicht irren.

Ja, dachte Latimer, es war lächerlich, sich einzubilden, von Dimitrios könnte irgendeine Gefahr drohen. Das einzige, auf was er sich vorbereiten mußte, war das Zusammentreffen mit diesem seltsamen Mann, dessen Lebensweg er zufällig gekreuzt hatte. Nachdem er so viel von ihm gehört hatte, würde es sonderbar sein, ihm gegenüberzutreten; sonderbar, diese Hände zu sehen, die Feigen verpackt und das Messer in Scholems Hals gestoßen hatten, diese Augen, an die sich Irana Preveza und Grodek und Herr Peters so deutlich erinnerten. Es mußte ungefähr so sein, wie wenn eine Wachsfigur in einer Schreckenskammer plötzlich lebendig würde ...

Er starrte eine Weile in den schmalen Spalt zwischen den Gardinen. Es wurde Tag. Bald war er eingeschlafen.

Um elf Uhr weckte ihn ein Telefonanruf von Herrn Peters, der ihm erzählte, er habe den Brief an Dimitrios zur Post gegeben, und ihn fragte, ob sie nicht zusammen essen wollten, um ›die Pläne für morgen‹ zu diskutieren. Latimer stand unter dem Eindruck, daß diese Pläne bereits gründlich genug diskutiert worden seien, aber er willigte ein. Den Nachmittag verbrachte er allein im Zoo von Vincennes. Das nachfolgende Abendessen war langweilig. Von den ›Plänen‹ wurde wenig gesprochen, und Latimer kam zu dem Schluß, daß diese Einladung eine der vielen Vorsichtsmaßnahmen von Herrn Peters war. Er wollte sichergehen, daß sein Mitarbeiter, der kein finanzielles Interesse an dem Geschäft hatte, nicht einfach auf seine Mitarbeit verzichtete. Latimer brachte zwei Stunden damit zu, einem Bericht zu lauschen, wie Herr Peters die Werke von Dr. Frank Crane entdeckt hatte und einer Rechtfertigung seines Argumentes, daß LAHM, ABER LIEBENSWERT und NUR MENSCHLICH seit ROBERT ELSMERE die wichtigsten Beiträge zur Weltliteratur waren.

Kopfschmerzen vorschützend entfloh Latimer kurz nach zehn und ging zu Bett. Als er am nächsten Morgen erwachte, hatte er tatsächlich Kopfschmerzen und schloß daraus, daß die Karaffe Burgunder, die sein Gastgeber beim Essen so warm empfohlen hatte, noch billiger gewesen war, als sie geschmeckt hatte. Als er richtig wach geworden war, hatte er außerdem das Gefühl, daß etwas Unangenehmes passiert sei. Dann fiel ihm alles ein. Natürlich! Jetzt hatte Dimitrios den Brief bereits bekommen.

Er richtete sich im Bett auf, um darüber nachzudenken, und

schon nach ein paar Sekunden kam er zu der profunden Erkenntnis, daß es billig war, eine Erpressung zu verabscheuen und zu verachten, wenn man darüber schrieb oder las; denn der Akt des Erpressens verlangte mehr moralische Härte, mehr Entschlossenheit als er aufbringen konnte. Es wurde nicht anders dadurch, daß er sich sagte, Dimitrios sei ein Verbrecher. Erpressung war Erpressung – nicht anders als Mord eben Mord war. Macbeth hätte wahrscheinlich in letzter Minute genau so gezaudert, einen verbrecherischen Duncan umzubringen, wie er tatsächlich gezaudert hatte, einen Duncan zu töten, dessen Tugenden so inständig baten wie Engel. Zum Glück – oder zum Unglück – hatte er, Latimer, in der Gestalt des Herrn Peters, seine Lady Macbeth. Er beschloß, zum Frühstück auszugehen.

Der Tag kam ihm endlos vor. Herr Peters hatte gesagt, er müsse noch Arrangements wegen des Wagens und der beiden Männer, die ihn fahren sollten, treffen – um 19.80, nach Tisch, wolle er mit Latimer zusammenkommen. Latimer verbrachte den Morgen, indem er ziellos im Bois herumspazierte. Am Nachmittag ging er ins Kino.

Gegen sechs, als er aus dem Kino kam, spürte er in der Gegend des Solarplexus' ein Gefühl der Leere. Es war, als habe ihm jemand einen leichten Schlag in die Magengrube versetzt. Wahrscheinlich war es Herrn Peters' ätzender Burgunder, der immer noch heimtückisch in ihm rumorte; deshalb blieb er vor einem Café an den Champs Elisées stehen, um sich etwas Besseres zu Gemüte zu führen. Das Gefühl verschwand aber nicht, und er wurde sich dessen mehr und mehr bewußt. Sein Blick fiel zufällig auf eine Gesellschaft von vier Männern und Frauen, die sich angeregt unterhielten und ausgelassen über einen Scherz lachten – und plötzlich wußte er, was mit ihm war. Er hatte keine Lust, Herrn Peters zu treffen. Er hatte keine Lust, an dieser Erpressungs-Expedition teilzunehmen. Er wünschte einfach nicht, von Angesicht zu Angesicht einem Mann gegenüberzustehen, dessen einziger Gedanke es sein mußte, ihn so schnell und unauffällig wie möglich umzubringen. Das Unbehagen saß ihm nicht im Magen. Er hatte ganz einfach Angst.

Eine ärgerliche Feststellung. Warum sollte er sich fürchten? Es gab hier gar nichts zu fürchten. Dieser Mann Dimitrios war ein gefährlicher und schlauer Verbrecher, aber er war kein Übermensch. Wenn ein Mann wie Peters ... aber Peters war an solche Dinge gewöhnt. Er, Latimer, war es nicht. Er hätte zur Polizei gehen sollen, sobald er entdeckt hatte, daß Dimitrios lebte, auf die Gefahr hin, daß man ihn für einen lästigen Spinner hielt. Er hätte früher merken müssen, daß die ganze Sache durch Herrn Peters' Enthüllungen ein völlig anderes Gesicht bekommen hatte, und daß sie längst über jenes Stadium hinausgewachsen war, in dem ein Amateurkriminologe (und Romanschriftsteller dazu) sich einmischen durfte. Mit echten Mördern konnte man nicht so unvorsichtig umspringen. Zum Beispiel sein Handel mit Herrn Peters: was würde ein englischer Richter dazu sagen? Er konnte beinahe die Worte hören:

»Was die Handlungsweise dieses Latimer anbetrifft, so hat er eine Erklärung dafür abgegeben, die nicht sehr glaubhaft klingt. Er ist – wie wir gehört haben – ein intelligenter Mann, ein Akademiker, der an mehreren Universitäten dieses Landes einen verantwortungsreichen Posten bekleidete und der gelehrte Werke geschrieben hat. Er ist außerdem der erfolgreiche Verfasser einer Art Literatur, welche, wenn sie auch vom Mann von der Straße als geistige Nahrung für Pubertierende betrachtet wird, wenigstens den Vorzug hat, dem Satze beizupflichten, daß jeder rechtlich denkende Mensch nach besten Kräften die Polizei unterstützen muß, wenn es gilt, Verbrechen zu verhindern oder Verbrecher festzunehmen. Wenn man Latimers Erklärung Glauben schenkt, so ist man zu dem Schluß gezwungen, daß er sich mit Peters verschworen hat, in der Absicht, die Bemühungen der Justiz zu vereiteln, und sich der Beihilfe zum Verbrechen der Erpressung schuldig gemacht hat, zu keinem andern Zweck, als um Nachforschungen anzustellen, die, wie er selbst zugibt, nur das Ziel hatten, seine Neugierde zu befriedigen. Sie mögen selber entscheiden, ob das nicht eher die Haltung eines geistig labilen Kindes als die eines intelligenten Mannes ist. Sie müssen auch sorgsam die These der Staatsanwaltschaft prüfen, nach der Latimer tatsächlich an der Ausführung dieses Erpressungsplanes teilgenommen hat, und daß seine Erklärung nichts weiter ist als ein Versuch, seine Schuld abzuschwächen.«

Bei einem französischen Richter würde es noch ärger tönen.

Da es noch zu früh zum Essen war, verließ er das Café und ging in Richtung Oper. Jetzt war es jedenfalls zu spät, etwas zu tun, überlegte er. Er war verpflichtet, Herrn Peters zu helfen. Aber war es wirklich zu spät? Wenn er jetzt, in dieser Minute, zur Polizei ginge, könnte ganz bestimmt noch etwas geschehen...

Er blieb stehen. In dieser Minute! Eben war ein Polizist die Straße entlang geschlendert, durch die er gekommen war. Er lenkte seine Schritte zurück. Ja, dort stand der Mann in einem Torweg, er schwang seinen Knüppel und sprach mit jemandem. Latimer zauderte wieder, ging dann rasch über die Straße und fragte nach dem nächsten Polizeiposten. Er sei drei Straßen entfernt, sagte man ihm, und er machte sich auf den Weg.

Der Eingang des Postens war schmal und fast völlig verborgen durch drei Polizisten, die in eine Unterhaltung vertieft waren und sie auch nicht unterbrachen, als sie ihn vorbei ließen. Auf einem Emailschild stand, daß Auskünfte im Büro im ersten Stock erteilt würden. Ein Pfeil deutete auf eine Treppe mit dünnem Eisengeländer auf der einen und einer langen schmutzigen Mauer auf der anderen Seite. Es roch stark nach Kampfer und schwach nach Exkrementen. Aus einem Zimmer, das in den Korridor führte, drangen Gemurmel und das Klappern einer Schreibmaschine.

Latimers Entschlossenheit nahm mit jedem Schritt ab; er stieg die Treppe hinauf zu dem Büro, das durch einen hohen Holzschalter abgeteilt war; die obere Leiste war glatt und blank von den zahllosen Handflächen, die schon darauf gelegen hatten. Hinter dem Holzschalter saß ein Mann in Uniform, der mit Hilfe eines Handspiegels in seine Mundhöhle schaute.

Latimer wartete. Er wußte noch nicht, wie er anfangen sollte... Wenn er sagte: »Ich hatte die Absicht, heute abend einen Mörder zu erpressen, habe mich aber entschlossen, ihn statt dessen der Polizei zu übergeben«, so würde man ihn wahrscheinlich für betrunken oder verrückt halten. Trotz der Notwendigkeit raschen Handelns mußte er eine lange Einleitung machen: »Vor einigen Wochen war ich in Istanbul und hörte dort von einem Mord, der im Jahr 1922 begangen worden war. Ganz zufällig entdeckte ich, daß der Täter sich hier in

Paris aufhält, und daß gerade ein Erpressungsmanöver gegen ihn im Gange ist.« Ja, so ungefähr. Der uniformierte Mann sah ihn undeutlich im Spiegel und drehte sich rasch um.

»Was wünschen Sie?«

»Ich möchte Monsieur le Commissaire sprechen.«

»In welcher Angelegenheit?«

»Ich möchte eine Anzeige machen.«

Der Beamte runzelte ungeduldig die Stirn. »Was für eine Anzeige? Drücken Sie sich bitte deutlich aus.«

»Es betrifft einen Fall von Erpressung.«

»Werden Sie erpreßt?«

»Nein. Jemand anderer. Es ist eine sehr verwickelte und schwerwiegende Angelegenheit.«

»Ihre *Carte d'Identité*, bitte.«

»Ich habe keine *Carte d'Identité*. Ich bin auf der Durchreise. Ich bin erst vor vier Tagen nach Frankreich gekommen.«

»Also dann Ihren Paß.«

»Der ist in meinem Hotel.«

Der Mann reckte sich. Das betroffene Stirnrunzeln verschwand. Hier war etwas, was er verstand und womit er dank langjähriger Praxis fertig zu werden wußte. Jetzt sprach er selbstsicher und ungezwungen.

»Das ist ein ernster Fall, Monsieur. Das sehen Sie doch ein? Sind Sie Engländer?«

»Ja.«

Der Beamte holte tief Atem. »Sehen Sie denn nicht ein, Monsieur, daß Sie Ihre Papiere immer in der Tasche haben müssen? Das ist Vorschrift. Wenn Sie Zeuge eines Verkehrsunfalles würden, so müßten Sie dem Polizisten Ihre Papiere vorweisen, bevor Sie die Unfallstelle verlassen dürften. Haben Sie in einem solchen Fall Ihre Papiere nicht bei sich, so kann er Sie, wenn er will, verhaften. Oder wenn Sie in einer Boîte de nuit sind, und die Polizei kommt und kontrolliert die Ausweise, so würden Sie auf jeden Fall verhaftet, wenn Sie keine bei sich hätten. Das ist Vorschrift, das sehen Sie doch ein? Ich muß zunächst die Personalien aufnehmen. Bitte geben Sie mir Ihren Namen und die Adresse Ihres Hotels.«

Latimer tat es. Der Mann schrieb sie auf, nahm das Telefon und verlangte: *»Septieme.«* Eine Pause; dann nannte er Latimers Namen und Adresse und bat um Bestätigung, daß sie echt seien. Wieder eine Pause, ein bis zwei Minuten, und dann nickte er mit dem Kopf und sagte: *»Bien, Bien!«* Dann hörte er noch einen Augenblick zu, sagte: *»Oui, C'Est ça«* und legte den Hörer auf die Gabel. Er wandte sich wieder Latimer zu.

»Jawohl, es ist in Ordnung«, sagte er, »aber Sie müssen sich binnen vierundzwanzig Stunden mit Ihrem Paß im Kommissariat des 7. Arrondissement melden. Was Ihre Klage betrifft, so können Sie sie gleich dort zu Protokoll geben. Und bitte denken Sie daran«, er klopfte zu seinen Worten mit dem Bleistift auf das Pult, »daß Sie Ihren Paß immer bei sich haben müssen. Das ist obligatorisch. Sie sind Engländer, deshalb lassen wir die Sache auf sich beruhen. Aber Sie müssen sich beim Kommissariat in Ihrem Arrondissement melden. Und denken Sie bitte in Zukunft daran, Ihren Paß stets bei sich zu tragen. *Au Revoir, Monsieur*!« Er nickte wohlwollend, mit der Miene eines Mannes, der seine Pflicht kennt und sie erfüllt hat.

Latimer ging in äußerst schlechter Laune weg. So ein Esel von einem Beamten! Aber natürlich hatte der Mann recht. Es war lächerlich, ohne Paß auf einen Polizeiposten zu gehen! Klage, das fehlte gerade noch! Da war er ja noch mal davongekommen! Hätte er seinen Paß gehabt, so hätte er womöglich diesem Mann seine Geschichte erzählen müssen. Und es wäre kein Wunder gewesen, wenn man ihn arretiert hätte. Wie die Dinge lagen, hatte er seine Geschichte für sich behalten und war noch immer ein potentieller Erpresser.

Der Besuch des Polizeipostens hatte jedoch sein Gewissen ganz beträchtlich erleichtert. Er kam sich nicht mehr so unverantwortlich vor wie zuerst. Er hatte sich bemüht, die Polizei beizuziehen. Es war ein fruchtloser Versuch gewesen; aber wenn er nicht seinen Paß vom anderen Ende von Paris holen und die ganze Sache von vorn beginnen wollte, was, wie er voll Bequemlichkeit feststellte, überhaupt nicht in Frage kam, so war eben nichts mehr zu machen. Um ein Viertel vor acht mußte er Herrn Peters in einem Café am Boulevard Haussmann treffen. Als er sein leichtes Nachtessen beendet hatte, war das Gefühl im Solarplexus wieder da, und die beiden Brandies, die er zu seinem Kaffee trank, sollten neben der Zeit noch etwas anderes vertreiben. Es war ein Jammer, überlegte er sich auf dem Weg zu seiner Verabredung, daß er nicht wenigstens einen kleinen Teil der Million Francs akzeptieren konnte. Die Kosten der Befriedigung seiner Neugierde – Nervenabnutzung und schlechtes Gewissen – waren ganz einfach untragbar.

Herr Peters kam zehn Minuten zu spät. Er hatte einen schäbigen Koffer bei sich und zeigte das betont-sachliche Gehaben eines Chirurgen, der daran geht, eine schwierige Operation auszuführen. Er sagte: »Ah, Herr Latimer!«, setzte sich an den Tisch und bestellte einen Himbeerlikör.

»Ist alles in Ordnung?« Latimer fühlte, daß die Frage ein wenig theatralisch klang, aber er wollte wirklich eine Antwort hören.

»Soweit, ja. Natürlich bekam ich keine Antwort von ihm – denn ich habe ja keine Adresse angegeben. Nun, wir werden sehen.«

»Was haben Sie denn in Ihrem Koffer?«

»Alte Zeitungen. Es sieht immer besser aus, wenn man mit einem Koffer im Hotel ankommt. Ich fülle nicht gern Meldezettel aus, wenn ich es vermeiden kann. Ich entschloß mich schließlich zu einem Hotel an der Ledru-Rollin-Métro. Sehr bequem.«

»Warum können wir nicht mit dem Taxi hinfahren?«

»Wir werden mit dem Taxi hinfahren. Aber«, fügte Herr Peters vielsagend hinzu, »wir werden mit der Métro zurückkehren. Sie werden schon sehen.« Der Likör kam. Er goß ihn mit einem Schluck hinunter, schüttelte sich, leckte sich die Lippen und sagte, es sei Zeit zu gehen.

Das Hotel, das Herr Peters für die Zusammenkunft mit Dimitrios gewählt hatte, lag in einer Straße dicht bei der Avenue Ledru. Es war klein und schmutzig. Ein Mann in Hemdsärmeln kam mit vollem Munde kauend aus einer Tür mit der Aufschrift ›Büro‹.

»Ich habe telefonisch ein Zimmer bestellt«, sagte Herr Peters.

»Ah, Monsieur Petersen?«

»Ja.«

Der Mann sah sie beide von oben bis unten an. »Es ist ein großes Zimmer. Fünfzehn Francs als Einzelzimmer, zwanzig für zwei Personen. Bedienung zwölfeinhalb Prozent.«

»Der Herr wohnt nicht hier.«

Der Mann nahm den Schlüssel von einem Brett im Büro, ergriff Herrn Peters' Koffer und ging die Treppe hinauf zu einem Zimmer im zweiten Stock. Herr Peters blickte hinein und nickte. »Ja, das genügt. Ein Freund von mir kommt noch heute abend auf Besuch. Bitte schicken Sie ihn herauf.«

Der Mann zog sich zurück. Herr Peters setzte sich aufs Bett und sah sich um. »Ganz nett«, sagte er, »und sehr preiswert.«

»Ja, das ist es.«

Es war ein langes, schmales Zimmer mit einem alten Wollteppich, einem breiten, eisernen Bett, einem Schrank, zwei abgenützten Holzstühlen, einem kleinen Tisch, einem Wandschirm und einem emaillierten Eisenbidet. Der Teppich war rot, aber beim Waschbecken war ein kahler Fleck, schwarz und abgetreten. Das Muster der Tapete war ein Spalier, das eine Kletterpflanze stützte, eine Anzahl purpurroter Scheiben und ein paar formlose rosa Gegenstände von unbestimmt klinischem Charakter. Die Vorhänge waren dick und blau und hingen an Messingringen.

Herr Peters sah nach der Uhr. »Er ist erst in fünfundzwanzig Minuten fällig. Also machen wir es uns gemütlich. Wollen Sie sich aufs Bett setzen?«

»Nein, danke. Ich nehme an, Sie werden die Verhandlung führen?«

»Ja, das wird wohl am besten sein.« Herr Peters zog seine Lugerpistole aus der Brusttasche, prüfte, ob sie geladen sei, und versenkte sie in die rechte Tasche seines Mantels.

Schweigend beobachtete Latimer diese Vorbereitungen. Jetzt war ihm elend zumute. Plötzlich sagte er: »Mir gefällt das alles nicht.«

»Mir auch nicht«, sagte Herr Peters besänftigend. »Aber wir müssen Vorsichtsmaßregeln treffen. Ich halte es für unwahrscheinlich, daß sie sich als notwendig erweisen. Sie brauchen nichts zu fürchten.«

Latimer erinnerte sich an einen amerikanischen Gangsterfilm, den er einmal gesehen hatte.

»Was hindert ihn eigentlich, hier hereinzuspazieren und uns beide niederzuschießen?«

Herr Peters lächelte nachsichtig. »Aber, aber! Ihre Fantasie brennt Ihnen ja durch, Herr Latimer. So etwas würde Dimitrios nie tun. Es wäre viel zu laut und zu gefährlich für ihn. Bedenken Sie, daß der Mann hier unten ihn sehen wird. Und außerdem – es ist nicht seine Art.«

»Und welches ist seine Art?«

»Dimitrios ist ein sehr vorsichtiger Mensch. Er denkt sorgfältig nach, ehe er handelt.«

»Nun, er hat den ganzen Tag Zeit gehabt, um sorgfältig nachzudenken.«

»Ja – aber er weiß noch nicht, wieviel wir wissen, und ob noch jemand anderer weiß, was wir wissen. Das muß er erst einmal feststellen. Überlassen Sie nur alles mir, Herr Latimer. Ich verstehe Dimitrios.«

Latimer wollte sagen, daß auch Visser von dieser Überzeugung ausgegangen sei, besann sich dann aber eines Besseren. Er wollte noch ein anderes, persönlicheres Unbehagen loswerden.

»Sie sagten: Wenn Dimitrios uns die Million Francs zahlt, wird er nie mehr etwas von uns sehen und hören. Ist Ihnen schon der Gedanke gekommen, daß er sich vielleicht nicht damit zufrieden gibt, die Dinge einfach auf sich beruhen zu lassen? Wenn er merkt, daß wir nicht wiederkommen, um uns mehr Geld zu holen, so könnte er sich entschließen, uns zu suchen.«

»Wen zu suchen? Smith und Petersen? Unter diesen Namen dürften wir schwer zu finden sein, mein lieber Herr Latimer.«

»Nun, Ihr Gesicht kennt er doch gut genug. Und das meine wird er noch sehen. Er wird unsere Gesichter wiedererkennen, ganz gleich wie wir uns nennen.«

»Nun, zuerst müßte er herausfinden, wo wir sind.«

»Meine Fotografie ist ein paarmal in Zeitungen erschienen, und sie kann jederzeit wiedererscheinen. Oder mein Verleger entschließt sich einmal, sie groß auf den Schutzumschlag zu drukken. Dimitrios kann leicht so ein Bild oder Buch in die Hände bekommen. Es sind schon seltsamere Zufälle passiert.« Herr Peters schürzte die Lippen. »Ich glaube, Sie übertreiben«, sagte er achselzuckend, »aber wenn Sie nervös sind, ist es vielleicht besser, wenn Sie Ihr Gesicht verbergen. Tragen Sie eine Brille?«

»Nur zum Lesen.«

»Setzen Sie sie auf. Behalten Sie auch den Hut auf und schlagen Sie den Mantelkragen hoch. Sie können sich auch in eine Ecke des Zimmers setzen, die nicht so hell ist. Dort – bei dem

Wandschirm. Da kann er Ihre Gesichtszüge nicht erkennen. So ist's recht.«

Latimer gehorchte. Als er seine Stellung bezogen hatte, den Hut in die Stirn gedrückt und den Mantelkragen bis übers Kinn zugeknöpft – betrachtete ihn Herr Peters von der Tür aus und nickte.

»Ja, so ist es recht gut. Ich glaube, es ist unnötig; aber es kann nicht schaden. Nun, nach all diesen Vorbereitungen werden wir uns sehr blöd vorkommen, wenn er nicht erscheint.«

Latimer, der sich schon jetzt mehr als blöd vorkam, knurrte. »Besteht denn die Wahrscheinlichkeit, daß er nicht kommt?«

»Wer weiß?« Herr Peters hatte sich wieder aufs Bett gesetzt. »Mein Gott, was kann alles passieren, um ihn am Kommen zu hindern. Er kann zum Beispiel meinen Brief gar nicht bekommen haben. Er kann verreist oder auf einen Tag von Paris abwesend sein. Aber wenn er meinen Brief bekommen hat, wird er, glaube ich, kommen.« Er sah wieder auf die Uhr.

»Acht Uhr fünfundvierzig. *Wenn* er kommt, muß er gleich hier sein.«

Dann schwiegen sie. Herr Peters begann seine Nägel mit einer Taschenschere zu schneiden.

Bis auf das Knipsen der Schere und den schweren Atem von Herrn Peters herrschte vollkommene Stille im Raum. Latimer schien sie fast greifbar; sie war wie eine graue, dicke Flüssigkeit, die aus den Ecken des Raumes sickerte. Er hörte das Ticken der Armbanduhr an seinem Handgelenk. Er wartete eine Ewigkeit, wie ihm schien, ehe er auf die Uhr sah. Als er es tat, waren erst fünf Minuten vergangen – zehn vor neun. Wieder eine Ewigkeit. Er versuchte, sich etwas auszudenken, was er zu Herrn Peters sagen konnte, um die Zeit hinzubringen. Er versuchte die Parallelogramme des Tapetenmusters zwischen Schrank und Fenster zu zählen. Dann glaubte er sogar das Ticken von Herrn Peters' Uhr zu hören. Gedämpfte Laute aus dem Zimmer über ihnen – ein Stuhl wurde verschoben, jemand ging hin und her – schienen die Stille noch zu verstärken. Vier Minuten vor neun. Und dann knarrte so plötzlich, daß es wie ein Pistolenschuß tönte, draußen eine Stufe.

Herr Peters hörte auf mit seiner Maniküre, ließ die Schere aufs Bett fallen und steckte die rechte Hand in die Manteltasche.

Eine Pause. Latimer spürte sein Herz schmerzhaft schlagen – er starrte fest auf die Tür. Es klopfte leise.
Herr Peters stand auf, die Hand noch in der Tasche, ging zur Tür und öffnete sie.
Latimer sah, wie er einen Augenblick in das Halbdunkel des Korridors spähte und dann beiseite trat.
Herein trat Dimitrios.

XIV

Die Maske des Dimitrios

Die Gesichtszüge des Menschen, die Knochenstruktur und das Gewebe, das sie bedeckt, sind das Produkt eines biologischen Prozesses. Das Gesicht aber schafft er sich selbst. Es ist die Darstellung seiner habituellen gefühlsmäßigen Haltung; die Haltung, die seine Wünsche zu ihrer Erfüllung brauchen, die seine Ängste als Schutz vor neugierigen Augen verlangen. Er trägt sein Gesicht wie eine Dämonenmaske; eine sinnreiche Vorrichtung, um in anderen die Gefühle zu erwecken, die er als Ergänzung seiner eigenen braucht. Wenn er sich fürchtet, so will er gefürchtet werden; wenn er begehrt, so will er begehrt werden. Das Gesicht ist der Schirm, hinter dem er die Nacktheit seines Geistes verbirgt. Nur wenige Menschen – große Maler – hatten die Fähigkeit, durch das Gesicht in die Seele zu sehen. Andere Menschen greifen, wenn sie sich ein Urteil bilden, zum Zeugnis des Wortes und der Tat, um sich die Maske, die sie vor sich sehen, zu erklären. Und wenn sie auch ahnen, daß die Maske nicht der Mensch ist, der hinter ihr steht, so sind sie in der Regel doch sehr betroffen, sobald diese Tatsache einmal klar zu Tage tritt. Die Doppelgesichtigkeit des anderen muß immer erschreckend wirken, wenn man sich der eigenen Doppelgesichtigkeit nicht bewußt ist.

Und diesen Schrecken verspürte Latimer, als er endlich Dimitrios sah und versuchte, im Gesicht des Mannes, der ihn über das Zimmer hinweg anblickte, das Böse zu lesen, das doch darin stehen mußte. Den Hut in der Hand, in eleganter, dunkler französischer Kleidung, mit seiner schlanken, aufrechten Gestalt und dem glatten grauen Haar, bot Dimitrios ein Bild vornehmer Ehrbarkeit.

Er hatte die Vornehmheit eines verhältnismäßig unbedeutenden Gastes bei einem großen diplomatischen Empfang. Er wirkte etwas größer als die einhundertzweiundachtzig Zentimeter, die ihm die bulgarische Polizei zugebilligt hatte. Seine Haut hatte die matte Blässe, die in mittleren Jahren der jugendlich gelben Frische folgt. Mit seinen hohen Backenknochen, der schmalen Nase und der schnabelähnlichen Oberlippe hätte man ihn ohne weiteres für das Mitglied einer osteuropäischen Delegation halten können. Nur der Ausdruck der Augen paßte zu Latimers vorgefaßter Meinung über seine äußere Erscheinung. Sie waren sehr braun und schienen etwas zusammengekniffen, als seien sie kurzsichtig oder ängstlich. Doch fehlten das zugehörige Stirnrunzeln und die zusammengezogenen Brauen. Latimer sah, daß der Ausdruck der Kurzsichtigkeit oder Unsicherheit eine optische Täuschung und auf die Höhe der Backenknochen und die Art, wie die Augen im Kopfe saßen, zurückzuführen war. Tatsächlich war dieses Gesicht ausdruckslos und gefühllos, wie das einer Eidechse.

Einen Augenblick ruhten die braunen Augen auf Latimer; dann, als Herr Peters die Tür hinter ihm schloß, wandte Dimitrios den Kopf und sagte in stark akzentuiertem Französisch: »Stellen Sie mich Ihrem Freund vor. Ich glaube nicht, daß ich ihn schon gesehen habe.«

Latimer hatte Mühe, nicht hochzufahren. Das Gesicht des Dimitrios enthüllte nichts – aber die Stimme tat es. Sie war sehr rauh und scharf, mit einem ätzenden Ton, der jeder Höflichkeit der Worte, die sie formte, Hohn sprach. Er redete sehr leise, und es ging Latimer durch den Sinn, daß sich der Mann der Häßlichkeit seiner Stimme wohl bewußt war und sie zu verbergen suchte. Es gelang ihm nicht. Das, was die Stimme verhieß, war tödlich wie das Rasseln einer Klapperschlange.

»Das ist Monsieur Smith«, sagte Herr Peters. »Hinter Ihnen steht ein Stuhl. Sie können sich setzen.«

Dimitrios überhörte die Aufforderung. »Monsieur Smith! Ein Engländer. Es scheint, Sie kannten Visser.«

»Ich habe Visser *gesehen.*«

»Und darüber wollten wir mit Ihnen sprechen, Dimitrios«, sagte Herr Peters.

»So?« Dimitrios setzte sich auf den freien Stuhl. »Dann sprechen Sie – und beeilen Sie sich. Ich habe eine Verabredung. Ich kann meine Zeit nicht mit solchen Dingen vergeuden.«

Bekümmert schüttelte Herr Peters den Kopf. »Sie haben sich gar nicht verändert, Dimitrios. Immer herrisch, immer ein wenig unfreundlich. Nach all diesen Jahren kein Wort der Begrüßung, kein Wort des Bedauerns über die Ungelegenheiten, die Sie mir damals verursacht haben. Wissen Sie, es war sehr unfreundlich von Ihnen, uns auf solche Art und Weise der Polizei zu übergeben. Wir waren Ihre Freunde. Warum haben Sie so an uns gehandelt?«

»Und Sie reden immer noch zu viel«, sagte Dimitrios. »Was wollen Sie?«

Herr Peters ließ sich vorsichtig auf der Bettkante nieder. »Da Sie auf einer rein geschäftlichen Begegnung bestehen – nun, wir wollen Geld.«

Die braunen Augen flackerten auf. »Natürlich. Und was bieten Sie mir für dieses Geld?«

»Unser Schweigen, Dimitrios. Es ist überaus wertvoll.«

»Wirklich? Wieviel ist es wert?«

»Es ist mindestens eine Million Francs wert.«

Dimitrios lehnte sich zurück und schlug die Beine übereinander. »Und wer soll diese Million bezahlen?«

»Sie selbst, Dimitrios. Und Sie werden noch froh sein, es so billig zu bekommen.«

Bei diesen Worten lächelte Dimitrios.

Die schmalen Lippen wurden noch schmäler. Nichts weiter. Dennoch lag etwas so unaussprechlich Wildes in diesem Lächeln, daß Latimer froh war, daß es nicht ihm, sondern Herrn Peters galt. In diesem Augenblick gehörte Dimitrios, so spürte er, weit eher in eine Versammlung menschenfressender Tiger als auf einen noch so großen diplomatischen Empfang. Das Lächeln verschwand. »Ich glaube«, sagte er, »Sie sollten mir jetzt ganz genau mitteilen, was Sie wollen.«

Latimer, der, wie er wußte, sofort auf die Drohung in der Stimme dieses Mannes reagiert hätte, fand Herrn Peters' höfliches Zögern tollkühn. Herr Peters schien die Situation zu genießen.

»Ich weiß gar nicht, wo ich anfangen soll.«

Dimitrios antwortete nicht. Herr Peters wartete ein paar Sekunden, dann zuckte er die Achseln. »Oh, es gibt so viele Dinge«, fuhr er dann fort, »welche die Polizei gern erfahren würde. Zum Beispiel könnte ich ihr berichten, wer ihr 1931 jenes Dossier schickte. Und es wäre auch eine große Überraschung für sie, daß ein achtbarer Direktor der Eurasischen Kredit-Trust

tatsächlich der Dimitrios Makropoulos war, der Frauen nach Alexandria verkaufte.«
Es kam Latimer vor, als ob sich Dimitrios etwas auf seinem Stuhl entspanne. »Und erwarten Sie wirklich, daß ich dafür eine Million Francs zahle? Mein guter Petersen, Sie sind kindisch.«
Herr Peters lächelte. »Schon möglich, Dimitrios. Sie tendierten immer dazu, meine schlichte Auffassung der Probleme dieses unseres Lebens zu verachten. Aber unser Schweigen über besagte Angelegenheiten würde Ihnen doch recht viel wert sein, nicht wahr?«
Dimitrios betrachtete ihn. Dann sagte er: »Warum kommen Sie nicht zur Sache, Petersen? Oder vielleicht bereiten Sie nur Ihrem Engländer den Weg?« Er wandte den Kopf. »Was haben Sie zu sagen, Monsieur Smith? Oder sind Sie alle beide Ihrer Sache nicht recht sicher?«
»Petersen spricht für mich«, murmelte Latimer. Er wünschte inbrünstig, daß Herr Peters die Sache rasch erledigen würde.
»Darf ich also weiterfahren?« fragte Herr Peters.
»Ja.«
»Auch die jugoslawische Polizei dürfte Interesse an Ihnen haben. Wenn wir ihr erzählen würden, daß Herr Talat ...«
»Par exemple!« Dimitrios lachte bösartig. »Also hat Grodek geschwatzt. Nein, nicht einen Sou dafür, mein Freund. Und was weiter?«
»Athen, 1922. Bedeutet Ihnen das etwas, Dimitrios? Der Name war Taladis, soviel ich mich erinnere. Die Klage lautete auf Raub und Mordversuch. Ist das so erheiternd?«
Jetzt war die gar nicht mehr lächelnde, krankhafte Bösartigkeit in Peters' Gesicht erschienen, die Latimer schon in Sofia ein paarmal gesehen hatte. Dimitrios starrte ihn an, ohne mit der Wimper zu zucken. In einer einzigen Sekunde war die Atmosphäre tödlich geworden, voll nackten Hasses, den Latimer mit Entsetzen spürte. Ihm war zumute wie vor langer Zeit, als er als Kind einmal einen Straßenkampf zwischen zwei bejahrten Männern erlebt hatte. Er sah, wie Herr Peters die Luger aus der Tasche zog und sie in der Hand wog.
»Darauf haben Sie nichts zu sagen, Dimitrios? Dann will ich fortfahren. Im gleichen Jahre, etwas früher, ermordeten Sie in

Smyrna einen Mann – einen Geldverleiher. Wie war sein Name, Monsieur Smith?«
»Scholem.«
»Scholem, natürlich. Monsieur Smith war geschickt genug, das herauszubekommen, Dimitrios. Kein schlechtes Stück Arbeit, finden Sie nicht? Monsieur Smith, müssen Sie wissen, steht auf sehr gutem Fuße mit der türkischen Polizei, ist ihr Vertrauter, möchte ich sagen. Glauben Sie noch immer, daß eine Million Francs sehr viel Geld ist, Dimitrios?«
Dimitrios sah keinen von ihnen an. »Scholems Mörder wurde gehängt«, sagte er langsam.
Herr Peters zog die Brauen hoch. »Stimmt das, Monsieur Smith?«
»Es wurde ein Neger namens Dhris Mohammed für den Mord gehängt, aber er machte eine Aussage, die auf Monsieur Makropoulos hinwies. Im Jahre 1924 wurde demzufolge ein Haftbefehl gegen diesen erlassen, und zwar wegen Mordes. Die türkische Polizei suchte ihn aber auch noch aus einem andern Grund. Er war an einem Mordversuch an Kemal in Adrianopel beteiligt.«
»Sehen Sie, Dimitrios. Wir sind sehr gut informiert. Sollen wir fortfahren?« Er machte eine Pause. Dimitrios blickte immer noch gerade vor sich hin. Kein Muskel seines Gesichtes bewegte sich. Herr Peters sah zu Latimer hinüber. »Dimitrios ist beeindruckt, sollte ich meinen. Ich bin sicher, es interessiert ihn, wenn wir fortfahren.« Und er sprach weiter.
Wenn Latimer jetzt an Dimitrios denkt, ist es diese Szene, an die er sich erinnert. Das schmutzige Zimmer mit der Tapete aus einem Alptraum; Herr Peters auf der Bettkante, die nassen Augen halb geschlossen und die Pistole in der Hand; und der Mann zwischen ihnen, der starr geradeaus blickte, das weiße Gesicht regungslos wie eine Wachsfigur und ebenso leblos. Das eintönige Summen von Peters' Stimme, durch Augenblicke des Schweigens noch eindringlicher gemacht. Diese Pausen in ihrer Intensität zerrissen beinahe Latimers überreizte Nerven. Aber sie waren kurz, und nach jeder Pause summte Herrn Peters' Stimme weiter: ein Folterknecht, der seine Fragen nach jeder Umdrehung der Schraube wiederholt ...
»Herr Smith hat Ihnen erzählt, daß er Visser sah. Und zwar

sah er ihn in der Leichenhalle der Polizei in Istanbul. Wie ich Ihnen schon erzählte, ist er befreundet mit der türkischen Polizei, und deshalb zeigte man ihm die Leiche. Man sagte ihm, daß es die Leiche eines Verbrechers namens Dimitrios Makropoulos sei. Wie dumm von der Polizei, sich so leicht hinters Licht führen zu lassen, nicht wahr? Aber sogar Monsieur Smith ließ sich eine Zeitlang täuschen. Zum Glück war ich in der Lage, ihm zu erzählen, daß Dimitrios noch lebt.« Er machte eine Pause. »Sie wollen keinen Kommentar abgeben? Nun, auch gut. Vielleicht würden Sie gern hören, wie ich herausfand, wer und wo Sie waren.« Erneutes Schweigen. »Nein? Vielleicht wüßten Sie aber gern, wie ich dahinter kam, daß Sie in Istanbul waren ... gerade zu der Zeit, als der arme, törichte Visser ermordet wurde; oder wie leicht Monsieur Smith eine Fotografie Vissers mit dem Toten identifizieren konnte, den er in der Leichenhalle in Istanbul sah.« Wieder tiefes Schweigen. »Nein? Dann sollten wir Ihnen vielleicht erzählen, wie einfach es für uns wäre, das Interesse der türkischen Polizei an dem seltsamen Fall eines toten Mörders zu wecken, der am Leben ist, oder das der griechischen Polizei im Falle des Flüchtlings aus Smyrna, der Tabouria so Hals über Kopf verließ. Glauben Sie etwa, es wäre schwierig für uns, zu beweisen, daß SIE Dimitrios Makropoulos oder Taladis oder Talat oder Rougemont sind, weil seitdem so viele Jahre vergangen sind? Glauben Sie das wirklich, Dimitrios? Sie wollen nicht antworten? Dann lassen Sie sich von mir sagen, daß es für uns ein Kinderspiel ist, die Beweise zu erbringen. Ich kann Sie als Makropoulos identifizieren – das gleiche gilt von Werner oder Lenôtre oder Galindo oder der Großherzogin. Einer von ihnen ist bestimmt am Leben und kann zur Polizei gehen. Und jeder von ihnen dreht mit Vergnügen mit an dem Strick, an dem Sie hängen würden. Monsieur Smith hier kann beschwören, daß der Mann, der in Istanbul begraben wurde, Manuel Visser ist. Dann haben wir noch die Mannschaft der Jacht, die Sie im Juni charterten. Die Leute wissen, daß Visser mit Ihnen nach Istanbul ging. Und der Concierge in der Avenue de Wagram. Er kennt Sie als Rougemont. Der Paß, den Sie jetzt besitzen, ist kein guter Schutz mehr für einen Mann mit so viel Namen. Oder? Und selbst wenn Sie sich von der französischen und griechischen Polizei eine kleine *Chantage* gefallen ließen würden, Monsieur Smith's türkische Freunde wohl nicht so entgegenkommend sein. Glauben Sie, Sie bezahlten mit einer Million Francs zuviel, um sich vor dem Henker zu retten, Dimitrios?«

Er hielt inne. Ein paar endlose Sekunden starrte Dimitrios weiter auf die Wand. Endlich rührte er sich und sah nieder auf seine kleinen behandschuhten Hände. Als dann seine Worte kamen, waren sie wie Steine, die langsam, einer nach dem anderen, in ein stagnierendes Wasser fallen. »Ich überlege«, sagte er, »warum Sie so wenig verlangen. Ist die Million wirklich alles, was Sie haben wollen?«

Herr Peters kicherte. »Sie meinen, wenn wir die Million haben, werden wir zur Polizei gehen? O nein, Dimitrios. Wir wollen fair zu Ihnen sein. Diese Million ist nur eine vorläufige Geste guten Willens. Es werden sich Ihnen noch andere Gelegenheiten bieten. Aber wir werden nicht unersättlich sein.«

»Davon bin ich überzeugt. Denn Ihnen liegt nichts daran, mich zur Verzweiflung zu treiben, glaube ich. Sind Sie die einzigen, die diese sonderbaren Vorstellungen von Vissers Tod haben?«

»Ja. Niemand sonst. Ich möchte die Million morgen in Tausend-Francs-Noten.«

»So schnell?«

»Sie werden morgen mit der Post Anweisung bekommen, wie Sie uns das Geld zukommen lassen sollen. Wenn die Instruktionen nicht genau befolgt werden, so geben wir Ihnen keine zweite Chance. Dann gehen wir unverzüglich zur Polizei. Wir verstehen uns doch, nicht wahr?«

»Vollkommen.«

Diese Worte wurden gleichmütig gesprochen. Für einen zufälligen Zuhörer hätten sie nicht mehr bedeutet als eine normale geschäftliche Abmachung. Aber keine der beiden Stimmen war ganz ruhig.

Latimer kam es vor, als hindere nur die Luger Dimitrios, sich auf Herrn Peters zu stürzen und ihn umzubringen, und als hindere nur der Gedanke an die Million Francs Herrn Peters daran, Dimitrios niederzuschießen. Zwei Leben hingen an den dünnen Stahldrähten des Selbsterhaltungstriebes und der Gier.

Als Dimitrios aufstand, schien ihm etwas einzufallen. Er wandte sich an Latimer. »Sie waren außerordentlich schweigsam, Monsieur. Ich möchte wohl wissen, ob Ihnen klar ist, daß Ihr Leben in den Händen Ihres Freundes Petersen liegt. Wenn er zum Beispiel auf den Einfall kommt, mir Ihren wahren Namen zu sagen und wo Sie zu finden sind, würde ich Sie sicher töten.«

Herr Peters zeigte seine weißen falschen Zähne. »Weshalb sollte ich mich der wertvollen Mitarbeit von Monsieur Smith berauben? Monsieur Smith ist unschätzbar. Er kann beweisen, daß Visser tot ist. Ohne ihn könnten Sie wieder aufatmen.«

Dimitrios nahm keine Notiz von der Unterbrechung.

»Nun, Monsieur Smith?«

Latimer sah auf und blickte in die braunen, ängstlich scheinenden Augen, und dachte an Madame Prevezas Beschreibung. Es waren allerdings die Augen eines Mannes, der bereit ist, etwas zu tun, was einen schmerzt – aber einem Arzt konnten sie nicht gehören. Aus ihnen blickte Mordlust.

»Ich kann Ihnen versichern«, sagte er, »daß Petersen keinen Anlaß hat, mich zu töten. Sie sehen ...«

»Sie sehen«, warf Peters rasch ein, »daß wir keine Narren sind, Dimitrios. Sie können jetzt gehen.«

»Natürlich.« Dimitrios ging zur Tür, blieb aber an der Schwelle noch einmal stehen.

»Nun? Was gibt's?« fragte Herr Peters.

»Ich würde gern zwei Fragen an Herrn Smith stellen.«

»Nun gut, bitte.«

»Wie war der Mann, den Sie für Visser halten, gekleidet, als man ihn fand?«

»In einen billigen Anzug aus blauer Serge. Im Futter war eine französische *Carte d'Identité* eingenäht, die im vorigen Jahr in Lyon ausgestellt worden war. Der Anzug war von einer griechischen Konfektionsfirma, Hemd und Unterwäsche aber französisch.«

»Und wie hatte man ihn umgebracht?«

»Er hatte einen Stich in den Leib bekommen und war dann ins Wasser geworfen worden.«

Herr Peters lächelte. »Sind Sie nun befriedigt, Dimitrios?«

Dimitrios starrte ihn an. »Visser war zu gierig«, sagte er langsam. »Sie werden nicht zu gierig sein, nicht wahr, Petersen?«

Herr Peters starrte ebenso fest zurück. »Ich werde sehr vorsich-

tig sein!« sagte er. »Haben Sie sonst keine Fragen mehr zu stellen? Gut. Morgen früh erhalten Sie Ihre Instruktionen.«
Dimitrios ging ohne ein weiteres Wort. Herr Peters schloß die Tür, wartete ein paar Sekunden und machte sie dann sehr leise wieder auf. Er winkte Latimer zu bleiben, wo er war, und verschwand im Korridor. Latimer hörte die Treppe knacken. Wenig später war Peters wieder zurück.
»Er ist fort«, verkündete er. »In ein paar Minuten können wir auch gehen.« Er setzte sich aufs Bett, zündete eine seiner schwarzen Zigarren an und blies genießerisch den Rauch vor sich hin, als sei er eben aus der Sklaverei entlassen worden. Wie eine Rose nach dem Sturm kam sein süßes Lächeln wieder hervor. »Nun also«, sagte er, »das war Dimitrios, von dem Sie so viel gehört haben. Was denken Sie von ihm?«
»Ich weiß nicht, was ich denken soll. Vielleicht hätte er mir weniger mißfallen, wenn ich nicht so viel von ihm gewußt hätte. Ich weiß es nicht. Es ist ziemlich schwierig, objektiv über einen Mann zu urteilen, der ganz offensichtlich darauf sinnt, wie er einen auf schnellstem Weg erledigen kann.« Er zögerte. »Aber ich wußte nicht, daß Sie ihn so sehr hassen.«
Herr Peters lächelte nicht. »Ich versichere Ihnen, Herr Latimer, ich war selbst in höchstem Grade überrascht, als ich es merkte. Ich konnte ihn nicht leiden. Ich mißtraute ihm. Nach der Art und Weise, wie er uns verraten hatte, war das verständlich. Aber erst als ich ihn hier im Zimmer sah, merkte ich, daß ich ihn stark genug haßte, um ihn zu töten. Wenn ich abergläubisch wäre, würde ich jetzt sagen, der Geist des armen Visser sei in mich gefahren!« Er schwieg, und auf einmal fügte er mit unterdrückter Stimme hinzu: *»Salaud!«* Wieder machte er eine Pause. Dann sah er auf. »Herr Latimer, ich muß Ihnen ein Geständnis machen. Ich muß Ihnen sagen: selbst wenn Sie mein Anerbieten angenommen hätten, so wären Sie doch um Ihre halbe Million gekommen. Ich hätte sie Ihnen nicht ausgezahlt.« Er schloß den Mund fest, als erwarte er einen Schlag.
»Das habe ich mir gedacht«, sagte Latimer trocken. »Ich war nahe daran, Ihre Offerte anzunehmen, bloß weil ich gern wissen wollte, auf welche Art Sie mich betrügen würden. Ich denke mir, daß Sie den Termin für die Ablieferung des Geldes eine Stunde vorverlegt hätten, ohne es mir zu sagen. Wenn ich

dann an Ort und Stelle erschienen wäre, so wären Sie mit dem Geld schon über alle Berge gewesen.«

Herr Peters blinzelte. »Es war sehr weise von Ihnen, mir nicht zu trauen – aber sehr unfreundlich. Doch ich darf Sie wohl nicht tadeln.« Er rieb Salz in seine Wunden. »Der Allmächtige hat es für gut befunden, mich als das zu erschaffen, was man einen Verbrecher nennt, und ich muß den Pfad der Vorsehung mit Ergebung wandeln. Aber nicht, um mich zu erniedrigen, gab ich zu, daß ich Sie betrügen wollte – ich tat es, um mich zu verteidigen. Ich würde Sie gerne etwas fragen.«

»Nun?«

»Lehnten Sie – verzeihen Sie ... lehnten Sie mein Anerbieten, das Geld mit Ihnen zu teilen, ab, weil Sie dachten, ich könnte Sie an Dimitrios verraten?«

»Das ist mir nie in den Sinn gekommen.«

»Das macht mich sehr froh«, sagte Herr Peters feierlich. »Es würde mich schmerzen, wenn Sie so etwas von mir gedacht hätten. Ich mag Ihnen mißfallen, aber ich möchte nicht, daß Sie mich für so kaltblütig halten; ich kann Ihnen versichern, daß mir dieser Gedanke nie gekommen ist. Aber da haben Sie Dimitrios! Wir haben die Sache besprochen, Sie und ich. Wir haben einander mißtraut und haben an Betrug gedacht. Aber erst Dimitrios setzt diesen Gedanken in unsere Köpfe. Ich habe viele schlechte und gewalttätige Menschen kennengelernt, Herr Latimer, aber ich sage Ihnen – Dimitrios ist einmalig. Warum, glauben Sie wohl, hat er Ihnen suggeriert, daß ich Sie verraten könnte?«

»Ich nehme an, er handelte nach dem Prinzip: der beste Weg, zwei Verbündete zu bekämpfen, ist, sie aufeinander zu hetzen.«

Herr Peters lächelte. »Nein, Herr Latimer. Das wäre für Dimitrios ein viel zu fadenscheiniger Trick gewesen. Er wollte Ihnen auf geschickte Weise beibringen, daß *ich* der überflüssige Partner sei, und daß Sie mich sehr leicht aus dem Wege schaffen könnten, wenn Sie ihm sagten, wo ich zu finden sei.«

»Meinen Sie, er bot mir an, Sie für mich zu ermorden?«

»Genau das. Dann hätte er es nur noch mit Ihnen zu tun. Er weiß natürlich nicht«, fügte Herr Peters nachdenklich hinzu, »daß Sie seinen jetzigen Namen nicht kennen.« Er stand auf und nahm seinen Hut. »Nein, Herr Latimer, ich liebe Dimitrios nicht. Bitte mißverstehen Sie mich nicht. Mir geht die moralische Rechtschaffenheit ab. Aber Dimitrios ist eine wilde Bestie. Ich habe sogar jetzt noch Angst, obschon ich weiß, daß ich jede mögliche Vorsicht habe walten lassen. Ich werde seine Million nehmen und weggehen. Wenn ich Ihnen gestatten könnte, ihn der Polizei zu überliefern, sobald ich mit ihm fertig bin, so würde ich es tun. Er würde im umgekehrten Fall nicht zögern. Aber es ist unmöglich.«

»Warum?«

Herr Peters sah ihn erstaunt an. »Dimitrios scheint eine sonderbare Wirkung auf Sie auszuüben. Nein, es der Polizei nachträglich zu erzählen – das wäre zu gefährlich. Wenn man uns nach der Million Francs fragte (und wir können nicht erwarten, daß Dimitrios darüber schweigt), so kämen wir in Verlegenheit. Ein Jammer! Wollen wir jetzt gehen? Das Geld für das Zimmer werde ich auf den Tisch legen. Den Koffer können sie als Trinkgeld behalten.«

Schweigend gingen sie hinunter. Als sie den Schlüssel abgaben, erschien der Mann in Hemdsärmeln mit einem Anmeldeformular, das Herr Peters ausfüllen sollte. Dieser winkte ab. Er würde es ausfüllen, wenn er zurückkäme, sagte er.

Auf der Straße blieb er stehen und sah Latimer an.

»Sind Sie jemals verfolgt worden?«

»Nicht daß ich wüßte.«

»Nun, jetzt wird man Sie verfolgen. Ich glaube nicht, daß Dimitrios wirklich hofft, wir würden ihn zu unsern Wohnungen führen – aber er ist immer gründlich.« Er blickte über Latimers Schulter. »Ah, natürlich. Er war hier, als wir ankamen. Sehen Sie sich nicht um, Herr Latimer. Ein Mann mit einem grauen Mackintosh und einem weichen dunklen Hut. In einer Minute werden Sie ihn sehen.«

Das Gefühl von Leere, das mit Dimitrios' Weggang verschwunden war, fuhr mit einem Ruck zurück in Latimers Magengegend. »Was müssen wir tun?«

»Mit der Métro fahren, wie ich Ihnen sagte.«

»Und was nützt uns das?«

»Das werden Sie gleich sehen!«

Die Ledru-Rollin-Station war etwa hundert Meter entfernt.

Als sie darauf zugingen, krampften sich die Muskeln in Latimers Waden zusammen, und er hatte ein lächerliches Bedürfnis, zu rennen. Er fühlte sich steif und befangen daherstelzen.
»Nicht umsehen«, sagte Peters wieder.
Sie gingen die Stufen zur Métro hinab. »Halten Sie sich dicht hinter mir«, sagte Herr Peters.
Er kaufte zwei Billetts zweiter Klasse, und sie gingen den Tunnel entlang in Richtung des Zuges.
Es war ein langer Tunnel. Als sie durch die Drehbarriere gingen, glaubte Latimer, sich ohne Gefahr umsehen zu können. Er tat es und sah deutlich einen jungen Mann in einem schäbigen grauen Regenmantel, etwa zehn Meter hinter ihnen. Nun teilte sich der Tunnel; über der einen Seite stand: *Direction Pte. de Charenton,* und auf der anderen: *Direction Balard.* Herr Peters blieb stehen.
»Es dürfte klug sein, wenn wir uns jetzt scheinbar voneinander verabschieden.« Er schaute verstohlen nach hinten. »Ja, er bleibt auch stehen. Er überlegt, was jetzt wohl geschieht. Bitte, sprechen Sie, Herr Latimer, aber nicht zu laut. Ich muß horchen.«
»Horchen? Auf was?«
»Auf die Züge. Ich habe heute früh eine halbe Stunde damit zugebracht, auf die Züge zu horchen.«
»Wozu denn, um alles in der Welt? Ich verstehe nicht...«
Herr Peters packte seinen Arm, und er hielt inne. In der Ferne hörte er das Geräusch eines sich nähernden Zuges.
»Direction Balard«, murmelte Herr Peters plötzlich. »Kommen Sie mit. Halten Sie sich dicht hinter mir – gehen Sie nicht zu schnell.«
Sie gingen in den Tunnel zur rechten Hand. Das Rumpeln des Zuges wurde lauter. Sie gingen durch die Kurve des Tunnels. Vor ihnen war die grüne automatische Sperre.
»Vite!« rief Herr Peters.
Der Zug war jetzt beinahe in der Station. Die automatische Tür begann langsam aufzuschwingen und gab den Eingang zur Plattform frei. Als Latimer sie erreicht hatte und knapp durchgekommen war, hörte er durch das Zischen und Kreischen der pneumatischen Bremsen das Geräusch rennender Füße. Er sah sich um. Zwar war sein Bauch etwas zusammengequetscht wor-

den, aber Herr Peters hatte sich doch auf die Plattform gerettet. Der Mann im grauen Regenmantel aber hatte sie trotz seines Endspurtes zu spät erreicht. Nun stand er, das Gesicht rot vor Wut, und schüttelte die Fäuste – auf der anderen Seite der automatischen Sperre.

Etwas atemlos stiegen sie in den Zug.

»Ausgezeichnet!« schnaufte Herr Peters selig. »Verstehen Sie jetzt, was ich meinte, Herr Latimer?«

»Sehr geschickt!«

Der Lärm des Zuges machte eine weitere Unterhaltung unmöglich. Latimer starrte gedankenlos auf die Celticreklamen. So war es also. Oberst Haki hatte am Ende doch recht gehabt. Die Geschichte des Dimitrios hatte keinen richtigen Schluß. Dimitrios würde Herrn Peters' Schweigen erkaufen, und dann war es vorläufig aus. Irgendwann in der Zukunft wußte er Herrn Peters vielleicht zu finden, und dann starb Peters, wie Visser gestorben war. Und eines Tages mußte auch Dimitrios sterben. Vermutlich an Altersschwäche. Aber er, Latimer, würde von diesen Dingen nichts erfahren. Er würde einen Detektivroman schreiben, mit Anfang, Mitte und Ende: eine Leiche, die Aufklärung des Verbrechens, ein Galgen. Er würde beweisen, daß die Sonne es immer an den Tag bringt und daß am Ende die Gerechtigkeit triumphiert. Und irgendwo würde einsam ein grüner Lorbeerbaum blühen ... Dimitrios und die Eurasische Kredit-Trust fielen der Vergangenheit anheim. Es war nichts weiter gewesen als eine große Zeitvergeudung.

Herr Peters berührte seinen Arm. Sie waren in Chatelet. Sie stiegen aus und nahmen die Porte d'Orléans CORRESPONDANCE nach St. Placide. Als sie die Rue de Rennes entlang gingen, summte Herr Peters leise vor sich hin. Sie kamen an einem Café vorbei.

Herr Peters hörte auf zu summen. »Wünschen Sie eine Tasse Kaffee, Herr Latimer?«

»Danke, nein. Und der Brief an Dimitrios?«

Herr Peters tippte auf seine Brusttasche. »Ist schon geschrieben. Zeit der Handlung: Punkt elf Uhr; Ort der Handlung: Kreuzung Avenue de la Reine Boulevard Jean Jaurès. Haben Sie Lust, dabei zu sein? Oder verlassen Sie Paris schon morgen?« Und ehe Latimer Zeit zum Antworten gehabt hatte: »Ich werde es bedauern, wenn Sie wegfahren. Sie sind mir so sympathisch. Unsere Beziehungen waren im großen und ganzen überaus angenehm. Und schließlich auch recht profitabel für mich.« Er seufzte. »Ich fühle mich ein wenig schuldig, Herr Latimer. Sie waren so geduldig und entgegenkommend – und Sie tragen keinerlei Lohn davon. Sie würden wohl ...«, forschte er etwas ängstlich, »kaum tausend Francs von dem Geld annehmen? Sie könnten damit immerhin Ihre Unkosten decken.«

»Nein, vielen Dank.«

»Das dachte ich mir. Natürlich. Dann erlauben Sie mir wenigstens, Herr Latimer, Sie zu einem Glas Wein einzuladen. Das ist eine gute Idee! Wir feiern! Kommen Sie, Herr Latimer – aus nichts wird nichts. Wir wollen morgen zusammen das Geld kassieren. Dann haben Sie wenigstens die Befriedigung, zuzusehen, wie diesem Schwein Dimitrios etwas Blut ausgequetscht wird. Und dann feiern wir mit einem Glas Wein. Was meinen Sie dazu?«

Sie blieben an der Ecke der Straße stehen, von der die Sackgasse abbog. Latimer blickte in Herr Peters' wässerige Augen. Dann sagte er bedächtig: »Ich meine, Sie wissen nicht genau, ob Dimitrios Sie nicht auffordert, die Karten zu zeigen, und Sie denken, daß es besser sei, mich in Paris zu haben, bis Sie im Besitz des Geldes sind.«

Herr Peters schloß langsam die Augen. »Herr Latimer«, sagte er bitter, »ich hätte nie gedacht ... ich wäre nie auf die Idee gekommen, daß Sie mir solche Hintergedanken unterschieben könnten ...«

»Nun gut, ich werde bleiben«, unterbrach ihn Latimer gereizt. Er hatte so viele Tage verschwendet – einer mehr machte keinen Unterschied. »Ich werde morgen mit Ihnen kommen – aber nur unter folgender Bedingung: Es muß Champagner sein, aber französischer, nicht aus Meknes, und dazu ein anständiger Jahrgang – ein Neunzehner, Zwanziger oder Einundzwanziger. Eine Flasche«, fügte er rachsüchtig hinzu, »kostet Sie mindestens hundert Francs.«

Herr Peters schlug die Augen auf. Er lächelte tapfer. »Sie sollen ihn haben, Herr Latimer«, sagte er.

XV

Eine fremde Stadt

Herr Peters und Latimer bezogen um zweiundzwanzig Uhr dreißig Stellung an der Ecke Avenue de la Reine Boulevard Jean Jaurès – zu dem Zeitpunkt, an dem der gemietete Wagen Dimitrios' Boten beim Friedhof von Neuilly abholen sollte.

Es war eine kalte Nacht, und da es bald nach ihrer Ankunft zu regnen anfing, suchten sie Schutz in der *Porte Cocher* eines Gebäudes, das ein paar Schritte weiter in Richtung des Pont St. Cloud auf derselben Seite der Avenue lag.

»Wie lange werden sie für den Weg brauchen?« fragte Latimer.

»Ich sagte, ich würde sie um elf erwarten. Also haben sie eine halbe Stunde, um von Neuilly hierherzufahren. Sie könnten es schneller machen, aber ich sagte ihnen, sie sollten sich vergewissern, daß sie nicht verfolgt würden. Im Zweifelsfall werden sie nach Neuilly zurückkehren. Sie dürfen keinerlei Risiko eingehen. Der Wagen ist ein Renault *coupé-de-ville.* Wir müssen uns gedulden.«

Schweigend warteten sie. Ab und zu zuckte Herr Peters zusammen, wenn ein Wagen, der dem gemieteten Renault ähnlich sah, von der Seine her auf sie zukam. Der Regen rieselte die abschüssige Einfahrt herunter und bildete Pfützen um ihre Füße. Latimer dachte an sein warmes Bett – ob er sich hier auch noch erkälten würde? Er hatte sich eine Platzkarte für den Athener Schlafwagen des Orientexpreß bestellt, der am nächsten Morgen abfuhr. Ein Zug wäre nicht gerade der geeignete Ort, um drei Tage lang einen Schnupfen zu kurieren. Er erinnerte sich, daß er irgendwo in seinem Gepäck eine kleine Flasche Cinnamon hatte, und beschloß, eine Dosis zu nehmen, ehe er zu Bett ging.

Sein Geist war mit dieser persönlichen Angelegenheit beschäftigt, als Herr Peters plötzlich *»Attention«* knurrte.

»Kommen sie?«

»Ja.«

Latimer blickte über Herrn Peters' Schulter. Von links näherte sich ihnen ein großer Renault. Während er hinsah, begann der Wagen langsamer zu fahren, als sei der Fahrer seines Weges nicht sicher. Er kam an ihnen vorbei, die Regentropfen funkelten in den Strahlen der Scheinwerfer, und ein paar Meter hinter ihnen hielt er. Die Konturen des Fahrers waren trotz der Dunkelheit erkennbar, aber an den hinteren Fenstern waren die Vorhänge herabgezogen. Herr Peters steckte die Hand in die Manteltasche.

»Bitte, warten Sie hier«, sagte er zu Latimer und schritt auf den Wagen zu.

»Ca va?« hörte Latimer ihn zu dem Chauffeur sagen, und dann kam die Antwort: *»Oui.«* Herr Peters öffnete die hintere Tür und beugte sich vor.

Fast im gleichen Augenblick trat er einen Schritt zurück und schloß die Tür. In seiner linken Hand war ein Paket. *»Attendez«*, sagte er, und kam hinüber zu Latimer.

»In Ordnung?« fragte Latimer.

»Ich glaube ja. Würden Sie bitte ein Streichholz anzünden?«

Latimer tat es. Das Paket hatte das Format eines großen Buches, etwa zwei Zoll dick, war in blaues Papier gewickelt und mit Bindfaden verschnürt. Herr Peters riß an einer Ecke das Papier ab – vor ihnen lag ein festes Bündel Tausendfrancsnoten. Er seufzte. »Herrlich!«

»Wollen Sie sie nicht zählen?«

»Dies Vergnügen«, sagte Herr Peters ernsthaft, »spare ich mir für die Traulichkeit meines Heimes auf.« Er schob das Paket in die Manteltasche, trat auf das Pflaster hinaus und hob die Hand. Der Renault startete mit einem Satz, machte einen weiten Bogen und brauste los, daß das Wasser in den Pfützen aufspritzte. Lächelnd sah ihm Herr Peters nach.

»Eine sehr schöne Frau«, sagte er. »Wer sie wohl sein mag? Nun, mir ist eine Million Francs lieber. Und nun, Herr Latimer, ein Taxi! Auf zu Ihrem Lieblingschampagner! Ich glaube, wir haben ihn verdient.«

An der Brücke von St. Cloud fanden sie ein Taxi. Herr Peters begann sich über seinen Erfolg auszulassen.

»Mit einem Typ wie Dimitrios muß man bloß hart und schlau sein. Wir haben ihm die Situation klargemacht. Wir haben ihm gezeigt, daß er keine Wahl hatte, als uns zu gehorchen.

Und er tat es. Eine Million Francs. Sehr gut! Ich wollte, ich hätte zwei Millionen verlangt. Aber es wäre unklug gewesen, allzu gierig zu sein. Wie die Dinge liegen, glaubt er, daß wir mit neuen Forderungen kommen, und daß er mit uns fertig werden kann, wie er mit Visser fertig wurde. Nun, er wird schon merken, daß er sich geschnitten hat. Das befriedigt mich sehr, Herr Latimer. Es befriedigt meinen Stolz und meine Brieftasche. Ich habe auch das Gefühl, in einem gewissen Maße den Tod des armen Visser gerächt zu haben. In Augenblicken wie diesen, Herr Latimer, begreift man: wenn es auch manchmal so aussieht, als habe der Allmächtige seine Kinder vergessen, ist es doch so, daß bloß wir ihn vergessen haben. Ich habe gelitten – nun habe ich meinen Lohn.« Er tätschelte seine Tasche. »Es wäre amüsant, Dimitrios zu sehen, wenn er endlich merkt, daß wir ihm ein Schnippchen geschlagen haben. Schade, daß wir nicht dabei sein können.«

»Werden Sie Paris bald verlassen, Herr Peters?«

»Ich glaube ja. Ich hatte schon immer Lust, mir einmal Südamerika anzusehen. Natürlich nicht mein Adoptiv-Vaterland. Eine der Bedingungen meiner Staatsbürgerschaft lautet, daß ich das Land nie betreten darf. Eine harte Bedingung, denn ich würde aus gefühlsmäßigen Gründen natürlich gern das Land meiner Wahl sehen. Nun, es ist nicht zu ändern. Ich bin eben Weltbürger und muß Weltbürger bleiben. Vielleicht werde ich mir irgendwo einen Landsitz kaufen, auf dem ich einmal in Frieden meine alten Tage verbringen kann. Sie sind ein junger Mann, Herr Latimer. Wenn man einmal in mein Alter kommt, scheinen die Jahre kürzer, und man fühlt, daß man allmählich seiner Bestimmung zusteuert. Es ist, als nähere man sich in der Nacht einer fremden Stadt – man bedauert, den vertrauten Zug gegen ein unvertrautes Hotel vertauschen zu müssen ... und man wünscht sich, die Reise würde niemals enden.«

»Wo bleibt da Ihre Philosophie? Weiß sie hier keinen Rat?«

»Philosophie«, sagte Herr Peters, »erklärt die Dinge, die bereits geschehen sind. Nur der Allmächtige weiß, was die Zukunft bringen wird. Wir sind bloß Menschen. Wie kann unser armer Geist sich unterfangen, das Unendliche zu verstehen? Die Sonne ist hundertsechzig Millionen Kilometer von der Erde entfernt. Denken Sie daran! Wir sind nichtiger Staub.

Was ist eine Million Francs? Gar nichts! Ganz nützlich, ohne Zweifel – aber nichts. Warum sollte sich der Allmächtige mit so kleinen Dingen befassen? Das ist ein Mysterium. Denken Sie an die Sterne. Es gibt Millionen von Sternen. Das ist bemerkenswert.«

Er sprach weiter von den Sternen, während das Taxi durch die Rue Lecourbe fuhr und in den Boulevard Montparnasse einbog.

»Ja, wir sind unbedeutend«, sagte Herr Peters. »Wie die Ameisen kämpfen wir um unser Dasein. Und doch, könnte ich mein Leben noch einmal leben, ich würde es nicht anders machen. Es hat böse Augenblicke gegeben – wenn es dem Allmächtigen gefallen hat, mich mißliche Dinge tun zu lassen; aber ich habe es zu etwas Geld gebracht und bin nun frei, hinzugehen, wo ich will. Nicht jeder Mann in meinen Jahren«, fügte er stolz hinzu, »kann das von sich sagen.«

Das Taxi bog nach links ab in die Rue de Rennes. Herr Peters warf einen Blick aus dem Fenster. »Gleich sind wir daheim. Ich habe Ihren Champagner. Er war, wie Sie mir vorhergesagt haben, sehr teuer. Aber ich habe keine puritanischen Einwände gegen ein wenig Luxus. Er ist manchmal recht angenehm – und da, wo er nicht angenehm ist, dient er dazu, uns die Schlichtheit schätzen zu lehren. Ach, da sind wir!« Das Taxi war am Anfang der Sackgasse stehengeblieben. »Ich habe kein Kleingeld, Herr Latimer – das klingt lächerlich, nicht wahr, wenn jemand eine Million Francs in der Tasche hat; würden Sie wohl so liebenswürdig sein?«

Sie gingen die Gasse hinab.

»Ich glaube«, sagte Herr Peters, »ich werde diese Häuser verkaufen, ehe ich nach Südamerika gehe. Man soll sich nicht mit Grundbesitz belasten, der keinen Ertrag abwirft.«

»Wird das nicht etwas schwierig sein? Der Blick von den Fenstern ist ziemlich deprimierend, finden Sie nicht?«

»Nun, man muß ja nicht immer aus dem Fenster sehen. Man könnte recht nette Häuser daraus machen.«

Sie begannen die vielen Treppen hinanzusteigen. Auf dem zweiten Treppenabsatz blieb Herr Peters stehen und rang nach Luft, zog den Mantel aus und holte die Schlüssel aus der Tasche. Sie stiegen weiter bis zu seiner Tür.

Er öffnete sie, knipste das Licht an und ging auf den größten Diwan zu. Er zog das Paket aus der Manteltasche und knüpfte die Schnur auf. Mit zärtlicher Sorgfalt befreite er die Noten aus ihrer Verpackung und hob sie hoch. Dieses eine Mal war sein Lächeln echt.

»Da, Herr Latimer! Eine Million Francs! Haben Sie schon einmal so viel Geld aufs Mal gesehen? Beinahe sechstausend englische Pfund.« Er stand auf. »Und nun zu unserer kleinen Feier. Ziehen Sie Ihren Mantel aus, ich hole den Champagner. Ich hoffe, er wird Ihnen schmecken. Ich habe zwar kein Eis, aber ich habe ihn in einen Kübel Wasser gestellt. Er wird kalt genug sein.«

Er ging auf den Vorhang zu, der den Raum teilte.

Latimer hatte sich umgewandt und zog den Mantel aus. Plötzlich merkte er, daß Herr Peters noch diesseits des Vorhangs stand und daß er sich nicht rührte. Er drehte sich um.

Einen Moment lang glaubte er ohnmächtig zu werden. Das Blut war plötzlich aus seinem Kopf gewichen, und der Kopf war hohl und leicht. Ein Stahlreifen preßte seine Brust zusammen. Er wollte laut aufschreien, aber er brachte keinen Ton heraus und konnte nur auf den Vorhang starren.

Herr Peters stand mit dem Rücken zu ihm, die Hände erhoben. Ihm gegenüber, im Spalt zwischen den vergoldeten Vorhängen, stand Dimitrios, einen Revolver in der Hand.

Dimitrios trat einen Schritt vor und so weit zur Seite, daß Latimer nicht mehr von Herrn Peters gedeckt wurde. Latimer ließ seinen Mantel fallen und hob die Hände. Dimitrios zog die Augenbrauen hoch. »Sie machen mir kein Kompliment, wenn Sie mich so erstaunt ansehen, Petersen ... oder soll ich Sie lieber Caillé nennen?«

Herr Peters sagte nichts. Latimer konnte sein Gesicht nicht sehen, aber er sah, wie er leer schluckte.

Die braunen Augen blitzten hinüber zu Latimer. »Ich bin froh, daß auch der Engländer hier ist, Petersen. Das erspart mir die Mühe, mir von Ihnen seinen Namen und seine Adresse zu verschaffen. Monsieur Smith, der so viele Dinge weiß und sein Gesicht so sorgsam verborgen hielt, ist jetzt offenbar ebenso leicht zu erledigen wie Sie, Petersen. Sie waren immer zu schlau, Petersen. Das habe ich Ihnen schon einmal gesagt, damals, als Sie einen Sarg aus Saloniki mitbrachten. Erinnern Sie sich? Erfinderisch sein ist ja durchaus kein Ersatz für Intelligenz. Haben Sie wirklich geglaubt, daß ich Sie nicht durchschauen würde?« Seine Lippen zuckten. »Armer Dimitrios! Er ist etwas einfältig. Er wird denken, ich, der kluge Petersen werde wiederkommen, um mir mehr zu holen, wie jeder andere Erpresser. Er wird nicht erraten, daß ich ihn bluffen will. Aber um ganz sicherzugehen, daß er es nicht errät, werde ich etwas tun, was noch kein Erpresser getan hat – ich werde ihm sagen, daß ich wiederkomme, um mir noch mehr zu holen. Der arme Dimitrios ist so ein Esel – er wird mir glauben. Der arme Dimitrios hat nicht viel Verstand ... Selbst wenn er aus den Akten herausfindet, daß es mir einen Monat nach meiner Entlassung aus dem Gefängnis gelungen ist, drei unverkäufliche Häuser an einen Mann namens Caillé zu verkaufen, so wird er nicht im Traume vermuten, daß ich, der kluge Petersen, auch Caillé bin. Wußten Sie denn nicht, Petersen, daß diese Häuser ganze zehn Jahre leer standen, ehe ich sie auf Ihren Namen kaufte? Sie sind ein Dummkopf!«

Er machte eine Pause. Die unruhigen braunen Augen hatten sich verengt, der Mund war schmal geworden – Latimer wußte, daß Dimitrios im Begriff stand, Herrn Peters zu töten, und daß es nichts gab, was er dagegen tun konnte. Der wilde Schlag seines Herzens erstickte ihn fast.

»Los – lassen Sie das Geld auf den Boden fallen, Petersen.«

Das Banknotenbündel schlug auf den Teppich und breitete sich aus wie ein Fächer.

Dimitrios hob den Revolver.

Plötzlich schien Herr Peters zu begreifen, was gleich geschehen mußte. Er schrie auf. »Nein! Sie müssen ...«

Dimitrios schoß. Er schoß zweimal, und mit dem ohrenzerreißenden Krach der Explosion hörte Latimer den dumpfen Ton der Kugel, die Peters voll getroffen hatte.

Herr Peters stieß einen langgezogenen, würgenden Laut aus und sank nach vorn auf Hände und Knie, während ihm das Blut aus dem Hals sprudelte.

Dimitrios starrte auf Latimer. »Jetzt Sie«, sagte er.

Im selben Augenblick schnellte Latimer empor.

Er wußte nicht, warum er gerade in diesem Augenblick sprang.

Er wußte nicht einmal, was ihn überhaupt veranlaßt hatte, zu springen. Vermutlich war es ein instinktiver Versuch, sein Leben zu retten. Warum jedoch sein Selbsterhaltungstrieb ihn veranlaßte, in Richtung des Revolvers zu springen, den Dimitrios gerade abfeuern wollte, war unerklärlich. Aber er machte einen Satz nach vorn, und dieser Satz rettete sein Leben: denn als sich sein rechter Fuß vom Boden löste – den Bruchteil einer Sekunde, ehe Dimitrios schoß – stolperte er über einen Höcker, den die übereinanderliegenden Teppiche bildeten, und der Schuß fuhr über seinen Kopf hinweg in die Wand. Halb betäubt von der Detonation und mit versengter Stirne warf er sich auf Dimitrios. Zusammen schlugen sie zu Boden, jeder die Hände an der Kehle des anderen, aber im selben Augenblick gelang es Dimitrios, das Knie in Latimers Magen zu stoßen und von ihm frei zu kommen.

Er hatte seinen Revolver fallen lassen und wollte ihn jetzt aufheben. Nach Luft ringend taumelte Latimer zum nächsten Gegenstand – es war zufällig das schwere Messingtablett auf einem der marokkanischen Tische – und schleuderte ihn nach Dimitrios. Die Kante traf ihn an der Schläfe, als er nach dem Revolver griff, und er wich zurück – aber der Aufprall hemmte ihn nur eine Sekunde. Latimer warf noch den Tisch nach ihm und stürzte vorwärts; Dimitrios wurde an der Schulter getroffen und taumelte. Im nächsten Moment hatte Latimer den Revolver und trat, immer noch nach Atem ringend, zurück, den Finger am Abzug.

Mit schneeweißem Gesicht kam Dimitrios auf ihn zu. Latimer hob den Revolver.

»Wenn Sie sich bewegen, schieße ich!«

Dimitrios stand still. Seine braunen Augen starrten in Latimers Augen. Sein graues Haar war zerzaust; der Schal hing aus dem Mantel; er sah gefährlich aus. Latimer bekam allmählich wieder Luft, aber die Knie waren weich, es brauste in seinen Ohren, und die Luft, die er einatmete, stank brechreizerregend nach Pulverdampf. Er mußte handeln. Aber er fühlte sich hilflos und fürchtete sich.

»Wenn Sie sich bewegen, schieße ich«, wiederholte er.

Die braunen Augen glitten über die Banknoten am Boden und zu ihm zurück. »Was werden Sie tun?« fragte Dimitrios plötzlich. »Wenn die Polizei kommt, müssen wir irgend etwas sagen. Wenn Sie mich erschießen, werden Sie bloß die Million bekommen. Wenn Sie mich gehen lassen, können Sie von mir noch eine zweite haben. Das wäre ein guter Handel für Sie.«

Latimer nahm keine Notiz von seinen Worten. Er ging seitwärts zur Wand, bis er Herrn Peters sehen konnte. Herr Peters war zum Diwan gekrochen, auf dem sein Mantel lag, und lehnte sich nun mit halbgeschlossenen Augen dagegen. Er atmete röchelnd durch den Mund. Eine Kugel hatte eine große klaffende Wunde in seinen Hals gerissen, und das Blut strömte heraus. Die zweite hatte ihn voll in die Brust getroffen und seine Kleider versengt. Die Wunde war ein runder purpurner Brei von zwei Zoll Durchmesser. Sie blutete nur wenig. Herr Peters bewegte die Lippen.

Die Augen fest auf Dimitrios gerichtet, schob sich Latimer weiter, bis er neben Peters stand.

»Wie steht's mit Ihnen?« fragte er.

Es war eine dumme Frage, und er wußte es, sobald er sie gestellt hatte. Verzweifelt suchte er, seine Geistesgegenwart wiederzuerlangen. Hier war ein Mann erschossen worden, und er hatte den Mann, der geschossen hatte. Er ...

»Meine Pistole«, murmelte Herr Peters. »Holen Sie meine Pistole. Mantel.« Er sagte noch etwas, aber der Rest war unverständlich.

Vorsichtig ging Latimer zu dem Mantel und suchte nach der Pistole. Dimitrios sah zu – ein dünnes, grausiges Lächeln spielte um seine Lippen. Latimer fand die Pistole und gab sie Herrn Peters, der sie mit beiden Händen ergriff und entsicherte.

»Und jetzt«, flüsterte er, »gehen Sie die Polizei holen.«

»Jemand muß die Schüsse gehört haben«, sagte Latimer beruhigend, »die Polizei muß gleich hier sein.«

»Finden uns nicht«, flüsterte Peters. »Polizei holen.«

Latimer zögerte. Herr Peters hatte recht. Die Sackgasse war von fensterlosen Wänden umgeben. Vielleicht hätte man die Schüsse hören können – aber wenn nicht zufällig jemand gerade in den paar Sekunden, als sie abgefeuert wurden, am Eingang der Sackgasse vorbeigegangen war, würde niemand wissen, aus welcher Richtung sie gekommen waren.

»Gut«, sagte er. »Wo ist das Telefon?«

»Kein Telefon ...«

»Aber ...« Er zauderte wieder. Es konnte zehn Minuten dauern, bis er einen Polizisten fand. Konnte er einen schwer Verwundeten hierlassen, um einen Menschen wie Dimitrios zu bewachen? Aber es blieb ihm nichts anderes übrig. Herr Peters brauchte einen Arzt. Je eher Dimitrios hinter Schloß und Riegel kam, um so besser. Er wußte, daß Dimitrios die prekäre Lage wohl begriff, und das gefiel ihm nicht. Er blickte auf Herrn Peters. Der hatte die Luger auf sein Knie gelegt und zielte auf Dimitrios. Das Blut floß immer noch aus der Halswunde. Wenn er nicht bald ärztlichen Beistand bekam, mußte er verbluten.

»Nun gut«, sagte er. »Ich bin so schnell wie möglich wieder hier.«

Er ging zur Tür.

»Einen Augenblick, Monsieur.« In der gemeinen Stimme war ein so dringlicher Ton, daß Latimer stehenblieb.

»Nun?«

»Wenn Sie gehen, erschießt er mich. Sehen Sie das nicht? Warum wollen Sie nicht lieber mein Anerbieten annehmen?«

Latimer öffnete die Tür. »Und versuchen Sie keine Tricks, sonst werden Sie bestimmt erschossen.« Er sah wieder auf den Verwundeten, der zusammengesunken über seiner Luger saß. »Ich komme mit der Polizei zurück. Schießen Sie nicht, wenn Sie nicht müssen.«

Er wollte gehen, als Dimitrios plötzlich lachte. Unwillkürlich drehte sich Latimer um. »Ich würde mir das Lachen für den Henker aufsparen«, fuhr er ihn an. »Sie werden es brauchen können.«

»Ich dachte daran«, sagte Dimitrios, »daß man zu guter Letzt immer von der Dummheit besiegt wird. Ist es nicht die eigene, so ist es die Dummheit der anderen.« Sein Gesichtsausdruck veränderte sich. »Fünf Millionen, Monsieur«, schrie er. »Ist das nicht genug? Oder wollen Sie, daß dieser Kadaver mich umbringt?«

Eine Sekunde sah ihn Latimer groß an. Der Mann war beinahe überzeugend. Dann erinnerte er sich, daß auch andere sich von Dimitrios hatten überzeugen lassen. Er ging. Als er die Tür schloß, hörte er, wie Dimitrios ihm etwas nachschrie.

Er war mitten im Treppenhaus, als er die Schüsse hörte. Vier Schüsse. Drei nacheinander in rascher Folge, dann eine kleine Pause, dann der vierte. Das Herz schlug ihm im Hals, er machte kehrt und rannte wieder hinauf in das Zimmer. Erst später fand er es seltsam, daß er vor allem um Herrn Peters Angst gehabt hatte, als er die Treppen hinaufgerannt war.
Dimitrios bot keinen schönen Anblick. Nur eine Kugel aus Herrn Peters' Luger hatte ihr Ziel verfehlt. Zwei waren im Leib, die vierte – offenbar erst abgeschossen, als er vornüberfiel – hatte ihn zwischen die Augen getroffen und ihm fast die ganze Schädeldecke weggerissen. Der Körper zuckte noch.
Die Luger war Herrn Peters aus der Hand geglitten. Er lehnte mit dem Kopf auf dem Rand des Diwans und öffnete und schloß den Mund wie ein Fisch auf dem Trockenen. Als Latimer neben ihm stand, würgte er plötzlich, und aus seinem Mund tröpfelte Blut.
Ohne recht zu wissen, was er tat, taumelte Latimer durch den Vorhang in den Nebenraum. Dimitrios war tot; Herr Peters lag im Sterben. Und er, Latimer, brauchte alle verfügbare Kraft, um sich nicht zu übergeben und nicht ohnmächtig zu werden. Er versuchte sich aufzuraffen. Er mußte doch etwas tun. Herr Peters mußte Wasser haben. Verwundete brauchen immer Wasser. Da war ein Waschbecken – und daneben ein paar Gläser. Er füllte eins davon und ging damit ins Zimmer zurück.
Herr Peters hatte sich nicht gerührt. Mund und Augen standen offen. Latimer kniete neben ihm nieder und versuchte, ihm etwas Wasser einzuflößen. Es lief wieder heraus. Er stellte das Glas ab und fühlte nach dem Puls. Er schlug nicht mehr.
Latimer stand schnell auf und blickte auf seine Hände. Sie waren blutig. Er ging zurück zu dem Waschbecken, spülte sie ab und trocknete sie an einem schmalen, schmutzigen Handtuch, das an der Wand hing.
Er mußte jetzt die Polizei rufen, das wußte er. Zwei Männer hatten einander getötet. Das war Sache der Polizei. Aber ... was sollte er ihnen sagen? Wie sollte er seine eigene Anwesenheit in diesem Schlachthaus erklären? Konnte er sagen, er sei am Eingang der Sackgasse vorbeigekommen und habe die Schüsse gehört? Vielleicht hatte ihn jemand mit Herrn Peters

gesehen. Und der Taxichauffeur, der sie hergebracht hatte ... Und wenn man entdeckte, daß Dimitrios an diesem Tage eine Million Francs bei seiner Bank abgehoben hatte ... endlose Fragen, endlose Vernehmungen. Es war nicht ausgeschlossen, daß man ihn sogar verdächtigte.
Auf einmal schien sich alles in seinem Kopf zu klären. Er mußte sofort weg – und er durfte hier keine Spuren hinterlassen. Jetzt konnte er schnell denken. Der Revolver in seiner Tasche gehörte Dimitrios. Seine Fingerabdrücke waren darauf. Er zog ihn aus der Tasche, fuhr in seine Handschuhe und wischte ihn sorgfältig mit seinem Taschentuch ab. Die Zähne zusammenbeißend, ging er wieder in das Zimmer, kniete neben Dimitrios, faßte seine rechte Hand und preßte die Finger um Griff und Abzug. Dann löste er die Finger des Toten wieder, wobei er den Revolver am Lauf hielt. Vorsichtig legte er dann die Waffe neben der Leiche auf den Fußboden.
Er erwog, was mit den Tausendfrancsnoten geschehen sollte, die wie Papierschnitzel über den Teppich verstreut waren. Wem gehörten sie? Dimitrios oder Herrn Peters? Er dachte an Scholems Geld, und das 1922 in Athen gestohlene Geld. An den Lohn für die Beihilfe beim Attentat auf Stambulisky, und das Geld, um das Dimitrios Madame Preveza geprellt hatte. An den Preis der Karte, die Bulic gestohlen hatte, und den Gewinn beim Mädchenhandel und bei den Rauschgiften. Wem gehörte es? Nun, das konnte die Polizei entscheiden. Er ließ es am besten, wo es war. Es gab der Polizei etwas zum Nachdenken.
Ach ja, und das Glas Wasser. Es mußte geleert, abgetrocknet und zu den anderen Gläsern gestellt werden. Er sah sich um. Noch etwas? Nein. Gar nichts? Doch, eins noch. Die Fingerabdrücke auf dem Tablett und dem Tisch. Er wischte sie weg. Nichts mehr? Doch, auch an den Türknöpfen Fingerabdrücke. Er rieb sie ab. Noch etwas? Nein. Er trug das Glas zum Wasserbecken, trocknete es ab, stellte es weg und wandte sich zum Gehen. Erst in diesem Augenblick bemerkte er den Champagner, den Herr Peters für ihre kleine Feier gekauft hatte. Er stand in einem Wasserkübel. Es war ein Verzy, Jahrgang 1921 ... eine halbe Flasche.
Niemand sah ihn, als er die Sackgasse verließ. Er ging in ein Café in der Rue de Rennes und bestellte sich einen Kognak.

Und nun begann er am ganzen Körper zu zittern. Er war verrückt gewesen. Er hätte zur Polizei gehen müssen. Es war immer noch nicht zu spät. Gesetzt den Fall, die Leichen blieben dort, niemand entdeckte sie. Sie konnten wochenlang in dem grausigen Zimmer liegen – zwischen den blauen Wänden und den goldenen Sternen und den Teppichen. Das Blut würde gerinnen und verkrusten, Staub sich draufsetzen, und die Leichen würden verwesen. Das war ein furchtbarer Gedanke. Wenn es nur einen Weg gäbe, es der Polizei mitzuteilen ... Ein anonymer Brief wäre zu gefährlich. Die Polizei würde sofort wissen, daß eine dritte Person in die Sache verwickelt war, und sich nicht mehr mit der simplen Erklärung zufriedengeben, daß zwei Männer einander umgebracht hatten. Dann kam ihm eine Idee. Hauptsache war, daß die Polizei ins Haus kam. Warum sie kam, war nebensächlich.

Im Zeitungsständer war eine Abendzeitung. Latimer holte sie und las sie fieberhaft durch. Es standen zwei frische Meldungen darin, die für seinen Zweck verwendbar waren. Ein Bericht über den Diebstahl kostbarer Pelze aus einem Warenhaus in der Avenue de la République und eine Notiz über den Einbruchsdiebstahl bei einem Juwelier in der Avenue Clichy, bei dem die Diebe mit einem Auslagebrett voller Ringe geflohen waren.

Er entschied sich für die erste – sie entsprach seinem Zweck besser; er winkte dem Kellner, bestellte sich noch einen Kognak und bat um Schreibmaterial. Den Brandy stürzte er hinunter. Dann zog er Handschuhe an. Er nahm ein Blatt des Briefpapiers und prüfte es sorgfältig. Es war gewöhnliches billiges Caféhausschreibpapier. Er vergewisserte sich noch, daß keinerlei besondere Kennzeichen darauf waren, und dann schrieb er quer über die Seite in Druckschrift: »FAITES DES ENQUETES SUR CAILLE, 3, IMPASSE DES HUIT ANGES.« Er riß den Bericht über den Pelzdiebstahl aus der Zeitung, faltete ihn in den Briefbogen und steckte beides in den Umschlag, den er an den Polizeikommissar des Siebenten Arrondissements adressierte. Nachdem er das Café verlassen hatte, kaufte er in einem Tabakkiosk eine Marke und steckte den Brief in einen Kasten.

Erst morgens um vier, nachdem er zwei Stunden wach im Bett gelegen hatte, unterlagen seine Magennerven der Erschütterung, die ihnen zugefügt worden war, und ihm wurde entsetzlich übel.

Zwei Tage später erschien in drei Pariser Morgenzeitungen ein Artikel: in einem Appartement in der Rue de Rennes habe man die Leiche eines Südamerikaners namens Frederik Peters gefunden – zusammen mit der eines zweiten Mannes, zur Zeit noch nicht identifiziert, aber vermutlich gleichfalls ein Südamerikaner. Beide Männer, so fuhr der Bericht fort, seien erschossen worden, und man nahm an, daß sie einander getötet hätten, und zwar in einer Schießerei infolge eines Streites um Geld; es sei eine beträchtliche Summe im Appartement gefunden worden.

Die Sache wurde weiter nicht mehr erwähnt – das Interesse des Publikums war damals gerade von einer neuen internationalen Krise und von einem schaurigen Mord mit einem Beil irgendwo in der Vorstadt in Anspruch genommen.

Latimer sah den Artikel erst einige Tage später.

An dem Morgen, als die Polizei seine Mitteilung bekam, verließ er sein Hotel kurz nach neun und begab sich zur Gare de l'Est, wo er den Orient-Expreß nahm. Mit der ersten Post war ein Brief für ihn angekommen. Er trug eine bulgarische Marke, war in Sofia abgestempelt und kam offenbar von Marukakis. Latimer steckte ihn ungelesen in die Tasche. Erst viel später am Tage, als der Expreß durch die Berge westlich von Belfort raste, erinnerte er sich des Briefes. Er machte ihn auf und begann zu lesen:

Mein lieber Freund,

Ihr Brief hat mich entzückt. Ich habe mich gefreut, ihn zu bekommen. Ich war auch ein wenig überrascht, denn – Sie müssen mir verzeihen! – ich erwartete nicht ernstlich, daß Sie mit der Aufgabe, die Sie sich gestellt hatten, irgendeinen Erfolg verzeichnen könnten. Die Jahre begraben so viel von unserer Weisheit, daß sie eigentlich verpflichtet wären, auch die meisten unserer Torheiten mit zu begraben. Vielleicht werden Sie mir eines Tages erzählen, wie eine in Belgrad begrabene Torheit in Genf wieder aufersteht.

Ihr Hinweis auf die Eurasische Kredit-Trust hat mich interessiert. Das folgende dürfte für Sie von Interesse sein.

In letzter Zeit bestand, wie Sie sicher wissen, eine merkliche

Spannung zwischen diesem Lande und Jugoslawien. Die Serben haben alle Ursache, nervös zu sein. Wenn Deutschland und sein Vasallenstaat Ungarn von Norden her Jugoslawien attackieren, Italien es von Süden her durch Albanien angreift und von Westen über das Meer, und wenn Bulgarien im Osten mitmacht, so wäre das Land bald erledigt. Die einzige Chance läge dann darin, daß die Russen ihrerseits die deutsch-ungarischen Streitkräfte umgehen, und zwar mit einem Angriff, der durch Rumänien entlang der bukowinischen Eisenbahnlinie geführt wird. Hat aber Bulgarien etwas von Jugoslawien zu befürchten? Ist Jugoslawien eine Gefahr für Bulgarien? Der Gedanke ist absurd. Und dennoch ist hier in den letzten drei, vier Monaten eine Propagandaflut entfesselt worden durch die Behauptung, Jugoslawien plane, Bulgarien zu überfallen. »Die Bedrohung jenseits der Grenze« ist ein typisches Schlagwort.

Wären solche Dinge nicht so gefährlich, so müßte man lachen. Aber man erkennt die Technik wieder. Diese Art Propaganda beginnt immer mit Worten – aber die Taten folgen bald darauf. Wenn es keine Tatsachen gibt, mit denen man Lügen stützen kann – nun, so müssen die Tatsachen eben geschaffen werden.

Demgemäß fand vor etwa zwei Wochen der unvermeidliche Grenzzwischenfall statt. Es wurde auf ein paar bulgarische Bauern geschossen, und einer der Bauern wurde getötet. Die Täter waren Jugoslawen – angeblich Soldaten. Es gab große öffentliche Entrüstung, Wutgeschrei gegen die teuflischen Serben. Die Zeitungsredaktionen arbeiteten mit Hochdruck. Eine Woche später meldete die Regierung neue Ankäufe von Fliegerabwehrgeschützen, um die Verteidigung der westlichen Provinzen zu stützen. Die Einkäufe wurden bei einer belgischen Firma getätigt, und zwar mit Hilfe einer Anleihe, die die Eurasische Kredit-Trust gewährte.

Gestern schneite uns eine sonderbare Neuigkeit ins Büro:

Die sorgfältigen Nachforschungen der jugoslawischen Regierung hatten den Beweis erbracht, daß die vier Männer, welche auf die bulgarischen Bauern geschossen hatten, keine jugoslawischen Soldaten waren – sie waren nicht einmal jugoslawische Staatsangehörige. Sie waren verschiedener Nationalität, und zwei von ihnen hatten in Polen schon wegen terroristischer

Aktivität im Gefängnis gesessen. Sie waren dafür bezahlt worden, den Grenzzwischenfall zu schaffen, und zwar von einem Mann, über den sie nichts weiter wußten, als daß er aus Paris kam.

Aber das ist nicht alles. Eine Stunde nach dem Eingang dieser Meldung in Paris bekam ich Anweisung von der dortigen Chefredaktion, die Meldung zu unterdrücken und an alle Abonnenten der französischen Nachrichten ein Dementi zu schicken. Das ist amüsant, nicht wahr? Man sollte gar nicht denken, daß eine reiche Organisation wie die Eurasische Kredit-Trust so reizbar wäre.

Nun zu Ihrem Dimitrios: Was soll man sagen?

Ein Stückeschreiber sagte einmal, es gebe dramatische Situationen, die man nicht für die Bühne gebrauchen kann; Situationen, die das Publikum weder billigt noch mißbilligt, für die es weder Sympathie noch Antipathie empfindet; Situationen, aus denen es keinen denkbaren Ausweg gibt, der nicht demütigend oder quälend wäre, und aus denen man nicht einmal eine bittere Wahrheit ableiten kann. Sie werden sagen, daß der Bühnenschriftsteller einer der unglücklichen Menschen war, die durch die Diskrepanz von stumpfsinniger Gemeinheit im wirklichen Leben und Ideal in der Fantasie verwirrt sind. Das kann schon sein. Ich habe mich gefragt, ob ich ihm dieses eine Mal nicht beistimmen soll. Kann man einen Dimitrios erklären – oder muß man sich angewidert und niedergeschlagen abwenden? Ich bin versucht, Sinn und Gerechtigkeit in der Tatsache zu finden, daß er ebenso gewalttätig und häßlich gestorben ist, wie er gelebt hat. Aber das ist zu naiv. Es erklärt Dimitrios nicht. Es entschuldigt ihn nur. Es müssen besondere Bedingungen vorhanden sein, um die besondere Sorte von Verbrechern zu erschaffen, wie er sie typisch verkörperte. Ich habe versucht, diese Bedingungen zu definieren – aber vergeblich. Ich weiß nur das eine: solange Macht vor Recht geht, solange sich Chaos und Anarchie als Ordnung und Aufklärung tarnen – so lange wird es diese Bedingungen geben.

Gibt es ein Heilmittel? Oh, ich sehe Sie schon gähnen und mache mir Vorhaltungen: wenn ich Sie langweile, werden Sie mir nicht wieder schreiben, und ich werde nicht erfahren, ob Ihr Pariser Aufenthalt erfreulich ist, ob Sie noch weitere Bulics oder Prevezas gefunden haben, und ob ich Sie bald in Sofia sehen werde. Meine letzten Informationen gehen dahin, daß man vor dem Frühjahr nicht mit dem Kriegsausbruch zu rechnen hat, also bliebe noch etwas Zeit zum Skilaufen. Ende Januar ist es hier sehr günstig. Die Straßen sind zwar schrecklich, aber die Abfahrten, wenn man erst einmal in den Bergen ist, sind recht gut.

Ich warte ungeduldig darauf, daß Sie mir Ihr Kommen ankündigen.

Mit herzlichen und aufrichtigen Grüßen
Ihr
N. Marukakis

Latimer faltete den Brief zusammen und steckte ihn wieder in die Tasche. Ein netter Mensch, dieser Marukakis! Sobald er Zeit hatte, mußte er ihm schreiben. Aber im Augenblick gab es viel wichtigere Dinge zu überlegen.

Er brauchte unbedingt ein Motiv, einen raffiniert geplanten Mord und eine amüsante Schar von Verdächtigen. Ja, die Verdächtigen mußten unbedingt amüsant sein. Sein letztes Buch war etwas schwerfällig gewesen. Das neue mußte mit ein wenig Humor gewürzt sein. Und was das Motiv anbelangte ... nun, Geld war natürlich immer noch das ideale Motiv. Schade, daß Testamente und Lebensversicherungen so altmodisch geworden waren. Aber ... gesetzt den Fall: ein Mann ermordet eine alte Dame, um seiner Frau ein Privateinkommen zu verschaffen. Daraus ließ sich etwas machen. Der Ort der Handlung? Nun, ein englischer Landsitz, ein englisches Dorf. Da würde sich der Humor von selbst ergeben. Die Zeit? Sommer. Mit Kricketspielen auf ländlichem Rasen, Gartenfesten im Pfarrhaus, mit dem leisen Klirren der Teetassen und dem süßen Geruch des Grases an einem Juliabend. Davon hörten die Leute immer gern. Davon würde auch er gerne hören.

Er blickte aus dem Fenster. Die Sonne war untergegangen, und die Berge wichen langsam in den nächtlichen Himmel zurück. Bald würde der Zug seine Fahrt vor Belfort verlangsamen. Noch zwei Reisetage! Genug Zeit, um einen Entwurf zu machen.

Der Zug lief in einen Tunnel ein.

Patricia Highsmith

Zwei Fremde im Zug

Roman

Aus dem Amerikanischen von Anne Uhde

Für alle Virginias

I

Der Zug jagte dahin in einem zornigen, unregelmäßigen Rhythmus. Er mußte von jetzt an öfter und an kleineren Stationen halten, wo er ungeduldig einen Augenblick warten würde, bevor er wieder auf die Prärie losging. Daß man vorwärtskam, war kaum zu merken. Wie eine leicht geschüttelte braunrosa Decke wellte sich die Prärie. Je schneller der Zug fuhr, desto übermütiger tanzten die Wellenlinien.

Guy löste seinen Blick vom Fenster und ruckte sich wieder in den Sitz zurück.

Bestenfalls würde Miriam die Scheidung hinauszögern wollen, dachte er. Vielleicht war sie auch nur auf Geld aus. Ob sie sich überhaupt jemals auf eine Scheidung einließ?

Vor Haß konnte er schon nicht mehr klar denken ... Was in New York noch ganz einfach ausgesehen hatte, erschien jetzt dunkel und ausweglos. Jetzt, wo er auf dem Weg zu Miriam war, spürte er bereits ihre Nähe. Eine ungesunde Hitze ging von ihr aus, wie von der Prärie draußen – böse und erbarmungslos.

Automatisch griff er nach einer Zigarette, wobei ihm zum zehntenmal einfiel, daß er im Pullman nicht rauchen durfte; trotzdem nahm er sie. Er klopfte mit der Zigarette auf das Glas seiner Armbanduhr – es war 5 Uhr 12, als ob das heute wichtig wäre! –, steckte sie sich in den Mundwinkel und ließ das Streichholz in der linken Hand aufflammen. Er behielt die Zigarette in der Hand und rauchte mit langen, stetigen Zügen. Als er wieder einen Blick aus dem Fenster warf, sah er plötzlich sein Spiegelbild. Eine Ecke seines Hemdkragens war hochgerutscht, was ihm das Aussehen eines jungen Mannes aus dem letzten Jahrhundert gab; dazu paßte auch das schwarze Haar, das hoch und weich den Kopf bedeckte und hinten fest anlag. Das Haar und der Schnitt der langen Nase verliehen dem Gesicht einen Ausdruck von Intensität und Vorwärtsdrängen, obwohl die starken, geraden Augenbrauen und der Mund, von vorn gesehen, Ruhe und Zurückhaltung ausdrückten. Er trug schlechtgebügelte Flanellhosen, eine dunkle Jacke, die lose auf dem leichtgebauten Körper hing und rötlich schimmerte, wenn das Licht darauf schien; dazu einen tomatenroten, nachlässig gebundenen Wollschlips.

Miriam bekam kein ungewolltes Kind, davon war er überzeugt. Das hieß also, daß ihr Liebhaber sie heiraten wollte. Aber warum hatte sie dann ihn – Guy – gerufen? Die paar Zeilen in Miriams runder Schrift hatten nichts gesagt, als daß sie ein Kind erwartete und ihn gern sehen wollte. Daß sie jetzt schwanger war, sicherte ihm die Scheidung – warum also war er so nervös? Quälender als alles andere blieb der hartnäckige Verdacht, daß er vielleicht irgendwo, in unergründlichen Tiefen, doch eifersüchtig war, weil sie das Kind eines anderen erwartete und sich das seine damals hatte abtreiben lassen. Nein, sagte er sich, es war nichts als Scham – Scham, weil er so jemand wie Miriam einmal geliebt hatte. Er drückte die Zigarette auf dem Heizungsgitter aus. Der Stummel fiel zu Boden, er stieß ihn mit dem Fuß unter die Heizung.

Es gab so vieles, auf das er sich jetzt freuen konnte. Die Scheidung, die Arbeit in Florida: es war so gut wie sicher, daß der Ausschuß seine Zeichnungen weiterreichen würde; diese Woche sollte der Bescheid kommen. Und dann Anne. Jetzt konnten sie endlich anfangen, Pläne zu schmieden. Ein starkes Glücksgefühl durchströmte ihn auf einmal, er lehnte sich entspannt in die Sitzecke zurück. Seit drei Jahren wartete er. Natürlich hätte er die Scheidung erkaufen können, aber dazu fehlte ihm das Geld. Es war nicht leicht gewesen – als junger Architekt ohne feste Anstellung ... Es war immer noch nicht leicht. Miriam hatte zwar keine monatliche Unterstützung verlangt; sie peinigte ihn auf andere Weise. Immer redete sie in Metcalf von ihm, als seien sie nach wie vor die besten Freunde, und er sei nur nach New York gegangen, um dort eine feste Anstellung zu finden und sie dann nachkommen zu lassen. Sie hatte ihn jedoch ab und zu um kleine, aber ärgerliche Beträge angegangen, die er ihr immer prompt überwiesen hatte, schon um zu verhindern, daß sie in ihrem Bekanntenkreis herumtratschte und ihn schlechtmachte. Schließlich lebte seine Mutter in Metcalf.

Ein großer blonder junger Mann in rostbraunem Anzug ließ sich auf den leeren Sitz ihm gegenüber fallen; er lächelte freundlich-unsicher und rutschte in die Ecke. Guy warf einen Blick auf das bleiche, zu klein geratene Gesicht. Genau in der Mitte der Stirn hatte der andere einen enormen Pickel. Guy blickte wieder aus dem Fenster.

Der junge Mann schien sich nicht ganz schlüssig zu sein, ob er schlafen oder eine Unterhaltung beginnen sollte. Guy merkte, wie sich die grauen, rotgeäderten Augen ab und zu zögernd auf ihn richteten, wobei jedesmal das weiche Lächeln erschien. Der junge Mann wirkte leicht angetrunken.

Guy schlug sein Buch auf, aber nachdem er eine halbe Seite gelesen hatte, begannen seine Gedanken wieder zu wandern. Er blickte auf, als die weiß aufflackernde Deckenbeleuchtung eingeschaltet wurde. Der junge Mann auf dem gegenüberliegenden Sitz schlief jetzt. Guy konnte das Monogramm auf dem dünnen Goldkettchen über dem Schlips erkennen – CAB. Der Schlips war aus grüner Seide. Der Schlafende hatte den Kopf zurückgelegt, was den großen Pickel auf der Stirn noch deutlicher sichtbar werden ließ. Das Gesicht war nicht uninteressant: Schmale, stark gewölbte Stirn und ein kantiges Kinn, dazwischen der kleine Mund und die tiefliegenden Augen. Der Teint war sehr blaß, weich und wachsartig wie bei einem Mädchen. Alle Unreinheit war offenbar für den einen großen Pickel draufgegangen.

Wieder las Guy eine Weile; seine Nervosität hatte sich allmählich gelegt, und nun begriff er auch den Sinn der Worte. Plato – nicht gerade die passende Reiselektüre, aber er hatte das Buch, ein altes Textbuch aus dem Philosophiekursus auf der High School, trotzdem eingepackt. Er blickte aus dem Fenster, sah sein Spiegelbild und zog die aufgerollte Kragenecke herunter. Das tat sonst immer Anne für ihn. Plötzlich kam er sich ganz hilflos vor ohne sie. Er setzte sich zurecht und stieß dabei an den ausgestreckten Fuß des schlafenden jungen Mannes. Die Augenlider zuckten und öffneten sich.

»Verzeihung«, murmelte Guy.

»O bitte«, sagte der andere. Er setzte sich auf und schüttelte kurz den Kopf. »Wo sind wir eigentlich?«

»Gerade eben in Texas.«

Der blonde junge Mann zog eine kleine, vergoldete Flasche aus der inneren Rocktasche, öffnete sie und streckte sie Guy mit freundlichem Lächeln entgegen.

»Danke, nein«, sagte Guy.

»Wo fahren Sie hin?« Der halbmondförmige Mund lächelte feucht.

»Metcalf«, sagte Guy.

»Aha. Hübsche Stadt. Beruflich unterwegs?« Die entzündeten Augen fragten höflich mit.

»Ja.«

»Was sind Sie von Beruf?«

Guy blickte unwillig von seinem Buch auf. »Architekt.«

»Ach?« Das kam mit versonnenem Interesse. »Sie bauen Häuser und so was?«

»Ja.«

»Ich glaube, ich habe mich noch gar nicht vorgestellt.« Der andere erhob sich halb von seinem Sitz. »Bruno. Charles Anthony Bruno.«

Guy schüttelte kurz die ausgestreckte Hand. »Guy Haines.«

»Freut mich. Leben Sie in New York?«

»Ja.«

»Ich in Long Island. Ich will nach Santa Fé, ein paar Tage Urlaub machen. Kennen Sie Santa Fé?«

Guy schüttelte den Kopf.

»Fabelhaft zur Erholung.« Das unsichere Lächeln zeigte schlechte Zähne. »Hauptsächlich indianische Architektur, glaube ich.«

Ein Schaffner erschien im Mittelgang, blieb stehen und blätterte in den Fahrkarten. »Ist das Ihr Platz?« fragte er Bruno.

Bruno lehnte sich gewichtig zurück in die Ecke. »Salonabteil im nächsten Wagen.«

»Nummer 3?«

»Ja, wird wohl stimmen.«

Der Schaffner ging weiter.

»Schafskopf«, murmelte Bruno. Er beugte sich vor und sah belustigt aus dem Fenster.

Guy nahm sein Buch wieder auf; aber die deutliche Langeweile seines Gegenübers und das Gefühl, der andere werde gleich wieder etwas sagen, hinderten ihn am Lesen. Der Zug fuhr jetzt langsamer. Als Bruno wieder zum Reden ansetzen wollte, stand Guy auf, ging in den nächsten Wagen und sprang auf den Bahnsteig, bevor der Zug ganz angehalten hatte.

Die weiche, warme Abendluft überfiel ihn wie ein dickes Kissen. Es roch nach Staub, sonnenwarmem Kies, Öl und heißem Metall. Im Süden flimmerten die Signallampen eines Flugzeugs rot, grün und weiß. Vielleicht war Anne gestern hier entlanggefahren, auf dem Weg nach Mexiko. Er hätte mit ihr zusammen fahren können; sie hätte gern gewollt, daß er mit ihr bis Metcalf fuhr. Er hätte sie auch bitten können, einen Tag dort zu bleiben und seine Mutter kennenzulernen, wenn es auf dieser Reise nicht um Miriam gegangen wäre. Er hatte Anne fast alles von Miriam erzählt, aber er konnte den Gedanken, daß die beiden einmal zusammentrafen, nicht ertragen. Er hatte auch allein reisen wollen, um nachdenken zu können. Und was war dabei herausgekommen? Was hatte überhaupt Nachdenken oder Logik für einen Zweck, wenn es um Miriam ging?

Der Schaffner rief ihm warnend etwas zu, aber Guy blieb bis zum letzten Augenblick auf dem Bahnsteig und schwang sich dann auf den Wagen hinter dem Speisewagen.

Der Kellner hatte gerade seine Bestellung entgegengenommen, als der blonde junge Mann leicht schwankend in der Tür erschien; er hatte eine Zigarette im Mund und sah leicht gereizt aus. Als der andere Guy sah, lächelte er und trat heran.

»Ich dachte schon, Sie würden den Zug verpassen«, sagte er munter und zog einen Stuhl heran.

»Mr. Bruno, bitte nehmen Sie es mir nicht übel, aber ich möchte jetzt gern allein sein. Ich muß einiges überlegen.«

Bruno drückte die Zigarette aus und sah ihn ausdruckslos an. Er war noch betrunkener als vorher, das Gesicht sah verschwommen und unklar aus. »Allein sein können wir auch in meinem Abteil. Da könnten wir auch essen. Was meinen Sie?«

»Danke, ich bleibe lieber hier.«

»Kommt nicht in Frage. Ober!« Bruno klatschte in die Hände. »Bitte lassen Sie die Bestellung dieses Herrn in den Salonwagen Nummer 3 bringen. Und mir bringen Sie ein Beefsteak, halb durch, mit Chips, und dazu Apfelauflauf. Und bitte zwei Whisky mit Soda, möglichst schnell, was?« Er sah Guy an und lächelte sein freundlich-nachdenkliches Lächeln. »Okay?«

Guy zögerte, stand dann auf und ging mit. Warum auch nicht – er hatte sowieso keine Lust mehr, allein zu sein.

Der Whisky war überflüssig, nur verhalf er ihnen zu Gläsern und Eis. Die vier gelbetikettierten Whiskyflaschen, die aufgereiht auf einem Krokodillederkoffer standen, waren das einzige Ordentliche in dem kleinen Raum. Taschen und Schrankkoffer versperrten den Durchgang. Auf den Koffern lagen zwei Tennisschläger, eine Tasche mit Golfschlägern, zwei Fotoapparate, ein Spankorb mit Obst und Wein, schön mit rosa Papier ausgefüttert. Eine Menge Illustrierte, Romane und Comic-Heftchen waren auf dem Fenstersitz verstreut, neben einem Kasten Pralinen mit roter Seidenschleife. »Sieht mächtig nach Sport aus, was?« sagte Bruno fast entschuldigend.

»Prima.« Guy lächelte ein wenig. Die Unordnung gab dem Raum etwas Gemütliches. Guy bahnte sich vorsichtig einen Weg zwischen den Koffern und sah sich um wie ein neugieriger Kater.

»Nagelneu«, teilte Bruno ihm mit und hielt ihm einen Tennisschläger hin. »Meine Mutter hat mir all das Zeugs mitgegeben, weil sie hofft, daß ich dann nicht soviel in den Kneipen herumsitze. Na, jedenfalls kann man alles versetzen, wenn's einem mal dreckig geht. Ich trinke gern was, wenn ich reise, Sie nicht? Ich finde, es wird dann alles noch schöner.« Der Kellner erschien mit den Highballs, denen Bruno noch Whisky aus den eigenen Flaschen hinzufügte. »Nehmen Sie Platz. Ziehen Sie doch den Mantel aus.«

Aber weder er noch Guy setzten sich oder legten ihre Mäntel ab. Beide wußten eine Weile nicht recht, was sie sagen sollten. Guy trank einen Schluck von dem Highball, der wie reiner Whisky schmeckte, und blickte auf das Durcheinander rings auf dem Fußboden. Merkwürdige Füße hatte Bruno, vielleicht waren es auch die Schuhe: kleine hellbraune Schuhe mit langen, glatten Kappen, ähnlich geformt wie Brunos viereckiges Kinn. Irgendwie altmodisch sahen die Füße aus. Bruno war auch nicht ganz so schlank, wie Guy zuerst gedacht hatte. Die langen Beine wirkten schwer, der Körper rund und korpulent.

»Hoffentlich war es Ihnen nicht unangenehm, daß ich Ihnen in den Speisewagen nachkam«, sagte Bruno tastend.

»Aber nein.«

»Wissen Sie, mir war so einsam zumute.«

Guy sagte etwas über Alleinreisen im Salonabteil und wäre dann fast über den Riemen einer Rolleiflex-Kamera gestolpert. Die Lederhülle hatte einen frischen Kratzer an der Seite. Er spürte, wie Bruno ihn unsicher anstarrte. Warum war er bloß gekommen, es wurde bestimmt langweilig. Er wäre gern in den Speisewagen zurückgegangen, aber jetzt erschien der Kellner mit dem überdeckten Tablett und zog das Tischchen aus der Wand. Der Duft von Holzkohle und gebratenem Fleisch besserte seine Laune. Bruno bestand so hartnäckig darauf, die

Rechnung zu bezahlen, daß Guy schließlich nachgab. Vor Bruno stand ein großes Steak mit Pilzen. Guy aß ein Hacksteak.

»Was bauen Sie in Metcalf?« begann Bruno von neuem.

»Gar nichts«, erwiderte Guy. »Meine Mutter wohnt dort.«

»Ach«, sagte Bruno interessiert. »Und die besuchen Sie? Sind Sie von dort?«

»Ja, ich bin da geboren.«

»Sie sehen eigentlich nicht aus wie ein Texaner.« Bruno goß sich Ketchup über Fleisch und Chips, nahm dann das Petersiliensträußchen mit zwei Fingern und hielt es hoch. »Wie lange ist es her, daß Sie zu Hause waren?«

»Zwei Jahre ungefähr.«

»Lebt Ihr Vater auch dort?«

»Mein Vater ist tot.«

»Oh. Kommen Sie mit Ihrer Mutter gut aus?«

Das bejahte Guy. Der Geschmack des Whiskys, aus dem er sich sonst nicht viel machte, war angenehm, er erinnerte ihn an Anne. Sie trank gern Whisky, wenn sie überhaupt etwas trank. Er paßte zu ihr: goldfarben, licht und hell, mit großer Kunst und Sorgfalt hergestellt. »Wo wohnen Sie in Long Island?«

»In Great Neck.«

Anne wohnte viel weiter draußen in Long Island.

»Ich nenne unser Haus immer den Fuchsbau«, fuhr Bruno fort. »Wegen der vielen Fuchsien, und weil jeder dort wie in einem Fuchsbau lebt, bis runter zum Chauffeur.« Er lachte vergnügt und beugte sich wieder über seinen Teller.

Guy blickte zu ihm hinüber und sah nur den Scheitel des dünnbehaarten Kopfes und den vorstehenden Pickel, der ihm gar nicht weiter aufgefallen war, seit er Bruno hatte schlafen sehen; jetzt sah das Ding geradezu monströs aus. »Das hört sich aber nicht sehr gesellig an«, meinte er, um etwas zu sagen.

»Das liegt an meinem Vater. Ekelhafter Kerl. Mit meiner Mutter komm ich gut aus. In ein paar Tagen kommt sie auch nach Santa Fé.«

»Wie nett.«

»Ja«, sagte Bruno herausfordernd. »Wir beide amüsieren uns immer großartig zusammen, wirklich. Manchmal gehen wir sogar zusammen auf Parties.« Er lachte halb beschämt, halb stolz; plötzlich wirkte er jung und unsicher. »Das finden Sie sicher komisch, was?«

»Nein.«

»Wenn ich bloß etwas eigenes Geld hätte! Wissen Sie, von diesem Jahr an sollte ich nämlich mein eigenes Einkommen haben, aber mein Vater rückt es nicht heraus; er läßt alles auf sein eigenes Konto gehen. So lächerlich es klingt, ich hab heute nicht mehr als ich zu meiner Schulzeit hatte. Um jede hundert Dollar muß ich meine Mutter bitten.« Er brachte ein Lächeln zustande.

»Dann hätten Sie mir aber gestatten sollen, die Rechnung zu übernehmen.«

»Kommt nicht in Frage«, protestierte Bruno. »Ich wollte damit auch nur erwähnen, wie empörend ich es finde, vom eigenen Vater ausgeplündert zu werden. Dabei stammt das Geld aus der Familie meiner Mutter.« Er hielt inne und wartete.

»Kann Ihre Mutter denn nichts dazu tun?«

»Mein Vater hat das Geld auf seinen Namen überschreiben lassen, als ich noch klein war.« Brunos Stimme klang heiser.

»Oh.« Ob Bruno wohl allen Zufallsbekanntschaften seine Familiengeschichte zum besten gab? »Warum hat er das denn getan?« erkundigte sich Guy pflichtschuldig.

Bruno hob hilflos die Hände und versteckte sie dann schnell in den Taschen. »Weil er eben so ein Ekel ist! Er behauptet, ich sei arbeitsscheu und das wolle er nicht noch unterstützen... Dabei ist er nur wütend, weil meine Mutter und ich uns so gut amüsieren. Er gönnt es uns einfach nicht.«

Guy konnte die Mutter direkt vor sich sehen: Eine jünger aussehende Dame aus der Gesellschaft von Long Island, mit zuviel Make-up und zuviel Freizeit... Um das Thema zu wechseln, fragte er: »Auf welchem College sind Sie gewesen?«

»Harvard. Aber schon im zweiten Jahr bin ich geflogen. Alkohol und Karten, verstehen Sie...« Mit einer drehenden Bewegung zuckte er die schmalen Schultern. »Na schön, dann bin ich eben ein Gammler, was soll's?« Er füllte Whisky in beide Gläser nach.

»Wer sagt das denn?«

»Mein Vater. Der hätte einen netten, ruhigen Sohn haben sollen, so wie Sie, dann wäre alles in Butter gewesen.«

»Sie meinen also, ich bin nett und ruhig?«

»Sie sind doch so ernsthaft, und Sie haben richtig studiert. Ich hab einfach keine Lust zum Arbeiten, und ich muß ja nicht. Warum soll denn jemand arbeiten, wenn er nicht muß? Ich bring's eben auf leichtere Art zu Magengeschwüren. Mein Vater hat welche. Hach! Er hofft immer noch, daß ich in seine Eisenwarenfirma eintrete. Ich behaupte, sein Geschäft – überhaupt jedes Geschäft ist nichts als legalisierte Halsabschneiderei. So wie Heirat für mich nichts ist als legalisierter Beischlaf. Hab ich nicht recht?«

Guy sah ihn von der Seite an und nahm sich Salz zu seinen Chips. Er aß langsam. Er dachte an Anne. Manchmal schien ihm ihr traumartiges Bild viel wirklicher als die Außenwelt, die nur in harten Fragmenten zu ihm durchdrang: Fetzen von Bildern, wie der Kratzer auf der Kamerahülle, die lange Zigarette, die Bruno in sein Kleckschen Butter gesteckt hatte, die Glasscherben von dem Bild von Brunos Vater, das Bruno, wie er erzählte, in die Diele geschleudert hatte. Jetzt fiel Guy ein, daß er vielleicht – zwischen dem Besuch bei Miriam und der Reise nach Florida – ein paar Tage bei Anne in Mexiko einschieben könnte. Wenn er die Sache mit Miriam schnell erledigte, konnte er noch kurz nach Mexiko fliegen und von dort nach Palm Beach. Das heißt – erst mußte er den Auftrag in der Tasche haben, sonst konnte er sich diese Extratour finanziell nicht leisten.

»Können Sie sich eine größere Unverschämtheit vorstellen? Die Garage abzuschließen, wo mein Wagen drinsteht?« Brunos Stimme kippte über und brach schrill ab.

»Warum?« fragte Guy.

»Einfach weil er wußte, daß ich den Wagen abends nötig brauchte! Meine Freunde haben mich dann schließlich abgeholt, es hat ihm also nichts genützt.«

Guy wußte nicht, was er sagen sollte. »Er behält die Schlüssel?«

»Er hat meine Schlüssel genommen – aus meinem Zimmer hat er sie geholt! Deshalb hatte er ja Angst, deshalb ist er an dem Abend weggegangen, weil er Angst vor mir hatte.« Bruno hockte auf seinem Stuhl, schweratmend, und kaute an einem Fingernagel. Schweißdunkle Haarsträhnen wippten wie Antennen über seiner Stirn. »Meine Mutter war nicht zu Hause, sonst hätte das gar nicht passieren können.«

»Nein, natürlich nicht«, sagte Guy automatisch. Sicher hatte Bruno die ganze Unterhaltung auf diese Story hingesteuert, von der Guy erst die Hälfte gehört hatte. Hinter den blutunterlaufenen Augen, die ihn im Abteil so angestarrt hatten, hinter dem versonnenen Lächeln verbarg er seine Stories von Haß und Ungerechtigkeit. »Deshalb haben Sie das Bild runtergeworfen?« fragte Guy mechanisch.

»Aus dem Zimmer meiner Mutter hab ich's rausgeschmissen!« sagte Bruno betont. »Da hatte mein Vater es hingehängt. Meine Mutter kann den Captain auch nicht besser leiden als ich. Captain! Wenn ich das schon höre!«

»Aber was hat er denn gegen Sie?«

»Was weiß ich. Der hat gegen jeden was – gegen meine Mutter, gegen mich ... Er mag niemanden. Er mag überhaupt nichts als das Geld, das er sich ergaunert hat. 'türlich, smart ist er. Okay. Aber jetzt schlägt ihm das Gewissen, ganz bestimmt. Deshalb will er mich ja ins Geschäft nehmen, damit ich ebensolche Gaunereien mache und dann auch so ein schlechtes Gewissen habe, genau wie er!« Brunos steife Hand krampfte sich zusammen, Mund und Augen schlossen sich.

Guy dachte, er sei im Begriff, zu weinen, als die geschwollenen Lider sich öffneten und das unsichere Lächeln wieder erschien.

»Langweilig für Sie, was? Ich wollte bloß erklären, warum ich so schnell abgereist bin, noch vor meiner Mutter. Sie wissen gar nicht, wie lustig ich im Grunde bin. Tatsache!«

»Können Sie denn nicht von zu Hause wegziehen?«

Bruno schien die Frage zuerst nicht zu begreifen. Dann sagte er gelassen: »Klar. Ich will aber bei meiner Mutter sein.«

Und die Mutter blieb natürlich wegen des Geldes, dachte Guy. »Zigarette?«

Bruno nahm sie und lächelte. »Wissen Sie, an dem Abend hatte ich eine solche Wut, ich hätte ihn umbringen können! Haben Sie schon mal Lust gehabt, jemand umzubringen?«

»Nein.«

»Ich aber. Ganz bestimmt, manchmal könnte ich meinen Vater glatt umbringen.« Er sah nachdenklich auf seinen Teller. »Wissen Sie, was für ein Hobby mein Vater hat? Raten Sie mal.«

Guy hatte keine Lust zum Raten. Das ganze Geschwätz langweilte ihn jetzt, er wollte allein sein.

»Er sammelt Backformen!« Bruno brach in heiseres Kichern aus. »Im Ernst, Ausstechformen! Er hat schon eine ganze Menge – aus Pennsylvanien, Bayern, England, Frankreich, viele aus Ungarn, die hängen alle in seinem Zimmer. Und das im Maschinenzeitalter!« Bruno lachte wieder und zog den Kopf ein.

Guy starrte ihn an. Bruno selbst war viel komischer als das, was er da erzählte. »Benutzt er sie denn manchmal?«

»Häh?«

»Ich meine, backt er manchmal was?«

Bruno schrie vor Lachen. Er zwängte sich aus seiner Jacke und warf sie auf einen Koffer. Einen Augenblick konnte er vor Aufregung kaum sprechen, dann sagte er plötzlich ruhig: »Meine Mutter sagt immer, er soll doch wieder an seine Backformen gehen.« Feiner Schweiß bedeckte sein Gesicht wie eine dünne Ölschicht; er lächelte breit und fragte dann fast besorgt: »Hat Ihnen das Essen geschmeckt?«

»Ausgezeichnet«, sagte Guy herzlich.

»Haben Sie schon mal von der Bruno Transforming Company of Long Island gehört? Sie macht Eisenteile.«

»Nein, ich wüßte nicht.«

»Na ja, warum auch. Ist aber ein glänzendes Geschäft. Interessiert es Sie, wie man viel Geld verdient?«

»Nein, nicht übermäßig.«

»Darf ich mal fragen, wie alt Sie sind?«

»Neunundzwanzig.«

»Ach? Ich hätte Sie älter geschätzt. Für wie alt würden Sie mich halten?«

Guy blickte ihn höflich prüfend an. »Vielleicht vier- oder fünfundzwanzig«, sagte er. Bruno sah jünger aus, aber er wollte ihm etwas Nettes sagen.

»Ja, stimmt, fünfundzwanzig. Finden Sie, ich sehe wie fünfundzwanzig aus mit diesem – diesem *Dings* da mitten auf der Stirn?« Er biß sich auf die Unterlippe. Ein fast furchtsamer Blick trat in die Augen, und plötzlich hielt er sich in bitterer Scham die Hand über die Stirn. Er sprang auf und trat vor den Spiegel. »Ich wollte mir ja was drübermachen.«

Guy sagte ein paar beruhigende Worte, aber Bruno besah sich von allen Seiten im Spiegel und weidete sich an seinem Anblick. »Ein Furunkel ist das. Alles, was ich so ekelhaft finde, kommt da heraus. Eine Hiobsplage ist das.«

»Na, na.« Guy lachte tröstend.

»Montag abend, nach dem Krach, da hat's angefangen. Es wird immer schlimmer. Wird bestimmt eine Narbe hinterlassen.«

»Ach, Unsinn«, sagte Guy.

»Doch, wird es! Und damit komme ich in Santa Fé an!« Mit geballten Fäusten saß er auf seinem Stuhl, das eine Bein ausgestreckt, ein Bild der Tragik.

Guy trat zum Fenster und schlug eins der Bücher auf, die auf dem Sitz lagen. Es war ein Kriminalroman; auch die anderen Bücher waren alle Kriminalromane. Als er ein paar Zeilen zu lesen versuchte, verschwammen sie vor seinen Augen, und er schloß das Buch. Er hatte wohl allerhand getrunken. Na, heute abend war es egal.

»In Santa Fé will ich einmal richtig auf die Pauke hauen«, sagte Bruno. »Wein, Weib und Gesang.« Er lachte.

»Dann viel Vergnügen!«

Arrogant und unbekümmert verzog Bruno die Mundwinkel. »Ich will mich richtig ausleben. Wissen Sie, ich habe eine Theorie, danach sollte jeder Mensch vor seinem Tode alles tun, was er kann, und dann vielleicht sterben bei dem Versuch, irgendwas wirklich Unmögliches zu tun.«

Ein Nerv in Guys Innerem reagierte plötzlich und zog sich dann vorsichtig zurück. »Zum Beispiel?«

»Zum Beispiel eine Raketenfahrt auf den Mond. Oder ein Geschwindigkeitsrekord mit dem Wagen – mit verbundenen Augen. Das habe ich mal gemacht. Ich habe keinen Rekord gebrochen, aber hundertsechzig hab ich doch geschafft.«

»Mit verbundenen Augen?«

»Und einen Einbruch hab ich verübt.« Bruno sah ihn starr an. »Einen ganz ordentlichen. In eine Wohnung.«

Ein ungläubiges Lächeln erschien auf Guys Gesicht, obgleich er Bruno glaubte. Bruno neigte zweifellos zur Gewalt und wohl auch zu wirklichen Wahnsinnstaten. Verzweiflung, dachte Guy, nicht Wahnsinn. Es war die hoffnungslose Langeweile der Reichen, über die er oft mit Anne gesprochen hatte. Sie zerstörte anstatt aufzubauen, und sie konnte ebenso wie die Not zum Verbrechen führen.

»Dabei wollte ich gar nichts haben«, fuhr Bruno fort. »Darum hab ich's ja auch nicht getan. Ich hab nur etwas ganz Unnützes mitgenommen.«

»Und was, wenn man fragen darf?«

Bruno zuckte die Achseln. »Ein Feuerzeug – ein Tischfeuerzeug. Und eine kleine Figur vom Kaminsims, aus farbigem Glas. Und noch irgendwas.« Erneutes Achselzucken. »Sie sind der einzige, der das weiß. Ich rede sonst nicht viel. Sie glauben sicher, ich rede viel.« Er lächelte.

Guy tat einen Zug an seiner Zigarette. »Und wie haben Sie das angestellt?«

»Ich habe ein Etagenhaus in Astoria beobachtet, bis die Zeit günstig war, und bin dann einfach eingestiegen, durch ein Fenster. Zurück über die Feuerleiter. War ganz leicht. Das hab ich dann von meiner Liste gestrichen, Gott sei Dank.«

»Wieso Gott sei Dank?«

Bruno grinste unsicher. »Weiß auch nicht, warum ich das gesagt hab.« Er schenkte erst sich und dann Guy von neuem ein.

Guy blickte auf die steifen, leicht zitternden Hände, die Diebeshände mit den abgebissenen Nägeln. Ungeschickt spielten die Hände mit einer Streichholzschachtel und ließen sie auf das aschenbestreute Steak fallen. Wie sinnlos und trübe das alles war, dachte Guy. Verbrechen – oft ohne jedes Motiv. Ein Mann wurde zum Verbrecher. Sah man es etwa Brunos Händen oder seinem Zimmer oder seinem unsympathischen Gesicht an, daß er gestohlen hatte? Guy ließ sich wieder in einen Sessel fallen.

»Erzählen Sie mir was von sich«, bat Bruno.

»Da ist nichts zu erzählen.« Guy nahm seine Pfeife aus der Jackentasche, klopfte sie an seinem Absatz aus, sah die Asche auf dem Teppich liegen und vergaß sie. Er fühlte, wie der Alkohol in ihm tiefer sank und von ihm Besitz ergriff. Wenn er den Auftrag für Palm Beach bekam, dachte er, dann würden die zwei Wochen, die er vorher noch Zeit hatte, schnell vergehen. Eine Scheidung mußte nicht lange dauern. Die weißen Häuser über dem grünen Rasen auf seiner Zeichnung kamen ihm in den Sinn, vertraut in jeder Einzelheit; ohne daß er sich Mühe gab, standen sie vor ihm. Es war ein gutes Gefühl von Sicherheit und großem Glück.

»Was für Häuser bauen Sie?« fragte Bruno.

»Ach – was man so modern nennt. Ich hab ein paar Läden gebaut und ein kleines Bürohaus.« Guy lächelte. Er spürte nichts mehr von der Zurückhaltung und dem leichten Ärger, die ihn gewöhnlich bei solchen Fragen ergriffen.

»Sind Sie verheiratet?«

»Nein. Na ja, eigentlich doch. Wir leben getrennt.«

»Ach. Warum?«

»Wir passen nicht zusammen.«

»Wie lange leben Sie schon getrennt?«

»Drei Jahre.«

»Wollen Sie sich nicht scheiden lassen?«

Guy runzelte die Stirn und zögerte.

»Ist sie auch in Texas?«

»Ja.«

»Wollen Sie sie sehen?«

»Ja. Wir wollen über die Scheidung sprechen.« Er preßte die Lippen zusammen. Warum hatte er das gesagt? Bruno lachte höhnisch. »Was für Mädchen gibt's da unten zum Heiraten?«

»Manche sind sehr hübsch.«

»Aber meist dumm, was?«

»Auch das gibt's.« Guy lächelte. Miriam gehörte zu der Art Mädchen, die Bruno vermutlich meinte.

»Wie sieht Ihre Frau aus?«

»Ganz hübsch«, sagte Guy vorsichtig. »Rotes Haar. Bißchen rundlich.«

»Wie heißt sie?«

»Miriam. Miriam Joyce.«

»Hm. Klug oder dumm?«

»Keine Intellektuelle. Ich wollte keine Intellektuelle.«

»Und Sie haben sie mächtig geliebt, was?«

Wieso? Sah man ihm das an? Brunos Augen starrten ihn an, ohne zu blinzeln, als hätte die Übermüdung längst den Schlafpunkt überschritten. Guy hatte das Gefühl, die grauen Augen starrten ihn schon seit Stunden an. »Warum meinen Sie das?«

»Sie sind ein netter Kerl. Sie nehmen alles sehr ernst. Auch Frauen, was?«

»Wieso?« fragte er. Eine kleine Welle der Zuneigung stieg in ihm auf, weil Bruno gesagt hatte, was er von ihm dachte. Das taten nur wenige Menschen.

Bruno gestikulierte mit den Händen und seufzte.

»Wieso?« wiederholte Guy.

»Na, ich meine, Sie erhoffen sich viel, und dann geben sie Ihnen einen Tritt. Stimmt's?«

»Nicht immer.« Selbstmitleid wollte in ihm aufsteigen, er

nahm sein Glas und erhob sich. Man konnte sich nicht bewegen in dem engen Raum, das Schwanken des Zuges machte auch das Stehen schwierig.

Bruno starrte ihn immer noch an; der Fuß mit dem altmodischen Schuh hing an seinem übergeschlagenen Bein herab; wieder und wieder streifte der Finger die Asche von der Zigarette auf den Teller. Das übriggelassene dunkelrosa Beefsteak wurde langsam von einem Aschenregen zugedeckt. Das Gesicht sah weniger freundlich, aber neugieriger aus, fand Guy, seit er ihm von seiner Ehe erzählt hatte.

»Was war denn los mit Ihrer Frau? Hat sie sich mit andern Männern eingelassen?«

Er hatte ins Schwarze getroffen, und das irritierte Guy. »Nein. Das ist ja auch alles längst vorbei.«

»Aber Sie sind doch noch verheiratet. Konnten Sie sich denn nicht scheiden lassen?«

Scham stieg in Guy auf. »Darum habe ich mich bisher nicht viel gekümmert.«

»Und jetzt?«

»Jetzt will sie die Scheidung. Ich glaube, sie bekommt ein Kind.«

»Raffiniertes Biest. Treibt sich drei Jahre herum und jetzt hat sie 'nen Dummen gefunden, von dem sie sich ein Kind anhängen läßt. Wahrscheinlich hat er mehr Zaster als Sie.«

Genauso war es vermutlich, aber woher konnte Bruno das wissen? Sein Herz klopfte lauter als das Rütteln des Zuges. Vielleicht klopfte es so stark, weil er sich zum erstenmal seinen Kummer mit Miriam von der Seele geredet hatte. Nicht einmal Anne hatte er soviel erzählt ... Nur war Miriam früher anders gewesen: lieb und loyal und sehr einsam, sie hatte ihn sehr gebraucht und mußte sich von ihrer Familie losmachen. Morgen stand er ihr gegenüber, konnte die Hand nach ihr ausstrecken und sie berühren. Die Vorstellung, die weiche Haut zu berühren, die er einst geliebt hatte, war ihm gräßlich. Er hatte plötzlich das Gefühl völligen Versagens.

»Was war denn los mit Ihrer Ehe?« fragte Brunos sanfte Stimme. »Es interessiert mich wirklich – als Freund. Wie alt war sie?«

»Achtzehn.«

»Hat sie gleich mit dem Rumtreiben angefangen?«

Guy wandte den Blick ab, verärgert und gleichzeitig interessiert.

»Ja.« Wie gräßlich das kleine Wort in seinen Ohren klang.

»Ich kenn diesen rothaarigen Typ«, sagte Bruno und stocherte in seinem Apfelauflauf herum.

Wieder wurde Guy von einem scharfen und völlig sinnlosen Schamgefühl gepackt. Nichts, was Miriam gesagt oder getan hatte, würde Bruno überraschen. Ihn erstaunte gar nichts mehr, bei ihm wurde höchstens noch das Interesse geweckt.

Bruno blickte mit alberner Heiterkeit auf seinen Teller herab. Die Augen weiteten sich, so weit das mit dem blutunterlaufenen Rand und den blauen Kreisen darunter möglich war.

»Ehe – das ist nichts für mich«, sagte Bruno.

Das Wort ›Ehe‹ klang in Guys Ohren nach. Für ihn war es etwas Feierliches – es hatte noch den gleichen ursprünglich-erhabenen Klang wie Heilig, Liebe, Sünde. Ehe: das war Miriams dunkelroter Mund, der fragte: »Meinst du, ich mach mich verrückt für dich?« Oder Annes Augen, wenn sie von der Gartenarbeit zu ihm aufsah und sich die Haare zurückstrich. Es war Miriam, wie sie sich von dem schmalen, hohen Fenster ihres Zimmers in Chicago abwandte und ihm ihr herzförmiges, sommersprossiges Gesicht entgegenhielt wie immer, wenn sie im Begriff war zu lügen; und es war auch Steves langes, dunkles Gesicht mit dem impertinenten Lächeln. Erinnerungen bedrängten ihn; ihm war, als müsse er die Hände heben und sie wegschieben. Das Zimmer in Chicago, wo das alles passiert war ... Nein, er durfte sich nicht von diesen Erinnerungen überwältigen lassen ...

»Also mal im Ernst ...« Brunos Stimme war weit entfernt. »Was ist denn passiert? Können Sie mir doch erzählen, oder? Es interessiert mich wirklich.«

Was war passiert? Steve war passiert. Guy griff zum Glas. Er sah den Nachmittag in Chicago vor sich – abgeblaßt mittlerweile in einem grauschwarzen Foto, eingerahmt von der Türöffnung des Zimmers. Es war der Nachmittag, an dem er die beiden in der Wohnung gefunden hatte; kein anderer Nachmittag glich diesem in Farbe, Geschmack und Geräusch, es war eine Welt für sich, wie ein böses kleines Kunstwerk. In der Vergangenheit fixiert wie ein Geschichtsdatum ... oder war es nicht gerade umgekehrt? Reiste nicht eher das Geschehene immerfort mit ihm als ständiger Begleiter? Denn es war auch jetzt bei ihm, hier und heute so deutlich wie eh und je. Viel schlimmer aber war es, daß er Lust verspürte, Bruno alles zu erzählen, dem Fremden im Zug, der zuhören, teilnehmen und vergessen sollte. Die Vorstellung hatte auf einmal etwas Tröstliches. Bruno war ja kein durchschnittlicher Mitreisender. Er war brutal und korrupt genug; er würde die Geschichte von Guys erster Liebe zu schätzen wissen. Und Steve war außerdem nur das Überraschungsmoment am Ende der Geschichte, die Schlußpointe: Steve war nicht der erste gewesen, mit dem sie ihn betrog. An jenem Nachmittag war nur sein eigener sechsundzwanzigjähriger Stolz endlich explodiert. Tausendmal hatte er sich das alles selbst vorgehalten; es war die uralte, schon klassische Geschichte, dramatisch trotz seiner Dummheit und zugleich komisch wegen seiner Dummheit.

»Ich habe einfach zuviel von ihr erwartet«, sagte er obenhin. »Gott, sie wollte nun mal beachtet werden. Wahrscheinlich wird sie ihr Leben lang flirten, egal mit wem sie zusammenlebt.«

»Kenne ich. Der ewige Teenager.« Bruno winkte ab. »Kann nicht mal so tun, als ob sie einem allein gehört.«

Guy blickte ihn an. Natürlich hatte Miriam das früher fertiggebracht.

Abrupt gab er den Plan auf, Bruno davon zu erzählen. Er schämte sich, daß er fast damit begonnen hätte. Es schien Bruno jetzt auch gleichgültig zu sein. Er saß zusammengesunken am Tisch und malte mit einem Streichholz in der Sauce auf seinem Teller herum. Sein Gesicht, mit den herabgezogenen Mundwinkeln, drückte Ekel aus.

»Solche Frauen«, murmelte Bruno vor sich hin, »ziehen die Männer an wie ein Mülleimer die Schmeißfliegen.«

2

Der Schock der Worte brachte Guy zur Besinnung. »Sie müssen böse Erfahrungen gemacht haben«, sagte er. Ein von Frauen umschwärmter Bruno war allerdings schwer vorzustellen.

»Oh, mein Vater hatte mal so eine. Auch rothaarig. Carlotta hieß sie.« Er blickte auf; der Haß auf seinen Vater drang aus den verschwommenen Zügen hervor wie ein scharfer Dorn.

Carlotta. Jetzt glaubte Guy zu verstehen: hier war der Schlüssel zu seiner Persönlichkeit, zu dem Haß auf seinen Vater und zu seiner eigenen Spätentwicklung.

»Es gibt zwei Sorten Männer!« sagte Bruno laut und hielt inne. Guy sah sich selbst in einem schmalen Wandspiegel; seine Augen blickten erschreckt, und sein Mund sah hart aus. Er reckte sich, um sich zu entspannen.

»Und bloß eine Sorte Frauen!« fuhr Bruno fort. »Alles Betrügerinnen. Mit Betrug fangen sie an, und mit Hurerei hören sie auf. Mehr gibt's nicht.«

»Und Frauen wie Ihre Mutter?«

»So eine Frau wie meine Mutter gibt's nicht wieder. Wenn man bedenkt, was sie aushalten mußte... Dabei ist sie auch noch hübsch, hat 'ne Menge Freunde, aber sie hält sich alle schön vom Leib.«

Schweigen.

Guy nahm eine neue Zigarette, klopfte damit auf seine Armbanduhr und sah, daß es halb elf war. Er wollte bald gehen.

»Wie haben Sie das rausgekriegt – das mit Ihrer Frau?«

Guy ließ sich Zeit mit seiner Zigarette.

»Wie viele hat sie gehabt?«

»Ganze Menge. Bis ich dahinterkam.« Es machte ihm jetzt nichts mehr aus, aber er wollte das Thema wechseln. »Was wollen Sie noch alles tun, bevor Sie sterben?«

»Sterben? Wer redet vom Sterben? Ich hab noch ein paar todsichere Sachen auf Lager. Eine könnte ich jeden Tag in Chicago oder in New York loslassen, oder vielleicht verkauf ich auch bloß die Idee. Und dann hab ich noch 'ne ganze Menge Ideen für den perfekten Mord.« Wieder sah Bruno ihn mit dem starren, fast herausfordernden Blick an.

»Ich hoffe, Sie haben mich nicht hierhergebeten, um einen Ihrer Pläne auszuführen.« Guy setzte sich.

»Mein Gott, Guy, Sie mag ich doch! Ganz ehrlich!«

Das Flehen um Zuneigung in dem nachdenklichen Gesicht! Und die Einsamkeit in den kleinen, gequälten Augen! Guy sah verlegen auf seine Hände. »Handelt es sich bei Ihren Plänen immer um irgendwelche Verbrechen?«

»Nein, gewiß nicht. Es sind bloß so Sachen, die ich tun möchte – zum Beispiel möcht ich mal jemand tausend Dollar schenken. Einem Bettler. Das ist das erste, was ich tue, wenn ich mein eigenes Geld kriege. Aber haben Sie niemals das Gefühl gehabt, Sie möchten was stehlen? Oder jemand umbringen? Na klar, das hat doch jeder mal. Glauben Sie nicht, daß viele Menschen Spaß daran haben, im Krieg Leute umzubringen?«

»Nein«, sagte Guy.

Bruno zögerte. »Es traut sich natürlich keiner, das zuzugeben. Aber seien Sie doch mal ehrlich, auch in Ihrem Leben muß es doch schon Leute gegeben haben, über deren Tod Sie nicht gerade unglücklich gewesen wären.«

»Nein.« Doch, Steve, fiel ihm plötzlich ein. Bei ihm hatte er sogar schon einmal an Mord gedacht.

Bruno legte den Kopf auf die Seite. »Doch. Ich sehe es Ihnen an. Warum geben Sie's nicht zu?«

»Na ja, es ist möglich, daß mir das mal durch den Kopf geschossen ist, aber ich hätte nie etwas dazu getan. Ich bin da eben anders.«

»Da irren Sie sich sehr. Jeder Mensch kann zum Mörder werden. Entscheidend sind nur die Umstände, nicht das Temperament. Man kommt innerlich bis zu einem bestimmten Punkt, dann fehlt nur noch eine Kleinigkeit, damit man die Grenze überschreitet. Das kann jeder, auch Ihre Großmutter. Ich kenne das.«

»Ich bin hier zufällig anderer Meinung«, sagte Guy knapp.

»Ich sage Ihnen, ich bin tausendmal nahe dran gewesen, meinen Vater umzubringen. Wen haben Sie gern mal umbringen wollen? Die Männer, die mit Ihrer Frau ...?«

»Ja, einen«, murmelte Guy.

»Und?«

»Gar nichts. Es war nur eine flüchtige Idee.« Die vielen schlaflosen Nächte fielen ihm ein, wo er auf Rache gesonnen hatte. Hätte ihn damals etwas über die gewisse Grenze schieben können? Er hörte Brunos Murmeln. »Ich kann Ihnen bloß sagen, Sie waren sehr viel näher dran als Sie glauben.« Guy sah ihn verwundert an. Bruno hatte das übernächtigte, kränkliche Aussehen eines Croupiers, die Arme in Hemdsärmeln waren auf den Tisch gestützt, der dünne Kopf hing herunter.

»Sie lesen zuviel Kriminalromane«, sagte Guy. Als er die Worte ausgesprochen hatte, wußte er nicht mehr, woher sie gekommen waren.

»Die sind prima. Sie beweisen, daß jeder Mensch morden kann.«

»Ich finde immer, gerade deshalb sind sie schlecht.«

»Wieder falsch«, sagte Bruno entrüstet. »Wissen Sie, welcher Prozentsatz an Morden rauskommt?«

»Nein, das weiß ich nicht, und es ist mir auch völlig egal.«

»Ein Zwölftel! Ein Zwölftel – stellen Sie sich das vor. Was glauben Sie, wer die andern elf Zwölftel sind? Das sind lauter kleine Leute, ganz unwichtig. Und die Polizei weiß, daß sie die nie kriegen wird.« Er wollte sich Whisky einschenken, sah die leere Flasche und zog sich langsam in die Höhe. Ein goldenes Taschenmesser an fadendünnem Goldkettchen hing aus seiner Hosentasche, und Guy freute sich an dem Anblick wie an einem schönen Schmuckstück. Er beobachtete Bruno, der den Verschluß einer Whiskyflasche aufschnitt, und überlegte, daß Bruno eines Tages vielleicht mit diesem Messerchen einen Mord begehen und davonkommen werde, einfach weil es ihm ziemlich egal war, ob man ihn faßte oder nicht.

Grinsend wandte sich Bruno um, die neue Whiskyflasche in der Hand. »Kommen Sie mit mir nach Santa Fé? Paar Tage ausruhen?«

»Nein, danke, ich kann nicht.«

»Ich hab 'n Haufen Geld. Ich lade Sie ein, ja?« Er vergoß Whisky auf den Tisch.

»Danke«, sagte Guy. Vermutlich schloß Bruno aus seiner, Guys, Kleidung, daß er nicht sehr begütert war. Er hatte seine Lieblingshose aus grauem Flanell an, die er auch in Metcalf und in Palm Beach tragen wollte, wenn es nicht zu heiß war. Er lehnte sich zurück, steckte die Hände in die Taschen und fühlte ein Loch unten im rechten Jackenfutter.

»Warum nicht?« Bruno reichte ihm sein Glas. »Ich mag Sie.«

»Warum?«

»Weil Sie ein guter Kerl sind – anständig, meine ich. Ich kenne 'ne Menge Leute, aber nicht viele sind so wie Sie. Ich bewundere Sie!« stieß er hervor und setzte das Glas an die Lippen.

»Ich mag Sie auch«, sagte Guy.

»Kommen Sie doch mit, Guy! Ich habe zwei oder drei Tage nichts zu tun, bis meine Mutter kommt. Wir würden uns großartig amüsieren.«

»Nehmen Sie jemand anders mit.«

»Mein Gott, Guy, was stellen Sie sich denn vor? Ich geh doch nicht rum und sammel Mitreisende auf! Sie mag ich, deshalb bitte ich Sie, mitzukommen. Auch wenn's nur ein Tag ist.«

»Vielen Dank, wirklich sehr nett von Ihnen. Aber wenn ich meine Angelegenheit in Metcalf geregelt habe, geht's wieder an die Arbeit.«

»Ach.« Wieder erschien das bewundernd-nachdenkliche Lächeln. »Ein neues Haus?«

»Ja, ein Country Club.« Die Worte klangen ihm selber immer noch fremd und ungewohnt in den Ohren – das letzte, woran er vor zwei Monaten gedacht hätte. »Das neue *Palmyra* in Palm Beach.«

»Nein, wirklich?«

Natürlich hatte Bruno vom *Palmyra Club* gehört. Es war der größte Club in Palm Beach. Er hatte sogar gehört, daß man einen neuen bauen wollte.

»Und Sie haben den entworfen?« Mit der Bewunderung eines Schuljungen blickte er zu Guy auf. »Könnten Sie ihn mir mal aufmalen?«

Mit wenigen Strichen zeichnete Guy in Brunos Adreßbuch eine Skizze der Gebäude, die er dann auf Brunos Wunsch mit seinem Namen unterschrieb. Er erklärte die versenkbare Wand, durch die das untere Stockwerk zu einem großen Ballsaal mit Terrasse umgewandelt werden konnte, die Patentfenster, die man ihm hoffentlich zugestehen würde und die die Klimaanlage überflüssig machten. Ein Gefühl des Glücks durchströmte ihn bei diesen Plänen, und Tränen der Aufregung traten ihm in die Augen, obwohl er nur halblaut redete. Wie konnte er nur so vertraut mit Bruno sprechen und sein Bestes derartig bloßlegen? Bruno war doch gewiß der letzte, der dafür Verständnis hatte.

»Klingt ganz enorm«, sagte Bruno jetzt. »Und Sie sagen denen so einfach, wie es aussehen soll?«

»Nein. Es muß ziemlich vielen Leuten gefallen.« Guy legte den Kopf zurück und lachte.

»Passen Sie auf, Sie werden noch berühmt. Vielleicht sind Sie's jetzt schon.«

Die Zeitschriften würden wohl Fotos bringen, vielleicht kam auch etwas in die Wochenschau. Vorläufig hatten sie aber die Zeichnungen noch gar nicht weitergereicht; doch er hatte keinen Zweifel, daß das geschehen würde. Myers, der Architekt, mit dem er das New Yorker Büro teilte, war ebenfalls sicher. Auch

Anne zweifelte nicht, und ebensowenig Mr. Brillhart. Es war sein bisher größter Auftrag. »Na ja, vielleicht werde ich danach wirklich bekannt. Wenn die Zeitschriften ein paar Bilder bringen ...«

Bruno setzte an zu einer langen Geschichte über sein Leben damals im College und wie er Fotograf geworden wäre, wenn nicht irgendwas irgendwann mit seinem Vater dazwischengekommen wäre. Guy hörte kaum zu; er trank gedankenvoll schluckweise seinen Drink und dachte an die Aufträge, die nach dem Palm-Beach-Projekt kommen konnten. Vielleicht bald ein Bürohaus in New York. Dafür hatte er ein paar gute Ideen, die er gern in die Tat umgesetzt hätte. Guy Daniel Haines. Ein *Name.* Dann war es vorbei mit dem lästigen, immer leise bohrenden Bewußtsein, daß Anne mehr Geld besaß als er.

»Das wär doch ein Motiv, nicht, Guy?« wiederholte Bruno.

»Was denn?«

Bruno holte tief Atem. »Wenn Ihre Frau jetzt Krach macht – wegen der Scheidung meine ich –, und wenn Sie dadurch den Auftrag verlieren – wäre das kein ausreichendes Motiv für einen Mord?«

»An Miriam?«

»Klar.«

»Nein«, sagte Guy; aber Bruno hatte mit seiner Frage einen wunden Punkt berührt. Wahrscheinlich hatte Miriam von seiner Mutter von dem Palm-Beach-Auftrag gehört. Es war ihr zuzutrauen, daß sie sich aus reiner Bosheit etwas einfallen ließ ...

»Als sie Sie betrog, hätten Sie sie da nicht gern umgebracht?«

»Nein! Können Sie nicht mal aufhören mit dem Thema?« Einen Moment lang sah Guy die beiden Hälften seines Lebens, die Ehe und die berufliche Laufbahn, so getrennt vor sich, wie er sie nie zuvor gesehen hatte. Sein Kopf schien zu schwimmen, er begriff nicht, wie er sich in der einen Hälfte so töricht und hilflos und in der andern so tüchtig erweisen konnte. Er stellte das Glas auf den Tisch und schob es etwas von sich.

»Doch! Sie müssen es irgendwann mal gewünscht haben«, sagte Bruno mit der sanften Beharrlichkeit des Betrunkenen.

»Nein.« Wenn er bloß hinaus könnte und ein paar Schritte laufen; aber der Zug fuhr weiter, immer weiter auf dem geraden Schienenstrang, als sollte es ewig so weitergehen. Vielleicht ging ihm tatsächlich durch Miriam der Auftrag verloren. Er mußte mehrere Monate dort leben und mit den Direktoren auch gesellschaftlich verkehren. Bruno verstand so etwas ganz gut. Guy fuhr sich mit der Hand über die feuchte Stirn. Die Crux war, daß er keine Ahnung von Miriams Vorhaben hatte, bis er sie sprach. Er war müde, und wenn er müde war, ließ er sich von Miriam glatt überfahren. Das war in den zwei Jahren oft vorgekommen, als er sich innerlich von Miriam löste. Es geschah auch jetzt wieder. Er mochte Bruno nicht mehr, der da vor ihm saß und grinste.

»Soll ich Ihnen mal eine meiner Ideen verraten, wie ich meinen Vater umbringen könnte?«

»Nein«, sagte Guy. Er legte die Hand über das Glas, das Bruno von neuem füllen wollte.

»Welche soll ich – den defekten Lichtschalter im Bad oder das Kohlenoxydgas in der Garage?«

»Herrgott – meinetwegen tun Sie's doch, aber hören Sie auf mit dem Reden!«

»Ich tue es auch noch, darauf können Sie sich verlassen. Und wissen Sie, was ich auch noch tun werde? Ich werde mir das Leben nehmen, wenn ich Lust habe, und werde das so machen, daß es so aussieht, als ob mein schlimmster Feind mich umgebracht hätte.«

Guy sah ihn voller Ekel an. Bruno schien sich an den Rändern aufzulösen, als ob er zerflösse. Es blieb nur die Stimme und der Geist – ein böser Geist. Alles, was er, Guy, verachtete, schien in Bruno verkörpert. Alles, was er selbst nicht sein wollte, das war Bruno oder würde es einmal werden.

»Soll ich Ihnen mal den perfekten Mord an Ihrer Frau ausmalen? Sie können's vielleicht eines Tages gebrauchen.«

Guy erhob sich. »Ich muß ein paar Schritte gehen.«

Bruno klatschte plötzlich in die Hände. »Hach! Mensch, ich hab 'ne Idee! Wir begehen jeder einen Mord – für den andern! Ich bringe Ihre Frau um und Sie meinen Vater! Wir haben uns im Zug getroffen, und kein Mensch weiß, daß wir uns kennen. Perfekte Alibis, verstehen Sie?«

Die Wand vor seinen Augen klopfte mit rhythmischen Pulsschlägen, als sei sie im Begriff aufzuspringen. *Mord.* Das Wort erschreckte ihn, verursachte ihm Übelkeit. Er wollte weg, aus dem Abteil hinaus, aber ein Alptraum hielt ihn hier fest. Er versuchte sich aufzurichten und die Wand festzuhalten, um Brunos Worte zu verstehen; er spürte, irgendwo war Logik darin wie in einem Rätsel oder Puzzlespiel, das auf die Lösung wartete.

Brunos tabakverfärbte Hände tanzten und sprangen auf seinen Knien. »Mensch, feuerfeste Alibis!« schrie er. »Die Idee meines Lebens! Begreifen Sie das gar nicht? Ich könnte es irgendwann machen, wenn Sie nicht in der Stadt sind, und Sie könnten es machen, wenn ich nicht da bin!«

Guy begriff. Das wäre tatsächlich nicht nachzuweisen.

»Es würde mir wirklich Spaß machen, Miriams Laufbahn ein Ende zu bereiten, um Ihre damit zu fördern«, sagte Bruno und lachte. »Finden Sie nicht auch, man sollte ihr das Handwerk legen, ehe sie noch anderen Leuten das Leben ruiniert? Setzen Sie sich doch hin, Guy.«

Sie hat mein Leben nicht ruiniert, wollte Guy sagen, aber Bruno ließ ihn nicht zu Wort kommen.

»Also hören Sie zu; Sie müßten mir genau beschreiben, wo sie wohnt und so, und ich würde Ihnen eine Skizze von unserem Haus geben, damit Sie sich dort zurechtfinden.« Er lachte heiser. »Natürlich müßten ein paar Monate dazwischenliegen, und wir dürften keinerlei Verbindung haben miteinander. Mensch, das wäre einfach toll.« Er stand auf und fiel fast um, als er ein Glas füllte. Und dann sagte er genau vor Guys Gesicht mit widerwärtiger Vertraulichkeit: »Sie würden es doch fertigbringen, was? Irgendwelche Haken gäb's nicht dabei, dafür würd ich schon sorgen. Mein Wort, Guy.«

Guy stieß ihn von sich, härter, als er beabsichtigte; Bruno fiel auf den Sitz beim Fenster und sprang wieder auf. Guy sah sich um, er brauchte Luft, doch er sah nichts als feste Wände; der kleine Raum war zur Hölle geworden. Was tat er hier? Wann und warum hatte er so viel getrunken?

»Ganz bestimmt, Sie würden es fertigkriegen!« Bruno verzog die Stirn.

Hören Sie auf mit Ihren blöden Theorien, wollte Guy rufen, aber er brachte nur ein Flüstern zustande. »Mir langt's jetzt.« Er sah, wie sich das kleine Gesicht vor ihm auf merkwürdige Weise verzerrte – ein überraschtes Lächeln erschien darauf, seltsam allwissend und abstoßend. Bruno zuckte die Achseln.

»Okay. Aber Sie müssen doch zugeben, daß es eine gute Idee

ist. Ich find schon noch mal jemand, mit dem ich sie in die Tat umsetzen kann. Wo wollen Sie denn hin?«

Guy hatte endlich die Tür erreicht. Er ging hinaus, öffnete eine zweite Tür und trat auf die Plattform, wo kühlere Luft ihm entgegenschlug und der Lärm des Zuges zum Brausen wurde. Ihm war übel, am liebsten hätte er sich übergeben.

»Guy?«

Er wandte sich um und sah, wie Bruno durch die schwere Tür kam.

»Guy, ich – es tut mir leid.«

»In Ordnung«, sagte Guy hastig. Brunos Aussehen erschreckte ihn – hündisch vor Selbsterniedrigung.

»Danke, Guy.« Bruno senkte den Kopf. Das Ra-ta-ta-ta der Räder ließ nach; Guy mußte sich festhalten. Erleichtert merkte er, daß der Zug anhielt. Er schlug Bruno auf die Schulter. »Kommen Sie, wir steigen aus und schöpfen mal frische Luft.«

Sie kletterten die Stufen hinab in die schweigende Dunkelheit.

»Was soll denn das heißen?« schrie Bruno. »Hier ist ja kein Licht!«

Guy blickte auf. Kein Mond war zu sehen; die Kälte weckte ihn auf und machte ihn fast steif. Irgendwo hörte er das vertraute Geräusch einer zuschlagenden Holztür. Vor ihnen wurde ein kleines Fünkchen zur Laterne, ein Mann rannte damit den Zug entlang bis zum Ende, wo die Tür des Packwagens zurückrollte und ein hellerleuchtetes Rechteck freigab. Guy ging langsam darauf zu, und Bruno folgte ihm. Guy schob seine Hand unter Brunos Arm, aber Bruno riß sich los. »Ich will nicht gehen!« schrie er und hielt an. Er konnte sich in der frischen Nachtluft kaum auf den Beinen halten.

Der Zug fuhr an. Guy schob Brunos schlaffen, großen Körper hinauf und folgte ihm.

»Noch was trinken?« fragte Bruno an seiner Tür. Er sah zum Umfallen müde aus.

»Nein, danke, unmöglich.«

»Kommen Sie morgen früh zu mir rein, ja? Ich schließe meine Tür nicht ab.«

Guy lehnte sich einen Augenblick an die grüne Wand und schlich dann langsam in sein Abteil.

Aus Gewohnheit wollte er im Bett nach seinem Buch greifen.

Er hatte es in Brunos Abteil gelassen. Sein Plato. Jetzt mußte es die Nacht über dort bleiben, und Bruno würde es anfassen und aufschlagen. Der Gedanke war ihm unsympathisch.

3

Gleich nach seiner Ankunft in Metcalf hatte er Miriam angerufen. Sie hatten sich vor der Schule verabredet, die zwischen ihren beiden Wohnungen lag. Jetzt stand er vor dem Eingang des Sportplatzes und wartete auf sie. Natürlich war sie unpünktlich. Warum sie wohl diesen Treffpunkt vorgeschlagen hatte? Doch wohl kaum, um alte Erinnerungen heraufzubeschwören. Mein Gott, wie oft hatte er hier gestanden und auf sie gewartet! Mit klopfendem Herzen ...

Der Himmel war klarblau und die Sonne wie geschmolzenes Blei, nicht gelb sondern farblos, wie ein Gegenstand, der durch die eigene Hitze blaßweiß geworden war. Hinter den Bäumen sah Guy das Dach eines rötlichen Gebäudes, das er nicht kannte; er war seit zwei Jahren nicht in Metcalf gewesen, in dieser Zeit mußte es entstanden sein. Er wandte sich ab. Kein Mensch war zu sehen, es war, als seien alle Leute wegen der Hitze aus der Schule und den umliegenden Häusern geflüchtet. Er blickte auf die breite graue Treppe, die hinauf führte zum Schultor. Noch heute erinnerte er sich an den tintigen, leicht schweißigen Geruch, der Miriams Algebrabuch an den Rändern anhaftete; er sah auch noch das MIRIAM, mit Bleistift an den Rand der Seiten geschrieben, und die Zeichnung des Mädchens mit der Locke auf dem Titelblatt. Wie oft hatte er das Buch aufgeschlagen, wenn er ihr bei den Arbeiten half. Warum hatte er bloß gedacht, sie sei anders als die andern?

Er schritt durch das Eingangstor mit dem Drahtgitter und blickte noch einmal die College Avenue entlang.

Jetzt sah er sie endlich kommen. Sein Herz begann schneller zu schlagen, aber er zwang sich zur Ruhe und blinzelte. Sie ging noch immer mit dem gleichen festen Schritt, den er von früher an ihr kannte. Als sie ihn erblickte, winkte sie ihm lässig zu. Sie weiß jetzt von dem *Palmyra*-Auftrag, dachte er. Seine Mutter hatte es ihm vor einer halben Stunde berichtet, daß sie Miriam bei ihrem letzten Anruf davon erzählt hatte.

»Tag, Guy«, sagte Miriam lächelnd und schloß schnell die orangeroten Lippen. Sie hatte weit auseinanderstehende Vorderzähne, das hatte er ganz vergessen.

»Tag, Miriam, wie geht es dir?« Unwillkürlich warf er einen Blick auf ihre Figur; bis jetzt war noch nichts von ihrer Schwangerschaft zu merken. Ob sie gelogen hatte? Sie trug einen buntgeblümten Rock und eine weiße, kurzärmelige Bluse, dazu eine große weiße Handtasche aus Lackleder.

Sie setzte sich auf eine steinerne Bank im Schatten, während er stehen blieb. Miriam erkundigte sich nach seiner Reise. Ihr Gesicht war etwas voller geworden, und um die Augen hatte sie kleine Fältchen. Für zweiundzwanzig Jahre hatten die Augen viel gesehen.

»Im Januar«, antwortete sie auf seine unausgesprochene Frage.

Sie war also im zweiten Monat. »Ich nehme an, du willst ihn heiraten.«

Sie wandte leicht den Kopf und blickte zu Boden. Das Sonnenlicht fiel auf die größten der Sommersprossen, und Guy erkannte das Muster, an das er seit seiner Ehezeit nicht mehr gedacht hatte. Wie sicher war er damals gewesen, daß er sie besaß, daß jeder ihrer Gedanken ihm gehörte! Plötzlich kam es ihm vor, als sei alle Liebe und Zuneigung nichts als etwas quälend Zweitbestes. Woran dachte sie? Er hatte nicht die geringste Ahnung von der Gedankenwelt, in der sie jetzt lebte.

»Das stimmt doch wohl, oder?« fragte er noch einmal.

»Doch, natürlich. Aber nicht so schnell, es sind da ein paar Schwierigkeiten aufgetreten.«

»Schwierigkeiten?«

»Wir können noch nicht heiraten.«

»Oh.« Wir hatte sie gesagt. Er konnte sich vorstellen, wie der Mann aussah: groß und dunkel, mit langem Gesicht wie Steve. Das war der Typ, auf den Miriam immer geflogen war; der einzige Typ, von dem sie sich ein Kind gewünscht hätte. Und er merkte, sie wollte das Kind haben. Er erkannte es an der Art, wie sie steif auf der Bank saß, an dem tranceartigen Ausdruck, den er immer im Gesicht schwangerer Frauen gesehen oder zu sehen gemeint hatte. »Das braucht doch aber die Scheidung nicht zu verzögern.«

»Das hatte ich auch gedacht, bis vor ein paar Tagen.«

»Ach, er ist verheiratet?«

»Ja, er ist verheiratet«, sagte sie seufzend mit halbem Lächeln.

Guy senkte unsicher den Kopf. Das hatte er geahnt. Offensichtlich hatte der Mann gar kein Interesse, Miriam zu heiraten.

»Wo ist er – hier?«

»In Houston«, erwiderte sie. »Willst du dich nicht hinsetzen?«

»Nein.«

»Immer noch der alte, du mochtest nie sitzen.«

Er schwieg.

»Hast du deinen Ring noch?«

»Ja.« Seinen Ring aus Chicago, den Miriam immer bewundert hatte, weil nur Collegestudenten ihn trugen. Unsicher lächelnd blickte sie den Ring an.

Er steckte die Hände in die Taschen. »Ich möchte die Sache ins reine bringen, solange ich jetzt hier bin. Können wir es diese Woche machen?«

»Ich möchte hier weg, Guy.«

»Wegen der Scheidung?«

Ihre kurzen Hände öffneten sich mit einer undeutlichen schlaffen Geste. Ihm fielen plötzlich Brunos Hände ein. Er hatte Bruno völlig vergessen, seit er heute früh aus dem Zug gestiegen war, und ebenso seinen Plato.

»Ich mag hier nicht mehr sein«, sagte sie.

»Wir könnten uns in Dallas scheiden lassen, wenn du das lieber willst.« Ihre Freunde hier wußten wahrscheinlich Bescheid.

»Ich möchte gern noch warten, Guy. Würde dir das was ausmachen? Eine kleine Weile nur.«

»Ich hätte angenommen, daß es dir was ausmacht. Will er dich nun heiraten oder nicht?«

»Er könnte mich im September heiraten. Dann wäre er frei, aber ...«

»Was aber?« Ihr Schweigen, die kindische Art, wie sie sich mit der Zunge über die Oberlippe fuhr, verrieten ihm, in welcher Klemme sie steckte. Sie wünschte sich das Kind so sehr, daß sie bereit war, alles auf sich zu nehmen und bis vier Monate vor der Geburt in Metcalf zu bleiben, um den Vater zu heiraten. Fast widerwillig fühlte er Mitleid in sich aufsteigen.

»Ich möcht hier weggehen, Guy. Mit dir zusammen.«

»Was willst du nun eigentlich, Miriam? Willst du Geld, damit du wegfahren kannst?«

Der träumerische Ausdruck in den graugrünen Augen verschwand wie Nebel. »Deine Mutter hat gesagt, du fährst nach Palm Beach.«

»Ja, vielleicht. Ich hab da zu arbeiten.« Mit einer Ahnung von drohendem Unheil dachte er an den Auftrag, der ihm aus den Händen zu gleiten begann.

»Guy, nimmst du mich mit? Es ist das letzte, was ich von dir erbitte. Wenn ich bis Dezember bei dir bleiben kann und wir uns dann scheiden lassen ...«

»Oh«, sagte er ruhig, aber sein Herz klopfte zum Zerspringen. Sie war ihm plötzlich ekelhaft. Das Kind eines anderen. Und er sollte sie mitnehmen und den Ehemann spielen, bis sie das Kind des anderen zur Welt brachte.

»Wenn du mich nicht mitnimmst, komme ich trotzdem.«

»Miriam, ich könnte schon jetzt die Scheidung erzwingen.« Seine Stimme bebte.

»Das würdest du mir nicht antun«, sagte sie mit der Mischung von Flehen und Drohen, die ihn schon in alten Zeiten, als er sie noch liebte, verwirrt und Liebe und Zorn in ihm gereizt hatte.

Es verwirrte ihn auch heute. Sie hatte recht, er konnte jetzt nicht die Scheidung einleiten. Nicht weil er sie noch liebte, nicht weil sie noch immer seine Frau war und deshalb ein Recht auf seinen Schutz hatte, sondern weil sie ihm leid tat und er nicht vergessen konnte, daß er sie einmal geliebt hatte. Er wußte jetzt, daß sie ihm auch in New York leid getan hatte, selbst als sie ihn um Geld bat.

»Wenn du darauf bestehst, mitzukommen, lehne ich den Auftrag ab. Es hätte keinen Zweck mehr.« Seine Stimme klang ruhig – der Auftrag war verloren; wozu noch darüber reden?

»Das bringst du doch nicht fertig«, sagte sie herausfordernd.

Er sah ihr halb triumphierendes Lächeln und wandte sich ab. Hier irrte sie; aber er schwieg, tat zwei Schritte auf dem groben Asphalt und kehrte mit erhobenem Kopf wieder um. Ruhe, sagte er sich. Nur jetzt nicht den Kopf verlieren. Es war Miriam damals immer verhaßt gewesen, wenn er so reagierte. Ihr war lauter Streit lieber – auch heute morgen, dachte er. Er selber war ihr verhaßt gewesen, wenn er sich so verhielt, bis sie begriff, daß es ihn auf die Dauer viel mehr schmerzte, so zu reagieren. Er wußte, er tat ihr auch jetzt nur einen Gefallen damit, aber er konnte nicht anders.

»Ich habe den Auftrag noch gar nicht. Ich kann einfach ein Telegramm losschicken und meine Bewerbung zurückziehen.«

»Und was dann?«

»Oh – vieles. Aber das werde ich dir nicht auf die Nase binden.«

»Ach, du läufst also weg?« Sie wollte ihn reizen. »Das ist allerdings billig.«

Er begann auf und ab zu wandern. Anne! Anne war noch da, und mit ihr zusammen konnte er alles, auch dies, ertragen. Trotzdem stieg ein Gefühl der Hoffnungslosigkeit in ihm auf. Es war Miriam und nicht Anne, die da auf der Bank vor ihm saß, Miriam, die ihn an sein Versagen in jungen Jahren erinnerte. Wie ein Fehler in einem Brillanten, den man auf den ersten Blick nicht sieht, lebte in ihm die Furcht und Erwartung vor dem Versagen, die er nie hatte überwinden können. Zuweilen war das Versagen einfach eine Möglichkeit, die ihn reizte, wie damals auf der Schule und der Universität, als er sich das Durchfallen bei Examen geleistet hatte, die er hätte bestehen können, oder auch bei der Heirat mit Miriam, die er gegen den Willen beider Familien und aller Freunde durchgesetzt hatte. Hatte er nicht gewußt, daß es nicht gutgehen konnte? Und jetzt hatte er ohne Wimpernzucken seinen größten Auftrag aufgegeben. Er würde nach Mexiko fahren und ein paar Tage mit Anne zusammensein. Das Geld, das er hatte, ging restlos dabei drauf, aber warum auch nicht? Sollte er jetzt etwa nach New York zurückfahren und weiter arbeiten, ohne Anne gesehen zu haben?

»Noch etwas?« fragte er.

»Du hast's ja gehört«, gab sie zurück. Ihre Zähne standen weit auseinander.

4

Er ging langsam nach Hause, über Ambrose Street, wo er wohnte, und Travis Street, die im kühlen Schatten lag. An der Ecke war ein kleiner Obstladen, direkt auf dem Vorderrasen eines Hauses, wie ein Kinderkrämerladen. Aus dem großen Washatorium-Gebäude am westlichen Ende von Ambrose Street kamen viele Mädchen und Frauen, alle in Weiß, lachend und schwatzend auf dem Weg zum Lunch. Er war froh, daß er niemanden traf, mit dem er reden mußte. Ihm war still und resigniert zumute, vielleicht sogar ganz glücklich. Merkwürdig, wie fern jetzt Miriam schon war: fern und fremd und im Grunde unwichtig. Er schämte sich fast wegen seiner Anspannung auf der Fahrt.

»In Ordnung, Mama«, sagte er, als er in die Tür trat.

Seine Mutter hatte ihn mit bangem Blick und hochgezogenen Augenbrauen begrüßt. »Das freut mich, Guy«, sagte sie jetzt, zog ihren Schaukelstuhl heran und setzte sich, bereit zum Zuhören. Sie war eine kleine Frau mit hellbraunem Haar und feinem Profil mit gerader Nase; die physische Energie, die sie erfüllte, schien im Silber der braunen Haare Funken zu sprühen. Und fast immer war sie frohgelaunt – darin, dachte Guy oft, waren sie beide ganz verschieden, und das hatte ihn auch von ihr getrennt seit der Zeit, da er begann, unter Miriam zu leiden. Guy neigte dazu, seine Kümmernisse zu hegen und intensiv über sie nachzudenken, während seine Mutter immer zum Vergessen riet. »Was hat sie denn gesagt? Du warst ja nicht lange weg. Ich dachte, ihr würdet vielleicht zusammen essen.«

»Nein, Mama.« Mit einem Seufzer ließ er sich auf das Brokatsofa fallen. »Es ist alles in Ordnung, aber die Sache in Palm Beach werde ich wahrscheinlich nicht machen.«

»O Guy – warum nicht? Ist sie – bekommt sie wirklich ein Kind?«

Seine Mutter war zwar enttäuscht wegen des Auftrags, aber doch wenig im Vergleich zu dem, was der Auftrag tatsächlich bedeutete. Er war froh, daß sie das nicht wußte. »Ja, das stimmt«, sagte er und lehnte den Kopf zurück, bis er den kühlen Holzrahmen des Sofas am Hinterkopf fühlte. Eine Welt trennte sein Leben von dem seiner Mutter. Von seinem Zusammenleben mit Miriam hatte er ihr wenig erzählt. Seine Mutter war in Mississippi aufgewachsen, sie stammte aus einem gutbürgerlichen und glücklichen Milieu und lebte auch jetzt froh und voll beschäftigt mit ihrem großen Haus und dem Garten und den alten Freunden in Metcalf. Eine bösartige Natur wie Miriam war ihr fremd und ganz unverständlich. Und unverständlich mußte es ihr auch sein, daß er um seiner Arbeit willen bereit war, in New York in ganz anderem Stil und viel unbequemer zu leben, nur weil er ein paar Ideen, die mit seiner Arbeit zusammenhingen, nicht aufgeben wollte.

»Was hat denn die Sache in Palm Beach mit Miriam zu tun?« fragte sie schließlich.

»Miriam will mitkommen – sie will eine Weile Schutz haben, und das halte ich einfach nicht aus.« Guy ballte die Faust. Er sah plötzlich Miriam in Palm Beach vor sich, Miriam im Gespräch mit Clarence Brillhart, dem Manager des *Palmyra Clubs.* Aber es war nicht die Vorstellung von Brillharts Schock unter der ruhigen gleichbleibenden Höflichkeit, das wußte Guy: es war der eigene Widerwillen, der die Sache unmöglich machte. Während der Arbeit an einem solchen Projekt ertrug er es nicht, Miriam in der Nähe zu haben. »Ich halt's nicht aus«, sagte er noch einmal.

»Oh –«, sagte sie nur, aber man spürte ihr Verständnis. Wenn sie mehr darüber sagte, so mußte es ihn daran erinnern, wie sehr sie immer gegen die Heirat mit Miriam gewesen war, und das würde sie in diesem Augenblick vermeiden. »Du könntest es nicht so lange aushalten, wie es nötig wäre«, fügte sie hinzu.

»Nein, ich könnt's nicht.« Er stand auf und legte die Hände um ihr weiches Gesicht. »Mama, mir ist jetzt alles egal, glaub's mir. Wirklich alles.«

»Ich glaub's dir ja. Wieso ist dir alles egal?«

Er ging durch das Zimmer und trat ans Klavier. »Weil ich nach Mexiko fahre, um Anne zu sehen.«

»Ja – wirklich?« sagte sie lächelnd. Das Glück dieses ersten Morgens mit ihm hatte gesiegt. »Du reist dir was zurecht, Junge!«

»Willst du nicht mitkommen?« sagte er über die Schulter und begann, eine Sarabande zu spielen, die er als Kind gelernt hatte.

»Nach Mexiko – keine zehn Pferde kriegen mich nach Mexiko!« sagte sie in gespieltem Entsetzen. »Aber vielleicht kannst du Anne dazu bringen, daß sie mich auf dem Rückweg besucht.«

»Ja, vielleicht.«

Sie trat zu ihm und legte ihm behutsam die Hände auf die Schultern. »Ach Guy – manchmal denke ich, du bist doch wieder glücklich – und immer in den merkwürdigsten Augenblikken.«

5

Was ist los? Bitte schreib mir doch sofort. Oder noch besser, ruf mich mit R-Gespräch an. Wir bleiben noch zwei Wochen hier im Ritz. Du hast mir schrecklich gefehlt auf der Reise; zu schade, daß wir nicht zusammen fliegen konnten, aber ich verstehe schon. Ich wünsche Dir so sehr alles Gute, in jedem Augenblick, mein Herz. Dies muß und wird vorübergehen. Was auch passiert, erzähle es mir und laß uns klarsehen. Oft habe ich das Gefühl, daß Du das nicht tust (klarsehen meine ich).

Du bist so nahe – es ist wirklich absurd, daß Du nicht für einen Tag oder so herkommen kannst. Ich brauche Dich sehr, und die Familie würde sich auch freuen. Darling, die Zeichnungen sind fabelhaft, und ich bin so schrecklich stolz auf Dich, daß ich sogar den Gedanken ertragen kann, daß Du in den kommenden Monaten nicht bei mir bist, weil Du ja diese Bauten machen mußt. Dad war auch sehr beeindruckt. Wir sprechen viel von Dir.

Alles Liebe und Gute für Dich. Sei fröhlich, mein Liebes. A.

Das Telegramm, das Guy an Clarence Brillhart, den Manager des *Palmyra Clubs* richtete, lautete: *Umstände zwingen mich Auftrag abzulehnen. Aufrichtiges Bedauern und Dank für Hilfe und Ermutigung. Brief folgt.*

Plötzlich fielen ihm die Skizzen ein, die sie nun an Stelle von seinen verwenden würden – die billigen Imitationen à la Frank Lloyd Wright von William Harkness Ass. Schlimmer noch, dachte er, als er das Telegramm telefonisch aufgab, der Ausschuß würde vermutlich Harkness ersuchen, einige seiner Ideen zu kopieren, und das würde natürlich auch geschehen.

Er telegrafierte Anne, daß er Montag mit dem Flugzeug ankommen werde und mehrere Tage Zeit habe. Und weil es Anne gab, war es ihm völlig egal, wie viele Monate oder gar Jahre es dauern würde, bis er noch einmal einen so großen Auftrag wie die *Palmyra*-Sache erhielt.

6

An diesem Abend lag Charles Anthony Bruno in seinem Hotelzimmer in El Paso und versuchte, eine goldene Füllfeder auf der eingedrückten Nase zu balancieren. Er war zu rastlos, um schon ins Bett zu gehen, und nicht tatkräftig genug, um eine der Bars in der Umgebung aufzusuchen oder sich die Gegend anzusehen. Das hatte er den ganzen Nachmittag getan und festgestellt, daß ihm El Paso nicht gefiel. Auch zum Grand Canyon hatte er keine Lust. Viel besser gefiel ihm die Idee, die ihm vorgestern im Zug gekommen war. Schade, daß Guy ihn an dem Morgen nicht geweckt hatte. Nicht, weil er der richtige Mann für einen Mordplan war – er mochte ihn einfach, als Mensch. Mit Guy bekannt zu sein, das war etwas. Außerdem hatte Guy sein Buch liegenlassen, und das hätte er ihm zurückgeben können.

Der Ventilator an der Decke gab ein schwach sirrendes Geräusch von sich, weil einer der vier Flügel fehlte. Wären alle vier da, dachte er, dann wäre ihm kühler. Einer der Wasserhähne in der Toilette tropfte, das Lämpchen über dem Bett hing herunter, weil eine Klammer gebrochen war, und an der Schranktür sah man überall Fingerspuren. Und das im ersten Haus am Platz! In jedem Hotel, wo er jemals gewohnt hatte, war irgendwas nicht in Ordnung, manchmal nur eine Sache – warum bloß? Er war entschlossen, eines Tages das vollkommene Hotelzimmer zu finden, das wollte er dann kaufen, und wenn es in Südafrika lag.

Er setzte sich auf den Bettrand und langte nach dem Telefon. »Ich möcht 'n Ferngespräch.« Mit leeren Augen betrachtete er den rötlichen Schmutzfleck, den sein Schuh auf der weißen Bettdecke hinterlassen hatte. »Great Neck 166... ja, ja, Great Neck.« Er wartete. »In Long Island... Herrgott, New York, haben Sie davon schon mal gehört?«

Nach knapp einer Minute war seine Mutter am Apparat.

»Ja, ich bin hier. Fährst du nun Sonntag? Ja, wär gut. Ja, die Eselstour hab ich gemacht, bin noch ganz erschossen ... Ja, den Canyon hab ich gesehen, 'türlich ... Okay, aber die Farben sind doch kitschig ... und wie geht's bei dir?«

Er fing an zu lachen. Er warf die Schuhe von sich und rollte sich lachend auf das Bett, den Hörer in der Hand. Sie erzählte ihm, wie sie nach Hause gekommen war und den Captain mit zwei neuen Freunden von ihr antraf – zwei Männern, die sie am Abend vorher kennengelernt hatte; sie hatten angenommen, der Captain sei ihr Vater, und hatten in der Unterhaltung immer genau das Falsche gesagt.

7

Auf einen Ellbogen gestützt, saß Guy im Bett und starrte auf den mit Bleistift adressierten Brief.

»Jetzt kann ich dich bloß noch einmal wecken und dann wieder lange Zeit gar nicht«, sagte seine Mutter.

Guy nahm den Brief aus Palm Beach in die Hand. »Vielleicht wird's gar nicht so lange sein, Mama«, sagte er.

»Wann geht dein Flugzeug morgen?«

»Ein Uhr zwanzig.«

Sie beugte sich über sein Bett und stopfte am Fußende die Decke fest ein. »Du hast wohl keine Zeit, Ethel schnell noch zu besuchen?«

»Aber ja, das tue ich noch, Mama.« Ethel Peterson gehörte zu den ältesten Freundinnen seiner Mutter; bei ihr hatte er die ersten Klavierstunden gehabt.

Der Brief aus Palm Beach kam von Mr. Brillhart. Guy hatte den Auftrag erhalten. Mr. Brillhart hatte den Ausschuß sogar zu den Patentfenstern überreden können.

»Ich habe heute besonders starken Kaffee gemacht«, sagte seine Mutter auf der Türschwelle. »Möchtest du im Bett frühstücken?«

»Und ob!« Guy lächelte ihr zu.

Er las Mr. Brillharts Brief noch einmal sorgfältig durch, steckte ihn in den Umschlag und zerriß ihn langsam in kleine Stücke. Dann öffnete er den anderen Brief; er enthielt ein Blatt, mit Bleistift bekritzelt. Er lächelte noch einmal, als er die Unterschrift mit dem großen Schnörkel sah: Charles A. Bruno.

Lieber Guy, dieser Brief kommt von Ihrem Reisefreund. Sie entsinnen sich doch? Sie haben Ihr Buch in meinem Abteil liegenlassen, und ich habe eine Adresse in Texas darin gefunden, die sicher noch stimmt. Das Buch schicke ich Ihnen zu.

Es war mir eine große Freude, neulich mit Ihnen zu essen, und ich darf Sie nun hoffentlich zu meinen Freunden zählen. Es wäre sehr schön, wenn Sie nach Santa Fé kämen; falls Sie sich also doch noch entschließen, meine Adresse ist: Hotel La Fonda, *Santa Fé, Neu-Mexiko. Das gilt für die nächsten zwei Wochen mindestens.*

Ich denke immer noch an unsere Idee mit den beiden Morden. Sie ist großartig und unbedingt durchführbar. Bestimmt. Obwohl ich weiß, daß das Thema Sie nicht interessiert.

Was gab es Interessantes mit Ihrer Frau? Bitte schreiben Sie mir doch bald mal. Außer, daß mir in El Paso meine Brieftasche gestohlen wurde (direkt vor mir an der Bar), ist hier nichts Besonderes passiert. El Paso hat mir nicht gefallen, was Sie wohl verstehen werden.

Hoffentlich höre ich bald von Ihnen.

Ihr Freund
Charles A. Bruno.

Irgendwie gefiel Guy der Brief. »Maisflocken!« sagte er fröhlich zu seiner Mutter. »Die kriege ich da oben im Norden nie zum Frühstück.«

Er zog seinen alten Lieblingsschlafrock an, der für das Wetter eigentlich zu heiß war, und setzte sich im Bett zurecht mit dem *Metcalf Star* und dem wackligen Frühstückstablett.

Danach duschte er und zog sich an, als ob er heute etwas Besonderes vorhabe, aber es gab nichts. Gestern war er bei den Cartwrights gewesen. Normalerweise hätte er auch seinen alten Schulfreund Peter Wriggs aufgesucht, aber Peter hatte jetzt eine Stellung in New Orleans. Was Miriam wohl jetzt gerade machte? Vielleicht manikürte sie sich die Nägel oder spielte ein Brettspiel mit einem kleinen Mädchen aus der Nachbarschaft ... Miriam verfiel nie ins Brüten, wenn etwas schiefging ... Guy zündete sich eine Zigarette an.

Von unten kam ein weich klapperndes Geräusch. Seine Mutter oder die Köchin war beim Silberputzen und legte die einzelnen Teile Stück für Stück auf einen Haufen.

Warum war er bloß nicht schon heute nach Mexiko gefahren? Was hielt ihn noch hier? Sicher kam sein Onkel abends noch einmal, und vielleicht auch einige Bekannte seiner Mutter. Alle wollten ihn sehen. Seit seinem letzten Hiersein hatte der *Metcalf Star* eine Spalte über seine Arbeit gebracht: die Stipendien, den *Prix de Rome*, den er wegen des Krieges nicht hatte entgegennehmen können, das Warenhaus in Pittsburgh, das er entworfen hatte, und den kleinen Krankenhausbau der Chicagoer Klinik. In der Zeitung machte sich so etwas sehr eindrucksvoll.

Er hatte plötzlich Lust, sich an den Schreibtisch zu setzen und an Bruno zu schreiben, aber als er die Feder in der Hand hielt, wußte er nichts zu sagen. Er sah Bruno in dem rostbraunen Anzug vor sich, den Lederriemen der Kamera über der Schulter; er schleppte sich in Santa Fé einen staubigen Hügel hoch, lächelte mit schlechten Zähnen über irgendwas, hob unsicher den Fotoapparat und knipste. Bruno – tausend leicht erworbene Dollar in der Tasche – saß in einer Bar und wartete auf seine Mutter. Was hatte er Bruno zu schreiben? Er schraubte den Füllfederhalter wieder zu und warf ihn auf den Tisch.

»Mama?« rief er und lief nach unten. »Hast du nicht Lust, heute nachmittag ins Kino zu gehen?«

Seine Mutter meinte, sie sei in dieser Woche schon zweimal im Kino gewesen. »Du magst doch gar keine Filme«, neckte sie ihn.

»Doch, du, ich möchte wirklich gern gehen«, beharrte er fröhlich.

8

Gegen elf Uhr abends klingelte das Telefon. Seine Mutter nahm den Hörer ab und kam dann ins Wohnzimmer, wo er mit seinem Onkel, dessen Frau und den beiden Cousinen Ritchie und Ty zusammensaß.

»Ein Ferngespräch«, sagte sie.

Guy nickte. Das konnte nur Brillhart sein; sicher wollte er weitere Erklärungen haben. Seinen Brief hatte Guy heute beantwortet.

»Hallo, Guy«, sagte eine Stimme. »Hier Charley.«

»Welcher Charley?«

»Charley Bruno.«

»Oh – wie geht's? Vielen Dank für das Buch.«

»Ich hab's noch nicht abgeschickt, aber ich tu's noch«, sagte Bruno. »Kommen Sie nach Santa Fé?«

»Nein – ich glaube nicht, daß ich es schaffe.«

»Und wie ist es mit Palm Beach? Kann ich Sie da besuchen in ein paar Wochen? Ich würd's mir gern mal ansehen.«

»Tut mir leid, aber ... aus der Sache wird nichts. Ich hab's mir anders überlegt.«

»Wegen Ihrer Frau?«

»Nnnnein ...« Die Fragerei ärgerte Guy.

»Sie will, daß Sie bei ihr bleiben?«

»Eh ... ja, so ungefähr.«

»Miriam will mitkommen nach Palm Beach, was?«

Guy war erstaunt, daß Bruno den Namen behalten hatte.

»Mit der Scheidung sind Sie noch nicht durch, was?«

»Wird schon klappen«, sagte Guy knapp.

»Ja, das Gespräch geht auf meine Rechnung«, schrie Bruno irgend jemandem zu. Dann wieder in den Apparat: »Guy, hören Sie – haben Sie ihretwegen den Auftrag abgelehnt?«

»Nein, eigentlich nicht. Ist ja auch egal jetzt, die Sache ist aus.«

»Und Sie müssen mit der Scheidung bis nach der Geburt des Kindes warten?«

Guy schwieg.

»Der andere will sie nicht heiraten, was?«

»O doch, das will er. Bloß ...«

»Wirklich?« unterbrach ihn Bruno zynisch.

»Ich kann jetzt nicht weiterreden, wir haben Gäste. Gute Reise, Charley.«

»Wann können wir uns sprechen? Morgen?«

»Morgen bin ich nicht mehr hier. Ich fahre noch kurz nach Mexiko.«

»Ach.« Es klang unsicher. Dann kam die Stimme wieder, mürrisch-vertraulich: »Hören Sie zu, Guy: wenn Sie irgendwas erledigt haben wollen, brauchen Sie mir nur ein Zeichen zu geben.«

Guy runzelte die Stirn. In seinem Gehirn nahm eine Frage Form an, und fast gleichzeitig wußte er auch die Antwort. Er entsann sich Brunos Mordidee.

»Also – wollen Sie, Guy?«

»Gar nichts will ich. Verstanden?« Prahlereien eines Besoffenen, dachte er. Wozu sollte er ernsthaft darauf eingehen.

»Guy, ich mein's ernst.«

»Auf Wiedersehen, Charley.« Guy wartete, daß Bruno den Hörer auflegte.

»Das klingt aber nicht, als ob alles in Ordnung wäre«, sagte Bruno herausfordernd.

»Sagen Sie mal, was geht Sie das eigentlich an?«

»Guy!« Die Stimme klang weinerlich.

Guy wollte etwas sagen, aber es knackte im Apparat, die Leitung war unterbrochen. Im ersten Augenblick wollte er die Telefonistin bitten, den Anrufer festzustellen; dann zuckte er die Achseln. Besoffene Prahlereien. Es ärgerte ihn, daß Bruno seine Adresse hatte. Er fuhr sich heftig mit der Hand durchs Haar und ging zurück ins Wohnzimmer.

9

Alles, was er Anne von Miriam erzählt hatte, versank ins Nichts, als er jetzt neben ihr auf dem Kiesweg auf und ab ging. Er nahm beim Gehen ihre Hand und blickte sich in der Landschaft um, in der ihm alles fremd war: die breite, mit Riesenbäumen bestandene Prachtstraße – wie die Champs-Élysées, militärische Statuen auf Podesten und dahinter Gebäude, die er nicht kannte. Der Paseo de la Reforma. Anne schritt mit gesenktem Kopf neben ihm und versuchte, ihre Schritte seinen langen Beinen anzupassen. Ihr blaßblondes Haar, das am Hinterkopf von einem silbernen Reifen gehalten wurde, bewegte sich träge im Wind. Dies war der zweite Sommer, in dem er beobachtet hatte, wie die Sonne ihr Gesicht zu bräunen begann, so daß die Haut ungefähr der Haarfarbe glich. Das Gesicht wurde schnell dunkler, doch Guy hatte es am liebsten, wenn es so war wie jetzt: wie aus Weißgold gemacht.

Jetzt sah sie zu ihm auf. »Meinst du nicht, daß du etwas übereilt gehandelt hast, so eine große Sache einfach aufzugeben?«

Das ärgerte ihn; für ihn war der Fall erledigt. »Mit Miriam zusammen? Unter diesen Umständen? Nie im Leben. Ich kann sie nicht mehr ausstehen.«

»Das solltest du aber nicht sagen!«

»Es stimmt aber, ich kann sie nicht mehr ausstehen«, wiederholte er und starrte vor sich hin. »Manchmal verabscheue ich die ganze Welt. Es gibt keine Anständigkeit, kein Gewissen. Und Miriam ist genau das, was gemeint ist, wenn man sagt, daß Amerika nie erwachsen wird und daß Korruption hier noch belohnt wird. Frauen wie sie sehen sich schlechte Filme an oder spielen selbst darin mit, lesen kitschige Liebesgeschichten, wohnen in Bungalows, brechen in anderer Leute Ehen ein und treiben ewig ihre Männer an, damit sie dieses Jahr mehr verdienen und nächstes Jahr dann noch mehr auf Abzahlung kaufen können ...«

»Guy, hör auf! Du redest ja wie ein Kind.« Sie tat einen Schritt von ihm weg.

»Und daß ich sie und alles an ihr einmal geliebt habe, macht mich ganz krank.«

Sie sahen sich an. Er hatte die Worte aussprechen müssen, hier und jetzt, die häßlichsten Worte, die es gab. Er suchte Annes Abwehr, er wollte darunter leiden, daß sie sich abwandte und ihn stehenließ. Sie hatte ihn schon ein- oder zweimal allein gelassen, als er unvernünftig gewesen war.

Jetzt sagte sie mit der fernen, ausdruckslosen Stimme, die ihn erschreckte, weil er fürchtete, sie könnte ihn verlassen und nie wiederkommen: »Manchmal habe ich das Gefühl, daß du sie noch immer liebst.«

Er lächelte, und sie sah es und wurde weich.

»Ach, Guy!« Sie streckte die Hand aus mit einer flehenden Gebärde, und er nahm sie. »Wenn du bloß erwachsen sein wolltest!«

»Ich hab mal irgendwo gelesen, daß man emotionell nicht mehr weiterwächst.«

»Es ist mir egal, was du gelesen hast, es ist jedenfalls falsch, das werde ich dir beweisen, und wenn es mein Tod wäre.«

Er fühlte sich plötzlich ganz sicher. »Was könnte ich jetzt noch denken?« fragte er halblaut.

»Daß du noch nie so nahe dran warst, frei zu sein, wie jetzt. Was meinst du denn, weiter noch denken zu müssen?«

Guy hob den Kopf. Oben auf einem Gebäude stand ein großes Leuchtzeichen: TOME XX, und er war plötzlich neugierig und wollte Anne fragen, was es bedeutete.

Er wollte sie fragen, warum alles so viel leichter und einfacher war, wenn er bei ihr war, aber sein Stolz ließ die Frage nicht zu, und es wäre ja auch doch nur eine rhetorische Frage gewesen, denn die Antwort war: Anne. So einfach war das. So war es seit dem Tag, da er sie kennengelernt hatte, im halbdunklen Keller des Kunstinstituts in New York. Es war ein Regentag, er war durchnäßt hereingekommen und hatte sich an das einzige Lebewesen gewandt, das er dort sah, einen roten chinesischen Regenmantel mit Kapuze, der sich umwandte und sagte: »Nach 9 A kommen Sie über den ersten Stock – Sie hätten gar nicht hier herunter zu kommen brauchen.« Sie hatte dazu lustig gelacht, und seine Wut legte sich sofort. Zentimeterweise hatte er zu lächeln gelernt, ganz langsam und scheu, mit einer Spur Verachtung, als er ihren kleinen neuen grünen Wagen sah. »Wenn man in Long Island wohnt, ist ein Wagen einfach vernünftiger«, hatte Anne gesagt. Die Tage, als er allem mit leichter Verachtung begegnete und mal hier, mal da einen Kursus belegte, waren einfach Experimente, um Sicherheit zu gewinnen, um zu wissen, daß er alles begriff und merkte, wie schnell er aufnehmen und wieder aufhören konnte. »Was stellst du dir vor, wie man ohne Hilfe da reinkommt? Die können dich doch immer noch jederzeit rausschmeißen«, hatte Anne gesagt, und er hatte schließlich auch verstanden, was sie meinte, und hatte ein Jahr lang die exklusive Architekten-Akademie von Deems in Brooklyn besucht, nachdem ihr Vater sich für ihn bei einem der Leiter verwendet hatte.

»Du, Guy«, sagte Anne nach einem langen Schweigen, »ich weiß ganz sicher, du hast es in dir, schrecklich glücklich zu sein.«

Er nickte, obgleich sie ihn nicht ansah. Aus irgendeinem Grunde schämte er sich. Anne hatte es in sich, glücklich zu sein. Sie war jetzt glücklich, sie war auch glücklich gewesen, bevor sie sich kannten, und wenn etwas ihr Glück manchmal für einen Augenblick trübte, so war es nur er und seine Probleme. Er würde auch glücklich sein, wenn er mit Anne zusammenlebte, und hatte ihr das auch gesagt, aber er brachte es nicht noch einmal heraus.

»Was ist das da?« fragte er. Sie waren im Chapultepec Park und standen vor einem großen runden Glashaus.

»Der Botanische Garten«, sagte Anne.

Drinnen war niemand zu sehen, nicht mal ein Wärter. Es

roch nach frischer warmer Erde. Sie schlenderten umher und lasen unaussprechliche Namen von Pflanzen, die aus fernen Ländern stammten. Anne hatte eine Lieblingspflanze, die sie seit drei Jahren beobachtete und immer wieder aufsuchte, wenn sie im Sommer mit ihrem Vater hier war.

»Bloß die Namen kann ich nicht behalten«, sagte sie.

»Nein – warum solltest du auch?«

Sie aßen zusammen mit Annes Mutter zu Mittag. Sie war eine schlanke Frau von rastloser Energie, so groß wie Anne, und sah für ihr Alter ebensogut aus wie ihre Tochter. Guy hatte sie sehr gern, weil sie ihn ebenfalls gern hatte. Zu Anfang hatte er mit den größten Schwierigkeiten von seiten der wohlhabenden Eltern gerechnet, aber seine Befürchtungen waren nicht eingetroffen, und allmählich hatte er sie vergessen. Am Abend gingen sie alle vier zu einem Konzert und aßen hinterher noch gemeinsam in einem Restaurant zu Abend. Annes Eltern bedauerten, daß er nicht den Sommer über mit ihnen in Acapulco bleiben konnte. Ihr Vater war Importeur und wollte an den Docks dort ein Lagerhaus bauen.

»Ein Lagerhaus wird ihn kaum interessieren, wenn er einen ganzen Country Club baut«, sagte die Mutter lächelnd.

Guy schwieg und vermied Annes Blick. Er hatte sie gebeten, solange er noch da war, ihren Eltern nichts von seiner Ablehnung zu sagen. Wo würde er nächste Woche sein? Er konnte nach Chicago fahren und dort noch ein paar Monate an der Hochschule arbeiten. Seine Sachen hatte er in New York gelassen, wo seine Wirtin auf Nachricht wartete, ob sie sein Apartment vermieten könne oder nicht. In Chicago konnte er den großen Architekten Saarinen in Evanstone aufsuchen und Tim O'Flaherty, einen jungen, noch unberühmten Architekten, von dem Guy viel hielt. Vielleicht bekam er auch ein paar Aufträge in Chicago. New York ohne Anne: daran mochte er nicht denken. Er wollte jetzt mit ihr noch einen Abendspaziergang machen, aber sie bestand darauf, daß er erst mit ihr ins *Ritz* kam und den seidenen Morgenmantel besah, den sie für ihren Vetter Teddy gekauft hatte und abschicken wollte. Danach war es dann zu spät für einen Spaziergang.

Er wohnte im Hotel *Montecarlo*, etwa zehn Straßen vom *Ritz* entfernt; es war ein großes, schäbiges Gebäude, das aussah wie der frühere Wohnsitz eines Generals.

Die weite Einfahrt hatte einen schwarz-weiß gekachelten Boden wie ein Badezimmer; dahinter lag die große dunkle Hotelhalle, ebenfalls gekachelt, eine kleine grottenartige Bar und ein immer leeres Restaurant. Rund um den Patio lief eine Marmortreppe, die Guy gestern hinter dem Pagen hinaufgestiegen war. Durch die offenstehenden Türen und Fenster hatte er zwei Japaner beim Kartenspiel gesehen, eine Frau beim Gebet, mehrere Leute, die Briefe schrieben oder einfach herumstanden mit einem merkwürdigen Ausdruck von Gefangensein. Über dem ganzen Haus lag eine Art männliche Düsternis, eine unwägbare übernatürliche Aura. Guy hatte das Haus sofort gefallen, obgleich Anne und ihre Eltern ihn damit neckten. Sein billiges kleines Hinterzimmer war angefüllt mit rosa und braun gestrichenen Möbeln, das Bett sah aus wie ein eingefallener Kuchen, und das Bad lag hinten auf dem Flur. Irgendwo unten im Patio tropfte dauernd Wasser, und die sporadischen Spülgeräusche in den Toiletten hörten sich wie Wolkenbrüche an.

Guy kam vom Ritz zurück und legte seine Armbanduhr – ein Geschenk von Anne – auf das rosa Nachttischchen, Brieftasche und Schlüssel auf den zerkratzten braunen Schreibtisch, wie er es zu Hause auch getan hätte. Er war rundum zufrieden, als er dann ins Bett stieg, vor sich die mexikanischen Zeitungen und ein Buch über englische Architektur, das er nachmittags in der Buchhandlung entdeckt hatte. Nach einem erneuten Anlauf zum Spanischen legte er den Kopf zurück und ließ seinen Blick im Zimmer herumwandern, wobei er auf die gedämpften rattenähnlichen Geräusche menschlichen Lebens aus dem ganzen Hause horchte. Was mochte es sein, das ihn hier anzog? Gefiel er sich etwa in einer schäbigen, unbequemen und unwürdigen Umgebung? Oder wollte er sich vor Miriam verstecken? Zu finden war er hier gewiß schwerer als im *Ritz*. Am nächsten Morgen rief Anne an; es war ein Telegramm für ihn gekommen. »Ich hab zufällig gehört, wie sie dich hier an der Rezeption ausriefen«, sagte sie. »Sie wollten es schon zurückgehen lassen.«

»Würdest du es mir bitte vorlesen?«

»Ja. ›Miriam hatte gestern Fehlgeburt. Sehr bekümmert und möchte dich sehen. Kannst du herkommen? Mama.‹ – Oh, Guy!«

Zorn und Übelkeit stiegen in ihm hoch. »Das hat sie selbst gemacht«, brachte er hervor.

»Das kannst du nicht wissen, Guy.«

»Ich weiß es.«

»Meinst du nicht, du solltest hinfahren?«

Seine Finger schlossen sich fester um den Hörer. »Jedenfalls kann ich mich jetzt wieder um den *Palmyra*-Auftrag bemühen«, sagte er. »Wann ist das Telegramm aufgegeben worden?«

»Am neunten. Dienstag um 16 Uhr.«

Er gab ein Telegramm an Mr. Brillhart auf mit der Anfrage, ob er sich doch noch um den Auftrag bewerben dürfe. Zweifellos würde das in Ordnung gehen, aber wie blödsinnig stand er da, und nur wegen Miriam. Er schrieb ihr:

Ich kann jetzt keine Rücksicht mehr nehmen und werde die Scheidung einleiten. Ich komme auf ein paar Tage nach Texas. Hoffentlich bist du dann wieder wohlauf; wenn nicht, kann ich das Nötige auch allein unternehmen. Ich wünsche dir baldige Genesung. Guy. P. S. Bis Sonntag erreichst du mich unter dieser Adresse.

Den Brief sandte er mit Luftpost und Eilboten. Dann rief er Anne an. Er wollte sie abends ins beste Restaurant der Stadt einladen, und anfangen wollte er mit den exotischen Cocktails, und zwar mit sämtlichen.

»Bist du wirklich glücklich?« fragte Anne lachend, als könne sie es kaum glauben.

»Ja, glücklich und irgendwie fremd. *Muy extranjero.*«

»Wieso?«

»Weil ich eigentlich nie richtig daran geglaubt habe, daß es für mich in den Sternen stand, daß es für mich bestimmt war – das *Palmyra*, meine ich.«

»Ich wohl. Ich habe daran geglaubt.«

»Ja, du!«

Er erwartete eigentlich keine Antwort von Miriam; doch Freitagmorgen, als er mit Anne in Xochimilco war, hatte er das Gefühl, er müsse sein Hotel anrufen und nach Post fragen. Ein Telegramm lag für ihn da. Er bat den Empfangschef, es ihm vorzulesen. »›Muß dich unbedingt sprechen. Bitte komme bald. Herzlichst Miriam.‹«

»Sie wird Schwierigkeiten machen«, sagte Guy, nachdem er Anne davon berichtet hatte. »Ganz bestimmt. Der andere Mann wird sie nicht heiraten wollen. Er hat schon eine Frau.«

»Ach.«

Er sah sie an und wollte etwas sagen – wieviel Geduld sie mit ihm, mit Miriam, mit allem habe. »Komm, laß uns nicht mehr daran denken«, sagte er froh und schritt schneller aus.

»Willst du nun zurückfahren?«

»Nein, bestimmt nicht. Montag vielleicht oder Dienstag. Diese paar Tage will ich hier bei dir sein. Ich brauche erst in acht Tagen in Florida zu sein. Das heißt, wenn sie sich an die ersten Pläne halten.«

»Jetzt wird Miriam nicht mehr darauf bestehen, dich begleiten zu wollen, oder?«

»Nächste Woche um diese Zeit«, gab er zurück, »wird sie keinerlei Ansprüche mehr an mich haben.«

10

Im Hotel *La Fonda* in Santa Fé saß Elsie Bruno an ihrem Frisiertisch und rieb mit Watte die Nachtcreme von ihrem Gesicht. Ab und zu beugte sie sich vor, um im Spiegel das feine Netz unter den Augenlidern zu prüfen.

»Das Licht hier – wie eine Röntgenlampe«, meinte sie zu Bruno, der im Pyjama zusammengesunken in einem Ledersessel hockte.

Er warf aus verschwollenen Augen einen Blick auf das Fenster; zum Aufstehen und Herunterziehen des Rollos war er zu müde. »Du siehst gut aus, Mama«, krächzte er. Er brachte seine Lippen an den Rand des Wasserglases, das er gegen die unbehaarte Brust hielt, und zog grübelnd die Stirn zusammen.

Wie eine Riesenwalnuß in den zittrig schwachen Pfoten eines Eichhörnchens drehte sich seit Tagen eine Idee in seinem Kopf, größer und näher als je zuvor. Sobald seine Mutter abgereist war, wollte er die Schale öffnen und sich die Idee richtig vornehmen. Sie hieß Miriam, und er wollte sie packen. Es war soweit. Wenn er Guy helfen wollte, mußte es jetzt geschehen. In ein paar Tagen oder in einer Woche war es vielleicht für den *Palmyra*-Auftrag zu spät, dann brauchte er es nicht mehr.

Im Gesicht, fand Elsie, hatte sie schon ein bißchen zugenommen. Über die Lachfältchen ging sie mit einem Lächeln hinweg und legte blinzelnd den blonden Lockenkopf in den Nacken.

»Du, Charley, ich denke, ich kaufe mir heute morgen den Silbergürtel.« Die Worte klangen beiläufig, als spräche sie zu sich selbst. Es war ein erstklassiger Gürtel; er sollte etwas über zweihundertfünfzig Dollar kosten, aber – so ging der Monolog weiter – Sam wollte ihr noch tausend nach Kalifornien schicken.

»Na ja, wozu ist er sonst schon gut?« murmelte Bruno.

Elsie nahm ihre Badekappe vom Tisch und wandte sich mit dem immer gleichbleibenden strahlenden Lächeln zu ihrem Sohn um. »Darling«, sagte sie schmeichelnd.

»Hm-mmm?«

»Du wirst doch lieb sein und nichts Böses anstellen, wenn ich fort bin, nein?«

»Nein, Mama.«

Sie stülpte sich die Badekappe aufs Haar, besah sich einen langen roten Fingernagel und griff nach der Sandpapierfeile. Fred Wiley wäre gewiß selig, wenn er ihr den Silbergürtel kaufen dürfte – vermutlich kam er sowieso zum Bahnhof und brachte ihr irgendeine Scheußlichkeit, die doppelt soviel kostete –, aber sie hatte keine Lust, Fred in Kalifornien am Hals zu haben. Wenn sie ihn nur im geringsten ermutigte, kam er mit. Nein, es war viel besser, wenn er ihr hier auf dem Bahnsteig ewige Liebe schwor, eine Träne vergoß und dann heimging zu seiner Frau.

»Du, es war wirklich furchtbar nett gestern abend«, sagte sie. »Fred hat's zuerst gesehen.« Sie lachte, und die Sandpapierfeile fiel ihr aus der Hand.

»Ich hatte nichts damit zu tun«, sagte Bruno ablehnend.

»Na schön, Darling, du hattest nichts damit zu tun.«

Bruno verzog den Mund. Um vier Uhr morgens hatte ihn seine Mutter geweckt, halb hysterisch, und gesagt, im Plaza sitze ein toter Bulle. Auf einer Bank, mit Hut und Mantel und einer Zeitung vor sich. Typisch für Wilsons Art von Humor – wie ein Schüler. Wilson redete bestimmt heute noch den ganzen Tag davon, das wußte Bruno, um die Sache auszuschmücken, bis ihm etwas noch Blöderes einfiel. Er selber hatte gestern abend in der Hotelbar einen Mord geplant – während Wilson sich mit einem toten Bullen befaßte. Wilson hatte noch nie, nicht mal in seinen übertriebenen Kriegsstories, behauptet, jemand umgebracht zu haben – nicht mal einen Japsen. Gegen zehn waren Fred Wiley und ein Haufen anderer Idioten in der

Placita erschienen, halb besoffen, und hatten seine Mutter zu einer Party abgeholt. Ihn hatten sie auch mitnehmen wollen, aber er hatte behauptet, verabredet zu sein. Er wollte Zeit zum Nachdenken haben. Und gestern abend hatte er es dann beschlossen. Er hatte schon seit Sonnabend, seit dem Gespräch mit Guy, darüber nachgedacht; jetzt war bald wieder Sonnabend, und morgen mußte es geschehen, wenn seine Mutter nach Kalifornien abgereist war. Morgen oder nie. Er hatte es satt, die ewig bohrende stille Frage, ob er es fertigbrachte. Er wußte, er konnte es. Etwas in ihm drängte und sagte, Zeit, Umstände und Gelegenheit seien jetzt so günstig wie nie. Ein Mord ohne jedes persönliche Motiv! Die Aussicht, daß Guy seinen Vater umbrachte, ließ er als Motiv nicht gelten, denn das war noch nicht sicher. Vielleicht ließ sich Guy dazu überreden, vielleicht auch nicht. Wichtig war nur, daß er jetzt handeln mußte, weil alles so prima paßte. Er hatte gestern abend noch einmal in Guys Wohnung angerufen, um sicher zu sein, daß er noch nicht aus Mexiko zurück war. Ihm war, als drücke ein Daumen unten auf seine Kehle; er riß am Kragen, aber die Pyjamajacke stand weit offen. Gedankenverloren schloß er die Knöpfe.

»Und du willst wirklich nicht mitkommen?« fragte seine Mutter und stand auf. »Wenn du mitkämst, würde ich rauffahren nach Reno. Helen ist jetzt da und George Kennedy auch.«

»Ich würd dich gern in Reno sehen, aber nur zu einem einzigen Zweck, Mama.«

»Ach, Charley.« Sie legte den Kopf auf die Seite und hob ihn wieder. »Kannst du nicht ein bißchen Geduld haben? Wenn Sam nicht wäre, säßen wir nicht hier.«

»O doch.«

Sie seufzte. »Du kommst also nicht mit?«

»Mir gefällt's hier«, sagte er mit leichtem Aufstöhnen.

Sie besah sich wieder ihre Nägel. »Ich höre immer nur, wie langweilig du es findest.«

»Nur mit Wilson. Ich hab genug von ihm.«

»Du willst doch nicht schon wieder nach New York zurück?«

»Was soll ich denn in New York?«

»Grannie wäre schwer enttäuscht, wenn du ihr dies Jahr wieder einen Strich durch die Rechnung machtest.«

»Ich hab doch noch nie eine Rechnung von ihr gesehen«, scherzte Bruno mit einiger Mühe. Ihm war plötzlich sterbensübel, viel zu übel zum Erbrechen. Er kannte das, es dauerte nur eine Minute, aber, lieber Gott, flehte er, laß bloß keine Zeit mehr sein zum Frühstück vor ihrer Abfahrt, laß sie bloß kein Wort vom Frühstück sagen. Er machte sich steif und rührte keinen Muskel, die Lippen waren geöffnet, er atmete kaum und hielt ein Auge geschlossen; mit dem andern sah er seine Mutter im hellblauseidenen Morgenmantel auf sich zukommen. Sie lächelte.

»Was habt ihr beide vor, du und Wilson?«

»Dieser Blödian?«

Sie setzte sich zu ihm auf die Armlehne und schüttelte ihn leicht. »Nur weil er dir die Schau stiehlt. Ich bitte dich, Darling, stell nichts Schlimmes an, ja? Ich habe im Augenblick wirklich nicht das Geld, um hinterher alles wieder in Ordnung zu bringen.«

»Dann laß dir was von ihm geben. Und gleich tausend für mich mit.«

»Ach, Darling.« Sie drückte ihre kühlen Finger an seine Stirn. »Du wirst mir fehlen.«

»Ich komm ja nach – wahrscheinlich übermorgen.«

»Du, dann wollen wir uns amüsieren in Kalifornien, was?«

»Ja, bestimmt.«

»Warum bist du heute morgen so ernst?«

»Bin ich ja gar nicht, Mama.«

Sie zog ihn an den dünnen Haaren, die ihm in die Stirn hingen, und verschwand im Bad.

Drinnen rauschte das Badewasser. Bruno sprang auf und rief laut: »Mama, für meine Rechnung hier hab ich Geld genug!«

»Was sagst du, mein Herz?«

Er trat nahe an die Tür und wiederholte seine Worte, dann sank er erschöpft in den Sessel zurück. Seine Mutter sollte von den Ferngesprächen nach Metcalf nichts erfahren. Wenn er das verhindern konnte, war alles im Lot. Sie schien sich nicht viel daraus zu machen, daß er nicht mitkam. Eigentlich gar nichts. Ob sie diesen Kerl, diesen Fred Wiley unterwegs treffen wollte? Bruno zog sich in die Höhe; ein Widerwillen gegen Fred Wiley begann in ihm aufzusteigen. Er hätte seiner Mutter gern erzählt, daß er in Santa Fé zurückblieb, um etwas ganz Einmaliges zu unternehmen, die größte Tat seines Lebens. Sie würde da drinnen bestimmt nicht so ruhig baden und das Wasser laufen lassen, ohne sich um ihn zu kümmern, wenn sie eine Ahnung hätte. Er hätte ihr gern gesagt: Mama, paß mal auf, bald wird es uns viel besser gehen als jetzt, denn jetzt fängt es erst richtig an, und bald sind wir den Captain los. Ob Guy seinen Anteil an dem Vertrag erfüllte oder nicht – wenn er selbst die Sache mit Miriam erledigte, hatte er etwas vollbracht. Den perfekten Mord. Irgendwann später einmal kam dann jemand anders, einer, den er heute noch gar nicht kannte, und mit dem kam er dann vielleicht zu einer Abmachung. In plötzlicher Unruhe drückte Bruno das Kinn auf die Brust. Wie sollte er es seiner Mutter beibringen. Ein Mord lag nicht auf ihrer Linie. Wie unheimlich! würde sie sagen. Verstört, mit fernem Blick sah er die Badezimmertür an. Es war ihm klargeworden, daß er niemals zu jemand davon sprechen konnte. Außer zu Guy. Er setzte sich wieder.

»Hallo, Schlafmütze!«

Er blinzelte, als sie in die Hände klatschte, und lächelte dann. Allerhand würde geschehen, dachte er dumpf, bevor er sie wiedersah. Er beobachtete, wie sie die Beine spannte, als sie jetzt die Strümpfe anzog. Immer freute er sich, war er geradezu stolz, wenn er die schlanken Linien ihrer Beine sah. Die schönsten Beine, die er je gesehen hatte, ob jung oder alt. Ziegfeld hatte sie entdeckt, und der verstand was davon. Aber sie hatte dann geheiratet und war genau zu dem Leben zurückgekehrt, vor dem sie früher davongelaufen war. Bald würde er sie daraus befreien, nur ahnte sie es noch nicht.

»Hier – vergiß nicht, das zur Post zu bringen!« sagte sie.

Bruno fuhr zusammen, als die beiden Schlangenköpfe auf ihn zukamen. Sie waren auf einen Schlipshalter montiert, den seine Mutter für den Captain gekauft hatte, er bestand aus ineinandergewundenen Kuhhörnern, auf denen oben zwei ausgestopfte kleine Klapperschlangenköpfe saßen, die einander über einem Spiegel die Zungen herausstreckten. Der Captain haßte solche Halter, er haßte auch Schlangen, Hunde, Katzen, Vögel – was haßte er eigentlich nicht? Ganz gewiß würde er diesen Schlipshalter ekelhaft finden, deshalb hatte Bruno seine Mutter zu dem Kauf überredet – was allerdings nicht schwer gewesen war, dachte er mit einem liebevollen Blick auf das monströse Ding.

Herrgott, der verdammte Pflasterstein. Bruno flog am ganzen Körper, fast wäre er lang hingeschlagen. Gott sei Dank war er in einem kleinen Seitenweg umgefallen und nicht auf der großen Straße, sonst hätten ihn womöglich die Cops zu fassen gekriegt und er hätte den Zug verpaßt. Er blieb stehen und suchte nach seiner Brieftasche, was er vorhin schon einmal getan hatte, nur suchte er jetzt noch viel hastiger. Die Hände zitterten so, daß er kaum die Abfahrtszeit auf seiner Fahrkarte – zehn Uhr zwanzig – lesen konnte. Jetzt war es acht Uhr zehn auf mehreren Uhren ringsum. Vorausgesetzt, daß heute Sonntag war. Na klar war Sonntag, alle Indianer hatten saubere Hemden an. Er sah sich nach Wilson um; gestern hatte er ihn den ganzen Tag nicht gesehen, und jetzt war er wohl kaum schon aufgestanden. Bruno wollte nicht, daß Wilson etwas von seiner Abreise erfuhr.

Plötzlich lag die Plaza vor ihm. Überall sah man Hühner und Kinder und die üblichen alten Männer, die piñones zum Frühstück verzehrten. Er fing an, die Säulen am Gouverneurspalast zu zählen, um zu sehen, ob er bis siebzehn zählen konnte. Ja, er konnte. Nur die Entfernung konnte er nicht gut abschätzen. Abgesehen von dem üblen Katzenjammer taten ihm auch noch alle Glieder weh, weil er auf den Pflastersteinen geschlafen hatte. Warum hatte er bloß gestern abend so viel getrunken, dachte er, den Tränen nahe. Er war eben allein gewesen, und allein trank er immer viel mehr. Stimmte das auch? Ach was, wen ging das was an. Ein blendender Gedanke fiel ihm ein, der ihm gestern abend beim Fernsehen gekommen war: *Betrunken muß man die Welt betrachten.* Alles war dazu geschaffen, mit trunkenen Augen angesehen zu werden. Und jedenfalls nicht mit solchen Kopfschmerzen, wie er sie im Augenblick hatte.

Er hatte den letzten Abend in Santa Fé feiern wollen. Heute würde er nach Metcalf kommen, da mußte er seine fünf Sinne zusammen haben. Schließlich hatte er noch nie einen Kater gehabt, der nicht mit ein paar Drinks zu überwinden war. Vielleicht konnte ihm ein Kater sogar nützen; er war dann vorsichtig und machte alles langsamer als sonst. Immerhin, es war noch nichts geplant für heute. Er konnte im Zug Pläne machen.

»Post für mich da?« fragte er mechanisch an der Rezeption, aber es war nichts da.

Er badete mit Genuß und ließ sich von unten heißen Tee und ein rohes Ei kommen, um sich eine Prärieauster zu machen; dann trat er an den Schrank und blieb lange stehen, weil er nicht wußte, was er anziehen sollte. Schließlich nahm er den rostbraunen Anzug, Guy zu Ehren. Der war auch einigermaßen unauffällig; und der Gedanke, daß er ihn vielleicht deshalb ausgesucht hatte, gefiel ihm. Er goß die Prärieauster hinunter, ohne daß sein Magen aufbegehrte, und reckte die Arme; doch plötzlich war ihm alles unerträglich – die indianischen Dekorationen im Zimmer, die verrückten Zinnlampen und die bunten Streifen an den Wänden; es schüttelte ihn, in wilder Hast begann er seine Sachen zu packen. Wozu eigentlich? Er brauchte ja gar nichts, bloß das Stück Papier, auf dem alles notiert war, was er über Miriam in Erfahrung gebracht hatte. Er versicherte sich, daß der Zettel nach wie vor in seiner Brieftasche war, und steckte sie wieder ins Jackett zurück. Richtig wie ein Geschäftsmann, dachte er erfreut. Nachdem er noch das Taschentuch in seiner Brusttasche ausgewechselt hatte, ging er hinaus und schloß die Tür ab. Wenn er einen Schlafwagen für die Rückfahrt bekam, konnte er morgen abend schon wieder da sein. Heute abend!

Er konnte es kaum glauben, als er jetzt zur Bushaltestelle ging, wo man den Bus zur Endstation der Eisenbahn nehmen mußte. Er hatte sich vorgestellt, er werde glücklich und aufgeregt sein – vielleicht auch ruhig und entschlossen – und beides traf nicht zu.

Er runzelte die Stirn; das bleiche Gesicht mit den Schatten unter den Augen sah jetzt viel jünger aus. Ob irgend etwas passieren konnte, das ihm einen Strich durch die Rechnung machte? Aber was? Eigentlich war noch jedesmal etwas dazwischengekommen, das ihm den Spaß an allem verdarb, was er sich vorgenommen hatte. Diesmal durfte es nicht so kommen. Er zwang sich zum Lächeln. Vielleicht war es der Kater, der ihm solche Zweifel eingab. Er ging in eine Bar und kaufte bei dem Barkeeper, den er kannte, einen halben Liter Whisky, füllte sein Taschenflakon und bat um eine leere Flasche für den Rest. Der Barkeeper suchte, aber er fand keine.

Später ging er zum Bahnhof mit nichts als der halbleeren

Flasche in der Hand, die er in einer Tragetüte trug. Nicht mal eine Waffe hatte er bei sich. Er hatte noch immer keinen Aktionsplan, aber schließlich hing der Erfolg eines Mordes nicht von großen Plänen ab.

»Mensch, Charley! Wo willst du denn hin?«

Wilson mit einem Haufen anderer Leute kam auf ihn zu. Anscheinend waren sie gerade aus einem Zug gestiegen. Sie sahen müde und erschöpft aus.

»Wo warst du denn die letzten Tage?« fragte Bruno.

»In Las Vegas. Hab's erst gemerkt, als ich da war, sonst hätte ich gefragt, ob du mit wolltest. Hier, das ist Joe Hanover, ich hab dir von ihm erzählt.«

»Tag, Joe, ich muß meinen Zug erwischen!« Der Zug stand bereits da.

»Wo willst du hin?« fragte Wilson mit einem Stirnrunzeln, das die schwarzen Augenbrauen zusammenschob.

»Ich bin in Tulsa mit jemand verabredet«, sagte Bruno. Er stand wie auf Kohlen, ihm war zum Heulen zumute. Zu gern hätte er Wilsons schmutziges rotes Hemd mit den Fäusten bearbeitet.

Wilson machte eine Bewegung mit der Hand, als wolle er Bruno wie einen Kreidestrich auf der Tafel wegwischen. »Tulsa!«

Bruno lächelte gezwungen und wandte sich um. Er ging weiter in der Erwartung, daß die andern ihm folgen würden. Am Zug sah er sich um; die kleine Gruppe rollte geschlossen aus dem Sonnenlicht in die Dunkelheit unter dem Bahnhofsdach. Er zog die Stirn zusammen. Sahen sie nicht aus wie Verschwörer, alle so dicht beieinander? Hatten sie einen Verdacht? Flüsterten sie schon über ihn? Er bestieg den Zug, der sich in Bewegung setzte, bevor er seinen Platz gefunden hatte.

Als er aus dem Halbschlaf erwachte, hatte sich draußen die Welt verändert; der Zug jagte seidenleicht durch blaukühle Berglandschaft. Die dunkelgrünen Täler waren voller Schatten, der Himmel grau. Der klimagekühlte Zug und die Frische draußen wirkten wie eine Eiskompresse.

Ein wunderbares und nie gekanntes Gefühl stieg in ihm hoch, als ihm klarwurde, was er sich vorgenommen hatte. Er war im Begriff, einen Mord zu begehen, womit er nicht nur einen jahrelang gehegten Wunsch in die Tat umsetzen, sondern auch noch einem Freund aus der Klemme helfen würde. Vor allem das letztere war wichtig. Das auserkorene Opfer hatte sein Schicksal verdient, und wenn er an die vielen anständigen Männer dachte, die er davor bewahrte, von dieser Frau zur Verzweiflung getrieben zu werden, dann war das, was er vorhatte, direkt eine gute Tat. Ihm wurde fast schwindlig bei dem Gedanken an die Größe seiner Aufgabe. Er hockte auf der Kante seines Sitzes und wünschte, Guy säße ihm gegenüber. Aber Guy würde nur versuchen, ihm seinen Plan auszureden, das wußte er. Wenn nur der Zug etwas schneller fahren würde! All seine Muskeln juckten und zuckten.

Er nahm den Zettel mit den Notizen über Miriam aus seiner Brieftasche und las alles noch einmal sorgfältig durch. *Miriam Joyce Haines, etwa zweiundzwanzig,* stand da in sauberen, mit Tinte geschriebenen Buchstaben. *Hübsch. Rothaarig. Rundlich und nicht sehr groß. Schwanger, wahrscheinlich schon sichtbar. Laut und lebhaft, richtige Betriebsnudel. Vermutlich auffallend und etwas billig angezogen.* Viel war das nicht, aber mehr hatte er nicht. Wenigstens gut, daß sie rote Haare hatte. Aber ob er es wirklich heute abend erledigen konnte? Es hing davon ab, ob er sie bald fand. Vielleicht mußte er sich erst durch alle möglichen Joyces und Haines' hindurchfinden. Vielleicht wohnte sie bei ihrer Familie. Wenn er sie vor Augen hatte, würde er sie bestimmt erkennen! Ordinäres kleines Stück! Schon jetzt haßte er sie. Er dachte an den Augenblick, da er sie sehen und erkennen würde, und seine Füße zuckten erwartungsvoll. Leute kamen und gingen durch den Mittelgang, aber Bruno sah nicht von seiner Zeitung auf.

Sie bekommt ein Kind, sagte Guys Stimme. So ein Flittchen! Leichtfertige Frauen machten Bruno rasend, oft geradezu krank, wie früher die Freundinnen seines Vaters, die alle seine Schulferien in Alpträume verwandelt hatten, weil er nicht wußte, ob seine Mutter im Bilde war und nur so tat, als sei sie glücklich, oder ob sie keine Ahnung hatte. Er wiederholte sich jedes Wort seiner Unterhaltung mit Guy im Zug; es brachte ihm Guy wieder nahe. Guy war der beste Mensch, den er je getroffen hatte. Er hatte den Auftrag in Palm Beach verdient, und er sollte ihn auch behalten. Bruno wünschte, er könnte es sein, der Guy mitteilte, daß der Auftrag immer noch sein war.

Als Bruno schließlich die Zeitung in die Tasche steckte und

sich bequem zurücklehnte, ein Bein über das andere gelegt, die Hände auf dem Knie verschränkt, hätte ihn jeder für einen jungen Mann von Charakter und Verantwortungsgefühl gehalten, wahrscheinlich sogar für einen Mann mit Zukunft. Er sah zwar nicht allzu gesund aus, aber auf seinen Zügen stand Sicherheit und eine innere Zufriedenheit, die auf wenigen Gesichtern zu finden war und niemals zuvor bei Bruno. Sein Leben war bisher weg- und steglos verlaufen, ein Suchen ohne Richtung, ein Finden ohne Sinn. Es hatte Krisen gegeben – er liebte Krisen und konstruierte sie häufig zwischen seinen Freunden oder seinen Eltern –, aber er hatte sich immer rechtzeitig zurückgezogen, um nicht Partei ergreifen zu müssen. Dies und die Tatsache, daß er manchmal selbst für seine Mutter, wenn sein Vater sie verletzt hatte, kein Mitgefühl aufbrachte, hatte seine Mutter zu dem Glauben geführt, er habe einen grausamen Zug, während sein Vater und viele andere ihn für absolut herzlos hielten. Und doch konnte die eingebildete Abweisung eines Fremden oder der Bescheid eines Freundes, den er im Abenddämmern anrief und der ihm sagte, er könne oder wolle nicht den Abend mit ihm verbringen, ihn in düstere Melancholie stürzen. Das wußte jedoch nur seine Mutter. Er löste sich aus den Krisen, weil er Freude daran fand, sich auch von der freudigen Erregung zu lösen. Er hatte so lange vergeblich nach dem Sinn des Lebens gesucht, so lange den dunklen Wunsch gehegt, eine Tat zu vollbringen, die dem Leben einen Sinn verlieh, daß ihm die Frustration jetzt – wie einem immer wieder unglücklich Liebenden – als der bessere Teil erschien. Das köstliche Gefühl irgendeiner Erfüllung würde ihm, das spürte er, nie zuteil werden. Und ebenso hatte er nie den Mut, entschlossen nach einer Richtung, einer Hoffnung zu suchen. Aber die Energie für einen weiteren Tag hatte er immer gehabt, auch wenn der Tod ihm nichts Schreckliches bedeutete. Tod: das war nichts als ein unversuchtes Abenteuer. Wenn der Tod ihn bei einer gefahrvollen Aufgabe überraschte – um so besser. Am nächsten war er ihm damals gewesen, als er mit verbundenen Augen auf einer geraden Straße einen Wagen fuhr und das Gaspedal bis zum Boden herunterdrückte. Den Warnschuß seines Freundes, der Stop bedeutete, hatte er nicht mehr gehört, weil er mit gebrochener Hüfte und ohne Bewußtsein im Graben lag. Manchmal langweilte ihn alles so sehr, daß er an dramatischen Selbstmord dachte. Es war ihm nie eingefallen, daß es ein Akt der Tapferkeit sein könne, dem Tod ohne Angst gegenüberzutreten, daß seine Resignation der Haltung der indischen Swamis ähnelte, daß zum Selbstmord eine bestimmte Art von Mut gehörte. Diesen Mut hatte er immer besessen. Er schämte sich sogar zuweilen, daß er jemals an Selbstmord dachte – er lag so nahe und war so gar nichts Besonderes.

Jetzt, im Zug nach Metcalf, hatte er ein Ziel vor Augen. So lebendig, so wirklichkeitsnah hatte er sich nicht gefühlt, seit er als Kind mit seinen Eltern nach Kanada gereist war – auch mit der Eisenbahn, das wußte er noch. Er hatte sich vorgestellt, in Quebec gäbe es viele Schlösser, die er alle besichtigen dürfte, und dann war nicht ein einziges Schloß da gewesen, sie hatten auch gar keine Zeit gehabt, eins zu suchen, weil die Mutter seines Vaters im Sterben lag. Das war der Grund ihrer Reise gewesen, und seitdem war er immer mißtrauisch gewesen, wenn es um den Zweck einer Reise ging. Nur bei dieser Reise war er voller Selbstvertrauen und Sicherheit.

Gleich nach der Ankunft in Metcalf ging er in eine Telefonzelle und sah im Buch alle Haines' nach. Eine Miriam Haines gab es nicht, das hatte er auch nicht erwartet. Unter Joyce fand er sieben Adressen, die er sich alle notierte. Drei hatten die gleiche Adresse, 1235 Magnolia Street; eine davon war Mrs. M. J. Joyce. Brunos Zunge fuhr nachdenklich über die Oberlippe. Das konnte sie sein. Vielleicht hieß die Mutter auch Miriam. Wenn er erst die Umgebung kannte, würde er mehr wissen. Miriam würde vermutlich nicht gerade in einer eleganten Gegend wohnen. Er trat aus der Zelle und ging schnell auf ein gelbes Taxi zu, das am Straßenrand hielt.

12

Es war fast neun. Die Dämmerung war in Nacht übergegangen; das Wohnviertel mit den kleinen, etwas schäbigen Holzhäusern lag im Dunkel, bis auf ein Licht hier und da, wo die Bewohner noch draußen auf der Veranda oder auf den Treppenstufen saßen.

»Hier ist es. Ich will hier raus«, sagte Bruno zu dem Fahrer. Er stieg aus und begann die Magnolia Street hinunterzuschlendern. Auf dem Gehweg stand ein kleines Mädchen und starrte ihn an. »Tag«, sagte Bruno laut und unsicher – sie sollte ihm aus dem Weg gehen.

»Tag«, sagte das Kind. Gleich eines der ersten Häuser hatte eine erleuchtete Veranda. Interessiert betrachtete er sich die Leute: ein dicker Mann, der sich Luft zufächelte, und zwei Frauen auf einer Schaukelbank. Entweder war er besoffener als er angenommen hatte oder er hatte einfach Glück; jedenfalls schien es ihm, als sei er gleich bei seinem ersten Versuch an die richtige Adresse geraten. Die Umgebung hier paßte genau zu dem Bild, das er sich von Miriam gemacht hatte. Er blieb stehen und zündete sich eine Zigarette an, erfreut, daß seine Hände nicht zitterten. Die halbe Flasche nach dem Lunch hatte seinen Kater vertrieben und ihn in eine ruhige, milde Stimmung versetzt. Rundherum zirpten die Grillen. Plötzlich bogen einige junge Leute um die Ecke; sein Herz schlug laut bei dem Gedanken, daß Guy unter ihnen sein könnte; aber natürlich war er es nicht. Er ging weiter.

»Alter Esel«, rief einer.

»Ich hab ihr gleich gesagt, mit so einem mach ich kurzen Prozeß, der nicht mal seinen Bruder ...«

Bruno blickte sie hochmütig an. Es klang wie eine fremde Sprache – so redete Guy niemals.

Manche Häuser hatten keine Nummer. Wenn er nun 1235 gar nicht fand? Aber als er das Haus dann erreichte, sah er die Nummer ganz deutlich in Blechziffern über der vorderen Veranda. Ein kleiner, freudiger Schauer durchfuhr ihn. Diese Stufen mußte Guy viele Male hinaufgesprungen sein, dachte er, und das allein schon machte das Haus zu etwas Besonderem. Sonst unterschied es sich in nichts von den anderen Häusern auf der Straße, außer daß die gelbbraunen Fensterläden noch dringender einen Farbanstrich benötigt hätten. Der Eingangsweg lief an der Seitenfront entlang, und am Bordstein stand ein älteres Chevrolet-Coupé. Im Parterre brannte Licht, und ein Fenster im ersten Stock war erleuchtet. Miriams Zimmer? Aber warum wußte er das nicht? Guy hatte ihm anscheinend viel zu wenig gesagt.

Auf der Veranda des Nachbarhauses ging das Licht an. Schnell blickte Bruno hinüber. Ein Mann und eine Frau traten heraus, die Frau nahm auf der Schaukelbank Platz, der Mann ging den Plattenweg hinunter. Bruno versteckte sich in der Mauernische einer vorstehenden Garage.

»Nimm Pistazien, wenn sie kein Pfirsicheis mehr haben, Don«, hörte Bruno die Frau rufen.

»Ich nehm Vanille«, murmelte Bruno und trank einen Schluck aus seiner Flasche.

Während er sich an die Wand drückte und ratlos auf das braungelbe Haus starrte, fühlte er plötzlich etwas Hartes: das Messer, das er auf dem Bahnhof in Big Springs gekauft hatte, ein Jagdmesser mit einer sechszölligen Klinge. Wenn es sich vermeiden ließ, wollte er das Messer nicht benutzen. Messer verursachten ihm Übelkeit. Und eine Pistole war zu laut. Wie war es am besten? Vielleicht kam ihm eine Idee, wenn er sie sah. Er hatte sich vorgestellt, daß ihm etwas einfallen würde, wenn er das Haus erst sah, und er war immer noch sicher, daß dies das Haus war, aber ihm kam keine Idee. Hieß das, daß es doch nicht das richtige Haus war? Guy hatte ihn wirklich nur sehr oberflächlich orientiert. Er nahm schnell noch einen Schluck aus der Flasche. Nur ruhig, sonst war alles aus. Sein Knie gab nach. Er wischte sich die feuchten Hände an den Schenkeln ab, zog dann den Zettel mit den vielen Joyce-Adressen aus der Brusttasche und hielt ihn ans Licht der Straßenlaterne. Ob er fortgehen und es mit einer anderen Adresse versuchen sollte?

Fünfzehn Minuten oder vielleicht eine halbe Stunde wollte er noch warten.

Er wollte sie draußen im Freien überfallen; diese Idee hatte während der Fahrt von ihm Besitz ergriffen, und er überlegte deshalb zunächst, wie er an sie herankommen konnte. Die Straße hier war eigentlich dunkel genug, unter den Bäumen sogar ganz dunkel. Am besten wäre es, sie mit den bloßen Händen zu packen oder ihr mit irgend etwas über den Kopf zu schlagen. Seine Aufregung wuchs. Der Gedanke, daß er sie anfassen mußte und sie sich vielleicht wehren könnte, war ihm unangenehm. Aber dann erinnerte er sich daran, wie froh Guy sein würde, wenn alles vorüber war.

Er hörte eine Männerstimme und ein Lachen, sicher kam es aus dem Zimmer oben in Nummer 1235; kurz darauf erlosch das Licht, und wenige Minuten später wurde die Beleuchtung auf der Veranda eingeschaltet. Zwei Männer und ein Mädchen – Miriam – traten aus dem Haus. Bruno hielt den Atem an und beugte sich vor. Er konnte ihre rötliche Haarfarbe erkennen. Der größere der beiden Männer war ebenfalls rothaarig, sicher ihr Bruder. Brunos Augen nahmen hundert Einzelheiten auf einmal wahr, die volle Rundlichkeit ihrer Figur, die flachen Schuhe, den leichten Gang und die Art, wie sie zu einem der Männer aufsah.

»Meinst du wirklich, wir können sie noch abholen, Dick?« fragte sie mit dünner Stimme. »Ist ja schon ziemlich spät.«

Am Vorderfenster hob sich eine Ecke der Gardine. »Honey! Komm nicht zu spät, nein?«

»Nein, Mama.«

Sie gingen auf den Wagen zu, der am Bordstein stand.

Bruno drückte sich zurück in die Ecke und blickte sich nach einem Taxi um. Natürlich – nichts zu machen in diesem Nest. Er begann zu laufen. Er war monatelang nicht richtig gelaufen und fühlte sich großartig in Form. »Taxi!« Er sah das Taxi zuerst gar nicht, dann stürzte er darauf zu.

Er ließ den Fahrer wenden und dirigierte ihn in die Richtung, in der der Chevrolet verschwunden war. Tiefe Dunkelheit überall. Weit entfernt sah er unter Bäumen ein rotes Schlußlicht blinken. »Weiter. Weiter!«

Als das Schlußlicht an einer Ampel halten mußte und Brunos Taxi die Entfernung aufholte, erkannte er den Chevrolet und sank erleichtert zurück.

»Wo wollen Sie hin?« fragte der Chauffeur.

»Fahren Sie weiter.« Der Chevrolet bog in eine breite Straße ein. »Jetzt rechts.« Bruno saß auf der Sitzkante und spähte auf die Straße.

»Wie heißen die Leute, wo Sie hinwollen?« fragte der Fahrer. »Kann sein, ich kenn sie.«

»Moment mal, Moment mal.« Bruno tat, als suche er eine Adresse in den Papieren, die er aus der Tasche gezogen hatte. Er lachte in sich hinein, unbekümmert und belustigt. Er spielte den Trottel vom Lande, der nicht mal mehr wußte, wo er hin wollte. Er senkte den Kopf, damit der Fahrer ihn nicht lachen sah, und langte automatisch nach der Taschenflasche.

»Wollen Sie Licht haben?«

»Nein, danke.« Er nahm einen kräftigen Zug. Der Chevrolet bog in die Allee ein, und Bruno sagte dem Fahrer, er solle ihm folgen.

»Wohin?«

»Los, los, weiterfahren und nicht soviel reden!« schrie Bruno mit überkippender Stimme. Der Fahrer schüttelte den Kopf und machte »Ttt – ttt«. Bruno schäumte, aber jetzt hatten sie den Chevrolet wieder vor sich. Bruno kam es vor, als nehme die Fahrt nie ein Ende und Crockett Boulevard sei eine Querstraße durch ganz Texas. Zweimal verloren sie den Chevrolet aus den Augen und fanden ihn wieder. Sie fuhren an Zeitungsbuden und Drive-in-Kinos vorbei, und dann wurde es dunkel auf beiden Seiten. Angst packte ihn. Außerhalb der Stadt oder auf der Landstraße konnten sie dem Chevrolet nicht folgen.

Jetzt erschien über der Straße ein großer Lichtbogen mit der Aufschrift WILLKOMMEN IM VERGNÜGUNGSPARK; der Chevrolet fuhr darunter hindurch auf einen Parkplatz. Eine Lichterflut glänzte in den Bäumen, überall ertönte Karussellmusik. Ein Vergnügungspark! Bruno war begeistert.

»Macht vier Dollar«, sagte der Fahrer mürrisch, und Bruno gab ihm eine Fünfdollarnote durch das vordere Fenster.

Er blieb etwas zurück, bis Miriam, die beiden Männer und ein Mädchen, das sie unterwegs abgeholt hatten, durch die Drehtür gegangen waren; dann folgte er. Miriam hatte einen gewissen Chic, mollig und eindeutig zweitklassig. Die roten Söckchen mit den roten Sandalen fand Bruno empörend. Wie hatte Guy so etwas heiraten können! Plötzlich stand er wie angewurzelt: die kriegte ja gar kein Kind! Seine Augen verengten sich vor Überraschung. Ob sie eine Fehlgeburt gehabt hatte? Er starrte sie mit zur Seite gelegtem Kopf an. Dann, bevor er noch wußte, wonach er suchte, klickte es in seinem Gehirn: wenn mit dem Kind was passiert war, hatte er um so mehr Grund, sie aus dem Wege zu räumen, sonst konnte Guy die Scheidung nicht durchsetzen. Es war durchaus möglich, daß sie schon wieder herumlief, wenn sie sich zum Beispiel das Kind hatte abtreiben lassen.

»Miriam!« Bruno tat einen Satz.

»Ah – ja!« Miriam lief hinüber zu einem Stand mit Süßigkeiten; alle vier kauften Softeis. Bruno blieb gelangweilt stehen und wartete. Weit hinten sah er durch die Bäume Lichter über einem Wasser. Der Park war wirklich groß. Er wollte auf das Riesenrad. Ihm war großartig zumute – leicht und gar nicht aufgeregt. Das Karussell spielte ›Casey would waltz with the strawberry blonde ...‹ Grinsend betrachtete er Miriams Rotschopf, ihre Blicke trafen sich, aber sie blickte gleich weiter, sie hatte ihn bestimmt nicht bemerkt, aber das durfte er nicht noch mal machen. Er mußte lachen: Miriam sah nicht die Spur schick aus – eigentlich zum Lachen. Er verstand, warum Guy sie gräßlich fand; er selber fand sie auch gräßlich, geradezu ekelhaft. Vielleicht war das mit dem Kind auch alles gelogen. Guy war so ein ehrlicher Kerl, der glaubte ihr alles. Ein Biest war sie. Als sie weitergingen, ließ er den Vogel mit dem Schwalbenschwanz los, den er vor dem Luftballonstand in den Fingern gedreht hatte; dann wandte er sich noch einmal um und kaufte einen leuchtend gelben Vogel. Ihm war, als sei er wieder ein Junge; er ließ den Stock kreisen und horchte auf das ›Birr‹ des langen Schwanzes. Ein kleiner Junge kam mit seinen Eltern vorbei und streckte die Hand aus; Bruno wollte ihm den Vogel geben, tat es aber dann doch nicht.

Miriam und ihre Freunde standen jetzt auf einem hellerleuchteten Platz mit vielen kleinen und großen Buden, dort war auch der Eingang zum Riesenrad. Man hörte einen Schlag und lauten Applaus, als jemand mit dem Schmiedehammer den Lukas bis an die Spitze der Stange trieb. Mit so einem Hammer könnte er Miriam auch umbringen, überlegte Bruno. Er blickte zu ihr und den drei anderen hinüber – hatten sie ihn gesehen? Nein, bestimmt nicht. Wenn er es heute nicht tat, durften sie ihn nicht bemerken. Aber er hatte das ganz sichere Gefühl, daß er es heute tun würde. Dies war der Tag. Er ließ den Vogel kreisen. Miriams Gruppe schritt langsam weiter; er nahm schnell einen Zug aus der Flasche und schlenderte ihnen nach.

Sie standen vor dem Riesenrad, und er hoffte, sie würden sich zum Mitfahren entschließen. Wirklich großartig in Texas, dachte er bewundernd und blickte nach oben. Ein so großes Rad hatte er noch nie gesehen. Innen hatte es einen Fünfstrahlenstern aus blauen Lämpchen.

»Na, Ralph, wie wär's?« quiekte Miriam; sie stopfte sich den Rest Softeis in den Mund und hielt die Hand davor.

»Nein, keine Lust. Lieber Karussell!«

Alle vier setzten sich in Trab. Das Karussell war wie eine kleine Lichterstadt unter den dunklen Bäumen, ein Wald von vernickelten Stangen mit Zebras, Pferden, Giraffen, Bullen und Kamelen, die alle nach oben oder nach unten stürzten. Jetzt begann eine neue Runde, die Besucher suchten sich ihre Tiere aus. Miriam und ihre Freunde waren schon wieder beim Essen. Miriam griff tief in eine Tüte mit Popcorn, die Dick ihr hinhielt. Diese Schweine. Bruno war auch hungrig, er kaufte sich ein Würstchen; als er zurückkam, stiegen sie gerade aufs Karussell. Er suchte fieberhaft nach Münzen und rannte hin. Da war der Gaul, den er haben wollte, ein dunkelblauer mit hochgerecktem Hals und offenem Maul; und als er oben saß, sah er, daß das Glück es gut mit ihm meinte, denn Miriam und ihre Freunde schoben mehrere der Nickelstangen zurück und kamen ihm immer näher. Miriam und Dick setzten sich auf die Giraffe und das Pferd direkt vor ihm. Heute hatte er seinen Glückstag! Heute sollte er in ein Spielkasino gehen!

Die Musik setzte ein, und er richtete sich kerzengerade auf. Die Füße schaukelten fröhlich in den Steigbügeln. Irgend etwas stieß ihn in den Nacken, er drehte sich böse um, aber es waren nur ein paar Jungen, die sich balgten.

Jetzt begann die Fahrt, die Musik spielte einen langsamen Militärmarsch; er ritt hoch, hoch, immer höher, und Miriam fuhr weit, weit nach unten auf ihrer Giraffe. Die Welt draußen verschwamm hinter Nebel und Lichtstrahlen. Bruno hielt die Zügel in einer Hand, wie er es beim Polounterricht gelernt hatte, und das Würstchen in der anderen.

»Juhuuuu!« schrie der Rothaarige.

»Huhuhuuu!« schrie Bruno zurück. »Ich bin Texaner!«

»Katie!« Miriam beugte sich über den Giraffenhals nach vorn, ihr grauer Rock spannte sich eng. »Siehst du den da drüben in dem karierten Hemd?«

Bruno sah hinüber. Der Mann in dem karierten Hemd sah ein wenig aus wie Guy, fand er, und während er noch darüber nachdachte, bekam er nicht mit, was Miriam sagte. Das Lampenlicht schien hell auf ihre vielen Sommersprossen. Er fand sie immer ekelhafter. Nein, er wollte das klebrig-warme Fleisch nicht anfassen. Er hatte ja noch das Messer, das war ein sauberes Instrument.

»Sauberes Instrument!« schrie er jubelnd, denn hören konnte ihn niemand. Er saß in der Außenreihe, neben ihm fuhr ein Schwan mit Doppelsitz, der aber leer war. Er spuckte hinein. Dann warf er den Rest seines Würstchens in die Menge und wischte seine senfbeschmierten Finger an der Pferdemähne ab.

Jetzt wechselte die Musik zu einer anderen Melodie über. Miriams Freund sang mit schallender Stimme mit; alle fielen ein, auch Bruno. Das ganze Karussell sang mit. Wenn sie bloß jetzt was zu trinken hätten! Alle sollten sie was trinken!

Miriam sah mit offenem Mund dumm und häßlich aus, als ob einer sie würgte und sie schon blaurot anliefe. Er mochte sie nicht mehr ansehen und wandte, immer noch grinsend, den Blick ab. Das Karussell fuhr jetzt langsamer. Hoffentlich machten sie noch eine Runde – aber sie stiegen schon ab, hakten sich ein und schritten auf die flackernden Lichter des Wassers zu. Bruno blieb unter den Bäumen stehen und tat noch einen Zug aus der fast leeren Flasche.

Die vier mieteten ein Ruderboot. Die Aussicht auf eine kühle Bootsfahrt freute Bruno. Er nahm ebenfalls ein Boot und fuhr so nahe an das andere Boot heran, daß er Miriam und Dick hinten im Boot sitzen sah, wo sie kicherten und knutschten. Der Rothaarige ruderte. Bruno fuhr mit drei starken Zügen an ihnen vorbei und ließ dann die Ruder sinken.

»Wollt ihr auf die Insel oder nur rumfahren?« fragte der Rothaarige.

Gereizt ließ sich Bruno seitwärts auf die Bank sinken und wartete. Aus den kleinen Uferbuchten hörte man wie aus dunklen Zimmern das Geräusch murmelnder Stimmen, leiser Radios, Gelächter. Bruno kehrte die Flasche um und trank den Rest aus. Vielleicht waren Guy und Miriam früher zusammen hier auf dem See gewesen, vielleicht genau in dem Boot, in dem er jetzt saß. Er fühlte, wie der Alkohol ihm mit angenehmem Kitzel in die Hände und Unterschenkel kroch. Wenn er Miriam jetzt hier im Boot hätte, würde er ihr gern den Kopf unters Wasser drücken. Hier im Dunkeln. Kein Mond war zu sehen. Das Wasser leckte eilig an der Bootswand. Bruno krümmte sich plötzlich vor Ungeduld. Aus dem anderen Boot kam das saugende Geräusch von Küssen; Bruno äffte den Laut nach und stöhnte genüßlich dazu. Sie mußten es gehört haben, denn sie brachen in Gelächter aus.

Er wartete, bis sie vorbei waren, und folgte dann langsam. Eine schwarze Masse kam näher, ab und zu flammte ein Streichholz auf. Die Insel – offenbar ein Paradies für knutschende Paare. Sicher war Miriam heute abend auch mit dabei.

Miriams Boot fuhr ans Ufer. Bruno ruderte ein paar Meter

weiter und kletterte an Land; den Bug seines Bootes setzte er auf einen kleinen Ast, damit er es von den anderen unterscheiden konnte. Wieder erfüllte ihn das Bewußtsein einer Sendung, stärker und drängender noch als im Zug. Er war erst zwei Stunden in Metcalf und schon hier mit ihr auf der Insel! Er preßte das Messer gegen sein Bein. Wenn er sie bloß allein erwischen und ihr die Hand über den Mund legen konnte – ob sie ihn womöglich in die Hand biß? Ekel überkam ihn bei dem Gedanken an ihre nassen Lippen auf seiner Hand.

Langsam folgte er den vier anderen auf dem unebenen Weg, auf dem die Bäume nahe zusammenstanden.

»Hier kann man gar nicht sitzen, der Boden ist ganz naß!« beklagte sich das Mädchen Katie.

»Kannst auf meinem Jackett sitzen«, sagte jemand.

Was wollten sie nun eigentlich. Gräßlich langweilig war das alles. In der Ferne hörte man die leiernde Karussellmusik; deutlich waren nur die Klingellaute. Jetzt wandten die vier sich um und kamen direkt auf ihn zu, er mußte seitlich abbiegen und so tun, als habe er dort etwas zu suchen. Mit dem Fuß geriet er in ein Dornengestrüpp und war noch dabei, sich freizumachen, als sie an ihm vorübergingen. Dann folgte er ihnen auf dem Weg abwärts. Er meinte, Miriams Parfum zu riechen, übersüß wie aus einem dampfigen Bad. Ekelhaft.

Aus einem Radioapparat kam die Übertragung eines Boxkampfs. »... Leon ... ganz vorsichtig ... landet einen Haken ... und ...« Tobendes Gebrüll der Masse. Im Gebüsch sah Bruno einen Mann und ein Mädchen; es sah aus, als ob sie ebenfalls kämpften.

Miriam stand jetzt keine drei Meter von ihm entfernt und etwas erhöht, während die anderen schon nach unten rutschten, dem Wasser zu, Bruno schob sich näher heran. Er sah die Silhouette des Kopfes und der Schultern gegen die Lichter auf dem Wasser. Nie hatte er sie so nahe gehabt!

»Hallo!« flüsterte er und sah, wie sie sich umwandte. »Hören Sie – heißen Sie nicht Miriam?«

Sie stand vor ihm, aber er wußte, daß sie ihn kaum sehen konnte. »Jaah – und wer sind Sie?«

Er kam noch einen Schritt näher. »Haben wir uns nicht schon mal getroffen?« flüsterte er zynisch. Wieder stieg ihm das Parfum in die Nase: warm, dunkel, ekelhaft. Er sprang. Der

Sprung war gespannt und konzentriert, die Hände gespreizt, die Handgelenke berührten sich.

»Sie, was wollen ...«

Das letzte überraschte Wort erstickte unter seinen Händen, die sich fest um ihre Kehle schlossen. Er schüttelte sie. Seine Glieder wurden steinhart, er hörte seine Zähne knirschen. Aus ihrem Hals kam ein Rasseln; schreien konnte sie nicht, sein Griff war zu fest. Er stellte ein Bein hinter sie und riß sie zurück, ohne einen Laut fielen sie zusammen zu Boden, nur ein paar Blätter raschelten. Tiefer gruben sich die Finger in ihren Hals, er duldete den widerlichen Gegendruck ihres Körpers unter seinen Händen, um das Aufbäumen zu verhindern. Der Hals wurde heißer und dicker. Aufhören, aufhören! Er zwang ihr seinen Willen auf, und der Kopf hörte auf, sich hin- und herzuwinden. Sicher hatte er sie lange genug festgehalten, aber er ließ nicht locker. Er warf einen Blick hinter sich und sah nichts. Jetzt ließ er sie los; es fühlte sich an, als hätten seine Finger in ihrer Kehle Vertiefungen gemacht wie in einem Kuchenteig. Aus ihrem Hals kam ein Laut wie Husten, es erschreckte ihn, und er fiel von neuem über sie her; er kniete neben ihr und drückte so stark, daß er meinte, die Daumen müßten ihm brechen. Alles, was er an Kraft besaß, gaben die Hände her. Und wenn das alles nicht genügte? Er hörte sich selbst winseln. Sie lag still und schlaff vor ihm.

»Miriam?« kam die fragende Stimme der Freundin.

Bruno sprang auf und stürzte davon, auf die Mitte der Insel zu, dann rannte er nach links, wo sein Boot lag. Er merkte, daß er mit dem Taschentuch irgendwas von seinen Händen abwischte. Miriams Speichel. Er warf das Taschentuch weg und riß es dann wieder an sich, es trug sein Monogramm. Er konnte wieder denken. Oh, wunderbar – großartig! Er hatte es geschafft!

»Mi-ri-am!« kam der Ruf, diesmal mit leiser Ungeduld.

Und wenn er sie nun gar nicht erledigt hatte – wenn sie jetzt dasaß und redete? Der Gedanke ließ ihn vorwärtsstürzen, er fiel fast den Abhang hinunter. Am Wasser wehte ein starker Wind. Das Boot war nicht da. Er wollte schon irgendein anderes nehmen, dann besann er sich und fand seins ein paar Schritte weiter nach links, wo es auf den kleinen Ast gestützt lag.

»Mensch – sie ist ohnmächtig!«

Bruno begann zu rudern, schnell, aber ohne Hast.

»Helft mir doch mal!« rief die Mädchenstimme atemlos, halb schreiend.

»Mein Gott! Hilfe!!«

Die panische Angst in der Stimme jagte auch Bruno Angst ein. Er ruderte mit ungleichmäßigen Schlägen, zog dann die Ruder ein und ließ das Boot über das nachtdunkle Wasser gleiten. – Angst – warum denn? Kein Mensch war hinter ihm her.

»Halloooh!«

»Um Gottes willen, sie ist tot! Holt doch mal jemand!«

Der laute Schrei des Mädchens stand wie ein hoher Bogen in der schweigenden Umgebung. Jetzt erst war die Sache endgültig vorüber. Ein großartiger Schrei, dachte Bruno mit seltsam heiterer Bewunderung. Leicht glitt er hinter einem anderen Boot an die Anlegestelle. Langsam, so langsam wie er je etwas erledigt hatte, bezahlte er den Bootsverleiher.

»Auf der Insel!« sagte eine fremde Stimme erschreckt und aufgeregt in einem Boot. »Das Mädchen soll tot sein!«

»Tot?!«

»Ruf doch mal einer die Polizei!«

Schnelle Füße liefen den hölzernen Anlegesteg hinter Bruno entlang. Er schlenderte auf den Ausgang zu. Gott sei Dank, daß er besoffen oder verkatert oder sonst was war und sich so langsam bewegen konnte! Doch als er durch die Drehtür trat, packte ihn jäher Schrecken. Gleich darauf war es vorbei. Kein Mensch sah es ihm auch nur an. Um sich zu beruhigen, konzentrierte er sich auf den Gedanken an einen Drink. Oben an der Straße war ein Lokal mit rotem Licht, das wie eine Bar aussah; er ging mit festen Schritten hinüber und trat ein.

»Einen Whisky«, sagte er zu dem Barkeeper.

»Wo sind Sie denn her, mein Guter?«

Bruno sah auf. Die beiden Männer rechts von ihm blickten ihn an. »Ich möchte einen Whisky.«

»Hier gibt's keine harten Sachen.«

»Was ist denn los – gehört dies noch zum Park?« Er schrie es fast heraus.

»Im Staate Texas gibt's keine harten Sachen.«

»Geben Sie mir das!« Bruno zeigte auf die Schnapsflasche, die vor den Männern an der Bar stand.

»Da – hier haben Sie einen. Wenn's einer so nötig hat.« Der Mann neben ihm goß Schnaps in ein Glas und schob es ihm zu.

Es rann ihm wie Feuer die Kehle hinunter, aber im Magen war es süß. Bruno wollte bezahlen, doch das lehnte der Mann ab.

Polizeisirenen ertönten und kamen näher. Ein Mann trat in die Tür.

»Was ist los – Unfall?«

»Ich hab nichts gesehen«, gab der Mann gleichgültig zurück.

Glück gehabt, dachte Bruno und sah den Mann an. Er wäre gern zu ihm gegangen und hätte mit ihm geredet, unterließ es dann aber.

Er fühlte sich jetzt großartig. Der Nebenmann drängte ihm weitere Drinks auf, und Bruno trank drei Glas schnell hintereinander. Auf der Hand sah er einen Kratzer, als er das Glas hob; er nahm sein Taschentuch und rieb die Stelle zwischen Daumen und Zeigefinger ab. Es war ein Fleck von Miriams orangefarbenem Lippenstift; er konnte es in dem Licht hier in der Bar kaum erkennen. Er bedankte sich bei dem Mann mit dem Schnaps und schlenderte nach draußen in die Dunkelheit. Als eine Straßenbahn kam, lief er hin und sprang auf. Das helle Innere gefiel ihm, er las sämtliche Werbeplakate. Ihm gegenüber saß ein zappeliger kleiner Junge, und Bruno fing ein Gespräch mit ihm an. Er wollte Guy anrufen und ihn treffen; der Gedanke war verlockend, aber Guy war ja gar nicht da. Er hätte gern mit jemandem gefeiert. Vielleicht konnte er Guys Mutter noch mal anrufen, einfach so, ohne Grund; aber dann schien es ihm doch nicht ratsam. Zu blöd – das war der Wermutstropfen an diesem schönen Abend: daß er Guy nicht sehen und ihn auch lange Zeit nicht sprechen oder ihm schreiben konnte. Guy würde natürlich verhört werden. Aber er war frei! Herrgott, es war geschafft, geschafft! Im Überschwang des Gefühls fuhr er dem kleinen Jungen mit der Hand durchs Haar und lächelte ihn freundlich an, und nach kurzem Erstaunen lächelte das Kind zurück.

Am Bahnhof bekam er noch ein oberes Bett für den Schlafwagen um ein Uhr dreißig. Anderthalb Stunden mußte er also noch totschlagen. Es war alles vollkommen, und er fühlte sich unsagbar glücklich. In einem Drugstore am Bahnhof erstand er eine Flasche Whisky und füllte sein Taschenfläschchen. Ob er mal an Guys Haus vorbeiging, bloß um zu sehen, wie es aussah? Er überlegte sorgfältig und beschloß dann, er könne es wagen. Er wollte sich eben an einen Mann an der Tür wenden und ihn nach dem Weg fragen – er wußte, im Taxi konnte er nicht hinfahren –, als er merkte, daß er eine Frau wollte. Er brauchte eine Frau, notwendiger als je zuvor in seinem Leben; und daß er sie so brauchte, freute ihn ungeheuer. Er hatte keine gewollt, seit er in Santa Fé angekommen war, obwohl Wilson ihn zweimal mitgenommen hatte. Er taumelte und stand jetzt gerade vor dem Mann an der Tür; aber es war wohl besser, einen der Taxifahrer draußen zu fragen. Ein Schütteln ergriff ihn, das mußte die Gier nach der Frau sein. Ähnlich wie die Gier nach Alkohol, aber doch ganz anders.

»Weiß ich nicht«, sagte der sommersprossige Fahrer gleichgültig und lehnte sich an den Kotflügel.

»Was soll das heißen?«

»Ich weiß es nicht. Basta.«

Empört verließ ihn Bruno.

Der zweite Fahrer weiter unten am Straßenrand zeigte mehr Entgegenkommen. Er schrieb eine Adresse und mehrere Namen auf die Rückseite seiner Geschäftskarte, obwohl es so nahe war, daß er Bruno nicht mal hinzufahren brauchte.

13

Guy lehnte an der Wand neben seinem Bett im Hotel *Montecarlo* und sah Anne zu, die in dem Familienalbum blätterte, das er aus Metcalf mitgebracht hatte. Herrlich waren diese Tage mit Anne gewesen. Morgen fuhr er nach Metcalf und dann weiter nach Florida. Vor drei Tagen hatte Mr. Brillhart ihm telegrafisch bestätigt, daß ihm der Auftrag weiterhin sicher sei. Sechs Monate Arbeit lagen jetzt vor ihm, und im Dezember wollte er dann mit dem eigenen Haus anfangen. Jetzt hatte er das Geld für den Bau. Und auch für die Scheidung.

»Weißt du«, sagte er ruhig, »wenn ich den *Palmyra*-Auftrag nicht hätte und morgen nach New York zurück müßte, dann könnte ich das auch. Alles könnte ich.« Aber noch während er es sagte, erkannte er, daß er gerade dem *Palmyra* Mut und Schwung und Energie verdankte. Ohne diesen Auftrag hätte er jetzt, in den Tagen mit Anne, nichts als ein Gefühl der Schuld gehabt.

»Aber du mußt ja nicht zurück«, sagte Anne abschließend und beugte sich tiefer über das Album.

Er lächelte – sie hatte ihm gar nicht richtig zugehört. Aber was er gesagt hatte, war auch nicht wichtig, das wußte Anne. Er beugte sich mit ihr zusammen über das Album, nannte ihr die Namen der Leute, nach denen sie fragte, und beobachtete amüsiert, wie sie die Doppelseite seiner Fotos betrachtete – von der Kindheit bis zum Alter von etwa zwanzig –, die seine Mutter aufbewahrt hatte. Auf jedem Foto lächelte er, der schwarze Haarschopf lag weich über dem Jungengesicht, das viel fester und unbekümmerter aussah als heute.

»Sehe ich da glücklich genug aus?« fragte er.

Sie blinzelte ihm zu. »Ja – und gut siehst du aus. Sind da auch welche von Miriam?« Sie ließ die letzten Seiten über den Daumennagel gleiten.

»Nein.«

»Ich freue mich, daß du es mitgebracht hast.«

»Meine Mutter wäre sehr böse, wenn sie wüßte, daß es in Mexiko ist.« Er legte das Album in seinen Koffer zurück, damit er es nicht vergaß. »Es ist immer noch die freundlichste Art, Familien kennenzulernen.«

»O Guy – war es schlimm, was ich dir zugemutet habe?« fragte sie erschrocken.

Er lächelte ihr zu. »Aber nein, keine Spur.« Er setzte sich auf das Bett und zog sie neben sich. Er hatte bei Parties und bei sonntäglichen Abendessen nach und nach Annes ganze Familie kennengelernt, manchmal zwei oder drei, manchmal ein Dutzend. Es war ein ständiger Scherz in der Familie, wie viele Faulkners und Weddells und Morrisons im Staat New York und in Long Island lebten. Ihm gefiel es, daß sie so viele Verwandte hatte. Die Weihnachtstage, die er im letzten Jahr im Hause Faulkner verbracht hatte, waren die glücklichsten seines Lebens gewesen. Er küßte Anne auf beide Wangen und dann auf den Mund. Als er den Kopf niederlegte, sah er Annes Zeichnungen, alle auf Hotelbriefpapier, die auf der Bettdecke lagen; lässig schob er sie zu einem ordentlichen kleinen Stapel zusammen. Es waren Ideen, die ihr nach dem Besuch im Museo Nacionale nachmittags eingefallen waren: in starken schwarzen Strichen hingeworfen, wie seine eigenen Skizzen.

»Du, Anne, ich denke an unser Haus«, sagte er.

»Du möchtest es gern groß haben.«

»Ja«, sagte er lächelnd.

»Dann wollen wir es auch groß haben.« Sie lag entspannt in seinen Armen. Beide seufzten gleichzeitig, und sie lachte, als er sie enger an sich zog.

Es war das erstemal, daß sie mit der Größe einverstanden war. Das Haus soll wie ein Ypsilon geformt sein, wobei vielleicht der vordere Arm wegfallen sollte. Doch in Guys Vorstellung wurde ein harmonisches Bild nur mit beiden Armen erreicht. Es würde viel kosten, viel mehr als zwanzigtausend Dollar, aber Guy war überzeugt, daß ihm Palm Beach eine Reihe von Privataufträgen einbringen werde, das hieß schnelle und gutbezahlte Arbeit. Annes Vater, hatte sie gesagt, würde ihnen den einen Flügel gern zur Hochzeit schenken, aber das kam Guy so undenkbar vor wie das Weglassen. Er sah das Haus vor sich – schimmernd weiß hob es sich von dem braunen Schreibtisch hier im Zimmer ab. Das Material war weißer Stein, den er in der Nähe von Alton in Connecticut mal gesehen hatte: ein langgestrecktes, niedriges Haus mit flachem Dach, wie ein Kristall, den alchemistische Kunst aus dem Stein geformt hatte.

»Vielleicht könnte es ›Der Kristall‹ heißen«, sagte er nachdenklich.

Anne blickte an die Decke. »Ich finde es gar nicht so schön, wenn man Häusern Namen gibt. Und ›Kristall‹ gefällt mir auch nicht besonders.«

»Na, immer noch besser als ›Alton‹«, sagte Guy leicht gekränkt. »So was von blöden Namen in Neu-England. In Texas dagegen –«

»In Ordnung – du nimmst Texas und ich Neu-England!« sagte Anne lächelnd. Sie nahm damit Guy den Wind aus den Segeln, denn in Wirklichkeit liebte er Neu-England und sie liebte Texas.

Guy betrachtete das Telefon; er hatte das Gefühl, es werde gleich klingeln. In seinem Kopf saß ein leichter Schwindel, als ob er irgendeine euphorische Droge genommen hätte. Anne sagte, das komme von der Höhe; es ging vielen Leuten so in Mexico City. »Ich habe das Gefühl, ich könnte Miriam anrufen und mit ihr reden und dann wäre alles in Ordnung«, sagte er langsam. »Als ob mir genau das Richtige einfiele, weißt du.«

»Da steht das Telefon«, gab Anne ruhig zurück.

Ein paar Sekunden vergingen. Er hörte, wie Anne seufzte.

»Wie spät ist es?« fragte sie nach einer Weile. »Ich habe Mutter gesagt, ich wäre um zwölf zu Hause.«

»Sieben nach elf.«

»Bist du gar nicht hungrig?«

Sie bestellten telefonisch Rührei und Schinken, was sich, als es gebracht wurde, als eine etwas undefinierbare Masse herausstellte, aber nicht schlecht schmeckte.

»Ich bin so froh, daß du nach Mexiko gekommen bist«, sagte Anne. »Ich liebe das Land und wollte immer, daß du es auch einmal kennenlernst.« Langsam aß sie weiter. »Es liegt hier eine Art Sehnsucht in der Luft, etwas wie Heimweh – ähnlich wie in Paris oder Wien. Egal, was man hier erlebt, es zieht einen immer wieder her.«

Guy mußte an den Sommer denken, den er mit Robert Treacher, einem kanadischen Ingenieur, in Europa verbracht hatte. Sie hatten beide kaum Geld gehabt. Das Paris und das Wien, das Anne kannte, sah wahrscheinlich ganz anders aus. Er blickte auf das Brötchen, das sie ihm gegeben hatte. Zuweilen hatte er den leidenschaftlichen Wunsch, Duft und Farbe jedes Erlebnisses zu kennen, das Anne je gehabt hatte, über jede Stunde ihrer Kindheit Bescheid zu wissen.

»Was meinst du – egal, was man hier erlebt hat?«

»Ich meine, ob man krank gewesen ist, oder überfallen wurde.« Lächelnd sah sie zu ihm auf. Doch das Lampenlicht, das in den rauchblauen Augen glänzte und auch den dunkleren Rand aufschimmern ließ, gab ihrem Gesicht einen fast traurigen Ausdruck. »Es sind wohl die Kontraste, denen die Attraktion zu verdanken ist. Wie Menschen mit unglaublichen Kontrasten.«

Guy starrte sie an, den Finger gekrümmt im Henkel der Kaffeetasse. Ihre Stimmung, oder vielleicht auch die Worte, gaben ihm ein Gefühl der Unterlegenheit. »Tut mir leid, daß ich keine unglaublichen Kontraste aufweisen kann.«

»O Guy!« Sie brach in Lachen aus, in das vertraute fröhliche Lachen, das ihn stets entzückte, selbst wenn sie über ihn lachte und keine Erklärung dazu abgab.

Er sprang auf. »Kuchen! Paß mal auf, ich zaubere uns jetzt einen Kuchen her – und zwar einen großartigen!« Aus einer Ecke des Koffers nahm er eine Blechbüchse, die ihm jetzt erst wieder eingefallen war. Seine Mutter hatte ihm einen Kuchen gebacken mit der Brombeerkonfitüre, die er morgens beim Frühstück so gepriesen hatte.

Anne rief die Bar unten im Hotel an und bestellte einen ganz speziellen Likör, den sie kannte. Er kam, tief dunkelrot wie das Brombeergelee, in fingerschlanken Stielgläsern. Der Kellner verließ das Zimmer, und sie hoben die Gläser, als das Telefon laut und wiederholt klingelte.

»Sicher Mutter«, meinte Anne.

Guy nahm den Hörer ab. Er hörte, wie eine weit entfernte Stimme mit der Telefonistin sprach. Die Worte kamen näher, schrill und erregt, und er erkannte die Stimme seiner Mutter.

»Hallo?«

»Hallo, Mama?«

»Guy, es ist etwas passiert.«

»Was ist los?«

»Etwas mit Miriam.«

»Was ist denn?« Guy preßte den Hörer ans Ohr. Er wandte sich zu Anne und sah die Veränderung in ihrem Gesicht. Sie blickte ihn an.

»Sie ist tot, Guy. Sie ist gestern abend – umgebracht...« Die Stimme brach ab.

»Was?«

»Gestern abend.« Sie sprach so laut und abgehackt wie Guy sie nur selten gehört hatte. »Guy, sie ist ermordet worden.«

»Ermordet?«

»Guy – was ist los?« Anne stand auf.

»Gestern abend am See. Man weiß noch gar nichts.«

»Du bist...«

»Guy, kannst du herkommen?«

»Ja, Mama. Und *wie?«* fragte er hilflos und drehte den Hörer in der Hand. »Wie denn?«

»Erwürgt.« Nur das eine Wort, dann Schweigen.

»Hast du...« setzte er an.

»Guy, was ist los?« Anne griff nach seinem Arm.

»Ich komme so schnell ich kann, Mama. Heute abend. Sorg dich nicht, wir sehen uns ganz bald.« Er legte langsam den Hörer auf und wandte sich zu Anne. »Miriam. Miriam ist umgebracht worden.«

»Ermordet, hast du gesagt?« flüsterte Anne.

Guy nickte. Plötzlich fiel ihm ein, daß es vielleicht ein Irrtum sein konnte. Wenn bisher nur eine Meldung vorlag ...

»Wann ist es passiert?«

»Gestern abend, hat sie gesagt.«

»Weiß man, wer es getan hat?«

»Nein. Ich muß sofort hin.«

»Mein Gott.«

Er sah Anne an, die reglos vor ihm stand. »Ich muß sofort hin«, wiederholte er wie betäubt. Er ging zum Telefon, um einen Platz im Flugzeug reservieren zu lassen, den dann Anne in schnellem Spanisch für ihn reservieren ließ. Dann machte er sich ans Packen; es schien Stunden zu dauern, bis er die paar Sachen im Koffer hatte. Er starrte den braunen Schreibtisch an. Hatte er ihn schon durchgesehen und alle Schubladen geleert? Wo er vorhin die Vision seines neuen Hauses gesehen hatte, erschien ihm jetzt ein lachendes Gesicht – erst der halbmondförmige Mund und dann das Gesicht: Bruno. Die Zunge fuhr grinsend über die Oberlippe, und dann kam das lautlos zuckende Lachen, das die Haarsträhnen in die Stirn fallen ließ. Guy blickte stirnrunzelnd auf Anne.

»Was ist, Guy?«

»Gar nichts«, sagte er.

14

Und wenn Bruno es getan hatte? Natürlich war das gar nicht möglich – aber wenn nun doch? War er schon festgenommen? Hatte er angegeben, der Mord sei ein gemeinsamer Plan gewesen? Guy konnte sich durchaus vorstellen, daß Bruno hysterisch wurde und alles mögliche aussagte. Ein neurotischer Mensch wie Bruno war zu allem fähig. Guy durchforschte in seiner Erinnerung ihre Unterhaltung im Zug. Hatte er im Spaß oder Zorn oder Trunk irgend etwas gesagt, das man als Einverständnis mit Brunos Wahnsinnsidee auslegen konnte? Nein, er hatte nichts gesagt. Aber gegen sein Nein stand Brunos Brief, von dem er jedes Wort auswendig wußte: *... unsere Idee mit den beiden Morden. Sie ist großartig und unbedingt durchführbar. Bestimmt ...*

Draußen war alles schwarze Dunkelheit. Wie kam es, daß er nicht mehr Angst hatte? Fast zylindrisch lag der lange Flugzeugrumpf vor ihm. Jetzt zündete jemand ein Streichholz an, und er spürte den schwachbitteren Geruch des mexikanischen Tabaks. Er sah auf die Uhr: es war vier Uhr fünfzehn.

Im Morgengrauen schlief er ein und überließ sich dem Brüllen und Schütteln der Motoren; ihm war, als wollten sie die Maschine und sein Gehirn in Stücke reißen und alles in der Luft verstreuen. Als er aufwachte, war es Morgen, grau und verhangen, und sein erster Gedanke war: Miriams Liebhaber hat sie umgebracht. Natürlich, das war das Naheliegendste ... Warum hatte er nicht schon vorher daran gedacht? So mußte es gewesen sein, die Opfer waren häufig Frauen wie Miriam. In der Illustrierten EL GRAFICO, die er auf dem Flugplatz gekauft hatte, stand auf der Titelseite ein langer Bericht über den Mord an einem Mädchen (er hatte keine amerikanische Zeitung auftreiben können, obwohl er über der Suche fast das Flugzeug verpaßte) mit dem Bild ihres grinsenden mexikanischen Liebhabers, der das Mordmesser in der Hand hielt. Guy hatte angefangen, den Bericht zu lesen, aber bald aufgegeben, weil er ihn langweilig fand.

Am Flughafen in Metcalf erwartete ihn ein Polizeibeamter in Zivil. Sie stiegen zusammen in ein Taxi.

»Ist der Mörder schon gefaßt?« fragte Guy.

»Nein.« Der Beamte sah müde aus, als sei er die ganze Nacht aufgewesen, genauso wie all die Reporter und Schreiber und Polizisten in dem alten Gerichtsgebäude an der North Side. Guy sah sich in dem langen, hölzernen Raum um; seine Augen suchten Bruno, bevor er sich dessen bewußt wurde. Als er sich eine Zigarette anzündete, erkundigte sich der Mann neben ihm, welche Sorte das sei, und Guy reichte ihm eine. Es waren Belmonts, und sie gehörten Anne; er hatte sie beim Packen eingesteckt.

»Guy Daniel Haines, 717 Ambrose Street, Metcalf ... Wann sind Sie aus Metcalf abgefahren? ... Wann sind Sie in Mexico City angekommen?«

Stühlescharren. Eine Schreibmaschine nahm auf, was er aussagte.

Ein zweiter Polizist in Zivil mit Dienstabzeichen, offener Jacke und vorstehendem Bauch trat heran. »Warum sind Sie nach Mexiko gefahren?«

»Ich wollte Freunde besuchen.«

»Wen?«

»Faulkners. Alex Faulkner aus New York.«

»Warum haben Sie Ihrer Mutter nicht gesagt, wohin Sie gefahren sind?«

»Ich hab's ihr gesagt.«

»Sie wußte nicht, wo Sie wohnten in Mexico City«, teilte ihm der Beamte kühl mit und blickte wieder in seine Notizen. »Am Sonntag haben Sie Ihrer Frau einen Brief geschrieben und Sie um die Scheidung gebeten. Was hat sie darauf geantwortet?«

»Daß sie mit mir darüber sprechen wollte.«

»Daran lag Ihnen aber nichts, nicht wahr?« fragte eine klare Tenorstimme. Guy sah den jungen Polizeiofficer an und schwieg.

»War das Kind, das sie erwartet hatte, von Ihnen?«

Er wollte antworten, wurde aber unterbrochen. »Warum sind Sie letzte Woche zu Ihrer Frau nach Texas gekommen?«

»War es Ihnen nicht sehr dringend mit der Scheidung, Mr. Haines?«

»Sie lieben doch Anne Faulkner, nicht wahr?«

Lautes Lachen.

»Sie wissen, daß Ihre Frau einen Freund hatte, Mr. Haines. Waren Sie eifersüchtig?«

»Auf das Kind wollten Sie doch die Scheidung stützen, nicht wahr?«

»Das ist alles«, sagte eine Stimme.

Ein Foto wurde ihm zugeworfen; das Bild verschwamm vor seinen zornigen Augen und wurde dann klar: ein langer, dunkler Kopf, hübsche, dümmliche braune Augen, ein männliches Kinn – es hätte ein Filmschauspieler sein können. Er wußte sofort, daß mußte Miriams Freund sein; auf diesen Typ war sie schon immer geflogen.

»Nein«, sagte Guy.

»Haben Sie nicht mehrfach mit ihm gesprochen?«

»Das ist alles!«

Ein bitteres Lächeln spielte um seine Lippen, und gleichzeitig hätte er wie ein Kind heulen mögen. Vor dem Gericht nahm er ein Taxi. Auf der Heimfahrt las er auf der ersten Seite des *Metcalf Star* den zweispaltigen Bericht.

12. Juni. – Die Suche nach dem Mörder von Mrs. Miriam Joyce Haines aus Metcalf, die Sonntag abend auf der Metcalf-Insel einem unbekannten Würger zum Opfer fiel, wird fortgesetzt. Zwei Spezialisten für Fingerabdrücke versuchen die Spuren auf verschiedenen Rudern und Ruderbooten am Anlegesteg von Metcalf zu identifizieren. Gestern nachmittag wurde die Vermutung geäußert, die Tat sei von einem Wahnsinnigen verübt worden. Außer undeutlichen Fingerabdrücken und einigen Fußspuren am Tatort hat die Polizei keine wesentlichen Hinweise gefunden.

Eine wichtige Aussage wird bei der gerichtlichen Untersuchung von Mr. Owen Markman (30 J.), Stauer aus Houston, erwartet, der der Verstorbenen nahestand.

Die Beisetzung findet heute auf dem Friedhof von Remington statt. Abfahrt vom Howell Funeral Home, College Avenue, um zwei Uhr nachmittags.

Guy zündete sich eine neue Zigarette am Stummel der alten an. Seine Hände bebten noch, aber irgendwie war ihm jetzt wohler. An die Möglichkeit, daß die Tat von einem Wahnsinnigen begangen sein könnte, hatte er nicht gedacht. So war es vielleicht doch nur ein grausiger Unfall.

Seine Mutter saß im Schaukelstuhl in ihrem Wohnzimmer, ein Taschentuch an die Schläfe gepreßt. Sie hatte ihn erwartet, stand aber nicht auf, als er hereinkam. Guy umarmte sie und küßte sie auf die Wange. Erleichtert sah er, daß sie nicht geweint hatte.

»Gestern war ich den ganzen Tag bei Mrs. Joyce«, sagte sie. »Aber ich bringe es nicht fertig, zur Beerdigung zu gehen.«

»Das ist auch gar nicht nötig, Mama.« Er warf einen Blick auf seine Uhr und sah, daß es schon nach zwei war. Er wandte sich ab und fuhr sich mit der Hand über die Stirn.

Seine Mutter sagte leise: »Mrs. Joyce hat mich gefragt, ob du vielleicht etwas weißt.«

Guy drehte sich zu ihr um. Er wußte, Mrs. Joyce hatte etwas gegen ihn. Der Zorn stieg ihm hoch bei dem Gedanken an das, was sie vielleicht zu seiner Mutter gesagt hatte. »Geh da nicht wieder hin, Mama.«

»Nein.«

Oben auf dem Schreibtisch fand er einen Brief und ein kleines quadratisches Päckchen mit dem Namen eines Geschäfts in Santa Fé. Es enthielt einen schmalen Gürtel aus Eidechsenleder mit silberner Schnalle in Form eines H. Auf dem beigefügten Zettel stand:

Habe leider den Plato auf dem Weg zum Postamt verloren. Hoffentlich geht dies als Ersatz. Charley.

Der Briefumschlag stammte aus einem Hotel in Santa Fé. Guy riß ihn auf; eine kleine, gedruckte Karte fiel heraus:

METCALF IST EINE REISE WERT

Er drehte die Karte um und las mechanisch, was dort stand:

Tag und Nacht
Donovan Taxi
Ruf 2-33 33
Jederzeit schnell und zuverlässig

Die Karte gehörte einem Taxiunternehmen in Metcalf, war aber in Santa Fé eingesteckt worden. Hat nichts zu bedeuten, dachte er. Ganz unwichtig. Beweist gar nichts. Aber er zerknüllte die Karte und den Umschlag und das Packpapier und warf alles in den Papierkorb. Er haßte Bruno, das wußte er jetzt. Er nahm das Kästchen wieder aus dem Papierkorb und tat auch den Gürtel hinein. Es war ein hübscher Gürtel, aber er haßte zufällig auch Eidechsen- und Schlangenleder.

Am Abend rief ihn Anne aus Mexico City an. Sie wollte alles wissen, was geschehen war, und er berichtete, was er wußte.

»Und man hat noch gar keinen Verdacht?« fragte sie.

»Nein, anscheinend nicht.«

»Fehlt dir etwas, Guy? Hast du schlafen können?«

»Nein, noch nicht.« Er konnte ihr jetzt nichts von Bruno sagen. Ein Mann hatte zweimal bei seiner Mutter angerufen und nach Guy gefragt; er war überzeugt, daß es Bruno gewesen war; aber Anne konnte er davon erst etwas sagen, wenn er ganz sicher war. Noch ging es nicht.

»Du, wir haben eben die eidesstattlichen Erklärungen abgeschickt, weißt du – daß du hier bei uns warst.«

Er hatte ihr nach dem Gespräch mit einem der Polizeibeamten ein Telegramm geschickt und darum gebeten.

»Nach der gerichtlichen Untersuchung wird schon alles in Ordnung kommen«, sagte er.

Die ganze Nacht über peinigte ihn der Gedanke, daß er Anne nichts von Bruno gesagt hatte. Und er hatte es nicht verschwiegen, um ihr die Aufregung zu ersparen, sondern weil er sich schuldig fühlte.

Einem Gerücht zufolge hatte Owen Markman sich nach Miriams Unfall geweigert, sie zu heiraten, und sie hatte eine Klage wegen gebrochenen Eheversprechens eingeleitet. Guys Mutter berichtete, daß Miriam das Kind tatsächlich durch einen Unfall verloren habe. Mrs. Joyce hatte ihr erzählt, daß Miriam über den Saum eines schwarzseidenen Nachthemdes gestolpert und die Treppe hinuntergefallen sei; es war ein Nachthemd, das Owen ihr geschenkt hatte und das sie sehr liebte. Guy glaubte jedes Wort. Reue und Mitgefühl, wie er sie nie zuvor für Miriam empfunden hatte, stiegen in ihm auf. So unschuldig, dachte er, und so schreckliches Pech hat sie gehabt. Sie tat ihm unbeschreiblich leid.

15

»Höchstens sieben Meter, und mindestens fünf«, sagte der ernsthafte, selbstsichere junge Mann bei der Vernehmung. »Nein, gesehen habe ich niemand.«

»Ich würde sagen, etwa fünf Meter«, sagte das Mädchen Katherine Smith mit weitgeöffneten Augen, die so erschreckt blickten, als sei alles eben erst geschehen. »Vielleicht etwas mehr«, fügte sie leise hinzu.

»Ungefähr zehn Meter. Ich war der erste unten am Boot«, erklärte Ralph Joyce, Miriams Bruder. Er war rothaarig wie Miriam und hatte die gleichen graugrünen Augen. »Ich glaube nicht, daß sie Feinde hatte. Jedenfalls keinen, der so etwas fertigbrächte.«

»Ich habe gar nichts gehört«, sagte Katherine Smith ernst und schüttelte den Kopf.

Ralph Joyce sagte, er habe nichts gehört, und Richard Schuylers sehr bestimmte Aussage endete mit den Worten: »Es muß völlig lautlos geschehen sein.«

Durch die ständig wiederholten Aussagen verlor das Geschehene allmählich seinen Schrecken für Guy. Das Unglaubliche bei der ganzen Sache war, daß die Tat in unmittelbarer Nähe der drei Freunde begangen worden war. Nur ein Wahnsinniger konnte so etwas riskieren.

»Waren Sie der Vater des Kindes, das Mrs. Haines durch die Fehlgeburt verloren hatte?«

»Ja.« Owen Markman hing nach vornüber, die Finger ineinander verschränkt. Er sah trübe und kopfhängerisch aus, nicht zu vergleichen mit dem schönen jungen Mann auf dem Foto.

»Kennen Sie jemand, der Interesse an Mrs. Haines' Tod gehabt haben könnte?«

»Ja.« Markman deutete auf Guy. »Der da.«

Alle Köpfe wandten sich ihm zu. Guy betrachtete Markman angespannt. Zum erstenmal erwog er ernsthaft die Möglichkeit, ob Markman sie nicht doch getötet hatte.

»Und aus welchem Grund, bitte?«

Owen Markman zögerte eine Weile und murmelte dann etwas von Eifersucht.

Auf Befragen konnte er nicht einen einzigen triftigen Grund angeben, aber jetzt wurde von allen Seiten der Verdacht auf Eifersucht geäußert. Selbst Katherine Smith meinte: »Ja, ich glaube wohl.«

Guys Anwalt lachte in sich hinein. Er hatte die Erklärungen der Faulkners vor sich liegen. Guy fand das Lachen ekelhaft. Er haßte solche Gerichtsverfahren. Zweck war nicht die Wahrheitsfindung, sondern jeder Anwalt bemühte sich, dem anderen eins auszuwischen und ihn durch irgendein technisches Detail zu Fall zu bringen.

»Sie haben einen wichtigen Auftrag abgelehnt . . .«, begann der Coroner.

»Nein, ich habe ihn nicht abgelehnt, sondern nur meine Bewerbung zurückgezogen.«

»Sie haben telegrafiert. Weil Sie nicht wollten, daß Ihre Frau Ihnen dorthin folgte. Als Sie aber in Mexico City von der Fehlgeburt hörten, haben Sie ein zweites Telegramm nach Palm Beach geschickt, daß Sie nun doch wieder an dem Auftrag interessiert seien. Warum?«

»Weil ich unter diesen Umständen nicht mehr befürchten mußte, daß sie darauf bestand, mich zu begleiten. In dieser Woche wollte ich mit ihr über die Scheidung gesprochen haben.« Guy wischte sich den Schweiß von der Stirn. Er sah, wie sein Anwalt mißbilligend die Lippen verzog. Der Anwalt hatte nicht gewollt, daß er die Scheidung im Zusammenhang mit dem neuen Entschluß wegen des Auftrages erwähnte. Das war Guy egal. Es war die Wahrheit; sollten sie daraus machen, was sie wollten.

»Halten Sie es für denkbar, daß der Mann Ihrer Tochter einen solchen Mordplan vorbereitete, Mrs. Joyce?« fragte der Coroner.

»Ja«, sagte Mrs. Joyce mit hocherhobenem Kopf und ganz leichtem Beben in der Stimme. Die unruhigen dunkelroten Augenlider waren fast geschlossen, wie Guy es an ihr kannte; man wußte dann nie, wohin sie eigentlich blickte. »Er wollte die Scheidung.«

Hier wurde Einspruch erhoben, da Mrs. Joyce kurz zuvor ausgesagt hatte, ihre Tochter habe die Scheidung gewollt und Guy Haines nicht, da er sie noch liebte. »Wenn beide die Scheidung wollten – und es ist erwiesen, daß Mr. Haines sie wollte: warum haben sie sich dann nicht scheiden lassen?«

Gelächter. Gerede. Die Fingerabdruckexperten waren noch zu keinem Resultat gekommen. Guys Anwalt wies auf die widersprüchlichen Aussagen der Familie Joyce hin und auf die schriftlichen Aussagen des Ehepaars Faulkner. Schließlich resümierte der Coroner das Gehörte und kam zu dem Schluß: Mord durch einen oder mehrere Unbekannte. Der Fall wurde an die Polizei weitergegeben.

Am nächsten Tag erhielt Guy, gerade als er von zu Hause fortgehen wollte, ein Telegramm:

Herzlichste Glückwünsche aus dem goldenen Westen

Ohne Unterschrift. »Von Faulkners«, sagte er schnell zu seiner Mutter.

Sie lächelte. »Sag Anne, sie soll gut auf meinen Jungen achtgeben.« Sie zog ihn sacht am Ohr und küßte ihn auf die Wange.

Brunos Telegramm lag noch zusammengedrückt in seiner Hand, als er auf dem Flugplatz ankam. Er riß es in Stücke und ließ sie in einen Drahtbehälter am Rand des Flugfeldes fallen.

Jeder der Fetzen flog durch das Drahtnetz und tanzte fröhlich wie Konfetti im Sonnenlicht und Wind über die Rollbahn.

Unablässig grübelte Guy über Bruno. Hatte er es getan oder nicht? Schließlich gab er es auf: es war eigentlich viel zu unglaublich, daß er es wirklich getan hatte. Was bedeutete schon die Karte der Taxivermietung in Metcalf – Bruno war es zuzutrauen, daß er so eine Karte in Santa Fé irgendwo fand und sie dann losschickte. Wenn der Mord nicht die Tat eines Wahnsinnigen war, wie man allgemein – auch der Coroner – annahm, war es doch viel wahrscheinlicher, daß Owen Markman verantwortlich war.

16

Er wollte – mit Ausnahme von Anne – seine ganze Vergangenheit vergessen; trotz aller Ideale und der Mühen und kleinen Erfolge schien sie klein und unwichtig, verglichen mit dem großartigen Hauptgebäude des *Palmyra*. Und je mehr er sich auf die neue Arbeit konzentrierte, desto stärker wurde das Gefühl der Erneuerung auf andere, bessere Weise.

In den nächsten Wochen in Palm Beach versuchte Guy, nicht mehr an Metcalf, an Miriam, an Bruno zu denken. Er konzentrierte sich auf seine Arbeit, die – das sah er schon jetzt – sein ganzes Können an Diplomatie, technischem Wissen und rein physischer Kraft in Anspruch nehmen würde.

Pressefotografen erschienen und machten Aufnahmen von den ersten Anfängen der Hauptgebäude, des Swimming-pools, der Bäder und Terrassen. Auch Klubmitglieder bei der Betrachtung des Geländes wurden fotografiert; unter den Fotos stand dann sicher jedesmal der Betrag, den jeder für das fürstliche Freizeitzentrum gespendet hatte. Manchmal dachte er, ob seine Begeisterung für den Bau vielleicht teilweise auf das viele Geld zurückzuführen war, das dahintersteckte, auf die großzügige Bereitstellung an Raum und Material und die anerkennenden Worte der reichen Leute, die ihn dauernd zu sich einluden und denen er immer absagte. Er wußte, daß er dadurch vielleicht die kleineren Aufträge verlor, die er im nächsten Jahr brauchen würde, aber er wußte auch, daß er sich niemals zu den gesellschaftlichen Verpflichtungen bereitfinden würde, die für die meisten Architekten ganz selbstverständlich waren.

Wollte er abends einmal nicht allein sein, so fuhr er hinaus zu Clarence Brillhart, dem Manager des *Palmyra Clubs*. Er war ein großer älterer Herr mit schlohweißem Haar; Guy wünschte sich oft, so einen Vater gehabt zu haben. Sie aßen zusammen, spielten Schallplatten und unterhielten sich.

Am meisten bewunderte Guy seine Gelassenheit, die ihn weder auf dem hektischen Baugelände noch zu Hause je verließ. Guy hoffte, ihm im Alter zu gleichen, aber er spürte, er war viel zu rastlos und war es immer gewesen. Es war ein Zeichen einer gewissen Würdelosigkeit, wenn man so rastlos war.

Meistens aber las er abends, schrieb Briefe an Anne oder ging früh schlafen, denn er war immer vor fünf Uhr auf und bei der Arbeit. Er kannte fast alle Arbeiter bei Namen, kannte ihr Temperament und ihre Art, den Bau geistig mitzuschaffen oder zu ignorieren. *Mir ist zumute wie dem Dirigenten einer Symphonie,* schrieb er an Anne.

Wenn er in der Dämmerung mit seiner Pfeife vor einem Gebüsch auf dem Golfplatz saß und zu den vier weißen Gebäuden hinüberblickte, dann wußte er, das *Palmyra*-Projekt war fehlerlos und vollkommen. Er wußte es, als er sah, wie die ersten Querteile über die Marmorstützen des Hauptgebäudes gelegt wurden. Das Geschäftshaus in Pittsburgh war damals im letzten Moment verhunzt worden, weil der Bauherr die Fensterseite verändert haben wollte. Der Krankenhausanbau in Chicago war nach Guys Meinung mißlungen, weil das ganze Gesims in dunklerem Stein ausgeführt wurde, als er beabsichtigt hatte. Doch Brillhart ließ keinerlei Einmischung zu, das *Palmyra* sollte so vollkommen werden wie die ursprüngliche Vorstellung, und Guy hatte noch niemals etwas gebaut, das er für vollkommen hielt.

Im August fuhr er nach New York, um Anne zu sehen. Sie arbeitete als Modezeichnerin in einer Textilfirma in Manhattan. Im Herbst wollte sie zusammen mit einer anderen Zeichnerin ein Geschäft aufmachen. Weder Anne noch Guy erwähnten Miriam, bis sie am vierten und letzten Tag seines Aufenthalts hinter Annes Haus am Bach standen. In wenigen Minuten wollte sie ihn zum Flughafen fahren.

»Glaubst du, daß es Markman war, Guy?« fragte Anne plötzlich; und als er nickte, sagte sie: »Schrecklich, aber ich bin eigentlich auch überzeugt davon.«

Dann fand er eines Abends, als er von Brillhart in sein möbliertes Zimmer zurückkam, einen Brief von Bruno vor. Er kam aus Los Angeles und war ihm von seiner Mutter aus Metcalf nachgeschickt worden. Bruno gratulierte ihm zu seiner Arbeit in Palm Beach, wünschte ihm viel Glück und bat ihn um kurze Nachricht. Die Nachschrift lautete:

Hoffentlich ärgert Sie dieser Brief nicht. Ich habe schon oft geschrieben, aber nichts abgeschickt. Ich habe Ihre Mutter angerufen und um Ihre Adresse gebeten, aber sie wollte sie mir nicht geben. Guy, es besteht wahrhaftig kein Grund zur Besorgnis, sonst hätte ich doch nicht geschrieben. Glauben Sie mir, ich bin vorsichtig. Bitte schreiben Sie bald. Ich fahre vielleicht bald nach Haiti. Immer Ihr Freund und Bewunderer.

C. A. B.

Guy starrte auf den Briefbogen in seiner Hand. Als er es nicht mehr in seinem Zimmer aushalten konnte, ging er in eine Bar und hatte im Handumdrehen zwei, drei Gläser getrunken. Im Spiegel hinter der Theke sah er ein sonnenbraunes Gesicht, das ihn anblickte; die Augen erschienen ihm unaufrichtig und ausweichend. *Bruno hat es getan.* Die Erkenntnis kam wie eine donnernde Lawine mit einem Gewicht, das jede Ungewißheit ausschloß, eine verheerende Katastrophe, die nur von der Unvernunft eines Irren bisher aufgehalten worden war. Er blickte sich in der kleinen Bar um, als erwarte er, daß die Wände über ihm zusammenfielen. *Bruno hat es getan.* Und deutlich erkannte er jetzt, wie stolz Bruno darauf war, daß er ihm – Guy – die Freiheit zurückgegeben hatte. Auch die Nachschrift war unmißverständlich, vielleicht auch die Reise nach Haiti. Nur: was *meinte* Bruno bloß? Stirnrunzelnd betrachtete Guy das Gesicht im Spiegel, er senkte die Augen, blickte auf die Hände, auf seine Tweedjacke und die Flanellhose, und es fuhr ihm durch den Kopf, daß er diese Sachen heute morgen angezogen hatte als ein bestimmter Mensch – ein Mann, der er heute abend, wenn er sie auszog, nicht mehr war. Er war dann ein anderer, für alle Zeit, das wußte er jetzt. Dies war ein Augenblick – er wußte nicht, was da vor sich ging, aber er fühlte, daß fortan sein ganzes Leben anders war.

Und jetzt, da es klar war, daß Bruno es getan hatte: warum

zeigte er ihn nicht an? Was fühlte er selbst außer Haß und Abscheu? Hatte er Angst? Er wußte es nicht.

Er wollte Anne anrufen und wartete, bis es zu spät war; schließlich konnte er es um drei Uhr morgens nicht mehr aushalten und rief sie an. Er lag im Dunkeln im Bett und unterhielt sich ganz ruhig mit ihr über alltägliche Dinge, einmal lachte er sogar. Und als er auflegte, war er sicher, daß sie ihm nichts angemerkt hatte. Eigentlich nicht ganz das Richtige. Unrast ergriff ihn von neuem.

Seine Mutter schrieb in ihrem nächsten Brief, der Mann, der sich Phil nannte und der schon angerufen hatte, als Guy in Mexiko war, habe von neuem angerufen und gefragt, wo er ihn erreichen könne. Sie sei beunruhigt, weil es vielleicht mit Miriam zusammenhing. Ob sie es wohl der Polizei melden solle?

Guy schrieb zurück: *Ich weiß jetzt, wer der blöde Anrufer war: Phil Johnson, ein Mann, den ich mal in Chicago kennengelernt habe.*

17

»Du, Charley – was sind das für Ausschnitte hier?«

»Von einem Freund!« schrie Bruno durch die Badezimmertür. Er drehte den Wasserhahn weiter auf, beugte sich über den Waschtisch und konzentrierte sich auf den blankvernickelten Stöpsel. Gleich darauf langte er nach der Whiskyflasche, die unter den Handtüchern im Wäschepuff versteckt war. Als er das Glas mit Whisky und Wasser in der Hand hielt, ließ das Zittern nach; er richtete sich auf und betrachtete ein paar Sekunden prüfend den Silberstreifen auf dem Ärmel der neuen Smokingjacke. Er hatte die Jacke so gern, daß er sie auch im Badezimmer trug. Sein Spiegelbild zeigte ihm einen jungen Mann von Eleganz, einen Freund kühner und geheimnisvoller Abenteuer, mit Humor und Gemüt, Kraft und Zartheit (zum Beweis hielt er vorsichtig das Glas zwischen Damen und Zeigefinger hoch): einen jungen Mann mit Doppelleben. Er trank sich zu.

»Charley?«

»Augenblick, Mom!«

Er blickte sich wild im Badezimmer um. Es hatte kein Fenster. Seit kurzem passierte ihm das etwa zweimal jede Woche:

eine halbe Stunde nach dem Aufstehen hatte er das Gefühl, jemand knie ihm auf der Brust und erdrücke ihn. Er schloß die Augen und atmete mehrere Male schnell und tief ein. Dann begann der Alkohol zu wirken, er besänftigte die aufgestörten Nerven wie eine Hand, die ihm über den Körper strich. Er richtete sich auf und öffnete die Tür.

»Ich rasier mich gerade«, rief er.

Seine Mutter, in Tennisshorts und Oberteil, stand über sein ungemachtes Bett gebeugt, auf dem die Zeitungsausschnitte lagen. »Wer ist das?« fragte sie.

»Die Frau eines Mannes, den ich mal im Zug von New York getroffen habe. Guy Haines heißt er.« Bruno lächelte; er sprach den Namen gern aus. »Interessant nicht? Den Mörder haben sie immer noch nicht gefaßt.«

»Wahrscheinlich ein Verrückter.«

Brunos Gesicht wurde ernst. »O nein, das glaube ich nicht. Die Sache war zu kompliziert.«

Elsie stand auf und schob sich den Daumen in den Gürtel. Der Wulst unter der Gürtellinie verschwand, und einen Moment sah sie so aus, wie Bruno sie sein Leben lang gekannt hatte, straff wie eine Zwanzigjährige bis hinab zu den schlanken Fesseln. »Du, dein Freund Guy sieht nett aus.«

»Tollste Kerl, den ich je gesehen habe. Wirklich scheußlich, daß er da mit drinhängt. Er hat mir im Zug erzählt, daß er seine Frau seit drei Jahren nicht gesehen hatte. Wenn der ein Mörder ist, bin ich auch einer!« Er lächelte über den unfreiwilligen Scherz, und um ihn zu vertuschen, fügte er hinzu: »Die Frau war sowieso 'ne ziemlich flotte Nummer.«

»Darling.« Sie faßte ihn an den beiden eingefaßten Aufschlägen. »Kannst du nicht ein bißchen auf deine Worte achten, solange wir hier sind? Grannie ist manchmal ganz entsetzt, das weiß ich.«

»Grannie wüßte gar nicht, was 'ne flotte Nummer ist«, sagte Bruno heiser.

Elsie warf den Kopf zurück und lachte.

»Ma, du sitzt zu viel in der Sonne. Ich mag dein Gesicht nicht, wenn es so dunkel ist.«

»Ich mag deins auch nicht, wenn es so blaß ist.«

Bruno runzelte die Stirn. Die Stirn seiner Mutter sah geradezu ledern aus, es tat ihm fast weh. Er küßte sie plötzlich auf die Wange.

»Du«, sagte sie, »versprich mir, daß du dich heute eine halbe Stunde in die Sonne setzt, ja? Andere Leute reisen tausend Meilen, um nach Kalifornien zu kommen, und du hockst im Hause!«

Bruno blinzelte sie stirnrunzelnd an. »Ma, du interessierst dich ja gar nicht für meinen Freund!«

»Doch interessiere ich mich. Du hast mir bloß nicht viel von ihm erzählt.«

Er lächelte heimlich. Das stimmte, er war sehr vorsichtig gewesen. Heute zum erstenmal hatte er die Ausschnitte in seinem Zimmer liegenlassen, denn er war überzeugt, daß er und Guy jetzt nicht mehr gefährdet waren. Wenn er jetzt eine Viertelstunde über Guy redete, würde seine Mutter das vermutlich bald vergessen haben. Und vielleicht war das nicht mal mehr nötig. »Hast du das alles gelesen?« Er deutete mit dem Kopf zum Bett.

»Nein, alles nicht. Wieviel hast du heute schon getrunken?«

»Ein Glas.«

»Ich rieche zwei.«

»Na schön, Mom, dann zwei.«

»Darling, könntest du nicht morgens etwas vorsichtiger sein? Trinken am Morgen ist der Anfang vom Ende. Ich habe einen Trinker nach dem anderen . . .«

»Trinker ist ein scheußliches Wort.« Bruno nahm seinen langsamen Gang durchs Zimmer wieder auf. »Mir geht es viel besser, seit ich ein bißchen mehr trinke. Mir bekommt es ausgezeichnet.«

»Gestern abend hast du zuviel getrunken, und das weiß Grannie. Denk bloß nicht, daß sie das nicht merkt.«

»Von gestern abend will ich nichts mehr wissen.« Bruno winkte grinsend mit der Hand.

»Sammie kommt heute morgen rüber. Willst du dich nicht anziehen und runterkommen und beim Tennis für uns zählen?«

»Wenn ich Sammie sehe, krieg ich Bauchweh.«

Elsie ging so unbekümmert zur Tür, als habe sie nichts verstanden. »Versprich mir, daß du dich heute 'n bißchen in die Sonne setzt.«

Er nickte und fuhr sich mit der Zunge über die trockenen Lippen. Er lächelte nicht zurück, als sie die Tür schloß; ihm war zumute, als sei ihm plötzlich etwas Dunkles auf den Kopf gefallen, als müsse er vor etwas fliehen, bevor es zu spät war. Er mußte Guy treffen, bevor es zu spät war! Er mußte seinen Vater loswerden, bevor es zu spät war. Er mußte was unternehmen! Er biß sich auf die Unterlippe und zog die Stirn zusammen; die kleinen grauen Augen schauten blicklos ins Leere. Warum hatte sie gesagt, er solle morgens nichts trinken? Den Morgendrink hatte er so nötig wie keinen sonst. Mit langsam drehender Bewegung schob er die Schultern vor und zurück. Warum war er überhaupt deprimiert? Die Ausschnitte da drüben auf dem Bett bezogen sich alle auf ihn; Wochen waren vergangen, und die blöde Polizei wußte noch immer nichts von ihm, gar nichts außer den Fußspuren, und die Schuhe hatte er längst weggeworfen. Letzte Woche hatte er mit Wilson eine Party im Hotel in San Francisco veranstaltet, aber das war gar nichts im Vergleich zu dem, was er jetzt unternehmen würde, wenn er mit Guy zusammen feiern könnte. Der perfekte Mord! Wie viele Menschen gab es, die einen perfekten Mord verüben konnten auf einer Insel mit Hunderten von Leuten ringsum?

Er gehörte nicht zu den Dummköpfen, von denen in der Zeitung berichtet wurde, sie hätten einen umgebracht, ›um zu sehen, wie das war‹, und die dann nichts weiter zu sagen hatten als: ›Es war nicht so gut wie ich gedacht hatte‹. Wenn einer ihn interviewte, würde er sagen: ›Es war großartig – fabelhaft. Schöner als alles andere.‹ (›Würden Sie es noch mal tun, Mr. Bruno?‹) ›Doch, ja, vielleicht‹, würde er vorsichtig antworten, etwa so wie ein Arktisforscher, den ein Reporter fragt, ob er den nächsten Winter auch wieder im Norden verbringen werde. (›Können Sie uns ein wenig von Ihren Erlebnissen erzählen?‹) Er würde das Mikrophon etwas zu sich heranziehen und nachdenklich aufblicken, während die Welt auf sein erstes Wort wartete. Ja – wie war es gewesen, wie hatte es sich angefühlt? Nun, es gab da nur *das*, wissen Sie, man konnte es mit nichts vergleichen. Sie war ja sowieso eine verdorbene Person. Es war, als ob man eine heiße kleine Ratte umbrachte, nur daß sie eben eine Frau war, dadurch wurde es eben Mord. Es war ekelhaft, wie warm sie sich anfühlte, und er entsann sich, daß er, bevor er die Finger von ihrem Hals löste, erwartete, daß die Hitze aufhörte; nachdem er sie da liegen ließ, mußte sie kalt und häßlich werden, so wie sie in Wirklichkeit war. (›Häßlich, Mr. Bruno?‹) ›Ja, richtig häßlich.‹ (›Finden Sie denn, daß eine

Leiche häßlich ist?‹) Bruno runzelte die Stirn. Nein, eine Leiche war nicht unbedingt häßlich. Wenn das Opfer schlecht war, wie Miriam, müßten sich die Leute doch eigentlich freuen, wenn sie die Leiche sahen, nicht wahr? (›Und Macht, Mr. Bruno?‹) O ja, er hatte ein starkes Gefühl von Macht gehabt, das stimmte. Er hatte ein Leben ausgelöscht. Keiner wußte, was Leben war, jeder setzte sich dafür ein, es war das kostbarste Besitztum, aber er hatte eins ausgelöscht. Es war gefährlich gewesen, seine Hände hatten geschmerzt, und er hatte auch Angst gehabt, sie werde schreien oder irgendein Geräusch von sich geben, aber das alles fiel ab in dem Augenblick, als er fühlte, daß kein Leben mehr in ihr war; nur die seltsame Tatsache war dann noch da, das Geheimnis und das Wunder, daß er diesem Leben ein Ende bereitet hatte. Es wurde so viel geredet vom Wunder der Geburt und des beginnenden Lebens, aber das war doch alles ganz erklärlich, es entstand einfach aus zwei Zellen. Nichts im Vergleich zum Auslöschen eines Lebens. Warum hörte das Leben auf, weil er die Kehle zu fest gepackt hielt? Was war überhaupt Leben? Was fühlte Miriam, nachdem er die Hände weggenommen hatte von ihrem Hals? Wo war sie? Nein, er glaubte nicht an ein Leben nach dem Tode. Sie hatte aufgehört zu leben, und das war eben das Wunder. Oh, er konnte noch viel mehr sagen bei diesem Interview! (›Was bedeutete es für Sie, daß Ihr Opfer eine Frau war?‹) Wo kam denn auf einmal diese Frage her? Bruno zögerte, hatte sich aber gleich wieder gefaßt. Nun – das hatte seinen Genuß noch erhöht. Nein, er schloß daraus nicht, daß es sich bei ihm teilweise um sexuelle Lust handelte. Nein, er haßte Frauen nicht, keineswegs. Sie wissen doch, Haß ist mit Liebe nahe verwandt. Wer hat das gesagt? Er hielt jedenfalls nichts davon. Jedenfalls könne er nur sagen, daß die Lust nicht ganz so stark gewesen wäre, wenn er einen Mann umgebracht hätte. Außer wenn es sein Vater gewesen wäre.

Das Telefon ...

Bruno starrte den Apparat an. Immer, wenn er ein Telefon sah, mußte er an Guy denken. Wenn er es geschickt machte, konnte er Guy mit zwei Anrufen erreichen, aber das würde ihn vielleicht erzürnen. Lieber abwarten, bis Guy ihm schrieb. Jeden Tag konnte ein Brief von ihm kommen: alles, was Bruno zu seinem Glück noch fehlte, war Guys Stimme – nur ein

Wort von ihm, daß er glücklich sei. Enger als Blutsbrüderschaft war das Band, das ihn jetzt mit Guy verband. Wie viele Brüder liebten ihre Brüder so, wie er Guy liebte?

Bruno öffnete die Balkontür und stellte sich an das schmiedeeiserne Gitter. Tatsächlich, die Morgensonne war angenehm. Bis hinunter zum Ozean lag der Rasen vor ihm, breit und glatt. Jetzt sah er Sammie Franklin, der in weißem Tennisdreß, Schläger unter dem Arm, lachend auf seine Mutter zuging. Er erinnerte Bruno an einen andern Hollywood-Schauspieler, der immer um seine Mutter herumscharwenzelte, als sie vor drei Jahren hier waren. Alexander Phipps hieß er. Wieso hatte er die blöden Namen überhaupt behalten? Er hörte Sammie lachen, als er seiner Mutter die Hand entgegenstreckte; eine alte Aversion stieg in Bruno auf und legte sich wieder. *Merde.* Er wandte die Augen ab von Sammies breitem Flanellhinterteil und blickte weiter hinaus, von links nach rechts. Mehrere Pelikane flogen schwerfällig über eine Hecke und ließen sich auf dem Rasen nieder. Weit draußen auf dem hellen Wasser lag ein Segelboot. Vor drei Jahren hatte er seine Großmutter gebeten, eins zu kaufen, und nun, da es dort lag, hatte er keine Lust zum Segeln.

Man hörte den Aufschlag der Tennisbälle an der braunen Hausecke, dann waren sie verschwunden.

Unten schlug eine Uhr. Wenn mit der Mittagspost heute kein Brief von Guy kam, überlegte er, so könnte er einen Zug nach San Francisco nehmen. Allerdings war die Erinnerung an das letzte Mal in San Francisco nicht allzu erfreulich. Wilson hatte ein paar Italiener mit ins Hotel gebracht, und Bruno hatte sämtliche Dinners und mehrere Flaschen Schnaps bezahlt. Dann hatten sie auf seinem Apparat mit Chicago telefoniert. Das Hotel hatte ihm außerdem zwei Anrufe nach Metcalf auf die Rechnung gesetzt, und an den zweiten konnte er sich überhaupt nicht erinnern. Und dann hatten ihm am letzten Tag zwanzig Dollar für die Bezahlung der Rechnung gefehlt. Er hatte kein Scheckbuch, und das Hotel – das beste Hotel in San Francisco – hatte seinen Koffer zurückbehalten, bis ihm seine Mutter das Geld telegrafisch überwiesen hatte. Nein, nach San Francisco wollte er nicht.

»Charley?« rief eine helle Stimme. Das war seine Großmutter. Er sah, wie sich der geschwungene Türgriff bewegte, machte einen Satz auf das Bett zu, wo noch die Ausschnitte lagen, und dann eine Kehrtwendung zum Badezimmer, wo er schnell noch einmal gurgelte. Seine Großmutter roch Alkohol drei Meilen gegen den Wind.

»Willst du nicht mit mir frühstücken?« fragte sie jetzt.

Er trat aus dem Bad und fuhr sich mit dem Kamm durchs Haar. »Oh – du bist ja schon groß angezogen!« Die zierliche kleine Gestalt drehte sich vor ihm wie ein Modepüppchen. Er lächelte. Das schwarze Spitzenkleid mit der durchschimmernden rosa Seide gefiel ihm. »Sieht aus wie so ein Balkongitter da draußen.«

»Danke schön, Charley. Ich gehe heute vormittag in die Stadt. Vielleicht hast du Lust, mitzukommen?«

»Ja, vielleicht. Doch, ich komme gern mit, Grannie«, sagte er herzlich.

»Ah – *du* hast also meine TIMES ausgeschnitten! Ich dachte, es wäre eins der Mädchen. Da mußt du aber früh aufgestanden sein.«

»Ja«, gab Bruno zu.

»Als ich jung war, haben wir Gedichte aus den Zeitungen ausgeschnitten und gesammelt. Wir sammelten viel solcher Sachen. Was willst du mit den Ausschnitten?«

»Och – nur behalten.«

»Du sammelst doch keine Ausschnitte?«

»Nein.« Sie blickte ihn an. Wenn sie doch die Ausschnitte ansehen wollte, dachte Bruno.

»Ach, du bist ja noch so ein Baby.« Sie kniff ihn leicht in die Wange. »Noch kaum ein bißchen Flaum am Kinn. Ich weiß gar nicht, warum sich deine Mutter so viel Sorgen macht –«

»Tut sie gar nicht.«

»– du brauchst einfach noch Zeit, um erwachsen zu werden. Komm mit nach unten zum Frühstück. Ja, so wie du bist, im Pyjama.«

Auf der Treppe gab ihr Bruno seinen Arm.

»Ich habe ein paar kleine Besorgungen zu machen«, sagte seine Großmutter, als sie ihm Kaffee einschenkte, »und dann könnten wir eigentlich etwas Nettes unternehmen. Vielleicht einen guten Film – einen mit 'nem Mord – oder den Vergnügungspark. Da bin ich ewig nicht gewesen, weißt du.«

Brunos Augen weiteten sich, so weit sie konnten.

»Was wäre dir lieber? Wir können uns die Filmprogramme ja mal ansehen, wenn wir da sind.«

»Ich möchte lieber in den Vergnügungspark, Grannie.«

Es wurde ein schöner Tag. Bruno half ihr beim Aus- und Einsteigen und führte sie durch den Vergnügungspark, obgleich es dort nicht viel gab, was sie mitmachen oder essen konnte. Aber das Riesenrad bestiegen sie zusammen. Bruno erzählte seiner Großmutter von dem Riesenrad in Metcalf. Sie fragte ihn nicht, wann er dort gewesen war. Sammie Franklin war immer noch da, als sie nach Hause kamen, und blieb auch zum Essen. Brunos Augenbrauen zogen sich zusammen, als er ihn sah. Er wußte, seine Großmutter mochte Sammie genauso wenig wie er, und plötzlich stieg in ihm eine Woge von Zärtlichkeit für sie auf, weil sie niemals ein Wort gegen Sammie sagte und auch sonst jeden Lümmel akzeptierte, den seine Mutter mitbrachte. Was hatten Sammie und seine Mutter den ganzen Tag getan? Sie sagten, sie hätten sich einen Film – einen von Sammies Filmen – angesehen. Und oben liege ein Brief für ihn in seinem Zimmer.

Bruno stürzte nach oben. Der Brief kam aus Florida. Mit zitternden Händen, wie nach einem schweren Rausch, riß er ihn auf.

6. September

Lieber Charles,

Ihre Nachricht ist mir ebenso unverständlich wie Ihr starkes Interesse für mich. Ich kenne Sie nur flüchtig, doch immerhin genügend, um zu wissen, daß wir keine gemeinsamen Interessen haben, auf denen eine Freundschaft basieren könnte. Bitte rufen Sie meine Mutter nicht mehr an und schreiben Sie auch mir nicht mehr.

Vielen Dank, daß Sie versuchen wollten, mir das Buch zurückzuschicken. Der Verlust ist ganz unerheblich.

Guy Haines.

Bruno nahm den Brief und las ihn noch einmal durch. Ungläubig hingen seine Augen an einzelnen Worten; die Zungenspitze fuhr über die Oberlippe und verschwand wieder. Ihm war zumute, als stehe er kahlgeschoren am Pranger. Ein bitterer Schmerz packte und schüttelte ihn. Er sah sich in seinem

Zimmer um. Haß ergriff ihn auf alles, was da stand und ihm gehörte. Der Schmerz zog ihm die Brust zusammen. Er fing an zu weinen.

Nach dem Essen entstand oben auf der Terrasse ein Streit zwischen Bruno und Sammie Franklin über die Qualität von Wermut. Sammie behauptete, je trockener der Wermut sei, desto mehr brauche man für einen Martini. Das bestritt Bruno. Er lief nach unten an die Hausbar, um einige Zutaten zu holen und seine Behauptung zu beweisen. Beide machten einen Martini und probierten ihn, und obwohl hiernach Bruno unzweifelhaft recht hatte, beharrte Sammie auf seinem Standpunkt. Bruno kochte.

»Geh doch nach New York und laß dir was beibringen!« schrie er. Seine Mutter war gerade hinausgegangen.

»Du weißt ja überhaupt nicht, was du redest«, gab Sammie zurück. Im Mondlicht sah sein breit grinsendes Gesicht blaugrün und gelblich aus, wie Gorgonzolakäse. »Den ganzen Tag bist du besoffen. Du hast . . .«

Bruno packte ihn vorn am Oberhemd und bog ihn rückwärts über das Geländer. Sammies Füße schurrten über die Fliesen. Sein Hemd riß. Als er sich in Sicherheit gebracht hatte, war das Blau aus seinem Gesicht verschwunden, es war nur noch ein bleiches, schattenloses Gelb.

»Wohl ganz von Gott verlassen, was?« schrie er. »Du hättest mich glatt runtergestürzt!«

»Das ist nicht wahr!« heulte Bruno noch lauter. Er konnte plötzlich nicht mehr atmen, genau wie am Morgen. Er nahm die steifen, schweißnassen Finger vom Gesicht. Er hatte doch schon einen Menschen ermordet – sollte er das noch einmal tun? Er hatte im Geist Sammie vor sich gesehen, wie ihn die Spitzen des Eisengeländers unten aufspießten – und da unten hatte er ihn hingewünscht. Er hörte, wie sich Sammie eilig einen Highball zurechtmachte. Er taumelte über die Schwelle der Terrassentür ins Zimmer.

»Bleib bloß weg, verstanden?« schrie Sammie ihm nach. Die zitternde Erregung in seiner Stimme machte Bruno angst. Er sagte nichts, als er seine Mutter im Treppenhaus traf, und ging hinunter, beide Hände fest am Geländer. Er verwünschte das tobende Drehen im Kopf und die Martinis, die er mit Sammie getrunken hatte. Er stolperte ins Wohnzimmer.

»Charley, was hast du Sammie getan?« Seine Mutter war ihm ins Zimmer gefolgt.

»Wa-as hab ich Sammie getaaan?!« Undeutlich sah er, wie sie auf ihn zukam, und hob die Hand, bevor er sich auf das Sofa fallen ließ.

»Charley – komm mit und entschuldige dich.« Ihr weißes Kleid, undeutlich zerfließend, kam näher; der braune Arm griff nach ihm.

»Du – schläfst du etwa mit dem Kerl? *Schläfst du mit dem Kerl?«* Er wußte, sobald er sich zurücklegte, würde alles um ihn herum ins Dunkel versinken. Und schon lag er. Von ihrem Arm fühlte er nichts mehr.

18

Guy war seit einem Monat wieder in New York, und für all seine Unruhe und Unzufriedenheit mit sich selbst, mit der Arbeit, mit Anne, fand er nur einen Grund: Bruno. Es lag an Bruno, daß seit seiner Rückkehr aus Palm Beach so wenig Aufträge gekommen waren. Bruno war schuld daran, daß Guy neulich abends so sinnlos mit Anne gestritten hatte und er dann, als sie ohne ein Wort gegangen war und die Fahrstuhltür sich hinter ihr geschlossen hatte, die acht Stockwerke hinuntergerast war und sie um Verzeihung gebeten hatte.

Und wer weiß, vielleicht lag es auch an Bruno, daß jetzt keine Aufträge hereinkamen. Die Schaffung eines Bauwerks war ein geistiger Akt. Solange er das Wissen von Brunos Tat bei sich behielt, korrumpierte er sich selber. So etwas konnte in ihm zum Ausdruck kommen.

Er hatte beschlossen, die Jagd auf Bruno der Polizei zu überlassen. Doch als die Wochen vergingen und Bruno noch immer auf freiem Fuß war, quälte Guy das Gefühl, daß er handeln müsse. Was ihn noch zurückhielt, war der Widerwille, einen Mann des Mordes zu bezichtigen, und dazu ein sinnloser, aber hartnäckiger Zweifel an Brunos Schuld. Der Gedanke, daß Bruno dieses Verbrechen begangen hatte, kam ihm oft so irrsinnig vor, daß seine vorherige Sicherheit ins Wanken geriet. Manchmal, dachte er, hätte er sogar noch gezweifelt, wenn Bruno ihm ein schriftliches Geständnis geschickt hätte. Und doch sagte ihm sein Verstand, daß Bruno der Täter sein mußte. Diese Überzeugung festigte sich, als die Zeit verging und die Polizei immer noch keinen Schritt vorangekommen war. Aber genau das hatte Bruno vorausgesagt – ein Mord ohne Motiv war nicht aufzuklären ... Guys Brief an Bruno hatte für den Rest des Herbstes seine Wirkung getan; aber kurz bevor er aus Florida abreiste, kam eine sachlich-kurze Mitteilung von Bruno: er werde im Dezember wieder in New York sein und hoffe, dann mit Guy sprechen zu können. Guy war entschlossen, ihn sich vom Halse zu halten.

Die Ratlosigkeit blieb; er grübelte über alles und nichts, am meisten über seine Arbeit. Anne mahnte ihn, doch Geduld zu haben. Sie erinnerte ihn daran, daß er sich in Florida bewährt habe. Mehr als je hielt sie Trost und Zärtlichkeit für ihn bereit, die er so nötig brauchte und die er doch, in Momenten hartnäkkiger Depression, von sich wies.

Mitte Dezember klingelte eines Morgens das Telefon. Guy war gerade dabei, sich die Zeichnungen für das Haus in Connecticut anzusehen. »Hallo, Guy. Hier ist Charley.«

Guy warf einen Blick auf seinen Kollegen Myers, mit dem er das Büro teilte; er stand über den Zeichentisch gebeugt. Guy legte langsam den Hörer zurück auf die Gabel.

Gleich darauf klingelte es von neuem.

»Guy, ich möchte Sie sprechen«, sagte Bruno.

»Bedaure. Ich habe keine Zeit.« Guy stand auf.

Bruno lachte gezwungen. »Was'n los? Sind sie nervös, Guy?«

»Ich wünsche nicht, Sie zu sehen, das ist alles.«

»Aha. Gut«, sagte Bruno tief verletzt.

Guy wartete; er war entschlossen, nicht zuerst den Rückzug anzutreten. Schließlich legte Bruno auf.

Guys Kehle war trocken; er ging hinüber zum Wasserbehälter in der Ecke des Raumes. Dahinter schien die Sonne genau diagonal auf die große Luftaufnahme der vier fast fertigen *Palmyra*-Bauten. Er wandte sich ab. Anne würde ihm jetzt vorhalten, daß seine alte Schule in Chicago ihn um einen Vortrag gebeten hatte und daß er für eine führende Architektur-Zeitschrift einen Artikel schreiben sollte. Was neue Aufträge anging, so war der *Palmyra Club* etwa so wirksam gewesen wie ein Boykottaufruf. Wie konnte es auch anders sein – verdankte er den *Palmyra*-Auftrag nicht Bruno? Einem Mörder?

Wenige Tage später kam er an einem verschneiten Abend mit Anne die Steinstufen seines Hauses in der West Fifty-third-Street hinunter und sah auf dem Gehweg eine lange, barhäuptige Gestalt stehen, die zu ihnen aufblickte. Ein leichter Schreck durchfuhr ihn, und unwillkürlich preßte er die Hand fester um Annes Arm.

»Tag«, sagte Brunos melancholisch-weiche Stimme. Sein Gesicht war im Dämmern kaum zu sehen.

»Tag«, sagte Guy wie zu einem Fremden und ging weiter.

»Guy!«

Guy und Anne wandten sich gleichzeitig um. Bruno kam auf sie zu, die Hände in den Manteltaschen.

»Was gibt's?« fragte Guy.

»Ich wollte bloß mal guten Tag sagen. Und fragen, wie's geht.« Bruno starrte Anne erstaunt lächelnd an; Groll stand in seinem Gesicht.

»Mir geht's ausgezeichnet«, gab Guy ruhig zurück. Er wandte sich ab und zog Anne mit sich.

»Wer ist das?« flüsterte Anne.

Guy hätte sich gern umgedreht. Er wußte, Bruno stand da, wo sie ihn stehengelassen hatten, und blickte ihnen nach; vielleicht weinte er. »Das ist ein Mann, der letzte Woche bei uns nach Arbeit gefragt hat.«

»Kannst du nichts für ihn tun?«

»Nein. Er ist ein Trinker.«

Ostentativ begann er jetzt von ihrem neuen Haus zu reden; er wußte, es war das einzige Thema, bei dem seine Stimme halbwegs normal klang. Er hatte das Grundstück gekauft, und jetzt wurden die Fundamente gelegt. Nach Neujahr wollte er ein paar Tage hinfahren.

Während sie im Kino saßen, grübelte er, wie er Bruno abschütteln und ihm so viel Angst einjagen konnte, daß er ihn in Ruhe ließ. Was nur mochte Bruno von ihm wollen?

19

Bruno hatte gar nicht nach Haiti fahren wollen. Die Reise war ein Ausweg, eine Flucht. New York oder Florida oder irgendein anderer Ort auf dem amerikanischen Kontinent war nicht zu ertragen, weil Guy dort war und ihn nicht sehen wollte. Um seine Depression zu bekämpfen, hatte er zu Hause in Great Neck eine Menge getrunken; und um sich zu beschäftigen, hatte er das Haus und das Grundstück in Schritten ausgemessen, seines Vaters Zimmer sogar mit dem Zentimetermaß. Starrsinnig kroch er gebückt überall herum, nahm immer wieder Maß, wie ein Automat, der nur ab und zu ein wenig aus der Spur gerät, schwankend, taumelnd – ein Betrunkener, aber kein Irrer. So verbrachte er nach dem Zusammentreffen mit Guy zehn lange Tage und wartete, daß seine Mutter und ihre Freundin Alice Leffingwell ihre Reisevorbereitungen beendeten.

Er hatte jetzt manchmal das Gefühl, sein ganzes Ich sei in einem noch unerklärlichen Zustand der Metamorphose. Die Tat, die er vollbracht hatte, war – wenn er allein im Hause war – wie eine Krone, aber es war eine Krone, die niemand sonst sah. Oft und schnell brach er in Tränen aus. Einmal hatte er zum Lunch ein Kaviar-Sandwich haben wollen, weil ihm das Allerbeste zustand, großkörniger schwarzer Kaviar; und da nur roter im Hause war, hatte er Herbert losgeschickt, er sollte schwarzen holen. Dann hatte er ein Viertel von dem Toast mit Kaviar gegessen und dazu Whisky mit Soda getrunken, und darauf lange das dreieckige Stück Toast angestarrt, das sich schließlich an einer Ecke umbog. Darüber war er fast eingeschlafen, so lange hatte er es angestarrt, bis es gar kein Sandwich mehr war und das Glas auch kein Glas mehr, nur die goldgelbe Flüssigkeit gehörte noch zu ihm, und er hatte alles auf einmal heruntergegossen. Das leere Glas und der Toast waren auf einmal lebendig und machten sich über ihn lustig. Dann war unten ein Schlachterwagen weggefahren, Bruno hatte die Stirn gerunzelt, weil plötzlich alles lebendig wurde und vor ihm flüchtete: der Wagen, das Sandwich, das Glas; die Bäume konnten nicht weg, aber sie verhöhnten ihn ebenso wie das Haus, das ihn gefangenhielt. Er hatte mit beiden Fäusten gegen die Wand geschlagen, dann das Sandwich ergriffen und das freche Dreieck Stück für Stück im leeren Kamin verbrannt, wobei die Kaviarkörnchen aufplatzten wie kleine Menschen, die einer nach dem andern sterben mußten.

Mitte Januar fuhr er dann mit seiner Mutter, Alice Leffingwell und vier Besatzungsmitgliedern – darunter zwei Puertorikanern – auf der Jacht ›Fairy Prince‹ nach Haiti. Alice hatte den ganzen Herbst und Winter gebraucht, um ihrem früheren Mann die Jacht abzuringen. Sie feierte mit der Reise ihre dritte Scheidung und hatte Bruno und seine Mutter schon vor Monaten dazu eingeladen. In den ersten Tagen verbarg Bruno seine Freude an der Fahrt hinter einer Wand von gleichgültiger Langeweile, von der jedoch niemand Notiz nahm. Alice und seine Mutter saßen ganze Nachmittage und Abende zusammen in der Kabine und schwatzten, und die Vormittage verschliefen sie. Weil er sich trotz der Aussicht, vier Wochen in der Gesellschaft einer alten Schachtel wie Alice zu verbringen, recht wohl fühlte, redete er sich ein, er habe immerhin eine anstrengende Zeit hinter sich, weil er dafür sorgen mußte, daß ihm die Polizei nicht auf die Spur kam; er brauche daher jetzt Ruhe und Erholung, um im einzelnen festzulegen, wie er seinen Vater loswerden konnte. Außerdem sagte er sich, je mehr Zeit jetzt verging, desto eher war Guy vielleicht nachher bereit, seine Haltung zu ändern.

Er entwarf an Bord zwei oder drei Schlüsselskizzen für den Mord an seinem Vater; die anderen Pläne zu Hause konnten dann als Varianten benutzt werden. Er war sehr stolz auf seine Pläne: einer mit Pistole im Schlafzimmer, einer mit Messer und zwei Fluchtwegen, und einer mit entweder Pistole oder Messer oder Erdrosselung in der Garage, wo sein Vater jeden Abend um halb sieben den Wagen einstellte. Es war dort zwar nicht dunkel, das war der Nachteil an diesem Plan, aber dafür war er verhältnismäßig einfach. Es war ihm, als hörte er richtig das ›Klick‹ beim Einrasten der Operation. Trotzdem mußte er jede Zeichnung, sobald sie fertig war, aus Sicherheitsgründen gleich vernichten; andauernd machte er Zeichnungen und zerriß sie sofort wieder. Von Bar Harbour bis zur südlichsten der Virgin Islands hatte er viele seiner Ideen in den Ozean versenkt, als die ›Fairy Prince‹ eines Tages Cape Maisi erreichte und Kurs auf Port-au-Prince nahm.

»Ein Prinzenhafen für meinen Prinzen!« rief Alice in einer Pause der vielen Unterhaltungen mit seiner Mutter.

Bruno saß in einer schattigen Ecke, etwas entfernt von den beiden, und zerknüllte das Papier, auf dem er gezeichnet hatte. Er hob den Kopf. Links am Horizont kam wie ein grauer Strich jetzt Land in Sicht – Haiti. Nun, da es sichtbar wurde, erschien es ihm fremder und weiter entfernt als vorher. Er fuhr immer weiter und weiter weg von Guy. Er erhob sich aus dem Liegestuhl und trat an die Reling. Sie wollten mehrere Tage in Haiti bleiben und dann weiter südwärts fahren. Bruno stand ganz still; er fühlte, wie Ohnmacht und Hilflosigkeit sich in ihn einfraßen, wie es die Tropensonne, die seine blassen Waden bräunte, äußerlich tat. Er riß den Plan in kleine Stücke, öffnete die Hand und ließ die Fetzen los, aber der Wind trug sie nicht ins Wasser, sondern vorwärts.

Ebenso wichtig wie der Plan war es natürlich, jemanden für die Ausführung zu finden. Er würde es selber tun, wenn er nicht genau wüßte, daß Gerard, der Privatdetektiv seines Vaters, ihm die Tat sofort anhängen würde, wie sorgfältig sie auch ausgeführt war. Außerdem wollte er das Schema der Nicht-Motivierung noch einmal ausprobieren. Matt Levine oder Carlos – das Dumme war, daß er sie beide kannte. Und es war auch gefährlich, mit jemandem zu verhandeln, wenn man nicht sicher war, daß der andere es tun würde. Bruno hatte Matt ein paarmal getroffen, hatte aber von dem Plan nichts erwähnen können.

In Port-au-Prince passierte etwas, das Bruno niemals vergessen würde. Er fiel am zweiten Nachmittag, als er aufs Schiff zurückkam, über die Gangway ins Wasser. Die dampfende Hitze hatte ihn benommen gemacht, und der Rum machte alles noch schlimmer. Er kam vom Hotel *La Citadelle* und wollte auf dem Schiff die Abendschuhe seiner Mutter holen. In einer Bar am Hafen trank er noch einen geeisten Whisky. Einer der Puertorikaner aus der Crew – Bruno hatte ihn gleich nicht leiden können – saß in der Bar, schwer betrunken, und lärmte herum, als ob ihm die Stadt, das Schiff und das übrige Lateinamerika allein gehörte. Er nannte Bruno einen ›weißen Affen‹ und noch einiges andere, was Bruno nicht verstand, worüber aber alle ringsum laut lachten. Bruno verließ die Bar einigermaßen würdevoll, angeekelt und viel zu müde zum Kämpfen; aber er beschloß, Alice alles zu berichten, damit sie den Puertorikaner feuerte und auf die Schwarze Liste setzen ließ. Kurz bevor er das Schiff erreichte, holte ihn der Puertorikaner ein und redete immer weiter. Als Bruno dann über die Gangway ging, taumelte er gegen das Halteseil und fiel hinunter in das schmutzige Wasser. Er konnte nicht behaupten, der Mann habe ihn gestoßen, denn das hatte er nicht. Der Puertorikaner und ein anderer Matrose fischten ihn aus dem Wasser und schleppten ihn, immer noch lachend, ins Bett. Bruno kroch von der Koje herunter, holte sich die Rumflasche und trank mehrere Schluck unverdünnt, dann ließ er sich auf das Bett fallen, immer noch in seiner nassen Unterwäsche, und schlief ein. Später kam seine Mutter mit Alice herein und schüttelte ihn.

»Was war los?« fragten sie immer wieder und kicherten so, daß er sie kaum verstand. »Was ist passiert, Charley?«

Die Gestalten verschwammen vor ihm, nur die Stimmen waren deutlich und scharf. Er fuhr zurück, als ihn Alice an der Schulter packte. Reden konnte er nicht, aber er wußte genau, was er sagen wollte. Was wollten sie überhaupt hier in seiner Kabine, wenn sie ihm keine Botschaft von Guy brachten?

»Guy – wer ist Guy?« fragte seine Mutter.

»Geht raus!« schrie er, und er meinte sie beide.

»Er ist hinüber«, sagte seine Mutter klagend, als stände sie im Krankenhaus und er sei schon so gut wie tot. »Mein armer Junge. Mein armer, armer Junge.«

Bruno riß den Kopf zurück, als sie mit dem kühlen Waschlappen kam. Er haßte sie beide, und er haßte auch Guy. Er hatte für ihn getötet und die Polizei getäuscht, er hatte sich still verhalten, wie Guy es wollte, er war für ihn in das dreckige Wasser gefallen, und Guy wollte ihn nicht mal sehen! Guy trieb sich mit einem Mädchen herum, er war gar nicht unglücklich, er hatte keine Angst, bloß für Bruno hatte er keine Zeit! Dreimal hatte er sie in New York in der Nähe von Guys Wohnung gesehen. Wenn er sie hier vor sich hätte, würde er sie umbringen, genau wie Miriam!

»Charley – Charley – komm, sei doch ruhig!«

Guy wollte wieder heiraten, und dann hatte er erst recht keine Zeit für ihn. Er war schon jetzt überall beliebt, und wer weiß, ob das Mädchen es ehrlich mit ihm meinte. Er hatte sie auch in Mexiko besucht, er war nicht nur mit Freunden zusammen gewesen. Kein Wunder, daß er Miriam aus dem Weg haben wollte! Und damals im Zug hatte er kein Wort von Anne Faulkner erwähnt! Guy hatte ihn glatt ausgenutzt. Vielleicht kriegte er Guy dazu, seinen Vater zu ermorden, ob es ihm paßte oder nicht. Einen Mord kann jeder begehen. Guy hatte das damals nicht glauben wollen, das wußte Bruno noch.

20

»Kommen Sie, lassen Sie uns ein Glas zusammen trinken«, sagte Bruno. Er war plötzlich aus dem Nichts auf dem Gehweg aufgetaucht.

»Bedaure, ich habe keine Lust. Ich stelle Ihnen keinerlei Fragen. Aber ich habe keine Lust.«

»Mir ganz egal, ob Sie Fragen stellen«, sagte Bruno mit schwachem Lächeln; seine Augen waren auf der Hut. »Kommen Sie doch mit da rüber. Auf zehn Minuten.«

Guy sah sich um. Hier ist er, dachte er; ruf doch die Polizei. Oder wirf dich auf ihn, schlag ihn zu Boden. Aber er tat nichts und blieb still stehen.

»Zehn Minuten.« Brunos Lächeln warb und lockte.

Guy hatte seit Wochen nichts von Bruno gehört. Er versuchte jetzt, sich den Ärger jenes Abends im Schnee zurückzurufen und seinen Entschluß, Bruno der Polizei zu übergeben. Jetzt war der kritische Moment gekommen. Er ging mit. Sie traten in eine Bar in der Sixth Avenue und nahmen hinten in einer Nische Platz.

Brunos Lächeln vertiefte sich. »Wovor haben Sie eigentlich Angst, Guy?«

»Angst? Nicht die geringste.«

»Und sind Sie jetzt glücklich?«

Guy saß steif auf der Bank. Sein Gegenüber war ein Mörder, dachte er. Diese Hände hatten sich um Miriams Hals gekrallt...

»Guy, hören Sie: warum haben Sie mir kein Wort von Anne erzählt?«

»Wieso – von Anne?«

»Ich hätt's einfach gern gewußt. Damals im Zug.«

»Dies ist das letzte Mal, daß wir uns treffen, Bruno.«

»Warum? Ich will doch nur Ihr Freund sein, Guy.«

»Ich werde Sie der Polizei übergeben.«

»So – und warum haben Sie das nicht schon in Metcalf getan?« In Brunos Augen erschien ein schwach rosiger Glanz. Kein anderer hätte die Frage so ruhig, unpersönlich, traurig und doch triumphierend stellen können. Seltsam, dachte Guy: in demselben Ton hatte ihm seine innere Stimme die gleiche Frage gestellt.

»Weil ich noch nicht sicher war, daß Sie es getan haben.«

»Was wollen Sie noch – ein schriftliches Geständnis?«

»Ich kann Sie immer noch anzeigen.«

»Nein, das können Sie nicht. Die haben nämlich jetzt viel mehr gegen Sie in der Hand als gegen mich.«

»Was soll das heißen?«

»Was liegt denn gegen mich vor? Gar nichts.«

»Dazu könnte ich ja einiges aussagen.« Zorn packte Guy.

Bruno zog befriedigt die Brauen zusammen. »Wenn ich aussagte, daß Sie mich dafür bezahlt haben, dann würde das glänzend zu allem andern passen.«

»Das ist mir völlig einerlei.«

»Ihnen vielleicht, aber nicht der Polizei.«

»Zu allem andern – was denn überhaupt?«

»Der Brief, den Sie an Miriam geschrieben haben«, sagte Bruno sanft. »Wo Sie so taten, als träten Sie von dem Auftrag zurück. Und die ganze Reise nach Mexiko, die so hübsch dazu paßte.«

»Sie sind ja wahnsinnig.«

»Guy, Ihre Einwände sind zwecklos, geben Sie's zu!« Brunos Stimme hob sich fast hysterisch, um den Lärm der Musikbox zu übertönen, die jemand in Gang gesetzt hatte. »Ich hab Sie doch gern, Guy, ich schwöre es. Wir sollten nicht so miteinander reden.«

Guy regte sich nicht. Dic Sitzkante schnitt ihm ins Fleisch. »Mir liegt nichts an Ihrer Freundschaft.«

»Wenn Sie der Polizei was sagen, landen wir beide im Gefängnis. Ist Ihnen das nicht klar?«

Daran hatte Guy auch schon gedacht. Wenn Bruno bei seinen Lügen blieb, konnte es zu einem langen Prozeß kommen, zu einem Verfahren, das vielleicht nie entschieden wurde, wenn Bruno nicht zusammenbrach, und damit war nicht zu rechnen. Das erkannte Guy an der monomanen Intensität, mit der ihn Bruno jetzt anstarrte. Ich werde mich nicht mehr um ihn kümmern, dachte Guy. Ich halte mich raus; soll die Polizei ihn doch einfangen. Er ist irrsinnig genug, einen umzubringen, wenn man was unternimmt.

»Sie haben mich in Metcalf nicht angezeigt, weil Sie mich gern haben, Guy. Sie mögen mich doch.«

»Ich mag Sie überhaupt nicht.«

»Aber Sie zeigen mich auch nicht an, nein?«

»Nein«, sagte Guy mit zusammengebissenen Zähnen. Brunos Ruhe erstaunte ihn. Bruno hatte gar keine Angst vor ihm. »Nein, ich will nichts mehr trinken, ich gehe.«

»Augenblick.« Bruno zog Geld aus der Brieftasche und gab es dem Kellner. Guy blieb unschlüssig sitzen.

»Netter Anzug.« Bruno lächelte und wies mit den Augen auf Guys Brust.

Der neue graue Flanellanzug mit den Nadelstreifen. Er hatte ihn kürzlich erst gekauft, und ebenso die neuen Schuhe und die krokodillederne Brieftasche, die neben ihm auf der Bank lag.

»Wo wollen Sie hin?« fragte Bruno.

»In die Stadt.« Er sollte um sieben den Vertreter eines potentiellen Auftraggebers im Hotel *Fifth Avenue* treffen.

Er blickte in Brunos schmale, sinnende Augen. »Was wollen Sie eigentlich von mir, Bruno?«

»Das wissen Sie«, sagte Bruno ruhig. »Wir haben ja im Zug darüber gesprochen. Austausch der Opfer. Sie bringen meinen Vater um.«

Guy brachte keinen Ton heraus. Er hatte es gewußt, bevor Bruno es aussprach – eigentlich schon seit Miriams Tod. Er starrte in Brunos unbewegliche, noch immer nachdenkliche Augen; der ruhige Irrsinn darin faszinierte ihn. Als Kind hatte er in der Straßenbahn einen mongoloiden Jungen so angestarrt, entsann er sich, mit der gleichen schamlosen und beharrlichen Neugier. Und mit Angst.

»Ich würde Ihnen natürlich alles Wissenswerte bis ins letzte Detail mitteilen.« Bruno verzog den Mund und lächelte amüsiert und gleichzeitig entschuldigend. »Es wäre ganz einfach.«

Er haßt mich, dachte Guy plötzlich. Er würde mich liebend gern ebenfalls umbringen.

»Wenn Sie nicht wollen, so wissen Sie ja, was ich dann tue.« Bruno machte eine Bewegung, als schnippe er mit den Fingern, aber die Hand blieb schlaff auf dem Tisch liegen. »Ich zeige Sie an.«

Laß ihn, dachte Guy. Laß ihn doch. »Mir können Sie keine Angst einjagen. Ich könnte sehr leicht beweisen, daß Sie wahnsinnig sind.«

»Ich bin nicht wahnsinniger als Sie!«

Einen Augenblick später beendete Bruno das Interview. Er sagte, er habe um sieben eine Verabredung mit seiner Mutter.

Auch bei dem nächsten, viel kürzeren Treffen war Guy, wie er nachher feststellte, der Verlierer. Bruno versuchte ihn abzufangen, als er an einem Freitag abend das Büro verließ und nach Long Island zu Anne fahren wollte. Guy schob ihn einfach beiseite und stieg in ein Taxi. Aber das Bewußtsein, daß er davongelaufen war, beschämte ihn und begann seine innere Sicherheit zu untergraben. Er wünschte, er hätte ein Wort zu Bruno gesagt – ihm einen Augenblick die Stirn geboten.

21

In den nächsten Wochen stand Bruno beinahe jeden Abend vor Guys Bürohaus. Und wenn nicht dort, dann wartete er vor seiner Wohnung. Kein Wort, kein Zeichen: stumm stand die große Gestalt mit den Händen in den Taschen des langen, fast militärisch geschnittenen Mantels, der ihm eng wie eine Röhre am Körper saß. Nur die Augen folgten ihm, das wußte Guy, obwohl er sich erst umblickte, wenn er außer Sicht war. Zwei Wochen lang. Dann kam der erste Brief.

Er bestand aus zwei Bogen: auf dem ersten fand sich eine Zeichnung von Brunos Haus, dem Grundstück mit den Straßen ringsum und dem Weg, den Guy nehmen sollte, alles sauber mit Tinte in punktierten und gestrichelten Linien gezeichnet. Der zweite Bogen war eng mit der Maschine beschrieben und enthielt einen klaren und detaillierten Plan für den Mord an Brunos Vater. Guy zerriß den Bogen und bereute es sofort: er hätte ihn als Beweismittel gegen Bruno behalten sollen. Er bewahrte die Papierstückchen auf.

Das wäre nicht nötig gewesen, denn jetzt kam alle zwei oder drei Tage ein ähnlicher Brief. Zuweilen klangen sie betrunken, das merkte man auch an den Tippfehlern und an den Gefühlsausbrüchen. Dann erging er sich entweder in Beteuerungen brüderlicher Liebe oder Drohungen, er werde Guy bis ans Lebensende hetzen, seine Karriere ruinieren und seine ›Liebesaffären‹ vernichten. Aber in jedem Brief wurden die notwendigen Einzelheiten wiederholt, als erwarte Bruno, daß die meisten Briefe ungelesen vernichtet wurden. Jedesmal beschloß Guy, den nächsten sofort zu zerreißen; kam er dann aber, öffnete er ihn doch. Bruno hatte für den Mord drei Pläne ausgearbeitet und überließ es Guy, welches Planes er sich bedienen wollte. Bruno selber schien dem einen den Vorrang zu geben, bei dem es sich darum handelte, daß Guy, mit einer Pistole bewaffnet, über die Hintertreppe ins Haus eindringen sollte ...

Die Briefe übten auf Guy eine seltsame, beinahe lähmende Wirkung aus. Nachdem er den Schock des ersten Briefes überwunden hatte, ließen ihn die nächsten beinahe kalt. Als er dann den zehnten, zwölften, fünfzehnten im Briefkasten fand, begannen die Worte wie mit kleinen Hämmern auf sein Gehirn und sein Bewußtsein einzuschlagen. Er versuchte vergeblich, seinen Geisteszustand zu analysieren. Was beunruhigte ihn nur so? Er wußte genau, daß ihm von Bruno selber keine Gefahr drohte; Bruno würde sich nie gegen ihn wenden oder sogar nur versuchen, ihn umzubringen ... Aber trotz aller Vernunftgründe wurde die Spannung nicht geringer oder weniger nervenzerrüttend.

Im einundzwanzigsten Brief wurde Anne erwähnt. *Sie wollen doch nicht, daß Anne erfährt, welche Rolle Sie bei Miriams Tod gespielt haben, oder? Glauben Sie, daß Anne einen Mörder heiraten würde? Die Zeit wird immer knapper. Mitte März ist der letzte Termin. Bis dahin wäre alles kinderleicht.*

Dann traf die Pistole ein. Seine Wirtin überreichte Guy das Paket in braunem Packpapier. Er lachte auf, als die Waffe herausfiel – eine großkalibrige Pistole, glänzend und offenbar nagelneu. Einem Impuls folgend, holte Guy seinen eigenen kleinen Revolver hinten aus der obersten Schreibtischschublade hervor. Er hatte ihn vor fünfzehn Jahren in einem überfüllten Pfandleihergeschäft der Lower Main Street in Metcalf gekauft, von dem Geld, das er mit Zeitungsaustragen verdient hatte – nicht weil er einen Revolver haben wollte, sondern weil dieser so hübsch war. Die kleine, kompakte Form, der schmale Lauf und der Perlmutterhandgriff hatten ihn entzückt. Er hatte ihn die ganzen Jahre lang aufbewahrt. Er öffnete die Kammer, nahm die drei Kugeln heraus und drehte die Trommel einmal herum, indem er sechsmal auf den Abzug drückte und dabei bewundernd auf das feste Klicken des tadellosen Mechanismus horchte. Dann schob er die Kugeln wieder ein, steckte den Revolver in das lavendelblaue Flanellsäckchen und legte ihn in die Schublade zurück.

Wie sollte er die Pistole loswerden? Er konnte sie natürlich in den Fluß oder in den Müllschlucker werfen, was melodramatisch und außerdem riskant wäre. Schließlich verstaute er die Waffe unter seiner Wäsche; dort mochte sie liegen, bis ihm etwas Besseres einfiel. Plötzlich mußte er an Samuel Bruno denken, zum erstenmal nicht nur ein Name, sondern ein Mensch aus Fleisch und Blut, den er mit dieser Waffe umbringen sollte ... Guy zog das Päckchen mit Brunos Briefen, die er alle aufbewahrt hatte, heraus und suchte nach dem einen, an den er sich gerade erinnerte.

Samuel Bruno (selten nannte Bruno ihn ›mein Vater‹) *ist ein ausgezeichnetes Beispiel für das Schlechteste, was Amerika hervorbringt. Er stammt von ungarischen Kleinbauern ab, die nicht viel besser als Tiere waren. Gierig wie er ist, nahm er sich eine Frau aus guter Familie, sobald er sie sich leisten konnte. Meine Mutter hat seine Untreue stets klaglos ertragen, für sie ist die Ehe noch ein heiliger Begriff. Jetzt, wo er alt ist, wird er wieder fromm, aber dazu ist es zu spät. Hätten Sie je was mit ihm zu tun, so wäre er auch Ihr Feind. Er ist ein Mann, der alle Ihre Ideen von Architektur gleich Schönheit, und von ausreichenden Wohnungen für alle, einfach für idiotisch hält; auch seine Fabrik ist ihm egal, solange das Dach nicht defekt ist und die Maschinen ruiniert. Es wird Sie interessieren, daß seine Arbeiter gerade streiken (siehe* New York Times *vom letzten Donnerstag, S. 31 unten links); der Streik geht um Grundlöhne. Samuel Bruno würde nicht zögern, seinen eigenen Sohn zu berauben. Ich würde ihn ja selbst umbringen, aber das geht nicht, wegen Gerard, seinem Privatdetektiv.*

Wer würde ihm die Geschichte abnehmen, wenn er sie jemand erzählte? Wer würde überhaupt solche Phantastereien glauben? Der Brief, die Karte, die Pistole – sie waren wie die Requisiten eines Theaterstücks, Gegenstände, die eine Story glaubhaft machen sollten, die niemals wahr sein konnte. Guy nahm den Brief und verbrannte ihn. Er verbrannte alle Briefe, die er noch hatte, und machte sich dann eilig auf den Weg nach Long Island. Er wollte mit Anne hinausfahren und durch die Wälder laufen, und morgen wollten sie nach Alton fahren. Das Haus sollte Ende März fertig sein, dann hatten sie reichlich zwei Monate Zeit zum Einrichten vor der Hochzeit. Lächelnd blickte er aus dem Zugfenster nach draußen. Anne hatte sich eine Hochzeit im Juni gar nicht ausdrücklich gewünscht, es war einfach so gekommen. Sie hatte auch niemals gesagt, ihr läge an einer konventionellen Hochzeit, nur »bitte nicht allzu huschhusch«. Als er dann sagte, er habe gar nichts gegen eine konventionelle Hochzeit, wenn ihr daran läge, da hatte sie ein freudiges »Oohh!« ausgestoßen und ihn stürmisch umarmt. Nein, er wollte nicht noch einmal eine Dreiminutenhochzeit mit fremden Trauzeugen. Er nahm einen Briefumschlag und skizzierte auf der Rückseite das zwanzig Stockwerke hohe Bürohaus, für das er, wie er letzte Woche erfahren hatte, vielleicht den Bauauftrag bekommen sollte – jedenfalls hatte er gute Aussicht, und er hatte es als Überraschung für Anne aufgespart. Ihm war plötzlich, als sei die Zukunft zur Gegenwart geworden. Er besaß alles, was er wollte. Als er die Stufen vom Bahnsteig hinunterlief, sah er Annes Leopardenmantel nahe einer kleinen Gruppe an der Bahnhofstür. Immer würde er sie vor sich sehen, wie sie hier auf ihn wartete: das scheue ungeduldige Trippeln, sobald sie ihn erblickte, die Art, wie sie lächelte und sich halb umwandte, als habe sie keine Minute länger warten wollen.

»Anne!« Er legte den Arm um sie und küßte sie.

»Du hast keinen Hut auf.«

Er lächelte: genau das hatte er erwartet. »Du doch auch nicht.«

»Ich bin ja auch im Wagen. Und es schneit.« Sie faßte ihn an der Hand, und sie liefen hinüber zu der Wagenreihe. »Du, ich hab eine Überraschung!«

»Ich auch. Sag erst mal deine.«

»Ich hab gestern fünf Entwürfe auf eigene Rechnung verkauft.

Guy schüttelte den Kopf. »Da kann ich nicht mit. Meins ist bloß ein Bürohaus. Vielleicht.«

Ihre Augenbrauen hoben sich, als sie ihn anlachte. »Wieso vielleicht? Bestimmt!«

»Ja, bestimmt!« sagte er und küßte sie noch einmal.

Abends stand er mit Anne auf der kleinen Holzbrücke, die hinter ihrem Haus über den Fluß führte. Er hatte den Arm um sie gelegt und wollte gerade sagen: Du – weißt du, was Bruno mir heute geschickt hat? Eine Pistole! Er wollte gerade zum Sprechen ansetzen, als es ihm unvermittelt zum Bewußtsein kam, daß er Anne überhaupt noch nichts von Bruno erzählt hatte. Er, der sonst jeden Gedanken, jeden Plan und jedes Erlebnis mit Anne geteilt hatte, schleppte jetzt ein Geheimnis mit sich herum, das schwerwiegender war als alles, was er ihr je mitgeteilt hatte ...

»Was ist, Guy?«

Sie wußte, daß etwas los war. Sie wußte es immer. »Nichts.« Er folgte ihr, als sie zum Haus zurückging, trat aber nicht mit ein. »Ich mach noch einen Rundgang«, sagte er.

Anne ging ins Haus, und er kehrte um. Er wollte noch einmal an dem Gebüsch vorbeigehen, das ihm eben so schwarz und feindlich vorgekommen war. Er wollte feststellen, ob das Gefühl stärker oder schwächer wurde, wenn Anne nicht bei ihm war. Er bemühte sich, mehr zu fühlen als zu sehen. Irgend etwas war da, undeutlich und kaum wahrnehmbar, da, wo die Schatten in den Waldrand übergingen. Es war natürlich nichts – ein Gespinst aus Dunkelheit und Geräusch und Gedanken. Er steckte die Hände in die Manteltaschen und schob sich immer näher.

Ein Zweig knackte und brachte ihn auf die Erde zurück. Jetzt wußte er, wo es war, und stürzte darauf zu. In den Büschen raschelte es, eine schwarze Gestalt bewegte sich in der Dunkelheit. Guy spannte alle Muskeln an, tat einen Riesensatz, packte den anderen und erkannte das heisere Schnaufen. Es war Bruno. Bruno strampelte in seinen Armen wie ein großer, kräftiger Fisch unter Wasser, wand sich und versetzte Guy einen schmerzhaften Schlag ins Gesicht. Ineinandergekrallt fielen sie zu Boden, suchten sich loszumachen und kämpften, als ginge es ums Leben. Brunos Finger hinterließen tiefe Kratzer an seinem Hals, obwohl Guy ihm den Arm nach oben drückte. Bruno hatte die Lippen eingezogen, er atmete zischend aus und ein. Guy schlug ihn nochmals mit der Faust auf den Mund.

»Sie wußten, daß ich es war, Sie Schwein!« keuchte Bruno voller Zorn.

»Was haben Sie hier zu suchen?« Guy riß ihn hoch.

Der blutende Mund verzog sich, als wolle er weinen. »Loslassen!«

Guy gab ihm einen Stoß. Er fiel zu Boden wie ein Sack und rappelte sich wieder auf.

»Okay, bring mich doch um! Kannst ja sagen, es war Notwehr!« winselte Bruno.

Guy warf einen Blick zurück auf das Haus. »Ich bringe Sie nicht um. Aber wehe Ihnen, wenn ich Sie noch einmal hier erwische!«

Bruno lachte schrill auf, kurz und triumphierend.

Guy trat drohend einen Schritt näher. Er mochte Bruno nicht noch einmal anfassen, obwohl er noch vor einer Minute nur den einen Gedanken gehabt hatte: Ich bring ihn um. Er wußte, er konnte Brunos Lächeln nicht auslöschen, auch nicht, wenn er ihn umbrachte. »Raus hier!«

»Sie werden es tun – in vierzehn Tagen?«

»Ich werde Sie anzeigen!«

»Ach? Und sich selber wohl auch, was?« höhnte Bruno mit schriller Stimme. »Und Anne werden Sie auch alles sagen, was? Und dann die nächsten zwanzig Jahre im Knast sitzen, was? Na schön, mir soll's recht sein.« Er schlug sachte die Hände zusammen. In seinen Augen glühte ein rötlicher Schein; die schwankende Gestalt sah aus wie ein böser Waldschrat.

»Für Ihre Drecksarbeit können Sie sich jemand anderen besorgen«, sagte Guy zwischen den Zähnen.

»Sieh mal einer an! Nee – Sie will ich und Sie hab ich.« Wieder kam das Lachen. »Und jetzt fang ich an. Ich werd Ihrer Freundin alles sagen. Heute abend noch schreib ich ihr.« Die grotesk-formlose Gestalt taumelte, fiel fast zu Boden und stolperte weiter. Er wandte sich um und rief: »Wenn ich nicht in den allernächsten Tagen von *Ihnen* höre.«

Guy erzählte Anne, er habe im Wald einen Zusammenstoß mit einem Landstreicher gehabt. Er hatte nichts als ein blaues Auge davongetragen; aber wenn er morgen im Haus bleiben und nicht nach Alton fahren wollte, mußte er so tun, als sei er verletzt. Er sei in die Magengrube getroffen worden, sagte er, und fühle sich nicht wohl. Mr. und Mrs. Faulkner waren entsetzt, sie riefen die Polizei an, die einen Beamten herüberschickte, und sie bestanden darauf, daß für die nächsten Nächte ein Polizeischutz gestellt wurde. Aber ein Wächter genügte nicht: wenn Bruno wiederkam, wollte Guy selber da sein. Anne schlug vor, er sollte über Montag noch bleiben, damit er jemanden bei sich habe, wenn es ihm schlecht ging. So blieb er also noch dort.

Nichts hatte ihn jemals so beschämt wie die zwei Tage im Hause Faulkner. Er schämte sich, weil er bleiben mußte; er schämte sich auch, als er am Montag morgen in Annes Zimmer nachsah, ob ein Brief von Bruno dabei war. Es war keiner da. Anne fuhr jeden Morgen nach New York, bevor die Post kam. Montag morgen untersuchte Guy das Häufchen von vier oder fünf Briefen auf ihrem Schreibtisch und verließ dann das Zimmer hastig wie ein Dieb, damit ihn das Dienstmädchen nicht sah. Aber er sagte sich, daß er ja oft in Annes Zimmer kam, wenn sie nicht da war. Manchmal, wenn viele Leute im Hause waren, flüchtete er oft für ein paar Minuten in Annes Zimmer; und sie freute sich immer, wenn sie ihn dort fand. Er stand auf der Schwelle, lehnte den Kopf gegen die Türfüllung und blickte über die Unordnung im Zimmer – das ungemachte Bett, die großen Kunstbücher, die nicht ins Regal paßten, ihre letzten Entwürfe, die mit Nadeln an einen grünen Korkstreifen an der Wand geheftet waren, auf dem Tisch ein Glas mit bläulichem Wasser, das sie vergessen hatte auszuleeren, der braungelbe Schal über der Stuhllehne, den sie wohl im letzten Moment hatte liegenlassen. Noch hing der Duft des Gardenienparfüms in der Luft, mit dem sie den Hals betupfte. Er sehnte sich danach, mit ihr ein gemeinsames Leben zu führen.

Als auch am Dienstagmorgen kein Brief von Bruno kam, fuhr er zurück nach Manhattan, wo sich viel Arbeit angehäuft hatte. Es gab tausend Dinge, die ihn aufhielten und irritierten. Der Vertrag mit der Shaw Realty Company für das neue Bürogebäude war immer noch nicht unter Dach. Sein Leben kam ihm desorganisiert und richtungslos vor, viel chaotischer als damals, als er von Miriams Tod erfuhr. Von Bruno kam in dieser Woche kein weiterer Brief; einer war schon am Montag gekommen, ganz kurz; er schrieb darin nur, daß es Gott sei Dank seiner Mutter besser ginge und er das Haus verlassen könne. Seine Mutter hatte drei Wochen mit schwerer Lungenentzündung zu Bett gelegen, schrieb er, und er sei die ganze Zeit bei ihr geblieben.

Als Guy am Donnerstagabend von einer Sitzung im Architektenclub nach Hause kam, berichtete ihm Mrs. McCausland, seine Wirtin, es habe dreimal jemand für ihn angerufen. Während sie noch mit ihm in der Diele stand, klingelte das Telefon von neuem. Es war Bruno, schlecht gelaunt und betrunken. Er fragte, ob Guy jetzt Vernunft annehmen wolle. »Na ja, hab ich mir gedacht«, sagte er. »Ich hab jetzt an Anne geschrieben.« Er legte auf.

Guy ging nach oben und schenkte sich einen Drink ein. Er glaubte nicht, daß Bruno geschrieben hatte oder überhaupt schreiben wollte.

Am Sonnabend ging er mit Anne zu einer Hundeschau in Long Island. Seine Gedanken waren bei Bruno. Wenn Bruno seine Drohung nun doch wahrmachte – was konnte er Anne erzählen? Wenn Bruno den Brief geschrieben hatte, so mußte Anne ihn Sonnabend erhalten haben. Offenbar hatte sie nichts bekommen; er sah es ihr an, als sie ihm vom Wagen aus zuwinkte, in dem sie auf ihn wartete. Er fragte sie nach der Party gestern abend; ihr Vetter Teddy hatte Geburtstag gehabt.

»Wundervoll war es – bloß hatte keiner Lust nach Haus zu gehen. Ich bin über Nacht dort geblieben, weil es zu spät wurde. Ich hab mich noch nicht mal umziehen können.« Der Wagen tat einen Satz durch das schmale Tor hinaus auf die Straße.

Guy preßte die Zähne zusammen. Der Brief konnte also bei ihr zu Hause liegen. Er war plötzlich ganz sicher, daß er da lag. Jetzt war er nicht mehr aufzuhalten. Ihm wurde schwach.

Verzweifelt versuchte er, irgendwas zu sagen, als sie an den Reihen der Hunde entlanggingen.

»Hast du von den Shaw-Leuten gehört?« fragte Anne.

»Nein.« Er starrte auf einen unruhigen Dackel und versuchte aufzunehmen, was Anne von einem Dackel in ihrer Familie erzählte.

Sie wußte noch nichts, dachte er; aber es konnte sich nur noch um ein paar Tage handeln, bis sie alles wußte. Was denn eigentlich, fragte er sich immer wieder und wiederholte auch immer wieder die gleiche Antwort – ob als Beruhigung oder aus Selbstquälerei, das wußte er nicht: daß er im letzten Sommer auf der Reise einen Mann kennengelernt hatte, der seine, Guys, Frau umbrachte; und daß er damit einverstanden gewesen war. So jedenfalls würde Bruno es darstellen und noch mit einigen überzeugenden Einzelheiten ausschmücken. Wenn er das Gespräch im Zug nur etwas entstellte, würde das vor Gericht nicht aussehen wie eine Vereinbarung zwischen zwei Mördern? Plötzlich standen ihm die Stunden in Brunos Abteil, der kleinen höllenartigen Zelle, wieder deutlich vor Augen. Haß war es damals, der ihn veranlaßte, alles das zu sagen, was er gesagt hatte – der gleiche kleinliche Haß wie im Chapultepec Park im Juni, als er vor Anne so gegen Miriam zu Felde zog. Anne war böse geworden, nicht über seine Worte, sondern über den Haß, der aus ihnen sprach. Haß war Sünde – Christus hatte gegen Haß genauso gepredigt wie gegen Ehebruch und Mord. Haß war der Kern allen Übels. Mußte er nicht vor einem christlichen Gerichtshof mindestens zum Teil schuldig gesprochen werden an Miriams Tod? Würde Anne das nicht auch finden?

Sie standen vor einem Dachshundezwinger. »Anne«, sagte er unruhig. Er mußte sie vorbereiten. Und er mußte wissen, ob ein Brief gekommen war. »Wenn jemand behauptete, ich hätte bei Miriams Tod meine Hand im Spiel gehabt, was würdest du dann ... ich meine, würdest du ...«

Sie wandte ihm ihr Gesicht zu und blickte ihn an. Die Welt schien stillzustehen; er stand mit Anne im schweigenden Mittelpunkt.

»Deine Hand im Spiel? Was willst du damit sagen, Guy?«

Jemand stieß ihn an. Sie standen in der Mitte des Gehwegs. »Bloß das. Wenn jemand das behauptete. Mehr nicht.«

Sie schien nach Worten zu suchen.

»Einfach – wenn jemand das sagte«, redete Guy weiter. »Ich will's ja bloß wissen. Wenn jemand das sagte, ohne Grund. Das würde dir doch nichts ausmachen, nein?« Du würdest mich doch auch dann noch heiraten, wollte er fragen, aber die Frage war so jämmerlich, so erbärmlich, er brachte sie nicht über die Lippen.

Sie schob ihn leicht zurück, um den Weg freizugeben. »Guy – *hat* das jemand behauptet?«

»Mein Gott, nein!« protestierte er ungeschickt und verärgert. »Aber wenn es jemand behauptete – wenn jemand versuchte, Beweise gegen mich vorzubringen ...«

Die plötzliche Enttäuschung, das staunende Befremden in ihrem Blick waren ihm nicht neu. Immer hatte Anne diesen Blick, wenn er in Ärger oder Zorn etwas sagte oder tat, das sie nicht verstand und nicht guthieß. »Erwartest du etwas Derartiges?« fragte sie.

»Ich will's doch nur wissen!« Und er wollte es jetzt, sofort wissen, es war doch so einfach!

»Weißt du«, sagte sie ruhig, »manchmal habe ich das Gefühl, wir sind uns vollkommen fremd.«

»Verzeih. Es tut mir leid«, murmelte er. Ihm war, als habe sie ein unsichtbares Band zwischen ihnen zerschnitten.

»Ich glaube nicht, daß es dir leid tut, sonst würdest du es nicht immer wieder tun.« Sie sah ihn gerade an, die Stimme war leise, aber die Augen füllten sich mit Tränen. »Es ist wie damals in Mexiko, als du deine Tirade gegen Miriam losließest. Ich – ich mag das einfach nicht, ich bin nicht so ein Mensch. Du gibst mir das Gefühl, als ob ich dich überhaupt nicht kenne.«

Und dich nicht liebe, dachte Guy. Sie gab ihn auf, sie versuchte nicht mehr, ihn zu kennen oder zu lieben. Verzweifelt versuchte er, sie zu halten, aber er konnte sich nicht rühren und kein Wort hervorbringen.

»Wenn du schon fragst«, sagte Anne langsam, »ja – ich denke, es würde mir etwas ausmachen, wenn jemand das von dir behauptete.« Sie wandte sich ab und ging bis an das Wegende, wo sie mit gesenktem Kopf stehenblieb.

Guy folgte ihr. »Anne – du kennst mich doch. Du kennst mich besser als sonst irgend jemand auf der Welt. Ich will vor dir keine Geheimnisse haben. Es kam mir einfach in den Sinn, und da habe ich dich gefragt.«

Sie wischte sich verstohlen eine Träne aus den Augenwinkeln. »Ach Guy, wann wirst du endlich aufhören, immer das Schlimmste zu erwarten – immer und überall?«

»Verzeih, Anne«, sagte er schwach.

»Komm, wir gehen zum Wagen.«

Er blieb den Tag über bei Anne, und sie aßen abends zu Hause. Es war kein Brief von Bruno gekommen. Guy schob die Möglichkeit von sich, als habe er eine Krise überstanden.

Montagabend gegen acht rief ihn Mrs. McCausland zum Telefon. Es war Anne.

»Darling – es ist etwas passiert.«

»Was denn?« Aber er wußte es schon.

»Ich hab einen Brief bekommen mit der Morgenpost. Es ist eingetroffen, was du angedeutet hast.«

»Was denn, Anne?«

»Das mit Miriam. Maschinenschrift und nicht unterzeichnet.«

»Was steht drin? Lies ihn mir vor.«

Anne las mit ihrer deutlichen Stimme, die jetzt leise bebte: »›Sehr geehrte Miss Faulkner, es wird Sie vielleicht interessieren, daß Guy Haines mehr mit dem Tode seiner Frau zu tun hatte, als das Gericht bisher annimmt. Aber die Wahrheit wird ans Licht kommen. Ich meine, Sie sollten das wissen, falls Sie die Absicht haben, einen solchen Mann zu heiraten. Der Unterzeichnete weiß überdies, daß Guy Haines nicht mehr lange ein freier Mann sein wird.‹ Unterschrieben: ›Ein Freund.‹«

Guy schloß die Augen. »Mein Gott.«

»Guy – hast du eine Ahnung, wer das sein kann? Guy! Hallo?«

»Ja«, sagte er.

»Wer denn?«

Aus ihrer Stimme hörte er, daß sie nur erschrocken war, daß sie an ihn glaubte und sich nur seinetwegen ängstigte. »Ich weiß es nicht, Anne.«

»Guy – ist das auch wahr? Du mußt es doch wissen. Da muß etwas geschehen.«

»Ich weiß es nicht«, wiederholte er mit gerunzelter Stirn. Seine Gedanken waren hoffnungslos verfilzt.

»Du mußt es doch wissen, Guy. Ich bitte dich, denk doch mal nach. Irgend jemand – ein Feind?«

»Welcher Poststempel ist drauf?«

»Grand Central. Und ganz gewöhnliches Papier. Daraus kann man gar nichts entnehmen.«

»Heb's für mich auf.«

»Ja, natürlich. Und ich werd's niemandem erzählen. Von der Familie, meine ich.« Pause. »Guy – du hast doch schon Sonnabend jemand im Verdacht gehabt, nicht wahr?«

»Nein.« Die Kehle war ihm wie zugeschnürt. Es wurde ihm klar, daß er sich bemühte, Bruno so sorgfältig wie möglich zu decken – so als sei Bruno Guy Haines und er selbst der Schuldige. »Anne, wann kann ich dich sehen? Kann ich heute noch hinauskommen?«

»Nein – ich, ich soll mit Mutter und Dad zu einer Wohltätigkeitssache gehen, heute abend. Ich schick dir den Brief mit der Post, mit Eilboten, dann hast du ihn morgen früh.«

Mit der Morgenpost kam der Brief, und ebenfalls ein weiterer Plan von Bruno mit dem freundlichen und unmißverständlichen Zusatz, er habe an Anne einen Brief geschrieben und werde weitere folgen lassen.

22

Guy war in der ersten Morgendämmerung aufgewacht. Jetzt saß er auf der Bettkante und grübelte. Die Nacht packte alle seine Gedanken und verzerrte sie, dachte er. Die Nacht und die Dunkelheit und die Schlaflosigkeit. Und doch war auch Wahrheit in der Nacht enthalten. Es war zwar so, daß man sich nachts der Wahrheit nur bis zu einem bestimmten Winkel nähern konnte, aber die Wahrheit war stets und überall die gleiche. Wenn er Anne alles beichtete, mußte sie nicht glauben, daß er mitschuldig war? Würde sie ihn unter diesen Umständen noch heiraten wollen? Er mußte ein regelrechtes Ungeheuer sein, daß er es fertigbrachte, hier im Zimmer zu sitzen, wo unter seiner Wäsche Plan und Waffe für einen Mord bereitlagen.

Im frühen Dämmerlicht besah er sich im Spiegel. Der Mund des Spiegelbildes hing links nach unten, nicht wie der eigene. Die Unterlippe war angespannt und dünner. Er versuchte, die Augen ganz festzuhalten. Über blassen Halbkreisen starrten sie ihn an wie ein Teil von ihm, das sich durch Anschuldigungen verhärtet hatte. Es war, als blickten die Augen ihren Folterknecht an.

Sollte er sich jetzt anziehen und einen Spaziergang machen oder lieber versuchen, noch zu schlafen? Er ging mit leichten Schritten über den Teppich und mied, ohne es zu wollen, die Stelle beim Sessel, wo der Fußboden knarrte.

Brunos Briefe – er kannte sie auswendig. *Sicherheitshalber lassen Sie die knarrenden Treppenstufen aus. Sie wissen, sein Zimmer liegt rechts. Ich habe alles genau durchdacht; es kann gar nichts schiefgehen. Sehen Sie sich auf dem Plan an, wo Herberts Zimmer liegt (das ist der Butler). Das ist die einzige Tür, wo jemand in der Nähe ist. Wo ich das Kreuz eingezeichnet habe, knarrt der Fußboden in der Diele.* Guy warf sich auf sein Bett. *Egal, was passiert, Sie dürfen die Pistole nicht wegwerfen, solange Sie zwischen Haus und Bahnhof sind.* Er wußte alles, er kannte das Geräusch der Küchentür und die Farbe des Teppichs in der Diele.

Er trat vor den Spiegel und begann sich zu rasieren. Die Gedanken jagten weiter. Wenn Bruno einen anderen für die Tat fand, so hatte Guy mit diesen Briefen reichlich Material gegen ihn in der Hand. Damit konnte er sich rächen für das, was Bruno ihm angetan hatte. Aber Bruno würde dann einfach mit all den Lügengeschichten antreten, die beweisen sollten, daß Guy den Mord an Miriam mitgeplant hatte. Nein, es war nur eine Frage der Zeit, daß Bruno jemanden fand. Wenn er Brunos Drohungen noch eine kleine Weile aushielt, dann war alles vorüber, und er konnte wieder ruhig schlafen. Übrigens würde er, falls er es tat, nicht die große Waffe nehmen, sondern seinen kleinen Revolver ...

Mit schmerzenden Gliedern raffte er sich vom Bett auf, erschreckt von den Worten, die ihm eben durch den Kopf gegangen waren. ›Das Shaw-Gebäude‹, sagte er sich, als nehme er sich einen neuen Schauplatz vor, als könne er die Nachtgeleise verlassen und sich auf die Tagesspur begeben. *Das Shaw-Gebäude.*

Der Boden ist überall mit Gras bewachsen, das bis zur hinteren Treppe geht ... Ein paar Stufen müssen Sie auslassen: erst vier, dann drei, dann oben noch zwei. Leicht zu behalten.

»Mr. Haines!«

Guy fuhr zusammen, die Klinge schnitt ihm ins Kinn. Er legte den Rasierapparat hin und ging zum Telefon. »Hallo, Guy, sind Sie soweit?« fragte Brunos Stimme am anderen Ende. Sie klang widerwärtig so früh am Morgen und erinnerte ihn an alle Schrecken der Nacht. »Brauchen Sie noch mehr?«

»Scheren Sie sich zum Teufel.«

Bruno lachte. Zitternd legte Guy den Hörer auf.

Der Schock verließ ihn den ganzen Tag nicht. Er sehnte sich verzweifelt nach dem Abend mit Anne, und doch zwang ihn etwas zum Verzichten, und er sagte ihr ab. Um müde zu werden, machte er einen langen Spaziergang den Riverside Drive hinauf, aber er schlief trotzdem schlecht und hatte ungute Träume. Wenn erst der Vertrag für den Shaw-Auftrag unterschrieben war, würde das besser werden, dachte er; dann konnte er mit der Arbeit anfangen.

Am nächsten Morgen rief, wie verabredet, Douglas Frear von der Firma Shaw Realty Co. an. »Mr. Haines«, sagte er langsam mit belegter Stimme, »wir haben da einen sehr merkwürdigen Brief erhalten.«

»Wer – was für einen Brief?«

»Wegen Ihrer Frau. Ich wußte nicht – soll ich ihn Ihnen vorlesen?«

»Ja, bitte.«

»›Sehr geehrte Herren, es wird Sie gewiß interessieren, daß Guy Daniel Haines, dessen Frau im letzten Juni ermordet wurde, bei dieser Tat seine Hand im Spiel hatte, und zwar stärker, als die Gerichte wissen. Dieses schreibt einer, der es weiß und der ebenfalls weiß, daß bald ein neues Verfahren kommt, das Haines' wahre Rolle ans Licht bringen wird.‹ Der Brief stammt zweifellos von einem Spinner, Mr. Haines. Aber ich fand, Sie sollten es wissen.«

»Selbstverständlich.« In der anderen Ecke stand Myers über den Zeichentisch gebeugt und arbeitete so ruhig wie jeden Morgen.

»Ich glaube, ich habe letztes Jahr von der – eh, Tragödie gehört. Es steht doch gar kein neues Verfahren bevor, nicht wahr?«

»Nein, bestimmt nicht. Jedenfalls habe ich kein Wort davon gehört.« Guy verwünschte seine Unsicherheit. Mr. Frear wollte ja nur wissen, ob er für die Arbeit zur Verfügung stand.

»Tut mir leid, daß wir uns noch nicht ganz entschieden haben wegen des Auftrages, Mr. Haines.«

Die Shaw Realty Co. wartete bis zum nächsten Morgen und teilte ihm dann mit, daß man mit seinen Zeichnungen doch nicht ganz einverstanden sei. Man interessiere sich vielmehr für die Arbeiten eines anderen Architekten.

Wie konnte Bruno von dem geplanten Bau erfahren haben, überlegte Guy. Aber natürlich gab es da viele Möglichkeiten. Vielleicht hatte es in der Zeitung gestanden – Bruno war stets gut informiert über alles, was Architektur anging – oder er hatte angerufen, als Guy nicht im Büro war, und hatte es dann ganz nebenbei von Myers erfahren. Guy sah zu Myers hinüber. Ob er mal mit Bruno gesprochen hatte? Die Möglichkeit erschien ihm unheimlich.

Jetzt, da der Shaw-Auftrag verloren war, überlegte er sich, was damit ausfiel. Er mußte auf das Extrageld verzichten, mit dem er bis zum Sommer gerechnet hatte. Und auch auf das Prestige, vor allem bei den Faulkners. Daß eine schöpferische Arbeit ihm entgangen war und seine Frustration daher rührte, daran dachte er nicht. Es war jetzt nur eine Frage der Zeit, wann Bruno den nächsten Bauherrn informierte, und dann den übernächsten. Er hatte gedroht, seine Karriere zu vernichten.

Und sein Leben mit Anne? Ein plötzlicher Schmerz durchzuckte ihn. Er vergaß manchmal lange Zeit, so schien es ihm, daß er sie liebte. Irgend etwas geschah zwischen ihnen beiden; was es war, wußte er nicht. Bruno zerstörte seinen Mut zur Liebe. Jede Kleinigkeit verstärkte seine Unruhe, angefangen mit der Tatsache, daß er sein bestes Paar Schuhe dadurch eingebüßt hatte, daß er nicht mehr wußte, zu welchem Schuster er sie zur Reparatur gebracht hatte, bis hin zu dem Haus in Alton, das ihm schon jetzt zu groß vorkam und das sie kaum ausfüllen konnten, wie es ihm schien.

Im Büro erledigte Myers weiterhin die Routinearbeit an verschiedenen Entwürfen. Guys Telefon klingelte nicht mehr. Einmal kam ihm der Gedanke, daß selbst Bruno nicht mehr anrief, damit die Spannung immer weiter anwuchs und Guy schließlich froh war, wenn es klingelte.

Mittags ging Guy hinunter und trank in einer Bar an der Madison Avenue mehrere Martinis. Er hatte sich mit Anne zum Essen treffen wollen, aber sie hatte angerufen und abgesagt; den Grund hatte er vergessen. Sie war nicht gerade kühl gewesen, aber hatte sie überhaupt einen Grund für die Absage angegeben? Mit Einkäufen für das Haus hatte es jedenfalls nichts zu tun gehabt, daran würde er sich erinnern. Oder vielleicht doch nicht? Vielleicht revanchierte sie sich, weil er am letzten Sonntag nicht, wie versprochen, zum Dinner gekommen war? Er war zu müde und zu deprimiert gewesen, er wollte niemand sehen. Ein uneingestandener stiller Streit schien zwischen ihm und Anne zu schwelen. Er hatte sich in der letzten Zeit so scheußlich gefühlt, daß er sie nicht mit sich belasten wollte, und sie behauptete, zu viel zu tun zu haben, wenn er ein Treffen vorschlug. Ja, sie war mit dem Haus beschäftigt und mit dem Streit. Es hatte keinen Sinn – nichts hatte noch Sinn. Nur Bruno loszuwerden, das hätte noch Sinn. Und dafür gab es keine sinnvolle Möglichkeit. Was vor Gericht zur Sprache käme, wäre auch nicht sinnvoll.

Er zündete sich eine Zigarette an und merkte dann, daß er schon eine rauchte. Er saß über den blanken schwarzen Tisch geneigt und rauchte nun beide. Die Arme und Hände mit den Zigaretten kamen ihm vor wie ein Spiegelbild. Was machte er hier um Viertel nach eins, mit schwimmendem Kopf nach drei Martinis, unfähig zur Arbeit, wenn er überhaupt welche hatte?

Er war doch Guy Haines, er liebte Anne, er hatte das *Palmyra* gebaut ... Er hatte nicht mal den Mut, sein Glas in die Ecke zu pfeffern. Treibsand. Mal angenommen, er versank ganz. Mal angenommen, er führte diesen Mord für Bruno wirklich aus. Bruno hatte ja gesagt, es sei alles so einfach, wenn das Haus leer war bis auf den Vater und Butler; und Guy kannte das Haus jetzt besser als sein eigenes in Metcalf. Er konnte ja Spuren hinterlassen, die auf Bruno deuteten, zum Beispiel die große Pistole. Dieser Gedanke nahm konkrete Formen an. Er ballte die Fäuste gegen Bruno, doch beim Anblick der willenlosen Hände vor ihm auf dem Tisch überkam ihn tiefe Scham. So durften sich seine Gedanken nicht noch einmal verirren – es war genau das, was Bruno wollte.

Er tauchte sein Taschentuch in das Glas Wasser und benetzte das Gesicht. Ein kleiner Schnitt, der vom Rasieren herrührte, begann zu brennen. Er besah ihn im Spiegel, der neben ihm hing. Er hatte angefangen zu bluten, eine ganz kleine Stelle neben dem weichen Grübchen im Kinn. Das Kinn – er hatte Lust, die Faust in das Kinn im Spiegel zu schmettern. Taumelnd erhob er sich, zahlte und ging. Abends und nachts nahmen seine Gedanken den einmal gegangenen Weg wieder auf. Nachts war der Vater kein lebender Mensch, sondern nur ein Gegenstand, von dem Guy nicht loskam. Auch er selbst war dann kein Mensch, nur ein Motor. Er mußte es vollbringen, die Waffe im Zimmer lassen und dann Bruno auf seinem Weg bis zur Verurteilung und zum Tode begleiten. Wie eine Katharsis erschien ihm dieser Gedanke.

Bruno schickte ihm eine Brieftasche aus Krokodilleder, sie hatte Goldecken und trug innen seine Initialen G.D.H. ›Ich fand, dies paßt zu Dir‹, stand auf dem Zettel, der darinlag. ›Bitte mach doch nicht alles so schwierig. Ich habe dich sehr gern. Bruno.‹ Guy war drauf und dran, sie in einen der Abfallkörbe auf der Straße zu werfen, steckte sie dann aber doch in die Tasche: er warf nicht gern einen schönen Gegenstand einfach weg. Es würde ihm schon noch einfallen, was er damit anfangen konnte.

Am gleichen Morgen erhielt Guy eine Einladung, im Rundfunk zu sprechen, und lehnte ab. Er war nicht in der Verfassung zu arbeiten und wußte es. Warum ging er überhaupt noch weiter ins Büro? Er wäre gern den ganzen Tag betrunken, und vor allem die ganze Nacht. Er blickte auf seine Hand, die den Kompaß auf dem Schreibtisch umdrehte, wieder und wieder. Einer hatte ihm mal gesagt, er habe Hände wie ein Kapuzinermönch. Tim O'Flaherty in Chicago. Das war damals, als sie in Tims Kellerwohnung Spaghetti aßen und über Le Corbusier sprachen und über die Beredtsamkeit, die den meisten Architekten eigen war; sie gehörte zum Beruf, und das war ein Glück, weil andere sich oft erst mit Reden den Weg bahnen mußten. Damals war das alles möglich gewesen, obgleich Miriam an seinen Nerven zerrte; er hatte einen sauberen Kampf vor sich, und die Schwierigkeiten gehörten alle dazu. Immer weiter drehte er den Kompaß und rieb die Finger daran, rauf und runter, bis er das Gefühl hatte, er störe Myers, und deshalb aufhörte.

»Komm, Guy, reiß dich zusammen«, sagte Myers freundlich.

»Zusammenreißen nützt nichts. Entweder schmeißt es einen um oder nicht«, sagte Guy ruhig mit tonloser Stimme und fügte, bevor er die Worte zurückhalten konnte, hinzu: »Ich brauche keinen Rat, Myers. Danke.«

»Guy, hör doch mal zu –« Myers erhob sich und stand ruhig und lässig an den Schreibtisch gelehnt. Aber Guy war schon im Begriff, seinen Mantel vom Haken zu nehmen. Er sagte:

»Tut mir leid, Myers, entschuldige. Vergessen wir's.«

»Ich weiß, was mit dir los ist. Angst vor der Hochzeit – hab ich auch gehabt. Wollen wir runtergehen und ein Glas trinken?«

Der vertrauliche Ton traf bei Guy auf einen empfindlichen Nerv. Er ertrug es jetzt nicht: das ruhige nichtssagende Gesicht, die banale Selbstzufriedenheit. »Nein, danke«, sagte er. »Mir ist jetzt nicht danach.« Sacht schloß er die Tür.

23

Noch einmal warf Guy einen prüfenden Blick über die Häuserreihe auf der anderen Straßenseite. Eben hatte er Bruno dort stehen sehen. Die Augen brannten und tränten, als sie die Dämmerung zu durchdringen versuchten. Er wußte, er hatte ihn gesehen, da drüben an dem schwarzen, eisernen Gitter, wo er jetzt nicht mehr stand. Guy wandte sich um und lief die Treppe hinauf. Er hatte Karten für eine Verdi-Oper; Anne wollte ihn um halb neun vor dem Opernhaus treffen. Er hatte gar keine Lust dazu heute abend; er wollte Annes ermunternde Worte nicht, auf die er bis zur Erschöpfung versichern mußte, er fühle sich besser als es zutraf. Sie sorgte sich, weil er nicht schlief; sie sagte nicht viel, aber das Wenige reizte ihn. Vor allem hatte er keine Lust auf Verdi – warum hatte er bloß diese Karten gekauft? Er hatte Anne irgendeine Freude machen wollen, aber ihr lag bestimmt auch nicht viel daran. War es nicht vollendeter Blödsinn, sich eine Oper anzuhören, die sie beide nicht wollten?

Mrs. McCausland gab ihm einen Zettel mit einer Telefonnummer, die er anrufen sollte. Es schien die Nummer einer der Tanten von Anne zu sein, die in der Stadt wohnten. Hoffentlich war Anne etwas dazwischengekommen und sie konnte nicht kommen.

»Du, Guy, ich weiß nicht, wie ich es schaffen soll«, sagte Anne gleich darauf am Telefon. »Zwei von Tante Julies Gästen können erst nach dem Essen kommen, und sie möchte, daß ich sie kennenlerne.«

»Schön, Anne.«

»Ich kann wirklich nicht ablehnen.«

»Schon gut, schon gut, ich sag's dir ja.«

»Es tut mir aber sehr leid. Weißt du, daß ich dich seit Sonnabend nicht gesehen habe?«

Guy biß sich auf die Zunge. Ihre Anhänglichkeit, ihre Besorgnis, selbst ihre ruhige klare Stimme, die ihn sonst immer wie eine Liebkosung berührt hatte, waren ihm plötzlich lästig.

»Du, warum nimmst du nicht Mrs. McCausland mit in die Oper? Das wäre eigentlich nett.«

»Anne, ich habe nicht die mindeste Lust.«

»Du hast doch keine weiteren Briefe bekommen, nein?«

»Nein.« Das dritte Mal, daß sie ihn fragte!

»Ich hab dich sehr lieb. Nicht wahr, das weißt du doch?«

»Ja, Anne.«

Er flog nach oben in sein Zimmer, hängte den Mantel auf, wusch sich die Hände, fuhr mit dem Kamm durchs Haar und hatte nichts, gar nichts mehr zu tun. Er brauchte Anne. Ganz dringend brauchte er sie. Wie war er nur auf die unsinnige Idee verfallen, daß er sie nicht sehen wollte? Er suchte in allen Taschen nach dem Zettel mit der Telefonnummer, den ihm Mrs. McCausland vorhin gegeben hatte; als er ihn nicht fand, lief er nach unten und sah auf dem Fußboden in der Eingangshalle nach. Er war verschwunden – als habe ihn jemand vorsätzlich weggenommen, um ihn zu ärgern. Bruno, dachte er. Bruno hatte den Zettel weggenommen.

Annes Eltern mußten die Nummer der Tante wissen. Er wollte Anne sehen und den Abend mit ihr verbringen, selbst wenn er die Tante Julie mit in Kauf nehmen mußte. Er rief in Long Island an; das Telefon klingelte und klingelte, aber niemand antwortete. Er versuchte sich auf den Namen der Tante zu besinnen, aber er fiel ihm nicht ein.

Fast greifbar war die schweigende Spannung in seinem Zimmer. Er ließ die Augen über die niedrigen Bücherregale wandern, die er an den Wänden angebracht hatte, über den Efeu, den ihm Mrs. McCausland in die Wandvasen gesteckt hatte, über den leeren roten Plüschsessel neben der Leselampe und den Vorhang, der die Kochnische verbarg. Gelangweilt stand er auf und zog ihn beiseite. Die Nische war leer, aber er hatte das bestimmte Gefühl, daß jemand im Zimmer auf ihn wartete. Angst hatte er nicht. Er nahm die Zeitung und begann zu lesen, aber wenig später stand er in einer Bar und trank einen Martini – um zu schlafen, redete er sich ein. Er haßte es, allein zu trinken, aber er wollte schlafen. Ein paar Minuten später ging er die Straße hinunter bis zum Times Square und ließ sich bei einem Friseur die Haare schneiden. Auf dem Heimweg kaufte er einen Liter Milch und ein paar Zeitungen; er wollte einen Brief an seine Mutter schreiben und dann etwas Milch trinken, die Zeitungen lesen und schlafen gehen. Vielleicht fand er auch Annes Telefonnummer auf dem Fußboden, wenn er jetzt nach Hause kam. Doch sie blieb verschwunden.

Gegen zwei Uhr morgens stand er aus dem Bett auf und ging im Zimmer hin und her; er hatte Hunger und mochte nichts essen. Letzte Woche, fiel ihm ein, hatte er eines Nachts eine Dose Sardinen geöffnet und sie von der Messerklinge weg verputzt. Nachts kam die Zeit für tierische Gelüste, dann zog man sich in sich selbst zurück. Er zog ein Heft aus dem Bücherregal und blätterte es hastig durch. Es waren seine ersten Notizen in New York; damals war er zweiundzwanzig gewesen und hatte ohne Unterschied alles gezeichnet – das Chrysler-Gebäude, die Psychiatrische Klinik, Kähne auf dem East River, Arbeiter mit Bohrmaschinen, die sich horizontal ins Gestein fraßen. Dann kam eine Gruppe von Zeichnungen der Radio City-Gebäude mit Notizen über Raumprobleme; auf der anderen Seite war das gleiche Gebäude mit den Verbesserungen zu sehen, die er angebracht hätte, vielleicht auch ein ganz neues Gebäude eigener Vorstellung. Er schloß das Heft schnell wieder; die Sachen waren wirklich gut – wer weiß, ob er das heute noch zustandebrächte. Der *Palmyra Club* erschien ihm wie das letzte Produkt der fruchtbaren und glücklichen Energie seiner Jugend. Ein Schluchzen stieg in ihm auf; er kannte es aus den Jahren seiner Ehe mit Miriam. Er legte sich auf sein Bett, um es nicht hochkommen zu lassen.

Als er aufwachte, war es dunkel. Er wußte, daß Bruno bei ihm im Zimmer saß, obgleich er nichts hörte. Nach dem ersten leichten Schreck über das plötzliche Erscheinen war er gar nicht mehr erstaunt. Es war so, wie er es sich in vielen schlaflosen Nächten vorgestellt hatte: er war ganz froh, daß Bruno nun gekommen war. War es wirklich Bruno? Ja, Guy sah jetzt das Ende der Zigarette im Dunkel, drüben neben dem Schreibtisch.

»Bruno?«

»Ja«, sagte Bruno leise. »Ich bin mit einem Nachschlüssel reingekommen. Du bist doch jetzt soweit?« Die fragende Stimme klang müde und ruhig.

Guy stützte sich auf den Ellbogen. Natürlich, Bruno war da. Er sah die rötlich glimmende Zigarette. »Ja«, sagte Guy und fühlte, wie das Wort von der Dunkelheit aufgesogen wurde – ganz anders als in den anderen Nächten, als alles still geblieben war, weil er es nicht einmal ausgesprochen hatte. Jetzt löste das Wort den Knoten in seinem Kopf so plötzlich auf, daß es weh tat. Hierauf hatte er die ganze Zeit gewartet, dies war es, was das stille Zimmer gewollt und erwartet hatte.

Bruno setzte sich auf die Bettkante und packte Guy an beiden Oberarmen. »Guy, wir sehen uns niemals wieder.«

»Nein.« Bruno roch widerlich nach Zigaretten und süßlicher Brillantine und säuerlichem Alkohol, aber Guy rückte nicht weg. Immer noch hatte er im Kopf das befreiende Gefühl, daß sich nun alles löse.

»Ich hab versucht, diese Tage nett zu ihm zu sein«, sagte Bruno. »Na ja, nicht gerade nett, aber anständig. Und heute abend, gerade bevor ich wegging, sagte er was zu meiner Mutter ...«

»Ich will das nicht wissen!« sagte Guy.

Beide schwiegen einige Sekunden; Guy wollte nichts weiter erklären, und Bruno war der Faden abgeschnitten.

Bruno schnüffelte jetzt laut und abstoßend. »Wir fahren morgen nach Maine; mittags fahren wir ab. Das steht ganz fest. Meine Mutter und ich und der Chauffeur. Morgen nacht ginge es gut, aber außer Donnerstag paßt es jede Nacht gleich gut. Immer ab elf Uhr ...«

Er redete weiter, wiederholte alles, was Guy schon kannte, und Guy ließ ihn reden. Er wußte nun, er würde in das Haus gehen, und alles würde so kommen, wie Bruno sagte.

»Vor zwei Tagen habe ich das Schloß an der Hintertür kaputtgemacht, als ich besoffen war. So schnell wird das nicht repariert, sie haben jetzt zuviel zu tun. Wenn aber doch ...« Er drückte Guy einen Schlüssel in die Hand. »Und die hab ich auch noch mitgebracht.«

»Was ist das?«

»Handschuhe. Damenhandschuhe, aber sie lassen sich ausdehnen.« Er lachte.

Guy befühlte die dünnen Baumwollhandschuhe.

»Hast du die Pistole? Wo ist sie?«

»In der untersten Schublade, da drüben.«

Er hörte, wie Bruno gegen den Schreibtisch stieß und die Schublade herauszog. Der Lampenschirm raschelte, und das Licht ging an. Da stand Bruno, riesengroß, in einem neuen hellen, fast weißen Mantel; die schwarze Hose hatte schmale weiße Streifen. Ein weißer Seidenschal hing ihm um den Hals. Guy musterte ihn prüfend, von den kleinen braunen Schuhen bis zu dem fettigsträhnigen Haar, als könne er daraus ergründen, warum sich seine Gefühle für ihn geändert hatten oder worin sie überhaupt bestanden. Es war Vertrautheit und noch mehr, eine fast brüderliche Zugehörigkeit. Bruno betrachtete die Pistole, überprüfte das Magazin und legte sie wieder fort. Sein Gesicht war schwerer geworden seit dem letztenmal, da Guy ihn gesehen hatte, röter und auch lebendiger. Die grauen Augen, größer und mit fast goldenem Schein, schwammen in Tränen. Er blickte Guy an, als versuche er zu sprechen, dann fuhr er sich mit der Zunge über die dünnen Lippen, schüttelte den Kopf und streckte den Arm nach der Lampe aus. Das Licht erlosch.

Als er fort war, schien es Guy, als sei er gar nicht gegangen. Noch immer waren sie beide im Zimmer, und mit ihnen nun auch der Schlaf.

Der Raum lag in hellgrauem Licht, als Guy erwachte. Die Uhr zeigte fast halb vier. Hatte er geträumt – nein, vage entsann er sich, daß er morgens aufgestanden und zum Telefon gegangen war, weil Myers angerufen hatte und wissen wollte, warum er nicht gekommen war, und daß er ihm gesagt hatte, er fühle sich nicht wohl. Ach, zum Teufel mit Myers. Guy lag und blinzelte, um das dumpfe Gefühl loszuwerden und in den denkenden Teil seines Gehirns das Bewußtsein einsickern zu lassen, daß er es heute tun wollte. Morgen war dann alles vorüber. Er erhob sich und machte sich langsam an die tägliche Routine: Rasieren, Duschen und Anziehen. Nichts war wichtig außer der einen Stunde zwischen elf und zwölf Uhr abends. Sie kam ohne Hast, ohne Zögern; sie kam, wie sie kommen mußte. Er bewegte sich jetzt auf einer fest eingefahrenen Spur; auch wenn er gewollt hätte, wäre ein Anhalten oder Umkehren nicht mehr möglich gewesen.

In einem Café unten an der Straße bestellte er ein Frühstück, und während er noch aß, überkam ihn eine seltsame Empfindung: er glaubte zu wissen, daß er Anne beim letzten Zusammensein alles erzählt hatte, was er tun wollte, und daß sie ihm ganz ruhig zugehört hatte, um seinetwillen, weil es unbedingt notwendig war, daß er es tat. Es schien ihm jetzt völlig natürlich und unvermeidlich. Auf dem Kalenderblatt an der Caféwand stand: Freitag, 12. März. Guy starrte das Datum einen Augenblick an und beendigte dann seine Mahlzeit.

Er wollte in Bewegung bleiben. Wenn er jetzt die Madison Avenue und dann die Fifth Avenue bis zum Central Park hinaufging, weiter vom Central Park West bis zum Pennsylvania Bahnhof, dann war es wohl ungefähr Zeit, den Zug nach Great Neck zu nehmen. Er dachte darüber nach, was heute abend zu tun war, aber der Gedanke daran langweilte ihn wie ein Schulpensum, an dem er schon zu lange gelernt hatte, und so schob er es von sich. Als er an der Nordseite des Central Park ankam, fiel ihm ein, daß er weder die Pistole noch die Handschuhe bei sich hatte. Es war Viertel vor acht. Das fing ja gut an. Er nahm ein Taxi und fuhr schnell zu seiner Wohnung zurück.

Zu Hause hatte er dann doch noch reichlich Zeit und ging eine Weile gedankenverloren im Zimmer auf und ab. Ob er Kreppsohlenschuhe anzog? Und einen Hut aufsetzte? Aus der unteren Schublade holte er die Pistole und legte sie auf den Schreibtisch. Vom Tisch neben seinem Bett nahm er die rötlichen Handschuhe. Ein gelbliches Papierstückchen flatterte heraus: eine Fahrkarte nach Great Neck.

Er starrte auf die schwarze, mattglänzende Waffe, die ihm noch viel größer vorkam als bisher. Ein Wahnsinn eigentlich, mit einem solchen Riesending herumzulaufen. Er zog seinen eigenen kleinen Revolver heraus und freute sich über den schimmernden Griff und die schöne, handliche Form. Aber er wollte doch die Pistole im Schlafzimmer liegenlassen, weil es Brunos Pistole war. Doch jetzt lohnte es sich auf einmal nicht mehr, die schwere Waffe nur deshalb mitzunehmen. Er hegte gar keine feindlichen Gefühle gegenüber Bruno, das war merkwürdig.

Einen Augenblick stand er völlig verwirrt. Natürlich mußte er die Pistole mitnehmen, sie gehörte doch zum Plan! Er steckte sie in die Manteltasche und griff nach den Handschuhen. Sie waren rötlich, und der kleine Flanellbeutel, in dem sein eigener Revolver steckte, war lavendelblau. Deshalb schien es auf einmal richtig, daß er den kleinen Revolver nahm, wegen der beiden passenden Farben; er legte Brunos Waffe in die Schublade zurück und steckte den kleinen Revolver in die Tasche. Er nahm sich nicht die Zeit, darüber nachzudenken, ob sonst noch etwas zu tun war, denn er hatte Brunos Pläne so oft gelesen, daß er ganz sicher war, es fehlte nichts mehr. Als letztes nahm er ein Glas Wasser und füllte die Wandvasen mit dem Efeu. Eine Tasse Kaffee würde ihn jetzt aufmöbeln. Er nahm sich vor, in Great Neck am Bahnhof eine zu trinken.

Während der Bahnfahrt stieß ihn ein Mann an die Schulter; das war der Augenblick, als sich seine bebenden Nerven zum Zerreißen spannten, und er dachte: Irgendwas *muß* jetzt passieren. Worte jagten ihm durch den Kopf und kamen ihm fast auf die Zunge: *Was ich da in meiner Tasche herumtrage, ist ja gar kein Revolver. Ich habe das Ding damals gekauft, weil es hübsch ist, nicht weil ich eine Waffe brauchte.* Jetzt wurde ihm leichter; er wußte, er würde damit töten. Er war genau wie Bruno. Hatte er das nicht immer gefühlsmäßig gewußt und war nur zu feige gewesen, es sich einzugestehen? Warum hatte er sich sonst zu Bruno hingezogen gefühlt? Er liebte Bruno. Bruno hatte den Plan ausgearbeitet, und alles würde gutgehen, weil bei Bruno immer alles gutging.

Als er den Zug verließ, regnete es in feinen, nebligen Nieselsträhnen. Guy ging ohne Zögern auf die Reihe der Autobusse zu, die Bruno beschrieben hatte. Die Luft, die durch das offene Fenster kam, war kalt und frisch. Der Bus verließ die hellerleuchtete Ladengegend und bog in eine dunklere Seitenstraße ein; auf beiden Seiten standen Häuser. Guy fiel ein, daß er im Bahnhof keinen Kaffee getrunken hatte; es irritierte ihn so, daß er fast ausgestiegen und zurückgegangen wäre. Doch als der Bus an der Grant Street hielt, stand er automatisch auf und stieg aus. Er war jetzt wieder auf vertrautem Boden, das beruhigte ihn.

Auf der schmutzigen Straße hatten seine Schritte einen feucht-elastischen Klang. Hinter einem jungen Mädchen fiel die Haustür ins Schloß. Er ging weiter. Jetzt kam das leere Grundstück mit dem einsamen Baum; zur Linken lag Wald und Dunkelheit. Die Straßenlaterne, von Bruno in jeder seiner Skizzen angeführt, schien mit öligem, blaugoldenem Schein. Ein Wagen kam langsam näher, die Scheinwerfer rollten wie wilde Augen, weil die Straße so uneben war. Dann war er vorbei.

Plötzlich stand er vor seinem Ziel, und es war, als habe sich der Vorhang auf einer längst vertrauten Bühne gehoben: vorne war die lange, zwei Meter hohe weiße Betonmauer, unterbrochen von dunklen Flecken, wo der Kirschbaum seine Schatten warf; dahinter sah man das Dreieck des oberen Hausteils.

Guy ging fünfzehn Schritte an der Mauer entlang, tat einen Sprung und faßte den oberen Rand. Jetzt saß er rittlings auf der Kante. Fast direkt unter sich sah er den Umriß der Kiste, die Bruno dort an die Mauer gestellt hatte. Er beugte sich herab, um durch die Kirschbaumzweige zum Haus zu spähen. Nirgends schien ein Licht. Er sprang hinunter.

Das Haus war viel zu klein für die zehn Doppelgiebel, die offenbar nur angebracht worden waren, weil der Bauherr eine Vorliebe für Giebel hatte. Er ging vorsichtig an der Innenseite der Mauer entlang, bis das Knacken von Zweigen ihn erschreckte. *Quer über den Rasen gehen*, hatte Bruno gesagt. Das war also der Grund.

Als er dem Haus zuschlich, nahm ihm ein Zweig den Hut

vom Kopf; er stopfte ihn vorn in den Mantel und schob die Hand wieder in die Tasche, in der der Schlüssel steckte. Wann hatte er die Handschuhe angezogen? Er holte tief Atem und setzte zum Überqueren des Rasens an, schnell und katzenleicht. Dies habe ich schon oft getan, dachte er, heute ist es nicht anders als sonst. Am Rande des Rasens hielt er an, warf einen Blick auf die längst vertraute Garage, zu der der Kiesweg im Bogen führte, und ging dann die sechs hinteren Treppenstufen hinauf. Schwer und sacht öffnete sich die Hintertür, er hielt sie an der Innenseite am Drücker fest. Doch die zweite Tür mit dem Yaleschloß widerstand zuerst, und er hatte einen Augenblick peinlicher Unsicherheit zu überwinden, bevor er stärker zudrückte und das Schloß aufsprang. Links auf dem Küchentisch hörte er eine Uhr ticken. Er wußte, es war ein Tisch; sehen konnte er ihn nicht in der Dunkelheit. Er ging quer durch den Raum auf die Treppe zu und zählte die Schritte. *Sie könnten auch die vordere Treppe benutzen, aber die Stufen knarren alle.* Steif und vorsichtig, angestrengt um sich blickend, ging er weiter. Er mußte aussehen wie ein geisteskranker Schlafwandler. Einen Moment ergriff ihn panische Angst.

Erst zwölf Stufen, die siebente auslassen. Dann kommt ein Treppenabsatz und noch mal zwei kleine Treppen. Dann auslassen: erst vier, dann drei, dann oben noch zwei. Leicht zu behalten. Er überschlug die vierte Stufe der ersten kleinen Treppe. Bei der Biegung kam ein rundes Fenster vor der letzten Treppe. Drei Meter weiter links lag das Zimmer des Butlers. *Das ist die einzige Tür, wo jemand in der Nähe ist.* Brunos Stimme wurde immer lauter, als Guy an dem dunklen Türbogen vorbeischlich.

Ein ganz leiser Klagelaut kam aus dem Fußboden; er zog hastig den ausgestreckten Fuß zurück, wartete und umging die Stelle. Vorsichtig schloß sich seine Hand um den Drücker der Dielentür. Er öffnete sie und hörte das Ticken der Uhr auf dem Flur des Treppenhauses lauter werden. Er wußte, er hatte es schon sekundenlang vorher gehört. Jetzt kam ein Seufzer.

Ein Seufzer im Treppenhaus!

Die Uhr begann zu schlagen. Der Türdrücker klapperte, Guy drückte ihn so stark, daß er eigentlich durchbrechen mußte. *Drei. Vier.* Tür zumachen, bevor der Butler was hört. War dies der Grund, warum Bruno gesagt hatte: zwischen elf und zwölf

Uhr? O verdammt! Und jetzt hatte er die Pistole nicht mit! Mit dumpfem Ton schloß er die Tür. Schweiß brach ihm aus, die Hitze stieg ihm vom Mantelkragen ins Gesicht. Die Uhr schlug immer weiter. Buuuumm. Schluß.

Er horchte. Nichts war zu hören als das taube und blinde Ticktack; er öffnete die Tür und stand jetzt im vorderen Treppenhaus. *Sein Zimmer ist genau rechts.* Jetzt war er wieder auf vertrautem Boden; grauer Teppich, cremefarbene Holzwände, ein Marmortisch oben auf dem Treppenabsatz. Ein bestimmter Geruch, ebenfalls altvertraut, hing in der Halle. In seinen Schläfen begann es scharf zu klopfen. Er wußte plötzlich, der alte Mann stand auf der anderen Seite der Tür mit angehaltenem Atem, genau wie er selbst, und wartete auf ihn. Guy hielt so lange den Atem an, daß der alte Mann, hätte er dasselbe getan, längst erstickt wäre. Ach was, Unsinn. Tür auf!

Er legte die linke Hand auf den Drücker und steckte die rechte automatisch in die Tasche mit dem Revolver. Er kam sich vor wie eine Maschine, unverletzbar und jenseits aller Gefahr. Er war ja schon viele, viele Male hier gewesen und hatte ihn schon so oft umgebracht; dies war bloß eins von den vielen Malen. Er starrte auf den zentimetergroßen Spalt in der Tür und fühlte, wie sich dahinter ein unendlicher Raum auftat. Schwindel ergriff ihn, er wartete, bis er sich legte. Wenn er ihn nun gar nicht sehen konnte beim Hineinkommen? Oder wenn der alte Mann ihn zuerst sah? *Die Nachtlaterne auf der vorderen Veranda erhellt das Zimmer ein wenig.* Aber das Bett stand doch in der entgegengesetzten Ecke. Er öffnete die Tür weiter, horchte und trat zu hastig ein. Doch der Raum lag ganz still, das Bett stand, undeutlich umrissen, in der dunklen Ecke, nur am Kopfende war ein hellerer Streifen zu sehen. Er schloß die Tür – *der Wind kann die Tür zuschlagen!* –, blieb stehen und blickte auf die Ecke. Der Revolver lag in seiner Hand und zielte auf das Bett. Er spähte hinein und sah nichts.

Über die rechte Schulter warf er einen Blick zum Fenster. Es war einen Fußbreit offen, und Bruno hatte doch gesagt, es wäre ganz geöffnet. Das war wohl wegen des Nieselregens. Stirnrunzelnd blickte er wieder auf das Bett, und mit Entsetzen erkannte er jetzt den nahe der Wand liegenden Kopf; er lag schräg seitwärts, als blicke er ihm mit heiterer Verachtung in die Augen. Das Gesicht war dunkler als das Haar, das sich kaum vom

Kissen abhob. Der Revolver zielte genau auf den Kopf, wie er da lag.

Man muß in die Brust schießen. Gehorsam senkte sich der Lauf und zielte jetzt auf die Brust. Guy schob sich näher ans Bett und warf noch einen Blick auf das Fenster hinter sich. Kein Atemzug war zu hören; man hätte denken können, der Mann sei nicht mehr am Leben. Das war es, was er sich vorher immer gesagt hatte: er mußte denken, die Gestalt da vorn sei nur ein Schußziel. Und weil er das Ziel nicht kannte, war es genau wie das Töten im Krieg. Jetzt ...?

»Hahaha!« kam es vom Fenster.

Guy zitterte, und der Revolver zitterte ebenfalls.

Das Lachen war aus der Ferne gekommen, ein Mädchenlachen, weit weg, aber deutlich und klar wie ein Schuß. Guy fuhr sich über die Lippen. Das lebendige Lachen da draußen hatte einen Augenblick die Szene hier drinnen leergefegt und nichts zurückgelassen, und in dem Vakuum stand er mit dem Revolver in der Hand und wollte töten. Für die Dauer eines Herzschlags war die Wirklichkeit zurückgekehrt, das Leben: ein junges Mädchen, das unten auf der Straße entlangging, vielleicht mit einem jungen Mann, und der Mann hier im Bett, der ebenfalls lebte. *Nein, nicht nachdenken! Du tust es doch für Anne, vergiß das nicht! Für Anne und für dich selbst! Es ist wie im Krieg – wie ...*

Er drückte ab. Klick, machte der Abzug. Er drückte noch einmal ab, und wieder klickte es. Es ging nicht! Alles war falsch. Nichts stimmte. Das war gar nicht er, der hier im Zimmer stand ... Noch einmal drückte er ab.

Der krachende Schuß zerriß die Stille. Seine Finger zogen sich vor Schreck zusammen. Noch einmal krachte es, als wolle die Erde bersten.

»Krchch ...« sagte die Gestalt im Bett. Das graue Gesicht schob sich nach oben, man sah den Umriß von Kopf und Schultern.

Guy lag auf dem Verandadach und fiel. Der Fall weckte ihn auf wie der Sturz in einem bösen Traum. Wie durch ein Wunder fand seine Hand einen vorstehenden Balken, dann fiel er noch einmal auf Hände und Knie. Er sprang von der Veranda hinunter und rannte am Haus entlang und quer über den Rasen bis zu der Stelle, wo die Kiste stand.

»Heeh!« schrie eine Stimme.

Der Butler war hinter ihm, genau wie er gefürchtet hatte. Er mußte direkt hinter ihm sein. Der Alptraum!

»He! He, Sie da!«

Unter dem Kirschbaum wandte Guy sich um und blieb stehen, die Hand zur Faust geballt. Der Butler war nicht direkt hinter ihm, er war noch ein gutes Stück entfernt, aber er hatte ihn gesehen. Die absurde Gestalt im weißen Schlafanzug schwankte auf ihn zu. Guy stand wie erstarrt und wartete.

»Heh!«

Guys Faust schoß nach vorn und traf das Kinn. Die weiße Gestalt schlug zu Boden. Guy sprang auf die Mauer.

Die Dunkelheit wuchs. Er lief um einen kleinen Baum herum, sprang über etwas, das wie ein Graben aussah, und lief weiter. Und dann lag er plötzlich mit dem Gesicht nach unten auf dem Erdboden, und von der Mitte seines Körpers strahlte ein scharfer Schmerz nach allen Richtungen aus und nagelte ihn an den Boden. Er zitterte heftig. Das Zittern mußte er jetzt unbedingt überwinden und weiterlaufen; dies war überhaupt nicht der richtige Weg, aber er konnte kein Glied rühren. *Der kleine Sandweg (unbeleuchtet) im Osten von Newhope führt südlich am Haus vorbei und kreuzt dann zwei größere Straßen vor Columbia Street, dann rechts nach Süden ...* Dann kam die Buslinie, die zu einer anderen Bahnstation führte. Mit Papier und Bleistift war das alles leicht gesagt für Bruno. O verdammt! Er erkannte jetzt, wo er war, auf dem Felde westlich vom Haus, wo er nach keiner der Skizzen hätte sein sollen. Er sah sich um. Wo war Norden? Wo war die Straßenlaterne? Vielleicht fand er den kleinen Weg im Dunkeln gar nicht. Er wußte nicht mehr, ob das Haus jetzt links von ihm lag oder hinter ihm. Ein sonderbarer Schmerz klopfte im rechten Unterarm; er war so stark, daß er meinte, der Arm müsse in der Dunkelheit glühen.

Ihm war zumute, als sei er mit der Explosion des Revolvers in Stücke gerissen worden, als könne er nie wieder die Energie aufbringen, sich zu bewegen, und es war ihm auch alles gleichgültig. Er entsann sich an ein Footballspiel in der High School, als er so auf dem Boden gelegen hatte und nicht sprechen konnte vor Schmerz. Er erinnerte sich an das Abendbrot, ja – genau an das Abendbrot und an die Wärmflasche, die ihm seine

Mutter ans Bett gebracht hatte, und an die Berührung ihrer Hände, als sie ihm die Decke unterm Kinn zurechtzog. Er biß sich auf die Lippen. Ziellos, wie die Gedanken eines Halberwachten, kreiste in seinem Kopf die Idee, daß er gleich, sofort aufstehen müsse, auch wenn es noch so schmerzte, weil er hier nicht sicher war. Er war viel zu nahe beim Haus. Und plötzlich kam wieder Leben in Arme und Beine; wie losgelassen nach langer Spannung rannte er von neuem quer über das Feld.

Ein seltsames Geräusch ließ ihn anhalten – ein langgezogener Ton, der von allen Seiten zu kommen schien. Polizeisirenen, natürlich. Idiot – er hatte zuerst gedacht, es sei ein Flugzeug. Er rannte weiter und wußte nichts, als daß er blind vor den Sirenen davonlief, die jetzt über seiner linken Schulter heulten; er mußte sich links halten und den kleinen Sandweg finden. Die lange Betonmauer mußte er längst hinter sich gelassen haben. Er wollte nach links abschneiden und die Hauptstraße, die dort liegen mußte, kreuzen, merkte aber plötzlich, daß die Sirenen die Straße heraufkamen. Entweder mußte er warten – aber warten konnte er ja nicht. Er rannte weiter, parallel mit den Polizeiwagen. Dann verfing sich sein Fuß in irgend etwas; fluchend fiel er wieder hin. Er lag in einer Art Graben, mit ausgestreckten Armen, der rechte lag angewinkelt etwas höher. Ohnmächtiger Zorn packte ihn, und er schluchzte auf. Die linke Hand fühlte sich merkwürdig an, sie steckte bis zum Gelenk im Wasser. Meine Uhr wird naß, dachte er. Aber je mehr er sich vornahm, den Arm herauszuziehen, desto unmöglicher erschien es, ihn zu bewegen. Zwei Kräfte stritten miteinander, eine wollte den Arm bewegen und die andere wollte es nicht; sie waren so völlig gleich stark, daß der Arm nicht einmal angespannt war. Ihm war zumute, als könne er einschlafen. Die Polizei wird mich einkreisen, dachte er und fuhr auf. Er lief weiter. Rechts, ganz nahe, schrie ein Boschhorn triumphierend auf, als habe es ihn nach langer Jagd gestellt. Vor ihm leuchtete ein Rechteck auf, er drehte sich um und floh. Ein Fenster. Fast wäre er in ein Haus gerannt. Die ganze Welt war erwacht. Und er *mußte* über die Straße!

Zehn Meter vor ihm fuhr der Polizeiwagen über die Straße; die Scheinwerfer schnitten durch das Buschwerk. Links ließ eine zweite Sirene ihr Horn ertönen und wieder verstummen; dort mußte das Haus liegen. Guy bückte sich und lief dicht hinter dem Wagen quer über die Straße. Hier war die Dunkelheit noch tiefer. Egal, wo jetzt der kleine Sandweg war, er konnte in dieser Richtung weiter vom Haus weglaufen. *Überall nach Süden ist Waldgebiet, keine Laternen, gut zum Verstecken, wenn man von dem kleinen Weg runter muß. Egal, was passiert. Sie dürfen die Pistole nicht wegwerfen, solange Sie zwischen Haus und Bahnhof sind ...* Seine Hand schob sich in die Tasche und fühlte durch die Löcher in den Handschuhen die metallische Kühle des kleinen Revolvers. Er erinnerte sich nicht, die Waffe wieder eingesteckt zu haben; sie hätte auch auf dem blauen Teppich geblieben sein können, er hätte es nicht gewußt. Wenn er sie nun verloren hätte? Was für ein Gedanke, und ausgerechnet jetzt!

Irgend etwas hielt ihn fest. Automatisch fuhr er mit der Faust dagegen; es war ein Busch mit Dornen und Zweigen, und er kämpfte und zwang sich hindurch, denn die Sirenen waren immer noch hinter ihm, und er mußte in dieser Richtung weiterlaufen. Er konzentrierte seine ganze Aufmerksamkeit auf den Feind vor sich, der ihn vorne, seitlich und sogar hinten festhielt, ihm mit tausend winzigen Krallen zusetzte und mit seinen knackenden Kratzern sogar die Sirenen verstummen ließ. Freude erfüllte ihn bei diesem sauberen Kampf, in dem er alle Kräfte einsetzte.

Als er zu sich kam, befand er sich am Waldrand. War er aus dem Schlaf erwacht oder war er eben erst gefallen? Doch vor ihm am Himmel kam graue Morgendämmerung auf, und als er sich erhob, merkte er am Flackern vor seinen Augen, daß er bewußtlos gewesen war. Er fuhr sich mit den Händen ins nasse Haar, das seitlich vom Kopf abstand. Vielleicht habe ich einen Schädelbruch, dachte er erschreckt und stand einen Augenblick starr in der Erwartung, tot umzufallen.

Weiter unten in dem kleinen Ort leuchteten jetzt spärliche Lichter auf. Mechanisch nahm er ein Taschentuch und band es fest um den Daumen, der unten an einer Schnittwunde schwärzliches Blut aufwies. Er ging zu einem Baum und lehnte sich an den Stamm. Mit den Augen suchte er die Stadt und die Straße ab. Nichts regte sich. War es wirklich er, Guy Haines, der sich hier gegen einen Baum lehnte mit der Erinnerung an das Krachen des Revolvers, an die Sirenen und den Kampf gegen den Busch im Wald? Er hatte Durst. An der Straße am

Rand der Stadt sah er eine Tankstelle und machte sich auf den Weg.

Neben der Tankstelle fand er eine altmodische Pumpe. Er hielt seinen Kopf darunter; sein Gesicht brannte wie von Messern zerschnitten. Langsam kam er zu sich. Er konnte nicht viel mehr als drei Kilometer von Great Neck entfernt sein. Er zog den rechten Handschuh aus und steckte ihn in die Tasche. Wo war der andere? Hatte er ihn im Wald liegenlassen, als er den Daumen verband? Wieder kam das alte Angstgefühl. Er mußte zurück und danach suchen. Er knöpfte den Mantel auf und durchsuchte Taschen und Hose. Sein Hut fiel zu Boden; den hatte er ganz vergessen. Dann fand er den Handschuh im linken Ärmel, er hing nur noch an einem Saumfetzen um das Gelenk und war völlig zerrissen. Glücklich erleichtert steckte er ihn ein. Der Hosenaufschlag war heruntergezogen, er drehte ihn wieder um und entschloß sich, jetzt nach Süden zu gehen – die Richtung kannte er – und irgendeinen Autobus zu nehmen, der weiter südlich fuhr, bis er zu einer Bahnstation kam.

Jetzt, nachdem er sich über den Weg klargeworden war, überfielen ihn von neuem die Schmerzen. Mit diesem Knie konnte er unmöglich so weit laufen. Aber er setzte sich in Bewegung, mechanisch, mit hocherhobenem Kopf. Er mußte weiter, noch schützte ihn das letzte Dunkel der Nacht. Wenn es nur noch so lange anhielt, bis er zu Hause war und die Tür hinter sich geschlossen hatte.

Doch schon wenig später lichtete sich der Himmel und der Horizont links von ihm brach auf. Oben um den Hügel lief eine Silberlinie, der Hügel färbte sich lila und grün und bräunlich, als öffneten sich alle seine Augen. Unter einem Baum auf dem Hügel stand ein kleines gelbes Haus. Rechts die dunkle Masse war plötzlich ein Feld aus hohen grünbräunlichen Gräsern geworden, das sich wie ein Meer sanft im Wind bewegte. Als er noch hinsah, flog ein Vogel aus dem Gras auf; er stieß einen hellen Laut aus und schrieb mit spitzen Flügeln schnell und abgezackt eine jubelnde Botschaft in den Himmel. Guy hielt an und blickte ihm nach, bis er verschwunden war.

24

Zum hundertstenmal untersuchte er im Badezimmerspiegel sein Gesicht, betupfte geduldig jeden Kratzer mit Wundstift und Puder, versorgte Gesicht und Hände, als gehörten sie nicht zu ihm. Wenn seine Augen den starren Augen im Spiegel begegneten, wichen sie aus, genauso wie sie Brunos Augen ausgewichen waren an dem ersten Nachmittag damals im Zug.

Er ging ins Zimmer zurück und fiel auf sein Bett. Heute hatte er noch Ruhe, und ebenso morgen, Sonntag. Er brauchte niemanden zu sehen. Er konnte auch auf zwei Wochen nach Chicago gehen und sagen, er habe dort eine Arbeit übernommen. Aber es könnte verdächtig aussehen, wenn er die Stadt gleich am Tage danach verließ. Gestern. Gestern abend. Wären nicht die Kratzer auf den Händen, hätte er glauben können, es sei alles nur ein Traum gewesen. Das Merkwürdige war, daß er keinerlei Schuldgefühle hatte, vermutlich weil Brunos Wille ihn zu der Tat veranlaßt hatte. Nur: warum hatte er sich nach Miriams Tod viel schuldiger gefühlt als jetzt? Jetzt war er einfach erschöpft, es war ihm alles egal. War das vielleicht ganz normal, fühlte sich jeder so, der einen umgebracht hatte? Er versuchte zu schlafen; seine Gedanken gingen zurück zu der Fahrt im Bus in Long Island, zu den beiden Arbeitern, die ihn so angestarrt hatten, zu den Minuten, als er so getan hatte, als schliefe er, und sich die Zeitung übers Gesicht gelegt hatte ...

Eine Stunde später raffte er sich auf und verließ das Haus. Auf der Straße versagten ihm beinahe die Knie. Aber was war schon dabei, wenn einer sich ein paar Zeitungen kaufte? Aber er wußte, er hatte gar nicht die Kraft, sich umzusehen, ob ihn jemand beobachtete, er war viel zu erschöpft, sich jetzt Gedanken zu machen; und er fürchtete den Augenblick, da die Kraft zurückkam, wie ein Kranker oder Verwundeter die nächste unvermeidliche Operation fürchtet.

Den längsten Bericht brachte das *Journal American*, dazu eine Zeichnung des Mörders nach den Angaben des Butlers: angeblich war er ein Mann von knapp zwei Metern, etwa 170 bis 180 Pfund schwer, mit dunklem Mantel und Hut. Guy las die Beschreibung mit leichtem Staunen; er war nur einssiebenundsiebzig groß und wog etwa einhundertvierzig Pfund. Und einen Hut hatte er auch nicht aufgehabt. Die Beschreibung von

Samuel Bruno und seinem Werdegang überschlug er, las dann aber mit großem Interesse die Mutmaßungen über den Fluchtweg des Mörders. Nördlich entlang Newhope Road, stand da; dann habe er sich vermutlich im Stadtgebiet von Great Neck verloren. In Wirklichkeit hatte er sich nach Südosten gewandt. Er fühlte sich plötzlich erleichtert und sicher. Aber er durfte sich keinen Illusionen hingeben. Die Zeitung war Stunden alt; vielleicht hatte die Polizei den Fehler schon gemerkt und war unterwegs hierher; vielleicht standen sie schon draußen vor seiner Tür. Er wartete; nirgends war ein Laut zu hören. Müde setzte er sich wieder hin und zwang sich, den Rest der Spalte aufmerksam zu lesen. Der Schreiber betonte, wie kaltblütig der Mörder vorgegangen sei, sicher sei es jemand aus der näheren Umgebung des Toten gewesen. Es gab weder Fingerabdrücke noch sonstige Anhaltspunkte, bis auf einige Fußspuren Größe neuneinhalb und einen Fleck auf der hellen Gartenmauer, wahrscheinlich von einem schwarzen Schuh. Seine Kleidung fiel ihm ein; die mußte er sofort loswerden ... Komisch, wie sie seine Schuhgröße überschätzten, wo doch der Boden so naß gewesen war! ... *ein ungewöhnlich kleinkalibriger Revolver*, stand da. Auch den Revolver mußte er wegwerfen. Ein kleiner Schmerz durchfuhr ihn bei diesem Gedanken. Sein Revolver – mußte er ihn wirklich hergeben? Er kam mühsam in die Höhe, um noch mehr Eis für das nasse Handtuch zu holen, das er sich gegen die Stirn hielt.

Am späten Nachmittag rief Anne an und bat ihn, am Sonntag abend mit ihr zu einer Party in Manhattan zu gehen.

»Bei Helen Heyburn, du weißt doch. Ich hatte es dir erzählt.«

»Ja«, sagte Guy, der keine Ahnung mehr hatte. Seine Stimme klang gelassen. »Bloß – mir ist nicht recht nach einer Party zumute, Anne.«

Er hatte eine Stunde lang taub und gefühllos auf dem Bett gelegen und hörte Annes Worte jetzt wie aus weiter Entfernung und ohne Zusammenhang. Er hörte sich die richtigen Antworten geben und glaubte nicht, daß Anne ihm etwas anmerkte, aber es war ihm auch egal. Anne meinte, vielleicht könne dann Chris Nelson mit ihr gehen, und Guy sagte »In Ordnung« und dachte, wie sich Chris Nelson darüber freuen werde, denn er war früher, bevor sie Guy kennenlernte, viel mit Anne zusammengewesen und liebte sie wohl immer noch.

»Du, ich könnte morgen abend schnell zu dir kommen, und wir könnten was zusammen essen, was meinst du? Ich bringe ein paar Sachen mit. Mit Chris könnte ich mich ja später treffen.«

»Ich wollte vielleicht Sonntag wegfahren, Anne. Bißchen zeichnen draußen.«

»Ach. Na ja, schade. Ich wollte dir etwas sagen.«

»Was denn?«

»Etwas, das dich freuen wird. Na, dann ein andermal.«

Guy schlich die Treppe wieder hinauf; er wollte Mrs. McCausland nicht begegnen. Anne war kühl zu ihm gewesen, dachte er ohne Gefühl. Ganz kühl. Beim nächsten Treffen würde sie alles wissen und sich schaudernd von ihm wenden. Mit Anne war es aus. Er summte die Worte vor sich hin, bis er darüber einschlief. Er schlief bis zum nächsten Mittag und blieb den Rest des Tages erschöpft im Bett; es war schon qualvoll, nur aufzustehen und das Handtuch mit Eis zu füllen. Er hatte das Gefühl, nie mehr genug schlafen zu können, um seine Kräfte wiederzugewinnen. Nachmittags mußte er ins Badezimmer gehen, er hatte eine leichte Diarrhöe. Nur von der Angst. Wie im Krieg.

Im Halbschlaf träumte er, daß er quer über den Rasen zum Haus ging. Das Haus war eine weiche weiße Masse, nachgiebig wie eine Wolke. Er stand da und wollte nicht schießen, er war entschlossen, Widerstand zu leisten und zu beweisen, daß er es konnte. Der Schuß weckte ihn. Er schlug die Augen auf, im Zimmer lag Dämmerlicht. Er sah sich neben dem Schreibtisch stehen, genau wie im Traum, und mit dem Revolver auf ein Bett in der Ecke zielen, wo Samuel Bruno sich aufzurichten versuchte. Wieder krachte der Schuß. Guy schrie auf.

Er sprang aus dem Bett und taumelte. Die Gestalt war verschwunden. Am Fenster war das gleiche unsichere Licht, das er gestern in der Morgendämmerung gesehen hatte, dasselbe Ineinandergehen von Leben und Tod. Das gleiche Frühlicht kam nun jeden Morgen für den Rest seiner Tage, und es würde jeden Morgen das eine Zimmer – jenes Zimmer – erhellen, und das Zimmer würde täglich deutlicher vor ihm stehen und die Angst vergrößern. Ob er nun, solange er lebte, täglich in der Morgenfrühe aufwachen würde?

In der kleinen Küche tönte der Summer der Hausglocke.

Die Polizei. Es war genau die Stunde, zu der sie ihn erwischen würden: in der Morgenfrühe. Und es war ihm egal, völlig egal. Er würde ein volles Geständnis ablegen. Gleich, sofort wollte er mit allem herausrücken.

Er drückte auf den Haustürknopf, trat an seine Tür und lauschte. Leichte Schritte kamen die Treppe heraufgelaufen. Annes Schritte. Nein! Lieber die Polizei als Anne. Er machte eine Kehrtwendung und verkroch sich in den Schatten. Mit beiden Händen strich er das Haar zurück und fühlte die Beule auf seinem Kopf.

»Ich bin's«, flüsterte Anne und schlüpfte durch die Tür. »Ich bin zu Fuß von Helen herübergekommen, es ist so ein wundervoller Morgen!« Dann sah sie seinen Verband; die Freude in ihrem Gesicht erlosch. »Was hast du mit deiner Hand gemacht?«

Er trat noch einen Schritt zurück in den Schatten neben dem Schreibtisch. »Ich bin mit einem zusammengeraten.«

»Wann? Gestern abend? Und dein Gesicht!«

»Ja.« Er mußte sie haben, behalten, dachte er. Ohne sie kam er um. Er wollte die Arme um sie legen, aber sie schob ihn von sich und spähte im Dämmern in sein Gesicht.

»Wo denn, Guy? Und wer war das?«

»Ein Mann, den ich gar nicht kannte«, sagte er tonlos. Er wußte kaum, daß er log, er wußte nur, er mußte sie unter allen Umständen behalten. »In einer Bar. Mach kein Licht an«, sagte er schnell. »Bitte nicht, Anne.«

»In einer Bar?«

»Ja. Ich weiß auch nicht wieso. Es kam ganz plötzlich.«

»Und du hast den Mann vorher nie gesehen?«

»Nein.«

»Das glaube ich dir nicht«, sagte sie langsam. Guy erschrak, weil er plötzlich erkannte, daß sie von ihm getrennt war, ein eigener Mensch mit anderem Denken und anderen Reaktionen.

»Nein. Wie kann ich das glauben? Und warum sollte ich das glauben mit dem Brief und daß du nicht wußtest, von wem er kam?«

»Weil's die Wahrheit ist.«

»Und damals der Mann, mit dem du dich auf dem Rasen geprügelt hast. War das derselbe Mann?«

»Nein.«

»Guy, du verheimlichst mir etwas.« Ihre Stimme wurde jetzt weicher, und doch traf ihn jedes Wort. »Was ist es, Darling? Du weißt, ich möchte dir helfen; aber du mußt es mir sagen.«

»Ich hab's dir ja gesagt«, sagte er und preßte die Lippen zusammen. Hinter ihm wurde es heller. Wenn Anne bei ihm blieb, dachte er, dann konnte er jede Morgendämmerung überleben. Er blickte auf ihr helles, glattes Haar und streckte die Hand danach aus, aber sie zog den Kopf zurück.

»Ich weiß nicht, wie es mit uns weitergehen soll, Guy. So geht es nicht.«

»Es bleibt ja nicht so, Anne. Es ist vorbei, ich schwöre es dir. Ich bitte dich, glaub mir doch.« Dieser Augenblick war entscheidend, es galt jetzt oder niemals mehr. Er müßte sie in die Arme nehmen und sie ganz fest halten, bis sie ruhig wurde und nachgab. Aber er konnte sich nicht rühren.

»Woher willst du das wissen?«

Er zögerte. »Es war einfach – eine Gemütsverfassung, die mich gepackt hatte.«

»Der Brief damals war eine Gemütsverfassung?«

»Der Brief trug noch dazu bei. Es war wie eine Verstrickung. Die Arbeit war schuld daran, Anne!« Er senkte den Kopf. Jetzt mußte auch noch seine Arbeit herhalten!

»Du hast einmal gesagt, ich machte dich glücklich«, sagte sie langsam, »oder ich könnte es jedenfalls, trotz allem. Ich sehe nicht, wie das noch möglich sein soll.«

Jedenfalls machte er sie nicht glücklich, das wollte sie damit wohl sagen. Aber wenn sie ihn jetzt noch lieben könnte – wie sehr wollte er sich bemühen, sie glücklich zu machen! Wie wollte er sie anbeten und ihr alles zuliebe tun! »Doch, Anne. Ich habe doch nichts als dich.« Er senkte den Kopf und begann zu schluchzen, hart, ohne sich zu schämen, wieder und wieder, er konnte nicht aufhören, bis er nach einer Weile Annes Hand an seiner Schulter fühlte. Und obwohl er dafür dankbar war, wäre er ihrer Hand am liebsten ausgewichen, denn er spürte, es war nur Mitleid, nur Mitgefühl in ihrer Berührung.

»Soll ich dir ein bißchen Frühstück machen?«

Aus der betonten Geduld in ihrer Stimme hörte er den Unterton der Verzeihung heraus. Sie vergab ihm alles, er wußte es. Die Schlägerei in der Bar, alles. Ach, niemals im Leben würde sie bis zu der Freitagnacht durchdringen, es war schon viel,

viel zu tief vergraben. Weder sie noch sonst jemand konnte jemals so tief eindringen.

25

»Ist mir völlig piepe, was Sie glauben«, sagte Bruno und stellte den Fuß fest auf seinen Stuhl. Die dünnen blonden Augenbrauen trafen fast zusammen auf der gerunzelten Stirn. Er blickte Gerard an wie ein goldfarbener, spärlich behaarter und aufs äußerste gereizter Tiger.

»Ich habe ja gar nicht gesagt, daß ich etwas glaube«, gab Gerard zurück.

»Aber angedeutet.«

»Auch nicht angedeutet.« Die runden Schultern zuckten; er lachte. »Sie verstehen mich ganz falsch, Charles. Ich habe nicht gemeint, daß Sie irgend jemand absichtlich von Ihrer Abreise erzählt haben. Sie haben es sicher nur so nebenbei erwähnt.«

Bruno starrte ihn an. Gerard hatte soeben durchblicken lassen, daß, wenn die Tat die eines der Familie Nahestehenden war, Bruno und seine Mutter ihre Hand im Spiel gehabt haben mußten; und es war ganz zweifellos die Tat eines Nahestehenden. Gerard wußte, daß er und seine Mutter sich erst Donnerstagnachmittag entschlossen hatten, Freitag abzureisen. Was für eine Idee, ihn extra deshalb hierher in sein Büro in der Wall Street kommen zu lassen, bloß um ihm das zu sagen! Gerard hatte keinerlei Beweise, das konnte er ihm nicht vormachen. Es war eben abermals ein perfekter Mord.

»Kann ich jetzt gehen?« fragte Bruno. Gerard stöberte in den Papieren auf dem Schreibtisch, als ob er noch etwas Wichtiges hätte.

»Moment noch. Trinken Sie doch was.« Gerard machte mit dem Kopf eine Bewegung zu der Whiskyflasche hin, die auf der anderen Seite des Büros auf einem Regal stand.

»Danke, nein.« Für sein Leben gern hätte Bruno etwas getrunken, aber von Gerard wollte er nichts.

»Wie geht's Ihrer Mutter?«

»Das haben Sie schon mal gefragt.« Seiner Mutter ging es nicht sehr gut, sie konnte nicht schlafen, und hauptsächlich ihretwegen wollte er gern nach Hause. Von neuem packte ihn

Zorn über Gerard, der so tat, als sei er ein naher Freund der Familie. Vielleicht ein Freund seines Vaters, das war möglich! »Übrigens noch eins: von uns haben Sie keinen Auftrag in dieser Angelegenheit. Ist das klar?«

Gerard blickte auf; ein Lächeln stand auf dem runden Gesicht mit den rötlichen Flecken. »Ich würde diese Sache auch umsonst bearbeiten, Charles. Weil ich sie so interessant finde.« Von neuem steckte er sich eine Zigarre an; sie hatte fast die Form seiner kleinen, fetten Finger. Alles und jedes an Gerard irritierte Bruno. Die langsame Redeweise. Die Erinnerung an die anderen Male, als er ihn zusammen mit seinem Vater gesehen hatte. Trotz seiner Leistungen konnte Bruno sich absolut nicht vorstellen, daß Gerard ein erstklassiger Detektiv war. »Ihr Vater war ein feiner Kerl, Charles. Sehr schade, daß Sie ihn nicht besser kannten.«

»Ich kannte ihn vielleicht besser als Sie.« Bruno langte nach einer Zigarette. »Und ich weiß auch gar nicht, warum wir darüber reden. Es ist unwichtig und außerdem morbide.« Gelassen setzte er sich hin.

»Sie haben ihn gehaßt, nicht wahr?«

»Er haßte mich.«

»Nein, er haßte Sie nicht. Sie haben ihn gar nicht richtig gekannt.«

Bruno schob die Hand von der Stuhllehne; sie war feucht von Schweiß. »Was sollen alle diese Fragen, wozu halten Sie mich hier fest? Meine Mutter ist nicht auf dem Posten, ich möchte nach Hause.«

»Ich hoffe, es geht ihr bald besser. Ich möchte ihr nämlich einige Fragen stellen. Vielleicht morgen.«

Siedende Hitze stieg Bruno in Hals und Gesicht. Die nächsten Wochen mußten scheußlich werden für seine Mutter, und Gerard würde alles noch schlimmer machen, denn er war ihnen beiden feindlich gesinnt. Bruno stand auf und nahm den Regenmantel über den Arm.

Aber Gerard ließ sich nicht davon beeindrucken. »Ich möchte, daß Sie noch einmal ganz genau darüber nachdenken – wohin Sie Donnerstag nacht gegangen sind, und wen Sie getroffen haben. Sie haben sich von Ihrer Mutter und Mr. Templeton und Mr. Russo vor dem *Blauen Engel* um zwei Uhr fünfundvierzig früh getrennt. Wohin sind Sie dann gegangen?«

»Ins *Hamburger Hearth*«, gab Bruno seufzend an.

»Haben Sie da jemand getroffen, den Sie kannten?«

»Wen soll ich da kennen – vielleicht eine Katze?«

»Und dann – von da aus?« Gerard blickte prüfend in seine Notizen.

»Zu *Clarke*, Third Avenue.«

»Haben Sie dort jemand gesehen?«

»Sicher. Den Barmixer.«

»Der Barmixer kann sich aber nicht an Sie erinnern«, entgegnete Gerard.

Bruno runzelte die Stirn. Das hatte Gerard vor einer halben Stunde noch nicht erwähnt. »Na und? Es war ganz schön voll. Vielleicht hab ich auch den Barmixer gar nicht gesehen.«

»Die Leute an der Bar kennen Sie dort alle. Sie haben gesagt, Sie seien Donnerstag nacht nicht dagewesen. Außerdem war es gar nicht voll. Donnerstag früh – drei oder halb vier Uhr?«

Gereizt preßte Bruno die Lippen zusammen. »Vielleicht bin ich gar nicht dagewesen. Ich geh meist hinüber und trink dort noch was vor dem Schlafengehen, aber vielleicht war ich doch nicht da. Vielleicht bin ich direkt nach Haus gegangen, ich weiß es nicht mehr. Und all die Leute, mit denen meine Mutter und ich am Freitagmorgen gesprochen haben? Wir haben 'n Haufen Leute angerufen und uns verabschiedet.«

»Ja, ja, die nehmen wir uns schon noch vor. Aber jetzt mal ernsthaft, Charles . . .« Gerard lehnte sich zurück, legte ein kurzes Bein über das andere und befaßte sich ausführlich damit, seine Zigarre in Gang zu bringen – »Sie haben sich doch nicht von Ihrer Mutter und ihren Bekannten getrennt, bloß um noch ein Hamburger zu essen und dann allein nach Haus zu gehen, nicht wahr?«

»Kann gut sein. Kann sein, ich wurde dadurch etwas nüchtern.«

»Warum so unbestimmt?« Die Frage klang wie ein Schnarren.

»Warum denn nicht, möchte ich wissen! Ich kann doch wohl unbestimmt sein, wenn ich blau war!«

»Es ist natürlich ganz egal, ob Sie bei *Clarke* oder woanders waren. Worauf es ankommt, ist, *wen* Sie getroffen haben und *wem* Sie erzählt haben, daß Sie am nächsten Tag nach Maine fahren wollten. Sie müssen doch zugeben, daß es merkwürdig ist, daß Ihr Vater in der Nacht direkt nach Ihrer Abreise umgebracht wurde.«

»Keine Seele hab ich getroffen. Sie können jeden Menschen fragen, den ich kenne.«

»Sie sind also ganz allein spazierengegangen bis nach fünf Uhr morgens.«

»Woher wissen Sie, daß ich nach fünf nach Haus gekommen bin?«

»Von Herbert. Er hat es gestern gesagt.«

Bruno seufzte. »Warum hat er daran den ganzen Sonnabend nicht gedacht?«

»Na ja, das sage ich ja, so arbeitet das Gedächtnis. Mal setzt es aus, und dann kommt es wieder. Ihres wird auch wiederkommen, ganz sicher. Inzwischen werde ich mich weiter umsehen. Ja, Sie können jetzt gehen, Charles.« Gerard winkte nachlässig mit der Hand. Bruno zögerte einen Augenblick und ging dann hinaus.

Er schritt den trüben Korridor der Confidential Detective Agentur entlang; die Schreibmaschine, die während des ganzen Interviews zu hören gewesen war, wurde jetzt lauter. Immer sprach Gerard von ›Wir‹: hier saßen sie alle und schufteten hinter den Türen. Er nickte Miss Graham zu, der Sekretärin, die ihm vor einer Stunde ihre Teilnahme ausgesprochen hatte, als er hereinkam – frohgemut und sicher war ihm zumute gewesen vor einer Stunde; er hatte sich vorgenommen, sich von Gerard nicht unterkriegen zu lassen, und nun ... Er konnte nie ruhig bleiben, wenn Gerard Bemerkungen über ihn und seine Mutter machte. Na schön, und was weiter? Was lag gegen ihn vor? Was wußten sie über den Mörder? Nur Falsches.

Guy! Ein breites Lächeln erschien auf Brunos Gesicht, als er mit dem Fahrstuhl nach unten fuhr. Nicht ein einziges Mal war ihm Guy in den Sinn gekommen, da drinnen in Gerards Büro! Auch nicht, als Gerard wegen Donnerstag nacht in ihn drang. Guy – Guy und er! Wer nahm es mit ihnen auf? Wenn doch Guy jetzt bei ihm wäre – er würde ihn fest an der Hand pakken, dann konnte sich die ganze Welt zum Teufel scheren. Ihre Taten waren einzigartig – wie ein Flug über den Himmel! Wie zwei Flammenzungen, die so schnell aufloderten, daß alle sich fragten, ob sie sie wirklich gesehen hatten. Ein Gedicht fiel ihm ein, das etwas von seinen Gefühlen ausdrückte. Es mußte noch irgendwo in seinem Adreßbüchlein stecken. Eilig trat er in eine Bar, bestellte einen Drink und zog das kleine Blatt Papier aus der Tasche seines Adreßbuches. Er hatte es im College aus einem Gedichtband gerissen.

The Leaden-Eyed
by Vachel Lindsay

Let not young souls be
  smothered out before
They do quaint deeds and fully
  flaunt their pride.
It is the world's one crime its
  babes grow dull
Its poor are ox-like, limp and leaden-eyed.

Not that they starve, but starve
  so dreamlessly,
Not that they sow, but that they
  seldom reap.
Not that they serve, but have no
  gods to serve,
Not that they die, but that they
  die like sheep.

So waren sie nicht, er und Guy. Nein – sie würden nicht einfach sterben, dumpf wie Schafe. Er und Guy würden ihre Saat aufgehen sehen und ernten. Er würde Guy auch Geld geben, wenn er es annahm.

26

Etwa zur gleichen Stunde saß Bruno am nächsten Tag im Gartenstuhl auf der Terrasse seines Hauses in Great Neck. Er war so zufrieden und gut gelaunt wie selten. Morgens war Gerard zwar überall herumgekrochen, aber Bruno hatte ihn ruhig und höflich behandelt; jetzt war Gerard fort, und Bruno war stolz auf sein Verhalten. Er durfte es nie wieder so weit kommen lassen wie gestern; sonst verhedderte er sich und machte Fehler. Gerard war ja doch der Dumme. Wäre er gestern netter gewesen, so würde er ihm vielleicht helfen. Helfen? Bruno lachte laut auf. Was sollte das heißen – helfen? Er machte sich da wohl selbst etwas vor.

Über ihm sang ein Vogel immer wieder »Kiwii«! und antwortete gleich darauf mit »Kiwiam-kiwiam«! Bruno spähte in den Baum. Seine Mutter wußte sicher, was für ein Vogel das war. Er blickte über den Rasen, der bräunliche Flecke aufwies, über die weiße Mauer und die Fuchsienbüsche mit den schwellenden Knospen. Heute nachmittag war nämlich für seine Mutter ein Scheck über zwanzigtausend Dollar gekommen. Und sehr viel mehr würde noch folgen, wenn die Versicherungsleute sich erst mal beruhigten und die Anwälte den üblichen Kram erledigt hatten. Beim Lunch hatten er und seine Mutter darüber gesprochen, vielleicht nach Capri zu fahren; und heute abend wollten sie zum erstenmal zum Dinner ausgehen. Kein Wunder, daß er sich bisher nichts aus Natur gemacht hatte. Jetzt, da ihm der Rasen und die Bäume gehörten, war das ganz was anderes.

Lässig blätterte er in dem kleinen Adreßbuch, das er auf dem Schoß hielt. Er hatte es heute morgen gefunden; ob er es in Santa Fé bei sich gehabt hatte, wußte er nicht mehr, aber er wollte sichergehen, daß nichts von Guy darin stand, bevor Gerard es fand.

Hinten unter den Notizen fand er eine Anmerkung: *Dan 8,15 Hotel Astor.* Keine Ahnung mehr, wer das war. *Bis 1. Juni Geld v. Captain.* Die nächste Seite jagte ihm einen kleinen Schauer über den Rücken. *Geschenk für Guy 25 $.* Er riß die perforierte Seite heraus. Das war der Gürtel, den er Guy aus Santa Fé geschickt hatte. Warum hatte er das nur notiert?

In der Auffahrt erschien Gerards großer schwarzer Wagen. Bruno zwang sich, ruhig sitzenzubleiben und die Notizen weiter durchzusehen. Dann schob er das Buch in die Tasche und steckte das herausgerissene Blatt in den Mund.

Gerard schlenderte mit hängenden Armen und einer Zigarre in der Hand auf die Terrasse zu.

»Gibt's was Neues?« fragte Bruno.

»Ja – paar Kleinigkeiten.« Gerard zog mit den Augen eine Diagonale von der Hausecke über den Rasen bis zur Mauer, als wolle er die Entfernung abschätzen, die der Mörder laufend zurückgelegt hatte.

Bruno kaute nachlässig auf dem Papierklümpchen, als wäre es Kaugummi. »Zum Beispiel?« fragte er.

»Zum Beispiel die Tatsache, daß der Mörder gar nicht in die Stadt zurückgegangen ist. Er ist da drüben durch den Wald gelaufen. Hier, das haben wir gefunden.«

Bruno stand auf und besah sich das Stück rötlichen Handschuh und einen dunkelblauen Stoffetzen, der aussah wie ein Stück von Guys Mantel. »Oha. Sind Sie denn ganz sicher, daß die von dem Mörder stammen?«

»Ja, doch – ziemlich sicher. Das eine ist von einem Mantel. Das andere – wahrscheinlich ein Handschuh.«

»Oder ein Schal.«

»Nein, hier ist ein kleiner Saum.« Gerard stieß mit dem fetten, sommersprossigen Zeigefinger auf das Stückchen Stoff.

»Komischer Handschuh.«

»Damenhandschuh.« Gerard blickte grinsend auf.

Bruno lächelte amüsiert, hielt aber sofort reuevoll inne.

»Ich dachte erst, es wäre ein professioneller Killer«, sagte Gerard und seufzte. »Das Haus hat er jedenfalls gut gekannt. Aber ich kann mir nicht vorstellen, daß ein Professioneller die Nerven verliert und sich genau an der Stelle durch das Gebüsch zwängt.«

»Hm, hm«, machte Bruno interessiert. »Woher wissen Sie das alles?«

»Charles, die ganze Sache war sorgfältig geplant. Das Schloß an der Hintertür war aufgebrochen. An der Mauer stand die Kiste ...«

Bruno schwieg. Herbert hatte Gerard erzählt, daß er, Bruno, das Schloß kaputtgemacht hatte. Vermutlich hatte er ihm auch erzählt, wer die Kiste dort hingestellt hatte.

»Rote Handschuhe!« grinste Gerard. Bruno hatte ihn noch nie so heiter erlebt. »Na, die Farbe ist ja auch wurscht – Hauptsache, sie hinterlassen keine Spuren, was?«

»Ja«, sagte Bruno langsam.

Gerard trat durch die Terrassentür ins Haus, und gleich darauf folgte ihm Bruno. Gerard ging nach hinten in die Küche; Bruno stieg die Treppe hinauf. In seinem Zimmer warf er das Adreßbuch auf sein Bett und ging dann den Gang hinunter. Die

Tür zu seines Vaters Zimmer stand offen; ihm wurde etwas komisch zumute, als sei ihm jetzt erst klargeworden, daß sein Vater tot war. Es lag daran, daß die Tür offenstand, wie ein heraushängendes Hemd, wie ein fallengelassener Schutz. Der Captain hätte das nie geduldet. Bruno runzelte die Stirn und schloß dann eilig die Tür vor dem Teppich, über den die Füße der Detektive – und auch Guys Füße! – gegangen waren. Auf dem Schreibtisch mit den kleinen Schubladen lag noch das Scheckbuch, aufgeschlagen, als warte es auf seines Vaters Unterschrift. Leise öffnete er die Tür zum Zimmer seiner Mutter. Sie lag auf dem Bett, die rosaseidene Steppdecke bis zum Kinn hochgezogen.

»Hast du gar nicht geschlafen, Mom?«

»Nein.«

»Gerard ist schon wieder da.«

»Ja, ich weiß.«

»Wenn du lieber nicht gestört sein willst, sag ich es ihm.«

»Darling, red keinen Unsinn.«

Bruno setzte sich auf die Bettkante und beugte sich zu ihr nieder. »Wenn du bloß schlafen könntest, Mom.« Unter ihren Augen standen dunkelrote Schatten, und der Mund hatte lange, dünne Falten, wie er sie nie zuvor gesehen hatte.

»Darling – weißt du ganz gewiß, daß Sam dir nie irgend etwas gesagt oder irgend jemand erwähnt hat?«

»Na, kannst du dir vorstellen, daß er so was zu mir gesagt hätte?« Bruno ging im Zimmer auf und ab. Es störte ihn, daß Gerard im Haus war – er war so ekelhaft, immer tat er, als ob er insgeheim gegen jeden etwas im Schilde führte, sogar gegen Herbert, der doch den Captain angebetet hatte und der sich gegen ihn selber mehr als offen aussprach. Aber daß Bruno mit dem Zollstock überall herumgekrochen und alles ausgemessen hatte, das hatte Herbert doch nicht gesehen, sonst hätte Gerard davon längst ein Wort verlauten lassen. Er war überall im Garten und im Hause herumgegangen, als seine Mutter krank war; hätte ihn jemand beobachtet, so hätte er annehmen können, Bruno zähle seine Schritte. Er hatte große Lust, jetzt gegen ihn loszulegen, aber dafür hätte seine Mutter kein Verständnis gehabt. Sie bestand darauf, daß er weiterhin mit der Untersuchung beauftragt wurde; angeblich gab es keinen besseren. Sie zogen hierbei nicht an einem Strang, er und seine Mutter. Es konnte vorkommen, daß sie etwas sehr Wichtiges zu Gerard sagte – wie zum Beispiel die Angabe, daß sie sich erst Donnerstag entschlossen hatten, am Freitag abzureisen – und daß er davon überhaupt nichts erfuhr!

»Du wirst richtig dick, Charley, weißt du das?« sagte seine Mutter mit einem Lächeln.

Bruno lächelte zurück. Sie stand jetzt am Frisiertisch und setzte die Badekappe auf.

»Na ja, mein Appetit ist nicht schlecht«, sagte er. Das war nicht wahr. Sein Appetit hatte sich verschlechtert, und ebenso die Verdauung, und doch wurde er immer dicker.

Als seine Mutter gerade die Badezimmertür hinter sich geschlossen hatte, klopfte Gerard an die Tür.

»Sie badet, und das wird eine ganze Weile dauern«, teilte ihm Bruno mit.

»Bitte sagen Sie ihr, ich warte in der Halle.«

Bruno klopfte an die Badezimmertür und gab die Bestellung weiter; dann ging er in sein Zimmer zurück. An der Lage des Adreßbuches erkannte er, daß Gerard es gefunden und hineingesehen hatte. Bedächtig mixte er sich einen Highball und trank ihn aus; später ging er leise ins Treppenhaus, wo er unten in der Halle Gerard mit seiner Mutter reden hörte.

»Er war nicht irgendwie besonders aufgekratzt oder auch deprimiert, nein?«

»Wissen Sie, er ist ja sehr launisch; ich hätte es wohl kaum bemerkt«, erwiderte seine Mutter. »Glauben Sie denn, er hält etwas zurück?«

»Ich weiß nicht recht.« Bruno merkte, daß Gerard mit seinem Lauschen rechnete. »Was meinen Sie denn?«

»Wieso – nein, selbstverständlich glaube ich das nicht. Worauf wollen Sie eigentlich hinaus, Arthur?«

Aha, sie war ihm gewachsen. Hiernach würde sie wohl nicht mehr ganz so viel von Gerard halten, dachte Bruno. Er benahm sich mal wieder wie ein Tölpel aus Iowa.

»Ich soll doch die Wahrheit herausfinden, nicht wahr, Elsie?« Gerard redete wie ein Hörspieldetektiv. »Er kommt nicht richtig damit raus, was er Donnerstag nacht gemacht hat. Er hat ein paar ziemlich finstere Brüder in seiner Bekanntschaft. Vielleicht hat Charles erwähnt, daß er und Sie am nächsten Tag verreisen wollten . . .«

»Wollen Sie damit sagen, daß Charles von der Sache etwas weiß, Arthur?«

»Es sollte mich, offen gesagt, nicht wundern. Und Sie?«

»Verflucht noch mal!« murmelte Bruno. So etwas zu seiner Mutter zu sagen!

»Wenn er etwas Diesbezügliches erwähnt, werde ich es Ihnen mitteilen.«

Bruno schlich lautlos zur Treppe, entsetzt von ihrer Willfährigkeit. Wenn nun ein Verdacht in ihr aufkam? Mord – das würde sie nicht schlucken können, das hatte er schon in Santa Fé gemerkt. Wenn sie sich nun an Guy erinnerte und daran, daß ihr Sohn ihn in Los Angeles erwähnt hatte? Wenn Gerard Guy innerhalb von zwei Wochen aufspürte, trug er womöglich noch Kratzspuren aus dem Waldgebüsch oder sonst irgendwelche Wunden oder Schnitte, die Verdacht erregen konnten. Bruno hörte Herberts leisen Schritt in der unteren Diele und sah ihn mit einem Tablett kommen, auf dem der Nachmittagskaffee seiner Mutter stand. Er ging schnell in sein Zimmer zurück, goß sich einen großen Drink ein, trank ihn aus und legte sich auf sein Bett, um zu schlafen.

Als er Gerards Hand auf der Schulter fühlte, fuhr er auf und rollte sich zur Seite.

»Wiedersehen!« sagte Gerard und zeigte beim Lächeln die tabakgefärbten Zähne. »Ich geh jetzt. Wollte mich bloß verabschieden.«

»Und dafür wecken Sie mich auf?« fragte Bruno.

Gerard lachte leise auf und watschelte aus dem Zimmer, bevor Bruno ein versöhnliches Wort einfiel, das er gern gesagt hätte. Er ließ sich auf das Kissen zurückfallen und versuchte wieder einzuschlafen, aber als er die Augen schloß, sah er im Geist die untersetzte Gestalt im hellbraunen Anzug den Gang hinuntergehen, sah, wie er sich durch geschlossene Türen schlängelte, Schubladen aufzog, Briefe durchsuchte, sich Notizen machte und sich dann umdrehte und mit dem Finger auf ihn zeigte – eine Tortur für seine Mutter. Nein, es war unmöglich, da nicht zurückzuschlagen.

»Wieso – was soll es sonst heißen? Der Kerl beschuldigt mich!« schrie Bruno quer über den Tisch.

»Nein, Darling, das ist nicht wahr. Er tut bloß seine Arbeit.«

Bruno strich sich das Haar zurück. »Tanzen, Mom?«

»Dazu bist du jetzt gar nicht fähig, Charley.«

Das stimmte, und er wußte es auch. »Dann will ich noch was trinken.«

»Darling, das Essen kommt doch gleich.«

Ihre unermüdliche Geduld und die dunkelroten Ringe unter ihren Augen schmerzten ihn so, daß er sie nicht ansehen konnte. Er blickte sich nach dem Kellner um. Das Lokal war heute so voll, daß man kaum die Kellner von den Gästen unterscheiden konnte. Sein Blick wanderte umher und blieb plötzlich an einem Mann hängen, der auf der gegenüberliegenden Seite der Tanzfläche mit einem anderen zusammensaß und wie Gerard aussah, mit dem gleichen kahlen Schädel und hellbraunen Haarkranz, nur trug dieser Mann eine schwarze Jacke.

»Charley, bitte setz dich doch hin. Der Kellner kommt schon.«

Es war doch Gerard. Eine Sekunde lang überlegte Bruno zornig, ob er es seiner Mutter sagen sollte. Dann setzte er sich und sagte laut und böse: »Da drüben sitzt Gerard.«

»Wirklich? Wo denn?«

»Da drüben, links vom Orchester. Unter der blauen Lampe.«

Seine Mutter reckte den Hals. »Ich sehe ihn nicht. Ich glaube, du bildest dir das ein, Darling.«

»Ich bilde mir gar nichts ein!« schrie Bruno und schleuderte seine Serviette auf den Teller mit *Roastbeef au jus*.

»Ich sehe den Mann, den du meinst. Das ist nicht Gerard«, sagte sie geduldig.

»Du kannst ihn von da nicht so gut sehen wie ich! Das ist er, und ich habe keine Lust, mit ihm im selben Raum zu essen.«

Sie seufzte. »Charles. Willst du nicht noch was trinken? Komm, trink noch was. Hier ist der Kellner.«

»Ich will auch nichts trinken, wenn er da ist! Soll ich dir beweisen, daß er es ist?«

»Aber wozu denn? Er wird uns gar nicht stören. Wahrscheinlich will er uns beschützen.«

»Du gibst also zu, daß er es ist! Er spioniert uns nach, und er hat einen dunklen Anzug an, damit er uns überallhin folgen kann!«

»Er ist es ja gar nicht«, sagte sie gelassen und träufelte Zitronensaft auf den gedämpften Fisch. »Du hast Halluzinationen.«

Bruno starrte sie mit offenem Mund an. »Was heißt – wie kannst du so was zu mir sagen, Mom?« Seine Stimme brach.

»Bitte, mein Liebling. Alle Leute sehen uns an.«

»Mir ganz piepe!«

»Darling, hör doch mal zu. Du machst hier zuviel Aufsehen.« Er wollte etwas sagen, aber sie unterbrach ihn. »Doch, das tust du, weil es dir Spaß macht. Du willst dich aufregen. Dies ist nicht das erste Mal.«

Bruno war sprachlos. Hier saß seine Mutter – und sie wandte sich gegen ihn. »Wahrscheinlich hast du irgendwas Böses zu Gerard gesagt«, fuhr sie fort, »und er findet, du benimmst dich sehr merkwürdig. Und das tust du auch.«

»Ist das vielleicht ein Grund, mir Tag und Nacht auf den Fersen zu bleiben?«

»Darling, es ist ja gar nicht Gerard«, sagte sie bestimmt.

Bruno zog sich in die Höhe und torkelte hinüber zu dem Tisch, an dem Gerard saß. Er wollte ihr beweisen, daß er keine Angst vor ihm hatte. Ein paar Tische am Rand der Tanzfläche standen ihm im Weg, aber er sah jetzt, daß es Gerard war.

Gerard blickte auf und winkte ihm freundlich zu; sein kleiner Helfershelfer starrte ihn an. Und dafür gaben sie, er und seine Mutter, Geld aus! Bruno öffnete den Mund, ohne zu wissen, was er sagen wollte. Taumelnd wandte er sich um. Er wußte, was er jetzt wollte: Guy anrufen, hier und jetzt, im gleichen Raum mit Gerard. Er kämpfte sich zurück über die Tanzfläche bis zu der Telefonzelle neben der Bar. Wie eine Meereswoge schoben ihn die Verrückten, die sich da vorne langsam drehten, zurück, er kam nicht gegen sie an. Wieder kam die Woge, lärmend und lustig und unüberwindlich; sie drängte ihn noch weiter zurück, und plötzlich sah er sich als kleinen Jungen im Elternhaus bei einer Party und wußte, genauso hatte er damals versucht, durch die tanzenden Paare hinweg seine Mutter auf der anderen Seite des Raumes zu erreichen.

Bruno erwachte früh am Morgen in seinem Bett und lag ganz still. Er wußte, er war ohnmächtig geworden. Hatte er nach

Guy gerufen, bevor er bewußtlos wurde? Wenn ja, konnte Gerard die Spur verfolgen? Er hatte bestimmt nicht mit Guy telefoniert, das würde er noch wissen; aber vielleicht hatte er ihn anzurufen versucht. Er stand auf; er wollte seine Mutter fragen, ob er in der Telefonzelle umgefallen war. Das Schütteln packte ihn; er ging ins Badezimmer, aber als er das Glas mit Whisky und Soda gefüllt hatte, spritzte ihm alles ins Gesicht. Er stemmte sich gegen die Tür. Das Schütteln faßte ihn jetzt schon an beiden Enden, morgens und abends; er wachte täglich früher auf und mußte abends immer mehr trinken, um einschlafen zu können.

Und zwischendurch kam immer Gerard.

28

Mit dem Gefühl vertrauter Geborgenheit setzte sich Guy an seinen Arbeitstisch, auf dem er Bücher und Unterlagen für den Krankenhausbau sorgsam geordnet hatte.

Er sah die ungeöffnete Zeitung auf dem Bett liegen und machte sich daran, sie Seite für Seite durchzusehen. Aber in den Zeitungen stand schon seit sechs Wochen nichts mehr über den Mord. Guy hatte alle Hinweise vernichtet: die roten Handschuhe waren zerschnitten und in der Toilette hinuntergespült worden, der Mantel – ein guter Mantel, er hatte daran gedacht, ihn einem Bettler zu schenken, aber wie konnte man selbst einem Bettler den Mantel eines Mörders geben? – und die Hose hatte er zerrissen und nach und nach in den Mülleimer getan. Die Pistole hatte er von der Manhattan Bridge ins Wasser geworfen, seine Schuhe von einer anderen Brücke. Das einzige, was er nicht weggeworfen hatte, war der kleine Revolver.

Er ging zum Schreibtisch und nahm die Waffe in die Hand; die harte Glätte unter den Fingerspitzen beruhigte ihn. Dies war das einzige, das er nicht weggeworfen hatte – und es war alles, was sie brauchten, falls sie ihn holten. Er wußte auch genau, warum er den Revolver behielt: es war sein *eigenes*, ein Teil von ihm, die dritte Hand, die den Mord ausgeführt hatte; das Beste von ihm, ein Gegenstand von mechanischer und absoluter Logik. Und genau wie er selbst war dieser Gegenstand imstande zu töten.

Sollte Bruno es wagen, ihm noch einmal nahe zu kommen, so würde er auch ihn umbringen. Er konnte es, dessen war er sicher. Und das wußte Bruno auch; Bruno hatte seine Gedanken immer lesen können. Daß Bruno jetzt schwieg, bedeutete für Guy mehr Erleichterung als das Schweigen von seiten der Polizei. Er hatte überhaupt keine Angst vor der Polizei, hatte sie nie gehabt. Die Angst, die in ihm lebte, war nichts als der Kampf gegen sich selbst – ein so quälender Kampf, daß dagegen Polizei und Gesetz ihm fast willkommen gewesen wären. Er hätte hingehen und ein Geständnis ablegen können, nur war das Geständnis gar nicht mehr wichtig, nichts als eine Geste, vielleicht sogar ein Ausweg, mit dem die Wahrheit umgangen wurde. Auch wenn das Gesetz ihn verurteilte, so war das nichts als eine Geste.

»Ich habe nicht viel Achtung für Recht und Gesetz«, hatte er vor zwei Jahren mal zu Peter Wriggs in Metcalf gesagt. Warum sollte er ein Statut achten, das ihn und Miriam zu Mann und Frau machte? »Ich habe nicht viel Achtung für die Kirche«, hatte er weise zu Peter gesagt, als er fünfzehn war. Damals hatte er natürlich die Baptisten in Metcalf gemeint. Mit siebzehn hatte er seinen Gott selber entdeckt. Gott hatte sich ihm offenbart durch sein eigenes erwachendes Talent, durch den Sinn für die Einheit der Künste, der Natur, auch der Naturwissenschaften – aller schaffenden und ordnenden Kräfte in der Welt. Er war sicher, ohne den Glauben an Gott hätte er nichts vollbringen können. Und wo war sein Glaube geblieben, als er einen Menschen umbrachte?

Benommen wandte er sich um und fand sich wieder vor dem Arbeitstisch. Ein Keuchen entrang sich ihm, nervös fuhr er sich mit der Hand über den Mund. Irgend etwas mußte noch kommen; eine härtere Strafe, eine schlimmere Bitternis stand ihm noch bevor. »Ich leide nicht genug!« brach es flüsternd aus ihm hervor. Warum flüsterte er? Schämte er sich etwa? »Ich leide nicht genug«, sagte er noch einmal mit normaler Stimme und blickte sich um, als höre ihm jemand zu. Er wollte die Worte noch einmal laut rufen, aber es war ein Flehen darin, und er hatte nicht mehr das Recht, irgend etwas von jemandem zu erflehen.

Da lagen die schönen neuen Bücher, die er heute gekauft hatte; an sie konnte er noch mit Liebe denken. Jetzt gleich wollte er mit der Arbeit anfangen. Er hatte den Auftrag für den Entwurf eines Krankenhauses bekommen. War das nicht viel besser als ein Gefängnis? Seine Gedanken machten wilde Sprünge. Und Anne hatte er auch noch gar nichts von dem Krankenhaus erzählt, das fiel ihm plötzlich ein. Deshalb war der Auftrag noch so unwirklich. Sie, nicht die Arbeit war für ihn der Spiegel der Wirklichkeit. Warum bloß hatte er ihr noch nichts gesagt?

Er mußte sich jetzt wirklich sofort an die Arbeit machen; nur fühlte er schon wieder die fieberhafte Energie, die jeden Abend in den Beinen einsetzte und ihn schließlich auf die Straßen hinaustrieb in vergeblichem Bemühen, sich zu verausgaben. Die Energie erschreckte ihn, denn keine Aufgabe war ihr gewachse; zuweilen hatte er das Gefühl, daß nur Selbstmord noch übrigbliebe, und doch klammerte er sich tief innerlich und gegen seinen Willen ganz fest ans Leben.

Er dachte an seine Mutter. Nie wieder konnte er zulassen, daß sie ihn umarmte. Er entsann sich, daß sie einmal geäußert hatte, alle Menschen seien gleich gut, denn alle Menschen hätten eine Seele und die Seele sei gut. Das Böse komme stets von außen. Und daran hatte er noch Monate nach Miriams Tod geglaubt, als er ihren Liebhaber umbringen wollte. Noch im Zug, als er Plato las, hatte er das geglaubt. In seinem Innern war das zweite Roß des großen Wagenlenkers immer genauso fügsam gewesen wie das erste. Aber Liebe und Haß, Gut und Böse lebten nebeneinander im Herzen des Menschen, und nicht in verschiedener Größenordnung in dem einen und dem andern: alles Gute und alles Böse war bei jedem vorhanden. Suchte man etwas, so fand man alles, man brauchte nur an der Oberfläche zu kratzen. Alle Dinge hatten ihr Gegenteil nahe bei sich, für jede Entscheidung gab es eine Gegenentscheidung, für jedes Tier ein anderes, das es vernichtete; das männliche zerstörte das weibliche, das positive vernichtete das negative. Die Spaltung des Atoms war die einzige wahre Zerstörung, sie brach mit dem Universalgesetz der Einheit. Nichts konnte existieren ohne sein Gegenteil, das mit ihm verbunden war. Konnte Raum existieren in einem Gebäude, wenn keine Gegenstände ihn begrenzten? Gab es Energie ohne Materie, oder Materie ohne Energie? Materie und Energie, das Leblose und das Aktive: einst waren sie Gegensätze, heute wußte man, daß sie eins waren.

Und Bruno – er und Bruno. Jeder war das, was der andere nicht hatte sein wollen, das abgestreifte Ich, das er zu hassen meinte und vielleicht in Wirklichkeit liebte.

Einen Augenblick glaubte er, den Verstand zu verlieren. Auch Irrsinn und Genie überschnitten sich oft, dachte er. Was für mittelmäßige Leben lebten die meisten Menschen! In mittleren Gewässern, wie die meisten Fische.

Nein, es gab diese Dualität in der ganzen Natur, bis hinab zum Proton und Elektron im kleinsten Atom. Die Wissenschaftler versuchten jetzt, das Elektron zu spalten, was vielleicht gar nicht möglich war, weil möglicherweise eine Idee dahinterstand, die eine einzige Wahrheit, daß das Gegenteil immer gegenwärtig ist. Wer konnte sagen, ob ein Elektron Materie oder Energie war? Vielleicht tanzten Gott und der Teufel Hand in Hand um jedes Elektron herum!

Er warf seine Zigarette in den Papierkorb und verfehlte ihn. Als er den Zigarettenstummel ausdrückte, fiel sein Blick auf ein zerknülltes Blatt Papier, auf dem er gestern abend eins seiner verrückten Geständnisse niedergelegt hatte. Es brachte ihn in die Gegenwart zurück, die von allen Seiten über ihn herfiel: Bruno, Anne, dies Zimmer, die Nacht, die Konferenz mit den Leuten vom Krankenhaus, die für morgen angesetzt war.

Gegen Mitternacht wurde er schläfrig; er ließ die Arbeit liegen und streckte sich vorsichtig auf dem Bett aus. Sich auszuziehen, wagte er nicht, damit er nicht wieder ganz wach wurde.

Er träumte, er sei in der Nacht von dem Geräusch des langsamen, vorsichtigen Atmens aufgewacht, das er jede Nacht beim Einschlafen in seinem Zimmer hörte. Jetzt kam es von draußen, am Fenster. Jemand kletterte an der Mauer herauf. Eine lange Gestalt in grauem Cape mit Fledermausärmeln sprang ins Zimmer. »Hier bin ich«, sagte sie gelassen.

Guy sprang auf und stürzte sich auf den anderen. »Wer bist du?« Da sah er, daß es Bruno war. Bruno wehrte sich, aber er schlug nicht zurück. Unter Aufbietung aller Kräfte konnte Guy mühsam Brunos Schultern auf den Boden drücken, und jedesmal mußte er in dem wiederkehrenden Traum alle Kräfte aufbieten. Guy hielt Bruno mit den Knien am Boden fest und würgte ihn, aber Bruno grinste immer weiter, als fühle er gar nichts.

»Du!« erwiderte Bruno schließlich.

Guy erwachte schweißgebadet und mit schwerem Kopf. Er setzte sich auf und sah sich suchend im Zimmer um. Ein schleimignasses Geräusch war zu hören, als krieche unten eine Schlange über den zementierten Hof und schlage mit dem feuchten, gewundenen Körper gegen die Mauer. Dann erkannte er plötzlich das Geräusch: es war Regen, ein sanfter, silbriger Sommerregen. Beruhigt ließ er sich auf das Kissen zurückfallen und fing still an zu weinen. Er dachte an den Regen, der schräg auf die Erde herunterfloß. Er schien zu fragen: Wo sind die durstigen Pflanzen des Frühlings? Wo ist das neue Leben, dem ich so nötig bin? *Wo sind die grünen Ranken der Liebe aus unserer Jugend, Anne?* hatte er gestern abend auf den Zettel geschrieben, der zerknüllt im Papierkorb lag. Der Regen fand die Pflanzen, die ihn erwarteten, die ihn brauchten. Was in den Hof fiel, war nur der Überschuß. *Wo sind die grünen Ranken, Anne ...*

Er lag mit offenen Augen, bis die Morgendämmerung zum Fenster hereinsah wie der fremde Eindringling in der Nacht. Wie Bruno. Dann stand er auf, machte Licht, zog die Gardinen zu und setzte sich an seine Arbeit.

29

Guy stieß den Fuß hart auf die Bremse; trotzdem schoß der Wagen kreischend auf das Kind zu. Man hörte das metallene Klappern, als das Fahrrad auf den Boden schlug. Guy sprang heraus und lief um den Wagen herum, wobei er sich das Knie schmerzhaft am Kotflügel stieß, und riß das Kind an den Schultern hoch.

»Ich bin okay«, sagte der Junge.

»Guy – ist ihm nichts passiert?« rief Anne. Sie war ebenso blaß wie das Kind.

»Ich glaub nicht. Er scheint in Ordnung.« Guy hielt das Vorderrad des Fahrrads mit den Knien fest und bog den Lenker zurecht. Er fühlte die Augen des Kindes auf seinen heftig zitternden Händen.

»Danke«, sagte der Junge. Er stieg auf das Rad und fuhr davon. Guy kam es vor wie ein Wunder. Er sah Anne an und sagte mit schauderndem Seufzer: »Ich kann heute nicht mehr fahren.«

»Gut«, sagte Anne ebenso ruhig, aber in ihren Augen stand ein leiser Verdacht, das merkte Guy, als sie sich hinter das Lenkrad setzte.

Guy stieg wieder ein und entschuldigte sich bei den Faulkners. Sie murmelten ein paar beruhigende Worte: so etwas passiere eben jedem Autofahrer irgendwann einmal. Aber Guy spürte Schock und Entsetzen in ihrem Schweigen. Er hatte den Jungen die Nebenstraße herankommen sehen. Der Junge hatte angehalten, aber Guy hatte den Wagen herumgerissen, genau auf den Jungen zu, als ob er den Jungen treffen wolle. Hatte er das gewollt? Immer noch zitternd zündete er sich eine Zigarette an. Es war nichts als mangelnde Koordinierung, sagte er sich, wie er es in den letzten zwei Wochen hundertmal erlebt hatte: ein Zusammenstoß in der Drehtür, seine Unfähigkeit, auch nur die Feder am Lineal zu halten, und immer wieder das Gefühl, er sei gar nicht *hier,* nicht dabei, wenn er mit irgendwas beschäftigt war. Finster sagte er sich im stillen vor, was er jetzt tat, als er in Annes Wagen nach Alton fuhr, um das Haus anzusehen, das nun fertig war. Letzte Woche hatte Anne mit ihrer Mutter Gardinen und Vorhänge aufgehängt. Heute war Sonntag, es war fast Mittag. Anne hatte ihm erzählt, seine Mutter habe ihr einen herzlichen Brief geschrieben, der gestern kam, und ihr drei kleine Schürzen und eine Menge Eingemachtes geschickt, für die Küche. Konnte er das behalten? Im Augenblick dachte er nur an die Skizze von dem Krankenhaus, die in seiner Tasche steckte und von der Anne noch nichts wußte. Wenn er doch allein irgendwo hingehen könnte und nichts tun als arbeiten und keinen Menschen sehen, auch Anne nicht. Aus dem Augenwinkel blickte er sie an, sah das schmale kühle Gesicht mit der leicht gebogenen Nase und die starken schlanken Hände, die den Wagen geschickt in die Kurven lenkten. Er war plötzlich überzeugt, daß ihr an dem Wagen viel mehr lag als an ihm.

»Wenn jemand hungrig ist, bitte jetzt melden«, sagte Anne. »Der kleine Laden hier ist der letzte auf mehrere Meilen.«

Niemand war hungrig.

»Also mindestens einmal im Jahr müßt ihr mich zum Dinner einladen, Anne«, sagte ihr Vater. »Vielleicht Wildenten, was meinst du? Oder Wachteln. Die Jagd soll hier sehr gut sein. Können Sie mit einem Gewehr umgehen, Guy?«

Anne bog in die Einfahrt, die zum Hause führte.

»Ja, einigermaßen«, stotterte Guy. Laufen – laufen, befahl ihm sein Herz. Er mußte laufen, sonst gab es sicher keine Ruhe.

Anne hielt und lächelte Guy an. »Guy«, flüsterte sie, »trink schnell einen Schluck, wenn du reinkommst. Eine Flasche Brandy steht in der Küche.« Sie legte die Hand leicht auf sein Handgelenk, und Guy riß den Arm zurück, ohne es zu wollen.

Er mußte etwas trinken, Brandy oder sonstwas. Aber gleichzeitig wußte er, er werde nichts trinken.

Mrs. Faulkner schritt neben ihm über den neuen Rasen. »Es ist wirklich wundervoll geworden, Guy. Hoffentlich sind Sie stolz darauf.«

Er nickte. Es war nun fertig, er brauchte es sich nicht mehr vorzustellen, wie damals in seinem Hotelzimmer in Mexiko. Anne hatte sich für die Küche mexikanische Kacheln gewünscht. Vieles, was sie manchmal trug, kam aus Mexiko: ein Gürtel, eine Tasche, Huarachas. Der lange gestickte Rock, der jetzt unter ihrem Tweedmantel hervorsah, war mexikanisches Fabrikat. Er selber hatte im Hotel *Montecarlo* gewohnt – sicher nur deshalb, damit das trübe braunrosa Zimmer und Brunos Gesicht über dem braunen Schreibtisch ihn sein Leben lang verfolgten.

Noch vier Wochen bis zur Hochzeit. Noch vier Freitagnächte, dann saß Anne in dem großen grünen Sessel am Kamin; er hörte ihre Stimme aus der mexikanischen Küche; sie würden oben zusammen arbeiten. Wie kam er dazu, sie mit einzusperren? Er stand vor dem Schlafzimmer und starrte hinein; es kam ihm irgendwie unordentlich vor. Anne hatte kein ›modernes‹ Schlafzimmer gewollt.

»Vergiß nicht, Mutter für die Möbel zu danken, Guy, hörst du?« flüsterte sie ihm zu. »Du weißt doch, Mutter hat sie uns geschenkt.«

Ach ja, das Schlafzimmer aus Kirschholz, natürlich. Das hatte sie ihm an dem Morgen beim Frühstück erzählt, er entsann sich daran; seine Hand war verbunden gewesen, und Anne hatte das schwarze Kleid angehabt, wegen Helens Party. Aber als er jetzt etwas wegen der Möbel sagen sollte, brachte er kein Wort heraus, und nachher schien es ihm zu spät. Sie mußten merken, daß etwas los war, dachte er. Jeder mußte es merken, die ganze Welt. Man gab ihm Aufschub, er wurde so lange verschont, bis ein mächtiges Gewicht auf ihn niederfiel und ihn völlig auslöschte.

»Planen Sie schon wieder was Neues, Guy?« fragte Mr. Faulkner und bot ihm eine Zigarette an.

Guy hatte ihn nicht auf der Veranda stehen sehen, als er hinaustrat. Um sich zu entschuldigen, zog er die zusammengefaltete Skizze aus der Tasche und erklärte sie ihm. Mr. Faulkners buschige graubraune Augenbrauen senkten sich nachdenklich. Aber er hört mir gar nicht zu, dachte Guy. Er beugt sich nur zu mir herüber, damit er meine Schuld besser erkennt. Die Schuld umgibt mich wie ein dunkler Kreis.

»Davon hat mir Anne ja noch gar nichts gesagt«, sagte Mr. Faulkner.

»Ich will sie überraschen.«

»Ach so – ein Hochzeitsgeschenk?« Mr. Faulkner lachte.

Etwas später nahmen die Eltern den Wagen und fuhren zu dem kleinen Laden, um Sandwiches zu holen. Guy hatte genug vom Haus, er wollte mit Anne auf den kleinen steinigen Hügel steigen.

»Ja, gleich«, sagte sie. »Komm her.« Sie stand vor dem großen Kamin, legte ihm die Hände auf die Schultern und blickte ihm ins Gesicht, ein wenig besorgt, aber auch voller Stolz über das neue Haus. »Die werden nämlich immer tiefer«, sagte sie liebevoll und fuhr mit der Fingerspitze über die hohlen Falten in seinen Wangen. »Ich werde zusehen, daß du mehr ißt.«

»Vielleicht brauch ich Schlaf«, murmelte er. Er hatte ihr erzählt, daß er in der letzten Zeit bis spät gearbeitet hatte. Und daß er – ausgerechnet – ein paar Routineaufträge angenommen hatte, billige Sachen, wie sie Myers annahm, um etwas Geld zu verdienen.

»Aber Darling, wir haben doch – wir haben doch genug Geld. Was um Himmels willen quält dich denn so?«

Ein halbes dutzendmal hatte sie ihn gefragt, ob es die Hochzeit sei, ob er sie lieber nicht heiraten wolle. Wenn sie ihn jetzt noch mal fragte, würde er vielleicht ja sagen, aber er wußte, sie würde ihn hier, vor dem Kamin, nicht fragen. »Gar nichts quält mich«, erwiderte er schnell.

»Lieber, dann arbeite doch bitte nicht mehr so viel!« bat sie ihn. Und spontan, voller Glück und Vorfreude, schlang sie die Arme um ihn.

Automatisch – als ob es gar nichts bedeutete, dachte er – küßte er sie, weil er wußte, das erwartete sie. Sie merkt es. Sie merkt es bestimmt, dachte er. Immer merkte sie es sofort, wenn ein Kuß auch nur im geringsten anders war, und es war lange her, seit er sie geküßt hatte. Als sie nichts sagte, war er überzeugt, er habe sich so sehr geändert, daß sie einfach keine Worte fand.

30

Guy ging durch die Küche und wandte sich an der Hintertür um. »Sehr rücksichtslos von mir, gerade an dem Abend hereinzuschneien, an dem die Köchin Ausgang hat.«

»Aber was denn, keine Spur. Sie müssen eben genauso vorliebnehmen wie wir immer am Donnerstagabend.« Mrs. Faulkner brachte ihm ein Stück von der Selleriewurzel, die sie gerade am Ausguß putzte. »Aber Hazel wird es leid tun, daß sie den Auflauf nicht selber machen kann. Heute abend spielt Anne die Köchin.«

Guy ging hinaus. Über dem Garten lag noch die Nachmittagssonne, obgleich das Eisengitter schon lange schmale Schatten über die Blumenbeete warf. Hinter einer Rasenmulde konnte er gerade noch Annes zurückgebundenes Haar und das Blaßgrün ihres Pullovers erkennen. Wie oft hatte er dort mit Anne Minze und Wasserkresse gepflückt, unten an dem kleinen Bach, der aus dem Wäldchen kam, wo er mit Bruno gekämpft hatte. Bruno ist erledigt, sagte er sich immer wieder. Vorbei, vorüber. Er wußte nicht, welches Mittel Gerard angewandt hatte, jedenfalls hatte er erreicht, daß Bruno jetzt Angst hatte, sich Guy zu nähern.

Guy sah Mr. Faulkner zu, der seinen großen schwarzen Wagen in die Einfahrt lenkte und dann langsam in die Garage rollen ließ. Was hatte er selber bloß hier zu suchen, fragte er sich plötzlich, hier, wo er jeden täuschte, selbst die farbige Köchin, die so gern Auflauf für ihn machte, weil er ihn vielleicht einmal gelobt hatte? Er trat in den Schatten des Birnbaums, wo Anne und ihr Vater ihn nicht gleich sehen würden. Wenn er jetzt aus Annes Leben heraustrat, was konnte ihr das ausmachen? Sie hatte ihre alten Freunde nicht aufgegeben, ihre und Teddys Clique, alle die jungen gutaussehenden Männer, die Polo spielten und auch mal ein harmloses Glücksspiel versuchten, bevor sie in die Firmen ihrer Väter eintraten und eins der reizenden jungen Mädchen heirateten, die man in den Country Clubs traf. Anne war natürlich doch anders, sonst hätte er sie ja nicht sofort so gern gehabt. Sie gehörte nicht zu den hübschen jungen Damen, die zwei, drei Jahre lang einen Beruf ausübten und dann einen der passenden jungen Leute heirateten. Aber wäre sie ohne ihn genauso gewesen, wie sie jetzt war? Sie hatte oft gesagt, er habe sie angefeuert, er und sein Ehrgeiz, aber sie war doch schon an dem Tag, als er sie kennenlernte, genauso talentiert und ehrgeizig gewesen. Das hätte sich ohne ihn gewiß nicht geändert. Sicher hätte dann ein anderer Mann, ähnlich wie er, aber ihrer würdig, sie gefunden. Er begann, ihr entgegenzugehen.

»Ich bin gleich fertig«, rief sie. »Warum bist du nicht früher gekommen?«

»Ich hab mich beeilt«, sagte er ungeschickt.

»Du hast ja schon zehn Minuten an der Hauswand gestanden.«

Ein kleines Zweiglein Wasserkresse schwamm den Strom hinunter, und er sprang hin, um es zu retten. Wie eine Wasserratte kam er sich vor, als er es herausfischte. »Ich denke, ich werde eine Stellung annehmen, Anne.«

Sie blickte erstaunt auf. »Eine Stellung? Du meinst, bei einer Firma?«

Es war eine Redewendung, die bei Architekten gebräuchlich war, ›Eine Stellung bei einer Firma‹, Er nickte und sah sie dabei nicht an. »Ja. Irgendwas Festes mit gutem Gehalt.«

»Fest?« Sie lachte leise. »Wo du noch ein Jahr an dem Krankenhaus zu tun hast?«

»Ich brauche ja nicht die ganze Zeit im Zeichensaal zu stehen.«

Sie stand auf. »Tust du es wegen des Geldes? Weil du das Geld vom Krankenhaus nicht nehmen willst?«

Er wandte sich ab und tat einen großen Schritt an der feuchten Böschung nach oben. »Ach, nicht nur deshalb«, sagte er zwischen den Zähnen. »Das ist wohl auch mit ein Grund, vielleicht.« Er hatte schon vor Wochen beschlossen, das Krankenhaushonorar zurückzugeben, nachdem er seine Leute bezahlt hatte.

»Aber du hast doch gesagt, es machte gar nichts aus, Guy. Wir waren doch übereingekommen, daß wir – daß du es dir leisten kannst.«

Die Welt ringsum war plötzlich still geworden, alles schien zuzuhören. Er sah ihr zu, wie sie eine Haarsträhne zurückschob und wie auf der Stirn ein kleiner Fleck von nassem Sand zurückblieb. »Es ist ja nicht für lange – vielleicht auf sechs Monate oder auch weniger.«

»Aber warum dann überhaupt?«

»Ich möchte es gern.«

»Warum möchtest du es? Warum willst du dich zum Märtyrer machen, Guy?«

Er gab keine Antwort.

Die untergehende Sonne kam hinter den Bäumen hervor und schickte ihre letzten Strahlen über die beiden jungen Menschen. Guy zog die Stirn zusammen, auf der noch die weiße Narbe sichtbar war, die Narbe aus dem Kampf, die man immer sehen würde, das wußte er. Er kickte nach einem Stein im Boden, der sich aber nicht löste. Mochte sie doch denken, die Sache mit der Stellung sei ein Ausfluß seiner Depression nach der *Palmyra*-Geschichte. Es war ja ganz egal, was sie dachte.

»Guy – es tut mir leid«, sagte sie.

Er sah sie an. »Es tut dir leid?«

Sie kam näher. »Ja. Ich glaube, ich weiß, was es ist.«

Er behielt immer noch die Hände in den Taschen. »Woran denkst du denn, Anne?«

Sie schwieg eine Weile und sagte dann: »Ich glaube, das Ganze – ich meine, deine Unruhe nach der *Palmyra*-Sache, auch wenn du es selber gar nicht weißt, geht, glaube ich, auf Miriam zurück.«

Er wandte sich heftig ab. »Nein. Nein, das stimmt überhaupt nicht.« Er sagte es so ehrlich, und doch hörte es sich unwahr an! Er fuhr sich mit den Fingern ins Haar und schob es zurück.

»Guy« sagte Anne leise und deutlich, »vielleicht liegt dir an der Hochzeit doch nicht so viel, wie du glaubtest. Wenn es das ist, dann sag es mir, denn das kann ich eher schlucken als diese Idee mit der Stellung. Wenn du lieber noch warten willst, oder wenn du es ganz aufgeben möchtest: das kann ich ertragen.«

Es war klar, ihr Entschluß stand fest, und zwar schon seit einer ganzen Weile. Gerade an ihrer Ruhe merkte er es. In diesem Augenblick konnte er sie aufgeben; der Schmerz über den Verlust würde das andere, das Schuldgefühl auslöschen.

»Hallo, Anne!« rief ihr Vater von der Küchentür. »Kommst du bald? Ich brauche die Minze!«

»Ja, Dad, sofort!« rief sie zurück. »Wie ist es, Guy?«

Seine Zunge preßte sich gegen den Gaumen. Er dachte: sie ist die Sonne für mich – die Sonne mitten im dunklen Wald. Aber das konnte er nicht sagen. »Ich weiß nicht –« brachte er mühsam heraus.

»Ich habe dich sehr lieb, Guy – jetzt ganz besonders, weil du mich jetzt ganz besonders brauchst.« Sie drückte ihm die Kräuter in die Hand. »Willst du das bitte Dad geben? Und dann trink doch ein Glas mit ihm, ich muß mich umziehen.« Sie wandte sich um und ging ins Haus, nicht sehr schnell, aber folgen konnte Guy ihr nicht.

Guy trank mehrere Mint-Juleps, die Annes Vater noch so herstellte, wie man sie früher machte: er ließ Zucker und Whisky und Minze einen Tag lang in den geeisten Gläsern stehen, so daß die Juleps immer kälter wurden und die Gläser leicht beschlugen. Ob Guy schon mal bessere getrunken habe, fragte er dann. Guy merkte genau, wie seine Spannung nachließ, aber es war ihm nicht möglich, sich richtig zu betrinken; er hatte es ein paarmal versucht und nur Übelkeit damit erreicht.

Als er nachher in der Dämmerung mit Anne auf der Terrasse stand, stellte er sich einen Augenblick vor, er finge noch einmal an und lerne sie jetzt erst kennen, und plötzlich fühlte er ein starkes freudiges Verlangen nach ihrer Liebe. Als er an das Haus in Alton dachte, das auf ihn und Anne wartete, und an alles Schöne, das sie schon zusammen erlebt hatten, überkam ihn ein starkes Glücksgefühl; für eine Weile schwanden dann die Ängste, die ihn Tag und Nacht verfolgten. Er wollte Anne beschützen, er wollte irgendein unmögliches Ziel erreichen, um ihr eine Freude zu machen – nie hatte er etwas so stark ersehnt. Und wenn er so fühlen konnte, dann gab es auch einen Ausweg aus den Ängsten. Er mußte nur einen Teil seiner selbst überwinden, nicht Bruno und nicht die Arbeit. Er brauchte nur das andere Stück Ich zu vernichten und in dem Teil zu leben, der er jetzt war.

Aber es gab zu viele Schlupflöcher und Möglichkeiten, durch die das andere Ich eindringen und den Teil bedrohen konnte, den er erhalten wollte: Worte, Geräusche, Lichter, Bewegung von Hand und Fuß; und wenn er gar nichts tat, hörte oder sah, dann schrie triumphierend eine innere Stimme so laut, daß er bebend zurückschreckte. Die festlichen Hochzeitsvorbereitungen, schneeweiße Berge aus Wäsche und Spitzen, die allgemeine Vorfreude erschienen ihm wie der schlimmste Verrat, den er begehen konnte; je näher der Tag kam, um so fieberhafter und erfolgloser kämpfte er mit sich und dem Drang, alles abzusagen.

Robert Treacher, ein Freund aus den Chicagoer Tagen, rief ihn an, um zu gratulieren und zu fragen, ob er zur Hochzeit kommen dürfe. Guy erfand eine lahme Ausrede, und sagte ihm ab. Die Hochzeit war Faulkners Sache, es waren ihre Freunde und ihre Kirche; wenn er einen seiner Freunde dazu einlud, so brachte das ein Loch in seinen Verteidigungspanzer. Er selbst hatte nur Myers eingeladen, der ganz unwichtig war – seit dem Auftrag für das Krankenhaus hatte Guy ein eigenes Büro –, Tim O'Flaherty, der nicht kommen konnte, und zwei oder drei Architekten aus der Deems-Akademie, die Guys Arbeiten besser kannten als ihn selbst. Aber eine halbe Stunde nach Bob Treachers Anruf aus Montreal rief Guy ihn wieder an und fragte, ob er doch kommen und sein Trauzeuge sein wolle.

Ihm fiel jetzt ein, daß er fast ein Jahr lang überhaupt nicht an Treacher gedacht und auch seinen letzten Brief nicht beantwortet hatte. Er hatte auch nicht mehr an Peter Wriggs gedacht, oder an Vic de Poyster und Gunther Halle. Vic und seine Frau hatte er oft in ihrer Wohnung in der Bleecker Street besucht, auch Anne war einmal mitgekommen. Vic war Maler und hatte ihm im letzten Winter eine Einladung zu seiner Ausstellung geschickt; er hatte sie nicht mal beantwortet. Vage entsann er sich jetzt, daß Tim in New York gewesen war und einmal mit ihm hatte essen wollen in der Zeit, als Bruno ihn dauernd telefonisch verfolgte; er hatte damals abgesagt. Nach der *Theologica Germanica,* dachte er, war es bei den alten Germanen Sitte, einen Angeklagten schuldig oder unschuldig zu sprechen je nach der Anzahl der Freunde, die sich einfanden, um für ihn auszusagen. Wie viele würden heute ihr Wort für ihn abgeben? Er hatte nie viel Zeit für seine Freunde aufgebracht, und sie erwarteten es auch gar nicht; jetzt aber hatte er das Gefühl, sie mieden ihn, als ahnten sie – auch ohne ihm gegenüberzustehen –, daß er ihre Freundschaft nicht mehr verdiente.

Der Sonntagmorgen der Hochzeit kam. In der Sakristei der Kirche schritt Guy langsam im Kreis um Bob Treacher herum und klammerte sich im Geist an seine Krankenhausskizzen wie an einen letzten hoffnungsvollen Strohhalm, den einzigen Beweis dafür, daß er noch existierte. Er hatte ausgezeichnete Arbeit geleistet. Bob Treacher hatte ihn sehr gelobt. Er hatte sich selber bewiesen, daß er noch schöpferisch arbeiten konnte.

Bob hatte es aufgegeben, mit Guy Konversation zu machen. Er saß mit verschränkten Armen da, einen freundlichen, aber leicht abwesenden Ausdruck auf dem rundlichen Gesicht. Bob hielt ihn sicher einfach für nervös. Er hatte keine Ahnung, wie ihm zumute war, das wußte Guy, denn man sah es ihm nicht an. Das war eben das Ensetzliche: das Leben konnte so leicht zu völliger Lüge und Heuchelei werden. Dieses hier, die Hochzeit und sein Freund Bob Treacher, der ihn überhaupt nicht mehr kannte, war die Quintessenz dieser Verwandlung. Und die kleine, steinerne Sakristei mit dem hohen, vergitterten Fenster war wie eine Gefängniszelle; draußen das Stimmengemurmel klang wie das Stimmengewirr einer Volksmenge, die im Begriff war, das Gefängnis zu stürmen und selbst Justiz zu üben.

»Du hast wohl nicht zufällig eine Flasche mitgebracht?«

Bob sprang auf. »Aber natürlich! Die ganze Zeit fühle ich das Gewicht, und dabei hab ich sie völlig vergessen.« Er stellte die Flasche auf den Tisch und wartete, daß Guy sie nahm. Bob war etwa fünfundvierzig, ein Mann von stillem, aber sanguinischem Temperament und dem untrüglichen Stempel des zufriedenen Junggesellen, der im Beruf eine Autorität darstellt und völlig in der Arbeit aufgeht. »Nach dir«, sagte er zu Guy. »Ich werde noch einen privaten Schluck auf Anne trinken. Sie ist eine sehr schöne Frau.« Und leise lächelnd fügte er hinzu: »Schön wie eine weiße Brücke.«

Guy stand am Tisch und sah auf die offene Halbliterflasche. Die Stimmen draußen vor dem Fenster schienen sich jetzt über ihn lustig zu machen, über ihn und Anne. Die Flasche da auf dem Tisch gehörte dazu: die übliche halbhumoristische Begleiterscheinung der traditionellen Hochzeit. Bei seiner Hochzeit mit Miriam hatten sie auch Whisky getrunken.

Er packte die Flasche und schleuderte sie in die Ecke. Mit lautem Klirren zerbrach das Glas, und der Inhalt ergoß sich auf den Boden, aber die Sirenen, die Stimmen, das unsinnige Tremolieren der Orgel setzten nur für eine Sekunde aus. Gleich darauf war alles wieder da.

»Mein Gott, Bob, entschuldige. Herrgott, das tut mir leid.«

Bob hatte ihn nicht aus den Augen gelassen. »Macht nichts. Ich verstehe dich vollkommen«, sagte er ruhig.

»Aber ich versteh mich selber nicht!«

»Hör mal zu, mein Alter ...«

Guy sah, daß Bob nicht recht wußte, ob er den Vorfall ernst oder komisch nehmen sollte.

»Warte«, sagte Treacher. »Ich hol uns eine neue Flasche.« Als er die Hand nach dem Türgriff ausstreckte, ging die Tür auf und Peter Wriggs' schmale Gestalt schlüpfte herein. Guy machte beide miteinander bekannt. Peter war aus New Orleans gekommen, um die Hochzeit mitzumachen. An seinen Schläfen zeigten sich graue Streifen, aber das schmale Gesicht hatte noch immer das vergnügte Lachen eines Sechzehnjährigen. Guy erwiderte seine hastige Umarmung.

»Guy, es wird Zeit«, sagte Bob.

Guy schritt neben ihm die zwölf Stufen zum Altar hinauf. Ankläger, dachte er. Alle waren stumm vor Entsetzen. Wann endlich würden sie sich erheben und der Sache ein Ende machen? Wie lange wollten sie noch warten?

»Guy«, kam eine Flüsterstimme.

Sechs, zählte Guy. Sieben.

»Guy!« Die leise Stimme kam direkt von vorn aus der Menge der Menschen. Guy sah nach links und folgte dem Blick von zwei Frauen, die sich halb umsahen. Da war Brunos Gesicht.

Er sah wieder geradeaus. War es wirklich Bruno oder eine Vision? Das eifrige Lächeln, die nadelscharfen Augen ... Zehn. Elf. *Erst zwölf Stufen, die siebente auslassen* ... Leicht zu behalten. Er betete: Herrgott, laß mich nicht ohnmächtig werden. Besser ohnmächtig werden als heiraten! rief die innere Stimme zurück.

Er stand neben Anne, und Bruno war bei ihnen; es war kein

Ereignis des Augenblicks, sondern etwas Bleibendes, das immer dagewesen war und immer dasein würde. Bruno, er selbst und Anne. Und das Weiterleben in den Gleisen. Und der Rest des Lebens in den Gleisen, bis daß der Tod uns scheide, denn das war die Strafe. Was für eine Strafe hatte er auch sonst erwartet?

Jetzt tauchten lauter Gesichter auf, alle lächelten. Sie standen in den Räumen des Segelclubs, wo ein kaltes Bufett angerichtet war; alle hatten Sektgläser in den Händen, auch er selbst. Bruno war nicht da. Niemand war da außer harmlosen ältlichen parfümierten Damen mit Hüten. Mrs. Faulkner kam und legte ihm den Arm um den Hals und küßte ihn auf die Wange; und als er ihr über die Schulter blickte, sah er, wie Bruno sich durch die Tür drängte mit dem gleichen Lächeln wie vorhin und den scharfen Augen, die ihn jetzt gefunden hatten. Bruno kam direkt auf ihn zu und hielt, auf den Absätzen wippend, vor ihm an.

»Meine aller ... – meine allerbesten Wünsche, Guy. Ich durfte doch reinschauen? An so einem Freudentag.«

»Raus. Sofort raus hier.«

Brunos Lächeln erlosch. »Ich bin gerade erst aus Capri zurückgekommen«, sagte er mit derselben heiseren Stimme. Er trug einen neuen dunkelblauen Gabardineanzug, die Revers waren so breit wie die eines Abendanzugs. »Wie ist es dir ergangen, Guy?«

Eine von Annes Tanten brabbelte ihm ein paar parfümierte Worte ins Ohr, und Guy murmelte eine Erwiderung. Dann wandte er sich zum Gehen.

»Ich wollte dir bloß gratulieren«, erklärte Bruno. »Weiter nichts.«

»Verschwinde!« sagte Guy. »Hinter dir ist die Tür.«

»Laß uns doch Frieden machen, Guy. Ich möchte so gern deine Braut kennenlernen.«

Zwei Damen mittleren Alters zogen Guy – jede an einem Arm – mit sich fort. Ohne hinzusehen wußte er, daß Bruno hastig mit gekränktem Lächeln ans Bufett getreten war.

»Na, Guy, hältst du's noch aus?« Mr. Faulkner nahm ihm das halbgeleerte Glas aus der Hand. »Komm, wir trinken was besseres an der Bar.«

Guy trank ein halbes Glas Whisky. Er redete und wußte

nicht, was. Ganz bestimmt hatte er gesagt: hör auf, alle sollen weggehen. Nein, doch wohl nicht, sonst würde Mr. Faulkner nicht so laut lachen. Oder doch?

Guy sah, daß Bruno am unteren Tischende stand und zusah, wie der Hochzeitskuchen angeschnitten wurde. Seine Augen ließen Anne kaum los. Der Mund war ein dünner Strich und lächelte albern, die Augen glitzerten wie die Diamantnadel auf dem dunkelblauen Schlips, und in den Gesichtszügen erkannte Guy die gleiche Mischung von nachdenklicher Verehrung und heiterer Entschlossenheit, die er schon beim erstenmal an ihm bemerkt hatte.

Bruno trat zu Anne. »Ich glaube, wir haben uns schon mal gesehen. Sind Sie nicht verwandt mit Teddy Faulkner?«

»Ja, das ist mein Vetter«, sagte Anne mit demselben freundlichen Lächeln, mit dem sie gerade vorher jemand begrüßt hatte.

Bruno nickte. »Ich hab ein paarmal mit ihm Golf gespielt.«

Eine Hand legte sich auf Guys Schulter. »Hast du wohl einen Moment Zeit, Guy? Ich ...« Es war Peter Wriggs.

»Nein, jetzt nicht.« Guy folgte Bruno und Anne und nahm Annes linke Hand in seine rechte. Bruno schlenderte an ihrer anderen Seite, aufrecht und ungezwungen; das unberührte Stück Hochzeitskuchen trug er auf einem Teller vor sich her. »Ich bin nämlich ein alter Freund von Guy. Ein alter Bekannter, sozusagen.« Hinter Annes Rücken zwinkerte er Guy zu.

»Ja? Woher kennen Sie ihn denn?«

»Aus der Schule. Wir sind alte Schulfreunde.« Bruno grinste. »Mrs. Haines, Sie sind die schönste Braut, die ich seit Jahren gesehen habe. Ich bin so froh, daß ich Sie kennengelernt habe«, sagte er mit so betonter Überzeugung, daß Anne lächeln mußte.

»Ich freue mich auch«, erwiderte sie.

»Ich hoffe, ich sehe Sie beide bald wieder. Wo werden Sie wohnen?«

»In Connecticut.«

»Ach, da ist es hübsch, in Connecticut.« Bruno blinzelte Guy noch einmal zu, verbeugte sich höflich und ging.

»Ist das ein Freund von Teddy?« fragte Guy. »Hat Teddy ihn eingeladen?«

»Mach nicht so ein finsteres Gesicht, Darling!« sagte Anne lachend. »Wir gehen ja bald.«

»Wo ist Teddy?« Aber es hatte ja doch keinen Zweck, ihn jetzt zu suchen oder überhaupt etwas aus der Sache zu machen.

»Ich hab ihn eben noch gesehen, oben am Bufett«, sagte Anne. »Du, da ist Chris, ich muß ihm schnell Guten Tag sagen.«

Guy wandte sich um und suchte nach Bruno. Er sah, wie Bruno am Tisch stand, sich etwas auf seinen Teller füllte und dabei angeregt mit zwei jungen Männern redete, die ihn wie verzaubert angrinsten.

Bald danach saßen sie im Wagen, und Guy dachte mit Bitterkeit an die ironische Tatsache, daß Anne noch nie Zeit gehabt hatte, ihn richtig kennenzulernen. In der ersten Zeit war er melancholisch gewesen. Jetzt gab er sich Mühe, anders zu sein, und das wirkte echt. Vielleicht war er nur in den wenigen Tagen in Mexico City ganz er selbst gewesen.

»Du, der Mann mit dem blauen Anzug – war der mit dir auf der Akademie?« fragte Anne.

Sie waren auf der Fahrt nach Montauk Point, wo eine von Annes Verwandten ihnen für die dreitägige Hochzeitsreise ihr Häuschen überlassen hatte. Sie hatten nur drei Tage, weil Guy sich verpflichtet hatte, seine Arbeit bei der Architektenfirma Horton, Horton & Keese in knapp einem Monat aufzunehmen, und er mußte sich mächtig ranhalten, um bis dahin die einzelnen Zeichnungen für die Klinik fertig auszuarbeiten. »Nein, auf der Kunstschule. Eine Zeitlang«, erwiderte er. Warum bloß machte er Brunos Lügerei so bereitwillig mit?

»Hat ein ganz interessantes Gesicht«, sagte Anne und zog ihr Kleid glatt, bevor sie die Füße auf den Sitz legte.

»Interessant?« fragte Guy.

»Ja – ich meine nicht anziehend, bloß – einfach intensiv.«

Guy preßte die Lippen zusammen. Intensiv? Sah sie denn gar nicht das Krankhafte, Entartete in Brunos Gesicht? Mußte nicht jeder das sehen?

32

Die Empfangssekretärin bei Horton, Horton & Keese gab Guy einen Zettel, aus dem hervorging, daß Mr. Charles Bruno angerufen und seine Nummer hinterlassen hatte. Es war die Telefonnummer in Great Neck.

»Danke schön«, sagte Guy und ging in die Halle. Angenommen, die Firma notierte solche Anrufe. Sie tat es nicht, aber die Möglichkeit bestand. Oder Bruno kam eines Tages hier herein. Diese Architektenfirma war allerdings selber so drittklassig, daß Bruno kaum auffallen würde. War das nicht überhaupt der Grund, warum er, Guy, hier arbeitete, untergetaucht in dieser Atmosphäre mit der Illusion, dies sei die Sühne und nach dem Ekel hier werde er sich besser fühlen?

Er betrat die große Halle mit dem Oberlicht und den Ledersesseln und zündete sich eine Zigarette an. Mainwaring und Williams, zwei Architekten, die regelmäßig für die Firma arbeiteten, saßen in tiefen Sesseln und lasen die Geschäftsberichte. Guy starrte aus dem Fenster und fühlte ihre Blicke im Rücken. Ständig wurde er beobachtet, er war ja angeblich etwas Besonderes, ein Genie, das hatte Horton junior allen erzählt. Was hatte er hier bloß zu suchen? Es konnte natürlich sein – so munkelte man sicher –, daß es ihm finanziell nicht gerade glänzend ging, er hatte ja auch eben erst geheiratet. Guy blickte auf das schmutzige Gewirr der Straßen und Dächer von Manhattan; es war ein Schulbeispiel dafür, wie eine Stadt nicht gebaut sein dürfte. Als er sich umwandte, schlug Mainwaring wie ein Schuljunge die Augen nieder.

Den Vormittag vertrödelte er mit einer Arbeit, an der er schon mehrere Tage saß. Bei dem Auftrag handelte es sich um den Bau eines Warenhauses für eine kleine elegante Siedlung in Westchester, und der Klient wünschte sich da ›so eine Art Herrenhaus, das zu der Stadt paßt, nur natürlich ganz modern, Sie verstehen schon‹. Und dafür hatte er ausdrücklich Mr. Guy Daniel Haines verlangt. Vier oder fünf Tage, überlegte er, würde er sicher noch brauchen, das hieß also bis in die nächste Woche hinein, um dem Klienten auch nur eine ungefähre Skizze vorlegen zu können.

»Charley Bruno kommt auch!« rief ihm Anne abends aus der Küche zu.

»Was?!« Guy kam um die Trennwand herum.

»Ja – hieß er nicht so? Der junge Mann, der auf der Hochzeit war.« Anne hackte Schnittlauch auf einem Holzbrettchen.

»Hast du ihn eingeladen?«

»Er muß irgendwie davon gehört haben; jedenfalls hat er angerufen und sich praktisch selber eingeladen.« Annes Antwort klang so beiläufig, daß ihm plötzlich der unsinnige Verdacht kam, sie wolle ihn auf die Probe stellen. Ein Schauer lief ihm über den Rücken. »Nein, Hazel – keine Milch, im Kühlschrank steht Sahne.«

Guy sah Hazel zu, die den Sahnetopf neben die Schüssel mit zerbröckeltem Gorgonzola stellte.

»Hast du was dagegen, daß er kommt?« fragte Anne.

»Dagegen nicht direkt, aber so dick befreundet sind wir auch nicht.« Er ging grübelnd zum Küchenschrank und nahm den Schuhputzkasten heraus. Wie konnte er Bruno am Kommen hindern? Es mußte eine Möglichkeit geben; aber während er sich noch den Kopf zerbrach, wußte er schon: er fand keinen Ausweg.

»Du hast doch was dagegen.« Anne lächelte ihm zu.

»Ich halte ihn einfach für einen Schwindler oder so was, das ist alles.«

»Es bringt Unglück, wenn man bei einer Hauseinweihung jemanden abweist, hast du das nie gehört?«

Bruno hatte bereits einen in der Krone, als er ankam. Alle anderen hatten beim Eintreten etwas Nettes über das Haus gesagt; Bruno erschien in der Türöffnung des in Ziegelrot und Blattgrün gehaltenen Wohnraums, als sei er schon hundertmal hiergewesen. Oder als ob er hier wohne, dachte Guy, als er ihn ringsum vorstellte. Bruno lächelte aufgeregt und hielt sich fast nur an Guy und Anne; den Gruß der anderen Gäste erwiderte er kaum – zwei oder drei schienen ihn zu kennen – mit Ausnahme von Mrs. Chester Boltinoff, die in Long Island wohnte und deren Hand Bruno in seine beiden Hände nahm und schüttelte, als habe er einen Bundesgenossen gefunden. Zu seinem Schrecken sah Guy, daß Mrs. Boltinoff Brunos herzliche Begrüßung mit breitem, freundlichem Lächeln erwiderte.

»Na, wie geht's denn so?« fragte Bruno, nachdem er sich mit einem Drink versorgt hatte.

»Sehr gut. Prima.« Guy war entschlossen, ruhig zu bleiben. Er hatte sich in der Küche ein paar kräftige Schlucke einverleibt. Trotzdem hielt er es nicht aus; er zog sich langsam an den Fuß der Wendeltreppe zurück, die in einer Ecke des Wohnraumes nach oben führte. Nur einen Augenblick, dachte er, nur einen Moment Ruhe und Besinnung. Er lief nach oben ins Schlafzimmer, legte die kalte Hand gegen die Stirn und fuhr sich langsam über das Gesicht.

»Verzeihung«, sagte eine Stimme vom anderen Ende des Zimmers. »Ich bin noch immer auf Entdeckungsfahrt. Das Haus ist wirklich fabelhaft, Guy.« Helen Heyburn, Annes Schulfreundin aus den Tagen in Bermuda, stand neben dem Schreibtisch. In der Schublade lag der kleine Revolver, dachte Guy.

»Mach's dir doch bequem. Ich wollte mir nur ein Taschentuch holen.« Guy zog die rechte obere Schublade hervor, wo der Revolver lag, den er nicht haben wollte, und das Taschentuch, das er nicht brauchte.

Helen machte Werbezeichnungen, und zwar recht gute, wie Anne fand; aber sie arbeitete nur, wenn ihr Quartalsscheck zu Ende ging und sie eine ihrer Depressionen bekam. Und seit dem Sonntag, als er Anne nicht zu ihrer Party begleitet hatte, mochte sie ihn nicht, davon war er überzeugt. Sie mißtraute ihm. Was hatte sie hier oben im Schlafzimmer zu suchen?

»Guy – bist du immer so ernst? Weißt du, was ich zu Anne gesagt habe, als sie mir erzählte, daß ihr heiraten wolltet?«

»Daß sie den Verstand verloren hat, nehme ich an.«

»Ich hab gesagt: ›Der ist doch immer so ernst! Er ist ja sehr attraktiv und vielleicht auch ein Genie, aber so schrecklich ernst, wie kannst du das bloß aushalten?‹« Sie hob das hübsche blonde Gesicht zu ihm auf. »Du sagst ja gar nichts! Sicher bist du auch viel zu ernst, um mich zu küssen, was?«

Er zwang sich, zu ihr hinüberzugehen, und küßte sie.

»Das war kein Kuß.«

»Na, so ernst war's ja auch gar nicht gemeint.«

Er ging hinaus. Das würde sie bestimmt jetzt Anne erzählen, dachte er: daß sie ihn um zehn Uhr mit trübem Gesicht im Schlafzimmer angetroffen hatte. Vielleicht ging sie auch noch an den Schreibtisch und fand den Revolver. Ach, Unsinn. Helen war töricht, und er begriff nicht, was Anne an ihr fand, aber intrigant war sie nicht. Und herumschnüffeln würde sie genausowenig wie Anne. Herrgott, der Revolver lag doch schon die ganze Zeit seit ihrem Einzug in der Schublade neben Annes Fach. Anne durchsuchte seine Schublade genausowenig, wie sie je seine Post öffnete.

Als er herunterkam, fand er Bruno und Anne auf dem rechtwinkligen kleinen Sofa am Kamin sitzen. Bruno stützte sein Glas nachlässig auf die Sofalehne, auf der sich schon dunkelgrüne Flecken zeigten.

»Du, er erzählt mir gerade was über Capri«, sagte Anne und blickte zu Guy auf.

»Also das beste ist, man nimmt ein ganzes Haus.« Bruno fuhr in seinem Bericht fort, ohne Guy zu beachten. »Ein Schloß, je größer, desto besser. Meine Mutter und ich, wir haben in einem Schloß gewohnt, das war so groß, daß wir nie bis ans andere Ende gekommen sind. Am anderen Ende der Veranda saß eine ganze italienische Familie beim Essen, und abends kamen sie alle rüber zu uns, zwölf Mann hoch, und fragten, ob sie umsonst für uns arbeiten dürften, wenn wir sie da wohnen ließen. Haben wir natürlich getan.«

»Und Italienisch haben Sie auch gelernt?« fragte Anne.

»War gar nicht nötig.« Bruno zuckte die Achseln. Seine Stimme klang wieder ganz heiser, genauso wie Guy sie im Geist immer hörte.

Guy beschäftigte sich angelegentlich mit seiner Zigarette und fühlte dabei, wie Bruno schüchtern mit Anne zu flirten versuchte. Zweifellos hatte Bruno ihr bereits Komplimente über ihr Kleid gemacht; es war Guys Lieblingskleid aus grauem Taft mit winzigen blauen Pfauenaugen. Bruno hatte immer einen Blick dafür, was Frauen anhatten.

»Guy und ich«, hörte er ihn jetzt deutlich sagen, »wir haben uns oft über Reisen unterhalten.«

Guy warf seine Zigarette in den Aschenbecher, drückte sie aus und ging hinüber. »Willst du oben mal unser Spielzimmer sehen?« fragte er Bruno.

»Klar.« Bruno erhob sich. »Was für Spiele habt ihr da?«

Guy schob ihn unsanft in den kleinen, rottapezierten Raum und schloß die Tür. »Was soll das eigentlich heißen?«

»Guy! Du bist betrunken!«

»Was soll das heißen, daß du allen erzählst, wir sind alte Freunde?«

»Durchaus nicht allen. Bloß Anne hab ich's erzählt.«

»Was denkst du dir dabei? Wozu bist du überhaupt hergekommen?«

»Schsch, Guy – ruhig! Sch-sch!« Bruno schwenkte lässig das Glas in der Hand.

»Die Polizei hat doch wohl noch ein Auge auf deine Freunde, was?«

»Pah, das macht mir gar nichts aus.«

»Raus hier. Raus – sofort.« Seine Stimme bebte, während er sich bemühte, ruhig zu bleiben. Wozu? Der Revolver mit der einen Kugel war nur ein paar Schritte entfernt.

Bruno blickte ihn gelangweilt an und seufzte.

»Wenn ich noch einmal sehe, daß du mit Anne redest, bringe ich dich um.«

Brunos Lächeln verschwand und kam dann noch breiter zurück. »Soll das 'ne Drohung sein, Guy?«

»Nein. Ein Versprechen.«

Eine halbe Stunde später kippte Bruno bewußtlos von dem Sofa, auf dem er mit Anne gesessen hatte. Er sah enorm lang aus, wie er da auf dem Fußboden lag, mit dem kleinen Kopf auf dem großen Kaminvorsatz. Drei Männer hoben ihn auf und wußten nicht recht, wohin sie ihn bringen sollten.

»Bringt ihn – na ja, am besten wohl ins Gästezimmer«, sagte Anne.

Helen lachte. »Nach der Einweihungsparty sofort der erste Hausgast. Wenn das kein gutes Omen ist ...«

Christopher Nelson trat an Guy heran. »Wo habt ihr den eigentlich her? Der ist im Great Neck Club so oft umgefallen, daß sie ihn jetzt nicht mehr reinlassen.«

Guy stieg die Treppe zu seinem Arbeitsraum hinauf und schloß die Tür. Auf dem Tisch lag die unvollendete Skizze des blödsinnigen Warenhauses; er hatte sie, weil sein Gewissen ihm keine Ruhe ließ, an diesem Wochenende fertig machen wollen. Die vertrauten Striche verschwammen ihm vor den Augen, ihm wurde fast übel. Er nahm einen neuen Bogen Papier und machte sich daran, den Bau aufzuzeichnen, wie ihn der Bauherr haben wollte. Er wußte genau, was verlangt wurde. Hoffentlich wurde er noch fertig, bevor ihm schlecht wurde; nachher konnte er sich dann gründlich erbrechen. Aber als er fertig war, war der Brechreiz vorbei. Er blieb im Stuhl sitzen, und stand schließlich auf und öffnete ein Fenster.

33

Das Warenhaus wurde nach Guys Entwürfen angenommen und sehr gelobt, erst von Horton und dann auch von dem Auftraggeber, Mr. Howard Wyndham, La Rochelle, der am Montagnachmittag erschien und die Zeichnung sehen wollte. Guy fand, er habe eine Belohnung verdient; er blieb den Rest des Tages in seinem Arbeitszimmer, rauchte und besah sich ein in Leder gebundenes Exemplar der *Religio Medici,* das er gerade bei Brentano gekauft hatte, um es Anne zum Geburtstag zu schenken. Wie wohl der nächste Auftrag aussah, den man ihm gab ... Er blätterte in dem Buch und fand die Passagen wieder, die er und Peter damals gern gehabt hatten ... *der mann ohne nabel lebt noch in mir* ... Was für eine Scheußlichkeit würden sie ihm als nächstes zumuten? Einen Auftrag hatte er bereits erledigt. War das nicht genug? Noch mal so etwas wie das Warenhaus, das wäre unerträglich. Es war nicht Selbstmitleid, es war nur der Wunsch zu leben. Er war ja noch am Leben, wenn man das als Schuld ansehen wollte. Er stand auf, trat an die Schreibmaschine und begann sein Kündigungsschreiben.

Anne bestand darauf, daß sie abends ausgingen und feierten. Sie war so froh, sie floß über vor Glück, daß Guy merkte, wie auch seine Stimmung sich ein wenig hob, noch unsicher zuerst, wie ein Papierdrachen, der sich an einem windstillen Tag in die Luft zu erheben versucht. Er blickte auf ihre schlanken Finger, die das Haar an den Seiten fest zurücklegten und die Spange im Nacken befestigten.

»Du, Guy – können wir jetzt nicht die Seereise machen?« fragte sie, als sie unten im Wohnzimmer waren.

Annes Herz hing immer noch an der Segelfahrt mit der *India,* die Küste abwärts; es war die Hochzeitsreise, die sie hatten verschieben müssen. Guy hatte vorgehabt, in der nächsten Zeit so viel wie irgend möglich mit den Zeichnern zusammen zu arbeiten, die seine Bauzeichnungen für das Krankenhaus ausführten, aber er konnte Anne jetzt nichts abschlagen.

»Wann können wir weg? In fünf Tagen? Oder in einer Woche?«

»In fünf Tagen vielleicht.«

»Ach, mir fällt gerade ein, ich muß ja bis zum dreiundzwanzigsten hierbleiben. Dann kommt ein Mann aus Kalifornien, der sich für unsere Stoffe interessiert.«

»Und ist da nicht auch noch eine Modenschau am Monatsende?«

»Oh, das kann Lillian machen.« Sie lächelte. »Sehr lieb von dir, daß du daran denkst.«

Er stand wartend neben ihr, während sie die Kapuze des Leopardenmantels über den Kopf zog. Auf dem Rauchtisch stand ein Glas mit langstieligen gelben Blumen, die er vorher nicht gesehen hatte. »Woher sind die?« fragte er.

»Von Charley Bruno. Mit einem Entschuldigungsschreiben wegen neulich.« Sie lachte. »Eigentlich nett von ihm.«

Guy starrte die Vase an. »Was sind das für Blumen?«

»Afrikanische Primeln.« Sie hielt ihm die Eingangstür auf, und sie gingen zum Wagen.

Offensichtlich hatten ihr also die Blumen geschmeichelt, obwohl Bruno – das wußte Guy – seit neulich in ihrer Achtung gesunken war. Er dachte daran, wie viele Fäden ihn jetzt mit Bruno verbanden. All die Leute bei der Party hatten sie zusammen gesehen. Jeden Tag konnte die Polizei kommen und ihn verhören. Sie kam auch ganz bestimmt noch, sagte er sich warnend. Und warum kümmerte ihn das so wenig? In welchem Zustand war er denn, daß er nicht einmal sagen konnte, was für ein Zustand das war? Resignation? Lebensüberdruß? Oder einfach lähmende Dummheit?

Während der nächsten ruhigen Tage, als er bei Horton, Horton & Keese die Zeichnungen für das Innere des Warenhauses fertig zu machen hatte, kam ihm der Gedanke, ob er vielleicht nicht mehr normal sei. Vielleicht litt er an einer Art von Geisteskrankheit.

Er dachte an die acht oder zehn Tage nach jener Freitagnacht, als seine Sicherheit, seine Existenz an einem seidenen Faden hing, der in einer Sekunde reißen konnte, wenn ihm die Nerven durchgingen. Das war jetzt vorbei, aber noch immer träumte er davon, daß Bruno in sein Zimmer kam. Wenn er frühmorgens erwachte, sah er sich immer noch mit der Pistole im Zimmer stehen. Er wußte, er mußte auf irgendeine Art für das Getane büßen, aber womit oder wodurch, das wußte er nicht, denn nichts war genug. Ihm war zumute wie einem Doppelmenschen: der eine war imstande, Schöpferisches zu leisten und sich dabei in Harmonie mit Gott zu befinden, und der andere war imstande zu morden. »Jeder Mensch kann morden«, hatte Bruno damals im Zug gesagt. Jeder – also auch der Mann, der vor zwei Jahren in Metcalf Bobbie Cartwright ein statisches Prinzip erklärt hatte? Nein – und auch nicht der Mann, der das Krankenhaus oder auch nur das Warenhaus entworfen hatte, oder der sich letzte Woche eine halbe Stunde lang die Farbe für einen Gartenstuhl überlegt hatte; wohl aber der Mann, der gestern abend in den Spiegel geblickt und dort einen Moment lang den Mörder gesehen hatte, den heimlichen Bruder.

Wie konnte er so ruhig sitzen und an den Mord denken, wo er doch in weniger als zehn Tagen mit Anne auf einem weißen Schiff sein sollte? Warum war ihm Anne geschenkt worden und die Kraft, sie zu lieben? Hatte er dem Reiseplan nur deshalb so schnell zugestimmt, weil er Bruno drei Wochen los sein wollte? Bruno konnte ihm Anne wegnehmen, wenn er wollte; das hatte er sich selbst immer eingestanden und versucht, mit dem Gedanken fertig zu werden. Aber seit er die beiden zusammen gesehen hatte, seit seinem Hochzeitstag, war die Möglichkeit zum Schrecken geworden.

Er stand auf und setzte den Hut auf; er wollte essen gehen. Als er durch den Vorraum ging, hörte er am Schaltbrett den Summerton. Die Telefonistin rief ihn. »Sie können das Gespräch auch hier abnehmen, Mr. Haines.«

Guy nahm den Hörer. Er wußte, es war Bruno, und er wußte auch, er würde Bruno zusagen und ihn irgendwann heute treffen. Bruno forderte ihn zum Essen auf, und Guy versprach, ihn in zehn Minuten in Marios *Villa d'Este* zu treffen. – Im Fenster des Restaurant hingen weiß-rosa gemusterte Vorhänge. Guy hatte das Gefühl, als ob Bruno ihm eine Falle gestellt habe und er hinter den weiß-rosa Vorhängen nicht ihn, sondern Polizisten vorfinden würde. Auch das war ihm egal, vollkommen egal.

»Hallo, Guy. Ich hab einen Tisch hier am Ende der Reihe.«

Bruno hatte den alten rostbraunen Anzug an. Guy dachte an das erste Mal, als er hinter den langen Beinen hergegangen war, den schaukelnden Zug entlang bis ins Abteil. Die Erinnerung schmerzte nicht mehr; im Gegenteil, er war Bruno jetzt ganz wohlgesonnen, wie zuweilen in der Nacht, aber bisher nie am Tage. Nicht mal Brunos offensichtliche Genugtuung darüber, daß sie hier zusammen aßen, störte ihn jetzt.

Bruno bestellte Cocktails zum Essen. Guy sah mit prüfenden Blicken zum Nebentisch hinüber. Ein vager Verdacht stieg in ihm auf gegen die vier eleganten Vierzigerinnen, die alle mit fast geschlossenen Augen lächelten und ihre Cocktailgläser hoben. Weiter hinten saß ein wohlgenährter Mann und warf seinem unsichtbaren Gegenüber ein Lächeln zu. Kellner eilten hin und her. War vielleicht das Ganze hier eine Vorstellung von Verrückten, bei der er und Bruno die Hauptrollen spielten und verrückter waren als alle anderen?

»Hübsch?« fragte Bruno gerade. »Hab ich bei Clyde gekauft, heute morgen. Die haben die beste Auswahl. Jedenfalls für Sommersachen.«

Guy blickte herab auf die vier Krawattenschachteln, die Bruno auf den Knien ausgebreitet und geöffnet hatte. Gestrickte Seiden- und Leinenschlipse lagen da; ein Kasten enthielt einen blaßblauen Schlips aus schwerem Leinen, ein anderer einen ebenfalls blauen aus Rohseide, ähnlich wie ein Kleid von Anne.

»Sehr nett«, sagte Guy.

»Den hier find ich am hübschesten.« Bruno hielt einen weißgestrickten Schlips mit roten Längsstreifen in die Höhe. »Der ist für dich.«

»Danke.« Guy fühlte ein unangenehmes Zucken in der Oberlippe. Als ob er Brunos Liebhaber wäre, dachte er, dem Bruno ein Geschenk mitgebracht hätte – eine Versöhnungsgabe.

»Also – auf eine gute Fahrt!« Bruno hob ihm das Glas entgegen. Er habe heute morgen mit Anne telefoniert, berichtete er, dabei habe sie die Reisepläne erwähnt. Jetzt, wo sie von Anne sprachen, war er nicht bereit, das Thema so schnell wieder fallenzulassen.

»Sie sieht so rein aus. So ein – so ein liebevolles Mädchen findet man bestimmt selten. Du mußt schrecklich glücklich sein, Guy.« Er wartete, daß Guy etwas sagte, ihm bestätigte, wie glücklich er sei. Aber Guy schwieg, und Bruno fühlte sich zurückgewiesen; der Klumpen in seiner Brust stieg ihm bis zum Hals. Hatte er etwas gesagt, das Guy gekränkt hatte? Am liebsten hätte er seine Hand über Guys geballte Faust gelegt – nur einen Augenblick, rein brüderlich; aber er wagte es nicht. »Hat sie sich eigentlich gleich auf Anhieb in dich verliebt oder kam das erst ganz allmählich?«

Er mußte die Frage wiederholen, bis Guy endlich hochfuhr.

»Warum fragst du das? Du siehst doch, wie wir zueinander stehen.« Er blickte auf Brunos dickliches Gesicht, auf die Schmachtlocke, die der Stirn einen unfertigen Ausdruck verlieh. Nur die Augen waren erheblich zuversichtlicher als bei ihrem ersten Treffen, und auch weniger sensibel. Vermutlich weil er jetzt zu Geld gekommen war.

»Ja ... Ich verstehe.« Aber Bruno hatte ihn gar nicht verstanden. Er sah nur, Guy war glücklich mit Anne, obwohl die Erinnerung an den Mord ihn schwer belastete. Guy wäre auch glücklich mit ihr, selbst wenn er keinen Cent in der Tasche hätte. Bruno krümmte sich bei dem Gedanken, daß er einmal daran gedacht hatte, Guy Geld anzubieten. Er hörte im Geist, wie Guy »Nein« sagte, mit dem abweisenden Blick in den Augen, der ihn in einer Sekunde tausend Meilen von Bruno entfernte. Bruno wußte, nie im Leben würde er das besitzen, was Guy besaß, egal wieviel Geld er hatte oder was er damit anfing. Nicht mal die Tatsache, daß seine Mutter ihm jetzt allein gehörte, war eine Garantie für das Glück, das hatte er inzwischen festgestellt. Er verzog die Lippen.

»Glaubst du, daß Anne mich mag?«

»Ja.«

»Hat sie noch andere Interessen außer Mode? Kocht sie gern? Oder was sonst?« Bruno sah, wie Guy sein Glas nahm und den Martini in drei Schlucken hinuntergoß. »Weißt du – ich möcht nur gern wissen, was ihr so zusammen macht. Spazierengehen oder Kreuzworträtsel oder so was.«

»Das machen wir auch alles.«

»Was macht ihr zum Beispiel abends?«

»Anne arbeitet manchmal noch abends.« Leicht wie nie zuvor in Brunos Gegenwart lief er in Gedanken die Treppe hinauf in das kleine Studio, wo er und Anne manchmal abends arbeiteten, wo Anne ihm zuweilen etwas zurief oder eine Zeichnung in die Höhe hielt, damit er einen Kommentar abgab. Wenn sie ihren Pinsel schnell in einem Glas Wasser umspülte, dann hörte sich das wie Lachen an.

»Vor ein paar Monaten hab ich ihr Bild in *Harper's Bazaar* gesehen. Sie ist wirklich gut, was?«

»Sehr gut.«

»Eh – ich ...« Bruno legte die Unterarme auf den Tisch. »Ich freue mich, daß du so glücklich bist mit ihr.«

Natürlich war er glücklich. Guy fühlte, wie sich seine Schultern entspannten und der Atem leichter ging. Und doch konnte er kaum glauben, daß sie wirklich sein war. Sie war wie die Göttin, die vom Himmel herabstieg und ihn aus dem Schlachtgetümmel holte, das ihn zweifellos umgebracht hätte; wie die Göttin der Mythologie, die die Helden rettete; aber am Ende der Sagen, die er als Kind gelesen hatte, kam dann immer ein fremdes und irgendwie unfaires Element hinzu. In den schlaflosen Nächten, wenn er sich aus dem Hause stahl und im Schlafanzug und Mantel den Hügel hinaufwanderte, in den gleichbleibenden schalen Sommernächten erlaubte er sich nicht, an Anne zu denken.

»Dea ex machina«, murmelte er.

»Was?«

Guy sah Bruno an. Warum um Himmels willen saß er hier mit Bruno am gleichen Tisch? Er hatte große Lust, ihn zusammenzuschlagen. Und auch Lust zu weinen. Und plötzlich löste sich sein Zorn in einer Woge von Mitleid. Bruno wußte nicht, was lieben heißt. Das war es, was ihm fehlte. Er war zu verloren, zu blind, um zu lieben oder Liebe zu wecken. Es schien ihm plötzlich tragisch.

»Du hast niemals geliebt, Bruno, nein?« Guy sah, wie ein fremder, unruhiger Ausdruck in Brunos Gesicht trat. Bruno winkte dem Kellner.

»Nein, richtig geliebt wohl nicht.« Er fuhr sich mit der Zunge über die Lippen. Nicht nur hatte er niemals geliebt, aber er machte sich auch nichts daraus, mit einer Frau zu schlafen. Es kam ihm eigentlich jedesmal ein bißchen blöd vor, er stand sozusagen daneben und schaute sich zu. Einmal, das war ganz schrecklich, hatte er angefangen zu lachen. Er wand sich, als er daran dachte. Das war wirklich der schmerzlichste Unterschied zwischen ihm und Guy: daß Guy sich selbst über einer Frau vergessen konnte, daß er sich für Miriam fast umgebracht hatte.

Guy sah ihn an, und Bruno schlug die Augen nieder. Er schien darauf zu warten, daß Guy ihm sagte, wie er es anstellen müsse mit der Liebe. »Weißt du, was die größte Weisheit der Welt ist, Bruno?«

»Ich kenn 'ne Masse Weisheiten«, griente Bruno. »Welche meinst du?«

»Daß die Gegensätze auf dieser Welt immer so nahe beieinanderstehen.«

»Gegensätze ziehen sich an, meinst du wohl?«

»Nein, das ist viel zu simpel. Was ich meine – also zum Beispiel ... Du hast mir Krawatten geschenkt. Dabei fiel mir ein, daß du mir genausogut die Polizei auf den Hals gehetzt haben könntest.«

»Aber Guy, du bist doch mein Freund!« rief Bruno entsetzt. »Ich hab dich doch gern.«

Guy sprang auf, er ertrug es nicht länger. Die Gläser fielen um, und der Inhalt ergoß sich auf die Tischdecke.

Bruno starrte ihn erschreckt an. »Guy, was ist denn los?« Er lief hinter mir her. »Guy, warte doch! Du glaubst doch nicht, daß ich so was fertigbrächte, nein? Nie könnte ich das! Guy!!«

»Rühr mich nicht an!«

»Guy!« Bruno weinte fast. Warum tat man ihm so etwas an? Warum nur? Draußen auf dem Gehweg schrie er: »Niemals – nicht in tausend Jahren, Guy! Nicht für eine Million! Glaub mir doch, Guy!«

Guy gab ihm einen leichten Stoß und zog die Tür des Taxis hinter sich zu. Nein, Bruno würde ihn in tausend Jahren nicht verraten, das wußte er. Aber wenn alles so doppelsinnig war, wie es den Anschein hatte – wie konnte er dann ganz sicher sein?

34

»Was haben Sie für eine Beziehung zu Mrs. Guy Haines?«

Bruno hatte diese Frage erwartet. Gerard hatte seine letzten Kontoauszüge geprüft; dies war der Posten für die Blumen, die er Anne hatte schicken lassen. »Bekannte. Ihr Mann ist ein Freund von mir.«

»Ein Freund?«

»Bekannter.« Bruno zuckte die Achseln; er wußte, Gerard hielt ihn für einen Aufschneider, weil Guy berühmt war.

»Kennen Sie ihn schon lange?«

»Nein, nicht sehr lange.« Bruno lag in den Liegestuhl gelümmelt und griff nach seinem Feuerzeug.

»Wieso haben Sie ihr Blumen geschickt?«

»Ich hatte wohl gerade Lust dazu, nehme ich an. Ich war bei ihnen eingeladen gewesen.«

»Ach – so gut kennen Sie sie?«

Wieder zuckte Bruno die Achseln. »Er war einer der Architekten, die wir im Auge hatten, als wir daran dachten, selber zu bauen.« Das war ihm gerade eingefallen, es klang eigentlich ganz gut.

»Also dann noch mal zu Matt Levine.«

Bruno seufzte. Guy wurde also ausgelassen, vielleicht weil er nicht in der Stadt war, oder einfach so, ohne Grund. Matt Levine – das war ein ausgekochter Junge; ohne zu ahnen, wie nützlich das einmal werden würde, hatte er Levine vor dem Mord öfter getroffen. »Also?«

»Den haben Sie am vierundzwanzigsten, achtundzwanzigsten und dreißigsten April, am zweiten, fünften, sechsten, siebenten März und dann noch kurz vor dem Mord getroffen. Wieso?«

»Tatsächlich?« Er lächelte. Letztesmal war Gerard nur im Besitz von drei Daten gewesen. Matt konnte ihn auch nicht leiden; wahrscheinlich hatte er deshalb dick aufgetragen. »Er hat sich mal für meinen Wagen interessiert.«

»Und Sie wollten ihn verkaufen? Warum – weil Sie dachten, Sie würden bald einen neuen kriegen?«

»Ich wollte meinen verkaufen, weil ich einen kleineren haben wollte«, sagte Bruno obenhin. »Den, der jetzt in der Garage steht, den Crosley.«

Gerard lächelte. »Wie lange kennen Sie Mark Lev?«

»Seit der Zeit, als er noch Mark Levitzki hieß«, gab Bruno zurück. »Wenn Sie noch etwas weiter zurückgehen, werden Sie feststellen, daß er in Rußland seinen Vater umgebracht hat.« Er starrte Gerard finster an. Was brauchte Gerard über die Namensänderung zu witzeln?

»Matt schätzt Sie auch nicht sehr. Was war los – konnten Sie sich nicht einigen?«

»Meinen Sie wegen des Wagens?«

»Na, Charles«, sagte Gerard geduldig.

»Ich sag gar nichts.« Bruno blickte auf seine abgekauten Fingernägel und dachte wieder, wie gut Herberts Beschreibung des Mörders auf Matt Levine paßte.

»Ernie Schroeder haben Sie in der letzten Zeit nicht oft gesehen.«

Gelangweilt gab Bruno irgendeine Antwort.

35

Barfuß, in weißen Segelhosen, saß Guy mit gekreuzten Beinen auf dem Vorderdeck der *India.* Gerade kam Long Island in Sicht, aber er wollte es noch gar nicht sehen. Das Schiff rollte mit sanft-vertrauten Bewegungen, ihm war, als sei es nie anders gewesen. Der Tag, an dem er Bruno zuletzt im Restaurant gesehen hatte, erschien ihm heute wie ein Tag des Irrsinns. Bestimmt war er damals im Begriff gewesen, den Verstand zu verlieren. Und zweifellos hatte Anne das auch gemerkt.

Er streckte die Arme und kniff sich in die dünne braune Haut über den Muskeln. Er war ebenso braun wie Egon, der halbportugiesische Decksjunge, den sie bei Anfang der Reise in Long Island angeheuert hatten. Nur die kleine Narbe über der rechten Augenbraue blieb weiß.

Drei Wochen waren sie mit dem Boot unterwegs gewesen; er hatte Frieden und Ruhe gewonnen, wie er sie nie zuvor gekannt und noch vor einem Monat nicht für möglich gehalten hatte. Er war jetzt zu der Überzeugung gekommen, daß die Sühne ein Teil seines Schicksals war, das ihn erreichen würde, ohne daß er es suchte. Anders war es nicht vorstellbar. Und wenn das so war, so würde ihm dann auch die Kraft zur Sühne gegeben werden.

Er hatte immer an sein vorbestimmtes Schicksal geglaubt. Schon als Junge, zusammen mit Peter, hatte er gewußt, daß Peter nie etwas anderes tun würde als träumen, daß er selber aber Großes bauen werde, er würde in der Architektur bekannt werden, und schließlich – das war ihm immer als die Krönung erschienen – würde er eine Brücke bauen – eine weiße Brücke, die sich spannte, so dachte er als Junge, wie Engelsflügel, wie die weiße Bogenbrücke von Robert Maillart, die in seinen Büchern abgebildet war. Vielleicht war es arrogant, wenn man so fest an sein Schicksal glaubte. Aber wer konnte andererseits demütiger sein als einer, der den Gesetzen des eigenen Schicksals gehorchen zu müssen glaubte? Der Mord, der ihm zunächst als völlig abwegig, als Sünde gegen sich selbst erschienen war, mochte auch Teil dieses Schicksals sein. Anders war es im Grunde gar nicht möglich. Und wenn das so war, so fand er auch den Weg und die Kraft zur Sühne. Und wenn das Gesetz ihm den Tod bestimmt hatte, so gab es ihm auch die Kraft – ihm und auch Anne –, diesen Tod zu ertragen. Auf seltsame Weise fühlte er sich kleiner als das kleinste Lebewesen im Meer und gleichzeitig stärker als der größte Berg der Erde. Doch er war dabei nicht arrogant. Seine Arroganz war nur ein Verteidigungsmittel gewesen, am stärksten damals, als er mit Miriam brach. Und hatte er nicht schon damals, als sie ihn quälte und er so elend war, gewußt, er werde eine andere Frau finden, die er lieben konnte und die ihn immer lieben würde? Was brauchte er denn noch an Beweisen, daß das alles so war, daß er und Anne sich niemals näher gewesen, ihre Leben niemals harmonischer verlaufen waren als in diesen drei Wochen auf See?

Mit einer Drehung der Füße wandte er sich um und erblickte Anne, die an den Hauptmast gelehnt stand und mit einem Lächeln zu ihm herabsah; es war ein halb unterdrücktes stolzes Lächeln, wie das einer Mutter, die ihr Kind heil durch eine schwere Krankheit gebracht hat. Als Guy zurücklächelte, staunte er von neuem, wie er so blind auf ihre Unfehlbarkeit und Sicherheit vertrauen konnte. Sie war doch auch nur ein Mensch. Und am wunderbarsten war es, daß sie sein war.

Ein paar Tage später rief Bruno abends an. Er sagte, er sei gerade in der Nähe und wolle mal hereinschauen. Seine Stimme klang völlig nüchtern und etwas deprimiert.

Guy lehnte ab. Ruhig und fest teilte er ihm mit, daß weder er noch Anne ihn wiederzusehen wünschten; aber schon beim Sprechen merkte er, wie die ruhige Sicherheit der vergangenen Wochen zerbröckelte angesichts des Irrsinns, daß sie überhaupt eine Unterhaltung zusammen führten.

Bruno wußte: Gerard hatte noch nicht mit Guy gesprochen. Er glaubte auch nicht, daß sich Gerard länger als ein paar Minuten mit ihm unterhalten würde. Aber da Guys Stimme so kalt klang, hatte er nicht den Mut, ihm mitzuteilen, daß Gerard seinen Namen ausfindig gemacht hatte und ihn vielleicht aufsuchen würde, und weiter, daß er und Guy sich fortan nur noch heimlich treffen könnten – keine Parties mehr und keine gemeinsamen Mittagessen –, wenn Guy das recht war.

»Okay«, sagte er ruhig und legte auf.

Gleich darauf klingelte das Telefon noch einmal. Stirnrunzelnd legte Guy die Zigarette weg, die er gerade angezündet hatte, und nahm den Hörer ab.

»Hallo. Hier ist Arthur Gerard, Confidential Detectives Bureau ...« Gerard fragte, ob er mal herüberkommen dürfe.

»Ein Privatdetektiv?« fragte Anne erstaunt. »Was will er denn?«

Guy zögerte einen Augenblick. Zum Teufel mit Bruno, dem hatte er dies jetzt zu verdanken. »Ich weiß es nicht.«

Gerard war pünktlich. Er verbeugte sich vor Anne, entschuldigte sich für die späte Störung und fand einige passende Worte über Haus und Garten. Guy betrachtete ihn mit Erstaunen. Gerard sah stumpf, müde und fast etwas schmuddelig aus. Erst als er es sich mit Zigarre und Highball bequem gemacht hatte, sah Guy den scharfen Blick in den hellbraunen Augen und die Energie in den plumpen Händen und begann sich unsicher zu fühlen. Gerard schien unberechenbar.

»Sie sind ein Freund von Charles Bruno, Mr. Haines?«

»Ja, ich kenne ihn.«

»Sein Vater ist im letzten März ermordet worden, das werden Sie sicher gehört haben. Der Mörder ist noch nicht gefunden.«

»Das wußte ich nicht«, sagte Anne.

Gerards Augen wanderten langsam von ihr zurück zu Guy.

»Ich auch nicht«, sagte Guy.

»So gut kennen Sie ihn also nicht?«

»Ich kenne ihn nur flüchtig.«

»Wann und wo haben Sie ihn kennengelernt?«

Guy warf einen schnellen Blick auf Anne. »In der Kunstschule von Parker, ich glaube, es war letzten Dezember.« Sicher war er jetzt in eine Falle geraten. Er hatte einfach die Antwort wiederholt, die Bruno auf der Hochzeit gegeben hatte, weil Anne damals Brunos Worte gehört hatte, und sie hatte sie vermutlich längst vergessen. Warum sah Gerard ihn an, als ob er kein Wort glaubte? Warum hatte ihn Bruno nicht vor Gerard gewarnt? Bruno hatte irgendwann mal gemeint, sie sollten sagen, sie hätten sich in einer bestimmten Bar in der Stadt kennengelernt. Warum hatten sie das bloß nie fest abgemacht?

»Und wann haben Sie ihn dann wiedergesehen?« fragte Gerard.

»Erst auf meiner Hochzeit, im Juni.« Er saß Gerard gegenüber mit dem leicht verwirrten Ausdruck eines Mannes, der den Sinn der inquisitorischen Fragen noch nicht erkennt. Gott sei

Dank hatte er Anne versichert, Brunos Behauptung, sie wären alte Freunde, sei nichts als seine spezielle Art von Humor. »Wir hatten ihn nicht eingeladen«, fügte er hinzu.

»Er kam einfach so?« Gerard sah aus, als könne er sich das gut vorstellen. »Aber Sie haben ihn doch zu der Party eingeladen, die Sie im Juli gaben?« Er warf auch Anne einen Blick zu.

»Da hat er angerufen und gefragt, ob er kommen könne«, sagte Anne; »was blieb mir denn da anderes übrig?«

Gerard erkundigte sich, ob Bruno vielleicht durch irgendwelche Freunde, die ebenfalls eingeladen waren, von der Party erfahren haben könne, und Guy meinte, das sei möglich, und gab den Namen der Blondine an, die Bruno an dem Abend so überschwenglich begrüßt hatte.

Gerard lehnte sich zurück. »Mögen Sie ihn eigentlich?«

»Aber sicher«, sagte Anne höflich und abschließend.

»Doch, warum nicht?« sagte Guy, weil Gerard offenbar auf seine Antwort wartete. »Vielleicht ist er ein bißchen aufdringlich, aber sonst wirklich ganz nett.« Seine rechte Gesichtshälfte lag im Schatten. Ob Gerard in seinem Gesicht nach Kratzwunden suchte?

»Er hat einen Hang zur Heldenverehrung«, sagte Gerard lächelnd, aber das Lächeln wirkte nicht mehr echt; vielleicht war es niemals echt gewesen. »Tut mir leid, daß ich Sie stören mußte, Mr. Haines.«

Fünf Minuten später war er fort.

»Was soll das bloß?« fragte Anne. »Ob er Charles Bruno im Verdacht hat?«

Guy schob den Riegel vor die Haustür und kam zurück. »Wahrscheinlich verdächtigt er einen seiner Bekannten. Vielleicht denkt er auch, Charles weiß etwas, weil er seinen Vater gehaßt hat. Das hat mir Charles jedenfalls mal erzählt.«

»Glaubst du denn, daß Charles etwas weiß?«

»Das kann man nie wissen ...« Guy nahm sich eine Zigarette.

»Mein Gott.« Anne starrte auf die Sofaecke, als sähe sie dort noch Bruno sitzen, wie am Abend der Party. »Unheimlich, wie es bei manchen Leuten zugeht«, flüsterte sie.

36

»Hör zu!« sagte Guy dringlich in den Telefonhörer. »Hör jetzt mal zu, Bruno!« Bruno war betrunkener, als Guy ihn je erlebt hatte, aber er war fest entschlossen, bis zu dem verworrenen Bewußtsein vorzudringen. »Hast du Gerard gesagt, daß wir uns auf der Kunstschule kennengelernt haben?«

Ja, sagte Bruno, das habe er. Soviel war aus dem betrunkenen Gebrabbel zu verstehen. Und Bruno wollte jetzt herüberkommen. Es gelang Guy nicht, ihm beizubringen, daß Gerard schon bei ihm gewesen war und ihn verhört hatte. Guy knallte den Hörer auf die Gabel und riß sich den Kragen auf. Ausgerechnet jetzt mußte Bruno ihn anrufen! Nach Gerards Besuch war ihm die Gefahr sehr klargeworden. Es war viel wichtiger, die Verbindung mit Bruno vollständig abzubrechen, als sich mit ihm auf eine Version zu einigen, die in allen Teilen stimmte. Am meisten erboste es ihn, daß er aus Brunos Faseleien nicht hatte entnehmen können, was vorgefallen war oder in welcher Verfassung er sich befand.

Er war oben mit Anne in seinem Arbeitszimmer, als die Türglocke läutete.

Er öffnete die Tür nur einen Spalt, aber Bruno stolperte dagegen, taumelte durch das Wohnzimmer und fiel aufs Sofa. Guy blieb vor ihm stehen, sprachlos vor Wut und Ekel. Brunos fetter rötlicher Nacken wölbte sich über dem Kragen. Er schien eher aufgedunsen als betrunken, als habe ein Odem des Todes den ganzen Körper aufgeblasen und selbst die tiefen Augenhöhlen ausgefüllt, so daß die grauroten Augäpfel unnatürlich vorstanden. Bruno starrte ihn an. Guy ging schnell ans Telefon, um ein Taxi zu rufen.

»Wer ist da, Guy?« rief Anne von oben herunter.

»Charles Bruno. Er ist betrunken.«

»Gar nicht wahr«, protestierte Bruno.

Anne kam die Treppe herunter und sah ihn. »Ob wir ihn nicht einfach ins Fremdenzimmer bringen?«

»Ich will ihn nicht hierhaben.« Guy suchte im Telefonbuch nach der Nummer des Autorufs.

»Dochchch!« Brunos Stimme klang wie ein rasselndes Schnarchen. Alles Weitere, was er vor sich hinmurmelte, war nicht zu verstehen.

»Was sagt er?« Anne stand neben Guy.

Guy ging hinüber und packte ihn vorn am Oberhemd. Das idiotische Gefasel machte ihn rasend. Er versuchte ihn aufzusetzen, Brunos Speichel lief ihm über die Hand. »Los, aufstehen und raus hier!« Und dann verstand er die Worte:

»Ich sag's ihr, ich sag's ihr – ich sag's ihr – ich sag's ihr...« brabbelte Bruno, das eine Auge starr auf Guy gerichtet. »Schmeiß mich nicht raus. Ich sag's ihr, ich...«

Erfüllt von Abscheu ließ Guy ihn los.

»Was ist, Guy? Was redet er?«

»Ich bring ihn nach oben«, sagte Guy.

Er versuchte mit aller Kraft, sich Bruno über die Schulter zu legen, aber der schwere, reglose Körper war zuviel für ihn. Er legte ihn auf das Sofa und ging ans vordere Fenster. Kein Wagen stand draußen; Bruno schien vom Himmel gefallen zu sein. Er schlief jetzt lautlos, und Guy blieb im Sessel sitzen, rauchte und wartete.

Gegen drei Uhr morgens erwachte Bruno und brauchte zwei Whiskies, um zu sich zu kommen. Danach sah er, abgesehen von der Aufgeschwemmtheit, fast wieder normal aus. Er war sehr erfreut, sich bei Guy zu Hause zu finden, hatte aber keine Ahnung, wie er hergekommen war.

»Ich hatte wieder eine Tour mit Gerard«, sagte er grinsend. »Hat drei Tage gedauert. Hast du die Zeitungen gelesen?«

»Nein.«

»Na, du bist gut, liest nicht mal Zeitungen. Gerard hat 'ne neue falsche Spur. Ich hab da so einen krummen Freund, Matt Levine, der hat für die Nacht kein Alibi, und Herbert glaubt, er könnte es gewesen sein. Vielleicht sitzt Matt jetzt drin.«

»Und verliert den Kopf dafür?«

Bruno zögerte, immer noch lächelnd. »Na, den Kopf nicht gerade, aber vielleicht den Kragen. Er hat schon zwei oder drei Tote auf seinem Konto. Bei der Polizei sind sie froh, daß sie ihn jetzt zu fassen kriegen.« Bruno schauderte zusammen und trank sein Glas aus.

Guy hatte fast unbezwingliche Lust, den großen Aschenbecher vom Tisch zu nehmen und auf Brunos aufgeschwemmtes Gesicht einzuschlagen, um die Spannung loszuwerden, die immer weiter stieg, bis er entweder sich selbst oder Bruno umgebracht hatte. Mit beiden Händen packte er Brunos Schulter.

»Scherst du dich jetzt raus? Dies ist das letzte Mal, das schwör ich dir!«

»Nein«, sagte Bruno still, ohne den geringsten Widerstand; in seinem Gesicht erkannte Guy die alte Gleichgültigkeit gegen Schmerz und Tod, die er damals bei dem Kampf im Wald gesehen hatte.

Guy schlug sich die Hände vors Gesicht, er fühlte das Zucken gegen die Handflächen. »Wenn Matt hierfür verurteilt wird, gehe ich hin und sage alles. Alles.«

»Ach, der wird schon nicht. Dafür reicht's gar nicht. Ist doch alles bloß Quatsch, Mensch.« Bruno grinste. »Matt ist der Richtige mit den falschen Beweisen. Du bist der Falsche mit den richtigen Beweisen. Du bist doch jetzt ein großes Tier, Mensch!« Er zog etwas aus der Tasche und gab es Guy. »Hier, das habe ich letzte Woche gefunden. Prima, Guy.«

Guy betrachtete das Foto des ›Pittsburger Warenhauses‹ mit dem tiefschwarzen Hintergrund. Es war eine Broschüre des Modernen Museums; der Text lautete: »Guy Daniel Haines, knapp dreißig, folgt der Wright'schen Tradition. Sein Stil ist eindeutig und kompromißlos, stark und klar, aber nicht karg, und von einer Anmut, die er ›singend‹ nennt...« Das letzte mißfiel ihm gründlich, das Beiwort war eine Erfindung des Museums.

Bruno steckte das kleine Buch wieder ein. »Du bist jetzt ganz oben. Wenn du die Nerven behältst, können sie dich um und um kehren, ohne dich je zu verdächtigen.«

Guy sah auf ihn nieder. »Das ist noch lange kein Grund für dich, hierherzukommen. Warum tust du das?« Aber er wußte es längst. Weil Bruno an seinem Glück mit Anne teilhaben wollte; weil er selbst, Guy, auch etwas aus jedem Zusammensein mit Bruno gewann. Es war wie eine Folter, die sie gemeinsam zu erdulden hatten und die dadurch erträglicher wurde.

Bruno beobachtete ihn, als kenne er jedes Wort, das ihm durch den Kopf ging. »Guy, ich hab dich gern, aber vergiß ja eins nicht: gegen dich liegt viel mehr vor als gegen mich. Wenn du mich anzeigst, kann ich mich rauswinden, aber du kannst das nicht. Erst mal erkennt dich Herbert vielleicht wieder. Und Anne könnte sich entsinnen, daß du dich damals so komisch verhalten hast. Und dann die Kratzer und die Wunde. Und all die kleinen Beweisstücke, die sie dir vorhalten würden, den Revolver und die Stücke vom Handschuh ...« Wie alte Erinnerungen zählte Bruno alles langsam und liebevoll auf. »Wenn ich gegen dich aussage, bist du geliefert, darauf kannst du dich verlassen.«

37

Sobald Anne ihn rief, wußte Guy, daß sie die Beule gesehen hatte. Er hatte die Stelle in Ordnung bringen wollen und hatte es vergessen. Zuerst sagte er, er wisse nicht, wie es gekommen sei. Dann sagte er, ja, er wisse es doch. Er sei letzte Woche einmal hinausgefahren und habe mit dem Boot eine Boje gerammt.

»Warst du allein draußen?« Anne lächelte ein wenig, denn seine Segelkenntnisse ließen noch einiges zu wünschen übrig.

Bruno hatte ihn an dem Tag angerufen und darauf bestanden, mit ihm segeln zu gehen. Gerard hatte sich mit Matt Levine festgefahren und kam nicht weiter, er kam nirgends weiter, und das wollte Bruno feiern. »Ich habe Charles Bruno mitgenommen«, sagte Guy. Und den Revolver hatte er an dem Tag auch bei sich gehabt.

»Dann ist ja alles in Ordnung, Guy. Bloß, warum hast du dich wieder mit ihm getroffen? Ich dachte, du kannst ihn nicht ausstehen.«

»Ach, bloß eine Laune«, murmelte er. »Es war an den zwei Tagen, als ich zu Hause zu arbeiten hatte.« Es war durchaus nicht in Ordnung, das wußte er. Anne sorgte stets dafür, daß die Messing- und Holzteile der *India* fleckenlos schimmerten. Und dann Bruno! Jetzt mißtraute sie ihm.

»Du, Guy – Bruno ist doch der Mann, den wir damals abends vor deiner Wohnung trafen, nein? Der uns dann im Schnee angesprochen hat?«

»Doch, das war er.« Guys Finger krallten sich hilflos um den Revolver in seiner Tasche.

»Was hat er bloß für ein Interesse an dir?« Anne schlenderte das Deck entlang hinter ihm her. »Für Architektur hat er keinen Sinn, das habe ich bei der Party damals im Gespräch gemerkt.«

»Er hat gar kein Interesse an mir. Er weiß bloß nicht, was er sonst anfangen soll.« Wenn er erst den Revolver los war, dann konnte er reden.

»Du hast ihn in der Kunstschule kennengelernt?«

»Ja. Er trieb sich da auf den Gängen herum.« Wie leicht das Lügen war, wenn man lügen *mußte*! Nur banden ihm die Lügen Schlingen um Füße, Körper und Kopf, und eines Tages, das wußte er, würde er das Falsche sagen und Anne verlieren. Er wandte sich um. Der Revolver wog schwer in seiner Tasche; er ging zum Vorschiff. Hinter sich hörte er Anne; sie ging in Tennisschuhen mit weichen Schritten zum Cockpit zurück.

Der Tag war grau und verhangen, es sah nach Regen aus. Die *India* schaukelte sacht auf den Wellen und schien von der Küste nicht weiter entfernt als vor einer Stunde. Guy lehnte am Bugspriet und betrachtete seine weißgekleideten Beine, die blaue Jacke mit den Goldknöpfen, die er aus dem Schiffsschrank genommen hatte und die vielleicht Annes Vater gehörte. Er, Guy, hätte eigentlich statt Architekt auch Seemann werden können. Mit vierzehn war das sein größter Wunsch gewesen. Was hatte ihn damals zurückgehalten? Wie anders wäre sein Leben verlaufen ohne – ohne was? Ohne Miriam, natürlich.

Guy blieb einen Augenblick am Bugspriet stehen und hing seinen Gedanken nach. Er zog den Revolver aus der Jackentasche. Den Ellbogen aufgestützt, hielt er die kleine Waffe mit beiden Händen über das Wasser, dann ließ er sie fallen. Sie drehte sich einmal um sich selbst und verschwand mit einem kleinen Platschen in der Tiefe.

»Was war das?«

Guy wandte sich um und sah Anne auf dem Deck nahe der Kabinentür stehen. Er schätzte die Entfernung auf drei bis vier Meter. Und kein Wort, keine Silbe fiel ihm als Antwort ein.

38

Unsicher hielt Bruno den Drink in der Hand. Die Badezimmerwände sahen aus, als seien sie im Begriff, in kleine Stücke zu zerbrechen – so als ob gar keine Wand wäre oder als ob er selbst überhaupt nicht da sei.

»Ma!« schrie er angstvoll; dann schämte er sich und trank das Glas aus.

Auf den Zehenspitzen schlich er ins Schlafzimmer seiner

Mutter und weckte sie mit einem Druck auf den Knopf am Bett, der Herbert in der Küche anzeigte, daß sie zum Frühstück bereit war.

»Ohhh«, gähnte sie und lächelte dann. »Wie geht's dir denn?«

»Danke . . .«

Sie gab ihm einen liebevollen Klaps auf den Arm, schlüpfte aus dem Bett und ging ins Bad. Bruno blieb still auf dem Bett sitzen, bis sie zurückkam und wieder unter die Decke kroch.

»Heute nachmittag sind wir mit dem Mann wegen der Reise verabredet. Wie heißt er doch noch – Saunders glaube ich. Wär gut, wenn du mitkämst.«

Bruno nickte. Es handelte sich um ihre Reise nach Europa, die sie möglicherweise in eine Weltreise auszudehnen gedachten. Heute morgen hatte der Plan keinerlei Reiz für ihn. Mit Guy hätte er vielleicht Lust zu einer Weltreise. Er erhob sich und überlegte, ob er sich noch einen Drink holen sollte.

»Wie fühlst du dich?«

Immer fragte sie zur unrechten Zeit. »Okay«, sagte er und setzte sich wieder.

Es klopfte an der Tür, und Herbert trat ein. »Guten Morgen, *Madame*. Guten Morgen, Sir«, sagte er, ohne jemanden anzusehen.

Mit aufgestütztem Kinn und gerunzelter Stirn blickte Bruno auf Herberts blankgeputzte Schuhe. Herberts Unverschämtheit war in der letzten Zeit wirklich unerträglich geworden. Gerard hatte ihm eingeredet, daß er die Schlüsselfigur in dem ganzen Fall sei. Alle lobten ihn und sagten, wie tapfer er es mit dem Mörder aufgenommen habe. Und sein Vater hatte ihm testamentarisch zwanzigtausend hinterlassen. Herbert könnte weiß Gott jetzt mal Urlaub nehmen!

»Kann *Madame* mir schon sagen, ob heute abend sechs oder sieben Personen zum Essen sind?«

Bruno sah ihn an, er betrachtete das rosige spitze Kinn und dachte: da hat Guy seine Faust hingesetzt und ihn glatt umgeschmissen.

»Ach je, ich hab noch gar nicht telefoniert, Herbert. Ich denke wohl sieben.«

»Schön, *Madame*, danke sehr.«

Sieben – das bedeutet also Rutledge Overbeck II, dachte

Bruno. Rutledge Overbeck war wahnsinnig verknallt in seine Mutter, oder tat jedenfalls so. Bruno wollte ihr noch sagen, daß Herbert seine Anzüge seit sechs Wochen nicht zum Bügeln geschickt hatte, aber er fühlte sich zu scheußlich dazu.

»Ich bin schrecklich gespannt auf Australien«, sagte sie und biß in ihren Toast. Sie hatte eine Landkarte gegen das Kaffeekännchen gelehnt.

Ein häßlich kribbelndes Gefühl machte sich in seinen Oberschenkeln bemerkbar. Er stand auf. »Mama, mir ist gar nicht gut.«

Besorgt runzelte sie die Stirn. »Was ist los, Darling? Was möchtest du?«

Er lief schnell aus dem Zimmer, ihm war sterbenselend. Im Bad wurde alles schwarz um ihn. Er taumelte in sein Zimmer und ließ die noch verschlossene Whiskyflasche aufs Bett fallen.

»Charley, was ist los? Was fehlt dir?«

»Hinlegen.« Er ließ sich fallen, aber das half nicht. Er schob seine Mutter beiseite, damit er aufstehen konnte, aber als er auf dem Bett saß, wollte er wieder liegen. Er stand auf. »Mir ist – mir ist zum Sterben.«

»Leg dich doch hin, Darling. Möchtest du – möchtest du eine Tasse Tee?«

Bruno riß sich die Schlafanzugjacke vom Leib. Er hatte das Gefühl, als müsse er ersticken. Keuchend rang er nach Luft.

Sie kam mit einem nassen Handtuch herbeigeeilt. »Was ist los – ist es der Magen?«

»Alles.« Er stieß die Slipper von den Füßen und ging ans Fenster, um es zu öffnen, aber es war schon offen. Schweißbedeckt drehte er sich um. »Mama, vielleicht sterbe ich jetzt. Glaubst du, ich muß sterben?«

»Ich hol dir einen Drink!«

»Nein, hol den Arzt!« schrie er. »Und 'n Drink will ich auch!« Kraftlos riß er an der Pyjamaschnur und ließ die Hose fallen. Was war das bloß? Das gewöhnliche Schütteln war es nicht, dazu war es zu schwach. Selbst seine Hände waren ganz schwach und kribbelten. Er hielt sie hoch. Die Finger waren nach innen gebogen, er konnte sie nicht strecken. »Mama, sieh doch meine Hände an! Was ist das? Was ist das?«

»Hier, komm. Trink das.«

Er hörte, wie die Flasche gegen das Glas stieß. Er konnte

nicht länger warten. Angstverzerrt taumelte er in die Halle und starrte auf seine schlaffen, gebogenen Finger. Der Mittelfinger jeder Hand bog sich nach innen und berührte fast den Handballen.

»Darling, zieh den Morgenrock an!« flüsterte sie.

»Ruf den Arzt!« Den Morgenrock – wie konnte sie daran jetzt denken! Was machte es schon, daß er splitternackt war? »Mama, sie dürfen mich nicht mitnehmen!« Er zog sie am Ärmel, während sie am Telefon stand. »Schließ alle Türen ab! Weißt du, was sie mit mir machen?« Er sprach hastig und dringlich auf sie ein, denn das taube Gefühl in den Gliedern nahm zu, und er wußte jetzt, was mit ihm los war. Er war ein *Fall.* Den Rest seines Lebens würde er so bleiben! »Du weißt doch, Mama, die stecken einen einfach in die Zwangsjacke. Dann muß ich sterben!«

»Dr. Packer? Hier ist Mrs. Bruno. Können Sie mir einen Arzt hier in der Nähe empfehlen?«

Bruno heulte auf. Wie sollte man einen Arzt hier heraus in die Wildnis kriegen? »Mamamm ...« Er keuchte. Er konnte nicht mehr reden, die Zunge nicht mehr bewegen. Sie war ihm in die Stimmbänder geraten! »Aaaachch-ch!« Er wand sich aus der Pyjamajacke, die seine Mutter ihm umzulegen versuchte. Sollte doch Herbert ihn anstarren, wenn er Lust hatte!

»Charles!«

Er gestikulierte mit den hilflosen Händen und deutete auf seinen Mund. Er wankte zum Spiegelschrank. Sein Gesicht sah wächsern aus; die Lippen waren gräßlich von den Zähnen zurückgezogen. Und die Hände! Nie mehr würde er ein Glas halten oder sich eine Zigarette anzünden können. Mit dem Autofahren war es aus. Nicht mal auf die Toilette konnte er noch allein gehen!

»Hier, trink das aus.«

»Ja.« Ja – Alkohol. Trinken. Er bemühte sich, alles mit den unbeweglichen Lippen aufzufangen. Es brannte im Gesicht und lief ihm die Brust hinunter. Mehr, mehr – er fuchtelte wild mit den Händen. Er wollte ihr klarmachen, daß sie die Türen abschließen sollte. O Gott, wenn dies noch einmal vorüberging, wollte er sein Leben lang dankbar sein. Er ließ sich von Herbert und seiner Mutter aufs Bett legen.

»Nicht ... nicht ...« brachte er mit erstickter Stimme heraus.

Er zog seine Mutter an ihrem Morgenmantel und riß sie fast zu sich herab. Wenigstens konnte er sich jetzt festhalten. »Nicht – weg...« würgte er hervor, und sie beteuerte ihm, nein, sie würde ihn nicht wegbringen lassen. Und alle Türen wollte sie abschließen.

Gerard, dachte er. Gerard sammelte immer noch Material gegen ihn, immer weiter und weiter. Und nicht bloß Gerard, ein ganzes Regiment von Leuten war damit beschäftigt; sie prüften und schnüffelten und suchten andere Leute auf, sie hämmerten auf Schreibmaschinen, liefen ein und aus mit weiteren Beweisstücken, jetzt hatten sie welche aus Santa Fé, und eines Tages konnte Gerard sie dann richtig zusammensetzen. Eines Tages kam Gerard vielleicht her und fand ihn so wie jetzt, und dann stellte er ihm Fragen, und er würde alles, alles sagen. Ja, er hatte jemand umgebracht. Und wenn man jemand umgebracht hatte, wurde man selber umgebracht. Vielleicht kriegten sie ihn weich. Er starrte auf die Lampenfassung an der Decke, sie erinnerte ihn an den verchromten Verschluß im Waschtisch im Hause seiner Großmutter in Los Angeles. Warum mußte er daran jetzt denken?

Der scharfe Stich der Injektionsnadel weckte ihn aus der halben Bewußtlosigkeit.

In einer Ecke des halbdunklen Raumes unterhielt sich der nervös aussehende junge Arzt mit seiner Mutter. Bruno fühlte sich besser. Sie würden ihn nicht mitnehmen. Er war wieder in Ordnung. Es war bloß der Schreck gewesen. Vorsichtig beobachtete er unter der Bettdecke, wie sich seine Finger bewegten. »Guy«, flüsterte er. Die Zunge war noch schwer, aber er konnte wieder reden. Dann sah er, wie der Arzt hinausging.

»Mama, ich will nicht nach Europa«, sagte er mit monotoner Stimme, als sie zu ihm trat.

»Gut, mein Herz, dann fahren wir nicht.« Sie setzte sich behutsam auf die Bettkante, und sofort fühlte er sich besser.

»Er hat doch nicht gesagt, ich darf nicht fahren?« Als ob ihn das kümmerte, wenn er wirklich fahren wollte. Was hatte er schon zu fürchten? Nicht mal einen weiteren Anfall wie diesen eben. Er berührte seine Mutter an der Schulter, aber als ihm Rutledge Overbeck einfiel, der heute abend zum Essen kam, ließ er die Hand wieder fallen. Bestimmt hatte seine Mutter ein Verhältnis mit ihm. Sie besuchte ihn viel zu häufig in seinem

Atelier und blieb dann reichlich lange. Er gab es ungern zu, aber warum sollte er schließlich nicht, wenn es sich unter seinen Augen abspielte. Es war das erste Verhältnis, und sein Vater war tot, warum also sollte sie nicht, aber mußte es ausgerechnet so ein Blödian sein? Ihre Augen sahen jetzt im verdunkelten Zimmer viel dunkler aus. Sie hatte sich nicht gerade verschönt nach dem Tod seines Vaters. Und so würde sie jetzt immer bleiben. Nie wieder würde sie jung sein, jung und frisch, wie er sie gern hatte. »Sieh doch nicht so traurig aus, Ma.«

»Darling – willst du versprechen, nicht mehr so viel zu trinken? Der Arzt hat gesagt, dies war eine Warnung heute morgen, verstehst du? Eine Warnung der Natur.« Sie fuhr sich mit der Zunge über die Lippen. Aber den Anblick ihrer weichen, rotgeschminkten Unterlippe konnte Bruno nicht ertragen.

Er schloß fest die Augen. »Zum Teufel, ich hab noch kein Delirium.«

»Dies ist viel schlimmer. Ich hab mit dem Arzt gesprochen. Er sagt, es zerstört dein Nervengewebe und kann dich umbringen. Begreifst du das nicht?«

»Doch, Mama.«

»Versprichst du es mir?« Sie sah, wie sich die flatternden Augenlider schlossen, und hörte ihn seufzen. Die wahre Tragödie war ja nicht dieser Anfall heute morgen, dachte sie, sondern der eine Tag vor vielen Jahren, als er zum erstenmal allein zur Flasche griff. Und nicht einmal das war das schlimmste, denn der Alkohol damals war nicht seine erste Zuflucht gewesen, sondern die letzte. Längst vorher, das war sicher, hatte alles um ihn her versagt: sie und Sam und alle seine Freunde; seine Hoffnungen und Träume waren erloschen. Wie sehr sie sich auch abmühte, niemals fand sie heraus, wo oder warum alles begonnen hatte, denn Charley hatte immer alles bekommen, sie und Sam hatten ihr möglichstes getan, jedes seiner Interessen zu stärken und zu fördern. Wenn sie bloß wüßte, wann und wo es angefangen hatte... Sie erhob sich; jetzt brauchte sie selbst einen Drink.

Vorsichtig öffnete Bruno die Augen. Er fühlte sich wunderbar schwer und schläfrig. Er sah sich selbst in ein paar Meter Entfernung, als sähe er sich auf einem Bildschirm. Er hatte den rotbraunen Anzug an, und er stand auf der Insel in Metcalf, jünger und schlanker, er warf sich auf Miriam und fiel mit ihr zu

Boden – es waren die Sekunden vorher und nachher, getrennt von der anderen Zeit. In diesen Augenblicken hatte er ganz besondere Bewegungen gemacht und ganz besondere glänzende Gedanken gedacht. Solche Augenblicke würde er nie wieder erleben. Wie Guy es auch von sich gesagt hatte, neulich auf dem Schiff. Bruno war froh, daß für sie beide diese besonderen Augenblicke zeitlich so nahe gewesen waren. Bei Guy war es gewesen, als er das *Palmyra* baute. Manchmal stellte sich Bruno vor, er könne ohne Bedauern jetzt sterben, denn nie wieder würde er etwas erleben, das jener Nacht in Metcalf gleichkam. Seine Energie ließ nach, und seine Neugier nahm ab, das fühlte er. Aber das machte nichts, denn er kam sich irgendwie so weise vor und auch so zufrieden. Erst gestern hatte er um die Welt reisen wollen – warum? Nur um damit anzugeben? Bei wem denn? Letzten Monat hatte er an William Beebe geschrieben und sich erboten, mit dem neuen unbemannten Tauchboot in die Bathysphäre zu tauchen. Wozu? Verglichen mit der Nacht in Metcalf war doch alles schal und dumm. Und verglichen mit Guy war jeder andere Mensch ein Dummkopf. Wozu sollte man nach Europa fahren – wegen der Frauen? Quatsch. Viele Leute meinten, Sex werde erheblich überschätzt. Und die Psychologen sagten, keine Liebe dauere ewig. Aber bei Guy und Anne stimmte das nicht. Er hatte das sichere Gefühl, ihre Liebe werde alles überdauern – warum, das wußte er nicht. Nicht nur, weil Guy sie so sehr liebte, daß er nichts anderes sah. Auch nicht, weil Guy jetzt genug Geld hatte. Es war irgendwas Unsichtbares, auf das er noch nicht gekommen war. Manchmal war er ganz nahe dran. Nein, er wollte es gar nicht wissen. Rein wissenschaftliche Neugier. Lächelnd drehte sich Bruno auf die Seite und knipste den Deckel seines goldenen Dunhill-Feuerzeugs auf und zu. Der Mann vom Reisebüro konnte lange warten. Zu Hause war es tausendmal schöner und bequemer als in Europa. Und hier – hier war Guy.

39

Gerard jagte ihn durch einen Wald und schwenkte alle Beweisstücke: die Handschuhfetzen, die Mantelfädchen, sogar den Revolver, denn Gerard hatte Guy schon geschnappt. Guy war hinten im Wald festgebunden, aus seiner rechten Hand floß hell und eilig das Blut. Wenn er Guy nicht erreichen konnte, mußte er verbluten. »Guy!« Aber seine Stimme war zu schwach, und Gerard hatte ihn fast erreicht.

Bruno nahm alle Kraft zusammen und setzte sich auf. Der Alptraum glitt von ihm ab wie schwere Felsbrocken.

Gerard. Da war er.

»Was ist los? Schlecht geträumt?«

Die rosarote Hand berührte ihn. Bruno fuhr zurück und sprang vom Bett herunter auf den Fußboden.

»Gerade rechtzeitig aufgeweckt, was?« Gerard lachte.

Bruno preßte die Zähne so fest aufeinander, daß es schmerzte. Er lief ins Badezimmer und stürzte bei weit offener Tür einen Drink hinunter. Sein Gesicht im Spiegel glich einem höllischen Schlachtfeld.

»Tut mir leid, Sie zu stören, aber ich habe etwas Neues festgestellt.« Gerard sprach mit hoher, angespannter Stimme, die einen kleinen Sieg für ihn verhieß. »Über Ihren Freund Guy Haines. Der, von dem Sie gerade geträumt haben, oder?«

Das Glas zerbrach in Brunos Hand; sorgsam nahm er alle Scherben aus dem Waschbecken und legte sie auf den Boden des zerbrochenen Glases. Dann kam er gelangweilt schlendernd zurück ins Bett.

»Wann haben Sie ihn kennengelernt, Charley? Nicht im letzten Dezember.« Gerard lehnte sich gegen die Kommode und zündete sich eine Zigarre an. »War es vor ungefähr anderthalb Jahren? Sind Sie da mit ihm im gleichen Zug nach Santa Fé gefahren?« Gerard wartete. Er zog etwas unter dem Arm hervor und warf es auf das Bett. »Kennen Sie das?«

Es war Guys Plato aus Santa Fé, noch in der Verpackung, die Adresse halb verwischt. »Klar, das kenne ich.« Bruno schob es von sich. »Hab ich verloren, auf dem Weg zur Post.«

»Lag ganz richtig im Hotel *La Fonda* im Postfach. Wieso haben Sie sich ein Buch von Plato ausgeliehen?«

»Ich hab's im Zug gefunden.« Bruno sah auf. »Guys Adresse stand drin, und ich wollt's ihm schicken. Im Speisewagen hab ich es gefunden.« Er blickte Gerard gerade an. Gerard beobachtete ihn mit ruhigen, scharfen Augen.

»Wann haben Sie ihn kennengelernt, Charley?« fragte Gerard noch einmal mit der Geduld eines Mannes, der ein Kind befragt und weiß, daß es lügt.

»Im Dezember.«

»Sie wissen natürlich von dem Mord an seiner Frau.«

»Ja, natürlich, das habe ich gelesen. Und dann habe ich gelesen, daß er den *Palmyra Club* gebaut hat.«

»Und da dachten Sie, ach, wie interessant, denn Sie hatten vor sechs Monaten ein Buch gefunden, das ihm gehörte.«

Bruno zögerte. »Hm, hm.«

Gerard grunzte und lächelte leicht angewidert.

Bruno wurde es ungemütlich. Wo hatte er das schon mal gesehen, dieses Lächeln nach kurzem Grunzen? Ja: als er scinem Vater was vorgelogen hatte und hartnäckig daran festhielt, da hatte sein Vater so gegrunzt und ungläubig dazu gelächelt und ihn damit beschämt. Bruno merkte, daß seine Augen Gerard um Verzeihung baten; er wandte sie ab und blickte aus dem Fenster.

»Und all die Telefonanrufe nach Metcalf, die haben Sie gemacht, als Sie Guy Haines noch gar nicht kannten.« Gerard nahm das Buch in die Hand.

»Was für Anrufe?«

»Mehrere.«

»Einer vielleicht, als ich mal besoffen war.«

»Nein, mehrere. Und wozu?«

»Wegen des blöden Buches!« Wenn Gerard ihn so gut kannte, mußte er wissen, daß so was genau zu ihm paßte. »Vielleicht hab ich angerufen, als ich hörte, daß seine Frau ermordet worden war.«

Gerard schüttelte den Kopf. »Sie haben auch schon vor dem Mord angerufen.«

»Na und? Kann ja sein.«

»Na und? Ich werde Mr. Haines danach fragen. Wo Sie so viel Interesse an Morden haben, ist es eigentlich merkwürdig, daß Sie ihn nicht nach dem Mord angerufen haben, nicht wahr?«

»Ich hab jetzt genug von Morden!« schrie Bruno.

»Oh, das glaube ich Ihnen gern, Charley, wirklich.« Gerard schlenderte aus dem Zimmer, den Flur hinunter zum Zimmer von Brunos Mutter.

Bruno duschte und zog sich langsam und sorgfältig an. Neulich wegen Matt Levine hatte sich Gerard viel, viel mehr aufgeregt. Und soweit er sich erinnerte, hatte er vom Hotel *La Fonda* aus – wo Gerard sich anscheinend die Rechnungen hatte vorlegen lassen – nur zweimal in Metcalf angerufen.

»Was wollte Gerard?« fragte er seine Mutter.

»Ach, nichts Besonderes. Er wollte nur wissen, ob ich einen Freund von dir kenne. Guy Haines.« Sie bürstete sich das Haar aufwärts, so daß eine wilde Mähne das stille, müde Gesicht umstand. »Ist er nicht Architekt?«

»Ja. Ich kenne ihn gar nicht sehr gut.« Er ging hinter ihr im Zimmer auf und ab. Na ja, er hatte es ja gewußt: die Zeitungsausschnitte aus Los Angeles hatte sie vergessen. Gott sei Dank hatte er sie, als die *Palmyra*-Bilder in der Presse erschienen, nicht daran erinnert, daß er Guy kannte. Er mußte im Unterbewußtsein geahnt haben, daß er Guy herumkriegen würde.

»Gerard sagte was von irgendwelchen Telefongesprächen, die du letzten Sommer mit ihm geführt haben sollst. Was war denn da?«

»Ach, Mama, ich hab Gerards ewige Fragerei so gräßlich satt!«

40

Etwas später am gleichen Morgen trat Guy, glücklicher als seit Wochen, aus dem Direktorenraum der Bauzeichnerfirma Hansen & Knapp. Die Leute waren mit der Anfertigung der letzten Krankenhausskizzen beschäftigt, die komplexer waren als alles, was Guy bisher ausgeführt hatte; gerade waren die letzten Genehmigungen für das Baumaterial gekommen; und dann hatte er heute früh von Bob Treacher ein Telegramm erhalten, das ihn von Herzen freute. Bob war in den Beratenden Ingenieursausschuß für den neuen Alberta-Damm in Kanada gewählt worden – ein Posten, den er seit fünf Jahren erhofft hatte.

An den langen Tischen, zwischen denen er hindurchging, blickten einige Zeichner auf und sahen ihm nach, als er auf die Außentür zuschritt. Einer lächelte; er nickte ihm freundlich zu und fühlte dabei eine winzige Regung innerer Befriedigung. Vielleicht war es auch nur der neue Anzug; es war erst der dritte maßgeschneiderte Anzug seines Lebens. Anne hatte den graublauen Glencheckstoff mit ausgesucht. Anne hatte auch heute morgen den tomatenroten Wollschlips ausgesucht, der gut dazu paßte. Mit einem Blick in den Spiegel zog er noch einmal den Knoten fester.

Ein Zeichner steckte den Kopf aus der Tür zum Büro. »Mr. Haines? Gut, daß ich Sie noch erwische. Ein Gespräch für Sie.«

Guy ging zurück. Hoffentlich dauerte es nicht lange, er wollte Anne in zehn Minuten zum Lunch treffen. In einem der leeren Büros neben dem Zeichensaal nahm er den Hörer ab.

»Guy – bist du's? Hör zu: Gerard hat das Platobuch gefunden. Ja, in Santa Fé. Hör doch zu, das ändert gar nichts ... Ich hab das Buch im Zug gefunden, verstehst du? Meine Anrufe bei dir in Metcalf, das war alles wegen des Buches, hörst du? Aber kennengelernt haben wir uns erst im Dezember ...«

Seine Stimme klang erregter und unruhiger, als Guy sie je gehört hatte. Beim Hinausgehen überlegte er sich die Lügengeschichte, die ihm Bruno gerade vorgeschlagen hatte, als ob sie gar nicht zu ihm gehörte, als sei sie ein Stückchen Stoff, aus dem sich vielleicht ein Anzug machen ließe. Nein, Löcher hatte sie nicht, aber sie war auch nicht unbedingt haltbar. Nicht, wenn jemand sich erinnerte, sie beide im Zug gesehen zu haben. Zum Beispiel der Kellner, der ihnen in Brunos Abteil das Essen serviert hatte.

Er versuchte, Atem und Schritt zu verlangsamen. Er blickte auf zu der blassen Scheibe der Wintersonne. Die schwarzen Augenbrauen mit dem grauen Haar und der weißen Narbe, die Brauen, die, wie Anne sagte, immer buschiger wurden, brachen das gleißende Licht und beschützten ihn. Wenn man fünfzehn Sekunden lang direkt in die Sonne blickt, kann sie einem die Hornhaut verbrennen, hatte er mal irgendwo gelesen. Aber Anne beschützte ihn. Seine Arbeit schützte ihn. Der neue Anzug, der dumme neue Anzug. Er kam sich plötzlich töricht und hilflos vor. Der Tod war ihm ins Gehirn gedrungen und hielt ihn fest umschlungen. Vielleicht war er schon lange an den tödlichen Atem gewöhnt. Nun gut, er hatte keine Angst. Er reckte die Schultern. Anne war noch nicht da, als er im Restaurant ankam. Ach ja, sie wollte noch die Fotos abholen, die sie Sonntag zu Hause gemacht hatten. In seiner Tasche steckte Bob Treachers Telegramm, er zog es heraus und las es wieder und wieder:

Wurde soeben in Alberta-Ausschuß gewählt. Habe dich emp-

fohlen für Bau von Brücke. Anstellung garantiert. Mach dich möglichst bald frei. Brief folgt. Bob.

Anstellung garantiert. Wie er auch immer sein Leben aufgebaut haben mochte – seine Fähigkeit, eine Brücke zu bauen, stand außer Frage. Nachdenklich trank er den Martini. Seine Hand war ganz ruhig.

41

»Tja, jetzt habe ich es glücklich mit zwei Mordfällen zu tun«, sagte Gerard liebenswürdig und blickte auf den Aktenhefter, der vor ihm auf dem Schreibtisch lag. »Guy Haines' erste Frau ist ebenfalls ermordet worden. Der Fall ist bis jetzt noch nicht geklärt.«

»Ja, weiß ich.«

»Das dachte ich mir schon. Erzählen Sie mir mal alles, was Sie davon wissen.« Gerard setzte sich in seinem Stuhl zurecht.

Bruno merkte, daß Gerard sich seit Montag, als er auf den Plato gestoßen war, angelegentlich mit der Sache befaßt hatte. »Gar nichts weiß ich. Keiner weiß was. Oder?«

»Was glauben Sie denn? Sie müssen doch oft mit Haines darüber gesprochen haben.«

Bruno streckte die Hand nach einer Zigarette aus, hielt aber inne. »Ja, ich habe mit ihm darüber gesprochen«, sagte er ruhig und höflich. »Guy hat keine Ahnung, wer es getan haben kann. Er lebte schon seit drei Jahren getrennt von ihr.«

»Und was glauben Sie, wer es war? Ist Ihnen schon mal der Gedanke gekommen, daß Mr. Haines die Sache vielleicht eingefädelt hat? Und Sie haben sich dann vielleicht dafür interessiert, wie er es gemacht hat, ohne daß es rauskam?« Gerard saß wieder völlig entspannt in seinen Stuhl zurückgelehnt, die Hände hinter dem Kopf, als unterhielten sie sich über das schöne Wetter heute.

»Selbstverständlich glaube ich nicht, daß er das eingefädelt hat! Sie scheinen keine Ahnung zu haben, mit was für einem Kaliber von Mensch Sie es hier zu tun haben!«

»Das einzige Kaliber, das hier interessiert, ist das des Revolvers, Charles. Und Sie wären gewiß der erste, der mir das bestätigt.«

Gerard nahm den Hörer auf. »Würden Sie bitte Mr. Haines hereinschicken?«

Bruno fuhr leicht zusammen, und Gerard sah es. Gerard beobachtete ihn schweigend, während sie beide Guys Schritte die Halle entlangkommen hörten. Er hatte das ja von Gerard erwartet, sagte sich Bruno wieder und wieder. Also? Also? Also?

Guy sah unruhig aus, dachte Bruno, aber er tarnte sich mit seinem üblichen eilig-nervösen Auftreten. Er begrüßte Gerard und nickte Bruno zu.

Gerard bot ihm einen Stuhl an. »Ich habe Sie hergebeten, Mr. Haines, weil ich Ihnen eine ganz einfache Frage stellen möchte. Worüber spricht Charles am meisten mit Ihnen?« Gerard hielt Guy ein Päckchen Zigaretten hin, das jahrealt aussah, dachte Bruno, und Guy nahm sich eine.

Bruno sah, wie Guy die Brauen hochzog; die leichte Irritation in seinem Blick war genau richtig. »Er hat ab und zu mit mir über den *Palmyra Club* gesprochen«, antwortete Guy.

»Und über was noch?«

Guy blickte zu Bruno, der so nachlässig, daß es fast nonchalant aussah, an einem Fingernagel der aufgestützten Hand kaute. »Ich weiß wirklich nicht«, sagte Guy.

»Hat er mit Ihnen über den Mord an Ihrer Frau gesprochen?«

»Ja.«

»Wie redet er mit Ihnen über den Mord?« fragte Gerard freundlich. »Ich meine über den Mord an Ihrer Frau.«

Guy fühlte, wie ihm das Blut ins Gesicht stieg. Wieder blickte er auf Bruno, wie es sicher jeder, dachte er, in Gegenwart eines Menschen täte, über den gesprochen wird, ohne daß man ihn beachtet. »Er hat mich oft gefragt, ob ich wüßte, wer es getan haben könnte.«

»Wissen Sie es?«

»Nein.«

»Mögen Sie Charles gern?« Gerards dicke Finger zitterten leicht; merkwürdig. Jetzt spielten sie mit der Streichholzschachtel, die auf dem Schreibtisch lag.

Guy fielen Brunos Finger ein, wie sie damals im Zug die Streichholzschachtel auf das Steak fallen ließen.

»Ja«, gab Guy leicht erstaunt zurück.

»Hat er sie nicht schon öfters geärgert? Hat er sich nicht oft bei Ihnen aufgedrängt?«

»Nein, eigentlich nicht.«

»Waren Sie nicht ärgerlich, als er auf Ihrer Hochzeit erschien?«

»Nein.«

»Hat Charles mal zu Ihnen gesagt, daß er seinen Vater haßte?«

»Ja, das hat er.«

»Hat er jemals gesagt, daß er ihn umbringen möchte?«

»Nein«, kam die Antwort in dem gleichen sachlichen Ton.

Gerard zog eine Schreibtischschublade auf und nahm das braunverpackte Buch heraus. »Hier ist das Buch, das Charles Ihnen schicken wollte. Ich kann's Ihnen leider noch nicht zurückgeben, weil ich es vielleicht noch brauche. Wie ist er dazu gekommen?«

»Er hat mir gesagt, daß er es im Zug gefunden hat.« Guy beobachtete das rätselhaft schläfrige Lächeln auf Gerards Gesicht. Wie mußte einem zumute sein, dachte Guy, wenn man das Lächeln Tag für Tag vor sich hatte! Unwillkürlich blickte er zu Bruno hinüber.

»Und Sie haben einander im Zug nicht gesehen?« Gerard blickte von Guy zu Bruno.

»Nein«, sagte Guy.

»Ich habe mit dem Kellner gesprochen, der Ihnen beiden in Charles' Abteil das Dinner serviert hat.«

Guy blickte Gerard unbewegt an. Das nackte Schamgefühl war vernichtender als Schuld. Er blieb aufrecht sitzen und sah Gerard in die Augen. Er fühlte sich vernichtet.

»Na und?« fragte Bruno schrill.

»Und?« Gerard schüttelte amüsiert den Kopf. »Es interessiert mich nur, warum Sie beide sich soviel Mühe geben, zu behaupten, Sie hätten sich erst Monate später kennengelernt.« Er schwieg, um die Stille wirken zu lassen. »Sie wollen keine Antwort geben. Na schön, die Antwort liegt ja auf der Hand.«

Allen dreien, dachte Guy, war diese Antwort sonnenklar. Sie hing sichtbar in der Luft und verband ihn mit Bruno, Bruno mit Gerard, Gerard mit ihm selbst. Es war die Antwort, die Bruno für undenkbar erklärt hatte: das eine, ewig fehlende Zwischenglied.

»Wollen Sie es mir sagen, Charles? Sie lesen ja so viele Kriminalromane.«

»Ich weiß gar nicht, worauf Sie hinauswollen.«

»Wenige Tage danach wurde Ihre Frau umgebracht, Mr. Haines. Und wenige Monate später Charles' Vater. Meine erste und nächstliegende Schlußfolgerung ist: Sie wußten beide, daß diese Morde geschehen würden ...«

»Blödsinn«, sagte Bruno.

»... und haben sich darüber unterhalten. Reine Theorie natürlich. Ich gehe davon aus, daß Sie sich im Zug kennengelernt haben. Wo haben Sie sich kennengelernt?« Gerard lächelte. »Mr. Haines?«

»Ja«, sagte Guy. »Im Zug.«

»Und warum hatten Sie soviel Angst davor, das zuzugeben?« Gerard schnippte mit dem sommersprossigen Finger in seine Richtung, und wieder fühlte Guy den Schrecken, den Gerards prosaische Erscheinung zu verbreiten imstande war.

»Ich weiß es nicht«, sagte Guy.

»War es nicht deshalb, weil Charles Ihnen erzählte, daß er seinen Vater gern umbringen lassen wollte? Und das hat Sie dann beunruhigt, Mr. Haines, weil Sie Bescheid wußten?«

War das Gerards Trumpfkarte? Langsam sagte Guy: »Charles hat nichts davon gesagt, seinen Vater umzubringen.«

Gerards Augen glitten von ihm zu Bruno und fingen gerade noch das dünne befriedigte Grinsen auf. »Na ja. Reine Theorie«, sagte er.

Guy und Bruno verließen zusammen das Haus. Gerard hatte sie zusammen verabschiedet. Sie gingen die lange Straße hinunter bis zu dem kleinen Park mit der Untergrundbahnstation und dem Taxistand. Bruno drehte sich um und blickte auf das hohe, schmale Gebäude, das sie gerade verlassen hatten.

»Na schön, aber Beweise hat er immer noch nicht«, sagte Bruno. »Wie man's auch dreht, beweisen kann er gar nichts.«

Bruno war mürrisch, aber ganz ruhig. Guy erkannte plötzlich, wie kühl Bruno bei Gerards Überfall geblieben war. Immer hatte er sich vorgestellt, daß Bruno unter Druck hysterisch werden würde. Er warf einen schnellen Blick auf die hohe Gestalt, die mit hochgezogenen Schultern neben ihm herging, und hatte noch einmal das verrückte Gefühl tollkühner Kameraderie wie damals, als sie in dem Restaurant saßen. Aber er konnte nichts sagen. Bruno mußte sich doch darüber klar sein, daß Gerard ihnen lange nicht alles sagte, was er herausgefunden hatte.

»Weißt du, was komisch ist?« fragte Bruno. »Gerard hat es gar nicht auf uns abgesehen. Er sucht ganz jemand anders.«

42

Gerard schob den Zeigefinger zwischen die Gitterstäbe und wackelte damit hin und her. Der kleine Vogel floh erschreckt auf die andere Seite des Käfigs.

Anne stand unruhig in der Zimmermitte und sah ihm zu. Sie war verstört, denn Gerard hatte sie gerade informiert, daß Guys Angaben erlogen waren; dann war er an den Vogelkäfig getreten, um den Kanarienvogel zu ängstigen. Sie war auch verstört, weil sie Gerard auf einmal nicht mehr leiden konnte; und da er ihr bei seinem ersten Besuch durchaus gefallen hatte, ärgerte sie das.

»Wie heißt er?« fragte Gerard.

»Sweetie«, sagte Anne. Sie senkte etwas verlegen den Kopf und machte eine halbe Drehung auf den neuen krokodilledernen Pumps, mit denen sie sich groß und graziös vorkam; sie hatte sie erst nachmittags gekauft und sich vorgestellt, sie würden auch Guy gefallen und würden ihm vielleicht ein kleines Lächeln entlocken, wenn sie beide abends vor dem Dinner einen Cocktail tranken. Daraus wurde nun nichts, weil Gerard gekommen war.

»Können Sie sich vorstellen, warum Ihr Mann verschwiegen hat, daß er Charles schon im Juni vorigen Jahres kennengelernt hat?«

Das war der Monat, in dem Miriam umgebracht worden war, dachte Anne wieder. Juni vorigen Jahres bedeutete ihr sonst gar nichts. »Das war für ihn ein schwieriger Monat«, sagte sie. »In dem Monat ist seine Frau gestorben. Vielleicht hat er alles andere vergessen, was damals sonst noch passiert ist.« Sie runzelte die Stirn. Gerard machte sich reichlich wichtig mit seiner kleinen Entdeckung. So wichtig konnte es nicht sein, denn Guy hatte Charles in den nächsten sechs Monaten überhaupt nicht gesehen.

»Ach, ich weiß nicht«, meinte Gerard ungerührt. »Ich habe den dringenden Verdacht, daß Charles etwas von dem bevorstehenden Mord an seinem Vater wußte und Ihrem Mann einiges darüber im Zug anvertraut hat. Das wäre ihm glatt zuzutrauen. Wie ich Ihren Mann einschätze, hatte er darüber geschwiegen und anschließend versucht, ihm aus dem Weg zu gehen. Meinen Sie nicht?«

Das würde vieles erklären, dachte Anne. Aber es würde Guy zu einer Art Komplicen machen, und darauf schien Gerard hinauszuwollen. »Wenn Charles ihm so etwas erzählt haben sollte, hätte sich mein Mann nie auf eine freundschaftliche Beziehung mit ihm eingelassen«, sagte sie bestimmt.

»Das ist wohl möglich. Immerhin –« Gerard hielt nachdenklich inne, als sinne er eigenen Gedanken nach.

Anne wandte die Augen ab von der sommersprossigen Glatze und starrte auf die Zigarettendose, die auf dem Couchtisch lag. Sie nahm eine Zigarette und zündete sie an.

»Glauben Sie, daß Ihr Mann einen Verdacht hat, wer seine Frau umgebracht hat, Mrs. Haines?«

Trotzig stieß Anne den Rauch aus. »Nein, ganz bestimmt nicht.«

»Ja, wissen Sie: wenn Charles damals abends im Zug sich über das Thema Mord ausgelassen hat, dann tat er das gründlich. Und wenn Ihr Mann Grund zu der Annahme hatte, daß seine Frau in Gefahr war, und wenn er das Charles gegenüber erwähnte, dann hätten die beiden sozusagen beiderseitig ein Geheimnis oder sogar eine drohende Gefahr. Das ist zunächst reine Spekulation von mir«, fügte er eilig hinzu, »aber wenn man untersucht, muß man immer spekulieren, nicht wahr.«

»Ich weiß aber, daß mein Mann unmöglich etwas gesagt haben kann, daß seine Frau in Gefahr sei. Ich war ja mit ihm zusammen in Mexiko City, als die Nachricht kam, und auch die Tage vorher in New York.«

»Und wie war es im März dieses Jahres?« fragte Gerard in demselben gleichmäßigen Tonfall. Er streckte die Hand nach seinem leeren Whiskyglas aus und überließ es Anne, es von neuem zu füllen.

Anne stand mit dem Rücken zu Gerard an der Bar und dachte zurück an den März. Das war der Monat, als Charles Brunos Vater umgebracht wurde, als Guy die schweren nervösen Störungen hatte. Der Zusammenstoß damals: war das im Februar oder im März gewesen? Und war es nicht doch mit Charles Bruno gewesen?

»Halten Sie es für möglich, daß Ihr Mann Charles ab und zu gesehen hat, so um den März herum, ohne daß Sie es wußten?«

Natürlich, dachte sie, das würde es erklären: Guy hatte gewußt, daß Charles seinen Vater umbringen wollte, und hatte versucht, ihn daran zu hindern. »Ja, möglich wäre es vielleicht«, sagte sie unsicher. »Ich weiß es nicht.«

»Entsinnen Sie sich wohl, wie er damals war, im März – in welcher Stimmung, Mrs. Haines?«

»Er war nervös. Und ich denke, ich weiß auch, warum.«

»Ja? Warum?«

»Seine Arbeit ...« Sie hielt mitten im Satz inne. Gerard kannte Guy nicht, und ihre Worte würden nur dazu beitragen, daß die nebelhafte Vorstellung, die sich Gerard von Guy gemacht hatte, noch verzerrter wurde. Sie wartete, und auch Gerard wartete, als wolle keiner das Schweigen brechen.

Endlich drückte er seine Zigarette aus und sagte: »Wenn Ihnen noch etwas einfällt, würden Sie es mir bitte mitteilen? Sie können mich jederzeit anrufen. Es ist immer jemand da, der eine Bestellung annimmt.« Er schrieb noch einen Namen auf seine Karte und gab sie Anne. Dann ging er.

Anne kam von der Tür zurück und ging schnell an den Couchtisch, um sein Glas wegzuräumen. Warum hatte sie nur zugegeben, daß sich die beiden möglicherweise im März ohne ihr Wissen getroffen haben könnten? Guy hatte ihr doch selber gesagt, daß er Charles von Dezember an bis zur Hochzeit nicht gesehen habe.

Als Guy etwa eine Stunde später nach Hause kam, war Anne in der Küche. Sie sah, wie Guy den Kopf hob und schnüffelte.

»Geschmorte Langusten«, lächelte sie. »Ich hätte wohl die Luftklappe aufmachen sollen.«

»Ist Gerard hiergewesen?«

»Ja. Wußtest du, daß er kommen wollte?«

»Zigarrenrauch«, sagte er lakonisch. Gerard hatte ihr natürlich von der Bahnfahrt mit Bruno erzählt. »Was wollte er denn schon wieder?«

»Er wollte noch ein paar Auskünfte über Charles Bruno.« Anne stand am Fenster und warf ihm einen verstohlenen Blick zu. »Ob du zu mir irgendwas von einem Verdacht geäußert hättest. Und wegen März wollte er was wissen.«

»Wegen März?« Er trat über die Stufe in den erhöhten Teil des Zimmers, wo Anne stand.

Dicht vor ihr blieb er stehen, und Anne sah, wie sich seine Pupillen plötzlich zusammenzogen. Sie sah auch die haarfeinen Narben über dem Backenknochen, die aus der Nacht im März oder im Februar stammten. »Er wollte wissen, ob du glaubtest, daß Charles was mit dem Tod seines Vaters zu tun gehabt hat.« Guy starrte sie an; aber sein Gesicht verriet weder Angst noch Schuldbewußtsein. Sie trat zur Seite und ging hinunter ins Wohnzimmer. »Mord ist etwas Entsetzliches ...«

Guy klopfte mit seiner Zigarette auf das Glas seiner Armbanduhr. Das Wort ›Mord‹ aus ihrem Mund bereitete ihm Höllenqualen.

»Du hast doch nichts davon gewußt, Guy, nicht wahr?«

»Nein, Anne. Natürlich nicht.«

»Glaubst du, daß Charles seinen Vater hat umbringen lassen?«

»Ich weiß es nicht. Für möglich halte ich es. Aber das geht uns ja nicht das mindeste an.« Es dauerte mehrere Sekunden, bevor ihm klarwurde, daß auch dies gelogen war.

»Ja, das ist wahr. Uns geht das nichts an.« Sie sah ihn wieder an. »Gerard hat auch gesagt, daß du Charles im vorletzten Juni im Zug kennengelernt hast.«

»Ja, das stimmt.«

»Na schön, was bedeutet das schon?«

»Das weiß ich auch nicht.«

»War es wegen irgendwas, das Charles im Zug gesagt hat? Ist das der Grund, warum du ihn nicht magst?«

Guy schob die Hände tiefer in die Jackentaschen. Einen Cognac brauchte er jetzt! Er wußte, man sah ihm an, was er fühlte, er konnte es vor Anne doch nicht verbergen. »Anne, hör mal zu«, sagte er hastig, »Bruno hat damals im Zug zu mir gesagt, er wollte, sein Vater wäre tot. Mir gefiel die Art nicht, wie er das sagte, und ich wollte danach nichts mehr mit ihm zu tun haben. Aber ich denke nicht daran, Gerard davon zu berichten ... Schließlich weiß ich nicht, ob Bruno seinen Vater hat umbringen lassen oder nicht. Jeder Mensch sagt mal ein Wort zuviel; es sind schon Unschuldige verurteilt worden, bloß wegen irgendeiner dummen Bemerkung, die dann weitergetragen wurde.«

Ob sie ihm glaubte oder nicht – er war erledigt. Zu dem Wissen um seine Tat kam nun auch noch das Wissen um seine Feigheit, seine Lüge. Um sich selber reinzuwaschen, warf er mit Andeutungen und Verdächtigungen um sich; nicht einmal Bruno hätte sich so schäbig verhalten ... Er warf die Zigarette in den Kamin und schlug die Hände vors Gesicht.

»Guy, das wirst du selber am besten beurteilen können«, sagte Anne halblaut und behutsam.

Sein Gesicht log, seine offenen Augen, der feste Mund, die sensiblen Hände logen. Er nahm die Hände vom Gesicht und steckte sie in die Taschen. »Du, ich könnte einen Cognac brauchen.«

Sie ging hinüber zur Bar. »War es nicht Charles, mit dem du im März den Zusammenstoß hattest?« fragte sie, während sie sein Glas füllte.

»Nein, Anne.« Sie warf ihm von der Seite einen schnellen Blick zu, und er wußte, sie glaubte ihm nicht. Sie nahm wohl an, er habe mit Bruno gerungen, um ihn an der Tat zu hindern. Wahrscheinlich war sie stolz auf ihn! Mußte er denn immer Schutz finden, auch wo er ihn gar nicht suchte? Mußte ihm immer alles so leicht gemacht werden? Aber Anne, das wußte er, würde sich hiermit nicht begnügen. Sie würde immer wieder darauf zurückkommen, bis er es ihr sagte.

Am Abend zündete Guy im Kamin das erste Feuer des Jahres an, das erste Feuer im neuen Haus. Anne lag auf der langen Steinplatte davor, den Kopf auf einem Kissen. Die leichte Heimwehkühle des Herbstes lag in der Luft und erfüllte Guy mit Melancholie und rastloser Energie. Er dachte an Gerard und seinen Besuch bei Anne. Konnte Gerard jetzt nicht alles zusammenfügen, wo er wußte, daß Guy und Bruno sich im Zuge getroffen hatten? Jeden Tag, jede Nacht, jeden Augenblick, wenn er mit dem dicken Finger die Zigarre zum Mund hob, konnte ihm die Wahrheit dämmern. Worauf wartete er noch – er und die Polizei? Manchmal hatte er das Gefühl, Gerard wolle erst sämtliche, auch die kleinsten Indizien zusammenhaben, jeden winzigen Beweis gegen sie beide in der Hand halten und dann alles auf einmal fallenlassen, um sie damit zu zerschmettern. Aber auch wenn sie ihn vernichteten, dachte Guy, seine Bauwerke konnten sie nicht vernichten. Und wieder überkam ihn das merkwürdige Gefühl der Isolierung seines Geistes vom Fleisch und sogar von den Gedanken.

Angenommen jedoch, das Geheimnis kam nie heraus. Immer noch überkam ihn zuweilen eine Mischung aus Entsetzen, völliger Mutlosigkeit und der Überzeugung einer zauberhaften Unverletzbarkeit. Vielleicht war er deshalb ohne Angst vor Gerard und der Polizei, weil er immer noch an die Unverletzbarkeit glaubte? Wenn niemand bisher – bei allen ihren Unvorsichtigkeiten und Brunos Andeutungen – etwas erraten hatte: mußte dann das Geheimnis nicht undurchdringlich sein?

Anne war eingeschlafen. Er blickte auf die weiche Rundung der Stirn, die das Feuer wie Silber schimmern ließ. Tief beugte er sich herab und küßte sie so behutsam, daß sie nicht erwachte. Der Schmerz in seinem Innern formte sich zu Worten. »Ich verzeihe dir ...« Anne sollte es sagen, nur sie. Niemand sonst. Unaufhörlich senkte und hob sich die Waagschale mit seiner Schuld. Er hatte es doch in Notwehr getan, in Selbstverteidigung. Aber es gelang ihm nie, sich ganz davon zu überzeugen. Wenn er wirklich an das volle Maß seiner Schuld glaubte, dann folgte daraus auch ein natürlicher Zwang, sie auszudrücken. Immer wieder kam er deshalb darauf zurück, ob er vielleicht an seiner Tat irgendwie Freude gehabt habe, eine Art primitiver Befriedigung. Wie sonst war es zu erklären, daß die Menschheit sich immer wieder mit Kriegen abfand, sich sogar dafür begeistern konnte? Es mußte die Lust am Töten sein. Und weil ihm dieser Gedanke immer wieder kam, akzeptierte er ihn schließlich als wahr.

43

District Attorney Phil Howland – mager, elegant, äußerlich ebenso präzis-korrekt, wie Gerard weich und salopp war – lächelte nachsichtig durch den Zigarettenrauch. »Warum lassen Sie bloß den Jungen nicht in Ruhe? Wir haben alle seine Freunde durchgekämmt. Es liegt nichts vor, Gerard. Und wegen seiner Persönlichkeit kann man einen Mann nicht festnehmen.«

Gerard kreuzte die Beine und erlaubte sich ein selbstzufriedenes Lächeln. Jetzt war er dran. Seine Befriedigung wurde noch erhöht durch die Tatsache, daß er hier schon mit dem gleichen Lächeln bei weniger bedeutsamen Interviews gesessen hatte.

Howland schob mit den Fingerspitzen einen maschinengeschriebenen Bogen an den Tischrand. »Hier sind zwölf neue Namen, falls es Sie interessiert. Freunde des verstorbenen Samuel Bruno, die uns die Versicherungen aufgegeben haben.« Seine Stimme klang ruhig und etwas blasiert.

»Die können Sie wegschmeißen«, sagte Gerard bestimmt.

Howland verbarg seine Überraschung hinter einem Lächeln. »Aha. Sie haben Ihren Mann also bereits. Natürlich Charles Bruno, oder?«

»Ganz richtig.« Gerard lachte in sich hinein. »Ich kann ihn aber leider nur auf einen anderen Mord festnageln.«

»Auf einen nur? Sie haben immer behauptet, er bringt es noch auf vier oder fünf.«

»Habe ich nie«, lehnte Gerard ruhig ab. Er glättete auf den Knien eine Anzahl Papiere, die wie Briefe in drei Teile gefaltet waren.

»Und wen hat Charles Bruno also Ihrer Meinung nach umgebracht?«

»Also doch etwas neugierig.« Gerard zog einen Stuhl heran und legte seine Papiere Stück für Stück auf den Sitz. Er wußte, Howland mochte ihn nicht, weder persönlich noch beruflich. Was er ihm vorhielt, war mangelnde Hilfsbereitschaft gegenüber der Polizei. Die Polizei ihrerseits hatte ihm allerdings auch nie sehr bereitwillig geholfen, und trotz dieser Erschwernis hatte Gerard in den letzten zehn Jahren eine erkleckliche Anzahl Fälle gelöst, bei denen die Polizei kaum einen Schritt vorwärtsgekommen war.

Howland erhob sich und schlenderte auf langen schlanken Beinen langsam auf Gerard zu, dann blieb er stehen und lehnte sich gegen den Schreibtisch. »Bringt das alles denn überhaupt irgendwelches Licht in den Fall?«

»Wissen Sie, der Fehler, den die Polizei macht, ist, daß sie zu eingleisig denkt«, führte Gerard aus. »Für diesen Fall braucht man aber Fingerspitzengefühl und Phantasie. Ohne das hätte der Fall nie gelöst werden können.«

»Also wen und wann?« Howland seufzte.

»Ist Ihnen der Name Guy Haines ein Begriff?«

»Sicher. Den haben wir letzte Woche verhört.«

»Seine Frau ist am elften Juni letzten Jahres in Metcalf, Texas, erwürgt worden. War Ihnen das bekannt?«

Howland zog die Brauen hoch.

»Wußten Sie, daß Charles Bruno und Guy Haines am ersten Juni im gleichen Zug nach Süden fuhren? Das war zehn Tage vor dem Mord an Haines' Frau. Was schließen Sie daraus?«

»Sie meinen, die beiden kannten sich vorher – vor dem Juni?«

»Nein. Ich meine, sie lernten sich in dem Zug kennen. Kriegen Sie jetzt den Rest zusammen? Ich habe Ihnen das fehlende Glied in der Kette gegeben.«

Der District Attorney lächelte schwach. »Wollen Sie behaupten, daß Charles Bruno Guy Haines' Frau umgebracht hat?«

»Ja, das will ich.« Gerard blickte von den Papieren auf, er war fertig. »Die nächste Frage heißt: wo sind meine Beweise? Hier liegen sie. Alles, was Sie brauchen.« Er deutete auf die Papiere, die er vor sich aufgereiht hatte.

Howland begann zu lesen. Gerard ging in die Zimmerecke zum Wasserhahn, füllte eine Tasse mit Wasser und zündete sich eine neue Zigarre an der alten an.

Die Papiere waren die unterschriebenen Aussagen von den Pagen des Hotels *La Fonda*; von einem gewissen Edward Wilson, der am Tage von Miriam Haines' Ermordung gesehen hatte, wie Charles den Bahnhof von Santa Fé in einem nach Osten fahrenden Zug verlassen hatte; von dem Taxifahrer in Metcalf, der Charles zum Vergnügungspark am Lake Metcalf gefahren hatte; vom Barmixer in dem Lokal, wo Charles versucht hatte, einen Whisky zu kriegen. Und außerdem die Telefonrechnungen für die Ferngespräche nach Metcalf.

»Sicher kennen Sie das alles längst«, bemerkte Gerard.

»Das meiste, ja«, erwiderte Howland gelassen und las weiter.

»Sie wußten auch schon, daß er an dem Tage eine Vierundzwanzigstundenfahrt nach Metcalf gemacht hat, nicht wahr?« Gerard war eigentlich viel zu gut gelaunt, um so sarkastisch zu sein. »Den Taxifahrer zu finden, das war eine harte Nuß. Wir mußten ihn bis nach Seattle verfolgen, aber als wir ihn dann hatten, war es nicht mehr schwer. Einen jungen Mann wie Charles vergißt man nicht so leicht.«

»Sie wollen also behaupten, Mord habe für Charles Bruno eine solche Anziehung, daß er die Frau eines Mannes umbringt, den er vor einer Woche in der Bahn kennengelernt hat.« Howland sah amüsiert auf. »Eine Frau, die er überhaupt nicht kannte. Oder kannte er sie?«

»Nein, natürlich nicht. Ich gebe ja zu, daß es für Sie schwer ist, alles zu begreifen. Sie kennen Charles eben nicht. Ich weiß aber, daß er die meiste Zeit seines Tages mit der Planung perfekter Verbrechen zubringt. Und so einen Plan wollte er jetzt in die Tat umsetzen ...«

»Na schön – wenn Sie meinen. Und wie geht die Geschichte weiter?«

»Guy Haines hat Samuel Bruno umgebracht.«

»Allmächtiger!« stöhnte Howland.

Gerard grinste und sah das Lächeln auf Howlands Gesicht – das erste Lächeln, seit er, Gerard, vor Jahren einen Fehler in einem anderen Verfahren gemacht hatte. »Bei Guy Haines bin ich mit der Untersuchung noch nicht fertig«, sagte er offen und stieß große Rauchwolken aus. »Ich möchte es langsam angehen lassen, und nur deshalb bin ich hier, damit Sie es auch nicht überstürzen.«

Howland strich sich über den schwarzen Schnurrbart. »Eigentlich bestärkt mich alles, was Sie sagen, in meiner Überzeugung, daß Sie sich vor fünfzehn Jahren hätten zur Ruhe setzen sollen.«

»Na, ich habe ja immerhin einige Fälle gelöst in den letzten fünfzehn Jahren.«

»Ein Mann wie Guy Haines!« Wieder lachte Howland.

»Ich behaupte ja nicht, daß Haines es freiwillig getan hat. Er wurde gezwungen, es für Charles zu tun, der ihm ohne Auftrag den Gefallen tat, ihn von seiner Frau zu befreien. Charles haßt Frauen. Und das war sein Plan: Austausch. Keine Anhaltspunkte und kein Motiv. Ich höre ihn geradezu! Aber Charles ist auch nur ein Mensch. Er hatte viel zuviel Interesse an Guy Haines, um ihn nachher in Ruhe zu lassen. Und Guy Haines hatte viel zuviel Angst, um irgendwas dagegen zu unternehmen. Ja, so war es –« Gerard nickte bekräftigend, und seine Wangen bebten – »Haines hat unter Zwang gehandelt. Wie furchtbar der Zwang war, das wird vermutlich keiner je wissen.«

Howlands Lächeln verschwand einen Augenblick, als Gerard so todernst sprach. Die Geschichte war zwar äußerst unwahrscheinlich, aber immerhin möglich. »Hm, hm.«

»Wenn er's uns nicht erzählt«, fügte Gerard hinzu.

»Und wie stellen Sie sich vor, daß wir ihn zum Reden bringen könnten?«

»Oh – er kann ja immer noch ein Geständnis ablegen. Es macht ihn allmählich fertig. Und wenn nicht, legen wir ihm die Beweise vor. Meine Leute sind gerade dabei, sie zu sammeln. Noch eins, Howland ...« Gerard wies mit dem Finger auf die Papiere, die auf dem Stuhl lagen. »Wenn Sie und Ihre Armee von – von Rindviechern darangehen, diese Aussagen zu überprüfen, lassen Sie Guy Haines' Mutter aus dem Spiel. Ich will nicht, daß Haines im voraus gewarnt wird.«

»Aha – Katz-und-Maus-Spiel für Mr. Haines.« Howland lächelte. Er wandte sich um, nahm den Hörer und führte ein kurzes Telefongespräch. Gerard wartete. Es gefiel ihm nicht, daß er seine Informationen an Howland weitergeben und das Heft aus der Hand geben mußte.

»Na schön ...« Howland stieß einen langen Seufzer aus. »Was soll ich jetzt also tun: Bruno in die Mangel nehmen? Glauben Sie im Ernst, er bricht zusammen und erzählt uns seinen großartigen Plan mit dem berühmten Architekten Guy Haines?«

»Nein, das nicht. Er soll gar nicht in die Mangel genommen werden. Ich schätze saubere Arbeit, und ein paar Tage oder Wochen brauche ich noch, um alles über Haines nachzuprüfen. Dann konfrontiere ich die beiden. Ich übergebe Ihnen heute das gesamte Material über Charles und lege damit meine Arbeit sozusagen nieder. Das werde ich ihm mitteilen, und er wird wahrscheinlich sehr erleichtert sein. Und dann fahre ich in Urlaub, nach Iowa. Das stimmt tatsächlich, und Charles darf es ruhig wissen.« Ein breites Lächeln überzog Gerards Gesicht.

»Es wird gar nicht leicht sein, meine Leute so lange zurückzuhalten«, meinte Howland bedauernd. »Aber Sie werden wohl noch allerhand Zeit brauchen, um das Material gegen Haines zusammenzukriegen.«

»Ach, das ...« Gerard ergriff seinen Hut und winkte damit zu Howland hinüber. »Charles könnten Sie mit den ganzen Beweisen da nicht weichkriegen, aber Guy Haines könnte ich mit dem, was ich jetzt schon habe, in dieser Minute in die Knie zwingen.«

»Aha – *Sie* können es, aber *wir* nicht ...«

Gerard sah ihn ironisch an. »Ihnen liegt doch nichts daran, oder? Sie sind ja nicht von seiner Schuld überzeugt.«

»Machen Sie Urlaub, Gerard, Sie haben's nötig.«

Sorgfältig legte Gerard die Papiere zusammen und begann sie einzupacken.

»Ich dachte, Sie wollten das dalassen.«

»O gewiß, wenn Sie meinen, Sie brauchen es.« Höflich reichte ihm Gerard die Papiere und wandte sich zur Tür.

»Wieso glauben Sie eigentlich, daß Sie Guy Haines zum Umfallen bringen können?«

Gerard gab einen Laut der Geringschätzung von sich. »Weil ihm sein Gewissen keine Ruhe mehr läßt«, sagte er und ging hinaus.

44

»Wissen Sie«, sagte Bruno, und dabei traten ihm Tränen in die Augen, so daß er sie abwenden und auf die lange Kaminsteinplatte herunterblicken mußte, »auf der ganzen Welt möchte ich heute abend nirgendwo anders sein als hier, Anne.« Er lehnte den Ellbogen an den Kaminsims.

»Das ist nett von Ihnen.« Lächelnd stellte Anne die Platte mit Käse- und Anchovis-Kanapés auf den Tisch. »Hier – nehmen Sie, bevor sie kalt werden.«

Bruno nahm ein Kanapé, obgleich er wußte, er würde es nicht herunterschlucken können. Der Tisch war wunderhübsch für zwei gedeckt mit grauem Leinen und großen grauen Tellern. Gerard hatte Urlaub genommen und war weggefahren. Sie hatten ihn geschlagen, er und Guy, und damit war er auch den Druck im Kopf los. Er hätte ja versuchen können, Anne zu küssen, dachte er, wenn sie nicht Guy gehörte. Bruno reckte sich und zog an seinen Manschetten. Er war stolz darauf, sich Anne gegenüber wie ein Gentleman zu betragen. »Guy meint also, es gefällt ihm da oben?« fragte er. Guy war in Kanada und arbeitete an dem Brückenprojekt. »Ich bin bloß froh, daß die blöde Fragerei vorüber ist und er sich bei der Arbeit darüber keine Gedanken zu machen braucht. Sie können sich vorstellen, wie erleichtert ich bin. Das wollen wir feiern!« Er lachte – eigentlich nur über das eigene Understatement.

Anne blickte auf die große rastlose Gestalt am Kamin. Ob wohl Guy, trotz allem Abscheu, von Charles Bruno ebenso fasziniert war wie sie? Sie wußte immer noch nicht, ob Bruno imstande gewesen wäre, seinen Vater umbringen zu lassen, und sie hatte den ganzen Tag damit verbracht, darüber zu einer festen Meinung zu kommen. Auf gewisse Fragen antwortete er nur ausweichend mit Scherzen, auf andere ging er ernsthaft ein. Er haßte Miriam, als habe er sie gekannt. Es wunderte Anne, daß Guy ihm so viel von Miriam erzählt hatte.

»Warum wollten Sie nicht, daß jemand erfuhr, daß Sie Guy im Zug kennengelernt hatten?« fragte sie.

»Ich hatte ja gar nichts dagegen, bloß hatte ich den Fehler gemacht, es aus Spaß zuerst zu leugnen und zu sagen, wir kennten uns aus der Schule. Dann kam die ganze Fragerei, und Gerard tat, als ob es Gott weiß wie wichtig sei. Ehrlich gesagt, es hätte komisch ausgesehen, weil Miriam so kurz darauf umgebracht wurde. Ich fand es sehr nett von Guy, daß er bei der gerichtlichen Untersuchung nicht jemand hineinziehen wollte, den er erst kurz vorher im Zug kennengelernt hatte.« Er lachte laut auf und ließ sich in den Sessel fallen. »Obwohl mich natürlich kein Mensch verdächtigt hätte!«

»Aber das hatte ja mit den Fragen nach Ihres Vaters Tod nichts zu tun.«

»Nein, natürlich nicht. Aber von Logik hat Gerard keine Ahnung. Erfinder hätte er werden sollen!«

Anne runzelte die Stirn. Sie glaubte nicht recht, daß Guy sich Charles' Lügerei einfach deshalb angeschlossen hatte, weil die Wahrheit komisch ausgesehen hätte, oder weil Charles ihm im Zug gesagt hatte, er hasse seinen Vater. Sie mußte Guy noch einmal fragen. Sie mußte ihn überhaupt allerlei fragen, zum Beispiel warum Charles Miriam so verabscheute, die er doch nie gesehen hatte. Anne ging in die Küche.

Bruno trat mit seinem Glas ans Fenster und beobachtete ein Flugzeug, das mit wechselndem Rot-Grün über den dunklen Himmel segelte. Es sah aus wie ein Mann, der turnt, dachte er: Fingerspitzen an die Schultern, dann Arme gestreckt. Wenn doch Guy in dem Flugzeug säße und jetzt nach Hause käme. Er blickte auf das blaßrosa Zifferblatt seiner neuen Armbanduhr, und bevor er die Zeit ablas, dachte er wieder, daß Guy eine solche Uhr sicher auch gern hätte, weil sie so modern war. Noch drei Stunden, dann war er, Charles Bruno, seit vierundzwanzig Stunden bei Anne. Ein ganzer Tag. Er war gestern abend einfach vorbeigekommen, ohne vorher anzurufen, und dann war es so spät geworden, daß sie ihn dabehalten hatte. Er hatte oben im Gastzimmer geschlafen, wo er die Nacht nach der Einweihungsparty auch geschlafen hatte, und bevor er einschlief, hatte ihm Anne noch eine Tasse heiße Bouillon gebracht. Anne war einfach süß zu ihm, er liebte sie! Er fuhr herum und sah sie mit den Tellern aus der Küche kommen.

»Sie wissen doch, Guy hat Sie sehr gern«, sagte sie während des Dinners zu ihm.

Bruno sah sie an. Er hatte schon vergessen, worüber sie eben gesprochen hatten. »Ich würde alles für ihn tun – alles! Er ist für mich wie ein Bruder, so gern habe ich ihn. Das kommt sicher, weil er so viel durchmachen mußte, kurz nachdem wir uns kennengelernt hatten.« Er hatte heiter angefangen, aber das Gefühl für Guy überwältigte ihn. Er spielte mit dem Pfeifenständer, der auf dem Nebentischchen stand. Sein Herz schlug hart und laut. Der Auflauf war wundervoll, aber er wagte nicht weiter zu essen. Auch den Rotwein lieber nicht mehr. Er hatte auf einmal große Lust, noch eine Nacht hierzubleiben. Konnte er nicht noch bleiben, wenn er sich nicht wohl fühlte? Aber das neue Haus war näher als Anne dachte. Sonnabend wollte er eine große Party geben. »Kommt Guy bestimmt zum Wochenende zurück?« fragte er.

»Ja, gesagt hat er es.« Nachdenklich stocherte Anne in ihrem Salat. »Aber ich weiß nicht, ob er große Lust auf eine Party hat. Nach der Arbeit hat er meistens zu nichts mehr Lust als zum Segeln.«

»Zum Segeln würde ich gern mitkommen. Wenn Sie nichts dagegen haben.«

»Nein, kommen Sie nur mit.« Ihr fiel jetzt ein, daß Charles ja schon auf der *India* gewesen war, er hatte sich selbst eingeladen und war mit Guy hinausgefahren, das war der Tag, an dem die Beule am Boot entstanden war. Sie war plötzlich verstört, als sei sie irgendwie hereingelegt worden, damit sie die Sache bis jetzt vergesse. Charles bekam vermutlich alles fertig, er konnte scheußliche Dinge tun und trotzdem jeden mit seiner einschmeichelnden Naivität und seinem scheuen Lächeln hinters Licht führen. Jeden – außer Gerard. Ja, er konnte es fertigbringen, seinen Vater umbringen zu lassen; Gerard würde gar nicht solche Überlegungen anstellen, wenn das nicht möglich wäre. Sie, Anne, saß jetzt vielleicht einem Mörder gegenüber. Ein kleiner kalter Schauer überlief sie, als sie jetzt aufstand –

etwas zu plötzlich, wie auf der Flucht – und die Teller abräumte. Diese kalte böse Freude, wenn er von seinem Haß auf Miriam sprach. Die hätte er sicher gern umgebracht, dachte Anne. Ein Hauch von Verdacht, daß er es gewesen war, fuhr ihr durch den Kopf, leicht wie ein vom Winde verwehtes Blatt.

»Und nach dem Treffen mit Guy, da sind Sie nach Santa Fé weitergefahren?« fragte sie, fast stotternd, von der Küche aus.

»Hm-mm.« Bruno saß wieder in dem tiefen grünen Sessel.

Ein Mokkalöffel fiel Anne aus der Hand und klirrte laut auf die Fliesen. Es war ganz egal, dachte sie, was man zu Charles sagte oder was man ihn fragte. Er blieb ganz ruhig. Und genau das war es, was sie so außer Fassung brachte.

»Sind Sie schon mal in Metcalf gewesen?« fragte sie um die Trennwand herum.

»Nein«, erwiderte Bruno. »Da hab ich immer gern mal hinfahren wollen. Kennen Sie es?«

Bruno trank seinen Kaffee am Kaminsims. Anne saß auf dem Sofa, der Kopf war zurückgelehnt, die schlanke Halslinie über dem kleinen gekrausten Kragen des Kleides war die hellste Stelle an ihr. *Anne ist für mich wie das Licht,* hatte Guy einmal zu Bruno gesagt. Bruno sah sie an. Wenn er jetzt Anne ebenfalls erwürgte, dann hatte er Guy ganz für sich allein. Bruno zog die Stirn zusammen und lachte auf.

»Warum lachen Sie?«

»Ach, nur so. Ich dachte daran, was Guy immer sagt – daß alles doppelt ist. Das Positive und das Negative nebeneinander. Jede Entscheidung hat einen Gegengrund.« Er merkte plötzlich, daß er schwer atmete.

»Sie meinen, jedes Ding hat zwei Seiten?«

»Nein, nein, das ist viel zu einfach.« Frauen waren manchmal wirklich dämlich. »Menschen, Gefühle, alles ist doppelt. Zwei Menschen in jeder Person. Irgendwo in der Welt lebt ein Mensch, der das genaue Gegenteil von Ihnen ist, wie ein unsichtbarer Teil von Ihnen, ist irgendwo versteckt und wartet.« Es machte ihm Spaß, Guys Worte zu wiederholen, obgleich er sie damals nicht gern gehört hatte, weil Guy meinte, die beiden Menschen seien Todfeinde, und Guy hatte sich selber und ihn, Charles, gemeint.

Anne hob langsam den Kopf. Es klang ganz nach Guy, aber zu ihr hatte er das niemals gesagt. Sie dachte an den anonymen

Brief im letzten Frühling. Den mußte Charles geschrieben haben. Guy mußte Charles gemeint haben, als er von dem Versteck sprach. Nur auf Charles reagierte er so heftig. Es war Charles, bei dem Demut mit Haß abwechselte.

»Es ist auch nicht alles einfach Gut und Böse«, fuhr Bruno fort, »aber darin zeigt es sich am besten, in einer Tat. Ach ja, ich muß noch Guy von den tausend Dollar und dem Bettler erzählen. Ich habe immer gesagt, wenn ich mal eigenes Geld habe, will ich einem Bettler tausend Dollar schenken. Das habe ich auch getan, aber meinen Sie, der hätte mir gedankt? Zwanzig Minuten habe ich gebraucht, um ihm zu beweisen, daß das Geld echt war! Und dann mußte ich zur Bank gehen und hundert für ihn wechseln! Der tat, als ob ich glatt verrückt wäre.« Bruno schüttelte den Kopf. Mit einem großen Erlebnis hatte er gerechnet, und dann war der Kerl beinahe böse mit ihm, als er ihn das nächstemal sah – wo er immer noch an der Ecke saß und bettelte! –, weil er ihm nicht noch mal tausend schenkte! »Na ja, wie gesagt –«

»Sie sprachen von Gut und Böse«, sagte Anne. Er war ekelhaft. Sie wußte nun, warum ihn Guy verabscheute. Aber was sie noch nicht verstand, war, warum ihn Guy überhaupt duldete.

»Ach so, ja. Ja, so was zeigt sich in Taten. Aber nehmen wir zum Beispiel Mörder. Guy sagt, gesetzliche Strafen machen Mörder auch nicht besser. Jeder Mensch ist sein eigenes Gericht und straft sich selber genug. Für Guy ist überhaupt jeder Mensch einfach alles!« Er lachte. Er war jetzt so betrunken, daß er ihr Gesicht kaum erkannte, aber er wollte ihr alles erzählen, worüber er jemals mit Guy gesprochen hatte, alles bis auf das letzte kleine Geheimnis, das er ihr nicht erzählen konnte.

»Aber wenn ein Mensch kein Gewissen hat, dann straft er sich doch auch nicht selber?« fragte Anne.

Bruno blickte an die Decke. »Ja, das stimmt. Manche Leute sind zu dumm für ein Gewissen und andere sind zu schlecht. Die dummen werden meistens geschnappt. Aber nehmen wir mal die beiden Mörder, die meinen Vater und Guys Frau umgebracht haben.« Bruno versuchte, ernst und gesammelt auszusehen. »Die müssen doch beide ziemlich schlau gewesen sein, meinen Sie nicht?«

»Die haben also ein Gewissen und sollten nicht geschnappt werden?«

»Nein, das will ich damit natürlich nicht sagen. Aber Sie dürfen nicht denken, daß die nicht beide gestraft sind – auf ihre Weise!« Wieder lachte er – er war viel zu betrunken, um noch zu wissen, wohin er steuerte. »Das waren keine Verrückten, wie immer von dem Mörder von Guys Frau behauptet wird. Man sieht, wie wenig Ahnung die Behörden von Kriminologie haben. So eine Tat muß doch sorgfältig geplant werden.« Ihm fiel plötzlich ein, daß er die Tat überhaupt nicht geplant hatte; hingegen hatte er den Mord an seinem Vater sehr gründlich geplant, und das genügte für sein Argument. »Was – was ist los?«

Anne legte die kalten Finger an die Stirn. »Nichts.«

An der kleinen Bar, die Guy seitlich vom Kamin in die Wand eingebaut hatte, machte Bruno ihr einen Highball zurecht. Genau so eine Bar wollte er für sein neues Haus auch haben.

»Wo hat sich Guy im letzten März die Kratzer im Gesicht geholt?«

»Was für Kratzer?« Bruno drehte sich zu ihr um. Guy hatte ihm gesagt, sie wisse nichts von den Kratzern.

»Mehr als Kratzer – Schnittwunden. Und eine Beule am Kopf.«

»Keine Ahnung. Ich habe nichts gesehen.«

»Er hat sich mit Ihnen geschlagen. Stimmt das nicht?« Charles starrte sie an, in seinen Augen stand ein seltsam rötlicher Glanz. Sie war zu ehrlich, um jetzt zu lächeln. Und sie war jetzt ganz sicher. Charles schien ihr im Begriff zu sein, auf sie zuzukommen und sie zu schlagen; doch sie hielt die Augen fest auf ihn gerichtet. Die Schlägerei im März, dachte sie, wäre für Gerard ein Beweis dafür, daß Charles von dem Mord wußte. Jetzt sah sie, wie Charles' Lächeln blasser wurde.

»Nein!« Er lachte und setzte sich. »Was hat er denn gesagt, woher er die Kratzer hatte? Ich habe ihn im März gar nicht gesehen, ich war gar nicht in New York damals.« Er stand auf, ihm wurde plötzlich übel, und zwar nicht von ihren Fragen; es war der Magen. Wenn er jetzt wieder einen Anfall bekam – jetzt oder morgen früh – nein, bloß das nicht. Er durfte nicht ohnmächtig werden, er durfte Anne *das* morgen früh nicht sehen lassen! »Ich muß bald gehen«, murmelte er.

»Was ist los? Ist Ihnen nicht gut? Sie sehen blaß aus.«

Es klang nicht mitfühlend, das hörte er an ihrer Stimme. Welche Frau, außer seiner Mutter, brachte schon Mitgefühl auf!

»Vielen Dank, Anne, für – für den ganzen Tag.«

Sie gab ihm seinen Mantel, und er stolperte aus der Tür und knirschte mit den Zähnen, als er den langen Weg zu seinem Wagen einschlug, der am Bordstein stand.

45

Das Haus war dunkel, als Guy in den frühen Morgenstunden ankam. Er schlich durch das Wohnzimmer; vor dem Kamin war ein Zigarettenstummel zertreten, auf dem Seitentischchen stand der Pfeifenständer schief, ein kleines Kissen auf dem Sofa war eingedrückt. Es war eine besondere Art von Unordnung, die nicht von Anne stammte und auch nicht von Teddy oder Chris oder Helen Heyburn. Er hatte es ja gewußt!

Er lief nach oben ins Gästezimmer. Bruno war nicht da, aber auf dem Nachttischchen lag eine zusammengeknüllte Zeitung. Und durch das Fenster kam die Dämmerung – wie an dem Morgen damals. Er wandte den Rücken zum Fenster, der angehaltene Atem klang wie ein Schluchzen. Warum hatte ihm Anne das angetan?

Er ging hinüber ins Schlafzimmer, kniete sich neben das Bett und weckte Anne mit harten, angsterfüllten Küssen, bis er ihre Arme um den Hals fühlte. Er verbarg das Gesicht in der weichen Decke über ihrer Brust. Um ihn, um sie beide herum schrie ein wilder Sturm, Anne im Mittelpunkt war der einzige ruhige Pol, ihr rhythmisches Atmen das einzige Anzeichen normalen Lebens in einer gesunden Welt. Mit geschlossenen Augen legte er seine Kleider ab.

»Du hast mir so gefehlt«, war das erste, was Anne sagte.

Guy stand am Fußende, die Hände in den Taschen des Bademantels zu Fäusten geballt. Noch immer war die Spannung in ihm, der wilde Sturm tobte jetzt in seinem Innern weiter.

»Ich kann drei Tage bleiben. Habe ich dir wirklich gefehlt?«

Anne glitt etwas höher im Bett. »Warum siehst du mich so an?« Er antwortete nicht.

»Er war nur einmal hier, Guy.«

»Und warum war er überhaupt hier?«

»Weil...« Ihre Wangen färbten sich so rot wie der Fleck auf ihrer Schulter, wo sein Bart sie gekratzt hatte. Er hatte noch nie so zu ihr gesprochen. Und daß sie ihm jetzt vernünftig antwortete, gab seinem Zorn noch mehr Nahrung. »Weil er gerade vorbeikam...«

»Er hat hier geschlafen!« brach es aus Guy heraus. Er sah an der kleinen Wendung ihres Kopfes, an den flackernden Augenlidern, daß sie vor ihm zurückwich.

»Ja. Vorletzte Nacht«, wies sie ihn mit fester Stimme zurück. »Er kam spät, und ich habe gesagt, er solle bleiben.«

Es war ihm schon in Kanada in den Sinn gekommen, daß Bruno sich vielleicht an Anne heranmachen würde, einfach weil sie ihm, Guy, gehörte, und daß Anne ihn ermutigen könnte, einfach weil sie feststellen wollte, was er ihr nicht erzählt hatte. Sehr weit würde Bruno nicht gehen, aber die Vorstellung seiner Hand auf Annes Hand, der Gedanke, daß sie es zuließ und warum sie es zuließ, waren die Hölle gewesen. »Und gestern abend war er hier?!«

»Warum stört dich das so?«

»Weil er gefährlich ist. Er ist nicht normal.«

»Ich glaube nicht, daß das der Grund ist, warum es dich stört«, sagte Anne mit der gleichen festen und langsamen Stimme. »Ich weiß nicht, warum du ihn verteidigst, Guy. Und warum du nicht zugibst, daß er es war, der mir den Brief schrieb, damals, und der dich im März fast zur Verzweiflung brachte.«

Schuld und Abwehr versteiften sich in Guy. Bruno verteidigen, dachte er, immer und ewig mußte er Bruno verteidigen. Bruno hatte Anne gegenüber den Brief nicht zugegeben, das wußte er. Sie war nur wie Gerard: aus verschiedenen Fakten setzte sie die Stücke zusammen. Gerard hatte aufgegeben, aber Anne würde niemals aufgeben. Anne nahm sich die unkenntlichen Stücke vor, und aus denen entstand dann das Bild. Aber sie hatte es noch nicht. Sie brauchte Zeit, ein bißchen mehr Zeit, noch ein bißchen mehr Zeit, ihn zu foltern. Aber einmal war der Zeitpunkt erreicht, das wußte er plötzlich. Es war schon fast zu lange gutgegangen.

»Sag's mir, Guy«, sagte Anne still. Es war keine Bitte – ihre Stimme war nichts als der leise Schlag einer Uhr, die eine neue Zeitspanne anzeigt. »Sag's mir, ja, willst du?«

»Ja, ich werd's dir sagen«, erwiderte er. Noch immer hing sein Blick am Fenster, aber als er jetzt die eigenen Worte hörte und ihnen glaubte, erfüllte ihn eine solche Erleichterung, daß er sicher war, Anne müsse es seinem Gesicht ansehen, seinem ganzen Wesen. Er mußte das Glück mit ihr teilen, jetzt gleich, nur im Augenblick konnte er die Augen nicht von der Sonne am Fenster abwenden. *Leicht,* dachte er. Dunkelheit und Schwere verschwanden. Er mußte es Anne sagen. Er fing ihren Blick auf, der Wärme, Liebe und Zärtlichkeit verriet.

»Guy, komm zu mir.« Sie breitete die Arme aus, und er setzte sich zu ihr, die Arme um sie gelegt. Fest hielt er sie an sich gedrückt. »Guy, wir bekommen ein Baby«, sagte sie. »Wir wollen glücklich sein, ja? Freust du dich?«

Er sah sie an, jubelndes Lachen in den Augen vor Glück, vor Staunen, vor ihrer Scheu. »Ein Baby«, flüsterte er.

»Du, was wollen wir diese Tage tun, wo du hier bist?«

»Wann – wann kommt es, Anne?«

»Ach, noch lange nicht. Ich denke im Mai. Was wollen wir morgen tun?«

»Mit dem Boot hinausfahren, ganz bestimmt. Natürlich nur, wenn's nicht zu stürmisch ist.« Seine Stimme klang fast verschwörerisch, und er lachte laut auf.

»Oh, Guy!«

»Du weinst ja!«

»Ach du – ich bin so glücklich, weil du lachst!«

46

Sonnabend vormittag rief Bruno an. Er gratulierte Guy zu seiner Berufung in den Alberta-Ausschuß und fragte, ob Anne und Guy heute abend zu seiner Party kommen wollten. Die forciert hohe Stimme drängte zum Feiern und gab keine Ruhe. »Ich spreche auf meiner privaten Leitung, Guy. Gerard ist wieder nach Iowa gefahren. Komm doch, ich möcht gern, daß ihr mein Haus seht.« Und dann: »Gib mir mal Anne.«

»Anne ist nicht da.«

Guy wußte, die Untersuchung war abgeschlossen. Die Polizei hatte es ihm mitgeteilt, und eine gleiche Mitteilung – mit Dank verbunden – war von Gerard gekommen.

Guy ging ins Wohnzimmer zurück, wo er mit Bob Treacher bei einem späten Frühstück saß. Bob war einen Tag früher nach New York geflogen, und Guy hatte ihn zum Wochenende eingeladen. Sie unterhielten sich über Alberta und die Männer, mit denen sie im Ausschuß zusammen arbeiteten, über das Terrain, die Forellenfischerei und was ihnen sonst noch durch den Kopf ging. Guy lachte über einen Witz, den Bob in französisch-kanadischem Dialekt erzählte. Es war ein frischer, sonniger Novembermorgen; sobald Anne vom Einkaufen zurück war, wollten sie mit dem Wagen nach Long Island hinausfahren und segeln. Guy war voll jungenhafter Ferienfreude, weil Bob bei ihm war. Bob: das war Kanada und die neue Arbeit dort, wohin ihm Bruno nicht folgen konnte.

Und durch das Kind, das Anne erwartete, konnte er auch unparteiisch und großzügig sein; er war jetzt auf magische Weise im Vorteil.

Gerade als Anne in die Tür trat, klingelte das Telefon von neuem; Guy erhob sich, aber Anne hatte schon den Hörer in der Hand. Es fuhr ihm durch den Kopf, daß Bruno immer genau wußte, wann er anrufen mußte. Erstaunt hörte er, wie Anne mit Bruno von der geplanten Segelfahrt sprach.

»Na, dann kommen Sie nur mit«, sagte sie jetzt. »Schön, wenn Sie durchaus wollen, bringen Sie Bier mit.«

Guy sah, wie Bob ihn überrascht anblickte.

»Was gibt's?« fragte Bob.

»Nichts.« Guy setzte sich.

»Das war Charles. Du hast doch nichts dagegen, daß er mitkommt, nein?« Mit der gefüllten Einkaufstasche ging Anne rasch durchs Zimmer.

»Er sagte Donnerstag, er würde gern mitkommen, wenn wir segeln gehen, und da habe ich ihn schon so gut wie eingeladen.«

»Natürlich nicht«, sagte Guy, die Augen immer noch auf sie gerichtet. Sie war heute morgen in einer so fröhlich-euphorischen Stimmung, daß sie wohl kaum irgend jemandem etwas abgeschlagen hätte, aber er wußte, es steckte noch mehr hinter ihrer Aufforderung an Bruno. Sie wollte sie beide noch einmal zusammen sehen. Sie konnte es nicht abwarten, nicht mal heute. Er fühlte, wie Groll in ihm aufstieg, und ermahnte sich: Sie weiß es nicht, sie kann es nicht wissen, du hast selber schuld, du hast das Ganze ja angerichtet. Er zwang sich, den Groll beiseite zu schieben und auch nicht zuzugeben, daß Bruno ihm den Nachmittag verderben würde. Er beschloß nur, auf der Hut zu sein.

»Du solltest deine Nerven ein bißchen schonen«, sagte Bob, als er jetzt die Kaffeetasse hob und sie zufrieden austrank. »Na, wenigstens trinkst du nicht mehr so viel Kaffee wie früher, weißt du noch? Wieviel war es damals, zehn Tassen pro Tag?«

»Ja, so ungefähr«. Nein, Kaffee hatte er sich ganz abgewöhnt, um besser schlafen zu können. Jetzt mochte er ihn gar nicht mehr.

Sie holten Helen Heyburn in Manhattan ab und fuhren dann über die Triboro Bridge nach Long Island. Die Wintersonne lag klar und wie gefroren über der Küste, dünn auf dem blassen Strand und unruhig funkelnd auf den rastlosen Wellen. Die *India* ist wie ein verankerter Eisberg, dachte Guy; damals war ihr strahlendes Weiß wie der personifizierte Sommer gewesen. Er bog um die Ecke des Parkplatzes, und automatisch fiel sein Blick auf Brunos langen hellblauen Wagen. Das Karussellpferd, so hatte Bruno erzählt, war königsblau gewesen, deshalb hatte er den Wagen in dieser Farbe genommen. Er sah Bruno unter dem Dach des Dockschuppens stehen: außer dem Kopf war alles zu sehen, der lange schwarze Mantel und die kleinen Schuhe, die Arme mit den Händen in den Taschen, die vertraute wartende Haltung.

Bruno nahm die Tasche mit den Bierdosen und kam lächelnd näher, aber schon in der Entfernung erkannte Guy in seinem Gesicht die ungestüme Hochspannung, die sich Luft machen wollte. Er trug einen blauen Schal, so blau wie sein Wagen.

»Hallo. Tag, Guy. Ich dachte – ich wollt dich doch gern noch sehen, weißt du.« Er warf Anne einen hilfesuchenden Blick zu.

»Schön, daß Sie da sind«, sagte Anne. »Dies ist Mr. Treacher. Mr. Bruno.«

Bruno begrüßte ihn. »Kannst du wirklich heute abend nicht kommen, Guy? Es ist nämlich eine große Party. Und Sie auch?« Mit erwartungsvollem Lächeln sah er Helen und Bob an.

Helen sagte, sie habe etwas vor, sonst würde sie gern kommen. Als Guy den Wagen abschloß, sah er, wie sie sich auf Brunos Arm stützte und ihre Schuhe wechselte. Bruno reichte Anne die Tasche mit den Bierdosen.

Helens blonde Augenbrauen hoben sich. »Kommen Sie denn nicht mit?«

»Ich bin gar nicht danach angezogen«, protestierte er schwach.

»Ach, Leinenschuhe haben wir reichlich an Bord«, sagte Anne.

Sie mußten vom Dock aus mit dem Ruderboot hinausfahren. Guy und Bruno stritten sich höflich und hartnäckig darum, wer rudern sollte, bis Helen vorschlug, sie sollten beide rudern. Guy holte weit aus; Bruno saß auf der Mittelbank neben ihm und suchte es ihm gleichzutun. Guy spürte, wie in Bruno die hektische Unruhe stieg, als sie sich der *India* näherten. Sein Hut wehte ihm zweimal vom Kopf; schließlich stand er auf und warf ihn mit großer Gebärde ins Wasser.

»Ich kann Hüte sowieso nicht leiden«, sagte er mit einem Blick auf Guy.

Einen Wettermantel lehnte Bruno ab, obwohl der Gischt ab und zu über das Cockpit sprühte. Das Segel aufzuziehen hatte keinen Zweck, der Wind war zu stark und unruhig. Die *India* fuhr mit angelassenem Motor in den Sund ein; Bob saß am Steuer.

»Prost – Guy soll leben!« schrie Bruno; seine Stimme klang sonderbar gehemmt und unartikuliert, wie Guy es schon am Morgen wahrgenommen hatte. »Salut! Meine Glückwünsche!« Er nahm die prächtige, mit Früchten verzierte Silberflasche und hielt sie Anne hin. »Napoleon Brandy. Fünf Sterne!«

Anne lehnte ab, aber Helen spürte die Kälte und trank, und ebenso Bob. Unter dem Segeltuch hielt Guy Annes Hand im wollenen Fäustling und bemühte sich, an nichts zu denken, weder an Bruno noch an Alberta oder an die See.

Er mochte Helen nicht ansehen, die Bruno noch ermunterte, und auch nicht Bobs höfliches und leicht verlegenes Lächeln.

»Wer kennt ›Foggy Foggy Dew‹?« fragte Bruno laut und wischte sich sorgfältig die Spritzer vom Ärmel. Mit einem Schluck aus der Flasche hatte er die Grenze überschritten; er war betrunken. Er begriff nicht, warum niemand mehr von seinem exquisiten Cognac trinken wollte und weshalb keiner Lust zum Singen hatte. Überdies war er gekränkt, weil Helen behauptete, ›Foggy Foggy Dew‹ sei ein trübsinniges Lied. Er liebte ›Foggy Foggy Dew‹. Und er wollte jetzt singen oder schreien oder *irgendwas* tun. Wann würden sie je wieder alle so zusammen sein wie heute? Er und Guy. Anne. Helen. Guys Freund. Er kam halb hoch aus seinem Ecksitz und blickte sich um, sah die blasse Linie des Horizonts, die hinter den Wogen aufkam und wieder verschwand, und das Land, das hinter ihnen zurückblieb. Er versuchte den Blick fest auf den Wimpel oben an der Mastspitze zu richten, aber das Schwanken des Mastes machte ihn schwindlig.

»Guy und ich fahren noch mal um die ganze Welt, irgendwann!« verkündete er, aber niemand hörte ihm zu.

Helen unterhielt sich mit Anne und formte die Hände wie zu einem Ball, und Guy erklärte Bob irgend etwas am Motor. Als Guy sich nach vorn beugte, sah Bruno die Falten in seiner Stirn, die tiefer aussahen als sonst, und die Augen hatten den alten traurigen Blick. Bruno schüttelte ihn am Arm.

»Begreifst du denn gar nichts!« schrie er. »Mußt du ausgerechnet heute so ernst sein?«

Helen wollte erklären, daß Guy immer so ernst sei, aber Bruno ließ sie gar nicht ausreden, sie hatte ja doch keine Ahnung, ob Guy ernst war oder warum. Er sah Anne lächeln; dankbar gab er das Lächeln zurück und bot ihr die Flasche von neuem an.

Aber Anne wollte immer noch nichts trinken, und Guy auch nicht.

»Extra für dich hab ich sie mitgebracht, Guy. Ich dachte, du magst so was«, sagte Bruno gekränkt.

»Trink doch ein bißchen, Guy«, sagte Anne.

Guy nahm die Flasche und trank einen kleinen Schluck.

»Prost, Guy! Genie, Freund und Partner!« schrie Bruno und trank ebenfalls. »Guy *ist* ein Genie. Ist Ihnen das auch klar?« Er blickte sich herausfordernd um und fand plötzlich, sie seien alle Idioten.

»Na sicher«, sagte Bob freundlich.

»Sie sind – Sie sind doch ein alter Freund von Guy«, sagte Bruno und hob die Flasche, »und deshalb trinke ich auch auf Ihr Wohl.«

»Danke schön. Ja, ich bin ein alter Freund von ihm. Einer der ältesten wohl.«

»Wie alt?« fragte Bruno herausfordernd.

Bob sah Guy an und lächelte. »Ach, so an die zehn Jahre.«

Bruno runzelte die Stirn. »Ich kenne Guy, so lange er lebt«, sagte er halblaut und drohend. »Fragen Sie ihn.«

Guy fühlte, wie Anne ihre Hand aus seinem Griff löste. Er sah Bob leise lachen, da er nicht wußte, was er von Bruno halten sollte. Kalter Schweiß bedeckte Guys Stirn. Warum nur glaubte er immer wieder, Bruno noch einmal, ein einziges Mal ertragen zu können?

»Guy! Sag ihm, daß ich dein bester Freund bin!«

»Ja«, sagte Guy. Er sah, wie Anne mit schmalen Lippen lächelte, und schwieg. Wußte sie jetzt nicht alles? Wartete sie nicht nur darauf, daß er und Bruno es in der nächsten Sekunde in Worten aussprachen?

Und plötzlich war es wie damals in dem Café, an jenem Freitag nachmittag, als er das Gefühl hatte, er habe Anne schon alles gesagt, was er zu tun im Begriff war. Er wollte es ihr sagen, das wußte er noch. Und die Tatsache, daß er es ihr immer noch nicht gesagt hatte, *daß es ihm immer* noch bevorstand, daß Bruno jetzt wieder um ihn herumtanzte, das war die Extrastrafe, die er für sein Zögern verdient hatte.

»Klar bin ich verrückt!« schrie Bruno Helen an, die auf der Bank von ihm abrückte. »Ich bin so verrückt, ich kann die ganze Welt hochnehmen! Wer das nicht glaubt, der kriegt's mit mir zu tun!« Er lachte laut und sah, daß sein Lachen die verschwommenen Gesichter ringsum noch mehr verwirrte, so daß sie alle mitlachten. »Affen!« rief er ihnen zu.

»Guy – wer ist das eigentlich?« flüsterte Bob fragend.

»Guy und ich, wir sind Supermänner«, erklärte Bruno.

»Ein Supersäufer sind Sie«, bemerkte Helen.

»Das's nicht wahr!« Bruno versuchte sich aufzurichten.

»Ruhig, Charles, ruhig!« sagte Anne, aber sie lächelte dabei, und Bruno grinste zurück.

»Kein Wort ist davon wahr, was sie gesagt hat!«

»Wovon redet er eigentlich?« fragte Helen. »Habt ihr beide an der Börse gewonnen?«

»An der Börse – das ...« Bruno hielt inne, sein Vater war ihm eingefallen. »Heioh! Ich bin Texaner! Bist du schon mal in Metcalf Karussell gefahren, Guy?«

Guys Füße zuckten, aber er stand nicht auf und sah Bruno nicht an. »Schön. Gut. Ich sitz ja schon«, sagte Bruno. »Aber du enttäuschst mich, Guy. Ganz furchtbar enttäuschst du mich!«

Bruno schüttelte die leere Silberflasche und warf sie im Bogen über Bord.

»Jetzt weint er«, sagte Helen.

Bruno erhob sich und trat aus dem Cockpit aufs Deck. Er wollte einen langen Spaziergang machen, weg von allen, auch von Guy.

»Wo geht er hin?« fragte Anne.

»Ach, laß ihn doch«, murmelte Guy und versuchte sich eine Zigarette anzuzünden.

Ein Klatschen, und das Wasser spritzte hoch auf. Guy wußte, Bruno war über Bord gegangen. Guy war aus dem Cockpit heraus, bevor noch einer der anderen ein Wort sagen konnte.

Er rannte ans Heck und versuchte dabei seinen Mantel abzustreifen. Seine Arme wurden von hinten ergriffen, er wandte sich um und schlug Bob mit der Faust ins Gesicht. Dann warf er sich ins Wasser. Stimmen und Schiffsgeräusch verstummten, einen Augenblick lang war alles schrecklich still, bevor sein Körper wieder nach oben kam. Mit langsamen Bewegungen zog er den Mantel aus; die Kälte machte ihn steif vor Schmerz, ihm war, als sei er schon erfroren. Er stieß sich nach oben und sah Brunos Kopf in unendlicher Ferne, wie ein moosiges Stückchen Fels halb unter Wasser.

»Du kriegst ihn nicht mehr!« hörte er Bob schreien. Eine neue Welle schnitt die Stimme ab.

»Guy!« Brunos Stimme rief draußen, in der offenen See, in Todesnot.

Guy fluchte. Er konnte – er mußte ihn erreichen. Beim zehnten Zug stieß er sich wieder nach oben. »Bruno!« Aber er sah ihn nicht.

»Guy – da!« Anne stand am Heck und wies mit der Hand.

Guy konnte ihn nicht sehen, aber er verließ sich auf die Stelle, die ihm sein Gedächtnis angab; er schwamm und tauchte und griff mit weiten Armen und ausgestreckten Fingern und suchte und suchte. Das Meer lähmte ihn. Wie in einem Alptraum war es, dachte er. Wie damals auf dem Rasen. Unter einer Woge tauchte er auf und rang nach Luft. Die *India* war nicht mehr an der alten Stelle, sie drehte bei. Warum zeigten sie ihm nicht die Richtung? Es war ihnen allen eben ganz egal!

»Bruno!«

Vielleicht hinter einem der Wellenberge. Wieder stürzte er

vorwärts und erkannte dann, daß er die Richtung verloren hatte. Eine Woge schlug ihm seitwärts an den Kopf. Er verwünschte den scheußlichen Riesenleib der See. Wo war sein Freund, sein Bruder?

Wieder tauchte er so tief er konnte und griff mit breiten Armen, weit, immer weiter ins Wasser. Doch jetzt war dort nur noch schweigende graue Leere, die allen Raum erfüllte, und er selbst war nur ein weinziges Pünktchen Bewußtsein. Die wirbelnde, unerträgliche Öde erdrückte ihn und drohte ihm das Leben zu nehmen. Verzweifelt riß er die Augen auf. Das Graue wurde zu einem schwankenden braunen Fußboden.

»Habt ihr ihn gefunden?« brachte er heraus und richtete sich auf. »Wie spät ist es?«

»Bleib liegen, Guy«, sagte Bobs Stimme.

»Er ist ertrunken, Guy«, sagte Anne. »Wir haben gesehen, wie er unterging.«

Er schloß die Augen und weinte.

Einer nach dem anderen verließ die Kabine und ging hinaus. Auch Anne.

47

Ganz leise, damit Anne nicht aufwachte, schlüpfte Guy aus dem Bett und ging nach unten ins Wohnzimmer. Die Morgendämmerung kroch durch die Fenster und ließ ihn nicht mehr schlafen. Er beneidete Bruno um seinen schnellen Tod. Es war so leicht gegangen – alles war bei Bruno immer leicht gegangen. Bruno hatte auch seine Hälfte der schweren Last stets leicht getragen. Wie sollte er, Guy, sie jetzt allein bewältigen? Ein Zittern ging durch seinen Körper. Er saß steif aufgerichtet im Sessel, nur mit einem dünnen Pyjama bekleidet, alle Muskeln angespannt. Dann plötzlich war die Spannung gebrochen, er stand auf und ging nach oben in sein Arbeitszimmer, bevor er noch wußte, was er tun wollte. Auf dem Tisch lagen noch vier oder fünf der großen glatten Bogen, die er dort liegen gelassen hatte, als er für Bob eine Sache skizziert hatte. Er setzte sich und begann zu schreiben, erst langsam, dann stetig und immer schneller. Er schrieb sich alles von der Seele: von Miriam und von der Bahnfahrt mit Bruno, von den Anrufen, von Brunos Fahrt nach Metcalf und seiner Tat, von den Briefen und dem

Revolver – und von der Donnerstagnacht. Nichts ließ er unerwähnt, bis drei der großen Bogen vollgeschrieben waren. Dann steckte er sie in einen Umschlag und verschloß ihn. Dies war für Anne. Sie würde die Bogen in der Hand halten und alles, alles lesen.

Er blieb noch eine Weile sitzen und dachte an alle, die er in seinem Bericht erwähnt hatte: Miriam und Bruno, Owen Markman, Samuel Bruno, Gerard und Mrs. McCausland und Anne. Niemand trauerte um Samuel Bruno und um Miriam. Miriam. Merkwürdig, sie war ihm als Mensch jetzt näher als je. Er hatte versucht, sie Anne zu beschreiben, sie zu bewerten. Er hatte sie für sich selber bewerten müssen: als Mensch war sie nicht allzu viel wert, weder nach Annes noch nach sonst jemandes Kriterien. Aber sie war ein Mensch gewesen. Auch Samuel Bruno hatte nicht viel getaugt, ein harter gieriger Geldverdiener, den sein Sohn haßte und seine Frau nicht liebte. Wer hatte ihn wirklich geliebt? Wer trauerte um Miriam oder um Samuel Bruno? Vielleicht Miriams Familie – Guy dachte an ihren Bruder bei der Zeugenaussage: kleine Augen, böse und haßerfüllt, ohne Kummer. Und die Mutter, rachsüchtig und hart wie immer; es kümmerte sie nicht, wer schuld war, solange nur irgend jemand schuld war; auch sie war ohne Kummer, ohne Weichheit. Hatte es einen Sinn – selbst wenn er wollte –, hinzugehen und ihnen ein Ziel für ihren Haß zu bieten? Ob ihnen danach besser zumute wäre, oder ihm? Er konnte sich das nicht vorstellen. Wenn irgend jemand Miriam wirklich geliebt hatte, war es Owen Markman.

Guy nahm die Hände von den Augen. Der Name war ihm ganz mechanisch in den Kopf gekommen; er hatte gar nicht an Owen gedacht, bis er den Brief zu schreiben anfing. Owen war immer nur eine undeutliche Figur im Hintergrund gewesen; Guy hatte noch weniger von ihm gehalten als von Miriam. Aber Owen mußte sie geliebt haben; er wollte sie heiraten, und sie hatte sein Kind getragen. Vielleicht war sie sein ganzes Glück gewesen, vielleicht hatte er den gleichen Kummer nach ihrem Tod erlebt wie Guy, als Miriam in Chicago für ihn gestorben war. Guy versuchte, sich Owen Markman möglichst genau ins Gedächtnis zurückzurufen, wie er ihn bei der gerichtlichen Untersuchung gesehen hatte: die schlappe Haltung, die ruhigen aufrichtigen Antworten und das, was er über die Eifersucht behauptet hatte. Unmöglich, daraus Schlüsse zu ziehen, was in seinem Kopf vorging.

»Owen«, sagte Guy.

Langsam stand er auf. Er sah das lange dunkle Gesicht und die vornübergeneigte Gestalt vor sich, und langsam nahm seine Idee Gestalt an. Er wollte zu Markman fahren und mit ihm reden, ihm alles sagen. Wenn irgend jemandem, so schuldete er es Markman. Sollte der ihn umbringen, oder die Polizei rufen, wenn er wollte. Er hatte ihm dann jedenfalls alles gesagt, ehrlich und offen. Das Verlangen wurde immer drängender. Ja, so mußte es sein, und ganz bald. Dann, wenn er diese persönliche Schuld bezahlt hatte, wollte er auf sich nehmen, was das Gesetz ihm auferlegte. Dann war er bereit. Er konnte noch heute nachmittag, wenn Anne ihn auf dem Rückflug nach Kanada glaubte, ein Flugzeug nach Houston nehmen und Owen Markman aufsuchen. Vormittags sollte er mit Anne vor der Polizei noch einige Fragen über Brunos Tod beantworten. Danach war er frei. Ihm war kalt und nackt zumute. Aber er hatte nun keine Angst mehr.

48

Guy hockte auf einem der Notsitze im Mittelgang des Flugzeugs nach Houston. Ihm war elend und unruhig zumute, so als sei er hier ebenso fehl am Platz wie der kleine Hocker, der den Gang versperrte und die Symmetrie störte. Falsch, unnötig – und doch war er überzeugt, daß das, was er vorhatte, notwendig war. Die Schwierigkeiten, die zu überwinden gewesen waren, bis er im Flugzeug saß, hatten seine eigensinnige Entschlossenheit noch verstärkt.

Gerard war auf der Polizeiwache erschienen, wo nach Brunos Tod die Vernehmung stattfand. Er war von Iowa herübergeflogen, sagte er. Schrecklich, dieser Tod, aber Charles war ja niemals vorsichtig gewesen. Und nun ausgerechnet auf Guys Boot. Guy hatte auf alle Fragen klar und völlig gefühllos geantwortet. Es schien ihm so unbedeutend, die ganzen Einzelheiten wegen Charles' Verschwinden im Wasser. Gerards Anwesenheit hatte ihn viel mehr beunruhigt als der Unfall. Er wollte nicht, daß Gerard ihm etwa nach Texas folgte. Um doppelt sicher zu gehen, hatte er das Ticket für den Flug nach Kanada nicht stornieren lassen; die Maschine war früher abgeflogen, und er hatte dann fast vier Stunden im Flughafen auf seine Maschine gewartet. Aber er war jetzt sicher. Gerard hatte gesagt, er werde noch am Nachmittag mit dem Zug nach Iowa zurückfahren.

Trotzdem besah sich Guy jetzt noch einmal die Fluggäste, eingehender und sorgfältiger als er es beim erstenmal gewagt hatte. Es war niemand dabei, der im mindesten an ihm interessiert schien.

In seiner Innentasche knisterte der dicke Brief, als er sich über die Papiere beugte, die auf seinem Schoß lagen. Es waren Berichte über Teilstrecken des Alberta-Dammes; Bob hatte sie ihm gegeben. Eine Zeitung hätte er hier nicht lesen können, und aus dem Fenster schauen konnte er nicht, aber er konnte sich mechanisch die Passagen des Berichts einprägen, die er auswendig kennen mußte. Zwischen den hektografierten Seiten steckte eine herausgerissene Seite aus einer englischen Architekturzeitschrift, auf der Bob einen Absatz rot angestrichen hatte:

»Guy Daniel Haines ist der bekannteste Architekt, den wir bisher aus dem Süden der Vereinigten Staaten kennen. Im Alter von 27 vollendete er seine erste selbständige Arbeit, ein einfaches zweistöckiges Bauwerk, das als ›Pittsburgh Store‹ bekannt wurde. Mit diesem Bau erreichte Haines eine Kombination von Funktion und Grazie, an der er festhielt und die seine Kunst bis heute auszeichnet. Um sein Genie zu definieren, muß man immer wieder zu dem unfaßbaren Ausdruck ›Grazie‹ greifen, ein Begriff, der in der modernen Architektur bisher gefehlt hat. Haines ist es zu verdanken, wenn sein Begriff von Grazie heute ein klassischer Begriff geworden ist. Sein Hauptbau in der bekannten Palmyra-*Gruppe in Palm Beach wurde ›Das amerikanische Parthenon‹ genannt ...«*

Dazu folgte eine Fußnote:

Mr. Haines wurde kürzlich in den Beratenden Ausschuß des Alberta-Damm-Projektes in Kanada berufen. Brücken, sagt er, haben ihn sein Leben lang interessiert. Er schätzt, daß dieses Projekt drei Jahre in Anspruch nehmen wird – eine für ihn sehr befriedigende Arbeit.

»Befriedigend«, sagte er vor sich hin. »Frieden.« Wie mochten sie auf das Wort gekommen sein?

Irgendwo schlug eine Uhr neun, als Guy abends mit dem Taxi durch die Hauptstraße von Houston fuhr. Auf dem Flughafen hatte er Owen Markmans Namen im Telefonbuch gefunden; er hatte den Koffer in der Gepäckaufbewahrung gelassen und dann das Taxi bestiegen. Ganz so einfach wird es nicht sein, dachte er. Unwahrscheinlich, daß man um neun Uhr abends ankommt und ihn dann allein zu Hause findet, bereit, einem Fremden zuzuhören. Entweder er ist nicht zu Hause, oder er wohnt da gar nicht mehr, oder er ist überhaupt nicht mehr in Houston. Vielleicht brauche ich mehrere Tage.

»Halten Sie hier am Hotel«, sagte er. Er ging an die Rezeption, wo er ein Zimmer für die Nacht nahm. Nach der alltäglichen kleinen Maßnahme fühlte er sich besser.

Owen Markman war an der Adresse in der Cleburne Street nicht mehr zu finden. Es war ein kleines Etagenhaus. Die Leute unten in der Halle, auch der Hausmeister, sahen Guy mißtrauisch an. Keiner wollte wissen, wo Owen Markman war.

»Sie kommen doch nicht von der Polizei?« fragte der Hausmeister schließlich.

Wider Willen lächelte Guy. »Nein.«

Er wandte sich zum Gehen, als ihn ein Mann auf der Treppe anhielt und ihm mit der gleichen Miene vorsichtiger Zurückhaltung anvertraute, er werde Markman vielleicht in einem bestimmten Café im Stadtzentrum antreffen.

Guy entdeckte ihn schließlich in einem Drugstore, wo er an der Theke saß mit zwei Frauen, die er nicht mit Guy bekannt machte. Er glitt vom Barhocker herab und blieb aufrecht stehen, die braunen Augen weit geöffnet. Sein langes Gesicht sah schwerer und weniger anziehend aus, als Guy es im Gedächtnis hatte. Er schob die großen Hände vorsichtig in die Taschen der kurzen Lederjacke.

»Sie kennen mich wohl«, sagte Guy.

»Hm. Kann wohl sein.«

»Könnte ich Sie wohl mal sprechen? Es dauert nicht lange.« Guy sah sich um. Das beste war sicher, ihn in sein Hotelzimmer zu bitten. »Ich habe ein Zimmer hier im Hotel *Rice*.«

Markman maß ihn mit prüfendem Blick. Nach längerem Schweigen nickte er. »Schön.«

Als sie an der Kasse vorbeikamen, sah Guy die Regale mit den Flaschen. Vielleicht sollte er seinem Gast etwas anbieten. »Mögen Sie Whisky?«

Markman taute auf, als Guy die Flasche nahm und bezahlte.

»Wissen Sie, Coca ist prima, aber 'n bißchen was dazu ist noch besser.« Guy nahm auch noch einige Flaschen Coca-Cola mit.

Schweigend fuhren sie zum Hotel, nahmen den Fahrstuhl nach oben und betraten wortlos das Zimmer. Wie sollte er bloß anfangen?

Owen setzte sich in den Sessel und teilte seine Aufmerksamkeit zwischen Guy, den er mit stiller Vorsicht betrachtete, und seinem Glas mit Whisky und Coca-Cola.

Stammelnd begann Guy. »Was ...«

»Was?« fragte Owen.

»Was würden Sie tun, wenn Sie wüßten, wer Miriam umgebracht hat?«

Markman setzte sich auf. Die zusammengezogenen Brauen bildeten über den Augen einen dichten schwarzen Strich. »Waren Sie's?«

»Nein. Aber ich kenne den Mann, und die Polizei wird ihn auch bald kennen.« Er zögerte. »Es war ein Mann aus New York namens Charles Bruno. Gestern ist er gestorben. Ertrunken.«

Owen setzte sich etwas zurück und nahm einen Schluck aus dem Glas. »Woher wissen Sie das? Hat er gestanden?«

»Ich weiß es. Ich weiß es schon seit einiger Zeit. Deshalb hatte ich das Gefühl, es war meine Schuld. Weil ich ihn nicht verraten habe.« Er fuhr sich mit der Zunge über die Lippen. Es war schwer – jede Silbe war schwer. Er sah, wie Owen die Achseln zuckte und sein Glas austrank. Automatisch stand Guy auf, um es von neuem zu füllen. »Deshalb gebe ich mir die Schuld«, wiederholte er. »Ich muß Ihnen die Begleitumstände schildern. Es war alles sehr schwierig. Sehen Sie, ich habe Charles Bruno im Zug kennengelernt, als ich nach Metcalf fuhr. Das war im Juni, kurz bevor sie umgebracht wurde. Ich wollte hinfahren und die Scheidung einleiten. Und da ...«

»Ja?« half Owen weiter.

»Ich hab ihm Miriams Namen gesagt; und ich hab ihm gesagt, daß ich sie haßte. Bruno hatte einen Mordplan. Für einen Doppelmord.«

»Herrje«, flüsterte Owen.

Das ›Herrje‹ erinnerte ihn an Bruno, und plötzlich kam Guy ein fürchterlicher Gedanke: er stellte sich vor, er könne jetzt Owen die gleiche Falle stellen, die Bruno ihm gestellt hatte, und Owen werde es dann mit einem Fremden ebenso machen, der dann einen weiteren Mann einfing, und so ging es ad infinitum fort mit Jägern und Gejagten. Guy schauderte zusammen und ballte die Fäuste.

»Sehen Sie, mein Fehler war, daß ich überhaupt mit ihm geredet habe. Daß ich einem Fremden von meinen privaten Sorgen erzählt habe.«

»Hat er zu Ihnen gesagt, er wollte sie umbringen?«

»Nein, natürlich nicht. Das war nur so eine Idee von ihm. Er war nicht normal, er war ein Psychopath. Ich sagte ihm, er sollte den Mund halten und sich zum Teufel scheren.«

»Sie haben ihm nicht gesagt, daß er es tun soll?«

»Nein. Er hat auch nicht gesagt, daß er es tun wollte.«

»Warum trinken Sie nicht 'n ordentlichen Schluck? Warum setzen Sie sich nicht hin?« Owens rauhe, langsame Stimme brachte den Raum ins Gleichgewicht zurück. Die Stimme war wie ein grobes Felsstück, das fest auf trockenem Boden stand.

Er wollte sich nicht setzen, und er wollte auch nichts trinken. Diesen Whisky hatte er damals in Brunos Abteil getrunken. Dies war das Ende, und das Ende durfte nicht ebenso aussehen wie der Anfang. Er nahm das Glas mit Whisky und Wasser in die Hand, das er nur höflichkeitshalber für sich gefüllt hatte. Als er sich umwandte, sah er, wie Owen sein Glas mit Whisky nachfüllte und weitergoß, als wollte er Guy zeigen, daß er das nicht etwa nur hinter seinem Rücken hatte tun wollen.

»Wenn der Kerl aber doch nicht ganz dicht war, wie Sie sagen – das hat doch auch das Gericht gesagt, daß er verrückt gewesen sein muß, nicht?«

»Ja.«

»Na«, sagte Owen langsam, »ich kann ja verstehen, wie Ihnen nachher zumute war; aber wenn das bloß eine Unterhaltung gewesen ist, wie Sie sagen, dann begreife ich nicht, warum Sie sich so viele Gedanken darum machen.«

Guy sah ihn ungläubig an. Mehr bedeutete es ihm also nicht? Vielleicht hatte er nicht richtig verstanden. »Nein, sehen Sie ...«

»Wann haben Sie das denn rausgefunden?« Owens braune Augen begannen zu schwimmen.

»Ungefähr drei Monate später. Sehen Sie, wenn ich nicht gewesen wäre, dann lebte Miriam heute noch.« Guy sah, wie

Owen wieder zum Trinken ansetzte. Was würde Owen jetzt tun? Aufspringen, das Glas hinwerfen und ihn würgen, so wie Bruno Miriam gewürgt hatte? Undenkbar, daß Owen einfach sitzen blieb; doch die Sekunden vergingen, und er regte sich nicht. »Ich mußte es Ihnen sagen«, sagte Guy eindringlich. »Sie waren für mich der einzige Mensch, dem ich vielleicht Kummer gemacht habe, der einzige, der gelitten hat. Es war Ihr Kind. Sie wollten sie heiraten. Sie haben sie geliebt. Sie ...«

»Blödsinn. Ich hab sie nicht geliebt.« Owen sah Guy mit unbewegtem Gesicht an.

Guy erstarrte. Nicht geliebt. Nicht geliebt. Seine Gedanken suchten den Weg zurück und bemühten sich, all die Gleichungen der Vergangenheit, die nun nicht mehr aufgingen, zurechtzurücken. »Nicht geliebt?« fragte er.

»Nee. Jedenfalls nicht so, wie Sie meinen. Klar, ich wollte nicht, daß sie stirbt, aber ich war verdammt froh, daß ich sie nicht zu heiraten brauchte. Das mit der Heirat war überhaupt ihre Idee. Deshalb hat sie sich ja auch das Kind anhängen lassen. Liegt ja nicht am Mann, so was, nicht wahr?« Owen war beschwipst und sah ihn eindringlich an.

Guy wandte sich verwirrt ab. Es half nichts, die Gleichungen gingen nicht auf. Es gab keinen Grund mehr für sein Herkommen, höchstens einen ironischen, und auch keinen Grund – oder ebenfalls nur einen ironischen – für die marternde Selbstzerfleischung im Hotelzimmer vor einem Fremden, dem das alles völlig egal war.

»Finden Sie nicht?« wiederholte Owen und griff wieder nach der Flasche, die auf dem Tisch neben ihm stand.

Guy konnte kein Wort herausbringen. Er riß sich den Schlips auf und öffnete den Kragen mit einem Blick zu den offenen Fenstern, wo er die Klimaanlage suchte.

Owen zuckte die Achseln. Er sah ganz zufrieden aus in offenem Hemd und offener Lederjacke. Guy hatte das irrsinnige Verlangen, ihm etwas in den Schlund zu stoßen, ihn zusammenzuschlagen und zu zermalmen, vor allem aber ihn aus seiner Behaglichkeit aufzustören.

»Hören Sie«, begann er, »ich bin ...«

Aber Owen hatte im gleichen Moment zu sprechen begonnen und redete eintönig weiter, ohne Guy anzusehen. »... zum zweitenmal. Zwei Monate nach meiner Scheidung haben wir dann geheiratet, und dann ging's sofort los. Keine Ahnung, ob es mit Miriam besser gegangen wäre, aber ich glaub's nicht, es wär wohl noch schlimmer geworden. Louisa hat mich schon nach zwei Monaten verlassen, als sie beinah das Haus in Brand gesteckt hatte. Großes Etagenhaus war das.« Er leierte weiter und goß sich aus der Flasche, die neben seinem Ellbogen stand, noch Whisky ein. »Das schlimme ist eben, der Mann muß es immer ausfressen, weil die Frauen viel mehr reden können. Louisa zum Beispiel ...«

Guy hielt es nicht mehr aus. »Das ist noch nicht alles, was ich Ihnen sagen wollte. Ich ... Ich habe einen Menschen umgebracht. Ich bin ein Mörder!«

Owen setzte die Füße schwer auf den Boden, er richtete sich von neuem auf und ließ sogar seine Blicke von Guy zum Fenster wandern, als überlege er, wie er entkommen oder sich verteidigen könne. Aber das grinsende Erstaunen und Entsetzen in seinen Augen war so schwach, so unecht, daß es aussah wie Spott. Guys Eindringlichkeit schien ihn zu belustigen. Er machte sich daran, sein Glas auf den Tisch zu stellen, behielt es dann aber doch in der Hand. »Wieso?« fragte er.

»Hören Sie doch!« schrie Guy noch einmal. »Ich bin ein toter Mann. Ich bin schon jetzt so gut wie tot, weil ich im Begriff bin, mich zu stellen. Jetzt, sofort. Ich habe jemanden umgebracht, begreifen Sie das nicht? Sehen Sie doch nicht so gleichgültig aus, und lehnen Sie sich nicht immer in den Stuhl zurück!«

»Warum soll ich mich nicht zurücklehnen?« Owen hielt jetzt mit beiden Händen sein Glas fest, das er eben von neuem mit Coca-Cola und Whisky gefüllt hatte.

»Finden Sie denn gar nichts dabei, daß ich ein Mörder bin und jemand ums Leben gebracht habe?«

Es war nicht festzustellen, ob Owen verstanden hatte oder nicht. Jedenfalls setzte er das Glas wieder an und trank.

Guy starrte ihn an. Die Worte, unverständliche Knäuel aus tausenden von Worten, schienen ihm die Blutbahn zu verstopfen und Hitzewellen von den Händen die Arme entlang zu jagen. Die Worte waren Verwünschungen gegen Owen, es waren Sätze und Teile des Geständnisses, das er am Morgen geschrieben hatte, Worte, die jetzt ganz durcheinander gerieten, weil der trunkene Idiot da vor ihm sie nicht hören wollte. Vielleicht glaubte ihm Owen nicht, weil er nicht wie ein Mörder aussah?

Ein Mörder sieht auch nicht anders aus als ganz normale Leute, hatte Bruno einmal gesagt. Abrupt stand Guy auf und schenkte sich einen Schluck Whisky ein, den er unverdünnt im Stehen hinuntergoß.

»Freut mich, daß einer mit mir trinkt«, brabbelte Owen. Guy setzte sich ihm gegenüber auf das saubere Bett mit der grünen Decke. Er war plötzlich sehr müde. »Sie finden nichts dabei, nein? Für Sie ist das gar nichts, was?«

»Sie sind nicht der erste Mann, den ich kenne, der jemand umgebracht hat. Und Frauen erst!« Er lachte glucksend. »Ich möchte nicht wissen, wieviel Frauen frei davonkommen.«

»Ich komme ja gar nicht davon! Ich bin nicht mehr frei. Ich habe das ganz kaltblütig getan, ohne Grund. Begreifen Sie nicht, daß das vielleicht noch viel schlimmer ist? Ich habe es getan ...« Er wollte sagen, er habe es getan, weil das Maß an Perversität, das er in sich hatte, es zugelassen habe; weil das Böse in ihm saß. Aber er sah, Owen würde das alles nicht verstehen, Owen war viel zu phantasielos. Er würde sich nicht mal die Mühe machen, Guy zu schlagen oder vor ihm wegzulaufen oder die Polizei zu rufen, weil es nämlich viel bequemer war, im Sessel sitzen zu bleiben.

Owen wiegte den Kopf, als ob er sich tatsächlich überlege, was Guy da gesagt hatte. Seine Augen waren halb geschlossen. Er wand sich und suchte etwas in seiner Hosentasche – einen Tabaksbeutel. Dann holte er Zigarettenpapier aus der Hemdbrusttasche.

Guy sah ihm zu; es schien Stunden zu dauern. »Hier«, sagte er und bot ihm die eigenen Zigaretten an.

Owen beäugte sie zweifelnd. »Was sind das für welche?«

»Kanadische. Sind ganz gut. Nehmen Sie doch eine.«

»Nee, danke.« Owen zog den Beutel mit dem Mund zu. »Ich nehme lieber meine.« Er brauchte drei Minuten dazu, die Zigarette zu rollen.

»Es war genauso, als wenn ich irgendwo in einem Park auf jemand gezielt und ihn erschossen hätte.« Guy war entschlossen, weiterzureden. »Irgend etwas trieb mich an. Das werd ich auch der Polizei sagen, aber nützen wird es mir gar nichts; worauf es ankommt ist, daß ich es getan habe. Ich muß Ihnen Brunos Idee erklären.« Wenigstens blickte ihn Owen jetzt an; nur zeigte sein Gesicht keineswegs einen Ausdruck von Spannung, sondern die freundlich-höfliche Miene des Trunkenen. Guy kümmerte sich nicht darum. »Bruno kam auf die Idee, wir beide sollten – jeder für den anderen – einen Menschen töten, er würde Miriam umbringen und ich seinen Vater. Dann kam er nach Texas und ermordete Miriam hinter meinem Rücken. Ohne mein Wissen und Wollen, verstehen Sie? Ich wußte nichts davon und hatte auch keinerlei Verdacht, jedenfalls nicht richtig. Erst nach Monaten. Und dann verfolgte er mich. Er sagte, er würde mir die Schuld an Miriams Tod anhängen, wenn ich jetzt nicht die zweite Hälfte seines gräßlichen Plans ausführte. Verstehen Sie? Das hieß, ich mußte seinen Vater töten. Die ganze Idee basierte ja darauf, daß kein Motiv für die Morde existierte. Kein persönliches Motiv. So konnte man uns in keinem der beiden Fälle auf die Spur kommen. Wenn wir uns nachher nicht wieder trafen; aber das ist eine andere Sache. Worauf es hier ankommt, ist, daß ich ihn getötet habe. Ich war am Ende. Bruno hat mich kaputtgemacht mit Briefen und Erpressungen. Wahnsinnig hat er mich gemacht. Wissen Sie, ich bin sicher, so kann man jeden Menschen fertigmachen. Ich könnte Sie auch so erledigen. In der gleichen Lage könnte ich Sie ebenso weichmachen und Sie auch dazu kriegen, jemand umzubringen. Was sonst hält die totalitären Staaten zusammen? Denken Sie manchmal über so was nach, Owen? Jedenfalls, das werde ich vor der Polizei sagen, aber ausmachen wird es gar nichts, denn sie werden sagen, ich hätte eben nicht umfallen dürfen. Sie werden sagen, ich war eben schwach. Aber das ist mir jetzt egal, verstehen Sie? Ich hab jetzt vor niemand mehr Angst, verstehen Sie?« Er beugte sich vor, um Owen ins Gesicht zu blicken, aber Owen schien ihn kaum zu sehen. Sein Kopf, auf die Hand gestützt, sackte auf die Seite. Guy stand auf und reckte sich. Er konnte es Owen nicht begreiflich machen, er merkte, Owen hatte die Hauptsache gar nicht verstanden; aber auch das war jetzt unwichtig.

»Ich werde akzeptieren, was sie auch mit mir tun. Das werde ich morgen der Polizei sagen.«

»Können Sie's beweisen?« fragte Owen.

»Beweisen? Was habe ich zu beweisen, wenn ich jemand umgebracht habe?«

Die Flasche glitt Owen aus den Fingern und fiel auf den Boden; es war jedoch nur noch so wenig drin, daß fast nichts herausfloß. »Sie sind doch Architekt, nicht wahr?« fragte Owen.

»Fällt mir nur gerade so ein.« Ungeschickt stellte er die Flasche aufrecht auf den Boden.

»Was hat das damit zu tun?«

»Ich dachte bloß so.«

»Was dachten Sie?« fragte Guy ungeduldig.

»Klingt 'n bißchen bekloppt, was Sie da sagten, wenn ich ehrlich sein soll. Na ja – klingt ja bloß so.« In Owens trüben Augen erschien ein vorsichtiger Ausdruck, als fürchte er, daß Guy zu ihm herüberkommen und ihm für seine Bemerkung eine Ohrfeige versetzen werde. Als er sah, daß Guy sich nicht regte, lehnte er sich wieder in seinen Sessel zurück und sackte noch etwas mehr in sich zusammen.

»Hören Sie, Owen«, sagte Guy mühsam. »Wie ist Ihnen zumute, wenn Sie jemand gegenübersitzen, der einen anderen umgebracht hat? Wie verhalten Sie sich dabei? Sagen Sie dem genauso freundlich guten Tag wie jedem anderen?«

Unter Guys scharfem Blick schien Owen sich anzustrengen. Er dachte nach und sagte schließlich lächelnd mit lässigem Blinzeln: »Leben und leben lassen.«

Wieder packte Guy die Wut und hielt Körper und Geist wie in einer glühenden Zange fest. Er fand keine Worte – oder zu viele Worte, die sich von selber formten und aus dem Mund herausschossen: »Sie Idiot!«

Owen bewegte sich leicht, blieb aber ungerührt. Er schien zu überlegen, ob er lächeln oder die Stirn runzeln sollte. »Was geht mich das eigentlich an?« fragte er dann.

»Was es Sie angeht? Weil – Sie sind doch ein Teil der Allgemeinheit!«

»Na, dann soll sich die Allgemeinheit darum kümmern«, gab Owen träge zurück. Sein Blick ruhte auf der Whiskyflasche, in der nur noch der Boden bedeckt war.

Es ging ihn also nichts an, dachte Guy. War das nun seine wirkliche Haltung oder war er bloß betrunken? Nein, es mußte seine wahre Haltung sein. Er hatte jetzt gar keinen Grund zu lügen. Dann fiel ihm ein, daß er selber die gleiche Haltung eingenommen hatte, als er Bruno verdächtigte, bevor Bruno anfing, ihn zu martern. War das die Haltung der meisten Menschen? Und wenn ja, wer war dann die Allgemeinheit?

Er wandte Owen den Rücken zu. Ach, er wußte ja sehr gut, wer die Allgemeinheit war. Doch die Allgemeinheit, an die er wegen sich selber gedacht hatte, die verkörperte das Gesetz, die unerbittlichen ehernen Vorschriften. Die Allgemeinheit bestand aus Leuten wie Owen, wie er selber oder zum Beispiel Brillhart, in Palm Beach. Hätte Brillhart ihn angezeigt? Unvorstellbar. Jeder würde es dem andern überlassen, der es wieder auf den nächsten weiterschob; und tun würde es keiner. Machte er sich was aus Vorschriften? War es nicht ein Gesetz, das ihn an Miriam gefesselt hatte? Und war es nicht ein Mensch, der ermordet worden war, und waren es nicht deshalb Menschen, auf die es ankam? Wenn Menschen aller Klassen, von Owen bis zu Brillhart, das Gesetz nicht so ernst nahmen, daß sie ihn anzeigen würden, warum sollte er es dann noch ernst nehmen? Warum hatte er morgens angenommen, er müsse sich der Polizei stellen? Eine masochistische Idee. Er wollte sich nicht stellen. Welche konkrete Schuld lag auf seinem Gewissen? Welcher Mensch wäre bereit, ihn dem Gesetz auszuliefern?

»Höchstens ein Spitzel«, sagte er laut. »Ein Spitzel würde einen anzeigen.«

»Ja, stimmt«, meinte Owen. »Ein dreckiger Spitzel, ja.« Und er lachte laut und erleichtert auf.

Mit gerunzelter Stirn starrte Guy ins Leere. Er suchte nach festem Boden, nach einem gangbaren Weg; er hatte eben blitzartig und weit entfernt etwas vor sich gesehen, das er zu erreichen suchte. Das Gesetz war nicht die Allgemeinheit, so fing es an. Die Allgemeinheit, das waren Leute wie Owen und er selber und Brillhart, die hatten nicht das Recht, einem andern Mitglied der Allgemeinheit das Leben zu nehmen. Aber das Gesetz tat das. »Und das Gesetz soll doch zumindest der Wille der Allgemeinheit sein. Nein, nicht mal das. Aber vielleicht der kollektive Wille«, fügte er hinzu und merkte, daß er wie immer zurückschreckte, bevor er zu einer Entscheidung kam, daß er die Dinge so kompliziert wie möglich machte, damit sie sicher wurden.

»Mm-mm-?« murmelte Owen. Sein Kopf lag wieder an der Stuhllehne, das schwarze Haar fiel ihm über die Stirn, die Augen waren fast geschlossen.

»Nein, mit kollektivem Willen kann vielleicht ein Mörder gelyncht werden, aber das soll das Gesetz ja gerade verhüten.«

»Vom Lynchen habe ich – habe ich nie was gehalten«, sagte

Owen. »Taugt nichts. Sehr schlecht für den Ruf – für den ganzen Süden. Ganz unnötig.«

»Aber wenn die Allgemeinheit niemandem das Leben nehmen darf, dann darf die Justiz es auch nicht. Die Justiz hat es doch mit Menschen zu tun, Owen, mit Menschen wie Sie und ich! Vor allem in meinem Fall. Im Augenblick spreche ich nur von meinem Fall. Ganz logisch. Wissen Sie was, Owen? Mit der Logik kommt man auch nicht immer weiter, wenn es um Menschen geht. In der Architektur ist das was anderes, beim Bauen, weil das Material sich fügt, aber –« Sein Argument versandete. Er war an einer Mauer angelangt und ließ kein weiteres Wort zu, einfach weil er nicht weiterdenken konnte. Er hatte laut und deutlich gesprochen, aber Owen hatte gar nichts gehört, selbst wenn er versuchte zuzuhören. Und dabei hatte er noch vor fünf Minuten von einer Schuld für Guy nichts wissen wollen. »Aber vielleicht ein Schwurgericht«, sagte Guy nachdenklich.

»Wieso – Schwurgericht?«

»Ich meine, ob ein Schwurgericht aus zwölf Menschen besteht oder aus einem Gesetzeskorpus. Ganz interessant. Sicher, so was ist immer interessant, glaube ich.« Er schenkte sich den Rest Whisky ein und trank ihn aus. »Das interessiert Sie überhaupt nicht, was?« Owen blieb stumm und bewegungslos. »Gar nichts interessiert Sie, nicht wahr?« Guy blickte auf Owens breite braune Schuhe, die schlaff auf den Absätzen ruhten, die Spitzen einander zugekehrt. Plötzlich erschien ihm die schamlos-weiche Schlappheit wie die Quintessenz aller menschlichen Dummheit – es war die verhaßte passive Stupidität derer, die dem Fortschritt seiner Arbeit im Wege standen. Bevor er wußte, was und warum er es tat, hatte er Owens Schuh einen harten Tritt versetzt. Owen regte sich immer noch nicht. Meine Arbeit, dachte Guy. Ja, er mußte wieder an die Arbeit. Überlegen, alles richtigstellen: das mußte warten. Erst kam jetzt seine Arbeit.

Er sah auf die Uhr. Es war zehn Minuten nach zwölf. Er wollte hier nicht schlafen. Vielleicht gab es heute nacht noch ein Flugzeug. Irgendwas mußte es geben. Sonst ein Zug.

Er rüttelte Owen. »Wachen Sie auf, Owen!«

Owen murmelte etwas Undeutliches.

»Kommen Sie. Zu Hause schlafen Sie besser.«

Owen setzte sich auf und sagte laut: »Glaub ich nicht.«

Guy nahm seinen Mantel vom Bett. Er sah sich um, aber er hatte nichts liegen lassen, weil er gar nichts mitgebracht hatte. Lieber jetzt gleich im Flughafen anrufen, dachte er.

»Wo ist hier das Klo?« Owen stand auf. »Mir ist nicht gut.«

Guy konnte das Telefon nicht finden, aber am Nachttisch hing ein Draht herunter. Er nahm ihn in die Hand und folgte ihm bis unter das Bett. Das Telefon stand auf dem Fußboden, und der Hörer lag nicht auf der Gabel; er wußte sofort, daß er nicht heruntergefallen war, denn beide Teile waren zum Fußende des Bettes gezogen worden und die Sprechmuschel war auf den Sessel gerichtet, in dem Owen gesessen hatte. Langsam zog Guy das Telefon zu sich heran.

»Mensch, gibt's hier denn nirgends ein Klo?« Owen öffnete eine Schranktür.

»Weiter unten auf dem Flur muß es sein.« Entsetzen klang aus seiner Stimme. Er hielt den Hörer sprechbereit und brachte ihn näher ans Ohr. Das wache Schweigen einer lebendigen Leitung drang zu ihm. »Hallo!« sagte er.

»Hallo, Mr. Haines.« Die Stimme klang satt, höflich und eine Spur knapp. »Wir hatten keine Zeit für ein Diktaphon. Aber ich habe das meiste hier draußen vor Ihrer Zimmertür mitgehört. Darf ich hereinkommen?«

Gerard mußte seine Spürhunde im New Yorker Flughafen gehabt haben und war ihm dann in einer Chartermaschine gefolgt. Das war möglich. Und jetzt also war es soweit. Und er war so dumm gewesen, sich im Gästebuch mit seinem richtigen Namen einzutragen. »Kommen Sie rein«, sagte er. Er legte den Hörer auf die Gabel, stand auf und blieb steif stehen, die Augen auf die Tür gerichtet. Sein Herz pochte wie nie zuvor, ganz hart und schnell, sicher würde er gleich tot umfallen. Los, lauf, dachte er. Spring, wirf dich auf ihn, sobald er reinkommt. Dies ist deine allerletzte Chance! Aber er regte sich nicht. Undeutlich kam ihm zum Bewußtsein, daß Owen sich in das Waschbecken hinten in der Ecke erbrach. Dann klopfte es an der Tür, und er ging darauf zu. So mußte es kommen. So überraschend, mit einem Fremden dabei, der nichts begreift und sich im Waschbekken übergibt. So unerwartet, die eigenen Gedanken nicht geordnet – schlimmer noch: die Hälfte davon ganz durcheinander herausgebracht. Guy öffnete die Tür.

»Tag«, sagte Gerard und trat ein, den Hut auf dem Kopf und mit hängenden Armen, genau wie er immer ausgesehen hatte.

»Wer ist das?« fragte Owen.

»Bekannter von Mr. Haines«, sagte Gerard leichthin. Das runde Gesicht war ernsthaft wie immer. Er blinzelte Guy zu. »Sie wollen sicher heute abend noch nach New York, nicht wahr?«

Guy starrte das vertraute Gesicht an, den großen Leberfleck auf der Wange, das kluge, helle Auge, das ihm eben tatsächlich zugeblinzelt hatte, ganz ohne Zweifel. Gerard vertrat das Gesetz. Aber Gerard war auch auf seiner Seite, so weit ein Mensch das sein konnte, denn Gerard hatte Bruno gekannt. Das wurde Guy in diesem Augenblick klar; er hatte es immer gewußt, aber nie hatte er vorher daran gedacht. Er wußte auch, daß er Gerard jetzt Rede und Antwort stehen mußte. Das gehörte dazu, hatte immer dazugehört. Es war unumgänglich und längst vorherbestimmt, wie die Bewegung der Erde; nichts konnte ihn davor mehr retten ...

»Na?« sagte Gerard.

Guy wollte sprechen und sagte etwas ganz anderes, als er vorgehabt hatte. »Ja. Nehmen Sie mich mit.«

Raymond Chandler

Der große Schlaf

Roman

Aus dem Amerikanischen von Gunar Ortlepp

1

Es war gegen elf Uhr morgens, Mitte Oktober, ein Tag ohne Sonne und mit klarer Sicht auf die Vorberge, was klatschkalten Regen verhieß. Ich trug meinen kobaltblauen Anzug mit dunkelblauem Hemd, Schlips und Brusttaschentuch, schwarze Sportschuhe und schwarze Wollsocken mit dunkelblauem Muster. Ich war scharf rasiert, sauber und nüchtern – egal nun, ob's einer merkte. Ich war haargenau das Bild vom gutgekleideten Privatdetektiv. Ich wurde von vier Millionen Dollar erwartet.

Die Haupthalle des Sternwoodschen Hauses war zwei Stockwerke hoch. Über den Türflügeln, die eine Herde indischer Elefanten durchgelassen hätten, war auf einem breiten bunten Glasfenster ein Ritter in dunklem Harnisch bei der Errettung einer Dame zu sehen, die an einen Baum gefesselt war und praktischerweise nichts weiter trug als eine Menge langes Haar. Der Ritter hatte kontaktfreudig sein Visier hochgeklappt und fummelte an den Stricken herum, mit denen die Dame an den Baum gezurrt war. Aber er kam nicht zu Rande. Ich stand da und überlegte, daß ich, wenn ich in dem Haus wohnte, früher oder später mal hinaufklettern und ihm zur Hand gehen müßte, denn so richtig Mühe schien er sich nicht zu geben.

Hinter den Glastüren an der Rückseite der Halle erstreckte sich eine weite smaragdene Rasenfläche bis hin zu einer weißen Garage, vor der ein schlanker, dunkler, junger Chauffeur in schwarz glänzenden Gamaschen ein kastanienbraunes Packard-Kabrio abstaubte. Hinter der Garage standen dekorativ ein paar Bäume umher, sauber gestutzt wie Pudelhunde. Dahinter ein großes Treibhaus mit Kuppeldach. Dann wieder Bäume, und hinter alldem die soliden, rauhen, beruhigenden Konturen der Vorberge.

An der Ostseite der Halle führte eine fliesenbelegte Freitreppe hinauf zu einer Galerie mit schmiedeeisernem Geländer und einem weiteren Prachtstück bunter Glasfensterherrlichkeit. An den freien Wandflächen standen überall große, harte Stühle mit runden, roten Plüschsitzen. Sie sahen nicht so aus, als ob schon je einer drauf gesessen hätte. In der Mitte der Westwand war ein großer leerer Kamin mit einer aus vier Scharnierflügeln bestehenden Messingverkleidung, und über dem Kamin ein marmornes Sims mit Amoretten an den Enden. Über dem Sims befand sich ein großes Ölporträt, und über dem Porträt hingen gekreuzt zwei kugelzerfetzte oder mottenzerfressene Kavallerie-Wimpel in einem Glasrahmen. Auf der Malerei posierte ein steifer Offizier in einer Gala-Uniform etwa aus der Zeit des Mexikanischen Krieges. Der Offizier hatte einen schnieken schwarzen Knebelbart, einen schwarzen Schnurrbart und heiße, harte, kohlschwarze Augen; er sah aus wie ein Mann, mit dem nicht gut Kirschen essen ist. Ich dachte mir, das könnte vielleicht General Sternwoods Großvater sein. Der General selbst war es wohl kaum, obwohl ich mir hatte sagen lassen, daß er eigentlich schon ganz schön betagt sei für zwei scharfe Töchter knapp über zwanzig.

Ich schielte noch auf die heißen, schwarzen Augen, als weit hinten unter der Treppe eine Tür aufging. Es war nicht der Butler, der zurückkam. Es war ein Mädchen.

Sie war an die zwanzig, klein und schnuckelig ziseliert, sah aber ganz so aus, als ob sie einiges verkraften könnte. Sie trug blaßblaue Hosen und sah gut darin aus. Sie ging, als ob sie schwebte. Sie hatte hübsches lohfarbenes Haar, das viel kürzer geschnitten war, als es die derzeitige Mode mit ihren eingerollten Pagenkopffransen verlangte. Ihre Augen waren schiefergrau und fast völlig ausdruckslos, als sie mich ansahen. Sie kam auf mich zu und lächelte mit dem Mund und hatte kleine scharfe Raubtierzähne, weiß wie frisches Orangenmark und schimmernd wie Porzellan. Sie blitzten zwischen dünnen, gestrafften Lippen. Ihr Gesicht war fahl und wirkte nicht sehr gesund.

»Sind Sie aber groß«, sagte sie.

»Ich hab's mir nicht ausgesucht.«

Ihre Augen kullerten. Sie war verdutzt. Sie dachte nach. Ich merkte schon nach dieser kurzen Bekanntschaft, daß sie mit dem Denken ihre liebe Not hatte.

»Und gut sehen Sie aus«, sagte sie. »Und ich wette, Sie wissen's auch.«

Ich knurrte.

»Wie heißen Sie?«

»Reilly«, sagte ich. »Dobermann Reilly.«

»Ist das aber ein ulkiger Name.« Sie biß sich auf die Lippe und wandte etwas den Kopf und beäugte mich von der Seite. Dann senkte sie die Wimpern, bis sie ihr fast die Wangen streichelten, und hob sie langsam wieder auf wie einen Theatervorhang. Diesen Trick durfte ich später noch näher kennenlernen. Er sollte wohl bewirken, daß ich mich auf den Rücken wälzte und alle viere von mir streckte.

»Sind Sie Boxer?« fragte sie, als sie merkte, daß ich nicht zu Boden ging.

»Eigentlich nicht. Ich bin Spürhund.«

»Sie sind was?« Sie warf ärgerlich ihr Haar zurück, und das reiche Blond gleißte im Dämmerlicht der großen Halle. »Sie machen sich über mich lustig.«

»Hmhm.«

»Wie bitte?«

»Nur weiter so«, sagte ich. »Sie haben mich schon verstanden.«

»Sie haben ja gar nichts gesagt. Sie wollen mich nur auf den Arm nehmen.«

Sie nahm ihren Daumen und biß hinein. Es war ein komischer Daumen, dünn und schmal wie ein sechster Finger und ohne Biegung im ersten Gelenk. Sie biß hinein und suckelte gemächlich dran herum und drehte ihn im Mund wie ein Baby seinen Schnuller.

»Sie sind irrsinnig groß«, sagte sie. Dann kicherte sie belustigt in sich hinein. Darauf wandte sie, ohne die Füße zu heben, langsam und geschmeidig ihren Körper. Ihre Arme fielen schlaff herab. Sie neigte sich mir auf Zehenspitzen entgegen. Sie fiel mir einfach in die Arme. Ich mußte sie auffangen, wenn ich ihren Kopf nicht auf den Mosaikboden bumsen lassen wollte. So fing ich sie denn unter den Armen, und im Nu hing sie mir mit weichen Knien am Leibe. Ich mußte sie eng an mich drücken, um sie auf den Füßen zu halten. Als ihr Kopf an meiner Brust lag, sah sie zu mir hoch und kicherte.

»Sie sind süß«, kicherte sie. »Aber ich bin auch süß.«

Ich sagte überhaupt nichts. Also wählte der Butler diesen passenden Augenblick, um durch die Glastür zurückzukommen und sie in meinen Armen vorzufinden.

Es schien ihn nicht weiter zu stören. Er war ein langer, dünner, silberhaariger Mann, so um die sechzig oder ein bißchen darüber.

Seine blauen Augen blickten so gleichgültig, wie Augen nur blicken können. Seine Haut war glatt und hell, und er bewegte sich wie ein Mann mit sehr gesunden Muskeln. Er kam langsam durch die Halle auf uns zu, und das Mädchen riß sich von mir los. Sie flitzte durch den Raum zur Treppe und schoß hinauf wie ein Kitz. Sie war weg, bevor ich einmal tief Luft holen konnte.
Der Butler sagte mit ausdrucksloser Stimme: »Der General kann Sie jetzt empfangen, Mr. Marlowe.«
Ich klappte die untere Kinnlade hoch und nickte ihm zu. »Wer war denn das?«
»Miss Carmen Sternwood, Sir.«
»Sie sollten sie mal entwöhnen. Sie ist alt genug.«
Er blickte mich mit ernster Höflichkeit an und wiederholte, was er gesagt hatte.

2

Wir gingen durch die Glastür hinaus und einen glatten rotgepflasterten Pfad entlang, der den weiten Rasen von der Garage trennte. Der jungenhaft aussehende Chauffeur hatte inzwischen einen großen schwarzen Chromschlitten herausgeholt und wienerte dran herum. Der Pfad lief am Treibhaus entlang, und der Butler öffnete mir eine Tür und trat beiseite. Sie führte in eine Art Vestibül, in dem es ungefähr so warm war wie in einem Backofen. Er trat hinter mir ein, schloß die äußere Tür und öffnete eine zweite, durch die wir eintraten. Nun war es erst richtig heiß. Die Luft war dick, feucht, dampfig und satt vom widerlichen Duft tropischer Orchideen in voller Blüte. Glaswände und Dach waren schwer beschlagen, und die Feuchtigkeit fiel in dicken Tropfen auf die Pflanzen herab. Das Licht war von gespenstischem Grün, wie Licht, das durch ein Aquarium dringt. Die Pflanzen wucherten wild durch den Raum, ein Urwald von Pflanzen mit ekelhaft fleischigen Blättern und Stengeln, die aussahen wie frischgewaschene Leichenfinger. Sie stanken wie brodelnder Alkohol unter einer Bettdecke.
Der Butler lavierte mich durch, so gut es ging, ohne daß mir die glitschigen Blätter ins Gesicht klatschten, und nach einer

Weile kamen wir mitten im Dschungel auf eine Lichtung unter dem Kuppeldach. Hier war auf sechseckigen Fliesen ein alter, roter, türkischer Teppich ausgelegt, und auf dem Teppich stand ein Rollstuhl, und im Rollstuhl saß ein alter und offenbar sterbender Mann und blickte uns mit schwarzen Augen entgegen, in denen längst alles Feuer erloschen war; doch noch immer hatten sie die kohlschwarze Direktheit jener Augen auf dem Porträt, das über dem Kamin in der Halle hing. Das übrige Gesicht war maskenhaft starr, mit den blutleeren Lippen und der scharfen Nase und den hohlen Schläfen und den nach außen gedrehten Ohrläppchen unwiderruflichen Zerfalls. Sein langer, hagerer Körper war – trotz der Hitze – in eine Reisedecke und einen verblichenen roten Bademantel gehüllt. Seine dünnen, klauenartigen Hände lagen mit purpurn angelaufenen Nägeln locker gefaltet auf der Decke. Ein paar Strähnen trockenen weißen Haars hingen an seinem Schädel wie wilde Blumen, die auf nacktem Fels um ihr Leben kämpfen.
Der Butler trat auf ihn zu und sagte: »Dies ist Mr. Marlowe, General.«
Der alte Mann rührte sich nicht. Er sagte nichts, nickte nicht einmal. Er sah mich nur leblos an. Der Butler schob mir einen feuchten Korbstuhl in die Kniekehlen, und ich setzte mich hin. Er grabschte mir flink den Hut weg.
Der alte Mann holte seine Stimme tief aus dem Brunnen und sagte: »Brandy, Norris. Wie trinken Sie Ihren Brandy, Sir?«
»Das ist mir ziemlich gleich«, sagte ich.
Der Butler entschwand unter den scheußlichen Pflanzen. Der General sprach weiter, aber langsam. Er gebrauchte seine Kräfte so behutsam wie ein brotloses Revuegirl sein letztes Paar Strümpfe.
»Ich habe ihn immer gern mit Champagner getrunken. Den Champagner so kalt wie ein Wildbach und etwa ein Drittelglas Brandy mittenrein. Sie dürfen gern Ihre Jacke ablegen, Sir. Es ist viel zu heiß hier für einen Mann, der noch Blut in den Adern hat.«
Ich stand auf und schälte mich aus der Jacke und holte mein Taschentuch hervor und wischte mir den Schweiß von Gesicht und Nacken und Handgelenken. St. Louis im August war nichts gegen das hier. Ich setzte mich wieder hin und fingerte auto-

matisch nach einer Zigarette, hielt aber rechtzeitig inne. Der alte Mann bemerkte die Geste und lächelte schwach.

»Sie dürfen gern rauchen, Sir. Ich mag den Geruch von Tabak.«

Ich steckte mir die Zigarette an und blies eine Lunge voll zu ihm hin, und er schnupperte wie ein Terrier vorm Rattenloch. Das schwache Lächeln zog an seinen faltigen Mundwinkeln.

»Ein netter Zustand, wenn ein Mann sich seinen Lastern nur noch per Stellvertreter hingeben kann«, sagte er trocken. »Sie sehen hier die sehr kläglichen Reste eines recht glorreichen Lebens, einen Krüppel mit zwei gelähmten Beinen, dem der halbe Unterleib fehlt. Es gibt nur noch sehr wenig, was ich essen kann, und mein Schlaf ist dem Wachsein so nahe, daß er seinen Namen kaum noch verdient. Es sieht aus, als lebte ich vornehmlich von der Hitze, wie eine neugeborene Spinne, und die Orchideen sind nur eine Entschuldigung für die Hitze. Mögen Sie Orchideen?«

»Nicht besonders«, sagte ich.

Der General schloß halb die Augen. »Es sind widerliche Dinger. Ihr Fleisch ist dem Fleisch des Menschen zu ähnlich. Und ihr Duft hat die süße Verderbtheit einer Prostituierten.«

Ich starrte ihn mit offenem Mund an. Die weiche, feuchte Hitze umgab uns wie ein Leichentuch. Der alte Mann nickte, als ob sein Hals sich vor dem Gewicht seines Kopfes fürchtete. Dann kam der Butler mit einem Teewagen durch den Dschungel zurück, mixte mir einen Brandy mit Soda, umwickelte den kupfernen Eiskübel mit einer feuchten Serviette und ging wieder leise zwischen den Orchideen davon. Hinter dem Dschungel ging eine Tür auf und wieder zu.

Ich nippte von meinem Drink. Der alte Mann sah mir zu und leckte sich die Lippen, immer und immer wieder, wobei er eine Lippe langsam über die andere schob, düster versunken wie ein Leichenbestatter, der sich die Hände reibt.

»Erzählen Sie mir etwas von sich, Mr. Marlowe. Ich nehme an, daß ich Fragen stellen darf?«

»Klar, aber da gibt es sehr wenig zu erzählen. Ich bin dreiunddreißig Jahre alt, war früher mal auf dem College und kann immer noch englisch sprechen, wo's gebraucht wird. In meiner Branche wird's wenig gebraucht. Ich habe für Mr. Wilde, den Distriktanwalt, Untersuchungen durchgeführt. Sein Chefinspektor, ein Mann namens Bernie Ohls, hat mich zu sich kommen lassen und mir mitgeteilt, daß Sie mich sehen möchten. Ich bin unverheiratet, weil ich Polizistenfrauen nicht mag.«

»Und ein klein wenig Zyniker sind Sie auch«, lächelte der alte Mann. »Sie haben wohl nicht gern für Wilde gearbeitet?«

»Er hat mich rausgeschmissen, wegen Befehlsverweigerung. Ich mache mich sehr gut als Befehlsverweigerer, General.«

»Ging mir nicht anders, Sir. Freut mich zu hören. Was wissen Sie über meine Familie?«

»Ich habe mir sagen lassen, daß Sie Witwer sind und zwei junge Töchter haben, beide hübsch und beide wild. Eine war dreimal verheiratet, das letzte Mal mit einem ausgedienten Schnapsschmuggler, der in der Branche als Rusty Regan bekannt war. Das ist alles, was ich weiß, General.«

»Hat Sie daran irgend etwas gewundert?«

»Die Rusty-Regan-Sache vielleicht. Ich selbst bin aber mit Schnapsschmugglern immer gut ausgekommen.«

Er lächelte sein schwaches, sparsames Lächeln. »Ich offenbar auch. Ich mag Rusty sehr gern. Ein großer irischer Lockenkopf aus Clonmel, mit traurigen Augen und einem Lächeln so breit wie der Wilshire Boulevard. Als ich ihn das erste Mal sah, dachte ich, er wäre das, wofür Sie ihn vermutlich auch halten – ein Abenteurer, der es zu ein paar samtenen Plünnen gebracht hat.«

»Sie müssen ihn wirklich gern gehabt haben«, sagte ich. »Jedenfalls sprechen Sie seine Sprache.«

Er steckte seine langen, blutleeren Hände unter den Deckenrand. Ich rauchte meine Zigarette zu Ende und trank aus.

»Er war das blühende Dasein für mich – solange er da blieb. Er hat ganze Stunden bei mir zugebracht, schwitzend wie ein Schwein, literweise Brandy trinkend und voller Geschichten von der irischen Revolution. Er ist Offizier in der I.R.A. gewesen. Er war nicht mal legal in den Vereinigten Staaten. Es war natürlich eine lachhafte Ehe, und sie hat wohl kaum einen Monat gehalten, als Ehe. Ich erzähle Ihnen Familiengeheimnisse, Mr. Marlowe.«

»Das sollen sie auch bleiben«, sagte ich. »Was ist aus ihm geworden?«

Der alte Mann sah mich steif an. »Er ist verschwunden, vor

einem Monat. Urplötzlich, ohne ein Wort zu sagen. Ohne Abschied von mir. Das hat ein bißchen weh getan, aber er ist eben durch eine harte Schule gegangen. Eines schönen Tages wird er schon von sich hören lassen. Aber inzwischen werde ich wieder einmal erpreßt.«

Ich sagte: »Wieder mal?«

Seine Hände kamen mit einem braunen Umschlag unter der Decke hervor. »Der arme Kerl hätte mir leid getan, der mich hätte erpressen wollen, solange Dusty da war. Ein paar Monate vor seiner Zeit – das heißt, vor ungefähr neun oder zehn Monaten – habe ich einem gewissen Joe Brody fünftausend Dollar gezahlt, damit er meine Tochter Carmen in Ruhe ließ.«

»Ah ja«, sagte ich.

Er bewegte die dünnen weißen Brauen. »Was heißt das?«

»Nichts«, sagte ich.

Er starrte mich weiter an, mit leicht gerunzelter Stirn. Dann sagte er: »Sehen Sie sich mal diesen Brief an. Und bedienen Sie sich mit Brandy.«

Ich nahm ihm das Kuvert von den Knien und setzte mich damit wieder hin. Ich wischte mir die Handflächen ab und drehte es um. Es war adressiert an General Guy Sternwood, 3765 Alta Brea Crescent, West Hollywood, Californien. Die Adresse war mit Tinte geschrieben, in der schrägen Druckschrift, wie sie in technischen Büros benutzt wird. Der Umschlag war aufgeschlitzt. Ich machte ihn auf und holte eine braune Karte und drei steife Papierstreifen heraus. Auf der Karte aus dünnem, braunem Leinenpapier stand in Golddruck: »Mr. Arthur Gwynn Geiger.« Keine Adresse, nur ganz klein in der linken unteren Ecke: »Seltene Bücher und Luxusausgaben.«

Ich drehte die Karte um. Auch hinten die gleiche schräge Druckschrift: »Sehr geehrter Herr! Obwohl Beiliegendes rechtlich nicht einklagbar ist, da es zugegebenermaßen Spielschulden darstellt, darf ich annehmen, daß Sie es einlösen möchten. Hochachtungsvoll, A. G. Geiger.«

Ich sah mir die drei steifen weißen Papierstreifen an. Es waren Schuldscheine, mit roter Tinte ausgefüllt und datiert auf verschiedene Tage von Anfang September, dem vorigen Monat. »Auf Vorlage dieses verpflichte ich mich, an Arthur Gwynn Geiger oder Überbringer die Summe von $ 1000 (eintausend

Dollar) ohne Zinsen zu zahlen. Gegenwert erhalten. Carmen Sternwood.«
Der handschriftliche Teil schien mit seinen vielen wilden Schnörkeln und Kreisen statt Punkte von einem echten Kretin hingekritzelt worden zu sein. Ich mixte mir einen neuen Drink, nahm einen Schluck und legte das Belastungsmaterial beiseite.
»Ihre Meinung?« fragte der General.
»Ich habe noch keine. Wer ist dieser Arthur Gwynn Geiger?«
»Ich habe nicht die leiseste Ahnung.«
»Was sagt Carmen dazu?«
»Ich habe sie nicht gefragt. Ich werde sie auch nicht fragen. Wenn ich es täte, würde sie doch nur am Daumen lutschen und bockig gucken.«
Ich sagte: »Ich habe sie in der Halle getroffen. Mit mir hat sie das auch gemacht. Noch dazu wollte sie sich mir auf den Schoß setzen.«
Sein Gesichtsausdruck blieb unverändert. Seine gefalteten Hände ruhten friedlich auf dem Deckenrand, und die Hitze, in der ich mir vorkam wie ein Suppenhuhn beim Sieden, schien ihn nicht einmal zu wärmen.
»Muß ich höflich sein?« fragte ich. »Oder geht's auch mit Offenheit?«
»Ich habe nicht bemerkt, daß Sie unter großen Hemmungen leiden, Mr. Marlowe.«
»Streunen die beiden Mädchen gemeinsam durch die Gegend?«
»Ich glaube kaum. Sie rennen wohl auf getrennten und leicht voneinander abweichenden Wegen in ihr Verderben. Vivian ist verzogen, anspruchsvoll, raffiniert und ziemlich skrupellos. Carmen ist ein Kind, das den Fliegen gern die Flügel abreißt. Keine von beiden hat mehr Moral als eine Katze. Ich übrigens auch nicht. Kein Sternwood hat je welche gehabt. Fahren Sie fort.«
»Vermutlich hatten sie eine gute Erziehung. Wissen Sie, was sie tun?«
»Vivian hat gute Schulen für kleine Snobs besucht und war auf dem College. Carmen ist durch ein halbes Dutzend Schulen gegangen, eine liberaler als die andere, und hörte schließlich da auf, wo sie angefangen hatte. Ich nehme an, sie beide hatten und haben noch immer die üblichen Laster. Für einen Vater mag das ein bißchen finster klingen, Mr. Marlowe. Aber mein Interesse

an diesem Leben ist zu schwach geworden, als daß ich noch viktorianische Heuchelei nötig hätte.« Er lehnte seinen Kopf zurück und schloß die Augen, dann schlug er sie plötzlich wieder auf. »Ich muß nicht hinzufügen, daß ein Mann, der im Alter von vierundfünfzig zum erstenmal Vaterfreuden genießt, eben das bekommt, was er verdient hat.«

Ich nahm einen Schluck und nickte. An seiner dürren grauen Kehle schlug der Puls, sichtbar und doch so langsam, daß es kaum noch ein Puls zu nennen war. Ein alter Mann, schon zu zwei Dritteln tot und dennoch entschlossen, sich nichts vorzumachen.

»Ihre Meinung?« fragte er plötzlich.

»Ich würde zahlen.«

»Warum?«

»Es ist wenig Geld und spart viel Ärger. Irgendwas muß ja wohl dahinterstecken. Aber es wird Ihnen nicht gleich das Herz brechen, wenn es nicht schon geschehen ist. Und es gehört schon eine ganze Menge von Strolchen mit massenhaft Zeit dazu, um Sie so auszunehmen, daß Sie's auch merken.«

»Ich habe meinen Stolz, Sir«, sagte er kalt.

»Eben darauf scheint jemand zu bauen. Es ist die leichteste Art, einen weich zu machen. Das oder die Polizei. Geiger kann diese Scheine einlösen, wenn Sie ihm keine betrügerische Absicht nachweisen können. Statt dessen macht er sie Ihnen zum Geschenk und gibt zu, daß es sich um Spielschulden handelt. Damit haben Sie etwas gegen ihn in der Hand, selbst wenn er die Scheine behalten hätte. Wenn er ein Gauner ist, dann weiß er jedenfalls, wie man Zwiebeln schält. Und wenn er ein ehrlicher Kerl ist, der sich nebenher ein bißchen mit Darlehensgeschäften abgibt, dann sollte er sein Geld bekommen. Wer war dieser Joe Brody, dem Sie die fünftausend Dollar gezahlt haben?«

»Irgendein Spieler. Ich weiß es nicht mehr genau. Norris wird es noch wissen. Mein Butler.«

»Haben Ihre Töchter eigenes Vermögen, General?«

»Vivian ja, aber kein großes. Carmen ist nach dem Testament ihrer Mutter noch minderjährig. Ich gebe beiden ein üppiges Taschengeld.«

Ich sagte: »Ich kann Ihnen diesen Geiger vom Hals schaffen, General, wenn Sie es unbedingt wollen. Wer immer er sein mag und was er auch hat. Es wird Sie einiges kosten, außer dem, was Sie mir zahlen. Und natürlich erreichen Sie damit gar nichts. Bei denen zieht die weiche Tour nicht. Die haben Sie längst als teuren Namen auf ihrer Liste stehen.«

»Ich verstehe.« Er zuckte die breiten, spitzen Achseln im ausgeblichenen roten Bademantel. »Vor einer Minute haben Sie gesagt, ich solle zahlen. Nun sagen Sie mir, es sei zwecklos.«

»Ich meine nur, es wäre vielleicht billiger und bequemer, wenn Sie sich bis zu einem gewissen Maß ausnehmen ließen. Das ist alles.«

»Ich fürchte, dazu bin ich zu ungeduldig, Mr. Marlowe. Wieviel berechnen Sie?«

»Ich bekomme fünfundzwanzig pro Tag plus Spesen – wenn ich Glück habe.«

»Ich verstehe. Das scheint mir ein vernünftiger Preis dafür, daß Sie einen Menschen von einem schlimmen Geschwür befreien. Eine ziemlich heikle Operation. Das ist Ihnen ja wohl klar. Operieren Sie bloß Ihren Patienten so schonend wie möglich. Vielleicht sind mehrere Eingriffe nötig, Mr. Marlowe.«

Ich trank mein zweites Glas aus und wischte mir über Lippen und Gesicht. Die Hitze wurde nicht geringer durch den Brandy, den ich in mir hatte. Der General blinzelte mich an und zupfte am Deckenrand.

»Soll ich mit dem Kerl ins Geschäft kommen, wenn er halbwegs auf dem Teppich bleibt?«

»Ja. Das Ganze ist jetzt Ihre Angelegenheit. Ich halte nichts von Arbeitsteilung.«

»Ich werde ihn mir vorknöpfen«, sagte ich, »daß er denkt, ihm fällt 'ne Brücke auf den Kopf.«

»Daran zweifle ich nicht. Und nun müssen Sie mich entschuldigen. Ich bin müde.« Er langte zur Klingel auf der Armlehne seines Stuhls. Der Draht war an ein schwarzes Kabel angeschlossen, das an den tiefen, dunkelgrünen Kästen entlangführte, in denen die Orchideen wuchsen und verwesten. Er schloß die Augen, öffnete sie noch einmal zu einem kurzen, scharfen Blick und ließ sich wieder in seine Kissen sinken. Seine Lider sanken herab, und er schenkte mir nicht mehr die geringste Aufmerksamkeit.

Ich stand auf und nahm meine Jacke von der Lehne des feuchten

Korbstuhls und ging damit durch die Orchideen davon, öffnete die zwei Türen und stand draußen in der frischen Oktoberluft und tankte Sauerstoff. Der Chauffeur drüben bei der Garage war weg. Der Butler kam den roten Pfad entlang, mit leisen, leichten Schritten und einem Rücken so steif wie ein Bügelbrett. Ich zwängte mich in meine Jacke und ließ ihn herankommen.

Er blieb etwa zwei Fuß vor mir stehen und sagte feierlich: »Mrs. Regan hätte Sie gern gesprochen, bevor Sie gehen, Sir. Und was das Geld betrifft, so wurde ich vom General angewiesen, Ihnen einen Scheck in jeder gewünschten Höhe auszustellen.«

»Auf welche Weise angewiesen?«

Er blickte verdutzt, dann lächelte er. »Ah, ich verstehe, Sir. Sie sind Detektiv. Durch ein besonderes Klingelzeichen.«

»Schreiben Sie seine Schecks?«

»Ich habe dieses Privileg.«

»Dann sind Sie ja vorm Bettelstab sicher. Ich brauche jetzt kein Geld, danke. Weshalb möchte Mrs. Regan mich sprechen?«

Seine blauen Augen musterten mich ruhig. »Sie hat eine falsche Vorstellung vom Zweck Ihres Besuchs, Sir.«

»Wieso weiß sie von meinem Besuch?«

»Von ihren Fenstern aus blickt sie aufs Treibhaus. Sie hat uns hineingehen sehen. Ich habe ihr erzählen müssen, wer Sie sind.«

»Das gefällt mir nicht«, sagte ich.

Seine blauen Augen wurden frostig. »Wollen Sie mich über meine Pflichten belehren, Sir?«

»Nein. Aber ich würde mich sicher totlachen, wenn ich wüßte, worin sie bestehen.«

Wir starrten uns einen Moment lang an. Er ließ noch mal seine blauen Augen spielen und wandte sich ab.

3

Dieses Zimmer war zu groß, die Decke war zu hoch, die Türen waren zu riesig, und der weiße Teppich, der von Wand zu Wand reichte, glich dem Neuschnee am Lake Arrowhead. Der ganze Raum war voll von hohen Spiegeln und kristallenem Zeugs. Die elfenbeinfarbenen Möbel waren chrombeladen, die gewaltigen elfenbeinfarbenen Vorhänge kräuselten sich noch weit vor den Fenstern auf dem weißen Teppich. Durch das Weiß wirkte das Elfenbein schmutzig und das Weiß durchs Elfenbein tot. Hinter den Fenstern lagen die dunkelnden Vorberge. Bald würde es regnen. Die Luft war schon drückend.

Ich setzte mich auf den Rand eines tiefen, weichen Sessels und blickte auf Mrs. Regan. Sie war einen Blick wert. Sie war das pure Unheil. Sie lag ausgestreckt auf einer supermodernen Chaiselongue, die Slipper abgestreift, und ich starrte auf Beine in hauchdünnsten Seidenstrümpfen. Sie schienen zum Draufstarren arrangiert zu sein. Sie waren bis zum Knie sichtbar und eins noch ein gutes Stück darüber. Die Knie, weder knochig noch spitz, hatten Grübchen. Die Waden waren makellos, die Fesseln so lang und schlank, daß ihre melodische Linie für eine ganze Tondichtung ausgereicht hätte. Sie war groß und kräftig und langgliedrig. Ihr Kopf lehnte an einem elfenbeinfarbenen Seidenkissen. Ihr Haar war schwarz und voll und in der Mitte gescheitelt, und sie hatte die heißen, schwarzen Augen des Porträts in der Halle. Sie hatte einen schönen Mund und ein schönes Kinn. Sie hatte einen verdrossenen Zug um die Mundwinkel, und die Unterlippe war voll.

Sie hatte ein Glas. Sie nahm einen kräftigen Schluck und starrte mich über den Rand des Glases kühl prüfend an.

»Sie sind also ein Privatdetektiv«, sagte sie. »Ich dachte, die gäbe es nur in Büchern. Oder in Form kleiner, schmieriger Männer, die um Hotels herumschnüffeln.«

Das konnte mich nicht reizen, und so ließ ich es vom Winde verwehn. Sie stellte ihr Glas auf die platte Armlehne der Chaiselongue und ließ einen Smaragd aufblitzen und strich über ihr Haar. Sie sagte träge: »Wie hat Ihnen Dad gefallen?«

»Gut hat er mir gefallen«, sagte ich.

»Ihm hat Rusty gut gefallen. Sie wissen doch sicher, wer Rusty ist?«

»Hmhm.«

»Rusty war derb und bisweilen vulgär, aber er war sehr real. Und er hat Dad eine Menge Spaß gemacht. Rusty hätte so nicht verschwinden dürfen. Das hat Dad sehr mitgenommen, wenn er es auch nie zugeben würde. Oder hat er?«

»Er hat so was erwähnt.«

»Sie sind kein sehr großer Redner, stimmt's, Mr. Marlowe? Jedenfalls läßt er ihn suchen, oder nicht?«
Ich starrte sie ein Weilchen höflich an. »Ja und nein«, sagte ich.
»Das ist keine Antwort. Glauben Sie, daß Sie ihn finden können?«
»Ich habe nicht behauptet, daß ich das vorhabe. Warum versuchen Sie's nicht mal mit einer Vermißtenmeldung? Die Polizei verfügt über eine große Organisation. Das ist kein Ein-Mann-Job.«
»Ach, Dad hätte es nicht gern, wenn die Polizei eingeschaltet würde.« Sie sah mich wieder unschuldig über ihr Glas weg an, trank es aus und drückte auf eine Klingel. Ein Dienstmädchen trat durch eine Seitentür ins Zimmer. Es war eine Frau mittleren Alters mit einem langen, gelben, freundlichen Gesicht, einer langen Nase, großen, feuchten Augen, ohne Kinn. Sie sah aus wie ein lieber, alter Ackergaul, der nach mühseligem Dasein hinaus auf die Weide darf. Mrs. Regan winkte ihr mit dem leeren Glas, und sie mixte einen neuen Drink, reichte ihn ihr und verließ den Raum ohne ein Wort, ohne einen Blick zu mir herüber.
Als sich die Tür schloß, sagte Mrs. Regan: »Also, was gedenken Sie jetzt zu tun?«
»Wie und wann ist er abgehauen?«
»Hat Dad Ihnen das nicht erzählt?«
Ich neigte den Kopf zur Seite und grinste sie an. Sie wurde rot. Ihre heißen, schwarzen Augen waren voller Wut. »Ich wüßte nicht, was es da zu verbergen gäbe«, fauchte sie. »Und Ihre Manieren passen mir auch nicht.«
»Auf Ihre bin ich auch nicht scharf«, sagte ich. »Schließlich habe ich Sie nicht sprechen wollen. Sie haben nach mir geschickt. Von mir aus können Sie die feine Dame markieren oder aus einer Whiskypulle frühstücken. Sie dürfen mir auch gern Ihre Beine zeigen. Es sind prima Beine, und es ist mir ein Vergnügen, ihre Bekanntschaft zu machen. Sie können meine Manieren kritisieren. Sie sind ja auch schlecht. Ich habe an langen Winterabenden schon manche Träne darüber vergossen. Aber versuchen Sie nicht, mich ins Kreuzverhör zu nehmen.«
Sie knallte ihr Glas so hart hin, daß es auf ein elfenbeinfarbenes Kissen überschwappte. Sie schwang ihre Beine herum und

stand mit feuersprühenden Augen und geblähten Nüstern vor mir. Ihr Mund war geöffnet, und ihre strahlenden Zähne blitzten mich an. Ihre Fingerknöchel waren weiß. »So spricht man nicht mit mir«, sagte sie heiser.

Ich blieb sitzen und grinste sie an. Sehr langsam schloß sie den Mund und sah auf den vergossenen Schnaps herab. Sie setzte sich auf den Rand der Chaiselongue und stützte ihr Kinn in die Hand.

»Gott, sind Sie ein großer, hübscher, brutaler Kerl! Man sollte Ihnen einen Buick an den Kopf werfen.«

Ich ratschte mir ein Streichholz über den Daumennagel und bekam es tatsächlich an. Ich paffte Rauchwolken in die Luft und wartete.

»Ich finde anmaßende Männer widerlich«, sagte sie. »Sie widern mich an.«

»Wovor haben Sie eigentlich Angst, Mrs. Regan?«

Ihre Augen wurden weiß. Dann verdunkelten sie sich, bis sie nur noch Pupille schienen. Ihre Nüstern wurden schmal.

»Er hat von Ihnen etwas anderes gewollt«, sagte sie mit verkrampfter Stimme, in der noch immer ein Häppchen Wut mitklang. »Wegen Rusty. Stimmt's?«

»Fragen Sie ihn doch selbst.«

Sie flammte wieder auf. »Raus! Raus mit Ihnen, verdammt noch mal!«

Ich stand auf. »Setzen Sie sich!« fuhr sie mich an. Ich setzte mich. Ich schnippte mit dem Finger und wartete.

»Bitte«, sagte sie. »Bitte. Sie könnten Rusty doch finden – wenn Dad Sie darum bäte.«

Auch das zog bei mir nicht. Ich nickte und fragte: »Wann ist er denn verschwunden?«

»Vor vier Wochen an einem Nachmittag. Er fuhr einfach mit seinem Wagen weg, ohne ein Wort zu sagen. Sie haben den Wagen dann irgendwo in einer privaten Garage gefunden.«

»Wer sie?«

Jetzt merkte sie etwas. Ihr ganzer Körper schien sich zu entspannen. »Er hat Ihnen also nichts erzählt.« Ihre Stimme klang fast heiter, so als ob sie mich angeschmiert hätte. Vielleicht hatte sie das auch.

»Er hat mir von Mr. Regan erzählt, ja. Deshalb hat er mich

aber nicht kommen lassen. Ist es das, was Sie so gern von mir wissen wollen?«

»Ich will überhaupt nichts von Ihnen wissen.«

Ich stand wieder auf. »Dann kann ich ja abzischen.« Sie sagte nichts. Ich ging auf die hohe, weiße Tür zu, durch die ich gekommen war. Als ich zurücksah, hatte sie ihre Lippen zwischen den Zähnen und biß drauf herum wie ein junger Hund auf den Teppichsaum.

Ich ging hinaus, die fliesenbelegte Treppe zur Halle hinunter, und von irgendwoher tauchte der Butler auf, meinen Hut in der Hand.

»Sie haben sich geirrt«, sagte ich. »Mrs. Regan wollte mich gar nicht sprechen.«

Er neigte seinen silbernen Schopf und sagte höflich: »Das tut mir leid, Sir. Ich mache viele Fehler.« Er schloß die Tür hinter meinem Rücken.

Ich stand auf der Stufe, zog meinen Zigarettenrauch ein und sah hinab auf eine Flucht von Terrassen mit Blumenbeeten und getrimmten Bäumen bis hin zu dem hohen Eisenzaun mit den vergoldeten Speerspitzen, der das Grundstück einschloß. Eine Auffahrt, von niedrigen Mauern gesäumt, schwang sich hinab zum offenen Eisentor. Hinter dem Zaun fiel der Hügel noch über Meilen ab. Dort unten, ganz in der Ferne, konnte ich eben noch schwach ein paar von den alten hölzernen Bohrtürmen des Ölfelds erkennen, von dem sich die Sternwoods ihr Geld geholt hatten. Fast das ganze Feld war jetzt ein öffentlicher Park, den General Sternwood angelegt und der Stadt zum Geschenk gemacht hatte. Aber ein Eckchen mit etlichen Bohrlochgruppen war noch in Betrieb und förderte fünf, sechs Tonnen pro Tag. Die Sternwoods waren auf den Berg gezogen und schnupperten nichts mehr von dem fauligen Schachtwasser oder dem Öl, aber sie konnten noch immer aus ihren Fenstern gucken und den Quell ihres Reichtums sehen. Das heißt, wenn sie wollten. Ich glaube aber, sie wollten nicht.

Ich ging von Terrasse zu Terrasse einen Ziegelweg hinunter, innen am Zaun entlang und zum Tor hinaus zu meinem Wagen, den ich unter einem Pfefferbaum an der Straße gelassen hatte. Donner grollte jetzt in den Vorbergen, und der Himmel über ihnen war purpurn-schwarz. Gleich würde es gießen. Dumpfig hing schon der Regen in der Luft. Ich schlug das Verdeck meines Kabrios hoch, ehe ich zur Stadt hinunterfuhr.

Sie hatte wunderbare Beine. Das mußte man ihr lassen. Die beiden waren ein sauberes Pärchen, sie und ihr Vater. Anscheinend hatte er mich nur auf die Probe stellen wollen; der Job, den er mir da zugeschanzt hatte, verlangte einen Anwalt. Selbst wenn sich Mr. Arthur Gwynn Geiger, »Seltene Bücher und Luxusausgaben«, als Erpresser entpuppen sollte, blieb es immer noch ein Anwaltsjob. Es sei denn, es steckte mehr dahinter, als das bloße Auge erkennen konnte. Oberflächlich betrachtet sah es so aus, als könnte es ganz ulkig sein, das herauszufinden.

Ich fuhr hinunter nach Hollywood zur öffentlichen Bibliothek und machte einen flüchtigen Streifzug durch ein verstaubtes Werk mit dem Titel ›Berühmte Erstausgaben‹. Nach einer halben Stunde hatte ich genug und ging essen.

4

A. G. Geigers Geschäft war ein Laden zur Straßenfront auf der Nordseite des Boulevards nahe Las Palmas. Der Eingang in der Mitte führte durch eine tiefe Nische, und hinter den Fenstern mit Kupfergittern standen chinesische Wände, so daß ich nicht in den Laden blicken konnte. In den Fenstern lag massenhaft orientalischer Plunder herum. Natürlich konnte ich nicht wissen, ob er was taugte, denn Antiquitäten sammle ich nicht, außer unbezahlten Rechnungen. Die Eingangstür war aus Spiegelglas, aber auch durch sie war nicht viel zu erkennen, denn im Laden war es ziemlich schummrig. Nebenan war auf der einen Seite ein Hauptportal, und auf der anderen erstrahlte ein Juweliergeschäft, in dem es Kredit gab. Der Juwelier stand in seiner Ladentür, auf den Absätzen wippend und gelangweilt, ein großer, gutaussehender, weißhaariger Jude in engen, dunklen Sachen und mit zirka neun Karat an der rechten Hand. Ein schwaches, wissendes Lächeln kräuselte seine Lippen, als ich in Geigers Laden hineinging. Ich machte die Tür sachte hinter mir zu und spazierte über einen dicken blauen Teppich, der von einer Wand zur anderen reichte, mit blauen Ledersesseln darauf und Aschbecherständern daneben. Auf schmalen polierten Tischen waren zwischen Buchstützen ein paar Sortimente geprägter Lederbände zur Schau gestellt. Weitere Prägebände befanden sich in den Glasschränken an den Wänden. Hübsche Ware für den reichen Kunstfreund, der sie nach dem Meter kauft und seine Exlibris reinkleistern läßt. Hinten war eine gemaserte Holzwand mit einer geschlossenen Tür in der Mitte. In der Ecke zwischen dem Verschlag und der Wand saß eine Frau hinter einem kleinen Schreibtisch mit einem holzgeschnitzten Leuchter darauf.

Sie stand langsam auf und kurvte mir in einem knappen, schwarzen, glanzlosen Kleid entgegen. Sie hatte lange Schenkel und bewegte sich mit dem gewissen Etwas, das ich in Buchläden nicht oft erlebt habe. Sie war aschblond mit grünlichen Augen, getuschten Wimpern und leicht gewelltem Haar, das ihre Ohren frei ließ, in denen große Jettclips glitzerten. Ihre Nägel waren silbern lackiert. Trotz ihrer Aufmachung sah sie nach Absteige aus.

Sie näherte sich mir mit genug Sex-Appeal, um eine ganze Aufsichtsratssitzung zu sprengen, und neigte den Kopf, um eine lockere, aber nicht sehr lockere Welle weich glänzenden Haars zu richten. Ihr Lächeln war verführerisch, konnte aber auch noch als freundlich hingehen.

»Was darf es sein?« erkundigte sie sich.

Ich hatte meine Sonnenbrille mit dem Horngestell auf. Ich ging mit der Stimme hoch und legte einen kleinen Zwitscherer hinein. »Hätten Sie wohl einen ›Ben Hur‹ von 1860?«

Sie sagte nicht »Hä?«, obwohl sie es gern getan hätte. Sie lächelte dämlich. »Eine Erstausgabe?«

»Dritte«, sagte ich. »Die mit dem Druckfehler auf Seite 116.«

»Leider nicht – im Moment.«

»Und einen ›Chevalier Aubudon‹ von 1840 – die Gesamtausgabe, versteht sich?«

»Eh – im Moment nicht«, sagte sie schroff. Das Lächeln hing ihr nun an den Zähnen und Brauen und überlegte noch, wie es am besten runterfallen sollte.

»Sie *verkaufen* doch Bücher?« fragte ich in meinem höflichen Falsett.

Sie sah mich von oben bis unten an. Kein Lächeln mehr. Augen

kühl bis eisig. Haltung sehr gerade und steif. Sie wedelte mit silbernen Fingernägeln zu den Bücherschränken hinüber. »Für was halten Sie das – Pampelmusen?« fragte sie bissig.
»Ach, wissen Sie, solche Dinge interessieren mich kaum. Sicherlich mit Stahlstichkopien, farbig zu zwei, einfach zu einem Penny. Der übliche Schund. Nein. Tut mir leid. Nein.«
»Ich verstehe.« Sie versuchte sich das Lächeln wieder ins Gesicht zu hieven. Sie war sauer wie ein Stadtrat mit Mumps. »Vielleicht kann Mr. Geiger – aber er ist im Moment nicht hier.« Ihre Augen studierten mich sorgfältig. Sie wußte über seltene Bücher so viel wie ich über das Leben im Flohzirkus.
»Vielleicht ist er später da?«
»Ich fürchte, das wird spät werden.«
»Zu dumm«, sagte ich. »Ah, zu dumm. Dann will ich mich mal in so einen schnuckeligen Sessel werfen und eine Zigarette rauchen. Ich habe nicht viel vor heute nachmittag, außer meiner Trigonometriestunde.«
»Ja«, sagte sie. »J-aa, natürlich.«
Ich ließ mich nieder und zündete mir mit dem runden Nickelfeuerzeug vom Aschbecherständer eine Zigarette an. Sie stand noch immer da, die Unterlippe zwischen den Zähnen, und guckte verstört. Schließlich nickte sie, wandte sich langsam um und ging zurück zu ihrem kleinen Schreibtisch in der Ecke. Hinter der Lampe starrte sie zu mir herüber. Ich streckte die Beine aus und gähnte. Ihre Silbernägel wanderten über den Schreibtisch in Richtung Telefon, rührten es aber nicht an, sondern sanken herab und begannen auf die Tischplatte zu trommeln.
An die fünf Minuten Stille. Die Tür ging auf, und ein großer, halbverhungerter Vogel kam mit einem Stöckchen und einer großen Nase hereinspaziert, drückte die Tür hinter sich ins Schloß, marschierte zum Schreibtisch und legte ein eingewickeltes Päckchen darauf. Er zog eine Brieftasche aus Seehundsleder mit Goldecken hervor und zeigte der Blonden etwas. Sie drückte auf einen Knopf auf dem Schreibtisch. Der große Vogel ging zur Tür in der hölzernen Trennwand und machte sie gerade so weit auf, daß er sich durchzwängen konnte.
Ich rauchte meine Zigarette zu Ende und steckte mir eine neue an. Die Minuten schleppten sich dahin. Auf dem Boulevard

draußen tuteten und quäkten Hupen. Ein großer roter Intercity-Bus rauschte vorüber. Ein Verkehrssignal klingelte. Die Blonde stützte sich auf die Ellbogen und starrte hinter vorgehaltener Hand zu mir her. Die Tür in der Trennwand ging auf, und heraus schlüpfte der große Vogel mit dem Stöckchen. Er hatte ein anderes eingewickeltes Päckchen in der Größe eines dicken Buches. Er ging damit zum Schreibtisch hin und zahlte Geld. Dann verschwand er, wie er gekommen war, über den großen Onkel gehend, mit offenem Mund atmend und einem scharfen Seitenblick zu mir hin.

Ich sprang auf, tippte zur Blonden hin an den Hut und ging ihm nach. Er spazierte in Richtung Westen und schwang dabei sein Stöckchen in kleinem, engem Bogen über seinem rechten Schuh. Es war leicht, ihm zu folgen. Seine Jacke war aus einer ziemlich grellen Pferdedecke geschneidert und hatte so breite Schultern, daß sein Hals wie ein Selleriestrunk herausragte und sein Kopf beim Laufen darauf hin und her wackelte. Wir liefen anderthalb Blocks. Am Rotlicht auf der Highland Avenue holte ich ihn ein und stellte mich so neben ihn, daß er mich sehen mußte. Er beäugte mich gleichgültig, dann plötzlich schärfer von der Seite und wandte sich rasch ab. Wir gingen bei Grün über die Highland und schafften einen weiteren Block. Er nahm seine langen Beine in die Hand und hatte mich an der Ecke zwanzig Meter abgehängt. Er bog rechts ab. Dreißig Schritt weiter oben blieb er stehen und hängte seinen Stock über den Arm und fummelte sich ein ledernes Zigarettenetui aus einer Innentasche. Er steckte sich eine Zigarette in den Mund, ließ sein Streichholz fallen, bückte sich, blickte zurück, sah mich an der Ecke lauern und fuhr in die Höhe, als ob ihn einer in den Hintern getreten hätte. Er ließ fast eine Staubwolke hinter sich, als er mit seinen langen Tolpatschbeinen und stakendem Spazierstock den Block hinaufging. Er bog wieder nach links. Er war mir mindestens einen halben Block voraus, als ich da ankam, wo er abgebogen war. Er hatte mich verschaukelt. Vor mir war eine enge, von Bäumen gesäumte Straße mit einer Mauer auf der einen Seite und drei Bungalowgärten auf der anderen.

Er war weg. Ich strolchte um den Block herum und linste durch die Gegend. Auf dem zweiten Bungalow-Gelände sah ich etwas.

Das Grundstück nannte sich La Baba – ein ruhiges, dämmriges Fleckchen mit einer Doppelreihe Bungalows unter schattigen Bäumen. Der Mittelweg war von kurzgetrimmten, dichten italienischen Zypressen gesäumt, die in ihrer Form irgendwie an die Ölkrüge in ›Ali Baba und die vierzig Räuber‹ erinnerten. Hinter dem dritten Krug bewegte sich ein grell gemustertes Zipfelchen.

Ich lehnte mich gegen einen Pfefferbaum in der Allee und wartete. In den Vorbergen rollte wieder der Donner. Ein Wetterleuchten blitzte weit im Süden durch schwarze Wolkenmassen. Ein paar erste Regentropfen spritzten aufs Pflaster herunter und machten pfenniggroße Flecken. Die Luft war reglos wie in General Sternwoods Orchideenhaus.

Hinter dem Baum kam wieder der Zipfel zum Vorschein, dann eine große Nase und ein Auge und etwas rotblondes Haar ohne Hut drauf. Das Auge starrte mich an. Es verschwand. Sein Kumpel erschien wie ein Buntspecht auf der anderen Seite des Baums. Fünf Minuten vergingen. Das schaffte ihn. Er war einer von der nervösen Sorte. Ich hörte ein Streichholz ratschen, dann fing er an zu pfeifen. Ein leichter Schatten huschte übers Gras zum nächsten Baum. Dann war er auf dem Fußweg und kam stöckchenschwingend und pfeifend direkt auf mich zu. Ein harsches Pfeifen mit Tatterich drin. Ich blickte gedankenverloren in den dunklen Himmel. Er ging in drei Schritt Entfernung an mir vorüber und würdigte mich keines Blickes. Er war jetzt in Sicherheit. Er hatte es verbuddelt.

Ich wartete, bis er außer Sicht war, und ging den Mittelweg der La Baba hinauf und teilte die Zweige der dritten Zypresse. Ich zog ein eingewickeltes Buch heraus und steckte es unter den Arm und ging weg. Niemand schrie hinter mir her.

5

Auf dem Boulevard ging ich in einem Drugstore zur Telefonzelle und schlug Mr. Arthur Gwynn Geigers Adresse nach. Er wohnte in Laverne Terrace, einer Hangstraße beim Laurel Canyon Boulevard. Ich warf mein Geld ein und wählte spaßeshalber seine Nummer. Niemand meldete sich. Ich schlug das

Branchenverzeichnis auf und notierte mir ein paar Buchhandlungen in der Gegend hier.

Die erste, die ich sah, lag auf der Nordseite, ein geräumiges Souterrain-Geschäft mit Papierwaren und Bürobedarf und einer Masse Bücher im Zwischenstock. Das schien mir nicht das Wahre. Ich überquerte die Straße und wanderte zwei Blocks weiter zur nächsten. Die ging schon eher, ein kleiner, enger Laden, vom Boden bis zur Decke mit Büchern vollgestopft und mit vier oder fünf Kunden drin, die in aller Gemütsruhe herumstöberten und fleißig ihre Daumen auf die neuen Umschläge druckten. Keiner störte sie. Ich drängelte mich nach hinten durch den Laden, ging durch eine Trennwand und hielt vor einer kleinen Schwarzhaarigen, die an ihrem Schreibtisch in einem klugen Buch las.

Ich klappte ihr meine Brieftasche auf den Tisch und zeigte ihr meinen Orden, den ich drin pinnen hatte. Sie guckte ihn an, nahm die Brille ab und lehnte sich zurück. Ich steckte die Brieftasche weg. Sie hatte die feinen Gesichtszüge einer intelligenten Jüdin. Sie äugte mich an und sagte nichts.

Ich sagte: »Würden Sie mir einen Gefallen tun, einen klitzekleinen?«

»Ich weiß nicht. Worum geht's denn?« Sie hatte eine sanfte, rauchige Stimme.

»Sie kennen doch Geigers Geschäft drüben, zwei Blocks weiter?«

»Ich glaube, ich bin schon mal dran vorbeigegangen.«

»Es ist eine Buchhandlung«, sagte ich. »Aber nicht Ihre Sorte Buchhandlung. Wie Sie sehr wohl wissen.«

Sie kringelte ihre Lippen und sagte nichts. »Sie kennen Geiger vom Sehen?« fragte ich

»Bedaure. Ich kenne Mr. Geiger nicht.«

»Sie können mir also nicht sagen, wie er aussieht?«

Ihre Lippen kräuselten sich stärker. »Warum sollte ich?«

»Nur so. Wenn Sie nicht wollen – ich kann Sie nicht zwingen.«

Sie blickte durch die Tür in der Trennwand und lehnte sich wieder zurück. »War das eben ein Sheriffstern?«

»Ehrensheriff. Wertloses Blech. Dafür kann man sich nichts kaufen.«

»Ich verstehe.« Sie langte nach einem Päckchen Zigaretten, schüttelte eine heraus und schnappte sie mit den Lippen. Ich hielt ihr ein Streichholz hin. Sie bedankte sich, lehnte sich wieder zurück und betrachtete mich durch den Rauch. Sie sagte bedächtig:

»Sie wollen wissen, wie er aussieht, aber Sie wollen nicht mit ihm sprechen?«

»Er ist nicht da«, sagte ich.

»Er kommt sicher wieder. Schließlich ist es sein Laden.«

»Ich will ihn im Augenblick nicht sehen«, sagte ich.

Sie blickte wieder durch die offene Tür. Ich sagte: »Verstehen Sie was von seltenen Büchern?«

»Probieren Sie's aus.«

»Hätten Sie einen ›Ben Hur‹ von 1860, dritte Auflage, die mit der Doppelzeile auf Seite 116?«

Sie schob ihr gelbes Gesetzbuch beiseite und langte über den Schreibtisch nach einem Wälzer, blätterte ihn durch, fand ihre Seite und studierte sie. »Die hat niemand«, sagte sie, ohne aufzusehen. »Die gibt's gar nicht.«

»Richtig.«

»Worauf in aller Welt wollen Sie hinaus?«

»Das Mädchen in Geigers Laden hat das nicht gewußt.«

Sie blickte auf. »Ich verstehe. Sie machen mich neugierig. Irgendwie.«

»Ich bin Privatdetektiv und bearbeite einen Fall. Vielleicht frage ich zuviel. Aber das Gefühl habe ich eigentlich nicht.«

Sie blies einen sanften grauen Rauchring und steckte ihren Finger durch. Er zerwehte in hauchdünnen Wölkchen. Sie sprach ruhig, gleichgültig. »Anfang Vierzig, würde ich schätzen. Mittelgroß, Fettansatz. Gewicht an die hundertsechzig Pfund. Fettes Gesicht, Charlie-Chan-Bärtchen, dicker, weicher Nacken. Überhaupt weich im ganzen. Gut gekleidet, geht ohne Hut. Spielt den Kunstkenner, der er nicht ist. Ah ja: Sein linkes Auge ist aus Glas.«

»Sie gäben einen guten Bullen ab«, sagte ich.

Sie stellte das Nachschlagewerk zurück in ein Regal neben dem Schreibtisch und schlug wieder das Gesetzbuch vor sich auf. »Das will ich nicht hoffen«, sagte sie. Sie setzte ihre Brille auf.

Ich dankte ihr und ging. Es hatte zu regnen begonnen. Ich rannte los, das eingewickelte Buch unterm Arm. Mein Wagen stand in einer Seitenstraße in Richtung Boulevard, fast auf gleicher Höhe von Geigers Laden. Ich war gründlich begossen,

ehe ich dort war. Ich warf mich in den Wagen, kurbelte beide Fenster hoch und wischte mein Päckchen mit meinem Taschentuch ab. Dann machte ich es auf.
Natürlich konnte ich mir schon denken, was es sein würde. Ein schweres Buch, gut gebunden, im Handsatz sauber auf feinem Papier gedruckt. Gespickt mit ganzseitigen ›Kunst‹-Fotografien. Sowohl Fotos wie Text waren sagenhaft schweinisch. Es war kein neues Buch. Auf das Vorsatzpapier waren Daten gestempelt, Ausleih- und Rückgabedaten. Ein Leihbuch. Eine Leihbibliothek für vollendeten Schmutz und Schund.
Ich wickelte das Buch wieder ein und verschloß es hinter dem Sitz. Ein so trübes Gewerbe in aller Offenheit auf dem Boulevard schien mir eine ganze Menge Protektion zu bedeuten. Ich saß da und vergiftete mich mit Zigarettenqualm und lauschte dem Regen und dachte nach.

6

Regen füllte die Gossen und spritzte kniehoch vom Pflaster. Große Bullen in Ölhäuten, die wie Pistolenläufe glänzten, schleppten zu ihrem größten Vergnügen kichernde Mädchen über breite Lachen. Der Regen trommelte schwer aufs Wagendach, und durchs Verdeck begann es zu tröpfeln. Eine Wasserpfütze vor meinem Sitz diente mir als Fußbad. Es war noch zu früh im Herbst für so einen Regen. Ich kämpfte mich in meinen Trenchcoat und sprintete zum nächsten Drugstore und holte mir eine halbe Buddel Whisky. Zurück im Wagen konsumierte ich genug, um mich warm und bei Laune zu halten. Ich parkte schon lang über die Zeit, aber die Bullen waren zu sehr mit den Mädchen und mit ihren Trillerpfeifen beschäftigt, um sich darum zu kümmern.
Trotz des Regens, oder vielleicht gerade deshalb, war bei Geiger allerhand los. Vorm Laden hielten sehr schicke Wagen, und sehr schicke Leute gingen mit Päckchen ein und aus. Es waren nicht nur Männer.
Gegen vier Uhr tauchte er auf. Ein cremefarbener Sportwagen stoppte vorm Geschäft, und ich bekam einen flüchtigen Eindruck von dem fetten Gesicht und dem Charlie-Chan-Bärtchen,

als er heraussprang und im Laden verschwand. Er war ohne Hut und trug einen grünledernen Regenmantel mit Gürtel. Sein Glasauge konnte ich aus der Entfernung nicht sehen. Ein großer und sehr gut aussehender Junge in Weste kam aus dem Laden und fuhr den Sportwagen um die Ecke und kam zu Fuß zurück. Sein glänzendes schwarzes Haar war klatschnaß vom Regen.

Eine weitere Stunde verging. Es wurde dunkel, und die regentrüben Lichter spiegelten sich auf der schwarzen Straße. Straßenbahnwagen klingelten durcheinander. Gegen fünf Uhr fünfzehn kam der große Junge mit der Weste mit einem Regenschirm aus Geigers Geschäft und holte den cremefarbenen Sportwagen. Als er damit vorfuhr, kam Geiger heraus, und der große Junge hielt ihm den Regenschirm über den bloßen Kopf. Er klappte ihn zu, schüttelte ihn ab und reichte ihn in den Wagen. Er sprang zurück in den Laden. Ich startete meinen Motor.

Der Sportwagen fuhr westwärts auf dem Boulevard, so daß ich links abbiegen und mir einen Haufen Feinde machen mußte, darunter einen Straßenbahnfahrer, der seinen Kopf in den Regen streckte, um mich anzubelfern. Ich war zwei Blocks hinter dem Sportwagen, bevor ich in seine Fahrspur gelangte. Ich konnte nur hoffen, daß Geiger nach Hause fuhr. Ich hatte ihn zwei- oder dreimal im Blickfeld und machte ihn dann aus, als er nördlich in den Laurel Canyon Drive einbog. Auf halber Steigung bog er nach links in den kurvigen Streifen nassen Asphalts, der Laverne Terrace hieß. Es war eine schmale Straße mit einer hohen Böschung auf der einen Seite und vereinzelten Wochenendhäuschen auf der anderen. Sie waren so gebaut, daß ihre Dächer nicht sehr weit über das Straßenniveau hinausragten. Ihre Vorderfenster lagen hinter Hecken und Sträuchern versteckt. Von regennassen Bäumen triefte es übers ganze Gelände.

Geiger hatte seine Scheinwerfer an, ich nicht. Ich beschleunigte und überholte ihn in einer Kurve, merkte mir im Vorbeifahren eine Hausnummer und wendete am Ende des Wohnviertels. Er hatte schon angehalten. Seine Scheinwerfer strahlten scharf hinab auf die Garage eines kleinen Hauses mit einer geschnittenen Buchsbaumhecke, die so angelegt war, daß sie die Haustür völlig verbarg. Ich beobachtete ihn, wie er unter seinem Regenschirm aus der Garage kam und durch die Hecke zum Haus ging.

Er benahm sich nicht so, als ob er sich beschattet fühlte. Im Haus ging Licht an. Ich rollte abwärts zum Nachbarhaus darüber, das leer schien, aber kein Verkaufsschild draußen hatte. Ich parkte, lüftete das Kabrio aus, nahm einen Schluck aus der Pulle und saß da. Ich wußte nicht, was ich hier wollte, aber etwas sagte mir: Warte. Eine weitere Legion träger Minuten zog vorbei.

Zwei Wagen kamen den Berg herauf und fuhren über den Kamm. Es schien eine sehr stille Straße zu sein. Kurz nach sechs tauchten wieder helle Scheinwerfer im strömenden Regen auf. Es war inzwischen stockfinster. Ein Wagen bremste und hielt vor Geigers Haus. Die Glühfäden seiner Lampen leuchteten schwach und erloschen. Die Tür ging auf, eine Frau stieg aus. Eine kleine, schlanke Frau mit Wanderhut und durchsichtigem Regenmantel. Sie ging durchs Buchsbaum-Labyrinth. Ganz leise ein Klingeln, ein Licht im Regen, eine Tür, die ins Schloß fiel, Stille.

Ich langte eine Taschenlampe aus dem Handschuhfach und ging hinunter und sah mir den Wagen an. Es war ein Packard-Kabrio, kastanien- oder dunkelbraun. Das linke Fenster war unten. Ich tastete nach der Zulassungskarte und ließ Licht darauf fallen. Sie lautete auf: Carmen Sternwood, 3765 Alta Brea Crescent, West Hollywood. Ich ging wieder zurück zu meinem Wagen und saß und saß. Vom Dach tröpfelte es auf meine Knie, mein Magen brannte vom Whisky. Kein Wagen kam mehr den Berg herauf. Kein Licht ging an im Haus, vor dem ich parkte. Eine hübsche Gegend, schien mir, für schlechte Gewohnheiten.

Um sieben Uhr zwanzig brach, wie das Zucken eines Sommerblitzes, ein einziger Strahl harten, weißen Lichts aus Geigers Haus. Als die Dunkelheit es wieder einhüllte und verschlang, echote ein dünner, heller Schrei heraus und verlor sich in den regendurchtränkten Bäumen. Ich war aus dem Wagen und schon unterwegs, bevor das Echo erstarb.

Es war keine Angst in dem Schrei gewesen. Er klang halb nach freudigem Schreck, einem Quentchen Trunkenheit, einer Spur puren Irrsinns. Es war ein widerlicher Schrei. Ich mußte dabei an Männer in Weiß denken, an vergitterte Fenster und harte, schmale Pritschen, an denen lederne Hand- und Fußriemen befestigt waren. In Geigers Schlupfwinkel war es wieder völlig still, als ich die Heckenpforte erreichte und um den Vorsprung wetzte, der die Haustür verbarg. Ein eiserner Ring in einem Löwenmaul diente als Klopfer. Ich griff danach, hatte ihn in der Hand. Genau im selben Moment, so als hätte jemand nur darauf gewartet, dröhnten drei Schüsse im Haus. Ich hörte einen Laut, der nach einem langen, rauhen Seufzer klang. Dann ein weicher, plumpsender Fall. Und dann eilige Schritte im Haus – sie gingen weg.

Vor der Tür lag ein schmaler Gang, ähnlich dem Steg über einem Wasserlauf, der den Graben zwischen Hauswand und Böschung überdeckte. Es gab keine Veranda, keinen festen Boden, keinen Weg, um zur Rückseite zu gelangen. Der Hintereingang befand sich über einer Flucht von Holzstufen, die vom unteren Verlauf der Serpentinenstraßen heraufkamen. Ich wußte das, weil ich auf den Stufen Schritte hörte, die treppab trappelten. Dann hörte ich das jähe Aufheulen eines startenden Wagens. Es verlor sich rasch in der Ferne. Ich glaubte noch einen zweiten Wagen zu hören, war aber nicht sicher. Das Haus vor mir lag still wie eine Gruft. Ich hatte keine Eile. Was da drin war, war drin.

Ich kletterte auf das Geländer am Laufsteg und lehnte mich weitüber zur gardinenverhangenen, doch jalousielosen Glastür und versuchte, durch den Spalt zu gucken, wo die Gardinen zusammenkamen. Ich sah Lampenlicht auf einer Wand und das Ende eines Bücherschranks. Ich sprang zurück auf den Steg und nahm weit von der Hecke aus Anlauf und rammte die Haustür mit der harten Schulter. Das war Blödsinn. So ungefähr der einzige Teil an einem kalifornischen Haus, durch den man keinen Fuß kriegt, ist die Haustür. Das brachte mir nur eine wunde Schulter und einen Wutanfall. Ich kletterte wieder übers Geländer und trat die Glastür ein, benutzte meinen Hut als Handschuh und zog das meiste von der unteren kleinen Scheibe heraus. Ich konnte jetzt hineingreifen und den Riegel ziehen, der die Tür an der Schwelle befestigte. Der Rest war leicht. Einen oberen Riegel gab es nicht. Die Tür gab nach. Ich stieg hinein und schob mir die Gardinen vom Gesicht.

Keinen der beiden Menschen im Raum scherte es, wie ich hereinkam, obwohl nur einer von ihnen tot war.

7

Es war ein weiter Raum, so weit wie das ganze Haus. Er hatte eine niedrige Balkendecke und braune Gipswände, dicht behängt mit chinesischen Stickereien und chinesischen und japanischen Stichen in gemaserten Holzrahmen. Es gab niedrige Bücherregale, es gab einen dicken, rosafarbenen chinesischen Teppich, in dem sich ein Ziesel eine Woche lang hätte verkriechen können, ohne daß seine Nase zum Vorschein gekommen wäre. Da waren Sitzkissen und verstreut umherliegende Seidenreste, als ob der, der hier wohnte, immer so ein Fetzchen in Reichnähe bräuchte, um danach grapschen zu können. Da war ein breiter, niedriger Diwan mit antiker Rosen-Tapisserie. Ein Haufen Kleider lag darauf, unter anderem lila Seidenwäsche. Auf einem Sockel stand eine große, geschnitzte Lampe, zwei weitere Stehlampen hatten jadegrüne Schirme und lange Quasten. Da war ein schwarzer Schreibtisch mit geschnitzten Ungeheuern an den Ecken und dahinter ein gelbes Seidenkissen auf einem schwarzpolierten Stuhl mit geschnitzter Arm- und Rükkenlehne. Im Raum hing ein komisches Gemisch von Düften, unter denen im Augenblick der beißende Geruch von Schießpulver und das ekelhafte Aroma von Äther hervorstachen.

Auf einer Art niedrigem Podium am einen Ende des Raums stand ein hochlehniger Teakholzsessel, darin saß Miss Carmen Sternwood auf einem orangenen Fransenschal. Sie saß sehr gerade, die Hände auf den Armlehnen, die Knie eng zusammen, den Körper steif aufrecht in der Pose einer ägyptischen Göttin, das Kinn erhoben, die Lippen über ihren kleinen, hell schimmernden Zähnen geteilt. Ihre Augen waren weit geöffnet. Das dunkle Schiefergrau der Iris hatte die Pupille verschlungen. Es waren irre Augen. Sie schien bewußtlos zu sein, aber sie hatte nicht die Haltung einer Bewußtlosen. Sie sah aus, als täte sie, im Geist, etwas sehr Wichtiges und täte es sehr gut. Aus ihrem Mund kam ein dünn kichernder Laut, der ihren Gesichtsausdruck weder veränderte noch ihre Lippen bewegte.

Sie trug ein Paar lange Jadeohrringe. Es waren hübsche Ohrringe, und sie hatten sicherlich etliche hundert Dollar gekostet. Sonst trug sie nichts.

Sie hatte einen prächtigen Körper, klein, geschmeidig, fest, kräftig, wohlgerundet. Ihre Haut im Lampenlicht hatte den schimmernden Glanz einer Perle. Ihre Beine hatten nicht ganz den verruchten Reiz von Mrs. Regans Beinen, aber sie waren sehr hübsch. Ich besah mir das Mädchen ohne Verlegenheit oder Gier. Als nacktes Mädchen existierte sie in diesem Raum überhaupt nicht. Sie war nichts als süchtig. Für mich war sie einfach nur süchtig.

Ich hörte auf, sie anzusehen, und sah auf Geiger. Er lag mit dem Rücken auf dem Boden, hinter dem Rand des chinesischen Teppichs, vor einem Ding, das wie ein Totempfahl aussah. Das Ding hatte das Profil eines Adlers, und sein großes, rundes Auge war eine Kameralinse. Die Linse zielte auf das nackte Mädchen im Sessel. Eine ausgebrannte Blitzlichtbirne war seitlich in den Totempfahl geklemmt. Geiger trug chinesische Pantoffeln mit dicken Filzsohlen, seine Beine steckten in einem schwarzen Seidenpyjama, und seine obere Hälfte trug eine chinesisch bestickte Jacke, die vorn fast nur aus Blut bestand. Sein Glasauge blinkte hell zu mir auf und war bei weitem das Lebendigste an ihm. Es war klar, keiner der drei von mir gehörten Schüsse hatte ihn verfehlt. Er war sehr tot.

Das Blitzlicht war der Strahl, den ich gesehen hatte. Der irre Schrei darauf war die Reaktion des gedopten nackten Mädchens gewesen. Die drei Schüsse waren der Einfall von einem, der den Dingen eine neue Wendung geben wollte. Der Einfall jenes Knaben, der über die Hintertreppe entwischt und in einen Wagen gehechtet und davongerast war. Ich konnte ihm seinen Standpunkt nachfühlen.

Zwei zarte, goldgeäderte Gläser standen noch auf einem rotlackierten Tablett am Rand des schwarzen Schreibtisches, daneben stand ein Bocksbeutel mit brauner Flüssigkeit. Ich nahm den Stöpsel heraus und schnupperte daran. Es roch nach Äther oder ähnlichem, vielleicht Laudanum. Ich hatte diese Mixtur nie probiert, aber in Geigers *ménage* schien sie sehr gut zu passen.

Ich lauschte dem Regen, wie er auf das Dach und die Nordfenster schlug. Sonst kein Laut, keine Wagen, keine Sirene, nur der trommelnde Regen. Ich ging hinüber zum Diwan und schälte mich aus meinem Trenchcoat und wühlte in den Kleidern des Mädchens. Ich fand ein hellgrünes, grobwollenes Pulloverkleid mit Halbärmeln. Mit dem würde ich schon fertig werden.

Ich entschloß mich, ihre Unterwäsche beiseite zu lassen, nicht aus Zartgefühl, sondern weil ich mir nicht vorstellen konnte, wie ich ihr das Höschen anzog und den Büstenhalter zuhakte. Ich trug das Kleid hinüber zum Teaksessel auf dem Podium. Auch Miss Sternwood roch meterweit nach Äther. Sie gab immer noch das dünne Kichern von sich, und ein bißchen Spucke sabberte ihr übers Kinn. Ich schlug ihr ins Gesicht. Sie blinzelte und hörte auf zu kichern. Ich schlug noch mal zu.

»Auf geht's«, sagte ich munter. »Jetzt sind wir schön brav und ziehen uns an.«

Sie gaffte zu mir auf, ihre schiefergrauen Augen waren leer wie Löcher in einer Maske. »Lassimisufri«, sagte sie.

Ich haute ihr noch ein paar runter. Die Schläge kümmerten sie nicht. Sie war noch immer hinüber. Ich machte mich mit dem Kleid ans Werk. Auch das störte sie nicht. Sie ließ mich ihre Arme hochheben und spreizte dabei weit ihre Finger, als wäre das besonders komisch. Ich bekam ihre Hände durch die Ärmel, zog ihr das Kleid über den Rücken und stellte sie auf die Füße. Sie fiel mir kichernd in die Arme. Ich setzte sie wieder in den Sessel und zog ihr Strümpfe und Schuhe an.

»Wir gehen jetzt ein bißchen spazieren«, sagte ich. »Schön spazieren gehen wir jetzt.«

Wir spazierten los. Die Hälfte der Zeit baumelten mir ihre Ohrringe auf der Brust, und die andere Hälfte machten wir einträchtig wie zwei Ballettänzer unsere Spagate. Wir spazierten zu Geigers Leiche hin und wieder zurück. Ich wollte, daß sie ihn ansah. Sie fand ihn süß. Sie kicherte und wollte es mir sagen, aber sie blubberte nur. Ich spazierte mit ihr zum Diwan und legte sie lang. Sie hickste zweimal, kicherte ein bißchen und schlief ein. Ich stopfte ihre Sachen in meine Taschen und trat hinter das Totempfahl-Dingsda. Die Kamera war tatsächlich innen einmontiert, aber was fehlte, war die Plattenkassette. Ich sah mich auf dem Fußboden um, weil er sie ja herausgenommen haben konnte, bevor er erschossen wurde. Keine Kassette. Ich ergriff seine schlaffe, eiskalte Hand und rollte ihn etwas herum. Keine Kassette. Das gefiel mir nicht.

Ich ging in die Diele hinter dem Raum und durchsuchte das Haus. Rechts waren ein Badezimmer und eine verschlossene Tür, eine Küche nach hinten. Das Küchenfenster war aufgebrochen.

Das Fliegengitter war weg, und im Rahmen sah ich die Stelle, wo der Haken herausgerissen worden war. Die Hintertür war unverschlossen. Ich ließ sie so und blickte in das Schlafzimmer auf der linken Dielenseite. Es war schick, niedlich, weibisch. Auf dem Bett lag eine Volantdecke. Auf dem Toilettentisch mit dreiteiligem Spiegel standen Flakons, daneben lagen ein Taschentuch, ein paar lose Münzen, Herrenhaarbürsten, ein Schlüsselbund. Im Wandschrank hing Männerkleidung, unter dem Rüschensaum der Bettdecke standen Männerpantoffeln. Mr. Geigers Zimmer. Ich nahm den Schlüsselbund mit in den Wohnraum und machte mich an den Schreibtisch. Im tiefen Schubfach war eine verschlossene Stahlkassette. Ich probierte einen der Schlüssel. Es war nichts weiter drin als ein blaues Lederbuch mit einem Index und viel Geheimschrift in den gleichen schrägen Druckbuchstaben wie im Brief an General Sternwood. Ich steckte das Notizbuch in die Tasche, wischte die Stahlkassette ab, wo ich sie berührt hatte, schloß den Schreibtisch zu, steckte die Schlüssel ein, stellte den Gasbrenner im Kamin ab, wickelte mich in meinen Mantel und versuchte, Miss Sternwood wachzurütteln. Nichts zu machen. Ich stülpte ihr den Wanderhut auf den Kopf und packte sie in ihren Mantel und trug sie hinaus zu ihrem Wagen. Ich ging zurück und machte alle Lichter aus und die Haustür zu, kramte ihre Schlüssel aus ihrer Handtasche und startete den Packard. Ohne Licht fuhren wir den Berg hinunter. Es waren keine zehn Minuten bis Alta Brea Crescent zu fahren. Carmen verbrachte sie schnarchend und blies mir Äther ins Gesicht. Ich konnte ihren Kopf nicht von meiner Schulter kriegen. Immerhin legte sie ihn mir nicht in den Schoß.

8

Aus dem bleigefaßten Fensterchen in der Seitentür des Sternwoodschen Hauses drang gedämpftes Licht. Ich stoppte den Packard vorm Portal und leerte meine Taschen auf den Sitz. Das Mädchen schnarchte in der Ecke, den Hut liederlich auf der Nase, die Hände schlaff in den Falten des Regenmantels. Ich stieg aus und klingelte. Langsam, wie aus weiter, öder Ferne, kamen Schritte. Die Tür öffnete sich, und der aufrechte, silberhaarige Butler blickte mich an. Das Licht der Halle verwandelte sein Haar in einen Heiligenschein.

Er sagte höflich »Guten Abend, Sir«, und blickte an mir vorbei auf den Packard. Seine Augen kamen zurück, um in meine zu sehen.

»Ist Mrs. Regan zu Hause?«

»Nein, Sir.«

»Der General schläft, hoffe ich?«

»Ja. Am Abend schläft er immer am besten.«

»Was ist mit Mrs. Regans Mädchen?«

»Mathilda? Sie ist da, Sir.«

»Holen Sie sie lieber herunter. Wir brauchen eine Frauenhand. Sehen Sie mal in den Wagen, dann wissen Sie, warum.«

Er sah in den Wagen. Er kam zurück. »Ich verstehe«, sagte er. »Ich hole Mathilda.«

»Mathilda wird ihr schon helfen«, sagte ich.

»Wir alle versuchen, ihr zu helfen«, sagte er.

»Darin haben Sie sicher schon Übung«, sagte ich.

Dazu hatte er nichts zu sagen. »Na, gute Nacht«, sagte ich. »Alles Weitere überlasse ich Ihnen.«

»Sehr wohl, Sir. Darf ich Ihnen eine Droschke rufen?«

»Entschieden nicht«, sagte ich. »Tatsächlich bin ich ja gar nicht hier. Das bilden Sie sich nur ein.«

Darauf lächelte er. Er verneigte sich leicht, und ich wandte mich um und ging die Auffahrt hinunter und zum Tor hinaus.

Zehn Blocks bergab, auf gewundenen, kurvigen, regennassen Straßen, unter stetig tropfenden Bäumen, vorbei an den erleuchteten Fenstern hoher Häuser auf gespenstisch weiten Flächen, schemenhaften Massen und Dächern und Giebeln und erleuchteten Fenstern hoch oben am Berg, fern und unerreichbar, gleich Hexenhäusern im Wald. Ich kam schließlich zu einer in Lichtverschwendung ergleißenden Tankstelle, in der ein gelangweilter Tankwart mit weißem Schiffchen und dunkelblauer Windjacke hinter beschlagenem Glas krumm auf einem Hocker saß und seine Zeitung las. Ich wollte schon hinein, dann ging ich weiter. Ich war schon so naß, nasser ging's nicht. Und in so einer Nacht wächst dir'n Bart, bis ein Taxi kommt. Und Taxifahrer haben ein gutes Gedächtnis.

Bei flotter Gangart schaffte ich es zurück zu Geigers Haus in etwas mehr als einer halben Stunde. Es war niemand zu sehen, kein Wagen auf der Straße außer meinem eigenen vor dem Nachbarhaus. Er wirkte so trostlos wie ein verlassener Hund. Ich fischte meine Flasche Roggen heraus und goß mir die Hälfte vom Rest durch die Gurgel und stieg ein, um mir eine Zigarette anzuzünden. Ich rauchte sie zur Hälfte, warf sie weg, stieg wieder aus und ging runter zu Geiger. Ich schloß die Tür auf und trat in die noch warme Dunkelheit und stand da, in aller Ruhe auf den Boden tröpfelnd und dem Regen lauschend. Ich tastete nach einer Lampe und knipste sie an.

Als erstes fiel mir auf, daß ein paar Seidenstickereien von der Wand verschwunden waren. Ich hatte sie nicht gezählt, aber die leeren Flächen braunen Gipses stachen nackt und unübersehbar hervor. Ich ging ein Stückchen weiter und machte noch eine Lampe an. Ich sah auf den Totempfahl. Vor ihm, am Saum des chinesischen Teppichs, war auf dem bloßen Boden ein weiterer Teppich ausgelegt. Vorhin war er noch nicht da. Dafür war vorhin Geigers Leiche da. Jetzt war Geigers Leiche weg.

Ich war starr. Ich preßte die Lippen gegen die Zähne und schielte nach dem Glasauge im Totempfahl. Ich ging nochmals durch das Haus. Alles war genauso, wie es gewesen war. Geiger war weder in seinem Rüschenbett noch darunter noch in seinem Schrank. Er war nicht in der Küche und nicht im Bad. Blieb nur die verschlossene Tür rechts im Flur. Einer von Geigers Schlüsseln paßte ins Schloß. Das Zimmer dahinter war interessant, aber Geiger war nicht drin. Es war interessant, weil es so ganz anders war als Geigers Zimmer. Es war ein strenges, kahles Männerschlafzimmer mit Holzdielen, ein paar wollenen Brükken mit indianischem Muster, zwei harten Stühlen, einer Kommode aus dunkel gemasertem Holz mit Herrentoilettengarnitur und zwei schwarzen Kerzen in Messingleuchtern. Das Bett war schmal und schien hart und hatte eine braune Batikdecke. Das Zimmer war kalt. Ich schloß wieder ab, rieb den Griff mit meinem Taschentuch und ging zurück zum Totempfahl. Ich kniete nieder und schielte quer über den Teppichflor zur Haustür. Ich meinte zwei parallel laufende Rillen in dieser Richtung zu sehen, so als ob Fersen darübergeschleift wären. Wer immer das auch getan hatte, sein Geschäft verstand er. Tote sind schwerer als einsame Herzen.

Das Gesetz war's nicht. Die wären immer noch da und eben erst richtig warm geworden mit ihrer Kreide und ihren Schnüren und Kameras und Pülverchen und Groschenzigarren. Unübersehbar wären die da. Der Mörder war's auch nicht. Er war zu schnell verschwunden. Er mußte das Mädchen gesehen haben. Er konnte nicht ahnen, daß sie zu sehr hinüber war, um ihn zu sehen. Er konnte über alle Berge sein. Ich wurde nicht schlau draus, aber mir konnte es nur recht sein, wenn Geiger als verschwunden und nicht schlicht als ermordet gelten sollte. So ließ sich unter Umständen wenigstens klären, ob ich reden konnte, ohne Carmen Sternwood hineinzuziehen. Ich schloß wieder ab, chokte meinen Wagen wach und fuhr heim zu Dusche, trockenen Kleidern und später Atzung. Danach saß ich in der Wohnung umher, trank zuviel heißen Toddy und versuchte, den Code in Geigers blauem Indexbüchlein zu knacken. Klar wurde mir dabei nur, daß es sich um eine Liste von Namen und Adressen, vermutlich von Kunden, handelte. Es waren über vierhundert. Das ergab schon ein hübsches Einkommen, ganz abgesehen von den kleinen Erpressungen, an denen gewiß kein Mangel war. Jeder einzelne auf der Liste kam als Mörder in Frage. Die Polizei, die diesen Fall in die Hand bekam, tat mir jetzt schon leid.

Voller Whisky und Enttäuschung ging ich ins Bett und träumte von einem Mann in blutiger Chinesenjacke, der ein nacktes Mädchen mit langen Jadeohrringen jagte, während ich hinter ihnen her rannte und sie mit leerer Kamera zu fotografieren versuchte.

9

Der nächste Morgen war hell, klar und sonnig. Ich erwachte mit einem Scheuerlappen im Mund, trank zwei Tassen Kaffee und ging die Morgenzeitungen durch. Ich fand in keiner einen Hinweis auf Mr. Arthur Gwynn Geiger. Ich schüttelte die Beulen aus dem nassen Anzug, als das Telefon klingelte. Es war Bernie Ohls, der Chefinspektor des Distriktanwalts, dem ich General Sternwood zu verdanken hatte.

»Na, wie geht's unserem Jungen?« fing er an. Es klang nach einem Mann, der gut geschlafen und kaum Schulden hatte.

»Mir brummt der Schädel«, sagte ich.

»Ts, ts.« Er lachte zerstreut, und seine Stimme war auf einmal ein Häppchen zu gleichgültig, zu hintertrieben-bullenhaft. »Schon bei General Sternwood gewesen?«

»Hmhm.«

»Was für ihn erledigt?«

»Zuviel Regen«, antwortete ich, wenn das eine Antwort war.

»Eine Familie, scheint's, der öfter was zustößt. Eben schaukelt ein großer Buick von ihnen in der Brandung vorm Fischpier von Lido.«

Ich hielt den Hörer so fest, als wollte ich ihn zerquetschen. Ich hielt auch den Mund.

»Tja«, sagte Ohls herzlich. »Eine nagelneue Buick-Limousine, die jetzt in Sand und Salzwasser vergammelt ... Ach, fast hätte ich's vergessen. Es sitzt einer drin.«

Ich ließ so langsam die Luft raus, daß sie mir an den Lippen hängenblieb. »Regan?« fragte ich.

»Was? Wer? Oh, Sie meinen den ehemaligen Schnapsschmuggler, den sich die Ältere geangelt und geheiratet hat. Ich habe ihn nicht zu Gesicht bekommen. Was hätte der denn da draußen zu suchen?«

»Machen Sie's nicht so spannend. Was sollte er da draußen schon wollen?«

»Keine Ahnung, Junge. Ich will gerade los und mal nachsehen. Wollen Sie mit?«

»Ja.«

»Dann mal los«, sagte er. »Ich bin in meinem Käfig.«

Rasiert, angezogen und mit einem leichten Frühstück im Bauch war ich in einer knappen Stunde im Justizpalast. Ich fuhr zum sechsten Stock rauf und ging den Korridor hinunter zu der Reihe kleiner Büros, in denen die Leute des Bezirksanwalts saßen. Das von Ohls war nicht größer als die anderen, aber er hatte es ganz für sich allein. Auf seinem Schreibtisch war nichts weiter als ein Löscher, eine billige Schreibtischgarnitur, sein Hut und ein Fuß von ihm. Er war ein mittelgroßer, blonder Mann mit buschigen, weißen Augenbrauen, ruhigen Augen und gepflegten Zähnen. Er sah aus wie ein ganz gewöhnlicher Mann von der Straße. Zufällig wußte ich, daß er neun Mann umgelegt hatte – darunter drei, die ihn todsicher vor der Kimme hatten oder sich das zumindest einbildeten.

Er stand auf und verstaute eine flache Blechschachtel mit Miniatur-Zigarren, die ›Intermezzo‹ hießen, ließ eine in seinem Mund auf und nieder wippen und sah mich mit zurückgeworfenem Kopf über die Nasenspitze weg prüfend an.
»Es ist nicht Regan«, sagte er. »Ich hab nachgeforscht. Regan ist ein großer Kerl, so groß wie Sie und noch etwas schwerer. Das hier ist ein Jüngelchen.« Ich sagte nichts.
»Warum ist Regan getürmt?« fragte Ohls. »Das möchten Sie doch wissen?«
»Keine Spur«, sagte ich.
»Wenn so ein Bruder aus der Schnapsbranche in eine reiche Familie heiratet und dann seine schöne Dame samt ihren koscheren Millionen sitzenläßt, dann fange sogar ich an, nachdenklich zu werden. Oder meinen Sie, das sei ein Geheimnis?«
»Hmhm.«
»Na schön, behalt's für dich, Junge. Schwamm drüber.« Er kam hinter dem Schreibtisch vor, befühlte seine Taschen und langte nach seinem Hut.
»Ich bin nicht hinter Regan her«, sagte ich.
Er sicherte das Schloß an seiner Tür, und wir gingen hinunter zum Behördenparkplatz und stiegen in eine kleine blaue Limousine. Wir fuhren den Sunset Boulevard hinaus und ließen ab und zu die Sirene heulen, wenn ein Rotlicht im Wege war. Es war ein frischer Morgen und eben genug Pep in der Luft, daß einem das Leben einfach und süß vorkommen konnte, wenn man nicht zuviel um die Ohren hatte. Das hatte ich aber.
Auf der Küstenstraße waren es dreißig Meilen bis Lido, die ersten zehn davon durch dichten Verkehr. Zum Schluß schlidderten wir vor einem Stuckbogen in den Sand, und ich holte meine Füße aus der Karosserie, und wir stiegen aus. Ein langer Pier, von weißen Pflöcken gesäumt, erstreckte sich vom Torbogen ins Meer. Draußen, ganz am Ende, war eine Menschenansammlung, und ein Beamter von der Motorradstreife stand unter dem Bogen und verwehrte noch mehr Leuten den Zugang zum Pier. Wagen parkten an beiden Seiten der Autostraße, die üblichen Leichenfledderer, Männchen wie Weibchen. Ohls zeigte dem Streifenbeamten seine Marke, und wir gingen hinaus auf den Pier und hinein in den starken Fischgestank, den auch die stürmische Regennacht nicht hatte wegspülen können.

»Da ist er – auf dem Leichter dort«, sagte Ohls und deutete mit seinem Zigärrchen hin.
Ein flacher, schwarzer Leichter mit einem Radkasten wie auf einem Schlepper drückte gegen das Pfahlwerk am Pierende. Etwas im morgendlichen Sonnenlicht Glitzerndes lag auf Deck, mit Hebeketten noch drumherum, ein großer, schwarzer Chromkreuzer. Der Hebearm war zurückgeschwenkt und ragte über Deck. Männer standen um den Wagen herum. Wir kletterten rutschige Stufen hinab an Bord.
Ohls begrüßte den Sheriff in grünem Khaki und einen Mann in Zivil. Die drei Männer der Leichtercrew lehnten am Radkasten und kauten Tabak. Einer rieb sich das nasse Haar mit einem schmutzigen Badetuch. War wohl der Mann, der ins Wasser gestiegen war, um die Ketten dranzumachen.
Wir sahen uns den Wagen an. Die vordere Stoßstange war verbogen, ein Scheinwerfer zertrümmert, der andere eingedrückt, aber das Glas noch ganz. Die Kühlerverkleidung hatte eine große Delle, und Lack und Nickel waren am ganzen Wagen zerkratzt. Die Polsterung war durchweicht und schwarz. Keiner der Reifen schien beschädigt.
Der Fahrer klebte noch überm Lenkrad, sein Kopf war unnatürlich von den Schultern abgewinkelt. Es war ein schlanker, dunkelhaariger Junge, der noch vor einer Weile gut ausgesehen hatte. Jetzt war sein Gesicht bläulich-weiß, und seine Augen waren ein schwaches, trübes Schielen unter gesenkten Lidern, und sein offener Mund war voll Sand. Links auf seiner Stirn war ein dunkler Fleck, der gegen das Weiß der Haut abstach.
Ohls trat zurück, machte ein Geräusch in seiner Gurgel und hielt ein Streichholz an sein Zigärrchen. »Was war los?«
Der Mann in Uniform zeigte auf die Leute, die sich am Pierende den Hals verrenkten. Einer von ihnen befingerte gerade eine Stelle, an der eine breite Lücke zwischen die weißen Pflöcke gerissen war. Das gesplitterte Holz leuchtete gelb und rein wie eine frischgespaltene Kiefer.
»Da ist er durch. Muß ziemlich gekracht haben. Der Regen hier draußen hat früh aufgehört, so gegen einundzwanzig Uhr. Das gesplitterte Holz ist innen ganz trocken. Es muß also nach dem Regen gewesen sein. Wasser war genug da, sonst wäre der Wagen vollends schrottreif. Also mindestens halbe Ebbe, denn

sonst wäre er weiter abgetrieben, und höchstens halbe Flut, sonst hätte es ihn gegen die Pfeiler gedrückt. Das hieße: gegen zehn Uhr gestern abend. Vielleicht auch halb zehn, früher nicht. Als die Jungens heute morgen zum Fischen runterkommen, sehen sie ihn im Wasser, also schaffen wir den Leichter ran, um ihn rauszuhieven, und finden einen Toten.«

Der Mann in Zivil scharrte mit seiner Schuhspitze auf den Brettern. Ohls sah mich von der Seite an und quetschte sein Zigärrchen wie eine Zigarette.

»Betrunken?« fragte er, ohne daß klar war, wen er meinte.

Der Mann, der sich den Kopf geschrubbt hatte, kam rüber zur Reling und gab ein so lautes Räuspern von sich, daß jeder ihn ansah. »Hab Sand geschluckt«, sagte er und spuckte aus. »Nicht soviel wie unser jugendlicher Liebhaber hier – aber genug.«

Der uniformierte Mann sagte: »Betrunken – kann sein. So ganz allein im Regen rumzukurven – war 'ne Schnapsidee.«

»Von wegen betrunken«, sagte der in Zivil. »Die Handbremse ist fest angezogen, und über den Kopf hat er auch eins bekommen. Wenn Sie mich fragen, für mich ist das Mord.«

Ohls sah auf den Mann mit dem Handtuch. »Was sagst du, Kumpel?«

Der Mann mit dem Handtuch guckte geschmeichelt. Er grinste. »Ich sage Selbstmord, Chef. Mich geht's zwar nichts an, aber wo Sie mich schon fragen, sage ich Selbstmord. Erstens mal hat der Knabe 'ne schnurgerade Furche den Pier lang gepflügt. Seine Schleifspur ist fast die ganze Strecke lang klar auszumachen. Demnach war's nach dem Regen, wie's der Sheriff schon sagt. Dann rumst er hart und sauber übern Pier und macht 'ne glatte Bauchlandung. Denn sonst hätte er sich doch 'n paarmal überschlagen. Also hatte er genug Zahn, um gradwegs durch die Pfosten zu scheuern. Mit 'ner angezogenen Handbremse geht das schlecht. Das kann passiert sein, wie sich im Fallen seine Hand verkrampft hat, und genauso das mit dem Kopf.«

Ohls sagte: »Gute Augen haste, Kumpel. Habt ihr ihn gefilzt?« fragte er den Sheriff. Der Sheriff blickte auf mich, dann auf die Leute am Radkasten. »Dann also später«, sagte Ohls.

Ein kleiner Mann mit Brille, müdem Gesicht und einer schwarzen Tasche kam die Stufen vom Pier herunter. Er suchte sich ein halbwegs sauberes Fleckchen auf Deck und stellte die Tasche ab.

Dann nahm er seinen Hut ab und rieb sich den Nacken und starrte hinaus aufs Meer, als wüßte er nicht, wo er war und was er da sollte.

Ohls sagte: »Hier ist Ihr Kunde, Doktor. Gestern abend vom Pier gekippt. Zwischen neun und zehn. Mehr wissen wir nicht.«

Der kleine Mann sah sich mürrisch den toten Mann an. Er befühlte den Kopf, betrachtete den Fleck an der Schläfe, bewegte mit beiden Händen den Kopf, betastete die Rippen. Er hob eine schlaffe tote Hand und stierte auf die Fingernägel. Er ließ sie fallen und sah zu, wie sie fiel. Er trat zurück und öffnete eine Tasche und holte einen Block mit Totenschein-Formularen heraus und fing an, über einem Kohlepapier zu schreiben.

»Todesursache vermutlich Genickbruch«, sagte er und schrieb. »Das heißt, daß er nicht viel Wasser im Bauch haben kann. Das heißt, daß er draußen an der Luft jetzt ziemlich fix steif wird. Holt ihn lieber aus dem Wagen, bevor er's ist. Später vergeht euch der Spaß.«

Ohls nickte. »Wie lange tot, Doktor?«

»Keine Ahnung.«

Ohls sah ihn scharf an und nahm das Zigärrchen aus dem Mund und sah das scharf an. »Nett, Sie kennenzulernen, Doktor. Ein Leichenbeschauer, der mir so was nicht innerhalb von fünf Minuten sagen kann, der reißt mich vom Stuhl.«

Der kleine Mann grinste sauer und steckte seinen Block in seine Tasche und klippte seinen Stift wieder an die Weste. »Falls er gestern abend was gegessen hat, werde ich's Ihnen sagen – wenn ich weiß, wann er gegessen hat. Aber nicht innerhalb von fünf Minuten.«

»Wie kam er zu dem Fleck – durch den Sturz?«

Der kleine Mann sah sich nochmals den Fleck an. »Das glaube ich kaum. Die Wunde stammt von etwas Stumpfem. Und sie hat schon subkutan geblutet, als er noch lebte.«

»Totschläger, hm?« »Sehr wahrscheinlich.«

Der kleine Mann von der Leichenbeschau nickte, griff sich seine Tasche vom Deck und stieg wieder die Stufen zum Pier hinauf. Ein Krankenwagen parkte draußen vorm Stuckbogen rückwärts ein. Ohls sah mich an und sagte: »Gehen wir. War die Fahrt kaum wert, was?«

Wir gingen über den Pier zurück und stiegen wieder in Ohls' blaue Limousine. Er bugsierte sie zurück auf die Autostraße und fuhr Richtung Stadt auf der dreispurigen, vom Regen reingewaschenen Bahn, vorüber an niedrig sich wellenden Hügeln von gelbweißem Sand mit rötlichen Moosstufungen. Seewärts kreisten ein paar Möwen und schossen nieder auf etwas in der Brandung, und eine Jacht weit draußen sah aus, als hinge sie im Himmel.

Ohls spannte mir sein Kinn entgegen und sagte: »Kennen Sie ihn?«

»Klar. Sternwoods Chauffeur. Gestern hab ich ihn da draußen exakt diesen Wagen abwitschern sehen.«

»Ich will Sie nicht ausquetschen, Marlowe. Sagen Sie mir nur eins: Hat Ihr Job etwas mit ihm zu tun?«

»Nein. Ich weiß nicht mal seinen Namen.«

»Owen Taylor. Wieso ich das weiß? Das'n Ding. Vor einem Jahr oder so hatten wir ihn wegen einer Entführungsgeschichte eingebuchtet. Hat wohl das scharfe Sternwood-Mädchen, die Junge, nach Yuma hinübergekarrt. Die Schwester ist hinter ihnen her und hat sie zurückgeholt und Owen einlochen lassen. Tags drauf geht sie zum Bezirksanwalt und läßt ihn den Jungen wieder beim Bundesankläger rausboxen. Sie sagt, der Junge hätte ihre Schwester heiraten wollen und das sicher auch getan, nur die Schwester sah das nicht so recht. Alles, was die wollte, war'n Zug durch die Bars und 'n Faß aufmachen. Also lassen wir den Jungen laufen, und laus mich der Affe, die stellen ihn prompt wieder ein. 'ne Weile später kommt dann aus Washington der Routinebericht mit den Fingerabdrücken, und er hat 'ne Vorstrafe in Indiana, versuchter Überfall, vor sechs Jahren. Er ist mit sechs Monaten davongekommen, in genau dem Kreisgefängnis, aus dem Dillinger ausgebrochen ist. Wir benachrichtigen die Sternwoods, und die behalten ihn trotzdem. Wie finden Sie das?«

»Scheint 'ne irre Familie zu sein«, sagte ich. »Wissen sie schon von gestern abend?«

»Nein. Ich muß jetzt hinauf zu ihnen.«

»Halten Sie den alten Herrn raus, wenn's geht.«

»Warum?«

»Er hat Kummer genug und ist krank.«

»Sie denken an Regan?«
Ich murrte. »Ich sage Ihnen, ich weiß nichts von Regan. Ich suche Regan nicht. Regan hat meines Wissens keinem was getan.«
Ohls sagte »Oh« und starrte nachdenklich aufs Meer, und der Wagen kam fast von der Straße ab. Während der restlichen Fahrt zurück zur Stadt sprach er kaum ein Wort. Er setzte mich in Hollywood beim Chinesischen Theater ab und wendete wieder nach Westen Richtung Alta Brea Crescent. Ich aß in einer Snackbar zu Mittag und sah in eine Nachmittagszeitung und konnte nichts über Geiger darin finden.
Nach dem Mittagessen ging ich ostwärts auf dem Boulevard, um mir noch mal Geigers Laden anzusehen.

10

Der schlanke, schwarzäugige Kredit-Juwelier stand in seiner Eingangstür in derselben Haltung wie am Nachmittag zuvor. Er bedachte mich mit demselben wissenden Blick, als ich hineinging. Auch der Laden war noch derselbe. Dieselbe Lampe schien auf den kleinen Schreibtisch in der Ecke, und dieselbe Aschblonde im selben wildlederartigen, schwarzen Kleid stand dahinter auf und kam mit demselben zögernden Lächeln im Gesicht auf mich zu.
»Was darf ...«, sagte sie und brach ab. Ihre silbernen Nägel zupften an ihrer Hüfte. Ihr Lächeln wirkte ein Quentchen verkrampft. Es war überhaupt kein Lächeln. Es war eine Grimasse. Sie meinte nur, es wäre ein Lächeln.
»Da wäre ich wieder«, sagte ich aufgeräumt und schwenkte meine Zigarette. »Mr. Geiger heute da?«
»Ich ... ich fürchte, nein. Nein – leider nicht. Warten Sie ... Sie wollten ...?«
Ich nahm meine dunkle Brille ab und beklopfte damit sachte die Innenfläche meines linken Handgelenks. Wenn einer mit hundertachtzig Pfund wie ein Schwuli aussehen konnte, dann schaffte ich das bestens.
»Das mit den Erstausgaben war nur ein Vorwand«, wisperte ich. »Ich muß vorsichtig sein. Ich habe was, was er sucht. Etwas, nach dem er schon lange gesucht hat.«

Die silbernen Fingernägel tasteten an blondem Haar über einem jettgeschmückten Öhrchen. »Oh, ein Händler«, sagte sie. »Nun – vielleicht schauen Sie morgen vorbei. Ich nehme an, morgen wird er hier sein.«

»Lassen Sie die Mätzchen«, sagte ich. »Ich bin auch im Geschäft.«

Ihre Augen verengten sich, bis sie nur noch ein schwaches, grünliches Glimmern waren, wie ein ferner Waldtümpel in Schatten von Bäumen. Ihre Finger krallten sich in ihren Handteller. Sie starrte mich an und vergaß zu atmen.

»Ist er krank? Ich könnte zu ihm hinauffahren«, sagte ich ungeduldig. »Ewig kann ich nicht warten.«

»Sie – äh . . . Sie – äh«, quetschte es in ihrer Gurgel. Ich dachte schon, sie würde auf die Nase fallen. Sie zitterte am ganzen Leib, und ihr Gesicht ging in Stücke wie eine Hochzeitstorte. Sie fügte es allmählich wieder zusammen, so als höbe sie ein schweres Gewicht, und zwar allein durch pure Willenskraft. Das Lächeln kehrte mit einem Paar schiefgebogener Mundwinkel zurück.

»Nein«, sagte sie. »Nein. Er ist verreist. Das . . . hätte keinen Sinn. Könnten Sie nicht . . . morgen . . . vorbeikommen?«

Ich machte schon den Mund auf, um etwas zu sagen, als die Tür in der Trennwand einen Fußbreit aufging. Der große, dunkle, hübsche Junge in der Weste sah heraus, bleich und schmallippig, erblickte mich und machte schnell die Tür wieder zu, aber nicht, bevor ich hinter ihm auf dem Fußboden eine Menge Holzkisten, mit Papier ausgelegt und lose mit Büchern gefüllt, gesehen hatte. Ein Mann in sehr neuen Overalls war mit ihnen zugange. Ein Teil von Geigers Lager wurde geräumt.

Als sich die Tür schloß, setzte ich meine dunkle Brille wieder auf und tippte an meinen Hut. »Morgen also. Ich würde Ihnen gern meine Karte dalassen, aber Sie wissen ja, wie's ist.«

»Ja-a. Ich weiß, wie's ist.« Sie zitterte noch ein bißchen und machte ein schwach saugendes Geräusch mit ihren grellen Lippen. Ich ging aus dem Laden und nach Westen auf dem Boulevard zur Ecke und nördlich die Straße lang zum Gäßchen, das hinter den Läden verlief. Ein kleiner, schwarzer Lastwagen mit Drahtnetzaufbau und ohne Beschriftung parkte rückwärts hinter Geigers Laden. Der Mann in den sehr neuen Overalls hievte gerade eine Kiste auf die Ladeklappe. Ich ging zum Boulevard zurück und Geigers Nachbarblock entlang und sah ein Taxi, das bei einem Hydranten parkte. Ein Junge mit frischen Backen las hinter seinem Lenkrad in einem Horror-Magazin. Ich lehnte mich hinein und zeigte ihm einen Dollar: »Kleine Hatz?«

Er studierte mich. »Bulle?«

»Privatdetektiv.«

Er grinste. »Mein Bier, Jack.« Er knallte das Magazin über seinen Rückspiegel, und ich stieg in die Taxe. Wir fuhren um den Block und hielten gegenüber von Geigers Gäßchen, wieder vor einem Hydranten.

Es waren ein rundes Dutzend Kisten auf dem Lastwagen, als der Mann in Overalls die Drahtnetztüren schloß und die Ladeklappe hochhakte und sich hinters Steuer setzte.

»Hinterher«, sagte ich zu meinem Fahrer.

Der Mann in Overalls ließ seinen Motor aufjaulen, warf einen Blick das Gäßchen rauf und runter und fuhr schnell in der anderen Richtung davon. Er bog links aus der Gasse. Wir desgleichen. Ich hatte den Lastwagen im Blickfeld, wie er ostwärts in die Franklin einbog, und drängte meinen Fahrer, ein bißchen aufzuholen. Er wollte oder konnte nicht. Ich sah den Laster zwei Blocks weiter, als wir zur Franklin kamen. Wir hatten ihn in Sicht bis zur Vine und über die Vine weg und den ganzen Weg bis zur Western hinaus. Hinter der Western sahen wir ihn noch zweimal. Es war eine Menge Verkehr, und der Junge mit den frischen Backen hing zu weit zurück. Das sagte ich ihm auch ganz unverblümt, als der Laster, nun weit vor uns, wieder nach Norden abbog. Die Straße, wo er einbog, hieß Britanny Place. Als wir vor Britanny Place anlangten, war der Laster verschwunden.

Der Junge mit den frischen Backen machte mir tröstende Geräusche durch die Scheibe, und wir fuhren bei vier Meilen pro Stunde bergan und fahndeten nach einem Lastwagen hinter Büschen. Zwei Blocks weiter oben bog Britanny Place nach Osten und mündete in Randall Place, und zwar mit einer Insel, auf der ein weißes Apartmenthaus stand, mit Front nach Randall Place und der Tiefgarageneinfahrt nach Britanny. An der fuhren wir gerade vorbei, und der Junge mit den frischen Backen meinte noch, daß der Laster doch gar nicht so weit sein könnte, als ich durch den Torbogen der Garage blickte und ihn hinten im Dustern mit abermals offenen Rücktüren stehen sah. Wir fuhren vor das Apartmenthaus, und ich stieg aus. Niemand war in der Halle zu sehen, kein Klappenschrank. Ein Holztisch war an die Wand geschoben, daneben hingen Reihen goldfarbener Briefkästen. Ich sah mir die Namen an. Ein gewisser Joseph Brody hatte Apartment 405. Ein gewisser Joe Brody hatte von General Sternwood fünftausend Dollar bekommen, damit er nicht mehr mit Carmen und statt dessen mit einer anderen Kleinen umhertollte. Es konnte derselbe Joe Brody sein. Ich hätte fast darauf gewettet.

Ich ging um einen Wandknick zum Fuß einer Fliesentreppe und zum Schacht eines automatischen Aufzugs. Das Aufzugsdach war auf gleicher Höhe mit dem Fußboden. Neben dem Schacht war eine Tür mit der Aufschrift »Garage«. Ich machte sie auf und stieg enge Stufen hinab in den Keller. Der automatische Aufzug stand offen, und der Mann in neuen Overalls war heftig am Schnaufen, während er schwere Kisten hineinwuchtete. Ich stellte mich neben ihn und steckte mir eine Zigarette an und sah ihm zu. Das paßte ihm gar nicht.

Nach einer Weile sagte ich: »Obacht mit dem Gewicht, Kumpel. Er ist nur auf 'ne halbe Tonne zugelassen. Wo geht denn das Zeug hin?«

»Brody, vier-null-fünf«, sagte er. »Verwalter?«

»Genau. Habt ihr 'ne Bank ausgeraubt?«

Er stierte mich mit blassen, geränderten Augen an. »Bücher«, knurrte er. »Hundert Pfund die Kiste, wenn's reicht, wo ich gerade meine fünfundsiebzig hochkriege.«

»Also Obacht mit dem Gewicht«, sagte ich.

Er zwängte sich mit sechs Kisten in den Aufzug und schloß die Türen. Ich ging wieder die Stufen zur Halle hinauf und hinaus auf die Straße, und das Taxi brachte mich wieder hinunter zur Stadt vor mein Bürohaus.

Ich gab dem Jungen mit den frischen Backen zuviel Geld, und er gab mir eine zerfledderte Geschäftskarte, die ich ausnahmsweise einmal nicht in den sandgefüllten Tonkrug neben der Bank am Fahrstuhl warf.

Ich hatte anderthalb Zimmer im sechsten Stock nach hinten. Das halbe Zimmer war ein abgeteiltes Büro, so daß das zwei Empfangsräume ergab. Mein Name stand an der Tür des Empfangs-

raumes, sonst nichts. Diese Tür schloß ich nie ab, für den Fall, daß ein Klient kam und dieser Klient vielleicht Platz nehmen und warten wollte.
Ein solcher Klient war da.

II

Sie trug braungesprenkelten Tweed, ein Männerhemd mit Krawatte, robuste Laufschuhe. Ihre Strümpfe waren so hauchdünn wie tags zuvor, aber sie zeigte nicht soviel Bein. Ihr schwarzes Haar glänzte glatt unter einem braunen Robin-Hood-Hut, der bestimmt seine fünfzig Dollar gekostet hatte und aussah, als hätte ihn eine leichtfertige Hand aus einer Filzunterlage gerupft.
»Na, Sie stehen also doch auf«, sagte sie und rümpfte ihre Nase über das verblichene rote Sofa, die zwei zusammengetragenen harten Sessel, die Netzgardinen, die dringend in die Reinigung mußten, und den Lesetisch im Kinderzimmerformat mit den altehrwürdigen Zeitschriften darauf, die dem Ganzen einen professionellen Anstrich geben sollten. »Ich dachte schon, Sie würden im Bett arbeiten wie Marcel Proust.«
»Wer's'n das?« Ich steckte mir eine Zigarette in den Mund und starrte sie an. Sie sah ein bißchen blaß und mitgenommen aus, aber auch wie ein Mädchen, das sein Päckchen tragen konnte.
»Ein französischer Autor, ein Connaisseur des Verfalls. Sie werden ihn kaum kennen.«
»I gitt«, sagte ich. »Kommen Sie ins Boudoir.«
Sie stand auf und sagte: »Wir sind gestern nicht sehr gut miteinander ausgekommen. Ich war wohl etwas patzig.«
»Wir waren beide patzig«, sagte ich. Ich schloß die Verbindungstür auf und ließ ihr den Vortritt. Wir betraten den restlichen Teil meiner Suite, der einen nicht mehr ganz jungen rostroten Teppich enthielt, außerdem fünf grüne Aktenschränke, drei davon mit kalifornischer Luft gefüllt, sowie einen Reklamekalender, der die Quin-Sisters zeigte, wie sie im rosa Dress, mit seehundbraunem Haar und scharfen, schwarzen Augen so groß wie Eierbriketts auf himmelblauer Fläche herumrollten. Ferner waren da drei Stühle fast aus Nußbaum, der übliche Schreib-

tisch mit der üblichen Schreibunterlage, Schreibgarnitur, Aschenbecher und Telefon und der übliche quietschende Drehstuhl dahinter.

»Sie geben nicht viel auf Fassade«, sagte sie und setzte sich an die Kundenseite des Schreibtisches.

Ich ging zum Briefschlitz und hob sechs Umschläge auf, zwei Briefe und vier Reklamesendungen. Ich hängte meinen Hut übers Telefon und setzte mich.

»Das tun die Pinkertons auch nicht«, sagte ich. »In dieser Branche läßt sich nicht viel Geld machen, wenn man ehrlich ist. Wenn man eine Fassade hat, dann macht man Geld – oder erwartet welches.«

»Oh – Sie sind ehrlich?« fragte sie und öffnete ihre Handtasche. Sie fingerte eine Zigarette aus einem französischen Emailetui, zündete sie mit einem Taschenfeuerzeug an, ließ Etui und Feuerzeug wieder in die Tasche fallen und die Tasche offen.

»Daß es weh tut.«

»Wie sind Sie dann zu diesem schmierigen Gewerbe gekommen?«

»Wie sind Sie darauf gekommen, einen Schnapsschmuggler zu heiraten?«

»Mein Gott, wir wollen nicht schon wieder Streit anfangen. Ich habe Sie den ganzen Morgen anzurufen versucht. Hier und in Ihrer Wohnung.«

»Wegen Owen?«

Ihr Gesicht spannte sich. Ihre Stimme war sanft. »Armer Owen«, sagte sie. »Sie sind also im Bilde.«

»Einer von der Distriktsanwaltschaft hat mich mit nach Lido genommen. Er dachte, ich wüßte vielleicht etwas. Aber er wußte mehr als ich. Er wußte, daß Owen Ihre Schwester heiraten wollte – früher mal.«

Sie paffte schweigend ihre Zigarette und betrachtete mich mit festen, schwarzen Augen. »Es wäre vielleicht gar keine so schlechte Idee gewesen«, sagte sie ruhig. »Er war in sie verliebt. So etwas findet man selten in unseren Kreisen.«

»Er hatte ein Vorstrafenregister.«

Sie zuckte die Achseln. Sie sagte nachlässig: »Er hat nicht die richtigen Leute gekannt. Mehr bedeutet doch ein Vorstrafenregister nicht in diesem Land voll Korruption und Verbrechen.«

»So weit würde ich nicht gehen.«
Sie schälte sich den rechten Handschuh ab und biß aufs erste Gelenk in ihrem Zeigefinger und sah mich mit festen Augen an. »Ich bin nicht wegen Owen zu Ihnen gekommen. Meinen Sie nicht, daß Sie mir jetzt erzählen könnten, was mein Vater von Ihnen wollte?«
»Nicht ohne sein Einverständnis.«
»War es wegen Carmen?«
»Nicht mal das kann ich sagen.« Ich stopfte meine Pfeife zu Ende und hielt ein Streichholz daran. Sie betrachtete einen Augenblick lang den Rauch. Dann sank ihre Hand in die offene Tasche und kam mit einem weißen Umschlag wieder heraus. Sie schmiß ihn über den Schreibtisch.
»Jedenfalls sollten Sie sich das einmal ansehen«, sagte sie.
Ich nahm ihn. Die Adresse in Maschinenschrift lautete auf Mrs. Vivian Regan, 3765 Alta Brea Crescent, West Hollywood. Die Zustellung war durch Boten erfolgt, und laut Stempel war er 8 Uhr 35 rausgegangen. Ich öffnete den Umschlag und zog das glänzende 8-mal-11-Foto heraus, das als einziges drin war.
Es war Carmen, die in Geigers hochlehnigem Teakholzsessel auf dem Podium saß, mit ihren Ohrringen und ihrem Geburtstagskostüm an. Ihre Augen sahen sogar noch ein bißchen irrer aus, als ich sie in Erinnerung hatte. Die Rückseite des Fotos war blank. Ich tat es wieder in den Umschlag.
»Wieviel verlangen sie?« fragte ich.
»Fünftausend – für das Negativ und die übrigen Abzüge. Das Geschäft muß heute abend abgeschlossen sein, oder sie übergeben das Zeug einem Skandalblatt.«
»Wie haben Sie die Forderung bekommen?«
»Eine Frau hat angerufen, etwa eine halbe Stunde, nachdem dieses Ding hier abgeliefert worden war.«
»Die Skandalblattmasche zieht nicht. Bei so krummen Dingern verdonnern die Gerichte heutzutage, ohne auch nur hinzugucken. Was ist sonst noch drin?«
»Muß denn noch etwas drin sein?«
»Ja.«
Sie starrte mich ein wenig verdutzt an. »Es ist noch was drin. Die Frau sagte, es steckte da ein hübsches Fressen für die Polizei

dahinter, und daß ich mich besser ranhalten sollte, sonst könnte ich mit meiner kleinen Schwester bald durchs Gitter sprechen.«

»Schon besser«, sagte ich. »Was für ein Fressen?«

»Ich weiß nicht.«

»Wo ist Carmen jetzt?«

»Sie ist zu Hause. Sie war heute nacht krank. Ich glaube, sie liegt noch im Bett.«

»Ist sie gestern abend ausgewesen?«

»Nein. Ich war aus, aber das Personal sagt, sie nicht. Ich bin unten in Las Olindas gewesen und habe bei Eddie Mars im Cypress Club Roulette gespielt. Ich habe mein letztes Hemd verloren.«

»Sie spielen also Roulette. Das glaube ich Ihnen unbesehen.«

Sie schlug ihre Beine übereinander und zündete sich eine neue Zigarette an. »Ja. Ich mag Roulette. Alle Sternwoods mögen Spiele, bei denen man verliert. Sie spielen Roulette und heiraten Männer, die ihnen davonlaufen, sie reiten mit achtundfünfzig noch große Hindernisrennen und lassen sich von Schmarotzern aufs Kreuz legen und führen ein Krüppeldasein. Die Sternwoods haben ja Geld. Sie haben damit schon immer ihre Milchmädchenrechnungen bezahlt.«

»Was wollte Owen gestern abend mit Ihrem Wagen?«

»Keiner weiß es. Er hat ihn sich ohne Erlaubnis genommen. Wir lassen ihm immer einen Wagen, wenn er seinen freien Abend hat, aber gestern war nicht sein freier Abend.« Sie zog einen Flunsch. »Glauben Sie ...?«

»Daß er etwas von dem Aktfoto gewußt hat? Wie soll ich das sagen können? Ich habe ihm nicht den Mund verboten. Können Sie die fünftausend sofort locker machen?«

»Nur, wenn ich es Dad sage – oder es mir borge. Ich könnte es vermutlich von Eddie Mars bekommen. Mir gegenüber sollte er weiß Gott großzügig sein.«

»Dann versuchen Sie das. Und machen Sie fix.«

Sie lehnte sich zurück und ließ einen Arm über die Rücklehne baumeln. »Und wenn wir zur Polizei gingen?«

»Das ist eine gute Idee. Aber Sie werden's nicht tun.«

»Nicht?«

»Nein. Sie müssen Ihren Vater und Ihre Schwester decken. Sie wissen nicht, was die Polizei vielleicht noch zutage fördert.

Vielleicht etwas, das sie dann nicht mehr vertuschen kann. Obwohl sie's ja bei Erpressungsgeschichten gewöhnlich versucht.«

»Können Sie etwas tun?«

»Ich denke schon. Aber ich kann Ihnen nicht sagen, warum und wie.«

»Ich mag Sie«, sagte sie plötzlich. »Sie glauben an Wunder. Hätten Sie vielleicht was zu trinken in Ihrem Büro?«

Ich schloß mein tiefes Schubfach auf und holte meine Büroflasche und zwei Babygläser heraus. Ich füllte sie, und wir tranken. Sie schnappte ihre Tasche zu und schob ihren Stuhl zurück.

»Ich bekomme die fünf Riesen«, sagte sie. »Ich bin immer eine gute Kundin bei Eddie Mars gewesen. Es gibt noch einen anderen Grund, weshalb er nett zu mir sein sollte, den Sie vielleicht nicht kennen.« Sie schenkte mir eines von diesen Lächeln, das die Lippen schon vergessen haben, bevor es in den Augen ist. »Eddies blonde Frau ist die Dame, mit der sich Rusty davongemacht hat.«

Ich sagte kein Wort. Sie starrte mich kritisch an und fügte hinzu: »Das interessiert Sie nicht?«

»So wäre ihm jedenfalls leichter auf die Spur zu kommen – vorausgesetzt, ich wäre hinter ihm her. Sie glauben doch wohl nicht, daß er in diesem Schlamassel drinsteckt, oder?«

Sie schubste mir ihr leeres Glas hin. »Geben Sie mir noch einen. Sie sind ein zäher Brocken, wenn man aus Ihnen was rausholen will. Sie zucken nicht mal mit den Ohren.«

Ich goß das kleine Glas voll. »Sie haben alles aus mir rausgeholt, was Sie wollten – Sie können jetzt ziemlich sicher sein, daß ich Ihrem Mann nicht auf der Spur bin.«

Sie kippte ihren Drink ganz auf die schnelle. Sie verschluckte sich – oder benutzte die Gelegenheit, sich zu verschlucken. Sie atmete ganz langsam aus.

»Rusty war kein Ganove. Wäre er einer gewesen, dann bestimmt nicht für ein paar Groschen. Er hat immer fünfzehntausend Dollar mit sich herumgetragen, in Scheinen. Er nannte das sein wildes Geld. Er hatte es, als ich ihn heiratete, und er hatte es, als er mich sitzenließ. Nein – Rusty hat mit so einer billigen Erpressungsmasche nichts zu tun.«

Sie langte nach dem Umschlag und stand auf. »Ich bleib mit

Ihnen in Verbindung«, sagte ich. »Wenn Sie Nachricht für mich haben, das Telefonmädchen in meinem Apartmenthaus bringt das schon in Ordnung.«
Wir gingen zur Tür. Sie klopfte mit dem weißen Umschlag an ihre Knöchel und sagte: »Meinen Sie immer noch, Sie könnten mir nicht erzählen, was Dad ...«
»Ich müßte ihn erst fragen.«
Sie nahm das Foto heraus und stand dicht bei der Tür und sah es an. »Sie hat einen wunderschönen kleinen Körper, finden Sie nicht?«
»Hmhm.«
Sie beugte sich ein wenig zu mir. »Sie sollten erst mal meinen sehen«, sagte sie todernst.
»Läßt sich das arrangieren?«
Sie lachte plötzlich hart auf und ging halbwegs zur Tür hinaus, wandte dann den Kopf und sagte kühl: »Sie sind der kaltschnäuzigste Hund, dem ich je begegnet bin, Marlowe. Oder darf ich Sie Phil nennen?«
»Klar.«
»Sie können Vivian zu mir sagen.«
»Danke, Mrs. Regan.«
»Ach, hol Sie der Teufel, Marlowe.« Sie ging hinaus, ohne sich noch einmal umzudrehen.
Ich machte die Tür zu und stand da und starrte auf meine Hand auf der Klinke. Mein Gesicht war ein bißchen heiß. Ich ging zurück zum Schreibtisch und schloß den Whisky weg und spülte die beiden Babygläser aus und räumte die auch weg.
Ich nahm meinen Hut vom Telefon und rief die Distriktsanwaltschaft an und fragte nach Bernie Ohls.
Er war in seinem Kabäuschen. »Also, ich habe den alten Herrn in Ruhe gelassen«, sagte er. »Der Butler meinte, er oder eines der Mädchen würde es ihm schon beibringen. Dieser Owen Taylor hat über der Garage gewohnt, ich habe mir seine Sachen angesehen. Eltern in Dubuque, Iowa. Ich habe dem Polizeichef dort telegrafiert, er soll sie fragen, was geschehen soll. Die Sternwoods wollen die Kosten tragen.«
»Selbstmord?« fragte ich.
»Läßt sich nicht sagen. Er hat nichts Schriftliches hinterlassen. Er hatte keine Erlaubnis, den Wagen zu nehmen. Alle waren

gestern abend zu Hause, bis auf Mrs. Regan. Sie war unten in Las Olindas mit einem Playboy namens Larry Cobb. Ich habe das nachgeprüft. Ich kenne einen Macker von einem der Tische.«

»Ihr solltet diese Glücksbude endlich ausheben«, sagte ich.

»Bei dem Syndikat, das wir hier im Land haben? Seien Sie nicht kindisch, Marlowe. Diese Kopfnuß von dem Jungen macht mir Sorgen. Sind Sie wirklich sicher, daß Sie mir dabei nicht helfen können?«

Ich fand es nett, daß er sich so ausdrückte. So konnte ich nein sagen, ohne tatsächlich zu lügen. Wir sagten auf Wiedersehen, und ich verließ das Büro, kaufte mir alle drei Nachmittagszeitungen und fuhr im Taxi hinunter zum Justizpalast, um meinen Wagen vom Parkplatz zu holen. In keiner der Zeitungen stand etwas über Geiger. Ich guckte wieder in sein blaues Notizbuch, aber der Code war genauso stur wie am Abend zuvor.

12

Die Bäume über Laverne Terrace hatten nach dem Regen frische, grüne Blätter. Im Licht der kühlen Nachmittagssonne konnte ich den Steilhang des Berges sehen und die Stufen, die der Mörder nach seinen drei Schüssen ins Dunkel hinabgerannt war. Zwei kleine Häuser standen an der Straßenfront unten. Vielleicht waren dort die Schüsse gehört worden, vielleicht auch nicht.

Nichts rührte sich vor Geigers Haus und den ganzen Block entlang. Die Buchsbaumhecke sah grün und friedlich aus, und die Schindeln auf dem Dach waren noch feucht. Ich fuhr langsam vorbei und knabberte an einer Idee herum. Ich hatte letzte Nacht nicht in die Garage gesehen. Nachdem mir Geigers Leiche abhanden gekommen war, war ich gar nicht mehr so scharf darauf, sie wiederzufinden. Es hätte mir die Hände gebunden. Aber wenn man ihn in die Garage gezerrt hätte, zu seinem eigenen Wagen, und mit dem in einen der hundertsoundsoviel einsamen Canyons rund um Los Angeles losgefahren wäre, dann hätte man ihn erst mal tage- oder gar wochenlang vom Halse gehabt. Das setzte zwei Dinge voraus: den Schlüssel zu seinem Wagen und einen Partner. Das Ermittlungsfeld wäre dann schon ganz schön eingeengt, besonders, da ich ja seine eigenen Schlüssel in meiner Tasche hatte, als es passierte.

Ich hatte keine Gelegenheit, mir die Garage anzusehen. Die Türen waren zu und verriegelt, und als ich heranfuhr, bewegte sich etwas hinter der Hecke. Eine Frau in einem grün und weiß karierten Mantel und einem Knöspchen von einem Hut auf weichem, blondem Haar trat aus dem Labyrinth und stand da und sah mit wilden Augen nach meinem Wagen, als ob sie ihn nicht hätte bergauf kommen hören. Dann wandte sie sich schnell um und war wieder verschwunden. Es war selbstredend Carmen Sternwood.

Ich fuhr die Straße hinauf und parkte und kam zurück. Bei Tageslicht schien das eine gewagte und gefährliche Sache. Ich trat durch die Hecke. Carmen stand aufrecht und schweigend vor der verschlossenen Haustür. Eine Hand hob sich langsam zu ihren Zähnen, und ihre Zähne bissen auf ihren ulkigen Daumen. Ihre Augen waren violett verschmiert, und ihr Gesicht war weißgewaschen von Erschöpfung.

Sie lächelte mich schwach an. Sie sagte mit dünner, brüchiger Stimme: »Hallo ... Was ... was ...?« Das verlor sich, und sie machte sich wieder an ihren Daumen.

»Kennen Sie mich noch?« sagte ich. »Dobermann Reilly, der Mann, der zu groß geraten ist. Erinnern Sie sich?«

Sie nickte, und ein schnell zuckendes Lächeln spielte über ihr Gesicht.

»Lassen Sie uns hineingehen«, sagte ich. »Ich habe einen Schlüssel. Toll, wie?«

»Wa ... wa ...?«

Ich schob sie beiseite und steckte den Schlüssel in die Tür und öffnete und schob sie durch. Ich schloß die Tür und stand da und schnupperte. Der Raum war grauenvoll bei Tageslicht. Der chinesische Krempel an den Wänden, der Teppich, der Lampen-Firlefanz, das Teakholzzeugs, die schwüle Orgiastik der Farben, der Totempfahl, der Bocksbeutel mit Äther und Laudanum – all das wirkte bei Tag so eklig schal wie Kehricht nach einer wilden Party.

Wir standen da, das Mädchen und ich, und sahen uns an. Sie hatte gern ein schlaues, kleines Lächeln auf ihrem Gesicht festgehalten, aber das Gesicht war zu müde und wollte seine Ruhe haben. Ich nahm sie unbeirrt aufs Korn. Das Lächeln ebbte zurück wie Wasser vom Sand, und ihre bleiche Haut bekam eine grobkörnige Textur unter der stumpf-stupiden Leere ihrer Augen. Eine weißliche Zunge leckte an ihren Mundwinkeln. Ein hübsches, verdorbenes und nicht sehr helles Mädchen, das sich weit, weit verlaufen hatte, und keiner tat etwas dagegen. Zum Teufel mit den Reichen. Sie waren zum Kotzen. Ich rollte eine Zigarette zwischen den Fingern und schubste ein paar Bücher beiseite und setzte mich auf die Ecke des schwarzen Schreibtischs. Ich steckte meine Zigarette an, paffte eine Rauchfahne und sah eine Weile schweigend der Daumenlutsch-Nummer zu. Carmen stand vor mir wie ein unartiges Mädchen vorm Direktor.

»Was tun Sie hier?« fragte ich sie schließlich.

Sie zupfte am Stoff ihres Mantels und antwortete nicht.

»Wieviel wissen Sie noch von heute nacht?«

Diesmal antwortete sie – mit einem hinterlistigen Glitzern in ihren Augen. »Was soll ich wissen? Ich war krank heute nacht. Ich war zu Hause.« Ihre Stimme war ein vorsichtiges, heiseres Flüstern, das eben noch mein Ohr erreichte.

»Den Teufel waren Sie.«

Ihre Augen flackerten sehr schnell auf und nieder.

»Bevor Sie zu Hause waren«, sagte ich. »Bevor ich Sie nach Hause brachte. Hier. In diesem Sessel!« – ich zeigte darauf –, »auf diesem orangefarbenen Schal. Sie erinnern sich sehr gut.«

Eine langsame Rötung kroch ihre Kehle hinauf. Das war schon etwas. Sie konnte noch rot werden. Ein weißer Schimmer zeigte sich unter der dichten grauen Iris. Sie kaute toll an ihrem Daumen.

»Sie ... waren das?« wisperte sie.

»Ich. Was haben Sie alles behalten?«

Sie sagte fahrig: »Sind Sie von der Polizei?«

»Nein. Ich bin ein Freund Ihres Vaters.«

»Sie sind nicht von der Polizei?«

»Nein.«

Sie stieß einen dünnen Seufzer aus. »Wa ... was wollen Sie?«

»Wer hat ihn umgebracht?«

Ihre Schultern zuckten, aber in ihrem Gesicht regte sich nichts.

»Wer sonst . . . weiß es noch?«

»Das mit Geiger? Keine Ahnung. Die Polizei jedenfalls nicht, sonst wäre das hier schon ein Campingplatz. Vielleicht Joe Brody.«

Es war ein Schlag ins Dunkle, aber er kam an. »Joe Brody! Der!«

Dann schwiegen wir beide. Ich zog an meiner Zigarette, sie aß ihren Daumen.

»Machen Sie jetzt bloß nicht auf schlau«, drängte ich. »Hier zieht nur die gute, alte, einfache Tour. Also: Hat Brody ihn umgelegt?«

»Wen umgelegt?«

»Heiliger Strohsack«, sagte ich.

Sie guckte beleidigt. Ihr Kinn klappte ein Häppchen herunter. »Ja«, sprach sie feierlich. »Joe hat's getan.«

»Warum?«

»Ich weiß nicht.« Sie schüttelte den Kopf, um sich auch wirklich zu überzeugen, daß sie es nicht wußte.

»Ihn viel gesehen in letzter Zeit?«

Ihre Hände fielen herab und bildeten kleine weiße Knoten. »Nur ein- oder zweimal. Ich hasse ihn.«

»Dann wissen Sie, wo er wohnt?«

»Ja.«

»Und Sie mögen ihn nicht mehr?«

»Ich hasse ihn.«

»Also hätten Sie ihn gern in Teufels Küche.«

Wieder kleine Sendepause. Es ging ihr alles zu schnell. Aber ich konnte nicht langsamer. »Würden Sie der Polizei sagen, daß es Joe Brody war?« forschte ich.

Plötzlich flammte Panik über ihr ganzes Gesicht. »Natürlich nur, wenn ich die Geschichte mit dem Nacktfoto aus der Welt geschafft habe«, fügte ich besänftigend hinzu.

Sie kicherte. Das ekelte mich an. Wenn sie gekreischt oder geweint oder sich meinethalben in tiefer Ohnmacht mit der Nase voran hingeworfen hätte, dann wäre mir das recht gewesen. Aber sie kicherte nur. Plötzlich kam ihr alles sehr komisch vor. Sie hatte sich als Isis fotografieren lassen, und jemand hatte das Foto geklaut, und einer hatte Geiger vor ihren Augen umgeballert, und sie war dabei besoffener als ein Kameradschaftsabend, und plötzlich war das alles nur noch komisch. Also kicherte sie. Sehr witzig.

Das Kichern wurde lauter und rannte im Karree wie Ratten hinter der Täfelung. Sie fing an, hysterisch zu werden. Ich glitt vom Schreibtisch und trat dicht vor sie hin und verabreichte ihr eine Backpfeife.

»Genau wie gestern abend«, sagte ich. »Eine tolle Nummer geben wir ab. Reilly und Sternwood oder Zwei Witzbolde suchen einen Zirkus.«

Das Kichern erstarb, aber aus der Ohrfeige machte sie sich so wenig wie am Abend zuvor. Wahrscheinlich war allen ihren Jungens nichts anderes übrig geblieben, als ihr früher oder später eine zu langen. Ich konnte das jedenfalls gut begreifen.

Ich setzte mich wieder auf die Ecke des schwarzen Schreibtischs.

»Sie heißen ja gar nicht Reilly«, sagte sie ernsthaft. »Sie heißen Philip Marlowe. Sie sind Privatdetektiv. Viv hat's mir erzählt. Sie hat mir Ihre Karte gezeigt.« Sie strich sich über die Wange, die ich geschlagen hatte. Sie lächelte mich an, als sei es nett, so mit mir zusammen.

»Na also, Sie erinnern sich doch«, sagte ich. »Und Sie sind zurückgekommen, um nach dem Foto zu suchen, und konnten nicht ins Haus, stimmt's?«

Ihr Kinn ruckte runter und wieder rauf. Sie kriegte ihr Lächeln hin. Sie machte mir Augen. Sie hatte mich schon am Gängelband. Gleich würde ich losjuchzen und sie nach Yuma einladen.

»Das Foto ist weg«, sagte ich. »Ich hab's gestern abend gesucht, bevor ich Sie heimbrachte. Sicher hat Brody es mitgenommen. Sie tischen mir doch kein Märchen auf über Brody?«

Sie schüttelte ernst den Kopf.

»Es ist alles nur Tüttelkram«, sagte ich. »Sie brauchen sich keine Sorgen zu machen. Nur, erzählen Sie keiner Seele, wo Sie gewesen sind, gestern abend und heute. Nicht mal Vivian. Vergessen Sie einfach, daß Sie hier waren. Reilly macht das schon.«

»Sie heißen doch gar nicht –«, fing sie wieder an und brach dann ab und schüttelte energisch den Kopf zur Bestätigung dessen, was ich gesagt oder was sie sich gerade gedacht hatte. Ihre Augen wurden schmal und fast schwarz und so durchschimmernd wie Emaille auf einem Snackbartablett. Sie hatte soeben eine Erleuchtung. »Ich muß jetzt nach Hause«, sagte sie,

als hätten wir gerade mal eben ein Täßchen Tee zusammen getrunken.
»Klar.«
Ich rührte mich nicht. Sie warf mir noch so einen schlauen Blick zu und ging zur Tür. Sie hatte ihre Hand auf der Klinke, als wir beide einen Wagen kommen hörten. Sie sah mich mit Frageaugen an. Ich zuckte die Achseln. Der Wagen hielt direkt vorm Haus. Schrecken verzerrte ihr Gesicht. Man hörte Schritte, dann klingelte es. Carmen sah über die Schulter zu mir zurück, ihre Hand umklammerte den Türgriff, sie sabberte fast vor Angst. Es klingelte weiter. Dann hörte das Klingeln auf. Ein Schlüssel klimperte an der Tür, und Carmen sprang zurück und stand ganz starr. Die Tür flog auf. Ein Mann trat flink ein und hielt jäh an. Ruhig, vollkommen gefaßt, starrte er uns an.

13

Der Mann war grau, ganz grau, außer seinen blankpolierten, schwarzen Schuhen und den zwei purpurnen Diamant-Rhomben auf seiner grauen Seidenkrawatte, die wie die roten Rhomben auf einem Roulettetisch aussahen. Sein Hemd war grau, und grau war sein zweireihiger Anzug aus weichem, prächtig geschneidertem Flanell. Als er Carmen sah, nahm er seinen grauen Hut ab, und sein Haar darunter war grau und so fein, als ob es durch Gaze gesiebt worden wäre. Seine dichten grauen Augenbrauen gaben ihm dieses gewisse sportliche Air. Er hatte ein langes Kinn, eine Hakennase und nachdenkliche, graue Augen, die einen schrägen Blick hatten, weil sich die Hautfalte über dem oberen Lid etwas über das Lidende zog.
Er stand da, ganz höflich, eine Hand war noch an der Tür hinter ihm, die andere hielt den grauen Hut und schlug damit leicht gegen seinen Oberschenkel. Er sah hart aus, aber es war nicht die Härte des schweren Jungen. Eher die Härte des wetterfesten Herrenreiters. Aber er war kein Herrenreiter. Er war Eddie Mars.
Er machte die Tür hinter sich zu und steckte diese eine Hand in die aufgesteppte Tasche seiner Jacke, nur der Daumen blieb draußen und glänzte im Dämmerlicht des Raums. Er lächelte

Carmen zu. Er hatte ein nettes, gefälliges Lächeln. Sie leckte sich die Lippen und starrte ihn an. Die Furcht wich aus ihrem Gesicht. Sie lächelte zurück.

»Entschuldigen Sie, daß ich so unerwartet eindringe«, sagte er. »Mein Klingeln scheint niemand gehört zu haben. Ist Mr. Geiger da?«

Ich sagte: »Nein. Wir wissen auch nicht, wo er ist. Wir haben die Tür angelehnt gefunden. Wir sind einfach eingetreten.«

Er nickte und berührte sein langes Kinn mit dem Rand seines Huts. »Sie sind sicher Freunde von ihm?«

»Nur geschäftliche Bekannte. Wir sind wegen eines Buchs vorbeigekommen.«

»Wegen eines Buches, hm?« Er sagte das schnell und munter und, wie ich meinte, auch ein wenig schlau, als ob er über Geigers Bücher Bescheid wüßte. Dann sah er wieder auf Carmen und zuckte die Achseln.

Ich ging auf die Tür zu. »Wir wollen mal weiterziehen«, sagte ich. Ich nahm ihren Arm. Sie starrte Eddie Mars an. Er gefiel ihr.

»Soll ich etwas ausrichten – wenn Geiger zurückkommt?« fragte Eddie Mars sanft.

»Wir wollen Ihnen keine Mühe machen.«

»Das ist aber schade«, sagte er allzu bedeutungsvoll. Seine grauen Augen blinzelten und wurden hart, als ich an ihm vorbei zur Tür ging. Er fügte lässig hinzu: »Das Mädchen kann in den Wind schießen. Mit Ihnen möchte ich mich noch etwas unterhalten, Sportsfreund.«

Ich ließ ihren Arm los. Ich sah ihn erstaunt an. »Kleiner Witzbold«, sagte er auf seine nette Art. »Geben Sie sich keine Mühe. Ich habe zwei Jungs draußen im Wagen, die immer genau das tun, was ich ihnen sage.«

Neben mir rührte sich Carmen und schoß zur Tür hinaus. Rasch verklangen ihre Schritte bergab. Ich hatte ihren Wagen nicht gesehen, also hatte sie ihn wohl unten gelassen.

Ich sagte: »Was, zum Henker . . .!«

»Lassen Sie die Flausen«, seufzte Eddie Mars. »Hier stimmt doch was nicht. Ich werde herauskriegen, was es ist. Wenn Sie sich Blei aus dem Bauch pulen wollen, brauchen Sie mir nur in die Quere zu kommen.«

»Hört, hört«, sagte ich, »ein harter Bursche.«
»Nur wenn nötig, Sportsfreund.« Er sah mich gar nicht mehr an. Er spazierte im Raum umher, mit gerunzelter Stirn, ohne mich weiter zu beachten. Ich blickte aus dem vorderen Fenster, in dem eine Scheibe zerbrochen war. Über der Hecke war das Dach eines Wagens sichtbar. Sein Motor lief leise.
Eddie Mars entdeckte auf dem Schreibtisch die dunkelrote Flasche und die zwei goldgeäderten Gläser. Er schnüffelte an einem der Gläser, dann an der Flasche. Ein angewidertes Lächeln verzog seine Lippen. »Dieser Schweinehund«, sagte er tonlos.
Er sah sich ein paar Bücher an, brummte, ging um den Schreibtisch herum und blieb vor dem kleinen Totempfahl mit dem Kameraauge stehen. Er studierte ihn, senkte den Blick auf den Boden davor. Er verschob den kleinen Teppich mit dem Fuß, dann bückte er sich schnell mit angespanntem Körper. Er ging mit einem grauen Knie zu Boden. Hinter dem Schreibtisch konnte ich ihn nicht ganz sehen. Ich hörte einen scharfen Ausruf, und er kam wieder hoch. Sein Arm fuhr in seine Jacke, und eine schwarze Luger erschien in seiner Hand. Er hielt sie in langen, braunen Fingern, sie war nicht auf mich, sie war auch auf nichts anderes gerichtet.
»Blut«, sagte er. »Da ist Blut auf dem Boden, unter dem Teppich. Eine ganze Menge Blut.«
»Tatsächlich?« fragte ich und guckte interessiert.
Er glitt in den Sessel hinter dem Schreibtisch und hakelte sich das maulbeerfarbene Telefon heran und wechselte die Luger in seine Linke. Er betrachtete das Telefon mit düsterem Stirnrunzeln, zusammengezogenen grauen Brauen und einer tiefen Furche in der wettergegerbten Haut über der Hakennase. »Ich finde, wir lassen mal das Gesetz ran«, sagte er.
Ich ging hinüber und trat gegen den Teppich, der da lag, wo Geiger gelegen hatte. »Es ist altes Blut«, sagte ich. »Getrocknetes Blut.«
»Trotzdem überlassen wir's der Polente.
»Warum auch nicht?« sagte ich.
Seine Augen wurden schmal. Die Tünche war herunter, übrig blieb ein gutgekleidetes, hartgesottenes Bürschchen mit einer Luger. Mein Diskussionsbeitrag gefiel ihm nicht.

»Wer, zum Teufel, sind Sie eigentlich, Sportsfreund?«
»Marlowe ist mein Name. Von Beruf Spürhund.«
»Nie gehört. Wer ist die Kleine?«
»Klientin. Geiger hat ihr mit einer kleinen Erpressung einen Strick drehen wollen. Wir sind hergekommen, um mit ihm zu reden. Er war nicht da. Die Tür stand offen, also kamen wir herein, um zu warten. Oder habe ich Ihnen das schon erzählt?«
»Bequem«, sagte er. »Daß die Tür offen stand. Wo Sie doch keinen Schlüssel hatten.«
»Ja. Wie kommt's eigentlich, daß *Sie* einen Schlüssel haben?«
»Ist das Ihre Sache, Sportsfreund?«
»Ich könnte es zu meiner Sache machen.«
Er lächelte verkniffen und schob den Hut zurück auf sein graues Haar. »Und ich könnte Ihre Sache zu meiner Sache machen.«
»Sie würden sich bedanken. Bei dem bißchen Lohn.«
»Also gut, Holzauge. Mir gehört dieses Haus. Geiger ist mein Mieter. Was sagen Sie nun?«
»Sie kennen so reizende Leute«, sagte ich.
»Ich nehme sie, wie sie kommen. Es kommen solche und solche.« Er schielte auf seine Luger herab, zuckte die Achseln und klemmte sie sich wieder unter die Achsel. »Haben Sie eine gute Idee, Sportsfreund?«
»Jede Menge. Jemand hat Geiger erschossen. Oder Geiger hat jemand erschossen und ist dann getürmt. Oder es waren zwei andere Macker. Oder Geiger war mit einem Kult zugange und hat Blutopfer vor seinem Totempfahl dargebracht. Oder es gab bei ihm Brathähnchen zum Abendessen, und er hat seine Hühner schon immer gern im Salon geschlachtet.«
Der graue Mann war sauer.
»Ich geb's auf«, sagte ich. »Rufen Sie lieber Ihre Freunde in der Stadt.«
»Ich seh's nicht«, sagte er. »Ich begreife das Spielchen nicht, das Sie hier spielen.«
»Also los, rufen Sie die Bullen. Wird das aber ein Fest geben.«
Er dachte darüber nach, ohne sich zu rühren. Seine Lippen spannten sich über seinen Zähnen. »Auch da sehe ich nicht durch«, sagte er verkniffen.
»Vielleicht haben Sie einfach einen schlechten Tag. Ich kenne Sie, Mr. Mars. Der Cypress Club in Las Olindas. Falsche Spiel-

chen für falsche Fuffziger. Mit den Ortsbehörden in Ihrer Tasche und einer gutgeölten Leitung bis nach Los Angeles. Mit anderen Worten: Protektion. So was hat Geiger für seine Masche aber auch gut brauchen können. Vielleicht haben Sie ihm hin und wieder ein bißchen von Ihrer abgegeben, da er doch Ihr Mieter ist.«

Sein Mund wurde eine harte, weiße Grimasse. »Geiger hatte welche Masche?«

»Die Schweinebuchmasche.«

Er starrte mich eine ganze Minute lang an. »Jemand war hinter ihm her«, sagte er sanft. »Sie wissen was darüber. Er hat sich heute im Laden nicht blicken lassen. Sie wissen nicht, wo er ist. Er war hier nicht ans Telefon zu kriegen. Ich bin heraufgekommen, um nach dem Rechten zu sehen. Ich finde Blut auf dem Fußboden, unter einem Teppich. Und Sie und ein Mädchen sind hier.«

»Bißchen schwach«, sagte ich. »Doch vielleicht finden Sie für Ihre Geschichte einen willigen Abnehmer. Eine Kleinigkeit ist Ihnen aber entgangen. Jemand hat heute seine Bücher aus dem Laden schaffen lassen – dieses nette Schrifttum, das er auslieh.«

Er schnippte scharf mit den Fingern und sagte: »Daran hätte ich denken sollen, Sportsfreund. Sie scheinen ganz schön rumzukommen. Wie sehen Sie das Ganze?«

»Ich glaube, Geiger wurde beiseite geschafft. Ich glaube, daß das hier sein Blut ist. Und daß die Bücher weggeschafft worden sind, erklärt auch, warum seine Leiche für eine Weile verschwinden muß. Jemand steigt in sein Geschäft ein und braucht ein bißchen Zeit zum Organisieren.«

»Damit kommen die nicht durch«, sagte Eddie Mars grimmig.

»Wer sagt das? Sie und die zwei Ballermänner draußen in Ihrem Wagen? Wir leben jetzt in einer großen Stadt, Eddie. Ein paar sehr rauhe Mitbürger haben sich in letzter Zeit hier niedergelassen. Der Fluch des Wachstums.«

»Sie reden verdammt zu viel«, sagte Eddie Mars. Er entblößte seine Zähne und pfiff zweimal scharf. Draußen knallte eine Wagentür zu, und rennende Schritte kamen durch die Hecke. Mars schnappte wieder die Luger heraus und richtete sie auf meine Brust. »Machen Sie die Tür auf.«

Am Griff wurde gerüttelt, und jemand rief. Ich rührte mich

nicht. Die Mündung der Luger sah aus wie das Tunnelende von Second Street, aber ich rührte mich nicht. Nicht kugelfest zu sein, das war ein Gedanke, an den ich mich erst gewöhnen mußte.

»Machen Sie selbst auf, Eddie. Wer, zum Teufel, sind Sie, daß Sie sich einbilden, mir Befehle geben zu können? Seien Sie nett, dann helfe ich Ihnen vielleicht.«

Er kam steif auf die Füße und ging um den Schreibtisch herum und zur Tür hinüber. Er öffnete sie, ohne mich aus den Augen zu lassen. Zwei Männer stolperten ins Zimmer, sie fummelten emsig unter ihren Achseln. Der eine war offensichtlich Boxer, ein gutaussehender, blasser Junge mit einer kaputten Nase und einem Ohr wie ein Beefsteak. Der andere Mann war schlank, blond, behämmert, er hatte engstehende Augen ohne Farbe drin.

Eddie Mars sagte: »Seht nach, ob dieser Vogel ein Eisen bei sich hat.«

Der Blonde zog einen kurzläufigen Revolver heraus und hielt ihn im Anschlag. Der Boxer kam plattfüßig an meine Seite und befühlte sorgsam meine Taschen.

»Keine Waffe«, sagte er mit schnarrender Stimme.

»Sieh nach, wer er ist.«

Der Boxer fuhr mit einer Hand in meine Brusttasche und zog meine Brieftasche heraus. Er klappte sie auf und studierte den Inhalt. »Heißt Philip Marlowe, Eddie. Wohnt in Hobert Arms in der Franklin. Privatlizenz, Sheriffstern und so. Ein Polyp.« Er steckte mir die Brieftasche wieder ein, schlug mir leicht ins Gesicht und wandte sich weg.

»Haut ab«, sagte Eddie Mars.

Die beiden Revolverhelden gingen hinaus und schlossen die Tür. Man hörte, wie sie wieder in den Wagen stiegen. Sie starteten den Motor und ließen ihn abermals im Leerlauf.

»In Ordnung. Reden Sie«, sagte Eddie Mars. Die Spitzen seiner Augenbrauen bildeten scharfe Winkel auf seiner Stirn.

»Ich bin nicht bereit, groß auszupacken. Geiger umzubringen, nur um sich sein Geschäft untern Nagel zu reißen, das wäre wirklich ein dämlicher Dreh, und ich bin nicht sicher, ob es sich so abgespielt hat, vorausgesetzt, daß er überhaupt tot ist. Aber eines ist mir klar. Wer immer seine Bücher hat, weiß, wo's lang-

geht. Und klar ist mir auch, daß die blonde Dame dort unten im Laden aus irgendeinem Grund ganz entsetzlichen Bammel hat. Und ich habe auch so eine Ahnung, bei wem die Bücher sind.«
»Bei wem?«
»Das genau ist es, worüber ich nicht bereit bin auszupacken. Ich habe einen Klienten, wissen Sie.«
Er zog seine Nase in Falten. »Das ...« Er brach schnell ab.
»Ich dachte mir schon, daß Sie das Mädchen kennen«, sagte ich.
»Wer hat die Bücher, Sportsfreund?«
»Ich sage nichts, Eddie. Warum sollte ich?«
Er legte die Luger auf den Schreibtisch und schlug mit der offenen Handfläche darauf. »Darum«, sagte er. »Und ich könnte auch für Sie dabei was rausspringen lassen.«
»Das ist der wahre Sportsgeist. Lassen Sie die Kanone aus dem Spiel. Den Klang des Geldes höre ich allemal. Wieviel wollen Sie denn springen lassen?«
»Was wollen Sie dafür tun?«
»Was wollen Sie, daß ich dafür tun soll?«
Er haute hart auf die Tischplatte. »Hören Sie, Sportsfreund. Ich frage Sie etwas, und Sie fragen zurück. So kommen wir nicht weiter. Ich will wissen, wo Geiger ist, aus ganz persönlichen Gründen. Mir hat sein Gewerbe nicht gefallen, und ich habe ihn nicht protegiert. Zufälligerweise gehört mir dieses Haus. Nicht, daß ich im Augenblick besonders scharf drauf wäre. Ich glaube gern, daß alles, was Sie von der ganzen Geschichte wissen, bei Ihnen unter Glas ist, denn sonst würden sich die Petermänner schon hordenweise in dieser Bruchbude hier die Füße platt treten. Sie haben überhaupt nichts zu verkaufen. Wenn ich es richtig sehe, brauchen Sie selbst ein bißchen Protektion. Also husten Sie's schon raus.«
Er sah es ziemlich richtig, aber das brauchte er ja nicht zu wissen. Ich zündete eine Zigarette an und blies das Streichholz aus und schnippte es in Richtung Glasauge des Totempfahls. »Sie haben recht«, sagte ich. »Wenn mit Geiger wirklich was passiert ist, muß ich alles, was ich habe, der Polizei übergeben. Damit wäre es publik, und ich hätte nichts mehr zu verkaufen. Also lasse ich's mit Ihrer Erlaubnis erst mal laufen, wie's läuft.«
Sein Gesicht wurde unter der Sonnenbräune ganz weiß. Einen

Augenblick lang sah er richtig fies, verwegen und biestig aus. Er machte eine Bewegung zur Luger hin. Ich fügte lässig hinzu: »Wie geht's übrigens Mrs. Mars?«
Einen Augenblick lang dachte ich, ich hätte es ein wenig zu weit getrieben. Seine Hand zuckte fahrig nach der Waffe. Sein Gesicht war von harten Muskeln gespannt. »Hauen Sie ab«, sagte er recht sanft. »Es ist mir scheißegal, wohin Sie gehen und was Sie dort machen. Nehmen Sie nur einen guten Rat mit auf den Weg, Sportsfreund. Lassen Sie mich aus Ihren Plänen raus, oder Sie wünschten, Sie hießen Murphy und wohnten in Limerick.«
»Na, das wäre dann ja gar nicht so weit von Clonmel«, sagte ich. »Ich höre, Sie haben einen Kumpel, der von dort stammt.«
Er lehnte sich über den Schreibtisch, unbeweglich, mit eisigen Augen. Ich ging zur Tür und öffnete sie und sah zu ihm zurück. Seine Augen waren mir gefolgt, aber sein schlanker, grauer Körper hatte sich nicht bewegt. Haß war in seinen Augen. Ich ging hinaus und durch die Hecke und den Berg hinauf zu meinem Wagen und stieg ein. Ich wendete und fuhr über den Kamm. Niemand schoß auf mich. Ein Stückchen weiter hielt ich an und stellte den Motor ab und wartete ein paar Augenblicke. Es folgte mir auch niemand. Ich fuhr zurück nach Hollywood.

14

Es war zehn Minuten vor fünf, als ich beim Haupteingang des Apartmenthauses in Randall Place hielt. Ein paar Fenster waren erleuchtet, und Radios plärrten durch die Dämmerung. Ich fuhr im automatischen Lift hinauf zum vierten Stock und ging durch einen breiten Korridor mit grünem Teppich und elfenbeinfarbener Täfelung. Durch den Gang wehte eine kühle Brise von der offenen Tür zur Feuerleiter her.
Neben der Tür mit der Aufschrift »405« war ein kleiner elfenbeinerner Klingelknopf. Ich drückte darauf und mußte, wie mir schien, lange warten. Dann öffnete sich die Tür geräuschlos einen Spalt breit. Es war etwas Lässig-Listiges in der Art, wie sie geöffnet wurde. Der Mann war langbeinig, langleibig, hochschultrig und hatte dunkelbraune Augen in einem braunen,

ausdruckslosen Gesicht, das sein Mienenspiel schon seit langem zu beherrschen gelernt hatte. Haar wie Stahlwolle wuchs weit hinten auf seinem Kopf und verschaffte ihm eine ganze Masse brauner Stirnwölbung, die auf den ersten Blick als ein Wohnsitz für Grips erscheinen konnte. Seine düsteren Augen prüften mich gleichgültig. Seine langen, dünnen, braunen Finger hielten die Tür fest. Er sagte nichts.

Ich sagte: »Geiger?«

Soweit ich sehen konnte, änderte sich nichts im Gesicht des Mannes. Er holte eine Zigarette hinter der Tür hervor und klemmte sie sich zwischen die Lippen und nahm einen kleinen Zug. Der Rauch kam mir als träges, verächtliches Wölkchen entgegen, und hinterher kamen Worte in einer kühlen, gelassenen Stimme, die nicht mehr Modulation hatte als die Stimme eines Bankhalters.

»Was sagten Sie?«

»Geiger. Arthur Gwynn Geiger. Der Kerl, der die Bücher hat.«

Der Mann überdachte das ohne Hast. Er sah hinunter auf das Ende seiner Zigarette. Seine andere Hand, die, mit der er die Tür aufgehalten hatte, ging außer Sicht. Seine Schulter sah aus, als ob seine verborgene Hand Bewegungen machte.

»Kenne keinen dieses Namens«, sagte er. »Soll er hier wohnen?«

Ich lächelte. Er mochte das Lächeln nicht. Seine Augen wurden fies.

Ich sagte: »Sie sind Joe Brody?«

Das braune Gesicht wurde hart. »Na und? Is' was, Bruder – oder was soll der Quatsch?«

»Also Sie sind Joe Brody«, sagte ich. »Und Sie kennen keinen, der Geiger heißt. Das ist aber komisch.«

»Ach ja? Kann sein, daß Sie einen komischen Sinn für Humor haben. Gehen Sie damit woanders hausieren.«

Ich lehnte mich gegen die Tür und schenkte ihm ein verträumtes Lächeln. »Sie haben die Bücher, Joe. Ich habe die Liste mit der Kundschaft. Wir sollten die Sache mal durchsprechen.«

Er wandte die Augen nicht von meinem Gesicht. Im Raum hinter ihm war ein schwaches Geräusch, als ob ein metallener Gardinenring leicht gegen eine Metallstange klirrte. Er blickte seitwärts in den Raum. Er machte die Tür weiter auf.

»Warum nicht – wenn Sie meinen, daß Sie was zu bieten haben«, sagte er kühl. Er trat beiseite. Ich ging an ihm vorbei in die Wohnung.

Es war ein freundlicher Raum mit guten Möbeln und nicht zu vielen. In der hinteren Wand gingen große Fenster auf eine steinerne Veranda und blickten in die Dämmerung der Vorberge. Nahe den Fenstern eine geschlossene Tür in der Westwand und nahe der Eingangstür eine weitere Tür in derselben Wand. Davor hing ein Plüschvorhang an einer dünnen Messingstange unter dem oberen Türbalken.

Blieb noch die Ostwand, in der keine Türen waren. Ein Diwan war in der Mitte darangerückt, also setzte ich mich auf den Diwan. Brody schloß die Tür und bewegte sich nach Krabbenart zu einem großen Eichenschreibtisch, der mit viereckigen Nägeln beschlagen war. Eine Zedernholzschachtel mit vergoldeten Scharnieren stand auf der herausgezogenen Platte des Schreibtisches. Er trug das Kästchen zu einem Sessel auf halbem Weg zwischen den beiden anderen Türen und setzte sich. Ich legte meinen Hut auf den Diwan und wartete.

»Nun, ich höre«, sagte Brody. Er öffnete die Zigarrenkiste und ließ seine Zigarettenkippe in eine Schale neben sich fallen. Er steckte sich eine lange, dünne Zigarre in den Mund. »Zigarre?« Er warf mir eine herüber.

Ich griff danach. Brody nahm einen Revolver aus der Zigarrenkiste und zielte auf meine Nase. Ich sah mir den Revolver an. Es war ein schwarzer .38er, Polizeimodell. Ich hatte gegen ihn im Augenblick kein Argument zur Hand.

»Gut, was?« sagte Brody. »Stehn Sie doch mal'n Moment auf. Und jetzt so an die zwei Schritt vorwärts. Sie dürfen dabei auch ein bißchen nach Luft grapschen.« Seine Stimme war die gut einstudierte, lässige Stimme des harten Burschen aus dem Kino. Das Kino hat sie alle gleich gemacht.

»Ts, ts«, sagte ich und rührte mich kein bißchen. »So viele Kanonen in der Stadt und so wenig Gehirn. Sie sind in den letzten Stunden schon der zweite, der mir über den Weg läuft und sich einbildet, er hielte die Welt beim Schwanz, nur weil er eine Wumme in der Hand hat. Seien Sie kein Dummkopf und tun Sie sie weg, Joe.«

Er schob die Augenbrauen zusammen und schubste mir sein Kinn entgegen. Er guckte gemein.

»Der andere Knabe hieß Eddie Mars«, sagte ich. »Schon von ihm gehört?«

»Nein.« Brody hielt mir weiter seine Waffe entgegen.

»Wenn es dem je dämmert, wo Sie letzte Nacht im Regen waren, dann kassiert er Sie wie ein Kassierer Ihr Bargeld.«

»Was wäre ich schon für Eddie Mars wert?« fragte Brody kalt. Aber er ließ die Waffe auf sein Knie sinken.

»Nicht mal eine Erinnerung«, sagte ich.

Wir starrten uns an. Ich blickte nicht hin auf den spitzen, schwarzen Slipper, der unter dem Plüschvorhang vor der Tür zu meiner Linken hervorsah.

Brody sagte ruhig: »Verstehn Sie mich nicht falsch. Ich bin kein ausgekochter Junge – nur vorsichtig. Ich weiß nicht den kleinsten Piep über Sie. Genausogut können Sie ein Totmacher sein.«

»Sie sind aber nicht vorsichtig genug«, sagte ich. »Diese Masche mit Geigers Büchern war behämmert.«

Er holte langsam tief Atem und ließ ihn vorsichtig wieder raus. Dann lehnte er sich zurück und schlug seine langen Beine übereinander und hielt den Colt auf seinem Knie.

»Glauben Sie bloß nicht, ich würde diese Spritze nicht benutzen, wenn's drauf ankommt«, sagte er. »Was haben Sie zu erzählen?«

»Lassen Sie Ihre Freundin mit den spitzen Slippers reinkommen. Sie ist schon ganz müde vom Luftanhalten.«

Brody rief, ohne die Augen von meinem Bauch abzuwenden: »Komm schon rein, Agnes.«

Der Vorhang schwang beiseite, und die grünäugige, hüftenschwenkende Aschblonde aus Geigers Laden trat zu uns ins Zimmer. Sie sah mich mit einem richtigen Mordshaß an. Ihre Nasenlöcher waren ganz klein, und ihre Augen waren um einige Schatten dunkler. Sie sah sehr unglücklich aus.

»Ich hab's gleich gewußt, daß Sie nur verdammten Ärger machen würden«, fuhr sie mich an. »Ich hab Joe gesagt, er soll aufpassen, wo er hintritt.«

»Er sollte lieber aufpassen, nicht wo er hintritt, sondern worein ihm getreten werden könnte«, sagte ich.

»Das soll wohl komisch sein«, sagte die Blonde.

»Das ist es mal gewesen«, sagte ich. »Aber jetzt bestimmt nicht mehr.«

»Sparen Sie sich Ihre Gags«, riet mir Brody. »Joe paßt mächtig auf, wohin er tritt. Mach ein bißchen Licht, damit ich sehe, wohin ich ballere, wenn ich den Knilch umpusten muß.«

Die Blonde knipste Licht in einer großen, eckigen Stehlampe an. Sie sank in einen Sessel neben der Lampe und blieb steif sitzen, als ob ihr der Hüfthalter zu eng wäre. Ich steckte mir meine Zigarre in den Mund und biß die Spitze ab. Brodys Colt zeigte lebhaftes Interesse an mir, während ich die Streichhölzer herausholte und die Zigarre anzündete. Ich genoß den Rauch und sagte:

»Die Idiotenliste, von der ich sprach, ist chiffriert. Ich habe den Code noch nicht geknackt, aber es sind rund fünfhundert Namen. Meines Wissens haben Sie zwölf Kisten Bücher. Das müßten mindestens fünfhundert Bücher sein. Eine ganze Menge mehr dürfte ausgeliehen sein, aber wir wollen vorsichtshalber mal die volle Ausbeute auf fünfhundert festsetzen. Wenn die Kundschaft hübsch rege ist und man auch nur fünfzig Prozent davon aktiviert, dann ergäben das einhundertfünfundzwanzigtausend Leihgelder. Ihre Freundin wird Ihnen Genaueres sagen können. Ich schätze nur. Man kann die durchschnittliche Leihgebühr ruhig ganz niedrig ansetzen, weniger als einen Dollar wird sie kaum betragen. So eine Ware kostet ihr Geld. Bei einem Dollar Leihgebühr kassieren Sie hundertfünfundzwanzig Riesen und haben immer noch Ihr Kapital. Ich meine natürlich Geigers Kapital. Um diesen Preis kann man schon jemand aufs Korn nehmen.«

Die Blonde sagte: »Sie sind ja irre, Sie gottverdammter Eierkopf –!«

Brody zeigte ihr von der Seite die Zähne und knurrte: »Reg dich ab, um Himmels willen. Reg dich ab!«

Sie verwandelte sich in ein jämmerliches Knäuel heillosen Elends und unterdrückter Wut. Ihre silbernen Nägel kratzten auf ihren Knien.

»Das ist kein Job für Gammler«, sagte ich fast schon gütig zu Brody. »Da braucht's schon einen abgeschliffenen Arbeiter wie Sie, Joe. Sie müssen Vertrauen erwecken und es auch erhalten können. So Leute, die ihr Geld dafür ausgeben, um sich an alten Sexschwarten zu bedudeln, sind nervös wie alte Damen, die die Toilette nicht finden. Ich persönlich halte Erpressung in so einem Geschäft für einen schweren Fehler. Ich finde, das sollte man lassen und sich an legitimen Verkauf und Verleih halten.«

Brodys dunkelbrauner Blick heftete sich an mein Gesicht. Sein

Colt hatte immer noch Appetit auf meine lebenswichtigen Organe. »Sie sind ein komischer Vogel«, sagte er tonlos. »Wem gehört denn diese reizende Firma?«

»Ihnen gehört sie«, sagte ich. »Fast.«

Die Blonde würgte und umkrampfte ihr Ohr. Brody sagte kein Wort. Er sah mich nur an.

»Was?« keifte die Blonde. »Sie sitzen da und wollen uns erzählen, daß Mr. Geiger so ein Geschäft betrieben hat – direkt mitten auf der Hauptstraße? Sie sind ja nicht dicht!«

Ich schielte höflich zu ihr hinüber. »Klar tu ich das. Jeder weiß, daß es dieses Gewerbe gibt. Dafür hat Hollywood gesorgt. Aber wenn es schon so etwas geben muß, dann hat es jeder praktisch denkende Polyp ganz gern, wenn es wenigstens auf offener Straße betrieben wird. Aus dem gleichen Grund lassen sie ja auch die Puffviertel in Frieden. Sie wissen schon, wie sie was auffliegen lassen, wenn sie wollen.«

»Mein Gott«, sagte die Blonde. »Du läßt diesen Käsekopf hier sitzen und mich beschimpfen, Joe? Wo du eine Kanone in der Hand hast und er nichts als eine Zigarre und seinen Daumen?«

»Mir gefällt's«, sagte Brody. »Der Junge hat gute Einfälle. Halt deine Klappe und paß auf, daß sie zubleibt, oder ich hau sie dir mit dem da zu.« Er fuchtelte auf zunehmend nachlässige Art mit seiner Waffe umher.

Die Blonde schnappte nach Luft und drehte ihr Gesicht zur Wand. Brody sah mich an und sagte verschlagen: »*Wie* soll ich denn zu dieser reizenden Firma gekommen sein?«

»Sie haben Geiger erschossen, um sie zu kriegen. Gestern nacht im Regen. Es war prima Schießwetter. Das Dumme ist nur, daß er nicht allein war, als Sie ihn umbliesen. Entweder Sie haben das nicht bemerkt, was unwahrscheinlich ist, oder Sie hatten plötzlich Bammel und sind verduftet. Aber Sie hatten immerhin den Nerv, die Platte aus der Kamera zu nehmen, und Sie hatten auch den Nerv, später noch mal zurückzukommen und seine Leiche zu verstecken, so daß Sie dann in Ruhe die Bücher abstauben konnten, bevor die Polente merkte, daß sie einen Mordfall zu untersuchen hatte.«

»Jaja«, sagte Brody verächtlich. Der Colt zitterte auf seinem Knie. Sein braunes Gesicht war hart wie eine Holzschnitzerei. »Sie spielen ein riskantes Spiel, Mister. Eigentlich können Sie

verdammtnochmal froh sein, daß ich Geiger *nicht* alle gemacht habe.«
»Sie dürfen sich trotzdem auf einiges gefaßt machen«, sagte ich ihm heiter. »Ihr Strick ist schon gedreht.«
Brodys Stimme klang schrill. »Meinen Sie, Sie könnten's mir anhängen?«
»Klarer Fall.«
»Wieso?«
»Ich kenne jemand, der's genauso erzählen wird. Ich sage Ihnen doch, daß ein Zeuge dabei war. Spielen Sie doch nicht den Simpel, Joe.«
Jetzt explodierte er. »Dieses gottverdammte kleine Luder!« brüllte er. »Das brächte sie fertig, Gottverdammich! Sie brächte's fertig – wie nix!«
Ich lehnte mich zurück und feixte ihn an. »Fein. Ich dachte's mir schon, daß Sie die Nacktfotos haben.«
Er sagte nichts. Die Blonde sagte auch nichts. Ich ließ sie dran kauen. Brodys Gesicht hellte sich langsam wieder auf, in einer Art grämlicher Erleichterung. Er legte seinen Colt auf das Tischchen neben seinem Sessel, hielt aber seine Rechte dicht daneben. Er klopfte die Asche seiner Zigarre auf den Teppich und starrte mich an mit Augen, die nur ein schmaler Schimmer zwischen engen Lidern waren.
»Sie halten mich wohl für doof?« sagte Brody.
»Es geht so, für einen Ganoven. Rücken Sie die Bilder raus.«
»Was für Bilder?«
Ich schüttelte den Kopf. »Falsche Tour, Joe. Die Unschuldsmasche zieht nicht. Entweder Sie waren letzte Nacht dort, oder Sie haben das Nacktfoto von einem, der dort war. Jedenfalls wissen Sie, daß *sie* da war, sonst hätten Sie Mrs. Regan durch Ihre Freundin nicht mit der Polizei gedroht. Um sich das leisten zu können, mußten Sie im Bilde sein, und das konnten Sie nur, wenn Sie entweder gesehen hatten, was passiert war, oder aber das Foto hatten und wußten, wo und wann es aufgenommen wurde. Also seien Sie vernünftig und spucken Sie's aus.«
»Dafür bräuchte ich schon'n bißchen Kies«, sagte Brody. Er wandte etwas den Kopf, um zur grünäugigen Blonden hinzusehen. Jetzt war sie gar nicht so grünäugig und auch nicht besonders blond. Sie war schlapp wie ein abgemurkstes Kaninchen.

»Kein Kies«, sagte ich.

Er sah mich bitterböse an. »Wie sind Sie auf mich verfallen?«

Ich zog meine Brieftasche und zeigte ihm meinen Orden. »Ich war hinter Geiger her – für einen Klienten. Ich war gestern nacht im Regen draußen. Ich hörte die Schüsse. Ich platzte hinein. Ich habe den Mörder nicht gesehen. Aber sonst sah ich alles.«

»Und haben dichtgehalten«, höhnte Brody.

Ich steckte meine Brieftasche weg. »Ja«, bestätigte ich. »Bis jetzt. Kriege ich die Fotos oder nicht?«

»Die Sache mit den Büchern«, sagte Brody. »Das verstehe ich nicht.«

»Ich bin ihnen von Geigers Laden bis hierher gefolgt. Ich habe einen Zeugen.«

»Den Strichjungen?«

»Was für einen Strichjungen?«

Er guckte wieder böse. »Den Jungen, der im Laden arbeitet. Er ist abgehauen, nachdem der Laster weg war. Agnes weiß nicht mal, wo er sich rumtreibt.«

»Das hilft weiter«, sagte ich und grinste ihn an. »Dieser Punkt hat mir'n bißchen Sorgen gemacht. War einer von euch schon mal in Geigers Haus – vor gestern nacht?«

»Nicht mal gestern nacht«, sagte Brody scharf. »Sie behaupten also, ich hätte ihn abgeknallt, was?«

»Mit dem Foto in der Hand könnte ich sie vielleicht überzeugen, daß sie sich getäuscht hat. Es ist ein bißchen gebechert worden.«

Brody seufzte. »Sie haßt mich wie die Pest. Ich hab sie nämlich rausgeschmissen. Sie hat mich bezahlt, klar, aber ich mußt'es trotzdem tun. Sie ist zu irre für'n einfachen Kerl wie mich.« Er räusperte sich. »Wie wär's mit etwas Kies? Ich bin völlig blank. Wir müssen zusehen, wie wir weiterkommen, Agnes und ich.«

»Nicht von meinem Klienten.«

»Hören Sie –«

»Her mit den Bildern, Brody.«

»Ach, zum Teufel«, sagte er. »Ich geb's auf.« Er erhob sich und ließ den Colt in seine Seitentasche gleiten. Seine rechte Hand griff in seinen Rock nach oben. Dort hatte er's, sein Gesicht verzerrte sich vor Ekel, als die Türglocke zu läuten anfing und unaufhörlich weiterläutete.

Das gefiel ihm nicht. Er zog die Unterlippe zwischen die Zähne, und seine Augenbrauen gingen scharf an den Enden nach unten. Sein ganzes Gesicht wurde scharf und füchsig und tückisch.

Die Glocke sang weiter ihr Lied. Auch mir gefiel's nicht. Wenn die Besucher zufällig Eddie Mars und seine Jungens waren, konnten sie mich kalt machen, bloß weil ich hier war. Wenn es die Polizei war, so hatten sie mich am Wickel mit nichts weiter als einem freundlichen Gesicht und vielen guten Worten. Und wenn es ein paar von Brodys Freunden waren – wenn er überhaupt welche hatte –, dann waren die womöglich noch schlimmer als er.

Der Blonden gefiel's ebenfalls nicht. Sie schnellte in die Höhe und schlug mit einer Hand in die Luft. Die Nervenanspannung machte ihr Gesicht alt und häßlich.

Während er mich beobachtete, riß Brody eine kleine Schublade im Schreibtisch auf und holte eine Automatic mit Elfenbeingriff heraus. Er hielt sie der Blonden hin. Sie huschte zu ihm hinüber und nahm sie in eine zitternde Hand.

»Setz dich zu ihm«, sagte Brody. »Nimm ihn aufs Korn, tief unten, und weg von der Tür. Wenn er sich mausig macht, dann tu, was du nicht lassen kannst. Wir sind noch nicht im Eimer, Baby.«

»Oh, Joe«, wimmerte die Blonde. Sie kam auf mich zu und setzte sich neben mich auf den Diwan und nahm meine Beinarterie ins Visier. Der Flackerblick in ihren Augen gefiel mir noch weniger.

Die Türglocke hörte auf zu musizieren, und es folgte ein schnelles, ungeduldiges Pochen auf Holz. Brody steckte seine Hand in die Tasche zu seiner Waffe und ging hinüber zur Tür und öffnete sie mit seiner Linken. Carmen Sternwood drängte ihn zurück in den Raum, indem sie einen kleinen Revolver gegen seine dünnen, braunen Lippen hielt.

Brody wich vor ihr zurück, mit malmendem Mund und panisch entsetztem Gesicht. Carmen schloß die Tür hinter sich und blickte weder mich noch Agnes an. Sie pirschte langsam hinter Brody her, ihre Zunge sah ein wenig zwischen ihren Zähnen hervor. Brody nahm beide Hände aus den Taschen und fuchtelte beschwichtigend mit ihnen herum. Seine Augenbrauen bildeten putzige Kurven und Winkel. Agnes wandte die Waffe von mir weg und schwenkte sie auf Carmen. Ich ließ meine Hand vorschießen und schloß meine Finger fest über ihrer Hand und drückte mit dem Daumen auf die Sicherung. Es war bereits gesichert. Ich ließ es dabei. Es gab ein kurzes stummes Gerangel, dem weder Brody noch Carmen die geringste Beachtung schenkte. Ich hatte die Kanone. Agnes holte tief Atem und zitterte am ganzen Leibe. Carmens Gesicht sah aus wie poliertes Elfenbein, und ihr Atem pfiff. Ihre Stimme sagte tonlos:

»Ich will meine Bilder, Joe.«

Brody schluckte und versuchte zu grinsen. »Klar, Kindchen, klar.« Er sagte das mit einer leisen, flachen Stimme, die mit seiner großen Lippe mir gegenüber so wenig zu tun hatte wie ein Roller mit einem Zehntonner.

Carmen sagte: »Du hast Geiger erschossen. Ich habe dich gesehen. Ich will meine Bilder.« Brody wurde ganz grün.

»He, einen Moment, Carmen«, rief ich.

Blond-Agnes erwachte mit einem Ruck zu neuem Leben. Sie duckte ihren Kopf und grub ihre Zähne in meine rechte Hand. Ich grunzte und schüttelte sie ab.

»Hör zu, Kindchen«, sagte Brody. »Hör einen Moment zu ...«

Die Blonde spuckte mich an und warf sich auf mein Bein und versuchte, da hineinzubeißen. Ich haute ihr mit der Pistole auf den Kopf, nicht sehr hart, und versuchte aufzustehen. Sie rollte an meinen Beinen hinunter und umschlang sie mit ihren Armen. Ich fiel zurück auf den Diwan. Die Blonde war kräftig, aus irrer Liebe oder wahnwitziger Angst oder einer Mischung von beidem, vielleicht war sie überhaupt kräftig.

Brody grapschte nach dem kleinen Revolver, der so dicht vor seinem Gesicht war. Er griff fehl. Die Waffe machte ein scharfes Klopfgeräusch, das nicht sehr laut war. Die Kugel zerbrach Glas in einem der halboffenen Fenster.

Brody stöhnte entsetzlich und fiel auf den Boden und riß Carmens Füße unter ihr weg. Sie purzelte hin, und der kleine Revolver schlitterte weg in eine Ecke. Brody sprang auf die Knie und griff nach seiner Tasche.

Ich schlug Agnes auf den Kopf, diesmal weniger feinfühlig, stieß sie von meinem Fuß und stand auf. Brody ließ seine Augen zu mir wieseln. Ich zeigte ihm die Automatic. Er gab's auf, seine Hand in die Tasche zu kriegen.

»Um Himmels willen«, winselte er. »Sie soll mich nicht umbringen!«

Ich begann zu lachen. Ich konnte mich nicht beherrschen und lachte wie ein Kretin. Blond-Agnes saß auf dem Fußboden, die Hände platt auf dem Teppich, mit weit offenem Mund und einer Strähne metallisch blonden Haars über ihrem rechten Auge. Carmen krabbelte auf Händen und Knien, ihr Atem pfiff immer noch. Das Metall ihres kleinen Revolvers blitzte in der Ecke vor der Wandleiste. Sie kroch beharrlich darauf zu.

Ich winkte Brody mit meinem Anteil am Waffensortiment und sagte: »Stehen Sie auf. Es ist Ihnen nichts passiert.«

Ich machte einen Schritt an dem kriechenden Mädchen vorbei und hob die Waffe auf. Sie sah mich an und begann zu kichern. Ich steckte ihre Waffe ein und gab ihr einen Klaps aufs Hinterteil. »Hoch, Engelchen. Sie sehen ja wie ein Pekinese aus.«

Ich ging zu Brody hinüber und setzte ihm die Automatic aufs Zwerchfell und langte seinen Colt aus seiner Seitentasche. Ich hatte nun alle Waffen, die im Spiel gewesen waren. Ich stopfte sie in meine Taschen und hielt ihm die Hand hin.

»Her damit.«

Er nickte und leckte sich die Lippen, seine Augen waren noch immer verstört. Er holte einen dicken Umschlag aus seiner Brusttasche und gab ihn mir. Im Umschlag befanden sich eine entwickelte Platte und fünf glänzende Kopien.

»Sind das wirklich alle?«

Er nickte noch einmal. Ich steckte den Umschlag in meine eigene Brusttasche und wandte mich ab. Agnes saß wieder auf dem Diwan und glättete ihr Haar. Ihre Augen zerfraßen Carmen mit einem grünen Destillat von Haß. Carmen war ebenfalls auf den Füßen und kam auf mich zu, mit ausgestreckter Hand, noch immer kichernd und pfeifenden Atems. Ein bißchen Spucke rann von ihren Mundwinkeln. Ihre kleinen, weißen Zähne blitzten dicht an ihren Lippen.

»Kann ich sie jetzt haben?« fragte sie mich mit einem schüchternen Lächeln.

»Ich heb sie für Sie auf. Gehen Sie heim.«

»Heim?«

Ich ging zur Tür und sah hinaus. Die kühle Abendluft wehte friedlich durch den Korridor. Keine erregten Nachbarn hingen aus ihren Türen. Eine kleine Pistole war losgegangen und hatte eine Fensterscheibe zerschlagen, aber solche Geräusche bedeuten nicht mehr viel. Ich hielt die Tür auf, nickte Carmen zu. Sie kam mit einem unsicheren Lächeln näher.

»Gehen Sie heim und warten Sie dort auf mich«, sagte ich besänftigend. Sie hielt ihren Daumen hoch. Dann nickte sie und schlüpfte an mir vorüber in den Gang. Sie berührte im Vorbeigehen meine Wange mit ihren Fingern. »Sie passen doch auf Carmen auf, nicht wahr?« sagte sie.

»Wird gemacht.«

»Sie sind Klasse.«

»Was Sie sehen, ist noch gar nichts«, sagte ich. »Ich habe ein tanzendes Bali-Mädchen auf dem rechten Schenkel tätowiert.«

Ihre Augen wurden rund. Sie sagte: »Sie Schlimmer« und drohte mir mit dem Finger. Dann wisperte sie: »Kann ich meinen Revolver haben?«

»Jetzt nicht. Später. Ich bring ihn mit.«

Sie faßte mich plötzlich um den Hals und küßte mich auf den Mund. »Ich mag Sie leiden«, sagte sie. »Carmen mag Sie riesig gern.« Dann lief sie munter wie ein Spatz den Korridor hinunter, winkte mir von der Treppe her zu und rannte die Stufen hinunter und mir aus den Augen.

Ich ging zurück in Brodys Wohnung.

16

Ich ging hinüber zum halboffenen Fenster und sah mir die zerbrochene kleine Scheibe in der oberen Hälfte an. Die Kugel aus Carmens Revolver hatte das Glas wie ein Schlag zerschmettert. Sie hatte kein Loch gemacht. Ein kleines Loch war im Verputz, und ein scharfes Auge mußte es rasch genug finden. Ich zog den Vorhang über die zerbrochene Scheibe und holte Carmens Revolver aus der Tasche. Es war ein Banker's Special, Kaliber .22, Hohlspitzgeschoß. Er hatte einen Perlmuttgriff, und auf einer kleinen, runden Silberplatte im Kolben war eingraviert: »Carmen von Owen«. Sie machte einfach jeden zum Trottel.

Ich steckte den Revolver wieder in die Tasche und setzte mich neben Brody und starrte in seine tristen, braunen Augen. Eine Minute verstrich. Die Blonde renovierte mit Hilfe eines Taschenspiegels ihr Gesicht. Brody fummelte mit einer Zigarette herum und hechelte: »Zufrieden?«

»Soweit schon. Warum haben Sie sich Mrs. Regan gegrapscht und nicht den alten Herrn?«

»Den Alten hatte ich schon mal am Wickel. Vor zirka sechs, sieben Monaten. Ich dachte mir, er würde vielleicht so sauer, daß er zur Polizei liefe.«

»Wie kamen Sie darauf, daß Mrs. Regan ihm nichts erzählen würde?«

Er dachte einigermaßen sorgfältig darüber nach, während er seine Zigarette rauchte und sein Blick auf meinem Gesicht ruhte. Endlich sagte er: »Wie gut kennen Sie sie?«

»Ich habe sie zweimal gesehen. Sie müssen Sie sehr viel besser kennen, wenn Sie es sich leisten können, sie mit so einem Foto unter Druck zu setzen.«

»Sie kommt ganz schön herum. Ich kann mir denken, daß sie ein paar schwache Punkte hat, von denen der Alte nichts wissen darf. Und ich denke mir, daß sie leicht fünf Riesen locker machen kann.«

»Ein bißchen schwach«, sagte ich. »Aber geschenkt. Sie sind pleite, hm?«

»Ich warte schon seit einem Monat drauf, daß mein letzter Cent endlich heckt.«

»Wovon leben Sie eigentlich?«

»Versicherung. Ich habe meinen Schreibtisch in Puss Walgreens Büro, im Fulwider-Haus, Western und Santa Monica.«

»Wenn Sie was machen, dann richtig, wie? Die Bücher, sind sie hier in der Wohnung?«

Er schnappte die Zähne zu und wehrte mit einer braunen Hand ab. Sein Selbstvertrauen kehrte allmählich zurück. »Teufel, nein. Gelagert.«

»Sie haben sie erst hierher bringen lassen, und gleich darauf haben sie die Leute von einem Lagerhaus wieder abgeholt?«

»Klar. Oder sollte ich sie aus Geigers Laden abholen lassen?«

»Sie sind smart«, sagte ich bewundernd. »Haben Sie momentan irgendwas Belastendes in der Bude hier?«

Er sah wieder betrübt aus. Er schüttelte heftig den Kopf.
»Das ist fein«, sagte ich ihm. Ich sah hinüber zu Agnes. Sie war mit ihrem Gesicht fertig und starrte auf die Wand, mit leeren Augen und nur halbem Gehör. Ihr Gesicht zeigte die Schläfrigkeit, wie sie Stress und Schock nach der ersten Reaktion auslösen.
Brody zwinkerte nervös. »Nun?«
»Wie sind Sie an das Foto gekommen?«
Er knurrte. »Hören Sie zu. Sie haben bekommen, was Sie wollten, und zwar ziemlich billig. Sie haben gute, saubere Arbeit geleistet. Also können Sie's jetzt weiter an Ihren Obermotz verhökern. Ich bin sauber. Ich weiß von keinem Foto, stimmt's, Agnes?«
Die Blonde öffnete ihre Augen und sah ihn mit vagem, aber nicht eben ehrerbietigem Grübeln an. »Ein halbsmarter Junge«, sagte sie mit einem müden Schniefer. »Solche Nieten hab ich schon immer gezogen. Niemals einen, der mal richtig rundherum smart ist. Kein einziges Mal.«
Ich feixte sie an. »Habe ich Ihrem Kopf sehr weh getan?«
»Sie sind genau wie jeder andere Mann, den ich kenne.«
Ich sah wieder auf Brody. Er zerquetschte seine Zigarette zwischen den zuckenden Fingern. Seine Hand schien ein bißchen zu zittern. Sein braunes Pokergesicht war noch glatt.
»Wir müssen uns gemeinsam auf eine Geschichte festlegen«, sagte ich. »Zum Beispiel, daß Carmen nicht hier war. Das ist sehr wichtig. Sie ist nicht hier gewesen. Das war nur eine Vision, die Sie hatten.«
»Hu«, höhnte Brody. »Wenn du's sagst, Kumpel, und wenn ...« Er streckte seine Hand aus mit dem Teller nach oben und bog die Finger und rollte den Daumen zart gegen Zeige- und Mittelfinger.
Ich nickte. »Wir werden sehen. Vielleicht fällt eine kleine Spende ab. Mit Riesen dürfen Sie allerdings nicht rechnen. Woher haben Sie also das Bild?«
»Es hat mir einer gegeben.«
»Hmhm. Einer, dem Sie zufällig auf der Straße begegnet sind. Den Sie nicht wiedererkennen würden. Den Sie nie zuvor gesehen haben.«
Brody gähnte. »Es ist ihm aus der Tasche gefallen«, sagte er.

»Hmhm. Haben Sie ein Alibi für letzte Nacht, Pokerface?«
»Klar. Ich war genau hier. Agnes war bei mir. Richtig, Agnes?«
»Sie tun mir allmählich schon wieder leid«, sagte ich.
Seine Augen zuckten weit auf und sein Mund hing schlaff herunter, die Zigarette fiel ihm fast von der Unterlippe.
»Ich denke, Sie sind smart, und dabei sind Sie so gottverdammt dämlich«, sagte ich ihm. »Selbst wenn Sie nicht ins Kämmerchen von Quentin abtanzen, haben Sie bald eine trübsinnig lange, einsame Zeit vor sich.«
Seine Zigarette zuckte und tropfte ihm Asche auf die Weste.
»Wenn man sich so vorstellt, wie smart Sie sind«, sagte ich.
»Schießen Sie in'n Wind«, knurrte er plötzlich. »Verduften Sie. Ich habe genug von Ihrem Stuß. Hauen Sie bloß ab.«
»Okay.« Ich stand auf und ging hinüber zum großen Eichenschreibtisch und nahm seine zwei Kanonen aus meinen Taschen, legte sie eine neben die andere auf die Schreibunterlage, so daß die Läufe genau parallel ausgerichtet waren. Ich griff meinen Hut vorm Diwan vom Boden und ging auf die Tür zu.
Brody rief: »He!«
Ich drehte mich um und wartete. Seine Zigarette schuckelte wie eine Puppe auf einer Sprungfeder. »Doch alles ausgebügelt, oder?« fragte er.
»Aber klar. Das ist ein freies Land hier. Sie dürfen auch in den Knast, wenn Sie's unbedingt wollen. Das heißt, wenn Sie das Bürgerrecht haben. Haben Sie das Bürgerrecht?«
Er starrte mich bloß an und schuckelte mit der Zigarette. Die blonde Agnes wandte langsam den Kopf und starrte mich gleichfalls an.
Ihre Blicke enthielten so ziemlich die gleiche Mischung von Verschlagenheit, Skepsis und ohnmächtiger Wut. Agnes griff mit ihren silbernen Nägeln jäh nach oben und rupfte ein Haar aus ihrem Kopf und zerriß es mit einem bösen Ruck zwischen ihren Fingern.
Brody sagte verkniffen: »Gehen Sie lieber nicht zu den Bullen, Kumpel. Nicht, wenn Sie für die Sternwoods arbeiten. Ich weiß eine Menge über diese Familie. Sie haben Ihre Bilder, und jeder hält die Klappe. Also gehn Sie los, Ihren Kram verhökern.«
»Jetzt machen Sie mal'n Punkt«, sagte ich. »Sie sagen mir, ich soll verschwinden, ich bin schon fast draußen, Sie blöken mir

nach und ich bleibe stehn, und jetzt mach ich mich wieder auf die Socken. Wie hätten Sie's nun gern?«
»Sie haben nichts gegen mich in der Hand«, sagte Brody.
»Nur zwei Morde. Kleine Fische in Ihren Kreisen.«
Er fuhr nicht höher als einen Zoll, aber es sah nach mehr aus. Die weiße Hornhaut wurde rings um die tabakfarbene Iris seiner Augen sichtbar. Die braune Haut seines Gesichts verfärbte sich im Lampenlicht ins Grünliche.
Blond-Agnes stieß einen leise klagenden Tierlaut aus und grub ihren Kopf in ein Kissen am Diwanende. Ich stand da und bewunderte die lange Linie ihrer Schenkel.
Brody befeuchtete langsam seine Lippen und sagte: »Setzen Sie sich hin, Kollege. Vielleicht habe ich doch noch was für Sie. Was soll dieser Quatsch mit den zwei Morden?«
Ich lehnte mich gegen die Tür. »Wo waren Sie gestern abend gegen sieben Uhr dreißig, Joe?«
Sein Mund verzog sich mürrisch, und er starrte auf den Boden. »Ich habe einen Kerl beobachtet, einen Kerl, der sich eine prima Masche aufgetan hat, und ich dachte, er könnte vielleicht einen Partner brauchen. Geiger. Ich habe ihn beobachtet, um zu sehen, was für dicke Beziehungen er hat. Er muß Freunde haben, dachte ich mir, denn sonst könnte er ja nicht so offen vorgehen, wie er's tut. Aber sie kommen nicht zu ihm ins Haus. Nur Damen.«
»Sie haben eben nicht gut genug beobachtet«, sagte ich. »Weiter.«
»Letzte Nacht bin ich auf der Straße unterhalb von Geigers Haus. Es regnet in Strömen, und ich hocke eingeigelt in meinem Coupé und seh keinen Fatz. Vor Geigers Haus steht ein Wagen, und ein anderer Wagen steht ein Stückchen weiter oben. Deshalb bleib ich unten. Da unten parkt aber auch ein großer Buick, und nach einer Weile geh ich mal hinüber und steck die Nase rein. Er ist auf Vivian Regan zugelassen. Da nichts passiert, zieh ich wieder Leine. Das wär's.« Er schwenkte seine Zigarette. Seine Augen krabbelten auf und ab über mein Gesicht.
»Könnte sein«, sagte ich. »'ne Ahnung, wo der Buick jetzt ist?«
»Woher sollte ich?«
»Beim Sheriff in der Garage. Sie haben ihn heute morgen zwölf

Fuß tief aus dem Wasser am Fischpier von Lido hochgeliftet. Es war'n Toter drin. Er hat eins auf die Rübe bekommen, und der Wagen ist mit der Schnauze übers Pierende, und die Handbremse war angezogen.«

Brody atmete schwer. Einer seiner Füße klopfte unruhig auf den Boden. »Himmel, Mensch, das können Sie mir doch nicht anhängen«, sagte er heiser.

»Warum nicht? Nach Ihren Worten stand dieser Buick unten hinter Geigers Haus. Mrs. Regan hat ihn aber nicht gefahren. Ihr Chauffeur, ein Junge namens Owen Taylor, hat ihn gefahren. Er ist rübergefahren zu Geiger, um ihn zur Rede zu stellen, weil nämlich Owen Taylor auf Carmen scharf war und es gar nicht mochte, welche Spielchen Geiger mit ihr spielte. Er ist mit einem Brecheisen und einer Kanone hinten rein und hat Geiger dabei erwischt, wie er gerade von einer Carmen ohne was an ein Foto machte. Dabei ging seine Kanone los, wie das die Dinger eben so tun, und Geiger fiel tot um, und Owen rannte weg, aber nicht ohne das Negativ von dem Foto, das Geiger gerade gemacht hatte. Also rannten Sie hinter ihm her und nahmen ihm das Foto weg. Wie sonst wären Sie wohl drangekommen?«

Brody leckte sich die Lippen. »Ah ja«, sagte er. »Aber deshalb lege ich ihn doch nicht um. Klar, ich habe die Schüsse gehört und diesen Mörder gesehen, wie er die Hintertreppe runterwetzt und rein in den Buick, und ab geht die Post. Ich hinter ihm her. Er fährt den Canyon runter und dann nach Westen auf den Sunset. Hinter Beverly Hills kommt er von der Piste ab und muß anhalten, und ich tauche auf und spiel den Bullen. Er hat eine Kanone, aber schlechte Nerven, und ich brat ihm eins über. Dann sehe ich seine Sachen durch und entdecke, wer er ist, und klemme mir die Kassette, nur so aus purer Neugier. Ich überlege noch, worum's hier eigentlich geht und schwitze mir den Kragen naß, als er urplötzlich zu sich kommt und mich aus dem Wagen schubst. Sobald ich wieder beieinander bin, ist er schon außer Sicht. Das war das Letzte, was ich von ihm gesehen habe.«

»Woher wußten Sie, daß es Geiger war, den er erschossen hat?« fragte ich barsch.

Brody zuckte die Achseln. »Ich nehme es an, aber ich kann mich auch irren. Nachdem ich die Platte entwickelt hatte und sah, was drauf war, war ich mir so ziemlich sicher. Und als Geiger

heute morgen nicht in seinen Laden kam und auch nicht ans Telefon ging, war ich mir ganz sicher. Also dachte ich mir, das wäre 'ne gute Gelegenheit, seine Bücher fortzuschaffen und bei den Sternwoods ganz auf die Schnelle ein bißchen Reisegeld abzuheben und für 'ne Weile unterzutauchen.«
Ich nickte. »Das klingt einleuchtend. Vielleicht haben Sie wirklich keinen ermordet. Wo haben Sie Geigers Leiche versteckt?«
Er zog seine Augenbrauen in die Höhe. Dann grinste er. »Nix, nix. Nichts zu wollen. Glauben Sie etwa, ich wäre dorthin zurück und hätte ihn mir auf den Hals geladen, wo doch jeden Moment etliche Wagenladungen voll Polente mit Karacho um die Ecke hätten kommen können? Nix.«
»Jemand hat die Leiche versteckt«, sagte ich.
Brody zuckte die Achseln. Das Grinsen blieb auf seinem Gesicht. Er glaubte mir nicht. Während er mir immer noch nicht glaubte, fing die Türglocke wieder an zu läuten. Brody stand abrupt auf, seine Augen wurden hart. Er sah hinüber zu seinen Waffen auf dem Schreibtisch.
»Die ist ja schon wieder da«, knurrte er.
»Wenn sie's ist, so ohne ihre Kanone«, tröstete ich ihn. »Haben Sie keine Freundinnen weiter?«
»Höchstens eine«, brummte er. »Ich hab genug von diesem Miezekätzchenspiel.« Er marschierte zum Schreibtisch und nahm den Colt. Er hielt ihn an seiner Seite nach unten und ging zur Tür. Er legte seine Linke auf den Knopf und drehte ihn und öffnete die Tür einen Spaltbreit und lehnte sich in die Öffnung, den Revolver dicht am Oberschenkel.
Eine Stimme sagte: »Brody?«
Brody sagte etwas, das ich nicht hören konnte. Die zwei schnellen Erwiderungen klangen dumpf. Die Waffe mußte fest an Brodys Körper gepreßt worden sein. Er kippte nach vorn gegen die Tür, und das Gewicht seines Körpers haute sie mit einem Knall zu. Er glitt am Holz hinunter. Seine Füße schoben den Teppich hinter ihm weg. Seine linke Hand fiel vom Türknopf, und der Arm schlug mit einem Bums zu Boden. Sein Kopf war gegen die Tür gepreßt. Er regte sich nicht. Der Colt hing in seiner Rechten.
Ich sprang durchs Zimmer und rollte ihn weit genug weg, daß ich die Tür etwas öffnen und mich durchzwängen konnte. Eine

Frau linste aus einer schräg gegenüberliegenden Tür. Ihr Gesicht war voller Panik, und sie wies mit einer klauenartigen Hand den Korridor hinab.
Ich hetzte den Gang hinunter und hörte Schritte, die die Fliesenstufen hinabpolterten, und lief hinter ihnen her. In der Halle unten ging die Haustür sanft zu, und rennende Füße klapperten draußen auf dem Pflaster. Ich schaffte die Tür, bevor sie einschnappte, riß sie wieder auf und schoß hinaus.
Eine große, hutlose Gestalt in einer Lederweste rannte quer über die Straße zwischen die geparkten Wagen. Die Gestalt drehte sich um und spritzte Flammen. Zwei schwere Hämmer schlugen in den Mauerputz neben mir. Die Gestalt rannte weiter, schlüpfte zwischen zwei Wagen, verschwand.
Ein Mann tauchte neben mir auf und fragte: »Was is' los?«
»Kleine Schießerei«, sagte ich.
»Himmel!« Er verdrückte sich ins Apartmenthaus.
Ich ging schnell den Bürgersteig hinunter zu meinem Wagen und stieg ein und startete. Ich steuerte ihn aus der Lücke und fuhr hügelab, nicht schnell. Kein anderer Wagen fuhr auf der anderen Straßenseite an. Ich meinte Schritte zu hören, war aber nicht sicher. Ich fuhr anderthalb Block bergan, wendete an der Kreuzung und ging in den Rückwärtsgang. Ein gedämpftes Pfeifen drang mir vom Bürgersteig schwach entgegen. Dann Schritte. Ich hielt neben der Parkreihe und huschte zwischen zwei Wagen und ging tief in die Hocke. Ich holte Carmens kleinen Revolver aus der Tasche. Der Klang der Schritte wurde lauter, und das Pfeifen ging munter weiter. Einen Moment später tauchte die Weste auf. Ich trat zwischen den beiden Wagen heraus und sagte: »Haste mal Feuer, Freund?«
Der Junge fuhr zu mir herum, und seine Rechte fuhr nach oben, um unter die Weste zu greifen. Seine Augen schimmerten feucht im Glanz der runden Straßenlampen. Feuchte, dunkle Augen in Form von Mandeln und ein blasses hübsches Gesicht mit welligem, schwarzem Haar, das in zwei Spitzen tief in die Stirn gewachsen war. Ein sehr hübscher Junge, tatsächlich, dieser Junge aus Geigers Laden.
Er stand da und sah mich schweigend an, seine Rechte dicht an der Weste, aber noch nicht drin. Der kleine Revolver an meiner Seite zeigte nach unten.

»Diese Tunte muß dir ja sehr am Herzen gelegen haben«, sagte ich.
»Leck mich ...«, sagte der Junge sanft und stand reglos zwischen den geparkten Wagen und der fünf Fuß hohen Mauer an der Innenkante des Bürgersteigs.
Eine Sirene greinte von fern und näherte sich den langen Berg herauf. Der Kopf des Jungen zuckte herum, ihrem Geräusch entgegen. Ich trat dicht an ihn heran und drückte meine Kanone in seine Weste.
»Ich oder die Bullen?« fragte ich ihn.
Sein Kopf rollte etwas zur Seite, als ob ich ihm ins Gesicht geschlagen hätte. »Wer sind Sie?« sagte er.
»Freund von Geiger.«
»Lassen Sie mich los, Sie Dreckskerl.«
»Das hier ist ein kleiner Revolver, Jungchen. Ich kann dir damit 'ne Ladung durch den Bauchnabel verpassen, daß du drei Monate brauchst, um wieder auf die Beine zu kommen. Aber auf die Beine kommst du wieder. Damit du oben in Quentin in die hübsche neue Gaskammer spazieren kannst.«
Er sagte: »Leck mich ...« Seine Hand fuhr in die Weste. Ich drückte stärker gegen seinen Bauch. Er gab einen langen, sanften Seufzer von sich, nahm seine Hand von der Weste und ließ sie schlaff herunterfallen. Seine breiten Schultern sackten ein. »Was woll'n Sie?« flüsterte er.
Ich langte in seine Weste und zog die Automatic heraus. »Steig in meinen Wagen, Jungchen.«
Er schritt an mir vorbei und ich dicht hinter ihm her. Er stieg in den Wagen.
»Ans Steuer, Jungchen. Du fährst.«
Er rutschte hinters Steuer, und ich setzte mich neben ihn. Ich sagte: »Laß den Peterwagen erst mal den Berg hinauf. Die denken sicher, wir sind an die Seite gefahren, als wir die Sirene hörten. Dann wendest du bergab, und wir fahren heim.«
Ich steckte Carmens Revolver weg und lehnte die Automatic gegen die Rippen des Jungen. Ich sah rückwärts durchs Fenster. Das Sirenengeheul war jetzt sehr laut. Zwei rote Lichter schwollen an in der Mitte der Straße. Sie wurden größer und verschmolzen in eins, und der Wagen raste in einem wilden Schallwirbel vorbei.

»Auf geht's«, sagte ich.
Der Junge wendete und fuhr hügelab.
»Wir fahren nach Hause«, sagte ich. »Nach Laverne Terrace.«
Seine glatten Lippen zuckten. Er bog nach Westen auf die Franklin. »Du bist mir ein schöner Einfaltspinsel. Wie heißt du?«
»Carol Lundgren«, sagte er leblos.
»Du hast den falschen Kerl erschossen, Carol. Joe Brody hat deine Tunte nicht totgemacht.«
Er sagte mir vier Worte und fuhr immer weiter.

17

Ein zur Hälfte geschrumpfter Mond leuchtete durch einen Dunstring zwischen den hohen Ästen der Eukalyptusbäume von Laverne Terrace. Von einem Haus tief unten am Hang her klang laut ein Radio. Der Junge lenkte den Wagen zur Buchsbaumhecke vor Geigers Haus, murkste den Motor ab und saß, starr vor sich hinsehend, mit beiden Händen am Steuer. Durch Geigers Hecke schien kein Licht.
Ich sagte: »Jemand daheim, Sohnemann?«
»Das müßten Sie doch wissen.«
»Woher soll ich das wissen?«
»Leck mich ...«
»So kann man sich leicht falsche Zähne holen.«
Er zeigte mir seine mit verkniffenem Grinsen. Kickte dann die Tür auf und stieg aus. Ich machte mich hinter ihm her. Er stand mit den Fäusten auf den Hüften und sah schweigend über die Hecke zum Haus hin.
»Also los«, sagte ich. »Du hast einen Schlüssel. Laß uns reingehen.«
»Wer sagt, daß ich einen Schlüssel habe?«
»Laß den Quatsch, Sohnemann. Die Tunte hat dir einen gegeben. Du hast ein prima sauberes Herrenzimmer da drin. Er hat dich rausgeschmissen und es abgeschlossen, wenn er Damenbesuch bekam. Er war wie Caesar, für die Frauen ein Mann und für die Männer 'ne Frau. Meinst du, ich kenne mich nicht aus bei Brüdern wie euch beiden?«

Ich hielt noch immer seine Automatic mehr oder weniger auf ihn gerichtet, aber er versuchte trotzdem einen Schwinger. Er traf mich voll aufs Kinn. Ich trat schnell genug zurück, um nicht zu fallen, aber ich hatte doch einen ziemlichen Schlag weg. Es sollte ein harter Schlag sein, doch so ein Bubi hat eben kein Eisen in den Knochen, egal, wie er aussieht.
Ich schmiß dem Jungen die Kanone vor die Füße und sagte: »Vielleicht kannst du die brauchen.«
Er bückte sich danach wie ein geölter Blitz. Es war nichts Langsames in seinen Bewegungen. Ich hieb ihm eine seitlich in den Hals. Er kippte um und grapschte dabei nach der Pistole, ohne sie zu fassen. Ich hob sie wieder auf und warf sie in den Wagen. Der Junge kam auf allen vieren hoch und schielte mit weit aufgerissenen Augen. Er hustete und schüttelte den Kopf.
»Du willst doch gar nicht kämpfen«, sagte ich ihm. »Du verschenkst viel zuviel Gewicht.«
Aber er wollte kämpfen. Er schoß auf mich zu wie ein Flugzeug vom Katapult und faßte mit einem Köpfer nach meinen Knien. Ich trat zur Seite und langte nach seinem Hals und nahm ihn in den Schwitzkasten. Er scharrte wie wild im Dreck und kam gerade genug auf die Füße, um mit seinen Händen dahin zu kommen, wo es weh tat. Ich wälzte ihn rum und hievte ihn etwas höher. Ich griff mit meiner Linken mein rechtes Handgelenk und schob meinen rechten Hüftknochen in ihn rein und hatte für einen Moment unsere Gewichte austariert. Es sah aus, als hingen wir im dunstigen Mondlicht, zwei groteske Geschöpfe, deren Füße auf dem Boden scharrten und deren Atem vor Anstrengung keuchte.
Ich hatte jetzt meinen rechten Unterarm an seiner Gurgel mit der Kraft von beiden Armen drin. Seine Füße begannen wie irr zu kratzen, aber er keuchte nicht mehr. Ich hatte ihn in der Mangel. Sein linker Fuß spreizte sich nach einer Seite ab, das Knie wurde schlaff. Ich behielt ihn noch eine halbe Minute im Griff. Er sackte in meinem Arm zusammen, ein enormes Gewicht, das ich kaum halten konnte. Dann ließ ich los. Er plumpste mir vor die Füße, völlig hinüber. Ich ging zum Wagen und holte mir ein Paar Handschellen aus dem Handschuhfach und drehte ihm die Handgelenke auf den Rücken und schnappte die Eisen zu. Ich hob ihn in den Achselhöhlen hoch und schleifte

ihn mit Mühe hinter die Hecke und außer Sicht zur Straße hin. Ich ging zum Wagen zurück und fuhr ihn hundert Fuß den Berg hinauf und schloß ab.
Er war noch bewußtlos, als ich zurückkam. Ich schloß die Tür auf, zog ihn ins Haus, machte die Tür zu. Jetzt fing er an zu keuchen. Ich knipste eine Lampe an. Seine Augenlider flatterten, und langsam stellte sich sein Blick auf mich ein.
Ich beugte mich nieder, außer Reichweite seiner Knie, und sagte: »Halt still, sonst kriegst du die gleiche Tracht nochmal und besser. Bleib schön still liegen und halt die Luft an. Halt sie an, bis es nicht länger geht, und wenn du dir dann sagst, daß du Luft holen mußt, daß du schon blau im Gesicht bist, daß dir die Augäpfel rausquellen und daß du unbedingt sofort Luft holen mußt, dann stell dir vor, daß du angeschnallt in dem Stuhl in der sauberen kleinen Gaskammer oben in San Quentin sitzt und daß die Luft, die du holst, obwohl du sie doch um Himmelswillen gar nicht holen willst, überhaupt keine Luft, sondern Cyaniddampf ist. Und so was nennt man heutzutage in unserem Staat humane Hinrichtung.«
»Leck mich ...«, sagte er mit einem sanften, wunden Seufzer.
»Du wirst schon noch den Mund aufmachen, Bruder, täusch dich da bloß nicht. Und du wirst nur das sagen, was wir wollen, und kein Wort, das wir nicht wollen.«
»Leck mich ...«
»Sag das nochmal, und ich leg dir ein Kissen unter den Kopf.«
Er verzog den Mund. Ich ließ ihn auf dem Boden liegen mit zusammengekoppelten Handgelenken auf dem Rücken und einer Wange platt auf dem Teppich und einem tierischen Glanz in dem einen sichtbaren Auge. Ich machte eine weitere Lampe an und trat in die Diele hinter dem Wohnzimmer. Geigers Schlafzimmer schien unberührt. Ich öffnete die jetzt nicht verschlossene Tür des Schlafzimmers gegenüber. Ein schwach flackerndes Licht war im Raum und der Duft von Sandelholz. Die Aschenkegel zweier Räucherkerzen standen nebeneinander auf einem kleinen Messingtablett auf der Kommode. Das Licht kam von den zwei hohen schwarzen Kerzen in den Leuchtern. Sie standen auf gradlehnigen Stühlen zu beiden Seiten des Bettes.
Geiger lag auf dem Bett. Die zwei fehlenden Streifen chinesischer Stickerei bildeten ein St.-Andreas-Kreuz auf der Mitte

seines Körpers und verbargen so das blutverschmierte Vorderteil seiner chinesischen Jacke. Unterhalb des Kreuzes lagen steif und gerade seine Beine im schwarzen Pyjama. Seine Füße steckten in den Pantoffeln mit dicken weißen Filzsohlen. Oberhalb des Kreuzes waren seine Arme an den Handgelenken übereinandergeschlagen, und die Hände lagen flach an den Schultern, die Handflächen nach unten, die Finger dicht aneinander und gerade ausgestreckt. Sein Mund war geschlossen, das Charlie-Chan-Bärtchen schien so unwirklich wie ein Toupet. Seine breite Nase war zusammengekniffen und weiß. Seine Augen waren fast geschlossen, aber nicht ganz. Der schwache Glanz seines Glasauges fing das Licht ein und blinkte mir zu.

Ich rührte ihn nicht an. Ich ging nicht sehr nahe an ihn heran. Er mußte kalt sein wie Eis und steif wie ein Brett.

Die schwarzen Kerzen flackerten in der Zugluft der offenen Tür. Tropfen schwarzen Wachses rannen an ihren Seiten herab. Die Luft im Zimmer war ekelhaft und unwirklich. Ich ging hinaus und machte die Tür zu und ging zurück zum Wohnzimmer. Der Junge hatte sich nicht gerührt. Ich stand still und horchte nach Sirenen. Die Frage war nur, wie schnell Agnes plauderte und was sie sagte. Wenn sie etwas über Geiger verlauten ließe, müßte die Polizei jeden Augenblick hier sein. Aber vielleicht redete sie auch stundenlang nicht. Vielleicht hatte sie sich sogar aus dem Staub gemacht.

Ich blickte auf den Jungen hinunter. »Willst du dich aufsetzen, Sohnemann?«

Er schloß die Augen und tat so, als schliefe er gerade ein. Ich ging hinüber zum Schreibtisch und schaufelte mir das maulbeerfarbene Telefon hoch und wählte Bernie Ohls' Büro. Er war da.

»Hier ist Marlowe«, sagte ich. »Haben Ihre Jungens heute morgen einen Revolver bei Owen Taylor gefunden?«

Ich konnte hören, wie er sich räusperte, und dann konnte ich hören, wie er das Staunen aus seiner Stimme herauszuhalten versuchte. »Das fiele wohl unter die Rubrik Geheime Polizeisache«, sagte er.

»Wenn ja, dann waren drei leere Hülsen drin.«

»Woher, zum Henker, wissen Sie das?« fragte Ohls ruhig.

»Kommen Sie rüber nach 7244 Laverne Terrace, beim Laurel Canyon Boulevard. Ich zeig Ihnen, wo die Kugeln sitzen.«

»Nur so, hm?«
»Nur so.«
Ohls sagte: »Gucken Sie aus dem Fenster, damit Sie mich um die Ecke biegen sehen. Ich dachte schon, Sie wollten mir was verbergen.«
»Verbergen ist nicht das richtige Wort«, sagte ich.

18

Ohls stand da und blickte auf den Jungen hinab. Der Junge saß auf der Couch, seitwärts gegen die Wand gelehnt. Ohls blickte ihn stumm an, seine blassen Augenbrauen waren borstig und steif und kräftig wie die Wurzelbürsten, die der Bürstenmacher Fuller immer verkauft.
Er fragte den Jungen: »Gibst du zu, daß du Brody erschossen hast?«
Der Junge sagte mit belegter Stimme seine vier Lieblingswörter.
Ohls seufzte und sah mich an. Ich sagte: »Er muß es gar nicht erst zugeben. Ich habe seine Pistole.«
Ohls sagte: »Ich wünschte zum Heiland, ich bekäme jedesmal einen Dollar, wenn mir das einer sagt. Was ist daran so komisch?«
»Es ist überhaupt nicht komisch«, sagte ich.
»Na, das ist immerhin etwas«, sagte Ohls. Er wandte sich ab. »Ich habe Wilde angerufen. Wir fahren jetzt rüber zu ihm und nehmen diesen Strizzi gleich mit. Er kann mit mir fahren, und Sie folgen mir nach, für den Fall, daß er mir ins Gesicht zu treten versucht.«
»Wie gefällt Ihnen das, was im Schlafzimmer liegt?«
»Gut gefällt's mir«, sagte Ohls. »Ich bin irgendwie froh, daß der kleine Taylor über den Pier gegangen ist. Ich hätte ihm ungern ins Totenhaus verholfen, nur weil er dieses Stinktier weggeputzt hat.«
Ich ging zurück ins kleine Schlafzimmer und blies die schwarzen Kerzen aus und ließ sie blaken. Als ich wieder ins Wohnzimmer trat, hatte Ohls den Jungen auf die Füße gestellt. Der Junge stierte ihn an mit scharfen, schwarzen Augen in einem Gesicht, das so hart und weiß war wie kalter Hammeltalg.

»Gehen wir«, sagte Ohls und nahm ihn bei den Armen, als ekelte er sich, ihn anzurühren. Ich machte die Lampen aus und ging hinter den beiden aus dem Haus. Wir stiegen in unsere Wagen, und ich folgte Ohls' Rücklicht-Paar die langen Hügelwindungen hinab. Ich hoffte, daß dies mein letzter Trip nach Laverne Terrace gewesen war.

Taggart Wilde, der Distriktsanwalt, wohnte Ecke Fourth und Lafayette Park, in einem weißen Fachwerkhaus von der Größe eines Straßenbahndepots mit einem roten Sandsteinportal an der einen Seite und ein paar Morgen sanft welligen Rasens nach vorn. Es war eins jener soliden, altmodischen Häuser, die man schickerweise mit allem Drum und Dran in eine neue Umgebung versetzt hatte, als die Stadt sich nach Westen ausdehnte. Wilde entstammte einer alten Familie aus Los Angeles und war wahrscheinlich in diesem Haus geboren worden, als es noch an der West Adams oder Figueroa oder am St. James's Park stand. Es standen schon zwei Wagen auf der Auffahrt, eine große Privatlimousine und ein Polizeiauto mit uniformiertem Fahrer, der rauchend am hinteren Kotflügel lehnte und den Mond bewunderte. Ohls ging hinüber und sprach mit ihm, und der Fahrer sah hinein zu dem Jungen in Ohls' Wagen.

Wir gingen zum Haus hinauf und klingelten. Ein glatthaariger, blonder Mann öffnete die Tür und führte uns durch die Halle und einen riesigen, tiefer liegenden Wohnraum voll schwerer, dunkler Möbel in eine weitere Halle am anderen Ende. Er klopfte an eine Tür und trat ein, hielt dann die Tür weit auf, und wir gingen in ein getäfeltes Arbeitszimmer mit einer offenen Glastür in der Rückwand und dem Ausblick auf einen dunklen Garten mit geheimnisvollen Bäumen. Ein Duft von feuchter Erde und Blumen drang durchs Fenster herein. An den Wänden hingen große, dunkle Ölbilder, es waren Sessel da und Bücher und der Geruch von guten Zigarren, der sich mit dem der Erde und der Blumen mischte.

Taggart Wilde saß hinter einem Schreibtisch, ein rundlicher Mann mittleren Alters mit klaren, blassen Augen, die einen freundlichen Ausdruck hinkriegten, ohne überhaupt einen Ausdruck zu haben. Er hatte eine Tasse schwarzen Kaffee vor sich stehen und hielt eine dünne, gefleckte Zigarre zwischen den sauberen, behutsamen Fingern seiner linken Hand. Ein zweiter

Mann saß an der Ecke des Schreibtisches in einem blauen Ledersessel, mit kalten Augen und einem Adlergesicht, dürr wie ein Rechen und hart wie ein Leihhaus-Besitzer. Sein gepflegtes, sauberes Gesicht sah aus, als wäre es innerhalb der letzten Stunde rasiert worden. Er trug einen gutgebügelten, braunen Anzug und eine schwarze Perle in seiner Krawatte. Er hatte die langen, nervösen Finger eines Mannes von fixer Denkart. Er sah aus, als sei er klar zum Gefecht. Ohls zog einen Stuhl heran und setzte sich und sagte: »'n Abend, Cronjager. Dies hier ist Phil Marlowe, ein Privatdetektiv im Schlamassel.« Ohls grinste. Cronjager sah mich an, ohne zu nicken. Er betrachtete mich, als ob ich eine Fotografie wäre. Dann nickte sein Kinn ein knappes Stückchen. Wilde sagte: »Setzen Sie sich, Marlowe. Ich will versuchen, Captain Cronjager bei Laune zu halten, aber Sie wissen ja, wie es ist. Wir leben jetzt in einer großen Stadt.«

Ich setzte mich und steckte mir eine Zigarette an. Ohls sah auf Cronjager und fragte: »Was haben Sie über den Randall-Place-Mord rausgekriegt?«

Das Adlergesicht zog an einem seiner Finger, bis der Knöchel knackte. Er sprach ohne aufzusehen. »Ein Steifer mit zwei Kugeln drin. Zwei Kanonen, die nicht abgefeuert wurden. Unten auf der Straße haben wir eine Blondine geschnappt, als sie in einem Wagen loswollte, der ihr nicht gehörte. Ihrer stand gleich daneben, das gleiche Modell. Sie tat so hysterisch, daß die Jungs sie mitgenommen haben. Sie hat ausgespuckt. Sie war dabei, als es diesen Brody erwischt hat. Den Mörder will sie nicht gesehen haben.«

»Is' das alles?« fragte Ohls.

Cronjager zog ein wenig die Augenbrauen hoch. »Ist ja erst vor 'ner Stunde passiert. Was erwarten Sie – 'nen ganzen Film mit dem Mordhergang drauf?«

»Vielleicht eine Beschreibung des Mörders«, sagte Ohls.

»Ein großer Kerl in Lederweste – wenn Sie das eine Beschreibung nennen wollen.«

»Er sitzt draußen in meinem Schlitten«, sagte Ohls. »Mit Handschellen. Marlowe hat ihn für Sie kassiert. Hier ist seine Kanone.« Ohls zog die Automatic des Jungen aus der Tasche und legte sie auf die Ecke von Wildes Schreibtisch. Cronjager betrachtete die Pistole, griff aber nicht danach.

Wilde lachte in sich hinein. Er saß zurückgelehnt und paffte seine gefleckte Zigarre, ohne sie aus dem Mund zu lassen. Er beugte sich vorwärts und nahm ein Schlückchen aus seiner Kaffeetasse. Er zog ein seidenes Taschentuch aus der Brusttasche seiner Smokingjacke und betupfte seine Lippen damit und steckte es wieder ein.

»Da sind noch ein paar Leichen im Spiel«, sagte Ohls und kniff in die weiche Haut an seinem Kinn.

Cronjager wurde sichtlich steif. Seine mürrischen Augen wurden stahlharte Lichter.

Ohls sagte: »Sie haben sicher von dem Wagen gehört, den sie heute morgen am Pier von Lido aus dem Pazifik gefischt haben, mit einem Toten drin.«

Cronjager sagte: »Nein.« Er behielt seine böse Miene.

»Der Tote im Wagen war Chauffeur bei einer reichen Familie«, sagte Ohls. »Die Familie ist wegen der einen Tochter erpreßt worden. Mr. Wilde hat Marlowe der Familie empfohlen, durch mich. Marlowe hat dabei Kopf und Kragen riskiert.«

»So private Schnüffler mag ich besonders, die in Mordfällen Kopf und Kragen riskieren«, sagte Cronjager. »Sie brauchen mir deshalb gar nicht so gottverdammt zimperlich zu kommen.«

»Nö«, sagte Ohls. »So gottverdammt zimperlich brauch ich Ihnen nicht zu kommen damit. Aber ich habe eben nur so gottverdammt selten die Gelegenheit, vor einem Stadtbullen die Zimperliese zu spielen. Meistens muß ich euch nämlich immer sagen, wohin ihr die Füße setzen müßt, wenn ihr euch nicht die Haxen brechen wollt.«

Cronjager wurde um die Flügel seiner scharfen Nase ganz weiß. Sein Atem machte einen sanften Zischer durch den stillen Raum. Er sagte sehr ruhig: »*Meinen* Männern brauchen Sie bestimmt nicht zu sagen, wo sie ihre Füße hinsetzen sollen, Sie Klugschnacker.«

»Das ist noch nicht raus«, sagte Ohls. »Dieser Chauffeur, der, wie gesagt, bei Lido abgesoffen ist, hat letzte Nacht in Ihrem Revier nämlich einen umgelegt. Einen gewissen Geiger, der am Hollywood Boulevard einen Laden mit Schweinebüchern betrieben hat. Geiger hat mit dem Strizzi zusammengelebt, den ich draußen im Wagen sitzen habe. Ich will sagen, er lebte mit ihm zusammen, wenn Sie wissen, was ich meine.«

Cronjager starrte ihn jetzt fest an. »Das hört sich an, als würde da noch eine dreckige Affäre draus«, sagte er.

»Nach meinen Erfahrungen sind das Polizeiaffären meistens«, grummelte Ohls und wandte sich mit seinen borstigen Augenbrauen mir zu. »Sie sind auf Sendung, Marlowe. Lassen Sie ihn was hören.«

Ich ließ ihn was hören.

Ich ließ zwei Dinge aus und wußte im Moment selbst nicht genau, warum ich eins davon ausließ. Ich ließ Carmens Besuch in Brodys Wohnung aus und Eddie Mars' Besuch bei Geiger am Nachmittag. Das übrige erzählte ich so, wie es passiert war.

Cronjager wandte kein einziges Mal seine Augen von meinem Gesicht, und sein eigenes zeigte keinerlei Ausdruck, solange ich sprach. Als ich fertig war, blieb er eine lange Minute vollkommen stumm. Auch Wilde war stumm, während er seinen Kaffee nippte und lässig seine gefleckte Zigarre paffte. Ohls fixierte einen seiner Daumen.

Cronjager lehnte sich langsam in seinen Sessel zurück und kreuzte einen Fuß über sein Knie und rieb den Knöchel mit seiner dünnen, nervösen Hand. Sein hageres Gesicht war finster verzogen. Er sagte mit eisiger Höflichkeit:

»Sie haben demnach nichts weiter getan, als einen Mord nicht gemeldet, der letzte Nacht passiert ist, und sind dann den ganzen Tag herumgefuchst, so daß Geigers Bubi heute abend einen weiteren Mord begehen konnte.«

»Das ist alles«, sagte ich. »Ich war ziemlich im Druck. Wahrscheinlich war's falsch, aber ich wollte meinen Klienten schützen und hatte keinen Grund zur Annahme, daß der Junge Brody umballern würde.«

»Derlei Annahmen sind Sache der Polizei, Marlowe. Wenn Geigers Tod letzte Nacht gemeldet worden wäre, hätten die Bücher nie aus dem Laden in Brodys Wohnung gebracht werden können. Der Junge wäre nicht auf Brody gestoßen und hätte ihn nicht umgelegt. Schön, Brodys Tage waren gezählt. Das sind sie bei der Sorte allemal. Aber ein Leben ist ein Leben.«

»Stimmt«, sagte ich. »Erzählen Sie das ruhig Ihren Bullen, wenn sie das nächstemal einen aufgeschreckten, kleinen Gauner abknallen, während er mit 'nem geklauten Ersatzreifen die Kurve zu kratzen versucht.«

Wilde schlug mit beiden Händen ziemlich heftig auf den Tisch. »Das reicht«, schnauzte er. »Wieso sind Sie eigentlich so sicher, Marlowe, daß dieser kleine Taylor Geiger erschossen hat? Selbst wenn die Waffe, mit der Geiger umgebracht worden ist, bei Taylors Leiche oder sonstwo im Wagen gefunden wurde, ergibt sich daraus immer noch nicht mit Sicherheit, daß er der Mörder war. Die Waffe kann genauso gut unterschoben worden sein – sagen wir von Brody, dem wirklichen Mörder.«

»Das ist physisch möglich«, sagte ich, »aber moralisch nicht. Das wären zu viele der Zufälle und zu viel, was nicht zum Charakter Brodys und dem seines Mädchens und auch nicht zu dem paßt, was er vorhatte. Ich habe mich lange mit Brody unterhalten. Er war eine fiese Type, aber nach einem Mörder sah er mir nicht aus. Er besaß zwei Pistolen, trug aber keine davon. Er hat versucht, in Geigers Geschäftchen einzusteigen, über das er natürlich durch das Mädchen Bescheid wußte. Er meinte, er habe Geiger ab und zu beobachtet, um rauszukriegen, ob da nicht ein paar finstere Hintermänner mitmischten. Ich glaube ihm. Wenn Sie denken, daß er Geiger umgebracht hat, um an seine Bücher zu kommen, und dann mit dem Nacktfoto abgehauen ist, das Geiger eben erst von Carmen Sternwood gemacht hatte, und dann auch noch die Pistole Owen Taylor unterschoben und Taylor bei Lido ins Meer geschubst hat, dann soll mich der Teufel holen, wenn Sie nicht 'ne Menge zuviel denken. Taylor hatte ein Motiv, rasende Eifersucht, und auch die Gelegenheit, Geiger zu töten. Er war ohne Erlaubnis mit einem Wagen von der Familie unterwegs. Er hat Geiger direkt vor den Augen des Mädchens erschossen, was Brody nie getan hätte, selbst wenn er ein Mörder gewesen wäre. Ich wüßte keinen Menschen, der aus purem Geschäftsinteresse an Geiger so etwas getan hätte. Aber Taylor war dazu fähig. Die Sache mit dem Nacktfoto war genau das, was ihn so weit gebracht hat.«

Wilde gluckste und sah aus den Augenwinkeln zu Cronjager hinüber. Cronjager räusperte sich mit einem Grunzer. Wilde fragte: »Was ist mit der Geschichte von der versteckten Leiche? Ich sehe da keinen Sinn drin.«

Ich sagte: »Der Kleine hat's uns nicht erzählt, aber er muß es wohl gewesen sein. Brody wäre nicht ins Haus gegangen, nachdem Geiger erschossen worden war. Der Junge ist sicher heimgekommen, während ich Carmen wegbrachte. So wie er veranlagt ist, hatte er natürlich Angst vor der Polizei, und vermutlich hielt er es für eine gute Idee, die Leiche erst einmal zu verstecken, bis er seine Sachen aus dem Haus geschafft hatte. Nach den Spuren auf dem Teppich zu urteilen, hat er Geiger aus der Haustür gezerrt und höchstwahrscheinlich in die Garage gebracht. Dann hat er seine Siebensachen zusammengelesen und fortgeschafft. Und dann später, irgendwann in der Nacht, bevor die Leiche ganz steif war, hat er Gewissensbisse bekommen und sich gedacht, daß er seinen toten Freund nicht sehr nett behandelt habe. Also ist er zurückgekommen und hat ihn auf dem Bett aufgebahrt. Natürlich sind das nur Vermutungen.«

Wilde nickte. »Und heute morgen geht er dann zum Laden hinunter, als ob nichts vorgefallen wäre, und hält die Augen offen. Und als Brody die Bücher abholen läßt, stellt er fest, wo sie hingehn, und folgert, daß der, der sie hat, seinen Geiger genau aus diesem Grund umgebracht haben muß. Vielleicht hat er sogar mehr über Brody und das Mädchen gewußt, als sie sich träumen ließen. Was meinen Sie, Ohls?«

Ohls sagte: »Das wird sich herausstellen – aber Cronjager wird das auch nicht weiterhelfen. Was ihn wurmt, das ist, daß dies alles schon letzte Nacht passiert ist und er erst jetzt Wind davon bekommt.«

Cronjager sagte säuerlich: »Ich glaube, mit diesem Aspekt werde ich mich auch noch beschäftigen.« Er sah mich scharf an und sah sofort wieder weg.

Wilde schwenkte seine Zigarre und sagte: »Zeigen Sie mal das Beweismaterial, Marlowe.«

Ich leerte meine Taschen und legte meine Ausbeute auf den Tisch: die drei Wechsel und Geigers Karte an General Sternwood, Carmens Fotos und das blaue Notizbuch mit der Liste von Codenamen und -adressen. Geigers Schlüssel hatte ich bereits Ohls gegeben.

Wilde sah sich an, was ich ihm hinlegte, und paffte gemächlich seine Zigarre. Ohls steckte sich eins seiner eigenen Zigärrchen an und blies friedlich Rauch zur Decke hinauf. Cronjager lehnte sich über den Schreibtisch und betrachtete, was ich Wilde gegeben hatte.

Wilde klopfte auf die drei Wechsel mit Carmens Unterschrift

und sagte: »Ich nehme an, das waren nur Versuchsballons. Wenn General Sternwood gezahlt hätte, dann nur aus Furcht vor Schlimmerem. Dann hätte nämlich Geiger die Schrauben erst angezogen. Haben Sie eine Ahnung, wovor er Angst hatte?« Er sah mich an.
Ich schüttelte den Kopf.
»Ist Ihre Geschichte vollständig, mit allen wesentlichen Details?«
»Ich habe ein paar persönliche Dinge ausgelassen. Und sie sollen auch draußen bleiben, Mr. Wilde.«
Cronjager sagte: »Ha!« und grunzte mit Gefühl.
»Warum?« fragte Wilde ruhig.
»Weil mein Klient ein Recht darauf hat, bis zum Schwurgericht hinauf. Ich bin als Privatdetektiv zugelassen. Ich finde, das Wort ›Privat‹ hat eine gewisse Bedeutung. Das Revier Hollywood hat zwei Mordfälle an der Hand, beide sind gelöst. Sie haben die beiden Mörder. Sie haben in beiden Fällen das Motiv und die Mordwaffe. Die Erpressungsgeschichte muß vertuscht werden, soweit es die Namen der Beteiligten betrifft.«
»Warum?« fragte Wilde wieder.
»Das geht schon in Ordnung«, sagte Cronjager trocken. »Wer wird denn so einem genialen Schnüffler die Schau stehlen.«
Ich sagte: »Ich will Ihnen mal was zeigen.« Ich stand auf und ging aus dem Haus zu meinem Wagen und holte das Buch von Geigers Laden heraus. Der uniformierte Polizeifahrer stand neben Ohls' Wagen. Der Junge saß drin, seitwärts in die Ecke zurückgelehnt.
»Hat er was gesagt?« fragte ich.
»Er hat mir was angeboten«, sagte der Polyp und spuckte. »Ich hab's überhört.«
Ich ging zurück ins Haus, legte das Buch auf Wildes Schreibtisch und packte es aus. Cronjager telefonierte gerade am Ende des Schreibtisches. Er legte auf und setzte sich, als ich eintrat.
Wilde durchblätterte das Buch mit hölzernem Gesicht, klappte es zu und schob es Cronjager hin. Cronjager öffnete es, sah sich ein oder zwei Seiten an, machte es schnell wieder zu. Auf seinen Backenknochen erschienen zwei rote Flecke von der Größe eines halben Dollars.
Ich sagte: »Sehen Sie sich mal die gestempelten Daten auf dem Vorsatzblatt an.«

Cronjager machte das Buch wieder auf und sah sie sich an. »Na und?«

»Wenn nötig«, sagte ich, »werde ich unter Eid aussagen, daß dieses Buch aus Geigers Laden stammt. Agnes, die Blondine, wird bezeugen, was für 'ne Art Laden das ist. Es ist ganz offensichtlich für jeden, der Augen hat, daß der Laden nur als Fassade für irgendwas dient. Aber die Hollywooder Polizei hat zugelassen, daß er betrieben wurde. Sie wird ihre Gründe dafür haben. Ich darf wohl annehmen, daß das Schwurgericht gern wissen möchte, was das für Gründe sind.«

Wilde grinste. Er sagte: »Schwurgerichte stellen bisweilen so peinliche Fragen – als könnten sie so endlich herauskriegen, warum nur unsere Städte so und nicht anders verwaltet werden.«

Cronjager erhob sich jäh und setzte seinen Hut auf. »Ich bin hier einer gegen drei«, bellte er. »Ich bin bei der Mordkommission. Wenn dieser Geiger mit unanständiger Literatur zu tun hatte, so ist das nicht mein Bier. Ich bin aber bereit zuzugeben, daß meiner Abteilung wenig dran gelegen ist, daß diese Wäsche in den Zeitungen gewaschen wird. Was wollt ihr Heinis eigentlich von mir?«

Wilde sah Ohls an. Ohls sagte gelassen: »Ich will Ihnen einen Gefangenen überstellen. Gehen wir.«

Er stand auf. Cronjager blickte ihn verbissen an und stelzte aus dem Raum. Ohls ging ihm nach. Die Tür schloß sich hinter ihnen. Wilde trommelte mit den Fingern auf dem Tisch und starrte mich mit seinen klaren, blauen Augen an.

»Sie begreifen ja wohl, wie einem Polizisten bei solcher Schummelei zumute ist«, sagte er. »Sie werden über alles Ihre Aussagen zu Protokoll geben müssen – wenigstens für die Akten. Vielleicht ist es möglich, die beiden Morde voneinander zu trennen und in beiden Fällen den Namen von General Sternwood herauszuhalten. Wissen Sie eigentlich, warum ich Ihnen nicht das Ohr abreiße?«

»Nein. Ich war darauf gefaßt, daß Sie mir beide abreißen.«

»Was bekommen Sie für das Ganze?«

»Fünfundzwanzig Dollar pro Tag plus Spesen.«

»Das wären bis jetzt fünfzig Dollar und ein bißchen Benzin.«

»So ungefähr.«

Er legte den Kopf auf die Seite und rieb den Rücken seines linken kleinen Fingers die untere Kante seines Kinns entlang.

»Und für diesen Betrag wollen Sie sich mit der halben Polizeimacht in diesem Land anlegen?«

»Gefällt mir ja selbst nicht«, sagte ich. »Aber was, zum Teufel, soll ich machen? Ich habe einen Fall übernommen. Ich lebe von dem, was ich zu bieten habe. Zu bieten habe an dem bißchen Mumm und Grips, das Gott der Herr mir gab, und am guten Willen, mich herumschubsen zu lassen, um einen Klienten zu schützen. Es ist schon gegen mein Prinzip, soviel zu erzählen, wie ich heute abend erzählt habe, ohne vorher den General zu fragen. Und was das Vertuschen betrifft, so kenne ich mich in der Polizeipraxis aus, wie Sie wissen. Sowas gibt's in jeder großen Stadt wie Sand am Meer. Die Bullen tun immer sehr großspurig und pathetisch, wenn einer ihnen was verbergen will, aber sie selbst machen die gleichen Mätzchen jeden zweiten Tag, um ihren Freunden einen Gefallen zu tun oder sonst jemandem, der Einfluß hat. Und ich bin noch nicht fertig. Ich arbeite noch an dem Fall. Ich würde das Gleiche nochmal tun, wenn ich müßte.«

»Es sei denn, Cronjager entzieht Ihnen die Lizenz«, grinste Wilde. »Sie haben gesagt, daß Sie ein paar persönliche Dinge für sich behalten. Von welcher Bedeutung?«

»Ich arbeite noch an dem Fall«, sagte ich und blickte ihm gerade in die Augen.

Wilde lächelte mich an. Er hatte das franke, dreiste Lächeln eines Iren. »Ich will Ihnen mal was erzählen, Sohnemann. Mein Vater war ein guter Freund vom alten Sternwood. Ich habe alles getan, soweit es mein Amt zuläßt – und vielleicht noch ein bißchen mehr –, um dem alten Herrn Kummer zu ersparen. Aber auf die Dauer ist das nicht zu machen. Diese beiden Mädchen von ihm geraten noch todsicher in einen Schlamassel, der sich dann nicht mehr verschweigen läßt, besonders die kleine blonde Göre. Sie dürften einfach nicht frei umherlaufen. Diesen Vorwurf kann ich dem alten Herrn nicht ersparen. Vermutlich hat er keine Ahnung, wie es in der heutigen Welt zugeht. Und dann ist da noch etwas, das Sie wissen sollten, solange wir von Mann zu Mann reden und ich Sie nicht anbelfern muß. Ich setze einen Dollar gegen einen kanadischen Nickel, daß der General

Angst hat, sein Schwiegersohn, der Ex-Schnapshändler, sei irgendwie in die Sache verwickelt, und nun hofft, Sie fänden heraus, daß er's nicht ist. Was halten Sie davon?«
»Was ich über Regan gehört habe, klingt mir nicht nach Erpresser. Er hat in einem warmen Nest gesessen und ist doch wieder abgeschwirrt.«
Wilde schniefte. »Wie warm das Nest war, können weder Sie noch ich beurteilen. Wenn er eine gewisse Sorte Mann war, dürfte es nicht so sehr warm gewesen sein. Hat der General Ihnen gesagt, daß er Regan sucht?«
»Er sagte mir, daß er gern wüßte, wo Regan wäre und ob es ihm gut ginge. Er mochte Regan und war gekränkt über die Art, wie er sich davongemacht hat, ohne dem alten Herrn Lebewohl zu sagen.«
Wilde lehnte sich zurück und runzelte die Stirn. »Ich verstehe«, sagte er mit veränderter Stimme. Seine Hand sortierte die Sachen auf dem Schreibtisch, sie legte Geigers blaues Notizbuch beiseite und schob das andere Beweismaterial zu mir herüber. »Das können Sie wieder an sich nehmen«, sagte er. »Ich habe keine weitere Verwendung dafür.«

19

Es war fast elf, als ich meinen Wagen abstellte und um die Ecke zum Vordereingang von Hobart Arms ging. Die Glastür wurde um zehn abgeschlossen, also mußte ich meine Schlüssel rausholen. Drinnen in der kahlen, viereckigen Halle legte ein Mann eine grüne Abendzeitung neben die eingetopfte Palme und schnippte eine Zigarettenkippe in den Kübel, in dem die Palme wuchs. Er stand auf und schwenkte mir seinen Hut entgegen und sagte: »Der Boss will mit Ihnen sprechen. Sie lassen Ihre Freunde aber ganz schön warten, Kumpel.«
Ich stand ruhig da und betrachtete seine plattgeschlagene Nase und seine Beefsteakohren.
»Was will er?«
»Was geht Sie das an? Halten Sie Ihre Nase raus, dann geht alles klar.« Seine Hand machte sich beim oberen Knopfloch seiner offenen Jacke zu schaffen.

»Ich rieche nach Polizei«, sagte ich. »Ich bin zu müde zum Reden, zu müde zum Essen, zu müde zum Denken. Aber wenn Sie glauben, ich sei nicht zu müde, um Befehle von Eddie Mars entgegenzunehmen - holen Sie lieber fix Ihre Töte raus, bevor ich Ihnen Ihr gutes Ohr abschieße.«

»Quatsch. Sie haben ja keine Kanone.« Er fixierte mich. Seine dunklen, borstigen Brauen schoben sich zusammen, und sein Mund machte eine Kurve nach unten.

»Das war einmal«, erzählte ich ihm. »Ich laufe nicht immer nackt umher.«

Er schwenkte seine linke Hand. »In Ordnung. Sie haben gewonnen. Ich habe nicht den Auftrag, jemand umzupusten. Sie werden von ihm hören.«

»Je später, desto lieber«, sagte ich und drehte mich langsam um, als er an mir vorbei zur Tür ging. Er machte sie auf und trat hinaus, ohne zurückzublicken. Ich grinste über meinen eigenen Schwachsinn, ging zum Fahrstuhl und fuhr hinauf zu meiner Wohnung. Ich holte Carmens kleinen Revolver aus der Tasche und lachte ihn an. Dann reinigte ich ihn gründlich, ölte ihn, wickelte ihn in ein Staubtuch und schloß ihn weg. Ich goß mir etwas zu trinken ein und trank eben, als das Telefon klingelte. Ich setzte mich neben den Tisch, auf dem es stand.

»Sie sind aber stark heute abend«, sagte die Stimme von Eddie Mars.

»Groß, schnell, stark und kribbelig. Was kann ich für Sie tun?«

»Die Bullen sind drüben – Sie wissen, wo. Haben Sie mich rausgehalten?«

»Warum sollte ich?«

»Ich bin nett zu den Netten, Sportsfreund. Zu den Nichtnetten bin ich gar nicht nett.«

»Hören Sie bloß, wie mir die Zähne klappern.«

Er lachte trocken auf. »Was ist: Ja – oder nein?«

»Aber ja. Weiß der Henker, warum. Vermutlich darum, weil's auch ohne Sie schon kompliziert genug war.«

»Danke, Sportsfreund. Wer hat ihn umgelegt?«

»Sie werden's morgen in der Zeitung lesen – vielleicht.«

»Ich will es jetzt wissen.«

»Bekommen Sie immer alles, was Sie wollen?«

»Nein. Ist das eine Antwort, Sportsfreund?«

»Es hat ihn einer umgelegt, von dem Sie noch nie gehört haben. Dabei wollen wir's lassen.«
»Wenn das stimmt, werde ich Ihnen vielleicht eines Tages auch einen Gefallen tun können.«
»Legen Sie auf und lassen Sie mich schlafen.«
Er lachte wieder. »Sie suchen doch Rusty Regan, stimmt's?«
»Eine Menge Leute scheint das zu glauben, aber es stimmt nicht.«
»Wenn Sie's täten, könnte ich Ihnen einen Tip geben. Schauen Sie doch mal unten am Strand bei mir rein. Jederzeit. Sie sind herzlich willkommen.«
»Mal sehn.«
»Also bis dann.« Das Telefon klickte, und ich saß da und hielt es mit verzweifelter Geduld fest. Dann wählte ich die Nummer der Sternwoods und hörte es vier- oder fünfmal läuten und dann die höfliche Stimme des Butlers, die sagte: »Hier bei General Sternwood.«
»Hier ist Marlowe. Erinnern Sie sich? Wir sind uns vor zirka hundert Jahren mal begegnet - oder war es gestern?«
»Ja, Mr. Marlowe. Selbstverständlich erinnere ich mich.«
»Ist Mrs. Regan zu Hause?«
»Ich glaube ja. Wollen Sie ...«
Ich unterbrach ihn, ich hatte mich plötzlich anders besonnen. »Nein. Richten Sie es ihr nur aus. Sagen Sie ihr, daß ich die Bilder habe, alle miteinander, und daß alles in Ordnung ist.«
»Ja ... Ja ...« Die Stimme schien ein wenig zu zittern. »Sie haben die Bilder ... alle miteinander ... und alles ist in Ordnung ... Jawohl, Sir. Wenn ich mir erlauben darf – vielen Dank, Sir.«
Fünf Minuten später klingelte wieder das Telefon. Ich hatte ausgetrunken und das Gefühl, als ob ich nun das Dinner vertragen könnte, das ich ganz vergessen hatte. Ich ging weg und ließ das Telefon klingeln. Es klingelte noch, als ich zurückkam. Es klingelte in Abständen bis halb eins. Zu der Zeit machte ich die Lichter aus und die Fenster auf und dämpfte die Telefonglocke mit einem Stück Papier und ging zu Bett. Ich hatte die Nase voll von der Familie Sternwood.
Am nächsten Morgen las ich bei Eiern mit Speck alle drei Morgenblätter. Mit ihren Berichten über die Affäre kamen sie der Wahrheit so nahe, wie das bei Zeitungsstories gewöhnlich der

Fall ist - so nahe wie der Mars dem Saturn. Nicht eine unter den dreien brachte Owen Taylor, Fahrer des Selbstmörder-Wagens am Lido-Pier, in Verbindung mit dem rätselhaften Bungalow-Mord am Laurel Canyon. Nicht eine erwähnte die Sternwoods, Bernie Ohls oder mich. Owen Taylor war der »Chauffeur einer wohlsituierten Familie«. Captain Cronjager von der Abteilung Hollywood erntete alles Lob für die Aufklärung der zwei Mordfälle in seinem Distrikt; aller Wahrscheinlichkeit nach waren sie die Folgen eines Streits über den Erlös aus einem Depeschendienst, den ein gewisser Geiger im Hinterzimmer seines Buchladens am Hollywood Boulevard unterhalten hatte. Brody hatte Geiger erschossen, und Carol Lundgren hatte dafür aus Rache Brody erschossen. Die Polizei hatte Carol Lundgren vorläufig festgenommen. Er hatte gestanden. Er hatte ein übles Führungszeugnis – vermutlich im College. Die Polizei hielt auch eine Agnes Lozelle, Geigers Sekretärin, als wichtige Zeugin in Schutzhaft.

Es war eine hübsche Story. Sie besagte, daß Geiger in der vorangegangenen Nacht erschossen worden war, daß Brody etwa eine Stunde später umgebracht wurde und daß Captain Cronjager beide Mordfälle aufgeklärt hatte, während er sich gerade eine Zigarette ansteckte. Taylors Selbstmord stand auf Seite Eins in Teil Zwei. Es war ein Foto von der Limousine an Deck des Motorleichters zu sehen, mit einem schwarzen Balken über dem Kennzeichen und einem Etwas, das zugedeckt neben dem Trittbrett auf Deck lag. Owen Taylor war krank und verzweifelt gewesen. Seine Familie lebte in Dubuque, und sein Leichnam würde dorthin überführt werden. Von einer gerichtlichen Untersuchung wurde abgesehen.

20

Captain Gregory vom Vermißtendezernat legte meine Karte auf seinen breiten, niedrigen Schreibtisch und rückte sie so zurecht, daß ihre Kanten den Kanten der Tischfläche genau parallel liefen. Er studierte sie mit zur Seite gelegtem Kopf, grunzte, schwang sich in seinem Drehsessel herum und blickte aus dem Fenster auf das vergitterte Obergeschoß des Justizpalastes einen halben Block weiter. Er war ein stämmiger Mann mit müden Augen und den langsamen, bedächtigen Bewegungen eines Nachtwächters. Seine Stimme klang tonlos, lustlos und teilnahmslos. »Privatdetektiv, hm?« sagte er, ohne mich auch nur anzusehen, sondern mit Blick aus seinem Fenster. Rauch stieg auf aus dem geschwärzten Kopf seiner Bruyère, die ihm am Eckzahn hing. »Was kann ich für Sie tun?«

»Ich arbeite für General Guy Sternwood, 3765 Alta Brea Crescent, West Hollywood.«

Captain Gregory blies ein bißchen Rauch aus dem Mundwinkel, ohne seine Pfeife zu bewegen. »Arbeiten woran?«

»Nicht genau am gleichen wie Sie, aber ich bin daran interessiert. Ich dachte, Sie könnten mir vielleicht helfen.«

»Helfen wobei?«

»General Sternwood ist ein reicher Mann«, sagte ich. »Er ist ein alter Freund vom Vater des Distriktsanwalts. Wenn er für seine Botengänge einen vollbeschäftigten Laufburschen braucht, dann hat die Polizei nichts dagegen. Für sie ist das nur ein Luxus, den er sich leisten kann.«

»Wie kommen Sie darauf, daß ich etwas für ihn tue?«

Darauf gab ich keine Antwort. Er schwang sich langsam und schwerfällig in seinem Sessel herum und stellte seine großen Füße platt auf das nackte Linoleum, das den Boden bedeckte. Sein Büro hatte den muffigen Geruch jahrelanger Routine. Er sah mich griesgrämig an.

»Ich will Ihnen nicht die Zeit stehlen, Captain«, sagte ich und schob meinen Stuhl zurück – etwa zwei Handbreit.

Er rührte sich nicht. Er starrte mich weiter mit seinen müden, ausgewaschenen Augen an. »Sie kennen den Distriktsanwalt?«

»Ich kenne ihn. Ich habe für ihn schon gearbeitet. Ich kenne auch Bernie Ohls, seinen Chefinspektor, ziemlich gut.«

Er saß da und drückte auf die Gabel des Telefons. Augenblicke vergingen. Aus seiner Pfeife stieg Rauch auf. Seine Augen waren schwer und reglos wie seine Hand. Die Glocke schlug an, und er langte mit der Linken nach meiner Karte. »Ohls? ... Al Gregory vom Präsidium. Ein gewisser Philip Marlowe ist bei mir im Büro. Seiner Karte nach ist er ein Privatermittler. Er möchte Auskünfte von mir ... Ja? Wie er aussieht? ... Okay, danke.«

Er legte auf und nahm seine Pfeife aus dem Mund und drückte den Tabak mit der Metallkuppe eines dicken Bleistiftes fest. Er machte das so sorgsam und feierlich, als sei es genauso wichtig wie alles andere, was er tagsüber so tat. Er lehnte sich zurück und starrte mich noch ein bißchen an.

»Was wollen Sie wissen?«

»Wie Sie vorankommen, wenn überhaupt.«

Er dachte darüber nach. »Regan?« fragte er schließlich.

»Klar.«

»Sie kennen ihn?«

»Nie gesehen. Er soll ein gutaussehender Ire sein, Ende dreißig, er soll mal im Schnapsschmuggel mitgemischt und General Sternwoods ältere Tochter geheiratet haben, mit der er wieder auseinander ist. Vor etwa einem Monat soll er verschwunden sein.«

»Sternwood sollte sich glücklich schätzen, statt auch noch Privatgenies anzuheuern, die im hohen Gras umherschnüffeln.«

»Der General steht auf ihn. Sowas kommt vor. Der alte Mann ist gelähmt und einsam. Regan hat immer bei ihm gehockt und ihm Gesellschaft geleistet.«

»Was, meinen Sie, könnten Sie besser schaffen als wir?«

»Gar nichts, soweit es die Suche nach Regan betrifft. Aber da ist noch eine ziemlich mysteriöse Erpressungssache im Spiel. Ich möchte sichergehn, daß Regan nicht dran beteiligt ist. Deshalb kann es nicht schaden, wenn ich weiß, wo er ist oder nicht ist.«

»Mein Bester, ich würde Ihnen gern helfen, aber das weiß ich selbst nicht. Er ist in der Versenkung verschwunden, und damit hat sich's.«

»Gar nicht so leicht in Anbetracht Ihrer Organisation, stimmt's, Captain?«

»Tja ... Aber es läßt sich machen – für 'ne Weile.« Er drückte auf einen Klingelknopf an der Seite seines Schreibtischs. Eine Frau in mittleren Jahren steckte den Kopf durch eine Seitentür.

»Bringen Sie mir die Akte Terence Regan, Abba.«

Die Tür schloß sich. Captain Gregory und ich blickten einander noch ein bißchen in schwerem Schweigen an. Die Tür ging wieder auf, und die Frau legte einen grünen Ordner auf seinen Schreibtisch. Captain Gregory nickte sie hinaus, setzte sich eine schwere Hornbrille auf die geäderte Nase und blätterte langsam die Seiten im Ordner um. Ich rollte meine Zigarette zwischen den Fingern hin und her.

»Er ist am 16. September verduftet«, sagte er. »Der einzig wichtige Umstand dabei ist, daß der Chauffeur an dem Tag gerade frei hatte und niemand bemerkte, wie Regan seinen Wagen herausholte. Auf jeden Fall war es am späten Nachmittag. Wir haben den Wagen vier Tage später in einer Garage gefunden, die zu einem schnieken Bungalowblock bei den Sunset Towers gehört. Ein Garagenwächter hat ihn beim Dezernat Gestohlene Wagen gemeldet und gesagt, daß er dort nicht hingehört. Der Block nennt sich Casa de Oro. Das Ding hat noch einen Haken, wie Sie gleich merken werden. Wir konnten nicht herausbekommen, wer den Wagen dort abgestellt hat. Wir haben ihn auf Fingerabdrücke untersucht, aber keine gefunden, die irgendwo aktenkundig wären. Der Wagen in der Garage paßt nicht so recht zu einer strafbaren Handlung, obwohl wir Grund haben, eine strafbare Handlung zu vermuten. Er paßt aber zu etwas anderem, von dem ich Ihnen gleich erzählen werde.«

Ich sagte: »Er paßt dazu, daß Eddie Mars' Frau auf der Vermißtenliste steht.«

Er guckte verstimmt. »Genau. Wir befragen die Mieter und stellen fest, daß sie dort wohnt. Ist ungefähr um dieselbe Zeit verschwunden wie Regan, mit höchstens zwei Tagen Spielraum. Ein Typ, der ganz nach Regan auszusehen scheint, ist mit ihr gesehen worden, aber mit Sicherheit identifizieren können wir ihn nicht. Es ist, weiß Gott, zum Schreien in diesem Beruf, wie ein altes Weib aus dem Fenster gucken und einen Kerl wegrennen sehen kann und ihn dann sechs Monate später auf der Wache aus einer ganzen Reihe herauspickt, aber wir können einem Hotelangestellten ein gestochenes Foto zeigen, und er ist seiner Sache nicht sicher.«

»Das ist doch die Voraussetzung für einen guten Hotelangestellten«, sagte ich.

»Genau. Eddie Mars und seine Frau haben nicht zusammengelebt, standen aber auf freundschaftlichem Fuß, laut Eddie. Folgendes wäre möglich. Zuerst einmal hat Regan die ganze Zeit immer fünfzehn Riesen mit sich rumgetragen. Echtes Geld, wird behauptet. Nicht nur ein Deckblatt mit einem Stapel

Zeitungspapier drunter. Das ist ’ne Masse Kies, aber dieser Regan kann gut so ein Knabe sein, der sowas braucht, damit er’s rausholen und sich angucken kann, während ein anderer ihn anguckt. Andererseits kann es auch sein, daß ihn das völlig kalt läßt. Seine Frau sagt, er hätte den alten Sternwood nicht um einen Cent erleichtert, abgesehen vom Zimmer mit Vollpension und einem Packard 120, den seine Frau ihm geschenkt hat. Bringen Sie das mal in Einklang mit einem Ex-Schmuggler, der wie die Made im Speck lebt.«

»Nicht zu fassen«, sagte ich.

»Schön, da hätten wir also einen Typ, der Fliege macht mit fünfzehn Riesen in der Hose, und alle Welt weiß es. Das ist schönes Geld. Vielleicht würde ich auch Fliege machen, wenn ich fünfzehn Riesen hätte – ich bei meinen zwei Gören im Gymnasium. Der erste Gedanke ist also, daß ihn deshalb einer aufs Kreuz gelegt, und zwar zu heftig aufs Kreuz gelegt hat, so daß er ihn raus in die Wüste schaffen und zwischen den Kakteen einpflanzen mußte. Aber das gefällt mir nicht so recht. Regan trug einen Locher und wußte damit umzugehen, und dies nicht nur unter seinen schmierigen Schnapsbrüdern. Ich habe mir sagen lassen, daß er 1922, oder wann immer das war, bei den irischen Unruhen eine ganze Brigade kommandiert hat. Ein Kerl wie er läßt sich nicht so leicht ausrauben. Dann deutet sein Wagen in der Garage daraufhin, daß der, der ihn aufs Kreuz gelegt hat, wußte, daß er was mit Eddie Mars’ Frau hatte – was ja wohl auch der Fall war. Aber schließlich wird das ja nicht jeder Pennbruder wissen.«

»Haben Sie ein Foto?« fragte ich.

»Von ihm, nicht von ihr. Auch so ’ne komische Sache. In diesem Fall gibt’s jede Menge komischer Sachen. Hier.« Er schob mir einen glänzenden Abzug über den Tisch, und ich blickte auf ein irisches Gesicht, das eher traurig als munter und eher verschlossen als hitzköpfig wirkte. Weder das Gesicht eines hartgesottenen Burschen noch das Gesicht eines Mannes, den man viel herumschubsen konnte. Gerade, dunkle Brauen und starke Knochen darunter. Eine mehr breite als hohe Stirn, ein dichter, dunkler Wuschelkopf, eine schmale, kurze Nase, ein breiter Mund. Ein ausgeprägtes Kinn, aber zu klein für den Mund. Ein Gesicht, das etwas angespannt wirkte, das Gesicht eines Mannes, der

rasch handelt und aufs Ganze geht. Ich reichte den Abzug zurück. Ich würde das Gesicht wiedererkennen, wenn ich es sähe.
Captain Gregory klopfte seine Pfeife aus und füllte sie neu und drückte den Tabak mit seinem Daumen fest. Er gab sich Feuer, paffte und fing wieder zu sprechen an.
»Na ja, es könnte schon Leute geben, die Bescheid wußten, daß er was mit Eddie Mars' Signora hatte. Ganz abgesehen von Eddie selbst. *Er* wußte es ja erstaunlicherweise. Aber offenbar war's ihm Wurst. Wir haben ihn zur Zeit ziemlich scharf im Auge. Natürlich würde Eddie ihn nie aus Eifersucht umgelegt haben. Das Motiv wäre zu offenkundig gewesen.«
»Kommt darauf an, wie smart er ist«, sagte ich. »Vielleicht versucht er's mit dem Doppelbluff.«
Captain Gregory schüttelte den Kopf. »Wenn er smart genug ist, mit seiner Casino-Masche durchzukommen, dann ist er für so etwas viel zu smart. Ich weiß, was Sie denken. Er macht auf doof, weil er meint, daß wir ihm die doofe Tour nicht zutrauen. Vom Standpunkt der Polizei aus ist das falsch. Weil wir ihm dann nämlich so dicht auf die Pelle rücken würden, daß es seinem Geschäft nicht gut täte. *Sie* können denken, die doofe Tour wäre smart. Ich könnte es ebenfalls denken. Das Fußvolk denkt anders. Es würde ihm das Leben zur Hölle machen. Ich kenne das. Wenn ich mich täuschte, dann bräuchten Sie's mir nur zu beweisen, und ich fräße mein Sesselkissen auf. Bis dahin ist Eddie bei mir aus dem Schneider. Eifersucht ist für so einen Typ kein Motiv. Ganoven von seinem Kaliber haben nur Geschäfte im Kopf. Sie machen ihre Schachzüge und kümmern sich nicht um Gefühle. Das schließe ich aus.«
»Und was schließen Sie ein?«
»Die Mieze und Regan selbst. Niemand sonst. Sie war blond damals, wird es aber jetzt nicht mehr sein. Ihren Wagen haben wir nicht gefunden, also sind sie wahrscheinlich damit weggefahren. Sie waren uns schon weit voraus – vierzehn Tage. Wäre Regans Wagen nicht gewesen, dann hätten wir meines Erachtens gar keinen Fall. Natürlich bin ich an solche Sachen gewöhnt, besonders in besten Familien. Und natürlich mußte alles, was ich tat, streng geheim bleiben.«
Er lehnte sich zurück und hieb mit den Ballen seiner großen, schweren Hände auf die Armlehnen seines Sessels.

»Ich sehe keinen anderen Weg, als zu warten«, sagte er. »Wir haben Suchmeldungen rausgeschickt, aber für Resultate ist es noch zu früh. Regan hatte fünfzehn Riesen, von denen wir wissen. Das Mädchen hatte einiges, vielleicht auch einen Teil in Klunkerchen. Aber eines Tages gehen ihnen doch die Mäuse aus. Regan wird einen Scheck einlösen, ein Lebenszeichen geben, einen Brief schreiben. Sie leben in einer fremden Stadt und unter neuen Namen, aber sie haben denselben Appetit wie früher. Sie müssen wohl oder übel zurück ins normale Einkommensteuernetz.«

»Was hat die Kleine gemacht, bevor sie Eddie Mars heiratete?«

»Nachtclubsängerin.«

»Können Sie keine alten Berufsfotos von ihr bekommen?«

»Nein. Eddie muß welche haben, aber er rückt sie nicht raus. Er will, daß man sie in Ruhe läßt. Zwingen kann ich ihn nicht. Er hat gute Freunde in der Stadt, sonst wäre er nicht, was er ist.« Er grunzte. »Hilft Ihnen das irgendwie weiter?«

Ich sagte: »Sie werden keinen von beiden finden. Der Pazifik ist zu nah.«

»Die Wette mit meinem Sesselkissen halte ich. Wir werden ihn finden. Es mag seine Zeit dauern. Es kann ein Jahr dauern oder auch zwei.«

»So lange wird General Sternwood vielleicht nicht leben«, sagte ich.

»Wir haben alles getan, was wir konnten, mein Bester. Wenn er eine Belohnung aussetzen und Geld ausgeben will, kommen wir möglicherweise zu Resultaten. Die Stadt bewilligt mir die Gelder nicht, die das kostet.« Seine großen Augen sahen mich aufmerksam an, und seine struppigen Brauen zuckten. »Glauben Sie im Ernst, daß Eddie sie beide umgepustet hat?«

Ich lachte. »Nein. Das war nur ein Scherz. Ich denke wie Sie, Captain. Daß Regan mit einer Frau durchgebrannt ist, die ihm mehr bedeutete als ein reiches Eheweib, mit dem er nicht auskam. Übrigens ist sie noch gar nicht reich.«

»Sie kennen sie, nehme ich an.«

»Ja. Sie wäre genau richtig für ein wildes Wochenende, aber auf die Dauer eher ermüdend.«

Er grunzte, und ich dankte ihm für seine Mühe und die Auskunft und verschwand. Ein grauer Plymouth hängte sich vom Rathaus ab hinter mich. Ich gab ihm Gelegenheit, mich in einer stillen Seitenstraße einzuholen. Er wies mein Angebot zurück, und so schüttelte ich ihn ab und ging weiter meinen Geschäften nach.

21

Von der Familie Sternwood hielt ich mich fern. Ich fuhr zurück zum Büro und saß in meinem Drehsessel und hielt mich fit mit Füßebaumeln. Ein stürmischer Wind blies gegen die Fenster, und der Ruß von der Ölheizung des Hotels nebenan drückte ins Zimmer und wirbelte über die Tischplatte wie ein Sandsturm übers Ödland. Ich überlegte mir, ob ich essen gehen sollte und was für ein mieses Leben das war und daß es wahrscheinlich genauso mies wäre, wenn ich einen Schluck nähme, und daß so ein Schluck ganz allein zu dieser Tageszeit sowieso keinen Spaß machte. Ich war noch am Überlegen, als Norris anrief. In seiner behutsam höflichen Art sagte er mir, daß sich General Sternwood garnicht wohl fühle und daß man ihm gewisse Dinge aus der Zeitung vorgelesen habe und er annehme, daß meine Untersuchung nun abgeschlossen sei.

»Ja, was Geiger anbelangt«, sagte ich. »Ich habe ihn übrigens nicht erschossen, müssen Sie wissen.«

»Das hat der General auch nicht angenommen, Mr. Marlowe.«

»Weiß der General etwas von den Fotografien, über die sich Mrs. Regan solche Sorgen gemacht hat?«

»Nein, Sir. Auf gar keinen Fall.«

»Wissen Sie, was der General mir übergeben hat?«

»Ja, Sir. Drei Wechsel und eine Karte, glaube ich.«

»Richtig. Ich werde sie zurückgeben. Was die Fotos angeht, so werde ich sie am besten einfach vernichten.«

»Sehr wohl, Sir. Mrs. Regan hat Sie gestern abend mehrere Male zu erreichen versucht ...«

»Ich war aus, mich betrinken«, sagte ich.

»Ja. Sehr notwendig, Sir, davon bin ich überzeugt. Der General hat mich beauftragt, Ihnen einen Scheck über fünfhundert Dollar zu schicken. Ist das zu Ihrer Zufriedenheit?«

»Mehr als großzügig«, sagte ich.

»Und ich darf annehmen, daß wir den Fall jetzt als abgeschlossen betrachten dürfen?«

»Aber sicher. Abgeschlossen wie einen Tresor mit einem kaputten Zeitschloß.«

»Vielen Dank, Sir. Glauben Sie mir, wir alle wissen das zu schätzen. Wenn der General sich etwas wohler fühlt – möglicherweise schon morgen –, möchte er sich gern persönlich bei Ihnen bedanken.«

»Prima«, sagte ich. »Ich werde rauskommen und ein bißchen von seinem Brandy trinken, vielleicht mit Champagner gemischt.«

»Ich werde dafür sorgen, daß er richtig gekühlt ist«, sagte der alte Knabe, fast mit einem Grinsen in der Stimme.

Das war's. Wir sagten uns ›Bis dann‹ und legten auf. Der Geruch aus der Snackbar von nebenan drang zusammen mit dem Ruß zum Fenster herein, aber hungrig machte er mich nicht. Also holte ich meine Büroflasche heraus und nahm einen Schluck und ließ meine Selbstachtung vor die Hunde gehen.

Ich zählte es mir von den Fingern ab. Rusty Regan war von einer Masse Geld und einer hübschen Frau weggerannt, um mit einer fragwürdigen Mieze, die mehr oder weniger mit einem Ganoven namens Eddie Mars verheiratet war, durch die Gegend zu strolchen. Er war urplötzlich verschwunden, ohne allen Abschied, und dafür konnte es jede Menge Gründe geben. Der General war zu stolz gewesen oder auch, weil es unser erstes Gespräch war, zu vorsichtig, um mir zu erzählen, daß das Vermißtendezernat die Sache bereits in der Hand hatte. Die Leute vom Suchdienst tappten im dunkeln und meinten offensichtlich, es sei nicht der Mühe wert. Was Regan getan hatte, hatte er getan, und das war seine Sache. Ich stimmte mit Captain Gregory überein, daß Eddie Mars sich sicherlich nicht in einen Doppelmord verwickelt hätte, bloß weil ihm ein anderer Mann sein Blondchen ausgespannt hatte, mit der er nicht einmal zusammenlebte. Vielleicht hat er sich darüber geärgert, aber Geschäft ist Geschäft, und wenn man sich in Hollywood wegen einer streunenden Mieze immer gleich die Haare ausraufen wollte, dann hätte man bald keine mehr. Mit einem Haufen Geld im Spiel läge die Sache schon anders. Aber fünfzehn Riesen waren für Eddie Mars kein Haufen Geld. Er war kein so kleinkarierter Gauner wie Brody.

Geiger war tot, und Carmen mußte sich schon einen anderen Finsterling suchen, wenn sie mit ihm das neueste exotische Gesöff ausprobieren wollte. Es würde ihr sicher nicht schwerfallen. Sie brauchte sich nur fünf Minuten lang an die Ecke zu stellen und affig zu gucken. Ich hoffte bloß, daß der nächste Ganove, der sie sich angelte, ein bißchen sanfter mit ihr umginge, ein bißchen mehr auf die langsame Tour als auf die schnelle.

Mrs. Regan kannte Eddie Mars gut genug, um Geld von ihm zu borgen. Das war plausibel, wenn sie Roulette spielte und ein guter Verlierer war. Jeder Spielkasinobesitzer würde einem guten Kunden Geld leihen, wenn er in der Klemme wäre. Davon abgesehen, verband sie ihr gemeinsames Interesse an Regan. Er war ihr Mann, und er war mit der Frau von Eddie Mars durchgebrannt.

Carol Lundgren, das Mordsbübchen mit dem begrenzten Wortschatz, war auf lange, lange Zeit aus dem Verkehr, sogar wenn sie ihn nicht aufs Stühlchen über einem Bottich voll Säure festschnallten. Das würden sie auch bestimmt nicht tun, weil er ein Schuldgeständnis ablegen und dem Staat Geld ersparen würde. Denn das machen sie alle, wenn sie sich keinen großen Verteidiger leisten können. Agnes Lozelle war als wichtige Zeugin in Schutzhaft. Wenn Carol ein Schuldgeständnis ablegte, würden sie sie nicht brauchen, und wenn er bei Vorführung gestände, würden sie sie sofort rauslassen. Geigers Geschäfte würden sie nicht zur Sprache bringen, und davon abgesehen hatten sie ihr nichts zur Last zu legen.

Blieb meine Wenigkeit. Ich hatte einen Mord verheimlicht und vierundzwanzig Stunden lang Beweismaterial zurückgehalten, aber ich war noch immer auf freiem Fuß und wartete auf einen Fünfhundert-Dollar-Scheck. Das Klügste, was ich tun konnte, war, noch einen zur Brust zu nehmen und den ganzen Mist zu vergessen.

Da dies, wie gesagt, das offensichtlich Klügste war, rief ich Eddie Mars an und sagte ihm, ich käme am Abend nach Las Olindas hinunter, um mit ihm zu reden. So ein kluger Junge war ich.

Ich kam gegen neun unten an, unter einem hohen, schweren Oktobermond, der sich in den oberen Schwaden des Strandnebels verlor. Der Cypress Club war ganz am Ende der Stadt, ein weiträumiges Fachwerk-Landhaus, das einst der Sommersitz eines reichen Mannes namens De Cazens und später ein Hotel gewesen war. Jetzt war es ein großes, dunkles, von außen schäbiges Lokal in einem dichten Hain windgebeugter Monterey-Zypressen, die ihm seinen Namen gaben. Es hatte riesige, verschnörkelte Veranden, rundherum Türmchen, Buntglasverzierungen um die großen Fenster, große leere Ställe an der Rückseite, die Atmosphäre traurigen Zerfalls. Eddie Mars hatte das Äußere im Ganzen so gelassen, wie er es vorgefunden hatte, statt eine MGM-Inszenierung daraus zu machen. Ich ließ meinen Wagen auf einer Straße mit sprühenden Bogenlampen und ging auf einem feuchten Kiesweg durchs Grundstück zum Hauptportal. Ein Türsteher in zweireihigem Portiersmantel ließ mich in eine gewaltige, dämmrige, schweigende Halle, aus der sich eine weiße Eichentreppe majestätisch ins Dunkel eines oberen Stockwerks emporwand.

Ich gab Hut und Mantel ab und wartete und lauschte der Musik und dem Stimmengewirr hinter schweren Doppeltüren. Sie schienen sehr fern und gar nicht zur selben Welt zu gehören wie das Gebäude. Dann kam der schmächtige, käsige, blonde Mann, der mit Eddie Mars und dem Boxer in Geigers Wohnung gewesen war, durch eine Tür unter der Treppe, lächelte mich trübe an und führte mich durch einen teppichbelegten Gang zum Büro des Chefs.

Das war ein quadratischer Raum mit einem tiefen, alten Erkerfenster und einem steinernen Kamin, in dem ein Feuerchen aus Zypressenscheiten vor sich hinflackerte. Er war nußbaumgetäfelt und hatte über dem Paneelwerk einen Fries von verblichenem Damast. Die Decke war hoch und fern. Es roch nach kalter See.

Eddie Mars's dunkler, prunkloser Schreibtisch gehörte nicht ins Zimmer, sowenig wie alles andere, das nach 1900 gemacht war. Sein Teppich sah aus wie gebräunt von der Sonne Floridas. In der Ecke stand ein Radio und auf einem Kupfertablett neben einem Samowar ein Teeservice aus Sèvres. Ich hätte gern gewußt, für wen das da war. In der Ecke befand sich auch eine Tür mit Zeitschloß. Eddie Mars grinste mich freundlich an und schüttelte mir die Hand und wies mit dem Kinn zum Tresor. »Ich wäre ein kleiner Fisch für jeden Einsteiger, wenn ich das nicht hätte«, sagte er gutgelaunt. »Die Ortsbullen kommen jeden Morgen vorbei und sehen zu, wie ich ihn aufmache. Ich habe das so mit ihnen vereinbart.«

»Sie haben durchblicken lassen, Sie hätten was für mich«, sagte ich. »Was ist es?«

»Warum die Eile? Nehmen Sie Platz, und trinken Sie einen Schluck.«

»Von Eile keine Spur. Aber außer Geschäftlichem haben wir uns wohl nichts zu sagen.«

»Der Drink wird Ihnen schmecken«, sagte er. Er mixte zwei Gläser und stellte meins neben einen roten Ledersessel und lehnte sich mit gekreuzten Beinen an den Schreibtisch, eine Hand in der Seitentasche seines mitternachtblauen Smokings, den Daumen mit poliertem Nagel nach außen. Im Abendanzug sah er ein bißchen härter aus als im grauen Flanell, aber wie ein Herrenreiter wirkte er noch immer. Wir tranken und nickten einander zu.

»Schon mal hier gewesen?« fragte er.

»Während der Prohibition. Ich bin nicht scharf aufs Spielen.«

»Nicht um Geld«, lächelte er. »Sie sollten mal reinsehen heute abend. Eine Ihrer Freundinnen sitzt draußen und spielt va banque. Wie ich höre, kommt sie gut voran. Vivian Regan.«

Ich nippte an meinem Glas und nahm eine von seinen Zigaretten mit Monogramm.

»Irgendwie hat es mir gefallen, wie Sie das gestern gemanagt haben«, sagte er. »Im Augenblick war ich sauer auf Sie, aber dann habe ich eingesehen, daß Sie recht hatten. Wir sollten beide miteinander auskommen. Wieviel schulde ich Ihnen?«

»Wofür?«

»Noch immer vorsichtig, hm? Ich habe meine Leitung ins Präsidium, sonst säße ich nicht hier. Ich krieg's, wie's wirklich passiert, und nicht, wie's in der Zeitung steht.« Er zeigte mir seine großen, weißen Zähne.

»Und wieviel haben Sie?« fragte ich.

»Meinen Sie jetzt das Geld?«

»Ich dachte, wir sprächen von Informationen.«

»Informationen worüber?«

»Sie haben ein kurzes Gedächtnis. Regan.«

»Ach, das.« Er schwenkte seine glitzernden Nägel im ruhigen Licht einer der Bronzelampen, die ihre Strahlen hinauf zur Decke sandten. »Wie ich höre, sind Sie bereits informiert. Ich hatte das Gefühl, ich schuldete Ihnen ein Honorar. Ich pflege für nette Behandlung zu zahlen.«

»Ich bin nicht hierher gekommen, um zu kassieren. Ich werde für meine Arbeit bezahlt. Nicht viel nach Ihrer Größenordnung, aber ich komme hin. Immer ein Kunde nach dem anderen, das ist eine gute Regel. Sie haben Regan nicht weggeputzt, oder?«

»Nein. Haben Sie das wirklich geglaubt?«

»Ich würde es nicht ausschließen.«

Er lachte. »Sie machen Witze.«

Ich lachte. »Klar, ich mache Witze. Ich habe Regan nie gesehen, dafür aber sein Foto. Sie haben nicht die Leute für so eine Arbeit. Und da wir gerade beim Thema sind: Schicken Sie mir nicht noch einmal so einen Ballermann mit Befehlen ins Haus. Sonst werde ich hysterisch und blase ihn um.«

Er blickte durch sein Glas aufs Feuer, stellte es auf dem Schreibtisch ab und betupfte seine Lippen mit einem hauchdünnen Batisttuch.

»Sie reden wie ein echter Spieler«, sagte er. »Aber ich möchte annehmen, daß Sie ein gutes Blatt haben. Sie sind doch nicht wirklich an Regan interessiert, oder?«

»Nein, nicht beruflich. Damit bin ich nicht befaßt. Aber ich kenne jemanden, der gern wissen möchte, wo er ist.«

»Ihr ist das doch verdammt egal«, sagte er.

»Ich meine ihren Vater.«

Er betupfte sich wieder die Lippen und betrachtete sein Taschentuch fast so, als ob es Blut darauf zu finden gäbe. Er zog seine dichten grauen Augenbrauen eng zusammen und befingerte eine Seite seiner wettergegerbten Nase.

»Geiger hat den General zu erpressen versucht«, sagte ich. »Der General würde es nie zugeben, aber nach meiner Meinung ist er halb in Sorge, daß Regan dahinterstecken könnte.«

Eddie Mars lachte. »Haha. Das hat Geiger schon mit jedem probiert. Es war genau seine Masche. Er ließ sich Wechsel ausstellen, die legal aussahen – legal waren, darf ich sogar sagen, nur daß er nie gewagt hätte, sie einzuklagen. Er präsentierte die Wechsel mit ein paar hübschen Floskeln und stand mit leeren

Händen da. Wenn er ein As zog, dann konnte er auf Angst setzen und ans Werk gehen. Zog er kein As, so ließ er die Sache einfach fallen.«

»Kluges Bürschchen«, sagte ich. »Er hat sie tatsächlich fallenlassen. Und ist dabei selber mitgefallen. Wie kommt's daß *Sie* das alles wissen?«

Er zuckte ungeduldig die Achseln. »Ich wünschte zum Himmel, ich wüßte nicht die Hälfte von dem, was mir zugetragen wird. Über die Angelegenheiten anderer Leute Bescheid zu wissen, das ist die schlechteste Kapitalanlage, die man in meinen Kreisen machen kann. Wenn es also nur Geiger ist, hinter dem Sie her waren, dann ist Ihr Aufwasch ja erledigt.«

»Erledigt und bezahlt.«

»Das tut mir leid. Ich wünschte, der alte Sternwood würde sich so einen Sportsfreund wie Sie fest engagieren, damit er seine Töchter wenigstens ein paar Abende in der Woche zu Hause hat.«

»Warum?«

Er zog eine Grimasse. »Sie machen nichts wie Ärger. Nehmen Sie die Schwarze. Sie fällt uns hier mächtig auf den Wecker. Wenn sie verliert, stürzt sie sich in Schulden, und ich stehe am Ende da mit einer Handvoll Papier, das mir keiner um keinen Preis abnimmt. Sie hat kein eigenes Vermögen außer ihrem Taschengeld, und was im Testament des Alten steht, weiß der Himmel. Gewinnt sie, dann trägt sie mein schönes Geld nach Hause.«

»Sie kriegen's am nächsten Abend zurück«, sagte ich.

»Ich kriege einen Teil zurück. Aber auf die Dauer zahle ich drauf.«

Er sah mich ernst an, als sei das alles wichtig für mich. Ich fragte mich, aus welchem Grund er mir das überhaupt erzählte. Ich gähnte und trank aus.

»Ich geh mal rüber und seh mir den Laden an«, sagte ich.

»Tun Sie das.« Er wies auf eine Tür neben dem Tresor. »Die führt zur Tür hinter den Tischen.«

»Ich möchte lieber den Eingang für Schafsköpfe benutzen.«

»In Ordnung. Wie Sie wollen. Wir sind doch Freunde, nicht wahr, Sportsfreund?«

»Klarer Fall.« Ich stand auf, und wir schüttelten uns die Hände.

»Vielleicht kann ich Ihnen eines Tages einen wirklichen Gefallen tun«, sagte er. »Diesmal haben Sie ja alles schon von Gregory.«
»Der ist also auch von Ihnen geschmiert.«
»Ach, halb so schlimm. Wir sind bloß gute Freunde.«
Ich starrte ihn einen Augenblick lang an, dann ging ich zur Tür, durch die ich hereingekommen war. Ich sah mich nach ihm um, nachdem ich sie aufgemacht hatte.
»Lassen Sie mich zufällig von jemand in einer grauen Plymouth-Limousine beschatten?«
Seine Augen wurden plötzlich groß. Er sah beleidigt aus. »Teufel, nein. Warum sollte ich?«
»Hätte ich mir auch nicht denken können«, sagte ich und ging hinaus. Ich fand, daß seine Überraschung so echt ausgesehen hatte, daß ich ihr glauben konnte. Ich fand sogar, daß er ein bißchen besorgt gewesen war. Ich wußte aber nicht, aus welchem Grund.

22

Es war gegen halb elf, als das kleine mexikanische Orchester mit den gelben Schärpen die letzte Lust an seinem gedämpften, aufgedonnerten Rumba verlor, zu dem ohnehin niemand tanzte. Der Mann mit den Rasseln rieb seine Fingerspitzen aneinander, als ob er sie wundgespielt hätte, und schob sich fast mit derselben Bewegung eine Zigarette in den Mund. Die anderen vier verneigten sich synchron, griffen dabei unter ihre Stühle nach Gläsern und schluckten mit schmatzenden Lippen und strahlenden Augen. Das sollte heißen Tequila. Wahrscheinlich war es Mineralwasser. Die Schau, die sie abzogen, war so überflüssig wie ihre Musik. Keiner beachtete sie.
Der Raum war einst ein Ballsaal gewesen, und Eddie Mars hatte nur soviel an ihm geändert, wie sein Geschäft verlangte. Kein Chromgeflimmer, keine indirekte Beleuchtung, die hinter kantiger Verkleidung hervordrang, keine erleuchteten Glasbilder noch Stühle mit violettem Leder und polierten Stahlrahmen, nichts von all dem pseudomodernen Zirkus eines typischen Hollywooder Nachtclubs. Das Licht kam von schweren, kristallenen Kronleuchtern, und die rosafarbenen Damastbespannungen der Wände waren noch derselbe rosafarbene Damast, nur

ein wenig verblichen von der Zeit und nachgedunkelt vom Staub, der ehedem so gut zum Parkettboden gepaßt hatte, von dem jetzt aber nur noch eine winzige spiegelglatte Fläche vorm kleinen mexikanischen Orchester bloßlag. Alles übrige war mit einem schweren altrosa Teppich ausgelegt, der eine Menge gekostet haben mußte. Das Parkett war aus einem Dutzend verschiedener Harthölzer gefertigt, von burmesischem Teak über ein halbes Dutzend Schattierungen von Eichen- und Rotholz, das wie Mahagoni aussah, bis hin zum harten, hellen, wilden Fliederholz der kalifornischen Berge – all dies wie mit der Exaktheit eines Theodoliten zusammengefügt zu kunstvollem Muster.

Es war noch immer ein schöner Raum, und nun war er fürs Roulette da statt für alte, abgezirkelte Tänze. An der gegenüberliegenden Wand standen drei Tische. Ein niedriges Bronzegeländer verband sie miteinander und bildete eine Einfriedung um die Croupiers herum. Alle drei Tische waren in Betrieb, aber nur der mittlere war umdrängt. Ich konnte an ihm über den Raum hinweg Vivian Regans schwarzes Haar sehen. Ich lehnte an der Bar und drehte ein kleines Glas Bacardi auf dem Mahagoni hin und her.

Der Barkeeper lehnte neben mir und betrachtete die Traube gutgekleideter Leute am Mitteltisch. »Sie tanzt ihnen heut abend auf der Nase rum«, sagte er. »Das große schwarzhaarige Luder dort.«

»Wer ist sie?«

»Ich weiß nicht, wie sie heißt. Aber sie kommt oft her.«

»Und Sie wollen mir weismachen, Sie kennen ihren Namen nicht?«

»Ich bin hier nur angestellt, Mann«, sagte er, ohne sich beleidigt zu fühlen. »Sie ist übrigens ganz allein. Ihr Kerl ist hinüber. Sie haben ihn raus in seinen Wagen geschafft.«

»Ich werde sie heimbringen«, sagte ich.

»Den Teufel werden Sie. Na, ich wünsch Ihnen jedenfalls viel Vergnügen. Soll ich Ihnen Ihren Bacardi eine Spur milder machen, oder mögen Sie ihn so, wie er ist?«

»Ich mag ihn so, wie er ist, wenn ich ihn schon trinken muß«, sagte ich.

»Da tränke ich lieber gleich Hustensaft«, sagte er.

Die Menge teilte sich, und zwei Männer in Abendanzügen schoben sich hinaus, und ich konnte durch die Lücke ihren Nacken und ihre nackten Schultern sehen. Sie trug ein tiefausgeschnittenes Kleid aus stumpfgrünem Samt. Es wirkte zu schick für den Spielsaal. Die Lücke schloß sich wieder, und ich sah nur noch ihr schwarzes Haar. Die zwei Männer kamen durch den Saal und lehnten sich an die Bar und bestellten Scotch mit Soda. Der eine war erhitzt und erregt. Er wischte sich das Gesicht mit einem schwarzrandigen Taschentuch. Die seidenen Doppelstreifen an seinen Hosenbeinen waren breit wie eine Fahrspur.

»Mann, so 'ne Serie hab ich noch nicht erlebt«, sagte er mit zittriger Stimme. »Acht Gewinne hintereinander auf Rot, und zweimal ausgesetzt. Das ist Roulette, Mann, das ist Roulette.«

»Mir ist ganz kribbelig«, sagte der andere. »Sie wirft einen Riesen pro Spiel. Sie kann einfach nicht verlieren.« Sie tauchten ihre Rüssel in die Gläser, gurgelten hastig und gingen zurück.

»Wie weise doch die Menschen sind«, sagte der Barkeeper. »Einen Riesen pro Spiel, wa? Ich hab mal in Havanna so'n altes Pferdegesicht gesehen ...«

Der Lärm um den Mitteltisch schwoll an, und eine geschulte Ausländerstimme erhob sich darüber und sagte: »Wenn Sie sich bitte einen Moment gedulden wollen, Madame. Die Bank kann Ihren Einsatz nicht halten. Mr. Mars wird jeden Moment hier sein.«

Ich ließ meinen Bacardi stehen und trottete über den Teppich. Das kleine Orchester begann ziemlich laut einen Tango zu spielen. Kein Mensch tanzte oder machte Miene zu tanzen. Ich drängte mich durch Grüppchen von Menschen in Smoking und kompletter Abendkleidung und Sportzeug und Straßenanzügen zum Tisch am linken Ende. Es wurde nicht mehr daran gespielt. Zwei Croupiers standen hinter ihm, steckten die Köpfe zusammen und schielten zur Seite. Der eine schob ziellos seinen Rechen über die leere Spielfläche hin und her. Beide starrten auf Vivian Regan.

Ihre langen Wimpern zuckten, und ihr Gesicht war unnatürlich weiß. Sie saß am Mitteltisch, genau dem Rad gegenüber. Vor ihr lag ungeordnet ein Haufen Geld und Chips. Es schien eine Masse Geld zu sein. Sie sprach kühl, übellaunig, hochnäsig gedehnt mit dem Croupier.

»Was ist das hier für ein schäbiger Verein, möchte ich gern wissen. Macht endlich Dampf und laßt die Kugel rollen, ihr Geizhälse. Ich will noch einen Einsatz, und ich spiele va banque. Ihr harkt es euch schnell genug weg, wie ich weiß, aber wenn ihr ausspucken sollt, dann kommen euch gleich die Tränen.«
Der Croupier lächelte ein kaltes, höfliches Lächeln, das schon Tausenden von Flegeln und Millionen von Trotteln zugelächelt hatte. Er war groß, dunkel, gleichgültig und von makelloser Haltung. Er sagte ernst: »Die Bank kann Ihren Einsatz nicht halten, Madame. Sie haben über sechzehntausend Dollar vor sich liegen.«
»Es ist euer Geld«, höhnte das Mädchen. »Wollt ihr es nicht zurückhaben?«
Ein Mann neben ihr versuchte ihr etwas zu sagen. Sie wandte sich ihm rasch zu und spuckte ihm ein paar Worte entgegen, und er verschwand wieder mit rotem Kopf in der Menge. Hinter der Bronzegeländer-Einfriedung öffnete sich eine Tür in der Täfelung. Durch die Tür trat Eddie Mars mit aufgesetztem, gleichgültigem Lächeln auf dem Gesicht, die Hände tief in den Smoking-Taschen, die blitzenden Daumennägel draußen. Es schien seine Lieblingspose zu sein. Er schlenderte zu den Croupiers und blieb an der Ecke des Mitteltisches stehen. Er sprach mit träger Ruhe, weit weniger höflich als der Croupier.
»Was gibt es denn, Mrs. Regan?«
Sie wandte ihm mit einem Ruck das Gesicht zu. Ich sah, wie die Kurve ihrer Wange sich spannte, wie durch eine fast unerträgliche innere Verkrampfung. Sie antwortete ihm nicht.
Eddie Mars sagte ernst: »Wenn Sie nicht mehr spielen, müssen Sie mir gestatten, daß ich Sie nach Hause bringen lasse.«
Das Mädchen wurde rot. Ihre Wangenknochen standen weiß hervor. Dann lachte sie schrill auf. Sie sagte verbittert:
»Ein letztes Spiel, Eddie. Alles, was ich habe, auf Rot. Ich liebe Rot. Es ist die Farbe des Blutes.«
Eddie Mars lächelte schwach, nickte dann und griff nach innen in seine Brusttasche. Er zog eine dicke Brieftasche aus Robbenleder mit goldgefaßten Ecken heraus und warf sie sorglos über den Tisch dem Croupier zu. »Halten Sie ihren Einsatz in vollen Tausendern«, sagte er, »sofern niemand etwas dagegen hat, daß dieses Spiel nur für die Dame ist.«

Niemand hatte etwas dagegen. Vivian Regan beugte sich vor und schob wild ihren ganzen Gewinn mit beiden Händen auf den großen roten Rhombus der Spielfläche.
Der Croupier lehnte sich ohne Hast über den Tisch. Er zählte und stapelte ihr Geld und ihre Chips, fügte alles außer einigen Chips und Banknoten zu einem ordentlichen Haufen und schob den Rest mit seinem Rechen vom Spielfeld. Er klappte Eddie Mars' Brieftasche auf und zog zwei flache Päckchen von Tausend-Dollar-Noten heraus. Er brach das eine auf, zählte sechs Scheine ab, tat sie zum ungeöffneten Bündel, steckte die restlichen vier Noten wieder in die Brieftasche und legte sie so achtlos beiseite, als handle es sich um ein Päckchen Streichhölzer. Eddie Mars rührte die Brieftasche nicht an. Niemand regte sich außer dem Croupier. Er drehte das Rad linkshändig und schickte die Elfenbeinkugel mit einem lässigen Schlenker aus dem Handgelenk über den oberen Rand auf die Reise. Dann zog er die Hände zurück und verschränkte die Arme.
Vivians Lippen teilten sich langsam, bis ihre Zähne im Licht wie Messer blitzten. Die Kugel rollte träge über die Schräge des Rads und holperte über die Chromrippen oberhalb der Nummern. Nach einer langen Zeit, dann aber ganz plötzlich, endete ihre Bewegung mit einem kalten Klick. Das Rad drehte sich langsamer und trug die Kugel mit sich herum. Der Croupier hielt seine Arme verschränkt, bis das Rad völlig zum Stillstand gekommen war.
»Rot gewinnt«, sagte er förmlich, ohne Interesse. Die kleine Elfenbeinkugel lag in Rot 25, der dritten Nummer nach Doppel-Zero. Vivian Regan warf ihren Kopf zurück und lachte triumphierend.
Der Croupier hob seinen Rechen und schob den Stapel Tausend-Dollar-Noten langsam über die Fläche, fügte sie zum Einsatz, schob das Ganze langsam aus dem Spielfeld.
Eddie Mars lächelte, steckte seine Brieftasche ein, drehte sich auf dem Absatz um und verließ den Raum durch die Tür in der Täfelung.
Ein Dutzend Leute holte gleichzeitig Luft und machte sich auf zur Bar. Ich war mit von der Partie und schon am anderen Ende des Saales, bevor Vivian ihren Gewinn zusammengerafft und sich vom Tisch erhoben hatte. Ich trat hinaus in die große stille

Halle, ließ mir vom Garderobenmädchen Hut und Mantel geben, legte einen Vierteldollar aufs Tellerchen und trat hinaus auf die Veranda. Der Türsteher tauchte neben mir auf und sagte: »Darf ich Ihnen Ihren Wagen holen, Sir?«
Ich sagte: »Ich will nur ein bißchen frische Luft schöpfen.«
Die Verzierungen am Sims des Verandadachs waren feucht vom Nebel. Der Nebel tropfte von den Monterey-Zypressen, die sich zur Klippe überm Ozean hin in dunklem Nichts verloren. Ich konnte rund um mich her keine zwölf Schritt weit sehen. Ich ging die Verandastufen hinunter, schlenderte unter den Bäumen davon und folgte einem undeutlichen Pfad, bis ich vom Fuß der Klippe herauf das Klatschen der Brandung durch den Nebel hören konnte. Kein Fünkchen Licht war zu sehen. Ich konnte gerade noch klar ein Dutzend Bäume erkennen, ein weiteres Dutzend nur schwach, dann nichts weiter als Nebel. Ich bog nach links ab und schlenderte zum Kiespfad zurück, der ums Haus herum zu den Stallungen führte, wo die Wagen geparkt waren. Als ich die Umrisse des Hauses ausmachen konnte, blieb ich stehen. Ein Stückchen vor mir hatte ein Mann laut gehustet.
Meine Schritte hatten auf dem feuchten Rasen kein Geräusch gemacht. Der Mann hustete abermals, dann erstickte er den Husten mit einem Taschentuch oder mit dem Ärmel. Während er das noch tat, bewegte ich mich auf ihn zu. Ich sah ihn nur undeutlich, einen Schatten dicht am Pfad. Instinktiv trat ich hinter einen Baum und duckte mich. Der Mann wandte den Kopf. Sein Gesicht hätte ein weißer Fleck sein müssen, als er das tat. Das war es aber nicht. Es blieb dunkel. Es war maskiert.
Ich stand hinter dem Baum und wartete.

23

Leichte Schritte, die Schritte einer Frau, kamen den unsichtbaren Pfad entlang, und der Mann vor mir bewegte sich vorwärts und schien sich gegen den Nebel zu lehnen. Ich konnte die Frau nicht sehen, dann erkannte ich sie undeutlich. Ihre arrogante Kopfhaltung kam mir bekannt vor. Der Mann trat sehr schnell nach vorn. Die beiden Gestalten verschmolzen im Nebel,

schienen Teil des Nebels zu sein. Einen Augenblick war Totenstille. Der Mann sagte:
»Dies ist eine Kanone, Gnädigste. Schön sachte jetzt. Im Nebel ist alles genau zu hören. Reichen Sie mir einfach die Tasche.«
Das Mädchen gab keinen Laut. Ich trat einen Schritt vor. Ganz plötzlich konnte ich in nebelhaften Umrissen die Hutkrempe des Mannes sehen. Das Mädchen stand regungslos. Dann machte ihr Atem ein raspelndes Geräusch, wie eine kleine Feile auf weichem Holz.
»Schreien Sie«, sagte der Mann, »und ich säge Sie mittendurch.«
Sie schrie nicht. Sie rührte sich nicht. Er machte eine Bewegung und lachte leise auf. »Hier ist es besser aufgehoben«, sagte er. Eine Sperre klickte, und ein Rascheln drang zu mir. Der Mann wandte sich ab und kam auf meinen Baum zu. Nach drei oder vier Schritten gluckste wieder sein Lachen. Das Glucksen hatte ich noch irgendwie in Erinnerung. Ich holte meine Pfeife aus der Tasche und hielt sie wie eine Pistole.
Ich rief leise: »He, Lanny.«
Der Mann blieb jäh stehen und versuchte, seine Hand hochzukriegen. Ich sagte: »Nein. Du weißt, daß du das nicht tun darfst, Lanny. Ich hab dich im Visier.«
Nichts bewegte sich. Das Mädchen hinten auf dem Pfad bewegte sich nicht. Ich bewegte mich nicht. Lanny bewegte sich nicht.
»Stell die Tasche vor deine Füße, Kleiner«, sagte ich ihm. »Langsam und ruhig.«
Er bückte sich. Ich sprang vor und griff ihn mir, während er noch vornübergebeugt stand. Er richtete sich schwer atmend vor mir auf. Seine Hände waren leer.
»Sag schon, daß mir das noch leid tun wird«, sagte ich. Ich lehnte mich gegen ihn und holte die Pistole aus seiner Manteltasche. »Alle Leute wollen ihre Schießeisen bei mir loswerden«, sagte ich ihm. »Ich geh schon ganz gebückt von all der Last. Verschwinde.«
Unser Atem traf und mischte sich, unsere Augen glichen den Augen zweier Kater auf dem Dach. Ich trat zurück.
»Mach Fliege, Lanny. Nichts für ungut. Du hältst still, und ich halt still. Okay?«
»Okay«, sagte er heiser.

Der Nebel schluckte ihn. Das schwache Geräusch seiner Schritte, dann nichts mehr. Ich hob die Tasche auf und fühlte hinein und ging auf den Pfad zu. Sie stand noch immer bewegungslos, den grauen Pelzmantel fest um den Hals geschlossen mit einer handschuhlosen Hand, auf der matt ein Ring schimmerte. Sie trug keinen Hut. Ihr gescheiteltes, dunkles Haar war Teil des nächtlichen Dunkels. Desgleichen ihre Augen.

»Saubere Arbeit, Marlowe. Sind Sie jetzt mein Leibwächter geworden?« Ihre Stimme klang ein bißchen rauh.

»Sieht so aus. Hier ist die Tasche.«

Sie nahm sie. Ich sagte: »Sind Sie mit dem Wagen hier?«

Sie lachte. »Ich bin mit einem Begleiter gekommen. Was treiben Sie eigentlich hier?«

»Eddie Mars hat mich sprechen wollen.«

»Ich wußte nicht, daß Sie ihn kennen. Was wollte er?«

»Das dürfen Sie gern wissen. Er war der Meinung, ich sei hinter jemandem her, der mit seiner Frau durchgebrannt ist.«

»Sind Sie das?«

»Nein.«

»Warum sind Sie dann gekommen?«

»Um rauszukriegen, warum er der Meinung war, ich sei hinter jemandem her, der mit seiner Frau durchgebrannt ist.«

»Haben Sie's rausgekriegt?«

»Nein.«

»Sie sprudeln Nachrichten wie'n Radiosprecher. Aber es geht mich wohl nichts an – sogar wenn es sich um meinen Mann handelt. Ich dachte, Sie wären daran nicht interessiert.«

»Jeder schlägt es mir aber um die Ohren.«

Sie biß ärgerlich die Zähne zusammen. Der Zwischenfall mit dem maskierten Waffenbruder schien sie kein bißchen beeindruckt zu haben. »Also, bringen Sie mich zur Garage«, sagte sie. »Ich muß mich nach meinem Begleiter umsehen.«

Wir gingen den Pfad entlang und ums Gebäude herum und sahen Licht vor uns, bogen dann nochmal ums Eck und kamen zu einem hellen, eingezäunten Hof, der von zwei Flutlichtern beleuchtet wurde. Er war noch immer mit Ziegeln gepflastert und senkte sich noch immer zu einem Gatter in der Mitte. Wagen glänzten, und ein Mann in braunem Kittel erhob sich von einem Schemel und kam näher.

»Ist mein Süßer immer noch voll?« fragte sie ihn unbekümmert.
»Ich fürchte, ja, Miss. Ich habe eine Decke über ihn gelegt und die Fenster hochgedreht. Es geht ihm gut, glaube ich. Braucht nur etwas Ruhe.«
Wir gingen auf einen großen Cadillac zu, und der Mann im Kittel machte die Hintertür auf. Auf dem breiten Rücksitz lag, bis zum Kinn unter einer Decke vergraben, locker hingestreckt ein Mann und schnarchte mit offenem Mund. Es schien ein großer, blonder Kerl zu sein, der einen Stiefel vertragen konnte.
»Darf ich Ihnen Mr. Larry Cobb vorstellen?« sagte Vivian. »Mr. Cobb – Mr. Marlowe.«
Ich knurrte.
»Mr. Cobb war mein Begleiter«, sagte sie. »So ein netter Begleiter, dieser Mr. Cobb. So aufmerksam. Sie müßten ihn mal nüchtern sehn. *Ich* müßte ihn mal nüchtern sehn. Man müßte ihn überhaupt mal nüchtern sehn. Nur so zu Studienzwecken, meine ich. Dann würde er noch in die Geschichte eingehen, dieser kurze lichte Moment, bald verschüttet von der Zeit, doch unvergeßlich – als Larry Cobb mal nüchtern war.«
»Tja«, sagte ich.
»Ich hab sogar schon dran gedacht, ihn zu heiraten«, fuhr sie mit hoher, angespannter Stimme fort, als wenn der Schock des Überfalls erst jetzt auf sie zu wirken begänne. »In trüben Stunden, wenn mir gar nichts Amüsantes einfallen wollte. Wir alle haben solche Anfälle. Zuviel Geld, verstehen Sie? Eine Jacht, ein Haus auf Long Island, ein Haus in Newport, ein Haus auf den Bermudas, lauter Häuser hier und dort und auf der ganzen Welt vermutlich – eins vom anderen nicht weiter entfernt als eine gute Flasche Scotch. Und für Mr. Cobb reicht eine Flasche Scotch nicht weit.«
»Tja«, sagte ich. »Hat er einen Fahrer, der ihn heimschafft?«
»Sagen Sie nicht immer ›tja‹. Das gehört sich nicht.« Sie sah mich mit hochgezogenen Augenbrauen an. Der Mann im Kittel kaute mächtig an seiner Unterlippe. »Oh, zweifellos eine ganze Kompanie von Fahrern. Sie ziehen sicher jeden Morgen vor der Garage auf, mit glänzenden Köpfen, makellos weißen Handschuhen und schimmernder Wehr – zackig wie ein Kadettenkorps.«
»Na, wo, zum Teufel, ist dann der Fahrer?« fragte ich.

»Heut abend isser selber gefahren«, sagte der Mann im Kittel fast entschuldigend. »Ich kann ja bei ihm anrufen, daß ihn einer holen kommt.«
Vivian drehte sich zu ihm um und lächelte, als hätte er ihr eben ein Diamantendiadem überreicht. »Das wäre reizend«, sagte sie. »Würden Sie das wirklich tun? Ich kann Mr. Cobb einfach nicht so sterben sehn – so mit offenem Mund. Man müßte ja glauben, er sei verdurstet.«
Der Mann im Kittel sagte: »Aber nich, wenn man an ihm schnuppert, Miss.«
Sie öffnete ihre Tasche und holte eine Handvoll Papiergeld heraus und stopfte es ihm in die Faust. »Sie werden sich bestimmt um ihn kümmern, nicht wahr?«
»Heiland«, sagte der Mann und machte Stielaugen. »Tu ich glatt, Miss.«
»Ich heiße Regan«, säuselte sie. »Mrs. Regan. Sie werden mich wahrscheinlich wiedersehen. Sie sind noch nicht lange hier, oder?«
»Nö, Madame.« Seine Finger machten spasmische Sachen mit dem Geld, das er in der Faust hielt.
»Hier wird es Ihnen wunderbar gefallen«, sagte sie. Sie ergriff meinen Arm. »Wir nehmen Ihren Wagen, Marlowe.«
»Er steht draußen auf der Straße.«
»Soll mir recht sein, Marlowe. Ich liebe so einen kleinen Spaziergang im Nebel. Man trifft dabei so interessante Leute.«
»Ach, Stuß«, sagte ich.
Sie umklammerte meinen Arm und fing an zu zittern. Den ganzen Weg bis zum Wagen hielt sie mich fest. Sie zitterte nicht mehr, als wir ihn erreicht hatten. Ich fuhr an der fensterlosen Seite des Hauses vorbei eine gewundene Allee hinab. Die Allee mündete in den De Cazens Boulevard, die Hauptstraße von Las Olindas. Wir fuhren unter alten, flimmernden Bogenlampen dahin, und nach einer Weile kam eine Stadt, mit Gebäuden, tot aussehenden Läden, einer Tankstelle mit einem Licht über der Nachtglocke und schließlich einem Drugstore, der noch aufhatte.
»Sie sollten einen Schluck trinken«, sagte ich.
Sie bewegte ihr Kinn, eine Spitze von Blässe in der Ecke des Sitzes. Ich fuhr quer auf den Randstreifen und parkte. »Ein Schluck schwarzer Kaffee mit 'nem Schuß Roggen wäre das Wahre.«

»Ich könnte mich besaufen wie zwei Seelords, und das mit Hochgenuß.«
Ich hielt ihr die Tür auf, und sie stieg dicht neben mir aus und streifte mit ihrem Haar meine Wange. Wir traten in den Drugstore. Ich kaufte am Spirituosen-Stand eine halbe Flasche Roggen und trug sie rüber zu den Hockern und stellte sie auf den rissigen Marmortresen.
»Zwei Kaffee«, sagte ich. »Schwarz, stark und nicht von gestern.«
»Sie dürfen hier keinen Alkohol trinken«, sagte der Angestellte. Er trug einen ausgewaschenen, blauen Kittel, hatte ziemlich dünnes Haar und verhältnismäßig ehrliche Augen, und sein Kinn eckte bestimmt nicht an, bevor er die Ecke sah.
Vivian Regan langte in ihre Tasche nach einem Päckchen Zigaretten und schüttelte zwei locker ganz wie ein Mann. Sie hielt sie mir hin.
»Sie dürfen hier laut Gesetz keinen Alkohol trinken«, sagte der Angestellte.
Ich zündete unsere Zigaretten an und beachtete ihn nicht. Er zapfte zwei Tassen Kaffee aus einer fleckigen Kaffeemaschine und stellte sie vor uns hin. Er blickte auf die Flasche Roggen, brummte vor sich hin und grummelte: »Na schön, ich guck auf die Straße, während Sie eingießen.«
Er ging und stellte sich ans Schaufenster, kehrte uns den Rücken und ließ die Ohren hängen.
»Mir rutscht das Herz in die Hosen, wenn ich sowas tue«, sagte ich und schraubte die Kappe von der Whiskyflasche und gab dem Kaffee seine Ladung. »In dieser Stadt wird nämlich mächtig auf Gesetz und Ordnung gehalten. Während der ganzen Prohibition ist Eddie Mars' Laden ein Nachtclub gewesen, und in der Halle mußten Nacht für Nacht zwei Mann in Uniform Wache schieben und aufpassen, daß die Gäste nicht ihren eigenen Schnaps mitbrachten, statt ihn im Haus zu kaufen.«
Der Angestellte wandte sich plötzlich um und ging hinter den Tresen zurück und hinein hinter das kleine Glasfenster des Arzneiraumes.
Wir schlürften unseren Kaffee mit Schuß. Ich sah Vivians Gesicht im Spiegel hinter der Kaffeemaschine. Es war angespannt, bleich, schön und wild. Ihre Lippen waren rot und verdrossen.

»Sie haben böse Augen«, sagte ich. »Was hat Eddie Mars gegen Sie?«
Sie blickte mich im Spiegel an. »Ich habe ihn heute abend beim Roulette um eine Menge erleichtert – mit Hilfe der fünf Riesen, die ich gestern von ihm geborgt habe und nicht mehr brauche.«
»Das könnte ihn schon sauer machen. Meinen Sie, er hat den Rippenbohrer hinter Ihnen hergeschickt?«
»Was ist ein Rippenbohrer?«
»Ein Typ mit Kanone.«
»Sind Sie ein Rippenbohrer?«
»Klar«, lachte ich. »Aber genaugenommen steht ein Rippenbohrer auf der falschen Seite des Zauns.«
»Ich frage mich oft, ob es eine falsche Seite gibt.«
»Wir kommen vom Thema ab. Was hat Eddie Mars gegen Sie?«
»Sie meinen, er hätte was gegen mich in der Hand?«
»Ja.«
Ihre Lippen kräuselten sich. »Bitte etwas geistreicher, Marlowe. Viel geistreicher.«
»Wie geht's dem General? Ich habe nicht die Absicht, geistreich zu sein.«
»Nicht sehr gut. Er ist heute nicht aufgestanden. Sie könnten wenigstens aufhören, mich auszufragen.«
»Ich erinnere mich an die Zeit, als Sie es mit mir genauso machten. Wieviel weiß der General?«
»Wahrscheinlich weiß er alles.«
»Hat's Norris ihm erzählt?«
»Nein. Wilde, der Bezirksanwalt, war draußen und hat ihn besucht. Haben Sie die Bilder verbrannt?«
»Klar. Nicht wahr, Sie machen sich Sorgen um Ihre kleine Schwester – ab und zu.«
»Sie ist wohl der einzige Mensch, um den ich mir Sorgen mache. Ich mache mir aber auch gewissermaßen Sorgen um Dad, weil ich ihm Kummer ersparen möchte.«
»Er macht sich keine großen Illusionen«, sagte ich, »aber ich glaube, er hat immer noch seinen Stolz.«
»Wir sind sein Fleisch und Blut. Das ist der ganze Jammer.« Sie starrte mich im Spiegel mit unergründlichen, fernen Augen an. »Ich will nicht, daß er im Sterben sein eigenes Fleisch und Blut

verachtet. Es war immer wildes Blut, aber verdorben war es nicht immer.«

»Und wie ist's jetzt?«

»Sie werden es sicher für verdorben halten.«

»Nicht Ihres. Sie spielen bloß Ihre Rolle.«

Sie sah zu Boden. Ich trank einen Schluck Kaffee und zündete uns neue Zigaretten an. »Sie schießen also auf Menschen«, sagte sie ruhig. »Sie sind ein Killer.«

»Ich? Wieso?«

»Die Presse und die Polizei haben alles hübsch zurechtfrisiert. Aber ich glaube nicht alles, was ich lese.«

»Ah, Sie glauben, Geiger geht auf mein Konto – oder auch Brody – oder sogar beide zusammen.«

Sie sagte nichts. »Ich brauchte das nicht zu tun«, sagte ich. »Ich hätte es womöglich getan und wäre damit durchgekommen. Keiner von beiden hätte lange gefackelt und ein Sieb aus mir gemacht.«

»Das heißt, Sie sind von ganzem Herzen ein Killer, wie alle Bullen.«

»Ach Stuß.«

»Einer von diesen brutalen, eiskalten Männern, die nicht mehr Gefühl haben als ein Metzger fürs Schlachtvieh. Ich wußte es, als ich Sie zum erstenmal sah.«

»Sie haben genug miese Freunde, um es besser zu wissen.«

»Die sind harmlos im Vergleich zu Ihnen.«

»Vielen Dank, Gnädigste. Sie sind auch nicht grad ein Unschuldslamm.«

»Auf, wir wollen raus aus diesem stinkigen, kleinen Drecknest.«

Ich zahlte die Rechnung, verstaute die Flasche Roggen in meiner Tasche, und wir gingen. Der Angestellte war mir immer noch nicht grün.

Wir verließen Las Olindas und fuhren durch eine Reihe feuchter Küstenstädtchen mit Bruchbuden von Häusern, die strandabwärts bis hin zum Rauschen der Brandung gebaut waren, und mit größeren Häusern auf den Hügeln landein. Hier und da schien gelb ein Fenster, aber die meisten Häuser waren dunkel. Der Geruch des Tangs kam vom Wasser herein und legte sich auf den Nebel. Die Reifen sangen auf dem feuchten Asphalt des Boulevards. Die Welt war naß und leer.

Wir waren dicht vor Del Rey, als sie das erste Wort zu mir sprach, seit wir den Drugstore verlassen hatten. Ihre Stimme klang halb erstickt, als ob tief darunter etwas pochte.

»Fahren Sie hinunter zum Strandclub von Del Rey. Ich will das Meer sehen. Es ist die nächste Straße links.«

An der Kreuzung war ein gelbes Blinklicht. Ich wendete den Wagen und glitt hügelab, eine hohe Steilwand zur einen Seite und Eisenbahnschienen zur Rechten, und weit hinter den Gleisen glänzten von unten herauf vereinzelte Lichter und dann sehr weit weg die Lichter vom Pier und der matte Schein am Himmel über einer Stadt. Hier war der Nebel fast verschwunden. Die Straße kreuzte die Schienen, die in einer Biegung weiter am Steilhang entlangliefen, und erreichte dann ein Stück gepflasterter Uferstraße, die einen freien und leeren Strand begrenzte. Den Bordstein entlang parkten Wagen im Dunkel mit Front zum Meer. Die Lichter des Strandclubs waren ein paar hundert Meter entfernt.

Ich bremste den Wagen gegen den Randstein und schaltete die Scheinwerfer aus und blieb mit den Händen am Steuerrad sitzen. Unter dem dünner werdenden Nebel rollte und schäumte die Brandung, fast lautlos, wie ein Gedanke, der sich am Rand des Bewußtseins formen will.

»Rück näher«, sagte sie fast heiser.

Ich glitt unter dem Steuer weg zur Mitte des Sitzes. Sie wandte ihren Körper etwas von mir ab, als wollte sie aus dem Fenster sehen. Dann ließ sie sich zurückfallen, lautlos, in meine Arme. Ihr Kopf schlug fast aufs Steuer. Ihre Augen waren geschlossen, ihre Gesichtszüge undeutlich. Dann sah ich, daß ihre Augen sich öffneten und flackerten, ihr Schimmer war sogar im Dunkel sichtbar.

»Halt mich fest, du Hund«, sagte sie.

Ich legte meine Arme um sie, erst locker. Ihr Haar strich rauh gegen mein Gesicht. Ich drückte sie fester an mich und zog sie hoch. Ich brachte ihr Gesicht langsam empor an das meine. Ihre Augenlider flatterten hastig wie Mottenflügel.

Ich küßte sie fest und schnell. Dann ein langsamer, langer, saugender Kuß. Ihre Lippen öffneten sich unter meinen. Ihr Körper begann in meinen Armen zu zittern.

»Killer«, sagte sie weich; ihr Atem hauchte in meinen Mund.

Ich preßte sie an mich, bis das Zittern ihres Körpers fast meinen eigenen erschauern ließ. Ich küßte sie weiter. Nach langer Zeit zog sie ihren Kopf so weit weg, daß sie sagen konnte: »Wo wohnst du?«

»Hobart Arms. Franklin, bei der Kenmore.«

»Kenn ich nicht.«

»Wollen Sie?«

»Ja.«

»Was hat Eddie Mars gegen Sie in der Hand?«

Ihr Körper erstarrte in meinen Armen, und ihr Atem klang rauh. Sie zog den Kopf zurück, bis ihre Augen, weit offen, weiß schimmernd, mich anstarrten.

»So ist das also«, sagte sie mit sanfter, matter Stimme.

»So ist es. Küssen macht Spaß, aber Ihr Vater hat mich nicht angeheuert, damit ich mit Ihnen schlafe.«

»Du Saukerl«, sagte sie ruhig, ohne sich zu rühren.

Ich lachte ihr ins Gesicht. »Glauben Sie nicht, daß ich ein Eiszapfen bin«, sagte ich. »Ich bin nicht blind oder ohne Gefühle. Ich habe genauso warmes Blut wie jeder andere. Sie sind verdammt leicht zu haben – viel zu leicht. Was hat Eddie Mars gegen Sie in der Hand?«

»Wenn du das noch einmal sagst, fang ich an zu schreien.«

»Dann schreien Sie mal los.«

Sie rückte weg und setzte sich aufrecht weitab in die Wagenecke.

»Wegen solcher Kleinigkeiten ist schon mancher Mann umgelegt worden, Marlowe.«

»Mancher Mann wird wegen nichts und wieder nichts umgelegt. Als wir uns zum erstenmal sahen, habe ich Ihnen gesagt, daß ich Detektiv bin. Aber das will Ihnen nicht in den hübschen Kopf. Für mich ist das Arbeit, Gnädigste, kein Zeitvertreib.«

Sie fummelte in ihrer Tasche und holte ein Taschentuch heraus und biß darauf herum, den Kopf von mir abgewandt. Ich hörte, wie das Taschentuch zerriß. Sie zerriß es mit ihren Zähnen, langsam, Streifen um Streifen.

»Warum glauben Sie, daß er etwas gegen mich in der Hand hat?« flüsterte sie; ihre Stimme klang gedämpft durchs Taschentuch.

»Erst läßt er Sie eine Menge Geld gewinnen, dann schickt er 'nen Schießhund los, der's ihm wieder holt. Sie sind allenfalls mäßig überrascht. Sie haben nicht mal Dankeschön gesagt, daß ich's Ihnen gerettet habe. Wenn Sie mich fragen, so war das Ganze nichts als Schau. Wenn ich mir schmeicheln wollte, so würde ich sagen, daß ich wenigstens zum Teil davon profitiert habe.«

»Sie glauben, er kann gewinnen oder verlieren, wie es ihm paßt.«

»Klar. Bei einfachen Einsätzen viermal bei fünf Spielen.«

»Muß ich Ihnen sagen, wie sehr Sie mich ankotzen, Herr Detektiv?«

»Meinetwegen müssen Sie überhaupt nichts. Ich bin bereits ausgezahlt.«

Sie warf ihr zerfetztes Taschentuch aus dem Wagenfenster.

»Sie haben eine reizende Art, mit Frauen umzugehen.«

»Ich mag Sie gern küssen.«

»Den Kopf haben Sie dabei nicht verloren. Das ist sehr schmeichelhaft. Soll ich Ihnen gratulieren oder meinem Vater?«

»Ich mag Sie gern küssen.«

Ihre Stimme dehnte sich hochmütig. »Bringen Sie mich weg von hier, wenn Sie so freundlich sein wollen. Ich glaube, ich möchte jetzt einfach nach Hause.«

»Wollen wir nicht immer gute Freunde bleiben?«

»Wenn ich ein Rasiermesser hätte, würde ich Ihnen die Gurgel durchschneiden und sehen, was rausläuft.«

»Hoch- und Gabelstaplerblut«, sagte ich.

Ich startete den Wagen und wendete und fuhr zurück über die Eisenbahngleise zur Autostraße und weiter zur Stadt und hinauf nach West Hollywood. Sie sprach nicht mit mir. Sie bewegte sich kaum während der ganzen Rückfahrt. Ich fuhr durchs Tor und die vertiefte Auffahrt hinauf zum Portal des großen Hauses. Sie stieß die Wagentür auf und war draußen, bevor noch der Wagen richtig hielt. Selbst dann sagte sie nichts. Ich betrachtete ihren Rücken, wie sie vor der Tür stand, nachdem sie geläutet hatte. Die Tür ging auf, und Norris sah heraus. Sie drängte sich schnell an ihm vorbei und war weg. Die Tür knallte zu, und ich saß da und blickte sie an.

Ich wendete und fuhr die Auffahrt hinunter und heim.

24

Die Halle des Apartmenthauses war diesmal leer. Kein Waffenträger wartete unter der Topfpalme, um mir Befehle zu geben. Ich fuhr im automatischen Aufzug zu meiner Etage hinauf und ging beim gedämpften Radioklang hinter einer Tür den Korridor entlang. Ich brauchte etwas zu trinken und brauchte es schnell. Ich knipste im Zimmer kein Licht an. Ich ging direkt auf meine kleine Küche zu und stutzte nach drei oder vier Schritten. Irgend etwas stimmte nicht. Irgend etwas in der Luft, ein Hauch. Die Jalousien an den Fenstern waren heruntergelassen, und das Straßenlicht, das an den Seiten hereinsickerte, brachte Schummrigkeit ins Zimmer. Ich stand still und lauschte. Der Hauch in der Luft war ein Parfüm, ein schweres, aufdringliches Parfüm.

Ich hörte nichts, nicht das leiseste Geräusch. Dann gewöhnten sich meine Augen allmählich an die Dunkelheit, und ich sah über den Raum hinweg etwas vor mir, das da nicht hingehörte. Ich trat zurück, langte mit dem Daumen nach dem Schalter und knipste Licht an.

Das Bett war heruntergelassen. Etwas in ihm kicherte. Ein blonder Kopf war in mein Kissen gedrückt. Zwei nackte Arme bogen sich empor, und die dazugehörigen Hände waren über dem blonden Kopf verschränkt. Carmen Sternwood lag auf dem Rücken, in meinem Bett, und kicherte mir entgegen. Die lohfarbene Flut ihres Haars war über das Kissen ausgebreitet wie von einer sorgsamen, erfahrenen Hand. Ihre schiefergrauen Augen linsten mich an und visierten mich wie üblich – wie über einen Gewehrlauf. Sie lächelte. Ihre kleinen, scharfen Zähne glitzerten.

»Bin ich nicht süß?« sagte sie.

Ich sagte grob: »Süß wie ein Filipino am Wochenende.«

Ich ging zur Stehlampe und zog die Kordel, knipste dann die Deckenbeleuchtung aus und ging zurück durchs Zimmer zum Schachbrett auf dem Kartentisch unter der Lampe. Auf dem Brett war eine Partie aufgestellt. Matt in sechs Zügen. Ich konnte sie nicht lösen, wie so viele meiner Probleme. Ich beugte mich nieder und bewegte einen Springer, legte dann Hut und Mantel ab und warf sie irgendwohin. Währenddessen klang immerzu das leise Kichern aus dem Bett, jenes Geräusch, das mich an Ratten hinter der Wandtäfelung eines alten Hauses erinnerte.

»Ich wette, Sie wissen nicht mal, wie ich reingekommen bin.«

Ich fischte mir eine Zigarette raus und sah sie mit kalten Augen an. »Ich wette, ich weiß es. Sie sind durchs Schlüsselloch gekommen, genau wie Peter Pan.«

»Wer ist das?«

»Ach, eine Kneipenbekanntschaft von früher.«

Sie kicherte. »Sie sind wirklich süß«, sagte sie.

Ich wollte schon sagen: »Wie steht's mit dem Daumen?«, aber sie kam mir zuvor. Ich mußte sie nicht erst erinnern. Sie zog die rechte Hand unter dem Kopf hervor und begann am Daumen zu lutschen und mich mit sehr runden und frechen Augen zu mustern.

»Ich bin ganz ausgezogen«, sagte sie, nachdem ich sie rauchend eine Minute lang betrachtet hatte.

»Mein Gott«, sagte ich, »ich wußte doch, daß da noch was war. Ich habe mir schon den Kopf zerbrochen. Ich wäre fast drauf gekommen, wenn Sie's nicht erwähnt hätten. Noch eine Minute, und ich hätte gesagt: ›Ich wette, Sie sind ganz ausgezogen.‹ Ich selber trage ja immer Gummischuhe im Bett, für den Fall, daß ich mit einem schlechten Gewissen aufwache und mich dann fortschleichen muß.«

»Sie sind süß.« Sie rollte ein bißchen ihren Kopf wie ein Kätzchen. Dann zog sie ihre linke Hand unter dem Kopf hervor und griff nach der Decke, machte eine dramatische Pause und fegte sie beiseite. Es stimmte, sie war ausgezogen. Sie lag da im Lampenlicht auf dem Bett, so nackt und schimmernd wie eine Perle. Die Sternwood-Mädchen verwöhnten mich einfach in dieser Nacht.

Ich zupfte mir ein Fädchen Tabak von der Unterlippe.

»Sehr hübsch«, sagte ich. »Aber ich hab das alles schon gesehen. Erinnern Sie sich? Ich bin doch der, der Sie immer findet, wenn Sie gerade nichts anhaben.«

Sie kicherte weiter und deckte sich zu.

»Also, wie *sind* Sie denn nun reingekommen?« fragte ich sie.

»Der Verwalter hat mich reingelassen. Ich habe ihm Ihre Karte gezeigt. Ich hatte sie Vivian gestohlen. Ich sagte ihm, Sie hätten

mich herbestellt und ich solle hier auf Sie warten. Ich habe ganz ... ganz geheimnisvoll getan.« Sie strahlte vor Entzücken.
»Fein«, sagte ich. »Ja, so sind die Verwalter. Da ich nun weiß, wie Sie reingekommen sind, sagen Sie mir doch auch, wie Sie wieder rauskommen wollen.«
Sie kicherte. »Will ich doch gar nicht – noch lange nicht ... Mir gefällt's hier. Sie sind süß.«
»Hören Sie zu«, sagte ich und zeigte mit der Zigarette auf sie. »Zwingen Sie mich nicht, Sie schon wieder anzuziehen. Ich bin müde. Ich weiß Ihr Angebot zu schätzen. Nur ist es mehr, als ich annehmen darf. Dobermann Reilly hat noch nie einen Kumpel verschaukelt. Ich bin Ihr Freund. Ich werde Sie nicht verschaukeln – auch wenn Sie's wollen. Sie und ich müssen Freunde bleiben, und auf diese Weise ginge das nicht. Wollen Sie sich also jetzt anziehen wie ein liebes, kleines Mädchen?«
Sie schüttelte den Kopf hin und her.
»Hören Sie zu«, plagte ich mich weiter, »Sie machen sich doch garnichts aus mir. Sie wollen doch bloß beweisen, wie unartig Sie sein können. Aber das brauchen Sie nicht. Ich weiß es bereits. Ich bin doch der, der Sie gefunden hat ...«
»Machen Sie das Licht aus«, kicherte sie.
Ich warf meine Zigarette auf den Boden und trat sie aus. Ich zog mein Taschentuch heraus und wischte mir die Handflächen. Ich versuchte es noch einmal.
»Es ist nicht wegen der Nachbarn«, sagte ich ihr. »Denen ist das reichlich piepe. In so einem Apartmenthaus treiben sich die Miezen haufenweise umher, und wegen einer mehr wird nicht gleich die Bude einstürzen. Aber hier geht es um Berufsstolz. Sie wissen schon – Berufsstolz. Ich arbeite für Ihren Vater. Er ist ein kranker Mann, sehr schwach, sehr hilflos. Er vertraut irgendwie darauf, daß ich keine Mätzchen mache. Wollen Sie sich nicht bitte anziehen, Carmen?«
»Sie heißen gar nicht Dobermann Reilly«, sagte sie. »Sondern Philip Marlowe. Mich können Sie nicht auf den Arm nehmen.«
Ich blickte nieder aufs Schachbrett. Der Zug mit dem Springer war falsch. Ich stellte ihn dorthin zurück, von wo ich ihn weggenommen hatte. Edle Springer hatten keinen Sinn in dieser Partie. Es war kein königliches Spiel.
Ich sah sie wieder an. Sie lag jetzt still, das blasse Gesicht auf

dem Kissen, die Augen groß und dunkel und leer wie Regenfässer in der Trockenzeit. Eine ihrer kleinen fünffingrigen Hände ohne Daumen zupfte fahrig an der Decke. Irgendwo in ihr erwachte allmählich der schwache Schimmer eines Zweifels. Sie wußte es noch nicht. Es ist so schwer für Frauen – selbst für nette Frauen – zu begreifen, daß ihr Körper nicht unwiderstehlich ist.

Ich sagte: »Ich geh raus in die Küche und hol mir was zu trinken. Wollen Sie auch?«

»Hmhm.« Dunkle, schweigende, verständnislose Augen starrten mich ernst an, und der Zweifel in ihnen wurde größer, kroch geräuschlos in sie hinein, wie eine Katze, die im hohen Gras eine junge Schwarzdrossel beschleicht.

»Wenn ich zurückkomme, und Sie sind angezogen, bekommen Sie Ihren Drink. Okay?«

Ihre Zähne teilten sich, und ein schwacher zischender Laut kam aus ihrem Mund. Sie gab mir keine Antwort. Ich ging hinaus in die kleine Küche und holte etwas Scotch und Sodawasser heraus und mixte zwei Highballs. Ich hatte nichts wahrhaft Aufputschendes zu trinken wie Nitroglyzerin oder destillierten Tigeratem. Sie hatte sich nicht gerührt, als ich mit den Gläsern zurückkam. Das Zischen hatte aufgehört. Ihre Augen waren wieder tot. Ihre Lippen begannen mir zuzulächeln. Dann setzte sie sich plötzlich auf und warf alle Decken von sich und streckte die Hand aus.

»Gib her.«

»Wenn Sie angezogen sind. Nicht *bevor* Sie angezogen sind.« Ich stellte die zwei Gläser auf dem Kartentisch ab und setzte mich hin und steckte mir eine neue Zigarette an. »Auf geht's. Ich seh nicht hin.«

Ich blickte weg. Dann hörte ich plötzlich den scharfen Zischlaut. Das schreckte mich so auf, daß ich wieder zu ihr hinsah. Sie saß nackt da, auf ihre Hände gestützt, den Mund etwas offen, ihr Gesicht glich einem abgeschabten Knochen. Der Zischlaut drang aus ihrem Mund, als ob sie nichts damit zu tun hätte. In ihren Augen, so leer sie auch blickten, war etwas, das ich nie in den Augen einer Frau gesehen hatte. Dann bewegten sich ihre Lippen langsam und sorgfältig, als seien es künstliche Lippen, die durch Federn bewegt werden mußten.

Sie sagte ein obszönes Schimpfwort.
Es störte mich nicht. Es störte mich nicht, wie sie mich nannte, wie sonstwer mich nennen mochte. Aber dies hier war mein Zimmer, in dem ich wohnte. Es war alles, was ich an Zuhause hatte. In ihm waren sämtliche Dinge, die mir gehörten, die eine Bedeutung für mich hatten, eine Vergangenheit, alles was mir eine Familie ersetzte. Nicht viel; ein paar Bücher, Bilder, Radio, Schachfiguren, alte Briefe, dies und das. Nichts. An ihnen hingen alle meine Erinnerungen.
Ich konnte sie nicht länger in diesem Raum ertragen. Das Schimpfwort machte es mir nur klarer.
Ich sagte bedächtig: »Ich gebe Ihnen drei Minuten, um sich anzuziehen und hier zu verschwinden. Wenn Sie dann nicht verschwunden sind, werfe ich Sie raus – mit Gewalt. So wie Sie sind, splitternackt. Und Ihre Kleider werfe ich Ihnen nach in den Flur. Nun ein bißchen fix.«
Ihre Zähne klapperten, und das Zischen war scharf und tierisch. Sie schwang ihre Füße auf den Boden und griff nach ihren Kleidern auf einem Stuhl neben dem Bett. Sie zog sich an. Ich sah ihr zu. Sie zog sich an mit steifen, unbeholfenen Fingern – für eine Frau –, aber trotzdem schnell. Sie war in etwas mehr als zwei Minuten angezogen. Ich hab auf die Uhr gesehen.
Da stand sie neben dem Bett und hielt eine grüne Tasche gegen einen pelzbesetzten Mantel. Ein verrückter grüner Hut saß schief auf ihrem Kopf. Sie stand einen Moment lang da und zischte mich an, das Gesicht noch immer bleich wie ein abgeschabter Knochen, die Augen noch immer leer und doch voller Dschungelleidenschaft. Dann ging sie schnell zur Tür und öffnete sie und ging hinaus, ohne zu sprechen, ohne zurückzublicken. Ich hörte, wie sich der Aufzug mit einem Ruck in Bewegung setzte und durch den Schacht glitt.
Ich ging zu den Fenstern und zog die Jalousien hoch und machte die Fenster weit auf. Die Nachtluft wehte herein mit einer Art schaler Weichheit, die an Autoabgase und die Straßen der Stadt erinnerte. Ich langte nach meinem Glas und trank es langsam aus. Die Tür des Apartmenthauses schloß sich unter mir. Schritte klapperten auf dem stillen Pflaster. Ein Wagen startete nicht weit weg. Er raste in die Nacht hinein mit kreischenden Gängen. Ich ging zurück zum Bett und blickte darauf nieder.

Auf dem Kissen war noch der Eindruck ihres Kopfes, auf den Laken der ihres verruchten kleinen Körpers zu sehen.
Ich stellte mein leeres Glas ab und riß die Laken voller Wut in Fetzen.

25

Es regnete wieder am nächsten Morgen, der schräge, graue Regen glich einem wehenden Vorhang aus Kristallperlen. Ich stand auf mit flauem Gefühl und müde und stellte mich ans Fenster und sah hinaus, noch immer den ungewissen, unangenehmen Nachgeschmack der Sternwoods im Mund. Ich war so leer wie die Taschen einer Vogelscheuche. Ich ging zur Küche hinaus und trank zwei Tassen schwarzen Kaffee. Man kann auch von anderem als Alkohol das heulende Elend kriegen. Ich hatte es von den Frauen. Sie machten mich krank.
Ich rasierte mich und duschte und zog mich an und holte meinen Regenmantel heraus und ging nach unten und sah zur Haustür hinaus. Auf der anderen Seite der Straße, hundert Fuß weiter oben, war eine graue Plymouth-Limousine geparkt. Es war dieselbe, die mir tags zuvor nachzufahren versucht hatte, dieselbe, nach der ich Eddie Mars gefragt hatte. Es konnte ein Bulle drin sitzen, wenn ein Bulle so viel Zeit zur Verfügung hatte und sie an meine Verfolgung verschwenden wollte. Es konnte auch ein Schlaumeier aus der Detektivbranche sein, der seine Nase in einen fremden Fall steckte, um zu schnüffeln, ob da nicht was zu holen sei. Oder es war der Bischof von Bermuda, dem mein Nachtleben mißfiel.
Ich ging hinten hinaus und holte mein Kabrio aus der Garage und fuhr ums Haus nach vorn am grauen Plymouth vorbei. Ein kleiner Mann saß drin, allein. Er fuhr mir sofort nach. Im Regen arbeitete er besser. Er blieb dicht genug hinter mir, so daß ich keinen kurzen Block schaffen und verschwinden konnte, bevor er ihn erreicht hatte, und er blieb weit genug zurück, so daß meist andere Wagen zwischen uns waren. Ich fuhr hinunter zum Boulevard und parkte auf dem Parkplatz neben meinem Bürohaus und trat heraus, den Kragen meines Regenmantels hochgeschlagen, die Krempe meines Hutes heruntergezogen, dazwischen eisige Regentropfen im Gesicht. Der Plymouth stand auf

der anderen Seite neben einem Hydranten. Ich ging hinunter zur Kreuzung und überquerte sie bei Grün und kam zurück, dicht am Bordstein und neben dem geparkten Wagen. Der Plymouth hatte sich nicht bewegt. Niemand war ausgestiegen. Ich erreichte ihn und riß die Tür an der Seite zum Bürgersteig auf.

Ein kleiner, helläugiger Mann saß hinter dem Lenkrad geduckt in der Ecke. Ich stand und blickte zu ihm herein, während der Regen mir auf den Rücken klatschte. Seine Augen blinzelten hinter dem wirbelnden Rauch einer Zigarette. Seine Hände klopften ruhelos auf das dünne Lenkrad.

Ich sagte: »Sie wissen wohl nicht, was Sie wollen?«

Er schluckte, und die Zigarette schuckelte zwischen seinen Lippen. »Ich glaube nicht, daß ich Sie kenne«, sagte er mit einem kurzatmigen Stimmchen.

»Marlowe's mein Name. Der, dem Sie seit etlichen Tagen zu folgen versuchen.«

»Ich folge niemandem, Mister.«

»Ihre Mühle tut's aber. Vielleicht haben Sie sie nicht unter Kontrolle. Aber wie Sie wollen. Ich geh jetzt frühstücken in die Snackbar gegenüber, Orangensaft, Eier mit Speck, Toast, Honig, drei oder vier Tassen Kaffee und einen Zahnstocher. Ich gehe dann hinauf in mein Büro, das sich im sechsten Stock des Gebäudes direkt vor Ihnen befindet. Falls Sie irgendwas auf dem Herzen haben, das Sie über alle Maßen bedrückt, dann kommen Sie doch rauf und kauen Sie's mir vor. Ich öle inzwischen mein Maschinengewehr.«

Ich ließ ihn blinzeln und ging weg. Zwanzig Minuten später lüftete ich das Soirée d'Amour der Scheuerfrau aus meinem Büro und öffnete einen dicken, rauhen Umschlag, der mit einer feinen, altmodischen, spitzen Handschrift adressiert war. Der Umschlag enthielt eine kurze, förmliche Notiz und einen großen violetten Scheck auf fünfhundert Dollar, zahlbar an Philip Marlowe, gezeichnet Guy de Brisay Sternwood, durch Vincent Norris. Damit war der Morgen gerettet. Ich schrieb gerade einen Giroabschnitt aus, als mir der Summer kundtat, daß soeben jemand mein Empfangskabäuschen betreten hatte. Es war der kleine Mann aus dem Plymouth.

»Fein«, sagte ich. »Kommen Sie rein und mausern Sie sich.«

Er glitt, während ich die Tür aufhielt, vorsichtig an mir vorbei, so vorsichtig, als ob er Angst hätte, ich würde ihm einen Tritt in seinen kleinen Hintern versetzen. Wir setzten uns und sahen uns über den Schreibtisch hinweg an. Er war ein sehr kleiner Mann, nicht größer als eins sechzig, und er wog kaum mehr als ein Schlachterdaumen. Er hatte starre, glänzende Augen, die hart aussehen wollten und so hart aussahen wie Austern auf halber Schale. Er trug einen dunkelgrauen Zweireiher, der zu weit in den Schultern war und zuviel Aufschlag hatte. Darüber, offen, ein irischer Tweedmantel mit etlichen abgewetzten Stellen. Über den Aufschlägen quoll regennaß eine Masse Seidenschlips heraus.

»Vielleicht kennen Sie mich«, sagte er. »Ich bin Harry Jones.«

Ich sagte, daß ich ihn nicht kannte. Ich schob ihm eine flache Blechschachtel mit Zigaretten hin. Er schnappte mit seinen kleinen, sauberen Fingern nach einer wie eine Forelle nach der Fliege. Er zündete sie mit dem Schreibtischfeuerzeug an und schwenkte seine Hand.

»Ich kenn mich aus«, sagte er. »Kenne die Jungs und so. Hab mal ein bißchen Schnaps gefahren von Hueneme Point herauf. Ein böser Job, Bruder. Wenn man vorneweg fahren muß mit 'ner Kanone auf den Knien und soviel Kies in der Tasche, daß man damit 'nen ganzen Bergwerksschacht hätte zuschütten können. Oft mußten wir viermal die Bullen auszahlen, bevor wir in Beverly Hills waren. Ein böser Job.«

»Schrecklich«, sagte ich.

Er lehnte sich zurück und blies aus dem kleinen, verkniffenen Winkel seines kleinen, verkniffenen Mundes Rauch zur Decke hinauf.

»Vielleicht glauben Sie mir nicht«, sagte er.

»Vielleicht«, sagte ich. »Vielleicht auch nicht. Vielleicht habe ich mir auch noch nicht den Kopf darüber zerbrochen. Was wollen Sie mit Ihrer Geschichte eigentlich bezwecken?«

»Nichts«, sagte er sauer.

»Seit ein paar Tagen sind Sie hinter mir her«, sagte ich. »Wie einer, der 'ne Kleine abschleppen will und dann im letzten Moment immer wieder Bammel kriegt. Vielleicht verkaufen Sie Versicherungen. Vielleicht kennen Sie auch einen gewissen Joe Brody. Das sind 'ne Masse Vielleichts, aber in meinem Beruf hat man eben mit 'ner Masse zu tun.«

Er machte Stielaugen, und seine Unterlippe fiel ihm fast in den Schoß. »Himmel, woher wissen Sie das?« sagte er.

»Ich bin ein Medium. Und jetzt geben Sie Ihrem Herzen 'nen Stoß und schütten Sie's aus. Ich hab nicht den ganzen Tag Zeit.«

Der Glanz seiner Augen verschwand fast zwischen den plötzlich verengten Lidern. Es herrschte Schweigen. Der Regen prasselte nieder auf das flache, geteerte Dach über der Halle von Mansion House unter meinen Fenstern. Seine Augen öffneten sich etwas, sie glänzten wieder, und seine Stimme klang nachdenklich.

»Ich hab versucht, Sie im Auge zu behalten, klar«, sagte er. »Ich habe was zu verkaufen – billig, für zwei Hunderter. Wie haben Sie mich mit Joe in Verbindung gebracht?«

Ich öffnete einen Brief und las ihn. Er offerierte mir einen sechsmonatigen Fernkurs im Fingerabdrucknehmen mit Berufsrabatt. Ich ließ ihn in den Papierkorb fallen und sah den kleinen Mann wieder an. »Machen Sie sich keine Sorgen. Ich habe bloß geraten. Sie sind kein Bulle. Sie gehören nicht zur Mannschaft von Eddie Mars. Ich habe ihn gestern abend danach gefragt. Außer Joe Brodys Freunden könnte ich mir keinen denken, der sich so stark für mich interessieren würde.«

»Himmel«, sagte er und leckte sich die Unterlippe. Sein Gesicht war weiß wie Papier geworden, als ich Eddie Mars erwähnte. Sein Mund ging auf, und seine Zigarette blieb wie durch Zauber im Winkel hängen, als ob sie dort angewachsen wäre. »Och, Sie wollen mich auf den Arm nehmen«, sagte er schließlich mit dem gewissen Lächeln, wie man's in den Operationssälen sieht.

»In Ordnung. Ich nehme Sie auf den Arm.« Ich öffnete noch einen Brief. Dieser hier wollte mir einen täglichen Informationsdienst aus Washington verkaufen, lauter Inside-Material, direkt aus der Küche. »Ich nehme an, Agnes ist auf freiem Fuß«, fügte ich hinzu.

»Jawoll. Sie schickt mich. Ha'm Sie Interesse?«

»Na ja, so eine Blondine . . .«

»Quatsch. Sie haben eine Andeutung gemacht, als Sie neulich nachts oben waren – in der Nacht, als Joe abgeknallt wurde. Von wegen Brody müßte ganz schön was von den Sternwoods gewußt haben, daß er's wagte, ihnen das Bild zu schicken.«

»Hmhm. Hat er? Was war's?«
»Dafür sollen die zweihundert Mäuse gezahlt werden.«
Ich ließ weitere Verehrerpost in den Korb fallen und steckte mir eine frische Zigarette an.
»Wir müssen aus der Stadt raus«, sagte er. »Agnes ist ein nettes Mädchen. Sie können ihr das nicht anhängen. Eine Dame hat's nicht leicht heutzutage.«
»Sie ist zu groß für Sie«, sagte ich. »Sie zerquetscht Sie ja, wenn sie sich auf Sie legt.«
»Das ist'n dreckiger Witz, Bruder«, sagte er mit einem Etwas, das genug nach Würde klang, um mich zum Staunen zu bringen.
Ich sagte: »Sie haben recht. Ich bin in letzter Zeit viel in schlechter Gesellschaft gewesen. Lassen wir das Geseire und kommen wir zur Sache. Was haben Sie für das Geld zu bieten?«
»Würden Sie's bezahlen?«
»Was kommt dabei raus?«
»Es hilft Ihnen, Rusty Regan zu finden.«
»Ich bin nicht hinter Rusty Regan her.«
»Sagen Sie. Wollen Sie's hören oder nicht?«
»Also fangen Sie schon an zu zwitschern. Ich zahle für alles, was ich brauchen kann. Für zwei Hunderter kann man sich in meinen Kreisen 'ne Masse Information kaufen.«
»Eddie Mars hat Regan kaltmachen lassen«, sagte er ruhig und lehnte sich zurück, als ob er gerade zum Vizepräsidenten ernannt worden wäre.
Ich schwenkte meine Hand in Richtung Tür. »Darüber würde ich mit Ihnen nicht mal streiten«, sagte ich. »Es wäre schade um den Sauerstoff. Ziehn Sie Leine, Kleinformat.«
Er lehnte sich über den Schreibtisch, er hatte weiße Linien um die Mundwinkel. Er stippte sorgfältig seine Zigarette aus, immer und immer wieder, ohne darauf zu sehen. Durch eine Verbindungstür drang das Geräusch einer Schreibmaschine, die monoton vor sich hin klapperte, zur Klingel, zum Zeilenschalter, Zeile um Zeile.
»Ich meine es ernst«, sagte er.
»Schwirren Sie ab. Belästigen Sie mich nicht. Ich habe zu arbeiten.«
»Nein, das haben Sie nicht«, sagte er scharf. »So einfach ist das nicht. Ich bin hergekommen, um meinen Spruch aufzusagen,

und das tue ich. Ich habe Rusty selbst gekannt. Nicht gut, aber gut genug, um zu fragen: ›Wie geht's, Kumpel?‹, und von ihm 'ne Antwort zu bekommen oder auch keine, je nachdem, wie er bei Laune war. Immerhin war er'n feiner Kerl. Ich habe ihn immer gemocht. Er war hinter 'ner Sängerin her, einer gewissen Mona Grant. Dann änderte sie ihren Namen in Mars um. Rusty war deshalb sauer und hat eine reiche Puppe geheiratet, die immer in den Kneipen rumhing, als ob sie daheim kein Bett hätte. Sie wissen über sie Bescheid, groß, dunkel, rassig wie 'ne Zuchtstute, aber eben von der Sorte, die 'nem Mann ganz schön auf den Wecker fallen kann. Überkandidelt. Rusty konnt mit ihr nicht auskommen. Aber Himmel, mit dem Zaster des alten Herrn ließ sich's doch auskommen, oder nicht? Denkste. Dieser Regan war schon ein komischer Bussard. Er hatte kein Auge fürs Naheliegende. Er mußte immer über den nächsten Berg gucken. Er war gar nicht recht vorhanden, wo er grad war. Ich glaube, er war überhaupt nicht scharf auf den Zaster. Und wenn ich das sage, Bruder, dann ist das ein Kompliment.«

Der kleine Mann war demnach gar nicht so dumm. Ein billiger kleiner Ganove würde sich keine solchen Gedanken machen, geschweige denn, er würde sie ausdrücken können.

Ich sagte: »Er ist also abgehauen.«

»Er war im Begriff abzuhauen – vielleicht. Mit diesem Mona-Mädchen. Sie hat nicht mit Eddie Mars zusammengelebt, mochte seine Geschäfte nicht. Am wenigsten die Nebenzweige wie Erpressung, Wagenklau, Unterschlupf für heiße Typen aus dem Osten und dergleichen. Es ging die Rede, Regan hätte Eddie eines Nachts in aller Öffentlichkeit gesagt, daß er's mit ihm zu tun kriegte, wenn er je Mona in eins seiner kriminellen Dinger verwickelte.«

»Das meiste von dem hatte ich schon im Kasten, Harry«, sagte ich. »Dafür können Sie kein Geld erwarten.«

»Ich komme noch drauf. Regan türmte also. Ich sah ihn damals jeden Nachmittag, wie er bei Vardi saß und irischen Whisky trank und Löcher in die Wand starrte. Er war nicht sehr redselig. Hin und wieder gab er mir 'nen Wetteinsatz, weshalb ich ja dort war, um nämlich die Wetten für Puss Walgreen einzusammeln.«

»Ich dachte, der ist im Versicherungsgeschäft.«

»So steht's an der Tür. Ich nehme an, er würd Ihnen auch 'ne Versicherung verkaufen, bevor Sie ihn totschlagen. Na, so um Mitte September seh ich Regan auf einmal nicht mehr. Es ist mir nicht gleich aufgefallen. Sie wissen, wie das so geht. Ein Mann ist da, und man sieht ihn, und dann ist er nicht da, und man sieht ihn nicht, bis es einem irgendwie auffällt. Mir ist es aufgefallen, als ich zuhörte, wie einer lachend erzählte, daß die Frau von Eddie Mars mit Rusty Regan verduftet sei und Mars so täte wie ein Brautführer, statt sauer zu sein. Also erzähle ich das Joe Brody, und Joe war gerissen.«

»Den Teufel war er«, sagte ich.

»Nicht so gerissen wie'n Bulle, aber immer noch gerissen. Er ist scharf auf den Zaster. Er rechnet sich aus, daß, wenn er dem Pärchen auf die Spur käme, er vielleicht doppelt kassieren könnte – einmal von Eddie Mars und einmal von Regans Frau. Joe hat die Familie ein bißchen gekannt.«

»Fünf Riesen kannte er von ihr«, sagte ich. »Um die hat er sie nämlich vor 'ner Weile erleichtert.«

»Ah ja?« Jones wirkte leicht überrascht. »Das hätte Agnes mir sagen sollen. Das ist'n schwacher Punkt. Immer müssen sie was verheimlichen. Na, Joe und ich verfolgen die Zeitungen und können nichts finden, also wissen wir, daß der alte Sternwood die Decke drüber hält. Dann treffe ich eines Tages Lash Canino bei Vardi. Kenn' Sie ihn?«

Ich schüttelte den Kopf.

»Das ist 'n Typ, der wirklich so hart ist, wie sich's mancher gern von sich einbildet. Er arbeitet ab und zu für Eddie Mars, wenn Mars ihn braucht – als Ausputzer. Der knallt einen Mann ab zwischen zwei Drinks. Wenn Mars ihn nicht braucht, läßt er sich bei ihm nicht blicken. Und er wohnt auch nicht in Los Angeles. Na ja, das hat was zu sagen und vielleicht auch nicht. Vielleicht hatten sie 'ne Spur von Regan, und Mars saß bloß zurückgelehnt mit 'nem Lächeln in seiner Visage und wartete auf die passende Gelegenheit. Aber es kann sich auch um was ganz andres handeln. Jedenfalls erzähl ich's Joe, und Joe hängt sich an Canino dran. Er war'n echter Dranhänger. Ich selbst bin darin nicht so gut. Das gebe ich Ihnen zu – geschenkt. Und Joe hängt sich also an Canino und folgt ihm bis zu Sternwoods Haus, und Canino parkt draußen vorm Grundstück, und ein Wagen hält neben ihm mit 'm Mädchen drin. Sie unterhalten sich 'ne Weile, und Joe denkt, das Mädchen reicht was rüber, sowas wie Kies. Das Mädchen zieht Leine. Es ist Regans Frau. Schön, sie kennt Canino, und Canino kennt Mars. Also nimmt Joe an, daß Canino was über Regan weiß und nun versucht, für sich selbst'n bißchen was rauszuquetschen. Canino schwirrt ab, und Joe verliert ihn aus 'm Auge. Ende des ersten Aktes.«

»Wie sieht dieser Canino aus?«

»Klein, gedrungen, braunes Haar, braune Augen und trägt immer braune Anzüge und 'nen braunen Hut. Trägt sogar 'nen braunen Wildlederregenmantel. Fährt'n braunes Coupé. Alles braun bei Mr. Canino.«

»Kommen wir zum zweiten Akt«, sagte ich.

»Den gibt's nicht ohne Kies.«

»Ich sehe die zweihundert Scheine nicht recht. Mrs. Regan hat einen Ex-Schnapshändler aus den Kneipen geheiratet. Sie hat auch noch andere von seiner Sorte gekannt. Sie hat Eddie Mars gut gekannt. Wenn sie meinte, daß Regan was passiert wäre, dann wäre Eddie genau der Mann gewesen, an den sie sich gewendet hätte, und Canino wiederum wäre wohl der gewesen, der die Sache für Eddie hätte bereinigen müssen. Ist das alles, was Sie haben?«

»Würden Sie die zweihundert ausgeben, um zu wissen, wo Eddies Frau ist?« fragte der kleine Mann ruhig.

Jetzt hatte er meine ganze Aufmerksamkeit. Ich zerbrach fast die Armlehnen meines Sessels beim Draufstützen.

»Sogar wenn sie allein wäre?« fragte Eddie Jones mit einer sanften, eher unheilvollen Stimme. »Sogar wenn sie nie mit Regan durchgebrannt wäre und jetzt etwa vierzig Meilen weg von Los Angeles versteckt gehalten würde – damit die Polente weiterhin denkt, sie sei mit ihm getürmt? Würden Sie dafür zweihundert Scheine zahlen, Schnüffler?«

Ich leckte mir die Lippen. Sie schmeckten trocken und salzig. »Ich glaube schon«, sagte ich. »Wo?«

»Agnes hat sie gefunden«, sagte er finster. »Einfach durch einen glücklichen Zufall. Sah sie draußen fahren und konnte ihr nach Hause folgen. Agnes wird Ihnen sagen, wo's ist – wenn sie das Geld in Händen hält.«

Ich machte ihm ein hartes Gesicht. »Sie können's auch den Bullen umsonst erzählen, Harry. Sie haben neuerdings ein paar gute Ausquetscher unten in der Zentrale. Wenn sie Sie dabei draufgehen lassen, bleibt ihnen immer noch Agnes.«
»Sollen sie mal versuchen«, sagte er. »Ich bin nicht so zerbrechlich.«
»Agnes muß was an sich haben, das mir bisher nicht aufgefallen ist.«
»Sie ist'n Gauner, Schnüffler. Ich bin'n Gauner. Wir sind alle Gauner. Also verkaufen wir uns gegenseitig für'n Butterbrot. Okay. Sehen Sie mal, ob's bei mir klappt.« Er langte nach einer zweiten von meinen Zigaretten, pflanzte sie sich sauber zwischen die Lippen und steckte sie mit einem Streichholz an, so wie ich es immer mache – nach zwei Fehlstarts auf dem Daumennagel nahm er den Fuß zu Hilfe. Er paffte gleichmütig und starrte mich offen an, ein komisches, kleines, hartes Kerlchen, das ich über ein ganzes Baseballfeld hätte werfen können. Ein kleiner Mann in einer Welt für Große. Es war etwas an ihm, das mir gefiel. »Ich drehe hier keine krummen Dinger«, sagte er selbstsicher. »Ich bin hier, um über zwei Hunderter zu sprechen. Das ist noch immer der Preis. Ich bin hier, weil ich dachte, ich würde ein klares Ja oder Nein bekommen, entweder – oder. Und jetzt kommen Sie mir mit den Bullen. Sie sollten sich was schämen.« Ich sagte: »Sie sollen die zweihundert haben – für diese Information. Ich muß das Geld erst ranschaffen.«
Er stand auf und nickte und zog sich seinen abgetragenen kleinen irischen Tweedmantel fest um die Brust. »Geht in Ordnung. Im Dunkeln ist's sowieso besser. Typen wie Eddie Mars in die Pfanne zu hauen, das ist 'ne mulmige Sache. Aber der Mensch muß essen. Mit der Buchmacherei geht's zur Zeit ziemlich flau. Ich glaube, die großen Fische haben Puss Walgreen gesagt zu verduften. Wie wär's, wenn Sie rüber ins Büro kämen, Fulwider-Haus, Western und Santa Monica Nummer vier-achtundzwanzig, hinten? Ich bring Sie zu Agnes.«
»Können Sie's mir nicht selbst sagen? Ich kenne Agnes.«
»Ich hab's ihr versprochen«, sagte er einfach. Er knöpfte seinen Mantel zu, schob sich den Hut schief auf den Kopf, nickte nochmals und schlenderte zur Tür. Er ging hinaus. Seine Schritte verklangen im Flur.

Ich ging hinunter zur Bank und gab meinen Fünfhundert-Dollar-Scheck zum Einzug und ließ mir zweihundert auszahlen. Ich ging wieder hinauf und saß in meinem Sessel und dachte an Harry Jones und seine Geschichte. Sie schien mir ein bißchen zu glatt. Sie hatte eher die strenge Einfachheit von Dichtung als das wirre Gestrüpp von Wahrheit. Captain Gregory hätte durchaus in der Lage sein müssen, Mona Mars zu finden, wenn sie ihm so dicht vor der Nase war. Vorausgesetzt natürlich, er hätte es versucht.
Ich dachte fast den ganzen Tag darüber nach. Niemand kam ins Büro. Niemand rief mich an. Es regnete noch immer.

26

Um sieben hatte der Regen eine Atempause eingelegt, aber die Gossen waren noch überflutet. Auf der Santa Monica stand das Wasser bis zum Bürgersteig, und eine dünne Schicht schwemmte über den Bordstein. Ein Verkehrspolizist in glänzendem, schwarzem Gummi von den Stiefeln bis zur Mütze kam unter dem Schutz eines aufgeweichten Zeltdachs hervor und schwappte durch die Flut. Meine Gummiabsätze glitten auf dem Pflaster aus, als ich in die schmale Halle des Fulwider-Hauses trat. Ganz hinten brannte eine einzelne Hängelampe, dahinter war ein offener, einst vergoldeter Aufzug. Auf einer angeknabberten Gummimatte stand ein fleckiger, gern verfehlter Spucknapf. Wie ein falsches Gebiß guckten aus einem Kasten an der mostrichfarbenen Wand die Sicherungen heraus. Ich schüttelte den Regen von meinem Hut und sah mir neben den falschen Zähnen den Gebäude-Wegweiser an. Nummern mit Namen und Nummern ohne Namen. Viele leere Räume oder viele Mieter, die anonym bleiben wollten. Schmerzlose Zahnbehandlung, obskure Detektivagenturen, kleine, kranke Firmen, die zum Sterben hierhergekrochen waren, Fernschulen, die lehrten, wie man Eisenbahner oder Radiotechniker oder Drehbuchautor wird – wenn ihnen die Postinspektoren nicht zuvor schon das Handwerk legten. Ein ekelhaftes Haus. Ein Haus, in dem der Mief alter Zigarrenstummel noch der lieblichste Geruch war.

Im Aufzug döste ein alter Mann auf einem wackligen Schemel, ein aufgeplatztes Kissen unter sich. Sein Mund stand offen, seine geäderten Schläfen glänzten im schwachen Licht. Er trug eine blaue Uniformjacke, die ihm paßte wie die Box dem Pferd. Darunter graue Hosen mit ausgefransten Aufschlägen, weiße Baumwollsocken und schwarze Chevreauschuhe, von denen einer über einem entzündeten Fußballen aufgeschlitzt war. Er schlief erbärmlich auf seinem Schemel und wartete auf einen Kunden. Ich ging, verführt durch die gespenstische Atmosphäre des Gebäudes, sachte an ihm vorbei, fand die Tür des Notausgangs und machte sie auf. Die Feuertreppe war seit einem Monat nicht gefegt worden. Penner hatten auf ihr geschlafen, auf ihr gegessen, hatten Krusten und fettige Zeitungsfetzen, Streichhölzer, ein zerfleddertes Taschenbuch aus imitiertem Leder zurückgelassen. Ein ausgebeutelter, heller Gummiring war in eine schattige Ecke der bekritzelten Wand gefallen und dort liegengeblieben. Ein sehr nettes Haus.

Ich kam beim dritten Stock heraus und schnappte nach Luft. Die Halle verfügte über den gleichen dreckigen Spucknapf und die gleiche ausgefranste Matte, die gleichen Mostrichwände, die gleichen Anzeichen von Ebbe und Elend. Ich ging den Flur lang und um eine Ecke. Der Name »L. D. Walgreen – Versicherungen« stand auf einer dunklen Milchglastür, auf einer zweiten, ebenso dunklen, und einer dritten, hinter der Licht schien. Auf einer der dunklen Türen stand: »Eingang«.

Über der erleuchteten Tür stand das Oberlicht offen. Die scharfe Piepsstimme von Harry Jones drang hindurch und sagte:

»Canino? . . . Ja, ich hab Sie irgendwo schon gesehen. Klar.«

Ich erstarrte. Die andere Stimme sprach. Sie schnurrte wie ein kleiner Dynamo hinter einer Backsteinmauer. Sie sagte: »Dacht ich mir's doch.« Es war ein unbestimmt drohender Ton in dieser Stimme.

Ein Stuhl scharrte auf Linoleum, Schritte erklangen, das Oberlicht über mir schloß sich quietschend. Ein Schatten zerschmolz hinter dem Milchglas.

Ich ging zurück zur ersten der drei Türen, die mit dem Namen Walgreen versehen waren. Ich probierte sie vorsichtig. Sie war verschlossen. Sie saß lose im Rahmen, eine alte Tür, vor vielen Jahren eingepaßt, aus schlecht abgelagertem Holz, das jetzt ausgetrocknet war. Ich langte meine Brieftasche heraus und klemmte die dicke, feste Zelluloidfolie von meinem Führerschein los. Ein Einbrecherwerkzeug, das der Gesetzgeber vergessen hatte, unter Strafe zu stellen. Ich zog meine Handschuhe an, lehnte mich sanft und liebevoll gegen die Tür und drückte den Knopf fest vom Rahmen weg. Ich schob die Zelluloidplatte in den breiten Spalt und fühlte nach dem Schnapper des Schlosses. Es klickte trocken, als zerbräche ein kleiner Eiszapfen. Ich hing reglos an der Tür wie ein fauler Fisch im Wasser. Drinnen geschah nichts. Ich drehte den Knopf und stieß die Tür ins Dunkel auf. Ich schloß sie hinter mir so vorsichtig, wie ich sie geöffnet hatte.

Vor mir befand sich das erleuchtete Rechteck eines gardinenlosen Fensters, in das die Ecke eines Schreibtisches schnitt. Auf dem Schreibtisch zeichneten sich die Umrisse einer zugedeckten Schreibmaschine ab, dann sah ich den Metallknopf einer Verbindungstür. Sie war unverschlossen. Ich trat ins zweite der drei Büros. Plötzlich trommelte Regen gegen das geschlossene Fenster. Bei seinem Geplätscher durchquerte ich den Raum. Ein dichter Lichtfächer quoll aus einer zollbreiten Türöffnung und erhellte das Büro. Alles sehr bequem. Ich schlich wie eine Katze auf dem Dach und erreichte die Angelseite der Tür, linste durch die Spalte und sah nichts weiter als Licht, das auf eine Holzkante fiel.

Die schnurrende Stimme sagte jetzt ganz freundlich: »Klar kann sich einer auf seine vier Buchstaben setzen und rauspuzzeln, was'n andrer gemacht hat, wenn er weiß, wo's langgeht. Also gehst du los und suchst diesen Schlüssellochgucker auf. Das war'n Fehler. Eddie mag das nicht. Der Schlüssellochgucker hat Eddie erzählt, daß immer einer in 'nem grauen Plymouth hinter ihm herfährt. Eddie will natürlich wissen, wer und warum, verstehste?«

Harry Jones lachte sorglos auf. »Was geht ihn das an?«

»So kommste nich weiter.«

»Sie wissen, weshalb ich zu dem Schlüssellochgucker gegangen bin. Ich hab's Ihnen bereits gesagt. Wegen Joe Brodys Mädchen. Sie muß verduften und läuft schon auf den Brandsohlen. Sie hat gemeint, der Schnüffler könnte ihr zu'n bißchen Kies verhelfen. Ich hab keinen.«

Die schnurrende Stimme sagte sanft: »Kies wofür? So'n Schlüssellochgucker ist doch kein Wohlfahrtsamt.«
»Er könnte's schon ranschaffen. Er kennt reiche Leute.« Harry Jones lachte ein tapferes, kleines Lachen.
»Mach keinen Ärger, kleiner Mann.« Die schnurrende Stimme hatte einen Kratzer, wie Sand im Getriebe.
»Okay, okay. Sie wissen doch, wie Brody weggeputzt worden ist. Es stimmt schon, daß es dieser verrückte Bubi war, aber in der Nacht, in der's passiert ist, war dieser Marlowe im Zimmer mit dabei.«
»Das ist bekannt, kleiner Mann. Er hat's der Polizei erzählt.«
»Sicher – aber eins ist nicht bekannt. Brody hat ein Nacktfoto von dem kleinen Sternwood-Mädchen verhökern wollen. Marlowe hat Wind von bekommen. Während sie sich noch drum balgten, ist die kleine Sternwood selber aufgetaucht – mit 'nem Ballermann. Sie hat auf Brody geschossen. Sie schießt 'ne Fahrkarte und demoliert ein Fenster. Nur hat der Schnüffler den Bullen nichts davon erzählt. Und Agnes auch nicht. Sie meint, ihr Fahrgeld springt dabei raus, wenn sie's läßt.«
»Das alles hat nichts mit Eddie zu tun?«
»Wie sollte es?«
»Wo ist diese Agnes jetzt?«
»Nix zu wollen.«
»Du wirst's mir sagen, kleiner Mann. Hier oder im Hinterzimmer, wo die Jungs Murmeln spielen.«
»Sie ist jetzt mein Mädchen, Canino. Ich hau mein Mädchen nicht in die Pfanne.«
Es folgte ein Schweigen. Ich hörte den Regen gegen die Scheiben klatschen. Der Duft von Zigarettenrauch kam durch die Türspalte. Ich bekam einen Hustenreiz und biß fest aufs Taschentuch. Die schnurrende Stimme sagte noch immer sanft: »Wie ich höre, war diese blonde Mieze bei Geiger nur 'ne Angestellte. Ich werd mit Eddie drüber reden. Um wieviel biste den Topfgucker angegangen?«
»Zwei Riesen.«
»Gekriegt?«
Harry Jones lachte wieder. »Ich treff ihn morgen. Ich mach mir Hoffnungen.«
»Wo ist Agnes?«

»Hören Sie ...«
Schweigen.
»Wo ist Agnes?«
»Sieh dir's an, kleiner Mann.«
Ich rührte mich nicht. Ich hatte keine Waffe bei mir. Ich brauchte nicht durch den Türspalt zu sehen, um zu wissen, daß es eine Kanone war, die Harry Jones sich auf Einladung der schnurrenden Stimme ansehen sollte. Aber sicherlich wollte Mr. Canino seine Kanone nur vorzeigen, mehr nicht. Ich wartete.
»Ich seh mir's an«, sagte Harry Jones mit so gepreßter Stimme, als bekäme er sie kaum hinter den Zähnen hervor. »Und ich sehe nichts, was ich nicht schon gesehen hätte. Ballern Sie doch los, und Sie werden sehen, was es Ihnen einbringt.«
»*Dir* brächte 's jedenfalls 'n Leichentuch, kleiner Mann.«
Schweigen.
»Wo ist Agnes?«
Harry Jones seufzte. »Okay«, sagte er müde. »Sie ist in einem Apartmenthaus, Court Street 28, oben auf Bunker Hill. Apartment 301. Ich bin eben ein Feigling. Aber warum soll ich für das Miststück den Kopf hinhalten?«
»Kein Grund vorhanden. Du bist wenigstens vernünftig. Du und ich, wir fahren jetzt los und sprechen mit ihr. Ich will nur rausfinden, ob sie dich angeschmiert hat, Junge. Wenn es so ist, wie du sagst, is' alles geritzt. Du kannst in'n Wind schießen und deinen Schlüssellochgucker anzapfen. Nichts für ungut.«
»Klar«, sagte Harry Jones. »Schon recht, Canino.«
»Fein. Das wollen wir begießen. Haste ein Glas?« Die schnurrende Stimme war nun so falsch wie die Wimpern eines Flittchens und so glatt wie die Kerne in einer Wassermelone. Eine Schublade wurde herausgezogen. Etwas scharrte auf Holz. Ein Stuhl knarrte. Ein Schlurfen am Boden. »Das ist Zollware«, sagte die schnurrende Stimme.
Man hörte es gluckern. »Auf daß dir die Motten den Nerz zerfressen, sagte die Dame.«
Harry Jones sagte sanft: »Viel Erfolg.«
Ich hörte ein kurzes, scharfes Husten. Dann ein verzweifeltes Würgen. Darauf einen leisen Bums auf dem Boden, als ob ein dickes Glas heruntergefallen wäre. Meine Finger verkrampften sich in meinem Regenmantel.

Die schnurrende Stimme sagte freundlich: »Dir wird doch nicht übel von dem einen Schluck, was, Kumpel?«
Harry Jones gab keine Antwort. Einen kleinen Augenblick lang war ein mühsames Atmen vernehmbar. Dann tiefe Stille. Dann scharrte ein Stuhl.
»Das wärs, kleiner Mann«, sagte Mr. Canino.
Schritte, ein Knipsen, der Lichtkeil zu meinen Füßen erlosch, eine Tür öffnete und schloß sich leise. Die Schritte, geruhsam und fest, erstarben.
Ich linste durch den Türspalt und zog die Tür weit auf und blickte ins Dunkel, das vom matten Schein eines Fensters gemildert wurde. Die Ecke eines Schreibtisches glänzte schwach. In einem Sessel dahinter nahm etwas Buckliges Gestalt an. In der verbrauchten Luft hing ein schwerer, stickiger Geruch, fast wie ein Parfüm. Ich trat an die Tür zum Flur und lauschte. Ich hörte das ferne Surren des Aufzugs.
Ich fand den Schalter, und Licht schien aus einer staubigen Glaskugel, die an drei Messingketten von der Decke hing. Harry Jones sah mich über den Schreibtisch hinweg an, mit weitgeöffneten Augen, krampfhaft verzerrtem Gesicht, bläulicher Haut. Sein kleiner, dunkler Kopf war zur Seite gekippt. Er lehnte aufrecht im Sessel.
Eine Straßenbahn klingelte aus fast unendlicher Ferne, und der Klang schien durch unzählige Mauern gedämpft. Eine braune Halbflasche Whisky stand geöffnet auf dem Schreibtisch. Harry Jones' Glas war gegen ein Tischbein gerollt. Das zweite Glas war verschwunden.
Ich atmete flach, mit ganz wenig Lunge, und beugte mich über die Flasche. Hinter dem rauchigen Duft des Bourbon verbarg sich noch ein anderer Geruch, der schwache Geruch von bitteren Mandeln. Harry Jones hatte sterbend auf seinen Mantel erbrochen. Das bedeutete Zyankali.
Ich ging vorsichtig um ihn herum und hob ein Telefonbuch vom Haken am Holzrahmen des Fensters. Ich ließ es wieder fallen und zog das Telefon so weit wie möglich weg von dem kleinen toten Mann. Ich wählte die Auskunft. Die Stimme antwortete.
»Geben Sie mir bitte die Telefonnummer von Apartment 301, Court Street 28.«
»Einen Augenblick bitte.« Die Stimme kam zu mir, als würde

sie vom Geruch der bitteren Mandeln getragen. Schweigen. »Die Nummer ist Wentworth 2528. Sie ist unter Glendower Apartments eingetragen.«

Ich dankte der Stimme und wählte die Nummer. Es klingelte dreimal, dann war die Verbindung da. Ein Radio plärrte durch die Leitung und wurde leiser gestellt. Eine grobe Männerstimme sagte: »Hallo.«

»Ist Agnes da?«

»Hier gibt's keine Agnes, Freund. Welche Nummer wollen Sie?«

»Wentworth zwei-fünf-zwei-acht.«

»Nummer stimmt, Mädchen nicht. Is' das nicht zum Heulen?« Die Stimme wieherte.

Ich legte auf und griff wieder nach dem Telefonbuch und schlug die Wentworth Apartments auf. Ich wählte die Nummer des Verwalters. Ich hatte eine verschwommene Vision von Mr. Canino, der rasch durch den Regen zum nächsten Rendezvous mit dem Tod fuhr.

»Glendower Apartments, Schiff am Apparat.«

»Hier ist Wallis, Polizei-Erkennungsdienst. Ist ein Mädchen namens Agnes Lozelle bei Ihnen gemeldet?«

»Wer, sagten Sie, sind Sie?«

Ich sagte es ihm noch einmal.

»Wenn Sie mir Ihre Nummer geben wollten, ich werde ...«

»Lassen Sie das Theater«, sagte ich scharf. »Ich hab's eilig. Ist sie gemeldet oder nicht?«

»Nein. Ist sie nicht.« Die Stimme war steif wie ein Plättbrett.

»Wohnt vielleicht eine große Blonde mit grünen Augen in Ihrer Absteige?«

»Hör'n Se mal, das hier is' keine Absteige ...«

»Machen Sie sich bloß nicht mausig.« Ich schnauzte ihn mit Polizistenstimme an. »Soll ich mal die Sitte rüberschicken und Ihre Bruchbude durchkämmen lassen? Ich weiß Bescheid über die Apartmenthäuser auf Bunker Hill, Mister. Besonders über die, die Telefonnummern für jedes Apartment haben.«

»Jetzt machense mal'n Punkt, Wachtmeister. Sie sollen ja Ihre Auskunft bekommen. Klar haben wir'n paar blonde Miezen hier. Wo gäb's die nicht? Ihre Augen hab ich mir nicht angesehen. Ist Ihre alleinstehend?«

»Allein oder mit einem kleinen Kerl, zirka eins sechzig, hundert Pfund, scharfe, schwarze Augen, trägt einen grauen Zweireiher, einen irischen Tweedmantel, grauen Hut. Nach meinen Informationen ist 's Apartment 301, aber dort meldet sich bloß der Witzbold vom Dienst.«

»Nö, da is' die auch nicht. Da wohnen zwei Autohändler, in drei-null-eins.«

»Danke, ich komm mal vorbei.«

»Machen Sie's unauffällig, ja? Kommen Sie direkt zu mir.«

»Sehr freundlich, Mr. Schiff.« Ich legte auf.

Ich wischte mir den Schweiß vom Gesicht. Ich ging durchs Büro und stand mit dem Gesicht zur Wand und schlug mit der Hand dagegen. Ich wandte mich langsam um und blickte hinüber auf den kleinen Harry Jones, der in seinem Sessel eine Grimasse schnitt.

»Du hast ihn also reingelegt, Harry«, sagte ich laut, mit einer Stimme, die mir fremd klang. »Du hast ihn angelogen und dein Zyankali getrunken wie ein kleiner Gentleman. Du bist verreckt wie eine vergiftete Ratte, Harry, aber für mich bist du keine Ratte.«

Ich mußte ihn durchsuchen. Es war ein übler Job. Seine Taschen verrieten nichts über Agnes, sie verrieten mir überhaupt nichts Brauchbares. Ich hatte mir das schon gedacht, aber ich mußte sichergehen. Mr. Canino konnte noch einmal zurückkommen. Mr. Canino war der Typ eines Herrn mit Selbstvertrauen, der ohne weiteres zum Ort seiner Tat zurückkehrt.

Ich machte das Licht aus und wollte gerade die Tür öffnen, als die Telefonglocke an der Fußleiste schrill zu klingeln anfing. Ich lauschte, meine Kinnmuskeln verkrampften sich schmerzhaft. Dann schloß ich die Tür und machte das Licht wieder an und ging hinüber.

»Ja?«

Eine Frauenstimme. Ihre Stimme. »Ist Harry da?«

»Momentan nicht, Agnes.«

Daraufhin wartete sie ein Weilchen. Dann sagte sie langsam: »Wer spricht?«

»Marlowe, der Kerl, der Ihnen immer Ärger macht.«

Scharf: »Wo ist er?«

»Ich bin hergekommen, um ihm für eine gewisse Auskunft zweihundert Dollar zu geben. Das Angebot steht. Ich habe das Geld. Wo sind Sie?«

»Hat er's Ihnen nicht gesagt?«

»Nein.«

»Dann fragen Sie ihn doch. Wo ist er?«

»Ich kann ihn nicht fragen. Kennen Sie einen Mann namens Canino?«

Ihr Schnaufer klang so deutlich, als stünde sie neben mir.

»Wollen Sie die zwei Scheine oder nicht?« fragte ich.

»Ich hab sie dringend nötig, Mister.«

»Also gut. Sagen Sie mir, wohin ich sie Ihnen bringen soll.«

»Ich ... ich ...« Ihre Stimme entfernte sich und kehrte in panischer Hast zurück. »Wo ist Harry?«

»Er hatte Bammel und ist verduftet. Treffen wir uns irgendwo – egal, wo. Ich habe das Geld.«

»Ich glaube Ihnen nicht – das mit Harry. Es ist eine Falle.«

»Ach, dummes Zeug. Ich hätte mir Harry schon lange kaufen können. Eine Falle ist da gar nicht nötig. Canino ist Harry irgendwie auf die Schliche gekommen, und da hat sich Harry dünn gemacht. Ich will meine Ruhe, Sie wollen Ihre Ruhe, Harry will seine Ruhe.« Harry hatte sie schon. Keiner konnte sie ihm nehmen. »Sie glauben doch wohl nicht, daß ich für Eddie Mars den Laufburschen spiele, was, Engelchen?«

»N–nein, das nicht. Nicht das. Ich treffe Sie in einer halben Stunde. Neben Bullocks Wilshire, an der Osteinfahrt zum Parkplatz.«

»In Ordnung«, sagte ich.

Ich legte den Hörer auf die Gabel. Der Hauch von Mandelduft wehte wieder zu mir her und der säuerliche Geruch von Erbrochenem. Der kleine tote Mann saß stumm in seinem Sessel, jenseits von Furcht und Panik.

Ich verließ das Büro. Nichts rührte sich im schmuddeligen Flur. Hinter keiner der Milchglastüren schien Licht. Ich ging die Feuertreppe zum ersten Stock hinunter und blickte von da auf das erleuchtete Dach der Aufzugskabine hinab. Ich drückte auf den Knopf. Langsam setzte sich der Kasten in Bewegung. Ich rannte wieder die Stufen hinunter. Die Kabine war über mir, als ich aus dem Gebäude trat.

Es hatte wieder heftig zu regnen begonnen. Ich ging in den

Regen hinein, schwere Tropfen klatschten mir ins Gesicht. Als einer auf meine Zunge schlug, wußte ich, daß mein Mund offenstand, und der Schmerz in meiner Kinnlade sagte mir, daß sie weit geöffnet und nach hinten verzerrt war, eine Nachahmung der Totenfratze, die Harry Jones' Gesicht entstellte.

27

»Geben Sie mir das Geld.«

Der Motor des grauen Plymouth pochte unter ihrer Stimme, und der Regen hämmerte darauf herab. Das lila Licht auf dem grün illuminierten Turm von Bullocks war hoch über uns, klar und fern von der dunklen, triefenden Stadt. Ihre schwarz behandschuhte Hand streckte sich aus, und ich legte die Scheine hinein. Sie beugte sich vor, um sie im schwachen Licht des Armaturenbretts zu zählen. Eine Handtasche schnappte auf, schnappte zu. Sie ließ ein Restchen Atem aus ihren Lippen. Sie lehnte sich zu mir her.

»Ich hau ab, Schnüffler. Ich mach mich auf die Socken. Das ist mein Startgeld, und Gott weiß, wie sehr ich's brauche. Was ist mit Harry passiert?«

»Ich sage Ihnen doch, er ist abgehauen. Canino ist ihm irgendwie auf die Schliche gekommen. Vergessen Sie Harry. Ich hab bezahlt und will meine Information.«

»Die sollen Sie haben. Joe und ich sind vorletzten Sonntag draußen den Foothill Boulevard langgefahren. Es war spät, und die Lichter gingen an, das übliche Verkehrsgewühl. Wir kamen an einem braunen Coupé vorbei, und ich sah das Mädchen, das fuhr. Neben ihr saß ein Mann, ein dunkler, untersetzter Mann. Das Mädchen war blond. Ich hatte sie schon mal gesehen. Es war die Frau von Eddie Mars. Der Kerl war Canino. Die beiden vergißt man nicht, wenn man sie mal gesehen hat. Joe hat das Coupé von vorn beschattet. Er machte das sehr gut. Canino, der Wachhund, hat sie spazierengefahren. Ungefähr 'ne Meile östlich von Realito biegt 'ne Straße ab nach den Vorbergen. Nach Süden hin ist dort Orangenland, aber nach Norden zu ist's so kahl wie der Hinterhof zur Hölle, und in den Bergen klebt 'n Blausäurewerk, wo sie das

Zeug zum Ausräuchern machen. Direkt neben der Autostraße ist 'ne kleine Garage mit Lackierwerkstatt, die einem gewissen Art Huck gehört. Versteck für geklaute Wagen, vermutlich. Dahinter steht 'n Fachwerkhaus, und hinter dem Haus gibt's nichts als die Vorberge und nackten Fels und das Blausäurewerk 'n paar Meilen weiter. Das ist der Ort, wo sie versteckt gehalten wird. Sie bogen auf diese Straße ab, und Joe wendete und fuhr zurück, und wir sahen den Wagen von der Straße zum Fachwerkhaus abbiegen. Wir saßen eine halbe Stunde und beobachteten die Wagen, die vorbeikamen. Der Wagen kam nicht zurück. Als es ziemlich dunkel war, hat sich Joe hinaufgeschlichen und die Lage gepeilt. Wie er sagte, war Licht im Haus, und ein Radio spielte, und vorn war nur ein Wagen geparkt, das Coupé. Also hauten wir ab.«

Sie hörte zu sprechen auf, und ich lauschte dem Quietschen der Reifen auf dem Wilshire. Ich sagte: »Vielleicht haben sie in der Zwischenzeit das Quartier gewechselt, aber sei's drum – das war's, was Sie zu verkaufen hatten. Sicher, daß sie's war?«

»Wenn Sie die mal gesehen haben, ist das nächste Mal kein Irrtum möglich. Tschau, Schnüffler, und wünschen Sie mir Glück. Ich bin übel dran.«

»Den Teufel sind Sie«, sagte ich und ging über die Straße zu meinem eigenen Wagen.

Der graue Plymouth fuhr an, beschleunigte und schoß um die Ecke zum Sunset Place. Sein Motorengeräusch erstarb, und damit war auch die blonde Agnes für mich gestorben. Drei Tote, Geiger, Brody und Harry Jones, und diese Frau fuhr in den Regen hinein mit zwei Hundertern in der Handtasche und nicht einem Kratzer. Ich startete und fuhr hinunter in die Stadt zum Essen. Ich nahm ein gutes Abendessen zu mir. Vierzig Meilen im Regen ist schon eine Tour, und ich hoffte ja, auch wieder zurückzukommen.

Ich fuhr nach Norden hinauf über den Fluß, nach Pasadena hinein, durch Pasadena hindurch und war gleich darauf in den Orangenhainen. Der schwere Regen war ein dichter, weißer Schleier im Scheinwerferlicht. Der Scheibenwischer bekam kaum das Glas so klar, daß ich durchsehen konnte. Aber auch das triefende Dunkel verbarg nicht die makellosen Reihen der

Orangenbäume, die wie die zahllosen Speichen eines Rads in die Nacht rollten.

Wagen sausten vorbei, zischend und mit Wogen schmutziger Gischt. Die Autostraße ging durch eine kleine Stadt, die nur aus Lagerhäusern und Schuppen bestand, in die Rangiergleise hineinrüsselten. Die Haine wurden dünner und fielen nach Süden ab, und die Straße stieg bergan, und es wurde kalt, und vom Norden her krochen die schwarzen Vorberge näher und schickten einen scharf peitschenden Wind über ihre Flanken herunter. Dann glühten schwach aus dem Dunkel zwei gelbe Dampflampen hoch oben in der Luft, und eine Neonschrift zwischen ihnen verhieß: »Willkommen in Realito.«

Fachwerkhäuser standen weit zurückgesetzt von der breiten Hauptstraße, dann plötzlich ein Haufen Läden, die Lichter eines Drugstores hinter beschlagenem Glas, ein Fliegenschwarm von Autos vor einem Kino, ein verdunkeltes Bankhaus an der Ecke mit einer Uhr, die über den Bürgersteig hinausragte, und einer Gruppe von Menschen, die im Regen standen und auf die Fenster blickten, als ob es da etwas zu sehen gäbe. Ich fuhr weiter, in kahle Felder hinein.

Die ganze Inszenierung wurde vom Kismet besorgt. Hinter Realito, etwa eine Meile weiter, machte die Autostraße eine Kurve, der Regen narrte mich, und ich kam zu hart an den Rand. Mein rechter Vorderreifen sackte mit bösem Zischen ab. Bevor ich noch halten konnte, tat es der rechte hintere ihm nach. Ich brachte den Wagen zum Stehen, halb auf dem Asphalt, halb auf der Böschung, stieg aus und leuchtete mit der Taschenlampe umher. Ich hatte zwei Platte und einen Reservereifen. Der flache Kopf eines schweren Stahlnagels blickte mir aus dem Vorderreifen entgegen. Der Straßenrand war übersät mit solchen Dingern. Sie waren beiseite gekehrt worden, aber nicht weit genug.

Ich knipste die Taschenlampe aus und stand da und atmete Regen und blickte eine Seitenstraße hinauf auf ein gelbes Licht. Es schien aus einer Dachluke zu kommen. Die Dachluke konnte zu einer Garage, die Garage einem Mann namens Art Huck gehören, und vielleicht stand nebenan auch ein Fachwerkhaus. Ich vergrub mein Kinn im Kragen und ging darauf zu, kehrte dann noch einmal um, klemmte die Zulassungskarte vom

Armaturenbrett und steckte sie in die Tasche. Ich beugte mich tiefer unters Steuer. Hinter einer beschwerten Klappe, direkt unter meinem rechten Bein, wenn ich im Wagen saß, war ein Geheimfach. Es lagen zwei Pistolen darin. Eine gehörte Eddie Marsens kleinem Lanny und die andere mir. Ich nahm Lannys. Sie hatte sicher mehr Übung als meine. Ich steckte sie mit dem Lauf nach unten in eine Innentasche und ging die Seitenstraße hinauf.

Die Garage lag zirka hundert Meter von der Autostraße entfernt. Sie hatte zur Chaussee hin eine leere Seitenwand. Ich ließ rasch die Taschenlampe darüber huschen. »Art Huck – Autoreparaturen und Lacke«. Ich lachte in mich hinein, dann tauchte Harry Jones' Gesicht vor mir auf, und ich hörte auf zu lachen. Die Garagentüren waren geschlossen, aber es war ein Lichtstreifen darunter und ein Strich Licht zwischen den Flügeln. Ich ging weiter. Auch das Fachwerkhaus war da, Licht in zwei Vorderfenstern hinter Jalousien. Es stand ziemlich weit von der Straße zurück, hinter einer spärlichen Baumgruppe. Ein Wagen stand auf dem Kiesweg davor. Er stand undeutlich im Dunkel, aber es war sicher ein braunes Coupé und gehörte Mr. Canino. Es parkte friedlich vor der schmalen Holzveranda. Er ließ ihr den Wagen ab und zu für eine kleine Ausfahrt und saß dann neben ihr, die Kanone wohl immer griffbereit. Das Mädchen, das Rusty Regan hätte heiraten sollen, das Eddie Mars nicht halten konnte, das Mädchen, das mit Regan *nicht* weggerannt war. Netter Mr. Canino.

Ich marschierte zurück zur Garage und bumste mit der Taschenlampe gegen die Holztür. Eine gespannte Sekunde lang herrschte Stille wie vor einem schweren Donnerschlag. Drinnen ging das Licht aus. Ich stand da und grinste und leckte mir den Regen von der Lippe. Ich ließ die Taschenlampe auf die Türmitte scheinen. Ich grinste in den weißen Kreis hinein. Ich war da, wo ich hinwollte.

Eine Stimme sprach durch die Tür, eine mürrische Stimme: »Was woll'n Sie?«

»Machen Sie auf. Ich steh auf der Autostraße und hab zwei Platte und nur ein Ersatzrad. Ich brauch Hilfe.«

»Tut mir leid, Mister. Wir haben geschlossen. Realito ist eine Meile weiter. Versuchen Sie's da.«

Das gefiel mir nicht. Ich wummerte hart gegen die Tür. Ich hämmerte weiter. Eine zweite Stimme ließ sich vernehmen, eine Stimme, die wie ein kleiner Dynamo hinter einer Wand schnurrte. Diese Stimme gefiel mir. Sie sagte: »Sie wollen's wissen, wa? Mach auf, Art.«
Ein Bolzen quietschte, und eine Türhälfte wich nach innen. Meine Taschenlampe flammte kurz auf ein hageres Gesicht. Dann fuhr etwas Blitzendes nieder und schlug mir die Lampe aus der Hand. Eine Pistole war auf mich gerichtet. Ich beugte mich nieder zum feuchten Boden, wo die Taschenlampe brannte, und hob sie auf.
Die mürrische Stimme sagte: »Mach die Lampe aus, Bubi, wenn du dir nich wehtun willst.«
Ich knipste sie aus und richtete mich auf. In der Garage ging Licht an, zeigte die Umrisse eines großen Mannes im Overall. Er trat von der offenen Tür zurück und hielt mich mit seiner Kanone in Schach.
»Komm' Sie rein und machen Sie die Tür zu, Fremder. Wir wolln sehn, was sich machen läßt.«
Ich trat ein und schloß die Tür hinter mir. Ich sah auf den hageren Mann, aber nicht auf den anderen, der im Schatten an einer Werkbank stand, schweigend. Die Luft in der Garage war süßlich und schwer vom Geruch heißer Pyroxylinfarbe.
»Ha'm Sie den Verstand verloren?« schimpfte der hagere Mann. »In Realito ha'm se heut' mittag 'ne Bank überfallen.«
»'tschuldigung«, sagte ich und erinnerte mich an die Leute, die im Regen auf die Bank starrten. »Ich bin's nicht gewesen. Ich bin fremd in der Gegend hier.«
»Tja, 'n Banküberfall«, sagte er verdrossen. »Angeblich sind's 'n paar Rotznasen gewesen, die sie in den Bergen hinten schon aufgespürt haben.«
»'ne gute Nacht zum Sichverkrümeln ist es ja«, sagte ich. »Vermutlich haben sie Reißnägel ausgestreut. Ich hab jedenfalls 'n paar abbekommen. Ich dachte schon, Sie wollten Ihrem Geschäft 'n bißchen auf die Beine helfen.«
»Sie haben wohl lange keine geballert bekommen, Mister, oder?« fragte mich knapp der hagere Mann.
»Nicht von einem Ihres Kalibers.«
Die schnurrende Stimme drüben im Schatten sagte: »Laß deine

wüsten Drohungen, Art. Der Mann sitzt in der Patsche. Schließlich betreibst du 'ne Garage, oder nicht?«
»Danke«, sagte ich und sah ihn auch jetzt noch nicht an.
»Okay, okay«, brummte der Mann im Overall. Er steckte seine Waffe durch einen Schlitz in die Tasche, biß sich auf den Knöchel und starrte mich übellaunig an. Der Geruch der Pyroxylinfarbe war widerwärtig wie Äther. Drüben in der Ecke stand unter einer Zuglampe eine große, wie neu aussehende Limousine, auf dem Kotflügel lag eine Lackierpistole.
Nun blickte ich den Mann bei der Werkbank an. Er war klein und untersetzt, mit breiten Schultern. Er hatte ein kühles Gesicht und kühle, dunkle Augen. Der braune Wildleder-Regenmantel mit Gürtel, den er trug, war ziemlich naßgeregnet. Sein brauner Hut saß verwegen schief. Er lehnte mit dem Rücken an der Werkbank und musterte mich ohne Eile, ohne Interesse, als betrachte er sich ein Stück rohes Fleisch. Vielleicht sah er die Menschen so.
Er ließ seine dunklen Augen langsam an mir auf und nieder gleiten und betrachtete dann seine Fingernägel, einen nach dem anderen, indem er sie gegen das Licht hochhielt und sorgsam prüfte, so wie er es von Hollywood gelernt hatte. Er sprach um seine Zigarette herum.
»Zwei Platte haben Sie also, was? Zu dumm. Ich dachte, sie hätten die Nägel weggekehrt.«
»Bin in der Kurve ins Rutschen gekommen.«
»Fremd hier, sagten Sie?«
»Auf der Durchfahrt. Will nach Los Angeles. Wie weit ist das noch?«
»Vierzig Meilen. Bei diesem Wetter kommt's einem länger vor. Wo kommen Sie her, Fremdling?«
»Santa Rosa.«
»Über die lange Strecke, was? Tahoe und Lone Pine?«
»Nicht über Tahoe. Reno und Carson City.«
»Immer noch 'n hübsches Ende.« Ein flüchtiges Lächeln kräuselte seine Lippen.
»Ist das verboten?« fragte ich ihn.
»Hm? Nein, gewiß nicht. Sie halten uns bestimmt für neugierig. Es is' bloß wegen des Bankraubs drüben. Nimm den Wagenheber und hol seine Reifen, Art.«

»Ich hab zu tun«, brummte der hagere Mann. »Ich hab noch viel Arbeit. Ich muß fertigspritzen. Und regnen tut's auch, wie du vielleicht bemerkt hast.«

Der Mann in Braun sagte freundlich: »Zum Spritzen isses jetzt zu feucht, Art. Los, beweg dich.«

Ich sagte: »Es sind Vorder- und Hinterreifen, rechts. Für den einen können Sie das Ersatzrad nehmen, wenn Sie's eilig haben.«

»Nimm zwei Wagenheber, Art«, sagte der braune Mann.

»Also, hör mal ...« Art fing an zu meckern.

Der braune Mann bewegte die Augen, sah Art mit sanftem, ruhigem Blick an, schlug dann fast schüchtern die Augen wieder nieder. Er sagte kein Wort. Art wankte, als hätte ihn ein Windstoß getroffen. Er stapfte hinüber in die Ecke und zog einen Gummimantel über seinen Overall und setzte einen Südwester auf den Kopf. Er griff sich einen Schraubenschlüssel und eine Handwinde und karrte den fahrbaren Wagenheber hinüber zu den Türen.

Er ging schweigend hinaus und ließ die Tür offen. Der Regen schlug herein. Der Mann in Braun schlenderte hinüber und machte sie zu und schlenderte zurück zur Werkbank und lehnte seine Hüften genauso wieder dagegen wie zuvor. Ich hätte ihn mir jetzt vornehmen können. Wir waren allein. Er wußte nicht, wer ich war. Er sah mich flüchtig an und warf seine Zigarette auf den Zementfußboden und trat sie aus, ohne hinzusehen. »Ich wette, Sie können einen Schluck brauchen«, sagte er. »Ein bißchen Feuchtigkeit innen gleicht alles wieder aus.« Er nahm eine Flasche von der Werkbank hinter sich und stellte sie auf die Ecke und zwei Gläser daneben. Er goß einen tüchtigen Schuß ein und hielt mir ein Glas hin.

Ich ging hinüber wie aufgezogen und nahm es. Die Kälte in meinem Gesicht erinnerte mich noch an den Regen. Der Geruch der heißen Farbe durchtränkte die stickige Luft in der Garage.

»Dieser Art«, sagte der braune Mann. »Er ist wie alle Mechaniker. Immer bis über die Ohren in einer Arbeit, die er schon letzte Woche hätte machen sollen. Geschäftsreise?«

Ich schnupperte leicht an meinem Glas. Es roch richtig. Ich sah zu, wie er aus seinem trank, bevor ich meines kippte. Ich ließ die Flüssigkeit auf der Zunge rollen. Zyankali war nicht drin.

Ich leerte das kleine Glas und stellte es neben ihm ab und ging wieder weg.
»Teils, teils«, sagte ich. Ich ging hinüber zur halblackierten Limousine, auf deren Kotflügel die große, metallene Lackierpistole lag. Der Regen schlug hart auf das flache Dach. Art war draußen in der Nässe und fluchte.
Der braune Mann blickte auf den großen Wagen. »Nur 'ne Frisierarbeit, fürs erste«, sagte er lässig mit seiner schnurrenden Stimme, die der Whisky noch sanfter gemacht hatte. »Aber der Kerl hatte Kies, und sein Fahrer brauchte ein paar Scheine. Sie kennen ja das Gewerbe.«
Ich sagte: »Es gibt nur eins, das älter ist.« Meine Lippen waren ganz trocken. Ich mochte nicht reden. Ich steckte mir eine Zigarette an. Ich wollte meine Reifen in Ordnung gebracht haben. Die Minuten schlichen in Zeitlupe vorbei. Der braune Mann und ich waren zwei Fremde, die sich zufällig getroffen hatten und einander über einen kleinen toten Mann namens Harry Jones anblickten. Der braune Mann wußte es nur noch nicht.
Draußen schlurften Schritte, und die Tür wurde aufgestoßen. Das Licht fiel auf Regenschnüre und machte Silberfäden daraus. Art rollte finster zwei lehmige Reifen herein, stieß die Tür zu, kippte einen der Platten um. Er sah mich wütend an.
»Da haben Sie sich aber 'ne Stelle für'n Wagenheber ausgesucht«, sagte er vergrätzt.
Der braune Mann lachte und holte eine Stange Kleingeld aus der Tasche und ließ sie auf seinem Handteller auf und ab hüpfen.
»Quatsch nich so viel«, sagte er trocken. »Flick die Reifen.«
»Ich flick sie ja schon, oder nicht?«
»Na, dann sing keine Arien drüber.«
»Jaja!« Art schälte sich Regenmantel und Südwester ab und warf beides von sich. Er hievte einen der Reifen auf ein Gestell und riß gewaltsam den Mantel locker. In Null Komma nichts hatte er den Schlauch draußen und den Flicken aufgeklebt. Noch immer brummig kam er herüber zur Wand, griff sich einen Luftschlauch neben mir, pumpte den Reifen auf, bis er voll war, und ließ das Mundstück des Luftschlauches gegen die weißgekalkte Wand knallen.
Ich stand und sah zu, wie die Rolle eingewickelter Münzen in

Caninos Hand tanzte. Der Augenblick intensiver Gespanntheit war vorüber. Ich wandte den Kopf und sah dem hageren Mechaniker neben mir zu, wie er den luftprallen Schlauch hochwarf und mit ausgebreiteten Armen auffing. Er sah ihn sich mürrisch an, schielte nach einer großen Blechtonne voll dreckigen Wassers in der Ecke und grunzte.

Sie mußten hübsche Teamarbeit geleistet haben. Ich bemerkte keinerlei Zeichen, keinen bedeutungsvollen Blick, keinen Wink, der etwas zu besagen schien. Der hagere Mann hielt den prallen Schlauch hoch in die Luft und sah ihn starr an. Er drehte den Körper halb herum, machte einen langen schnellen Schritt und wuchtete mir den Schlauch über Kopf und Schultern, ein gelungener Wurf.

Er sprang hinter mich und lehnte sich schwer auf das Gummi. Sein Gewicht zerrte an meiner Brust, preßte mir die Oberarme fest an die Seiten. Ich konnte die Hände bewegen, aber bis zur Pistole in meiner Tasche kam ich nicht.

Der braune Mann kam fast tänzelnd durch den Raum auf mich zu. Seine Hand schloß sich fest um die Geldrolle. Er trat auf mich zu ohne einen Laut, ohne Ausdruck. Ich beugte mich vorwärts und versuchte Arts Füße vom Boden zu hieven.

Die Faust, mit der schweren Rolle belastet, sauste durch meine vorgehaltenen Hände wie ein Stein durch eine Staubwolke. Ich empfand die lähmende Sekunde des Schocks, in der die Lichter tanzten und die sichtbare Welt mir entglitt, obwohl sie immer noch da war. Er schlug noch einmal zu. Mein Kopf war ohne Gefühl. Der grelle Strahl wurde greller. Da war nichts weiter als hartes, schmerzendes, weißes Licht. Dann kam Dunkelheit, durch die sich etwas Rotes schlängelte gleich einer Mikrobe unterm Mikroskop. Dann war auch nichts mehr hell oder rot, nur noch Dunkelheit und Leere und rauschender Wind und große Bäume, die niederfielen.

28

Es schien, als wäre da eine Frau, und sie saß neben einer Lampe, genau dort, wohin sie gehörte, in gutem Licht. Ein anderes Licht schien so grell auf mein Gesicht, daß ich die Augen wieder schloß und die Frau durch die Wimpern zu betrachten versuchte. Sie war so platinblond, daß ihr Haar wie eine silberne Fruchtschale gleißte. Sie trug ein grünes Strickkleid mit einem großen, weißen Kragen. Eine glänzende Handtasche mit scharfen Kanten stand zu ihren Füßen. Sie rauchte, und ein Glas mit bernsteinfarbener Flüssigkeit stand groß und hell neben ihrem Ellbogen.

Ich bewegte etwas den Kopf, vorsichtig. Er schmerzte, aber nicht stärker, als ich erwartete. Ich war verschnürt wie ein bratfertiger Truthahn. Handschellen hielten meine Handgelenke hinter mir zusammen, von ihnen aus ging ein Strick zu meinen Fußgelenken und dann über das Ende der braunen Chaiselongue, auf der ich lag. Der Strick verschwand hinter der Chaiselongue. Ich bewegte mich genug, um sicherzugehen, daß er festgebunden war.

Ich ließ diese verstohlenen Bewegungen und schlug die Augen wieder auf und sagte: »Hallo.«

Der Blick der Frau kehrte von einem fernen Berggipfel zurück. Ihr kleines, festes Kinn wandte sich langsam um. Ihre Augen hatten das Blau von Bergseen. Über uns prasselte noch immer der Regen, leise und fern wie Regen in einer anderen Welt.

»Wie fühlen Sie sich?« Es war eine weiche, silbrige Stimme, die zu ihrem Haar paßte. Es war ein winziges Klingeln darin, wie von Glöckchen in einem Puppenhaus. Ich fand den Gedanken albern, während ich ihn noch dachte.

»Großartig«, sagte ich. »Jemand hat mir eine Tankstelle auf die Kinnlade gepflanzt.«

»Was haben Sie erwartet, Mr. Marlowe – Rosen?«

»Nur einen schlichten Fichtensarg«, sagte ich. »Ganz ohne Bronze- oder Silbergriffe. Und zerstreuen Sie bitte nicht meine Asche über dem blauen Pazifik. Ich mag Würmer lieber. Haben Sie schon gewußt, daß Würmer Zwitterwesen sind und daß jeder x-beliebige Wurm jeden x-beliebigen Wurm lieben kann?«

»Sie sind ein wenig benommen«, sagte sie mit ernstem Blick.

»Würden Sie bitte dieses Licht wegmachen?«

Sie stand auf und trat hinter die Chaiselongue. Das Licht ging aus. Das Halbdunkel war ein Segen.

»Ich glaube nicht, daß Sie so gefährlich sind«, sagte sie. Sie war eher groß als klein, aber keine Bohnenstange. Sie war schlank, aber kein ausgetrockneter Hering. Sie ging zu ihrem Sessel zurück.

»Sie kennen also meinen Namen.«

»Sie haben gut geschlafen. Sie hatten jede Menge Zeit, Ihre Taschen zu durchsuchen. Sie haben Sie regelrecht auseinandergenommen, ein Wunder, daß sie Sie nicht einbalsamiert haben. Sie sind also ein Detektiv.«

»Ist das alles, was sie gegen mich haben?«

Sie schwieg. Von ihrer Zigarette wehte schwacher Rauch. Sie bewegte sie in der Luft. Ihre Hand war klein und gut geformt, nicht wie das übliche, knochige Gartengerät, das man heutzutage an den Frauen sieht.

»Wie spät ist es?« fragte ich.

Sie sah seitwärts über die Rauchspirale hinweg auf ihr Handgelenk am Rand des Lichtkegels der Lampe. »Zehn Uhr siebzehn. Haben Sie eine Verabredung?«

»Kann schon sein. Ist dies das Haus neben Art Hucks Garage?«

»Ja.«

»Womit sind die Jungs zugange – schaufeln sie ein Grab?«

»Sie mußten irgendwohin.«

»Sie meinen, sie haben uns hier allein gelassen?«

Langsam wandte sie wieder den Kopf. Sie lächelte. »Sie sehen nicht gefährlich aus.«

»Ich dachte, sie hielten Sie gefangen.«

Es schien sie nicht zu überraschen. Es amüsierte sie sogar ein bißchen. »Wie kommen Sie denn darauf?«

»Ich weiß, wer Sie sind.«

Ihre sehr blauen Augen blitzten so scharf auf, daß ich förmlich den Hieb ihres Blickes sah, wie den Hieb eines Schwerts. Ihr Mund preßte sich zusammen. Aber ihre Stimme klang unverändert.

»Dann, fürchte ich, sind Sie in einer bösen Lage. Und ich hasse alles Töten.«

»Und Sie wollen die Frau von Eddie Mars sein? Schämen Sie sich.«

Das gefiel ihr nicht. Sie funkelte mich an. Ich grinste. »Wenn Sie schon diese Armbänder nicht aufschließen können, was ich Ihnen auch nicht geraten haben will, dürfen Sie mir doch wenigstens einen Schluck aus Ihrem Glas geben, das Sie so mißachten.«

Sie brachte das Glas herüber. Bläschen stiegen in ihm auf wie falsche Hoffnungen. Sie beugte sich über mich. Ihr Atem war so sanft wie der Blick eines Rehs. Ich nahm einen tüchtigen Schluck. Sie nahm mir das Glas vom Mund und sah zu, wie mir die Flüssigkeit übers Kinn sabberte.

Sie beugte sich wieder über mich. Das Blut begann sich in mir zu regen wie in einem Bauherrn beim Richtfest.

»Ihr Gesicht sieht aus wie ein Schlachtfeld«, sagte sie.

»Nehmen Sie's, wie's ist. Bald wird es noch ganz anders aussehen.«

Sie warf jäh den Kopf herum und lauschte. Einen Augenblick lang war sie ganz bleich. Aber man hörte nichts als den Regen, der an die Mauern schlug. Sie ging zurück durchs Zimmer und stand neben mir und sah etwas vorgeneigt zu Boden.

»Warum sind Sie hergekommen und haben den Kopf hingehalten?« fragte sie ruhig. »Eddie hat Ihnen doch nichts getan. Sie wissen ganz genau, daß die Polizei mit Sicherheit annehmen würde, Eddie hätte Rusty Regan ermordet, wenn ich hier draußen nicht versteckt wäre.«

»Das hat er auch getan«, sagte ich.

Sie bewegte sich nicht, rührte sich kein bißchen von der Stelle. Sie atmete rauh auf. Ich sah mich im Zimmer um. Zwei Türen, beide in derselben Wand, eine halb offen. Ein Teppich mit roten und gelben Feldern, blaue Vorhänge an den Fenstern, eine Tapete mit leuchtend grünen Pinien darauf. Die Möbel sahen aus, als kämen sie von einer dieser Firmen, deren Reklame über den Bussitzen hängt. Heiter, aber stabil.

Sie sagte sanft: »Eddie hat ihm nichts getan. Ich habe Rusty seit Monaten nicht gesehen. Eddie ist nicht von der Sorte.«

»Sie haben sich von Eddies Bett und Tisch getrennt. Sie haben allein gelebt. Die Leute in dem Haus, in dem Sie wohnten, haben Regan auf einem Foto wiedererkannt.«

»Das ist eine Lüge«, sagte sie kalt.

Ich versuchte mich zu erinnern, ob Captain Gregory das gesagt hatte oder nicht. Mein Kopf war zu wirr. Ich war mir nicht sicher.

»Außerdem geht Sie das gar nichts an«, fügte sie hinzu.

»Es geht mich sehr wohl was an. Ich habe den Auftrag, die ganze Sache aufzuklären.«

»Eddie ist nicht von der Sorte.«
»Sie scheinen für solche Ganoven was übrig zu haben.«
»Solange es Menschen gibt, die spielen, wird es auch Orte geben, wo sie spielen können.«
»Das ist doch pures Wunschdenken. Wer sich außerhalb des Gesetzes stellt, steht draußen. Sie meinen, er sei nur ein Spieler. Ich meine, er ist ein Pornograph, ein Erpresser, einer, der geklaute Wagen verhökert, der per Fernlenkung mordet, und der korrupte Bullen schmiert. Er ist überall dabei, wo's was zu ergattern gibt, wo man einen Reibach machen kann. Versuchen Sie mir bloß nichts weiszumachen von hehren, edlen Ganovenseelen. So was gibt's einfach nicht.«
»Er ist kein Mörder.« Sie runzelte die Stirn.
»Nicht persönlich. Er hat ja Canino. Canino hat heute abend einen Mann ermordet, einen harmlosen, kleinen Kerl, der jemandem aus der Patsche helfen wollte. Ich habe bei dem Mord so gut wie zugesehen.«
Sie lachte gequält auf.
»In Ordnung«, knurrte ich. »Sie glauben mir nicht. Wenn Eddie so ein feiner Kerl ist, möchte ich gern mal mit ihm allein sprechen dürfen, wenn Canino nicht in der Nähe ist. Sie wissen ja, was Canino täte – er würde mir die Zähne einschlagen und anschließend in den Bauch treten, weil ich sie ausspucke.«
Sie legte den Kopf zurück und stand still und versunken da und dachte nach.
»Ich dachte, Platinblond sei passé«, brabbelte ich weiter, bloß um ein Geräusch im Raum zu haben, bloß um nicht lauschen zu müssen.
»Es ist eine Perücke, Dummkopf. Bis meins nachgewachsen ist.« Sie griff hoch und nahm die Perücke ab. Ihr echtes Haar war ganz kurz geschnitten wie das eines Jungen. Sie setzte die Perücke wieder auf.
»Wer hat das mit Ihnen gemacht?«
Sie blickte überrascht. »Ich habe es machen lassen. Warum?«
»Ja. Warum?«
»Nun, um Eddie zu zeigen, daß ich tun wollte, was er mir sagte – mich verstecken. Daß er mich nicht bewachen lassen brauchte. Er sollte sich auf mich verlassen können. Ich liebe ihn.«

»Heiliger Bimbam«, stöhnte ich. »Und jetzt hocken wir nun beide zusammen im gleichen Zimmer.«

Sie drehte ihre Hand um und betrachtete sie. Dann ging sie plötzlich aus dem Raum. Sie kam mit einem Küchenmesser zurück. Sie beugte sich nieder und sägte an den Stricken.

»Canino hat den Schlüssel zu den Handschellen«, sagte sie. »Ich kann da nichts machen.«

Sie trat hastig atmend zurück. Sie hatte jeden Knoten einzeln durchschnitten.

»Sie sind wirklich Klasse«, sagte sie. »Daß Sie jetzt noch Witze reißen können – bei der Lage, in der Sie sind.«

»Ich dachte, Eddie ist kein Mörder.«

Sie wandte sich rasch ab und ging zurück zu ihrem Sessel neben der Lampe und setzte sich und verbarg das Gesicht in den Händen. Ich schwang die Füße auf den Boden und stand auf. Ich taumelte steifbeinig hin und her. Der Nerv auf der linken Seite meines Gesichts zuckte bis ins kleinste Fäserchen. Ich machte einen Schritt. Ich konnte noch gehen. Ich konnte auch rennen, wenn es sein mußte.

»Sie wollen vermutlich, daß ich jetzt gehe«, sagte ich.

Sie nickte, ohne den Kopf zu heben.

»Dann tun Sie gut daran, mitzukommen – wenn Ihnen Ihr Leben lieb ist.«

»Verschwenden Sie keine Zeit. Er kann jeden Moment zurück sein.«

»Stecken Sie mir eine Zigarette an.«

Ich stand neben ihr und berührte ihre Knie. Sie sprang mit einem Ruck auf die Füße. Unsere Augen waren nur wenig voneinander entfernt.

»Hallo, Silberperückchen«, sagte ich zärtlich.

Sie trat zurück, ging um den Sessel und griff ein Päckchen Zigaretten vom Tisch. Sie schüttelte eine lose und stieß sie mir in den Mund. Ihre Hand zitterte. Sie knipste ein kleines, grünes Lederfeuerzeug an und hielt es an die Zigarette. Ich zog den Rauch ein und starrte in ihre seeblauen Augen. Während sie ganz dicht bei mir stand, sagte ich:

»Ein kleiner Vogel namens Harry Jones hat mich zu Ihnen geführt. Ein kleiner Vogel, der viel in den Cocktailbars herumhüpfte und Rennwetten als Krumen aufpickte. Auch Informationen hat er aufgepickt. Dieser kleine Vogel pickte zum Beispiel etwas über Canino auf. Auf die eine oder andere Weise haben er und seine Freunde herausgefunden, wo Sie sich aufhalten. Er ist zu mir gekommen, um mir diese Information zu verkaufen, weil er wußte – woher er's wußte, das ist eine lange Geschichte –, daß ich für General Sternwood arbeite. Ich bekam die Information, aber Canino bekam den kleinen Vogel. Jetzt ist er ein toter, kleiner Vogel, mit zerzausten Federn und schlaffem Hals und einem Tropfen Blut am Schnabel. Canino hat ihn umgebracht. Aber Eddie Mars würde so etwas nicht tun, nicht wahr, Silberperückchen? Er hat noch nie jemanden umgebracht. Er kauft sich die, die das tun.«

»Verschwinden Sie«, sagte sie rauh. »Verschwinden Sie von hier, schnell.«

Ihre Hand, noch erhoben, krampfte sich um das grüne Feuerzeug. Die Finger waren angespannt. Die Knöchel waren weiß wie Schnee.

»Aber Canino weiß nicht, daß ich das weiß«, sagte ich. »Das von dem kleinen Vogel. Er weiß nur, daß ich umherschnüffle.«

Da lachte sie. Es war ein fast peinigendes Lachen. Es schüttelte sie, wie der Wind einen Baum schüttelt. Ich hörte eine Art Verwirrung heraus, nicht direkt Überraschung, aber so etwas wie eine neue Idee, die zu dem hinzukam, was sie schon wußte, und die nicht dazu passen wollte. Dann sagte ich mir aber, daß man so viel aus einem Lachen gar nicht heraushören konnte.

»Es ist zu komisch«, sagte sie atemlos. »Zu komisch, denn, sehen Sie – ich liebe ihn noch immer. Frauen ...« Sie fing wieder an zu lachen.

Ich lauschte gespannt, mit pochenden Schläfen. »Wir wollen gehen«, sagte ich. »Schnell.«

Sie machte zwei Schritte rückwärts, und ihr Gesicht wurde hart. »Verschwinden Sie! Verschwinden Sie! Sie können bis Realito zu Fuß gehen. Sie können es schaffen ... Und Sie können den Mund halten – wenigstens für eine Stunde oder zwei. Soviel sind Sie mir schuldig.«

»Gehen wir«, sagte ich. »Haben Sie eine Kanone, Silberperückchen?«

»Sie wissen, daß ich nicht mitkomme. Sie wissen das. Bitte, bitte, gehen Sie fort von hier, schnell.«

Ich trat dicht an sie heran, so daß ich mich fast an sie preßte. »Sie wollen wirklich hierbleiben, nachdem Sie mich haben laufenlassen? Warten, bis dieser Killer zurückkommt, damit Sie ihm sagen können: Tut mir leid! Einem Mann, der mordet, als ob er eine Fliege zerquetscht? Nichts zu wollen. Sie kommen mit mir, Silberperückchen.«

»Nein.«

»Angenommen«, sagte ich, »Ihr feiner Mann *hat* Regan umgebracht. Oder angenommen, Canino war's, ohne daß Eddie es wußte. Wann sind dann *Sie* wohl dran, nachdem Sie mich laufenlassen haben?«

»Ich habe keine Angst vor Canino. Ich bin immer noch die Frau seines Chefs.«

»Eddie ist ein Häufchen Brei«, höhnte ich. »Canino könnte ihn mit dem Teelöffel zu sich nehmen. Der macht ihn fertig wie die Katze den Kanarienvogel. Ein Häufchen Brei. Wenn ein Mädchen wie Sie auf so einen falschen Fuffziger reinfällt, dann doch nur, weil er ein Häufchen Brei ist.«

»Hinaus!« spuckte sie.

»Okay.« Ich wandte mich von ihr ab und trat durch die halboffene Tür hinaus in den dunklen Flur. Sie rannte mir nach und an mir vorbei zur Haustür und machte sie auf. Sie linste in die nasse Schwärze und lauschte. Sie winkte mich heran.

»Adieu«, sagte sie verhalten. »Viel Glück für alles – außer einem. Eddie hat Rusty Regan nicht umgebracht. Sie werden ihn irgendwo finden, gesund und munter, sobald er gefunden werden will.«

Ich lehnte mich an sie und preßte sie mit meinem Körper gegen die Wand. Ich berührte mit meinem Mund ihr Gesicht. So sprach ich zu ihr: »Nur nicht so eilig. All dies hier war vorher arrangiert, geprobt bis ins kleinste Detail, bis in Sekundenbruchteile durchgeplant. Genau wie ein Rundfunkprogramm. Bloß keine Eile. Küß mich, Silberperückchen.«

Ihr Gesicht unter meinem Mund war kalt wie Eis. Sie hob beide Hände und umfaßte meinen Kopf und küßte mich heftig auf die Lippen. Auch ihre Lippen waren wie Eis.

Ich trat zur Tür hinaus, und sie schloß sich hinter mir, geräuschlos, und der Regen schlug herein auf die Veranda, und er war nicht so kalt wie ihre Lippen.

Die Garage nebenan war dunkel. Ich überquerte den Kiesweg und ein Stück nassen Rasen. Die Straße war von unzähligen kleinen Bächen überschwemmt. Das Wasser gurgelte in einem Graben auf der anderen Seite. Ich hatte keinen Hut. Der mußte mir in der Garage heruntergefallen sein. Canino hatte sich nicht die Mühe gemacht, ihn mir zurückzugeben. Er hatte wohl nicht gedacht, daß ich ihn noch brauchen würde. Ich stellte mir vor, wie er flott durch den Regen zurückfuhr, allein, nachdem er den hageren und mürrischen Art und die vermutlich gestohlene Limousine an einen sicheren Ort gebracht hatte. Sie liebte Eddie Mars und hielt sich versteckt, um ihn zu schützen. Wenn Canino zurückkam, würde er sie dort vorfinden, ruhig neben der Lampe und dem unberührten Glas sitzend, während ich festgebunden auf der Chaiselongue lag. Er würde ihre Sachen hinaus in den Wagen bringen und im ganzen Haus aufmerksam nachsehen, ob auch nichts Belastendes zurückgeblieben war. Er würde ihr sagen, sie solle hinausgehen und warten. Sie würde keinen einzigen Schuß hören. Ein Totschläger auf kurze Entfernung ist genauso wirksam. Er würde ihr sagen, er habe mich gefesselt zurückgelassen und ich würde nach einer Weile schon loskommen. Für so dämlich würde er sie halten. Der nette Mr. Canino.

Mein Regenmantel war offen, und ich konnte ihn nicht zuknöpfen, da ich Handschellen trug. Die Säume klatschten mir gegen die Beine wie die Flügel eines großen, müden Vogels. Ich kam zur Autostraße. In breiten Wasserwirbeln, von Scheinwerferlicht beleuchtet, fuhren Wagen vorbei. Das Geräusch ihrer Reifen erstarb rasch. Ich fand mein Kabrio, wo ich es zurückgelassen hatte, beide Reifen repariert und montiert, damit es, wenn nötig, weggefahren werden konnte. Sie dachten einfach an alles. Ich stieg ein und beugte mich seitwärts unters Rad und fummelte die Lederklappe beiseite, die das Fach verdeckte. Ich nahm die andere Pistole, stopfte sie mir in den Rock und machte mich auf den Rückweg. Die Welt war klein, eingeschlossen, schwarz. Eine Privatwelt für Canino und mich.

Auf halbem Weg hätten mich die Scheinwerfer fast erwischt. Sie schwenkten jählings von der Autostraße herüber, und ich rutschte die Böschung hinunter in den nassen Graben und plumpste hin und atmete Wasser. Der Wagen brauste vorbei, ohne zu verlangsamen. Ich hob den Kopf und hörte das Knirschen seiner Reifen, als er die Straße verließ und auf den Kiesweg einbog. Der Motor erstarb, die Lichter erloschen, eine Tür schlug zu. Ich hörte nicht, wie die Haustür zuging, aber eine Spur Licht rieselte durch die Baumgruppe, als ob eine Gardine an einem Fenster beiseite geschoben oder das Licht in der Halle angemacht worden wäre.

Ich kam zurück zu dem feuchten Grasstück und patschte darüber weg. Der Wagen stand zwischen mir und dem Haus, die Pistole hielt ich unten an der Seite, nach vorn gerichtet, soweit es mein linker Arm nur schaffte, ohne dabei aus dem Gelenk zu springen. Der Wagen war dunkel, leer, warm. Im Kühler kochte gemütlich das Wasser. Ich sah zur Tür hinein. Der Schlüssel steckte. Canino war seiner Sache sehr sicher. Ich ging um den Wagen herum und lief vorsichtig über den Kies zum Fenster und lauschte. Ich konnte keine Stimmen hören, keinen Laut außer dem schnellen Tapp-tapp der Regentropfen, die gegen die Metallstützen der Dachrinne schlugen.

Ich horchte weiter. Keine lauten Stimmen, alles ruhig und auf die feine Tour. Er schnurrte sie sicherlich an, und sie erzählte ihm, daß sie mich hatte laufenlassen und daß ich versprochen hätte, sie nicht weiter zu behelligen. Er würde mir nicht trauen, so wie ich ihm nicht traute. Also würde er nicht lange dort drin bleiben. Er würde sich auf die Socken machen und sie mitnehmen. Ich brauchte nur darauf zu warten, daß er herauskam.

Aber das brachte ich nicht fertig. Ich wechselte die Pistole in meine linke Hand und bückte mich nieder, um mir eine Handvoll Kies zu grapschen. Ich warf sie gegen die Fensterbrüstung. Es war ein schwacher Versuch. Nur ein paar Steinchen erreichten das Glas über der Brüstung, aber mir klang das leise Klirren, als ob ein Deich berste.

Ich rannte zurück zum Wagen und drum herum und stellte mich aufs Trittbrett. Das Haus war schon dunkel. Das war alles. Ich ließ mich ruhig auf dem Trittbrett nieder und wartete. Keine Schau. Canino war zu gewieft.

Ich richtete mich auf und stieg rückwärts in den Wagen,

tastete nach dem Zündschlüssel und drehte ihn um. Ich suchte mit meinem Fuß, aber der Startknopf mußte am Armaturenbrett sein. Ich fand ihn schließlich, zog ihn, und der Starter gab Laut. Der warme Motor sprang sofort an. Er schnurrte leise und zufrieden. Ich stieg wieder aus dem Wagen und kauerte mich bei den Hinterrädern nieder.

Ich zitterte jetzt, aber ich wußte, daß Canino diesen letzten Knalleffekt gar nicht schätzte. Er brauchte diesen Wagen dringend. Ein dunkles Fenster glitt Zoll um Zoll herab, nur ein schwacher Wechsel des Lichts auf dem Glas zeigte, daß es sich bewegte. Jäh spuckten Blitze heraus, das vermengte Dröhnen dreier Schüsse. Glas splitterte in den Sportwagen. Ich schrie auf wie in tödlichem Schmerz. Der Schrei ging über in ein klagendes Ächzen. Das Ächzen wurde zu einem feuchten Gurgeln, das in Blut erstickte. Ich ließ das Gurgeln in einem widerlichen Würgen ersterben, einem letzten Schnaufer. Es war saubere Arbeit. Sie gefiel mir. Sie gefiel auch Canino sehr gut. Ich hörte ihn lachen. Es war ein breites, dröhnendes Lachen, gar nicht so wie das Schnurren seiner Sprechstimme.

Dann eine kleine Weile lang Schweigen, nur der Regen und der ruhig klopfende Motor des Wagens. Dann ging langsam die Haustür auf, eine noch tiefere Schwärze in der schwarzen Nacht. Vorsichtig tauchte in ihr eine Gestalt auf, etwas Weißes um den Hals. Es war ihr Kragen. Sie trat steif heraus auf die Veranda, eine Frau aus Holz. Ich sah den bleichen Schimmer ihrer silbernen Perücke. Canino kam in bester Deckung hinter ihr her. Es war so gefährlich, daß es fast schon wieder komisch war.

Sie kam die Stufen herunter. Jetzt konnte ich das gespannte Weiß ihres Gesichts sehen. Sie ging auf den Wagen zu. Ein Schutzwall für Canino, für den Fall, daß ich ihm noch immer ins Auge spucken konnte. Ihre Stimme sprach durch das Lispeln des Regens, sie sagte langsam und ohne Ausdruck: »Ich kann überhaupt nichts sehen, Lash. Die Fenster sind beschlagen.«

Er grunzte irgend etwas, und der Körper des Mädchens machte einen Ruck, als ob ihm eine Kanone in den Rücken gestoßen worden wäre. Sie ging wieder weiter und näherte sich dem lichtlosen Wagen. Jetzt konnte ich ihn hinter ihr erkennen, seinen Hut, eine Seite seines Gesichts, die Ausbuchtung seiner Schulter. Das Mädchen stand plötzlich starr und schrie. Ein schöner, dünner, durchdringender Schrei, der mich umwarf wie ein linker Haken.

»Ich kann ihn sehen!« schrie sie. »Durchs Fenster. Hinter dem Steuer, Lash!«

Er fiel darauf herein wie ein Eimer voll Blei. Er stieß sie roh beiseite und sprang vorwärts mit hochgeworfener Hand. Drei weitere Blitze schnitten durch die Dunkelheit. Wieder klirrte Glas. Eine Kugel ging glatt durch und schlug in einen Baum auf meiner Seite. Ein Abpraller pfiff ab in die Ferne. Aber der Motor lief ruhig weiter.

Er war tief unten, gegen die Finsternis geduckt, sein Gesicht ein Grau ohne Form, das nach dem Aufstrahlen der Schüsse langsam zurückzukehren schien. Wenn das, was er hatte, ein Revolver war, so konnte er leer sein. Er hatte sechsmal gefeuert, aber er konnte auch im Haus nachgeladen haben. Hoffentlich hatte er. Ich wollte ihn nicht mit einer leeren Kanone. Aber vielleicht war es auch eine Automatic.

Ich sagte: »Fertig?«

Er wirbelte zu mir herum. Vielleicht hätte ich ihm netterweise, genau wie ein Gentleman der alten Schule, Gelegenheit zu einem Schuß oder zweien geben sollen. Aber seine Kanone zeigte nach oben, und ich konnte nicht länger warten. Nicht lange genug, um ein Gentleman der alten Schule zu sein. Ich schoß viermal auf ihn, den Colt gegen meine Rippen gepreßt. Die Waffe sprang ihm aus der Hand, als hätte sie ihm jemand weggerissen. Er griff mit beiden Händen nach seinem Magen. Ich hörte sie hart gegen seinen Leib schlagen. Er fiel einfach um, direkt nach vorn, seine breiten Hände hielten ihn zusammen. Sein Gesicht schlug in den nassen Kies. Dann gab er keinen Laut mehr von sich.

Auch Silberperückchen gab keinen Laut. Sie stand starr, mitten im wirbelnden Regen. Ich ging um Canino herum und stieß seine Kanone weg, völlig sinnlos. Dann ging ich hin und bückte mich seitwärts und hob sie auf. Damit stand ich dicht neben ihr. Sie sprach mutlos, so als rede sie mit sich selbst.

»Ich ... ich hatte Angst, Sie würden zurückkommen.«

Ich sagte: »Wir hatten eine Verabredung. Ich habe Ihnen doch gesagt, es war alles arrangiert.« Ich fing an zu lachen wie ein Blödian.

Dann beugte sie sich über ihn, berührte ihn. Und nach einer kleinen Weile stand sie auf, mit einem kleinen Schlüssel an einem dünnen Kettchen.
Sie sagte bitter: »Mußten Sie ihn umbringen?«
Ich hörte ebenso plötzlich zu lachen auf, wie ich damit angefangen hatte. Sie trat hinter mich und schloß die Handschellen auf.
»Ja«, sagte sie weich. »Ich glaube, Sie mußten es tun.«

30

Dies war ein neuer Tag, und die Sonne schien wieder.
Captain Gregory vom Vermißtendezernat blickte brütend aus dem Fenster seines Büros auf das vergitterte Obergeschoß des Justizpalastes, das der Regen weiß und rein gewaschen hatte. Dann schwenkte er sich schwerfällig in seinem Drehsessel herum und stopfte mit einem feuerfesten Daumen seine Pfeife und starrte mich düster an.
»Sie sitzen also wieder mal in der Patsche.«
»Ach, Sie haben davon gehört?«
»Bruder, ich mag ja hier den ganzen Tag auf meinen vier Buchstaben sitzen und aus der Wäsche gucken, als hätte ich kein Hirn im Kopf. Aber Sie glauben gar nicht, was ich so alles höre. Daß Sie diesen Canino umgelegt haben, war wohl ganz in Ordnung, aber die Jungs von der Mordkommission haben Ihnen sicher dafür keinen Orden verliehen.«
»Ich hab in letzter Zeit 'ne ganze Masse Mord und Totschlag erlebt«, sagte ich. »Mein eigener Beitrag war ziemlich bescheiden.«
Er lächelte geduldig. »Woher wußten Sie, daß das Mädchen da draußen Eddie Mars' Frau war?«
Ich erzählte es ihm. Er hörte aufmerksam zu und gähnte. Er tätschelte seinen goldgefüllten Mund mit einem Handteller von Tablettformat. »Sie denken sicher, daß ich sie hätte finden müssen.«
»Das wäre keine schlechte Schlußfolgerung.«
»Vielleicht wußte ich's«, sagte er. »Vielleicht dachte ich so: Wenn Eddie und seine Frau auf diese Weise ein kleines Spielchen ab-

karten wollten, so wäre es ganz smart – und smarter geht's bei mir halt nicht –, wenn man sie in dem Glauben ließe, sie kämen damit durch. Aber vielleicht denken Sie auch, ich wollte Eddie aus mehr persönlichen Gründen durch die Lappen gehen lassen.« Er streckte seine große Hand aus und rieb mit dem Daumen gegen Zeige- und Mittelfinger.

»Nein«, sagte ich. »Das habe ich wirklich nicht gedacht. Nicht mal dann, als Eddie über unser Gespräch von neulich genau im Bilde zu sein schien.«

Er zog die Augenbrauen hoch, als sei das eine besondere Anstrengung, ein Trick, den er nicht mehr so gut beherrschte. Er zerfurchte seine ganze Stirn, und als sie sich wieder glättete, war sie voll weißer Linien, die rötlich anliefen, während ich zusah.

»Ich bin Polizeibeamter«, sagte er. »Nur ein ganz gewöhnlicher Polizist. Leidlich ehrlich. So ehrlich, wie man es von einem Mann in einer Welt erwarten kann, in der so was aus der Mode ist. Hauptsächlich deshalb habe ich Sie gebeten, heute morgen hier vorbeizukommen. Ich möchte, daß Sie mir das glauben. Als Polizeibeamter sehe ich es gern, wenn das Recht siegt. Ich sähe nichts lieber, als daß so scharfe, schnieke Galgenvögel wie Eddie Mars sich im Steinbruch bei Folsom die Maniküre kaputtmachen, Seite an Seite mit den armen, kleinen, schweren Jungs aus den Hinterhöfen, die schon bei ihrem ersten Bruch eins auf die Rübe gekriegt haben und seither aus dem Schlamassel nicht mehr rauskommen. So hätte ich's gern. Aber Sie und ich, wir leben schon zu lange, um an so was noch zu glauben. Nicht in dieser Stadt, auch in keiner anderen, die nur halb so groß ist, egal wo in diesen weiten, grünen, schönen USA. So was gibt's einfach nicht in unserem Land.«

Ich sagte nichts dazu. Er paffte mit zurückgeworfenem Kopf, betrachtete das Mundstück seiner Pfeife und fuhr fort:

»Aber das heißt immer noch nicht, daß ich glaube, Eddie Mars habe Regan umgelegt, oder daß er Grund dazu gehabt hätte oder es getan hätte, wenn er Grund dazu hatte. Ich habe mir nur gedacht, daß er vielleicht etwas darüber wüßte und daß früher oder später was durchsickern würde. Seine Frau draußen in Realito zu verstecken, war kindisch, aber es war genau die Art Kinderei, die ein smarter Affe für smart hält. Ich hatte

ihn heute nacht hier, nachdem der Distriktsanwalt mit ihm fertig war. Er hat das ganze Ding zugegeben. Er sagte, Canino sei ihm als zuverlässiger Leibwächter bekannt gewesen, und deshalb hätte er ihn angestellt. Von seinen Hobbys habe er nichts gewußt und nichts wissen wollen. Harry Jones will er nicht gekannt haben, desgleichen Joe Brody. Geiger kannte er natürlich, behauptet aber, nichts über seine Geschäfte gewußt zu haben. Aber das wissen Sie sicher schon alles.«
»Ja.«
»Sie haben dort unten in Realito eine smarte Schau abgezogen, Bruder. Nichts vertuscht. Wir haben neuerdings eine Akte über nicht identifizierte Geschosse. Kann ja sein, daß Sie eines Tages diese Kanone wieder benutzen. Dann wären Sie geliefert.«
»Es war eine smarte Schau«, sagte ich und schielte ihn gerissen an.
Er klopfte seine Pfeife aus und blickte nachdenklich auf sie nieder. »Was ist aus dem Mädchen geworden?« fragte er, ohne aufzusehen.
»Keine Ahnung. Sie haben sie nicht dabehalten. Sie haben unsere Aussagen aufgenommen, dreifach, für Wilde, für den Sheriff, für die Mordkommission. Sie haben sie laufenlassen. Ich habe sie seither nicht gesehen. Habe auch nicht die Absicht, sie zu sehen.«
»Soll ein ganz nettes Mädchen sein, wie ich höre. Nicht so eine, die sich auf schmutzige Affären einläßt.«
»Ein ganz nettes Mädchen«, sagte ich.
Captain Gregory seufzte und zerzauste sein Mäusehaar. »Da wäre noch 'ne andere Sache«, sagte er fast gütig. »Sie scheinen'n feiner Kerl zu sein, aber Sie gehn zu scharf ran. Wenn Sie der Familie Sternwood wirklich helfen wollen – lassen Sie sie in Frieden.«
»Ich glaube, Sie haben recht, Captain.«
»Wie fühlen Sie sich?«
»Klasse«, sagte ich. »Ich habe fast die ganze Nacht über auf diversen Teppichen gestanden und mich anschnauzen lassen. Vorher bin ich bis auf die Knochen durchweicht und zusammengeschlagen worden. Ich bin in ausgezeichneter Kondition.«
»Was, zum Teufel, haben Sie denn erwartet, Bruder?«
»Nichts anderes.« Ich stand auf und grinste ihn an und ging auf

die Tür zu. Als ich sie fast schon erreicht hatte, räusperte er sich plötzlich und sagte mit rauher Stimme: »Ich rede wohl zuviel, wie? Sie glauben immer noch, Sie könnten Regan finden.«
Ich drehte mich um und sah ihm genau in die Augen. »Nein, ich glaube nicht, daß ich Regan finden kann. Ich werde es nicht mal versuchen. Ist es Ihnen recht so?«
Er nickte bedächtig. Dann zuckte er die Achseln. »Ich weiß nicht mal, warum, zum Teufel, ich das gesagt habe. Viel Glück, Marlowe. Schauen Sie mal wieder rein, jederzeit.«
»Danke, Captain.«
Ich ging hinunter und aus dem Rathaus und holte meinen Wagen vom Parkplatz und fuhr heim zu den Hobart Arms. Ich zog meine Jacke aus und legte mich aufs Bett und starrte an die Decke und horchte auf das Brausen des Verkehrs draußen auf der Straße und sah zu, wie die Sonne langsam über einen Winkel der Decke kroch. Ich versuchte einzuschlafen, aber der Schlaf kam nicht. Ich stand auf und nahm einen Schluck, obgleich es die falsche Tageszeit war, und legte mich wieder hin. Ich konnte immer noch nicht schlafen. Mein Gehirn tickte wie eine Uhr. Ich setzte mich auf den Bettrand und stopfte mir eine Pfeife und sagte laut:
»Dieser alte Bussard weiß was.«
Die Pfeife schmeckte bitter wie Lauge. Ich tat sie beiseite und legte mich wieder hin. Mein Denken trieb durch Wogen wirrer Erinnerungen, in denen ich immer und immer wieder das gleiche zu tun schien, dieselben Orte aufsuchte, dieselben Leute traf, dieselben Worte zu ihnen sagte, immer und immer wieder, und jedesmal schien alles wirklich, wie etwas, das tatsächlich geschah, das zum erstenmal passierte. Ich fuhr mit hoher Geschwindigkeit auf der Autostraße durch den Regen, und Silberperückchen saß in der Ecke des Wagens, schweigend, so daß wir, als wir Los Angeles erreichten, uns wieder völlig fremd zu sein schienen. Ich stieg vor einem Drugstore mit Nachtdienst aus und rief Bernie Ohls an, um ihm zu sagen, daß ich in Realito einen Mann erschossen hatte und jetzt auf dem Weg zu Wilde sei, zusammen mit Eddie Mars' Frau, die dabei war, als es passierte. Ich stieß den Wagen die schweigenden, regenblanken Straßen von Lafayette Park voran und hinauf vors Portal von Wildes großem Fachwerkhaus, und auf der Veranda brannte schon

Licht, da Ohls angerufen und mich avisiert hatte. Ich war in Wildes Arbeitszimmer, und er war hinter dem Schreibtisch in einem geblümten Morgenrock und mit einem verschlossenen, harten Gesicht, und eine gefleckte Zigarre bewegte sich zwischen seinen Fingern und hinauf zum bitteren Lächeln seiner Lippen. Ohls war da und ein schlanker, grauer, gelehrt wirkender Mann vom Sheriffbüro, der eher wie ein Ökonomieprofessor als wie ein Bulle tat und redete. Ich erzählte meine Geschichte, und sie hörten schweigend zu, und Silberperückchen saß im Schatten, die Hände im Schoß gefaltet, und sah niemanden an. Es wurde eine Menge telefoniert. Zwei Männer von der Mordkommission tauchten auf, die mich anblickten, als sei ich ein seltenes Raubtier, das aus einem Wanderzirkus ausgebrochen war. Ich fuhr wieder, mit einem der beiden neben mir, zum Fulwider-Haus. Wir waren in dem Raum, in dem Harry Jones noch immer im Sessel hinter dem Schreibtisch saß, verzerrt und steif sein Totengesicht im süß-sauren Geruch, der das Zimmer erfüllte. Ein Polizeiarzt war da, sehr jung und stämmig, mit roten Borsten im Genick. Ein Experte fummelte herum und nahm Fingerabdrücke, und ich sagte ihm, er solle den Hebel zum Oberlicht nicht vergessen. (Er hat Caninos Daumenabdruck darauf gefunden, den einzigen Abdruck, den der braune Mann hinterlassen hatte und der meine Geschichte stützte.)

Ich war wieder in Wildes Haus und unterzeichnete ein maschinengeschriebenes Protokoll, das seine Sekretärin im Nebenzimmer getippt hatte. Dann ging die Tür auf, und Eddie Mars trat ein, und ein ganz plötzliches Lächeln strahlte über sein Gesicht, als er Silberperückchen sah, und er sagte: »Hallo, Liebes«, und sie sah ihn nicht an und sagte kein Wort. Eddie Mars, frisch und fröhlich, in einem dunklen Geschäftsanzug, einem weißen Schal mit Fransen, der über seinem Tweedmantel hing. Dann waren alle weg, alle verschwunden aus dem Raum außer mir und Wilde, und Wilde sagte mit kalter, verärgerter Stimme: »Dies ist das letztemal, Marlowe. Noch so'n Ding, und ich werf Sie den Löwen zum Fraß vor, egal, wem's das Herz bricht.«

So war es, immer und immer wieder, während ich auf dem Bett lag und dem Streifen Sonne zusah, wie er über den Winkel der Wand glitt. Dann klingelte das Telefon, und es war Norris,

Sternwoods Butler, mit seiner üblichen, überlegenen Stimme. »Mr. Marlowe? Ich habe vergebens in Ihrem Büro angerufen, deshalb nahm ich mir die Freiheit, es in Ihrer Wohnung zu versuchen.«

»Ich war fast die ganze Nacht unterwegs«, sagte ich. »Deshalb war ich nicht drüben.«

»Jawohl, Sir. Der General hätte Sie gern heute morgen gesehen, Mr. Marlowe, wenn es Ihnen keine Umstände macht.«

»In einer halben Stunde ungefähr«, sagte ich. »Wie geht es ihm?«

»Er liegt zu Bett, Sir, aber es geht ihm nicht schlecht.«

»Dann warten Sie nur, bis er mich sieht«, sagte ich und legte auf.

Ich rasierte mich, zog mich um und ging zur Tür. Dann kam ich wieder zurück und holte Carmens kleinen Perlmuttrevolver und steckte ihn in die Tasche. Das Sonnenlicht war so hell, daß es tanzte. Ich war in zwanzig Minuten bei den Sternwoods und fuhr unter dem Bogen vorm Nebeneingang vor. Es war elf Uhr fünfzehn. Die Vögel in den gestutzten Bäumen sangen nach dem Regen wie verrückt, die Rasenterrassen waren grün wie die irische Fahne, und der ganze Besitz sah aus, als sei er erst vor zehn Minuten angelegt worden. Ich klingelte. Es war fünf Tage her, daß ich zum erstenmal hier geklingelt hatte. Mir kam es wie ein ganzes Jahr vor.

Ein Dienstmädchen öffnete und führte mich durch einen Seitengang zur Haupthalle und ließ mich dort stehen mit dem Bescheid, daß Mr. Norris gleich herunterkommen würde. Die Haupthalle war unverändert. Vom Porträt über dem Kamin blickten dieselben heißen, schwarzen Augen, und der Ritter auf dem bunten Fensterglas mühte sich immer noch damit ab, das nackte Fräulein vom Baum loszudröseln.

Nach wenigen Minuten tauchte Norris auf, und auch er hatte sich nicht verändert. Seine kalten, blauen Augen blickten gleichgültig wie immer, seine fahl-rötliche Haut wirkte gesund und ausgeruht, und er bewegte sich, als sei er zwanzig Jahre jünger, als er wirklich war. Anscheinend spürte nur ich die Last der Jahre.

Wir gingen die Fliesentreppe hinauf und dann weiter, aber nicht auf Vivians Zimmer zu, sondern in entgegengesetzter Richtung.

Mit jedem Schritt schienen das Haus und die Stille in ihm größer zu werden. Wir erreichten eine massive, alte Tür, die so aussah, als käme sie aus einer Kirche. Norris öffnete leise und blickte hinein. Dann trat er beiseite, und ich ging an ihm vorbei und hinein und über schätzungsweise eine Viertelmeile Teppich hinweg auf ein riesiges Baldachinbett zu, das etwa dem glich, in dem Heinrich VIII. gestorben ist.

General Sternwood war durch Kissen gestützt. Seine blutleeren Hände lagen gefaltet auf der Decke. Sie stachen grau von ihr ab. Seine schwarzen Augen waren noch immer voll Kampfgeist, und das übrige Gesicht wirkte nach wie vor wie das Gesicht eines Leichnams.

»Setzen Sie sich, Mr. Marlowe.« Seine Stimme klang müde und etwas steif.

Ich zog einen Stuhl dicht zu ihm heran und setzte mich. Alle Fenster waren fest verschlossen. Der Raum war um diese Stunde ohne Sonne. Markisen hielten jeden Glanz des Himmels draußen fern. Im Raum hing der schwache, süßliche Geruch hohen Alters.

Er starrte mich eine lange Minute hindurch schweigend an. Er bewegte eine Hand, als wollte er sich selbst beweisen, daß er sie noch bewegen konnte, dann faltete er sie wieder über die andere. Er sagte leblos:

»Ich habe Sie nicht gebeten, meinen Schwiegersohn zu suchen, Mr. Marlowe.«

»Sie wollten es aber gern.«

»Ich habe Sie nicht darum gebeten. Sie stellen recht viele Vermutungen an. Ich sage es gewöhnlich, wenn ich etwas wünsche.«

Ich sagte nichts.

»Sie haben Ihr Geld bekommen«, fuhr er kalt fort. »Das spielt zwar keine große Rolle. Ich meine jedoch, Sie haben, zweifellos unbeabsichtigt, Vertrauen mißbraucht.«

Daraufhin schloß er die Augen. Ich sagte: »Ist das alles, weshalb Sie mich sehen wollten?«

Er schlug die Augen wieder auf, sehr langsam, als seien die Lider aus Blei. »Ich vermute, Sie nehmen mir diese Bemerkung übel«, sagte er.

Ich schüttelte den Kopf. »Sie sind mir gegenüber im Vorteil,

General. Diesen Vorteil sollen Sie meinetwegen gerne haben, ich will ihn nicht. Er bedeutet auch nicht viel, wenn man bedenkt, was für ein Päckchen Sie zu tragen haben. Sie können mir alles ins Gesicht sagen, was Sie nur wollen, ohne daß ich deshalb beleidigt wäre. Ich schlage vor, ich gebe Ihnen Ihr Geld zurück. Vielleicht ist es für Sie ohne Bedeutung. Aber vielleicht bedeutet es für mich etwas mehr.«

»Was bedeutet es für Sie?«

»Es bedeutet, daß ich den Lohn für einen Job zurückweise, der nicht zur Zufriedenheit ausgeführt ist. Das ist alles.«

»Geben Sie oft Anlaß zur Unzufriedenheit?«

»Gelegentlich. Das passiert jedem.«

»Warum haben Sie Captain Gregory aufgesucht?«

Ich lehnte mich zurück und ließ einen Arm über die Rückenlehne baumeln. Ich studierte sein Gesicht. Es sagte mir nichts. Ich wußte keine Antwort auf seine Frage – keine befriedigende Antwort.

Ich sagte: »Ich war der Überzeugung, daß Sie mir diese Wechsel von Geiger hauptsächlich versuchsweise vor die Nase gehalten haben und daß Sie ein bißchen Angst hatten, Regan könnte irgendwie mit der Erpressungsgeschichte zu tun haben. Ich wußte damals noch gar nichts von Regan. Erst als ich mit Captain Gregory gesprochen hatte, war mir klar, daß Regan aller Wahrscheinlichkeit nach nicht der Typ für so was ist.«

»Das beantwortet wohl kaum meine Frage.«

Ich nickte. »Nein. Das tut es wohl kaum. Vermutlich will ich einfach nicht zugeben, daß ich ein bißchen auf den Busch geklopft habe. Am Morgen, als ich hier war und mit Ihnen im Orchideenhaus gesprochen hatte, ließ Mrs. Regan mich zu sich rufen. Sie schien anzunehmen, daß ich den Auftrag hätte, nach ihrem Mann zu suchen, und das schien ihr nicht zu gefallen. Sie ließ immerhin die Bemerkung fallen, daß ›sie‹ seinen Wagen in irgendeiner Garage gefunden hätten. Mit ›sie‹ konnte nur die Polizei gemeint sein. Folglich mußte die Polizei etwas davon wissen. Und wenn es so war, dann war das Vermißtendezernat die Stelle, die den Fall in der Hand hatte. Ich wußte natürlich nicht, ob Sie oder irgend jemand sonst Vermißtenanzeige erstattet hatte oder ob sie den Wagen in der Garage gefunden hatten, weil er ihnen als herrenloses Fahrzeug gemeldet worden war. Aber ich kenne mich mit Polizisten aus, und ich wußte: Wenn sie erst mal so viel hatten, dann hatten sie bald auch mehr – um so schneller, als Ihr Fahrer ja ein Vorstrafenregister besaß. Ich wußte nicht, was sie sonst noch herausgefunden hatten. So kam mir der Gedanke mit dem Vermißtendezernat. Was mich vollends drauf stieß, das war die Art, wie Mr. Wilde sich in der Nacht benahm, als wir drüben in seinem Haus Geigers wegen und so weiter zusammensaßen. Wir waren einen Augenblick allein, und da fragte er mich, ob Sie mir gesagt hätten, daß Sie nach Regan suchten. Ich erzählte ihm, Sie hätten mir gesagt, daß Sie gern wüßten, wo er sei und ob es ihm gutgehe. Wilde hat an seiner Lippe geknabbert und komisch geguckt. Da wurde es mir so klar, als ob er's mit Worten gesagt hätte: ›Nach Regan suchen‹ bedeutete für ihn die ganze Polizeimaschinerie auf der Suche nach ihm. Daraufhin habe ich mich Captain Gregory gegenüber so verhalten, als ob ich ihm nichts erzählen müßte, was er ohnehin schon wußte.«

»Und Sie ließen Captain Gregory im Glauben, ich hätte Sie beauftragt, Rusty zu suchen?«

»Tja. Das habe ich wohl getan – als mir klar war, daß er den Fall hatte.«

Er schloß die Augen. Sie zuckten ein wenig. Er sprach mit geschlossenen Lidern. »Und halten Sie das für moralisch?«

»Ja«, sagte ich. »Das tu ich.«

Die Augen öffneten sich wieder. Ihre durchdringende Schwärze, die so plötzlich aus diesem toten Gesicht kam, wirkte erschrekkend. »Vielleicht verstehe ich nicht«, sagte er.

»Vielleicht nicht. Der Chef des Vermißtendezernats ist kein Schwätzer. Sonst säße er nicht in jenem Büro. Er ist ein sehr smarter und verschwiegener Knabe, der – anfangs sogar mit viel Erfolg – den Eindruck zu erwecken versucht, er sei ein angejahrter Kuli, der von seinem Job die Nase voll hat. Das Spiel, das ich spiele, heißt nicht Mikado. Es ist immer eine große Menge Bluff damit verbunden. Wenn ich was zu einem Polizisten sage, dann wird er das nie ganz für voll nehmen. Und bei *dem* Polizisten war's vollends gleichgültig, was ich sagte. Wenn Sie einen aus meiner Branche engagieren, dann ist das kein Fensterputzer, dem Sie acht Fenster zeigen und sagen können: ›Putz die mal eben, dann bist du fertig.‹ *Sie* haben keine

Ahnung, was ich durchsetzen, -stehen und -machen muß, um für Sie einen Auftrag auszuführen. Ich tu's auf meine Art. Ich tu mein Bestes, um Sie zu schützen, und wenn ich dabei gegen ein paar Regeln verstoße, dann nur zu Ihren Gunsten. Zuerst kommt der Klient, es sei denn, er ist ein krummer Hund. Und selbst dann gebe ich lediglich den Auftrag zurück und halte meinen Mund. Schließlich haben Sie mir ja nicht gesagt, daß ich *nicht* zu Captain Gregory gehen soll.«

»Das wäre auch ziemlich schwierig gewesen«, sagte er mit einem schwachen Lächeln.

»Also, was habe ich falsch gemacht? Ihr Norris schien zu glauben, mit Geigers Abtritt sei der Fall erledigt. So sehe ich das nicht. Geigers Annäherungsmethode hat mir zu denken gegeben und tut es noch. Ich bin nicht Sherlock Holmes oder Philo Vance. Ich schnüffle nicht, nachdem die Polizei schon da war, noch mal am Tatort rum, um 'ne zerbrochene Füllfeder aufzulesen und 'nen Fall drauf aufzubauen. Wenn Sie glauben, daß es einen im Detektivgeschäft gibt, der so seine Brötchen verdient, dann kennen Sie die Polente schlecht. *So* was übersehen die nicht, wenn sie was übersehen. Ich will damit nicht sagen, daß sie oft was übersehen, wenn man sie richtig arbeiten läßt. Aber wenn, dann muß es schon etwas wackliger und vager sein, beispielsweise so ein Fall, wo Ihnen ein Typ wie Geiger Schuldbeweise zuschickt und Sie ersucht, wie'n Gentleman zu zahlen – Geiger, ein Mann mit dunklen Geschäften, in prekärer Lage, der von einem Gangsterboss protegiert wird und der zumindest einige Protektion durch einige Polizeibeamte genießt. Warum hat er das getan? Weil er herausfinden wollte, ob man Sie irgendwie unter Druck setzen könnte. Wenn ja, würden Sie zahlen. Wenn nein, würden Sie ihn ignorieren und auf seinen nächsten Zug warten. Aber es gab etwas, womit man Sie unter Druck setzen konnte. Regan. Sie fürchteten, daß er anders sei, als Sie angenommen hatten, daß er grad lang genug hiergeblieben und nett zu Ihnen gewesen sei, um herauszufinden, auf welche Tour er am besten an Ihr Bankkonto herankäme.«

Er wollte etwas sagen, aber ich unterbrach ihn. »Es war ja nicht einmal Ihr Geld, um das Sie sich Sorgen machten. Es waren nicht mal Ihre Töchter. Die haben Sie mehr oder weniger abgeschrieben. Es war die Tatsache, daß Sie immer noch zu stolz

sind, um sich für dumm verkaufen zu lassen – und daß Sie Regan wirklich gern haben.«
Schweigen. Dann sagte der General ruhig: »Sie reden verdammt zu viel, Marlowe. Wollen Sie mir zu verstehen geben, daß Sie dieses Rätsel immer noch zu lösen versuchen?«
»Nein. Ich habe es aufgegeben. Man hat mich gewarnt. Die Jungs meinen, ich ginge zu scharf ran. Deshalb, meine ich, sollte ich Ihnen auch Ihr Geld zurückgeben – weil der Auftrag nicht ordnungsgemäß ausgeführt ist.«
Er lächelte. »Nichts wird aufgegeben«, sagte er. »Ich zahle Ihnen weitere tausend Dollar, damit Sie Regan finden. Er braucht nicht zurückzukommen. Ich brauche nicht mal zu wissen, wo er ist. Ein Mensch hat das Recht, sein eigenes Leben zu leben. Ich nehme es ihm nicht übel, daß er meiner Tochter weggelaufen ist, nicht mal, daß er es damit so eilig hatte. Es war vermutlich ein plötzlicher Impuls. Ich will nur wissen, daß es ihm gutgeht, wo immer er ist. Ich will es von ihm direkt wissen, und wenn er Geld brauchen sollte, so wünsche ich, daß er auch das bekommt. Ist das klar?«
Ich sagte: »Ja, General.«
Er ruhte eine kleine Weile aus, schlaff auf dem Bett liegend, die Augen mit den dunklen Lidern geschlossen, mit dünnem und blutleerem Mund. Er hatte sich verausgabt. Er war so ziemlich fertig. Er schlug die Augen wieder auf und versuchte mich anzugrinsen.
»Ich bin einfach ein sentimentaler, alter Schafskopf«, sagte er. »Und ein schlechter Soldat. Ich habe den Jungen ins Herz geschlossen. Er schien mir ein anständiger Kerl zu sein. Offenbar bilde ich mir etwas zu viel auf meine Menschenkenntnis ein. Finden Sie ihn für mich, Marlowe. Sie müssen ihn finden.«
»Ich will's versuchen«, sagte ich. »Aber jetzt brauchen Sie Ruhe. Ich hab Ihnen ein Loch in den Bauch geredet.«
Ich stand rasch auf und ging über die weite Fläche und hinaus. Er hatte die Augen wieder geschlossen, bevor ich noch die Tür öffnete. Seine Hände lagen schlaff auf dem Laken. Er sah aus wie ein toter Mann und noch viel toter als die meisten Toten. Ich schloß leise die Tür und ging den oberen Gang entlang und die Treppe hinunter.

Der Butler erschien mit meinem Hut. Ich setzte ihn auf und sagte: »Was halten Sie von ihm?«
»Er ist nicht so schwach, wie er aussieht, Sir.«
»Wenn er's wäre, dann wäre er reif fürs Begräbnis. Welchen Narren mag er bloß an diesem Knaben Regan gefressen haben?«
Der Butler sah mich an, offen und doch seltsam ausdruckslos. »Jugend, Sir«, sagte er. »Und das Auge des Soldaten.«
»Wie Ihres«, sagte ich.
»Wenn ich das sagen darf, Sir, nicht unähnlich dem Ihren.«
»Danke. Wie geht es den Damen heute morgen?«
Er zuckte höflich die Achseln.
»Dacht ich mir's doch«, sagte ich, und er öffnete mir die Tür.
Ich stand draußen auf der Stufe und genoß den Ausblick über die Rasenterrassen und gestutzten Bäume und Blumenbeete bis hinab zum hohen, eisernen Zaun am Ende der Gärten. Ich sah Carmen etwa auf halber Höhe, sie saß auf einer Steinbank, den Kopf zwischen ihren Händen, und wirkte verlassen und einsam.
Ich ging die roten Ziegelstufen hinunter, die von Terrasse zu Terrasse führten. Ich war schon fast bei ihr, als sie mich hörte. Sie sprang auf und wirbelte herum wie eine Katze. Sie trug die hellblauen Hosen, die sie getragen hatte, als ich sie zum erstenmal sah. Ihr blondes Haar hatte dieselbe lockere, lohfarbene Welle. Ihr Gesicht war weiß. Rote Flecken flammten auf ihren Wangen auf, als sie mich ansah. Ihre Augen waren wie Schiefer.
»Langeweile?« fragte ich.
Sie lächelte langsam, eher scheu, dann nickte sie rasch. Dann flüsterte sie: »Sie sind mir nicht böse?«
»Ich dachte, Sie seien böse auf mich.«
Sie hob ihren Daumen hoch und kicherte. »Bin ich nicht.« Sobald sie zu kichern anfing, mochte ich sie nicht mehr. Ich sah mich um. Eine Zielscheibe hing etwa dreißig Fuß entfernt an einem Baum, ein paar Pfeile steckten darin. Drei oder vier weitere lagen auf der Steinbank, auf der sie gesessen hatte.
»Für Leute mit Geld scheinen Sie und Ihre Schwester ja nicht viel Vergnügen zu haben«, sagte ich.
Sie sah mich unter ihren langen Wimpern an. Das war der Blick,

der so umwerfend wirken sollte. Ich sagte: »Macht Ihnen das Spaß, Pfeilwerfen?«
»Hmhm.«
»Das erinnert mich an etwas.« Ich blickte zurück zum Haus. Ich ging einen Schritt weiter, so daß ich durch einen Baum abgedeckt war. Ich zog ihre kleine Perlmuttkanone aus der Tasche. »Ich hab Ihnen Ihre Artillerie zurückgebracht. Sie ist geputzt und geladen. Ein guter Tip: Schießen Sie nicht wieder auf Leute, bevor Sie besser schießen können. Klar?«
Ihr Gesicht wurde blasser, und ihr dünner Daumen plumpste runter. Sie sah erst mich an, dann die Pistole, die ich festhielt. Etwas Fasziniertes war in ihrem Blick. »Ja«, sagte sie und nickte. Dann plötzlich: »Bringen Sie mir bei, wie man schießt.«
»Was?«
»Zeigen Sie's mir. Ich mag das.«
»Hier? Hier ist das verboten.«
Sie trat dicht auf mich zu und nahm mir die Pistole aus der Hand, ihre Hand schmiegte sich um den Griff. Dann schob sie sie rasch in ihre Hosentasche, fast verstohlen, und blickte sich um.
»Ich weiß, wo«, hauchte sie mir geheimnisvoll zu. »Unten, bei den alten Bohrlöchern.« Sie wies den Berg hinunter. »Zeigen Sie's mir?«
Ich blickte in ihre schieferblauen Augen. Genausogut hätte ich in zwei Flaschenhälse gucken können. »In Ordnung. Geben Sie mir die Kanone zurück, bis ich weiß, ob sich's dort machen läßt.«
Sie lächelte und zog eine Schnute, dann reichte sie sie mir verstohlen zurück, als gäbe sie mir ihren Zimmerschlüssel. Wir gingen die Stufen hinauf und herum zu meinem Wagen. Der Garten schien verlassen. Der Sonnentag war leer wie das Lächeln eines Oberkellners. Wir stiegen in den Wagen und fuhren die Hohlwegauffahrt hinunter und zum Tor hinaus.
»Wo ist Vivian?« fragte ich.
»Noch nicht auf.« Sie kicherte.
Ich fuhr weiter den Hügel hinab durch die stillen, vornehmen Straßen, deren Gesichter vom Regen reingewaschen waren, bog ostwärts nach La Brea, dann nach Süden. Wir erreichten den Ort, den sie meinte, in etwa zehn Minuten.
»Dort rein.« Sie lehnte sich aus dem Fenster und deutete hin.

Es war ein schmaler Feldweg, nicht viel mehr als eine Wagenspur, ähnlich der Abbiegung zu einer Ranch in den Vorbergen. Ein breites Gatter mit fünf Balken lehnte geöffnet gegen einen Baumstumpf und sah aus, als sei es seit Jahren nicht mehr geschlossen worden. Der Weg war von hohen Eukalyptusbäumen gesäumt und tief gefurcht. Er war von Lastwagen benutzt worden. Jetzt lag er leer in der Sonne, aber er war noch nicht staubig. Es hatte ja kürzlich erst heftig geregnet. Ich folgte den Spuren, und der Lärm des Stadtverkehrs wurde schnell ganz merkwürdig schwach, als ob wir gar nicht mehr in einer Stadt wären, sondern weit weg im Land eines Tagtraums. Dann ragte ölverschmiert und reglos der Schwengel eines dicken, hölzernen Bohrturms über die Zweige. Ich konnte das rostige, alte Stahlkabel sehen, das den Bohrschwengel mit einem halben Dutzend anderer verband. Die Schwengel bewegten sich nicht, hatten sich sicher seit einem Jahr nicht mehr bewegt. Die Bohrlöcher pumpten nicht mehr. Ein Haufen verrosteter Rohre lag umher, eine Ladeplattform war an einem Ende heruntergesackt, ein halbes Dutzend leerer Öltonnen bildete einen wüsten Stapel. Das abgestandene, ölige Wasser eines alten Gesenks schillerte im Sonnenlicht.

»Soll das alles noch Park werden?« fragte ich.

Sie senkte das Kinn und funkelte mich an.

»Zeit wär's ja. Der Gestank dieser Grube reicht ja, um 'ne ganze Ziegenherde zu vergiften. Ist das die Stelle, an die Sie gedacht haben?«

»Hmhm. Gefällt's Ihnen?«

»Prächtig.« Ich fuhr an die Ladeplattform heran. Wir stiegen aus. Ich lauschte. Das Summen der Stadt war ein fernes Geräuschegespinst wie von einem Bienenschwarm. Der Ort war verlassen wie ein Friedhof. Sogar nach dem Regen sahen die hohen Eukalyptusbäume staubig aus. Sie sehen immer so aus. Ein Ast, den der Wind abgebrochen hatte, war über den Rand des Gesenks gefallen, und die platten, ledrigen Blätter hingen ins Wasser.

Ich lief um den Sumpf herum und sah ins Pumpenhaus. Es lag allerlei Gerümpel darin, hier schien lange niemand mehr gewesen zu sein. Draußen lehnte ein großes, hölzernes Windenrad an der Wand. Der Ort schien völlig in Ordnung zu sein.

Ich ging zurück zum Wagen. Das Mädchen stand daneben und

richtete ihr Haar und hielt es in die Sonne. »Geben Sie her«, sagte sie und streckte die Hand aus.
Ich zog die Pistole heraus und legte sie in ihren Handteller. Ich bückte mich nieder und hob eine verrostete Büchse auf.
»Nun mal sachte«, sagte ich. »Sie ist mit allen fünfen geladen. Ich geh jetzt da rüber und stell diese Büchse in das viereckige Loch in der Mitte von dem großen Holzrad dort. Sehen Sie?« Ich deutete hin. Sie nickte begeistert. »Das sind zirka dreißig Fuß. Fangen Sie nicht an zu schießen, bevor ich wieder bei Ihnen bin. Okay?«
»Okay«, kicherte sie.
Ich ging wieder um den Sumpf herum und stellte die Büchse in der Mitte des Windenrads auf. Sie gab ein prima Ziel ab. Wenn sie die Büchse verfehlte, was sie bestimmt tun würde, dann würde sie vermutlich doch das Rad treffen. Eine kleine Kugel konnte da auf keinen Fall durchschlagen. Sie traf jedoch nicht einmal das.
Ich ging wieder um das Gesenk herum auf sie zu. Als ich etwa noch zehn Fuß von ihr entfernt am Rand des Öltümpels war, zeigte sie mir alle ihre scharfen, kleinen Zähne und hob die Pistole und fing an zu zischen.
Ich stand wie erstarrt, die abgestandene, stinkende Brühe im Rücken.
»Bleib stehen, du Schweinehund«, sagte sie.
Die Pistole zielte auf meine Brust. Ihre Hand schien ganz ruhig zu sein. Das Zischen wurde lauter, und ihr Gesicht wirkte wieder wie ein abgeschabter Knochen. Gealtert, verderbt, vertiert, und nicht mal zu einem netten Tierchen.
Ich lachte. Ich ging auf sie zu. Ich sah, wie ihr dünner Finger sich am Abzug spannte und an der Spitze ganz weiß wurde. Ich war etwa sechs Fuß von ihr entfernt, als sie losballerte.
Die Pistole gab einen scharfen Knall, ohne Kraft, ein brüchiges Platzen im Sonnenlicht. Ich sah keinen Rauch. Ich blieb wieder stehen und lachte sie aus.
Sie feuerte noch zweimal, sehr schnell. Ich war sicher, daß sie kein einziges Mal verfehlt hätte. Es waren fünf Kugeln in der kleinen Pistole. Vier hatte sie abgefeuert. Ich sprang auf sie zu.
Ich wollte den letzten Schuß nicht ins Gesicht bekommen, deshalb wich ich zur Seite aus. Sie gab's mir in aller Sorgfalt, völlig

unbekümmert. Ich meinte etwas vom heißen Atem der Pulverladung zu spüren.

Ich richtete mich auf. »Mein Gott, sind Sie süß«, sagte ich.

Ihre Hand, die die leere Pistole hielt, begann heftig zu zittern. Sie ließ die Waffe fallen. Ihr Mund fing an zu flattern. Ihr Gesicht fiel auseinander. Dann schraubte sich ihr Kopf zum linken Ohr herum, und Schaum trat auf ihre Lippen. Ihr Atem machte ein winselndes Geräusch. Sie wankte.

Ich fing sie auf, als sie stürzte. Sie war schon bewußtlos. Ich stemmte ihr mit beiden Händen die Zähne auseinander und stopfte mein Taschentuch als Pfropfen dazwischen. Ich brauchte meine ganze Kraft dazu. Ich hob sie auf und hievte sie in den Wagen, dann holte ich die Pistole und steckte sie in die Tasche. Ich zwängte mich hinters Steuer, setzte zurück und nahm die Strecke, die wir gekommen waren, den ausgefurchten Feldweg zum Gatter hinaus und wieder den Berg hoch, nach Hause.

Carmen lag zusammengekrümmt in der Wagenecke, reglos. Ich war schon mitten auf der Auffahrt zum Haus, als sie sich rührte. Plötzlich riß sie weit und wild die Augen auf. Sie setzte sich gerade.

»Was ist passiert?« keuchte sie.

»Nichts. Warum?«

»Jawohl ist was passiert«, kicherte sie. »Ich habe mich naß gemacht.«

»Das kommt davon«, sagte ich.

Sie sah mich plötzlich an, erbärmlich und ahnungsvoll, und begann zu stöhnen.

32

Das sanftäugige Mädchen mit dem Pferdegesicht führte mich treppauf in den langen, grauweißen Wohnraum, in dem die elfenbeinfarbenen Vorhänge üppig über den Boden wallten und der weiße Teppich sich von Wand zu Wand erstreckte. Das Boudoir eines Filmstars, ein Ort voller Charme und Verlockung und so echt wie ein Holzbein. Im Augenblick war es leer. Die Tür hinter mir schloß sich so unnatürlich lautlos wie die Tür in einem Krankenhaus. Neben der Chaiselongue stand ein Frühstückstisch auf Rädern. Sein Silber glitzerte. In der Kaffeetasse war Zigarettenasche. Ich setzte mich und wartete.

Es schien eine ganze Weile zu dauern, bis die Tür wieder aufging und Vivian hereinkam. Ihr austernweißer Hausanzug mit weißem Pelzbesatz floß an ihr herab wie eine sommerliche See, die über den Strand einer kleinen, fernen Insel schäumt.

Sie ging mit langen, weichen Schritten an mir vorüber und setzte sich auf den Rand der Chaiselongue. Sie hatte eine Zigarette im Mundwinkel. Ihre Nägel waren heute kupferrot von der Wurzel bis zur Spitze, ohne Halbmonde.

»Sie sind eben doch ein brutaler Kerl«, sagte sie ruhig und starrte mich an. »Völlig abgestumpft und brutal. Sie haben heute nacht einen Menschen getötet. Egal, woher ich das weiß. Ich weiß es eben. Und jetzt müssen Sie auch noch hierherkommen und meine kleine Schwester in Angst und Panik versetzen.«

Ich sagte kein Wort. Sie wurde zappelig. Sie ging hinüber zu einem Schaukelstuhl und legte ihren Kopf gegen ein weißes Kissen, das zur Wand hin die Rückenlehne des Stuhls bedeckte. Sie blies blaßgrauen Rauch empor und sah zu, wie er zur Decke hinauftrieb und sich in kleine Fähnchen zerteilte, die noch ein Weilchen in der Luft zu erkennen waren und dann zu einem Nichts zerschmolzen. Dann senkte sie sehr langsam den Blick und sah mich kalt und hart an. »Ich verstehe Sie nicht«, sagte sie. »Ich bin verdammt froh, daß einer von uns beiden vorletzte Nacht nicht den Kopf verloren hat. Schlimm genug, daß ich in meiner Vergangenheit einen Schnapsschmuggler aufzuweisen habe. Warum sagen Sie nichts, Herrgott noch mal?«

»Wie geht es ihr?«

»Oh, ganz gut, glaube ich. Sofort eingeschlafen. Sie schläft immer sofort ein. Was haben Sie ihr getan?«

»Überhaupt nichts. Ich kam aus dem Haus, nachdem ich Ihren Vater besucht hatte, und sie war draußen. Sie hatte mit Pfeilen nach einer Scheibe an einem Baum geworfen. Ich ging hinunter, um mit ihr zu sprechen, weil ich noch etwas hatte, das ihr gehörte. Einen kleinen Revolver, den Owen Taylor ihr mal geschenkt hat. Sie hat ihn neulich abends mit zu Brody gebracht, am Abend nämlich, als er erschossen wurde. Ich habe ihn ihr dort wegnehmen müssen. Ich habe das nicht weiter erwähnt, deshalb wissen Sie's vielleicht nicht.«

Die schwarzen Sternwood-Augen wurden groß und leer. Diesmal spielte *sie* das Schweigen im Walde.

»Sie war froh, daß sie ihre kleine Kanone wieder hatte, und bat mich, ich solle ihr beibringen, wie man schießt, und sie wollte mir unten im Tal die alten Bohrtürme zeigen, mit denen Ihre Familie ein bißchen Geld verdient hat. Wir fuhren also hinunter, und das Plätzchen war ziemlich gruslig, mit all dem verrosteten Eisen und dem alten Holz und den stillgelegten Türmen und den fettig-schaumigen Öltümpeln. Vielleicht hat das sie umgeworfen. Sie sind selbst sicher schon mal dort gewesen. Es ist irgendwie schaurig.«

»Ja – das stimmt.« Die Stimme klang jetzt dünn und atemlos.

»Wir sind also dort reingefahren, und ich hab 'ne Büchse in 'nem Windenrad aufgestellt, nach der sie ballern sollte. Plötzlich war sie aus dem Häuschen. Mir kam's vor wie ein milder epileptischer Anfall.«

»Ja.« Dieselbe winzige Stimme. »Das hat sie hin und wieder. Ist es nur das, weshalb Sie mich sprechen wollten?«

»Ich nehme an, Sie wollen mir immer noch nicht sagen, was Eddie Mars gegen Sie in der Hand hat.«

»Überhaupt nichts hat er. Und ich bin der Frage allmählich etwas überdrüssig«, sagte sie kalt.

»Kennen Sie einen gewissen Canino?«

Sie zog nachdenklich die feinen, schwarzen Brauen zusammen. »Kann sein. Den Namen muß ich schon mal gehört haben.«

»Der Ballermann von Eddie Mars. Eine schlimme Type, sagt man. Das war er wohl auch. Wäre mir nicht eine Dame ein bißchen zu Hilfe gekommen, dann wäre ich da, wo er jetzt ist – im Leichenschauhaus.«

»Die Damen scheinen . . .« Sie brach plötzlich ab und wurde blaß. »Ich kann nicht darüber scherzen«, sagte sie einfach.

»Ich mache auch keine Scherze, und wenn es so aussieht, als redete ich im Kreis herum, so sieht es wirklich nur so aus. Es ist alles miteinander verknüpft – alles. Geiger und seine cleveren, kleinen Erpressungen, Brody und seine Bilder, Eddie Mars und seine Roulettetische, Canino und das Mädchen, mit dem Rusty Regan nicht durchgebrannt ist. Es paßt alles zusammen.«

»Ich fürchte, ich weiß nicht mal, wovon Sie reden.«

»Angenommen, Sie wüßten es – dann sähe das Ganze etwa so

aus: Geiger hatte Ihre Schwester an der Angel, was ja nicht schwer zu bewerkstelligen ist, und er hatte von ihr ein paar Wechsel, mit denen er Ihren Vater erpressen wollte, auf nette Art. Hinter Geiger stand Eddie Mars, der ihn protegierte und als Handlanger benutzte. Statt zu zahlen, zog Ihr Vater mich heran, woraus sich ergab, daß er nichts zu fürchten hatte. Eben das wollte Eddie Mars wissen. Er hatte etwas gegen Sie in der Hand und wollte wissen, ob er damit auch den General in der Hand hatte. Wenn ja, konnte er ganz auf die schnelle einen Haufen Geld kassieren. Wenn nicht, mußte er so lange warten, bis Sie Ihren Anteil am Familienvermögen hatten, und sich in der Zwischenzeit mit dem bißchen Bargeld begnügen, das er Ihnen über den Roulettetisch hinweg abnehmen konnte. Geiger ist von Owen Taylor erschossen worden, der in Ihre dumme, kleine Schwester verliebt war und nichts übrig hatte für die Spielchen, die Geiger mit ihr spielte. Das interessierte Eddie nicht. Er spielte ein viel größeres Spiel, als es Geiger auch nur ahnte oder als Brody es ahnte, und das niemand kannte außer Ihnen und Eddie und einem schweren Jungen namens Canino. Als Ihr Mann verschwand, hat Eddie, der wußte, daß alle Welt wußte, wieviel böses Blut es zwischen ihm und Regan gegeben hatte, seine Frau draußen in Realito versteckt und von Canino bewachen lassen, damit es so aussah, als wäre sie mit Regan durchgebrannt. Er bugsierte sogar Regans Wagen in die Garage des Blocks, wo Mona Mars gewohnt hatte. Aber das klingt ein bißchen einfältig, wenn man es so betrachtet, als wollte Eddie damit nur den Verdacht zerstreuen, daß er Ihren Mann umgebracht hat oder hat umbringen lassen. In Wirklichkeit ist das aber gar nicht so dumm. Er hatte ein anderes Motiv. Er war auf eine runde Million aus. Er wußte, wohin Regan gegangen war und warum, und er wollte nicht, daß die Polizei das herausbekam. Sie sollte sich das Verschwinden so erklären können, daß sie zufrieden war. Langweile ich Sie?«

»Sie ermüden mich«, sagte sie mit toter, erschöpfter Stimme. »Gott, wie Sie mich ermüden!«

»Das tut mir leid. Ich will wahrhaftig nicht meine Zeit damit vertrödeln, den hellen Knaben hervorzukehren. Ihr Vater hat mir heute morgen tausend Dollar angeboten, damit ich Regan finde. Das ist für mich viel Geld, aber ich kann es nicht machen.«

Sie riß den Mund auf. Ihr Atem war plötzlich mühsam und rauh. »Geben Sie mir eine Zigarette«, sagte sie undeutlich. »Warum?« Der Puls in ihrer Kehle klopfte sichtbar.
Ich gab ihr eine Zigarette und zündete ein Streichholz an und hielt es ihr hin. Sie füllte ihre Lunge mit Rauch und stieß ihn wieder aus, dann schien sie die Zigarette zwischen ihren Fingern zu vergessen. Sie nahm keinen weiteren Zug.
»Nun, das Vermißtendezernat kann ihn nicht finden«, sagte ich. »Es ist nicht so einfach. Was die nicht fertigbringen, das werde ich wohl auch kaum schaffen.«
»Oh.« In ihrer Stimme war eine Spur von Erleichterung.
»Das ist der eine Grund. Die Leute vom Vermißtendezernat glauben, daß er freiwillig verschwunden ist, den Vorhang runtergelassen hat, wie sie das nennen. Sie glauben nicht, daß Eddie Mars ihn beiseite geschafft hat.«
»Wer sagt denn, daß ihn jemand beiseite geschafft hat?«
»Dazu kommen wir noch«, sagte ich.
Einen winzigen Augenblick lang schien ihr Gesicht auseinanderzufallen, es war nur noch eine Ansammlung von Zügen ohne Form und Beherrschung. Ihr Mund wirkte wie das Präludium zu einem Schrei. Aber nur für einen Augenblick. Das Blut der Sternwoods zeigte sich eben nicht nur in ihren schwarzen Augen und ihrer Verwegenheit.
Ich stand auf und nahm ihr die qualmende Zigarette aus den Fingern und zerdrückte sie in einem Aschenbecher. Dann zog ich Carmens kleinen Revolver aus der Tasche und legte ihn sorgfältig, mit übertriebener Sorgfalt, auf ihr weißes Seidenknie. Ich balancierte ihn aus und trat zurück, den Kopf zur Seite geneigt wie ein Schaufensterdekorateur, der die Wirkung einer neuen Halstuchschleife am Hals einer Puppe betrachtet.
Ich setzte mich wieder hin. Sie regte sich nicht. Ihre Augen senkten sich Millimeter um Millimeter und blickten auf den Revolver.
»Er ist harmlos«, sagte ich. »Alle fünf Kammern leer. Sie hat sie alle leergeschossen. Alle auf mich.«
In ihrer Kehle pulste es wild. Ihre Stimme wollte etwas sagen und konnte nicht. Sie schluckte.
»Aus einer Entfernung von fünf oder sechs Fuß«, sagte ich. »Ein süßes, kleines Wesen, nicht wahr? Zu dumm, daß ich den Revol-

ver mit Platzpatronen geladen hatte.« Ich grinste dreckig. »Ich hatte so eine Ahnung, was sie tun würde – wenn sie Gelegenheit dazu bekäme.«

Sie holte ihre Stimme aus einer weiten Ferne zurück. »Sie sind ein abscheulicher Kerl«, sagte sie. »Abscheulich.«

»Genau. Und Sie sind Ihre große Schwester. Was werden Sie jetzt tun?«

»Sie können kein Wort davon beweisen.«

»Was kann ich nicht beweisen?«

»Daß sie auf Sie geschossen hat. Sie sagten doch, Sie waren mit ihr dort unten bei den Bohrtürmen, allein. Sie können kein Wort von dem beweisen, was Sie sagen.«

»Ach, das«, sagte ich. »Ich habe gar nicht daran gedacht, es zu versuchen. Ich habe an ein anderes Mal gedacht – als die Patronen in der kleinen Kanone richtige Kugeln enthielten.«

Ihre Augen waren finstere Teiche, viel leerer noch als Finsternis.

»Ich dachte an den Tag, an dem Regan verschwand«, sagte ich. »Spät am Nachmittag. Als er mit ihr zu den alten Bohrtürmen hinunterfuhr, um ihr das Schießen beizubringen, und irgendwo eine Büchse aufstellte und ihr sagte, sie sollte drauf ballern, und als er dann ganz nahe bei ihr stand, während sie schoß. Und sie hat nicht auf die Büchse geschossen. Sie hat den Revolver herumgerissen und ihn erschossen, genau wie sie mich heute zu erschießen versucht hat, und aus genau demselben Grund.«

Sie bewegte sich etwas, und der Revolver glitt von ihrem Knie und fiel zu Boden. Ein lauteres Geräusch hatte ich kaum je gehört. Ihre Augen waren starr auf mein Gesicht gerichtet. Ihre Stimme war ein langgezogenes Stöhnen voller Qual. »Carmen ... Barmherziger Gott, Carmen! ... Warum?«

»Muß ich Ihnen wirklich sagen, warum sie auf mich geschossen hat?«

»Ja.« Ihre Augen waren noch voller Schrecken. »Ich ... Ja, das müssen Sie.«

»Als ich vorgestern abend nach Hause kam, war sie in meiner Wohnung. Sie hatte den Hausverwalter beschwatzt, sie hereinzulassen, damit sie auf mich warten konnte. Sie lag in meinem Bett – nackt. Ich habe sie ohne viel Federlesens hinausgeworfen. Ich vermute, Regan hat ihr wohl mal dasselbe angetan. Aber so etwas darf man mit Carmen nicht machen.«

Sie zog die Lippen zurück und machte einen halbherzigen Versuch, an ihnen zu lecken. Sie sah dadurch, für einen kurzen Augenblick, aus wie ein erschrecktes Kind. Die Linien ihrer Wangen wurden schärfer, und ihre Hand erhob sich langsam, wie eine künstliche Hand, die sich an Drähten bewegt, und ihre Finger schlossen sich langsam und steif um den weißen Pelz ihres Kragens. Sie zogen den Pelz eng um ihren Hals. Danach saß sie nur noch da und starrte vor sich hin.

»Geld«, krächzte sie. »Ich nehme an, Sie wollen Geld.«

»Wieviel Geld?« Es sollte nicht höhnisch klingen.

»Fünfzehntausend Dollar?«

Ich nickte. »Das käme so etwa hin. Das wäre der angemessene Preis. Genau das hat er in seiner Tasche gehabt, als sie ihn erschoß. Das hat wohl auch Mr. Canino dafür bekommen, daß er die Leiche beiseite schaffte, als Sie Eddie Mars um Hilfe angingen. Aber es wäre doch nur ein kleines Trinkgeld gegen das, was Eddie demnächst zu kassieren gedenkt, stimmt's?«

»Sie Schweinehund!« sagte sie.

»Hmhm. Ich bin ein ganz gerissener Kerl. Ich habe nicht die geringsten Gefühle noch Skrupel. Ich bin so geldgierig, daß ich für fünfundzwanzig Eier pro Tag plus Spesen, meist für Benzin und Whisky, mein Denken ganz allein besorge, so gut es geht; ich riskiere meine Zukunft, den Haß der Bullen und den von Eddie Mars und seinen Kumpanen, ich lasse mir Kugeln um die Ohren fliegen und lasse mich vermöbeln und sage: ›Verbindlichsten Dank, und beehren Sie mich wieder, wenn Sie Ärger haben, ich gebe Ihnen meine Karte für den Fall, daß Sie mich brauchen.‹ Das alles mache ich für fünfundzwanzig Dollar pro Tag – und vielleicht auch ein wenig aus Mitgefühl für einen gebrochenen und kranken alten Mann, dem noch ein bißchen Stolz im Blut sitzt, der einfach nicht glaubt, daß dieses Blut vergiftet ist, und daß seine zwei kleinen Mädchen, auch wenn sie ein bißchen wild sind wie viele nette Mädchen heutzutage, perverse Luder und Mörderinnen sein sollen. Und deshalb bin ich ein Schweinehund. In Ordnung. Das kann mich nicht weiter kratzen. So bin ich schon von Leuten jeder Größe und Sorte genannt worden, auch von Ihrer kleinen Schwester. Sie hat mir noch Schlimmeres an den Kopf geworfen, weil ich nicht mit ihr ins Bett wollte. Ich habe von Ihrem Vater fünfhundert Dollar bekommen, um die ich nicht gebeten hatte, aber er kann es sich leisten. Ich kann einen weiteren Tausender haben, wenn ich Mr. Rusty Regan finde. Jetzt bieten Sie mir fünfzehn Riesen. Damit wäre ich fein raus. Mit fünfzehn Riesen könnte ich mir ein eigenes Haus leisten und einen neuen Wagen und vier Anzüge. Ich könnte sogar Ferien machen, ohne Sorge, daß mir dabei ein Fall durch die Lappen geht. Das ist Klasse. Und wofür bieten Sie's mir? Darf ich weiter der Schweinehund bleiben oder muß ich ein Gentleman werden wie jener Saufkopp, der neulich abends in seinem Wagen seinen Rausch ausschlief?«

Sie war stumm wie eine Frau aus Stein.

»In Ordnung«, fuhr ich heftig fort. »Wollen Sie sie wegbringen? Weit weg von hier und dahin, wo man ihren Fall behandeln kann und dafür sorgt, daß sie keine Schießeisen und Messer und phantastischen Elixiere zu fassen kriegt? Teufel, vielleicht wäre sie sogar zu heilen, wissen Sie. Es ist schon vorgekommen.«

Sie stand auf und ging langsam zum Fenster. Die Vorhänge lagen in schweren, elfenbeinfarbenen Falten um ihre Füße. Sie stand in den Falten und sah hinaus auf die stillen, dunklen Vorberge. Sie stand reglos, verschmolzen fast mit den Vorhängen. Die Hände hingen schlaff an den Seiten herab. Völlig bewegungslose Hände. Sie wandte sich um und kam zurück durch den Raum und ging blind an mir vorbei. Als sie hinter mir war, holte sie tief Atem und sprach.

»Er liegt im Sumpf«, sagte sie. »Ein schrecklich verwestes Etwas. Ich habe es getan. Ich habe genau das getan, was Sie sagten. Ich bin zu Eddie Mars gegangen. Sie ist nach Hause gekommen und hat es mir erzählt, genau wie ein Kind. Sie ist nicht normal. Ich wußte, die Polizei würde alles aus ihr herausbekommen. Nach einer kleinen Weile würde sie damit sogar großtun. Und wenn Dad es erführe, würde er sofort anrufen und ihnen die ganze Geschichte erzählen. Und in derselben Nacht würde er dann sterben. Es ist nicht sein Sterben – es geht darum, was er denken würde, bevor er stürbe. Rusty war kein schlechter Kerl. Ich habe ihn nicht geliebt. Aber ich glaube, er war in Ordnung. Er hat mir nur nichts bedeutet, so oder so, lebendig oder tot, gemessen an dem, was alles ich Dad ersparen könnte.«

»Sie haben sie also«, sagte ich, »frei herumlaufen und neues Unheil anrichten lassen.«

»Ich mußte Zeit gewinnen. Einfach Zeit. Ich habe es natürlich falsch gemacht. Ich dachte, sie würde vielleicht die ganze Geschichte vergessen. Ich habe mir sagen lassen, daß sie immer vergessen, was bei solchen Anfällen passiert. Vielleicht hat sie's vergessen. Ich wußte, Eddie Mars würde mich weißbluten lassen, aber das war mir gleichgültig. Ich brauchte Hilfe und konnte sie nur von seinesgleichen bekommen ... Es hat Zeiten gegeben, in denen ich das alles selbst kaum glauben konnte. Und dann wieder gab es Zeiten, in denen ich mich schnell betrinken mußte – gleich, zu welcher Tageszeit. Nur verdammt schnell mußte es sein.«

»Sie werden sie wegbringen«, sagte ich. »Und zwar verdammt schnell.«

Sie wandte mir noch immer den Rücken zu. Sie sagte jetzt sanft: »Was ist mit Ihnen?«

»Nichts ist mit mir. Ich gehe. Ich gebe Ihnen drei Tage. Wenn Sie bis dahin weg sind – okay. Wenn nicht, kommt alles heraus. Und glauben Sie nicht, ich würde's nicht tun.«

Sie drehte sich plötzlich um. »Ich weiß nicht, was ich Ihnen sagen soll. Ich finde den Anfang nicht.«

»Jaja. Bringen Sie sie hier raus und sehen Sie zu, daß sie jede Minute unter Beobachtung ist. Versprochen?«

»Versprochen. Eddie ...«

»Vergessen Sie Eddie. Ich kümmere mich um ihn, wenn ich etwas zur Ruhe gekommen bin. Mit Eddie werde ich fertig.«

»Er wird versuchen, Sie umzubringen.«

»Klar«, sagte ich. »Sein bester Mann hat's nicht gekonnt. Vor den anderen ist mir nicht bange. Weiß Norris Bescheid?«

»Er wird nichts sagen.«

»Ich dachte mir, daß er's wüßte.«

Ich ging rasch von ihr weg und durchs Zimmer und hinaus und die Fliesentreppe hinunter zur vorderen Halle. Ich sah niemanden, als ich hinausging. Ich fand meinen Hut diesmal allein. Die hellen Gärten draußen wirkten gespenstisch, als ob kleine, wilde Augen mich hinter den Büschen belauerten, als ob der Sonnenschein selbst ein mysteriöses Etwas in seinem Licht berge. Ich stieg in meinen Wagen und fuhr den Hügel hinunter.

Was machte es schon, wo man lag, wenn man tot war? In einem schmutzigen Tümpel oder in einem Marmorturm oben auf einem hohen Berg? Man war tot, man schlief den großen Schlaf, man brauchte sich um solche Dinge nicht zu kümmern. Öl und Wasser bedeuteten dasselbe wie Wind und Luft. Man schlief einfach den großen Schlaf, unbekümmert darüber, wie ekelhaft man gestorben oder wohin man gefallen war. Ich selbst, ich war jetzt ein Teil dieses Ekels. Viel mehr, als Rusty Regan es war. Aber der alte Mann mußte es nicht sein. Er konnte ruhig unterm Baldachin in seinem Bett liegen, die blutlosen Hände über der Decke gefaltet, und warten. Sein Herz war ein schwaches, ungewisses Rasseln. Seine Gedanken waren grau wie Asche. Und nach einer kleinen Weile würde auch er, wie Rusty Regan, den großen Schlaf schlafen.

Auf dem Weg zur Stadt hinunter hielt ich vor einer Bar und trank ein paar doppelte Scotch. Sie halfen mir auch nicht weiter. Sie erweckten in mir nur die Erinnerung an Silberperückchen, und ich habe sie nie wiedergesehen.

»Alles, was Rang und Namen hat in der kriminalistischen Schreiberzunft, ist bei Diogenes versammelt.«
Süddeutscher Rundfunk

● Joan Aiken
Die Kristallkrähe
Roman. Aus dem Englischen von Helmut Degner
detebe 20138

Der eingerahmte Sonnenuntergang
Roman. Deutsch von Karin Polz. detebe 21413

● Margery Allingham
Die Handschuhe des Franzosen
Kriminalgeschichten. Aus dem Englischen von Peter Naujack. Zeichnungen von Georges Eckert. detebe 20929

● Eric Ambler
Die Maske des Dimitrios
Roman. Aus dem Englischen von Mary Brand und Walter Hertenstein. detebe 20137

Der Fall Deltschev
Roman. Deutsch von Mary Brand und Walter Hertenstein. detebe 20178

Eine Art von Zorn
Roman. Deutsch von Susanne Feigl und Walter Hertenstein. detebe 20179

Schirmers Erbschaft
Roman. Deutsch von Harry Reuß-Löwenstein, Th. A. Knust und Rudolf Barmettler
detebe 20180

Die Angst reist mit
Roman. Deutsch von Walter Hertenstein
detebe 20181

Der Levantiner
Roman. Deutsch von Tom Knoth
detebe 20223

Waffenschmuggel
Roman. Deutsch von Tom Knoth
detebe 20364

Topkapi
Roman. Deutsch von Elsbeth Herlin
detebe 20536

Schmutzige Geschichte
Roman. Deutsch von Günter Eichel
detebe 20537

Das Intercom-Komplott
Roman. Deutsch von Dietrich Stössel
detebe 20538

Besuch bei Nacht
Roman. Deutsch von Wulf Teichmann
detebe 20539

Der dunkle Grenzbezirk
Roman. Deutsch von Walter Hertenstein und Ute Haffmans. detebe 20602

Ungewöhnliche Gefahr
Roman. Deutsch von Walter Hertenstein und Werner Morlang. detebe 20603

Anlaß zur Unruhe
Roman. Deutsch von Franz Cavigelli
detebe 20604

Nachruf auf einen Spion
Roman. Deutsch von Peter Fischer
detebe 20605

Doktor Frigo
Roman. Deutsch von Tom Knoth
detebe 20606

Bitte keine Rosen mehr
Roman. Deutsch von Tom Knoth
detebe 20887

Mit der Zeit
Roman. Deutsch von Hans Hermann
detebe 21054

Als Ergänzungsband liegt vor:

Über Eric Ambler
Aufsätze von Alfred Hitchcock bis Helmut Heißenbüttel. Chronik und Bibliographie. Herausgegeben von Gerd Haffmans
detebe 20607

● **John Bellairs**
Das Haus, das tickte
Roman. Aus dem Amerikanischen von Alexander Schmitz. Zeichnungen von Edward Gorey. detebe 20368

● **Robert Benesch**
Außer Kontrolle
Roman. detebe 21081

● **Robert Bloch**
Nacht im Kopf
Roman. Neu aus dem Amerikanischen übersetzt von Monika Wittek. detebe 21414

● **Peter Bradatsch**
Waschen, Schneiden, Umlegen
Ein Dutzend Kriminalgeschichten
detebe 21272

● **Ray Bradbury**
Die Mars-Chroniken
Roman in Erzählungen. Aus dem Amerikanischen von Thomas Schlück. detebe 20863

Der illustrierte Mann
Erzählungen. Deutsch von Peter Naujack
detebe 20365

Fahrenheit 451
Roman. Deutsch von Fritz Güttinger
detebe 20862

Die goldenen Äpfel der Sonne
Erzählungen. Deutsch von Margarete Bormann. detebe 20864

Medizin für Melancholie
Erzählungen. Deutsch von Margarete Bormann. detebe 20865

Das Böse kommt auf leisen Sohlen
Roman. Deutsch von Norbert Wölfl
detebe 20866

Löwenzahnwein
Roman. Deutsch von Alexander Schmitz
detebe 21045

Das Kind von morgen
Erzählungen. Deutsch von Hans-Joachim Hartstein. detebe 21205

Die Mechanismen der Freude
Erzählungen. Deutsch von Peter Naujack
detebe 21242

Familientreffen
Erzählungen. Deutsch von Jürgen Bauer
detebe 21415

● **Beat Brechbühl**
Kneuss
Roman. detebe 21416

● **John Buchan**
Die neununddreißig Stufen
Roman. Aus dem Englischen von Marta Hackel. Mit Zeichnungen von Edward Gorey
detebe 20210

Grünmantel
Roman. Deutsch von Marta Hackel.
Mit Zeichnungen von Roland Topor
detebe 20771

Die drei Geiseln
Roman. Deutsch von Marta Hackel
Mit Zeichnungen von Tatjana Hauptmann
detebe 20773

Basilissa
Roman. Deutsch von Otto Bayer
detebe 21249

● **W.R. Burnett**
Little Caesar
Roman. Aus dem Amerikanischen von Georg Kahn-Ackermann. detebe 21061

High Sierra
Roman. Deutsch von Armgard Seegers und Hellmuth Karasek. detebe 21208

● **Anton Čechov**
Das Drama auf der Jagd
Eine wahre Begebenheit. Aus dem Russischen von Peter Urban. detebe 21379

● **Raymond Chandler**
Der große Schlaf
Roman. Aus dem Amerikanischen von Gunar Ortlepp. detebe 20132

Die kleine Schwester
Roman. Deutsch von W.E. Richartz
detebe 20206

Das hohe Fenster
Roman. Deutsch von Urs Widmer
detebe 20208

Der lange Abschied
Roman. Deutsch von Hans Wollschläger
detebe 20207

Die simple Kunst des Mordes
Briefe, Essays, Fragmente. Herausgegeben von Dorothy Gardiner und Kathrine Sorley Walker. Deutsch von Hans Wollschläger
detebe 20209

Die Tote im See
Roman. Deutsch von Hellmuth Karasek
detebe 20311

Lebwohl, mein Liebling
Roman. Deutsch von Wulf Teichmann
detebe 20312

Playback
Roman. Deutsch von Wulf Teichmann
detebe 20313

Mord im Regen
Frühe Stories. Vorwort von Prof. Philip Durham. Deutsch von Hans Wollschläger
detebe 20314

Erpresser schießen nicht
Detektivstories I. Deutsch von Hans Wollschläger. detebe 20751

Der König in Gelb
Detektivstories II. Deutsch von Hans Wollschläger. detebe 20752

Gefahr ist mein Geschäft
Detektivstories III. Deutsch von Hans Wollschläger. detebe 20753

Englischer Sommer
Geschichten, Parodien, Aufsätze. Mit einer Erinnerung von John Houseman, einem Vorwort von Patricia Highsmith und Zeichnungen von Edward Gorey. detebe 20754

● G.K. Chesterton

Pater Brown und Das blaue Kreuz
Die besten Geschichten aus »Die Unschuld des Pater Brown«. Aus dem Englischen von Heinrich Fischer. detebe 20731

Pater Brown und Der Fehler in der Maschine
Die besten Geschichten aus »Die Weisheit des Pater Brown« und »Die Ungläubigkeit des Pater Brown«. Deutsch von Norbert Müller, Alfons Rottmann und Dora Sophie Kellner
detebe 20732

Pater Brown und Das schlimmste Verbrechen der Welt
Die besten Geschichten aus »Das Geheimnis des Pater Brown« und »Der Skandal um Pater Brown«. Deutsch von Alfred P. Zeller, Kamilla Demmer und Alexander Schmitz
detebe 20733

● Agatha Christie

Villa Nachtigall
Geschichten. Aus dem Englischen von Peter Naujack und Günter Eichel. detebe 20825

Der Fall der enttäuschten Hausfrau
Geschichten. Deutsch von Günter Eichel
detebe 20826

● William Collins

Ein schauerliches fremdes Bett
Gruselgeschichten. Aus dem Englischen von Elizabeth Gilbert und Peter Naujack.
Mit Zeichnungen von Bob van den Born
detebe 20589

● Joseph Conrad

Lord Jim
Roman. Aus dem Englischen von Fritz Lorch
detebe 20128

Der Geheimagent
Roman. Deutsch von Günther Danehl
detebe 20212

Herz der Finsternis
Erzählung. Deutsch von Fritz Lorch
detebe 20363

● Stephen Crane

Das blaue Hotel
Ausgewählte Geschichten. Neu übersetzt und mit einem Essay von Walter E. Richartz
detebe 20789

● Guy Cullingford

Post mortem
Roman. Aus dem Englischen von Helmut Degner und Peter Naujack. detebe 20369

● Dolly Dolittle's Crime Club 2
Schreckliche Geschichten und Cartoons
detebe 20278

● Dolly Dolittle's Crime Club 3
Schreckliche Geschichten und Cartoons
detebe 20279

● Dolly Dolittle's Crime Club 4
Schreckliche Geschichten und Cartoons
detebe 20664

● Arthur Conan Doyle
Sherlock Holmes Geschichten
Aus dem Englischen von Margarethe Nedem
detebe 21211

● Friedrich Dürrenmatt
Der Richter und sein Henker
Kriminalroman. detebe 21435

Der Verdacht
Kriminalroman. detebe 21436

● Alexandre Dumas
Horror in Fontenay
Roman. Herausgegeben von Alan Hull Walton. Deutsch von Alexander Schmitz
detebe 20367

● Lord Dunsany
Jorkens borgt sich einen Whisky
Zehn Clubgeschichten. Aus dem Englischen von Elisabeth Schnack. Zeichnungen von Paul Flora. detebe 20598

● Celia Fremlin
Wer hat Angst vorm schwarzen Mann?
Roman. Deutsch von Otto Bayer
detebe 21302

● Egon Friedell
Die Rückkehr der Zeitmaschine
Phantastische Novelle. detebe 20177

● Robert van Gulik
Kriminalfälle des Richters Di, alten chinesischen Originalquellen entnommen
Mit Illustrationen des Autors in chinesischem Holzschnittstil

Mord im Labyrinth
Roman. Aus dem Englischen von Roland Schacht. detebe 21381

Tod im Roten Pavillon
Roman. Deutsch von Gretel und Kurt Kuhn
detebe 21383

Wunder in Pu-yang?
Roman. Deutsch von Roland Schacht
detebe 21382

● Henry Rider Haggard
Sie
Roman. Aus dem Englischen von Helmut Degner. detebe 20236

König Salomons Schatzkammern
Roman. Deutsch von V.H. Schmied
detebe 20920

● Dashiell Hammett
Der Malteser Falke
Roman. Aus dem Amerikanischen von Peter Naujack. detebe 20131

Rote Ernte
Roman. Deutsch von Gunar Ortlepp
detebe 20292

Der Fluch des Hauses Dain
Roman. Deutsch von Wulf Teichmann
detebe 20293

Der gläserne Schlüssel
Roman. Deutsch von Hans Wollschläger
detebe 20294

Der dünne Mann
Roman. Deutsch von Tom Knoth
detebe 20295

Fliegenpapier
5 Stories. Deutsch von Harry Rowohlt, Helmuth Kossodo, Helmut Degner, Peter Naujack und Elizabeth Gilbert. Vorwort von Lillian Hellmann. detebe 20911

Fracht für China
3 Stories. Deutsch von Elizabeth Gilbert, Antje Friedrichs und Walter E. Richartz
detebe 20912

Das große Umlegen
3 Stories. Deutsch von Walter E. Richartz, Hellmuth Karasek und Wulf Teichmann
detebe 20913

Das Haus in der Turk Street
3 Stories. Deutsch von Wulf Teichmann
detebe 20914

Das Dingsbums Küken
3 Stories. Deutsch von Wulf Teichmann
Nachwort von Steven Marcus. detebe 20915

● Cyril Hare
Mörderglück
und andere Detektivgeschichten. Auswahl und Einleitung von Michael Gilbert. Aus dem Englischen von Elizabeth Gilbert
detebe 20196

● William Fryer Harvey

Die Bestie mit den fünf Fingern
Gruselgeschichten. Aus dem Englischen von Günter Eichel und Peter Naujack. Zeichnungen von Peter Neugebauer. detebe 20599

● E.W. Heine

Kille Kille
Makabre Geschichten. detebe 21053

Hackepeter
Neue Kille Kille Geschichten
detebe 21219

Wer ermordete Mozart? Wer enthauptete Haydn?
Moralgeschichten für Musikfreunde
detebe 21437

● Patricia Highsmith

Der Stümper
Roman. Aus dem Amerikanischen von Barbara Bortfeldt. detebe 20136

Zwei Fremde im Zug
Roman. Deutsch von Anne Uhde
detebe 20173

Der Geschichtenerzähler
Roman. Deutsch von Anne Uhde
detebe 20174

Der süße Wahn
Roman. Deutsch von Christian Spiel
detebe 20175

Die zwei Gesichter des Januars
Roman. Deutsch von Anne Uhde
detebe 20176

Der Schrei der Eule
Roman. Deutsch von Gisela Stege
detebe 20341

Tiefe Wasser
Roman. Deutsch von Eva Gärtner und Anne Uhde. detebe 20342

Die gläserne Zelle
Roman. Deutsch von Gisela Stege und Anne Uhde. detebe 20343

Das Zittern des Fälschers
Roman. Deutsch von Anne Uhde
detebe 20344

Lösegeld für einen Hund
Roman. Deutsch von Anne Uhde
detebe 20345

Der talentierte Mr. Ripley
Roman. Deutsch von Barbara Bortfeldt
detebe 20481

Ripley Under Ground
Roman. Deutsch von Anne Uhde
detebe 20482

Ripley's Game
Roman. Deutsch von Anne Uhde
detebe 20346

Der Schneckenforscher
Vorwort von Graham Greene. Deutsch von Anne Uhde. detebe 20347

Ein Spiel für die Lebenden
Roman. Deutsch von Anne Uhde
detebe 20348

Kleine Geschichten für Weiberfeinde
Deutsch von W.E. Richartz. Mit Zeichnungen von Roland Topor. detebe 20349

Kleine Mordgeschichten für Tierfreunde
Deutsch von Anne Uhde. detebe 20483

Venedig kann sehr kalt sein
Roman. Deutsch von Anne Uhde
detebe 20484

Ediths Tagebuch
Roman. Deutsch von Anne Uhde
detebe 20485

Der Junge, der Ripley folgte
Roman. Deutsch von Anne Uhde
detebe 20649

Leise, leise im Wind
Erzählungen. Deutsch von Anne Uhde
detebe 21012

Keiner von uns
Erzählungen. Deutsch von Anne Uhde
detebe 21179

Leute, die an die Tür klopfen
Roman. Deutsch von Anne Uhde
detebe 21349

Als Ergänzungsband liegt vor:

Über Patricia Highsmith
Essays und Zeugnisse von Graham Greene bis Peter Handke. Mit Bibliographie, Filmographie und zahlreichen Fotos. Herausgegeben von Franz Cavigelli und Fritz Senn
detebe 20818

Mary Hottingers Anthologien

Gespenster
Geschichten aus England von Daniel Defoe bis Edward Bulwer-Lytton. detebe 20497

Mehr Gespenster
Geschichten aus England, Schottland und Irland von Rudyard Kipling bis H.G. Wells detebe 21027

Noch mehr Gespenster
Geschichten aus aller Welt, von Balzac bis Čechov. In memoriam Mary Hottinger, herausgegeben von Dolly Dolittle detebe 21310

Mord
Kriminalgeschichten von Edgar Allan Poe bis Raymond Chandler. Mit Vignetten von Paul Flora. detebe 20030

Mehr Morde
Kriminalgeschichten von Cyril Hare bis Henry Slesar. Mit Vignetten von Paul Flora detebe 20031

Noch mehr Morde
Kriminalgeschichten von Dorothy Sayers bis Peter Cheyney. Mit Vignetten von Paul Flora detebe 20032

Wahre Morde
Die berühmt-berüchtigtsten Kriminalfälle aus England. detebe 20587

Gerald Kersh

Mann ohne Gesicht
Phantastische Geschichten. Ausgewählt und übersetzt von Peter Naujack. detebe 20366

Hans Werner Kettenbach

Minnie oder Ein Fall von Geringfügigkeit
Roman. detebe 21218

Mauric Leblanc

Arsène Lupin – Der Gentleman-Gauner
Roman. Aus dem Französischen von Erika Gebühr. detebe 20127

Die hohle Nadel oder Die Konkurrenten des Arsène Lupin
Deutsch von Erika Gebühr. detebe 20239

813 – Das Doppelleben des Arsène Lupin
Roman. Deutsch von Erika Gebühr detebe 20931

Der Kristallstöpsel oder Die Mißgeschicke des Arsène Lupin
Roman. Deutsch von Erika Gebühr detebe 20932

Die Gräfin von Cagliostro oder Die Jugend des Arsène Lupin
Roman. Deutsch von Erika Gebühr detebe 20933

Arsène Lupin kontra Herlock Sholmes
Roman. Deutsch von Erika Gebühr detebe 21026

Die Uhr schlägt achtmal
Roman. Deutsch von Erika Gebühr detebe 21254

Joseph Sheridan Le Fanu

Carmilla, der weibliche Vampir
Eine Vampirgeschichte. Aus dem Englischen von Helmut Degner. Zeichnungen von Edward Ardizzone. detebe 20596

Der ehrenwerte Herr Richter Harbottle
Vier unheimliche Geschichten. Deutsch von Helmut Degner und Elisabeth Schnack Zeichnungen von Edward Ardizzone detebe 20619

Gaston Leroux

Das Geheimnis des gelben Zimmers
Roman. Aus dem Französischen von Klaus Walther. detebe 20924

Ross Macdonald

Dornröschen war ein schönes Kind
Roman. Aus dem Amerikanischen von Wulf Teichmann. detebe 20227

Unter Wasser stirbt man nicht
Roman. Deutsch von Hubert Deymann detebe 20322

Ein Grinsen aus Elfenbein
Roman. Deutsch von Charlotte Hamberger detebe 20323

Die Küste der Barbaren
Roman. Deutsch von Marianne Lipcowitz detebe 20324

Der Fall Galton
Roman. Deutsch von Egon Lothar Wensk detebe 20325

Gänsehaut
Roman. Deutsch von Gretel Friedmann
detebe 20326

Der blaue Hammer
Roman. Deutsch von Peter Naujack
detebe 20541

Durchgebrannt
Roman. Deutsch von Helmut Degner
detebe 20868

Geld kostet viel
Roman. Deutsch von Günter Eichel
detebe 20869

Die Kehrseite des Dollars
Roman. Deutsch von Günter Eichel
detebe 20877

Der Untergrundmann
Roman. Deutsch von Hubert Deymann
detebe 20878

Der Drahtzieher
Sämtliche Detektivstories um Lew Archer I. Mit einem Vorwort des Autors. Deutsch von Hubert Deymann und Peter Naujack
detebe 21018

Einer lügt immer
Sämtliche Detektivstories um Lew Archer II. Deutsch von Hubert Deymann und Peter Naujack. detebe 21019

Sanftes Unheil
Roman. Deutsch von Monika Schoenenberger
detebe 21178

Blue City
Roman. Deutsch von Christina Sieg-Welti und Christa Hotz. detebe 21317

Der Mörder im Spiegel
Roman. Deutsch von Dietlind Bindheim
detebe 21303

● **A.E.W. Mason**

Die vier Federn
Roman. Aus dem Englischen von Thomas Schlück. detebe 21167

● **Margaret Millar**

Liebe Mutter, es geht mir gut …
Roman. Aus dem Amerikanischen von Elizabeth Gilbert. detebe 20226

Die Feindin
Roman. Deutsch von Elizabeth Gilbert
detebe 20276

Fragt morgen nach mir
Roman. Deutsch von Anne Uhde
detebe 20542

Ein Fremder liegt in meinem Grab
Roman. Deutsch von Elizabeth Gilbert
detebe 20646

Die Süßholzraspler
Roman. Deutsch von Georg Kahn-Ackermann und Susanne Feigl. detebe 20926

Von hier an wird's gefährlich
Roman. Deutsch von Fritz Güttinger
detebe 20927

Der Mord von Miranda
Roman. Deutsch von Hans Hermann
detebe 21028

Das eiserne Tor
Roman. Deutsch von Karin Reese und Michel Bodmer. detebe 21063

Fast wie ein Engel
Roman. Deutsch von Luise Däbritz
detebe 21190

Die lauschenden Wände
Roman. Deutsch von Karin Polz. detebe 21421

● **Liam O'Flaherty**

Der Denunziant
Roman. Aus dem Englischen von H. Hauser
detebe 21191

● **Edgar Allan Poe**

Herausgegeben von Theodor Etzel
Aus dem Amerikanischen von Gisela Etzel, Wolf Durian u.a.

Die schwarze Katze
und andere Verbrechergeschichten
detebe 21183

Die Maske des roten Todes
und andere phantastische Fahrten
detebe 21184

Der Teufel im Glockenstuhl
und andere Scherz- und Spottgeschichten
detebe 21185

Der Untergang des Hauses Usher
und andere Geschichten von Schönheit, Liebe und Wiederkunft. detebe 21182

● Patrick Quentin
Bächleins Rauschen tönt so bang
Kriminalgeschichten. Aus dem Amerikanischen von Günter Eichel. detebe 20195

Familienschande
Roman. Deutsch von Helmut Degner
detebe 20917

● Jack Ritchie
Der Mitternachtswürger
Geschichten. Aus dem Amerikanischen von Alfred Probst. detebe 21293

Für alle ungezogenen Leute
Detektiv-Geschichten. Deutsch von Dorothee Asendorf. detebe 21384

● Russische Kriminal geschichten
Von Fjodor Dostojewskij bis Anton Čechov. Auswahl, Übersetzung und Nachwort von Johannes von Guenther
detebe 21127

● Maurice Sandoz
Am Rande
Neun unheimliche Erzählungen. Aus dem Französischen von Gertrud Droz-Rüegg
detebe 20739

● Karl W. Schlegel
Richter wider Willen
Roman. detebe 21422

● Hermann Harry Schmitz
Buch der Katastrophen
Vierundzwanzig tragikomische Geschichten mit einem Vorwort von Otto Jägersberg und fünfzehn Holzstichmontagen von Horst Hussel. detebe 20548

● Science-Fiction-Geschichten des Golden Age
Von Ray Bradbury bis Isaac Asimov. Herausgegeben von Peter Naujack. detebe 21048

● Klassische Science-Fiction-Geschichten
Von Voltaire bis Conan Doyle. Herausgegeben von William Matheson. detebe 21049

● Alan Sillitoe
Ein Start ins Leben
Roman. Deutsch von Günter Eichel und Anna von Cramer-Klett. detebe 20545

● Georges Simenon
Die grünen Fensterläden
Roman. Aus dem Französischen von Alfred Günther. detebe 20373

Sonntag
Roman. Deutsch von Hansjürgen Wille und Barbara Klau. detebe 20375

Zum Weißen Roß
Roman. Deutsch von Trude Fein
detebe 20986

Die Fantome des Hutmachers
Roman. Deutsch von Eugen Helmlé
detebe 21001

Die Witwe Couderc
Roman. Deutsch von Hanns Grössel
detebe 21002

Schlußlichter
Roman. Deutsch von Stefanie Weiss
detebe 21010

Betty
Roman. Deutsch von Raymond Regh
detebe 21057

Der Neger
Roman. Deutsch von Linde Birk
detebe 21118

Die Tür
Roman. Deutsch von Linde Birk
detebe 21114

Das blaue Zimmer
Roman. Deutsch von Angela von Hagen
detebe 21121

Der Bürgermeister von Furnes
Roman. Deutsch von Hans Grössel
detebe 21209

Es gibt noch Haselnußsträucher
Roman. Deutsch von Angela von Hagen
detebe 21192

Die Glocken von Bicêtre
Roman. Neu übersetzt von Angela von Hagen
detebe 20678

Das Testament Donadieu
Roman. Deutsch von Eugen Helmlé
detebe 21256

Der Untermieter
Roman. Deutsch von Ralph Eue
detebe 21255

Emil und sein Schiff
Erzählungen. Deutsch von Angela von Hagen und Linde Birk. detebe 21318

Exotische Novellen
Deutsch von Annerose Melter. detebe 21285

Die Leute gegenüber
Roman. Deutsch von Hans-Joachim Hartstein. detebe 21273

Die schwanzlosen Schweinchen
Erzählungen. Deutsch von Linde Birk detebe 21284

Weder ein noch aus
Roman. Deutsch von Elfriede Riegler detebe 21304

Die Katze
Roman. Deutsch von Angela von Hagen detebe 21378

Der Passagier der Polarlys
Roman. Deutsch von Stephanie Weiss detebe 21377

Die Schwarze von Panama
Roman. Deutsch von Ursula Vogel detebe 21424

Das Gasthaus im Elsaß
Roman. Deutsch von Angela von Hagen detebe 21425

Das Haus am Kanal
Roman. Deutsch von Ursula Vogel detebe 21426

Maigret und die alte Dame
Roman. Deutsch von Renate Nickel detebe 20503

Maigret und der Minister
Roman. Deutsch von Annerose Melter detebe 20505

Maigrets Memoiren
Roman. Deutsch von Roswitha Plancherel detebe 20507

Hier irrt Maigret
Roman. Deutsch von Renate Nickel detebe 20690

Maigret und der gelbe Hund
Roman. Deutsch von Raymond Regh detebe 20691

Maigret vor dem Schwurgericht
Roman. Deutsch von Wolfram Schäfer detebe 20692

Maigret als möblierter Herr
Roman. Deutsch von Wolfram Schäfer detebe 20693

Maigret und die kopflose Leiche
Roman. Deutsch von Wolfram Schäfer detebe 20715

Maigret und die widerspenstigen Zeugen
Roman. Deutsch von Wolfram Schäfer detebe 20716

Maigret am Treffen der Neufundlandfahrer
Roman. Deutsch von Annerose Melter detebe 20717

Maigret bei den Flamen
Roman. Deutsch von Claus Sprick detebe 20718

Maigret und die Bohnenstange
Roman. Deutsch von Guy Montag detebe 20808

Maigret und das Verbrechen in Holland
Roman. Deutsch von Renate Nickel detebe 20809

Maigret und sein Toter
Roman. Deutsch von Elfriede Riegler detebe 20810

Maigret beim Coroner
Roman. Deutsch von Wolfram Schäfer detebe 20811

Maigret, Lognon und die Gangster
Roman. Deutsch von Wolfram Schäfer detebe 20812

Maigret und der Gehängte von Saint-Pholien
Roman. Deutsch von Sibylle Powell detebe 20816

Maigret regt sich auf
Roman. Deutsch von Wolfram Schäfer detebe 20820

Maigret contra Picpus
Roman. Deutsch von Hainer Kober
detebe 20736

Maigret läßt sich Zeit
Roman. Deutsch von Sibylle Powell
detebe 20755

Maigrets Geständnis
Roman. Deutsch von Roswitha Plancherel
detebe 20756

Maigret zögert
Roman. Deutsch von Annerose Melter
detebe 20757

Maigrets Nacht an der Kreuzung
Roman. Deutsch von Annerose Melter
detebe 21050

Maigret erlebt eine Niederlage
Roman. Deutsch von Elfriede Riegler
detebe 21062

Maigret gerät in Wut
Roman. Deutsch von Wolfram Schäfer
detebe 21113

Maigret verteidigt sich
Roman. Deutsch von Wolfram Schäfer
detebe 21117

Maigret und der geheimnisvolle Kapitän
Roman. Deutsch von Annerose Melter
detebe 21180

Maigret und die alten Leute
Roman. Deutsch von Annerose Melter
detebe 21200

Maigret und das Dienstmädchen
Roman. Deutsch von Hainer Kober
detebe 21220

Maigret und der Fall Nahour
Roman. Deutsch von Sibylle Powell
detebe 21250

Maigret und der Samstagsklient
Roman. Deutsch von Angelika Hildebrandt-Essig. detebe 21295

Maigret in New York
Roman. Deutsch von Bernhard Jolles
detebe 21308

Maigret und die Affäre Saint-Fiacre
Roman. Deutsch von Werner De Haas
detebe 21373

Sechs neue Fälle für Maigret
Erzählungen. Deutsch von Elfriede Riegler
detebe 21375

Maigret stellt eine Falle
Roman. Deutsch von Angela von Hagen
detebe 21374

Maigret in der Liberty Bar
Roman. Deutsch von Angela von Hagen
detebe 21376

Maigret und der Spion
Roman. Deutsch von Hainer Kober
detebe 21427

Maigret und die kleine Landkneipe
Roman. Deutsch von Bernhard Jolles und Heide Bideau. detebe 21428

Maigret und der Verrückte von Bergerac
Roman. Deutsch von Hainer Kober
detebe 21429

● **Henry Slesar**

Fiese Geschichten für fixe Leser
Aus dem Amerikanischen von Thomas Schlück
detebe 21125

Das graue distinguierte Leichentuch
Roman. Deutsch von Paul Baudisch und Thomas Bodmer. Ausgezeichnet mit dem Edgar-Allan-Poe-Preis. detebe 20139

Vorhang auf, wir spielen Mord!
Roman. Deutsch von Thomas Schlück
detebe 20216

Erlesene Verbrechen und makellose Morde
Geschichten. Deutsch von Günter Eichel und Peter Naujack. Vorwort von Alfred Hitchcock. Zeichnungen von Tomi Ungerer
detebe 20225

Ein Bündel Geschichten für lüsterne Leser
Deutsch von Günter Eichel. Einleitung von Alfred Hitchcock. Zeichnungen von Tomi Ungerer. detebe 20275

Hinter der Tür
Roman. Deutsch von Thomas Schlück
detebe 20540

Aktion Löwenbrücke
Roman. Deutsch von Günter Eichel
detebe 20656

Ruby Martinson
Geschichten vom größten erfolglosen Verbrecher der Welt. Deutsch von Helmut Degner. detebe 20657

Schlimme Geschichten für schlaue Leser
Deutsch von Thomas Schlück
detebe 21036

Coole Geschichten für clevere Leser
Deutsch von Thomas Schlück. detebe 21046

Böse Geschichten für brave Leser
Deutsch von Christa Hotz und Thomas Schlück. detebe 21248

● Spionagegeschichten
-fälle und -affären von Goethe bis Ambler. Herausgegeben von Graham Greene, Hugh Greene und Martin Beheim-Schwarzbach
Mit Zeichnungen von Paul Flora
detebe 20699

● Mehr Spionagegeschichten
Von John Buchan bis Ian Fleming. Herausgegeben von Eric Ambler. detebe 21420

● R.L. Stevenson
Nach der Edition und Übersetzung von Curt und Marguerite Thesing

Die Schatzinsel
Roman. detebe 20701

Der Junker von Ballantrae
Roman. detebe 20703

Die Entführung
Roman. detebe 20704

Catriona
Roman. detebe 20705

Die Herren von Hermiston
Roman (Fragment). detebe 20702

Der Pavillon auf den Dünen
Der seltsame Fall von Dr. Jekyll und Mr. Hyde
Zwei Geschichten. detebe 20706

Der Selbstmörderclub
Der Diamant des Rajahs
Zwei Geschichtensammlungen
detebe 20707

Die tollen Männer
und andere Geschichten. detebe 20708

Der Flaschenteufel
und andere Geschichten. detebe 20709

Der Leichenräuber
und andere Geschichten. detebe 20710

In der Südsee
Ein Reiseabenteuer in zwei Bänden
detebe 20711 + 20712

● Bram Stoker
Draculas Gast
Sechs Gruselgeschichten. Aus dem Englischen von Erich Fivian und H. Haas. Zeichnungen von Peter Neugebauer. detebe 20135

● Julian Symons
Auf den Zahn gefühlt
Detektivgeschichten. Aus dem Englischen von Thomas Schlück. detebe 20601

Ein Pekinese aus Gips
Kriminalgeschichten. Deutsch von Günter Eichel. Zeichnungen von Josef Weihard
detebe 20740

● Susanne Thommes
Der falsche Freund
Roman. detebe 21380

Brüderchen und Schwesterchen
Roman. detebe 21423

● Silvio Toddi
Einmal Venedig und zurück
Kleiner Roman für Optimisten. Aus dem Italienischen von Lisa Rüdiger. detebe 21189

● B. Traven
Einzig berechtigte deutsche Ausgaben, vollständig neu herausgegeben von Edgar Päßler in Zusammenarbeit mit der Büchergilde Gutenberg, Frankfurt am Main

Das Totenschiff
Roman. detebe 21098

Die Baumwollpflücker
Roman. detebe 21099

Die Brücke im Dschungel
Roman. detebe 21100

Der Schatz der Sierra Madre
Roman. detebe 21101

Die Weiße Rose
Roman. detebe 21102

Aslan Norval
Roman. detebe 21103

Regierung
Roman. detebe 21104

Die Carreta
Roman. detebe 21105

Der Marsch ins Reich der Caoba
Roman. detebe 21106

Trozas
Roman. detebe 21107

Die Rebellion der Gehenkten
Roman. detebe 21108

Ein General kommt aus dem Dschungel
Roman. detebe 21109

Die Geschichte vom unbegrabenen Leichnam
Erzählungen. detebe 21110

Ungeladene Gäste
Erzählungen. detebe 21111

Der Banditendoktor
Erzählungen. detebe 21112

● Mark Twain

Menschenfresserei in der Eisenbahn
Skizzen und Erzählungen II. Deutsch von Marie-Louise Bischof und Ruth Binde. Zeichnungen von Bob van den Born
detebe 20919

● Jules Verne

Reie um die Erde in achtzig Tagen
Roman. Aus dem Französischen von Erich Fivian. detebe 20126

Fünf Wochen im Ballon
Roman. Deutsch von Felix Gasbarra
detebe 20241

Reise um den Mond
Roman. Deutsch von Ute Haffmans
detebe 20243

Reise zum Mittelpunkt der Erde
Roman. Deutsch von Hansjürgen Wille und Barbara Klau. detebe 20246

Der Kurier des Zaren
Roman in zwei Bänden. Deutsch von Karl Wittlinger. detebe 20401 + 20402

Die fünfhundert Millionen der Begum
Roman. Deutsch von Erich Fivian
detebe 20403

Die Kinder des Kapitäns Grant
Roman in zwei Bänden. Deutsch von Walter Gerull. detebe 20404 + 20405

Die Erfindung des Verderbens
Roman. Deutsch von Karl Wittlinger
detebe 20406

Die Leiden eines Chinesen in China
Roman. Deutsch von Erich Fivian
detebe 20407

Das Karpathenschloß
Roman. Deutsch von Hansjürgen Wille und Barbara Klau. detebe 20408

Die Gestrandeten
Roman in zwei Bänden. Deutsch von Karl Wittlinger. detebe 20409 + 20410

Der ewige Adam
Geschichten. Deutsch von Erich Fivian
detebe 20411

Robur der Eroberer
Roman. Deutsch von Peter Laneus
detebe 20412

Das erstaunliche Abenteuer der Expedition Barsac
Roman. Deutsch von Eva Rechel-Mertens
detebe 21237

Die Insel der Milliardäre
Roman. Deutsch von Ute Haffmans
detebe 21243

● **Walter Vogt**

Melancholie
Die Erlebnisse des Amateur-Kriminalisten Beno von Stürler. detebe 20623

Der Wiesbadener Kongreß
Roman. detebe 20306

Booms Ende
Erzählungen. detebe 20307

● **Hans Weigold**

Eines der verwunschenen Häuser
Roman. detebe 21070

● **H.G. Wells**

Der Krieg der Welten
Roman. Aus dem Englischen von G.A. Crüwell und Claudia Schmölders
detebe 20171

Die Zeitmaschine
Roman. Deutsch von Peter Naujack
detebe 20172

● **Weltuntergangsgeschichten**

Von Poe bis Dürrenmatt. Mit Weltuntergangszeichnungen von Dürer bis Topor
detebe 20806